U0857756

国学精典

中国话本小说精典

陈崇仁 韩絜 邵晋声 蒋治平 李敬亭 李秀英

山东大学出版社

图书在版编目(CIP)数据

中国话本小说精典/陈崇仁等选注．—2版．—济南：山东大学出版社，2008.1
(国学精典)
ISBN 978-7-5607-1832-3

Ⅰ．中...
Ⅱ．陈...
Ⅲ．话本小说—作品集—中国—古代
Ⅳ．I242.3

中国版本图书馆CIP数据核字(2007)第179558号

山东大学出版社出版发行
(山东省济南市山大南路27号　邮政编码：250100)
山东省新华书店经销
山东新华印刷厂印刷
720×1010毫米　1/16　41.75印张　865千字
2008年1月第2版　2008年1月第2次印刷
定价：86.00元

出版说明

精神与文化是人类社会的最高追求，也是不同历史时期、不同群体与地区人们的基本需求，尤其是积文明传承之结晶的传统文化，更是其中的基点所在。进入21世纪以来，随着中国社会的飞速发展与历史巨变，国人对精神与文化的追求也与日俱增，特别是当我们的物质世界在不断地告别历史、远离传统之际，我们对于精神家园的缅怀与追寻已成为愈浓的乡思。无论是经典秘籍、诸子百家，还是唐诗宋词、古文小说，都在被身处现代化的人们重新找回。这是民族精神与文化建设的动力所在，也是社会和谐发展的基础所系。基于此，我社对以往出版的传统文化精典著作重加整理，汇成本套“国学精典”丛书，计有《中国智慧精典》、《中国诗词精典》、《中国古文精典》、《中国书信精典》、《中国文言小说精典》、《中国话本小说精典》，共六种，旨在涵括传统国学之精粹。读者一编在手，既可以饱览诸子百家的智慧，又可领略唐诗宋词的美韵；既可鉴赏古代散文的汪洋纵恣，又可体会书柬信札中的文思华采；既可品味文言小说的隽永，又可欣赏话本小说的乐趣。每册内容，都可圈可点，当然，也都可随时读之，高阁藏之。进德修业，堪为良友。

山东大学出版社
2007年12月

前 言

在中国古代小说的百花园中，话本小说是由民间“说话”艺术发展而来的一丛奇葩。

“说话”是唐宋时人的习语，相当于后代的“说书”。作为一种在民间广为流行的艺术形式，“说话”这一行当至晚在中唐时期已经出现。唐元稹《酬白学士代书一百韵》诗：“翰墨题名尽，光阴听话移。”元氏有自注云：“乐天每与余游，从无不书名屋壁，又尝于新昌宅说《一枝花话》，自寅至巳，犹未毕词也。”“一枝花”是唐代长安名妓李娃的别名。《一枝花话》则是敷衍李娃故事的民间“说话”。不论这位说故事的是新昌宅的主人白居易(乐天)本人，还是他们招请来“说话”的民间艺人，李娃的故事曾在唐代民间和文人中间广为流传则是一个显见的事实。

降至宋代，随着工商业的繁荣和都市文化的勃兴，适应市民阶层娱乐需求的各种瓦肆伎艺得到了空前的发展。在当时流行的民间诸色伎艺中，“说话”艺术尤其受到人们的喜爱——说话听众的范围之广，说话人的数量之多，技艺之高，分工之细，这些都是其他伎艺难以并比的。在“说话”这种艺术形式处于初始阶段的时候，它是无“本”可依的。而随着说话名目的增多，篇幅内容的加长，说话艺人文化水平的提高和书写、印刷等条件的逐渐改善，一种供说话人使用的底本——“话本”的出现就是极其自然的事情了。

话本是供说话人记诵说话内容使用的底本。它在唐代就已经存在(虽然尚未被冠以“话本”之名)，到宋代更是盛行一时。就一般的意义来说，话本还不是供一般读者阅读的文学读本。因为它的内容还比较粗略，只是粗陈故事的梗概，没有作进一步的加工修润，错字、别字、讹字也多。但随着说话艺术的深入人心、影响日巨，人们产生了更进一步的文化需求，他们不仅要听说话人的讲说，而且要从容地欣赏玩味其可视的文字的载体(如宋高宗赵构就曾要求“日进一帙”以供阅读)，于是就有了书会才人们较多的增删润色，有了众多的放在案头以供阅读的写本，有了书坊主人百方搜求刊印牟利的事实，话本也就脱离了仅仅作为说话人的底本、秘本的原始状态，终于成为一种可供阅读欣赏的话本小说，成为中国古代小说中一个不可或缺的新的类别。

话本小说，最初是以单篇的形式流传于世的。大约在明代的中叶，才出现了若干单篇的结集——《京本通俗小说》。明代嘉靖年间，刊印话本小说之风盛行，清平山堂主人洪楩刊印了多种宋元以来的话本小说，取名《六十家小说》，即今传的《清平山堂话本》。到明代晚期，冯梦龙在广泛搜罗宋元旧篇的基础上，经过精心修润和创作写成了《喻世明言》、《警世通言》和《醒世恒言》，凌濛初撰作了《初刻拍案惊奇》和《二刻拍案惊奇》，话本小说由是愈加精彩纷呈，蔚为大观。

本书收录宋元以来的话本小说共六十篇，精选自今天所能看到的全部四百余篇话本小说。所收各篇皆选自可靠的底本。在校勘方面，基本上保留底本的原貌，以满足各方面研究之需要；对原本中的错字，用圆括号附于校正的字后，补入的漏字则用方括号标出以存其真。为方便中等文化水平的读者阅读，在每篇作品之后都作了简要注释，并对所选的各种话本小说集作了扼要介绍。我们的想法是，通过对本书的阅读，不仅可以使读者全面了解现存中国古代话本小说的基本情况和面貌，而且可以使大家进一步品赏其中最优秀最精彩的篇章。

由于选注者学力不足，加之时间仓促，选篇、注释中或有错误与不足之处，希望专家和广大读者批评指正。

选注者

目 录

◎ 京本通俗小说

◎ 清平山堂话本

◎ 熊龙峰刊小说四种

◎ 喻世明言/(明)冯梦龙编著

◎ 警世通言/(明)冯梦龙编著

◎ 醒世恒言/(明)冯梦龙编著

◎ 初刻拍案惊奇/(明)凌濛初著

◎ 二刻拍案惊奇/(明)凌濛初著

◎ 三刻拍案惊奇/(明)陆人龙著

◎ 鼓掌绝尘/古吴金木散人著

◎ 西湖二集/(明)周清源著

◎ 石点头/(明)天然痴叟著

◎ 醉醒石/(清)东鲁古狂生编著

◎ 十二楼/(清)李渔著

◎ 照世杯/(清)酌元亭主人编著

京本通俗小说

我国现存编成时间较早的话本小说集，所存明人抄本由缪荃孙发现于上海。1915 年，缪氏将其刊入《烟画东堂小品》，此书遂得以流传。

《京本通俗小说》大约编成于明代中叶，所收话本小说则为宋元旧篇。此书所存抄本已残，原本篇目不详。今存者为第十卷至第口卷九篇，即《碾玉观音》、《菩萨蛮》、《西山一窟鬼》、《志诚张主管》、《拗相公》、《错斩崔宁》、《冯玉梅团圆》、《定州三怪》和《金主亮荒淫》。

今选的《碾玉观音》、《志诚张主管》、《错斩崔宁》均为书中的优秀之作。其内容或反映封建婚姻制度下下层妇女的悲惨命运，或揭示封建社会官吏的昏聩和司法制度的黑暗，历来为人所称道。这些作品运用民间语言圆熟自然，人物刻画形象生动，较为突出地体现了话本文学的特色，对后代小说的创作产生了重要影响。

碾玉观音(上)

山色晴岚景物佳，暖烘回雁起平沙。东郊渐觉花供眼，南陌依稀草吐芽。堤上柳，未藏鸦，寻芳趁步到山家。陇头几树红梅落，红杏枝头未着花。

这首《鹧鸪天》说孟春景致，原来又不如“仲春词”做得好：

每日青楼醉梦中，不知城外又春浓。杏花初落疏疏雨，杨柳轻摇淡淡风。浮画舫，跃青骢，小桥门外绿阴笼。行人不入神仙地，人在珠帘第几重？

这首词说仲春景致，原来又不如黄夫人做着“季春词”又好：

先自春光似酒浓，时听燕语透帘栊。小桥杨柳飘香絮，山寺绯桃散落红。莺渐老，蝶西东，春归难觅恨无穷。侵阶草色迷朝雨，满地梨花逐晓风。

这三首词，都不如王荆公看见花瓣儿片片风吹下地来。原来这春归去，是东风断送的。有诗道：

春日春风有时好，春日春风有时恶。
不得春风花不开，花开又被风吹落。

苏东坡道：“不是东风断送春归去，是春雨断送春归去。”有诗道：

雨前初见花间蕊，雨后全无叶底花。

蜂蝶纷纷过墙去，却疑春色在邻家。

秦少游道："也不干风事，也不干雨事，是柳絮飘将春色去。"有诗道：

三月柳花轻复散，飘飏澹荡送春归。

此花本是无情物，一向东飞一向西。

邵尧夫道："也不干柳絮事，是胡蝶采将春色去。"有诗道：

花正开时当三月，胡蝶飞来忙劫劫。

采将春色向天涯，行人路上添凄切。

曾两府道："也不干胡蝶事，是黄莺啼得春归去。"有诗道：

花正开时艳正浓，春宵何事老芳丛？

黄鹂啼得春归去，无限园林转首空。

朱希真道："也不干黄莺事，是杜鹃啼得春归去。"有诗道：

杜鹃叫得春归去，吻边啼血尚犹存。

庭院日长空悄悄，教人生怕到黄昏。

苏小妹道："都不干这几件事，是燕子衔将春色去。"有《蝶恋花》词为证：

妾本钱塘江上住，花开花落，不管流年度。燕子衔将春色去，纱窗几阵黄梅雨。　斜插犀梳云半吐，檀板轻敲，唱彻《黄金缕》。歌罢彩云无觅处，梦回明月生南浦。

王岩叟道："也不干风事，也不干雨事，也不干柳絮事，也不干胡蝶事，也不干黄莺事，也不干杜鹃事，也不干燕子事。是九十日春光已过春归去。"曾有诗道：

怨风怨雨两俱非，风雨不来春亦归。

腮边红褪青梅小，口角黄消乳燕飞。

蜀魄健啼花影去，吴蚕强食柘桑稀。

直恼春归无觅处，江湖辜负一蓑衣！

说话的因甚说这春归词？绍兴年间，行在有个关西延州延安府人，本身是三镇节度使咸安郡王。当时，怕春归去，将带着许多钧眷[①]游春。至晚回家，来到钱塘门里，车桥前面。钧眷轿子过了，后面是郡王轿子到来。只听得桥下裱褙铺里一个人叫道："我儿出来看郡王！"当时，郡王在轿里看见，叫邦总虞候道："我从前要寻这个人，今日却在这里！只在你身上，明日要这个人入府中来！"当时，虞候声诺，来寻这个看郡王的人，是甚色目[②]人？正是：

尘随车马何年尽？情系人心早晚休。

只见车桥下一个人家，门前出着一面招牌，写着"璩家装裱古今书画"。铺里一个老儿，引着一个女儿，生得如何？

云鬓轻笼蝉翼，蛾眉淡拂春山。朱唇缀一颗樱桃，皓齿排两行碎玉。莲步半折小弓弓，莺转一声娇滴滴。

便是出来看郡王轿子的人。虞候即时来他家对门一个茶坊里坐定，婆婆把茶点来，

虞候道："启请婆婆，过对门裱褙铺里，请璩大夫来说话。"婆婆便去请到来。两个相揖了就坐，璩待诏问："府干有何见谕？"虞候道："无甚事，闲问则个。适来叫出来看郡王轿子的人，是令爱么？"待诏道："正是拙女，止有三口。"虞候又问："小娘子贵庚？"待诏应道："一十八岁。"再问："小娘子如今要嫁人，却是趋奉官员？"待诏道："老拙家寒，那讨钱来嫁人？将来也只是献与官员府第。"虞候道："小娘子有甚本事？"待诏说出女孩儿一件本事来，有词寄《眼儿媚》为证：

深闺小院日初长，娇女绮罗裳。不做东君造化，金针刺绣群芳样。　斜枝嫩叶包开蕊，唯只欠馨香。曾向园林深处，引教蝶乱蜂狂。

原来，这女儿会绣作。虞候道："适来郡王在轿里，看见令爱身上系着一条绣裹肚。府中正要寻一个绣作的人，老丈何不献与郡王？"璩公归去与婆婆说了，到明日写一纸献状，献来府中。郡王给与身价，因此取名秀秀养娘。

不则一日，朝廷赐下一领团花绣战袍，当时，秀秀依样绣出一件来。郡王看了欢喜道："主上赐与我团花战袍，却寻什么奇巧的物事献与官家？"去府库里寻出一块透明的羊脂美玉来，即时叫将门下碾玉待诏道："这块玉堪做什么？"内中一个道："好做一副劝杯。"郡王道："可惜！恁般一块玉，如何将来只做得一副劝杯！"又一个道："这块玉上尖下圆，好做一个摩侯罗儿。"郡王道："摩侯罗儿只是七月七日乞巧[③]使得，寻常间又无用处。"数中一个后生，年纪二十五岁，姓崔名宁，趋事[④]郡王数年，是升州建康府人；当时叉手向前，对着郡王道："告恩王：这块玉上尖下圆，甚是不好，只好碾一个南海观音。"郡王道："好！正合我意！"就叫崔宁下手，不过两个月，碾成了这个玉观音。郡王即时写表进上御前，龙颜大喜。崔宁就本府增添请给，遭遇郡王。

不则一日，时遇春天，崔待诏游春回来，入得钱塘门，在一个酒肆，与三四个相知方才吃得数杯，则听得街上闹炒炒，连忙推开楼窗看时，见乱烘烘道："井亭桥有遗漏！"吃不得这酒成，慌忙下酒楼看时，只见：

初如萤火，次若灯火。千条蜡烛焰难当，万座糁盆敌不住；六丁神推倒宝天炉，八力士放起焚山火。骊山会上，料应褒姒逞娇容；赤壁矶头，想是周郎施妙策。五通神牵住火葫芦，宋无忌赶番赤骡子。又不曾泻烛浇油，直恁的烟飞火猛！

崔待诏望见了，急忙道："在我本府前不远！"奔到府中看时，已搬挈得罄尽，静悄悄地无一个人。崔待诏既不见人，且循着左手廊下入去。火花照得如同白日，去那左廊下，一个妇女摇摇摆摆从府堂里出来，自言自语，与崔宁打个胸厮撞。崔宁认得是秀秀养娘，倒退两步，低声唱个喏。原来郡王当日尝对崔宁许道："待秀秀满日，把来嫁与你。"这些众人都撺掇道："好对夫妻！"崔宁拜谢了不则一番。崔宁是个单身，却也痴心；秀秀见恁地个后生，却也指望。当日有这遗漏，秀秀手中提着一帕子金珠富贵，从左廊下出来，撞见崔宁，便道："崔大夫！我出来得迟了，府中养娘，各自四散，管顾不得。你如今没奈何，只得将我去躲避则个。"

当下，崔宁和秀秀出府门，沿着河走到石灰桥。秀秀道："崔大夫！我脚疼了，走不得。"崔宁指着前面道："更行几步，那里便是崔宁住处。小娘子到家中歇脚，却也不妨。"到得家中坐定，秀秀道："我肚里饥，崔大夫与我买些点心来吃。我受了些惊，得杯酒吃更好。"当时，崔宁买将酒来，三杯两盏，正是：

三杯竹叶穿心过，两朵桃花上脸来。

道不得个"春为花博士，酒是色媒人"。秀秀道："你记得当时在月台上赏月，把我许你，你兀自拜谢。你记得也不记得？"崔宁叉着手，只应得喏。秀秀道："当日众人都替你喝采：'好对夫妻！'你怎地到忘了？"崔宁又则应得喏。秀秀道："比似只管等待，何不今夜我和你先做夫妻？不知你意下如何？"崔宁道："岂敢！"秀秀道："你知道不敢，我叫将起来，教坏了你。你却如何将我到家中？我明日府里去说！"崔宁道："告小娘子：要和崔宁做夫妻不妨，只一件，这里住不得了。要好趁这个遗漏，人乱时，今夜就走开去，方才使得。"秀秀道："我既和你做夫妻，凭你行。"当夜做了夫妻。

四更已后，各带着随身金银物件出门。离不得饥餐渴饮，夜住晓行，迤逦来到衢州。崔宁道："这里是五路总头，是打那条路去好？不若取信州路上去。我是碾玉作，信州有几个相识，怕那里安得身。"即时取路到信州。住了几日，崔宁道："信州常有客人到行在往来，若说道我等在此，郡王必然使人来追捉，不当稳便。不若离了信州，再往别处去。"两个又起身上路，径取潭州。

不则一日，到了潭州，却是走得远了。就潭州市里，讨间房屋，出面招牌，写着"行在崔待诏碾玉生活"。崔宁便对秀秀道："这里离行在有二千余里了，料得无事。你我安心，好做长久夫妻。"潭州也有几个寄居官员，见崔宁是行在待诏，日逐⑤也有生活得做。崔宁密使人打探行在本府中事，有曾到都下⑥的，得知府中当夜失火，不见了一个养娘，出赏钱寻了几日，不知下落。也不知道崔宁将他走了，见到潭州住。

时光似箭，日月如梭，也有一年之上。忽一日，方早开门，见两个着皂衫的，一似虞候、府干打扮，入来铺里坐地，问道："本官听得说有个行在崔待诏，教请过来做生活。"崔宁分付了家中，随这两个人到湘潭县路上来。便将崔宁到宅里，相见官人，承揽了玉作生活。回路归家，正行间，只见一个汉子，头上带个竹丝笠儿，穿着一领白段子两上领布衫，青白行缠扎着裤子口，着一双多耳麻鞋，挑着一个高肩担儿。正面来，把崔宁看了一看。崔宁却不见这汉面貌，这个人却见崔宁，从后大踏步尾着崔宁来。正是：

谁家稚子鸣榔板，惊起鸳鸯两处飞。

【注释】

①钧眷：对豪门贵族家眷的尊称。

②色目：身份。

③乞巧：旧时风俗，农历七月七日夜，妇女在庭院向织女星乞求智巧，谓之乞巧。

④趋事：侍奉。

⑤日逐：每天。

⑥都下：京城。

碾玉观音（下）

竹引牵牛花满街，疏篱茅舍月光筛。琉璃盏内茅柴酒，白玉盘中簇豆梅。

休懊恼，且开怀，平生赢得笑颜开。三千里地无知已，十万军中挂印来。

这只《鹧鸪天》词，是关西秦州雄武军刘两府所作。从顺昌大战之后，闲在家中，寄居湖南潭州湘潭县。他是个不爱财的名将，家道贫寒，时常到村店中吃酒。店中人不识刘两府，讙呼啰唣[①]。刘两府道："百万番人，只如等闲。如今却被他们诬罔[②]！"做了这只《鹧鸪天》，流传直到都下。当时，殿前太尉是阳和王，见了这词，好伤感："原来刘两府直恁孤寒！"教提辖官差人送一项钱与刘两府。今日崔宁的东人郡王，听得说刘两府恁地孤寒，也差人送一项钱与他。却经由潭州路过，见崔宁从湘潭路上来，一路尾着崔宁到家，正见秀秀坐在柜身子里。便撞破他们道："崔大夫！多时不见，你却在这里！秀秀养娘他如何也在这里？郡王教我下书来潭州，今遇着你们。原来秀秀养娘嫁了你？也好！"当时，唬杀崔宁夫妻两个，被他看破。

那人是谁？却是郡王府中一个排军，从小伏侍郡王，见他朴实，差他送钱与刘两府。这人姓郭名立，叫做郭排军。当下，夫妻请住郭排军，安排酒来请他，分付道："你到府中，千万莫说与郡王知道。"郭排军道："郡王怎知得你两个在这里？我没事却说什么？"当下，酬谢了出门。回到府中，参见郡王，纳了回书，看看郡王道："郭立前日下书回，打潭州过，却见两个人在那里住。"郡王问："是谁？"郭立道："见秀秀养娘并崔待诏两个，请郭立吃了酒食，教休来府中说知。"郡王听说，便道："叵耐这两个做出这事来！却如何直走到那里？"郭立道："也不知他仔细。只见他在那里住地，依旧挂招牌做生活。"郡王教干办去分付临安府，即时差一个缉捕使臣，带着做公的，备了盘缠，径来湖南潭州府，下了公文，同来寻崔宁和秀秀。却似：

皂雕追紫燕，猛虎啖羊羔。

不两月，捉将两个来，解到府中，报与郡王得知，即时升厅。原来郡王杀番人时，左手使一口刀，叫做"小青"；右手使一口刀，叫做"大青"。这两口刀不知剁了多少番人。那两口刀，鞘内藏着，挂在壁上。郡王升厅，众人声喏，即将这两个人押来跪下。郡王好生焦躁，左手去壁牙上取下小青，右手一掣，掣刀在手，睁起杀番人的眼儿，咬得牙齿剥剥地响。当时，唬杀夫人，在屏风背后道："郡王！这里是帝辇之下，不比边庭上面。若有罪过，只消解去临安府施行。如何胡乱凯[③]得人？"郡王听说道："叵耐这两个畜生逃走，今日捉将来，我恼了，如何不凯？既然夫人来劝，且捉秀秀入府后花园去；把崔宁解去临安府断治。"

当下，喝赐钱酒赏犒捉事人。解这崔宁到临安府，一一从头供说："自从当夜遗漏，来到府中，都搬尽了。只见秀秀养娘从廊下出来，揪住崔宁道：'你如何安手在

我怀中？若不依我口，教坏了你。’要共逃走。崔宁不得已，与他同走。只此是实。”临安府把文案呈上郡王。郡王是个刚直的人，便道：“既然恁地，宽了崔宁，且与从轻断治。”崔宁不合在逃，罪杖，发遣建康府居住。当下，差人押送。

方出北关门，到鹅项头，见一顶轿儿，两个人抬着，从后面叫：“崔待诏且不得去！”崔宁认得像是秀秀的声音，赶将来又不知恁地，心下好生疑惑。伤弓之鸟，不敢揽事，且低着头只顾走。只见后面赶将上来，歇了轿子，一个妇人走出来，不是别人，便是秀秀，道：“崔待诏，你如今去建康府，我却如何？”崔宁道：“却是怎地好？”秀秀道：“自从解你去临安府断罪，把我捉入后花园，打了三十竹篦，遂便赶我出来。我知道你建康府去，赶将来同你去。”崔宁道：“恁地却好。”讨了船，直到建康府。押发人自回。若是押发人是个学舌的，就有一场是非出来。因晓得郡王性如烈火，惹着他不是轻放手的；他又不是王府中人，去管这闲事怎地？况且，崔宁一路买酒买食，奉承得他好，回去时，就隐恶而扬善了。

再说崔宁两口在建康居住，既是问断了，如今也不怕有人撞见，依旧开个碾玉作铺。浑家道：“我两口却在这里住得好。只是我家爹妈，自从我和你逃去潭州，两个老的吃了些苦；当日捉我入府时，两个去寻死觅活。今日也好教人去行在取我爹妈来这里同住。”崔宁道：“最好！”便教人来行在取他丈人丈母。写了他地理脚色与来人，到临安府寻见他住处，问他邻舍，指道：“这一家便是。”来人去门首看时，只见两扇门关着，一把锁锁着，一条竹竿封着。问邻舍：“他老夫妻那里去了？”邻舍道：“莫说！他有个花枝也似女儿，献在一个奢遮④去处，这个女儿不受福德，却跟一个碾玉的待诏逃走了。前日从湖南潭州捉将回来，送在临安府吃官司；那女儿吃郡王捉进后花园里去。老夫妻见女儿捉去，就当下寻死觅活，至今不知下落，只恁地关着门在这里。”来人见说，再回建康府来，兀自未到家。

且说崔宁正在家中坐，只见外面有人道：“你寻崔待诏住处，这里便是。”崔宁叫出浑家来看时，不是别人，认得是璩公、璩婆。都相见了，喜欢的做一处。

那去取老儿的人，隔一日才到，说如此这般，寻不见，却空走了这遭。两个老的且自来到这里了。两个老人道：“却生受你！我不知你们在建康住，教我寻来寻去，直到这里。”其时四口同住，不在话下。

且说朝廷官里，一日到偏殿看玩宝器，拿起这玉观音来看。这个观音身上，当时有一个玉铃儿失手脱下。即时问近侍官员：“却如何修理得？”官员将玉观音反覆看了，道：“好个玉观音！怎地脱落了铃儿？”看到底下，下面碾着三字“崔宁造”，“恁地容易。既是有人造，只消得宣这个人来教他修整。”敕下郡王府，宣取碾玉匠崔宁。郡王回奏：“崔宁有罪，在建康府居住。”即时使人去建康取得崔宁到行在歇泊⑤了。当时，宣崔宁见驾，将这玉观音教他领去用心整理。崔宁谢了恩，寻一块一般的玉，碾一个铃儿接住了，御前交纳；破分⑥请给养了崔宁，令只在行在居住。崔宁道：“我今日遭际御前，争得气再来清湖河下，寻间屋儿开个碾玉铺，须不怕你们撞见！”

可煞[7]事有斗巧[8]，方才开得铺三两日，一个汉子从外面过来，就是那郭排军，见了崔待诏便道："崔大夫恭喜了！你却在这里住？"抬起头来，看柜身里却立着崔待诏的浑家。郭排军吃了一惊，拽开脚步就走。浑家说与丈夫道："你与我叫住那排军，多相问则个。"正是：

平生不作皱眉事，世上应无切齿人。

崔待诏即时赶上扯住。只见郭排军把头只管侧来侧去，口里喃喃地道："作怪！作怪！"没奈何只得与崔宁回来，回到家中坐地。浑家与他相见了，便问："郭排军！前者我好意留你吃酒，你却归来说与郡王，坏了我两个的好事。今日遭际御前，却不怕你去说。"郭排军吃他相问得无言可答，只道得一声"得罪！"相别了，便来到府里，对着郡王道："有鬼！"郡王道："这汉则甚？"郭立道："告恩王，有鬼！"郡王问道："有甚鬼？"郭立道："方才打清湖河下过，见崔宁开个碾玉铺，却见柜身里一个妇女，便是秀秀养娘。"郡王焦躁道："又来胡说！秀秀被我打杀了，埋在后花园，你须也看见，如何又在那里？却不是取笑我！"郭立道："告恩王，怎敢取笑？方才叫住郭立，相问了一回。怕恩王不信，勒下军令状了去。"郡王道："真个在时，你勒军令状来。"那汉也是合苦，真个写一纸军令状来。郡王收了，叫两个当直的轿番，抬一顶轿子，教："取这妮子来。若真个在，把来凯取一刀；若不在，郭立你须替他凯取一刀！"郭立同两个轿番，来取秀秀。正是：

麦穗两歧，农人难辨。

郭立是关西人，朴直，却不知军令状如何胡乱勒得！三个一径来到崔宁家里，那秀秀兀自在柜身里坐地，见那郭排军来得恁地慌忙，却不知他勒了军令状来取你。郭排军道："小娘子！郡王钧旨，教命取你则个。"秀秀道："既如此，你们少等，待我梳洗了同去。"即时入去梳洗，换了衣服，出来上了轿，分付了丈夫。两个轿番便抬着径到府前。郭立先入去。

郡王正在厅上等待。郭立唱了喏道："已取到秀秀养娘。"郡王道："着他入来。"郭立出来道："小娘子！郡王教你进来。"掀起帘子看一看，便是一桶水倾在身上，开着口则合不得。就轿子里不见了秀秀养娘！问那两个轿番，道："我不知。则见他上轿，抬到这里，又不曾转动。"那汉叫将入来道："告恩王，恁地真个有鬼！"郡王道："却不叵耐，教人捉这汉，等我取过军令状来，如今凯了一刀！"先去取下小青来。那汉从来伏侍郡王身上，也有十数次官了；盖缘是粗人，只教他做排军。这汉慌了道："见有两个轿番见证，乞叫来问。"即时叫将轿番来，道："见他上轿，抬到这里，却不见了。"说得一般，想必真个有鬼，只消得叫将崔宁来问。

便使人叫崔宁来到府中。崔宁从头至尾说了一遍。郡王道："恁地，又不干崔宁事，且放他去。"崔宁拜辞去了。郡王焦躁，把郭立打了五十背花棒。崔宁听得说浑家是鬼，到家中问丈人丈母。两个面面厮觑，走出门，看着清湖河里，扑通地都跳下水去了。当下叫"救人"，打捞，便不见了尸首。原来，当时打杀秀秀时，两个老的听得说，便跳在河里，已自死了。这两个也是鬼。

崔宁到家中，没情没绪，走进房中，只见浑家坐在床上，崔宁道：“告姐姐，饶我性命！”秀秀道：“我因为你，吃郡王打死了，埋在后花园里。却恨郭排军多口，今日已报了冤仇，郡王已将他打了五十背花棒。如今都知道我是鬼，容身不得了。”道罢，起身双手揪住崔宁，叫得一声，四肢倒地。邻舍都来看时，只见：

两部脉尽总皆沉，一命已归黄壤下。

崔宁也被扯去和父母四个一块儿做鬼去了。后人评论得好：

咸安王捺不下烈火性，郭排军禁不住闲磕牙，璩秀娘舍不得生眷属，崔待诏撇不脱鬼冤家。

【注释】

①讙呼：喧哗呼叫。啰唣：骚扰。

②诬罔：陷害毁谤。

③剀：砍，斩。

④奢遮：犹言了不起。

⑤歇泊：安顿住宿。

⑥破分：破例。

⑦可煞：极甚之词。犹言非常，十分。

⑧斗巧：凑巧。

志诚张主管

谁言今古事难穷，大抵荣枯总是空。
算得生前随分过，争如云外指溟鸿。
暗添雪色眉根白，旋落花光脸上红。
惆怅凄凉两回首，暮林萧索起悲风。

这八句诗，乃西川成都府华阳县王处厚，年纪将及六旬，把镜照面，见须发有几根白的，有感而作。世上之物，少则有壮，壮则有老，古之常理，人人都免不得的。原来诸物都是先白后黑，惟有髭须却是先黑后白。又有戴花刘使君，对镜中见这头发斑白，曾作《醉亭楼》词：

平生性格，随分好些春色，沉醉恋花陌。虽然年老心未老，满头花压巾帽侧。鬓如霜，须似雪，自嗟恻。　　几个相知劝我染，几个相知劝我摘。染摘有何益？当初怕成短命鬼，如今已过中年客。且留些妆晚景，尽教白。

如今说东京汴州开封府界，有个员外，年逾六旬，须发皤然[1]。只因不伏老，兀自贪色，荡散了一个家计，几乎做了失乡之鬼。这员外姓甚名谁？却做出什么事来？正是：

尘随车马何年尽？事系人心早晚休。

话说东京汴州开封府界身子里，一个开线铺的员外张士廉，年过六旬，妈妈死后，孑然一身，并无儿女。家有十万赀财，用两个主管营运。张员外忽一日拍胸长

叹，对二人说："我许大年纪，无儿无女，要十万家财何用？"二人曰："员外何不取房娘子，生得一男半女，也不绝了香火。"员外甚喜，差人随即唤张媒、李媒前来。这两个媒人端的是：

开言成匹配，举口合姻缘。医世上凤只鸾孤，管宇宙单眠独宿。传言玉女用机关，把臂拖来；侍案金童下说词，拦腰抱住。调唆织女害相思，引得嫦娥离月殿。

员外道："我因无子，相烦你二人说亲。"张媒口中不道，心下思量道："大伯子许多年纪，如今说亲，说什么人是得？教我怎地应他？"则见李媒把张媒推一推，便道："容易。"临行又叫住了道："我有三句话。"只因说出这三句话来，教员外：

青云有路，番为苦楚之人；白骨无坟，化作失乡之鬼。

媒人道："不知员外意下何如？"张员外道："有三件事说与你两人：第一件，要一个人材出众，好模好样的；第二件，要门户相当；第三件，我家下有十万贯家财，须着个有十万贯房奁的亲来对付我。"两个媒人肚里暗笑，口中胡乱答应道："这三件事都容易。"当下，相辞员外自去。

张媒在路上与李媒商议道："若说得这头亲事成，也有百十贯钱撰；只是员外说的话太不着人！有那三件事的，他不去嫁个年少郎君，却肯随你这老头子！偏你这几根白胡须是沙糖拌的！"李媒道："我有一头，到也凑巧，人材出众，门户相当。"张媒道："是谁家？"李媒云："是王招宣府里出来的小夫人。王招宣初娶时，十分宠幸；后来只为一句话破绽[②]些，失了主人之心，情愿白白里把与人。只要个有门风的便肯。随身房计，少也有几万贯。只怕年纪忒小些。"张媒道："不愁小的忒小，还愁老的忒老。这头亲，张员外怕不中意！只是雌儿心下必然不美。如今对雌儿说，把张家年纪瞒过了一二十年，两边就差不多了。"李媒道："明日是个相合日，我同你先到张宅讲定财礼；随到王招宣府一说便成。"是晚各归无话。

次日，二媒约会了，双双的到张员外宅里说："昨日员外分付的三件事，老媳寻得一头亲，难得恁般凑巧！第一件，人材十分足色；第二件，是王招宣府里出来有名声的；第三件，十万贯房奁。则怕员外嫌他年小。"张员外问道："却几岁？"张媒应道："小如员外三四十岁。"张员外满脸堆笑道："全仗作成则个。"

话休絮烦。当下，两边俱说允了，少不得行财纳礼。奠雁[③]已毕，花烛成亲。次早，参拜家堂，张员外穿紫罗衫，新头巾，新靴，新袜；这小夫人着乾红鞘金大袖团花霞帔，销金盖头，生得：

新月笼眉，春桃拂脸。意态幽花殊丽，肌肤嫩玉生光。说不尽万种妖娆，画不出千般艳冶。何须楚峡云飞过，便是蓬莱殿里人。

张员外从下至上看过，暗暗地喝采。小夫人揭起盖头，看见员外须眉皓白，暗暗的叫苦。花烛夜过了，张员外心下喜欢；小夫人心中不乐。

过了月余，只见一个相揖道："今日是员外生辰，小道送疏在此。"原来，员外但遇初一、月半、本命生辰，须有道疏。那时小夫人开疏看时，扑簌簌两行泪下，见这

员外年已六十，埋怨两个媒人："将我误了！"看那张员外时，这几日又添了四五件在身上：

腰便添疼，眼便添泪，耳便添聋，鼻便添涕。

一日，员外对小夫人道："出外薄干[④]，夫人耐静。"小夫人勉强应道："员外早去早归。"说了，员外自出去。小夫人自思量："我恁地一个人，许多房奁，却嫁一个白须老儿，好不生烦恼！"身边立着从嫁道："夫人，今日何不门外看看消遣？"小夫人听说，便同养娘到外边来看。

这张员外门首是胭脂绒线铺，两壁装着厨柜，当中一个紫绢沿边帘子。养娘放下帘钩，垂下帘子。门前两个主管，一个李庆，五十来岁；一个张胜，年纪三十来岁。二人见放下帘子，问道："为什么？"养娘道："夫人出来看街。"两个主管躬身在帘子前参见。小夫人在帘子底下，启一点朱唇，露两行碎玉，说不得数句言语，教张胜惹伤烦恼：

远如沙漠，何殊没底沧溟；重若丘山，难比无穷泰华。

小夫人先叫李主管问道："在员外宅里多少年了？"李主管道："李庆在此三十余年。"夫人道："员外寻常照管你也不曾？"李主管道："一饮一啄，皆出员外。"却问张主管，张主管道："张胜从先父在员外宅里二十余年；张胜随着先父便趋事员外，如今也有十余年。"小夫人问道："员外曾管顾你么？"张胜道："举家衣食，皆出员外所赐。"小夫人道："主管少待。"小夫人折身进去。不多时，递些物与李主管；把袖包手来接，躬身谢了。小夫人却叫张主管道："终不成与了他，不与你！这物件虽不值钱，也有好处。"张主管也依李主管接取，躬身谢了。

小夫人又看了一回，自入去。两个主管各自出门前去支持买卖。原来，李主管得的是十文银钱；张主管得的却是十文金钱。当时，张主管也不知道李主管得的是银钱，李主管不知张主管得的是金钱。当日天色已晚，但见：

野烟四合，宿鸟归林。佳人秉烛归房，路上行人投店。渔父负鱼归竹径，牧童骑犊返孤村。

当日晚，算了账目，把文簿呈张员外：今日卖几文，买几文，人上欠几文，都签押了。原来两个主管，各轮一个在店中当值。其日，却好正轮着张主管值宿。门外是一间小房，点着一盏灯，张主管闲坐半晌，安排歇宿。忽听得有人来敲门。张主管听得，问道："是谁？"应道："你快开门，却说与你。"

张主管开房门，那人跄将入来，闪身已在灯光背后。张主管看时，是个妇人。张主管见了一惊，慌忙道："小娘子，你这早晚来有甚事？"那妇人应道："我不是私来，早间与你物事的教我来。"张主管道："小夫人与我十文金钱。想是教你来讨还？"那妇女道："你不理会得，李主管得的是银钱。如今小夫人又教把一件物来与你。"只见那妇人背上取下一包衣服，打开来看道："这几件把与你穿的。又有几件妇女的衣服，把与你娘。"只见妇女留下衣服，作别出门；复回身道："还有一件要紧的倒忘了！"又向衣袖里取出一锭五十两大银，撇了自去。当夜，张胜无故得了许多

东西，不明不白，一夜不曾睡着。

明日早起来，张主管开了店门，依旧做买卖。等得李主管到了，将铺面交割与他，张胜自归到家中，拿出衣服银子与娘看。娘问："这物事那里来的？"张主管把夜来的话一一说与娘知。婆婆听得，说道："孩儿，小夫人他把金钱与你，又把衣服银子与你，却是什么意思？娘如今六十已上年纪，自从没了你爷，便满眼只看你；若是你做出事来，老身靠谁？明日便不要去。"这张主管是个本分之人，况又是个孝顺的，听见娘说，便不往铺里去。张员外见他不去，使人来叫，问道："如何主管不来？"婆婆应道："孩儿感些风寒，这几日身子不快，来不得。传语员外得知，一好便来。"

又过了几日，李主管见他不来，自来叫道："张主管如何不来？铺中没人相帮。"老娘只是推身子不快，这两日反重。李主管自去。张员外三五遍使人来叫，做娘的只是说未得好。张员外见三回五次叫他不来，猜道必是别有去处。

张胜自在家中，时光迅速，日月如梭，捻指之间，在家中早过了一月有余，道不得坐吃山崩。虽然得这小夫人许多物事，那一锭大银子，容易不敢出笏，衣裳又不好变卖。不去营运，日往月来，手内使得没了，却来问娘道："不教儿子去张员外宅里去，闲了经纪，如今在家中，日逐盘费如何措置？"那婆婆听得说，用手一指，指着屋梁上道："孩儿，你见也不见？"张胜看时，原来屋梁上挂着一个包。取将下来，道："你爷养得你这等大，则是这件物事身上。"打开纸包看时，是个花栲栲儿[5]。婆婆道："你如今依先做这道路，习爷的生意，卖些胭脂绒线。"

当日时遇元宵，张胜道："今日元宵夜，端门下放灯。"便问娘道："儿子欲去看灯则个。"娘道："孩儿，你许多时不行这条路，如今去端门看灯，从张员外门前过，又去惹是招非。"张胜道："是人都去看灯，说道今年好灯。儿子去去便归，不从张员外门前过便了。"娘道："要去看灯不妨，则是你自去看不得，同一相识做伴去才好。"张胜道："我与王二哥同去。"娘道："你两个去看不妨，第一莫得吃酒，第二同去同回。"分付了，两个来端门下看灯，正撞着当时赐御酒，撒金钱，好热闹！王二哥道："这里难看灯。一来我们身小力怯，着甚来由吃挨吃搅？不如去一处看，那里也抓缚着一座鳌山。"张胜问道："在那里？"王二哥道："你到不知。王招宣府里抓缚着小鳌山，今夜也放灯。"

两个便复身回来，却到王招宣府前。原来人又热闹似端门下。就府门前不见了王二哥，张胜只叫得声苦："却是怎地归去？临出门时，我娘分付道：'你两个同去同回。'如何不见了王二哥？只我先到屋里，我娘便不焦躁；若是王二哥先回，我娘定道我那里去。"当夜看不得那灯，独自一个行来行去，猛省道："前面是我那旧主人张员外宅里，每年到元宵夜，歇浪线铺，添许多烟火。今日想他也未收灯。"迤逦信步行到张员外门前。

张胜吃惊，只见张员外家门便关着，十字两条竹竿缚着，皮革底钉住一碗泡灯，照着门上一张手榜贴在。张胜看了，唬得目睁口呆，罔知所措。张胜去这灯光之下，看这手榜上写着道："开封府左军巡院勘到百姓张士廉为不合……"方才读到

“不合”三个字，兀自不知道因甚罪，则见灯笼底下一人喝声道：“你好大胆！来这里看甚的?”张主管吃了一惊，拽开脚步便走。那喝的人大踏步赶将来，叫道：“是什么人？直恁大胆！夜晚间看这榜做甚么?”

唬得张胜便走，渐次间行到巷口，待要转弯归去。相次二更，见一轮明月，正照着当空。正行之间，一个人从后面赶将来，叫道：“张主管，有人请你！”张胜回头看时，是一个酒博士。张胜道：“想是王二哥在巷口等我，置些酒吃归去，恰也好！”同这酒博士到店内，随上楼梯，到一个阁儿面前。量酒道：“在这里。”掀开帘儿，张主管看见一个妇女，身上衣服不堪齐整，头上蓬松，正是：

乌云不整，唯思昔日豪华；粉泪频飘，为忆当年富贵。秋夜月蒙云笼罩，牡丹花被土沉埋。

这妇女叫：“张主管，是我请你。”张主管看了一看，虽有些面熟，却想不起。这妇女道：“张主管，如何不认得我？我便是小夫人。”张主管道：“小夫人如何在这里?”夫人道：“一言难尽。”张胜问：“夫人如何恁地?”小夫人道：“不合信媒人口，嫁了张员外。原来张员外因烧煅假银事犯，把张员外缚去左军巡院里去，至今不知下落；家计并许多房产都封估了。我如今一身无所归着，特地投奔你。你看我平昔之面，留我家中住几时则个。”张胜道：“使不得。第一，家中母亲严谨；第二，道不得瓜田不纳履，李下不整冠。要来张胜家中，断然使不得！”小夫人听得道：“你将为常言俗语道：‘呼蛇容易遣蛇难。’怕日久岁深，盘费重大。我教你看！”用手去怀里提出件物来。

闻钟始觉山藏寺，傍岸方知水隔村。

小夫人将一串一百单八颗西珠数珠，颗颗大如鸡豆子，明光灿烂。张胜见了，喝采道：“有眼不曾见这宝物！”小夫人道：“许多房奁，尽被官府籍没了，则藏得这物。你若肯留在家中，慢慢把这件宝物逐颗去卖，尽可过日。”张主管听得说，正是：

归去只愁红日晚，思量犹恐马行迟。
横财红粉歌楼酒，谁为三般事不迷?

当日张胜道：“小夫人要来张胜家中，也得我娘肯时方可。”小夫人道：“和你同去问婆婆。我只在对门人家等回报。”张胜回到家中，将前后事情，逐一对娘说了一遍。婆婆是个老人家，心慈，听说如此落难，连声叫道：“苦恼！苦恼！小夫人在那里?”张胜道：“见在对门等。”婆婆道：“请相见。”相见礼毕，小夫人把适来说的话，从头细说一遍：“如今都无亲戚投奔，特来见婆婆，望乞容留！”婆婆听得说道：“夫人暂住数日不妨。只怕家寒怠慢，思量别的亲戚再去投奔。”小夫人便从怀里取出数珠，递与婆婆。灯光下，婆婆看见，就留小夫人在家住。小夫人道：“来日剪颗来货卖，开起胭脂绒线铺，门前挂着花栲栳儿为记。”张胜道：“有这件宝物，胡乱卖动，便是若干钱。况且五十两一锭大银未动，正好收买货物。”

张胜自从开店，接了张员外一路买卖，其时，人唤张胜做小张员外。小夫人屡次来缠张胜，张胜心坚似铁，只以主母相待，并不及乱。当时清明节候，怎见得?

清明何处不生烟，郊外微风挂纸钱。

人哭人歌芳草地，乍晴乍雨杏花天。

海棠枝上绵蛮语，杨柳堤边醉客眠。

红粉佳人争画板，彩丝摇曳学飞仙。

满城人都出去金明池游玩。张小员外也出去游玩。到晚回来，却待入万胜门，则听得后面一人叫："张主管!"当时，张胜自思道："如今人都叫我做小张员外。甚人叫我主管?"回头看时，却是旧主人张员外。张胜看张员外，面上刺着四字金印，蓬头垢面，衣服不整齐。即时邀入酒店里一个稳便阁儿坐下。

张胜问道："主人缘何如此狼狈?"张员外道："不合成了这头亲事。小夫人原是王招宣府里出来的。今年正月初一日，小夫人自在帘儿里看街，只见一个安童，托着盒儿，打从面前过去。小夫人叫住问道：'府中近日有甚事说?'安童道：'府里别无甚事。则是前日王招宣寻一串一百单八颗西珠数珠不见，带累得一府的人，没一个不吃罪责。'小夫人听得说，脸上或青或红。小安童自去。不多时，二三十人来家，把他房奁和我的家私都搬将去。便捉我下左军巡院拷问，要这一百单八颗数珠。我从不曾见，回说没有。将我打一顿毒棒，拘禁在监。到亏当日小夫人入去房里自吊身死，官司没决撒，把我断了。则是一事，至今日那一串一百单八颗数珠，不知下落。"张胜闻言，心下自思道："小夫人也在我家里，数珠也在我家里，早剪动几颗了。"甚是惶惑。劝了张员外些酒食，相别了。

张胜沿路思量道："好是惑人!"回到家中见小夫人，张胜一步退一步道："告夫人，饶了张胜性命!"小夫人问道："怎恁的说?"张胜把适来大张员外说的话说了一遍。小夫人听得道："却不作怪！你看我身上衣裳有缝，一声高似一声，你岂不理会得？他道我在你这里，故意说这话，教你不留我。"张胜道："你也说得是。"

又过了数日，只听得外面道："有人寻小员外。"张胜出来迎接，便是大张员外。张胜心中道："家里小夫人使出来相见，是人是鬼，便明白了。"教养娘请小夫人出来。养娘入去，只没寻讨处，不见了小夫人。当时，小员外既知小夫人真个是鬼，只得将前面事一一告与大张员外，问道："这串数珠却在那里?"张胜去房中取出。大张员外叫张胜同来王招宣府中，说将数珠交纳；其余剪去数颗，将钱取赎讫。王招宣赎免张士廉罪犯，将家私给还，仍旧开胭脂绒线铺。大张员外仍请天庆观道士做醮，追荐小夫人。只因小夫人生前甚有张胜的心，死后犹然相从。亏杀张胜立心至诚，到底不曾有染，所以不受其祸，超然无累。如今财色迷人者纷纷皆是，如张胜者，万中无一。有诗赞云：

谁不贪财不爱淫？始终难染正心人。

少年得似张主管，鬼祸人非两不侵。

【注释】

①皤(音 pó)然：须发白貌。

②破绽：越轨。

③奠雁：古代婚礼，新郎到女家迎亲，献雁为贽礼，称奠雁。

④薄干:犹言些须小事。

⑤花栲栲儿:绣花荷包。

错斩崔宁

聪明伶俐自天生,懵懂痴呆未必真。
嫉妒每因眉睫浅,戈矛时起笑谈深。
九曲黄河心较险,十重铁甲面堪憎。
时因酒色亡家国,几见诗书误好人?

这首诗单表为人难处:只因世路窄狭,人心叵测,大道既远,人情万端。熙熙攘攘,都为利来;蚩蚩蠢蠢,皆纳祸去。持身保家,万千反覆。所以古人云:"颦有为颦,笑有为笑。颦笑之间,最宜谨慎。"

这回书单说一个官人,只因酒后一时戏笑之言,遂至杀身破家,陷了几条性命。且先引下一个故事来,权做个"得胜头回"。

我朝元丰年间,有一个少年举子,姓魏名鹏举,字冲霄,年方一十八岁,娶得一个如花似玉的浑家。未及一月,只因春榜动,选场开,魏生别了妻子,收拾行囊,上京应取。临别时,浑家分付丈夫:"得官不得官,早早回来,休抛闪了恩爱夫妻。"魏生答道:"功名二字,是俺本领前程,不索贤卿忧虑。"别后登程到京,果然一举成名,榜上一甲第九名,除授京职,到差甚是华艳动人。少不得修了一封家书,差人接取家眷入京。书上先叙了寒温及得官的事,后却写下一行道:"是我在京中早晚无人照管,已讨了一个小老婆。专候夫人到京,同享荣华。"

家人收拾书程,一径到家,见了夫人,称说贺喜,因取家书呈上。夫人拆开看了,见是如此如此,这般这般,便对家人道:"官人直恁负恩!甫能得官,便娶了二夫人!"家人便道:"小人在京,并没见有此事,想是官人戏谑之言。夫人到京便知端的,休得忧虑。"夫人道:"恁地说,我也罢了。"却因人舟未便,一面收拾起身,一面寻觅便人,先寄封平安家信到京中去。那寄书人到了京中,寻问新科魏进士寓所,下了家书,管待酒饭,自回不题。

却说魏生接书,拆开来看了,并无一句闲言闲语,只说道:"你在京中娶了一个小老婆,我在家中也嫁了一个小老公,早晚同赴京师也。"魏生见了,也只道是夫人取笑的说话,全不在意。未及收好,外面报说有个同年相访。京邸寓中,不比在家宽转;那人又是相厚的同年,又晓得魏生并无家眷在内,直至里面坐下。叙了些寒温,魏生起身去解手,那同年偶翻桌上书帖,看见了这封家书,写得好笑,故意朗诵起来。魏生措手不及,通红了脸,说道:"这是没理的事。因是小弟戏谑了他,他便取笑写来的。"那同年呵呵大笑道:"这节事却是取笑不得的。"别了就去。

那人也是一个少年,喜谈乐道,把这封家书一节,顷刻间遍传京邸。也有一班妒忌魏生少年登高科的,将这桩事,只当做风闻言事的一个小小新闻,奏上一本,说

这魏生年少不检，不宜居清要之职，降处外任。魏生懊恨无及。后来毕竟做官蹭蹬不起，把锦片也似一段美前程，等闲放过去了。这便是一句戏言，撒漫[①]了一个美官。

今日再说一个官人，也只为酒后一时戏言，断送了堂堂七尺之躯，连累两三个人，枉屈害了性命。却是为着甚的？有诗为证：

世路崎岖实可哀，傍人笑口等闲开。
白云本是无心物，又被狂风引出来。

却说高宗时，建都临安，繁华富贵，不减那汴京故国。去那城中箭桥左侧，有个官人姓刘名贵，字君荐。祖上原是有根基的人家。到得君荐手中，却是时乖运蹇，先前读书，后来看看不济，却去改业做生意。便是半路上出家的一般，买卖行中一发不是本等伎俩，又把本钱消折去了。渐渐大房改换小房，赁得两三间房子。与同浑家王氏，年少齐眉。后因没有子嗣，娶下一个小娘子，姓陈，是陈卖糕的女儿，家中都呼为二姐。这也是先前不十分穷薄的时做下的勾当。至亲三口，并无闲杂人在家。那刘君荐极是为人和气，乡里见爱，都称他："刘官人，你是一时运限不好，如此落寞。再过几时，定时有个亨通的日子。"说便是这般说，那得有些些[②]好处？只是在家纳闷，无可奈何。

却说一日，闲坐家中，只见丈人家里的老王，年近七旬，走来对刘官人说道："家间老员外生日，特令老汉接取官人、娘子去走一遭。"刘官人便道："便是我日逐愁闷过日子，连那泰山的寿诞也都忘了！"便同浑家王氏，收拾随身衣服，打叠个包儿，交与老王背了，分付二姐看守家中："今日晚了，不能转回；明晚须索来家。"说了就去。离城二十余里，到了丈人王员外家，叙了寒温。当日，坐间客众，丈人、女婿不好十分叙述许多穷相。到得客散，留在客房里歇宿。

直到天明，丈人却来与女婿攀话，说道："姐夫，你须不是这等算计。'坐吃山空，立吃地陷'；'咽喉深似海，日月快如梭'。你须计较一个常便。我女儿嫁了你一生，也指望丰衣足食，不成只是这等就罢了！"刘官人叹了一口气道："是。泰山在上，道不得个'上山擒虎易，开口告人难'。如今的时势，再有谁似泰山这般怜念我的？只索守困。若去求人，便是劳而无功。"丈人便道："这也难怪你说！老汉却是看你们不过，今日赍助你些少本钱，胡乱去开个柴米店，撰得些利息来过日子，却不好么？"刘官人道："感蒙泰山恩顾，可知是好。"当下，吃了午饭，丈人取出十五贯钱来，付与刘官人道："姐丈，且将这些钱去收拾起店面。开张有日，我便再应付你十贯。你妻子且留在此过几日，待有了开店日子，老汉亲送女儿到你家，就来与你作贺。意下如何？"

刘官人谢了又谢，驮了钱一径出门，到得城中，天色却早晚了。却撞着一个相识，顺路在他家门首经过。那人也要做经纪的人，就与他商量一会，可知是好。便去敲那人门时，里面有人应诺，出来相揖，便问："老兄下顾，有何见教？"刘官人一一说知就里。那人便道："小弟闲在家中，老兄用得着时，便来相帮。"刘官人道："如此

甚好。”当下，说了些生意的勾当，那人便留刘官人在家，现成杯盘，吃了三杯两盏。刘官人酒量不济，便觉有些朦胧起来，抽身作别，便道：“今日相扰，明早就烦老兄过寒家计议生理。”那人又送刘官人至路口，作别回家，不在话下。若是说话的同年生，并肩长，拦腰抱住，把臂拖回，也不见得受这般灾晦，却教刘官人死得不如《五代史》李存孝，《汉书》中彭越！

却说刘官人驮了钱，一步一步挨到家中敲门，已是点灯时分。小娘子二姐独自在家，没一些事做，守得天黑，闭了门，在灯下打瞌睡。刘官人打门，他那里便听见？敲了半晌，方才知觉，答应一声：“来了！”起身开了门。

刘官人进去，到了房中，二姐替刘官人接了钱，放在桌上，便问：“官人何处挪移这项钱来？却是甚用？”那刘官人一来有了几分酒，二来怪他开得门迟了，且戏言吓他一吓，便道：“说出来，又恐你见怪；不说时，又须通你得知。只是我一时无奈，没计可施，只得把你典与一个客人。又因舍不得你，只典得十五贯钱。若是我有些好处，加利赎你回来；若是照前这般不顺溜，只索罢了！”那小娘子听了，欲待不信，又见十五贯钱堆在面前；欲待信来，他平白与我没半句言语，大娘子又过得好，怎么便下得这等狠心辣手？疑狐不决，只得再问道：“虽然如此，也须通知我爹娘一声。”刘官人道：“若是通知你爹娘，此事断然不成。你明日且到了人家，我慢慢央人与你爹娘说通，他也须怪我不得。”小娘子又问：“官人今日在何处吃酒来？”刘官人道：“便是把你典与人，写了文书，吃他的酒才来的。”小娘子又问：“大姐姐如何不来？”刘官人道：“他因不忍见你分离，待得你明日出了门才来。这也是我没计奈何，一言为定。”说罢，暗地忍不住笑；不脱衣裳，睡在床上，不觉睡去了。

那小娘子好生摆脱不下：“不知他卖我与甚色样人家？我须先去爹娘家里说知。就是他明日有人来要我，寻到我家，也须有个下落。”沉吟了一会，却把这十五贯钱，一垛儿堆在刘官人脚后边。趁他酒醉，轻轻的收拾了随身衣服，款款的开了门出去，拽上了门，却去左边一个相熟的邻舍叫做朱三老儿家里，与朱三妈借宿了一夜，说道：“丈夫今日无端卖我，我须先去与爹娘说知。烦你明日对他说一声，既有了主顾，可同我丈夫到爹娘家中来讨个分晓，也须有个下落。”那邻舍道：“小娘子说得有理。你只顾自去，我便与刘官人说知就里。”过了一宵，小娘子作别去了，不题。正是：

鳌鱼脱却金钩去，摆尾摇头再不回。

放下一头。却说这里刘官人一觉直至三更方醒，见桌上灯犹未灭，小娘子不在身边，只道他还在厨下收拾家火，便唤二姐讨茶吃。叫了一回，没人答应，却待挣扎起来，酒尚未醒，不觉又睡了去。不想却有一个做不是的，日间赌输了钱，没处出豁，夜间出来掏摸些东西，却好到刘官人门首，因是小娘子出去了，门儿拽上不关，那贼略推一推，豁地开了。捏手捏脚，直到房中，并无一人知觉。到得床前，灯火尚明，周围看时，并无一物可取。摸到床上，见一人朝着里床睡去，脚后却有一堆青钱。便去取了几贯。不想惊觉了刘官人，起来喝道：“你须不尽道理！我从丈人家

借办得几贯钱来养身活命，不争你偷了我的去，却是怎的计结？”那人也不回话，照面一拳。刘官人侧身躲过，便起身与这人相持。那人见刘官人手脚活动，便拔步出房。刘官人不舍，抢出门来，一径赶到厨房里，恰待声张邻舍，起来捉贼。那人急了，正好没出豁，却见明晃晃一把劈柴斧头，正在手边。也是人极计生，被他绰起一斧，正中刘官人面门，扑地倒了。又复一斧，斫倒一边。眼见得刘官人不活了，呜呼哀哉，伏惟尚飨[3]！那人便道：“一不做，二不休。却是你来赶我，不是我来寻你索命。”番身入房，取了十五贯钱，扯条单被包裹得停当，拽扎得爽俐，出门，拽上了门就走不题。

次早，邻舍起来，见刘官人家门也不开，并无人声息，叫道：“刘官人！失晓了！”里面没人答应。挨将进去，只见门也不关。直到里面，见刘官人劈死在地。他家大娘子两日前已自往娘家去了，小娘子如何不见？免不得声张起来。却有昨夜小娘子借宿的邻家朱三老儿说道：“小娘子昨夜黄昏时到我家宿歇，说道刘官人无端卖了他，他一径先到爹娘家里去了。教我对刘官人说，既有了主顾，可同到他爹娘家中，也讨得个分晓。今一面着人去追他转来，便有下落；一面着人去报他大娘子到来，再作区处。”众人都道：“说得是。”

先着人去到王老员外家报了凶信。老员外与女儿大哭起来，对那人道：“昨日好端端出门，老汉赠他十五贯钱，教他将来作本，如何便恁的被人杀了？”那去的人道：“好教老员外、大娘子得知：昨日刘官人归时，已自昏黑，吃得半酣，我们都不晓得他有钱没钱，归迟归早。只是今早刘官人家门儿半开，众人推将进去，只见刘官人杀死在地；十五贯钱一文也不见，小娘子也不见踪迹。声张起来，却有左邻朱三老儿出来，说道他家小娘子，昨夜黄昏时分，借宿他家。小娘子说道，刘官人无端把他典与人了，小娘子要对爹娘说一声；住了一宿，今日径自去了。如今众人计议，一面来报大娘子与老员外，一面着人去追小娘子。若是半路里追不着的时节，直到他爹娘家中，好歹追他转来，问个明白。老员外与大娘子须索去走一遭，与刘官人执命。”老员外与大娘子急急收拾起身，管待来人酒饭；三步做一步，赶入城中不题。

却说那小娘子清早出了邻舍人家，挨上路去，行不上一二里，早是脚疼走不动，坐在路傍。却见一个后生，头带万字头巾，身穿直缝宽衫，背上驮了一个搭膊，里面却是铜钱，脚下丝鞋净袜，一直走上前来。到了小娘子面前，看了一看，虽然没有十二分颜色，却也明眉皓齿，莲脸生春，秋波送媚，好生动人！正是：

野花偏艳目，村酒醉人多。

那后生放下搭膊，向前深深作揖：“小娘子独行无伴，却是往那里去的？”小娘子还了万福道：“是奴家要往爹娘家去。因走不上，权歇在此。”因问：“哥哥是何处来？今要往何方去？”那后生叉手不离方寸：“小人是村里人，因往城中卖了丝帐，讨得些钱，要往褚家堂那边去的。”小娘子道：“告哥哥则个。奴家爹娘也在褚家堂左侧，若得哥哥带挈奴家同走一程，可知是好？”那后生道：“有何不可？既如此说，小人情愿伏侍小娘子前去。”

两个厮赶着，一路正行，行不到三二里田地，只见后面两个人脚不点地赶上前来，赶得汗流气喘，衣服拽开，连叫："前面小娘子慢走！我却有话说知！"小娘子与那后生看见赶得跷蹊，都立住了脚。后边两个赶到跟前，见了小娘子与那后生，不容分说，一家扯了一个，说道："你们干得好事！却走往那里去？"小娘子吃了一惊，举眼看时，却是两家邻舍，一个就是小娘子昨夜借宿的主人。小娘子便道："昨夜也须告过公公得知，丈夫无端卖我，我自去对爹娘说知。今日赶来，却有何说？"朱三老道："我不管闲帐。只是你家里有杀人公事，你须回去对理。"小娘子道："丈夫卖我，昨日钱已驮在家中，有甚杀人公事？我只是不去。"朱三老道："好自在性儿！你若真个不去，叫起地方：有杀人贼在此，烦为一捉！不然，须要连累我们，你这里地方也不得清净！"

那个后生见不是话头，便对小娘子道："既如此说，小娘子只索回去。小人自家去休。"那两个赶来的邻舍，齐叫起来，说道："若是没有你在此便罢；既然你与小娘子同行同止，你须也去不得！"那后生道："却又古怪！我自半路遇见小娘子，偶然伴他行一程，路途上有甚皂丝麻线，要勒掯我回去？"朱三老道："他家有了杀人公事，不争放你去了，却打没对头官司？"当下，怎容小娘子和那后生做主。看的人渐渐立满，都道："后生，你去！不得你日间不作亏心事，半夜敲门不吃惊，便去何妨？"那赶来的邻舍道："你若不去，便是心虚！我们却和你罢休不得！"四个人只得厮挽着一路转来。

到得刘官人门首，好一场热闹！小娘子入去看时，只见刘官人斧劈倒在地死了，床上十五贯钱，分文也不见。开了口合不得，伸了舌缩不上去。那后生也慌了，便道："我恁的晦气！没来由和那小娘子同走一程，却做了干连[④]人。"众人都和闹着，正在那里分豁不开，只见王老员外和女儿一步一攧走回家来，见了女婿尸身，哭了一场，便对小娘子道："你却如何杀了丈夫，劫了十五贯钱逃走出去？今日天理昭然，有何理说？"小娘子道："十五贯钱委是有的。只是丈夫昨晚回来，说是无计奈何，将奴家典与他人，典得十五贯身价在此，说过今日便要奴家到他家去。奴家因不知他典与甚色样人家，先去与爹娘说知。故此趁夜深了，将这十五贯钱，一垛儿堆在他脚后边，拽上门，到朱三老家住了一宵，今早自去爹娘家里说知。我去之时，也曾央朱三老对我丈夫说，既然有了主儿，便同到我爹娘家里来交割。却不知因甚杀死在此？"那大娘子道："可又来！我的父亲昨日明明把十五贯钱与他驮来，作本养赡妻小，他岂有哄你说是典来身价之理？这是你两日因独自在家，勾搭上了人；又见家中好生不济，无心守耐；又见了十五贯钱，一时见财起意，杀死丈夫，劫了钱；又使见识往邻舍家借宿一夜，却与汉子通同计较，一处逃走。现今你跟着一个男子同走，却有何理说，抵赖得过？"众人齐声道："大娘子之言，甚是有理！"又对那后生道："后生！你却如何与小娘子谋杀亲夫？却暗暗约定在僻静处等候，一同去逃奔他方，却是如何计结？"那人道："小人自姓崔名宁，与那小娘子无半面之识。小人昨晚入城卖得几贯丝钱在这里，因路上遇见小娘子，小人偶然问起往那里去的，却独

自一个行走。小娘子说起是与小人同路,以此作伴同行。却不知前后因依。”

众人那里肯听他分说,搜索他搭膊中,恰好是十五贯钱,一文也不多,一文了不少!众人齐发起喊来道:“是天网恢恢,疏而不漏!你却与小娘子杀了人,拐了钱财,盗了妇女,同往他乡。却连累我地方邻里打没头官司!”当下,大娘子结扭了小娘子,王老员外结扭了崔宁,四邻舍都是证见,一哄都入临安府中来。

那府尹听得有杀人公事,即便升堂,便叫一干人犯逐一从头说来。先是王老员外上去告说:“相公在上。小人是本府村庄人氏,年近六旬,只生一女,先年嫁与本府城中刘贵为妻;后因无子,娶了陈氏为妾,呼为二姐。一向三口在家过活,并无片言。只因前日是老汉生日,差人接取女儿、女婿到家住了一夜;次日因见女婿家中全无活计,养赡不起,把十五贯钱与女婿作本开店养身。却有二姐在家看守。到得昨夜,女婿到家时分,不知因甚缘故,将女婿斧劈死了;二姐却与一个后生,名唤崔宁,一同逃走,被人追捉到来。望相公可怜见老汉的女婿身死不明,奸夫淫妇,赃证见在,伏乞相公明断!”

府尹听得如此如此,便叫:“陈氏上来!你却如何通同奸夫杀死了亲夫,劫了钱,与人一同逃走?是何理说?”二姐告道:“小妇人嫁与刘贵,虽是个小老婆,却也得他看承得好,大娘子又贤慧,却如何肯起这片歹心?只是昨晚丈夫回来,吃得半酣,驮了十五贯钱进门;小妇人问他来历,丈夫说道为因养赡不周,将小妇人典与他人,典得十五贯身价在此。又不通我爹娘得知,明日就要小妇人到他家去。小妇人慌了,连夜出门,走到邻舍家里借宿一宵,今早一径先往爹娘家去。教他对丈夫说:既然卖我有了主顾,可到我爹妈家里来交割。才走得到半路,却见昨夜借宿的邻家赶来,捉住小妇人回来。却不知丈夫杀死的根由。”那府尹喝道:“胡说!这十五贯钱,分明是他丈人与女婿的,你却说是典你的身价,眼见的没巴臂的说话了。况且妇人家如何黑夜行走?定是脱身之计!这桩事须不是你一个妇人家做的,一定有奸夫帮你谋财害命。你却从实说来!”

那小娘子正待分说,只见几家邻舍,一齐跪上去告道:“相公的言语,委是青天!他家小娘子昨夜果然借宿在左邻第二家的,今早他自去了。小的们见他丈夫杀死,一面着人去赶,赶到半路,却见小娘子和那一个后生同走,苦死不肯回来。小的们勉强捉他转来,却又一面着人去接他大娘子与他丈人。到时,说昨日有十五贯钱付与女婿做生理的。今者女婿已死,这钱不知从何而去。再三问那小娘子时,说道他出门时,将这钱一堆儿堆在床上。却去搜那后生身边,十五贯钱分文不少。却不是小娘子与那后生通同谋杀!赃证分明,却如何赖得过?”

府尹听他们言之有理,就唤那后生上来道:“帝辇之下[5],怎容你这等胡行!你却如何谋了他小老婆?劫了十五贯钱?杀死他亲夫?今日同往何处?从实招来!”那后生道:“小人姓崔名宁,是乡村人氏。昨日往城中卖了丝,卖得这十五贯钱。今早偶然路上撞着这小娘子,并不知他姓甚名谁,那里晓得他家杀人公事?”府尹大怒,喝道:“胡说!世间不信有这等巧事!他家失去了十五贯钱,你却卖的丝恰好也

是十五贯钱。这分明是支吾的说话了。况且他妻莫爱，他马莫骑，你既与那妇人没甚首尾[⑥]，却如何与他同行同宿？你这等顽皮赖骨，不打如何肯招？”

当下，众人将那崔宁与小娘子死去活来，拷打一顿。那边王老员外与女儿并一干邻佑人等，口口声声咬他二人。府尹也巴不得了结这段公案。拷讯一回，可怜崔宁和小娘子受刑不过，只得屈招了，说是一时见财起意，杀死亲夫，劫了十五贯钱，同奸夫逃走是实。左邻右舍都指画了十字。将两人大枷枷了，送入死囚牢里。将这十五贯钱给还原主——也只好奉与衙门中人做使用也还不够哩！府尹叠成文案，奏过朝廷。部覆[⑦]申详，倒下圣旨，说崔宁不合奸骗人妻，谋财害命，依律处斩；陈氏不合通同奸夫杀死亲夫，大逆不道，凌迟示众。当下，读了招状，大牢内取出二人来，当厅判一个“斩”字，一个“剐”字，押赴市曹行刑示众。两人浑身是口，也难分说。正是：

哑子漫尝黄檗味，难将苦口对人言。

看官听说：这段公事，果然是小娘子与那崔宁谋财害命的时节，他两人须连夜逃走他方，怎的又去邻舍人家借宿一宵？明早又走到爹娘家去，却被人捉住了？这段冤枉，仔细可以推详出来。谁想问官糊涂，只图了事，不想捶楚[⑧]之下，何求不得？冥冥之中，积了阴骘[⑨]，远在儿孙近在身，他两个冤魂也须放你不过。所以做官的切不可率意断狱，任情用刑，也要求个公平明允。道不得个死者不可复生，断者不可复续。可胜叹哉！

闲话休题。却说那刘大娘子到得家中，设个灵位守孝。过日，父亲王老员外劝他转身，大娘子说道：“不要说起三年之久，也须到小祥[⑩]之后。”父亲应允自去。

光阴迅速，大娘子在家巴巴结结，将近一年。父亲见他守不过，便叫家里老王去接他来，说：“叫大娘子收拾回家，与刘官人做了周年，转了身去吧。”大娘子没计奈何，细思父言，亦是有理。收拾了包裹，与老王背了，与邻舍家作别，暂去再来。一路出城，正值秋天，一阵乌风猛雨，只得落路往一所林子去躲。不想走错了路。正是：

猪羊走屠宰之家，一脚脚来寻死路。

走入林子里去，只听他林子背后大喝一声：“我乃静山大王在此！行人住脚，须把买路钱与我！”大娘子和那老王吃那一惊不小，只见跳出一个人来：

头带乾红凹面巾，身穿一领旧战袍，腰间红绢搭膊裹肚，脚下蹬一双乌皮皂靴，手执一把朴刀。

舞刀前来。那老王该死，便道：“你这剪径的毛团！我须是认得你。做这老性命不着，与你兑了罢！”一头撞去，被他闪过空；老人家用力猛了，扑地便倒。那人大怒道：“这牛子好生无礼！”连搠一两刀，血流在地，眼见得老王养不大了。那刘大娘子见他凶猛，料道脱身不得，心生一计，叫做脱空计。拍手叫道：“杀得好！”那人便住了手，睁圆怪眼，喝道：“这是你甚么人？”那大娘子虚心假气的答道：“奴家不幸，丧了丈夫；却被媒人哄诱，嫁了这个老儿，只会吃饭。今日却得大王杀了，也替奴家

除了一害。"那人见大娘子如此小心,又生得有几分颜色,便问道:"你肯跟我做个压寨夫人么?"大娘子寻思,无计可施,便道:"情愿伏侍大王。"那人回嗔作喜,收拾了刀杖,将老王尸首撺入涧中,领了刘大娘子到一所庄院前来,甚是委曲。只见大王向那地上拾些土块,抛向屋上去,里面便有人出来开门。到得草堂之上,分付杀羊备酒,与刘大娘子成亲。两口儿且是说得着。正是:

明知不是伴,事急且相随。

不想那大王自得了刘大娘子之后,不上半年,连起了几主大财,家间也丰富了。大娘子甚是有识见,早晚用好言语劝他:"自古道:'瓦罐不离井上破,将军难免阵中亡。'你我两人,下半世也够吃用了,只管做这没天理的勾当,终须不是个好结果。却不道是'梁园虽好,不是久恋之家'。不若改行从善,做个小小经纪,也得过养身活命。"那大王早晚被他劝转,果然回心转意,把这门道路撇了;却去城市间赁下一处房屋,开了一个杂货店。遇闲暇的日子,也时常去寺院中念佛赴斋。

忽一日,在家闲坐,对那大娘子道:"我虽是个剪径的出身,却也晓得冤各有头,债各有主。每日间只是吓骗人东西,将来过日子。后来得有了你。一向不大顺溜,今已改行从善。闲来追思既往,正会枉杀了两个人,又冤陷了两个人,时常挂念,思欲做些功德超度他们,一向不曾对你说知。"大娘子便道:"如何是枉杀了两个人?"那大王道:"一个是你的丈夫,前日在林子里的时节,他来撞我,我却杀了他。他须是个老人家,与我往日无仇,如今又谋了他老婆,他死也是不肯甘心的。"大娘子道:"不恁的时,我却那得与你厮守?这也是往事,休题了。"又问:"杀那一个又是甚人?"那大王道:"说起来这个人,一发天理上放不过去;且又带累了两个人,无辜偿命。是一年前,也是赌输了,身边并无一文,夜间便去掏摸些东西。不想到一家门首,见他门也不闩,推进去时,里面并无一人。摸到门里,只见一人醉倒在床,脚后边却有一堆铜钱。便去摸他几贯,正待要走,却惊醒了那人,起来说道:'这是我丈人家与我做本钱的,不争你偷去了,一家人口都是饿死!'起身抢出房门,正待声张起来。是我一时见他不是话头,却好一把劈柴斧头在我脚边,这叫做人急计生,绰起斧来,喝一声道:'不是我,便是你!'两斧劈倒。却去房中将十五贯钱尽数取了。后来打听得他却连累了他家小老婆,与那一个后生,唤做崔宁,冤枉了他谋财害命,双双受了国家刑法。我虽是做了一世强人,只有这两桩人命是天理人心打不过去的;早晚还要超度他,也是该的。"

那大娘子听说,暗暗地叫苦:"原来我的丈夫也吃这厮杀了!又连累我家二姐与那个后生无辜受戮。思量起来,是我不合当初做弄他两人偿命。料他两人阴司中也须放我不过!"当下,权且欢天喜地,并无他说。明日捉个空,便一径到临安府前叫起屈来。

那里,换了一个新任府尹,才得半月,正值升厅,左右捉将那叫屈的妇人进来。刘大娘子到于阶下,放声大哭。哭罢,将那大王前后所为:"怎的杀了我丈夫刘贵,问官不肯推详,含糊了事,却将二姐与那崔宁朦胧偿命;后来又怎的杀了老王,奸骗

了奴家。今日天理昭然，一一是他亲口招承，伏乞相公高抬明镜，昭雪前冤！”说罢又哭。

府尹见他情词可悯，即着人去捉那静山大王到来，用刑拷讯，与大娘子口词一些不差。即时问成死罪，奏过官里。待六十日限满，倒下圣旨来：“勘得静山大王谋财害命，连累无辜，准律杀一家非死罪三人者斩加等，决不待时；原问官断狱失情，削职为民；崔宁与陈氏枉死可怜，有司访其家，量行优恤；王氏既系强徒威逼成亲，又能伸雪夫冤，着将贼人家产一半没入官，一半给与王氏，养赡终身。”

刘大娘子当日往法场上看决了静山大王，又取其头去祭献亡夫，并小娘子及崔宁，大哭一场。将这一半家私舍入尼姑庵中，自己朝夕看经念佛，追荐亡魂，尽老百年而终。有诗为证：

善恶无分总丧躯，只因戏语酿灾危。
劝君出语须诚实，口舌从来是祸基。

【注释】

①撒漫：抛弃，断送。

②些些：少许，一点儿。

③伏惟：表示希望，愿望。尚飨：表示希望死者享用祭品。

④干连：牵连。

⑤帝辇之下：指京都。

⑥首尾：指男女关系。

⑦部覆：朝廷的覆文。

⑧捶楚：杖击。

⑨阴骘（音 zhì）：阴德。这里说的是反语。

⑩小祥：死者的周年祭。

清平山堂话本

原名《六十家小说》,分《雨窗》、《长灯》、《随航》、《欹枕》、《解闲》、《醒梦》六集,每集又分上、下两卷,每卷五篇,共六十篇。今存日本内阁文库藏残本三册十五篇、宁波天一阁旧藏残本三册十二篇并阿英发现的两篇,共二十九篇,其中七篇已残。本书为我国现存最早的话本小说刊本,明嘉靖间洪楩编辑。“清平山堂”为刊书者洪楩的堂名,近人影印此书时即以《清平山堂话本》为名。

《清平山堂话本》所收小说多为宋元旧篇,也有部分为明人的作品。今选的五篇,除《张子房慕道记》有人认为作于明初外,其余四篇概为宋元时期的话本小说。这些小说结构相对单纯,语言朴质无饰,保存了话本小说初始阶段的原始风貌,从中可以看出话本小说从宋元至明初的体制和风格特点。

简帖和尚

公案传奇

入话《鹧鸪天》:

白苎千袍入嫩凉,春蚕食叶响长廊。禹门已准桃花浪,月殿先收桂子香。

鹏北海,凤朝阳。又携书剑路茫茫。明年此日青云去,却笑人间举子忙。

大国长安一座县,唤做咸阳县,离长安四十五里。一个官人,复姓宇文,名绶,离了咸阳县,来长安赴试,一连三番试不过。有个浑家王氏,见丈夫试不中归来,把复姓为题做个词儿,专说丈夫试不中,名唤做《望江南》。词道是:

公孙恨,端木笔俱收。枉念歌馆经数载,寻思徒记万余秋,拓拔泪交流。

村仆固,闷驾独孤舟。不望手勾龙虎榜,慕容颜老一齐休,甘分守闾丘。

那王氏意不尽,看着丈夫,又做四句诗儿:

良人得得负奇才,何事年年被放回?

君面从今羞妾面,此番归后夜间来。

宇文解元从此发忿道:“试不中,定是不归!”到得来年,一举成名了,只在长安住,不归去。浑家王氏见这丈夫不归,理会得道:“我曾做诗嘲他,可知道不归。”修

一封书，叫当直王吉来："你与我将这封书去四十五里，把与官人。"书中前面略叙寒暄，后面做只词儿，名做《南柯子》。词道是：

鹊喜噪晨树，灯开半夜花。果然音信到天涯，报道玉郎登第出京华。

旧恨消眉黛，新欢上脸霞。从前都是误疑他，将谓经年狂荡不归家。

去这词后面，又写四句诗道：

长安此去无多地，郁郁葱葱佳气浮。

良人得意正年少，今夜醉眠何处楼？

宇文绶接得书，展开看，读了词，看罢诗，道："你前回做诗，教我从今归后夜间来，我今试过了，却要我回。"就旅邸中取出文房四宝，做了只曲儿，唤做《踏莎行》：

足蹑云梯，手攀仙桂。姓名高挂《登科记》[①]。马前喝道"状元来"，金鞍玉勒成行缀。　　宴罢归来，恣游花市。此时方显平生志。修书速报凤楼人，这回好个风流婿！

做毕这词，取张花笺，折叠成书。待要写了付与浑家，正研墨，觉得手重，惹翻砚水滴儿，打湿了纸。再把一张纸折叠了，写成封家书，付与当直王吉，教分付家中孺人："我今在长安试过了，到夜了归来。急去传语孺人：不到夜，我不归来！"王吉接得书，唱了喏，四十五里田地，直到家中。

话里且说宇文绶发了这封家书，当日天色晚，客店中无甚底事，便去睡。方才朦胧睡着，梦见归去，到咸阳县家中，见当直王吉在门前，一壁脱下草鞋洗脚。宇文绶问道："王吉，你早归了？"再四问他不应。宇文绶焦躁，抬起头来看时，见浑家王氏把着蜡烛入去房里。宇文绶赶上来叫："孺人，我归了！"浑家不睬。他又说两声，浑家又不睬。

宇文缓不知身是梦里，随浑家入房去，看这王氏时，放烛灯在桌子上，取早间一封书，头上取下金篦儿一剔，剔开封皮看时，却是一幅白纸。浑家含笑，就灯烛下把起笔来，就白纸上写了四句诗：

碧纱窗下启缄封，一纸从头彻底空。

知尔欲归情意切，相思尽在不言中。

写毕，换个封皮再来封了。那妇女把金篦儿去剔那蜡烛灯，一剔剔在宇文绶脸上，吃一惊，撒然睡觉，却在客店里床上睡，灯犹未灭。桌子上看时，果然错封了一幅白纸归去，着一幅纸写这四句诗。到得明日早饭后，王吉把那封书来，拆开看时，里面写着四句诗，便是夜来梦里见那浑家做底一般，当便安排行李，即时归家去。这便唤做"错封书"。

下来说底便是"错下书"。有个官人，夫妻两口儿正在家坐地，一个人送封简帖儿来与他浑家。只因这封简帖儿，变出一本跷蹊作怪底小说来。正是：

尘随马足何年尽？事系人心早晚休。

淡画眉儿斜插梳，不忺拈弄绣工夫。云窗雾阁深深处，静拂云笺学草书。

多艳丽，更清姝。神仙标格世间无。当时只说梅花似，细看梅花却不如。

东京汴州开封府枣槊巷里有个官人，复姓皇甫，单名松。本身是左班殿直[②]，年二十六岁；有个妻子杨氏，年二十四岁；一个十三岁的丫环，名唤迎儿，只这三口，别无亲戚。当时，皇甫殿直官差去押衣袄上边，回来是年节第二节。

去枣槊巷口一个小小底茶坊，开茶坊人唤做王二。当日茶市方罢，相是日中，只见一个官人入来。那官人生得：

浓眉毛，大眼睛，蹶鼻子，略绰口。头上裹一顶高样大桶子头巾，着一领大宽袖斜襟褶子，下面衬贴衣裳，甜鞋净袜。

入来茶坊里坐下。开茶坊的王二拿着茶盏，进前唱喏奉茶。那官人接茶吃罢，看着王二道："少借这里等个人。"王二道："不妨。"

等多时，只见一个男女托个盘儿，口中叫："卖鹌鹑馉饳儿！"官人把手打招，叫："买馉饳儿。"僧儿见叫，托盘儿入茶坊内，放在桌上，将条篾篁穿那馉饳儿，捏些盐，放在官人面前，道："官人吃馉饳儿。"官人道："我吃，先烦你一件事。"僧儿道："不知要做甚么？"

那官人指着枣槊巷里第四家，问僧儿："认得这人家么？"僧儿道："认得，那里是皇甫殿直家里。殿直押衣袄上边，方才回家。"官人问道："他家有几口？"僧儿道："只是殿直，一个小娘子，一个小养娘。"官人道："你认得那小娘子也不？"僧儿道："小娘子寻常不出帘儿外面，有时叫僧儿买馉饳儿，常去，认得。问他做甚么？"

官人去腰里取下版金线篋儿，抖下五十来钱，安在僧儿盘子里。僧儿见了，可煞喜欢，叉手不离方寸："告官人，有何使令？"官人道："我相烦你则个。"袖中取出一张白纸，包着一对落索镮儿，两只短金钗子，一个简帖儿，付与僧儿道："这三件物事，烦你送去适间问的小娘子。你见殿直，不要送与他。见小娘子时，你只道官人再三传语，将这三件物来与小娘子，万望笑留。你便去，我只在这里等你回报。"

那僧儿接了三件物事，把盘子寄在王二茶坊柜上。僧儿托着三件物事，入枣槊巷来，到皇甫殿直门前，把青竹帘掀起，探一探。当时，皇甫殿直正在前面校椅上坐地，只见卖馉饳的小厮儿掀起帘子，猖猖狂狂，探一探了便走，皇甫殿直看着那厮震威一喝，便是：

当阳桥上张飞勇，一喝曹公百万兵。

喝那厮一声，问道："做甚么？"那厮不顾便走。皇甫殿直拽开脚，两步赶上，捽那厮回来，问道："甚意思？看我一看了便走？"那厮道："一个官人教我把三件物事与小娘子，不教把来与你。"殿直问道："甚么物事？"那厮道："你莫问，不教把与你！"

皇甫殿直捻得拳头没缝，去顶门上屑那厮一搡道："好好的把出来教我看！"那厮吃了一搡，只得怀里取出一个纸裹儿，口里兀自道："教我把与小娘子，又不教把与你！"皇甫殿直劈手夺了纸包儿，打开看，里面一对落索镮儿，一双短金钗，一个简帖儿。皇甫殿直接得三件物事，拆开简子看时：

某皇恐再拜，上启小娘子妆前：即日孟春时，谨恭惟懿候起居万福。某外日荷蒙持杯之款，深切仰思，未尝少替。某偶以薄干，不及亲诣，聊有小词，名

《诉衷情》，以代面禀，伏乞懿览。

词道是：

知伊夫婿上边回。懊恼碎情怀。落索镮儿一对，简子与金钗。　伊收取，莫疑猜，且开怀。自从别后，孤帏冷落，独守书斋。

皇甫殿直看了简帖儿，劈开眉下眼，咬碎口中牙，问僧儿道："谁教你把来？"僧儿用手指着巷口王二哥茶坊里道："有个粗眉毛、大眼睛、蹶鼻子、略绰口的官人，教我把来与小娘子，不教我把与你！"皇甫殿直一只手捽着僧儿狗毛，出这枣槊巷，径奔王二哥茶坊前来。僧儿指着茶坊道："恰才在拶里面打底床铺上坐地底官人，教我把来与小娘子，又不教把与你，你却打我。"皇甫殿直再捽僧儿回来，不由开茶坊的王二分说。当时到家里，殿直焦躁，把门来关上，搌来搌了，唬得僧儿战做一团。

殿直从里面叫出二十四岁花枝也似浑家出来，道："你且看这件物事！"那小娘子又不知上件因依[③]，去交椅上坐地。殿直把那简帖儿和两件物事度与浑家看。那妇人看着简帖儿上言语，也没理会处。殿直道："你见我三个月日押衣袄上边，不知和甚人在家中吃酒？"小娘子道："我和你从小夫妻。你去后，何曾有人和我吃酒！"殿直道："既没人，这三件物从那里来？"小娘子道："我怎知！"殿直左手指，右手举，一个漏风掌打将去。小娘子则叫得一声，掩着面，哭将入去。皇甫殿直叫将十三岁迎儿出来，去壁上取下一把箭簝子竹来，放在地上，叫过迎儿来。看着迎儿生得：

短胳膊，琵琶腿。劈得柴，打得水。会吃饭，能屙屎。

皇甫松去衣架上取下一条绦来，把妮子缚了两只手，掉过屋梁去，直下打一抽，吊将妮子起去，拿起箭簝子竹来，问那妮子道："我出去三个月，小娘子在家中和甚人吃酒？"妮子道："不曾有人。"皇甫殿直拿箭簝子竹去妮子腿上便摔，摔得妮子杀猪也似叫，又问又打。那妮子吃不得打，口中道出一句来："三个月殿直出去，小娘子夜夜和个人睡。"皇甫殿直道："好也！"放下妮子来，解了绦，道："你且来，我问你，是和兀谁睡？"那妮子揩着眼泪道："告殿直，实不敢相瞒，自从殿直出去后，小娘子夜夜和个人睡，不是别人，却是和迎儿睡。"

皇甫殿直道："这妮子却不弄我！"喝将过去，带一管锁，走出门去，拽上那门，把锁锁了。走去转湾巷口，叫将四个人来，是本地方所由，如今叫做"连手"，又叫做"巡军"：张千、李万、董霸、薛超四人。来到门前，用钥匙开了锁，推开门，从里面扯出卖馉饳的僧儿来，道："烦上名收领这厮。"四人道："父母官使令，领台旨。"殿直道："未要去，还有人哩！"从里面叫出十三岁的迎儿，和二十四岁花枝的浑家，道："和他都领去。"薛超唱喏道："父母官，不敢收领孺人。"殿直道："你漉不敢领他，这件事干人命！"唬得四个所由，则得领小娘子和迎儿并卖馉饳儿的僧儿三个同去，解到开封钱大尹厅下。

皇甫殿直就厅下唱了大尹喏，把那简帖儿呈覆了。钱大尹看见，即时教押下一个所属去处，叫将山前行山定来。当时，山定承了这件文字，叫僧儿问时，应道："则

是茶坊里见个粗眉毛、大眼睛、蹶鼻子、略绰口的官人，交把这封简子来与小娘子。打杀后也只是恁地供。”问这迎儿，迎儿道：“既不曾有人来同小娘子吃酒，亦不知付简帖儿来的是何人，打死也只是恁么供招。”却待问小娘子，小娘子道：“自从少年夫妻，都无一个亲戚来去，只有夫妻二人，亦不知把简帖儿来的是何等人。”

山前行山定看着小娘子生得恁地瘦弱，怎禁得打勘，怎地讯问他？从里面交拐将过来，两个狱子押出一个罪人来。看这罪人时：

面长皴轮骨，胲生渗癞腮；
有如行病鬼，到处降人灾。

小娘子见这罪人后，两只手掩着面，那里敢开眼。山前行看着静山大王，道声与狱子：“把枷梢一纽！”枷梢在上，道士头向下，拿起把荆子来，打得杀猪也似叫。山前行问道：“你曾杀人也不曾？”静山大王应道：“曾杀人。”又问：“曾放火不曾？”应道：“曾放火。”教两个狱子把静山大王押入牢里去。山前行回转头来看着小娘子，道：“你见静山大王吃不得几杖子，杀人放火都认了。小娘子，你有事只好供招了，你却如何吃得这般杖子？”小娘子簌地两行泪下，道：“告前行，到这里隐讳不得。”觅幅纸和笔，只得与他供招。小娘子供道：“自从少年夫妻，都无一个亲戚来往，即不知把简贴儿来的是甚色样人。如今看要教侍儿吃甚罪名，皆出赐大尹笔下。”见恁么说，五回三次问他，供说得一同。

似此三日，山前行正在州衙门前立，倒断不下。猛抬头看时，却见皇甫殿直在面前相揖，问及这件事：“如何三日理会这件事不下？莫是接了寄简帖的人钱物，故意不予决这件公事？”山前行听得，道：“殿直，如今台意要如何？”皇甫松道：“只是要休离了！”当日，山前行入州衙里，到晚衙，把这件文字呈了钱大尹。大尹叫将皇甫殿直来，当厅问道：“‘捉贼见赃，捉奸见双。’又无证佐，如何断得他罪？”皇甫松告钱大尹：“松如今不愿同妻子归去，情愿当官休了。”大尹台判：“听从夫便。”殿直自归。僧儿、迎儿喝出，各自归去。

只有小娘子见丈夫不要他，把他休了，哭出州衙门来，口中自道：“丈夫又不要我，又没一个亲戚投奔，教我那里安身？不若我自寻死后休！”上天汉州桥，看着金水银堤汴河，恰待要跳将下去，则见后面一个人把小娘子衣裳一捽捽住，回转头来看时，恰是一个婆婆，生得：

眉分两道雪，髻挽一窝丝，眼昏一似秋水微浑，发白不若楚山云淡。

婆婆道：“孩儿，你却没事寻死做甚么？你认得我也不？”小娘子道：“不识婆婆。”婆婆道：“我是你姑姑。自从你嫁了老公，我家寒，攀陪你不着，到今不来往。我前日听得你与丈夫官司，我日逐在这里伺候。今日听得道休离了，你要投水做甚么？”小娘子道：“我上无片瓦，下无卓锥；老公又不要我，又无亲戚投奔，不死更待何时！”婆婆道：“如今，且同你去姑姑家里后如何？”妇女自思量道：“这婆子知他是我姑姑也不是？我如今没投奔处，且只得随他去了却理会。”当时，随这姑姑家去看时，家里没甚么活计，却好一个房舍，也有粉青帐儿，有交椅桌凳之类。在这姑姑家里过了

三两日。

当日，方才吃罢饭，则听得外面一个官人高声大气叫道："婆子，你把我物事去卖了，如何不把钱来还？"那婆子听得叫，失张失志，出去迎接来叫的官人："请入来坐地。"小娘子着眼看时，见入来的人：

粗眉毛，大眼睛，蹶鼻子，略绰口，抹眉裹顶高装大带头巾，阔上领皂褶儿，下面甜鞋净袜。

小娘子见了，口喻心，心喻口，道："好似那僧儿说的寄简帖儿官人。"只见官人入来，便坐在凳子上，大惊小怪道："婆子，你把我三百贯钱物事去卖了，经一个月日[④]，不把钱来还。"婆子道："物事自卖在人头，未得钱，支得时，即便付还官人。"官人道："寻常交关钱物东西，何尝推许多日？讨得时，千万送来！"官人说了自去。

婆子入来，看着小娘子，簌地两行泪下，道："却是怎好！"小娘子问道："有甚么事？"婆子道："这官人原是蔡州通判，姓洪，如今不做官，却卖些珠翠头面。前日，一件物事教我把去卖，吃人交加了，到如今没这钱还他，怪他焦躁不得。他前日央我一件事，我又不曾与他干得。"小娘子问道："却是甚么事？"婆子道："教我讨个细人，要生得好的。若得一个似小娘子模样去嫁与他，那官人必喜欢。小娘子，你如今在这里，老公又不要你，终不为了，不若姑姑说合你去嫁官人，不知你意如何？"小娘子沉吟半晌，不得已，只得依姑姑口，去这官人家里来。

逡巡过了一年。当年是正月初一日，皇甫殿直自从休了浑家，在家中无好况，正是：

时间风火性，烧了岁寒心。

自思量道："每年正月初一日，夫妻两人，双双地上本州大相国寺[⑤]里烧香。我今年却独自一个，不知我浑家那里去？"簌地两行泪下，闷闷不已，只得勉强着一领紫罗衫，手里把着银香盒，来大相国寺里烧香。到寺中烧香了，恰待出寺门，只见一个官人领着一个妇女。看那官人时，粗眉毛，大眼睛，蹶鼻子，略绰口，领着的妇女，却便是他浑家。当时丈夫看着浑家，浑家又觑着丈夫，两个四目相视，只是不敢言语。

那官人同妇女两个入大相国寺里去。皇甫松在这山门头正恁沉吟，见一个打香油钱的行者，正在那里打香油钱，看见这两人入去，口里道："你害得我苦！你这汉如今却在这里！"大踏步赶入寺来。皇甫殿直见行者赶这两人，当时叫住行者道："五戒，你莫待要赶这两个人上去？"那行者道："便是。说不得，我受这汉苦，到今日抬头不起，只是为他。"皇甫殿直道："你认得这个妇女？"行者道："不识。"殿直道："便是我的浑家。"行者问："如何却随着他？"皇甫殿直把送简帖儿和休离的上件事，对行者说了一遍。行者道："却是怎地？"

行者却问皇甫殿直："官人认得这个人？"殿直道："不认得。"行者道："这汉元是州东墦台寺里一个和尚。苦行便是墦台寺里行者。我这本师却是墦台寺监院，手头有百十钱，剃度这厮做小师。一年已前时，这厮偷了本师二百两银器，不见了，吃了些个情拷。如今赶出寺来，讨饭吃处，罪过！这大相国寺里知寺厮认，留苦行在

此间打化香油钱，今日撞见这厮，却怎地休得？"方才说罢，只见这和尚将着他浑家从寺廊下出来。行者牵衣带步，却待去捽他这厮，皇甫殿直扯住行者，闪那身已在山门一壁，道："且不得捽。我和你尾这厮去，看那里着落，却与他官司。"两个后地尾将来。

话分两头。且说那妇人见了丈夫，眼泪汪汪，入去大相国寺里烧香了出来。这汉一路上却问这妇女道："小娘子，你如何见了你丈夫便眼泪出？我不容易得你来！我当初从你门前过，见你在帘子下立地，见你生得好，有心在你处。今日得你做夫妻，也不通容易。"两个说来说去，恰到家中门前，入门去。那妇人问道："当初这个简帖儿，却是兀谁把来？"这汉道："好交你得知，便是我交卖馉饳儿的僧儿把来。你的丈夫中我计，真个便把你休了。"妇人听得说，捽住那汉，叫声"屈"，不知高低。那汉见那妇人叫将起来，却荒就把只手去克着他脖项，指望坏他性命。

外面皇甫殿直和行者尾着他两人，来到门首，见他潒入去，听得里面大惊小怪，跄将入去看时，见克着他浑家，阏阏性命。皇甫殿直和这行者两个，即时把这汉来捉了，解到开封府钱大尹厅下：

出则壮士携鞭，入则佳人捧臂。世世靴踪不断，子孙出入金门。

他是：

两浙钱王子，吴越国王孙。

大尹升厅，把这件事解到厅下。皇甫殿直和这浑家，把前面说过的话对钱大尹历历从头说了一遍。钱大尹大怒，交左右索长枷把和尚枷了，当厅讯一百腿花，押下左司理院[6]，交尽情根勘这件公事。勘正了，皇甫松责领浑家归去，再成夫妻；行者当厅给赏。和尚大情小节一一都认了，不合设谋奸骗，后来又不合谋害这妇人性命，准杂犯断，合重杖处死。这婆子不合假装姑姑，同谋不首，亦合编管邻州。当日推出这和尚来，一个书会先生看见，就法场上做了一只曲儿，唤做《南乡子》：

怎见一僧人。犯滥铺楼受典刑。案款已成招状了，遭刑。棒杀髡囚示万民。　沿路众人听。犹念高王观世音。护法喜神齐合掌，低声。果谓金刚不坏身。

话本说彻，且作散场。

【注释】

①登科记：古代科举考试及第士人的名录。

②左班殿直：宫廷宿值的武官。

③因依：原委。

④月日：指旧历一个月的时间。

⑤大相国寺：原名建国寺，后毁。唐睿宗旧封相王，重建后，改名大相国寺。

⑥左司理院：掌管刑狱的衙门。

快嘴李翠莲记

入话：

出口成章不可轻，开言作对动人情；

虽无子路才能智，单取人前一笑声。

此四句单道昔日东京有一员外，姓张名俊，家中颇有金银。所生二子，长曰张虎，次曰张狼。大子已有妻室，次子尚未婚配。本处有个李吉员外，所生一女，小字翠莲，年方二八。姿容出众，女红针指，书史百家，无所不通。只是口嘴快些，凡向人前，说成篇，道成溜，问一答十，问十道百。有诗为证：

问一答十古来难，问十答百岂非凡。

能言快语真奇异，莫作寻常当等闲。

话说本地有一王妈妈，与二边说合，门当户对，结为姻眷，选择吉日良时娶亲。三日前，李员外与妈妈论议道："女儿诸般好了，只是口快，我和你放心不下。打紧他公公难理会，不比等闲的，婆婆又兜答，人家又大，伯伯、姆姆，手下许多人，如何是好？"婆婆道："我和你也须分付他一场。"只见翠莲走到爹妈面前，观见二亲满面忧愁，双眉不展，就道：

爷是天，娘是地，今朝与儿成婚配。男成双，女成对，大家欢喜要吉利。人人说道好女婿：有财有宝又豪贵；又聪明，又伶俐，双六象棋通六艺；吟得诗，做得对，经商买卖诸般会。这们女婿要如何？愁得苦水儿滴滴地。

员外与妈妈听翠莲说罢，大怒曰："因为你口快如刀，怕到人家多言多语，失了礼节，公婆人人不欢喜，被人笑耻，在此不乐。叫你出来，分付你少则声，颠倒说出一篇来，这个苦恁的好！"翠莲道：

爷开怀，娘放意。哥宽心，嫂莫虑。女儿不是夸伶俐，从小生得有志气。纺得纱，绩得苎，能裁能补能绣刺；做得粗，整得细，三茶六饭一时备；推得磨，捣得碓，受得辛苦吃得累。烧卖匾食有何难，三汤两割我也会。到晚来，能仔细，大门关了小门闭；刷净锅儿掩厨柜，前后收拾自用意。铺了床，伸开被，点上灯，请婆睡，叫声安置进房内。如此伏侍二公婆，他家有甚不欢喜？爹娘且请放心宽，舍此之外直个屁！

翠莲说罢，员外便起身去打。妈妈劝住，叫道："孩儿，爹娘只因你口快了愁！今番只是少说些。古人云：'多言众所忌。'到人家只是谨慎言语，千万记着！"翠莲曰："晓得。如今只闭着口儿罢。"

妈妈道："隔壁张大公是老邻舍，从小儿看你大，你可过去作别一声。"员外道："也是。"翠莲便走将过去，进得门槛，高声便道：

张公道，张婆道，两个老的听禀告：明日寅时我上轿，今朝特来说知道。年老爹娘无倚靠，早起晚些望顾照。哥嫂倘有失礼处，父母分上休计较。待我满

月回门来，亲自上门叫聒噪。

张大公道：“小娘子放心，令尊与我是老兄弟，当得早晚照管；令堂亦当着老妻过去陪伴，不须挂意！”

作别回家，员外与妈妈道：“我儿，可收拾早睡休，明日须半夜起来打点。”翠莲便道：

爹先睡，娘先睡，爹娘不比我班辈。哥哥嫂嫂相傍我，前后收拾自理会。后生家熬夜有精神，老人家熬了打盹睡。

翠莲道罢，爹娘大恼曰：“罢，罢，说你不改了！我两口自去睡也。你与哥嫂自收拾，早睡早起。”

翠莲见爹妈睡了，连忙走到哥嫂房门口高叫：

哥哥嫂嫂休推醉，思量你们忒没意。我是你的亲妹妹，止有今晚在家中。亏你两口下着得，诸般事儿都不理。关上房门便要睡，嫂嫂你好不紧急。我在家，不多时，相帮做些道怎地？巴不得打发我出门，你们两口得零利？

翠莲道罢，做哥哥的便道：“你怎生还是这等的？有父母在前，我不好说你。你自先去安歇，明日早起。凡百事，我自和嫂嫂收拾打点。”翠莲进房去睡。兄嫂二人无多时，前后俱收拾停当，一家都安歇了。

员外、妈妈一觉睡醒，便唤翠莲问道：“我儿，不知甚么时节了？不知天晴天雨？”翠莲便道：

爹慢起，娘慢起，不知天晴是下雨。更不闻，鸡不语，街坊寂静无人语。只听得：隔壁白嫂起来磨豆腐，对门黄公舂糕米。若非四更时，便是五更矣。且待奴家先起，烧火劈柴打下水，且把锅儿刷洗起。烧些脸汤洗一洗，梳个头儿光光地。大家也是早起些，娶亲的若来慌了腿！

员外、妈妈并哥嫂一齐起来，大怒曰：“这早晚，东方将亮了，还不梳妆完，尚兀子调嘴弄舌！”翠莲又道：

爹休骂，娘休骂，看我房中巧妆画。铺两鬓，黑似鸦，调和脂粉把脸搽。点朱唇，将眉画，一对金环坠耳下。金银珠翠插满头，宝石禁步身边挂。今日你们将我嫁，想起爹娘撇不下；细思乳哺养育恩，泪珠儿滴湿了香罗帕。猛听得外面人说话，不由我不心中怕；今朝是个好日头，只管都噜都噜说甚么！

翠莲道罢，妆办停当，直来到父母跟前，说道：

爹拜禀，娘拜禀，蒸了馒头索了粉，果盒肴馔件件整。收拾停当慢慢等，看看打得五更紧。我家鸡儿叫得准，送亲从头再去请。姨娘不来不打紧，舅母不来不打紧，可耐姑娘没道理，说的话儿全不准。昨日许我五更来，今朝鸡鸣不见影。歇歇进门没得说，赏他个漏风的巴掌当邀请。

员外与妈妈敢怒而不敢言。妈妈道：“我儿，你去叫你哥嫂及早起来，前后打点。娶亲的将次来了。”翠莲见说，慌忙走去哥嫂房门口前，叫曰：

哥哥嫂嫂你不小，我今在家时候少。算来也用起个早，如何睡到天大晓？

前后门窗须开了，点些蜡烛香花草。里外地下扫一扫，娶亲轿子将来了。误了时辰公婆恼，你两口儿讨分晓！

哥嫂两个忍气吞声，前后俱收拾停当。员外道："我儿，家堂并祖宗面前可去拜一拜，作别一声。我已点下香烛了。趁娶亲的未来，保你过门平安！"翠莲见说，拿了一炷走到家堂面前，一边拜，一边道：

家堂，一家之主；祖宗，满门先贤。今朝我嫁，未敢自专。四时八节，不断香烟。告知神圣，万望垂怜！男婚女嫁，理之自然。有吉有庆，夫妇双全。无灾无难，永保百年。如鱼似水，胜蜜糖甜。五男二女，七子团圆。二个女婿，答礼通贤。五房媳妇，孝顺无边。孙男孙女，代代相传。金珠无数，米麦成仓。蚕桑茂胜，牛马挨眉。鸡鹅鸭鸟，满荡鱼鲜。丈夫惧怕，公婆爱怜。妯娌和气，伯叔忻然。奴仆敬重，小姑有缘。不上三年之内，死得一家干净，家财都是我掌管，那时翠莲快活几年！

翠莲祝罢，只听得门前鼓乐喧天，笙歌聒耳，娶亲车马来到门首。张宅先生念诗曰：

高卷珠帘挂玉钩，香车宝马到门头。
花红利市多多赏，富贵荣华过百秋。

李员外便叫妈妈将钞来，赏赐先生和媒妈妈，并车马一干人。只见妈妈拿出钞来，翠莲接过手，便道：等我分——

爹不惯，娘不惯，哥哥嫂嫂也不惯。众人都来面前站，合多合少等我散。抬轿的合五贯，先生媒人两贯半。收好些，休嚷乱，吊下了时休埋怨！这里多得一贯文，与你这媒人婆买个烧饼，到家哄你呆老汉。

先生与轿夫一干人听了，无不吃惊，曰："我们见千见万，不曾见这样口快的！"大家张口吐舌，忍气吞声，簇拥翠莲上轿。一路上，媒妈妈分付："小娘子，你到公婆门首，千万不要开口！"

不多时，车马一到张家前门，歇下轿子，先生念诗曰：

鼓乐喧天响汴州，今朝织女配牵牛。
本宅亲人来接宝，添妆含饭古来留。

且说媒人婆拿着一碗饭，叫道："小娘子，开口接饭。"只见翠莲在轿中大怒，便道：

老泼狗，老泼狗，交我闭口又开口。正是媒人之口无量斗，怎当你没的翻做有。你又不曾吃早酒，嚼舌嚼黄胡张口。方才跟着轿子走，分付交我休开口。甫能住轿到门首，如何又叫我开口？莫怪我今骂得丑，真是白面老母狗！

先生道："新娘子息怒。他是个媒人，出言不可太甚。自古新人无有此等道理！"翠莲便道：

先生你是读书人，如何这等不聪明？当言不言谓之讷，信这虔婆弄死人！说我婆家多富贵，有财有宝有金银，杀牛宰马做茶饭，苏木檀香做大门，绫罗段

匹无算数，猪羊牛马赶成群。当门与我冷饭吃，这等富贵不如贫。可耐伊家忒恁村，冷饭将来与我吞。若不看我公婆面，打得你眼里鬼火生！

翠莲说罢，恼得那媒婆一点酒也没喝，一道烟先进去了；也不管他下轿，也不管他拜堂。

本宅众亲簇拥新人到了堂前，朝西立定。先生曰："请新人转身向东，今日福禄喜神在东。"翠莲便道：

才向西来又向东，休将新妇便牵笼。转来转去无定相，恼得心头火气冲。不知那个是妈妈？不知那个是公公？诸亲九眷闹丛丛，姑娘小叔乱哄哄。红纸牌儿在当中，点着几对满堂红。我家公婆又未死，如何点盏随身灯？

张员外与妈妈听得，大怒曰："当初只说娶个良善人家女子，谁想娶这个没规矩、没家法、长舌顽皮村妇！"诸亲九眷面面相睹，无不失惊。

先生曰："人家孩儿在家中惯了，今日初来，须慢慢的调理他。且请拜香案，拜诸亲。"合家大小俱相见毕。先生念诗赋，请新人入房，坐床撒帐：

新人挪步过高堂，神女仙郎入尚房。

花红利市多多赏，五方撒帐盛阴阳。

张狼在前，翠莲在后，先生捧着五谷，随进房中。新人坐床，先生拿起五谷念道：

撒帐东，帘幕深围烛影红。佳气郁葱长不散，画堂日日是春风。

撒帐西，锦带流苏四角垂。揭开便见姮娥面，输却仙郎捉带枝。

撒帐南，好合情怀乐且耽。凉月好风庭户爽，双双绣带佩宜男。

撒帐北，津津一点眉间色。芙蓉帐暖度春宵，月娥苦邀蟾宫客。

撒帐上，交颈鸳鸯成两两。从今好梦叶维熊，行见蠙珠来入掌。

撒帐中，一双月里玉芙蓉。恍若今宵遇神女，红云簇拥下巫峰。

撒帐下，见说黄金光照社。今宵吉梦便相随，来岁生男定声价。

撒帐前，沉沉非雾亦非烟。香里金虬相隐映，文箫今遇彩鸾仙。

撒帐后，夫妇和谐长保守。从来夫唱妇相随，莫作河东狮子吼。

说那先生撒帐未完，只见翠莲跳起身来，摸着一条面杖，将先生夹腰两面杖，便骂道："你娘的臭屁！你家老婆便是河东狮子！"一顿直赶出房门外去，道：

撒甚帐？撒甚帐？东边撒了西边样。豆儿米麦满床上，仔细思量像甚样？公婆性儿又莽撞，只道新妇不打当。丈夫若是假乖张，又道娘子垃圾相。你可急急走出门，饶你几下捍面杖。那先生被打，自出门去了。

张狼大怒曰："千不幸，万不幸，娶了这个村姑儿！撒帐之事，古来有之。"翠莲便道：

丈夫丈夫你休气，听奴说得是不是：多想那人没好气，故教豆麦撒满地。到不叫人扫出去，反说奴家不贤惠。若还恼了我心儿，连你一顿赶出去。闭了门，独自睡，晏起早眠随心意。阿弥陀佛念几声，耳畔清宁到零利。

张狼也无可奈何，只得出去参筵劝酒。

至晚席散，众亲都去了。翠莲坐在房中自思道："少刻丈夫进房来，必定手之舞之的，我须做个准备。"起身除了首饰，脱了衣服，上得床，将一条绵被裹得紧紧地，自睡了。

且说张狼进得房，就脱衣服，正要上床，被翠莲喝一声，便道：

堪笑乔才你好差，端的是个野庄家。你是男儿我是女，尔自尔来咱自咱。你道我是你媳妇，莫言就是你浑家。那个媒人那个主？行甚么财礼下甚么茶？多少猪羊鸡鹅酒？甚么花红到我家？多少宝石金头面？几匹绫罗几匹纱？镯缠冠钗有几付？将甚插戴我奴家？黄昏半夜三更鼓，来我床前做甚么？及早出去连忙走，休要恼了我们家！若是恼咱性儿起，揪住耳朵采头发，扯破了衣裳抓碎了脸，漏风的巴掌顺脸括，扯碎了网巾你休要怪，擒了你四鬓怨不得咱。这里不是烟花巷，又不是小娘儿家。不管三七二十一，我一顿拳头打得你满地爬。

那张狼见妻子说这一篇，并不敢近前，声也不则，远远地坐在半边。

将近三更时分，且说翠莲自思："我今嫁了他家，活是他家人，死是他家鬼。今晚若不与丈夫同睡，明日公婆若知，必然要怪。罢，罢，叫他上床睡罢。"便道：

痴乔才，休推醉，过来与你一床睡。近前来，分付你，叉手站着莫弄嘴。除网巾，摘帽子，靴袜布衫收拾起。关了门，下幔子，添些油在晏灯里。上床来，悄悄地，同效鸳鸯偕连理。休则声，慎言语，雨散云消脚后睡。束着脚，拳着腿，合着眼儿闭着嘴。若还蹬着我些儿，那时你就是个死！

说那张狼果然一夜不敢则声。睡至天明，婆婆叫言："张狼，你可交娘子早起些梳妆，外面收拾。"翠莲便道：

不要慌，不要忙，等我换了旧衣裳。菜自菜，姜自姜，各样果子各样妆；肉自肉，羊自羊，莫把鲜鱼搅白肠；酒自酒，汤自汤，腌鸡不要混腊獐。日下天色且是凉，便放五日也不妨。待我留些整齐的，三朝点茶请姨娘。总然亲戚吃不了，剩与公婆慢慢嚏。

婆婆听得，半晌无言，欲待要骂，恐怕人知笑话，只得忍气吞声。

耐到第三日，亲家母来完饭。两亲家相见毕，婆婆耐不过，从头将打先生、骂媒人、触夫主、毁公婆，一一告诉一遍。李妈妈听得，羞惭无地，径到女儿房中，对翠莲道："你在家中，我怎生分付你来？交你到人家，休要多言多语，全不听我。今朝方才三日光景，适间婆婆说你许多不是，使我惶恐千万，无言可答。"

翠莲道：

母亲你且休吵闹，听我一一细禀告。女儿不是村夭乐，有些话你不知道。三日媳妇要上灶，说起之时被人笑。两碗稀粥把盐蘸，吃饭无茶将水泡。今日亲家初走到，就把话儿来诉告，不问青红与白皂，一迷将奴胡厮闹。婆婆性儿忒急躁，说的话儿不大妙。我的心性也不弱，不要着了我圈套。寻条绳儿只一

吊,这条性命问他要!

妈妈见说,又不好骂得,茶也不吃,酒也不尝,别了亲家,上轿回家去了。

再说张虎在家叫道:“成甚人家?当初只说娶个良善女子,不想讨了个五量店[①]中过卖[②]来家,终朝四言八句,弄嘴弄舌,成何以看!”翠莲闻说,便道:

大伯说话不知礼,我又不曾惹着你。顶天立地男子汉,骂我是个过卖嘴!

张虎便叫张狼道:“你不闻古人云:‘教妇初来。’虽然不致乎打他,也须早晚训诲;再不然,去告诉他那老虔婆知道!”翠莲就道:

阿伯三个鼻子管,不曾捻着你的碗。媳妇虽是话儿多,自有丈夫与婆婆。亲家不曾惹着你,如何骂他老虔婆?等我满月回门去,到家告诉我哥哥。我哥性儿烈如火,那时交你认得我。巴掌拳头一齐上,着你旱地乌龟没处躲!

张虎听了大怒,就去扯住张狼要打。只见张虎的妻施氏跑将出来,道:“各人妻小各自管,干你甚事?自古道:‘好鞋不踏臭粪!’”

翠莲便道:

姆姆休得要惹祸,这样为人做不过。尽自伯伯和我嚷,你又走来添些言。自古妻贤夫祸少,做出事比天来大。快快夹了里面去,窝风所在坐一坐。阿姆我又不惹你,如何将我比臭污?左右百岁也要死,和你两个做一做。我若有些长和短,阎罗殿前也不放过!

女儿听得,来到母亲房中,说道:“你是婆婆,如何不管?尽着他放泼,像甚模样?被人家笑话!”翠莲见姑娘与婆婆说,就道:

小姑你好不贤良,便去房中唆调娘。若是婆婆打杀我,活捉你去见阎王!我爷平素性儿强,不和你们善商量。和尚道士一百个,七日七夜做道场。沙板棺材罗木底,公婆与我烧钱纸。小姑姆姆戴盖头,伯伯替我做孝子。诸亲九眷抬灵车,出了殡儿从新起。大小衙门齐下状,拿着银子无处使。认你家财万万贯,弄得你钱也无来人也死!

张妈妈听得,走出来道:“早是你才来得三日的媳妇,若做了二三年媳妇,我一家大小俱不要开口了!”翠莲便道:

婆婆休得要水性,做大不尊小不敬。小姑不要忒侥幸,母亲面前少言论。訾些轻事口重报,老蠢听得便就信。言三语四把吾伤,说的话儿不中听。我若有些长和短,不怕婆婆不偿命!

妈妈听了,径到房中,对员外道:“你看那新媳妇,口快如刀,一家大小,逐个个都伤过。你是个阿公,便叫将出来,说他几句,怕甚么!”员外道:“我是他公公,怎么好说他?也罢,待我问他讨茶吃,且看怎的。”妈妈道:“他见你,一定不敢调嘴。”只见员外分付:“交张狼娘子烧中茶吃!”

那翠莲听得公公讨茶,慌忙走到厨下刷洗锅儿,煎滚了茶,复到房中打点各样果子,泡了一盘茶,托至堂前,摆下椅子,走到公婆面前,道:“请公公婆婆堂前吃茶。”又到姆姆房中道:“请伯伯姆姆堂前吃茶。”员外道:“你们只说新媳妇口快,如

今我唤他，却怎地又不敢说甚么？”妈妈道：“这番，只是你使唤他便了。”

少刻，一家儿俱到堂前，分大小坐下，只见翠莲捧着一盘茶，口中道：

公吃茶，婆吃茶，伯伯姆姆来吃茶。姑娘小叔若要吃，灶上两碗自去拿。两个拿着慢慢走，泡了手时哭喳喳。此茶唤作阿婆茶，名实虽村趣味佳。两个初煨黄栗子，半抄新炒白芝麻。江南橄榄连皮核，塞北胡桃去壳柤。二位大人慢慢吃，休得坏了你们牙！

员外见说，大怒曰：“女人家须要温柔稳重，说话安详，方是做媳妇的道理，那曾见这样长舌妇人！”翠莲应曰：

公是大，婆是大，伯伯姆姆且坐下。两个老的休得骂，且听媳妇来禀话：你儿媳妇也不村，你儿媳妇也不诈。从小生来性刚直，话儿说了心无挂。公婆不必苦憎嫌，十分不然休了罢。也不愁，也不怕，搭搭凤子回去罢。也不招，也不嫁，不搽胭粉不妆画。上下穿件缟素衣，侍奉双亲过了罢。记得几个古贤人：张良蒯文通说话，陆贾萧何快掉文，子建杨修也不亚，苏秦张仪说六国，晏婴管仲说五霸，六计陈平李左车，十二甘罗并子夏。这些古人能说话，齐家治国平天下。公公要奴不说话，将我口儿缝住罢！

张员外道：“罢，罢，这样媳妇，久后必被败坏门风，玷辱上祖！”便叫张狼曰：“孩儿，你将妻子休了罢！我别替你娶一个好的。”张狼口虽应承，心有不舍之意。张虎并妻俱劝员外道：“且从容教训。”翠莲听得，便曰：

公休怨，婆休怨，伯伯姆姆都休劝。丈夫不必苦留恋，大家各自寻方便。快将纸墨和笔砚，写了休书随我便。不曾殴公婆，不曾骂亲眷，不曾欺丈夫，不曾打良善，不曾走东家，不曾西邻串，不曾偷人财，不曾被人骗，不曾说张三，不与李四乱，不盗不妒与不淫，身无恶疾能书算，亲操井臼与庖厨，纺织桑麻拈针线。今朝随你写休书，搬去妆奁莫要怨。手印缝中七个字：‘永不相逢不见面。’恩爱绝，情意断，多写几个弘誓愿。鬼门关上若相逢，别转了脸儿不厮见！

张狼因父母做主，只得含泪写了休书，两边搭了手印，随即讨乘轿子，交人抬了嫁妆，将翠莲并休书送至李员外家。父母并兄嫂都埋怨翠莲嘴快的不是。翠莲道：

爹休嚷，娘休嚷，哥哥嫂嫂也休嚷。奴奴不是自夸奖，从小生来志气广。今日离了他门儿，是非曲直俱休讲。不是奴家牙齿痒，挑描刺绣能绩纺。大裁小剪我都会，浆洗缝联不说谎。劈柴挑水与庖厨，就有蚕儿也会养。我今年小正当时，眼明手快精神爽。若有闲人把眼观，就是巴掌脸上响。

李员外和妈妈道：“罢，罢，我两口也老了，管你不得，只怕有些一差二误，被人耻笑，可怜！可怜！”翠莲便道：

孩儿生得命里孤，嫁了无知村丈夫。公婆利害犹自可，怎当姆姆与姑姑？我若略略开得口，便去搬唆与舅姑。且是骂人不吐核，动脚动手便来拖。生出许多情切话，就写离书休了奴。止望回家图自在，岂料爹娘也怪吾。夫家娘家着不得，剃了头发做师姑。身披直裰挂葫芦，手中拿个大木鱼。白日沿门化饭

吃，黄昏寺里称念佛祖念南无[3]，吃斋把素用工夫。头儿剃得光光地，那个不叫一声小师姑。

说罢，卸了浓妆，换了一套绵布衣服，向父母前合掌问讯拜别，转身向哥嫂也别了。

哥嫂曰："你既要出家，我二人送你到前街明音寺去。"翠莲便道：

哥嫂休送我自去，去了你们得伶俐。曾见古人说得好："此处不留有留处。"离了俗家门，便把头来剃。是处便为家，何但明音寺？散淡又逍遥，却不倒伶俐！

不恋荣华富贵，一心情愿出家。身披一领锦袈裟，常把数珠悬挂。每日持斋把素，终朝酌水献花。纵然不做得菩萨，修得个小佛儿也罢。

新编小说《快嘴媳妇李翠莲记》终。

【注释】

①五量店：用量器零售油盐酱醋酒的店铺。

②过卖：店铺中招呼顾客的堂倌。

③南无：佛教语"南无阿弥陀佛"的缩语。

张子房慕道[1]记

入话：

梦中富贵梦中贫，梦里欢娱梦里嗔。
闹热一场无个事，谁人不是梦中人？

话说汉朝年间，高祖登基，驾坐长安大国。忽一日，设朝聚集文武两班，九卿四相。各人奏事已毕。班部中转过一人，紫袍金带，执简当胸，出班奏曰："我王万岁！微臣看得近今天下太平，风调雨顺，万民乐业。臣欲要慕道修行，不知我王意下如何？"高祖问曰："卿因何要入山慕道？"张良答曰："臣见三王苦死，不能全终。"高祖曰："那三王？"张良曰："是齐王韩信[2]，大梁王彭越[3]，九江王英布[4]。元来这三王，忠烈直臣，安邦定国。臣想昔日楚王争战之时，身不离甲，马不离鞍，悬弓插箭，挂剑悬鞭，昼夜不眠，日夜辛苦，这般猛将尚且一命归阴，何况微臣！岂不怕死？"高祖曰："卿莫非官小职低，弃却寡人？岂不闻钢刀虽快，不斩无罪之人？"张良曰："岂无罪过！臣思日月虽明，尚不照覆盆之下。三王向如此乎？"高祖曰："齐王韩信，他有罪过，如何苦死？卿不知其情，寡人有诗为证：

韩信功劳十代先，夜斩诗祖赫赵燕。
长要损人安自己，有心要夺汉朝天。"

张良诉说已罢，微微冷笑，便道："我王岂不闻古人云：'君不正，臣投外国；父不正，子奔他乡。'我王失其政事，不想褒州筑坛拜将之时。我王不信，有诗为证：

韩信遭逢吕后机，不由天子只由妃。
智赚未央宫内死，不想褒州拜将时。"

高祖曰："卿，韩信、彭越、英布三人有怨寡人之心。"张良答曰："臣自有诗为证：

韩信临危剑下亡，低头无语怨高皇。
早知死在阴人手，何不当初顺霸王！"

张良言曰："微臣眼前不见三人，一心只要慕道。"高祖道："卿，你作官中第一，极品随朝，身穿紫罗袍，腰悬白玉带，口餐珍羞百味，因甚却要归山慕道？"张良曰："臣见三王遭诛，臣怀十怕。"高祖曰："卿，那十怕？"张良曰："赦臣之罪，微臣敢说。"高祖曰："朕赦之！"良曰："听臣听说，有诗为证：

一怕火院锁牢缠；
二怕家眷受熬煎；
三怕病患缠身体；
四怕有病服药难；
五怕气断身亡死；
六怕有难哭皇天；
七怕采木花棺椁；
八怕牢中展却难；
九怕身葬荒郊外；
十怕萧何律上亡！"

张良曰："我王，倘若无常到来，如何躲得？"高祖曰："卿，你正好荣华富贵，却要受冷耽饥。"张良曰："皇若不信，有词为证：

慕道逍遥，修行快乐。粗衣淡饭随时着，草履麻鞋无拘束。不贪富贵荣华，自在闲中快乐。手内提着荆篮，便入深山采药。去下玉带紫袍，访友携琴取乐。"

高祖曰："卿要归山，你往那里修行？"张良曰："臣有诗存证：

放我修行拂袖还，朝游峰顶卧苍田。
渴饮蒲萄香醪酒，饥餐松柏壮阳丹。
闲时观山游野景，闷来潇洒抱琴弹。
若问小臣归何处？身心只在白云山。"

高祖曰："卿意要去修行，久后寡人有难，要卿扶助朝纲，协立社稷。"张良回答曰："臣有诗存证：

十年争战定干戈，虎斗龙争未肯和。
虚空世界安日月，争南战北立山河。
英雄良将年年少，血染黄沙岁岁多。
今日辞君臣去也，驾前无我待如何！"

高祖曰："如今天下太平，正好随伴寡人，在朝受荣华富贵，却要耽寒受冷，黄虀淡饭，修行张良慕道！"张良听说："有诗为证：

两轮日月疾如梭，四季光阴转眼过。

省事少时烦恼少，荣华贪恋是非多。

紫袍玉带交还主，象简乌靴水上波。

脱却朝中名与利，争名夺利待如何！”

高祖曰：“不要卿管职事，早晚随伴寡人，意下如何？”张良曰：“臣有诗存证：

荣华富贵终无久，仔细思量白发多。

为人不免无常到，人生最怕老来磨。”

高祖曰：“卿若年老，寡人赐你俸米，月支钱钞，四季衣服，封妻荫子，有何不可？”张良曰：“蒙赐衣、钱、米，老来如何替得？有词存证：

老来也，百病熬煎。一口牙疼，两臂风牵。腰驼难立，气急难言。吃酒饭，调痰倒转；饮茶汤，口角流涎。手冷如钳，脚冷如砖。似这般百病，直不得两个沙模儿铜钱。”

高祖曰：“卿一心既要入山慕道，寡人管你四季道粮并衣服鞋袜。”张良曰：“臣有诗为证：

日月如梭架不牢，时光似箭斩人刀。

清风明月朝朝有，火院[5]前程无下稍。

日月韶光随时转，太阳真火把人熬。

你强我弱争名利，不免阎王走一遭。”

高祖苦劝，张良不允。“且回相府，明日再来商议。”张良辞驾出朝，吟诗一首：

游遍江湖数百州，人心不似水长流。

受恩深处宜先退，得意浓时便可休。

莫待是非来灌耳，从前恩爱反为仇。

不是微臣归山早，服侍君王不到头。

张良拜辞，出朝回家。

高祖曰：“众文武百官，寡人苦劝张子房不听。”遂令百官领圣旨，往张良相府，劝他回心转意：“丞相，主人留你：‘不要入山修行，在家出家，朝暮随伴寡人，道粮衣服钱米，每月供俸。’却不是好？”张良曰：“臣想韩信、彭越、英布，争江山，夺社稷，累建大功。如今功劳却在何处？”张良不允。众官又劝：“丞相，如今天下太平，官封极品，位至三公，朝中享荣华富贵，如何归山慕道？”张良呵呵大笑：“有诗为证：

汉世张良散楚歌，八千兵散走奔波。

霸王只为江山死，悔不当初过界河。

万里江山朝皇帝，八方宁净罢干戈。

因甚子房归山早，恩深到惹是非多！”

众文武百官苦劝不从，各回去了。

张良送众官，回到相府，辞了老夫人：“我今欲要入山慕道。”老夫人便道：“丞相，你每日受享龙楼凤阁，耳听山呼万岁，吃珍羞，饮御酒，端的是：

春眠红锦帐，夏卧碧纱厨。

两双红烛引，一对美人扶。

如何却要归山慕道？旷野荒郊，孤身独自；冬夏衣服、道粮谁管？闷来有谁消愁？只在家中修行。”

张良见说：“有诗为证：

兔走乌飞不暂闲，古今兴废已千年。
才见婴儿并幼女，不觉苍颜白鬓边。
慕道修真还苦行，游山玩景炼仙丹。
闲时便把琴来操，闷看猿猴上树巅。”

老夫人听说：“丞相如今高官极品，富贵荣华；一人之下，万人之上；朝则同欢，暮则同乐；不肯受用，情愿入山慕道。耽寒受冷，忍饥受饿，那时悔之晚矣！”张良不允，留诗一首：

生死轮回几万遭，迷人不省半分毫。
贪心似草年年长，造罪如山渐渐高。
不去佛前求忏悔，贪迷火院受煎熬。
若人不行平等事，三涂地狱苦难逃。

老夫人道：“丞相，你却修行去了，家中儿女未曾婚配，男孤女只。待等家事已完，那时未迟。”张良答曰：“倘若大限到来，身归泉世，命染黄沙，如何留得？”张良即便题诗一首：

一日无常万事休，半床席卷不中留。
忧愁恋儿年纪小，爱子贪妻不到头。
使尽机关争名利，魂离魄散做骷髅。
人人尽是痴呆汉，难免荒郊卧土丘。

张良说罢而出。

高祖传旨，遂令把门官军：“不要放出张丞相。若不辞朕，怎敢便去？”高祖正说之间，张良将冠带、袍服、象简、乌靴，朱红盘内托来，放于五凤楼前，私行去了。高祖差人四下追赶捕获，寻至数日，杳无踪迹。只见朱红盘内，有诗为证：

懒把兵书再展开，我王无事斩贤才。
腰间金印无心挂，拂袖白云归去来。
两手拨开名利锁，一身跳出是非街。
不是微臣归山早，怕死韩信剑下灾！

高祖自从出了张良，每日思想悬悬，放心不下。朝门外大张黄榜：“有人得知张良下落者，封其官职。”忽有一樵夫，分开人众，前来揭榜，入朝：“奏上我王万岁，臣见张丞相却在白云山修行慕道。”高祖听罢，心中大喜，龙颜甚悦，即排鸾驾，前往白云山前，寻访一遭。行至一日，只见茅庵一所，不见张良，令人来到名山，有诗为证：

白云山前字两行，张良留下劝人方：
红颜爱色抽心死，紫草连枝带叶亡。

蜂采百花人食蜜，牛耕荒地鼠餐粮，
世上三般冤屈事：月缺花残人少亡。

高祖念诗已罢，不见张良，眼中垂泪，吟诗一首：

君王亲自驾临山，不见贤臣空到庵。
日映桃花侵目艳，风吹竹叶透人寒。
炉内烧丹灰未冷，壁上题诗墨未干。
棋盘踪迹端然在，子房何处把身安？

高祖吟诗已罢，不见张良，仰天长叹。回驾，行至半山，忽见张良渔鼓简子，口唱道情，仙鹤绕舞，野鹿衔花，前来接驾。

高祖一见张良，龙颜大喜，作诗一首：

十度宣卿九不朝，关心路远费心劳。
明知你有神仙法，点石成金不用烧。
朝中缺少擎天柱，单等贤臣挂紫袍。
卿若转心回朝去，寡人世界得坚牢。

张良听说："面奏我王，臣誓不回，只在山中修行慕道。我王不信，微臣有诗一首：

闲时山中采药苗，不愿朝中挂紫袍。
高祖咬牙封雍齿，汉王滴泪斩丁公。
萧何稳坐为丞相，韩信安邦命不牢。
不是微臣嫌官小，犯了王法不肯饶。

张良奏上我王万岁得知，韩信、英布、彭越三人，争南夺北，个个死于剑下。我王不信，有诗为证：

我去归山脱离灾，韩信遭计倒尘埃。
因为我王无正道，吕后定计斩英才。"

高祖曰："卿不比在前浑浊之时。"张良答曰："我王若要回朝，请我王到茅庵，献清茶一盏。"张良引驾，正行之间，前面一个仙童，指化一条大涧，横担独木高桥一根，请高祖先行。高祖恐怕木滚，不敢行过。张良拂袖而过此桥，吟诗一首：

桥上横担松一根，不知那是造桥人？
独木怎过龙驹马，深水难行伴侣人。
百条龙尾空中挂，千根大蟒涧边存。
虽然不是神仙法，唬得人心不敢行。

这涧中碧沉沉水，波浪千层阻隔，高祖龙车不能前进。张良见了，呵呵大笑，吟诗一首：

范蠡归湖脱紫褴，子房修道不回还。
心猿牢锁无根树，意马牢拴不放闲。
辞文官来别武将，功名二字两分单。

不是微臣归山去，免被云阳剑下丹。

高祖苦劝张良不回，心中忧闷，眼泪恓惶。张良就于涧边拜辞高祖，吟诗二首：

张良交印与高皇，范蠡归湖别越王。

二人不嫌官职小，只怕江山不久长。

向后莫听吕后语，君王失政损忠良。

万丈火坑抛撒了，一身跳出是非场。

张良收心归山，普劝世人，作诗一首：

普劝阎浮贤大良，世间莫要把名扬。

无常那怕公侯子，不怕文官武将强。

不惧男女收心早，大限来时手脚忙。

学得子房归山去，免向阎王论短长。

【注释】

①张子房：即汉高祖刘邦的谋士张良。字子房。汉初封留侯。慕道：向往修道。

②齐王韩信：淮阴人，楚汉战争中，初属项羽，继归刘邦，被任为大将，封为齐王。后为吕后所杀。

③大梁王彭越：字仲，昌邑人，楚汉战争时辅佐刘邦打天下，汉初封梁王，后阴谋发动叛乱，为刘邦所杀。

④九江王英布：六县人，因坐法黥面，又称黥布。初属项羽，封九江王。楚汉战争时归汉，封淮南王。后发动叛乱，战败被杀。

⑤火院：指苦海。

五戒禅师私红莲记

入话：

禅宗法教岂非凡，佛祖流传在世间。

铁树花开千载易，坠落阿鼻要出难。

话说大宋英宗治平年间，去这浙江路宁海军钱塘门外，南山净慈孝光禅寺，乃名山古刹。本寺有二个得道高僧，是师兄师弟，一个唤做五戒禅师，一个唤作明悟禅师。这五戒禅师年三十一岁，形容古怪，左边瞽一目，身不满五尺。本贯西京洛阳人，自幼聪明，举笔成文，琴棋书画，无所不通。长成出家，禅宗释教，如法了得，参禅访道。俗姓金，法名五戒。且问：何谓之五戒？

第一戒者，不杀生命；

第二戒者，不偷盗财物；

第三戒者，不听淫声美色；

第四戒者，不饮酒茹荤；

第五戒者，不妄言造语。

此谓之五戒。忽日云游至本寺，访大行禅师，禅师见五戒佛法晓得，留在寺中坐了

上色徒弟。不数年，大行禅师圆寂。本寺僧众立他做住持，每日打坐参禅。

那第二个唤做明悟禅师，年二十九岁。生得头圆耳大，面阔口方，眉清目秀，丰彩精神，身长七尺，貌类罗汉。本贯河南太原府人氏，俗姓王，自幼聪慧，笔走龙蛇，自幼参禅访道，出家在本寺沙陀寺，法名明悟。后亦云游至宁海军，到净慈寺来访五戒禅师。禅师见他聪明晓事，就留于本寺做师弟。二人如一母所生，且是好。但遇着说法，二人同升法座，讲说佛教。不在话下。

忽一日，冬尽春初，天道严寒，阴云作雪，下了两日。第三日，雪霁天晴，五戒禅师清早在方丈禅椅上坐，耳内远远的听得小孩儿啼哭声，当时，便叫身边一个知心腹的一个道人，唤做清一，分付道："你可去山门外各处看有甚事，来与我说。"清一道："长老，落了两日雪，今日方晴，料无甚事。"长老道："你可快去，看了来回话。"清一推托不过，只得走到山门边。那时天未明，山门也不曾开。叫门公开了山门，清一打一看时，吃了一惊，道："善哉！善哉！"正所谓：

日日行方便，时时发道心。
但行平等事，不用问前程。

当时，清一见山门外，松树根雪地上，一块破席，放一个小孩儿在那里，口里道："苦哉！苦哉！甚人家将这个孩儿丢在此间，不是冻死，便是饿死！"走向前仔细一看，却是五六个月一个女儿，将一个破衲头包着，怀内揣着个纸条儿，上写生年、月、日、时辰。清一口里不说，心下思量："古人有云：'救人一命，胜造七级浮屠[①]。'"连忙走回方丈[②]，禀复长老道："不知甚人家，将个五七个月女孩儿破衣包着，撇在山门外松树根头。这等寒天，又无人来往，怎的做个方便，救他则个？"长老道："善哉！善哉！清一，难得你善心。你如今抱了回房，早晚把些粥饭与他，喂养长大，把与人家，救他性命，胜做出家人。"

当时，清一急急出门去，抱了回方丈中，把着长老看。道："清一，你将那纸条儿我看。"清一递与长老，长老看上却写道："今年六月十五日午时生，小名红莲。"长老分付清一："好生抱去房里，养到五七岁，把与人家去，也是好事。"清一依言，抱到千佛殿后一带三间四椽平屋房中，放些火在火囤内烘他，取些粥喂了。似此日往月来，藏在空房中，无人知觉，一向长老也忘了。不觉红莲已经十岁。清一见他生得清秀，诸事见便，藏匿在房里，出门锁了，入门关了，且是谨慎。

光阴似箭，日月如梭，倏忽这红莲女长年一十六岁。这清一如自生的女一般看待。虽然女子，却只打扮如男子衣服鞋袜，头上头发前齐眉，后齐项，一似个小头陀。且是生得清楚，在房内茶饭针线。清一止望寻个女婿，要他养老送终。

一日，时遇六月炎天，五戒禅师忽想十数年前之事，洗了浴，吃了晚粥，径走来千佛阁后来。清一道："长老希行。"长老道："我问你，那年抱的红莲，如今在那里？"清一不敢隐匿，引长老到房中，一见，吃了一惊，却是：

分开八块顶阳骨，倾下半桶冰雪来。

长老一见红莲，一时差讹了念头，邪心遂起，嘻嘻笑道："清一，你今晚可送红莲到我

卧房中来，不可有误。你若依我，我自抬举你。此事切不可泄漏，只交他做个小头陀，不要交人识破他是女子。”清一口中应允，心内想道：“欲待不依长老，又难；依了长老，今夜去到房中，必坏了女身。千难！万难！”长老见清一应不爽利，便道：“清一，你锁了房门，跟我去房里去。”

清一跟了长老，径到房中。长老去衣箱里取出十两银子，把与清一道：“你且将这些去用。我明与你讨道度牒[3]，剃你做徒弟。你心下如何？”清一道：“多谢长老抬举！”只得收了银子，别了长老。回到房中，低低说与红莲道：“我儿，却才来的是是本寺长老。他见你，心中喜爱你。今等夜净，我送你去伏事长老。你可小心仔细，不可有误！”红莲见父亲如此说，便应允了。

到晚，两个吃了晚饭。约莫二更天气，清一领了红莲径到长老房中，门窗无些阻当。原来长老有两个行者在身边伏事，当晚分付：“我要出外闲走乘凉，门窗且未要关。”因此无阻。长老自在房中，等清一送红莲来。候至三更，只见清一送小头陀来房中。长老接入房内，分付清一：“你到明日此时，来领他回房去。”清一自回房中去了。

且说长老关了房门，灭了琉璃灯，携住红莲手，一将将到床前，交红莲脱了衣服。长老向前一搂搂住，搂在怀中，抱上床去。却便似：

> 戏水鸳鸯，穿花鸾凤。喜孜孜，连理并生；美甘甘，同心带绾。恰恰莺声，不离耳畔；津津甜唾，笑吐舌尖。杨柳腰，脉脉春浓；樱桃口，微微气喘。星眼朦胧，细细汗流香玉体；酥胸荡漾，涓涓露滴牡丹心。一个初侵女色，犹如饿虎吞羊；一个乍遇男儿，好似渴龙得水。可惜菩提甘露水，倾入红莲两瓣中。

当日，长老与红莲云收雨散，却好五更。天将明，长老思一计，怎生藏他在房中。房中有口大衣厨，长老开了锁，将厨内物件都收什了，却交红莲坐在厨中，分付道：“饭食，我自将来与你吃，可放心宁耐则个。”红莲自是女孩儿家，初被长老淫勾，心中也喜，躲在衣厨内，把锁锁了。少间，长老上殿诵经毕，入房闩了房门，将厨开了锁，放出红莲，把饮食与他吃了，又放些果子在厨内，依先锁了。至晚，清一来房中，领红莲回房去了。

却说明悟禅师当夜在禅椅上入定回来，慧眼已知：“五戒禅师差了念头，犯了色戒，淫了红莲，把多年清行直抛弃。我今劝省他，不可如此。”也不说出。至次日，正是六月尽，门外撇骨池内红白莲花盛开。明悟长老令行者采一朵白莲花，将自己房中取一枝瓶插了，交道人备杯清茶在房中，交行者去请五戒禅师：“我与他赏莲花，吟诗谈话则个。”

不多时，行者请到五戒禅师。两个长老坐下，明悟道：“师兄，我今日见莲花盛开，对此美景，折一朵在瓶中，特请吾兄吟诗清话。”五戒道：“多蒙清爱。”行者捧茶至。茶罢，明悟禅师道：“行者，取文房四宝来。”行者取至面前。五戒道：“将何物为题？”明悟道：“便将莲花为题。”长老捻起笔来，便写四句诗道：

一枝菡萏瓣儿张，相伴蜀葵花正芳。

红榴似火复如锦，不如翠盖芰荷香。

长老诗罢，明悟道："师兄有诗，小僧岂得无言语乎？"落笔便写四句。诗曰：

春来桃杏柳舒张，千花万蕊斗芬芳。

夏赏芰荷真可爱，红莲争似白莲香？

明悟长老依韵诗罢，呵呵大笑。

五戒听了此言，心中一时解悟，面皮红一回，青一回，便转身辞回卧房，对行者道："快与我烧桶汤来洗浴！"行者连忙烧汤，与长老洗浴罢，换了一身新衣服，取张禅椅到房中，将笔在手，拂一张纸开，便写八句《辞世颂》，曰：

吾年四十七，万法本归一。

只为念头差，今朝去得急。

传与悟和尚，何劳苦相逼？

幻身如雷电，依旧苍天碧！

写罢《辞世颂》，交焚一炉香在面前，长老上禅椅上左脚压右脚，右脚压左脚，合掌坐化。

行者忙去报与明悟禅师。禅师听得大惊，走到房中看时，见五戒师兄已自坐化去了，看了面前《辞世颂》，道："你好却好了，只可惜差了这一着。你如今虽得个男子身，长成不信佛、法、僧三宝，必然灭佛谤僧，后世却坠落苦海，不得皈依佛道。深可痛哉！真可惜哉！你道你走得快，我赶你不着，不信……"当时，也交道人烧汤，洗浴，换了衣服，到方丈中，上禅椅跏趺[④]而坐，分付徒众道："我今去赶五戒和尚；汝等可将两个龛子盛了，放三日，一同焚化。"嘱罢，圆寂[⑤]而去。

众僧皆惊："有如此异事。"城内城外听得本寺两个禅师同日坐化，各皆惊讶。来烧香、礼拜、布施者，人山人海，男子妇人，不计其数。嚷了三日，抬去金牛寺焚化，拾骨撇了。这清一遂浼人说议亲事，将红莲女嫁与一个做扇子的刘大诏为妻，养了清一在家过了下半世。

且说明悟一灵真性，直赶至西川眉州眉山县城中，五戒已自托生在一个人家，姓苏，名洵，字明允，号老泉居士，诗礼之人。院君王氏夜梦一瞽目和尚走入房中，吃了一惊，明旦分娩一子，生得眉清目秀，父母皆喜。三朝满月，百日一周，不在话下。

却说明悟一灵也托生在本处，姓谢名原，字道清。妻章氏亦梦一罗汉，手持一印，来家抄化，因惊醒，遂生一子。年长，取名谢端卿。自幼不肯吃荤酒，只要吃素，一心要出家。父母见他如此心坚，送他在本处寺中做了和尚，法名佛印，参禅问道，如法聪明，是个诗僧，不在话下。

却说苏老泉的孩儿长年七岁，交他读书写字，十分聪明，目视五行书。后至十岁来，五经书史，无所不通。取名苏轼，字子瞻。年十六岁，神宗天子熙宁三年，子瞻往东京应举，一举成名，御笔除翰林院学士。不三年，升端明殿大学士。道号东坡。此人文章冠世，举笔珠玑，为官清廉公正；只是不信佛法，最不喜和尚，自言：

“我若一朝管了军民，定要灭了这和尚们。”

且说佛印在于开元寺中出家，闻知苏子瞻一举成名，在翰林院学士，特地到东京大相国寺来做住持。忽一日，苏学士在府中闲坐，忽见门吏报说：“有一和尚要见学士相公。”相公交门吏出问：“何事要见相公？”佛印见问，于门吏处借纸笔墨来，便写四句，送入府去。学士看其四字：“诗僧谒见。”学士取笔来，批一笔云：“诗僧焉敢谒王侯。”交门吏把与和尚。和尚又写四句诗，道：

四海尚容蛟龙隐，五湖还纳百川流。

问一答十知今古，诗僧特地谒王侯。

学士见此僧写、作二者俱好，必是个诗客，遂请入。佛印到厅前问讯，学士起身叙礼，邀坐待茶。学士问：“和尚，上刹何处？”佛印道：“小僧大相国寺住持。久闻相公誉，欲求参拜。今日得见，大慰所望！”学士见佛印如此言语，问答如流，令院子备斋。佛印斋罢，相别回寺。自此，学士与佛印吟诗作赋交往。

忽一日，学士被宰相王荆公寻件风流罪过，把学士奏贬黄州安置去了。佛印退了相国寺，径去黄州住持甘露寺，又与苏学士相友至厚。后哲宗登基，取学士回朝，除做临安府太守。佛印又退了甘露寺，直到临安府灵隐寺住持，又与苏东坡为诗友。在任清闲无事，忽遇美景良辰，去请佛印到府，或吟诗，或作赋，饮酒尽醉方休。或东坡到灵隐寺，闲访终日，两个并不怠倦。盖因是佛印监着苏子瞻，因此省悟前因，敬佛礼僧，自称为东坡居士。身上礼衣，皆用茶合布为之。在于杭州临安府，与佛印并龙井长老辨才、智果寺长老南轩并朋友黄鲁直、妹夫秦少游，此五人皆为诗友。

这苏东城去西湖之上造一所书院，门栽杨柳，园种百花，至今西湖号为苏堤杨柳院。又开建西湖长堤，堤上一株杨柳一株桃。后有诗为证：

苏公堤上多佳景，惟有孤山浪里高。

西湖十里天连水，一株杨柳一株桃。

后元丰五年，神宗天子取子瞻回京，升做翰林学士，经筵讲官。不数年，升做礼部尚书，端明殿大学士。告老致仕还乡，尽老而终，得为大罗天仙。佛印禅师圆寂在灵隐寺了，亦得为至尊古佛。二人俱得善道。

虽为翰府名谈，编入《太平广记》。

【注释】

①浮屠：指佛塔。

②方丈：指长老的居室。

③度牒：僧道出家，官府发的凭证。

④跏趺（音 jiā fū）：修禅者两足交叠而坐的修禅方式。

⑤圆寂：指僧尼逝世。

刎颈鸳鸯会

入话：

眼意心期卒未休，暗中终拟约秦楼。
光阴负我难相偶，情绪牵人不自由。
遥夜定怜香蔽膝，闷时应弄玉搔头。
樱桃花谢梨花发，肠断青春两处愁。

丈夫只手把吴钩[①]，欲斩万人头；如何铁石打成心性，却为花柔？　君看项籍并刘季，一以使人愁；只因撞着虞姬戚氏，豪杰都休。

右诗词各一首，单说着"情"、"色"二字。此二字，乃一体一用也。故色绚于目，情感于心；情色相生，心目相视。虽亘古迄今，仁人君子，弗能忘之。晋人有云："情之所钟，正在我辈。"慧远曰："顺觉如磁石遇针，不觉合为一处。无情之物尚尔，何况我终日在情里做活计耶？"如今则管说这"情"、"色"二字则甚？

且说个临淮武公业，于咸通中任河南府功曹参军。爱妾曰非烟，姓步氏，容止纤丽，弱不胜绮罗；善秦声，好诗弄笔。公业甚嬖[②]之。比邻乃天水赵氏第也，亦衣缨之族。其子赵象，端秀有文学。忽一日，于南垣隙中窥见非烟，而神气俱丧，废食思之，遂厚赂公业之阍人[③]，以情告之。阍有难色，后为赂所动，令妻伺非烟闻处，具言象意。非烟闻之，但含笑而不答。阍媪尽以语象。象发狂心荡，不知所如，乃取薛涛笺[④]，题一绝于上。诗曰：

绿暗红稀起暝烟，独将幽恨小庭前。
沉沉良夜与谁语？星隔银河月半天。

写讫，密缄之，祈阍媪达于非烟。非烟读毕，吁嗟良久，向媪而言曰："我亦曾窥见赵郎，大好才貌，今生薄福，不得当之。尝嫌武生粗悍，非青云器[⑤]也。"乃复酬篇，写于金凤笺。诗曰：

画檐春燕须知宿，兰浦双鸳肯独飞？
长恨桃源诸女伴，等闲花里送郎归。

封付阍媪，会遗象。象启缄，喜曰："吾事谐矣！"但静室焚香，时时虔祷以候。

越数日，将夕，阍媪促步而至，笑且拜，曰："赵郎愿见神仙否？"象惊，连问之。传非烟语曰："功曹今夜府直，可谓良时。妾家后庭即君之前垣也。若不逾约好，专望来仪，方可候晤！"语罢，既曛黑，象乘梯而登，非烟已令重榻于下。既下，见非烟艳妆盛服，迎入室中，相携就寝，尽缱绻之意焉。及晓，象执非烟手，曰："接倾城之貌，挹希世之人，已誓幽明，永奉欢狎。"言讫，潜归。兹后不盈旬日，常得一期于后庭矣，展幽彻之思，罄宿昔之情，以为鬼鸟不知，人神相助，如是者周岁。

无何[⑥]，非烟数以细过挞其女奴。奴衔之，乘间尽以告公业。公业曰："汝慎勿扬声，我当自察之！"后常至直日，乃密陈状请暇。迨夜，如常入直，遂潜伏里门。俟

暮鼓既作，蹑足而回，循墙至后庭，见非烟方倚户微吟，象则据垣斜睇。公业不胜其忿，挺前欲擒象。象觉，跳出。公业持之，得其半襦，乃入室，呼非烟，诘之。非烟色动，不以实告。公业愈怒，缚之大柱，鞭楚血流。非烟但云："生则相亲，死亦无恨！"遂饮杯水而绝。象乃变服易名，远窜于江湖间，稍避其锋焉。可怜：

雨散云消，花残月缺！

且如赵象知机识务，事脱虎口，免遭毒手，可谓善悔过者也。于今又有个不识窍的小二哥，也与个妇人私通，日日贪欢，朝朝迷恋，后惹出一场祸来，尸横刀下，命赴阴间，致母不得侍，妻不得顾，子号寒于严冬，女啼饥于永昼。静而思之，着何来由！况这妇人不害了你一条性命了？真个：

蛾眉本是婵娟刃，杀尽风流世上人。

权做个笑要头回。

说话的，你道这妇人住居何处？姓甚名谁？元来是浙江杭州府武林门外落乡村中，一个姓蒋的生的女儿，小字淑珍。生得甚是标致：

脸衬桃花，比桃花不红不白；眉分柳叶，如柳叶犹细犹弯。自小聪明，从来机巧。善描龙于刺凤，能剪雪以裁云。心中只是好些风月，又饮得几杯酒。年已及笄，父母议亲，东也不成，西也不就。每兴凿穴之私，常感伤春之病。自恨芳年不偶，郁郁不乐。垂帘不卷，羞教紫燕双双；高阁慵凭，厌听黄莺并语。

未知此女几时得偶素愿？因成商调《醋葫芦》小令十篇，系于事后，少述斯女始末之情。奉劳歌伴，先听格律，后听芜词：

湛秋波，两剪明；露金莲，三寸小。弄春风，杨柳细身腰；比红儿，态度应更娇。他生的诸般齐妙，纵司空见惯也魂消！

况这蒋家女儿如此容貌，如此伶俐，缘何豪门巨族，王孙公子，文士富商，不求行聘？却这女儿心性有些跷蹊，描眉画眼，傅粉施朱，梳个纵鬓头儿，着件叩身衫子，做张做势，乔模乔样，或倚槛凝神，或临街献笑，因此闾里皆鄙之。所以迁延岁月，顿失光阴，不觉二十余岁。

隔邻有一儿子，名叫阿巧，未曾出幼，常来女家嬉戏。不料此女以动不正之心有日矣。况阿巧不甚长成，父母不以为怪，遂得通家，往来无间。一日，女父母他适[⑦]，阿巧偶来。其女相诱入室，强合焉。忽闻扣户声急，阿巧惊遁而去。女父母至家，亦不知也。且此女欲心如炽，久渴此事，自从情窦一开，不能自已。阿巧回家，惊气冲心而殒。女闻之死，哀前弥极，但不敢形诸颜颊。奉劳歌伴，再和前声：

锁修眉，恨尚存；痛知心，人已亡。霎时间，云雨散巫阳；自别来，几日行坐想。空撇下一天情况，则除是梦里见才郎。

这女儿自因阿巧死后，心中好生不快活，自思量道："皆由我之过，送了他青春一命。"日逐蹀躞不下[⑧]。

倏尔又是一个月来，女儿晨起梳妆，父母偶然视听其女颜色精神，语言恍惚。老儿因谓妈妈曰："莫非淑珍做出来了？"殊不知其女：

春色飘零，蝶粉蜂黄都退了；韶华狼藉，花心柳眼已开残。

妈妈、老儿互相埋怨了一会：“只怕亲戚耻笑！常言道：‘女大不中留。’留在家中，却如私盐包儿，脱手方可。不然，直待事发弄出丑来，不好看。”那妈妈和老儿说罢，央王嫂嫂作媒，将高就低，添长补短，发落了罢。

一日，王嫂嫂来，说嫁与近村某二郎为妻。且某二郎是个庄农之人，又四十多岁，只图美貌，不计其他也。过门之后，两个颇说得着。

瞬忽间十有余年，某二郎被他彻夜盘弄衰惫了，年将五十之上，此心已灰。奈何此妇正在妙龄，酷好不厌，仍与夫家西宾[9]有事。某二郎一见，病发身故。这妇人眼见断送两人性命了。奉劳歌伴，再和前声：

结姻缘，十数年；动春情，三四番。萧墙祸起片时间。到如今，反为难上难。把一对鸾凤惊散，倚栏干，无语泪偷弹。

那某大郎斥退西宾，择日葬弟之柩。这妇人不免守孝三年。其家已知其非，着人防闲；本妇自揣于心，亦不敢妄为矣。朝夕之间，受了多少的熬煎，或饱一顿，或缺一餐，家人咸视为敝帚也。

将及一年之上，某大郎自思：“留此无益，不若逐回，庶免辱门败户。”遂唤原媒，眼同将妇罄身[10]赶回。本妇如鸟出笼，似鱼漏网，其余服饰，亦不较也。妇抵家，父母只得收留，那有好气待他，如同使婢。妇亦甘心忍受。

一日，张二官过门，因见本妇，心甚悦之，俾人说合，求为继室。女父母允诺，恨不推将出去。且张二官是个行商，多在外，少在内，不曾打听得备细，就下盒盘羊酒，涓吉成亲。这妇人不去则罢，这一去，好似：

猪羊奔屠宰之家，一步步来寻死路！

是夜，画烛摇光，粉香喷雾。绮罗筵上，依旧两个新人；锦绣衾中，各出一般旧物。奉劳歌伴，再和前声：

喜今宵，月再圆；赏名园，花正芳。笑吟吟，携手上牙床；恣交欢，恍然入醉乡。不觉的浑身通畅，把断弦重续两情偿。

他两个自花烛之后，日则并肩而坐，夜则叠股而眠；如鱼藉水，似漆投胶。一个全不念先夫之恩念，一个那曾题亡室之音容。妇羡夫之殷富，夫怜妇之丰仪。两个过活了一月。一日，张二官人早起，分付虞候[11]收拾行李，要往德清取帐。这妇人怎生割舍得他去？张二官人不免起身，这妇人簌簌垂下泪来。张二官道：“我你既为夫妇，不须如此。”各道保重而别。

别去又早半月光景。这妇人是久旷之人，既成佳配，未尽畅怀，又值孤守岑寂，好生难遣。觉身子困倦，步至门首闲望，对门店中一后生，约三十已上年纪，资质丰粹，举止闲雅，遂问随侍阿满。阿满道：“此店乃朱理秉中开的。此人和气，人称他为朱小二哥。”妇人问罢，夜饭也不吃，上楼睡了。楼外乃是官河，舟船歇泊之处。将及二更，忽闻稍人嘲歌声隐约，记得后两句曰：

有朝一日花容退，双手招郎郎不来。

妇人自此复萌觊觎[12]之心，往往倚门独立。朱秉中时来调戏。彼各相慕，自成眉语，但不能一叙款曲为恨也。

奉劳歌伴，再和前声：

美温温，颜面肥；光油油，鬓发长。他半生花酒肆颠狂，对人前扯拽都是谎。全无有风云气象，一谜里窃玉与偷香。

这妇人羡慕朱秉中不已，只是不得辏巧。一日，张二官讨账回家，夫妇相见了，叙些间阔的话。本妇似有不悦之意，只是免强奉呈，一心倒在朱秉中身上了。张二官在家又住了一个月之上，正值仲冬天气，收买了杂货赶节，赁船装载，到彼发卖之间，不甚称意，把货都赊与人上了。旧账又讨不上手，俄然逼岁，不得归家过年，预先寄些物事回家支用不题。

且说朱秉中因见其夫不在，乘机去这妇人家贺节。留饮了三五杯，意欲做些暗昧之事，奈何往来之人，应接不暇，取便约在灯宵相会。秉中领教而去。捻指间，又届十三试灯[13]之夕。于是：

户户鸣锣击鼓，家家品竹弹丝。游人队队踏歌声，仕女翩翩垂舞袖。鳌山彩结，嵬峨百尺矗晴空；凤篆香浓，缥缈千层笼绮陌。闲庭内外，溶溶宝烛光辉；杰阁高低，烁烁华灯照耀。

奉劳歌伴，再和前声：

奏箫条，一派鸣；绽池莲，万朵开。看六街三市闹攘攘，笑声高，满城春似海。期人在灯前相待，几回家又恐燕莺猜。

其夜，秉中老早的更衣着靴，只在街上往来。本妇也在门首抛声炫俏。两个相见暗喜，准定目下成事。不期伊母因往观灯，就便探女。女扃户邀入参见，不免留宿。秉中等至夜分，闷闷归卧。次夜如前，正遇本妇，怪问如何爽约[14]，挨身相就，止做得个"吕"字儿而散。少间，具酒奉母，母见其无情无绪，向女而曰："汝如今迁于乔木，凡宜守分，也与父母争一口气。"岂知本妇已约秉中等了二夜了，可不是鬼门上贴卦？平旦，买两盒饼馓，雇顶轿儿，送母回了。

薄晚，秉中张个眼慢，钻进妇家，就便上楼。本妇灯也不看，解衣相抱，曲尽于飞[15]。然本妇平生相接数人，或老或少，那能造其奥处？自经此合，身酥骨软，飘飘然，其滋味不可胜言也。且朱秉中日常在花柳丛中打交，深谙十要之术。那十要？一要滥于撒镘，二要不算工夫，三要甜言美语，四要软款温柔，五要乜斜缠帐，六要施逞枪法，七要妆聋作哑，八要择友同行，九要穿着新鲜，十要一团和气。若孤媚之人，缺一不可行也。

再说秉中已回，张二官又到。本妇便害些"木边之目"，"田下之心"，要好只除相见。奉劳歌伴，再和前声：

报黄昏，角数声；助凄凉，泪几行。论深情，海角未为长；难捉摸，这般心内痒。不能勾相偎相傍，恶思量萦损九回肠。

这妇人自庆前夕欢娱，直至佳境，又约秉中晚些相会，要连歇几十夜，谁知张二

官家来，心中气闷，就害起病来，头疼、腹痛、骨热、身寒。张二官颙望[16]回家，将息取乐，因见本妇身子不快，倒带了一个愁帽，遂请医调治，倩巫烧献，药必亲尝，衣不解带，反受辛苦似在外了。且说秉中思想，行坐遑安，托故去望张二官，称道："小弟久疏趋侍，昨闻荣回，今特拜谒，奉请明午于蓬舍少具鸡酒，聊与兄长洗尘。幸勿他却！"

翌日，张二官赴席。秉中出妻女奉劝，大醉扶归。已后还了席，往往来来。本妇但闻秉中在座，说也有，笑也有，病也无。倘或不来，就呻吟叫唤，邻壁厌闻。张二官指望便好，谁知日渐沉重。本妇病中，但瞑目就见向日之阿巧、某二郎偕来索命，势甚狞恶。本妇惧怕，难以实告，惟向张二官道："你可替我求问几时脱体？"如言，径往洞虚先生卦肆，卜下卦来，判道："此病大分[17]不好，有横死老幼阳人在命为祸。非今生，乃宿世之冤。今夜就可办备福物、酒果、冥衣各一分，用鬼宿渡河之次，向西铺设，苦苦哀求，庶有少救。不然，不可也。"奉劳歌伴，再和前声：

挪揄来，若怨咱；朦胧着，便见他。病恹恹，害的眼见花；瘦身躯，怎禁没乱杀？则说不和我干罢，几时节离了两冤家！

张二官正依法祭祀之间，本妇在床又见阿巧和某二郎击手言曰："我辈已诉于天，着来取命。你央后夫张二官再四恳求，意甚虔恪，我辈且容你至五五之间，待同你一会之人，却假弓长之手，与你相见。"言讫，欻然不见了。本妇当夜似觉精爽些个，后看看复旧。张二官喜甚不题，却见秉中旦夕亲近，馈送迭至，意颇疑之，犹未为信。

一日，张二官入城催讨货物，回家进门，正见本妇与秉中执手联坐。张二官倒退扬声，秉中迎出相揖。他两个亦不知其见也。

话说的，张二官当时见他殷勤，已自生疑七八分了，今日辏个满怀，辏成十分。张二官自思量道："他两个若犯在我手里，教他死无葬身之地！"遂往德清去做买卖。到了德清，已是五月初一日，安顿了行李在店中，上街买一口刀，悬挂腰间，至初四日，连夜奔回，匿于他处，不在话下。

再提本妇渴欲一见，终日去接秉中。秉中也有些病在家里。延至初五日，阿满又来请赴鸳鸯会，秉中勉强赴之。楼上已张筵水陆矣：盛两盂煎石首，贮二器炒山鸡。酒泛菖蒲[18]，糖烧角黍[19]。其余肴馔蔬果，未暇尽录。两个遂相轰饮，亦不顾其他也。奉劳歌伴，再和前声：

绿溶溶，酒满斟；红焰焰，烛半烧。正中庭，花月影儿交；直吃得，玉山时自倒。他两个贪欢贪笑，不提防门外有人瞧！

两个正饮间，秉中自觉耳熟眼跳，心惊肉战，欠身求退。本妇怒曰："怪见终日请你不来，你何轻贱我之甚！你道你有老婆，我便是无老公的？你殊不知我做鸳鸯会之主意。夫此二鸟，飞鸣宿食，镇常相守；尔我生不成双，死作一对。"昔有韩凭妻美，郡王欲夺之，夫妻自杀。王恨，两冢瘗之。后冢上二连理树，上有鸳鸯，悲鸣飞去。此两个要效鸳鸯比翼交颈，不料便成语谶。况本妇甫能闼闼得病好，就便荒淫无度，正是：

偷鸡猫儿性不改，养汉婆娘死不改。

再说张二官提刀在手，潜步至门，梯树窃听，见他两个戏谑歌呼，历历在目，气得按捺不下，打一砖去。本妇就吹灭了灯，声也不则了。连打了三块，本妇教秉中先睡："我去看看便来。"阿满持烛前行，开了大门，并无人迹。本妇叫道："今日是个端阳佳节，那家不吃几杯雄黄酒？"正要骂间，张二官跳将下来，喝道："泼贱！你和甚人夤夜吃酒？"本妇唬得战做了一团，只说："不！不！不！"张二官乃曰："你同我上楼一看，如无，便罢！慌做甚么？"

本妇又见阿巧、某二郎一齐者来，自分必死，延颈待尽。秉中赤条条惊上床来，匍匐口称："死罪！死罪！情愿将家私并女奉报，哀怜小弟母老妻娇，子幼女弱！"张二官那里准他？则见刀过处：

一对人头落地，两腔鲜血冲天。

当初本妇卧病，已闻阿巧、某二郎言道："五五之间，待同你一会之人，假弓长之手，再与相见。"果至五月五日，被张二官杀死。"一会之人"，乃秉中也。祸福未至，鬼神必先知之，可不惧欤！故知士矜才则德薄，女炫色则情放。若能如执盈，如临深，则为端士、淑女矣，岂不美哉？惟愿率土之民，夫妇和柔，琴瑟谐协；有过则改之，未萌则戒之，敦崇风教，未为晚也。

在座看官，要备细，请看叙大略，漫听秋山一本《刎颈鸳鸯会》。又调《南乡子》一阕于后，奉劳歌伴，再和前声：

见抛砖，意暗猜；入门来，魂已惊。举青锋过处丧多情，到今朝你心还未省！送了他三条性命，果冤冤相报有神明。

词曰：

春云怨啼鹃，玉殒香消事可怜。一对风流伤白刃，冤！冤！惆怅劳魂赴九泉。　　抵死苦留连，想是前生有业缘！景色依然人已散，天！天！千古多情月自圆。

正所谓：

当时不解恩成怨，今日方知色是空。

【注释】

①吴钩：宝剑。

②嬖（音 bì）：宠爱。

③阍（音 hūn）人：守门人。

④薛涛笺：笺纸名。唐代女诗人薛涛，晚年寓居成都浣花溪，自制深红小彩笺写诗，时人称为薛涛笺。

⑤青云器：指胸怀旷达、志趣高远的人才。

⑥无何：不久。

⑦他适：外出，到别的地方去。

⑧蹀躞（音 dié xiè）不下：心里忐忑不安，不能放心。

⑨西宾：旧时对家塾教师的敬称。

⑩罄(音 qìng)身:空身。
⑪虞候:宋时官僚雇佣的侍从。这里指伙计。
⑫觊觎(音 jì yú):非分的希望或企图。
⑬试灯:未到元宵节而张灯预赏叫试灯。
⑭爽约:失约。
⑮于飞:语本《诗经・周南・葛覃》:“黄鸟于飞,集于灌木,其鸣喈喈。”后因以喻夫妻(或男女)恩爱和合。
⑯颙(音 yóng)望:等待。
⑰大分:大概。
⑱菖(音 chāng)蒲:植物名。水生草本,有香气,其叶可泡制药酒。
⑲角黍:即粽子。

熊龙峰刊小说四种

熊龙峰为明代万历年间的一位书坊主人。他所刊刻的四种小说，即《张生彩鸾灯传》、《苏长公章台柳传》、《冯伯玉风月相思小说》、《孔淑芳双鱼扇坠记》，都是单行本。原书国内不见收藏，仅存于日本内阁文库，孙楷第先生《日本东京所见小说书目》题为《熊龙峰小说四种》。后王古鲁先生去日本访书，据所拍摄的照片加以整理，题名《熊龙峰四种小说》，由古典文学出版社于1958年出版。

四种小说中，《张生彩鸾灯传》、《苏长公章台柳传》为宋人话本，《冯伯玉风月相思小说》、《孔淑芳双鱼扇坠记》为明人作品。《张生彩鸾灯传》后被冯梦龙收入《喻世明言》，改题《张舜美元宵得丽女》。两相比较，尤可见出前者所体现出来的宋人话本的口吻与风致。

张生彩鸾灯传

入话：

致和上国逢佳姝，思厚燕山遇故人。
五夜华灯应自好，绮罗丛里竟怀春。

话说东京汴梁，宋天子徽宗放灯[①]买市，十分富盛。且说东京一个贵官公子，姓张名生，年方十八，生得十分聪俊，未娶妻室。因元宵到乾明寺看灯，忽于殿上拾得一红绡帕子。帕角系一个香囊，细看帕上，有诗一首云：

囊裹真香谁见窃，鲛绡滴血染成红。
殷勤遗下轻绡意，好与才郎置袖中。

生吟讽数次，诗尾后有细字一行云："有情者拾得此帕，不可相忘；请待来年正月十五夜于相蓝[②]后门一会，车前有鸳鸯灯是也。"生叹赏久之，乃和其诗曰：

浓麝因同琼体纤，轻绡料比杏腮红。
虽然未近来春约，已胜襄王魂梦中。

自此之后，生以时挨日，以日挨月，以月挨年，倏忽间乌飞电走，又换新正。将近元宵，思赴去年之约。乃于十四日晚，候于相蓝后门。果见车一辆，灯挂双鸳鸯，呵卫甚众。生惊喜无措，无因问答。乃诵诗一律，或先或后，近车吟咏，云：

何人遗下一红绡？暗遣吟怀意气饶。
勒马住时金鞳脱，搲身亲用宝灯挑。
轻轻滴滴深深韵，慢慢寻寻紧紧瞧。
料想佳人初失去，几回纤手摸裙腰。

车中女子闻生吟讽，默念昔日遗香囊之事谐矣，遂启帘窥生。见生容貌皎洁，仪度闲雅，愈觉动情。遂令侍女金花者，通达情款，生亦会意。须臾，香车远去，已失所在。

次夜，生复伺于旧处。俄[3]有青盖旧车，迤逦而来，更无人从，车前挂双鸳鸯灯，生睹车中非昨夜相遇之女，乃一尼耳。车夫连称："送师归院去。"生迟疑间，见尼转手而招生，生潜随之，至乾明寺。老尼迎门，谓曰："何归迟也？"尼入院，生随入小轩，轩中已张灯列宴。尼乃去包丝，则绿发堆云，脱僧衣而红裳映月。生女联坐，老尼侍旁。酒行之后，女曰："愿见去年相约之媒。"生取付女视之，女方笑曰："京辇人物极多，惟君得之，岂非天赐尔我姻缘耶？"生曰："当时获之，亦曾奉和。"因举其诗。女喜曰："真我夫也！"于是推生就枕，极尽欢娱。顷而鸡鸣四起，女谓生曰："妾处深闺，祝天求合，得成夫妇，昨日浓欢，今朝离别，从此之后，无复再会。不若以死向君，无忘此情，妾亦感恩地下矣。"生曰："我非木石，岂肯独生！"女曰："君有此情，我之愿也。"遂解衣带共结，与生同悬于梁间。尼急止之曰："岂可轻生如是乎？你等要成夫妇，但恨无心耳。"生女双双跪拜，求计于尼，尼曰："汝能远涉江湖，变更姓名于千里之外，可得尽终世之情也。"女与生俯首受计，女遂约生："今夜三鼓后，可于城北巨柳之下，我当将黄白之资，从君之道。"生曰："果然否？"女曰："妾与君性命可捐，何况余事乎！"女乃告归，生亦收拾黄白之资一包，如约伺于城北柳下。仿佛夜分，其女蹑步而来，并携包裹。生女奔宿于通津邸中。次早雇舟，自汴涉淮，直至苏州平江，创第而居。两情好合，谐老百年。正是：

意似鸳鸯飞比翼，情同鸾凤舞和鸣。

今日为甚说这段话？却有个波俏[4]的女娘子也因灯夜游玩，撞着个狂荡的小秀才，惹出一场奇奇怪怪的事来。未知久后成得夫妇也不？且听下回分解。正是：

灯初放夜人初会，梅正开时月正圆。

且道那女娘子遇着甚人？那人是越州人氏，姓张双名舜美。年方弱冠，是一个轻俊标致的秀士，风流未遇的才人。偶因乡荐[5]来杭，不能中选，遂淹留邸舍中，半年有余。正逢着上元佳节，舜美不免关闭房门，游玩则个。况杭州是个热闹去处。怎见得杭州好景？柳耆卿[6]有首《望海潮》词，单道杭州好处。词云：

东南形胜，三吴都会，钱塘自古繁华。烟柳画桥，风帘翠幕，参差十万人家。云树绕堤沙，怒涛卷霜雪，天堑无涯。市列珠玑，户盈罗绮，竞奢华。
重湖叠巘清佳，有三秋桂子，十里荷花。弦管弄晴，菱歌泛夜，嬉嬉的钓叟莲娃。千骑拥高牙，乘时听箫鼓，吟赏烟霞。异日图将好景，归到凤池夸。

舜美观看之际，勃然兴发，遂占《如梦令》词以解怀云：

明月娟娟筛柳，春色融融如酒，今夕试华灯，约伴六桥闲走。回首，回首，楼上玉人知否？

且诵且行之次，遥见灯影中一个丫环，肩上斜挑一盏彩鸾灯，后面一女子冉冉而来。那女子生得如何？

凤髻铺云，蛾眉扫月。一面笑共春光斗艳，双眸溜与秋水争明。檀口生风，脆脆甜甜声远振；金莲印月，弓弓小小步来轻。纵使梳装宫样，何如标格[⑦]天成。媚态多端，如妒如慵。妖滴滴异香数种，非兰非蕙；软盈盈得他一些半点，令人万死千生。假饶心似铁，相见意如糖。

正是：

桃源洞里登仙女，兜率宫中稔色人。

这舜美一见了那女子，沉醉顿醒，竦然整冠，汤瓶样摇摆过来。为甚的做如此模样？元来这调光的人，只在初见之时，就便使个手段，便见分晓。有几般讨探之法，说与郎君听着。做子弟的牢记在心，勿忘了《调光经》！怎见《调光经》法？

冷笑佯言，装痴倚醉。屈身下气，俯就承迎。陪一面之虚情，做许多之假意。先称他容貌无双，次答应殷勤第一。常时节将无做有，几回价送暖偷寒。施恩于未会之前，设计在交关之际。意密致令相见少，情深番使寄书难。少不得潘驴邓耍；离不得雪月风花。往往的仓忙多误事，遭遭为大胆却成非。久玩狎乘机便稔，初相见撞下方题。得了时寻常看待，不得后老大嗟吁。日日缠望梅止渴，朝朝晃画饼充饥。吞了钓，不愁你身子正；纳降罢，且放个脚儿稀。《调光经》于中蕴奥，爱女论就里玄微。决烈妇闻呼即肯，相思病随手能医。情当好极，防更变；认不真时，莫强为。锦香囊乃偷期之本，绣罗帕乃暗约之书。撇情的中心泛滥，卖乖的外貌威仪。才待相交，情便十分之切；未曾执手，泪先两道而垂。搂一会，抱一会，温存软款；笑一回，耍一回，性格痴迷。点头会意，咳嗽知心。讪语时，口要紧；刮涎处，脸须皮。以言词为说客，凭色眼作梯媒。小丫头易惑，歪老婆难期。紧提苍，慢调雏。凡宜斟酌，济其危，怜他困，务尽扶持；入不觑，出不顾，预防物议；擦不羞，诟不答，提防猜疑。赴幽会，多酬使婢；递消息，厚赆鸿鱼。露些子不传妙用，令儿辈没世皈依[⑧]。见人时佯佯不睬，没人处款款言词。

如何他风情惯熟？这舜美是谑浪勤儿。真个是：

情多转面语，妒极定睛看。

说那女娘子被舜美撩弄，禁持不住。眼也花了，心也乱了，腿也苏了，脚也麻了，痴呆了半晌，四目相睃[⑨]，面面有情。那女娘子走得紧，舜美也跟得紧；走得慢，也跟得慢，但不能交接一语。不觉又到众安桥，桥上做卖做买，东来西去的，挨挤不过。过得众安桥，失却了女子所在，只得闷闷而回。开了房门，风儿又吹，灯儿又暗，枕儿又寒，被儿又冷，怎生睡得？心里丢不下那个女娘子，思量再得与他一会也好。你看，世间有这等的痴心汉子，实是好笑？正是：

半窗花影模糊月，一段春愁着摸人。

舜美甫[10]能勾捱到天明，起来梳裹了。三餐已毕，只见街市上人，又早收拾看灯。舜美身心按捺不下，急忙关闭房门，径往夜来相遇之处。立了一会，转了一会，寻了一会，靠了一会，呆了一会，只是等不见那女娘子来。遂调《如梦令》一词消遣，云：

燕赏良宵无寐，笑倚东风残醉。未审那人儿，今夜玩游何地？留意，留意，儿度欲归又滞。

吟毕，又等了多时。正尔要回，忽见小环挑着彩鸾灯同那女娘子从人丛中挨将出来，那女子瞥见舜美，笑容可掬。况舜美也约摸着有五六分上手，那女娘子径往盐桥，进广福庙中拈香，再拜已毕，转入后殿。舜美随于后，那女子偶尔回头，不觉失笑一声。舜美呆着老脸，陪笑起来。他两个挨挨擦擦，前前后后，不复顾忌。那女子回身，捽袖中遗下一个同心方胜儿[11]。舜美会意，俯而拾之，就于灯下拆开一看，乃是一幅花笺纸。不看万事全休，只因看了，直教一个秀才害了一二年鬼病相思，险些送了一条性命。你道花笺上写的甚么文字？原来也是个《如梦令》，词云：

邂逅相逢如故，引起春心追慕。高挂彩鸾灯，正是儿庭户。那步，那步，千万来宵垂顾。

词后，复书云："妾之敝居十官子巷中，明日父母兄嫂赶江干舅家灯会，十七日方归。止妾与侍儿小英在家，敢邀仙郎惠然枉驾，少慰鄙怀。妾当焚香扫门迎候翘望。妾素香拜柬。"舜美看了多时，喜出望外。那女娘子已去，及归，一夜无眠。

次早，又是十五日。天晚，舜美乘便赴约，早至其处，不敢造次突入。乃成《如梦令》一词，来往歌云：

漏滴铜龙声拆，风送金猊香别。一见彩鸾灯，顿使狂心烦热。应说，应说，昨夜相逢时节。

女子听得歌声，掀帘而出，果是灯前相见可意人儿。遂迎迓[12]到于房中，吹灭银灯，解衣就枕。他两个正是旷夫怨女[13]，相见如饿虎逢羊、苍蝇见血，那有功夫问名叙礼，且做一般半点儿事。有首《南乡子》词单题着交欢趣向，道是：

粉汗湿罗衫，为雨为云底事忙。两只脚儿肩上搁，难当。颦蹙春山入醉乡。　忒杀太颠狂，口口声声叫我郎。舌送丁香娇欲滴，初尝。非蜜非糖滋味长。

两个媾欢已罢，舜美躬身言曰："仆乃途路之人，荷承垂盼，以凡遇仙，自思白面书生，愧无纤毫奉报娘子。"那女子抚舜美背曰："我因爱子胸中锦绣，非图你囊里金珠。"舜美称谢不已，那女子忽然长叹，收泪而言曰："今日已过，明日父母回家，不得复相聚矣。如之奈何？"两个沉吟半晌，计上心来。女娘子曰："莫若你我私奔他所，免使两地永抱相思之苦，未知郎意何如？"舜美大喜曰："我有远族，见在镇江五条街，开个招商客店，可往依焉。"女子应允。

是夜，女子收拾了一帕子金珠，也装做一个男儿打扮，与舜美携手迤逦而行，将

及二鼓，才方行到北关门下。说话因何三四里路，走了许多时光？只为那女子小小一叉脚儿，只好在屧廊[14]缓步，芳径轻移，擎台绣阁之中，出没湘裙之下。却又穿了一双大靴，交他跋长途，登远道，心中又慌，怎么能拖得动？且又城中人要出城，城外人要入城，两下不免撒手，前后随行。出得第二重门，被人一涌，各不相顾，那女子径出城门，从半塘洪去了。

舜美虑他是个妇女，身体柔弱，挨挤不出去，还在城里不见得。急回身寻问把门军士，军士说道："适才有个少年秀士寻问同辈，回未半里多地。"舜美自思："一条路往钱塘门，一条路往师姑桥，一条路往褚家堂，三四条叉路，往那一路好？踌躇半晌，只得依旧路赶去，至十官子巷那女子家中，门已闭了，悄无人声，急急回至北关门，门又关了，整整寻了一夜。

巴到天时，挨门而出。至新码头，见一伙人围得紧紧的，看一只绣鞋儿。舜美认得是女子脱下之鞋，不敢开声，众云："不知何人家女孩儿，为何事来？溺水而死，遗鞋在此。"舜美听罢，惊得浑身冷汗，复到城中探信，满城人喧嚷，皆说："十官巷内刘家女子被人拐去。"又说："投水死了，随处做公的缉访。"这舜美自因受了一昼夜辛苦，不曾吃些饭食，况又痛伤那女子死于非命，回至店中，一卧不起，寒热交作，病势沉重将危。正是：

相思相见知何日？多病多愁损少年。

且不说舜美卧病在床，却说那女子自北关门失散了舜美，从二更直走到五更，方至新码头。自念："舜美好计，必先走往镇江去了。"遂暗暗地脱下一只绣花鞋在地，那女娘子惟恐家中有人追赶，故托此相示，以绝父母之念。那女娘子乘天未明，赁舟沿流而去。数日之间，虽水火之事，亦自谨慎。稍人亦不知其为女人也。比至镇江，打发舟钱登岸，随路物色，访张舜美亲族，又忘其姓名居址。问来问去，看看日落山腰，又无宿处。偶至江亭，少憩之次，此时乃是正月二十二日。况是月出较迟，是夜夜色苍然，渔灯隐映，不能辨认咫尺。那女子自思："为他抛离乡井，父母兄弟，又无消息，不若从浣纱女游于江中。"哭了多时："只恨那人不知妾之死所。"不觉半夜光景，亭隙中射下月光来。遂移步凭栏，四顾澄江，渺茫千里。正是：

一江流水三更月，两岸青山六代都。

那女子呜呜咽咽，自言自语在那里说，不觉亭角暗中走出一个尼师，向前问曰："人耶？鬼耶？何自苦如此？"女子听罢，答曰："荷承垂问，敢不实告，妾乃浙江人也。因随良人之任，前往新丰。却不思慢藏诲盗，稍子因瞰良人囊金妾貌，辄起不仁之心。良人婢仆，皆被杀害，独留妾一身。稍子欲淫污妾，妾以死誓奔而不能。次日稍子饮酒大醉，妾遂着先夫衣冠，脱身奔逃。不意延路抵此。"那女子难以私奔告，假托此一段说话。尼师闻之，愀然[15]曰："设非昨日渡江归迟入亭，今日何能与娘子相遇？真是个大功果。娘子肯从我否？"女子曰："妾身回视家乡，千山万水。得蒙提挈，乃再生之赐。"尼师曰："出家人以慈悲方便为本，此分内事，不必虑也。"女子拜谢，天明随至大慈庵。屏去俗衣，束发簪冠，独处一室。诸品经咒，目过辄能

成诵。旦夕参礼神佛，拜告白衣大士，并持大士经文，哀求再会。尼师见其贞顺，自谓得人，不在话下。

再说舜美在那店中，延医调治，日渐平复，家中父母令回去。瞬息又是上元灯夕，舜美追思去年之事，仍去十官子巷中一看。可怜景物依然，只是少个人在目前。闷闷归房，因诵秦学士所作《生查子》，词云：

去年元夜时，花市灯如昼，月在柳梢头，人约黄昏后。今年元夜时，月与灯依旧。不见去年人，泪湿春衫袖。

舜美无情无绪，洒泪而归。惭愧物是人非，怅然绝望。誓终身而不娶，尽一世以孤眠。惟务温习经史，无复燕游花柳。

已而[16]流光如箭，又逢大比[17]。舜美得中首选解元[18]，赴鹿鸣宴[19]罢，驰书归报父母，亲友贺者填门。数日后，将带琴剑书箱，上京应试。一路风行路宿，舟次[20]镇江江口。将欲渡江，忽狂风大作，移身傍岸，少待风息。其风数日不止，只得停泊在彼。

且说那女子在大慈庵中，荏苒首尾三载。是夜忽梦白衣大士报云："尔夫明日来也。"恍然惊觉，汗流如雨。自思："平素未尝如此，真是奇怪！"不言与师。

再说舜美等了一日，又是一日，心中好生不快。遂散步独行，沿江闲看。行至一松竹林中，中有小庵，题曰大慈之庵。庵中极大，清雅可爱。趋身入内，庵主出迎，拉至中堂供茶，那女子天使其然，向窗楞中一看，唬得目睁口呆，宛如酒醒梦觉。尼师忽入换茶，女子乃具道厥由。尼师出问曰："相公莫非越州张秀才乎？"舜美骇然曰："不肖与师素昧平生，何缘垂识？"尼师又问曰："曾娶妻否？"舜美簌簌泪下，乃应曰："曾有妻刘氏素香，因三载前元宵夜，观灯失去，未知存亡下落。今生虽不才得中解元，便到京得进士，终身亦誓不再娶也。"师遂呼女子出见，两个抱头恸哭多时，收泪而言曰："不意今生再得相见。"悲喜交集，拜谢老尼。乃沐浴更衣，诣大士前，焚香百拜。次以白金百两，段绢二端，奉师尼为寿。两个相别，渡江到舟。二人缺月重圆，断弦再续，大喜不胜。

一路至京，连科进士，除授福建兴化府莆田县尹，谢恩回乡。路经镇江，二人复访大慈庵，赠尼金一笏。回至杭州，径报十官子巷刘家，其家不知何由。少然车马临门，拜于庭下，父母兄嫂见之大惊，悲喜交集。父母道："因元宵失却我儿，闻知投水身死，我们苦得死而复生，不意今日缺月重圆，又得相会。况得此佳婿，刘门幸也。"乃大排筵会，作贺数日，令小英随去。二人别了丈人丈母，到家见了父母。舜美告知前事，令妻出拜公姑，生父母大喜过望，作宴庆贺。不数日，同妻别父母上任去讫。久后舜美得生二子，前程远大，不负了半世钟情。正所谓：

间别三年死复生，润州城下念多情。
今宵燃烛频频照，笑眼相看分外明。

话本说彻，权作散场。

【注释】

①放灯：元宵节燃点花灯供人观赏谓之放灯。

②相(音 xiàng)蓝:宋代汴京大相国寺的省称。后因以称佛寺。

③俄:一会儿。

④波俏:俊俏。

⑤乡荐:唐宋应试进士,由州县荐举,称乡荐。

⑥柳耆卿:宋代词人柳永,字耆卿。

⑦标格:风度。

⑧皈(音 guī)依:原指佛教的入教仪式,后因表示归顺依附。

⑨睃(音 suō):看。

⑩甫:刚刚,方才。

⑪方胜儿:结成方形彩结的一种妇女首饰。

⑫迎迓(音 yà):犹迎接。

⑬旷夫怨女:无妻的成年男子,已到婚龄而无配偶的女子。

⑭屧(音 xiè)廊:指屋前走廊。

⑮愀(音 qiǎo)然:容色改变的样子。

⑯已而:不久。

⑰大比:指科举考试。

⑱解(音 jiè)元:乡试第一名称解元。

⑲鹿鸣宴:乡举考试后,州县长官宴请得中举子时歌《诗经·小雅·鹿鸣》,故称。

⑳舟次:途中停船。

喻世明言

(明)冯梦龙编著

明人冯梦龙编辑的话本小说集，共四十卷，四十篇，与《警世通言》、《醒世恒言》合称"三言"。《喻世明言》原题《全像古今小说》，目录前题作《古今小说一刻》，这说明《古今小说》原是编辑者为上述三部话本小说集拟定的总名。但后来此书再版时改称《喻世明言》，后来的"二刻"、"三刻"刊行时也随即称《警世通言》和《醒世恒言》。这样，对后来的读者而言，《古今小说》也就被看作是本书的一个别名了。

《喻世明言》所收的小说中，既有前代和同时代的作品，似也有冯梦龙自己的创作；即便是所收前人的作品，也经过了冯梦龙的润色或改写。《喻世明言》与其后的另"二言"一起构成了我国话本小说发展的高峰。

今选的十篇小说在书中都有较强的代表性。如《滕大尹鬼断家私》展示封建社会嫡庶争产的家庭关系；《金玉奴棒打薄情郎》反映等级观念造成的下层妇女的婚姻悲剧；《杨八老越国奇逢》、《杨思温燕山逢故人》描述了外患和民族战乱给人民带来的灾难痛苦；《木绵庵郑虎臣报冤》、《沈小霞相会出师表》歌颂封建士人对权奸的正义斗争，等等。《陈御史巧勘金钗钿》可以说是封建社会贞节观念"吃人"杀人的写照，而《蒋兴哥重会珍珠衫》则道出了市民阶层中贞节观念渐趋淡薄的历史趋向，从而成为新兴市民阶层爱情观与道德观的真实写照。

蒋兴哥重会珍珠衫

仕至千钟非贵，年过七十常稀，浮名身后有谁知？万事空花游戏。　休逞少年狂荡，莫贪花酒便宜。脱离烦恼是和非，随分安闲得意。

这首词名为《西江月》，是劝人安分守己，随缘作乐，莫为酒、色、财、气四字，损却精神，亏了行止。求快活时非快活，得便宜处失便宜。说起那四字中，总到不得那"色"字利害。眼是情媒，心为欲种。起手时，牵肠挂肚，过后去，丧魄销魂。假如墙花路柳，偶然适兴，无损于事；若是生心设计，败俗伤风，只图自己一时欢乐，却不顾他人的百年恩义——假如你有娇妻爱妾，别人调戏上了，你心下如何？古人有四

句道得好：

人心或可昧，天道不差移。我不淫人妇，人不淫我妻。

看官，则今日听我说《珍珠衫》这套词话，可见果报不爽，好教少年子弟做个榜样。话中单表一人，姓蒋名德，小字兴哥，乃湖广襄阳府枣阳县人氏。父亲叫做蒋世泽，从小走熟广东做客买卖。因为丧了妻房罗氏，止遗下这兴哥，年方九岁，别无男女。这蒋世泽割舍不下，又绝不得广东的衣食道路，千思百计，无可奈何，只得带那九岁的孩子同行作伴，就教他学些乖巧。这孩子虽则年小，生得：

眉清目秀，齿白唇红。行步端庄，言辞敏捷。聪明赛过读书家，伶俐不输长大汉。人人唤做粉孩儿，个个羡他无价宝。

蒋世泽怕人妒忌，一路上不说是嫡亲儿子，只说是内侄罗小官人。原来罗家也是走广东的，蒋家只走得一代，罗家到走过三代了。那边客店牙行，都与罗家世代相识，如自己亲眷一般。这蒋世泽做客，起头也还是丈人罗公领他走起的。因罗家近来屡次遭了屈官司，家道消乏，好几年不曾走动。这些客店牙行见了蒋世泽，那一遍不动问罗家消息，好生牵挂。今番见蒋世泽带个孩子到来，问知是罗家小官人，且是生得十分清秀，应对聪明，想着他祖父三辈交情，如今又是第四辈了，那一个不欢喜。

闲话休题。却说蒋兴哥跟随父亲做客，走了几遍，学得伶俐乖巧，生意行中，百般都会，父亲也喜不自胜。何期到一十七岁上，父亲一病身亡。且喜刚在家中，还不做客途之鬼。兴哥哭了一场，免不得揩干泪眼，整理大事。殡殓之外，做些功德超度，自不必说。七七四十九日内，内外宗亲都来吊孝。本县有个王公，正是兴哥的新岳丈，也来上门祭奠，少不得蒋门亲戚陪侍叙话。中间说起："兴哥少年老成，这般大事，亏他独力支持。"因话随话间，就有人撺掇道："王老亲翁，如今令爱也长成了，何不乘凶完配，教他夫妇作伴，也好过日。"王公未肯应承，当日相别去了，众亲戚等安葬事毕，又去撺掇兴哥。兴哥初时也不肯，却被撺掇了几番，自想孤身无伴，只得应允。央原媒人往王家去说，王公只是推辞，说道："我家也要备些薄薄妆奁，一时如何来得？况且孝未期年，于礼有碍，便要成亲，且待小祥之后再议。"媒人回话，兴哥见他说得正理，也不相强。

光阴如箭，不觉周年已到。兴哥祭过了父亲灵位，换去粗麻衣服，再央媒人王家去说，方才依允。不隔几日，六礼完备，娶了新妇进门。有《西江月》为证：

孝幕翻成红幕，色衣换去麻衣。画楼结彩烛光辉，合卺花筵齐备。　那羡妆奁富盛，难求丽色娇妻。今宵云雨足欢娱，来日人称恭喜。

说这新妇是王公最幼之女，小名唤做三大儿。因他是七月七日生的，又唤做三巧儿。王公先前嫁过的两个女儿，都是出色标致的。枣阳县中，人人称羡，造出四句口号[①]，道是：

天下妇人多，王家美色寡。
有人娶着他，胜似为驸马。

常言道："做买卖不着，只一时，讨老婆不着，是一世。"若干官宦大户人家，单拣门户相当，或是贪他嫁资丰厚，不分皂白，定了亲事。后来娶下一房奇丑的媳妇，十亲九眷面前，出来相见，做公婆的好没意思。又且丈夫心下不喜，未免私房走野。偏是丑妇极会管老公，若是一般见识的，便要反目；若使顾惜体面，让他一两遍，他就做大起来。有些数般不妙，所以蒋世泽闻知王公惯生得好女儿，从小便送过财礼，定下他幼女与儿子为婚。今日娶过门来，果然娇资艳质，说起来，比他两个姐儿加倍标致。正是：

吴宫西子不如，楚国南威难赛。

若比水月观音，一样烧香礼拜。

蒋兴哥人才本自齐整，又娶得这房美色的浑家，分明是一对玉人，良工琢就，男欢女爱，比别个夫妻更胜十分。三朝之后，依先换了些浅色衣服，只推制中，不与外事，专在楼上与浑家成双捉对，朝暮取乐。真个行坐不离，梦魂作伴。自古苦日难熬，欢时易过，暑往寒来，早已孝服完满，起灵除孝。不在话下。

兴哥一日间想起父亲存日广东生理，如今担阁三年有余了，那边还放下许多客帐，不曾取得。夜间与浑家商议，欲要去走一遭。浑家初时也答应道："该去。"后来说到许多路程，恩爱夫妻，何忍分离？不觉两泪交流。兴哥也自割舍不得，两个凄惨一场，又丢开了。如此已非一次。

光阴荏苒，不觉又挨过了二年。那时，兴哥决意要行，瞒过了浑家，在外面暗暗收拾行李。拣了个上吉的日期，五日前方对浑家说知，道："常言'坐吃山空'，我夫妻两口，也要成家立业，终不然抛了这行衣食道路？如今这二月天气，不寒不暖，不上路更待何时？"浑家料是留他不住了，只得问道："丈夫此去几时可回？"兴哥道："我这番出外，甚不得已，好歹一年便回，宁可第二遍多去几时罢了。"浑家指着楼前一棵椿树道："明年此树发芽，便盼着官人回也。"说罢，泪下如雨。兴哥把衣袖替他揩拭，不觉自己眼泪也挂下来。两下里怨离惜别，分外恩情，一言难尽。

到第五日，夫妇两个啼啼哭哭，说了一夜的说话，索性不睡了。五更时分，兴哥便起身收拾，将祖遗下的珍珠细软，都交付与浑家收管，自己只带得本钱银两、帐目底本及随身衣服、铺陈之类，又有预备下送礼的人事，都装叠得停当。原有两房家人，只带一个后生些的去；留一个老成的在家，听浑家使唤，买办日用。两个婆娘，专管厨下。又有两个丫头，一个叫晴云，一个叫暖雪，专在楼中伏侍，不许远离。分付停当了，对浑家说道："娘子耐心度日。地方轻薄子弟不少，你又生得美貌，莫在门前窥瞰，招风揽火。"浑家道："官人放心，早去早回。"两个掩泪而别。正是：

世上万般哀苦事，无非死别与生离。

兴哥上路，心中只想着浑家，整日的不瞅不睬。不一日，到了广东地方，下了客店。这伙旧时相识都来会面，兴哥送了些人事。排家的治酒接风，一连半月二十日，不得空闲。兴哥在家时，原是淘虚了的身子，一路受些劳碌，到此未免饮食不节，得了个疟疾，一夏不好，秋间转成水痢。每日请医切脉，服药调治，直延到秋尽，

方得安痊。把买卖都担阁了，眼见得一年回去不成。正是：

只为蝇头微利，抛却鸳被良缘。

兴哥虽然想家，到得日久，索性把念头放慢了。

不题兴哥做客之事，且说这里浑家王三巧儿，自从那日丈夫分付了，果然数月之内，目不窥户，足不下楼。光阴似箭，不觉残年将尽，家家户户，闹轰轰的暖火盆，放爆竹，吃合家欢耍子。三巧儿触景伤情，思想丈夫，这一夜好生凄楚！正合古人的四句诗，道是：

腊尽愁难尽，春归人未归。

朝来嗔寂寞，不肯试新衣。

明日正月初一日，是个岁朝。晴云、暖雪两个丫头，一力劝主母在前楼去看看街坊景象。原来蒋家住宅前后通连的两带楼房，第一带临着大街，第二带方做卧室，三巧儿闲常只在第二带中坐卧。这一日，被丫头们撺掇不过，只得从边厢里走过前楼，分付推开窗子，把帘儿放下，三口儿在帘内观看。这日街坊上好不闹杂！三巧儿道："多少东行西走的人，偏没个卖卦先生在内；若有时，唤他来卜问官人消息也好。"晴云道："今日是岁朝，人人要闲耍的，那个出来卖卦？"暖雪叫道："娘限在我两个身上，五日内包唤一个来占卦便了。"

到初四日，早饭过后，暖雪下楼小解，忽听得街上"哨哨"的敲响。响的这件东西，唤做"报君知"，是瞎子卖卦的行头。暖雪等不及解完，慌忙检了裤腰，跑出门外，叫住了瞎先生，拨转脚头一口气跑上楼来，报知主母。三巧儿分付："唤在楼下坐启内坐着，讨他课钱。"通陈过了，走下楼梯，听他剖断。那瞎先生占成一卦，问是何用。那时厨下两个婆娘，听得热闹，也都跑将来了，替主母传语道："这卦是问行人的。"瞎先生道："可是妻问夫么？"婆娘道："正是。"先生道："青龙治世，财爻发动。若是妻问夫，行人在半途，金帛千箱有，风波一点无。青龙属木，木旺于春，立春前后，已动身了。月尽月初，必然回家，更兼十分财采。"三巧儿叫买办的，把三分银子打发他去，欢天喜地，上楼去了。真所谓"望梅止渴"，"画饼充饥。"

大凡人不做指望，到也不在心上；一做指望，便痴心妄想，时刻难过。三巧儿只为信了卖卦先生之语，一心只想丈夫回来，从此时常走向前楼，在帘内东张西望。直到二月初旬，椿树抽芽，不见些儿动静。三巧儿思想丈夫临行之约，愈加心慌，一日几遍，向外探望。也是合当有事，遇着这个俊俏后生。正是：

有缘千里能相会，无缘对面不相逢。

这个俊俏后生是谁？原来不是本地，是徽州新安县人氏，姓陈名商，小名叫做大喜哥，后来改口呼为大郎。年方二十四岁，且是生得一表人物，虽胜不得宋玉、潘安，也不在两人之下。这大郎也是父母双亡，凑了二三千金本钱，来走襄阳贩籴些米豆之类，每年常走一遍。他下处自在城外，偶然这日进城来，要到大市街汪朝奉典铺中问个家信。那典铺正在蒋家对门，因此经过。你道怎生打扮？头上带一顶苏样的百柱鬃帽，身上穿一件鱼肚白的湖纱道袍，又恰好与蒋兴哥平昔穿着相像。

三巧儿远远瞧见，只道是他丈夫回了，揭开帘子，定睛而看。陈大郎抬头，望见楼上一个年少的美妇人，目不转睛的，只道心上欢喜了他，也对着楼上丢个眼色。谁知都两个错认了。三巧儿见不是丈夫，羞得两颊通红，忙忙把窗儿拽转，跑在后楼，靠着床沿上坐地，兀自心头突突的跳一个不住。谁知陈大郎的一片精魂，早被妇人眼光儿摄上去了。回到下处，心心念念的放他不下，肚里想道："家中妻子，虽是有些颜色，怎比得妇人一半！欲待通个情款，争奈无门可入。若得谋他一宿，就消花这些本钱，也不枉为人在世。"叹了几口气，忽然想起大市街东巷，有个卖珠子的薛婆，曾与他做过交易。这婆子能言快语，况且日逐串街走巷，那一家不认得？须是与他商议，定有道理。这一夜番来复去，勉强过了。

次日起个清早，只推有事，讨些凉水梳洗，取了一百两银子、两大锭金子，急急的跑进城来。这叫做：

欲求生受用，须下死工夫。

陈大郎进城，一径来到大市街东巷，去敲那薛婆的门。薛婆蓬着头，正在天井里拣珠子，听得敲门，一头收过珠包，一头问道："是谁？"才听说出"徽州陈"三字，慌忙开门请进，道："老身未曾梳洗，不敢为礼了。大官人起得好早！有何贵干？"陈大郎道："特特而来，若迟时，怕不相遇。"薛婆道："可是作成老身出脱些珍珠首饰么？"陈大郎道："珠子也要买，还有大买卖作成你。"薛婆道："老身除了这一行货，其余都不熟惯。"陈大郎道："这里可说得话么？"薛婆便把大门关上，请他到小阁儿坐着，问道："大官人有何分付？"大郎见四下无人，便向衣袖里摸出银子，解开布包，摊在卓上，道："这一百两白银，干娘收过了，方才敢说。"婆子不知高低，那里肯受。大郎道："莫非嫌少？"慌忙又取出黄灿灿的两锭金子，也放在桌上，道："这十两金子，一并奉纳。若干娘再不收时，便是故意推调了。今日是我来寻你，非是你来求我。只为这桩大买卖，不是老娘成不得，所以特地相求。便说做不成时，这金银你只管受用，终不然我又来取讨，日后再没相会的时节了？我陈商不是恁般小样的人！"

看官，你说从来做牙婆的那个不贪钱钞？见了这般黄白之物，如何不动火？薛婆当时满脸堆下笑来，便道："大官人休得错怪，老身一生不曾要别人一厘一毫不明不白的钱财。今日既承大官人分付，老身权且留下，若是不能效劳，依旧奉纳。"说罢，将金锭放银包内，一齐包起，叫声："老身大胆了。"拿向卧房中藏过，忙踅出来，道："大官人，老身且不敢称谢，你且说甚么买卖用着老身之处？"大郎道："急切要寻一件救命之宝，是处都无，只大市街上一家人家方有，特央干娘去借借。"婆子笑将起来道："又是作怪！老身在这条巷住过二十多年，不曾闻大市街有甚救命之宝。大官人你说，有宝的还是谁家？"大郎道："敝乡里汪三朝奉典铺对门高楼子内是何人之宅？"婆子想了一回，道："这是本地蒋兴哥家里。他男子出外做客一年多了，止有女眷在家。"大郎道："我这救命之宝，正要问他女眷借借。"便把椅儿掇近了婆子身边，向他诉出心腹，如此如此。

婆子听罢，连忙摇首道："此事大难！蒋兴哥新娶这房娘子，不上四年，夫妻两

个如鱼似水，寸步不离。如今没奈何出去了，这小娘子足不下楼，甚是贞节。因兴哥做人有些古怪，容易嗔嫌，老身辈从不曾上他的阶头。连这小娘子面长面短，老身还不认得，如何应承得此事？方才所赐，是老身薄福，受用不成了。”陈大郎听说，慌忙双膝跪下。婆子去扯他时，被他两手拿住衣袖，紧紧按定在椅上，动弹不得，口里说：“我陈商这条性命，都在干娘身上。你是必思量个妙计，作成我入马，救我残生。事成之日，再有白金百两相酬。若是推阻，即今便是个死。”慌得婆子没理会处，连声应道：“是，是，莫要折杀老身，大官人请起，老身有话讲。”陈大郎方才起身，拱手道：“有何妙策，作速见教。”薛婆道：“此事须从容图之，只要成就，莫论岁月。若是限时限日，老身决难奉命。”陈大郎道：“若果然成就，便迟几日何妨。只是计将安出？”薛婆道：“明日不可太早，不可太迟，早饭后，相约在汪三朝奉典铺中相会。大官人可多带银两，只说与老身做买卖，其间自有道理。若是老身这两只脚，跨进得蒋家门时，便是大官人的造化。大官人便可急回下处，莫在他门首盘桓，被人识破，误了大事。讨得三分机会，老身自来回复。”陈大郎道：“谨依尊命。”唱了个肥喏，欣然开门而去。正是：

未曾灭项兴刘，先见筑坛拜将。

当日无话。到次日，陈大郎穿了一身齐整衣服，取上三四百两银子，放在个大皮匣内，唤小郎背着，跟随到大市街汪家典铺来。瞧见对门楼窗紧闭，料是妇人不在，便与管典的拱了手，讨个木凳儿坐在门前，向东而望。

不多时，只见薛婆抱着一个蔑丝箱儿来了。陈大郎唤住，问道：“箱内何物？”薛婆道：“珠宝首饰，大官人可用么？”大郎道：“我正要买。”薛婆进了典铺，与管典的相见了，叫声咶噪，便把箱儿打开。内中有十来包珠子，又有几个小匣儿，都盛着新样簇花点翠的首饰，奇巧动人，光灿夺目。陈大郎拣几吊极粗极白的珠子，和那些簪珥之类，做一堆儿放着，道：“这些我都要了。”婆子便把眼儿瞅着，说道：“大官人要用时尽用，只怕不肯出这样大价钱。”陈大郎已自会意，开了皮匣，把这些银两白华华的，摊做一台，高声的叫道：“有这些银子，难道买你的货不起！”此时，邻舍闲汉已自走过七八个人，在铺前站着看了。婆子道：“老身取笑，岂敢小觑大官人。这银两须要仔细，请收过了，只要还得价钱公道便好。”两下一边的讨价多，一边的还钱少，差得天高地远。那讨价的一口不移。这里陈大郎拿着东西，又不放手，又不增添，故意走出屋檐，件件的翻覆认看，言真道假、弹斤估两的在日光中炫耀，惹得一市人都来观看，不住声的有人喝彩。婆子乱嚷道：“买便买，不买便罢，只管担阁人则甚！”陈大郎道：“怎么不买？”两个又论了一番价。正是：

只因酬价争钱口，惊动如花似玉人。

王三巧儿听得对门喧嚷，不觉移步前楼，推窗偷看。只见珠光闪烁，宝色辉煌，甚是可爱。又见婆子与客人争价不定，便分付丫鬟去唤那婆子，借他东西看看。晴云领命，走过街去，把薛婆衣袂一扯，道：“我家娘请你。”婆子故意问道：“是谁家？”晴云道：“对门蒋家。”婆子把珍珠之类，劈手夺将过来，忙忙的包了，道：“老身没有

许多空闲，与你歪缠！”陈大郎道：“再添些卖了罢。”婆子道：“不卖不卖，像你这样价钱，老身卖去多时了。”一头说，一头放入箱儿里，依先关锁了，抱着便走。晴云道：“我替你老人家拿罢。”婆子道：“不消。”头也不回，径到对门去了。陈大郎心中暗喜，也收拾银两，别了管典的，自回下处。正是：

眼望捷旌旗，耳听好消息。

晴云引薛婆上楼，与三巧儿相见了。婆子看那妇人，心下想道：“真天人也！怪不得陈大郎心迷。若我做男子，也要浑了。”当下说道：“老身久闻大娘贤慧，但恨无缘拜识。”三巧儿问道：“你老人家尊姓？”婆子道：“老身姓薛，只在这里东巷住，与大娘也是个邻里。”三巧儿道：“你方才这些东西，如何不卖？”婆子笑道：“若不卖时，老身又拿出来怎的？只笑那下路客人，空自一表人才，不识货物。”说罢，便去开了箱儿，取出几件簪珥，递与那妇人看，叫道：“大娘，你道这样首饰，便工钱也费多少！他们还得忒不像样，教老身在主人家面前，如何告得许多消乏？”又把几串珠子提将起来道：“这般头号的货，他们还做梦哩。”三巧儿问了他讨价、还价，便道：“真个亏你些儿。”婆子道：“还是大家宝眷，见多识广，比男子汉眼力到胜十倍。”三巧儿唤丫鬟看茶，婆子道：“不扰茶了。老身有件要紧的事，欲往西街走走，遇着这个客人，缠了多时。正是：‘买卖不成，担误工程。’这箱儿连锁放在这里，权烦大娘收拾。老身暂去，少停就来。”说罢便走。三巧儿叫晴云送他下楼，出门向西去了。

三巧儿心上爱了这几件东西，专等婆子到来酬价，一连五日不至。到第六日午后，忽然下一场大雨。雨声未绝，砰砰的敲门声响。三巧儿唤丫鬟开看，只见薛婆衣衫半湿，提个破伞进来，口儿道：

晴干不肯走，直待雨淋头。

把伞儿放在楼梯边，走上楼来万福道：“大娘，前晚失信了。”三巧儿慌忙答礼道：“这几日在那里去了？”婆子道：“小女托赖新添了个外孙，老身去看看，留住了几日，今早方回。半路上下起雨来，在一个相识人家借得把伞，又是破的，却不是晦气！”三巧儿道：“你老人家几个儿女？”婆子道：“只一个儿子，完婚过了。女儿到有四个，这是我第四个了，嫁与徽州朱八朝奉做偏房，就在这北门外开盐店的。”三巧儿道：“你老人家女儿多，不把来当事了。本乡本土少什么一夫一妇的，怎舍得与异乡人做小？”婆子道：“大娘不知，到是异乡人有情怀。虽则偏房，他大娘子只在家里，小女自在店中，呼奴使婢，一般受用。老身每遍去时，他当个尊长看待，更不怠慢。如今养了个儿子，愈加好了。”三巧儿道：“也是你老人家造化，嫁得着。”

说罢，恰好晴云讨茶上来，两个吃了。婆子道：“今日雨天没事，老身大胆，敢求大娘的首饰一看，看些巧样儿在肚里也好。”三巧儿道：“也只是平常生活，你老人家莫笑话。”就取一把钥匙，开了箱笼，陆续搬出许多钗、钿、缨络之类。薛婆看了，夸美不尽，道：“大娘有恁般珍异，把老身这几件东西，看不在眼了。”三巧儿道：“好说，我正要与你老人家请个实价。”婆子道：“娘子是识货的，何消老身费嘴。”三巧儿把东西检过，取出薛婆的蔑丝箱儿来，放在卓上，将钥匙递与婆子道：“你老人家开了，

检看个明白。”婆子道：“大娘忒精细了。”当下开了箱儿，把东西逐件搬出。

三巧儿品评价钱，都不甚远。婆子并不争论，欢欢喜喜的道：“恁地，便不枉了人。老身就少赚几贯钱，也是快活的。”三巧儿道：“只是一件，目下凑不起价钱，只好现奉一半。等待我家官人回来，一并清楚。他也只在这几日回了。”婆子道：“便迟几日，也不妨事。只是价钱上相让多了，银水要足纹的。”三巧儿道：“这也小事。”便把心爱的几件首饰及珠子收起，唤晴云取杯见成酒来，与老人家坐坐。婆子道：“造次如何好搅扰？”三巧儿道：“时常清闲，难得你老人家到此，作伴扳话。你老人家若不嫌怠慢，时常过来走走。”婆子道：“多谢大娘错爱，老身家里当不过嘈杂，像宅上又忒清闲了。”三巧儿道：“你家儿子做甚生意？”婆子道：“也只是接些珠宝客人，每日的讨酒讨浆，刮的人不耐烦。老身亏杀各宅们走动，在家时少，还好。若只在六尺地上转，怕不燥死了人。”三巧儿道：“我家与你相近，不耐烦时，就过来闲话。”婆子道：“只不敢频频打搅。”三巧儿道：“老人家说那里话。”

只见两个丫鬟轮番的走动，摆了两副杯箸，两碗腊鸡，两碗腊肉，两碗鲜鱼，连果碟素菜，共一十六个碗。婆子道：“如何盛设！”三巧儿道：“见成的，休怪怠慢。”说罢，斟酒递与婆子，婆子将杯回敬，两下对坐而饮。原来三巧儿酒量尽去得，那婆子又是酒壶酒瓮，吃起酒来，一发相投了，只恨会面之晚。

那日，直吃到傍晚，刚刚雨止，婆子作谢要回。三巧儿又取出大银钟来，劝了几钟，又陪他吃了晚饭，说道：“你老人家再宽坐一时，我将这一半价钱付你去。”婆子道：“天晚了，大娘请自在，不争这一夜儿，明日却来领罢。连这蔑丝箱儿，老身也不拿去了，省得路上泥滑滑的不好走。”三巧儿道：“明日专专望你。”婆子作别下楼，取了破伞，出门去了。正是：

世间只有虔婆嘴，哄动多多少少人。

却说陈大郎在下处呆等了几日，并无音信。见这日天雨，料是婆子在家，拖泥带水的进城来问个消息，又不相值。自家在酒肆中吃了三杯，用了些点心，又到薛婆门首打听，只是未回。看看天晚，却待转身，只见婆子一脸春色，脚略斜的走入巷来。陈大郎迎着他，作了揖，问道：“所言如何？”婆子摇手道：“尚早。如今方下种，还没有发芽哩。再隔五六年，开花结果，才到得你口。你莫在此探头探脑，老娘不是管闲事的。”陈大郎见他醉了，只得转去。

次日，婆子买了些时新果子，鲜鸡、鱼、肉之类，唤个厨子安排停当，装做两个盒子，又买一瓮上好的酽酒，央间壁小二挑了，来到蒋家门首。三巧儿这日，不见婆子到来，正教晴云开门出来探望，恰好相遇。婆子教小二挑在楼下，先打发他去了。晴云已自报知主母，三巧儿把婆子当个贵客一般，直到楼梯口边迎他上去。婆子千恩万谢的福了一回，便道：“今日老身偶有一杯水酒，将来与大娘消遣。”三巧儿道：“到要你老人家赔钞，不当受了。”婆子央两个丫鬟搬将上来，摆做一卓子。三巧儿道：“你老人家忒迂阔了，恁搬大弄起来。”婆子笑道：“小户人家，备下出甚么好东西，只当一茶奉献。”晴云便去取杯箸，暖雪便吹起水火炉来。霎时酒暖，婆子道：

“今日是老身薄意,还请大娘转坐客位。”三巧儿道:“虽然相扰,在寒舍岂有此理?”

两下谦让多时,薛婆只得坐了客席。这是第三次相聚,更觉熟分了。饮酒中间,婆子问道:“官人出外好多时了,还不回,亏他撇得大娘下。”三巧儿道:“便是,说过一年就转,不知怎地担阁了?”婆子道:“依老身说,放下了恁般如花似玉的娘子,便博个堆金积玉也不为罕。”婆子又道:“大凡走江湖的人,把客当家,把家当客。比如我第四个女婿朱八朝奉,有了小女,朝欢暮乐,那里想家?或三年四年,才回一遍,住不上一两个月,又来了。家中大娘子替他担孤受寡,那晓得他外边之事?”三巧儿道:“我家官人到不是这样人。”婆子道:“老身只当闲话讲,怎敢将天比地?”当日两个猜谜掷色,吃得酩酊而别。

第三日,同小二来取家火,就领这一半价钱,三巧儿又留他吃点心。从此以后,把那一半赊钱为由,只做问兴哥的消息,不时行走。这婆子俐齿伶牙,能言快语,又半痴不颠的惯与丫鬟们打诨,所以上下都欢喜他。三巧儿一日不见他来,便觉寂寞,叫老家人认了薛婆家里,早晚常去请他,所以一发来得勤了。

世间有四种人惹他不得,引起了头,再不好绝他。是那四种?

游方僧道,乞丐,闲汉,牙婆。

上三种人犹可,只有牙婆是穿房入户的,女眷们怕冷静时,十个九个到要扳他来往。今日薛婆本是个不善之人,一般甜言软语,三巧儿遂与他成了至交,时刻少他不得。正是:

画虎画皮难画骨,知人知面不知心。

陈大郎几遍讨个消息,薛婆只回言尚早。其时五月中旬,天渐炎热。婆子在三巧儿面前,偶说起家中蜗窄,又是朝西房子,夏月最不相宜,不比这楼上高厂风凉。三巧儿道:“你老人家若撇得家下,到此过夜也好。”婆子道:“好是好,只怕官人回来。”三巧儿道:“他就回,料道不是半夜三更。”婆子道:“大娘不嫌蒿恼,老身惯是掗相知的,只今晚就取铺陈过来,与大娘作伴,何如?”三巧儿道:“铺陈尽有,也不须拿得。你老人家回复家里一声,索性在此过了一夏家去不好?”婆子真个对家里儿子媳妇说了,只带个梳匣儿过来。三巧儿道:“你老人家多事,难道我家油梳子也缺了,你又带来怎地?”婆子道:“老身一生怕的是同汤洗脸,合具梳头。大娘怕没有精致的梳具,老身如何敢用?其他姐儿们的,老身也怕用得,还是自家带了便当。只是大娘分付在那一门房安歇?”三巧儿指着床前一个小小藤榻儿,道:“我预先排下你的卧处了,我两个亲近些,夜间睡不着好讲些闲话。”说罢,检出一顶青纱帐来,教婆子自家挂了,又同吃了一会酒,方才歇息。两个丫鬟原在床前打铺相伴,因有了婆子,打发他在间壁房里去睡。

从此为始,婆子日间出去串街做买卖,黑夜便到蒋家歇宿。时常携壶挈榼的殷勤热闹,不一而足。床榻是丁字样铺下的,虽隔着帐子,却像是一头同睡。夜间絮絮叨叨,你问我答,凡街坊秽亵之谈,无所不至。这婆子或时装醉诈风起来,到说起自家少年时偷汉的许多情事,去勾动那妇人的春心。害得那妇人娇滴滴一副嫩脸,

红了又白，白了又红。婆子已知妇人心活，只是那话儿不好启齿。

光阴迅速，又到七月初七日了，正是三巧儿的生日，婆子清早备下两盒礼，与他做生。三巧儿称谢了，留他吃面。婆子道："老身今日有些穷忙，晚上来陪大娘，看牛郎织女做亲。"说罢，自去了。下得阶头不几步，正遇着陈大郎。路上不好讲话，随到个僻静巷里。陈大郎攒着两眉，埋怨婆子道："干娘，你好慢心肠！春去夏来，如今又立过秋了。你今日也说尚早，明日也说尚早，却不知我度日如年。再延挨几日，他丈夫回来，此事便付东流，却不活活的害死我也！阴司去少不得与你索命。"婆子道："你且莫喉急，老身正要相请，来得恰好。事成不成，只在今晚，须是依我而行。如此如此，这般这般。全要轻轻悄悄，莫带累人。"陈大郎点头道："好计，好计！事成之后，定当厚报。"说罢，欣然而去。正是：

排成窃玉偷香阵，费尽携云握雨心。

却说薛婆约定陈大郎这晚成事，午后细雨微茫，到晚却没有星月。婆子黑暗里引着陈大郎埋伏在左近，自己却去敲门。晴云点个纸灯儿，开门出去。婆子故意把衣袖一摸，说道："失落了一条临清汗巾儿。姐姐，劳你大家寻一寻。"哄得晴云便把灯向街上照去。这里婆子捉个空，招着陈大郎一溜溜进门来，先引他在楼梯背后空处伏着。婆子便叫道："有了，不要寻了。"晴云道："恰好火也没了，我再去点个来照你。"婆子道："走熟的路，不消用火。"两个黑暗里关了门，摸上楼来。三巧儿问道："你没了什么东西？"婆子袖里扯出个小帕儿来，道："就是这个冤家，虽然不值甚钱，是一个北京客人送我的，却不道：'礼轻人意重。'"三巧儿取笑道："莫非是你老相交送的表记。"婆子笑道："也差不多。"当夜两个耍笑饮酒。婆子道："酒肴尽多，何不把些赏厨下男女？也教他闹轰轰，像个节夜。"三巧儿真个把四碗菜，两壶酒，分付丫鬟，拿下楼去。那两个婆娘，一个汉子，吃了一回，各去歇息。不题。

再说婆子饮酒中间，问道："官人如何还不回家？"三巧儿道："便是算来一年半了。"婆子道："牛郎织女，也是一年一会，你比他到多隔了半年。常言道：'一品官，二品客。'做客的那一处没有风花雪月？只苦了家中娘子。"三巧儿叹了口气，低头不语。婆子道："是老身多嘴了。今夜牛女佳期，只该饮酒作乐，不该说伤情话儿。"说罢，便斟酒去劝那妇人。约莫半酣，婆子又把酒去劝两个丫鬟，说道："这是牛郎织女的喜酒，劝你多吃几杯，后日嫁个恩爱的老公，寸步不离。"两个丫鬟被缠不过，勉强吃了，各不胜酒力，东倒西歪。三巧儿分付关了楼门，发放他先睡。他两个自在吃酒。

婆子一头吃，口里不住的说罗说皂，道："大娘几岁上嫁的？"三巧儿道："十七岁。"婆子道："破得身迟，还不吃亏；我是十三岁上就破了身。"三巧儿道："嫁得恁般早？"婆子道："论起嫁，到是十八岁了。不瞒大娘说，因是在间壁人家学针指，被他家小官人调诱，一时间贪他生得俊俏，就应承与他偷了。初时好不疼痛，两三遍后，就晓得快活。大娘你可也是这般么？"三巧儿只是笑。婆子又道："那话儿到是不晓得滋味的到好，尝过的便丢不下，心坎里时时发痒。日里还好，夜间好难过哩。"三

巧儿道："想你在娘家时阅人多矣，亏你怎生充得黄花女儿嫁去？"婆子道："我的老娘也晓得些影像，生怕出丑，教我一个童女方，用石榴皮、生矾两味煎汤洗过，那东西就瘷紧了。我只做张做势的叫疼，就遮过了。"三巧儿道："你做女儿时，夜间也少不得独睡。"婆子道："还记得在娘家时节，哥哥出外，我与嫂嫂一头同睡。两下轮番在肚子上学男子汉的行事。"三巧儿道："两个女人作对，有甚好处？"婆子走过三巧儿那边，挨肩坐下，说道："大娘，你不知，只要大家知音，一般有趣，也撒得火。"三巧儿举手把婆子肩胛上打一下，说道："我不信，你说谎。"婆子见他欲心已动，有心去挑拨他，又道："老身今年五十二岁了，夜间常痴性发作，打熬不过，亏得你少年老成。"三巧儿道："你老人家打熬不过，终不然还去打汉子。"婆子道："败花枯柳，如今那个要我了？不瞒大娘说，我也有个自取其乐救急的法儿。"三巧儿道："你说谎，又是甚么法儿？"婆子道："少停到床上睡了，与你细讲。"

说罢，只见一个飞蛾在灯上旋转，婆子便把扇来一扑，故意扑灭了灯，叫声："阿呀！老身自去点个灯来。"便去开楼门。陈大郎已自走上楼梯，伏在门边多时了。——都是婆子预先设下的圈套。婆子道："忘带个取灯儿去了。"又走转来，便引着陈大郎到自己榻上伏着。婆子下楼去了一回，复上来道："夜深了，厨下火种都熄了，怎么处？"三巧儿道："我点灯睡惯了，黑魆魆地，好不怕人！"婆子道："老身伴你一床睡何如？"三巧儿正要问他救急的法儿，应道："甚好。"婆子道："大娘，你先上床，我关了门就来。"三巧儿先脱了衣服，床上去了，叫道："你老人家快睡罢。"婆子应道："就来了。"却在榻上拖陈大郎上来，赤条条的㧐[②]在三巧儿床上去。三巧儿摸着身子，道："你老人家许多年纪，身上恁般光滑！"那人并不回言，钻进被里，就捧着妇人做嘴。妇人还认是婆子，双手相抱。那人蓦地腾身而上，就干起事来。那妇人一则多了杯酒，醉眼朦胧；二则被婆子挑拨，春心飘荡，到此不暇致详，凭他轻薄。

> 一个是闺中怀春的少妇，一个是客邸慕色的才郎。一个打熬许久，如文君初遇相如；一个盼望多时，如必正初谐陈女。分明久旱逢甘雨，胜过他乡遇故知。

陈大郎是走过风月场的人，颠鸾倒凤，曲尽其趣，弄得妇人魂不附体。

云雨毕后，三巧儿方问道："你是谁？"陈大郎把楼下相逢，如此相慕，如此苦央薛婆用计，细细说了："今番得遂平生，便死瞑目。"婆子走到床间，说道："不是老身大胆，一来可怜大娘青春独宿，二来要救陈郎性命。你两个也是宿世姻缘，非干老身之事。"三巧儿道："事已如此，万一我丈夫知觉，怎么好？"婆子道："此事你知我知，只买定了晴云、暖雪两个丫头，不许他多嘴，再有谁人漏泄？在老身身上，管成你夜夜欢娱，一些事也没有；只是日后不要忘记了老身。"三巧儿到此，也顾不得许多了，两个又狂荡起来。直到五更鼓绝，天色将明，两个兀自不舍。婆子催促陈大郎起身，送他出门去了。

自此无夜不会，或是婆子同来，或是汉子自来。两个丫鬟被婆子把甜话儿偎他，又把利害话儿吓他，又教主母赏他几件衣服，汉子到时，不时把些零碎银子赏他

们买果儿吃，骗得欢欢喜喜，已自做了一路。夜来明去，一出一入，都是两个丫鬟迎送，全无阻隔。真个是你贪我爱，如胶似漆，胜如夫妇一般。陈大郎有心要结识这妇人，不时的制办好衣服、好首饰送他，又替他还了欠下婆子的一半价钱，又将一百两银子谢了婆子。往来半年有余，这汉子约有千金之费。三巧儿也有三十多两银子东西，送那婆子。婆子只为图这些不义之财，所以肯做牵头。这都不在话下。

古人云："天下无不散的筵席。"

才过十五元宵夜，又是清明三月天。

陈大郎思想蹉跎了多时生意，要得还乡。夜来与妇人说知，两下恩深义重，各不相舍。妇人到情愿收拾了些细软，跟随汉子逃走，去做长久夫妻。陈大郎道："使不得。我们相交始末，都在薛婆肚里。就是主人家吕公，见我每夜进城，难道没有些疑惑？况客船上人多，瞒得那个？两个丫鬟又带去不得。你丈夫回来，跟究出情由，怎肯干休？娘子权且耐心，到明年此时，我到此觅个僻静下处，悄悄通个信儿与你，那时两口儿同走，神鬼不觉，却不安稳？"妇人道："万一你明年不来，如何？"陈大郎就设起誓来。妇人道："既然你有真心，奴家也决不相负。你若到了家乡，倘有便人，托他梢个书信到薛婆处，也教奴家放意。"陈大郎道："我自用心，不消分付。"

又过几日，陈大郎雇下船只，装载粮食完备，又来与妇人作别。这一夜倍加眷恋，两下说一会，哭一会，又狂荡一会，整整的一夜不曾合眼。到五更起身，妇人便去开箱，取出一件宝贝，叫做"珍珠衫"，递与陈大郎道："这件衫儿，是蒋门祖传之物，暑天若穿了他，清凉透骨。此去天道渐热，正用得着。奴家把与你做个记念，穿了此衫，就如奴家贴体一般。"陈大郎哭得出声不得，软做一堆。妇人就把衫儿亲手与汉子穿下，叫丫鬟开了门户，亲自送他出门，再三珍重而别。诗曰：

昔年含泪别夫郎，今日悲啼送所欢。
堪恨妇人多水性，招来野鸟胜文鸾。

话分两头，却说陈大郎有了这珍珠衫儿，每日贴体穿着，便夜间脱下，也放在被窝中同睡，寸步不离。一路遇了顺风，不两月行到苏州府枫桥地面。那枫桥是柴米牙行聚处，不得投个主家脱货，不在话下。

忽一日，赴个同乡人的酒席。席上遇个襄阳客人，生得风流标致。那人非别，正是蒋兴哥。原来兴哥在广东贩了些珍珠、玳瑁、苏木、沉香之类，搭伴起身。那伙同伴商量，都要到苏州发卖。兴哥久闻得"上说天堂，下说苏杭"，好个大马头所在，有心要去走一遍，做这一回买卖，方才回去。还是去年十月中到苏州的。因是隐姓为商，都称为罗小官人，所以陈大郎更不疑惑。他两个萍水相逢，年相若，貌相似，谭吐应对之间，彼此敬慕。即席间问了下处，互相拜望，两下遂成知己，不时会面。

兴哥讨完了客帐，欲待起身，走到陈大郎寓所作别。大郎置酒相待，促膝谈心，甚是款洽。此时五月下旬，天气炎热。两个解衣饮酒，陈大郎露出珍珠衫来。兴哥心中骇异，又不好认他的，只夸奖此衫之美。陈大郎恃了相知，便问道："贵县大市街有个蒋兴哥家，罗兄可认得否？"兴哥到也乖巧，回道："在下出外日多，里中虽晓

得有这个人，并不相认。陈兄为何问他？”陈大郎道：“不瞒兄长说，小弟与他有些瓜葛。”便把三巧儿相好之情，告诉了一遍，扯着衫儿看了，眼泪汪汪道：“此衫是他所赠。兄长此去，小弟有封书信，奉烦一寄，明日侵早送到贵寓。”兴哥口里答应道：“当得，当得。”心下沉吟：“有这等异事！现在珍珠衫为证，不是个虚话了。”当下如针刺肚，推故不饮，急急起身别去。

回到下处，想了又恼，恼了又想，恨不得学个缩地法儿，顷刻到家。连夜收拾，次早便上船要行。只见岸上一个人气吁吁的赶来，却是陈大郎。亲把书信一大包，递与兴哥，叮嘱千万寄去。气得兴哥面如土色，说不得，话不得，死不得，活不得。只等陈大郎去后，把书看时，面上写道：“此书烦寄大市街东巷薛妈妈家。”兴哥性起，一手扯开，却是八尺多长一条桃红绉纱汗巾。又有个糊纸长匣儿，内有羊脂玉凤头簪一根。书上写道：“微物二件，烦干娘转寄心爱娘子三巧儿亲收，聊表记念。相会之期，准在来春。珍重，珍重！”兴哥大怒，把书扯得粉碎，撇在河中；提起玉簪在船板上一掼，折做两段，一念想起道：“我好糊涂！何不留此做个证见也好。”便检起簪儿和汗巾，做一包收拾，催促开船。

急急的赶到家乡，望见了自家门首，不觉堕下泪来。想起：“当初夫妻何等恩爱，只为我贪着蝇头微利，撇他少年守寡，弄出这场丑来，如今悔之何及！”在路上性急，巴不得赶回。及至到了，心中又苦又恨，行一步，懒一步。

进得自家门里，少不得忍住了气，勉强相见。兴哥并无言语，三巧儿自己心虚，觉得满脸惭愧，不敢殷勤上前扳话。兴哥搬完了行李，只说去看看丈人丈母，依旧到船上住了一晚。

次早回家，向三巧儿说道：“你的爹娘同时害病，势甚危笃。昨晚我只得住下，看了他一夜。他心中只牵挂着你，欲见一面。我已雇下轿子在门首，你可作速回去，我也随后就来。”三巧儿见丈夫一夜不回，心里正在疑虑；闻说爹娘有病，却认真了，如何不慌？慌忙把箱笼上匙钥递与丈夫，唤个婆娘跟了，上轿而去。兴哥叫住了婆娘，向袖中摸出一封书来，分付他送与王公：“送过书，你便随轿回来。”

却说三巧儿回家，见爹娘双双无恙，吃了一惊。王公见女儿不接而回，也自然骇然。在婆子手中接书，拆开看时，却是休书一纸。上写道：

> 立休书人蒋德，系襄阳府枣阳县人。从幼凭媒聘定王氏为妻，岂期过门之后，本妇多有过失，正合七出之条[③]。因念夫妻之情，不忍明言，情愿退还本宗，听凭改嫁，并无异言。休书是实。
>
> 成化二年　月　日　手掌为记

书中又包着一条桃红汗巾，一枝打折的羊脂玉凤头簪。王公看了，大惊，叫过女儿问其缘故。三巧儿听说丈夫把他休了，一言不发，啼哭起来。王公气忿忿的一径跟到女婿家来。蒋兴哥连忙上前作揖。王公回礼，便问道：“贤婿，我女儿是清清白白嫁到你家的，如今有何过失，你便把他休了？须还我个明白。”蒋兴哥道：“小婿不好说，但问令爱便知。”王公道：“他只是啼哭，不肯开口，教我肚里好闷！小女从

幼聪慧,料不得到犯了淫盗。若是小小过失,你可也看老汉薄面,恕了他罢。你两个是七八岁上定下的夫妻,完婚后并不曾争论一遍两遍,且是和顺。你如今做客才回,又不曾住过三朝五日,有什么破绽落在你眼里?你直如此狠毒,也被人笑话,说你无情无义。"蒋兴哥道:"丈人在上,小婿也不敢多话。家下有祖遗下珍珠衫一件,是令爱收藏,只问他如今在否。若在时,半字休题,若不在,只索休怪了。"王公忙转身回家,问女儿道:"你丈夫只问你讨什么珍珠衫,你端的拿与何人去了?"那妇人听得说着了他紧要的关目,羞得满脸通红,开不得口,一发号啕大哭起来,慌得王公没做理会处。王婆劝道:"你不要只管啼哭,实实的说个真情与爹娘知道,也好与你分剖。"妇人那里肯说,悲悲咽咽,哭一个不住。王公只得把休书和汗巾簪子,都付与王婆,教他慢慢的偎着女儿,问他个明白。

王公心中纳闷,走到邻家闲话去了。王婆见女儿哭得两眼赤肿,生怕苦坏了他,安慰了几句言语,走往厨房下去暖酒,要与女儿消愁。三巧儿在房中独坐,想着珍珠衫泄漏的缘故,好生难解!这汗巾簪子,又不知那里来的。沉吟了半晌道:"我晓得了:这折簪是镜破钗分之见;这条汗巾,分明教我悬梁自尽。他念夫妻之情,不忍明言,是要全我的廉耻。可怜四年恩爱,一旦决绝,是我做的不是,负了丈夫恩情,便活在人间,料没有个好日,不如缢死,到得干净。"说罢,又哭了一回,把个坐兀子填高,将汗巾兜在梁上,正欲自缢。也是寿数未绝,不曾关上房门。恰好王婆暖得一壶好酒走进房来,见女儿安排这事,急得他手忙脚乱,不放酒壶,便上前去拖拽。不期一脚踢番坐兀子,娘儿两个跌做一团,酒壶都泼翻了。王婆爬起来,扶起女儿说道:"你好短见!二十多岁的人,一朵花还没有开足,怎做这没下梢的事?莫说你丈夫还有回心转意的日子,便真个休了,恁般容貌,怕没人要你?少不得别选良姻,图个下半世受用。你且放心过日子,休得愁闷。"王公回家,知道女儿寻死,也劝了他一番,又嘱付王婆用心提防。过了数日,三巧儿没奈何,也放下了念头。正是:

夫妻本是同林鸟,大限来时各自飞。

再说蒋兴哥把两条索子,将晴云、暖雪捆缚起来,拷问情由。那丫头初时抵赖,吃打不过,只得从头至尾,细细招将出来。已知都是薛婆勾引,不干他人之事。到明朝,兴哥领了一伙人,赶到薛婆家里,打得他雪片相似,只饶他拆了房子。薛婆情知自己不是,躲过一边,并没一人敢出头说话。兴哥见他如此,也出了这口气。回去唤个牙婆,将两个丫头都卖了。楼上细软箱笼,大小共十六只,写三十二条封皮,打叉封了,更不开动。这是甚意儿?只因兴哥夫妇,本是十二分相爱的。虽则一时休了,心中好生痛切,见物思人,何忍开看!

话分两头。却说南京有个吴杰进士,除授广东潮阳县知县,水路上任,打从襄阳经过。不曾带家小,有心要择一美妾,一路看了多少女子,并不中意。闻得枣阳县王公之女,大有颜色,一县闻名,出五十金财礼,央媒议亲。王公到也乐从,只怕前婿有言,亲到蒋家,与兴哥说知。兴哥并不阻挡。临嫁之夜,兴哥雇了人夫,将楼

上十六个箱笼，原封不动，连匙钥送到吴知县船上，交割与三巧儿，当个赔嫁。妇人心上到过意不去。傍人晓得这事，也有夸兴哥做人忠厚的，也有笑他痴呆的，还有骂他没志气的：正是人心不同。

闲话休题。再说陈大郎在苏州脱货完了，回到新安，一心只想着三巧儿。朝暮看了这件珍珠衫，长吁短叹。老婆平氏心知这衫儿来得跷蹊，等丈夫睡着，悄悄的偷去，藏在天花板上。陈大郎早起要穿时，不见了衫儿，与老婆取讨，平氏那里肯认。急得陈大郎性发，倾箱倒箧的寻个遍，只是不见，便破口骂老婆起来。惹得老婆啼啼哭哭，与他争嚷，闹炒了两三日。陈大郎情怀撩乱，忙忙的收拾银两，带个小郎，再望襄阳旧路而进。

将近枣阳，不期遇了一伙大盗，将本钱尽皆劫去，小郎也被他杀了。陈商眼快，走向船梢舵上伏着，幸免残生。思想还乡不得，且到旧寓住下，待会了三巧儿，与他借些东西，再图恢复。叹了一口气，只得离船上岸。走到枣阳城外主人吕公家，告诉其事；又道如今要央卖珠子的薛婆，与一个相识人家借些本钱营运。吕公道："大郎不知，那婆子为勾引蒋兴哥的浑家，做了些丑事。去年兴哥回来，问浑家讨什么'珍珠衫'。原来浑家赠与情人去了，无言回答。兴哥当时休了浑家回去，如今转嫁与南京吴进士做第二房夫人了。那婆子被蒋家打得个片瓦不留，婆子安身不牢，也搬在隔县去了。"

陈大郎听得这话，好似一桶冷水没头淋下，这一惊非小。当夜发寒发热，害起病来。这病又是郁症，又是相思症，也带些怯症，又有些惊症，床上卧了两个多月，翻翻覆覆只是不愈，连累主人家小厮，伏侍得不耐烦。陈大郎心上不安，打熬起精神，写成家书一封，请主人来商议，要觅个便人梢信往家中，取些盘缠，就要个亲人来看觑同回。这几句正中了主人之意，恰好有个相识的承差，奉上司公文要往徽宁一路，水陆驿递，极是快的。吕公接了陈大郎书札，又替他应出五钱银子，送与承差，央他乘便寄去。果然的"自行由得我，官差急如火"，不勾几日，到了新安县。问着陈商家里，送了家书，那承差飞马去了。正是：

只为千金书信，又成一段姻缘。

话说平氏拆开家信，果是丈夫笔迹，写道：

> 陈商再拜，贤妻平氏见字：别后襄阳遇盗，劫资杀仆。某受惊患病，见卧旧寓吕家，两月不愈。字到可央一的当亲人，多带盘缠，速来看视。伏枕草草。

平氏看了，半信半疑，想道："前番回家，亏折了千金贵本。据这件珍珠衫，一定是邪路上来的。今番又推被盗，多讨盘缠，怕是假话。"又想道："他要个的当亲人，速来看视，必然病势利害。这话是真，也未可知。如今央谁人去好？"左思右想，放心不下，与父亲平老朝奉商议。收拾起细软家私，带了陈旺夫妇，就请父亲作伴，顾个船只，亲往襄阳看丈夫去。到得京口，平老朝奉痰火病发，央人送回去了。平氏引着男女，上水前进。

不一日，来到枣阳城外，问着了旧主人吕家。原来十日前，陈大郎已故了。吕

公赔些钱钞，将就入殓。平氏哭倒在地，良久方醒，慌忙换了孝服，再三向吕公说，欲待开棺一见，另买副好棺材，重新殓过。吕公执意不肯。平氏没奈何，只得买木做个外棺包裹，请僧做法事超度，多焚冥资。吕公已自索了他二十两银子谢仪，随他闹炒，并不言语。

过了一月有余，平氏要选个好日子，扶柩而回。吕公见这妇人年少姿色，料是守寡不终，又且囊中有物，思想儿子吕二还没有亲事，何不留住了他，完其好事，可不两便？吕公买酒请了陈旺，央他老婆委曲进言，许以厚谢。陈旺的老婆是个蠢货，那晓得什么委曲？不顾高低，一直的对主母说了。平氏大怒，把他骂了一顿，连打几个耳光子，连主人家也数落了几句。吕公一场没趣，敢怒而不敢言。正是：

羊肉馒头没的吃，空教惹得一身骚。

吕公便去撺掇陈旺逃走。陈旺也思量没甚好处了，与老婆商议，教他做脚，里应外合，把银两首饰偷得罄尽，两口儿连夜走了。吕公明知其情，反埋怨平氏道：不该带这样歹人出来，幸而偷了自家主母的东西，若偷了别家的，可不连累人！又嫌这灵柩碍他生理，教他快些抬去；又道后生寡妇，在此住居不便，催促他起身。平氏被逼不过，只得别赁下一间房子住了。顾人把灵柩移来，安顿在内。这凄凉景象，自不必说。

间壁有个张七嫂，为人甚是活动。听得平氏啼哭，时常走来劝解。平氏又时常央他典卖几件衣服用度，极感其意。不勾几月，衣服都典尽了。从小学得一手好针线，思量要到个大户人家，教习女红度日，再作区处。正与张七嫂商量这话，张七嫂道："老身不好说得，这大户人家，不是你少年人走动的。死的没福自死了，活的还要做人。你后面日子正长哩，终不然做针线娘了得你下半世？况且名声不好，被人看得轻了。还有一件，这是灵柩如何处置？也是你身上一件大事。便出赁房钱，终久是不了之局。"平氏道："奴家也都虑到，只是无计可施了。"张七嫂道："老身到有一策，娘子莫怪我说。你千里离乡，一身孤寡，手中又无半钱，想要搬这灵柩回去，多是虚了。莫说你衣食不周，到底难守，便多守得几时，亦有何益？依老身愚见，莫若趁此青年美貌，寻个好对头，一夫一妇的，随了他去，得些财礼，就买块土来葬了丈夫，你的终身又有所托，可不生死无憾？"平氏见他说得近理，沉吟了一会，叹口气道："罢，罢，奴家卖身葬夫，傍人也笑我不得。"张七嫂道："娘子若定了主意时，老身现有个主儿在此。年纪与娘子相近，人物齐整，又是大富之家。"平氏道："他既是富家，怕不要二婚的。"张七嫂道："他也是续弦了，原对老身说：'不拘头婚二婚，只要人才出众。'似娘子这般丰姿，怕不中意？"原来张七嫂曾受蒋兴哥之托，央他访一头好亲。因是前妻三巧儿出色标致，所以如今只要访个美貌的。那平氏容貌，虽不及得三巧儿，论起手脚伶俐，胸中泾渭，又胜似他。

张七嫂次日就进城，与蒋兴哥说了。兴哥闻得是下路人，愈加欢喜。这里平氏分文财礼不要，只要买块好地殡葬丈夫要紧。张七嫂往来回复了几次，两相依允。

话休烦絮。却说平氏送了丈夫灵柩入土，祭奠毕了，大哭一场，免不得起灵除

孝。临期，蒋家送衣饰过来，又将他典下的衣服都赎回了。成亲之夜，一般大吹大擂，洞房花烛。正是：

规矩熟闲虽旧事，恩情美满胜新婚。

蒋兴哥见平氏举止端庄，甚相敬重。一日，从外而来，平氏正在打叠衣箱，内有珍珠衫一件。兴哥认得了，大惊问道："此衫从何而来？"平氏道："这衫儿来得跷蹊。"便把前夫如此张致，夫妻如此争嚷，如此赌气分别，述了一遍。又道："前日艰难时，几番欲把他典卖，只愁来历不明，怕惹出是非，不敢露人眼目。连奴家至今，不知这物事那里来的。"兴哥道："你前夫陈大郎名字，可叫做陈商？可是白净面皮，没有须，左手长指甲的么？"平氏道："正是。"蒋兴哥把舌头一伸，合掌对天道："如此说来，天理昭彰，好怕人也！"平氏问其缘故。蒋兴哥道："这件珍珠衫，原是我家旧物。你丈夫奸骗了我的妻子，得此衫为表记。我在苏州相会，见了此衫，始知其情，回来把王氏休了。谁知你丈夫客死，我今续弦，但闻是徽州陈客之妻，谁知就是陈商！却不是一报还一报！"平氏听罢，毛骨竦然。从此恩情愈笃。这才是《蒋兴哥重会珍珠衫》的正话。诗曰：

天理昭昭不可欺，两妻交易孰便宜？

分明欠债偿他利，百岁姻缘暂换时。

再说蒋兴哥有了管家娘子，一年之后，又往广东做买卖。也是合当有事，一日到合浦县贩珠，价都讲定。主人家老儿，只拣一粒绝大的偷过了，再不承认。兴哥不忿，一把扯他袖子要搜。何期去得势重，将老儿拖翻在地，跌下便不做声，忙去扶时，气已断了。儿女亲邻，哭的哭，叫的叫，一阵的簇拥将来，把兴哥捉住，不由分说，痛打一顿，关在空房里，连夜写了状词，只等天明，县主早堂，连人进状。县主准了，因这日有公事，分付把凶身锁押，次日候审。

你道这县主是谁？姓吴名杰，南畿进士，正是三巧儿的晚老公。初选原在潮阳，上司因见他清廉，调在这合浦县采珠的所在来做官。是夜，吴杰在灯下将准过的状词细阅。三巧儿正在傍边闲看，偶见宋福所告人命一词，凶身罗德，枣阳县客人，不是蒋兴哥是谁！想起旧日恩情，不觉痛酸，哭告丈夫道："这罗德是贱妾的亲哥，出嗣在母舅罗家的，不期客边，犯此大辟[④]。官人可看妾之面，救他一命还乡。"县主道："且看临审如何。若人命果真，教我也难宽宥。"三巧儿两眼噙泪，跪下苦苦哀求。县主道："你且莫忙，我自有道理。"明早出堂，三巧儿又扯住县主衣袖哭道："若哥哥无救，贱妾亦当自尽，不能相见了。"

当日，县主升堂，第一就问这起。只见宋福、宋寿弟兄两个，哭啼啼的与父亲执命，禀道："因争珠怀恨，登时打闷，仆地身死。望爷爷做主！"县主问众干证口词，也有说打倒的，也有说推跌的。蒋兴哥辨道："他父亲偷了小人的珠子，小人不忿，与他争论。他因年老脚跶，自家跌死，不干小人之事。"县主问宋福道："你父亲几岁了？"宋福道："六十七岁了。"县主道："老年人容易昏绝，未必是打。"宋福、宋寿坚执是打死的。县主道："有伤无伤，须凭检验。既说打死，将尸发在漏泽园去，俟晚堂

听检。”原来宋家也是个大户，有体面的，老儿曾当过里长，儿子怎肯把父亲在尸场剔骨？两个双双叩头道：“父亲死状，众目共见，只求爷爷到小人家里相验，不愿发检。”县主道：“若不见贴骨伤痕，凶身怎肯伏罪？没有尸格，如何申得上司过？”弟兄两个只是求告。县主发怒道：“你既不愿检，我也难问。”慌的他弟兄两个连连叩头道：“但凭爷爷明断。”县主道：“望七之人，死是本等。倘或不因打死，屈害了一个平人，反增死者罪过。就是你做儿子的，巴得父亲到许多年纪，又把个不得善终的恶名与他，心中何忍？但打死是假，推仆是真，若不重罚罗德，也难出你的气。我如今教他披麻戴孝，与亲儿一般行礼，一应殡殓之费，都要他支持。你可服么？”弟兄两个道：“爷爷分付，小人敢不遵依。”兴哥见县主不用刑罚，断得干净，喜出望外。当下原被告都叩头称谢。县主道：“我也不写审单，着差人押出，待事完回话，把原词与你销讫便了。”正是：

公堂造业真容易，要积阴功亦不难。
试看今朝吴大尹，解冤释罪两家欢。

却说三巧儿自丈夫出堂之后，如坐针毡，一闻得退衙，便迎住问个消息。县主道：“我如此如此断了，看你之面，一板也不曾责他。”三巧儿千恩万谢，又道：“妾与哥哥久别，渴思一会，问取爹娘消息。官人如何做个方便，使妾兄妹相见，此恩不小。”县主道：“这也容易。”

看官们，你道三巧儿被蒋兴哥休了，恩断义绝，如何恁地用情？他夫妇原是十分恩爱的，因三巧儿做下不是，兴哥不得已而休之，心中兀自不忍；所以改嫁之夜，把十六只箱笼，完完全全的赠他。只这一件，三巧儿的心肠，也不容不软了。今日他身处富贵，见兴哥落难，如何不救？这叫做知恩报恩。

再说蒋兴哥遵了县主所断，着实小心尽礼，更不惜费，宋家弟兄都没话了。丧葬事毕，差人押到县中回复。县主唤进私衙赐坐，说道：“尊舅这场官司，若非令妹再三哀恳，下官几乎得罪了。”兴哥不解其故，回答不出。少停茶罢，县主请入内书房，教小夫人出来相见。你道这番意外相逢，不像个梦景么？他两个也不行礼，也不讲话，紧紧的你我相抱，放声大哭。就是哭爹哭娘，从没见这般哀惨。连县主在傍，好生不忍，便道：“你两人且莫悲伤，我看你不像哥妹，快说真情，下官有处。”两个哭得半休不休的，那个肯说？却被县主盘问不过，三巧儿只得跪下，说道：“贱妾罪当万死，此人乃妾之前夫也。”蒋兴哥料瞒不得，也跪下来，将从前恩爱及休妻再嫁之事，一一诉知。说罢，两人又哭做一团，连吴知县也堕泪不止，道：“你两人如此相恋，下官何忍拆开？幸然在此三年，不曾生育，即刻领去完聚。”两个插烛也似拜谢。

县主即忙讨了小轿，送三巧儿出衙；又唤集人夫，把原来赔嫁的十六个箱笼抬去，都教兴哥收领；又差典吏一员，护送他夫妇出境。此乃吴知县之厚德。正是：

珠还合浦重生采，剑合丰城倍有神。
堪羡吴公存厚道，贪财好色竟何人！

此人向来艰子，后行取到吏部，在北京纳宠，连生三子，科第不绝，人都说阴德之报，这是后话。

再说蒋兴哥带了三巧儿回家，与平氏相见。论起初婚，王氏在前，只因休了一番，这平氏到是明媒正娶；又且平氏年长一岁，让平氏为正房，王氏反做偏房，两个姐妹相称。从此一夫二妇，团圆到老。有诗为证：

恩爱夫妻虽到头，妻还作妾亦堪羞。

殃祥果报无虚谬，咫尺青天莫远求。

【注释】

①口号：顺口溜。

②㧐（音 sǒng）：挺身。

③七出之条：古代丈夫遗弃妻子的七种条款。

④大辟：五刑之一，谓死刑。

陈御史巧勘金钗钿

世事番腾似转轮，眼前凶吉未为真。

请看久久分明应，天道何曾负善人？

闻得老郎们相传的说话，不记得何州甚县，单说有一人，姓金名孝，年长未娶。家中只有个老母，自家卖油为生。一日，挑了油担出门，中途因里急，走上茅厕大解，拾得一个布裹肚，内有一包银子，约莫有三十两。金孝不胜欢喜，便转担回家，对老娘说道："我今日造化，拾得许多银子。"老娘看见，到吃了一惊道："你莫非做下歹事偷来的么？"金孝道："我几曾偷惯了别人的东西？却恁般说！早是邻舍不曾听得哩。这裹肚，其实不知什么人遗失在茅坑傍边，喜得我先看见了，拾取回来。我们做穷经纪的人，容易得这主大财？明日烧个利市，把来做贩油的本钱，不强似赊别人的油卖？"老娘道："我儿，常言道：'贫富皆由命。'你若命该享用，不生在挑油担的人家来了。依我看来，这银子虽非是你设心谋得来的，也不是你辛苦挣来的，只怕无功受禄，反受其殃。这银子，不知是本地人的，远方客人的？又不知是自家的，或是借贷来的？一时间失脱了，抓寻不见，这一场烦恼非小，连性命都失图了，也不可知。曾闻古人裴度还带积德，你今日原到拾银之处，看有甚人来寻，便引来还他原物，也是一番阴德，皇天必不负你。"

金孝是个本分的人，被老娘教训了一场，连声应道："说得是，说得是。"放下银包裹肚，跑到那茅厕边去。只见闹嚷嚷的一丛人围着一个汉子，那汉子气忿忿的叫天叫地。金孝上前问其缘故。原来那汉子是他方客人，因登东[①]，解脱了裹肚，失了银子，找寻不见。只道卸下茅坑，唤几个泼皮来，正要下去淘摸，街上人都拥着闲看。金孝便问客人道："你银子有多少？"客人胡乱应道："有四五十两。"金孝老实，便道："可有人白布裹肚么？"客人一把扯住金孝，道："正是，正是！是你拾着，还了

我，情愿出赏钱。"众人中有快嘴的便道："依着道理，平半分也是该的。"金孝道："真个是我拾得，放在家里，你只随我去便有。"众人都想道："拾得钱财，巴不得瞒过了人，那曾见这个人到去寻主儿还他？也是异事。"金孝和客人动身时，这伙人一哄都跟了去。

金孝到了家中，双手儿捧出裹肚，交还客人。客人检出银包看时，晓得原物不动，只怕金孝要他出赏钱，又怕众人乔主张他平分，反使欺心，赖着金孝，道："我的银子，原说有四五十两，如今只剩得这些。你匿过一半了，可将来还我！"金孝道："我才拾得回来，就被老娘逼我出门，寻访原主还他，何曾动你分毫？"那客人赖定短少了他的银两。金孝负屈忿恨，一个头肘子撞去。那客人力大，把金孝一把头发提起，像只小鸡一般，放番在地，捻着拳头便要打。引得金孝七十岁的老娘，也奔出门前叫屈。众人都有些不平，似杀阵般嚷将起来。恰好县尹相公在这街上过去，听得喧嚷，歇了轿，分付做公的拿来审问。众人怕事的，四散走开去了。也有几个大胆的，站在傍边看县尹相公怎生断这公事。

却说做公的将客人和金孝母子拿到县尹面前，当街跪下，各诉其情。一边道："他拾了小人的银子，藏过一半不还。"一边道："小人听了母亲言语，好意还他，他反来图赖小人。"县尹问众人："谁做证见？"众人都上前禀道："那客人脱了银子，正在茅厕边抓寻不着，却是金孝自走来承认了，引他回去还他。这是小人们众目共睹。只银子数目多少，小人不知。"县令道："你两下不须争嚷，我自有道理。"教做公的带那一干人到县来。

县尹升堂，众人跪在下面。县尹教取裹肚和银子上来，分付库吏，把银子兑准回复。库吏复道："有三十两。"县主又问客人道："你银子是许多？"客人道："五十两。"县主道："你看见他拾取的，还是他自家承认的？"客人道："实是他亲口承认的。"县主道："他若是要赖你的银子，何不全包都拿了？却止藏一半，又自家招认出来？他不招认，你如何晓得？可见他没有赖银之情了。你失的银子是五十两，他拾的是三十两，这银子不是你的，必然另是一个人失落的。"客人道："这银子实是小人的，小人情愿只领这三十两去罢。"县尹道："数目不同，如何冒认得去？这银两合断与金孝领去，奉养母亲，你的五十两，自去抓寻。"金孝得了银子，千恩万谢的，扶着老娘去了。那客人已经官断，如何敢争？只得含羞噙泪而去，众人无不称快。这叫做：

欲图他人，翻失自己。自己羞惭，他人欢喜。

看官，今日听我说"金钗钿"这桩奇事。有老婆的翻没了老婆，没老婆的翻得了老婆。只如金孝和客人两个，图银子的翻失了银子，不要银子的翻得了银子。事迹虽异，天理则同。

却说江西赣州府石城县，有个鲁廉宪，一生为官清介，并不要钱，人都称为"鲁白水"。那鲁廉宪与同县顾佥事累世通家。鲁家一子，双名学曾；顾家一女，小名阿秀，两下面约为婚，来往间亲家相呼，非止一日。因鲁奶奶病故，廉宪携着孩儿在于

任所，一向迁延，不曾行得大礼。谁知廉宪在任，一病身亡。学曾扶柩回家，守制三年，家事愈加消乏，止存下几间破房子，连口食都不周了。

顾佥事见女婿穷得不像样，遂有悔亲之意，与夫人孟氏商议道："鲁家一贫如洗，眼见得六礼难备，婚娶无期，不若别求良姻，庶不误女儿终身之托。"孟夫人道："鲁家虽然穷了，从幼许下的亲事，将何辞以绝之？"顾佥事道："如今只差人去说男长女大，催他行礼。两边都是宦家，各有体面，说不得'没有'两个字，也要出得他的门，入的我的户。那穷鬼自知无力，必然情愿退亲。我就要了他休书，却不一刀两断？"孟夫人道："我家阿秀性子有些古怪，只怕他到不肯。"顾佥事道："在家从父，这也由不得他。你只慢慢的劝他便了。"

当下，孟夫人走到女儿房中，说知此情。阿秀道："妇人之义，从一而终；婚姻论财，夷虏之道。爹爹如此欺贫重富，全没人伦，决难从命。"孟夫人道："如今爹去催鲁家行礼，他若行不起礼，倒愿退亲，你只索罢休。"阿秀道："说那里话！若鲁家贫不能聘，孩儿情愿守志终身，决不改适。当初钱玉莲投江全节，留名万古。爹爹若是见逼，孩儿就拚却一命，亦有何难！"孟夫人见女执性，又苦他，又怜他，心生一计：除非瞒过佥事，密地唤鲁公子来。助他些东西，教他作速行聘，方成其美。

忽一日，顾佥事往东庄收租，有好几日担阁。孟夫人与女儿商量停当了，唤园公老欧到来。夫人当面分付，教他去请鲁公子，后门相会，如此如此，"不可泄漏，我自有重赏。"老园公领命，来到鲁家。但见：

> 门如败寺，屋似破窑。窗槅离披，一任风声开闭；厨房冷落，绝无烟气蒸腾。颓墙漏瓦权栖足，只怕雨来；旧椅破床便当柴，也少火力。尽说宦家门户倒，谁怜清吏子孙贫？说不尽鲁家穷处。

却说鲁学曾有个姑娘，嫁在梁家，离城将有十里之地。姑夫已死，止存一子梁尚宾，新娶得一房好娘子，三口儿一处过活，家道粗足。这一日，鲁公子恰好到他家借米去了，只有个烧火的白发婆婆在家。老管家只得传了夫人之命，教他作速寄信去请公子回来："此是夫人美情，趁这几日老爷不在家中，专等专等，不可失信。"嘱罢自去了。这里老婆子想道："此事不可迟缓，也不好转托他人传话。当初奶奶存日，曾跟到姑娘家去，有些影像在肚里。"

当下嘱咐邻人看门，一步一跌的问到梁家。梁妈妈正留着侄儿在房中吃饭，婆子向前相见，把老园公言语细细述了。姑娘道："此是美事。"撺掇侄儿快去。鲁公子心中不胜欢喜，只是身上蓝缕，不好见得岳母，要与表兄梁尚宾借件衣服遮丑。

原来梁尚宾是个不守本分的歹人，早打下欺心草稿，便答应道："衣服自有，只是今日进城，天色已晚了，宦家门墙，不知深浅，令岳母夫人虽然有话，众人未必尽知，去时也须仔细。凭着愚见，还屈贤弟在此草榻，明日只可早往，不可晚行。"鲁公子道："哥哥说得是。"梁尚宾道："愚兄还要到东村一个人家，商量一件小事，回来再得奉陪。"又嘱付梁妈妈道："婆子走路辛苦，一发留他过宿，明日去罢。"妈妈也只道孩儿是个好意，真个把两人都留住了。谁知他是个奸计，只怕婆子回去时，那边老

园公又来相请，露出鲁公子不曾回家的消息，自己不好去打脱冒[②]了。正是：

欺天行当人难识，立地机关鬼不知。

梁尚宾背却公子，换了一套新衣，悄地出门，径投城中顾佥事家来。

却说孟夫人是晚教老园公开了园门伺候。看看日落西山，黑影里只见一个后生，身上穿得齐齐整整，脚儿走得慌慌张张，望着园门欲进不进的。老园公问道："郎君可是鲁公子么?"梁尚宾连忙鞠个躬应道："在下正是。因老夫人见召，特地到此，望乞通报。"老园公慌忙请到亭子中暂住，急急的进去报与夫人。孟夫人就差个管家婆出来传话，请公子到内室相见。才下得亭子，又有两个丫鬟提着两碗纱灯来接。弯弯曲曲行过多少房子，忽见朱楼画阁，方是内室。孟夫人揭起朱帘，秉烛而待。那梁尚宾一来是个小家出身，不曾见恁般富贵样子；二来是个村郎，不通文墨；三来自知假货，终是怀着个鬼胎，意气不甚舒展。上前相见时，跪拜应答，眼见得礼貌粗疏，语言涩滞。孟夫人心下想道："好怪！全不像宦家子弟。"一念又想道："常言'人贫智短'，他恁地贫困，如何怪得他失张失智?"转了第二个念头，心下愈加可怜起来。

茶罢，夫人分付忙排夜饭，就请小姐出来相见。阿秀初时不肯，被母亲逼了两三次，想着："父亲有赖婚之意，万一如此，今宵便是永诀；若得见亲夫一面，死亦甘心。"当下离了绣阁，含羞而出。孟夫人道："我儿过来见了公子，只行小礼罢。"假公子朝上连作两个揖，阿秀也福了两福，便要回步。夫人道："既是夫妻，何妨同坐。"便教他在自己肩下坐了。假公子两眼只瞧那小姐，见他生得端丽，骨髓里都发痒起来。这里阿秀只道见了真丈夫，低头无语，满腹恓惶，只饶得哭下一场。正是：

真假不同，心肠各别。

少顷，饮馔已到。夫人教排做两桌，上面一桌请公子坐，打横一桌娘儿两个同坐。夫人道："今日仓卒奉邀，只欲周旋公子姻事，殊不成体，休怪休怪。"假公子刚刚谢得个"打搅"二字，面皮都急得通红了。席间，夫人把女儿守志一事略叙一叙。假公子应了一句，缩了半句。夫人也只认他害羞，全不为怪。那假公子在席上自觉局促，本是能饮的，只推量窄，夫人也不强他。又坐了一回，夫人分付收拾铺陈在东厢下，留公子过夜。假公子也假意作别要行。夫人道："彼此至亲，何拘形迹？我母子还有至言相告。"假公子心中暗喜。只见丫鬟来禀，东厢内铺设已完，请公子安置。假公子作揖谢酒，丫鬟掌灯送到东厢去了。

夫人唤女儿进房，赶去侍婢，开了箱笼，取出私房银子八十两，又银杯二对，金首饰一十六件，约值百金，一手交付女儿，说道："做娘的手中只有这些，你可亲去交与公子，助他行聘完婚之费。"阿秀道："羞答答如何好去?"夫人道："我儿，礼有经权，事有缓急。如今尴尬之际，不是你亲去嘱付，把夫妻之情打动他，他如何肯上紧？穷孩子不知世事，倘或与外人商量，被人哄诱，把东西一时花了，不枉了做娘的一片用心？那时悔之何及！这东西也要你袖里藏去，不可露人眼目。"阿秀听了这一班道理，只得依允，便道："娘，我怎好自去?"夫人道："我教管家婆跟你去。"当下，

唤管家婆来到，分付他只等夜深，密地送小姐到东厢，与公子叙话。又附耳道："送到时，你只在门外等候，省得两个碍眼，不好交谈。"管家婆已会其意了。

再说假公子独坐在东厢，明知有个跷蹊缘故，只是不睡。果然一更之后，管家婆挨门而进，报道："小姐自来相会。"假公子慌忙迎接，重新叙礼。有这等事：那假公子在夫人前一个字也讲不出，及至见了小姐，偏会温存絮话。这里小姐，起初害羞，遮遮掩掩。今番背却夫人，一般也老落起来。两个你问我答，叙了半晌。阿秀话出衷肠，不觉两泪交流。那假公子也装出捶胸叹气、揩眼泪缩鼻涕许多丑态，又假意解劝小姐，抱持绰趣，尽他受用。管家婆在房门外，听见两下悲泣，连累他也恓惶，堕下几点泪来。谁知一边是真，一边是假。阿秀在袖中摸出银两首饰，递与假公子，再三嘱付，自不必说。假公子收过了，便一手抱住小姐，把灯儿吹灭，苦要求欢。阿秀怕声张起来，被丫鬟们听见了，坏了大事，只得勉从。有人作《如梦令》词云：

可惜名花一朵，绣幕深闺藏护。不遇探花郎，抖被狂蜂残破。错误，错误！怨杀东风分付。

常言："事不三思，终有后悔。"孟夫人要私赠公子，玉成亲事，这是锦片的一团美意，也是天大的一桩事情，如何不教老园公亲见公子一面？及至假公子到来，只合当面嘱付一番，把东西赠他，再教老园公送他回去，看个下落，万无一失。千不合，万不合，教女儿出来相见，又教女儿自往东厢叙话，这分明放一条方便路，如何不做出事来？莫说是假的，就是真的，也使不得，枉做了一世牵扳的话柄。这也算做姑息之爱，反害了女儿的终身。

闲话休题。且说假公子得了便宜，放松那小姐去了。五鼓时，夫人教丫鬟催促起身梳洗，用些茶汤点心之类。又嘱付道："拙夫不久便回，贤婿早做准备，休得怠慢。"假公子别了夫人，出了后花园门，一头走一头想道："我白白里骗了一个宦家闺女，又得了许多财帛，不曾露出马脚，万分侥幸。只是今日鲁家又来，不为全美。听得说顾佥事不久便回，我如今再担阁他一日，待明日才放他去。若得顾佥事回来，他便不敢去了，这事就十分干净了。"计较已定，走到个酒店上自饮三杯，吃饱了肚里，直延挨到午后，方才回家。

鲁公子正等得不耐烦，只为没有衣服，转身不得。姑娘也焦燥起来，教庄家往东村寻取儿子，并无踪迹。走向媳妇田氏房前问道："儿子衣服有么？"田氏道："他自己检在箱里，不曾留得钥匙。"原来田氏是东村田贡元的女儿，到有十分颜色，又且通书达礼。田贡元原是石城县中有名的一个豪杰，只为一个有司官与他做对头，要下手害他，却是梁尚宾的父亲与他舅子鲁廉宪说了，廉宪也素闻其名，替他极口分辨，得免其祸。因感激梁家之恩，把这女儿许他为媳。那田氏像了父亲，也带三分侠气，见丈夫是个蠢货，又且不干好事，心下每每不悦，开口只叫做"村郎"。以此夫妇两不和顺，连衣服之类，都是那"村郎"自家收拾，老婆不去管他。

却说姑侄两个正在心焦，只见梁尚宾满脸春色回家。老娘便骂道："兄弟在此

专等你的衣服，你却在那里噇酒，整夜不归？又没寻你去处！”梁尚宾不回娘话，一径到自己房中，把袖里东西都藏过了，才出来对鲁公子道：“偶为小事缠住身子，担阁了表弟一日，休怪休怪。今日天色又晚了，明日回宅罢。”老娘骂道：“你只顾把件衣服借与做兄弟的，等他自己干正务，管他今日明日！”鲁公子道：“不但衣服，连鞋袜都要告借。”梁尚宾道：“有一双青段子鞋在间壁皮匠家𡚒底[3]，今晚催来，明日早奉穿去。”鲁公子没奈何，只得又住了一宿。

到明朝，梁尚宾只推头疼，又睡个日高三丈。早饭都吃过了，方才起身，把道袍、鞋、袜慢慢的逐件搬将出来，无非要延挨时刻，误其美事。鲁公子不敢就穿，又借个包袱儿包好，付与老婆子拿了。姑娘收拾一包白米和些瓜菜之类，唤个庄客送公子回去，又嘱付道：“若亲事就绪，可来回复我一声，省得我牵挂。”鲁公子作揖转身，梁尚宾相送一步，又说道：“兄弟，你此去须是仔细，不知他意儿好歹，真假何如。依我说，不如只往前门硬挺着身子进去，怕不是他亲女婿，赶你出来？又且他家差老园公请你，有凭有据，须不是你自轻自贱。他有好意，自然相请；若是翻转脸来，你拼得与他诉落一场，也教街坊上人晓得。倘到后园旷野之地，被他暗算，你却没有个退步。”鲁公子又道：“哥哥说得是。”正是：

背后害他当面好，有心人对没心人。

鲁公子回到家里，将衣服鞋袜装扮起来。只有头巾分寸不对，不曾借得，把旧的脱将下来，用清水摆净，教婆子在邻舍家借个熨斗，吹些火来熨得直直的；有些磨坏的去处，再把些饭儿粘得硬硬的，墨儿涂得黑黑的。只是这顶巾，也弄了一个多时辰，左带右带，只怕不正。教婆子看得件件停当了，方才移步径投顾佥事家来。门公认是生客，回道：“老爷东庄去了。”鲁公子终是宦家的子弟，不慌不忙的说道：“可通报老夫人，说道：‘鲁某在此。’”门公方知是鲁公子，却不晓得来情，便道：“老爷不在家，小人不敢乱传。”鲁公子道：“老夫人有命，唤我到来。你去通报自知，须不连累你们。”门公传话进去，禀说：“鲁公子在外要见，还是留他进来，还是辞他？”

孟夫人听说，吃了一惊，想：“他前日去得，如何又来？且请到正厅坐下。”先教管家婆出去，问他有何话说。管家婆出来瞧了一瞧，慌忙转身进去，对老夫人道：“这公子是假的，不是前夜的脸儿。前夜是胖胖儿的，黑黑儿的，如今是白白儿的，瘦瘦儿的。”夫人不信道：“有这等事！”亲到后堂，从帘内张看，果然不是了。孟夫人心上委决不下，教管家婆出去，细细把家事盘问，他答来一字无差。孟夫人初见假公子之时，心中原有些疑惑；今番的人才清秀，语言文雅，倒像真公子的样子。再问他今日为何而来，答道：“前蒙老园公传语呼唤，因鲁某羁滞乡间，今早才回，特来参谒，望恕迟误之罪。”夫人道：“这是真情无疑了。只不知前夜打脱冒的冤家，又是那里来的？”慌忙转身进房，与女儿说其缘故，又道：“这都是做爹的不存天理，害你如此，悔之不及！幸而没人知道，往事不须题起了。如今女婿在外，是我特地请来的，无物相赠，如之奈何？”正是：

只因一着错，满盘都是空。

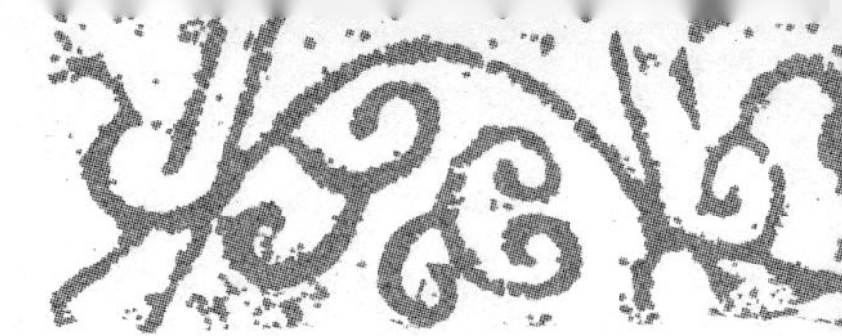

阿秀听罢，呆了半晌。那时一肚子情怀，好难描写：说慌又不是慌，说羞又不是羞，说恼又不是恼，说苦又不是苦。分明似乱针刺体，痛痒难言。喜得他志气过人，早有了三分主意，便道："母亲且与他相见，我自有道理。"

孟夫人依了女儿言语，出厅来相见公子。公子掇一把校椅，朝上放下："请岳母大人上坐，待小婿鲁某拜见。"孟夫谦让了一回，从旁站立，受了两拜，便教管家婆扶起看坐。公子道："鲁某只为家贫，有缺礼数。蒙岳母大人不弃，此恩生死不忘。"夫人自觉惶愧，无言可答，忙教管家婆把厅门掩上，请小姐出来相见。

阿秀站住帘内，如何肯移步。只教管家婆传语道："公子不该担阁乡间，负了我母子一片美意。"公子推故道："某因患病乡间，有失奔趋。今方践约，如何便说相负？"阿秀在帘内回道："三日以前，此身是公子之身，今迟了三日，不堪伏侍巾栉，有玷清门，便是金帛之类，亦不能相助了。所存金钗二股，金钿一对，聊表寸意。公子宜别选良姻，休得以妾为念。"管家婆将两般首饰递与公子，公子还疑是悔亲的说话，那里肯收。阿秀又道："公子但留下，不久自有分晓。公子请快转身，留此无益。"说罢，只听得哽哽咽咽的哭了进去。

鲁学曾愈加疑惑，向夫人发作道："小婿虽贫，非为这两件首饰而来。今日小姐似有决绝之意，老夫人如何不出一语？既如此相待，又呼唤鲁某则甚？"夫人道："我母子并无异心。只为公子来迟，不将姻事为重，所以小女心中愤怨，公子休得多疑。"鲁学曾只是不信，叙起父亲存日许多情分，"如今一死一生，一贫一富，就忍得改变了？鲁某只靠得岳母一人做主，如何三日后也生退悔之心？"劳劳叨叨的说个不休。

孟夫人有口难辨，倒被他缠住身子，不好动身。忽听得里面乱将起来。丫鬟气喘喘的奔来报道："奶奶，不好了！快来救小姐！"吓得孟夫人一身冷汗，巴不得再添两只脚在肚下。管家婆扶着左腋，跑到绣阁，只见女儿将罗帕一幅，缢死在床上，急急解救时，气已绝了，叫唤不醒，满房人都哭起来。鲁公子听小姐缢死，还道是做成的圈套，捻他出门，兀自在厅中嚷刮。孟夫人忍着疼痛，传话请公子进来。公子来到绣阁，只见牙床锦被上，直挺挺躺着个死小姐。夫人哭道："贤婿，你今番认一认妻子。"公子当下如万箭攒心，放声大哭。夫人道："贤婿，此处非你久停之所，怕惹出是非，贻累不小，快请回罢！"教管家婆将两般首饰，纳在公子袖中，送他出去。鲁公子无可奈何，只得挹泪出门去了。

这里孟夫人一面安排入殓，一面东庄去报顾佥事回来。只说女儿不愿停婚，自缢身死。顾佥事懊悔不迭，哭了一场，安排成丧出殡不题。后人有诗赞阿秀云：

死生一诺重千金，谁料奸谋祸阱深？
三尺红罗报夫主，始知污体不污心。

却说鲁公子回家看了金钗钿，哭一回，叹一回，疑一回，又解一回，正不知什么缘故，也只是自家命薄所致耳。过了一晚，次日把借来的衣服鞋袜，依旧包好，亲到姑娘家去送还。梁尚宾晓得公子到来，到躲了出去。公子见了姑娘，说起小姐缢死

一事，梁妈妈连声感叹，留公子酒饭去了。梁尚宾回来，问道："方才表弟到此，说曾到顾家去不曾？"梁妈妈道："昨日去的，不知什么缘故，那小姐嗔怪他来迟三日，自缢而死。"梁尚宾不觉失口叫声："呵呀，可惜好个标致小姐！"梁妈妈道："你那里见来？"

梁尚宾遮掩不来，只得把自己打脱冒事，述了一遍。梁妈妈大惊，骂道："没天理的禽兽，做出这样勾当！你这房亲事还亏母舅作成你的，你今日恩将仇报，反去破坏了做兄弟的姻缘，又害了顾小姐一命，汝心何安？"千禽兽，万禽兽，骂得梁尚宾开口不得。走到自己房中，田氏闭了房门，在里面骂道："你这样不义之人，不久自有天报，休想善终！从今你自你，我自我，休得来连累人！"梁尚宾一肚气正没出处，又被老婆诉说，一脚跌开房门，揪了老婆头发便打。又是梁妈妈走来，喝了儿子出去。田氏捶胸大哭，要死要活。梁妈妈劝他不住，唤个小轿抬回娘家去了。

梁妈妈又气又苦，又受了惊，又愁事迹败露，当晚一夜不睡，发寒发热。病了七日，呜呼哀哉。田氏闻得婆婆死了，特来奔丧带孝。梁尚宾旧愤不息，便骂道："贼泼归！只道你住在娘家一世，如何又有回家的日子？"两下又争闹起来。田氏道："你干了亏心的事，气死了老娘，又来消遣我！我今日若不是婆死，永不见你村郎之面！"梁尚宾道："怕断了老婆种，要你这泼妇见我！只今日便休了你去，再莫上门！"田氏道："我宁可终身守寡，也不愿随你这样不义之徒。若是休了到得干净，回去烧个利市。"梁尚宾一向夫妻无缘，到此说了尽头话，瘸一口气，真个就写了离书手印，付与田氏。田氏拜别婆婆灵位，哭了一场，出门而去。正是：

有心去调他人妇，无福难招自己妻。
可惜田家贤慧女，一场相骂便分离。

话分两头。再说孟夫人追思女儿，无日不哭，想道："信是老欧寄去的，那黑胖汉子，又是老欧引来的，若不是通同作弊，也必然漏泄他人了。等丈夫出门拜客，唤老欧到中堂，再三讯问。

却说老欧传命之时，其实不曾泄漏，是鲁学曾自家不合借衣，惹出来的奸计。当夜来的是假公子，三日后来的是真公子，孟夫人肚里明明晓得有两个人，那老欧肚里还自认做一个人，随他分辨，如何得明白？夫人大怒，喝教手下把他拖番在地，重责三十板子，打得皮开血喷。

顾佥事一日偶到园中，叫老园公扫地，听说被夫人打坏，动掸不得，教人扶来，问其缘故。老欧将夫人差去约鲁公子来家，及夜间房中相会之事，一一说了。顾佥事大怒道："原来如此！"便叫打轿，亲到县中，与知县诉知其事，要将鲁学曾抵偿女儿之命。知县教补了状词，差人拿鲁学曾到来，当堂审问。鲁公子是老实人，就把实情细细说了："见有金钗钿两般，是他所赠；其后园私会之事，其实没有。"知县就唤园公老欧对证。这老人家两眼模糊，前番黑夜里认假公子的面庞不真，又且今日家主分付了说话，一口咬定鲁公子，再不松放。知县又徇了顾佥事人情，着实用刑拷打。鲁公子吃苦不过，只得招道："顾奶奶好意相唤，将金钗钿助为聘资。偶见阿

秀美貌，不合辄起淫心，强逼行奸。到第三日，不合又往，致阿秀羞愤自缢。”知县录了口词，审得鲁学曾与阿秀空言议婚，尚未行聘过门，难以夫妻而论。既因奸致死，合依威逼律问绞。一面发在死囚牢里，一面备文书申详上司。

孟夫人闻知此信大惊，又访得他家，只有一个老婆子也吓得病倒，无人送饭，想起：“这事与鲁公子全没相干，到是我害了他。”私人处些银两，分付管家婆央人替他牢中使用，又屡次劝丈夫保全公子性命，顾佥事愈加忿怒。石城县把这件事当做新闻，沿街传说。正是：

好事不出门，恶事行千里。

顾佥事为这声名不好，必欲置鲁学曾于死地。

再说有个陈濂御史，湖广籍贯，父亲与顾佥事是同榜进士，以此顾佥事叫他是年侄。此人少年聪察，专好辨冤析枉，其时正奉差巡按江西。未入境时，顾佥事先去嘱托此事。陈御史口虽领命，心下不以为然。莅任三日，便发牌按临赣州，吓得那一府官吏尿流屁滚。审录日期，各县将犯人解进。

陈御史审到鲁学曾一起，阅了招词，又把金钗钿看了，叫鲁学曾问道：“这金钗钿是初次与你的么？”鲁学曾道：“小人只去得一次，并无二次。”御史道：“招上说三日后又去，是怎么说？”鲁学曾口称冤枉，诉道：“小人的父亲存日，定下顾家亲事。因父亲是个清官，死后家道消乏，小人无力行聘。岳父顾佥事欲要悔亲，是岳母不肯，私下差老园公来唤小人去，许赠金帛。小人羁身在乡，三日后方去。那日只见得岳母，并不曾见小姐之面，这奸情是屈招的。”御史道：“既不曾见小姐，这金钗钿何人赠你？”鲁学曾道：“小姐立在帘内，只责备小人来迟误事，莫说婚姻，连金帛也不能相赠了，这金钗钿权留个忆念。小人还只认做悔亲的话，与岳母争辨。不期小姐房中缢死，小人至今不知其故。”御史道：“恁般说，当夜你不曾到后园去了？”鲁学曾道：“实不曾去。”御史想了一回：“若特地唤去，岂止赠他钗钿二物？详阿秀抱怨口气，必然先有人冒去东西，连奸骗都是有的，以致羞愤而死。”便叫老欧问道：“你到鲁家时，可曾见鲁学曾么？”老欧道：“小人不曾面见。”御史道：“既不曾面见，夜间来的你如何就认得是他？”老欧道：“他自称鲁公子，特来赴约，小人奉主母之命引他进见的，怎赖得没有？”御史道：“相见后，几时去的？”老欧道：“闻得里面夫人留酒，又赠他许多东西，五更时去的。”鲁学曾又叫屈起来。御史喝住了，又问老欧：“那鲁学曾第二遍来，可是你引进的？”老欧道：“他第二遍是前门来的，小人并不知。”御史道：“他第一次如何不到前门，却到后园来寻你？”老欧道：“我家奶奶着小人寄信，原教他在后园来的。”御史唤鲁学曾问道：“你岳母原教你到后园来，你却如何往前门去？”鲁学曾道：“他虽然相唤，小人不知意儿真假，只怕园中旷野之处，被他暗算，所以径奔前门，不曾到后园去。”

御史想来，鲁学曾与园公，分明是两样说话，其中必有情弊。御史又指着鲁学曾问老欧道：“那后园来的，可是这个嘴脸，你可认得真么？不要胡乱答应。”老欧道：“昏黑中小人认得不十分真，像是这个脸儿。”御史道：“鲁学曾既不在家，你的信

却寄与何人?”老欧道:“他家只有个老婆婆,小人对他说的,并无闲人在旁。”御史道:“毕竟还对何人说来?”老欧道:“并没第二个人知觉。”御史沉吟半晌,想道:“不究出根由,如何定罪?怎好回复老年伯?”又问鲁学曾道:“你说在乡,离城多少?家中几时寄到的信?”鲁学曾道:“离北门外只十里,是本日得信的。”御史拍案叫道:“鲁学曾,你说三日后方到顾家,是虚情了,既知此信,有恁般好事,路又不远,怎么迟延三日?理上也说不去!”鲁学曾道:“爷爷息怒,小人细禀:小人因家贫,往乡间姑娘家借米,闻得此信,便欲进城。怎奈衣衫蓝缕,与表兄借件遮丑,已蒙许下。怎奈这日他有事出去,直到明晚方归,小人专等衣服,所以迟了两日。”御史道:“你表兄晓得你借衣服的缘故不?”鲁学曾道:“晓得的。”御史道:“你表兄何等人?叫甚名字?”鲁学曾道:“名唤梁尚宾,庄户人家。”御史听罢,喝散众人:“明日再审。”正是:

如山巨笔难轻判,似佛慈心待细参。
公案见成翻者少,覆盆何处不冤含?

次日,察院小开门,挂一面宪牌出来。牌上写道:

本院偶染微疾,各官一应公务,俱候另示施行。

本月　日

府县官朝暮问安,自不必说。

话分两头。再说梁尚宾自闻鲁公子问成死罪,心下到宽了八分。一日,听得门前喧嚷,在壁缝张看时,只见一个卖布的客人,头上带一顶新孝头巾,身穿旧白布道袍,口内打江西乡谈,说是南昌府人,在此贩布买卖。闻得家中老子身故,星夜要赶回,存下几百匹布,不曾发脱,急切要投个主儿,情愿让些价钱。众人中有要买一匹的,有要两匹三匹的,客人都不肯,道:“恁地零星卖时,再几时还不得动身。那个财主家一总脱去,便多让他些也罢。”

梁尚宾听了多时,便走出门来问道:“你那客人存下多少布?值多少本钱?”客人道:“有四百余匹,本钱二百两。”梁尚宾道:“一时间那得个主儿?须是肯折些,方有人贪你。”客人道:“便折十来两,也说不得。只要快当,轻松了身子,好走路。”梁尚宾看了布样,又到布船上去翻复细看,口里只夸:“好布,好布!”客人道:“你又不做个要买的,只管翻乱了我的布包,担阁人的生意。”梁尚宾道:“怎见得我不像个买的?”客人道:“你要买时,借银子来看。”梁尚宾道:“你若加二肯折,我将八十两银子,替你出脱了一半。”客人道:“你也是呆话,做经纪的,那里折得起加二?况且只用一半,这一半我又去投谁?一般样担阁了。我说不像要买的!”又冷笑道:“这北门外许多人家,就没个财主,四百匹布便买不起!罢,罢!摇到东门寻主儿去。”梁尚宾听说,心中不忿,又见价钱相因,有些出息,放他不下,便道:“你这客人好欺负人!我偏要都买了你的,看如何?”客人道:“你真个都买我的,我便让你二十两。”梁尚宾定要折四十两,客人不肯。

众人道:“客人,你要紧脱货,这位梁大官又是贪便宜的,依我们说,从中酌处,一百七十两,成了交易罢。”客人初时也不肯,被众人劝不过,道:“罢,这十两银子,

奉承列位面上。快些把银子兑过，我还要连夜赶路。”梁尚宾道：“银子凑不来许多，有几件首饰，可用得着么？”客人道：“首饰也就是银子，只要公道作价。”梁尚宾邀入客坐，将银子和两对银钟，共兑准了一百两，又金首饰尽数搬来，众人公同估价，勾了七十两之数，与客收讫，交割了布匹。梁尚宾看这场交易，尽有便宜，欢喜无限。正是：

贪痴无底蛇吞象，祸福难明螳捕蝉。

原来这贩布的客人，正是陈御史装的。他托病关门，密密分付中军官聂千户，安排下这些布匹，先雇下小船，在石城县伺候。他悄地带个门子私行到此，聂千户就扮做小郎跟随，门子只做看船的小厮，并无人识破，这是做官的妙用。

却说陈御史下了小船，取出见成写就的宪牌填上梁尚宾名字，就着聂千户密拿。又写书一封，请顾佥事到府中相会。比及御史回到察院，说病好开门，梁尚宾已解到了，顾佥事也来了。御史忙教摆酒后堂，留顾佥事小饭。坐间，顾佥事又提起鲁学曾一事。御史笑道：“今日奉屈老年伯到此，正为这场公案，要剖个明白。”便教门子开了护书匣，取出银钟二对及许多首饰，送与顾佥事看。顾佥事认得是家中之物，大惊问道：“那里来的？”御史道：“令爱小姐致死之由，只在这几件东西上。老年伯请宽坐，容小侄出堂，问这起数与老年伯看，释此不决之疑。”

御史分付开门，仍唤鲁学曾一起复审。御史且教带在一边，唤梁尚宾当面。御史喝道：“梁尚宾，你在顾佥事家干得好事！”梁尚宾听得这句，好似青天里闻了个霹雳。正要硬着嘴分辨，只见御史教门子把银钟、首饰与他认赃，问道：“这些东西那里来的？”梁尚宾抬头一望，那御史正是卖布的客人，唬得顿口无言，只叫：“小人该死！”御史道：“我也不动夹棍，你只将实情写供状来。”梁尚宾料赖不过，只得招称了。你说招词怎么写来？有词名《锁南枝》一只为证：

写供状，梁尚宾。只因表弟鲁学曾，岳母念他贫，约他助行聘。为借衣服知此情，不合使欺心，缓他行。乘昏黑，假学曾，园公引入内室门，见了孟夫人，把金银厚相赠。因留宿，有了奸骗情。三日后学曾来，将小姐送一命。

御史取了招词，唤园公老欧上来：“你仔细认一认，那夜间园上假装鲁公子的可是这个人？”老欧睁开两眼看了，道：“爷爷，正是他。”御史喝教皂隶，把梁尚宾重责八十，将鲁学曾枷杻打开，就套在梁尚宾身上。合依强奸论斩，发本县监候处决。布四百匹，追出，仍给铺户取价还库。其银两、首饰，给与老欧领回。金钗、金钿，断还鲁学曾，俱释放宁家。鲁学曾拜谢活命之恩。正是：

奸如明镜照，恩喜覆盆开。
生死俱无憾，神明御史台。

却说顾佥事在后堂，听了这番审录，惊骇不已。候御史退堂，再三称谢道：“若非老公祖神明烛照，小女之冤，几无所伸矣。但不知银两、首饰，老公祖何由取到？”御史附耳道：“小侄如此如此。”顾佥事道：“妙哉！只是一件，梁尚宾妻子必知其情，寒家首饰，定然还有几件在彼，再望老公祖一并逮问。”御史道：“容易。”便行文书，

仰石城县提梁尚宾妻严审，仍追余赃回报。顾佥事别了御史自回。

却说石城县知县见了察院文书，监中取出梁尚宾，问道："你妻子姓甚？这一事曾否知情？"梁尚宾正怀恨老婆，答应道："妻田氏，因贪财物，其实同谋的。"知县当时佥禀差人提田氏到官。

话分两头。却说田氏父母双亡，只在哥嫂身边，针指度日。这一日，哥哥田重文正在县前，闻知此信，慌忙奔回，报与田氏知道。田氏道："哥哥休慌，妹子自有道理。"当时带了休书上轿，径抬到顾佥事家，来见孟夫人。夫人发一个眼花，分明看见女儿阿秀进来。及至近前，却是个蓦生标致妇人，吃了一惊，问道："是谁？"田氏拜倒在地，说道："妾乃梁尚宾之妻田氏，因恶夫所为不义，只恐连累，预先离异了。贵宅老爷不知，求夫人救命。"说罢，就取出休书呈上。

夫人正在观看，田氏忽然扯住夫人衫袖，大哭道："母亲，俺爹害得我好苦也！"夫人听得是阿秀的声音，也哭起来，便叫道："我儿，有甚话说？"只见田氏双眸紧闭，哀哀的哭道："孩儿一时错误，失身匪人，羞见公子之面，自缢身亡，以完贞性。何期爹爹不行细访，险些反害了公子性命。幸得暴白了，只是他无家无室，终是我母子担误了他。母亲若念孩儿，替爹爹说声，周全其事，休绝了一脉姻亲，孩儿在九泉之下亦无所恨矣。"说罢，跌倒在地。夫人也哭昏了。管家婆和丫鬟、养娘都团聚将来，一齐唤醒。那田氏还呆呆的坐地，问他时全然不省。

夫人看了田氏，想起女儿，重复哭起，众丫鬟劝住了。夫人悲伤不已，问田氏："可有爹娘？"田氏回说："没有。"夫人道："我举眼无亲，见了你，如见我女儿一般。你做我的义女肯么？"田氏拜道："若得伏侍夫人，贱妾有幸。"夫人欢喜，就留在身边了。

顾佥事回家，闻说田氏先期离异，与他无干，写了一封书贴，和休书送与县官，求他免提，转回察院。又见田氏贤而有智，好生敬重，依了夫人收为义女。夫人又说起女儿阿秀负魂一事，他千叮万嘱，休绝了鲁家一脉姻亲。如今田氏少艾④，何不就招鲁公子为婿？以续前姻。顾佥事见鲁学曾无辜受害，甚是懊悔。今番夫人说话有理，如何不依？只怕鲁公子生疑，亲到其家，谢罪过了，又说续亲一事。鲁公子再三推辞不过，只得允从，就把金钗钿为聘，择日过门成亲。

原来顾佥事在鲁公子面前，只说过继的远房侄女，孟夫人在田氏面前，也只说赘个秀才，并不说真名真姓。到完婚以后，田氏方才晓得就是鲁公子，公子方才晓得就是梁尚宾的前妻田氏，自此夫妻两口和睦，且是十分孝顺。顾佥事无子，鲁公子承受了他的家私，发愤攻书。顾佥事见他三场通透⑤，送入国子监，连科及第。所生二子，一姓鲁，一姓顾，以奉两家宗祀。梁尚宾子孙遂绝。诗曰：

一夜欢娱害自身，百年姻眷属他人。
世间用计行奸者，请看当时梁尚宾。

【注释】

①登东：解手。

②打脱冒：假冒。

③绱(音 zhǎng)底:上鞋底。

④少艾:年轻美丽。

⑤三场:科举考试须经三次,叫初场、二场、三场。

闲云庵阮三偿冤债

好姻缘是恶姻缘,莫怨他人莫怨天。

但愿向平[①]婚嫁早,安然无事度余年。

这四句,奉劝做人家的,早些毕了儿女之债。常言道:"男大须婚,女大须嫁。不婚不嫁,弄出丑吒。"多少有女儿的人家,只管要拣门择户,扳高嫌低,担误了婚姻日子。情窦开了,谁熬得住?男子便去偷情嫖院,女儿家拿不定定盘星,也要走差了道儿,那时悔之何及!

则今日说个大大官府,家住西京河南府[②]梧桐街兔演巷,姓陈,名太常。自是小小出身,累官至殿前太尉[③]之职。年将半百,娶妾无子,止生一女,叫名玉兰。那女孩儿生于贵室,长在深闺,青春二八,真有如花之容,似月之貌;况描绣针线,件件精通,琴棋书画,无所不晓。那陈太常常与夫人说:"我位至大臣,家私万贯,止生得这个女儿,况有才貌,若不寻个名目相称的对头,枉居朝中大臣之位。"便唤官媒婆分付道:"我家小姐年长,要选良姻,须是三般全的方可来说,一要当朝将相之子,二要才貌相当,三要名登黄甲[④]。有此三者,立赘为婿,如少一件,枉自劳力。"因此往往选择,或有登科及第的,又是小可出身;或门当户对,又无科第,及至两事俱全,年貌又不相称了,以此蹉跎[⑤]下去。光阴似箭,玉兰小姐不觉一十九岁了,尚没人家。

时值正和二年上元令节,国家有旨庆赏元宵。五凤楼前架起鳌山一座,满地华灯,喧天锣鼓。自正月初五日起,至二十日止,禁城不闭,国家与民同乐。怎见得?有只词儿名《瑞鹤仙》,单道着上元佳景:

瑞烟浮禁苑,正绛阙春回,新正方半,冰轮桂华满。溢花衢歌市,芙蓉开遍。龙楼两观,见银烛星球灿烂。卷珠帘,尽日笙歌,盛集宝钗金钏。 堪羡!绮罗丛里,兰麝香中,正宜游玩。风柔夜暖,花影乱,笑声喧。闹蛾儿满地,成团打块,簇着冠儿斗转。喜皇都,旧日风光,太平再见。

只为这元宵佳节,处处观灯,家家取乐,引出一段风流的事来。

话说这兔演巷内,有个年少才郎,姓阮名华,排行第三,唤做阮三郎。他哥哥阮大,与父亲专在两京商贩,阮二专一管家。那阮三年方二九,一貌非俗,诗词歌赋,般般皆晓,笃好吹箫;结交几个豪家子弟,每日向歌馆娼楼,留连风月。时遇上元灯夜,知会几个弟兄来家,笙箫弹唱,歌笑赏灯。这伙子弟在阮三家,吹唱到三更方散。阮三送出门,见行人稀少,静夜月明如画,向众人说道:"恁般良夜,何忍便睡?再举一曲何如?"众人依允,就在阶沿石上向月而坐,取出笙、箫、象板,口吐清音,呜呜咽咽的又吹唱起来。正是:

隔墙须有耳，窗外岂无人？

那阮三家，正与陈太尉对衙。衙内小姐玉兰，欢要赏灯，将次要去歇息。忽听得街上乐声缥缈，响彻云际。料得夜深，众人都睡了，忙唤梅香，轻移莲步，直至大门边听了一回，情不能已。有个心腹的梅香⑥，名曰碧云。小姐低低分付道："你替我去街上看甚人吹唱。"梅香巴不得趋承小姐，听得使唤这事，轻轻地走到街边，认得是对邻子弟，忙转身入内，回复小姐道："对邻阮三官与几个相识，在他门首吹唱。"那小姐半晌之间，口中不道，心下思量："数日前，我爹曾说阮三点报朝中驸马，因使用不到，退回家中，想就是此人了，才貌必然出众。"又听了一个更次，各人分头散去。小姐回转香房，一夜不曾合眼，心心念念，只想着阮三："我若嫁得恁般风流子弟，也不枉一生夫妇。怎生得会他一面也好？"正是：

邻女乍萌窥玉⑦意，文君早乱听琴心。

且说次日天晓，阮三同几个子弟到永福寺中游玩，见烧香的士女佳人，来往不绝，自觉心性荡漾。到晚回家，仍集昨夜子弟，吹唱消遣。每夜如此，迤逦至二十日。

这一夜，众子弟们各有事故，不到阮三家里。阮三独坐无聊，偶在门侧临街小轩内，拿壁间紫玉鸾箫，手中按着宫、商、角、徵、羽，将时样新词曲调，清清地吹起。吹不了半只曲儿，忽见个侍女推门而入，深深地向前道个万福。阮三停箫问道："你是谁家的姐姐？"丫鬟道："贱妾碧云，是对邻陈衙小姐贴身伏侍的。小姐私慕官人，特地着奴请官人一见。"那阮三心下思量道："他是个官宦人家，守阍耳目不少，进去易，出来难。被人瞧见盘问时，将何回答？却不枉受凌辱？"当下回言道："多多上复小姐，怕出入不便，不好进来。"碧云转身回复小姐。小姐想起夜来音韵标格，一时间春心摇动，便将手指上一个金镶宝石戒指儿褪将下来，付与碧云，分付道："你替我将这件物事，寄与阮三郎，将带他来见我一见，万不妨事。"碧云接得在手，一心忙似箭，两脚走如飞，慌忙来到小轩。阮三官还在那里，碧云手儿内托出这个物来，致了小姐之意。阮三口中不道，心下思量："我有此物为证，又有梅香引路，何怕他人？"随即与碧云前后而行，到二门外。

小姐先在门傍守候，觑着阮三目不转睛，阮三看得女子也十分仔细。正欲交言，门外吆喝道："太尉回衙。"小姐慌忙回避归房，阮三郎火速回家。自此把那戒指儿紧紧的戴在左手指上，想那小姐的容貌，一时难舍。只恨闺阁深沉，难通音信。或在家，或出外，但是看那戒指儿，心中十分惨切。无由再见，追忆不已。那阮三虽不比宦家子弟，亦是富室伶俐的才郎。因是相思日久，渐觉四肢羸瘦，以至废寝忘餐。忽经两月有余，恹恹成病。父母再三严问，并不肯说。正是：

只含黄柏味，有苦自家知。

却说有一个与阮三一般的豪家子弟，姓张名远，素与阮三交厚。闻得阮三有病月余，心中悬挂。一日早，到阮三家内询问起居。阮三在卧榻上，听得堂中有似张远的声音，唤仆邀入房内。张远看着阮三面黄肌瘦，咳嗽吐痰，心中好生不忍，嗟叹

不已，坐向榻床上去问道："阿哥，数日不见，怎么染着这般晦气？你害的是甚么病？"阮三只摇头不语。张远道："阿哥，借你手我看看脉息。"阮三一时失于计较，便将左手抬起，与张远察脉。张远按着寸关尺[8]，正看脉间，一眼瞧见那阮三手指上戴着个金嵌宝石的戒指。张远口中不说，心下思量："他这等害病，还戴着这个东西，况又不是男子之物，必定是妇人的表记，料得这病根从此而起。"也不讲脉理，便道："阿哥，你手上戒指从何而来？恁般病症，不是当要。我与你相交数年，重承不弃，日常心腹，各不相瞒。我知你心，你知我意，你可实对我说。"阮三见张远参到八九分的地步，况兼是心腹朋友，只得将来历因依尽行说了。张远道："阿哥，他虽是个宦家的小姐，若无这个表记，便对面相逢，未知他肯与不肯；既有这物事，心下已允。待阿哥将息贵体，稍健旺时，在小弟身上，想个计策，与你成就此事。"阮三道："贱恙只为那事而起，若要我病好，只求早图良策。"枕边取出两锭银子，付与张远道："倘有使用，莫惜小费。"张远接了银子道："容小弟从容计较，有些好音，却来奉报，你可宽心保重。"张远作别出门，到陈太尉衙前站了两个时辰，内外出入人多，并无相识，张远闷闷而回。

次日，又来观望，绝无机会。心下想道："这事难以启齿，除非得他梅香碧云出来，才可通信。"看看到晚，只见一个人捧着两个磁瓮，从衙里出来，叫唤道："门上那个走差的闲在那里？奶奶着你将这两瓮小菜送与闲云庵王师父去。"张远听得了，便想道："这闲云阉王尼姑，我平昔相认的。奶奶送他小菜，一定与陈衙内往来情熟。他这般人，出入内里，极好传消递息，何不去寻他商议？"又过了一夜。到次早，取了两锭银子，径投闲云阉来。

这庵儿虽小，其实幽雅。怎见得？有诗为证：

短短横墙小小亭，半檐疏玉响玲玲。
尘飞不到人长静，一篆炉烟两卷经。

庵内尼姑，姓王名守长，他原是个收心的弟子。因师弃世日近，不曾接得徒弟，止有两个烧香上灶烧火的丫头。专一向富贵人家布施，佛殿后新塑下观音、文殊、普贤三尊法像，中间观音一尊，亏了陈太尉夫人发心喜舍，妆金完了，缺那两尊未有施主。这日正出庵门，恰好遇着张远，尼姑道："张大官何往？"张远答道："特来。"尼姑回身请进，邀入庵堂中坐定。茶罢，张远问道："适间师父要往那里去？"尼姑道："多蒙陈太尉家奶奶布施，完了观音圣像，不曾去回复他。昨日又承他差人送些小菜来看我，作意备些薄礼，来日到他府中作谢。后来那两尊，还要他大出手哩。因家中少替力[9]的人，买几件小东西，也只得自身奔走。"张远心下想道："又好个机会。"便向尼姑道："师父，我有个心腹朋友，是个富家。这二尊圣像就要他独造也是容易，只要烦师父干一件事。"张远在袖儿里摸出两锭银子，放在香桌上道："这银子权当开手，事若成就，盖庵盖殿，随师父的意。"那尼姑贪财，见了这两锭细丝白银，眉花眼笑道："大官人，你相识是谁？委我干甚事来？"张远道："师父，这事是件机密事，除是你干得，况是顺便，可与你到密室说知。"说罢，就把二锭银子纳入尼姑袖

里，尼姑半推不推收了。

二人进一个小轩内竹榻前坐下。张远道："师父，我那心腹朋友阮三官，于今岁正月间，蒙陈太尉小姐使梅香寄个表记来与他，至今无由相会。明日师父到陈府中去见奶奶，乘这个便，倘到小姐房中，善用一言，约到庵中与他一见，便是师父用心之处。"尼姑沉吟半晌，便道："此事未敢轻许，待会见小姐，看其动静，再作计较。你且说甚么表记？"张远道："是个嵌宝金戒指。"尼姑道："借过这戒指儿来暂时，自有计较。"张远见尼姑收了银子，又不推辞，心中大喜。当时作别，便到阮三家来，要了他的金戒指，连夜送到尼姑处了。

却说尼姑在床上想了半夜，次日天晓起来，梳洗毕，将戒指戴在手上，收拾礼盒，着女童挑了，迤逦来到陈衙，直至后堂歇了。夫人一见，便道："出家人，如何烦你坏钞？"尼姑稽首道："向蒙奶奶布施，今观音圣像已完，山门有幸。贫僧正要来回复奶奶，昨日又蒙厚赐，感谢不尽。"夫人道："我见你说没有好小菜吃，恰好江南一位官人，送得这几瓮瓜菜来，我分两瓮与你。这些小东西，也谢什么！"尼姑合掌道："阿弥陀佛！滴水难消，虽是我僧家口吃十方，难说是应该的。"夫人道："这圣像完了中间一尊，也就好看了。那两尊以次而来，少不得还要助些工费。"尼姑道："全仗奶奶做个大功德，今生恁般宝贵，也是前世布施上修来的。如今再修去时，那一世还你荣华受用。"夫人教丫鬟收了礼盒，就分付厨下办斋，留尼姑过午。

少间，夫人与尼姑吃斋，小姐也坐在侧边相陪。斋罢，尼姑开言道："贫僧斗胆，还有句话相告：小庵圣像新完，涓洗四月初八日，我佛诞辰，启建道场，开佛光明。特请奶奶、小姐光降随喜，光辉山门则个。"夫人道："老身定来拜佛，只是小姐怎么来得？"那尼姑眉头一蹙，计上心来，道："前日坏腹，至今未好，借解一解。"那小姐因为牵挂阮三，心中正闷，无处可解情怀。忽闻尼姑相请，喜不自胜。正要行动，仍听夫人有阻，巴不得与那尼姑私下计较。因见尼姑要解手，便道："奴家陪你进房。"两个直至闺室。正是：

背地商量无好话，私房计较有奸情。

尼姑坐在触桶[10]上，道："小姐，你到初八日同奶奶到我小庵觑一觑，若何？"小姐道："我巴不得来，只怕爹妈不肯。"尼姑道："若是小姐坚意要去，奶奶也难固执。奶奶若肯时，不怕太尉不容。"尼姑一头说话，一头去拿粗纸，故意露出手指上那个宝石嵌的金戒指来。小姐见了大惊，便问道："这个戒指那里来的？"尼姑道："两月前，有个俊雅的小官人进庵，看妆观音圣像，手中褪下这个戒指儿来，带在菩萨手指上，祷祝道：'今生不遂来生愿，愿得来生逢这人。'半日间，对着那圣像潸然挥泪。被我再四严问，他道：'只要你替我访这戒指的对儿，我自有话说。'"小姐见说了意中之事，满面通红。停了一会，忍不住又问道："那小官人姓甚？常到你庵中么？"尼姑回道："那官人姓阮，不时来庵闲观游玩。"小姐道："奴家有个戒指，与他到是一对。"说罢，连忙开了妆盒，取出个嵌宝戒指，递与尼姑。尼姑将两个戒指比看，果然无异，笑将起来。小姐道："你笑什么？"尼姑道："我笑这个小官人，痴痴的只要寻这

戒指的对儿；如今对到寻着了，不知有何话说？"小姐道："师父，我要……"说了半句，又住了口。尼姑道："我们出家人，第一口紧。小姐有话，不妨分付。"小姐道："师父，我要会那官人一面，不知可见得么？"尼姑道："那官人求神祷佛，一定也是为着小姐了。要见不难，只在四月初八这一日，管你相会。"小姐道："便是爹妈容奴去时，母亲在前，怎得方便？"尼姑附耳低言道："到那日来我庵中，倘斋罢闲坐，便可推睡，此事就谐了。"小姐点头会意，便将自己的戒指都舍与尼姑。尼姑道："这金子好把做妆佛用，保小姐百事称心。"说罢，两个走出房来。夫人接着，问道："你两个在房里多时，说甚么样话？"惊得那尼姑心头一跳，忙答道："小姐因问我浴佛的故事，以此讲说这一晌。"又道："小姐也要瞻礼佛像，奶奶对太尉老爷说声，至期专望同临。"夫人送出厅前，尼姑深深作谢而去。正是：

惯使牢笼计，安排年少人。

再说尼姑出了太尉衙门，将了小姐舍的金戒指儿，一直径到张远家来。张远在门首伺候多时了，远远地望见尼姑，口中不道，心下思量："家下耳目众多，怎么言得此事？"提起脚儿，慌忙迎上一步道："烦师父回庵去，随即就到。"尼姑回身转巷，张远穿径寻庵，与尼姑相见，邀入松轩，从头细话，将一对戒指儿度与张远。张远看见，道："若非师父，其实难成，阮三官还有重重相谢。"张远转身就去回复阮三。阮三又收了一个戒指，双手带着，欢喜自不必说。

至四月初七日，尼姑又自到陈衙邀请，说道："因夫人、小姐光临，各位施主人家，贫僧都预先回了。明日更无别人，千万早降。"夫人已自被小姐朝暮聒絮的要去拜佛，只得允了。那晚，张远先去期约阮三。到黄昏人静，悄悄地用一乘女轿抬到庵里。尼姑接入，寻个窝窝凹凹的房儿，将阮三安顿了。分明正是：

猪羊送屠户之家，一脚脚来寻死路。

尼姑睡到五更时分，唤女童起来，佛前烧香点烛，厨下准备斋供。天明便去催那采画匠来，与圣像开了光明，早斋就打发去了——少时陈太尉女眷到来，怕不稳便。单留同辈女僧，在殿上做功德诵经。

将次到巳牌时分，夫人与小姐两个小轿儿来了。尼姑忙出迎接，邀入方丈。茶罢，去殿道、殿后拈香礼拜。夫人见旁无杂人，心下欢喜。尼姑请到小轩中宽坐，那伙随从的男女各有个坐处。尼姑支分完了，来陪夫人、小姐前后行走，观看了一回，才回到轩中吃斋。斋罢，夫人见小姐饭食稀少，洋洋瞑目作睡。夫人道："孩儿，你今日想是起得早了些。"尼姑慌忙道："告奶奶，我庵中绝无闲杂之辈，便是志诚老实的女娘们，也不许他进我的房内。小姐去我房中拴上房门睡一睡，自取个稳便，等奶奶闲步一步。你们几年何月来走得一遭！"夫人道："孩儿，你这般困倦，不如在师父房内睡睡。"

小姐依了母命，走进房内。刚拴上门，只见阮三从床背后走出来，看了小姐，深深的作揖道："姐姐，候之久矣。"小姐慌忙摇手，低低道："莫要则声！"阮三倒退几步，候小姐近前，两手相挽，转过床背后，开了侧门，又到一个去处，小巧漆卓藤床，

隔断了外人耳目。两人搂做一团，说了几句情话，双双解带，好似渴龙见水。这场云雨，其实畅快。有《西江月》为证：

一个想着吹萧风韵，一个想着戒指恩情。相思半载欠安宁，此际相逢侥幸。　一个难辞病体，一个敢惜童身。枕边吁喘不停声，还嫌道欢娱俄顷。

原来阮三是个病久的人，因为这女子，七情所伤，身子虚弱。这一时相逢，情兴酷浓，不顾了性命。那女子想起日前要会不能，今日得见，倒身奉承，尽情取乐。不料乐极悲生，为好成歉，一阳失去，片时气断丹田，七魄分飞，顷刻魂归阴府。正所谓：

天有不测风云，人有旦夕祸福。

小姐见阮三伏在身上，寂然不动，用双手儿搂定郎腰，吐出丁香，送郎口中。只见牙关紧咬难开，摸着遍身冰冷，惊慌了云雨娇娘，顶门上不见了三魂，脚底下荡散了七魄。番身推在里床，起来忙穿襟袄，带转了侧门，走出前房。喘息未定，怕娘来唤，战战兢兢，向妆台重整花钿，对鸾镜再匀粉黛。恰才整理完备，早听得房外夫人声唤。小姐慌忙开门，夫人道："孩儿，殿上功德也散了，你睡才醒？"小姐道："我睡了半晌，在这里整头面，正要出来和你回衙去。"夫人道："轿夫伺候多时了。"小姐与夫人谢了尼姑，上轿回衙去不题。

且说尼姑王守长送了夫人起身，回到庵中，厨房里洗了盘碗器皿，佛殿上收了香火供食，一应都收拾已毕。只见那张远同阮二哥进庵，与尼姑相见了，称谢不已，问道："我家三官今在那里？"尼姑道："还在我里头房里睡着。"尼姑便引阮二与张远开了侧房门，来卧床边叫道："三哥，你恁的好睡还未醒！"连叫数次不应。阮二用手摇也不动，口鼻全无气息，仔细看时，呜呼哀哉了。阮二吃了一惊，便道："师父，怎地把我兄弟坏了性命？这事不得干净！"尼姑慌道："小姐吃了午斋便推要睡，就入房内，约有两个时辰，殿上功德完了，老夫人叫醒来，恰才去得不多时。我只道睡着，岂知有此事！"阮二道："说便是这般说，却怎了？"尼姑道："阮二官，今日幸得张大官在此，向蒙张大官分付，实望你家做檀越施主，因此用心，终不成要害你兄弟性命？张大官，今日之事，却是你来寻我，非是我来寻你。告到官司，你也不好，我也不好。向日蒙施银二锭，一锭我用去了，止存一锭不敢留用，将来与三官人凑买棺木盛殓，只说在庵养病，不料死了。"说罢，将出这锭银子，放在桌上道："你二位，凭你怎么处置。"张远与阮二默默无言。呆了半晌，阮二道："且去买了棺木来再议。"张远收了银子，与阮二同出庵门，迤逦路上行着。张远道："二哥，这个事本不干尼姑事，三哥是个病弱的人，想是与女子交会，用过了力气，阳气一脱，就是死的。我也只为令弟面上情分好，况令弟前日在床前再四叮咛，央浼不过，只得替他干这件事。"阮二回言道："我论此事，人心天理，也不干着那尼姑事，亦不干你事。只是我这小官人年命如此，神作祸作，作出这场事来。我心里也道罢了，只愁大哥与老官人回来怨畅，怎的了？"连晚与张远买了一口棺木，抬进庵里，盛殓了，就放在西廊下，只等阮员外、大哥回来定夺。正是：

酒到散筵欢趣少，人逢失意叹声多。

忽一日，阮员外同大官人商贩回家，与院君相见，合家欢喜。员外动问三儿病症，阮二只得将前后事情，细细诉说了一遍。老员外听得说三郎死了，放声大哭了一场，要写起词状，与陈太尉女儿索命："你家贱人来惹我的儿子！"阮大、阮二再四劝道："爹爹，这个事想论来，都是兄弟作出来的事，以致送了性命。今日爹爹与陈家讨命，一则势力不敌，二则非干太尉之事。"勉劝老员外选个日子，就庵内修建佛事，送出郊外安厝了。

却说陈小姐自从闲云庵归后，过了月余，常常恶心气闷，心内思酸，一连三个月经脉不举。医者用行经顺气之药，如何得应？夫人暗地问道："孩儿，你莫是与那个成这等事么？可对我实说。"小姐晓得事露了，没奈何，只得与夫人实说。夫人听得呆了，道："你爹爹只要寻个有名目的才郎，靠你养老送终。今日弄出这丑事，如何是好？只怕你爹爹得知这事，怎生奈何？"小姐道："母亲，事已如此，孩儿只是一死，别无计较。"夫人心内又恼又闷。看看天晚，陈太尉回衙，见夫人面带忧容，问道："夫人，今日何故不乐？"夫人回道："我有一件事恼心。"太尉便问："有甚么事恼心？"夫人见问不过，只得将情一一诉出。太尉不听说万事俱休，听得说了，怒从心上起，道："你做母的不能看管孩儿，要你做甚？"急得夫人阁泪[11]汪汪，不敢回对。太尉左思右想，一夜无寐。

天晓出外理事，回衙与夫人计议："我今日用得买实做了。如官府去，我女孩儿又出丑，我府门又不好看；只得与女孩儿商量作何理会。"女儿扑簌簌吊下泪来，低头不语。半晌间，扯母亲于背静处，说道："当初原是儿的不是，坑了阮三郎的性命。欲要寻个死，又有三个月遗腹在身；若不寻死，又恐人笑。"一头哭着，一头说："莫若等待十个月满足，生得一男半女，也不绝了阮三后代，也是当日相爱情分。妇人从一而终，虽是一时苟合，亦是一日夫妻，我断然再不嫁人。若天可怜见，生得一个男子，守他长大，送还阮家，完了夫妻之情。那时寻个自尽，以赎玷辱父母之罪。"夫人将此话说与太尉知道，太尉只叹了一口气，也无奈何，暗暗着人请阮员外来家计议，说道："当初是我闺门不懂，以致小女背后做出天大事来，害了你儿子性命，如今也休题了。但我女儿已有三个月遗腹，如何出活[12]？如今只说我女曾许嫁你儿子，后来在闲云庵相遇，为想我女，成病儿死，因而彼此私情。庶他日生得一男半女，犹有许嫁情由，还好看相。"阮员外依允，从此就与太尉两家来往。

十月满足，阮员外一般遣礼催生，果然生个孩儿。到了三岁，小姐对母亲说，欲待领了孩儿，到阮家拜见公婆，就去看看阮三坟墓。夫人对太尉说知，俱依允了。拣个好日，小姐备礼过门，拜见了阮员外夫妇。次日，到阮三暮上哭奠了一回；又取出银两，请高行真僧，广设水陆道场，追荐亡夫阮三郎。其夜梦见阮三到来，说道："小姐，你晓得夙因么？前世你是个扬州名妓，我是金陵人，到彼访亲，与你相处情厚，许定一年之后再来，必然娶你为妻。及至归家，惧怕父亲，不敢禀知，别成姻眷，害你终朝悬望，郁郁而死。因是夙缘未断，今生乍会之时，两情牵恋。闲云庵相会，

是你来索冤债，我登是身死，偿了你前生之命。多感你诚心追荐，今已得往好处托生。你前世抱志节而亡，今世合享荣华。所生孩儿，他日必大贵，烦你好好抚养教训。从今你休怀忆念。”玉兰小姐梦中一把扯住阮三，正要问他托生何处，被阮三用手一推，惊醒将来，嗟叹不已。方知生死恩情，都是前缘夙债。从此小姐放下情怀，一心看觑孩儿。

光阴似箭，不觉长成六岁，生得清奇，与阮三一般标致，又且资性聪明。陈太尉爱惜真如掌上之珠，用自己姓，取名陈宗阮，请个先生教他读书。到一十六岁，果然学富五年，书通二酉。十九岁上连科及第，中了头甲状元，奉旨归娶。陈、阮二家争先迎接回家，宾朋满堂，轮流做庆贺筵席。当初陈家生子时，街坊上晓得些风声来历的，免不得点点搠搠，背后讥诮。到陈宗阮一举成名，翻夸奖玉兰小姐贞节贤慧，教子成名，许多好处。世情以成败论人，大率如此。

后来陈宗阮做到吏部尚书留守官，将他母亲十九岁上守寡，一生不嫁，教子成名等事，表奏朝廷，启建贤节牌坊。正所谓：贫家百事百难做，富家差得鬼推磨。

虽然如此，也亏陈小姐后来守志，一床锦被遮盖了，至今河南府传作佳话。有诗为证，诗曰：

兔演巷中担病害，闲云庵里偿冤债。
周全末路仗贞娘，一床锦被相遮盖。

【注释】

①向平：东汉高士向长字子平，隐居不仕，子女婚嫁既毕，遂漫游五岳名山。见《后汉书·向长传》。后以“向平”为子女嫁娶既毕者之典。

②西京河南府：即今河南省洛阳市。

③殿前太尉：即殿前司都指挥使。

④黄甲：科举甲科进士及第者的名单。因用黄纸书写，故名。

⑤蹉跎：贻误（时机）。

⑥梅香：婢女的代称。

⑦窥玉：指女子对意中人的爱慕。玉，指战国时楚国的宋玉。宋玉《登徒子好色赋》：“天下之佳人，莫若楚国，楚国之丽者，莫若臣里，臣里之美者，莫若臣东家之子……然此女登墙窥臣三年，至今未许也。”

⑧寸关尺：中医切脉三部部位名。桡骨茎突处为关，关前为寸，关后为尺。

⑨替力：代为出力。

⑩触桶：便桶。

⑪阁泪：眼含泪水。

⑫出活：处置。

滕大尹鬼断家私

玉树庭前诸谢，紫荆花下三田。埙篪和好弟兄贤，父母心中欢忭。　多

少争财竞产，同根苦自相煎。相持鹬蚌枉垂涎，落得渔人取便。

这首词，名为《西江月》，是劝人家弟兄和睦的。且说如今三教经典，都是教人为善的。儒教有十三经、六经、五经，释教有诸品《大藏金经》，道教有《南华冲虚经》及诸品藏经，盈箱满案，千言万语，看来都是赘疣。依我说，要做好人，只消个两字经，是“孝弟”两个字。那两字经中，又只消理会一个字，是个“孝”字。假如孝顺父母的，见父母所爱者亦爱之，父母所敬者亦敬之；何况兄弟行中，同气连枝，想到父母身上去，那有不和不睦之理？就是家私田产，总是父母挣来的，分什么尔我？较什么肥瘠？假如你生于穷汉之家，分文没得承受，少不得自家挽起眉毛，挣扎过活。见成有田有地，兀自争多嫌寡，动不动推说爹娘偏爱，分受不均。那爹娘在九泉之下，他心上必然不乐。此岂是孝子所为？所以古人说得好，道是：“难得者兄弟，易得者田地。”怎么是难得者兄弟？

且说人生在世，至亲的莫如爹娘。爹娘养下我来时节，极早已是壮年了，况且爹娘怎守得我同去？也只好半世相处。再说至爱的莫如夫妇，白头相守，极是长久的了。然未做亲以前，你张我李，各门各户，也空着幼年一段。只有兄弟们，生于一家，从幼相随到老，有事共商，有难共救，真像手足一般，何等情谊！譬如良田美产，今日弃了，明日又可挣得来的；若失了个弟兄，分明割了一手，折了一足，乃终身缺陷。说到此地，岂不是“难得者兄弟，易得者田地”？若是为田地上坏了手足亲情，到不如穷汉赤光光没得承受，反为干净，省了许多是非口舌。

如今在下说一节国朝的故事，乃是“滕县尹鬼断家私”。这节故事，是劝人重义轻财，休忘了“孝弟”两字经。看官们，或是有弟兄没弟兄，都不关在下之事，各人自去摸着心头，学好做人便了。正是：

善人听说心中刺，恶人听说耳边风。

话说国朝永乐年间，北直顺天府香河县，有个倪太守，双名守谦，字益之，家累千金，肥田美宅。夫人陈氏，单生一子，名曰善继，长大婚娶之后，陈夫人身故。倪太守罢官鳏居，虽然年老，只落得精神健旺。凡收租放债之事，件件关心，不肯安闲享用。其年七十九岁，倪善继对老子说道：“‘人生七十古来稀。’父亲今年七十九，明年八十齐头了，何不把家事交卸与孩儿掌管，吃些见成茶饭，岂不为美？”老子摇着头，说出几句道：

在一日，管一日。替你心，替你力。挣些利钱穿共吃。直待两脚壁立直，那时不关我事得。

每年十月间，倪太守亲往庄上收租，整月的住下。庄户人家，肥鸡美酒，尽他受用。那一年，又去住了几日。偶然一日，午后无事，绕庄闲步，观看野景。忽然见一个女子，同着一个白发婆婆，向溪边石上捣衣。那女儿虽然村妆打扮，颇有几分姿色：

发同漆黑，眼若波明。纤纤十指似栽葱，曲曲双眉如抹黛。随常布帛，俏身躯赛著绫罗；点景野花，美丰仪不须钗钿。五短身材偏有趣，二八年纪正

当时。

倪太守老兴勃发，看得呆了。那女子捣衣已毕，随着老婆婆而走。那老儿留心观看，只见他走过数家，进一个小小白篱笆门内去了。倪太守连忙转身，唤管庄的来，对他说如此如此，教他访那女子跟脚，曾否许人：“若是没有人家时，我要娶他为妾，未知他肯否？”管庄的巴不得奉承家主，领命便走。

原来那女子姓梅，父亲也是个府学秀才，因幼年父母双亡，在外婆身边居住，年一十七岁，尚未许人。管庄的访得的实了，就与那老婆婆说：“我家老爷见你女孙儿生得齐整，意欲聘为偏房。虽说是做小，老奶奶去世已久，上面并无人拘管。嫁得成时，丰衣足食，自不须说，连你老人家年常衣服、茶、米，都是我家照顾，临终还得了个好断送，只怕你老人家没福。”老婆婆听得花锦似一片说话，即时依允。也是姻缘前定，一说便成。管庄的回复了倪太守，太守大喜。讲定财礼，讨皇历看个吉日，又恐儿子阻挡，就在庄上行聘，庄上做亲。成亲之夜，一老一少，端的好看！有《西江月》为证：

一个乌纱白发，一个绿鬓红妆。枯藤缠树嫩花香，好似奶公相傍。　一个心中凄楚，一个暗地惊慌。只愁那话忒郎当，双手扶持不上。

当夜，倪太守抖擞精神，勾消了姻缘簿上。真个是：

恩爱莫忘今夜好，风光不减少年时。

过了三朝，唤个轿子，抬那梅氏回宅，与儿子媳妇相见。阖宅男妇都来磕头，称为“小奶奶”。倪太守把些布帛赏与众人，各各欢喜。只有那倪善继心中不美，面前虽不言语，背后夫妻两口儿议论道：“这老人忒没正经，一把年纪，风灯之烛，做事也须料个前后，知道五年十年在世，却去干这样不了不当的事？讨这花枝般的女儿，自家也得精神对付他，终不然担误他在那里，有名无实。还有一件，多少人家老汉身边有了少妇，支持不过，那少妇熬不得，走了野路，出乖露丑，为家门之玷。还有一件，那少女跟随老汉，分明似出外度荒年一般，等得年时成熟，他便去了。平时偷短偷长，做下私房，东三西四的寄开，又撒娇撒痴，要汉子制办衣饰与他；到得树倒鸟飞时节，他便颠作嫁人，一包儿收拾去受用。这是木中之蠹，米中之虫。人家有了这般人，最损元气的。”又说道：“这女子娇模娇样，好像个妓女，全没有良家体段，看来是个做声分的头儿，擒老公的太岁，在咱爹身边，只该半妾半婢，叫声姨姐，后日还有个退步。可笑咱爹不明，就叫众人唤他做‘小奶奶’，难道要咱们叫他娘不成？咱们只不作准他，莫要奉承透了，讨他做大起来，明日咱们颠到受他呕气。”夫妻二人，唧唧哝哝，说个不了。早有多嘴的传话出来，倪太守知道了，虽然不乐，却也藏在肚里。幸得那梅氏秉性温良，事上接下，一团和气，众人也都相安。

过了两个月，梅氏得了身孕，瞒着众人，只有老公知道。一日三，三日九，挨到十月满足，生下一个小孩儿出来，举家大惊。这日正是九月九日，乳名取做重阳儿。到十一日，就是倪太守生日。这年恰好八十岁了，贺客盈门。倪太守开筵管待，一来为寿诞，二来小孩儿三朝，就当个汤饼之会。众宾客道：“老先生高年，又新添个

小令郎，足见血气不衰，乃上寿之征也。”倪太守大喜。倪善继背后又说道：“男子六十而精绝，况是八十岁了，那见枯树上生出花来？这孩子不知那里来的杂种，决不是咱爹嫡血，我断然不认他做兄弟。”老子又晓得了，也藏在肚里。

光阴似箭，不觉又是一年。重阳儿周岁，整备做晬盘故事，里亲外眷，又来作贺。倪善继到走了出门，不来陪客。老子已知其意，也不去寻他回来，自己陪着诸亲，吃了一日酒。虽然口中不语，心内未免有些不足之意。自古道：“子孝父心宽。”那倪善继平日做人，又贪又狠，一心只怕小孩子长大起来，分了他一股家私，所以不肯认做兄弟，预先把恶话谣言，日后好摆布他母子。那倪太守是读书做官的人，这个关窍怎不明白？只恨自家老了，等不及重阳儿成人长大，日后少不得要在大儿子手里讨针线，今日与他结不得冤家，只索忍耐。看了这点小孩儿，好生痛他，又看了梅氏小小年纪，好生怜他。常时想一会，闷一会，恼一会，又懊悔一会。

再过四年，小孩子长成五岁。老子见他伶俐，又忒会顽耍，要送他馆中上学。取个学名，哥哥叫善继，他就叫善述。拣个好日，备了果酒，领他去拜师父。那师父就是倪太守请在家里教孙儿的，小叔侄两个同馆上学，两得其便。谁知倪善继与做爹的不是一条心肠。他见那孩子取名善述，与己排行，先自不像意[①]了；又与他儿子同学读书，到要儿子叫他“叔叔”，从小叫惯了，后来就被他欺压，不如唤了儿子出来，另从个师父罢。当日将儿子唤出，只推有病，连日不到馆中。倪太守初时只道是真病，过了几日，只听得师父说：“大令郎另聘了先生，分做两个学堂，不知何意？”倪太守不听犹可，听了此言，不觉大怒，就要寻大儿子问其缘故。又想到：“天生恁般逆种，与他说也没干，由他罢了。”含了一口闷气，回到房中，偶然脚慢，拌着门槛一跌。梅氏慌忙扶起，搀到醉翁床上坐下，已自不省人事。急请医生来看，医生说是中风；忙取姜汤灌醒，扶他上床。虽然心下清爽，却满身麻木，动掸不得。梅氏坐在床头，煎汤煎药，殷勤伏侍，连进几服，全无功效。医生切脉道：“只好延捱日子，不能全愈了。”倪善继闻知，也来看觑了几遍，见老子病势沉重，料是不起，便呼么喝六，打童骂仆，预先装出家主公的架子来。老人听得，愈加烦恼。梅氏只得啼哭，连小学生也不去上学，留在房中，相伴老子。

倪太守自知病笃，唤大儿子到面前，取出簿子一本，家中田地屋宅及人头帐目总数，都在上面，分付道：“善述年方五岁，衣服尚要人照管，梅氏又年少，也未必能管家，若分家私与他，也是枉然，如今尽数交付与你。倘或善述日后长大成人，你可看做爹的面上，替他娶房媳妇，分他小屋一所，良田五六十亩，勿令饥寒足矣。这段话我都写绝在家私簿上，就当分家，把与你做个执照。梅氏若愿嫁人，听从其便，倘肯守着儿子度日，也莫强他。我死之后，你一一依我言语，这便是孝子。我在九泉，亦得瞑目。”倪善继把簿子揭开一看，果然开得细，写得明，满脸堆下笑来，连声应道：“爹休忧虑，恁儿一一依爹分付便了。”抱了家私簿子，欣然而去。

梅氏见他走得远了，两眼垂泪，指着那孩子道：“这个小冤家，难道不是你嫡血？你却和盘托出，都把与大儿子了，教我母子两口，异日把什么过活？”倪太守道：“你

有所不知:我看善继,不是个良善之人,若将家私平分了,连这小孩子的性命也难保,不如都把与他,像了他意,再无妒忌。"梅氏又哭道:"虽然如此,自古道:'子无嫡庶',忒杀厚薄不均,被人笑话。"倪太守道:"我也顾他不得了。你年纪正小,趁我未死,将儿子嘱付善继。待我去世后,多则一年,少则半载,尽你心中拣择个好头脑,自去图下半世受用,莫要在他们身边讨气吃。"梅氏道:"说那里话!奴家也是儒门之女,妇人从一而终,况又有了这小孩儿,怎割舍得抛他?好歹要守在这孩子身边的。"倪太守道:"你果然肯守志终身么?莫非日久性悔?"梅氏就发起大誓来。倪太守道:"你若立志果坚,莫愁母子没得过活。"便向枕边摸出一件东西来,交与梅氏。梅氏初时只道又是一个家私簿子,却原来是一尺阔三尺长的一个小轴子。梅氏道:"要这小轴儿何用?"倪太守道:"这是我的行乐图,其中自有奥妙。你可悄地收藏,休露人目。直待孩子年长,善继不肯看顾他,你也只含藏于心。等得个贤明有司官来,你却将此轴去诉理,述我遗命,求他细细推详,自然有个处分,尽勾你母子二人受用。"梅氏收了轴子。

话休絮烦。倪太守又延了数日,一夜痰厥,叫唤不醒,呜呼哀哉死了。享年八十四岁。正是:

三寸气在千般用,一日无常万事休。
早知九泉将不去,作家辛苦着何由?

且说倪善继得了家私薄,又讨了各仓各库匙钥,每日只去查点家财杂物,那有功夫走到父亲房里问安。直等呜呼之后,梅氏差丫鬟去报知凶信,夫妻两口方才跑来,也哭了几声"老爹爹"。没一个时辰,就转身去了,到委着梅氏守尸。幸得衣衾棺椁诸事都是预办下的,不要倪善继费心。殡殓成服后,梅氏和小孩子两口守着孝堂,早暮啼哭,寸步不离。善继只是点名应客,全无哀痛之意,七中便择日安葬。回丧之夜,就把梅氏房中倾箱倒箧,只怕父亲存下些私房银两在内。梅氏乖巧,恐怕收去了他的行乐图,把自己原嫁来的两只箱笼到先开了,提出几件穿旧衣裳,教他夫妻两口检看。善继见他大意,到不来看了。夫妻两口儿乱了一回自去了。梅氏思量苦切,放声大哭。那小孩子见亲娘如此,也哀哀哭个不住。恁般光景:

任是泥人应堕泪,从教铁汉也酸心。

次早,倪善继又唤个做屋匠来看这房子,要行重新改造,与自家儿子做亲。将梅氏母子,搬到后园三间杂屋内栖身,只与他四脚小床一张和几件粗台粗凳,连好家火都没一件。原在房中伏侍有两个丫鬟,只拣大些的又唤去了,止留下十一二岁的小使女,每日是他厨下取饭。有菜没菜,都不照管。梅氏见不方便,索性讨些饭米,堆个土灶,自炊来吃。早晚做些针指,买些小菜,将就度日。小学生到附在邻家上学,束修都是梅氏自出。善继又屡次教妻子劝梅氏嫁人,又寻媒妪与他说亲,见梅氏誓死不从,只得罢了。因梅氏十分忍耐,凡事不言不语,所以善继虽然凶狠,也不将他母子放在心上。

光阴似箭,善述不觉长成一十四岁。原来梅氏平生谨慎,从前之事,在儿子面

前，一字也不题，只怕娃子家口滑，引出是非，无益有损。守得一十四岁时，他胸中渐渐泾渭分明，瞒他不得了。一日，向母亲讨件新绢衣穿，梅氏回他没钱买得。善述道："我爹做过太守，止生我弟兄两人，见今哥哥恁般富贵，我要一件衣服，就不能勾了，是怎地？既娘没钱时，我自与哥哥索讨。"说罢就走。梅氏一把扯住道："我儿，一件绢衣，直甚大事，也去开口求人。常言道：'惜福积福。''小来穿线，大来穿绢。'若小时穿了绢，到大来线也没得穿了。再过两年，等你读书进步，做娘的情愿卖身来做衣服与你穿着。你那哥哥不是好惹的，缠他什么！"善述道："娘说得是。"口虽答应，心下不以为然，想着："我父亲万贯家私，少不得兄弟两个大家分受。我又不是随娘晚嫁，拖来的油瓶，怎么我哥哥全不看顾？娘又是恁般说，终不然一匹绢儿没有我分，直待娘卖身来做与我穿着？这话好生奇怪！哥哥又不是吃人的虎，怕他怎的？"心生一计，瞒了母亲，径到大宅里去。

寻见了哥哥，叫声："作揖。"善继到吃了一惊，问他："来做什么？"善述道："我是个缙绅子弟，身上蓝缕，被人耻笑，特来寻哥哥讨匹绢去，做衣服穿。"善继道："你要衣服穿，自与娘讨。"善述道："老爹爹家私是哥哥管，不是娘管。"善继听说"家私"二字，题目来得大了，便红着脸问道："这句话，是那个教你说的？你今日来讨衣服穿，还是来争家私？"善述道："家私少不得有日分析，今日先要件衣服，装装体面。"善继道："你这般野种，要什么体面！老爹爹纵有万贯家私，自有嫡子嫡孙，干你野种屁事！你今日是听了甚人撺掇，到此讨野火吃？莫要惹着我性子，教你母子二人无安身之处！"善述道："一般是老爹爹所生，怎么我是野种？惹着你性子，便怎地？难道谋害了我娘儿两个，你就独占了家私不成？"善继大怒，骂道："小畜生，敢挺撞我！"牵住他衣袖儿，捻起拳头，一连七八个栗暴，打得头皮都青肿了。善述挣脱了，一道烟走出，哀哀的哭到母亲面前来，一五一十，备细述与母亲知道。梅氏抱怨道："我教你莫去惹事，你不听教训，打得你好！"口里虽如此说，扯着青布衫，替他摩那头上肿处，不觉两泪交流。有诗为证：

少年嫠妇拥遗孤，食薄衣单百事无。
只为家庭缺孝友，同枝一树判荣枯。

梅氏左思右量，恐怕善继藏怒，到遣使女进去致意，说小学生不晓世事，冲撞长兄，招个不是。善继兀自怒气不息。次日侵早，邀几个族人在家，取出父亲亲笔分关，请梅氏母子到来，公同看了，便道："尊亲长在上，不是善继不肯养他母子，要捻他出去，只因善述昨日与我争取家私，发许多说话，诚恐日后长大，说话一发多了，今日分析他母子出外居住。东庄住房一所，田五十八亩，都是遵依老爹爹遗命，毫不敢自专，伏乞尊亲长作证。"这伙亲族，平昔晓得善继做人利害，又且父亲亲笔遗嘱，那个还肯多嘴，做闲冤家，都将好看的话儿来说。那奉承善继的说道："'千金难买亡人笔。'照依分关，再没话了。"就是那可怜善述母子的，也只说道："'男子不吃分时饭，女子不著嫁时衣。'多少白手成家的，如今有屋住，有田种，不算没根基了，只要自去挣持。得粥莫嫌薄，各人自有个命在。"

梅氏料道在园屋居住，不是了日，只得听凭分析，同孩儿谢了众亲长，拜别了祠堂，辞了善继夫妇，教人搬了几件旧家伙，和那原嫁来的两只箱笼，雇了牲口骑坐，来到东庄屋内。只见荒草满地，屋瓦稀疏，是多年不修整的，上漏下湿，怎生住得？将就打扫一两间，安顿床铺。唤庄户来问时，连这五十八亩田，都是最下不堪的。大熟之年，一半收成还不能勾；若荒年，只好赔粮。梅氏只叫得苦。

到是小学生有智，对母亲道："我弟兄两个，都是老爹爹亲生，为何分关上如此偏向？其中必有缘故。莫非不是老爹爹亲笔？自古道：'家私不论尊卑。'母亲何不告官申理？厚薄凭官府判断，到无怨心。"梅氏被孩儿题起线索，便将十来年隐下衷情，都说出来，道："我儿休疑分关之语，这正是你父亲之笔。他道你年小，恐怕被做哥的暗算，所以把家私都判与他，以安其心。临终之日，只与我行乐图一轴，再三嘱付：'其中含藏哑谜，直待贤明有司在任，送他详审，包你母子两口有得过活，不致贫苦。'"善述道："既有此事，何不早说？行乐图在那里？快取来与孩儿一看。"梅氏开了箱儿，取出一个布包来。解开包袱，里面又有一重油纸封裹着。拆了封，展开那一尺阔三尺长的小轴儿，挂在椅上，母子一齐下拜。梅氏通陈道："村庄香烛不便，乞恕亵慢。"善述拜罢，起来仔细看时，乃是一个坐像，乌纱白发，画得丰采如生，怀中抱着婴儿，一只手指着地下。揣摩了半晌，全然不解，只得依旧收卷包藏，心下好生烦闷。

过了数日，善述到前村要访个师父讲解，偶从关王庙前经过。只见一伙村人，抬着猪羊大礼，祭赛关圣。善述立住脚头看时，又见一个过路的老者，拄了一根竹杖，也来闲看，问着众人道："你们今日为甚赛神？"众人道："我们遭了屈官司，幸赖官府明白，断明了这公事。向日许下神道愿心，今日特来拜偿。"老者道："什么屈官司？怎生断的？"内中一人道："本县向奉上司明文，十家为甲。小人是甲首，叫做成大。同甲中，有个赵裁，是第一手针线，常在人家做夜作，整几日不归家的。忽一日出去了，月余不归。老婆刘氏，央人四下寻觅，并无踪迹。又过了数日，河内浮出一个尸首，头都打破的。地方报与官府。有人认出衣服，正是那赵裁。赵裁出门前一日，曾与小人酒后争句闲话，一时发怒，打到他家，毁了他几件家私，这是有的。谁知他老婆把这桩人命告了小人。前任漆知县，听信一面之词，将小人问成死罪。同甲不行举首，连累他们都有了罪名。小人无处伸冤，在狱三载。幸遇新任滕爷，他虽乡科出身，甚是明白。小人因他热审时节，哭诉其冤。他也疑惑道：'酒后争嚷，不是大仇，怎的就谋他一命？'准了小人状词，出牌拘人复审。滕爷一眼看着赵裁的老婆，千不说，万不说，开口便问他曾否再醮。刘氏道：'家贫难守，已嫁人了。'又问：'嫁的甚人？'刘氏道：'是班辈的裁缝，叫沈八汉。'滕爷当时飞拿沈八汉来，问道：'你几时娶这妇人？'八汉道：'他丈夫死了一个多月，小人方才娶回。'滕爷道：'何人为媒？用何聘礼？'八汉道：'赵裁存日，曾借用过小人七八两银子。小人闻得赵裁死信，走到他家探问，就便催取这银子。那刘氏没得抵偿，情愿将身许嫁小人，准折这银两，其实不曾央媒。'滕爷又问道：'你做手艺的人，那里来这七八两银子？'

八汉道：'是陆续凑与他的。'滕爷把纸笔，教他细开逐次借银数目。八汉开了出来，或米或银共十三次，凑成七两八钱这数。滕爷看罢，大喝道：'赵裁是你打死的，如何妄陷平人？'便用夹棍夹起。八汉还不肯认。滕爷道：'我说出情弊，教你心服：既然放本盘利，难道再没有第二个人托得，恰好都借与赵裁？必是平昔间与他妻子有奸，赵裁贪你东西，知情故纵。以后想做长久夫妻，便谋死了赵裁，却又教导那妇人告状，捻在成大身上。今日你开帐的字，与旧时状纸笔迹相同，这人命不是你是谁？'再教把妇人拶指，要他承招。刘氏听见滕爷言语，句句合拍，分明鬼谷先师一般，魂都惊散了，怎敢抵赖？拶子套上，便承认了，八汉只得也招了。原来八汉起初与刘氏密地相好，人都不知。后来往来勤了，赵裁怕人眼目，渐有隔绝之意。八汉私与刘氏商量，要谋死赵裁，与他做夫妻，刘氏不肯。八汉乘赵裁在人家做生活回来，哄他店上吃得烂醉，行到河边，将他推倒，用石块打破脑门，沉尸河底。只等事冷，便娶那妇人回去。后因尸骸浮起，被人认出，八汉闻得小人有争嚷之隙，却去唆那妇人告状。那妇人直待嫁后，方知丈夫是八汉谋死的。既做了夫妻，便不言语，却被滕爷审出真情，将他夫妻抵罪，释放小人宁家。多承列位亲邻斗出公分，替小人赛神。老翁，你道有这般冤事么？"老者道："恁般贤明官府，真个难遇！本县百姓有幸了。"

倪善述听到那里，便回家学与母亲知道，如此如此，这般这般："有恁地好官府，不将行乐图去告诉，更待何时？"母子商议已定，打听了放告日期，梅氏起个黑早，领着十四岁的儿子，带了轴儿，来到县中叫喊。大尹见没有状词，只有一个小小轴儿，甚是奇怪，问其缘故，梅氏将倪善继平昔所为及老子临终遗嘱，备细说了。滕知县收了轴子，教他且去，待我进衙细看。正是：

一幅画图藏哑谜，千金家事仗搜寻。
只因嫠妇孤儿苦，费尽神明大尹心。

不题梅氏母子回家。且说滕大尹放告已毕，退归私衙，取那一尺阔三尺长的小轴，看是倪太守行乐图，一手抱个婴孩，一手指着地下。推详了半日，想道："这个婴孩就是倪善述，不消说了。那一手指地，莫非要有司官念他地下之情，替他出力么？"又想道："他既有亲笔分关，官府也难做主了。他说轴中含藏哑谜，必然还有个道理。若我断不出此事，枉自聪明一世。"每日退堂，便将画图展玩，千思万想。如此数日，只是不解。

也是这事合当明白，自然生出机会来。一日午饭后，又去看那轴子。丫鬟送茶来吃，将一手去接茶瓯，偶然失挫，泼了些茶，把轴子沾湿了。滕大尹放了茶瓯，走向阶前，双手扯开轴子，就日色晒开。忽然日光中照见轴子里面有些字影，滕知县心疑，揭开看时，乃是一幅字纸，托在画上，正是倪太守遗笔。上面写道：

老夫官居五马，寿逾八旬，死在旦夕，亦无所恨。但孽子善述，方年周岁，急未成立。嫡善继素缺孝友，日后恐为所戕。新置大宅二所，及一切田产，悉以授继。惟左偏旧小屋，可分与述。此屋虽小，室中左壁埋银五千，作五坛；右

壁埋银五千，金一千，作六坛，可以准田园之额。后有贤明有司主断者，述儿奉酬白金三百两。

八十一翁倪守谦亲笔　年　月　日花押

原来这行乐图，是倪太守八十一岁上，与小孩子做周岁时，预先做下的。古人云："知子莫若父"，信不虚也。滕大尹最有机变的人，看见开着许多金银，未免垂涎之意。眉头一皱，计上心来："差人密拿倪善继来见我，自有话说。"

却说倪善继独罟家私，心满意足，日日在家中快乐。忽见县差奉着手批拘唤，时刻不容停留，善继推阻不得，只得相随到县。正直大尹升堂理事，差人禀道："倪善继已拿到了。"大尹唤到案前问道："你就是倪太守的长子么？"善继应道："小人正是。"大尹道："你庶母梅氏，有状告你，说你逐母逐弟，占产占房。此事真么？"倪善继道："庶弟善述，在小人身边，从幼抚养大的。近日他母子自要分居，小人并不曾逐他。其家财一节，都是父亲临终亲笔分析定的，小人并不敢有违。"大尹道："你父亲亲笔在那里？"善继道："见在家中，容小人取来呈览。"大尹道："他状词内告有家财万贯，非同小可。遗笔真伪，也未可知。念你是缙绅之后，且不难为你。明日可唤齐梅氏母子，我亲到你家查阅家私。若厚薄果然不均，自有公道，难以私情而论。"喝教皂快押出善继，就去拘集梅氏母子，明日一同听审。公差得了善继的东道，放他回家去讫，自往东庄拘人去了。

再说善继听见官府口气利害，好生惊恐。论起家私，其实全未分析，单单持着父亲分关执照，千钧之力，须要亲族见证方好。连夜将银两分送三党[②]亲长，嘱托他次早都到家来，若官府问及遗笔一事，求他同声相助。这伙三党之亲，自从倪太守亡后，从不曾见善继一盘一盒，岁时也不曾酒杯相及，今日大块银子送来，正是"闲时不烧香，急来抱佛脚"，各各暗笑，落得受了买东西吃。明日见官，旁观动静，再作区处。时人有诗云：

休嫌庶母妄兴词，自是为兄意太私。
今日将银买三党，何如匹绢赠孤儿？

且说梅氏见县差拘唤，已知县主与他做主。过了一夜，次日侵早，母子二人先到县中，去见滕大尹。大尹道："怜你孤儿寡妇，自然该替你说法。但闻得善继执得有亡父亲笔分关，这怎么处？"梅氏道："分关虽写得有，却是保全孩子之计，非出亡夫本心。恩相只看家私簿上数目，自然明白。"大尹道："常言道：'清官难断家事。'我如今管你母子一生衣食充足，你也休做十分大望。"梅氏谢道："若得免于饥寒足矣，岂望与善继同作富家郎乎！"滕大尹分付梅氏母子，先到善继家伺候。

倪善继早已打扫厅堂，堂上设一把虎皮交椅，焚起一炉好香。一面催请亲族，早来守候。梅氏和善述到来，见十亲九眷，都在眼前，一一相见了，也不免说几句求情的话儿。善继虽然一肚子恼怒，此时也不好发泄，各各暗自打点见官的说话。

等不多时，只听得远远喝道之声，料是县主来了，善继整顿衣帽迎接。亲族中年长知事的，准备上前见官；其幼辈怕事的，都站在照壁背后张望，打探消耗。只见

一对对执事两班排立，后面青罗伞下，盖着有才有智的滕大尹。到得倪家门首，执事跪下，幺喝一声，梅氏和倪家兄弟，都一齐跪下来迎接。门子喝声："起去！"轿夫停了五山屏风轿子。

滕大尹不慌不忙，踱下轿来。将欲进门，忽然对着空中，连连打恭，口里应对，恰像有主人相迎的一般。众人都吃惊，看他做甚模样。只见滕大尹一路揖让，直到堂中，连作数揖，口中叙许多寒温的言语。先向朝南的虎皮交椅上打个恭，恰像有人看坐的一般，连忙转身，就拖一把交椅，朝北主位排下，又向空再三谦让，方才上坐，众人看他见神见鬼的模样，不敢上前，都两旁站立呆看。只见滕大尹在上坐拱揖，开谈道："令夫人将家产事告到晚生手里，此事端的如何？"说罢，便作倾听之状。良久，乃摇首吐舌道："长公子太不良了。"静听一会，又自说道："教次公子何以存活？"停一会，又说道："右偏小屋，有何活计？"又连声道："领教，领教。"又停一时，说道："这项也交付次公子，晚生都领命了。"少停，又供揖道："晚生怎敢当此厚惠？"推逊了多时，又道："既承尊命恳切，晚生勉领，便给批照与次公子收执。"乃起身，又连作数揖，口称："晚生便去。"众人都看得呆了。

只见滕大尹立起身来，东看西看，问道："倪爷那里去了？"门子禀道："没见什么倪爷。"滕大尹道："有此怪事！"唤善继问道："方才令尊老先生，亲在门外相迎，与我对坐了讲这半日说话，你们谅必都听见的。"善继道："小人不曾听见。"滕大尹道："方才长长的身儿，瘦瘦的脸儿，高颧骨，细眼睛，长眉大耳，朗朗的三牙须，银也似白的；纱帽皂靴，红袍金带，可是倪老先生模样么？"唬得众人一身冷汗，都跪下道："正是他生前模样。"大尹道："如何忽然不见了？他说家中有两处大厅堂，又东边旧存下一所小屋，可是有的？"善继也不敢隐瞒，只得承认道："有的。"大尹道："且到东边小屋去一看，自有话说。"

众人见大尹半日自言自语，说得活龙活现，分明是倪太守模样，都信道倪太守真个出现了，人人吐舌，个个惊心。谁知都是滕大尹的巧言，他是看了行乐图，照依小像说来，何曾有半句是真话！有诗为证：

圣贤自是空题目，惟有鬼神不敢触。
若非大尹假装词，逆子如何肯心服？

倪善继引路，众人随着大尹，来到东偏旧屋内。这旧屋是倪太守未得第时所居，自从造了大厅大堂，把旧屋空着，只做个仓厅，堆积些零碎米麦在内，留下一房家人。看见大尹前后走了一遍，到正屋中坐下，向善继道："你父亲果是有灵，家中事体备细与我说了，教我主张，这所旧宅子与善述，你意下何如？"善继叩头道："但凭恩台明断。"大尹讨家私簿子细细看了，连声道："也好个大家事。"看到后面遗笔分关，大笑道："你家老先生自家写定的，方才却又在我面前说善继许多不是，这个老先儿也是没主意的。"唤倪善继过来："既然分关写定，这些田园帐目一一给你，善述不许妄争。"梅氏暗暗叫苦，方欲上前哀求，只见大尹又道："这旧屋判与善述，此屋中之所有，善继也不许妄争。"善继想道："这屋内破家破火，不直甚事，便堆下些

米麦，一月前都粜得七八了，存不多儿，我也勾便宜了。”便连连答应道：“恩台所断极明。”

大尹道：“你两人一言为定，各无翻悔。众人既是亲族，都来做个证见。方才倪老先生当面嘱付说：‘此屋左壁下埋银五千两，作五坛，当与次儿，’”善继不信，禀道：“若果然有此，即使万金，亦是兄弟的，小人并不敢争执。”大尹道：“你就争执时，我也不准。”便教手下讨锄头、铁锹等器，梅氏母子作眼，率领民壮往东壁下掘开墙基，果然埋下五个大坛。发起来时，坛中满满的，都是光银子。把一坛银子，上秤称时，算来该是六十二斤半，刚刚一千两足数。众人看见，无不惊讶。善继益发信真了：“若非父亲阴灵出现，面诉县主，这个藏银我们尚且不知，县主那里知道？”只见滕大尹教把五坛银子，一字儿摆在自家面前，又分付梅氏道：“右壁还有五坛，亦是五千之数。更有一坛金子，方才倪老先生有命，送我作酬谢之意。我不敢当，他再三相强，我只得领了。”梅氏同善述叩头说道：“左壁五千，已出望外；若右壁更有，敢不依先人之命。”大尹道：“我何以知之？据你家老先生是恁般说，想不是虚话。”再教人发掘西壁，果然六个大坛，五坛是银，一坛是金。善继看着许多黄白之物，眼里都放出火来，恨不得抢他一锭。只是有言在前，一字也不敢开口。滕大尹写个照帖，给与善继为照，就将这房家人判与善述母子。梅氏同善述不胜之喜，一同叩头拜谢。善继满肚不乐，也只得磕几个头，勉强说句：“多谢恩台主张。”大尹判几条封皮，将一坛金子封了，放在自己轿前，抬回衙内，落得受用。

众人都认道真个倪太守许下酬谢他的，反以为理之当然，那个敢道个不字？这正叫做“鹬蚌相持，渔人得利”。若是倪善继存心忠厚，兄弟和睦，肯将家私平等分析，这千两黄金，弟兄大家该五百两，怎到得滕大尹之手？白白里作成了别人，自己还讨得气闷，又加个不孝不弟之名。千算万计，何曾算计得他人？只算计得自家而已！

闲话休题。再说梅氏母子，次日又到县拜谢滕大尹。大尹已将行乐图取去遗笔，重新裱过，给还梅氏收领。梅氏母子方悟行乐图上，一手指地，乃指地下所藏之金银也。此时有了这十坛银子，一般置买田园，遂成富室。后来善述娶妻，连生三子，读书成名。倪氏门中，只有这一枝极盛。善继两个儿子，都好游荡，家业耗废。善继死后，两所大宅子，都卖与叔叔善述管业。里中凡晓得倪家之事本末的，无不以为天报云。诗曰：

从来天道有何私，堪笑倪郎心太痴。
忍以嫡兄欺庶母，却教死父算生儿。
轴中藏字非无意，壁下埋金属有司。
何似存些公道好，不生争竞不兴词。

【注释】

①像意：如意。

②三党：指父族、母族、妻族。

范巨卿鸡黍死生交

种树莫种垂杨枝，结交莫结轻薄儿。杨枝不耐秋风吹，轻薄易结还易离。君不见昨日书来两相忆，今日相逢不相识？不如杨枝犹可久，一度春风一回首。

这篇言语是《结交行》，言结交最难。今日说一个秀才，乃汉明帝时人，姓张名劭，字元伯，是汝州南城人氏。家本农业，苦志读书，年三十五岁，不曾婚娶。其老母年近六旬，并弟张勤努力耕种，以供二膳。时汉帝求贤，劭辞老母，别兄弟，自负书囊，来到东都洛阳应举。在路非只一日，到洛阳不远，当日天晚，投店宿歇。

是夜，常闻邻房有人声唤。劭至晚，问店小二："间壁声唤的是谁？"小二答道："是一个秀才，害时症，在此将死。"劭曰："既是斯文，当以看视。"小二曰："瘟病过人，我们尚自不去看他，秀才你休去。"劭曰："死生有命，安有病能过人之理？吾须视之。"小二劝不住，劭乃推门而入。见一人仰面卧于土榻之上，面黄肌瘦，口内只叫"救人"。劭见房中书囊衣冠，都是应举的行动，遂扣头边而言，曰："君子勿忧，张劭亦是赴选之人，今见汝病至笃，吾竭力救之，药饵粥食，吾自供奉，且自宽心。"其人曰："若君子救得我病，容当厚报。"劭随即挽人请医用药调治，蚤晚汤水粥食，劭自供给。

数日之后，汗出病减，渐渐将息，能起行立。劭问之，乃是楚州山阳人氏，姓范名式，字巨卿，年四十岁。世本商贾，幼亡父母，有妻小。近弃商贾，来洛阳应举。比及范巨卿将息得无事了，误了试期。范曰："今因式病，有误足下功名，甚不自安。"劭曰："大丈夫以义气为重，功名富贵，乃微末耳。已有分定，何误之有？"范式自此与张劭情如骨肉，结为兄弟。式年长五岁，张劭拜范式为兄。

结义后，朝暮相随，不觉半年。范式思归，张劭与计算房钱，还了店家，二人同行。数日，到分路之处，张劭欲送范式。范式曰："若如此，某又送回，不如就此一别，约再相会。"二人酒肆共饮，见黄花红叶，妆点秋光，以助别离之兴。酒座间杯泛茱萸，问酒家，方知是重阳佳节。范式曰："吾幼亡父母，屈在商贾。经书虽则留心，奈为妻子所累。幸贤弟有老母在堂，汝母即吾母也，来年今日，必到贤弟家中，登堂拜母，以表通家之谊。"张劭曰："但村落无可为款，倘蒙兄长不弃，当设鸡黍以待，幸勿失信。"范式曰："焉肯失信于贤弟耶？"二人饮了数杯，不忍相舍。张劭拜别范式。范式去后，劭凝望堕泪，式亦回顾泪下，两各怊怏而去。有诗为证：

手采黄花泛酒卮，殷勤先订隔年期。
临歧不忍轻分别，执手依依各泪垂。

且说张元伯到家，参见老母。母曰："吾儿一去，音信不闻，令我悬望，如饥似渴。"张劭曰："不孝男子途中遇山阳范巨卿，结为兄弟，以此逗遛多时。"母曰："巨卿何人也？"张劭备述详细。母曰："功名事皆分定，既逢信义之人结交，甚快我心。"少

刻弟归，亦以此事从头说知，各各欢喜。自此张劭在家，再攻书史，以度岁月。

光阴迅速，渐近重阳。劭乃预先畜养肥鸡一只，杜酝浊酒。是日，蚤起洒扫草堂，中设母座，傍列范巨卿位，遍插菊花于瓶中，焚信香于座上，呼弟宰鸡炊饭，以待巨卿。母曰："山阳至此，迢递千里，恐巨卿未必应期而至；待其来，杀鸡未迟。"劭曰："巨卿，信士也，必然今日至矣，安肯误鸡黍之约？入门便见所许之物，足见我之待久。如候巨卿来而后宰之，不见我惓惓之意。"母曰："吾儿之友，必是端士。"遂烹炰以待。

是日，天晴日朗，万里无云。劭整其衣冠，独立庄门而望。看看近午，不见到来。母恐误了农桑，令张勤自去田头收割。张劭听得前村犬吠，又往望之，如此六七遭。因看红日西沉，现出半轮新月。母出户，令弟唤劭曰："儿久立倦矣，今日莫非巨卿不来？且自晚膳。"劭谓弟曰："汝岂知巨卿不至耶？若范兄不至，吾誓不归。汝农劳矣，可自歇息。"母弟再三劝归，劭终不许。候至更深，各自歇息。

劭倚门如醉如痴，风吹草木之声，莫是范来，皆自惊讶。看见银河耿耿，玉宇澄澄，渐至三更时分，月光都没了，隐隐见黑影中一人随风而至。劭视之，乃巨卿也。再拜踊跃而大喜，曰："小弟自蚤直候至今，知兄非爽信[①]也，兄果至矣。旧岁所约鸡黍之物，备之已久。路远风尘，别不曾有人同来？"便请至草堂，与老母相见。

范式并不答话，径入草堂。张劭指座榻曰："特设此位，专待兄来，兄当高座。"张劭笑容满面，再拜于地曰："兄既远来，路途劳困，且未可与老母相见。杜酿鸡黍，聊且充饥。"言讫，又拜。范式僵立不语，但以衫袖反掩其面。劭乃自奔入厨下，取鸡黍并酒列于面前，再拜以进曰："酒肴虽微，劭之心也，幸兄勿责。"但见范于影中以手绰其气而不食。劭曰："兄意莫不怪老母并弟不曾远接，不肯食之？容请母出与同伏罪。"范摇手止之。劭曰："唤舍弟拜兄，若何？"范亦摇手而止之。劭曰："兄食鸡黍后进酒，若何？"范蹙其眉，似教张退后之意。劭曰："鸡黍不足以奉长者，乃劭当日之约，幸勿见嫌。"范曰："弟稍退后，吾当尽情诉之。吾非阳世之人，乃阴魂也。"劭大惊曰："兄何故出此言？"范曰："自与兄弟相别之后，回家为妻子口腹之累，溺身商贾中。尘世滚滚，岁月匆匆，不觉又是一年。向日鸡黍之约，非不挂心，近被蝇利所牵，忘其日期。今蚤邻右送茱萸酒至，方知是重阳，忽记贤弟之约，此心如醉。山阳至此，千里之隔，非一日可到。若不如期，贤弟以我为何物？鸡黍之约，尚自爽信，何况大事乎？寻思无计。常闻古人有云：'人不能行千里，魂能日行千里。'遂嘱付妻子曰：'吾死之后，且勿下葬，待吾弟张元伯至，方可入土。'嘱罢，自刎而死。魂驾阴风，特来赴鸡黍之约。万望贤弟怜悯愚兄，恕其轻忽之过，鉴其凶暴之诚，不以千里之程，肯为辞亲到山阳一见吾尸，死亦瞑目无憾矣。"言讫，泪如迸泉，急离坐榻，下阶砌。劭乃趋步逐之，不觉忽踏了苍苔，颠倒于地。阴风拂面，不知巨卿所在。有诗为证：

风吹落月夜三更，千里幽魂叙旧盟。
只恨世人多负约，故将一死见平生。

张劭如梦如醉，放声大哭。那哭声惊动母亲并弟，急起视之，见堂上陈列鸡黍酒果，张元伯昏倒于地。用水救醒，扶到堂上，半晌不能言，又哭至死。母问曰："汝兄巨卿不来，有甚利害？何苦自哭如此！"劭曰："巨卿以鸡黍之约，已死于非命矣。"母曰："何以知之？"劭曰："适间亲见巨卿到来，邀迎入坐，具鸡黍以迎。但见其不食，再三恳之。巨卿曰：'为商贾用心，失忘了日期。今蚤方醒，恐负所约，遂自刎而死。'阴魂千里，特来一见。母可容儿亲到山阳，葬兄之尸，儿明蚤收拾行李便行。"母哭曰："古人有云：'囚人梦赦，渴人梦浆。'此是吾儿念念在心，故有此梦警耳。"劭曰："非梦也。儿亲见来，酒食见在，逐之不得，忽然颠倒，岂是梦乎？巨卿乃诚信之士，岂妄报耶！"弟曰："此未可信，如有人到山阳去，当问其虚实。"劭曰："人禀天地而生，天地有五行——金、木、水、火、土，人则有五常——仁、义、礼、智、信以配之，惟信非同小可。仁所以配木，取其生意也；义所以配金，取其刚断也；礼所以配水，取其谦下也；智所以配火，取其明达也；信所以配土，取其重厚也。圣人云：'大车无輗，小车无軏，其何以行之哉？'又云：'自古皆有死，民无信不立。'巨卿既已为信而死，吾安可不信而不去哉？弟专务农业，足可以奉老母。吾去之后，倍加恭敬，晨昏甘旨，勿使有失。"遂拜辞其母曰："不孝男张劭，今为义兄范巨卿为信义而亡，须当往吊。已再三叮咛张勤，令侍养老母。母须蚤晚勉强饮食，勿以忧愁，自当善保尊体。劭于国不能尽忠，于家不能尽孝，徒生于天地之间耳。今当辞去，以全大信。"母曰："吾儿去山阳千里之遥，月余便回，何故出不利之语？"劭曰："生如浮沤，死生之事，旦夕难保。"恸哭而拜。弟曰："勤与兄同去，若何？"元伯曰："母亲无人侍奉，汝当尽力事母，勿令吾忧。"洒泪别弟，背一个小书囊，来蚤便行。有诗为证：

辞亲别弟到山阳，千里迢迢客梦长。
岂为友朋轻骨肉？只因信义迫中肠。

沿路上饥不择食，寒不思衣。夜宿店舍，虽梦中亦哭。每日蚤起赶程，恨不得身生两翼。行了数日，到了山阳。问巨卿何处住，径奔至其家门首。见门户锁着，问及邻人。邻人曰："巨卿死已过二七，其妻扶灵柩往郭外去下葬，送葬之人，尚自未回。"劭问了去处，奔至郭外，望见山林前新筑一所土墙，墙外有数十人，面面相觑，各有惊异之状。劭汗流如雨，走往观之，见一妇人，身披重孝，一子约有十七八岁，伏棺而哭。元伯大叫曰："此处莫非范巨卿灵柩乎？"其妇曰："来者莫非张元伯乎？"张曰："张劭自来不曾到此，何以知名姓耶？"妇泣曰："此夫主再三之遗言也。夫主范巨卿，自洛阳回，常谈贤叔盛德。前者重阳日，夫主忽举止失措，对妾曰：'我失却元伯之大信，徒生何益！常闻人不能行千里，吾宁死，不敢有误鸡黍之约。死后且不可葬，待元伯来见我尸，方可入土。'今日已及二七。人劝云：'元伯不知何日得来，先葬讫，后报知未晚。'因此扶柩到此。众人拽棺入金井②，并不能动，因此停住坟前，众都惊怪。见叔叔远来，如此慌速，必然是也。"元伯乃哭倒于地，妇亦大恸。送殡之人，无不下泪。

元伯于囊中取钱，令买祭物，香烛纸帛，陈列于前，取出祭文，酹酒再拜，号泣而

读。文曰：

维某年月日，契弟张劭，谨以炙鸡絮酒，致祭于仁兄巨卿范君之灵曰：于维巨卿，气贯虹霓，义高云汉。幸倾盖于穷途，缔盍簪于荒店。黄花九日，肝膈相盟；青剑三秋，头颅可断。堪怜月下凄凉，恍似日间眷恋。弟今辞母，来寻碧水青松；兄亦嘱妻，伫望素车白练。故友那堪死别，谁将金石盟寒？丈夫自是生轻，欲把昆吾锷按。历千古而不磨，期一言之必践。倘灵爽之犹存，料冥途之长伴。呜呼哀哉！尚飨。

元伯发棺视之，哭声动地，回顾嫂曰："兄为弟亡，岂能独生耶？囊中已具棺椁之费，愿嫂垂怜，不弃鄙贱，将劭葬于兄侧，平生之大幸也。"嫂曰："叔何故出此言也？"劭曰："吾志已决，请勿惊疑。"言讫，掣佩刀自刎而死。众皆惊愕，为之设祭，具衣棺营葬于巨卿墓中。

本州太守闻知，将此事表奏。明帝怜其信义深重，两生虽不登第，亦可褒赠，以励后人。范巨卿赠山阳伯，张元伯赠汝南伯，墓前建庙，号"信义之祠"，墓号"信义之墓"。旌表门闾，官给衣粮，以膳其子。巨卿子范纯绶，及第进士，官鸿胪寺卿。至今山阳古迹犹存，题咏极多。惟有无名氏《踏莎行》一词最好。词云：

千里途遥，隔年期远，片言相许心无变。宁将信义托游魂，堂中鸡黍空劳劝。　　月暗灯昏，泪痕如线，死生虽隔情何限。灵輀若候故人来，黄泉一笑重相见。

【注释】

①爽信：失信。

②金井：指墓穴。

杨八老越国奇逢

君不见平阳公主马前奴，一朝富贵嫁为夫？又不见咸阳东门种瓜者，昔日封候何在也？荣枯贵贱如转丸，风云变幻诚多端。达人知命总度外，傀儡场中一例看。

这篇古风，是说人穷通有命，或先富后贫，先贱后贵，如云踪无定，瞬息改观，不由人意想测度。

且如宋朝吕蒙正秀才未遇之时，家道艰难。三日不曾饱餐，天津桥上赊得一瓜，在桥柱上磕之，失手落于桥下。那瓜顺水流去，不得到口。后来状元及第，做到宰相地位，起造落瓜亭，以识穷时失意之事。你说做状元宰相的人，命运未至，一瓜也无福消受。假如落瓜之时，向人说道："此人后来荣贵。"被人做一万个鬼脸，啐干了一千担吐沫，也不为过，那个信他？所以说："前程如黑漆，暗中摸不出。"

又如宋朝军卒杨仁杲为丞相丁晋公治第，夏天负土运石，汗流不止，怨叹道："同是一般父母所生，那住房子的，何等安乐，我们替他做工的，何等吃苦！正是：

'有福之人人伏侍，无福之人伏侍人。'"这里杨仁杲口出怨声，却被管工官听得了，一顿皮鞭，打得负痛吞声。不隔数年，丁丞相得罪，贬做崖州司户。那杨仁杲从外戚起家，官至太尉，号为皇亲，朝廷就将丁丞相府第，赐与杨仁杲居住。丁丞相起夫治第，分明是替杨仁杲做个工头。正是：

桑田变沧海，沧海变桑田。穷通无定准，变换总由天。

闲话休题。则今说一节故事，叫做"杨八老越国奇逢。"那故事，远不出汉、唐，近不出二宋，乃出自胡元之世，陕西西安府地方。这西安府乃《禹贡》雍州之域，周曰王畿，秦曰关中，汉曰渭南，唐曰关内，宋曰永兴，元曰安西。

话说元朝至大年间，一人姓杨名复，八月中秋节生日，小名八老，乃西安府盩厔县人氏。妻李氏，生子才七岁，头角秀异，天资聪敏，取名世道。夫妻两口儿爱惜，自不必说。

一日，杨八老对李氏商议道："我年近三旬，读书不就，家事日渐消乏。祖上原在闽、广为商，我欲凑些资本，买办货物，往漳州商贩，图几分利息，以为赡家之资，不知娘子意下如何？"李氏道："妾闻治家以勤俭为本，守株待兔，岂是良图？乘此壮年，正堪跋踄，速整行李，不必迟疑也。"八老道："虽然如此，只是子幼妻娇，放心不下。"李氏道："孩儿幸喜长成，亲自能教训，但愿你早去早回。"当日商量已定，择个吉日出行，与妻子分别。带个小厮，叫做随童，出门搭了船只，往东南一路进发。

昔人有古风一篇，单道为商的苦处：

人生最苦为行商，抛妻弃子离家乡。
餐风宿水多劳役，披星戴月时奔忙。
水路风波殊未稳，陆程鸡犬惊安寝。
平生豪气顿消磨，歌不发声酒不饮。
少赀利薄多赀累，匹夫怀璧将为罪。
偶然小恙卧床帏，乡关万里书谁寄？
一年三载不回程，梦魂颠倒妻孥惊。
灯花忽报行人至，阖门相庆如更生。
男儿远游虽得意，不如骨肉长相聚。
请看江上信天翁，拙守何曾阙生计？

话说杨八老行至漳浦，下在檗妈妈家，专待收买番禺货物。原来檗妈妈无子，只有一女，年二十三岁，曾赘个女婿，相帮过活。那女婿也死了，已经周年之外，女儿守寡在家。檗妈妈看见杨八老本钱丰厚，且是志诚老实，待人一团和气，十分欢喜，意欲将寡女招赘，以靠终身。八老初时不肯，被檗妈妈再三劝道："杨官人，你千乡万里，出外为客，若没有切己的亲戚，那个知疼着热？如今我女儿年纪又小，正好相配官人，做个'两头大'。你归家去，有娘子在家，在漳州来时，有我女儿。两边来往，都不寂寞，做生意也是方便顺溜的。老身又不费你大钱大钞，只是单生一女，要他嫁个好人，日后生男育女，连老身门户都有依靠。就是你家中娘子知道时，料也

不嗔怪。多少做客的，娼楼妓馆，使钱撒漫，这还是本分之事。官人须从长计较，休得推阻。”八老见他说得近理，只得允了，择日成亲，入赘于檗家。夫妻和顺，自此无话。不上二月，檗氏怀孕。期年之后，生下一个孩儿，合家欢喜。三朝满月，亲戚庆贺，不在话下。

却说杨八老思想故乡妻娇子幼，初意成亲后，一年半载，便要回乡看觑。因是怀了身孕，放心不下，以后生下孩儿，檗氏又不放他动身。光阴似箭，不觉住了三年，孩儿也两周岁了，取名世德，虽然与世道排行，却冒了檗氏的姓，叫做檗世德。杨八老一日对檗氏说，暂回关中，看看妻子便来。檗氏苦留不住，只得听从。

八老收拾货物，打点起身。也有放下人头帐目，与随童分头并日催讨。八老为讨欠帐，行至州前。只见挂下榜文，上写道："近奉上司明文：倭寇生发，沿海抢劫，各州县地方，须用心巡警，以防冲犯。一应出入，俱要盘诘。城门晚开早闭……"等语。八老读罢，吃了一惊，想道："我方欲动身，不想有此寇警。倘或倭寇早晚来时，闭了城门，知道何日平静？不如趁早走路为上。"也不去讨帐，径回身转来。只说拖欠帐目，急切难取，待再来催讨未迟。闻得路上贼寇出发，货物且不带去，只收拾些细软行装，来日便要起程。檗氏不忍割舍，抱着三岁的孩儿，对丈夫说道："我母亲只为终身无靠，将奴家嫁你。幸喜有这点骨血，你不看奴家面上，须牵挂着小孩子。千万早去早回，勿使我母子悬望。"言讫，不觉双眼流泪。杨八老也命好道："娘子不须挂怀，三载夫妻，恩情不浅。此去也是万不得已，一年半载，便得相逢也。"当晚，檗妈妈治杯送行。

次日清晨，杨八老起身梳洗，别了岳母和浑家，带了随童上路。未及两日，在路吃了一惊。但见：

> 舟车挤压，男女奔忙。人人胆丧，尽愁海寇恁猖狂；个个心惊，只恨官兵无备御。扶幼携老，难禁两脚奔波；弃子抛妻，单为一身逃命。不辨贫穷富贵，急难中总则一般；那管城市山林，藏身处只求片地。正是：宁为太平犬，莫作乱离人。

杨八老看见乡村百姓，纷纷攘攘，都来城中逃难。传说倭寇一路放火杀人，官军不能禁御，声息至近，唬得八老魂不附体。进退两难，思量无计，只得随众奔走："且到汀洲城里，再作区处。"

又走了两个时辰，约离城三里之地，忽听得喊声震地，后面百姓们都号哭起来，却是倭寇杀来了。众人先唬得脚软，奔跑不动。杨八老望见傍边一座林子，向刺斜里便走，也有许多人随他去林丛中躲避。谁知倭寇有智，惯是四散埋伏。林子内先是一个倭子跳将出来，众人欺他单身，正待一齐奋勇敌他，只见那倭子把海叵罗吹了一声，吹得"呜呜"的响，四围许多倭贼，一个个舞着长刀，跳跃而来，正不知那里来的。有几个粗莽汉子，平昔间有些手脚的，拼着性命，将手中器械，上前迎敌。犹如火中投雪，风里扬尘，被倭贼一刀一个，分明砍瓜切菜一般。唬得众人一齐下跪，口中只叫饶命。

原来倭寇逢着中国之人，也不尽数杀戮。掳得妇女，恣意奸淫，弄得不耐烦了，活活的放了他去；也有有情的倭子，一般私有所赠。只是这妇女虽得了性命，一世被人笑话了。其男子但是老弱，便加杀害；若是强壮的，就把来剃了头发，抹上油漆，假充倭子。每遇厮杀，便推他去当头阵。官军只要杀得一颗首级，便好领赏，平昔百姓中秃发瘌痢，尚然被他割头请功，况且见在战阵上拿住，那管真假，定然不饶的。这些剃头的假倭子，自知左右是死，索性靠着倭势，还有挨过几日之理，所以一般行凶出力。那些真倭子，只等假倭挡过头阵，自己都尾其后而出，所以官军屡堕其计，不能取胜。昔人有诗单道着倭寇行兵之法。诗云：

倭阵不喧哗，纷纷正带斜。
螺声飞蛱蝶，鱼贯走长蛇。
扇散全无影，刀来一片花。
更兼真伪混，驾祸扰中华。

杨八老和一群百姓们，都被倭奴擒了，好似瓮中之鳖，釜中之鱼，没处躲闪，只得随顺，以图苟活。随童已不见了，正不知他生死如何。到此地位，自身管不得，何暇顾他人。莫说八老心中愁闷，且说众倭奴在乡村劫掠得许多金宝，心满意足。闻得元朝大军将到，抢了许多船只，驱了所掳人口下船。一齐开洋，欢欢喜喜，径回日本国去了。

原来倭奴入寇，国王多有不知者，乃是各岛穷民，合伙泛海，如中国贼盗之类，彼处只如做买卖一般，其出掠亦各分部统，自称大王之号。到回去，仍复隐讳了。劫掠得金帛，均分受用，亦有将十分中一二分，献与本岛头目，互相容隐。如被中国人杀了，只作做买卖折本一般。所掳得壮健男子，留作奴仆使唤，剃了头，赤了两脚，与本国一般模样，给与刀仗，教他跳战之法。中国人惧怕，不敢不从。过了一年半载，水土习服，学起倭话来，竟与真倭无异了。

光阴似箭，这杨八老在日本国，不觉住了一十九年。每夜私自对天拜祷："愿神明护佑我杨复再转家乡，重会妻子。"如此寒暑无间。有诗为证：

异国飘零十九年，乡关魂梦已茫然。
苏卿困虏旄俱脱，洪皓留金雪满颠。
彼为中朝甘守节，我成俘虏获可愆？
首丘无计伤心切，夜夜虔诚祷上天。

话说无泰定年间，日本国年岁荒歉，众倭纠伙，又来入寇，也带杨八老同行。八老心中一则以喜，一则以忧：所喜者，乘此机会，到得中国，陕西、福建二处俱有亲属，皇天护佑，万一有骨肉重逢之日，再得团圆，也未可知；所忧者，此身全是倭奴形象，便是自家照着镜子，也吃一惊，他人如何认得？况且刀枪无情，此去多凶少吉，枉送了性命。只是一说，宁作故乡之鬼，不愿为夷国之人。天天可怜，这番飘洋，只愿在陕、闽两处便好，若在他方也是枉然。

原来倭寇飘洋，也有个天数，听凭风势：若是北风，便犯广东一路；若是东风，便

犯福建一路；若是东北风，便犯温州一路；若是东南风，便犯淮扬一路。此时二月天气，众倭登船离岸，正值东北风大盛，一连数日，吹个不住，径飘向温州一路而来。

那里，元朝承平日久，沿海备御俱疏，就有几只船，几百老弱军士，都不堪拒战，望风逃走。众倭公然登岸，少不得放火杀人。杨八老虽然心中不愿，也不免随行逐队。这一番自二月至八月，官军连败了数阵，抢了几个市镇，转掠宁、绍，又到余杭，其凶暴不可尽述。各府州县写了告急表章，申奏朝廷。旨下兵部，差平江路普花元帅领兵征剿。

这普花元帅足智多谋，又手下多有精兵良将，奉命克日兴师，大刀阔斧，杀奔浙江路上来。前哨打探倭寇占住清水闸为穴，普花元帅约会浙中兵马，水陆并进。那倭寇平素轻视官军，不以为意。谁知普花元帅手下有十个统军，都有万夫不当之勇。军中多带火器，四面埋伏，一等倭贼战酣之际，埋伏都起，火器一齐发作，杀得他走头没路，大败亏输。斩首千余级，活捉二百余人，其抢船逃命者，又被水路官兵截杀，也多有落水死者。普花元帅得胜，赏了三军，犹恐余倭未尽，遣兵四下搜获。真个是：

饶伊凶暴如狼虎，恶贯盈时定受殃。

话分两头。却说清水闸上有顺济庙，其神姓冯名俊，钱塘人氏。年十六岁时，梦见玉帝遣天神传命割开其腹，换去五脏六腑，醒来犹觉腹痛。从幼失学，未曾知书，自此忽然开悟，无书不晓，下笔成文，又能预知将来祸福之事。忽一日，卧于家中，叫唤不起，良久方醒。自言适在东海龙王处赴宴，被他劝酒过醉。家人不信，及呕吐出来都是海错异味，目所未睹，方知真实。到三十六岁，忽对人说：“玉帝命我为江涛之神，三日后必当赴任。”至期无疾而终。

是日，江中波涛大作，行舟将覆。忽见朱幡皂盖，白马红缨，簇拥一神，现形云端间，口中叱咤之声。俄顷，波恬浪息。问之土人，其形貌乃冯俊也。于是就其所居，立庙祠之，赐名顺济庙。绍定年间，累封英烈王之号。其神大有灵应。倭寇占住清水闸时，杨八老私向庙中祈祷，问筶得个大吉之兆，心中暗喜。与先年一般向被掳去的，共十三人约会，大兵到时，出首投降；又怕官军不分真假，拿去请功，狐疑不决。

到这八月二十八日，倭寇大败。杨八老与十二个人，俱潜躲在顺济庙中，不敢出头。正在两难，急听得庙外喊声大举，乃是老王千户，名唤王国雄，引着官军入来搜庙。一十三人尽被活捉，捆缚做一团儿，吊在廊下。众人口称冤枉，都说不是真倭，那里睬他。此时天色已晚，老王千户权就庙中歇宿，打点明早解官请功。

事有凑巧，老王千户带个贴身伏侍的家人，叫做王兴，夜间起来出恭，闻得廊下哀号之声，其中有一个像关中声音，好生奇异。悄地点个灯去，打一看，看到杨八老面貌，有些疑惑，问道：“你们既说不是真倭，是那里人氏？如何入了倭贼伙内，又是一般形貌？”杨八老诉道：“众人都是闽中百姓，只我是安西府盩厔县人。十九年前在漳浦做客，被倭寇掳去，髡头跣足，受了万般辛苦。众人是同时被难的。今番来

到此地，便想要自行出首。其奈形状怪异，不遇个相识之人，恐不相信，因此狐疑不决。幸天兵得胜，倭贼败亡，我等指望重见天日，不期老将军不行细审，一概捆吊；明日解到军门，性命不保。”说罢，众人都哭起来。

王兴忙摇手道：“不可高声啼哭，恐惊醒了老将军，反为不美。则你这安西府汉子，姓甚名谁？”杨八老道：“我姓杨，名复，小名八老。长官也带些关中语音，莫非同郡人么？”王兴听说，吃了一惊：“原来你就是我旧主人！可记得随童么？小人就是。”杨八老道：“怎不记得！只是须眉非旧，端的对面不相认了。自当初在闽中分散，如何却在此处？”王兴道：“且莫细谈，明早老将军起身发解时，我站在旁边，你只看着我，唤我名字起来，小人自来与你分解。”说罢，提了灯自去了。众人都向八老问其缘故，八老略说一二，莫不欢喜。正是：

死中得活因灾退，绝处逢生遇救来。

原来随童跟着杨八老之时，才一十九岁，如今又加十九年，是三十八岁人了，急切如何认得？当先与主人分散，躲在茅厕中，侥幸不曾被倭贼所掠。那时老王千户还是百户之职，在彼领兵，偶然遇见，见他伶俐，问其来历，收在身边伏侍，就便许他访问主人消息，谁知杳无音信。后来老王百户有功，升了千户，改调浙中地方做官。随童改名王兴，做了身边一个得力的家人。也是杨八老命不当尽，禄不当终，否极泰来，天教他主仆相逢。

闲话休题。却说老王千户次早点齐人众，解下一十三名倭犯，要解往军门请功。正待起身，忽见倭犯中一人，看定王兴，高声叫道：“随童，我是你旧主人，可来救我！”王兴假意认了一认，两下抱头而哭。因事体年运，老王千户也忘其所以了，忙唤王兴，问其缘故。王兴一一诉说：“此乃小人十九年前失散之主人也。彼时寻觅不见，不意被倭贼掳去。小人看他面貌有些相似，正在疑惑，谁想他到认得小人，唤起小人的旧名。望恩主辨其冤情，释放我旧主人，小人便死在阶前，瞑目无怨。”说罢，放声大哭。众倭犯都一齐声冤起来，各道家乡姓氏，情节相似。老王千户道：“既有此冤情，我也不敢自专，解在帅府，教他自行分辨。”王兴道：“求恩主将小人一齐解去，好做对证。”老王千户起初不允，被王兴哀求不过，只得允了。

当日，将一十三名倭犯，连王兴解到帅府。普花元帅道：“既是倭犯，便行斩首。”那一十三名倭犯，一个个高声叫冤起来，内中王兴也叫冤枉。王国雄便跪下去，将王兴所言事情，禀了一遍。普花元帅准信，就教王国雄押着一干倭犯，并王兴发到绍兴郡丞杨世道处，审明回报。

故元时节，郡丞即如今通判之职，却只下太守一肩，与太守同理府事，最有权柄。那日，郡丞杨公升厅理事，甚是齐整。怎见得？有诗为证：

吏书站立如泥塑，军卒分开似木雕。

随你凶人奸似鬼，公庭刑法不相饶。

老王千户奉帅府之命，亲押一十三名倭犯到杨郡丞厅前。相见已毕，备言来历。杨公送出厅门，复归公座。先是王兴开口诉冤，那一班倭犯哀声动地。杨公问

了王兴口词，先唤杨八老来审，杨八老将姓名家乡备细说了。杨郡丞问道：“既是盩厔县人，你妻族何姓？有子无子？”杨八老道：“妻族东村李氏，止生一子，取名世道。小人到漳浦为商之时，孩儿年方七岁。在漳浦住了三年，就陷身倭国，经今又十九年。自从离家以后，音耗不通，妻子不知死亡。若是孩儿抚养得长大，算来该二十九岁了。老爷不信时，移文到盩厔县中，将三党亲族姓名，一一对验。小人之冤可白矣。”再问王兴，所言皆同。众人又齐声叫冤。杨公一一细审，都是闽中百姓，同时被掳的。杨公沉吟半晌，喝道：“权且收监，待行文本处查明来历，方好释放。”

当下散堂，回衙见了母亲杨老夫人，口称怪事不绝。老夫人问道：“孩儿今日问何公事？口称怪异，何也？”杨公道：“有王千户解到倭犯一十三名，说起来都是我中国百姓，被倭奴掳去的，是个假倭，不是真倭。内中一人，姓杨名复，乃关中盩厔县人氏。他说二十一年前，别妻李氏，往漳浦经商。三年之后，遭倭寇作乱，掳他到倭国去了。与妻临别之时，有儿年方七岁，到今算该二十九岁了。母亲常说孩儿七岁时，父亲往漳州为商，一去不回。他家乡姓名正与父亲相同，其妻子姓名，又分毫不异，孩儿今年正二十九岁，世上不信有此相合之事。况且王千户有个家人王兴，一口认定是他旧主。那王兴说旧名随童，在漳浦乱军分散，又与我爷旧仆同名，所以称怪。”老夫人也不觉称道：“怪事，怪事！世上相同的事也颇有，不信件件皆合。事有可疑，你明日再行吊审，我在屏后窃听，是非顷刻可决。”杨世道领命。

次日，重唤取一十三名倭犯，再行细鞫，其言与昨无二。老夫人在屏后大叫道：“杨世道我儿！不须再问，则这个盩厔人，正是你父亲！那王兴端的是随童了。”惊得郡丞杨世道手脚不迭，一跌跌下公座来，抱了杨八老放声大哭。请归后堂，王兴也随进来。当下母子、夫妻三口，抱头而哭，分明是梦里相逢一般，则这随童也哭做一堆。哭了一个不耐烦，方才拜见父亲。随童也来磕头，认旧时主人、主母。杨八老对儿子道：“我在倭国，夜夜对天祷告，只愿再转家乡，重会妻子。今日皇天可怜，果遂所愿。且喜孩儿荣贵，万千之喜。只是那一十二人，都是闽中百姓，与我同时被掳的，实出无奈。吾儿速与昭雪，不可偏枯[①]，使他怨望。”杨世道领了父亲言语，便把一十二人尽行开放，又各赠回乡路费三两，众人谢恩不尽。一面分付书吏写下文书，申复帅府，一面安排做庆贺筵席。衙内整备香汤，伏侍八老沐浴过了，通身换了新衣，顶冠束带。杨世道娶得夫人张氏，出来拜见公公。一门骨肉团圆，欢喜无限。

这一事闹遍了绍兴府前，本府檗太守听说杨郡丞认了父亲，备下羊酒，特往称贺，定要请杨太公相见。杨复只得出来，见了檗公。叙礼已毕，分宾而坐。檗太守欣羡不已，杨郡丞置酒留款。饮酒中间，檗太守问杨太公何由久客闽中，以致此祸。杨八老答道：“初意一年半载便欲还乡，何期下在檗家，他家适有寡女，年二十三岁，正欲招夫帮家过活，老夫人赘彼家，以此淹留三载。”檗公问道：“在彼三年，曾有生育否？”八老答道：“因是檗家怀孕，生下一儿，两不相舍，不然，也回去久矣。”檗公又问道：“所生令郎可曾取名？”八老不知太守姓名，便随口应道：“因是本县小儿取名

世道，那欒氏所生就取名欒世德，要见两姓兄弟之意。算来欒氏所生之子，今年也该二十二岁了，不知他母子存亡下落。”说罢，下泪如雨。欒太守也不尽欢，又饮了数杯，作别回去，与母亲欒老夫人说知如此如此：“他说在漳浦所娶欒家，与母亲同姓，年庚不差。莫非此人就是我父亲？”欒老夫人道：“你明日备个筵席，请他赴宴，待我屏后窥之，便见端的。”

次日，杨八老具个通家名帖，来答拜欒公。欒公也置酒留款。欒老夫人在屏后偷看。那时八老衣冠济楚，又不似先前倭贼样子，一发容易认了。欒老夫人听不多几句言语，便大叫道：“我儿欒世德，快请你父亲进衙相见！”杨八老出自意外，倒吃了一惊。欒太守慌忙跪下道：“孩儿不识亲颜，乞恕不孝之罪。”请到私衙，与欒老夫人相见，抱头而哭，与杨郡丞衙中无异。

正叙话间，杨郡丞遣随童到太守衙中，迎接父亲。听说太守也认了父亲，随童大惊，撞入私衙，见了欒老夫人，磕头相见。欒老夫人问起，方知就是随童。此时随童才叙出失散之后，遇了王百户始末根由，阖门欢喜无限。欒太守娶妻蒋氏，也来拜见公公。欒公命重整筵席，请杨郡丞到来，备细说明。一守一丞，到此方认做的亲兄弟。当日连杨衙小夫人张氏都请过来，做个合家欢筵席。这一场欢喜非小。分明是：

> 苦尽生甘，否极遇泰。丰城之剑再合，合浦之珠复回。高年学究，忽然及第连科；乞食贫儿，蓦地发财掘藏。寡妇得夫花发蕊，孤儿遇父草行根。喜胜他乡遇故知，欢如久旱逢甘雨。两叶浮萍归大海，人生何处不相逢。

杨八老在日本国受了一十九年辛苦，谁知前妻李氏所生孩儿杨世道，后妻欒氏所生孩儿欒世德，长大成人，中同年进士，又同选在绍兴一郡为官。今日天遣相逢，在枷锁中脱出性命，就认了两位夫人，两个贵子，真是古今罕有。第三日，阖郡官员尽知奇事，都来贺喜。老王千户也来称贺，已知王兴是杨家旧仆，不相争执。王兴已娶有老婆，在老王千户家。老王千户奉承欒太守、杨郡丞，疾忙差人送王兴妻子到于府中完聚。欒太守和杨郡丞一齐备个文书，到普花元帅处，述其认父始末。普花元帅奏表朝廷，一门封赠。欒世德复姓归宗，仍叫杨世德。八老在任上安享荣华，寿登耆耋[②]而终。

此乃是死生有命，富贵在天，荣枯得失，尽是八字安排，不可强求。有诗为证：

> 才离地狱忽登天，二子双妻富贵全。
> 命里有时终自有，人生何必苦埋怨？

【注释】

①偏枯：偏于一方面。

②耆耋（音 qí dié）：老年。

临安里钱婆留发迹

贵逼身来不自由，几年辛苦踏山丘。
满堂花醉三千客，一剑霜寒十四州。
莱子[①]衣裳宫锦窄，谢公[②]篇咏绮霞羞。
他年名上凌云阁，岂羡当时万户侯！

这八句诗，乃是晚唐时贯休所作。那贯休是个有名的诗僧，因避黄巢之乱，来于越地，将此诗献与钱王[③]求见。钱王一见此诗，大加叹赏；便嫌其"一剑霜寒十四州"之句，殊无恢廓之意。遣人对他说，教和尚改"十四州"为"四十州"，方许相见。贯休应声，吟诗四句，诗曰：

不羡荣华不惧威，添州改字总难依。
闲云野鹤无常住，何处江天不可飞？

吟罢，飘然而入蜀。钱王懊悔，追之不及，真高僧也。后人有诗讥诮钱王，云：

文人自古傲王侯，沧海何曾择细流？
一个诗僧容不得，如何安口望添州？

此诗是说钱王度量窄狭，所以不能恢廓霸图，止于一十四州之主。虽如此说，像钱王生于乱世，独霸一方，做了一十四州之王，称孤道寡，非通小可。你道钱王是谁，他怎生样出身？有诗为证：

项氏宗衰刘氏穷，一朝龙战定关中。
纷纷肉眼看成败，谁向尘埃识骏雄？

话说钱王名镠，表字具美，小名婆留，乃杭州府临安县人氏。其母怀孕之时，家中时常火发，及至救之，又复不见，举家怪异。忽一日，黄昏时候，钱公自外而来，遥见一条大蜥蜴，在自家屋上蜿蜒而下，头垂及地，约长丈余，两目熠熠有光。钱公大惊，正欲声张，忽然不见。只见前后火光亘天，钱公以为失火，急呼邻里求救。众人也有已睡的、未睡的，听说钱家火起，都爬起来，收拾挠钩水桶来救火时，那里有什么火？但闻房中呱呱之声，钱妈妈已产下一个孩儿。钱公因自己错呼救火，蒿恼了邻里，十分惭愧，正不过意；又见了这条大蜥蜴，都是怪事；想所产孩儿，必然是妖物，留之无益，不如溺死，以绝后患。也是这小孩儿命不该绝，东邻有个王婆，平生念佛好善，与钱妈妈往来最厚。这一晚，因钱公呼唤救火，也跑来看，闻说钱妈妈生产，进房帮助，见养下孩儿，欢天喜地，抱去盆中洗浴。被钱公劈手夺过孩儿，按在浴盆里面，要将溺死。慌得王婆叫起屈来，倒身护住，定不容他下手，连声道："罪过，罪过！这孩子一难一度，投得个男身，作何罪业，要将他溺死？自古道：'虎狼也有父子之情。'你老人家是何意故？"钱妈妈也在床褥上嚷将起来。钱公道："这孩子临产时，家中有许多怪异，只恐不是好物，留之为害。"王婆道："一点点血块，那里便定是好歹？况且贵人生产，多有奇异之兆，反为祥瑞，也未可知。你老人家若不肯

留这孩子时，待老身领去，过继与没孩儿的人家养育，也是一条性命，与你老人家也免了些罪业。”钱公被王婆苦劝不过，只得留了，取个小名，就唤做婆留。有诗为证：

五月佳儿说孟尝，又因光怪误钱王。

试看斗文并后稷，君相从来岂夭亡？

古时姜嫄感巨人迹而生子，惧而弃之于野，百鸟皆舒翼覆之，三日不死，重复收养，因名曰弃。比及长大，天生圣德，能播种五谷。帝尧任为后稷之官，使主稼穑，是为周朝始祖。到武王之世，开了周家八百年基业。又春秋时楚国大夫斗伯比与邧子之女偷情，生下一儿，其母邧夫人以为不雅，私弃于梦泽之中。邧子出猎，到于梦泽，见一虎跪下，将乳喂一小儿，心中怪异。那虎乳罢孩儿，自去了。邧子教人抱此儿回来，对夫人夸奖此儿，必是异人。夫人认得己女所生，遂将实情说出。邧子就将女配与斗伯比为妻，教他抚养此儿。楚国土语唤“乳”做“谷”，唤“虎”做“於菟”，因有虎乳之异，取名曰谷於菟。后来长大为楚国令君，则今传说的楚令尹子文就是。所以说：“贵人无死法。”又说：“大难不死，必有后禄。”今日说钱公满意要溺死孩儿，又被王婆留住，岂非天命？

话休絮烦。再说钱婆留长成五六岁，便头角渐异，相貌雄伟，膂力非常。与里中众小儿游戏厮打，随你十多岁的孩儿，也弄他不过，只索让他为尊。这临安里中有座山名石镜山，山有圆石，其光如镜，照见人形。钱婆留每日同众小儿在山边游戏，石镜中照见钱婆留头带冕旒，身穿蟒衣玉带。众小儿都吃一惊，齐说神道出现。偏是婆留全不骇惧，对小儿说道：“这镜中神道就是我，你们见我都该下拜。”众小儿罗拜于前，婆留安然受之，以此为常。一日回去，向父亲钱公说知其事，钱公不信，同他到石镜边照验，果然如此。钱公吃了一惊，对镜暗暗祷告道：“我儿婆留果有富贵之日，昌大钱宗，愿神灵隐蔽镜中之形，莫被人见，恐惹大祸。”祷告方毕，教婆留再照时，只见小孩儿的模样，并无王者衣冠。钱公故意骂道：“孩子家眼花说谎，下次不可如此！”

次日，婆留再到石镜边游戏，众小儿不见了神道，不肯下拜了。婆留心生一计。那石镜旁边，有一株大树，其大百围，枝叶扶疏，可荫数亩，树下有大石一块，有七八尺之高。婆留道：“这大树权做个宝殿，这大石权做个龙案，那个先爬上龙案坐下的，便是登宝殿了，众人都要拜贺他。”众小儿齐声道好，一齐来爬时，那石高又高、峭又峭、滑又滑，怎生爬得上？天生婆留身材矫捷，又且有智，他想着大树本子上有几个乾靶，好借脚力，相在肚里了，跳上树根，一步步攀缘而上。约莫离地丈许，看得这块大石亲切，放手望下只一跳，端端正正坐于石上。众小儿发一声喊，都拜倒在地。婆留道：“今日你们服也不服？”众小儿都应道：“服了。”婆留道：“既然服我，便要听我号令！”当下折些树枝，假做旗幡，双双成对，摆个队伍，不许混乱。自此为始，每早排衙行礼，或剪纸为青红旗，分作两军交战。婆留坐石上指挥，一进一退，都有法度。如违了他便打，众小儿打他不过，只得依他，无不惧怕。正是：

天挺英豪志量开，休教轻觑小儿孩。

未施济世安民手，先见惊天动地才。

再说婆留到十七八岁时，顶冠束发，长成一表人材。生得身长力大，腰阔膀开，十八般武艺，不学自高。虽曾进学堂读书，粗晓文义，便抛开了，不肯专心，又不肯做农商经纪。在里中不干好事，惯一偷鸡打狗，吃酒赌钱。家中也有些小家私，都被他赌博消费得七八了。爹娘若说他是，他就彆着气，三两日出去不归；因是管辖他不下，只得由他。此时里中都唤他做“钱大郎”，不敢叫他小名了。

一日，婆留因没钱使用，忽然想起：“顾三郎一伙，尝来打合我去贩卖私盐，我今日身闲无事，何不去寻他？”行到释迦院前，打从戚汉老门首经过。那戚汉老是钱塘县第一个开赌场的，家中养下几个娼妓，招引赌客。婆留闲时，也常在他家赌钱住宿。这一日，忽见戚汉老左手上横着一把行秤，右手提了一只大公鸡、一个猪头回来，看了婆留便道：“大郎，连日少会。”婆留问道：“有甚好赌客在家？”汉老道：“不瞒大郎说，本县录事老爷有两位郎君，好的是赌博，也肯使花酒钱。有多嘴的对他说了，引到我家坐地，要寻人赌双陆④。人听说是见在官府的儿，没人敢来上桩。大郎有采时，进去赌对一局。他们都是见采，分文不欠的。”婆留口中不语，心下思量道：“两日正没生意，且去淘摸几贯钱钞使用。”便向戚汉老道：“别人弱他官府，我却不弱他。便对一局打甚紧？只怕采头短少，须吃他财主笑话。少停赌对时，我只说有在你处，你与我招架一声，得采时平分便了。若还输去，我自赔你。”汉老素知婆留平日赌性最直，便应道：“使得。”

当下，汉老同婆留进门与二钟相见。这二钟一个叫做钟明，一个叫做钟亮，他父亲是钟起，见为本县录事之职。汉老开口道：“此间钱大郎，年纪虽少，最好拳棒，兼善博戏。闻知二位公子在小人家时，特来进见。”原来二钟也喜拳棒，正投其机；又见婆留一表人材，不胜欢喜。当下叙礼毕，闲讲了几路拳法。钟明就讨双陆盘摆下，身边取出十两重一锭大银，放在卓上，说道：“今日与钱兄初次相识，且只赌这锭银子。”婆留假意向袖中一摸，说道：“在下偶然出来拜一个朋友，遇戚老说公子在此，特来相会，不曾带得什么采来。”回头看着汉老道：“左右有在你处，你替我答应则个。”汉老一时应承了，只得也取出十两银子，做一堆儿放着。便道：“小人今日不方便，在此只有这十两银子，做两局赌么？”自古道：“稍粗胆壮。”婆留自己没一分钱钞，却教汉老应出银子，胆已自不壮了，着了急，一连两局都输。钟明收起银子，便道：“得罪，得罪。”教小厮另取一两银子，送与汉老，作为头钱。汉老虽然还有银子在家，只怕钱大郎又输去了，只得认着晦气，收了一两银子，将双陆盘撥过一边，摆出酒肴留款。婆留那里有心饮酒，便道：“公子宽坐，容在下回家去，再取稍来决赌何如？”钟明道：“最好。”钟亮道：“既钱兄有兴，明日早些到此，竟日取乐。今日知己相逢，且共饮酒。”婆留只得坐了，两个妓女唱曲侑酒⑤。正是：

赌场逢妓女，银子当砖块。

牡丹花下死，还却风流债。

当日正在欢饮之际，忽闻叩门声。开看时，却是录事衙中当直的，说道：“老爷请公

子议事，教小的们那处不寻到，却在这里！”钟明、钟亮便起身道：“老父呼唤，不得不去。钱兄，明日须早来顽要。”嘱罢，向汉老说声相扰，同当直的一齐去了。婆留也要出门，被汉老双手拉住道：“我应的十两银子，几时还我？”婆留一手劈开便走，口里答道：“来日送还。”出得门来，自言自语的道：“今日手里无钱，却赌得不爽利。还去寻顾三郎，借几贯钞，明日来翻本。”

带着三分酒兴，径往南门街上而来。向一个僻静巷口撒溺，背后一人将他脑后一拍，叫道：“大郎，甚风吹到此？”婆留回头看时，正是贩卖私盐的头儿顾三郎。婆留道：“三郎，今日相访，有句话说。”顾三郎道：“甚话？”婆留道：“不瞒你说，两日赌得没兴，与你告借百十贯钱去翻本。”顾三郎道：“百十贯钱却易，只今夜随我去便有。”婆留道：“那里去？”顾三郎道：“莫问莫问，同到城外便知。”

两个步出城门，恰好日落西山，天色渐暝。约行二里之程，到个水港口，黑影里见缆个小船，离岸数尺，船上芦席满满冒住，密不通风，并无一人。顾三郎捻起泥块，向芦席上一撒，撒得声响。忽然芦席开处，船舱里钻出两个人来，咳嗽一声，顾三郎也咳嗽相应。那边两个人，即便撑船拢来，顾三郎同婆留下了船舱，船舱还藏得有四个人。这里两个人下舱，便问道：“三郎，你与谁人同来？”顾三郎道：“请得主将在此。休得多言，快些开船去。”说罢，众人拿橹动篙，把这船儿弄得梭子般去了。婆留道：“你们今夜又走什么道路？”顾三郎道：“不瞒你说，两日不曾做得生意，手头艰难。闻知有个王节使的家小船，今夜泊在天目山下，明早要进香。此人巨富，船中必然广有金帛，弟兄们欲待借他些使用。只是他手下有两个苍头，叫做张龙、赵虎，大有本事，没人对付得他。正思想大郎了得，天幸适才相遇，此乃天使其便，大胆相邀至此。”婆留道：“做官的贪赃枉法得来的钱钞，此乃不义之财，取之无碍！”

正说话间，听得船头前荡桨响，又有一个小拌船来到，船上共有五条好汉在上。两船上一般咳嗽相应，婆留已知是同伙，更不问他。只见两船帮近，顾三郎悄悄问道：“那话儿歇在那里？”拌船上人应道：“只在前面一里之地，我们已是着眼了。”

当下，众人将船摇入芦苇中歇下，敲石取火，众好汉都来与婆留相见。船中已备得有酒肉，各人大碗酒大块肉吃了一顿，分拨了器械，两只船，十三筹好汉，一齐上前进发。遥见大船上灯光未灭，众人摇船拢去，发声喊，都跳上船头。婆留手执铁棱棒打头，正遇着张龙，早被婆留一棒打落水去，赵虎望后艄便跑。满船人都吓得魂飞魄散，那个再敢挺敌？一个个跪倒船舱，连声饶命。婆留道：“众兄弟听我分付：只许收拾金帛，休杀害他性命。”众人依言，将舟中辎重恣意搬取。唿哨一声，众人仍分作两队，下了小船，飞也是摇去了。

原来，王节使另是一个座船，他家小先到一日。次日，王节使方到，已知家小船被盗。细开失单，往杭州府告状。杭州刺史董昌准了，行文各县，访拿真赃真盗。文书行到临安县来，知县差县尉协同缉捕使臣，限时限日的擒拿，不在话下。

再说顾三郎一伙，重泊船于芦苇丛中，将所得利物，众人十三分均分。因婆留出力，议定多分一分与他。婆留共得了三大锭元宝，百来两碎银，及金银酒器首饰又十余件。此时天色渐明，城门已开。婆留怀了许多东西，跳上船头，对顾三郎道："多谢作成，下次再当效力。"

说罢，进城径到戚汉老家。汉老兀自床上翻身，被婆留叫唤起来，双手将两眼揩抹，问道："大郎何事来得恁早？"婆留道："钟家兄弟如何还不来？我寻他翻本则个。"便将元宝碎银及酒器首饰，一顿交付与戚汉老，说道："恐怕又烦累你应采，这些东西都留你处，慢慢的支销。昨日借你的十两头，你就在里头除了罢。今日二钟来，你替我将几两碎银做个东道，就算我请他一席。"戚汉老见了许多财物，心中欢喜，连声应道："这小事，但凭大郎分付。"婆留道："今日起早些，既二钟未来，我要寻个静办处打个盹。"戚汉老引他到一个小叔叔小阁儿中白木床上，叫道："大郎任意安乐，小人去梳洗则个。"

却说钟明、钟亮在衙中早饭过了，袖了几锭银子，再到戚汉老家来。汉老正在门首买东买西，见了二钟，便道："钱大郎今日做东道相请，在此专候久了，在小阁中打盹。二位先请进去，小人就来陪奉。"钟明、钟亮两个私下称赞道："难得这般有信义之人。"走进堂中，只听得打鼾之声，如霹雳一般的响。二钟吃一惊，寻到小阁中，猛见个丈余长一条大蜥蜴据于床上，头生两角，五色云雾罩定。钟明、钟亮一齐叫道："作怪！"只这声"作怪"，便把云雾冲散，不见了蜥蜴，定睛看时，乃是钱大郎直挺挺的睡着。弟兄两个心下想道："常闻说异人多有变相。明明是个蜥蜴，如何却是钱大郎？此人后来必然有些好处，我们趁此未遇之先，与他结交，有何不美？"两下商量定，等待婆留醒来，二人更不言其故，只说："我弟兄相慕信义，情愿结桃园之义，不知大郎允否？"婆留也爱二钟为人爽慨，当下就在小阁内，八拜定交。因婆留年最小，做了三弟。这日也不赌钱，大家畅饮而别。临别时，钟明把昨日赌赢的十两银子，送还婆留，婆留那里肯收？便道："戚汉老处小弟自己还过了，这银，大哥权且留下，且待小弟手中乏时，相借未迟。"钟明只得收去了。

自此日为始，三个人时常相聚，因是吃酒打人，饮博场中出了个大名，号为"钱塘三虎"。这句话，吹在钟起耳朵里来，好生不乐，将两个儿子禁约在衙中，不许他出外游荡。婆留连日不见二钟，在录事衙前探听，已知了这个消息，害了一怕，好几日不敢去寻二钟相会。正是：

取友必须端，休将戏谑看。
家严儿学好，子孝父心宽。

再说钱婆留与二钟疏了，少不得又与顾三郎这伙亲密，时常同去贩盐为盗，此等不法之事，也不知做下几十遭。原来走私商道路的，第一次胆小，第二次胆大，第三第四次浑身都是胆了。他不犯本钱，大锭银大贯钞的使用，侥幸其事不发，落得快活受用，且到事发再处，他也拼得做得。自古道："若要不知，除非莫为。"只因顾三郎伙内陈小乙，将一对赤金莲花杯，在银匠家倒换(唤)银子，被银匠认出是李十九员外库中之物，对做公的说了。做公的报知县尉，访着了这一伙姓名，尚未挨拿。

忽一日，县尉请钟录事父子在衙中饮酒。因钟明写得一手好字，县尉邀至书

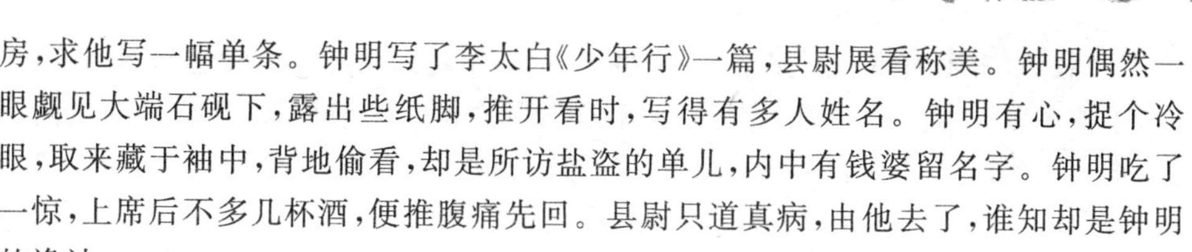

房，求他写一幅单条。钟明写了李太白《少年行》一篇，县尉展看称美。钟明偶然一眼觑见大端石砚下，露出些纸脚，推开看时，写得有多人姓名。钟明有心，捉个冷眼，取来藏于袖中，背地偷看，却是所访盐盗的单儿，内中有钱婆留名字。钟明吃了一惊，上席后不多几杯酒，便推腹痛先回。县尉只道真病，由他去了，谁知却是钟明的诡计。

当下，钟明也不回去，急急跑到戚汉老家，教他转寻婆留说话，恰好婆留正在他场中铺牌赌色。钟明见了也无暇作揖，一只臂膊牵出门外，到个僻静处，说道如此如此，"幸我看见，偷得访单在此。兄弟快些藏躲，恐怕不久要来缉捕，我须救你不得。一面我自着人替你在县尉处上下使钱。若三个月内不发作时，方可出头。兄弟千万珍重。"婆留道："单上许多人，都是我心腹至友，哥哥若营为⑥时，须一例与他解宽。若放一人到官，众人都是不干净的。"钟明道："我自有道理。"说罢，钟明自去了。

这一个信息，急得婆留脚也不停，径跑到南门寻见顾三郎，说知其事，也教他一伙作速移开，休得招风揽火。顾三郎道："我们只下了盐船，各镇市四散撑开，没人知觉。只你守着爹娘，没处去得，怎么好?"婆留道："我自不妨事，珍重珍重。"说罢别去。从此婆留装病在家，准准住了三个月。早晚只演习枪棒，并不敢出门。连自己爹娘也道是个异事，却不知其中缘故。有诗为证：

钟明欲救婆留难，又见婆留转报人。
同乐同忧真义气，英雄必不负交亲。

却说县尉次日正要勾摄公事⑦，寻砚底下这幅访单，已不见了。一时乱将起来，将书房中小厮吊打，再不肯招承。一连乱了三日，没些影响，县尉没做道理处。此时钟明、钟亮拼却私财，上下使用，缉捕使臣都得了贿赂。又将白银二百两，央使臣转送县尉，教他阁起这宗公事。幸得县尉性贪，又听得使臣说道，录事衙里替他打点。只疑道那边先到了录事之手，我也落得放松，做个人情。收受了银子，假意立限与使臣缉访。过了一月两月，把这事都放慢了。正是"官无三日紧"，又道是"有钱使得鬼推磨"，不在话下。

话分两头。再表江西洪州有个术士：

此人善识天文，精通相述。白虹贯日，便知易水奸谋；宝气腾空，预辨丰城神物。决班超封侯之贵，刻邓通饿死之期。殃祥有准半神仙，占候无差高术士。

这术士唤做廖生，预知唐季将乱，隐于松门山中。忽一日夜坐，望见斗牛之墟，隐隐有龙文五采，知是王气。算来该是钱塘分野，特地收拾行囊来游钱塘。再占云气，却又在临安地面。乃装做相士，隐于临安市上。每日市中人求相者甚多，都得等闲之辈，并无异人在内。忽然想起："录事钟起，是我故友，何不去见他?"即忙到录事衙中通名。钟起知是故人廖生到此，倒屣而迎，相见礼毕，各叙寒温。钟起叩其来意，廖生屏去从人，私向钟起耳边说道："不肖夜来望气，知有异人在于贵县，求

之市中数日，杳不可得。看足下尊相，虽然贵显，未足以当此也。"钟起乃召明、亮二子，求他一看。廖生道："骨法皆贵，然不过人臣之位。所谓异人，上应着斗牛间王气，惟天子足以当之，最下亦得五霸诸侯，方应其兆耳。"钟起乃留廖生在衙中过宿。

次日，钟起只说县中有疑难事，欲共商议，备下酒席在吴山寺中，悉召本县有名目的豪杰来会，令廖生背地里一个个看过，其中贵贱不一，皆不足以当大贵之兆。当日席散，钟起再邀廖生到衙，欲待来日，更搜寻乡村豪杰，教他饱看。此时天色将晚，二人并马而回。

却说钱婆留在家，已守过三个月无事，欢喜无限。想起二钟救命之恩，大着胆来到县前。闻得钟起在吴山寺宴会，悄地到他衙中，要寻二钟兄弟拜谢。钟明、钟亮知是婆留相访，乘着父亲不在，慌忙出来，相迎聚话。忽听得马铃声响，钟起回来了。婆留望见了钟起，唬得心头乱跳，低着头，望外只顾跑。钟起问是甚人，喝教拿下。廖生急忙向钟起说道："奇哉，怪哉！所言异人，乃应在此人身上，不可慢之。"钟起素信廖生之术，便改口教人好好请来相见。婆留只得转来。钟起问其姓名，婆留好像泥塑木雕的，那里敢说？钟起焦燥，乃唤两个儿子问："此人何姓何名？住居何处？缘何你与他相识？"钟明料瞒不过，只得说道："此人姓钱，小名婆留，乃临安里人。"钟起大笑一声，扯着廖生背地说道："先生错矣！此乃里中无赖子，目下幸逃法网，安望富贵乎？"廖生道："我已决定不差。足下父子之贵，皆因此人而得。"乃向婆留说道："你骨法非常，必当大贵，光前耀后，愿好生自爱。"又向钟起说道："我所以访求异人者，非贪图日后挈带富贵，正欲验我术法之神耳。从此更十年，吾言必验，足下识之。只今日相别，后会未可知也。"说罢，飘然而去。钟起才信道婆留是个异人。钟明、钟亮又将戚汉老家所见蜥蜴生角之事，对父亲述之，愈加骇然。当晚钟起便教儿子留款婆留："劝他勤学枪棒，不可务外为非，致损声名。家中乏钱使用，我当相助。"自此钟明、钟亮仍旧与婆留往来不绝，比前更加亲密。有诗为证：

堪嗟豪杰混风尘，谁向贫穷识异人？
只为廖生能具眼，顿令录事款嘉宾。

话说唐僖宗乾符二年，黄巢兵起，攻掠浙东地方。杭州刺史董昌，出下募兵榜文。钟起闻知此信，对儿子说道："即今黄寇猖獗，兵锋至近，刺史募乡勇杀贼。此乃壮士立功之秋，何不劝钱婆留一去？"钟明、钟亮道："儿辈皆愿同他立功。"钟起欢喜，当下请到婆留，将此情对他说了。婆留磨拳撑掌，踊跃愿行。一应衣甲器仗，都是钟起支持，又将银二十两，助婆留为安家之费，改名钱镠，表字具美，取"留"、"镠"二音相同故也。三人辞家上路，直到杭州，见了刺史董昌。董昌见他器岸魁梧，试其武艺，果然熟闲，不胜之喜，皆署为裨将，军前听用。

不一日，探子报道："黄巢兵数万将犯临安，望相公策应。"董昌就假钱镠以兵马使之职，使领兵往救，问道："此行用兵几何？"钱镠答道："将在谋不在勇，兵贵精不贵多。愿得二钟为助，兵三百人足矣。"董昌即命钱镠于本州军伍，自行挑选三百人，同钟明、钟亮率领，望临安进发。

到石鉴镇，探听贼兵离镇止十五里。钱镠与二钟商议道："我兵少，贼兵多，只可智取，不可力敌，宜出奇兵应之。"乃选弓弩手二十名，自家率领，多带良箭，伏山谷险要之处。先差炮手二人，伏于贼兵来路，一等贼兵过险，放炮为号，二十张强弓，一齐射之。钟明、钟亮各引一百人左右埋伏，准备策应。余兵散布山谷，扬旗呐喊，以助兵势。

分拨已定，黄巢兵早到。原来石鉴镇山路险隘，止容一人一骑。贼先锋率前队兵度险，皆单骑鱼贯而过。忽听得一声炮响，二十张劲弩齐发。贼人大惊，正不知多少人马。贼先锋身穿红锦袍，手执方天画戟，领插令字旗，跨一匹瓜黄战马，正扬威耀武而来，却被弩箭中了颈项，倒身颠下马来，贼兵大乱。钟明、钟亮引着二百人，呼风喝势，两头杀出。贼兵着忙，又听得四围呐喊不绝，正不知多少军马，自相蹂踏。斩首五百余级，余贼溃散。

钱镠全胜了一阵，想道："此乃侥幸之计，可一用不可再也。若贼兵大至，三百人皆为齑粉矣。"此去三十里外，有一村名八百里，引兵屯于彼处。乃对道旁一老媪说道："若有人问你临安兵的消息，但言屯八百里就是。"

却说黄巢听得前队在石鉴镇失利，统领大军，弥山蔽野而来。到得镇上，不见一个官军。遣人四下搜寻居民问信。少停，拿得老媪到来，问道："临安军在那里？"老媪答道："屯八百里。"再三问时，只是说："屯八百里。"黄巢不知"八百里"是地名，只道官军四集，屯了八百里路之远，乃叹道："向者二十弓弩手，尚然敌他不过，况八百里屯兵乎？杭州不可得也。"于是贼兵不敢停石鉴镇上，径望越州一路而去，临安赖以保全。有诗为证：

能将少卒胜多人，良将机谋妙若神。
三百兵屯八百里，贼军骇散息烽尘。

再说越州观察使刘汉宏，听得黄巢兵到，一时不曾做得准备，乃遣人打话，情愿多将金帛犒军，求免攻掠。黄巢受其金帛，亦径过越州而去。原来刘汉宏先为杭州刺史，董昌在他手下做裨将，充募兵使，因平了叛贼王郢之乱，董昌有功，就升做杭州刺史，刘汉宏却升做越州观察使。汉宏因董昌在他手下出身，屡屡欺侮。董昌不能堪，渐生嫌隙。今日巢贼经过越州，虽然不曾杀掠，却费了许多金帛。访知杭州到被董昌得胜报功，心中愈加不平。有门下宾客沈苛献计道："临安退贼之功，皆赖兵马使钱镠用谋取胜。闻得钱镠智勇足备，明公若驰咫尺之书，厚具礼币，只说越州贼寇未平，向董昌借钱镠来此征剿。哄得钱镠到此，或优待以结其心，或寻事以斩其首。董昌割去右臂，无能为矣。方今朝政颠倒，宦官弄权，官家威令不行，天下英雄皆有割据一方之意。若吞并董昌，奄有杭越，此霸王之业也。"刘汉宏为人志广才疏，这一席话，正投其机。以手抚沈苛之背，连声赞道："吾心腹人所见极明，妙哉，妙哉！"即忙修书一封：

汉宏再拜，奉书于故人董公麾下：顷者巢贼猖獗，越州兵微将寡，难以备御。闻麾下有兵马使钱镠，谋能料敌，勇称冠军。今贵州已平，乞念唇齿之义，

遣镠前来，协力拒贼。事定之后，功归麾下。聊具金甲一副，名马二匹，权表微忱，伏乞笑纳。

原来董昌也有心疑忌刘汉宏，先期差人打听越州事情，已知黄巢兵退。如今书上反说巢寇猖獗，其中必有缘故，即请钱镠来商议。钱镠道："明公与刘观察，隙嫌已构，此不两立之势也。闻刘观察自托帝王之胄，欲图非望。巢贼在境，不发兵相拒，乃以金帛买和，其意不测。明公若假精兵二千付镠，声言相助，汉宏无谋，必欣然见纳。乘便图之，越州可一举而定。于是表奏朝廷，坐汉宏以和贼谋叛之罪。朝廷方事姑息，必重奖明公之功。明公勋垂于竹帛，身安于泰山，岂非万全之策乎？"董昌欣然从之。即打发回书，着来使先去。随后发精兵二千，付与钱镠。临行嘱道："此去见几而作，小心在意。"

却说刘汉宏接了回书，知道董昌已遣钱镠到来，不胜之喜。便与宾客沈苛商议，沈苛道："钱镠所领二千人，皆胜兵也。若纵之入城，实为难制。今俟其未来，预令人迎之，使屯兵于城外，独召钱镠相见。彼既无羽翼，惟吾所制。然后遣将代领其兵，厚加恩劳，使倒戈以袭杭州，疾雷不及掩耳，董昌可克矣！"刘汉宏又赞道："吾心腹人所见极明，妙哉，妙哉！"即命沈苛出城迎候钱镠，不在话下。

再说钱镠领了二千军马来到越州城外，沈苛迎住，相见礼毕。沈苛道："奉观察之命，城中狭小，不能容客兵，权于城外屯札，单请将军入城相会。"钱镠已知刘汉宏掇赚之计，便将计就计，假意发怒道："钱某本一介匹夫，荷察使不嫌愚贱，厚币相招，某感察使知己之恩，愿以肝脑相报。董刺史与察使，外亲内忌，不欲某来，又只肯发兵五百人，某再三勉强，方许二千之数。某挑选精壮，一可当百，特来辅助察使，成百世之功业。察使不念某勤劳，亲行犒劳，乃安坐城中，呼某相见，如呼下隶，此非敬贤之道。某便引兵而回，不愿见察使矣！"说罢，仰面叹云："钱某一片壮心，可惜，可惜！"沈苛只认是真心，慌忙收科道："将军休要错怪，观察实不知将军心事。容某进城对观察说知，必当亲自劳军，与将军相见。"说罢，飞马入城去了。钱镠分付手下心腹将校，如此如此，各人暗做准备。

且说刘汉宏听沈苛回话，信以为然。乃杀牛宰马，大发刍粮，为犒军之礼。旌旗鼓乐前导，直到北门外馆驿中坐下，等待钱镠入见，指望他行偏裨见主将之礼。谁知钱镠领着心腹二十余人，昂然而入，对着刘汉宏拱手道："小将甲胄在身，恕不下拜了。"气得刘汉宏面如土色。沈苛自觉失信，满脸通红，上前发怒道："将军差矣！常言：'军有头，将有主。'尊卑上下，古之常礼。董刺史命将军来与观察助力，将军便是观察麾下之人。况董刺史出身观察门下，尚然不敢与观察敌体，将军如此倨傲，岂小觑我越州无军马乎？"说声未绝，只见钱镠大喝道："无名小子，敢来饶舌。"将头巾望上一掀，二十余人，一齐发作。说时迟，那时快，钱镠拔出佩剑，沈苛不曾防备，一刀剁下头来。刘汉宏望馆驿后便跑，手下跟随的约有百余人，一齐上前，来拿钱镠，怎当钱镠神威雄猛，如砍瓜切菜，杀散众人，径往馆驿后园来寻刘汉宏，并无踪迹。只见土墙上缺了一角，已知爬墙去了。钱镠懊悔不迭，率领二千军

众，便想攻打越州。看见城中已有准备，自己后军无继，孤掌难鸣，只得拨转旗头，重回旧路。城中刘汉宏闻知钱镠回军，即忙点精兵五千，差骁将陆萃为先锋，自引大军随后追袭。

却说钱镠也料定越州军马必来追赶，昼夜兼行，来到白龙山下。忽听得一棒锣声，山中拥出二百余人，一字儿拨开。为头一个好汉，生得如何？怎生打扮？

头裹金线唐巾，身穿绿锦衲袄。腰拴搭膊，脚套皮靴。挂一副弓箭袋，拿一柄泼风刀。生得浓眉大眼，紫面拳须。私商船上有名人，厮杀场中无敌手。

钱镠出马上前观看。那好汉见了钱镠，撇下刀，纳头便拜。钱镠认得是贩盐为盗的顾三郎，名唤顾全武，乃滚鞍下马，扶起道："三郎久别，如何却在此处？"顾全武道："自蒙大郎活命之恩，无门可补报。闻得黄巢兵到，欲待倡率义兵，保护地方，就便与大郎相会，后闻大郎破贼成功，为朝廷命官，又闻得往越州刘观察处效用。不才聚起盐徒二百余人，正要到彼相寻帮助，何期此地相会。不知大郎回兵，为何如此之速？"钱镠把刘汉宏事情，备细说了一遍，便道："今日幸得遇三郎，正有相烦之处。小弟算定刘汉宏必来追赶，因此连夜而行。他自恃先达，不以董刺史为意，又杭州是他旧治，追赶不着，必然直趋杭州，与董家索斗。三郎率领二百人，暂住白龙山下，待他兵过，可行诈降之计。若兵临杭州，只看小弟出兵迎敌，三郎从中而起，汉宏可斩也。若斩了汉宏，便是你进身之阶。小弟在董刺史前一力保荐，前程万里，不可有误。"顾全武道："大郎分付，无有不依。"两人相别，各自去了。正是：

太平处处皆生意，衰乱时时尽杀机。
我正算人人算我，战场能得几人归？

却说刘汉宏引兵，追到越州界口，先锋陆萃探知钱镠星夜走回，来禀汉宏回军。汉宏大怒道："钱镠小卒，吾为所侮，有何面目回见本州百姓？杭州吾旧时管辖之地，董昌吾所荐拔。吾今亲自引兵到彼，务要董昌杀了钱镠，输情服罪，方可恕饶。不然，誓不为人！"当下喝退陆萃，传令起程，向杭州进发。行至富阳白龙山下，忽然一棒锣声，涌出二百余人，一字儿摆开。为头一个好汉，手执大刀，甚是凶勇。汉宏吃了一惊，正欲迎敌，只见那汉约住刀头，厉声问道："来将可是越州刘察使么？"汉宏回言："正是。"那好汉慌忙撇刀在地，拜伏马前，道："小人等候久矣！"刘汉宏问其来意，那汉道："小人姓顾，名全武，乃临安县人氏。因贩卖私盐，被州县访名擒捉，小人一向在江湖上逃命。近闻同伙兄弟钱镠出头做官，小人特往投奔，何期他妒贤嫉能，贵而忘贱，不相容纳，只得借白龙山权住落草。昨日钱镠到此经过，小人便欲杀之，争奈手下众寡不敌，怕不了事。闻此人得罪于察使，小人愿为前部，少效犬马之劳。"刘汉宏大喜，便教顾全武代之陆萃之职，分兵一千前行，陆萃改作后哨。

不一日，来到杭州城下。此时钱镠已见过董昌，预作准备。闻越州兵已到，董昌亲到城楼上，叫道："下官与察使，同为朝廷命官，各守一方，下官并不敢得罪，察使不知到此何事？"刘汉宏大骂道："你这背恩忘义之贼！若早识时务，斩了钱镠，献出首级，免动干戈！"董昌道："察使休怒，钱镠自来告罪了。"只见城门开处，一军飞

奔出来，来将正是钱镠，左有钟明，右有钟亮，径冲入敌阵，要拿刘汉宏。汉宏着了忙，急叫："先锋何在？"傍边一将应声道："先锋在此！"手起刀落，斩汉宏于马下。把刀一招，钱镠直杀入阵来，大呼："降者免死！"五千人不战而降，陆萃自刎而亡。斩汉宏者，乃顾全武也。正是：

有谋无勇堪资画，有勇无谋易丧生。
必竟有谋兼有勇，伫看百战百成功。

董昌看见斩了刘汉宏，大开城门收军。钱镠引顾全武见了董昌，董昌大喜。即将汉宏罪状申奏朝廷，并列钱镠以下诸将功次。那里朝廷多事，不暇究问，乃升董昌为越州观察使，就代刘汉宏之位；钱镠为杭州刺史，就代董昌之位；钟明、钟亮及顾全武，俱有官爵。钟起将亲女嫁与钱镠为夫人。董昌移镇越州，将杭州让与钱镠。钱公、钱母都来杭州居住，一门荣贵，自不必说。

却说临安县有个农民，在天目山下锄田，锄起一片小小石碑，镌得有字几行。农民不识，把与村中学究罗平看之。罗学究拭土辨认，乃是四句谶语，道是：

天目山垂两乳长，龙飞凤舞到钱塘。
海门一点巽峰起，五百年间出帝王。

后面又镌"晋郭璞记"四字。罗学究以为奇货，留在家中。次日怀了石碑，走到杭州府，献与钱镠刺史，密陈天命。钱镠看了大怒道："匹夫造言欺我，合当斩首！"罗学究再三苦求方免，喝教乱棒打出，其碑就庭中毁碎。原来钱镠已知此是吉谶，合应在自己身上，只恐声扬于外，故意不信，乃见他心机周密处。

再说罗学究被打，深恨刺史无礼，好意反成恶意。心生一计，不若将此碑献与越州董观察，定有好处。想此碑虽然毁碎，尚可凑看，乃私赂守门吏卒，在庭中拾将出来。原来只破作三块，将字迹凑合，一毫不损。罗平心中大喜，依旧包裹石碑，取路到越州去。

行了二日，路上忽逢一簇人，攒拥着一个十二三岁的孩儿。那孩子手中提着一个竹笼，笼外覆着布幕，内中养着一只小小翠鸟。罗平挨身上前，问其缘故。众人道："这小鸟儿，又非鹦哥，又非鸜鹆，却会说话。我们要问这孩子买他玩耍，还了他一贯足钱，还不肯。"话声未绝，只见那小鸟儿，将头颠两颠，连声道："皇帝董！皇帝董！"罗平问道："这小鸟儿还是天生会话，还是教成的？"孩子道："我爹在乡里砍柴，听得树上说话，却是这畜生。将栖竿栖得来，是天生会话的。"罗平道："我与你两贯足钱，卖与我罢。"孩子得了两贯钱，欢欢喜喜的去了。罗平捉了鸟笼，急急赶路。

不一日，来到越州，口称有机密事要见察使。董昌唤进，屏开从人，正要问时，那小鸟儿又在笼中叫道："皇帝董！皇帝董！"董昌大惊，问道："此何鸟也？"罗平道："此鸟不知名色，天生会话，宜呼曰'灵鸟'。"因于怀中取出石碑，备陈来历："自晋初至今，正合五百之数。方今天子微弱，唐运将终，梁、晋二王，互相争杀，天下英雄，皆有割据一方之意。钱塘原是察使创业之地，灵碑之出，非无因也。况灵鸟吉祥，明示天命。察使先破黄巢，再斩汉宏，威名方盛，远近震悚。若乘此机会，用越、杭

之众，兼并两浙，上可以窥中原，下亦不失为孙仲谋矣。”

原来董昌见天下纷乱，久有图霸之意。听了这一席话，大喜道：“足下远来，殆天赐我立功也。事成之日，即以本州观察相酬。”于是拜罗平为军师，招集兵马，又于民间科敛，以充粮饷，命巧匠制就金丝笼子，安放“灵鸟”，外用蜀锦为衣罩之。又写密书一封，差人送到杭州钱镠，教他募兵听用。钱镠见书，大惊道：“董昌反矣！”乃密表奏朝廷。朝廷即拜钱镠为苏、杭等州观察。于是钱镠更造杭城，自秦望山至于范浦，周围七十里。再奉表闻，加镇海军节度使，封开国公。

董昌闻知朝廷累加钱镠官爵，心中大始，骂道：“贼狗奴，敢卖吾得官耶？吾先取杭州，以泄吾恨。”罗平谏道：“钱镠异志未彰，且新膺宠命，讨之无名。不若诈称朝命，先正王位，然后以尊临卑，平定睦州，广其兵势，假道于杭，以临湖州。待钱镠不从，乘间图之；若出兵相助，是明公不战而得杭州矣，又何求乎？”董昌依其言，乃假装朝廷诏命，封董昌为越王之职，使专制两浙诸路军马，旗帜上都换了越王字号。又将灵碑及“灵鸟”宣示州中百姓，使知天意。民间三丁抽一，得兵五万，号称十万。浩浩荡荡，杀奔睦州来。睦州无备，被董昌攻破了。停兵月余，改换官吏。又选得精兵三万人，军威甚盛，自谓天下无敌，谋称越帝。征兵杭州，欲攻湖州。

钱镠道：“越兵正锐，不可当也，不如迎之。待其兵顿湖州，遂乘其弊，无不胜矣。”于是先遣钟明卑词犒师，续后亲领五千军马，愿为前部自效。董昌大喜。行了数日，钱镠伪称有疾，暂留途中养病。董昌更不疑惑，催兵先进。有诗为证：

勾践当年欲豢吴，卑辞厚礼破姑苏。
董昌不识钱镠意，犹恃兵威下太湖。

却说钱镠打听越州兵去远，乃引兵而归，挑选精兵千人，假做越州军旗号，遣顾全武为先锋，来袭越州。又分付钟明、钟亮，各引精兵五百，潜屯余杭之境。分付不可妄动，直待董昌还救越州时节，兵从此过，然后自后掩袭，他无心恋战，必获全胜。分拨已定，乃对宾客钟起道：“守城之事，专以相委。越州乃董贼巢穴，吾当亲往观变。若巢穴既破，董昌必然授首无疑矣。”乃自引精兵二千，接应顾全武军马。

却说顾全武打了越州兵旗号，一路并无阻碍，直到越州城下。只说催趱[8]攻城火器，赚开城门。顾全武大喝道：“董昌僭号，背叛朝廷，钱节使奉诏来讨，大军十万已在城外矣。”越州城中军将，都被董昌带去，留的都是老弱，谁敢拒敌？顾全武径入府中，将伪世子董荣及一门老幼三百余人，拘于一室，分兵守之。恰好杭州大军已到，闻知顾全武得了城池，整军而入，秋毫无犯。顾全武迎钱镠入府，出榜安民已定，写书一封，遣人往董昌军中投递。书曰：

镠闻天无二日，土无二王。今唐运虽衰，天命未改。而足下妄自矜大，僭号称兵，凡为唐臣，谁不愤疾？镠迫于公义，辄遣副将顾全武率兵讨逆，兵声所至，越人倒戈。足下全家，尽已就缚。若能见机伏罪，尚可全活。乞早自裁，以救一家之命。

却说董昌攻打湖州不下，正在帐中纳闷，又听得“灵鸟”叫声：“皇帝董！皇帝

董!”董昌揭起锦罩看时，一个眼花，不见“灵鸟”，只见一个血淋淋的人头，在金丝笼内挂着。认得是刘汉宏的面庞，吓得魂不附体，大叫一声，蓦然倒地。众将急来救醒，定睛半晌，再看笼子内，都是点点血迹，果然没了“灵鸟”。董昌心中大恶，急召罗军师商议，告知其事，问道：“主何吉凶?”罗平心知不祥之兆，不敢直言，乃说道：“大越帝业，因斩刘汉宏而起。今汉宏头现，此乃克敌之征也。”说犹未了，报道杭州差人下书。董昌拆开看时，知道越州已破，这一惊非小。罗平道：“兵家虚虚实实，未可尽信。钱镠托病回兵，必有异谋，故造言以煽惑军心，明公休得自失主张。”董昌道：“虽则真伪未定，亦当回军，还顾根本。”罗平叫将来使斩讫，恐泄漏消息，再教传令，并力攻城，使城中不疑，夜间好办走路。是日攻打湖州，至晚方歇。挨到二更时分，拔寨都起。骁将薛明、徐福各引一万人马先行，董昌中军随后进发，却将睦州带来的三万军马，与罗平断后。湖州城中见军马已退，恐有诡计，不敢追袭。

且说徐、薛二将，此兵昼夜兼行，早到余杭山下。正欲埋锅造饭，忽听得山凹里连珠炮响，鼓角齐鸣，钟明、钟亮两枝人马，左右杀将出来。薛明接住钟明厮杀，徐福接住钟亮厮杀。徐、薛二将虽然英勇，争奈军心惶惑，都无心恋战，且昼夜奔走，俱已疲倦，怎当虎狼般这两枝生力军？自古道：“兵离将败。”薛明看见军伍散乱，心中着忙，措手不迭，被钟明斩于马下，拍马来夹攻徐福。徐福敌不得二将，亦被钟亮斩之。众军都弃甲投降。二钟商议道：“越兵道部虽败，董昌大军随后即至，众寡不敌。不若分兵埋伏，待其兵已过去，从后击之。彼知前部有失，必然心忙思窜，然后可获全胜矣。”当下商量已定，将投降军众纵去，使报董昌消息。

却说董昌大军正行之际，只见败军纷纷而至，报道：“徐、薛二将俱已阵亡。”董昌心胆俱裂，只得抖擞精神，麾兵而进。过了余杭山下，不见敌军。正在疑虑，只听后面连珠炮响，两路伏兵齐起，正不知多少人马。越州兵争先逃命，自相蹂踏，死者不计其数。直奔了五十余里，方才得脱。收拾败军，三停又折一停，只等罗平后军消息。谁知睦州兵虽然跟随董昌，心中不顺。今日见他回军，几个裨将商议，杀了罗平，将首级向二钟处纳降，并力来追董昌。董昌闻了此信，不敢走杭州大路，打宽转[9]打从临安、桐庐一路而行。

这里钱镠早已算定，预先取钟起来守越州，自起兵回杭州，等候董昌，却教顾全武领一千人马，在临安山险处埋伏，以防窜逸。董昌行到临安，军无队伍，正当爬山过险，却不提防顾全武一枝军冲出。当先顾全武一骑马，一把刀，横行直撞，逢人便杀，大喝：“降者免死!”军士都拜伏于地，那个不要性命的敢来交锋？董昌见时势不好，脱去金盔金甲，逃往村农家逃难，被村中绑缚献出。顾全武想道：“越兵虽降，其势甚众，怕有不测。”一刀割了董昌首级，以绝越兵之意；重赏村农。

正欲下寨歇息，忽听得山凹中鼓角震天，尘头起处，军马无数而来。顾全武道：“此必越州军后队也。”绰刀上马，准备迎敌。马头近处，那边拥出二员大将，不是别人，正是钟明、钟亮，为追赶董昌到此。三人下马相见，各叙功勋。是晚同下寨于临安地方。次日，拔寨都起，行了二日，正迎着钱镠军马。

原来,钱镠哨探得董昌打从临安远转,怕顾全武不能了事,自起大军来接应。已知两路人马,都已成功,合兵回杭州城来。真个是:

喜孜孜鞭敲金镫响,笑吟吟齐唱凯歌回。

顾全武献董昌首级,二钟献薛明、徐福、罗平首级。钱镠传令,向越州监中取董昌家属三百口,尽行诛戮,写表报捷。此乃唐昭宗皇帝乾宁四年也。

那时,中原多事,吴越地远,朝廷力不能及。闻钱镠讨叛成功,上表申奏,大加叹赏,锡以铁券诰命,封为上柱国彭城郡王,加中书令。未几,进封越王,又改封吴王,润、越等十四州得专封拜。此时钱镠志得意满,在杭州起造王府宫殿,极其壮丽。父亲钱公已故,钱母尚存,奉养宫中,锦衣玉食,自不必说。钟氏册封王妃;钟起为国相,同理政事;钟明,钟亮及顾全武俱为各州观察使之职。

其年大水,江潮涨溢,城垣都被冲击。乃大起人夫,筑捍海塘,累月不就。钱镠亲往督工,见江涛汹涌,难以施功。钱镠大怒,喝道:“何物江神,敢逆吾意!”命强弩数百,一齐对潮头射去,波浪顿然敛息。不勾数日,捍海塘筑完,命其门曰候潮门。

钱镠叹道:“闻古人有云:‘富贵不归故乡,如衣锦夜行耳。’”乃择日往临安,展拜祖父坟茔,用太牢祭享,旌旗鼓吹,振耀山谷。改临安县为衣锦军,石鉴山名为衣锦山,用锦绣为被,蒙覆石镜,设兵看守,不许人私看。初时所坐大石,封为衣锦石;大树封为衣锦将军,亦用锦绣遮缠。风雨毁坏,更换新锦。旧时所居之地,号为衣锦里,建造牌坊。贩盐的担儿,也裁个锦囊韬之,供养在旧居堂屋之内,以示不忘本之意。杀牛宰马,大排筵席,遍召里中故旧,不拘男妇,都来宴会。

其时,有一邻妪,年九十余岁,手提一壶白酒,一盘角黍,迎着钱镠,呵呵大笑,说道:“钱婆留今日直恁长进,可喜,可喜!”左右正欲幺喝,钱镠道:“休得惊动了他。”慌忙拜倒在地,谢道:“当初若非王婆相救,留此一命,怎有今日!”王婆扶起钱镠,将白酒满斟一瓯送到,钱镠一饮而尽;又将角黍供去,镠亦啗之。说道:“钱婆留今日有得吃,不劳王婆费心,老人家好去自在。”命县令拨里中肥田百亩,为王婆养终之资,王婆称谢而去。

只见里中男妇毕集,见了钱镠蟒衣玉带,天人般妆束,一齐下跪。钱镠扶起,都教坐了,亲自执觞送酒。八十岁以上者饮金杯,百岁者饮玉杯,那时饮玉杯者也有十余人。钱镠送酒毕,自起歌曰:

三节还乡挂锦衣,吴越一王驷马归。
天明明兮爱日挥,百岁荏兮会时稀。

父老皆是村民,不解其意,面面相觑,都不做声。钱镠觉他意不欢畅,乃改为吴音再歌,歌曰:

你辈见侬底欢喜,别是一般滋味子。
长在我侬心子里,我侬断不忘记你。

歌罢,举座欢笑,都拍手齐和。是日尽欢而罢,明日又会。如此三日,各各有绢帛赏赐。开赌场的戚汉老已故,召其家厚赐之。仍归杭州。

后唐王禅位于梁，梁王朱全忠改元开平，封钱镠为吴越王，寻授天下兵马都元帅。钱镠虽受王封，其实与皇帝行动不殊，一般出警入跸，山呼万岁。据欧阳公《五代史》叙说，吴越亦曾称帝改元，至今杭州各寺院有天宝、宝大、宝正等年号，皆吴越所称也。自钱镠王吴越，终身无邻国侵扰，享年八十有一而终，谥曰武肃。传子元瓘，元瓘传子佐，佐传弟俶。宋太祖陈桥受禅之后，钱俶来朝。到宋太宗嗣位，钱俶纳土归朝，改封邓王。钱氏独霸吴越凡九十八年。天目山石碑之谶，应于此矣。后人有诗赞云：

将相本无种，帝王自有真。
昔年盐盗辈，今日锦衣人。
石鉴呈形异，廖生决相神。
笑他"皇帝董"，碑谶枉残身！

【注释】

①莱子：春秋时楚国人老莱子，七十岁，穿五彩衣服，作婴儿之戏，使其父母愉悦。

②谢公：指南朝宋时诗人谢灵运。

③钱王：指五代时吴越王钱镠。

④双陆：一种赌具。

⑤侑(音 yòu)酒：劝酒。

⑥营为：营救。

⑦勾摄公事：处理公务。

⑧催趱(音 zǎn)：催赶，督促。

⑨打宽转：转道。

木绵庵郑虎臣报冤

荷花桂子不胜悲，江介年华忆昔时。
天目山来孤凤歇，海门潮去六龙移。
贾充误世终无策，庾信哀时尚有词。
莫向中原夸绝景，西湖遗恨是西施。

这一首诗，是张志远所作。只为宋朝南渡以后，绍兴、淳熙年间，息兵罢战，君相自谓太平，纵情佚乐，士大夫赏玩湖山，无复恢复中原之志，所以末一联诗说道："莫向中原夸绝景，西湖遗恨是西施。"那时西湖有三秋桂子，十里荷香，青山四围，中涵绿水，金碧楼台相间，说不尽许多景致。苏东坡学士有诗云："欲把西湖比西子，淡妆浓抹总相宜。"因此，君臣耽山水之乐，忘社稷之忧，恰如吴宫被西施迷惑一般。当初吴王夫差，宠幸一个妃子，名曰西施，日逐在百花洲、锦帆泾、姑苏台，流连玩赏。其时有个佞臣伯嚭，逢君之恶，劝他穷奢极欲，诛戮忠臣，以致越兵来袭，国破身亡。今日宋朝南渡之后，虽然夷势猖獗，中原人心不忘赵氏，尚可乘机恢复。也只为听用了几个奸臣，盘荒懈惰，以致于亡。那几个奸臣？秦桧、韩侂胄、史弥

远、贾似道。秦桧居相位一十九年，力主和议，杀害岳飞，解散张、韩、刘诸将兵柄。韩侂胄居相位一十四年，陷害了赵汝愚丞相，罢黜道学诸臣，轻开边衅，辱国殃民。史弥远在相位二十六年，谋害了济王竑，专任憸壬以居台谏，一时正人君子贬斥殆尽。那时蒙古盛强，天变屡见，宋朝事势已去了七八了。也是天数当尽，又生出个贾似道来。他在相位一十五年，专一蒙蔽朝廷，偷安肆乐。后来虽贬官黜爵，死于木绵庵，不救亡国之祸。有诗为证：

奸邪自古误人多，无奈君王轻信何！
朝论若分忠佞字，太平玉烛永调和。

话说南宋宁宗皇帝嘉定年间，浙江台州一个官人，姓贾名涉，因往临安府听选，一主一仆，行至钱塘，地名叫做凤口里。行路饥渴，偶来一个村家歇脚，打个中火。那人家竹篱茅舍，甚是荒凉。贾涉叫声："有人么？"只见芦帘开处，走个妇人出来。那妇人生得何如？

面如满月，发若乌云。薄施脂粉，尽有容颜。不学妖娆，自然丰韵。鲜眸玉腕，生成福相端严；裙布钗荆，任是村妆希罕。分明美玉藏顽石，一似明珠坠堑渊。随他呆子也消魂，况是客边情易动。

那妇人见了贾涉，不慌不忙，深深道个万福。贾涉看那妇人是个福相，心下踌躇道："吾今壮年无子，若得此妇为妾，心满意足矣！"便对妇人说道："下官往京候选，顺路过此，欲求一饭，未审小娘子肯为炊爨否？自当奉谢。"那妇人答道："奴家职在中馈，炊爨当然，况是尊官荣顾，敢不遵命！但丈夫不在，休嫌怠慢。"贾涉见他应付敏捷，愈加欢喜。

那妇人进去不多时，捧两碗熟豆汤出来，说道："村中乏茶，将就救渴。"少停，又摆出主仆两个的饭来。贾涉自带得有牛脯、干菜之类，取出嗄饭。那妇人又将大磁壶盛着滚汤，放在桌上，道："尊官净口。"贾涉见他殷勤，便问道："小娘子尊姓，为何独居在此？"那妇人道："奴家胡氏，丈夫叫做王小四，因连年种田折本，家贫无奈，要同奴家去投靠一个财主过活。奴家立誓不从，丈夫拗奴不过，只得在左近人家趁工度日。奴家独自守屋。"贾涉道："下官有句不识进退的言语，未知可否？"那妇人道："但说不妨。"贾涉道："下官颇通相术。似小娘子这般才貌，决不是下贱之妇。你今屈身随着个村农，岂不担误终身？况你丈夫家道艰难，顾不得小娘子体面。下官壮年无子，正欲觅一侧室。小娘子若肯相从，情愿多将金帛，赠与贤夫，别谋婚娶，可不两便？"那妇人道："丈夫也曾几番要卖妾身，是妾不肯。既尊官有意见怜，待丈夫归时，尊官自与他说，妾不敢擅许。"

说犹未了，只见那妇人指着门外道："丈夫回也。"只见王小四戴一顶破头巾，披一件旧白布衫，吃得半醉，闯进门来。贾涉便起身道："下官是往京听选的，偶借此中火，甚是搅扰。"王小四答道："不妨事。"便对胡氏说道："主人家少个针线娘，我见你平日好手针线，对他说了。他要你去教导他女娘生活，先送我两贯足钱。这遍要你依我去去。"胡氏半倚着芦帘内外，答道："后生家脸皮，羞答答地，怎到人家去趁

饭？不去，不去。"王小四发个喉急，便道："你不去时，我没处寻饭养你。"贾涉见他说话凑巧，便诈推解手，却分付家童将言语勾搭他道："大伯，你花枝般娘子，怎舍得他往别人家去?"王小四道："小哥，你不晓得我穷汉家事体，一日不识羞，三日不忍饿。却比不得大户人家，吃安闲茶饭。似此乔模乔样，委的我家住不了。"家童道："假如有个大户人家肯出钱钞，讨你这位小娘子去，你舍得么?"王小四道："有甚舍不得！"家童道："只我家相公要讨一房侧室，你若情愿时，我撺掇多把几贯钱钞与你。"王小四应允。家童将言语回复了贾涉。贾涉便教家童与王小四讲就四十两银子身价。王小四在村中央个教授来，写了卖妻文契，落了十字花押。一面将银子兑过，王小四收了银子，贾涉收了契书。王小四还只怕婆娘不肯，甜言劝谕，谁知那妇人与贾涉先有意了。也是天配姻缘，自然情投意合。

当晚，贾涉主仆二人就在王小四家歇了。王小四也打铺在外间相伴。妇人自在里面铺上独宿。明早贾涉起身，催妇人梳洗完了，吃了早饭，央王小四在村中另顾个生口，驮那妇人一路往临安去。有诗为证：

夫妻配偶是前缘，千里红绳暗自牵。
况是荣华封两国，村农岂得伴终年！

贾涉领了胡氏住在临安寓所，约有半年，谒选得九江万年县丞，迎接了孺人唐氏，一同到任。原来唐氏为人妒悍，贾涉平昔有个惧内的毛病。今日唐氏见丈夫娶了小老婆，不胜之怒，日逐在家淘气。又闻胡氏有了三个月身孕，思想道："丈夫向来无子，若小贱人生子，必然宠用，那时我就争他不过了。我就是养得出孩儿，也让他做哥哥，日后要被他欺侮。不如及早除了祸根方妙。"乃寻个事故，将胡氏毒打一顿，剥去衣衫，贬他在使婢队里，一般烧茶煮饭，扫地揩台，铺床叠被。又禁住丈夫，不许与他睡。每日寻事打骂，要想堕落他的身孕。贾涉满肚子恶气，无可奈何。

一日，县宰陈履常请贾涉饮酒。贾涉与陈履常是同府人，平素通家往来，相处得极好的。陈履常请得贾涉到衙，饮酒中间，见他容颜不悦，叩其缘故。贾涉抵讳不得，将家中妻子妒妾事情，细细告诉了一遍，又道："贾门宗嗣，全赖此妇。不知堂尊有何妙策，可以保全此妾？倘日后育得一男，实为万幸，贾氏祖宗也当衔恩于地下。"陈履常想了一会，便道："要保全却也容易，只怕足下舍不得他离身。"贾涉道："左右如今也不容相近，咫尺天涯一般，有甚舍不得处?"陈履常附耳低言："若要保全身孕，只除如此如此。"乃取红帛花一朵，悄悄递与贾涉，教他把与胡氏为暗记。这个计策，就在这朵花上，后来便见。有诗为证：

吃醋捻酸从古有，覆宗绝嗣甘出丑。
红花定计有堂尊，巧妇怎出男子手。

忽一日，陈县宰打听得丞厅请医，云是唐孺人有微恙。待其病痊，乃备了四盒茶果之类，教奶奶到丞厅问安。唐孺人留之宽坐，整备小饭相款，诸婢罗侍在侧。说话中间，奶奶道："贵厅有许多女使伏侍，且是伶俐。寒舍苦于无人，要一个会答应的也没有，甚不方便。急切没寻得，若借得一个小娘子，与寒舍相帮几时，等讨得

个替力的来，即便送还何如?”唐氏道:“通家怎说个‘借’字？只怕粗婢不中用。奶奶看得如意，但凭选择，即当奉赠。”奶奶称谢了。看那诸婢中间，有一个生得齐整，鬓边正插着这朵红帛花。心知是胡氏，便指定了他说道:“借得此位小娘子甚好。”唐氏正在吃醋，巴不得送他远远离身，却得此句言语，正合其意，加添县宰之势，丞厅怎敢不从？料道丈夫也难埋怨，连声答应道:“这小婢姓胡，在我家也不多时，奶奶既中意时，即今便教他跟随奶奶去。”当时席散，奶奶告别。胡氏拜了唐氏四拜，收拾随身衣服，跟了奶奶轿子，到县衙去讫。唐氏方才对贾涉说知，贾涉故意叹惜。正是：

算得通时做得凶，将他瞒在鼓当中。
县衙此去方安稳，绝胜存孤赵氏宫。

胡氏到了县衙，奶奶将情节细说，另打扫个房铺与他安息。

光阴似箭，不觉十月满足。到八月初八日，胡氏腹痛，产下一个孩儿。奶奶只说他婢所生，不使丞厅知道。那时贾涉适在他郡，去检校一件公事，到九月方归，与县宰陈履常相见。陈公悄悄的报个喜信与他，贾涉感激不尽，对陈公说，要见新生的孩儿一面。陈公教丫鬟去请胡氏立于帘内，丫鬟抱出小孩子，递与贾涉。贾涉抱了孩儿，心中虽然欢喜，觑着帘内，不觉堕下泪来。两下隔帘说了几句心腹话儿。胡氏教丫鬟接了孩子进去，贾涉自回。自此背地里不时送些钱钞与胡氏买东买西，阖家通知，只瞒过唐氏一人。

光阴荏苒，不觉二载有余。那县宰任满升迁，要赴临安。贾涉只得将情告知唐氏，要领他母子回家。唐氏听说，一时乱将起来，啯噪个不住。连县宰的奶奶，也被他“奉承”了几句。乱到后面，定要丈夫将胡氏嫁出，方许把小孩子领回。贾涉听说嫁出胡氏一件，到也罢了;单只怕领回儿子，被唐氏故意谋害，或是绝其乳食，心下怀疑不决。

正在两难之际，忽然门上报道:“台州有人相访。”贾涉忙去迎时，原来是亲兄贾濡，他为朝廷妙择良家女子，养育宫中，以备东宫嫔嫱之选。女儿贾氏玉华，已选入数内。贾濡思量要打刘八太尉的关节，扶持女儿上去，因此特到兄弟任所，与他商议。贾涉在临安听选时，赁的正是刘八太尉的房子，所以有旧。贾涉见了哥哥，心下想道:“此来十分凑巧。”便将娶妾生子，并唐氏嫉妒事情，细细与贾濡说了。“如今陈公将次离任，把这小孩子没送一头处。哥哥若念贾门宗嗣，领他去养育成人，感恩非浅。”贾濡道:“我今尚无子息，同气连枝，不是我领去，教谁看管?”贾涉大喜，私下雇了奶娘，问宰衙要了孩子，交付奶娘，嘱付哥哥好生抚养。就写了刘八太尉书信一封，赍发些路费送哥哥贾濡起身。胡氏托与陈公领去，任从改嫁。那贾涉、胡氏虽然两不相舍，也是无可奈何。唐孺人听见丈夫说子母都发开，十分像意了。

只是苦了胡氏，又去了小孩子，又离了丈夫，跟随陈县宰的上路，好生凄惨，一路只是悲哭，奶奶也劝解他不住。陈履常也厌烦起来。行至维扬，分付水手，就地方唤个媒婆，教他寻个主儿，把胡氏嫁去，只要对头老实忠厚，一分财礼也不要。你

说白送人老婆，那一个不肯上桩？不多时，媒婆领一个汉子到来，说是个细工石匠，夸他许多志诚老实。你说偌大一个维扬，难道寻不出个好对头，偏只有这石匠？是有个缘故。常言道："三姑六婆，嫌少争多。"那媒婆最是爱钱的，多许了他几贯谢礼，就玉成其事了。石匠见了陈县宰，磕了四个头，站在一边。陈履常看他衣衫济楚，年力少壮，又是从不曾婚娶的，且有手艺，养得老婆过活，便将胡氏许他。石匠真个不费一钱，白白里领了胡氏去，成其夫妇，不在话下。

再说贾涉自从胡氏母子两头分散，终日闷闷不乐。忽一日，唐孺人染病上床，服药不痊，呜呼哀哉死了。贾涉买棺入殓已毕，弃官扶柩而回。到了故乡，一喜一悲：喜者是见那小孩子比前长大，悲者是胡氏嫁与他人，不得一见。正是：

花开遭雨打，雨止又花残。
世间无全美，看花几个欢？

却说贾家小孩子长成七岁，聪明过人，读书过目成诵。父亲取名似道，表字师宪。贾似道到十五岁，无书不读，下笔成文。不幸父亲贾涉、伯伯贾濡，相继得病而亡，殡葬已过。自此无人拘管，恣意旷荡，呼卢六博，斗鸡走马，饮酒宿娼，无所不至。不勾四五年，把两分家私荡尽。初时听得家中说道："嫡母胡氏嫁在维扬，为石匠之妻。姐姐贾玉华，选入宫中。"思量："维扬路远，又且石匠手艺没甚出产。闻得姐姐选入沂王府中，今沂王做了皇帝，宠一个妃子姓贾，不知是姐姐不是？且到京师，观其动静。"此时理宗端平初年。也是贾似道时运将至，合当发迹，将家中剩下家火，变卖几贯钱钞，收拾行李，径往临安。

那临安是天子建都之地，人山人海。况贾似道初到，并无半个相识，没处讨个消息。镇日[①]，只在湖上游荡，闲时未免又在赌博场中顽耍，也不免平康巷中走走。不勾几日，行囊一空，衣衫蓝缕，只在西湖帮闲趁食。一日醉倦，小憩于栖霞岭下，遇一个道人，布袍羽扇，从岭下经过。见了贾似道，站定脚头，瞪目看了半晌，说道："官人可自爱重，将来功名不在韩魏公之下。"那个韩魏公，是韩蕲王讳世忠的，他位兼将相，夷夏钦仰，是何等样功名，古今有几个人及得他！贾似道闻此言，只道是戏侮之谈，全不准信。那道人自去了。

过了数日，贾似道在平康巷赵二妈家，酒后与人赌博相争，失足跌于阶下，磕损其额，血流满面。虽然没事，额上结下一个瘢痕。一日在酒肆中，又遇了前日的道人，顿足而叹，说道："可惜，可惜！天堂破损，虽然功名盖世，不得善终矣！"贾似道扯住道人衣服，问道："我果有功名之分？若得一日称心满意，就死何恨？但目今流落无依，怎得个遭际，富贵从何而来？"道人又看了气色，便道："滞色已开，只在三日内自有奇遇，平步登天。但官人得意之日，休与秀才作对，切记，切记。"说罢，道人自去了。贾似道半信不信。

看看挨到第三日，只见赌博场中的陈二郎来寻贾似道，对他说道："朝廷近日册立了贾贵妃，十分宠爱，言无不从。贾贵妃自言家住台州，特差刘八太尉往台州访问亲族。你时常说有个姐姐在宫中，莫非正是贵妃？特此报知。果有瓜葛，可去投

刘八太尉，定有好处。”贾似道闻言，如梦初觉，想道：“我父亲存日，常说曾在刘八太尉家作寓，往来甚厚。姐姐入宫近御，也亏刘八太尉扶持。一到临安，就该投奔他才是，却闲荡过许多日子，岂不好笑。虽然如此，我身上蓝缕，怎好去见刘八太尉？”心生一计：在典铺里赁件新鲜衣服穿了，折一顶新头巾，大模大样，摇摆在刘八太尉府中去。自称故人之子台州姓贾的，有话求见。

刘八太尉正待打点动身，往台州访问贾贵妃亲族，闻知此言，又只怕是冒名而来的。唤个心腹亲随，先叩来历分明，方准相见。不一时，亲随回话道：“是贾涉之子贾似道。”刘八太尉道：“快请进。”原来内相衙门规矩最大，寻常只是呼唤而已，那个“请”字，也不容易说的，此乃是贵妃面上。当时贾似道见了刘八太尉，慌忙下拜。太尉虽然答礼，心下尚然怀疑。细细盘问，方知是实。留了茶饭，送在书馆中安宿。

次早入宫，报与贾贵妃知道。贵妃向理宗皇帝说了，宣似道入宫，与贵妃相见。说起家常，姐弟二人，抱头而哭。贵妃引贾似道就在宫中见驾，哭道：“妾只有这个兄弟，无家无室，伏乞圣恩重瞳看觑。”理宗御笔，除授籍田令。即命刘八太尉在临安城中，拨置甲第一区，又选宫中美女十人，赐为妻妾，黄金三千两，白金十万两，以备家资。似道谢恩已毕，同刘八太尉出宫去了。似道叮嘱刘八太尉道：“蒙圣恩赐我住宅，必须近西湖一带，方称下怀。”此时刘八太尉在贵妃面上，巴不得奉承贾似道。只拣湖上大宅院，自赔钱钞，倍价买来，与他做第宅，奴仆器用，色色皆备。

次日，宫中发出美女十名，贵妃又私赠金银宝玩器皿，共十余车。似道一朝富贵，将百金赏了陈二郎，谢了报信之故。又将百金赏赐典铺中，偿其赁衣。典铺中那里敢受？反备盛礼来贺喜。自此贾贵妃不时宣召似道入宫相会。圣驾游湖，也时常幸其私第。或同饮博游戏，相待如家人一般，恩幸无比。

似道恃着椒房[②]之宠，全然不惜体面，每日或轿或马，出入诸名妓家。遇着中意时，不拘一五一十，总拉到西湖上与宾客乘舟游玩。若宾客众多，分船并进，另有小艇往来，载酒肴不绝。你说贾似道起自寒微，有甚宾客？有句古诗说得好，道是：“贫贱亲戚离，富贵他人合。”贾似道做了国戚，朝廷恩宠日隆，那一个不趋奉他？只要一人进身，转相荐引，自然其门如市了。文人如廖莹中、翁应龙、赵分如等，武臣如夏贵、孙虎臣等，这都是门客中出色有名的，其余不可尽述也。

一日，理宗皇帝游苑，登凤皇山，至夜望见西湖内灯火辉煌，一片光明。向左右说道：“此必贾似道也。”命飞骑探听，果然是似道游湖。天子对贵妃说了，又将金帛一车，赠为酒资。以此似道愈加肆恣，全无忌惮。诗曰：

天子偷安无远猷，纵容贵戚恣遨游。
问他无赛西湖景，可是安边第一筹？

那时，宋朝仗蒙古兵力，灭了金人。又听了赵范、赵葵之计，与蒙古构难，要守河据关，收复三京。蒙古引兵入寇，责我败盟，淮汉骚动，天子忧惶。贾似道自思无功受宠，怎能勾超官进爵？又恐被人弹议。要立个盖世功名，以取大位，除非是安边荡寇，方是目前第一个大题目。乃自荐素谙韬略，愿往淮扬招兵破贼，为天子保

障东南。理宗大喜，遂封为两淮制置大使，建节淮扬。贾似道谢恩辞朝，携了妻妾宾客，来淮扬赴任。

三日后，密差门下心腹，访问生母胡氏。果然跟个石匠，在广陵驿东首住居。访得亲切，回复了似道。似道即差轿马人夫摆着仪从去迎接。本衙门听事官率领人夫，向胡氏磕头，到把胡氏险些唬倒。听事官致了制使之命，方才心下安稳。胡氏道："身既从夫，不可自专。"急教人去寻石匠回家，对他说了。石匠也要跟去，胡氏不能阻当，只得同行。胡氏乘轿在前，石匠骑马在后，前呼后拥，来到制使府。似道请母亲进私衙相见，抱头而哭。算来母子分散时，似道止三岁，胡氏二十余岁，到今又三十多年了，方才会面相识，岂不伤感？似道闻得石匠也跟随到来，不好相见。即将白金三百两，差个心腹人伴他往江上兴贩；暗地授计，半途中将石匠灌醉，推坠江中，只将病死回报。胡氏也感伤了一场。自此母子团圆，永无牵带。

似道镇守淮扬六年，侥幸东南无事。天子因贵妃思想兄弟，乃钦取似道还朝，加同枢密院事。此时丁大全罢相，吴潜代之。那吴潜号履斋，为人豪隽自喜，引进兄弟，俱为显职。贾似道忌他位居己上，乃造成飞谣，教宫中小内侍于天子面前歌之，谣云：

大蜈公，小蜈公，尽是人间业毒虫。
夤缘攀附百虫丛，若使飞天便食龙。

天子闻得，乃问似道云："闻街坊小儿尽歌此谣，主何凶吉？"似道奏道："谣言皆荧惑星化为小儿，教人间童子歌之。此乃天意，不可不察。'蜈'与'吴'同。以臣愚见推之，'大蜈公'、'小蜈公'，乃指吴潜兄弟，专权乱国。若使养成其志，必为朝廷之害。陛下飞龙在天，故天意以食龙示警。为今之计，不若罢其相位，另择贤者居之，可以免咎。"天子听信了，即命翰林草制，贬吴潜循州安置，弟兄都削去官职。似道即代吴潜为右丞相。又差心腹人命循州知州刘宗申，日夜拾摭其短，吴潜被逼不过，服毒而死。此乃似道狠毒处。

却说蒙古主蒙哥屯合州城下，遣太弟忽必烈分兵围鄂州、襄阳一带，人情汹惧。枢密院一日间连接了三道告急文书。朝廷大惊，乃以贾似道兼枢密使京湖宣抚大使，进师汉阳，以救鄂州之围。似道不敢推辞，只得拜命。闻得太学生郑隆文武兼全，遣人招致于门下。郑隆素知似道奸邪，怕他难与共事，乃具名刺[3]，先献一诗云：

收拾乾坤一担担，上肩容易下肩难。
劝君高着擎天手，多少傍人冷眼看。

这首诗明说似道位高望重，要他虚己下贤，小心做事。他若见了诗欣然听纳，不枉在他门下走动一番。谁知似道见诗中有规谏之意，骂为狂生，把诗扯得粉碎。不在话下。

再说贾似道同了门下宾客，文有廖莹中、赵分如等，武有夏贵、孙虎臣等，精选羽林军二十万，器仗铠甲，任意取办，择日辞朝出师，真个是威风凛凛，杀气腾腾。不一日，来到汉阳驻扎。此时，蒙古攻城甚急，鄂州将破。似道心胆俱裂，那敢上前？乃与廖莹中诸人商议，修书一封，密遣心腹人宋京诣蒙古营中，求其退师，情愿称臣纳币。忽必烈不许，似道遣人往复三四次。适值蒙古主蒙哥死于合州钓鱼山下，太弟忽必烈一心要篡大位，无心恋战，遂从似道请和，每年纳币称臣奉贡。两下约誓已定，遂拔寨北去，奔丧即位。

贾似道打听得蒙古有事北归，鄂州围解，遂将议和称臣纳币之事，瞒过不题，上表夸张己功。只说蒙古惧己威名，闻风远遁，使廖莹中撰为露布[④]，又撰《福华编》以记鄂州之功。蒙古差使人来议岁币，似道怕他破坏己事，命钦监于真州地方。只要蒙蔽朝廷，那顾失信夷虏？理宗皇帝谓似道有再造之功，下诏褒美，加似道少师，赐予金帛无算；又赐葛岭周围田地，以广其居；母胡氏封两国夫人。

似道偃然以中兴功臣自任，居之不疑。日夕引歌姬舞妾，于湖上取乐。四方贡献，络绎不绝。凡门客都布置显要，或为大郡，掌握兵权。真个是一人之下，万人之上。每年八月八日，似道生辰，作词颂美者以数千计。似道一一亲览，第其高下，一时传诵誊写，为之纸贵。时陆景思《八声甘州》一词，称为绝唱。词云：

满清平世界，庆秋成，看斗米三钱。论从来，活国抡功第一，无过丰年。办得民间安饱，余事笑谈间。若问平戎策，微妙难传。　　玉帝要留公住，把西湖一曲，分入林园。有茶炉丹灶，更有钓鱼船。觉秋风未曾吹着，但砌兰长倚北堂萱。千千岁，上天将相，平地神仙。

其他谄谀之词，不可尽述。

一日，似道同诸姬在湖上倚楼闲玩，见有二书生，鲜衣羽扇，丰致翩翩，乘小舟游湖登岸。傍一姬低声赞道："美哉，二少年！"似道听得了，便道："汝愿嫁彼二人，当使彼聘汝。"此姬惶恐谢罪。不多时，似道唤集诸姬，令一婢捧盒至前。似道说道："适间某姬爱湖上书生，我已为彼受聘矣。"众姬不信，启盒视之，乃某姬之首也。众姬无不股栗。其待姬妾，惨毒悉如此类。又常差人贩盐百般，至临安发卖。太学生有诗云：

昨夜江头长碧波，满船都载相公鹾。
虽然要作调羹用，未必调羹用许多。

似道又欲行富国强兵之策，御史陈尧道献计，要措办军饷，便国便民，无如限田之法。怎叫做限田之法？如今大户田连阡陌，小民无立锥之地，有田者不耕，欲耕者无田。宜以官品大小，限其田数。某等官户止该田若干，其民户止该田若干，余在限外者，或回买，或派买，或官买。回买者，原系其人所卖，不拘年远，许其回赎。派买者，拣殷实人户，不满限者派去，要他用价买之。官买者，官出价买之，名为"公田"，顾人耕种，收租以为军饷之费。先行之浙右，候有端绪，然后各路照式举行。大率回买、派买的都是下等之田，又要照价抽税入官；其上等好田，官府自买，又未免亏损原价。浙中大扰，无不破家者，其时怨声载道。太学生又诗云：

胡尘暗日鼓鼙鸣，高卧湖山不出征。
不识咽喉形势地，公田枉自害苍生。

贾似道恐其法不行，先将自己浙田万余亩入官为公田。朝中官员要奉承宰相，人人闻风献产。

翰林院学士徐经孙条具公田之害，似道讽御史舒有开劾奏罢官。又有著作郎陈著亦上疏论似道欺君瘠民之罪，似道亦寻事黜之于外。公田官陈茂濂目击其非，弃官而去。又有钱塘人叶李者，字太白，素与似道相知，上书切谏，似道大怒，黥其面，流之于漳州。自此满朝钳口，谁敢道个不字？

似道又立推排打量之法。何为推排打量之法？假如一人有田若干，要他契书查勘买卖来历，及质对四址明白。若对不来时，即系欺诳，没入其田。这便是推排。又去丈量尺寸，若是有余，即名隐匿田数，也要没入。这便是打量。行了这法，白白的没入人产，不知其数。太学生又有诗云：

三分天下二分亡，犹把山河寸寸量。
纵使一丘添一亩，也应不似旧封疆。

又有人作《沁园春》词云：

道过江南，泥墙粉壁，右具在前。述何县何乡里，住何人地，佃何人田？气象萧条，生灵憔悴，经界从来未必然。惟何甚，为官为己，不把人怜？　　思量几许山川，况土地分张又百年。西蜀巉岩，云迷鸟道；两淮清野，日警狼烟。宰相弄权，奸人罔上，谁念干戈未息肩？掌大地，何须经理，万取千焉。

似道屡闻太学生讥讪，心中大怒，与御史陈伯大商议，奏立士籍。凡科场应举，及免举人，州县给历一道，亲书年貌世系，及所肄业于历首，执以赴举。过省参对笔迹异同，以防伪滥。乃密令人四下查访，凡有词华文采能诗善词者，便疑心他造言生谤，就于参对时寻其过误，故意黜罢。由是谄谀进身，文人丧气。时人有诗云：

戎马掀天动地来，荆襄一路哭声哀。
平章束手全无策，却把科场恼秀才。

又有人作《沁园春》词云：

士籍令行，条件分明，逐一排连。问子孙何习？父兄何业？明经词赋？右具如前。最是中间，娶妻某氏，试问于妻何与焉？乡保举，那堪着押，开口论钱。　　祖宗立法于前，又何必更张万万千？算行关改会，限田放籴。生民凋瘵，膏血俱朘；只有士心，仅存一脉，今又艰难最可怜。谁作俑？陈伯大附势专权！

陈伯大收得此词，献与似道。似道密访其人不得，知是秀才辈所为，乘理宗皇帝晏驾，奏停是年科举。自此太学、武学、宗学三处秀才，恨入骨髓。其中又有一班无耻的，倡率众人，称功颂德。似道欲结好学校，一一厚酬。一般也有感激贾平章之恩，愿为之用的。

此见秀才中人心不一，所以公论不伸，也不在话下。

却说理宗皇帝传位度宗，改元咸淳。那度宗在东宫时，似道曾为讲官，兼有援立之恩。及即位，加似道太师，封魏国公。每朝见，天子必答拜，称为“师相”而不

名。又诏他十日一朝，赴都堂议事，其余听从自便，大小朝政，皆就私第取决。当时传下两句口号，道是：

朝中无宰相，湖上有平章。

一日，似道招右丞相马廷鸾、枢密使叶梦鼎，于湖中饮酒。似道行令，要举一物，送与一个古人，那人还诗一联。似道首令云：

我有一局棋，送与古人弈秋。弈秋得之，予我一联诗："自出洞来无敌手，得饶人处且饶人。"

马廷鸾云：

我有一竿竹，送与古人吕望。吕望得之，予我一联诗："夜静水寒鱼不食，满船空载月明归。"

叶梦鼎云：

我有一张犁，送与古人伊尹。伊尹得之，予我一联诗："但存方寸地，留与子孙耕。"

似道见二人所言，俱有讥讽之意。明日寻事，奏知天子，将二人罢官而去。

那时蒙古强盛，改国号曰元。遣兵围襄阳、樊城，已三年了，满朝尽知，只瞒着天子一人而已。似道心知国势将危，乃汲汲为行乐之计。尝于清明日游湖，作绝句云：

寒食家家插柳枝，留春春亦不多时。
人生有酒须当醉，青冢儿孙几个悲？

于葛岭起建楼台亭榭，穷工极巧。凡民间美色，不拘娼尼，都取来充实其中。闻得宫人叶氏色美，勾通了穿宫太监，径取出为妾，昼夜淫乐无度。又造多宝阁，凡珍奇宝玩，百方购求，充积如山。每日登阁一遍，任意取玩，以此为常。有人言及边事者，即加罪责。

忽一日，度宗天子问道："闻得襄阳久困，奈何？"似道对云："北兵久已退去，陛下安得此语？"天子道："适有女嫔言及，料师相必知其实。"似道奏云："此讹言，陛下不必信之。万一有事，臣当亲率大军，为陛下诛尽此虏耳。"说罢退朝。似道乃令穿宫太监，密查女嫔名姓，将他事诬陷他，赐死宫中。正是：

是非只为多开口，烦恼皆因强出头。
堪笑当时众台谏，不如女嫔肯分忧。

自宫嫔死后，内外相戒，无言及边事者。养成虏患，非一朝一夕之故也。

似道又造半闲堂，命巧匠塑己像于其中。旁室数百间，招致方术之士及云水道人，在内停宿。似道暇日，到中堂打坐，与术士道人谈讲。门客中献词，颂那半闲堂的极多。只有一篇名《糖多令》，最为似道所称赏，词云：

天上摘星班，青牛度关。幻出蓬莱新院宇，花外竹，竹边山。　　轩冕倘来间，人生闲最难，算真闲不到人间。一半神仙先占取，留一半，与公闲。

有一术士，号富春子，善风角鸟占。贾似道招之，欲试其术，问以来日之事。富春子乃密写一纸，封固嘱道："至晚方开。"次日，似道宴客湖山，晚间于船头送客，偶见明月当头，口中歌曹孟德"月明星稀，乌鹊南飞"二句。时廖莹中在旁说道："此际可拆书观之矣。"纸中更无他事，惟写"月明星稀，乌鹊南飞"八个字。似道大惊，方知其术神验，遂叩以终身祸福。富春子道："师相富贵，古今莫及。但与姓郑人不相宜，当远避之。"原来似道少时，曾梦自己乘龙上天，却被一勇士打落，堕于坑堑之中，那勇士背心上绣成"荥阳"二字。"荥阳"却是姓郑的郡名，与富春子所言相合，怎敢不信？似道自此检阅朝籍，凡姓郑之人，极力挤排，不容他在位，宦籍中竟无一姓郑者。有门客揣摩似道之意，说道："太学生郑隆惯作诗词，讥讪朝政，此人不可不除。"似道想起昔日献诗规谏之恨，分付太学博士，寻他没影的罪过，将他黥配恩州。郑隆在路上呕气而死。

又有一人善能拆字，决断如神。似道富贵已极，渐蓄不臣之志，又恐虏信渐迫，瞒不到头，朝廷必须见责。于是欲行董卓、曹操之事。召拆字者，以杖画地，作"奇"字，使决休咎。拆字的相了一回，说道："相公之事不谐矣！道是'立'，又不'可'，道是'可'，又不'立'。"似道默然无语，厚赠金帛而遣之，恐他泄漏机关，使人于中途谋害。自此反谋遂沮。富春子见似道举动非常，惧祸而逃，可谓见机而作者矣。

却说两国夫人胡氏，受似道奉养，将四十年，直到咸淳十年三月某日，寿八十余方死。衣衾棺椁，穷极华侈，斋醮追荐，自不必说。过了七七四十九日，扶柩到台州，与贾涉合葬。举襄之日，朝廷以卤簿[⑤]送之。自皇太后以下，凡贵戚朝臣，一路摆设祭馔，争高竞胜。有累高至数丈者，装祭之次，至攧死数人。百官俱戴孝，追送百里之外，天子为之罢朝。那时天降大雨，平地水深三尺，送丧者都冒雨踏水而行，水没及腰膝，泥淖满面，无一人敢退后者。葬毕，又饭僧三万口，以资冥福。有一僧饭罢，将钵盂覆地而去。众人揭不起来，报与似道。似道不信，亲自来看，将手轻轻揭起，见钵盂内覆着两行细字，乃白土写成，字画端楷。似道大惊，看时却是两句诗，道是：

得好休时便好休，开花结子在绵州。

正惊讶间，字迹忽然灭没不见。似道遍召门客，问其诗意，都不能解。直到后来，死于木绵庵，方应其语。大凡大富贵的人，前世来历必奇，非比等闲之辈。今日圣僧来点化似道，要他回头免祸；谁知他富贵薰心，迷而不悟。从来有权有势的，多不得善终，都是如此。

闲话休题。再说似道葬母事毕，写表谢恩；天子下诏，起复似道入朝。似道假意乞许终丧，却又讽御史们上疏，虚相位以待己。诏书连连下来，催促起程。七月初，似道应命，入朝面君，复居旧职。其月下旬，度宗晏驾，皇太子显即位，是为恭宗。此时元左丞相史天泽、右丞相伯颜，分兵南下，襄、邓、淮、扬，处处告急。贾似道料定恭宗年少胆怯，故意将元兵消息，张皇其事，奏闻天子，自请统军行边。却又私下分付御史们上疏留己，说道："今日所恃，只师臣一人。若统军行边，顾了襄汉一路，顾不得淮扬；若顾了淮扬一路，顾不得襄汉。不如居中以运天下，运筹帷幄之

中，方能决胜于千里之外。倘师臣出外，陛下有事商量，与何人议之？”恭宗准奏道：“师相岂可一日离吾左右耶？”

不隔几月，樊城陷了，鄂州破了。吕文焕死守襄阳五年，声援不通，城中粮尽，力不能支，只得以城降元。元师乘胜南下，贾似道遮瞒不过，只得奏闻。恭宗闻报大惊，对似道说道：“元兵如此逼近，非师相亲行不可。”似道奏道：“臣始初便请行边，陛下不许，若早听臣言，岂容胡人得志若此？”恭宗于是下诏，以贾似道都督诸路军马。似道荐吕师夔参赞都督府军事。其明年为恭宗皇帝德祐元年，似道上表出师，旌旗蔽天，舳舻千里，水陆并进。领着两个儿子，并妻妾辎重，凡百余舟。门客俱带家小而行。参赞吕师夔先到江州，以城降元，元兵乘势破了池州。似道闻此信，不敢进前，遂次于鲁港。步军招讨使孙虎臣、水军招讨使夏贵，都是贾似道门客，平昔间谈天说地，似道倚之为重，其实原没有张、韩、刘、岳的本事。今日遇了大战阵，如何侥幸得去？

却说孙虎臣屯兵于丁家洲，元将阿术来攻，孙虎臣抵敌不过，先自跨马逃命，步军都四散奔溃。阿术遣人绕宋舟大呼道：“宋家步军已败，你水军不降，更待何时？”水军见说，人人丧胆，个个心惊，不想厮杀，只想逃命。一时乱将起来，舳舻簸荡，乍分乍合，溺死者不可胜数。似道禁押不住，急召夏贵议事。夏贵道：“诸军已溃，战守俱难。为师相计，宜入扬州，招溃兵，迎驾海上。贵不才，当为师相死守淮西一路。”说罢自去。少顷，孙虎臣下船，抚膺恸哭道：“吾非不欲血战，奈手下无一人用命者，奈何？”似道尚未及对，哨船来报道：“夏招讨舟已解缆先行，不知去向。”时军中更鼓正打四更，似道茫然无策。又见哨船报道：“元兵四围杀将来也。”急得似道面如土色，慌忙击锣退师，诸军大溃。孙虎臣扶着似道，乘单舸奔扬州。堂吏翁应龙抢得都督府印信，奔还临安。到次日，溃兵蔽江而下。似道使孙虎臣登岸，扬旗招之，无人肯应者。只听得骂声嘈杂，都道：“贾似道奸贼，欺蔽朝廷，养成贼势，误国蠹民，害得我们今日好苦！”又听得说道：“今日先杀了那伙奸贼，与万民出气。”说声未绝，船上乱箭射来，孙虎臣中箭而倒。似道看见人心已变，急催船躲避，走入扬州城中，托病不出。

话分两头。却说右丞相陈宜中，平昔谄事似道，无所不至，似道扶持他做到相位。宜中见翁应龙奔还，问道：“师相何在？”应龙回言不知。宜中只道已死于乱军之中，首上疏论似道丧师误国之罪，乞族诛以谢天下。于是御史们又趋奉宜中，交章劾奏。恭宗天子方悟似道奸邪误国，乃下诏暴其罪，略云：

> 大臣具四海之瞻，罪莫大于误国；都督专阃外之寄，律尤重于丧师。具官贾似道，小才无取，大道未闻。历相两朝，曾无一善。变田制以伤国本，立士籍以阻人才，匿边信而不闻，旷战功而不举。至于寇逼，方议师征，谓当缨冠而疾趋，何为抱头而鼠窜？遂致三军解体，百将离心，社稷之势缀旒，臣民之言切齿。姑示薄罚，俾尔奉祠。呜呼！膺狄惩荆，无复周公之望；放兜殛鲧，尚宽《虞典》之诛。可罢平章军马重事及都督诸路军马。

廖莹中举家亦在扬州，闻似道褫职，特造府中问慰。相见时一言不能发，但索酒与似道相对痛饮，悲歌雨泣，直到五鼓方罢。莹中回至寓所，遂不复寝，命爱姬煎茶，茶到，又遣爱姬取酒去，私服冰脑一握。那冰脑是最毒之物，服之无不死者。药力未行，莹中只怕不死，急催热酒到来，袖中取出冰脑，连进数握。爱姬方知吃的是毒药，向前夺救，已不及了，乃抱莹中而哭。莹中含着双泪，说道："休哭，休哭！我从丞相二十年，安享富贵。今日事败，得死于家中，也算做善终了。"说犹未毕，九窍流血而死。可怜廖莹中聪明才学，诗字皆精，做了权门犬马，今日死于非命。诗云：

不作无求蚓，甘为逐臭蝇。

试看风树倒，谁复有荣藤？

再说贾似道罢相，朝中议论纷纷，谓其罪不止此。台臣复交章劾奏，请加斧钺之诛。天子念他是三朝元老，不忍加刑，谪为高州团练副使，仍命于循州安置。其田产园宅，尽数籍没，以充军饷。谪命下日，正是八月初八日，值似道生辰建醮，乃自撰青词祈佑，略云：

老臣无罪，何众议之不容？上帝好生，奈死期之已迫。适当悬弧之旦，预陈易箦之词。窃念臣似道际遇三朝，始终一节，为国任怨，遭世多艰。属丑虏之不恭，驱孱兵而往御。士不用命，功竟无成。众口皆诋其非，百喙难明此谤。四十年劳悴，悔不效留侯之保身；三千里流离，犹恐置霍光于赤族。仰惭覆载，俯愧劬劳。伏望皇天后土之鉴临，理考度宗之昭格。三宫霁怒，收瘴骨于江边；九庙阐灵，扫妖氛于境外。

故宋时立法，凡大臣安置远州，定有个监押官，名为护送，实则看守，如押送犯人相似。今日似道安置循州，朝议斟酌个监押官，须得有力量的，有手段的，又要平日有怨隙的，方才用得。只因循州路远，人人怕去。独有一位官员，慨然请行。那官员是谁？姓郑名虎臣，官为会稽尉，任满到京。此人乃是太学生郑隆之子，郑隆被似道黥配而死，虎臣衔恨在心，无门可报，所以今日愿去。朝中察知其情，遂用为监押官。似道虽然不知虎臣是郑隆之子，却记得幼年之梦，和那富春子的说话，今日正遇了姓郑的人，如何不慌？临行时，备下盛筵，款待虎臣。虎臣巍然上坐，似道称他是天使，自称为罪人。将上等宝玩约值数万金献上，为进见之礼，含着两眼珠泪，凄凄惶惶的哀诉，述其幼时所梦，"愿天使大发菩萨之心，保全蝼蚁之命，生生世世，不敢忘报。"说罢，屈膝跪下。郑虎臣微微冷笑，答应道："团练且起，这宝玩是殃身之物，下官如何好受？有话途中再讲。"似道再三哀求，虎臣只是微笑，似道心中愈加恐惧。

次日，虎臣催促似道起程。金银财宝，尚十余车；婢妾童仆，约近百人。虎臣初时并不阻挡，行了数日，嫌他行李太重，担误行期，将他童仆辈日渐赶逐。其金宝之类，一路遇着寺院，逼他布施。似道不敢不依。约行半月，止剩下三个车子，老年童仆数人，又被虎臣终日打骂，不敢亲近。似道所坐车子，插个竹竿，扯帛为旗，上写着十五个大字，道是："奉旨监押安置循州误国奸臣贾似道"。似道羞愧，每日以袖

掩面而行，一路受郑虎臣凌辱，不可尽言。

又行了多日，到泉州洛阳桥上，只见对面一个客官，匆匆而至，见了旗上题字，大呼："平章久违了，一别二十余年，何期在此相会。"似道只道是个相厚的故人，放下衣袖看时，却是谁来？那客官姓叶，名李，字太白，钱唐人氏，因为上书切谏似道，被他黥面流于漳州。似道事败，凡被其贬窜者，都赦回原籍。叶李得赦还乡，路从泉州经过，正与似道相遇，故意叫他。似道羞惭满面，下车施礼，口称"得罪"。叶李问郑虎臣讨纸笔来，作词一首相赠，词云：

君来路，吾归路，来来去去何曾住？公田关子竟何如，国事当时谁与误？

雷州户，厓州户，人生会有相逢处。客中颇恨乏蒸羊，聊赠一篇长短句。

当初，北宋仁宗皇帝时节，宰相寇准有澶渊退虏之功，却被奸臣丁谓所谮，贬为雷州司户。未几，丁谓奸谋败露，亦贬于厓州。路从雷州经过，寇准遣人送蒸羊一只，聊表地主之礼。丁谓惭愧，连夜偷行过去，不敢停留。今日叶李词中，正用这个故事，以见天道反复，冤家不可做尽也。似道得词，惭愧无地，手捧金珠一包，赠与叶李，聊助路资，叶李不受而去。郑虎臣喝道："这不义之财，犬豕不顾，谁人要你的？"就似道手中夺来，抛散于地，喝教车仗快走，口内骂声不绝，似道流泪不止。郑虎臣的主意，只教贾似道受辱不过，自寻死路，其如似道贪恋余生。比及到得漳州，童仆逃走俱尽，单单似道父子三人，真个是身无鲜衣，口无甘味，贱如奴隶，穷比乞儿，苦楚不可尽说。

漳州太守赵分如，正是贾似道旧时门客，闻得似道到来，出城迎接，看见光景凄凉，好生伤感。又见郑虎臣颜色不善，不敢十分殷勤。是日，赵分如设宴馆驿，管待郑虎臣，意欲请似道同坐，虎臣不许。似道也谦让道："天使在此，罪人安敢与席？"到教赵分如过意不去，只得另设一席于别室，使通判陪侍似道，自己陪虎臣。饮酒中间，分如察虎臣口气，衔恨颇深，乃假意问道："天使今日押团练至此，想无生理，何不教他速死，免受蒿恼，却不干净？"虎臣笑道："便是这恶物事，偏受得许多苦恼，要他好死却不肯死。"赵分如不敢再言。

次日五鼓，不等太守来送，便催趱起程。离城五里，天尚未大明，到个庵院，虎臣教歇脚，且进庵梳洗早膳。似道看这庵中扁额写着"木绵庵"三字，大惊道："二年前，神僧钵盂中赠诗，有'开花结子在绵州'句，莫非应在今日？我死必矣！"进庵，急呼二子分付说话，已被虎臣拘囚于别室。似道自分必死，身边藏有冰脑一包，因洗脸，就掬水吞之。觉腹中痛极，讨个虎子坐下，看看命绝。虎臣料他服毒，乃骂道："奸贼，奸贼！百万生灵死于汝手，汝延挨许多路程，却要自死，到今日老爷偏不容你！"将大槌连头连脑打下二三十，打得希烂，呜呼死了。却教人报他两个儿子说道："你父亲中恶，快来看视。"儿子见老子身死，放声大哭。虎臣奋怒，一槌一个，都打死了。却教手下人拖去一边，只说逃走去了。虎臣投槌于地，叹道："吾今日上报父仇，下为万民除害，虽死不恨矣。"就用随身衣服，将草荐卷之，埋于木绵庵之侧。埋得定当，方将病状关白[6]太守赵分如。

赵分如明知是虎臣手脚，见他凶狠，那敢盘问？只得依他开病状，申报各司去讫。直待虎臣动身去后，方才备下棺木，掘起似道尸骸，重新殡殓，埋葬成坟，为文祭之。辞曰：

呜呼！履斋死蜀，死于宗申；先生死闽，死于虎臣。哀哉，尚飨！

那履斋是谁？姓吴名潜，是理宗朝的丞相。因贾似道谋代其位，造下谣言，诬之以罪，害他循州安置，却教循州知州刘宗申逼他服毒而死。今日似道下贬循州，未及到彼，先死于木绵庵，比吴潜之祸更惨。这四句祭文，隐隐说天理报应。赵分如虽然出于似道门下，也见他良心不泯处。

闲话休题。再说似道既贬之后，家私田产，虽说入官，那葛岭大宅，谁人管业？高台曲池，日就荒落，墙颓壁倒，游人来观者，无不感叹。多有人题诗于门壁，今录得二首，诗云：

深院无人草已荒，漆屏金字尚辉煌。
底知事去身宜去？岂料人亡国亦亡！
理考发身端有自，郑人应梦果何祥？
卧龙不肯留渠住，空使晴光满画墙。

又诗云：

事到穷时计亦穷，此行难倚鄂州功。
木绵庵里千年恨，秋壑亭中一梦空。
石砌苔稠猿步月，松亭叶落鸟呼风。
客来不用多惆怅，试向吴山望故宫。

【注释】

①镇日：整日。
②椒房：代指后妃，此指贾贵妃。
③名刺：即名片。
④露布：告捷文书。
⑤卤簿：后妃、太子或王公大臣的仪仗。
⑥关白：报告。

金玉奴棒打薄情郎

枝在墙东花在西，自从落地任风吹。
枝无花时还再发，花若离枝难上枝。

这四句，乃昔人所作《弃妇词》，言妇人之随夫，如花之附于枝。枝若无花，逢春再发；花若离枝，不可复合。劝世上妇人，事夫尽道，同甘同苦，从一而终。休得慕富嫌贫，两意三心，自贻后悔。

且说汉朝一个名臣，当初未遇时节，其妻有眼不识泰山，弃之而去，到后来悔之无及。你说那名臣何方人氏？姓甚名谁？那名臣姓朱，名买臣，表字翁子，会稽郡人氏。家贫未遇，夫妻二口，住于陋巷蓬门。每日买臣向山中砍柴，挑至市中，卖钱度日。性好读书，手不释卷。肩上虽挑却柴担，手里兀自擒着书本，朗诵咀嚼，且歌且行。市人听惯了，但闻读书之声，便知买臣挑柴担来了，可怜他是个儒生，都与他买。更兼买臣不争价钱，凭人估值，所以他的柴比别人容易出脱。一般也有轻薄少年，及儿童之辈，见他又挑柴，又读书，三五成群，把他嘲笑戏侮，买臣全不为意。

一日，其妻出门汲水，见群儿随着买臣柴担，拍手共笑，深以为耻。买臣卖柴回来，其妻劝道："你要读书，便休卖柴；要卖柴，便休读书。许大年纪，不痴不颠，却做出恁般行径，被儿童笑话，岂不羞死！"买臣答道："我卖柴以救贫贱，读书以取富贵，各不相妨，由他笑话便了。"其妻笑道："你若取得富贵时，不去卖柴了。自古及今，那见卖柴的人做了官？却说这没把鼻的话！"买臣道："富贵贫贱，各有其时。有人算我八字，到五十岁上，必然发迹。常言'海水不可斗量'，你休料我。"其妻道："那算命先生，见你痴颠模样，故意要笑你，你休听信。到五十岁时，连柴担也挑不动，饿死是有分的，还想做官！除是阎罗王殿上，少个判官，等你去做！"买臣道："姜太公八十岁，尚在渭水钓鱼，遇了周文王，以后车载之，拜为尚父。本朝公孙弘丞相，五十九岁上，还在东海牧豕，整整六十岁，方才际遇今上，拜将封侯。我五十岁上发迹，比甘罗虽迟，比那两个还早。你须耐心等去。"其妻道："你休得攀今吊古，那钓鱼牧豕的，胸中都有才学。你如今读这几句死书，便读到一百岁，只是这个嘴脸，有甚出息？晦气做了你老婆！你被儿童耻笑，连累我也没脸皮。你不听我言抛却书本，我决不跟你终身，各人自去走路，休得两相担误了。"买臣道："我今年四十三岁了，再七年便是五十。前长后短，你就等耐，也不多时。直恁薄情，舍我而去，后来须要懊悔！"其妻道："世上少甚挑柴担的汉子，懊悔甚么来？我若再守你七年，连我这骨头不知饿死于何地了。你倒放我出门，做个方便，活了我这条性命。"

买臣见其妻决意要走，留他不住，叹口气道："罢，罢，只愿你嫁得丈夫，强似朱买臣的便好。"其妻道："好歹强似一分儿。"说罢，拜了两拜，欣然出门而去，头也不回。买臣感慨不已，题诗四句于壁上，云：

嫁犬逐犬，嫁鸡逐鸡。妻自弃我，我不弃妻。

买臣到五十岁时，值汉武帝下诏求贤，买臣到西京上书，待诏公车[①]。同邑人严助荐买臣之才。天子知买臣是会稽人，必知本土民情利弊，即拜为会稽太守，驰驿赴任。会稽长吏闻新太守将到，大发人夫，修治道路。买臣妻的后夫亦在役中，其妻蓬头跣足，随伴送饭，见太守前呼后拥而来，从旁窥之，乃故夫朱买臣也。买臣在车中，一眼瞧见，还认得是故妻，遂使人招之，载于后车。到府第中，故妻羞惭无地，叩头谢罪。买臣教请他后夫相见。不多时，后夫唤到，拜伏于地，不敢仰视。买臣大笑，对其妻道："似此人，未见得强似我朱买臣也。"其妻再三叩谢，自悔有眼无珠，愿降为婢妾，伏事终身。买臣命取水一桶，泼于阶下，向其妻说道："若泼水可复

收，则汝亦可复合。念你少年结发之情，判后园隙地，与汝夫妇耕种自食。”其妻随后夫走出府第，路人都指着说道：“此即新太守夫人也。”于是羞极无颜，到于后园，遂投河而死。有诗为证：

漂母尚知怜饿士，亲妻忍得弃贫儒。
早知覆水难收取，悔不当初任读书。

又有一诗，说欺贫重富，世情皆然，不止一买臣之妻也。诗曰：

尽看成败说高低，谁识蛟龙在污泥？
莫怪妇人无法眼，普天几个负羁妻！

这个故事，是妻弃夫的。如今再说一个夫弃妻的，一般是欺贫重富，背义忘恩，后来徒落得个薄幸之名，被人讲论。

话说故宋绍兴年间，临安虽然是个建都之地，富庶之乡，其中乞丐的依然不少。那丐户中有个为头的，名曰“团头”，管着众丐。众丐叫化得东西来时，团头要收他日头钱。若是雨雪时，没处叫化，团头却熬些稀粥，养活这伙丐户，破衣破袄，也是团头照管。所以这伙丐户，小心低气，服着团头，如奴一般，不敢触犯。那团头见成收些常例钱，一般在众丐户中放债盘利，若不嫖不赌，依然做起大家事来。他靠此为生，一时也不想改业。只是一件，“团头”的名儿不好，随你挣得有田有地，几代发迹，终是个叫化头儿，比不得平等百姓人家。出外没人恭敬，只好闭着门，自屋里做大。虽然如此，若数着“良贱”二字，只说娼、优、隶、卒，四般为贱流，到数不着那乞丐。看来乞丐只是没钱，身上却无疤瘢。假如[②]春秋时伍子胥逃难，也曾吹箫于吴市中乞食；唐时郑元和做歌郎，唱《莲花落》，后来富贵发达，一床锦被遮盖。这都是叫化中出色的。可见此辈虽然被人轻贱，到不比娼、优、隶、卒。

闲话休题。如今且说杭州城中一个团头，姓金，名老大。祖上到他，做了七代团头了，挣得个完完全全的家事。住的有好房子，种的有好田园，穿的有好衣，吃的有好食，真个廒多积粟，囊有余钱，放债使婢。虽不是顶富，也是数得着的富家了。那金老大有志气，把这团头让与族人金癞子做了，自已见成受用，不与这伙丐户歪缠。然虽如此，里中口顺，还只叫他是团头家，其名不改。金老大年五十余，丧妻无子，止存一女，名唤玉奴。那玉奴生得十分美貌，怎见得？有诗为证：

无瑕堪比玉，有态欲羞花。
只少宫妆扮，分明张丽华。

金老大爱此女如同珍宝，从小教他读书识字。到十五六岁时，诗赋俱通，一写一作，信手而成。更兼女工精巧，亦能调筝弄管，事事伶俐。金老大倚着女儿才貌，立心要将他嫁个士人。论来就名门旧族中，急切要这一个女子也是少的，可恨生于团头之家，没人相求。若是平常经纪人家，没前程的，金老大又不肯扳他了。因此高低不就，把女儿直挨到一十八岁，尚未许人。

偶然有个邻翁来说：“太平桥下有个书生，姓莫名稽，年二十岁，一表人才，读书饱学。只为父母双亡，家穷未娶。近日考中，补上太学生，情愿入赘人家。此人正

与令爱相宜，何不招之为婿？"金老大道："就烦老翁作伐何如？"邻翁领命，径到太平桥下寻那莫秀才，对他说了："实不相瞒，祖宗曾做个团头的，如今久不做了。只贪他好个女儿，又且家道富足。秀才若不弃嫌，老汉即当玉成其事。"莫稽口虽不语，心下想道："我今衣食不周，无力婚娶，何不俯就他家，一举两得？也顾不得耻笑。"乃对邻翁说道："大伯所言虽妙，但我家贫乏聘，如何是好？"邻翁道："秀才但是允从，纸也不费一张，都在老汉身上。"邻翁回复了金老大，择个吉日，金家到送一套新衣穿着，莫秀才过门成亲。莫稽见玉奴才貌，喜出望外，不费一钱，白白的得了个美妻，又且丰衣足食，事事称怀。就是朋友辈中，晓得莫稽贫苦，无不相谅，到也没人去笑他。

到了满月，金老大备下盛席，教女婿请他同学会友饮酒，荣耀自家门户。一连吃了六七日酒，何期恼了族人金癞子。那癞子也是一班正理，他道："你也是团头，我也是团头，只你多做了几代，挣得钱钞在手，论起祖宗一脉，彼此无二。侄女玉奴招婿，也该请我吃杯喜酒。如今请人做满月，开宴六七日，并无三寸长一寸阔的请帖儿到我。你女婿做秀才，难道就做尚书、宰相？我就不是亲叔公，坐不起凳头？直恁不觑人在眼里！我且去蒿恼[③]他一场，教他大家没趣。"叫起五六十个丐户，一齐奔到金老大家里来，但见：

> 开花帽子，打结衫儿。旧席片对着破毡条，短竹根配着缺糙碗。叫爹叫娘叫财主，门前只见喧哗；弄蛇弄狗弄猢狲，口内各呈伎俩。敲板唱杨花，恶声聒耳；打砖搽粉脸，丑态逼人。一班泼鬼聚成群，便是钟馗收不得。

金老大听得闹吵，开门看时，那金癞子领着众丐户，一拥而入，嚷做一堂。癞子径奔席上，拣好酒好食只顾吃，口里叫道："快教侄婿夫妻，来拜见叔公！"吓得众秀才站脚不住，都逃席去了，连莫稽也随着众朋友躲避。金老大无可奈何，只得再三央告道："今日是我女婿请客，不干我事。改日专治一杯，与你陪话。"又将许多钱钞分赏众丐户，又抬出两瓮好酒和些活鸡、活鹅之类，教众丐户送去癞子家，当个折席[④]。直乱到黑夜，方才散去。玉奴在房中，气得两泪交流。这一夜，莫稽在朋友家借宿，次早方回。金老大见了女婿，自觉出丑，满面含羞。莫稽心中未免也有三分不乐，只是大家不说出来。正是：

哑子尝黄柏，苦味自家知。

却说金玉奴只恨自己门风不好，要挣个出头，乃劝丈夫刻苦读书。凡古今书籍，不惜价钱，买来与丈夫看。又不吝供给之费，请人会文会讲。又出资财，教丈夫结交延誉[⑤]。莫稽由此才学日进，名誉日起，二十三岁发解连科[⑥]及第。

这日，琼林宴罢，乌帽宫袍，马上迎归。将到丈人家里，只见街坊上一群小儿争先来看，指道："金团头家女婿做了官也。"莫稽在马上听得此言，又不好揽事，只得忍耐。见了丈人，虽然外面尽礼，却包着一肚子忿气。想道："早知有今日富贵，怕没王侯贵戚招赘成婚？却拜个团头做岳丈，可不是终身之玷！养出儿女来，还是团头的外孙，被人传作话柄。如今事已如此，妻又贤慧，不犯七出之条，不好决绝得。

正是事不三思，终有后悔。"为此心中怏怏，只是不乐。玉奴几遍问而不答，正不知甚么意故。好笑那莫稽，只想着今日富贵，却忘了贫贱的时节，把老婆资助成名一段功劳，化为春水，这是他心术不端处。

不一日，莫稽谒选[⑦]，得授无为军司户。丈人治酒送行。此时众丐户，料也不敢登门闹吵了。喜得临安到无为军，是一水之地，莫稽领了妻子，登舟赴任。行了数日，到了采石江边，维舟北岸。其夜月明如昼，莫稽睡不能寐，穿衣而起，坐于船头玩月；四顾无人，又想起团头之事，闷闷不悦。忽然动一个恶念，除非此妇身死，另娶一人，方免得终身之耻。心生一计，走进船舱，哄玉奴起来看月华。玉奴已睡了，莫稽再三逼他起身。玉奴难逆丈夫之意，只得披衣，走至马门口，舒头望月。被莫稽出其不意，牵出船头，推堕江中。悄悄唤起舟人，分付快开船前去，重重有赏，不可迟慢。舟子不知明白，慌忙撑篙荡桨，移舟于十里之外。住泊停当，方才说："适间奶奶因玩月堕水，捞救不及了。"却将三两银子，赏与舟人为酒钱。舟人会意，谁敢开口？船中虽跟得有几个蠢婢子，只道主母真个堕水，悲泣了一场，丢开了手，不在话下。有诗为证：

只为"团头"号不香，忍因得意弃糟糠。
天缘结发终难解，赢得人呼薄幸郎。

你说事有凑巧，莫稽移船去后，刚刚有个淮西转运使许德厚，也是新上任的，泊舟于采石北岸，正是莫稽先前推妻坠水处。许德厚和夫人推窗看月，开怀饮酒，尚未曾睡。忽闻岸上啼哭，乃是妇人声音，其声哀怨，好生不忍。忙呼水手打看，果然是个单身妇人，坐于江岸，便教唤上船来，审其来历。原来此妇正是无为军司户之妻金玉奴，初坠水时，魂飞魄荡，已拼着必死。忽觉水中有物，托起两足，随波而行，近于江岸，玉奴挣扎上岸。举目看时，江水茫茫，已不见了司户之船，才悟道丈夫贵而忘贱，故意欲溺死故妻，别图良配。如今虽得了性命，无处依栖，转思苦楚，以此痛哭。见许公盘问，不免从头至尾，细说一遍。说罢，哭之不已。连许公夫妇都感伤堕泪，劝道："汝休得悲啼，肯为我义女，再作道理。"玉奴拜谢。许公分付夫人，取干衣替他通身换了，安排他后舱独宿，教手下男女都称他小姐。又分付舟人，不许泄漏其事。

不一日，到淮西上任，那无为军正是他所属地方，许公是莫司户的上司，未免随班参谒。许公见了莫司户，心中想道："可惜一表人才，干恁般薄幸之事。"约过数月，许公对僚属说道："下官有一女，颇有才貌，年已及笄，欲择一佳婿赘之。诸君意中，有其人否?"众僚属都闻得莫司户青年丧偶，齐声荐他才品非凡，堪作东床[⑧]之选。许公道："此子吾亦属意久矣，但少年登第，心高望厚，未必肯赘吾家。"众僚属道："彼出身寒门，得公收拔，如蒹葭倚玉树，何幸如之，岂以入赘为嫌乎?"许公道："诸君既酌量可行，可与莫司户言之。但云出自诸君之意，以探其情，莫说下官，恐有妨碍。"

众人领命，遂与莫稽说知此事，要替他做媒。莫稽正要攀高，况且联姻上司，求之不得，便欣然应道："此事全仗玉成，当效衔结之报。"众人道："当得，当得。"随即将言回复许公。许公道："虽承司户不弃，但下官夫妇，钟爱此女，娇养成性，所以不舍得出嫁。只怕司户少年气概，不相饶让，或致小有嫌隙，有伤下官夫妇之心。须是预先讲过，凡事容耐些，方敢赘人。"众人领命，又到司户处传话，司户无不依允。此时司户不比做秀才时节，一般用金花彩币为纳聘之仪，选了吉期，皮松骨痒，整备做转运使的女婿。

却说许公先教夫人与玉奴说，老相公怜你寡居，欲重赘一少年进士，你不可推阻。玉奴答道："奴家虽出寒门，颇知礼数。既与莫郎结发，从一而终。虽然莫郎嫌贫弃贱，忍心害理；奴家各尽其道，岂肯改嫁，以伤妇节！"言毕，泪如雨下。夫人察他志诚，乃实说道："老相公所说少年进士，就是莫郎。老相公恨其薄幸，务要你夫妻再合，只说有个亲生女儿，要招赘一婿，却教众僚属与莫郎议亲，莫郎欣然听命，只今晚入赘吾家。等他进房之时，须是如此如此，与你出这口呕气。"玉奴方才收泪，重匀粉面，再整新妆，打点结亲之事。到晚，莫司户冠带齐整，帽插金花，身披红锦，跨着雕鞍骏马，两班鼓乐前导，众僚属都来送亲。一路行来，谁不喝采！正是：

鼓乐喧阗白马来，风流佳婿实奇哉。
团头喜换高门眷，采石江边未足哀！

是夜，转运司铺毡结彩，大吹大擂，等候新女婿上门。莫司户到门下马，许公冠带出迎，众官僚都别去。莫司户直入私宅，新人用红帕覆首，两个养娘扶将出来。掌礼人在槛外喝礼，双双拜了天地，又拜了丈人、丈母，然后交拜礼毕，送归洞房做花烛筵席。莫司户此时心中，如登九霄云里，欢喜不可形容，仰着脸，昂然而入。才跨进房门，忽然两边门侧里走出七八个老妪、丫鬟，一个个手执篱竹细棒，劈头劈脑打将下来，把纱帽都打脱了，肩背上棒如雨下，打得叫喊不迭，正没想一头处。莫司户被打，慌做一堆蹭倒，只得叫声："丈人，丈母，救命！"只听房中娇声宛转分付道："休打杀薄情郎，且唤来相见。"众人方才住手。七八个老妪、丫鬟，扯耳朵，拽胳膊，好似六贼戏弥陀一般，脚不点地，拥到新人面前。

司户口中还说道；"下官何罪？"开眼看时，画烛辉煌，照见上边端端正正坐着个新人，不是别人，正是故妻金玉奴。莫稽此时魂不附体，乱嚷道："有鬼，有鬼！"众人都笑起来。只见许公自外而入，叫道："贤婿休疑，此乃吾采石江头所认之义女，非鬼也。"莫稽心头方才住了跳，慌忙跪下，拱手道："我莫稽知罪了，望大人包容之。"许公道："此事与下官无干，只吾女没说话就罢了。"玉奴唾其面，骂道："薄幸贼！你不记宋弘有言：'贫贱之交不可忘，糟糠之妻不下堂。'当初你空手赘入吾门，亏得我家资财，读书延誉，以致成名，侥幸今日。奴家亦望夫荣妻贵。何期你忘恩负本，就不念结发之情，恩将仇报，将奴推堕江心。幸然天天可怜，得遇恩爹提救，收为义女。倘然葬江鱼之腹，你别娶新人，于心何忍！今日有何颜面，再与你完聚？"说罢，放声而哭，千薄幸，万薄幸，骂不住口。莫稽满面羞惭，闭口无言，只顾磕头求恕。

许公见骂得够了，方才把莫稽扶起，劝玉奴道："我儿息怒。如今贤婿悔罪，料然不敢轻慢你了。你两个虽然旧日夫妻，在我家只算新婚花烛，凡事看我之面，闲言闲语，一笔都勾罢。”又对莫稽说道：“贤婿，你自家不是，休怪别人。今宵只索忍耐，我教你丈母来解劝。”说罢出房去。少刻，夫人来到，又调停了许多说话，两个方才和睦。

次日，许公设宴，管待新女婿，将前日所下金花彩币，依旧送还，道：“一女不受二聘。贤婿前番在金家已费过了，今番下官不敢重叠收受。”莫稽低头无语。许公又道：“贤婿常恨令岳翁卑贱，以致夫妇失爱，几乎不终。今下官备员[⑨]如何？只怕爵位不高，尚未满贤婿之意。”莫稽涨得面皮红紫，只是离席谢罪。有诗为证：

痴心指望缔高姻，谁料新人是旧人。
打骂一场羞满面，问他何取岳翁新？

自此莫稽与玉奴夫妇和好，比前加倍。许公共夫人待玉奴如真女，待莫稽如真婿，玉奴待许公夫妇，亦与真爹娘无异。连莫稽都感动了，迎接团头金老大在任所，奉养送终。后来许公夫妇之死，金玉奴皆制重服，以报其恩。莫氏与许氏，世世为通家兄弟，往来不绝。诗云：

宋弘守义称高节，黄允休妻骂薄情。
试看莫生婚再合，姻缘前定枉劳争。

【注释】

①公车：汉代官署名。为卫尉的下属机构，设公车令，掌管宫殿司马门的警卫。

②假如：譬如，例如。

③蒿恼：打扰。

④折席：抵充酒席。

⑤延誉：播扬声誉。

⑥发解：应贡举合格者，谓之选人，由所在州郡发遣解送至京参加礼部会试，称发解。连科：谓科举考试连续中式。

⑦谒选：官吏赴吏部应选。

⑧东床：指女婿。

⑨备员：充数。谓居官有职无权。

沈小霞相会出师表

闲向书斋阅古今，偶逢奇事感人心。
忠臣翻受奸臣制，肮脏英雄泪满襟。
休解绶，慢投簪，从来日月岂常阴？
到头祸福终须应，天道还分贞与淫。

话说国朝嘉靖年间，圣人在位，风调雨顺，国泰民安。只为用错了一个奸臣，浊乱了朝政，险些儿不得太平。那奸臣是谁？姓严名嵩，号介溪，江西分宜人氏。以柔媚得幸，交通宦官，先意迎合，精勤斋醮，供奉青词，由此骤致贵显。为人外装曲

谨，内实猜刻。谗害了大学士夏言，自己代为首相，权尊势重，朝野侧目。儿子严世蕃，由官生直做到工部侍郎。他为人更狠，但有些小人之才，博闻强记，能思善算。介溪公最听他的说话，凡疑难大事，必须与他商量，朝中有“大丞相”、“小丞相”之称。他父子济恶，招权纳贿，卖官鬻爵。官员求富贵者，以重赂献之，拜他门下做干儿子，即得超迁显位。由是不肖之人，奔走如市，科道衙门，皆其心腹牙爪。但有与他作对的，立见奇祸，轻则杖谪，重则杀戮，好不利害！除非不要性命的，才敢开口说句公道话儿。若不是真正关龙逢、比干，十二分忠君爱国的，宁可误了朝廷，岂敢得罪宰相？其时有无名子感慨时事，将《神童诗》改成四句云：

少小休勤学，钱财可立身。
君看严宰相，必用有钱人。

又改四句，道是：

天子重权豪，开言惹祸苗。
万般皆下品，只有奉承高。

只为严嵩父子，恃宠贪虐，罪恶如山，引出一个忠臣来，做出一段奇奇怪怪的事迹，留下一段轰轰烈烈的话柄，一时身死，万古名扬。正是：

家多孝子亲安乐，国有忠臣世泰平。

那人姓沈名炼，别号青霞，浙江绍兴人氏。其人有文经武纬之才，济世安民之志，从幼慕诸葛孔明之为人。孔明文集上有《前出师表》、《后出师表》，沈炼自抄录数百遍，室中到处粘壁。每逢酒后，便高声背诵，念到“鞠躬尽瘁，死而后已”，往往长叹数声，大哭而罢。以此为常，人都叫他是狂生。嘉靖戊戌年中了进士，除授知县之职。他共做了三处知县，那三处？溧阳、庄平、清丰。这三任官做得好，真个是：

吏肃惟遵法，官清不爱钱。
豪强皆敛手，百姓尽安眠。

因他生性伉直，不肯阿奉上官，左迁锦衣卫经历。一到京师，看见严家赃秽狼藉，心中甚怒。

忽一日值公宴，见严世蕃倨傲之状，已自九分不像意。饮至中间，只见严世蕃狂呼乱叫，旁若无人，索巨觥飞酒，饮不尽者罚之。这巨觥约容酒斗余，两坐客惧世蕃威势，没人敢不吃。只有一个马给事，天性绝饮，世蕃固意将巨觥飞到他面前。马给事再三告免，世蕃不依。马给事略沾唇，面便发赤，眉头打结，愁苦不胜。世蕃自去下席，亲手揪了他的耳朵，将巨觥灌之。那给事出于无奈，闷着气，一连几口吸尽。不吃也罢，才吃下时，觉得天在下，地在上，墙壁都团团转动，头重脚轻，站立不住。世蕃拍手呵呵大笑。沈炼一肚子不平之气，忽然揎袖而起，抢那只巨觥在手，斟得满满的，走到世蕃面前说道：“马司谏承老先生赐酒，已沾醉不能为礼，下官代他酬老先生一杯。”世蕃愕然，方欲举手推辞，只见沈炼声色俱厉道：“此杯别人吃得，你也吃得；别人怕着你，我沈炼不怕你！”也揪了世蕃的耳朵灌去。世蕃一饮而

尽。沈炼掷杯于案，一般拍手呵呵大笑。唬得众官员面如土色，一个个低着头，不敢则声。世蕃假醉，先辞去了。沈炼也不送，坐在椅上，叹道：“咳，‘汉、贼不两立’，‘汉、贼不两立’！”一连念了七八句。这句书也是《出师表》上的说话，他把严家比着曹操父子。众人只怕世蕃听见，到替他捏两把汗。沈炼全不为意，又取酒连饮几杯，尽醉方散。

睡到五更醒来，想道：“严世蕃这厮，被我使气，逼他饮酒，他必然记恨来暗算我。一不做，二不休，有心只是一怪，不如先下手为强。我想严嵩父子之恶，神人怨怒。只因朝廷宠信甚固，我官卑职小，言而无益，欲待觑个机会，方才下手。如今等不及了，只当做张子房在博浪沙中椎击秦始皇，虽然击他不中，也好与众人做个榜样。”就枕头上思想疏稿，想到天明有了，起来焚香盥手，写就表章。表上备说严嵩父子招权纳贿，穷凶极恶，欺君误国十大罪，乞诛之以谢天下。圣旨下道：“沈炼谤讪大臣，沽名钓誉，着锦衣卫重打一百，发去口外为民。”严世蕃差人分付锦衣卫官校，定要将沈炼打死。喜得堂上官是个有主意的人，那人姓陆名炳，平时极敬重沈公的节气；况且又是属官，相处得好的，因此反加周全，好生打个出头棍儿，不甚利害。户部注籍，保安州为民。沈炼带着棒疮，即日收拾行李，带领妻子，顾着一辆车儿，出了国门，望保安进发。

原来沈公夫人徐氏，所生四个儿子：长子沈襄，本府廪膳秀才，一向留家。次子沈衮、沈褒，随任读书。幼子沈袠，年方周岁。嫡亲五口儿上路，满朝文武，惧怕严家，没一个敢来送行。有诗为证：

一纸封章忤庙廊，萧然行李入遐荒。
相知不敢攀鞍送，恐触权奸惹祸殃。

一路上辛苦，自不必说。且喜到了保安州了。那保安州属宣府，是个边远地方，不比内地繁华。异乡风景，举目凄凉，况兼连日阴雨，天昏地黑，倍加惨戚。欲赁间民房居住，又无相识指引，不知何处安身是好？正在彷徨之际，只见一人打个小伞前来，看见路旁行李，又见沈炼一表非俗，立住了脚，相了一回，问道：“官人尊姓？何处来的？”沈炼道：“姓沈，从京师来。”那人道：“小人闻得京中有个沈经历，上本要杀严嵩父子，莫非官人就是他么？”沈炼道；“正是。”那人道：“仰慕多时，幸得相会。此非说话之处，寒家离此不远，便请携宝眷同行到寒家权下，再作区处。”沈炼见他十分殷勤，只得从命。行不多路便到了。看那人家，虽不是个大大宅院，却也精致。那人揖沈炼至于中堂，纳头便拜。沈炼慌忙答礼，问道：“足下是谁？何故如此相爱？”那人道：“小人姓贾名石，是宣府卫一个舍人。哥哥是本卫千户，先年[①]身故无子，小人应袭。为严贼当权，袭职者都要重赂，小人不愿为官。托赖祖荫，有数亩薄田，务农度日。数日前，闻阁下弹劾严氏，此乃天下忠臣义士也。又闻编管在此，小人渴欲一见，不意天遣相遇，三生有幸！”说罢，又拜下去。沈公再三扶起，便教沈衮、沈褒与贾石相见。贾石教老婆迎接沈奶奶到内宅安置。交卸了行李，打发车夫等去了。分付庄客，宰猪买酒，管待沈公一家。贾石道：“这等雨天，料阁下也无处去，只好在寒家安歇了。请安心多饮几杯，以宽劳顿。”沈炼谢道：“萍水相逢，便承款宿，何以当此！”贾石道：“农庄粗粝，休嫌简慢。”当日，宾主酬酢，无非说些感慨时事的说话，两边说得情投意合，只恨相见之晚。

过了一宿，次早沈炼起身，向贾石说道：“我要寻所房子，安顿老小，有烦舍人指引。”贾石道：“要什么样的房子？”沈炼道：“只像宅上这一所，十分足意了，租价但凭尊教。”贾石道：“不妨事。”出去踅了一回，转来道：“赁房尽有，只是龌龊低洼，急切难得中意的。阁下不若就在草舍权住几时，小人领着家小，自到外家去住。等阁下还朝，小人回来，可不稳便。”沈炼道：“虽承厚爱，岂敢占舍人之宅！此事决不可。”贾石道：“小人虽是村农，颇识好歹。慕阁下他忠义之士，想要执鞭坠镫，尚且不能；今日天幸降临，权让这几间草房与阁下作寓，也表得我小人一点敬贤之心，不须推逊。”话毕，慌忙分付庄客，推个车儿，牵个马儿，带个驴儿，一伙子将细软家私搬去，其余家常动使家火，都留与沈公日用。沈炼见他慨爽，甚不过意，愿与他结义为兄弟。贾石道：“小人是一介村农，怎敢僭扳贵宦？”沈炼道：“大丈夫意气相许，那有贵贱？”贾石小沈炼五岁，就拜沈炼为兄。沈炼教两个儿子拜贾石为义叔。贾石也唤妻子出来，都相见了，做了一家儿亲戚。贾石陪过沈炼吃饭已毕，便引着妻子到外舅李家去讫。自此沈炼只在贾石宅子内居住。时人有诗叹贾舍人借宅之事，诗曰：

倾盖相逢意气真，移家借宅表情亲。
世间多少亲和友，竞产争财愧死人！

却说保安州父老，闻知沈经历为上本参严阁老贬斥到此，人人敬仰，都来拜望，争识其面。也有运柴运米相助的，也有携酒肴来请沈公吃的，又有遣子弟拜于门下听教的。沈炼每日间与地方人等，讲论忠孝大节及古来忠臣义士的故事。说到关心处，有时毛发倒竖，拍案大叫。有时悲歌长叹，涕泪交流。地方若老若少，无不耸听欢喜。或时唾骂严贼，地方人等齐声附和，其中若有不开口的，众人就骂他是不忠不义。一时高兴，以后率以为常。又闻得沈经历文武全材，都来合他去射箭。沈炼教把稻草扎成三个偶人，用布包裹，一写“唐奸相李林甫”，一写“宋奸相秦桧”，一写“明奸相严嵩”，把那三个偶人做个射鹄。假如要射李林甫的，便高声骂道：“李贼看箭！”秦贼、严贼，都是如此。北方人性直，被沈经历哄得热闹了，全不虑及严家知道。

自古道：“若要不知，除非莫为。”世间只有权势之家，报新闻的极多，早有人将此事报知严嵩父子。严嵩父子深以为恨，商议要寻个事头杀却沈炼，方免其患。适值宣大总督员缺，严阁老分付吏部，教把这缺与他门下干儿子杨顺做去。吏部依言，就将杨侍郎杨顺差往宣大总督。杨顺往严府拜辞，严世蕃置酒送行，席间屏人而语，托他要查沈炼过失。杨顺领命，唯唯而去。正是：

合成毒药惟需酒，铸就钢刀待举手。
可怜忠义沈经历，还向偶人夸大口！

却说杨顺到任不多时，适遇大同鞑虏俺答，引众人寇应州地方，连破了四十余

堡，掳去男妇无算。杨顺不敢出兵救援，直待鞑虏去后，方才遣兵调将，为追袭之计。一般筛锣击鼓，扬旗放炮，都是鬼弄，那曾看见半个鞑子的影儿？杨顺情知失机惧罪，密谕将士，搜获避兵的平民，将他剿头斩首，充做鞑虏首级，解往兵部报功。那一时不知杀死了多少无辜的百姓。沈炼闻知其事，心中大怒，写书一封，教中军官送与杨顺。中军官晓得沈经历是个揽祸的太岁，书中不知写甚么说话，那里肯与他送？沈就穿了青衣小帽，在军门伺候杨顺出来，亲自投递。杨顺接来看时，书中大略说道：一人功名事极小，百姓性命事极大。杀平民以冒功，于心何忍？况且遇鞑贼止于掳掠，遇我兵反加杀戮，是将帅之恶，更甚于鞑虏矣！书后又附诗一首，诗云：

杀生报主意何如？解道"功成万骨枯"。
试听沙场风雨夜，冤魂相唤觅头颅。

杨顺见书大怒，扯得粉碎。

却说沈炼又做了一篇祭文，率领门下子弟，备了祭礼，望空祭奠那些冤死之鬼。又作《塞下吟》云：

云中一片虏烽高，出塞将军已著劳。
不斩单于诛百姓，可怜冤血染霜刀。

又诗云：

本为求生来避虏，谁知避虏反戕生！
早知虏首将民假，悔不当时随虏行。

杨总督标下有个心腹指挥，姓罗名铠，抄得此诗并祭文，密献于杨顺。杨顺看了，愈加怨恨，遂将第一首诗改窜数字，诗曰：

云中一片虏烽高，出塞将军枉著劳。
何似借他除佞贼，不须奏请上方刀。

写就密书，连改诗封固，就差罗铠送与严世蕃。书中说："沈炼怨恨相国父子，阴结死士剑客，要乘机报仇。前番鞑虏入寇，他吟诗四句，诗中有借虏除佞之语，意在不轨。"世蕃见书大惊，即请心腹御史路楷商议。路楷曰："不才若往按彼处，当为相国了当这件大事。"世蕃大喜，即分付都察院便差路楷巡按宣大。临行，世蕃治酒款别，说道："烦寄语杨公，同心协力，若能除却这心腹之患，当以侯伯世爵相酬，决不失信于二公也。"路楷领诺。

不一日，奉了钦差敕令，来到宣府，到任与杨总督相见了。路楷遂将世蕃所托之语，一一对杨顺说知。杨顺道："学生为此事朝思暮想，废寝忘餐，恨无良策，以置此人于死地。"路楷道："彼此留心，一来休负了严公父子的付托，二来自家富贵的机会，不可挫过。"杨顺道："说得是，倘有可下手处，彼此相报。"当日相别去了。

杨顺思想路楷之言，一夜不睡。次早坐堂，只见中军官报道："今有蔚州卫拿获妖贼二名，解到辕门外，伏听钧旨。"杨顺道："唤进来。"解官磕了头，递上文书。杨顺拆开看了，呵呵大笑。这二名妖贼，叫做阎浩、杨胤夔，系妖人萧芹之党。原来萧芹是白莲教的头儿，向来出入虏地，惯以烧香惑众，哄骗虏酋俺答，说自家有奇术，能咒人使人立死，喝城使城立颓。虏酋愚甚，被他哄动，尊为国师。其党数百人，自为一营。俺答几次入寇，都是萧芹等为之向导，中国屡受其害。先前史诗郎做总督时，遣通事重赂虏中头目脱脱，对他说道："天朝情愿与你通好，将俺家布粟换你家马，名为'马市'，两下息兵罢战，各享安乐，此是美事。只怕萧芹等在内作梗，和好不终。那萧芹原是中国一个无赖小人，全无术法，只是狡伪，哄诱你家，抢掠地方，他于中取事。郎主若不信，可要萧芹试其术法，委的喝得城颓，咒得人死，那时合当重用；若咒人人不死，喝城城不颓，显是欺诳，何不缚送天朝？天朝感郎主之德，必有重赏。'马市'一成，岁岁享无穷之利，煞强如抢掠的勾当。"脱脱点头道"是"，对郎主俺答说了。俺答大喜，约会萧芹，要将千骑随之，从右卫而入，试其喝城之技。萧芹自知必败，改换服色，连夜脱身逃走，被居庸关守将盘诘，并其党乔源、张攀隆等拿住，解到史侍郎处。招称妖党甚众，山陕畿南，处处俱有。一向分头缉捕，今日阎浩、杨胤夔亦是数内有名妖犯。杨总督看见获解到来，一者也算他上任一功，二者要借这个题目，牵害沈炼，如何不喜？当晚就请路御史来后堂商议道："别个题目摆布沈炼不了，只有白莲教通虏一事，圣上所最怒。如今将妖贼阎浩、杨胤夔招中，窜入沈炼名字，只说浩等平日师事沈炼，沈炼因失职怨望，教浩等煽妖作幻，勾虏谋逆。天幸今日被擒，乞赐天诛，以绝后患。先用密禀禀知严家，教他叮嘱刑部作速覆本。料这番沈炼之命，必无逃矣。"路楷拍手道："妙哉，妙哉！"

两个当时就商量了本稿，约齐了同时发本。严嵩先见了本稿及禀帖，便教严世蕃传语刑部。那刑部尚书许论，是个罢软没用的老儿，听见严府分付，不敢怠慢，连忙覆本，一依杨、路二人之议。圣旨倒下：妖犯着本处巡按御史即时斩决。杨顺荫一子锦衣卫千户，路楷纪功，升迁三级，俟京堂缺推用。

话分两头。却说杨顺自发本之后，便差人密地里拿沈炼下于狱中。慌得徐夫人和沈衮、沈褒没做理会，急寻义叔贾石商议。贾石道："此必杨、路二贼为严家报仇之意，既然下狱，必然诬陷以重罪。两位公子及今逃窜远方，待等严家势败，方可出头。若住在此处，杨、路二贼决不干休。"沈衮道："未曾看得父亲下落，如何好去？"贾石道："尊大人犯了对头，决无保全之理。公子以宗祀为重，岂可拘于小孝，自取灭绝之祸？可劝令堂老夫人，早为远害全身之计。尊大人处，贾某自当央人看觑，不烦悬念。"二沈便将贾石之言，对徐夫人说知。徐夫人道："你父亲无罪陷狱，何忍弃之而去！贾叔叔虽然相厚，终是个外人。我料杨、路二贼奉承严氏，亦不过与你爹爹作对，终不然累及妻子。你若畏罪而逃，父亲倘然身死，骸骨无收，万世骂你做不孝之子，何颜在世为人乎？"说罢，大哭不止。沈衮、沈褒齐声恸哭。贾石闻知徐夫人不允，叹惜而去。

过了数日，贾石打听的实，果然扭入白莲教之党，问成死罪。沈炼在狱中大骂不止。杨顺自知理亏，只恐临时处决，怕他在众人面前毒骂，不好看相，预先问狱官责取病状，将沈炼结果了性命。贾石将此话报与徐夫人知道，母子痛哭，自不必说。

又亏贾石多有识熟人情，买出尸首，嘱付狱卒："若官府要枭示时，把个假的答应。"却瞒着沈衮兄弟，私下备棺盛殓，埋于隙地。事毕，方才向沈衮说道："尊大人遗体已得保全，直待事平之后，方好指点与你知道，今犹未可泄漏。"沈衮兄弟感谢不已。贾石又苦口劝他弟兄二人逃走。沈衮道："极知久占叔叔高居，心上不安。奈家母之意，欲待是非稍定，搬回灵柩，以此迟延不决。"贾石怒道："我贾某生平，为人谋而尽忠。今日之言，全是为你家门户，岂因久占住房，说发你们起身之理？既嫂嫂老夫人之意已定，我亦不敢相强。但我有一小事，即欲远出，有一年半载不回，你母子自小心安住便了。"觑着壁上贴得有前后《出师表》各一张，乃是沈炼亲笔楷书。贾石道："这两幅字可揭来送我，一路上做个纪念。他日相逢，以此为信。"沈衮就揭下二纸，双手折迭，递与贾石。贾石藏于袖中，流泪而别。原来贾石算定杨、路二贼，设心不善，虽然杀了沈炼，未肯干休。自己与沈炼相厚，必然累及，所以预先逃走，在河南地方宗族家权时居住，不在话下。

却说路楷见刑部复本，有了圣旨，便于狱中取出阎浩、杨胤夔斩讫，并要割沈炼之首，一同枭示。谁知沈炼真尸已被贾石买去了，官府也那里辨验得出，不在话下。

再说杨顺看见止于荫子，心中不满，便向路楷说道："当初严东楼许我事成之日，以侯伯爵相酬，今日失言，不知何故？"路楷沉思半晌，答道："沈炼是严家紧对头，今止诛其身，不曾波及其子。斩草不除根，萌芽复发。相国不足我们之意，想在于此。"杨顺道："若如此，何难之有？如今再上个本，说沈炼虽诛，其子亦宜知情，还该坐罪，抄没家私，庶国法可伸，人心知惧。再访他同射草人的几个狂徒，并借屋与他住的，一齐拿来治罪，出了严家父子之气。那时却将前言取赏，看他有何推托！"路楷道："此计大妙！事不宜迟，乘他家属在此，一网而尽，岂不快哉！只怕他儿子知风逃避，却又费力。"杨顺道："高见甚明。"一面写表申奏朝廷，再写禀帖到严府知会，自述孝顺之意；一面预先行牌保安州知州，着用心看守犯属，勿容逃逸。只等旨意批下，便去行事。诗曰：

破巢完卵从来少，削草除根势或然。
可惜忠良遭屈死，又将家属媚当权。

再过数日，圣旨下了。州里奉着宪牌，差人来拿沈炼家属，并查平素往来诸人姓名，一一挨拿。只有贾石名字，先经出外，只得将在逃开报。此见贾石见几之明也。时人有诗赞云：

义气能如贾石稀，全身远避更知几。
任他罗网空中布，争奈仙禽天外飞。

却说杨顺见拿到沈衮、沈褒，亲自鞫问，要他招承通虏实迹。二沈高声叫屈，那里肯招？被杨总督严刑拷打，打得体无完肤。沈衮、沈褒熬炼不过，双双死于杖下。可怜少年公子，都入枉死城中。其同时拿到犯人，都坐个同谋之罪，累死者何止数十人。幼子沈袠尚在襁褓，免罪随着母徐氏，另徙在云州极边，不许在保安居住。

路楷又与杨顺商议道："沈炼长子沈襄，是绍兴有名秀才，他时得地，必然衔恨于我辈。不若一并除之，永绝后患，亦要相国知我用心。”杨顺依言，便行文书到浙江，把做钦犯，严提沈襄来问罪。又分付心腹经历金绍，择取有才干的差人，赍文前去，嘱他中途伺便，便行谋害，就所在地方，讨个病状回缴。事成之日，差人重赏，金绍许他荐本超迁。金绍领了台旨，汲汲而回，着意的选两名积年干事的公差，无过是张千、李万。金绍唤他到私衙，赏了他酒饭，取出私财二十两相赠。张千、李万道：“小人安敢无功受赐?”金绍道：“这银两不是我送你的，是总督杨爷赏你的，教你赍文到绍兴去拿沈襄，一路不要放松他。须要如此如此，这般这般，回来还有重赏。若是怠慢，总督老爷衙门不是取笑的，你两个自去回话。”张千、李万道：“莫说总督老爷钧旨，就是老爷分付，小人怎敢有违?”收了银两，谢了金经历，在本府领下公文，疾忙上路，往南进发。

却说沈襄，号小霞，是绍兴府学廪膳秀才。他在家久闻得父亲以言事获罪，发去口外为民，甚是挂怀，欲亲到保安州一看。因家中无人主管，行止两难。忽一日，本府差人到来，不由分说，将沈襄锁缚，解到府堂。知府教把文书与沈襄看了备细，就将回文和犯人交付原差，嘱他一路小心。沈襄此时方知，父亲及二弟俱已死于非命，母亲又远徙极边，放声大哭。哭出府门，只见一家老小，都在那里搅做一团的啼哭。原来文书上有“奉旨抄没”的话，本府已差县尉封锁了家私，将人口尽皆逐出。

沈小霞听说，真是苦上加苦，哭得咽喉无气。霎时间，亲戚都来与小霞话别，明知此去多凶少吉，少不得说几句劝解的言语。小霞的丈人孟春元，取出一包银子，送与二位公差，求他路上看顾女婿。公差嫌少不受，孟氏娘子又添上金簪子一对，方才收了。沈小霞带着哭，分付孟氏道：“我此去死多生少，你休为我忧念，只当我已死一般，在爷娘家过活。你是书礼之家，谅无再醮之事，我也放心得下。”指着小妻闻淑女说道：“只这女子年纪幼小，又无处着落，合该教他改嫁。奈我三十无子，他却有两个半月的身孕，他日倘生得一男，也不绝了沈氏香烟。娘子你看我平日夫妻面上，一发带他到丈人家去住几时，等待十月满足，生下或男或女，那时凭你发遣他去便了。”

话声未绝，只见闻氏淑女说道：“官人说那里话！你去数千里之外，没个亲人朝夕看觑，怎生放下？大娘自到孟家去，奴家情愿蓬首垢面，一路伏侍官人前行。一来官人免致寂寞，二来也替大娘分得些忧念。”沈小霞道：“得个亲人做伴，我非不欲。但此去多分不幸，累你同死他乡何益?”闻氏道：“老爷在朝为官，官人一向在家，谁人不知？便诬陷老爷有些不是的勾当，家乡隔绝，岂是同谋？妾帮着官人到官申辩，决然罪不至死。就使官人下狱，还留贱妾在外，尚好照管。”孟氏也放丈夫不下，听得闻氏说得有理，极力撺掇丈夫带淑女同去。沈小霞平日素爱淑女有才有智，又见孟氏苦劝，只得依允。当夜众人齐到孟春元家，歇了一夜。

次早，张千、李万催趱上路。闻氏换了一身布衣，将青布裹头，别了孟氏，背着行李，跟着沈小霞便走。那时分别之苦，自不必说。一路行来，闻氏与沈小霞寸步不离，茶汤饭食，都亲自搬取。张千、李万初时还好言好语，过了扬子江，到徐州起

早，料得家乡已远，就做出嘴脸来，呼幺喝六，渐渐难为他夫妻两个来了。闻氏看在眼里，私对丈夫说道："看那两个泼差人，不怀好意，奴家女流之辈，不识路径，若前途有荒僻旷野的所在，须是用心提防。"沈小霞虽然点头，心中还只是半疑不信。

又行了几日，看见两个差人，不住的交头接耳，私下商量说话。又见他包裹中有倭刀一口，其白如霜，忽然心动，害怕起来，对闻氏说道："你说这泼差人，其心不善，我也觉得有七八分了。明日是济宁府界上，过了府去，便是大行山、梁山泺，一路荒野，都是响马出入之所。倘到彼处，他们行凶起来，你也救不得我，我也救不得你，如何是好？"闻氏道："既然如此，官人有何脱身之计，请自方便，留奴家在此，不怕那两个泼差人生吞了我。"沈小霞道："济宁府东门内，有个冯主事，丁忧[②]在家。此人最有侠气，是我父亲极相厚的同年。我明日去投奔他，他必然相纳。只怕你妇人家，没志量打发这两个泼差人，累你受苦，于心何安？你若有力量支持他，我去也放胆。不然与你同生同死，也是天命当然，死而无怨。"闻氏道："官人有路尽走，奴家自会摆布，不劳挂念。"这里夫妻暗地商量，那张千、李万辛苦了一日，吃了一肚酒，齁齁的熟睡，全然不觉。

次日早起上路，沈小霞问张千道："前去济宁还有多少路？"张千道："只四十里，半日就到了。"沈小霞道："济宁东门内冯主事，是我年伯。他先前在京师时，借过我父亲二百两银子，有文契在此。他管过北新关，正有银子在家，我若去取讨前欠，他见我是落难之人，必然慨付。取得这项银两，一路上盘缠，也得宽裕，免致吃苦。"张千意思有些作难，李万随口应承了，向张千耳边说道；"我看这沈公子，是忠厚之人，况爱妾行李都在此处，料无他故。放他去走一遭，取得银两，都是你我二人的造化，有何不可？"张千道："虽然如此，到饭店安歇行李，我守住小娘子在店上，你紧跟着同去，万无一失。"

话休絮烦。看看巳牌时分，早到济宁城外，拣个洁净店儿，安放了行李。沈小霞便道："你二位同我到东门走遭，转来吃饭未迟。"李万道："我同你去，或者他家留酒饭也不见得。"闻氏故意对丈夫道："常言道：'人面逐高低，世情看冷暖。'冯主事虽然欠下老爷银两，见老爷死了，你又在难中，谁肯唾手交还？枉自讨个厌贱，不如吃了饭赶路为上。"沈小霞道："这里进城到东门不多路，好歹去走一遭，不折了什么便宜。"李万贪了这二百两银子，一力撺掇该去。沈小霞分付闻氏道："耐心坐坐，若转得快时，便是没想头了。他若好意留款，必然有些赍发。明日顾个轿儿抬你去。这几日在牲口上坐，看你好生不惯。"闻氏觑个空，向丈夫丢个眼色，又道："官人早回，休教奴久待则个。"李万笑道："去多少时，有许多说话，好不老气！"闻氏见丈夫去了，故意招李万转来嘱付道："若冯家留饭，坐得久时，千万劳你催促一声。"李万答应道："不消分付。"比及李万下阶时，沈小霞已走了一段路了。李万托着大意，又且济宁是他惯走的熟路，东门冯主事家，他也认得，全不疑惑。走了几步，又里急起来，觑个毛坑上自在方便了，慢慢的望东门而去。

却说沈小霞回头看时，不见了李万，做一口气急急的跑到冯主事家。也是小霞

合当有救，正值冯主事独自在厅，两人京中，旧时识熟，此时相见，吃了一惊。沈襄也不作揖，扯住冯主事衣袂道："借一步说话。"冯主事已会意了，便引到书房里面，沈小霞放声大哭。冯主事道："年侄有话快说，休得悲伤，误其大事。"沈小霞哭诉道："父亲被严贼屈陷，已不必说了。两个舍弟随任的，都被杨顺、路楷杀害。只有小侄在家，又行文本府提去问罪。一家宗祀，眼见灭绝。又两个差人，心怀不善，只怕他受了杨、路二贼之嘱，到前途大行、梁山等处，暗算了性命。寻思一计，脱身来投老年伯。老年伯若有计相庇，我亡父在天之灵，必然感激。若老年伯不能遮护小侄，便就此触阶而死。死在老年伯面前，强似死于奸贼之手。"冯主事道："贤侄不妨。我家卧房之后，有一层复壁，尽可藏身，他人搜检不到之处。今送你在内权住数日，我自有道理。"沈襄拜谢道："老年伯便是重生父母。"

冯主事亲执沈襄之手，引入卧室之后，揭开地板一块，有个地道，从此钻下，约走五六十步，便有亮光，有小小廊屋三间，四面皆楼墙围裹，果是人迹不到之处。每日茶饭，都是冯主事亲自送入。他家法极严，谁人敢泄漏半个字？正是：

深山堪隐豹，柳密可藏鸦。
不须愁汉吏，自有鲁朱家。

且说这一日，李万上了毛坑，望东门冯家而来。到于门首，问老门公道："主事老爷在家么？"老门公道："在家里。"又问道："有个穿白的官人来见你老爷，曾相见否？"老门公道："正在书房里吃饭哩。"李万听说，一发放心。看看等到未牌，果然厅上走一个穿白的官人出来，李万急上前看时，不是沈襄，那官人径自出门去了。李万等得不耐烦，肚里又饥，不免问老门公道："你说老爷留饭的官人，如何只管坐了去，不见出来？"老门公道："方才出去的不是？"李万道："老爷书房中还有客没有？"老门公道："这到不知。"李万道："方才那穿白的是甚人？"老门公道："是老爷的小舅，常常来的。"李万道："老爷如今在那里？"老门公道："老爷每常饭后，定要睡一觉，此时正好睡哩。"

李万听得话不投机，心下早有二分慌了，便道："不瞒大伯说，在下是宣大总督老爷差来的。今有绍兴沈公子名唤沈襄，号沈小霞，系钦提人犯。小人提押到于贵府，他说与你老爷有同年叔侄之谊，要来拜望。在下同他到宅，他进宅去了，在下等候多时，不见出来，想必还在书房中。大伯，你还不知道，烦你去催促一声，教他快快出来，要赶路走。"老门公故意道："你说的是甚么说话？我一些不懂。"李万耐了气，又细细的说一遍。老门公当面的一啐，骂道："见鬼！何尝（常）有什么沈公子到来？老爷在丧中，一概不接外客。这门上是我的干纪，出入都是我通禀，你却说这等鬼话！你莫非是白日撞[3]么？强装么公差名色，掏摸东西的？快快请退，休缠你爷的帐！"李万听说，愈加着急，便发作起来道："这沈襄是朝廷要紧的人犯，不是当要的，请你老爷出来，我自有话说。"老门公道："老爷正瞌睡，没甚事，谁敢去禀？你这獠子，好不达时务！"说罢，洋洋的自去了。

李万道："这个门上老儿好不知事，央他传一句话甚作难。想沈襄定然在内，我奉军门钧帖，不是私事，便闯进去怕怎的？"李万一时粗莽，直撞入厅来，将照壁拍了又拍，大叫道："沈公子，好走动了！"不见答应，一连叫唤了数声，只见里头走出一个年少的家童，出来问道："管门的在那里？放谁在厅上喧嚷？"李万正要叫住他说话，那家童在照壁后张了张儿，向西边走去了。李万道："莫非书房在那西边？我且自去看看，怕怎的！"从厅后转西走去，原来是一带长廊。李万看见无人，只顾望前而行，只见屋宇深邃，门户错杂，颇有妇人走动。李万不敢纵步，依旧退回厅上，听得外面乱嚷。李万到门首看时，却是张千来寻李万不见，正和门公在那里斗口。

张千一见了李万，不由分说，便骂道："好伙计！只贪图酒食，不干正事！巳牌时分进城，如今申牌将尽，还在此闲荡！不催趱犯人出城去，待怎么？"李万道："呸！那有什么酒食？连人也不见个影儿！"张千道："是你同他进城的！"李万道："我只登了个东，被蛮子上前了几步，跟他不上。一直赶到这里，门上说有个穿白的官人在书房中留饭，我说定是他了。等到如今不见出来，门上人又不肯通报，清水也讨不得一杯吃。老哥，烦你在此等候等候，替我到下处医了肚皮再来。"张千道："有你这样不干事的人！是甚么样犯人，却放他独自行走？就是书房中，少不得也随他进去。如今知他在里头不在里头？还亏你放慢线儿讲话。这是你的干纪，不关我事！"说罢便走。李万赶上扯住道："人是在里头，料没处去。大家在此帮说句话儿，催他出来，也是个道理。你是吃饱的人，如何去得这等要紧？"张千道："他的小老婆在下处，方才虽然嘱付店主人看守，只是放心不下。这是沈襄穿鼻的索儿，有他在，不怕沈襄不来。"李万道："老哥说得是。"当下，张千先去了。

李万忍着肚饥守到晚，并无消息。看看日没黄昏，李万腹中饿极了，看见间壁有个点心店儿，不免脱下布衫，抵当几文钱的火烧来吃。去不多时，只听得扛门声响，急跑来看，冯家大门已闭上了。李万道："我做了一世的公人，不曾受这般呕气！主事是多大的官儿，门上直恁作威作势？也有那沈公子好笑，老婆行李都在下处，既然这里留宿，信也该寄一个出来。事已如此，只得在房檐下胡乱过一夜，天明等个知事的管家出来，与他说话。"此时十月天气，虽不甚冷，半夜里起一阵风，簌簌的下几点微雨，衣服都沾湿了，好生凄楚。

挨到天明雨止，只见张千又来了，却是闻氏再三再四催逼他来的。张千身边带了公文解批，和李万商议，只等开门，一拥而入，在厅上大惊小怪，高声发话。老门公拦阻不住，一时间家中大小都聚集来，七嘴八张，好不热闹。街上人听得宅里闹炒，也聚拢来，围住大门外闲看。惊动了那有仁有义守孝在家的冯主事，从里面踱将出来。且说冯主事怎生模样？

头带栀子花匾折孝头巾，身穿反折缝稀眼粗麻衫，腰系麻绳，足着草履。

众家人听得咳嗽响，道一声："老爷来了。"都分立在两边。主事出厅问道："为甚事在此喧嚷？"张千、李万上前施礼，道："冯爷在上，小的是奉宣大总督爷公文来的，到绍兴拿得钦犯沈襄，经由贵府。他说是冯爷的年侄，要来拜望。小的不敢阻挡，容他进见。自昨日上午到宅，至今不见出来，有误程限，管家们又不肯代禀。伏

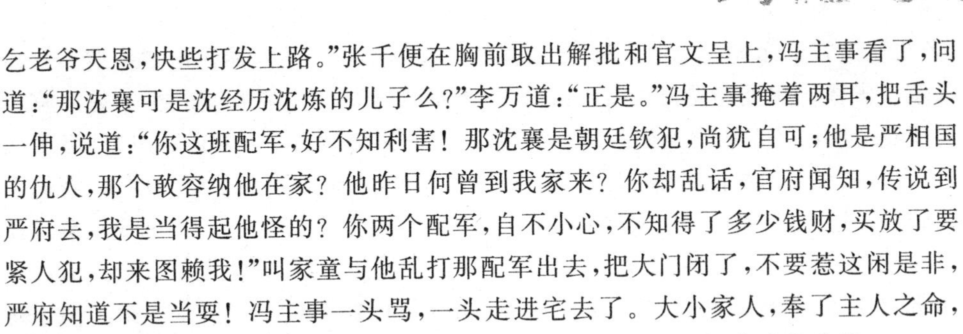

乞老爷天恩，快些打发上路。”张千便在胸前取出解批和官文呈上，冯主事看了，问道：“那沈襄可是沈经历沈炼的儿子么？”李万道：“正是。”冯主事掩着两耳，把舌头一伸，说道：“你这班配军，好不知利害！那沈襄是朝廷钦犯，尚犹自可；他是严相国的仇人，那个敢容纳他在家？他昨日何曾到我家来？你却乱话，官府闻知，传说到严府去，我是当得起他怪的？你两个配军，自不小心，不知得了多少钱财，买放了要紧人犯，却来图赖我！”叫家童与他乱打那配军出去，把大门闭了，不要惹这闲是非，严府知道不是当耍！冯主事一头骂，一头走进宅去了。大小家人，奉了主人之命，推的推，揿的揿，霎时间被众人拥出大门之外，闭了门，兀自听得嘈嘈的乱骂。

张千、李万面面相觑，开了口合不得，伸了舌缩不进。张千埋怨李万道：“昨日是你一力撺掇，教放他进城，如今你自去寻他！”李万道：“且不要埋怨，和你去问他老婆，或者晓得他路数，再来抓寻便了。”张千道：“说得是，他是恩爱的夫妻，昨夜汉子不回，那婆娘暗地流泪，巴巴的独坐了两三个更次。他汉子的行藏，老婆岂有不知？”两个一头说话，飞奔出城，复到饭店中来。

却说闻氏在店房里面听得差人声音，慌忙移步出来，问道：“我官人如何不来？”张千指李万道：“你只问他就是。”李万将昨日往毛厕出恭，走慢了一步，到冯主事家，起先如此如此，以后这般这般，备细说了。张千道：“今早空肚皮进城，就吃了这一肚寡气。你丈夫想是真个不在他家了，必然还有个去处，难道不对小娘子说的？小娘子趁早说来，我们好去抓寻。”说犹未了，只见闻氏噙着眼泪，一双手扯住两个公人，叫道：“好，好！还我丈夫来！”张千、李万道：“你丈夫自要去拜什么年伯，我们好意容他去走走，不知走向那里去了，连累我们，在此着急，没处抓寻。你到问我要丈夫，难道我们藏过了他？说得好笑！”将衣袂掣开，气忿忿地对虎一般坐下。

闻氏到走在外面，拦住出路，双足顿地，放声大哭，叫起屈来。老店主听得，忙来解劝。闻氏道：“公公有所不知，我丈夫三十无子，娶奴为妾。奴家跟了他二年了，幸有三个多月身孕，我丈夫割舍不下，因此奴家千里相从，一路上寸步不离。昨日为盘缠缺少，要去见那年伯，是李牌头同去的。昨晚一夜不回，奴家已自疑心；今早他两个自回，一定将我丈夫谋害了！你老人家替我做主，还我丈夫便罢休！”老店主道：“小娘子休得急性，那排长与你丈夫前日无怨，往日无仇，着甚来由，要坏他性命？”闻氏哭声转哀道：“公公，你不知道我丈夫是严阁老的仇人，他两个必定受了严府的嘱托来的，或是他要去严府请功。公公，你详情他千乡万里，带着奴家到此，岂有没半句说话，突然去了？就是他要走时，那同去的李牌头，怎肯放他？你要奉承严府，害了我丈夫不打紧，教奴家孤身妇女，看着何人？公公，这两个杀人的贼徒，烦公公带着奴家，同他去官府处叫冤。”张千、李万被这妇人一哭一诉，就要分析几句，没处插嘴。

老店主听见闻氏说得有理，也不免有些疑心，到可怜那妇人起来，只得劝道：“小娘子，说便是这般说，你丈夫未曾死也不见得，好歹再等候他一日。”闻氏道：“依公公等候一日不打紧，那两个杀人的凶身，乘机走脱了，这干系却是谁当？”张千道：

"若果然谋害了你丈夫要走脱时，我弟兄两个又到这里则甚？"闻氏道："你欺负我妇人家没张智④，又要指望奸骗我。好好的说，我丈夫的尸首在那里？少不得当官也要还我个明白。"老店官见妇人口嘴利害，再不敢言语。店中闲看的，一时间聚了四五十人，闻说妇人如此苦切，人人恼恨那两个差人，都道："小娘子要去叫冤，我们引你到兵备道去。"闻氏向着众人深深拜福，哭道："多承列位路见不平，可怜我落难孤身，指引则个。这两个凶徒，相烦列位，替奴家拿他同去，莫放他走了。"众人道："不妨事，在我们身上。"张千、李万欲向众人分剖时，未说得一言半字，众人道："两个排长不消辨得，虚则虚，实则实，若是没有此情，随着小娘子到官，怕他则甚？"妇人一头哭，一头走，众人拥着张千、李万，搅做一阵的，都到兵备道前。道里尚未开门。

那一日，正是放告日期，闻氏束了一条白布裙，径抢进栅门，看见大门上架着那大鼓，鼓架上悬着个槌儿，闻氏抢槌在手，向鼓上乱挝，挝得那鼓振天的响。唬得中军官失了三魂，把门吏丧了七魄，一齐跑来，将绳缚往，喝道："这妇人好大胆！"闻氏哭倒在地，口称泼天冤枉。只见门内幺喝之声，开了大门，王兵备坐堂，问："击鼓者何人？"中军官将妇人带进，闻氏且哭且诉，将家门不幸遭变，一家父子三口死于非命，只剩得丈夫沈襄，昨日又被公差中途谋害，有枝有叶的细说了一遍。王兵备唤张千、李万上来，问其缘故。张千、李万说一句，妇人就剪一句，妇人说得句句有理，张千、李万抵搪不过。王兵备思想到："那严府势大，私谋杀人之事，往往有之，此情难保其无。"便差中军官押了三人，发去本州勘审。

那知州姓贺，奉了这项公事，不敢怠慢，即时扣了店主人到来，听四人的口词。妇人一口咬定二人谋害他丈夫；李万招称为出恭慢了一步，因而相失；张千、店主人都据实说了一遍。知州委决不下。那妇人又十分哀切，像个真情，张千、李万又不肯招认。想了一回，将四人闭于空房，打轿去拜冯主事，看他口气若何。

冯主事见知州来拜，急忙迎接归厅。茶罢，贺知州提起沈襄之事，才说得"沈襄"二字，冯主事便掩着双耳，道："此乃严相公仇家，学生虽有年谊，平素实无交情。老公祖休得下问，恐严府知道，有累学生。"说罢，站起身来，道："老公祖既有公事，不敢留坐了。"贺知州一场没趣，只得作别。在轿上想道："据冯公如此惧怕严府，沈襄必然不在他家，或者被公人所害，也不见得。或者去投冯公，见拒不纳，别走个相识人家去了，亦未可知。"

回到州中，又取出四人来，问闻氏道："你丈夫除了冯主事，州中还认得有何人？"闻氏道："此地并无相识。"知州道："你丈夫是甚么时候去的？那张千、李万几时来回复你的说话？"闻氏道："丈夫是昨日未吃午饭前就去的，却是李万同出店门。到申牌时分，张千假说催趱上路，也到城中去了，天晚方回来。张千兀自向小妇人说道：'我李家兄弟，跟着你丈夫冯主事家歇了，明日我早去催他出城。'今早张千去了一个早晨，两人双双而回，单不见了丈夫，不是他谋害了是谁？若是我丈夫不在冯家，昨日李万就该追寻了，张千也该着忙，如何将好言语稳住小妇人？其情可知。一定张千、李万两个在路上预先约定，却教李万乘夜下手。今早张千进城，两个乘

早将尸首埋藏停当，却来回复我小妇人。望青天爷爷明鉴！”贺知州道：“说得是。”张千、李万正要分辨，知州相公喝道：“你做公差所干何事？若非用计谋死，必然得财买放，有何理说？”喝教手下将那张、李重责三十，打得皮开肉绽，鲜血迸流，张千、李万只是不招。

妇人在旁，只顾哀哀的痛哭。知州相公不忍，便讨夹棍将两个公差夹起。那么差其实不曾谋死，虽然负痛，怎生招得？一连上了两夹，只是不招。知州相公再要夹时，张、李受苦不过，再三哀求道：“沈襄实未曾死，乞爷爷立个限期，差人押小的捱寻沈襄，还那闻氏便了。”知州也没有定见，只得勉从其言。闻氏且发尼姑庵住下。差四名民壮，锁押张千、李万二人，追寻沈襄，五日一比[5]。店主释放宁家。将情具由申详兵备道，道里依缴了。

张千、李万一条铁链锁着，四名民壮，轮番监押。带得几两盘缠，都被民壮搜去为酒食之费，一把倭刀，也当酒吃了。那临清去处又大，茫茫荡荡，来千去万，那里去寻沈公子？也不过一时脱身之法。闻氏在尼姑庵住下，刚到五日，准准的又到州里去啼哭，要生要死。州守相公没奈何，只苦得批较差人张千、李万。一连比了十数限，不知打了多少竹批，打得爬走不动。张千得病身死。

单单剩得李万，只得到尼姑庵来拜求闻氏道：“小的情极，不得不说了。其实奉差来时，有经历金绍，口传杨总督钧旨，教我中途害你丈夫，就所在地方，讨个结状回报。我等口虽应承，怎肯行此不仁之事？不知你丈夫何故，忽然逃走，与我们实实无涉。青天在上，若半字虚情，全家祸灭！如今官府五日一比，兄弟张千，已自打死，小的又累死，也是冤枉。你丈夫的确未死，小娘子他日夫妻相逢有日。只求小娘子休去州里啼啼哭哭，宽小的比限，完全狗命，便是阴德。”闻氏道：“据你说不曾谋害我丈夫，也难准信。既然如此说，奴家且不去禀官，容你从容查访。只是你们自家要上紧用心，休得怠慢。”李万喏喏连声而去。有诗为证：

白金廿两酿凶谋，谁料中途已失囚。
锁打禁持熬不得，尼庵苦向妇人求。

官府立限缉获沈襄，一来为他是总督衙门的紧犯，二来为妇人日日哀求，所以上紧严比。今日也是那李万不该命绝，恰好有个机会。

却说说督杨顺、御史路楷，两个日夜商量，奉承严府，指望旦夕封侯拜爵。谁知朝中有个兵科给事中吴时来，风闻杨顺横杀平民冒功之事，把他尽情劾奏一本，并劾路楷朋奸助恶。嘉靖爷正当设醮祝厘[6]，见说杀害平民，大伤和气，龙颜大怒，着锦衣卫扭解来京问罪。严嵩见圣怒不测，一时不及救护，到底亏他于中调停，止于削爵为民。可笑杨顺、路楷杀人媚人，至此徒为人笑，有何益哉！

再说贺知州所得杨总督去任，已自把这公事看得冷了，又闻氏连次不来哭禀，两个差人又死了一个，只剩得李万，又苦苦哀求不已。贺知州分付，打开铁链，与他个广捕文书，只教他用心缉访，明是放松之意。李万得了广捕文书，犹如捧了一道赦书，连连磕了几个头，出得府门，一道烟走了。身边又无盘缠，只得求乞而归，不

在话下。

却说沈小霞在冯主事家复壁之中，住了数月，外边消息无有不知，都是冯主事打听将来，说与小霞知道。晓得闻氏在尼姑庵寄居，暗暗欢喜。过了年余，已知张千、李万都逃了，这公事渐渐懒散。冯主事特地收拾内书房三间，安放沈襄在内读书，只不许出外，外人亦无有知者。冯主事三年孝满，为有沈公子在家，也不去起复做官。

光阴似箭，一住八年。值严嵩一品夫人欧阳氏卒，严世蕃不肯扶柩还乡，唆父亲上本留己待养，却于丧中簇拥姬妾，日夜饮酒作乐。嘉靖爷天性至孝，访知其事，心中甚是不悦。时有方士蓝道行，善扶鸾之术，天子召见，教他请仙，问以辅臣贤否。蓝道行奏道："臣所召乃是上界真仙，正真无阿，万一箕下判断有忤圣心，乞恕微臣之罪。"嘉靖爷道："朕正愿闻天心正论，与卿何涉？岂有罪卿之理？"蓝道行书符念咒，神箕自动，写出十六个字来，道是：

高山番草，父子阁老。日月无光，天地颠倒。

嘉靖爷爷看了，问蓝道行道："卿可解之。"蓝道行奏道："微臣愚昧未解。"嘉靖爷道："朕知其说。'高山'者，'山'字连'高'，乃是'嵩'字，'番草'者，'番'字'草'头，乃是'蕃'字。此指严嵩、严世蕃父子二人也。朕久闻其专权误国，今仙机示朕，朕当即为处分，卿不可泄于外人。"蓝道行叩头，口称不敢，受赐而出。

从此嘉靖爷渐渐疏了严嵩。有御史邹应龙，看见机会可乘，遂劾奏："严世蕃凭借父势，卖官鬻爵，许多恶迹，宜加显戮。其父严嵩溺爱恶子，植党蔽贤，宜亟赐休退，以清政本。"嘉靖爷见疏大喜，即升应龙为通政右参议。严世蕃下法司，拟成充军之罪，严嵩回籍。未几，又有江西巡按御史林润，复奏严世蕃不赴军伍，居家愈加暴横，强占民间田产，畜养奸人，私通倭虏，谋为不轨。得旨三法司提问，问官勘实复奏，严世蕃即时处斩，抄没家财。严嵩发养济院终老。被害诸臣，尽行昭雪。

冯主事得此喜信，慌忙报与沈襄知道，放他出来，到尼姑庵访问那闻淑女。夫妇相见，抱头而哭。闻氏离家时，怀孕三月。今在庵中，生下一孩子，已十岁了。闻氏亲自教他念书，五经皆已成诵，沈襄欢喜无限。冯主事方上京补官，教沈襄同去讼理父冤，闻氏暂迎归本家园上居住。

沈襄从其言，到了北京。冯主事先去拜了通政司邹参议，将沈炼父子冤情说了，然后将沈襄讼冤本稿送与他看，邹应龙一力担当。次日，沈襄将奏本往通政司挂号投递。圣旨下，沈炼忠而获罪，准复原官，仍进一级，以旌其直；妻子召还原籍；所没入财产，府县官照数给还；沈襄食廪年久准贡，敕授知县之职。

沈襄复上疏谢恩，疏中奏道："臣父炼向在保安，因目击宣大总督杨顺，杀戮平民冒功，吟诗感叹。适值御史路楷，阴受严世蕃之嘱，巡按宣大，与杨顺合谋，陷臣父于极刑，并杀臣弟二人，臣亦几于不免。冤尸未葬，危宗几绝，受祸之惨，莫如臣家。今严世蕃正法，而杨顺、路楷安然保首领于乡，使边廷万家之怨骨，衔恨无伸；臣家三命之冤魂，含悲莫控。恐非所以肃刑典而慰人心也。"圣旨准奏，复提杨顺、

路楷到京，问成死罪，监刑部牢中待决。

沈襄来别冯主事，要亲到云州，迎接母亲和兄弟沈衮到京，依傍冯主事寓所相近居住；然后往保安州访求父亲骸骨，负归埋葬。冯主事道："老年嫂处，适才已打听个消息，在云州康健无恙。令弟沈衮，已在彼游庠了。下官当遣人迎之。尊公遗体要紧，贤侄速往访问，到此相会令堂可也。"沈襄领命，径往保安。一连寻访两日，并无踪迹。第三日，因倦借坐人家门首，有老者从内而出，延进草堂吃茶。见堂中挂一轴子，乃楷书诸葛孔明两次《出师表》也，表后但写年月，不着姓名。沈小霞看了又看，目不转睛。老者道："客官为何看之？"沈襄道："动问老丈，此字是何人所书？"老者道："此乃吾亡友沈青霞之笔也。"沈小霞道："为何留在老丈处？"老者道："老夫姓贾名石，当初沈青霞编管此地，就在舍下作寓。老夫与他八拜之交，最相契厚。不料后遭奇祸，老夫惧怕连累，也往河南逃避。带得这二幅《出师表》，裱成一幅，时常展视，如见吾兄之面。杨总督去任后，老夫方敢还乡。嫂嫂徐夫人和幼子沈衮，徙居云州，老夫时常去看他。近日闻得严家势败，吾兄必当昭雪，已曾遣人去云州报信。恐沈小官人要来移取父亲灵柩，老夫将此轴悬挂在中堂，好教他认认父亲遗笔。"

沈小霞听罢，连忙拜倒在地，口称"恩叔"。贾石慌忙扶起，道："足下果是何人？"沈小霞道："小侄沈襄，此轴乃亡父之笔也。"贾石道："闻得杨顺这厮，差人到贵府来提贤侄，要行一网打尽之计。老夫只道也遭其毒手，不知贤侄何以得全？"沈小霞将临清事情，备细说了一遍。贾石口称难得，便分付家童治饭款待。沈小霞问道："父亲灵柩，恩叔必知，乞烦指引一拜。"贾石道："你父亲屈死狱中，是老夫偷尸埋葬，一向不敢对人说知。今日贤侄来此搬回故土，也不枉老夫一片用心。"说罢，刚欲出门，只见外面一位小官人骑马而来。贾石指道："遇巧，遇巧！恰好令弟来也。"那小官便是沈衮，下马相见，贾石指沈小霞道："此位乃大令兄讳襄的便是。"此日弟兄方才识面，恍如梦中相会，抱头而哭。

贾石领路，三人同到沈青霞墓所，但见乱草迷离，土堆隐起。贾石引二沈拜了，二沈俱哭倒在地。贾石劝了一回道："正要商议大事，休得过伤。"二沈方才收泪。贾石道："二哥、三哥，当时死于非命，也亏了狱卒毛公存仁义之心，可怜他无辜被害，将他尸藁葬于城西三里之外。毛公虽然已故，老夫亦知其处，若扶令先尊灵柩回去，一起带回，使他父子魂魄相依，二位意下何如？"二沈道："恩叔所言，正合愚弟兄之意。"当日，又同贾石到城西看了，不胜悲感。次日，另备棺木，择吉破土，重新殡殓。二人面色如生，毫不朽败，此乃忠义之气所致也。二沈悲哭自不必说。当时备下车仗，抬了三个灵柩，别了贾石起身。临别，沈襄对贾石道："这一轴《出师表》，小侄欲问恩叔取去，供养祠堂，幸勿见拒。"贾石慨然许了，取下挂轴相赠。二沈就草堂拜谢，垂泪而别。沈襄先奉灵柩到张家湾，觅船装载。

沈襄复身又到北京，见了母亲徐夫人，回复了说法，拜谢了冯主事起身。此时，京中官员，无不追念沈青霞忠义，怜小霞母子扶柩远归，也有送勘合的，也有赠赙金

的，也有馈赆仪的。沈小霞只受勘合一张，余俱不受。到了张家湾，另换了官座船，驿递起人夫一百名牵缆，走得好不快。

不一日，来到临清，沈襄分付座船，暂泊河下，单身入城，到冯主事家投了主事平安书信，园上领了闻氏淑女并十岁儿子下船。先参了灵柩，后见了徐夫人。那徐氏见了孙儿如此长大，喜不可言。当初只道灭门绝户，如今依旧有子有孙，昔日冤家，皆恶死见报。天理昭然，可见做恶人的到底吃亏，做好人的到底便宜。

闲话休题。到了浙江绍兴府，孟春元领了女儿孟氏，在二十里外迎接。一家骨肉重逢，悲喜交集。将丧船停泊马头，府县官员都在吊孝。旧时家产，已自清查给还。二沈扶柩葬于祖茔，重守三年之制，无人不称大孝。抚按又替沈炼建造表忠祠堂，春秋祭祀。亲笔《出师表》一轴，至今供奉在祠堂之中。

服满之日，沈襄到京受职，做了知县。为官清正，直升到黄堂知府。闻氏所生之子，少年登科，与叔叔沈衮同年进士。子孙世世书香不绝。

冯主事为救沈襄一事，京中重其义气，累官至吏部尚书。忽一日，梦见沈青霞来拜候道："上帝怜某忠直，已授北京城隍之职。屈年兄为南京城隍，明日午时上任。"冯主事觉来甚以为疑，至日午，忽见轿马来迎，无疾而逝。二公俱已为神矣。有诗为证，诗曰：

生前忠义骨犹香，魂魄为神万古扬。
料得奸魂沉地狱，皇天果报自昭彰！

【注释】

①先年：从前。

②丁忧：守丧。

③白日撞：白天撞入人家作案的窃贼。

④张智：主见。

⑤一比：封建时代的刑名，指一次拷打追比。

⑥设醮祝厘：招令道士设立道场祈福消灾。

警世通言

(明)冯梦龙编著

明人冯梦龙编辑的话本小说集,共四十卷,四十篇。刊行于明天启四年(1624年),时在《喻世明言》版行之后。书中也有不少的宋元旧篇,但都经过了冯梦龙的加工和改写(如《崔待诏生死冤家》脱胎于《碾玉观音》,《蒋淑真刎颈鸳鸯会》脱胎于《刎颈鸳鸯会》等),所以全书的风格基本上保持一致。

今选的十篇小说中,《吕大郎还金完骨肉》赞扬了劳动者之间真诚相助的可贵;《王娇鸾百年长恨》痛斥了慕色男子的负心薄情;《宋小官团圆破毡笠》、《乐小舍拚生觅偶》歌颂了生死不渝的真挚爱情;《玉堂春落难逢夫》、《杜十娘怒沉百宝箱》则集中反映了沦为妓女的下层妇女受侮辱被玩弄的悲惨命运。尤其是《杜十娘怒沉百宝箱》一篇,可以说是此类题材中最为出色的一篇,也是明代话本小说中成就最高的作品之一。

庄子休鼓盆成大道

富贵五更春梦,功名一片浮云。眼前骨肉亦非真,恩爱翻成仇恨。莫把金枷套颈,休将玉锁缠身。清心寡欲脱凡尘,快乐风光本分

这首《西江月》词,是个劝世之言。要人割断迷情,逍遥自在。且如父子天性,兄弟手足,这是一本连枝,割不断的。儒、释、道,三教虽殊,总抹不得孝弟二字。至于生子生孙,就是下一辈事,十分周全不得了。常言道得好:

儿孙自有儿孙福,莫与儿孙作马牛。

若论到夫妇,虽说是红线缠腰,赤绳系足,到底是剜肉粘肤,可离可合。常言又说得好:

夫妻本是同林鸟,巴到天明各自飞。

近世人情恶薄,父子兄弟到也平常,儿孙虽是疼痛,总比不得夫妇之情。他溺的是闺中之爱,听的是枕上之言,多少人被妇人迷惑,做出不孝不弟的事来。这断不是高明之辈。如今说这庄生鼓盆的故事,不是唆人夫妻不睦,只要人辨出贤愚,参破真假。从第一着迷处,把这念头放淡下来,渐渐六根清净,道念滋生,自有受

用。昔人看田夫插秧，咏诗四句，大有见解。诗曰：

手把青秧插野田，低头便见水中天。
六根清净方为稻，退步原来是向前。

话说周末时，有一高贤，姓庄名周，字子休，宋国蒙邑人也。曾仕周为漆园吏。师事一个大圣人，是道教之祖，姓李名耳，字伯阳。伯阳生而白发，人都呼为老子。庄生常昼寝，梦为蝴蝶，栩栩然于园林花草之间，其意甚适。醒来时，尚觉臂膊如两翅飞动，心甚异之。以后不时有此梦。庄生一日在老子座间讲《易》之暇，将此梦诉之于师。却是个大圣人，晓得三生来历。向庄生指出夙世因由："那庄生原是混沌初分时一个白蝴蝶。天一生水，二生木，木荣花茂，那白蝴蝶采百花之精，夺日月之秀，得了气候，长生不死，翅如车轮。后游于瑶池，偷采蟠桃花蕊，被王母娘娘位下守花的青鸾啄死。其神不散，托生于世，做了庄周。"因他根器不凡，道心坚固，师事老子，学清净无为之教。今日被老子点破了前生，如梦初醒。自觉两腋风生，有栩栩然蝴蝶之意，把世情荣枯得丧，看作行云流水，一丝不挂。老子知他心下大悟，把《道德》五千字的秘诀，倾囊而授。庄生嘿嘿诵习修炼，遂能分身隐形，出神变化。从此弃了漆园吏的前程，辞别老子，周游访道。他虽宗清净之教，原不绝夫妇之伦，一连娶过三遍妻房。第一妻，得疾夭亡；第二妻，有过被出。如今说的是第三妻，姓田，乃田齐族中之女。庄生游于齐国，田宗重其人品，以女妻之。那田氏比先前二妻，更有姿色：

肌肤若冰雪，绰约似神仙。

庄生不是好色之徒，却也十分相敬。真个如鱼似水。楚威王闻庄生之贤，遣使持黄金百镒，文锦千端，安车驷马，聘为上相。庄生叹道："牺牛身被文绣，口食刍菽，见耕牛力作辛苦，自夸其荣。及其迎入太庙，刀俎在前，欲为耕牛而不可得也！"遂却之不受。挈妻归宋，隐于曹州之南华山。

一日，庄生出游山下，见荒冢累累，叹道："'老少俱无辨，贤愚同所归。'人归冢中，冢中岂能复为人乎！"嗟咨了一回。再行几步，忽见一新坟，封土未干。一年少妇人，浑身缟素，坐于此冢之傍，手运齐纨素扇，向冢连扇不已。庄生怪而问之："娘子，冢中所葬何人？为何举扇扇土？必有其故。"那妇人并不起身，运扇如故，口中莺啼燕语，说出几句不通道理的话来。正是：

听时笑破千人口，说出加添一般羞。

那妇人道："冢中乃妾之拙夫，不幸身亡，埋骨于此。生时与妾相爱，死不能舍。遗言教妾如要改适他人，直待葬事毕后，坟土干了，方才可嫁。妾思新筑之土，如何得就干，因此举扇扇之。"庄生含笑，想道："这妇人好性急！亏他还说生前相爱，若不相爱的，还要怎么？"乃问道："娘子，要这新土干燥极易。因娘子手腕娇软，举扇无力，不才愿替娘子代一臂之劳。"那妇人方才起身，深深道个万福："多谢官人！"双手将素白纨扇，递与庄生。庄生行起道法，举手照冢顶连扇数扇，水气都尽，其土顿干。妇人笑容可掬，谢道："有劳官人用力。"将纤手向鬓傍拔下一股银钗，连那纨扇

送庄生，权为相谢。庄生却其银钗，受其纨扇。妇人欣然而去，庄生心下不平。回到家中，坐于草堂，看了纨扇，口中叹出四句：

不是冤家不聚头，冤家相聚几时休？
早知死后无情义，索把生前恩爱勾。

田氏在背后，闻得庄生嗟叹之语，上前相问。那庄生是个有道之士，夫妻之间亦称为先生。田氏道："先生有何事感叹？此扇从何而得？"庄生将妇人扇冢，要土干改嫁之言述了一遍。"此扇即扇土之物。因我助力，以此相赠。"田氏听罢，忽发忿然之色，向空中把那妇人"千不贤，万不贤"骂了一顿。对庄生道："如此薄情之妇，世间少有！"庄生又道出四句：

生前个个说恩深，死后人人欲扇坟。
画龙画虎难画骨，知人知面不知心。

田氏闻言大怒。自古道："怨废亲，怒废礼。"那田氏怒中之言，不顾体面，向庄生面上一啐，说道："人类虽同，贤愚不等。你何得轻出此语，将天下妇道家看作一例？却不道歉人[1]带累好人。你却也不怕罪过！"庄生道："莫要弹空说嘴。假如不幸我庄周死后，你这般如花似玉的年纪，难道挨得过三年五载？"田氏道："'忠臣不事二君，烈女不更二夫。'那见好人家妇女吃两家茶，睡两家床！若不幸轮到我身上，这样没廉耻的事，莫说三年五载，就是一世也成不得。梦儿里也还有三分的志气。"庄生道："难说，难说！"田氏口出詈语[2]道："有志妇人胜如男子。似你这般没仁没义的，死了一个，又讨一个，出了一个，又纳一个。只道别人也是一般见识。我们妇道家一鞍一马，到是站得脚头定的。怎么肯把话与他人说，惹后世耻笑？你如今又不死，直恁枉杀了人！"就庄生手中，夺过纨扇，扯得粉碎。庄生道："不必发怒，只愿得如此争气甚好！"自此无话。

过了几日，庄生忽然得病，日加沉重。田氏在床头，哭哭啼啼。庄生道："我病势如此，永别只在早晚。可惜前日纨扇扯碎，留得在此，好把与你扇坟！"田氏道："先生休要多心！妾读书知礼，从一而终，誓无二志！先生若不见信，妾愿死于先生之前，以明心迹。"庄生道："足见娘子高志，我庄某死亦瞑目。"说罢，气就绝了。

田氏抚尸大哭。少不得央及东邻西舍，制备衣衾棺椁殡殓。田氏穿了一身素缟，真个朝朝忧闷，夜夜悲啼。每想着庄生生前恩爱，如痴如醉，寝食俱废。山前山后庄户，也有晓得庄生是个逃名的隐士，来吊孝的，到底不比城市热闹。

到了第七日，忽有一少年秀士，生得面如傅粉，唇若涂朱，俊俏无双，风流第一。穿扮的紫衣玄冠，绣带朱履。带着一个老苍头，自称楚国王孙，向年[3]曾与庄子休先生有约，欲拜在门下，今日特来相访。见庄生已死，口称："可惜！"慌忙脱下色衣，叫苍头于行囊内取出素服穿了，向灵前四拜道："庄先生，弟子无缘，不得面会侍教，愿为先生执百日之丧，以尽私淑[4]之情。"说罢，又拜了四拜，洒泪而起。便请田氏相见。田氏初次推辞。王孙道："古礼，通家朋友，妻妾都不相避，何况小子与庄先生有师弟之约。"田氏只得步出孝堂，与楚王孙相见，叙了寒温。

田氏一见楚王孙人才标致，就动了怜爱之心，只恨无由厮近。楚王孙道：“先生虽死，弟子难忘思慕。欲借尊居，暂住百日：一来守先师之丧；二者先师留下有什么著述，小子告借一观，以领遗训。”田氏道：“通家之宜，久住何妨。”当下治饭相款。

饭罢，田氏将庄子所著《南华真经》，及老子《道德》五千言，和盘托出，献与王孙。王孙殷勤感谢。草堂中间占了灵位，楚王孙在左边厢安顿。田氏每日假以哭灵为由，就左边厢，与王孙攀话。日渐情熟，眉来眼去，情不能已。楚王孙只有五分，那田氏到有十分。所喜者深山隐僻，就做差了些事，没人传说；所恨者新丧未久，况且女求于男，难以启齿。

又挨了几日，约莫有半月了，那婆娘心猿意马，按捺不住。悄地唤老苍头进房，赏以美酒，将好言抚慰。从容问：“你家主人曾婚配否？”老苍头道：“未曾婚配。”婆娘又问道：“你家主人要拣什么样人物才肯婚配？”老苍头带醉道：“我家王孙曾有言，若得像娘子一般丰韵的，他就心满意足。”婆娘道：“果有此话？莫非你说谎？”老苍头道：“老汉一把年纪，怎么说谎？”婆娘道：“我央你老人家为媒说合。若不弃嫌，奴家情愿服事你主人。”老苍头道：“我家主人也曾与老汉说来，道一段好姻缘，只碍师弟二字，恐惹人议论。”婆娘道：“你主人与先夫，原是生前空约，没有北面听教的事，算不得师弟，又且山僻荒居，邻舍罕有，谁人议论！你老人家是必委曲成就，教你吃杯喜酒。”老苍头应允。临去时，婆娘又唤转来嘱咐道：“若是说得允时，不论早晚，便来房中，回复奴家一声。奴家在此专等。”

老苍头去后，婆娘悬悬而望。孝堂边张了数十遍，恨不能一条细绳缚了那俏后生俊脚，扯将入来，搂做一处。将及黄昏，那婆娘等得个不耐烦，黑暗里走入孝堂，听左边厢声息。忽然灵座上作响，婆娘吓了一跳，只道亡灵出现。急急走转内室，取灯火来照，原来是老苍头吃醉了，直挺挺的卧于灵座桌上。婆娘又不敢嗔责他，又不敢声唤他，只得回房。挨更挨点，又过了一夜。

次日，见老苍头行来步去，并不来回复那话儿。婆娘心下发痒，再唤他进房，问其前事。老苍头道：“不成，不成！”婆娘道：“为何不成？莫非不曾将昨夜这些话剖豁明白？”老苍头道：“老汉都说了，我家王孙也说得有理。他道：‘娘子容貌，自不必言。未拜师徒，亦可不论。但有三件事未妥，不好回复得娘子。’”婆娘道：“那三件事？”老苍头道：“我家王孙道：‘堂中见摆着个凶器，我却与娘子行吉礼，心中何忍，且不雅相。二来庄先生与娘子是恩爱夫妻，况且他是个有道德的名贤，我的才学万分不及，恐被娘子轻薄。三来我家行李尚在后边未到，空手来此，聘礼筵席之费，一无所措。为此三件，所以不成。’”婆娘道：“这三件都不必虑。凶器不是生根的，屋后还有一间破空房，唤几个庄客抬他出去就是。这是一件了。第二件，我先夫那里就是个有道德的名贤！当初不能正家，致有出妻[5]之事，人称其薄德。楚威王慕其虚名，以厚礼聘他为相，他自知才力不胜，逃走在此。前月独行山下，遇一寡妇，将扇扇坟，待坟土干燥，方才嫁人。拙夫就与他调戏，夺他纨扇，替他扇土，将那把纨扇带回，是我扯碎了。临死时几日，还为他淘了一场气，又什么恩爱？你家主人青年好学，进不可量。况他乃是王孙之贵，奴家亦是田宗之女，门地相当。今日到此，姻缘天合。第三件，聘礼筵席之费，奴家作主，谁人要得聘礼！筵席也是小事。奴家更积得私房白金二十两，赠与你主人，做一套新衣服。你再去道达。若成就时，今夜是合婚吉日，便要成亲。”老苍头收了二十两银子，回复楚王孙。楚王孙只得顺从。老苍头回复了婆娘。那婆娘当时欢天喜地，把孝服除下，重匀粉面，再点朱唇，穿了一套新鲜色衣，叫老苍头顾唤近山庄客，扛抬庄生尸柩，停于后面破屋之内。打扫草堂，准备做合婚筵席。有诗为证：

俊俏孤孀别样娇，王孙有意更相挑。
一鞍一马谁人语？今夜思将快婿招。

是夜，那婆娘收拾香房，草堂内摆得灯烛辉煌。楚王孙簪缨袍服，田氏锦袄绣裙，双双立于花烛之下。一对男女，如玉琢金装，美不可说。交拜已毕，千恩万爱的，携手入于洞房。吃了合卺杯，正欲上床解衣就寝，忽然楚王孙眉头双皱，寸步难移，登时倒于地下，双手磨胸，只叫心疼难忍。

田氏心爱王孙，顾不得新婚廉耻，近前抱住，替他抚摩，问其所以。王孙痛极不语，口吐涎沫，奄奄欲绝。老苍头慌做一堆。田氏道：“王孙平日曾有此症候否？”老苍头代言：“此症平日常有，或一二年发一次，无药可治。只有一物，用之立效。”田氏急问：“所用何物？”老苍头道：“太医传一奇方，必得生人脑髓热酒吞之，其痛立止。平日此病举发，老殿下奏过楚王，拨一名死囚来，缚而杀之，取其脑髓。今山中如何可得？其命合休矣！”田氏道：“生人脑髓，必不可致。第不知死人的可用得么？”老苍头道：“太医说，凡死未满四十九日者，其脑尚未干枯，亦可取用。”田氏道：“吾夫死方二十余日，何不斫棺而取之？”老苍头道：“只怕娘子不肯。”田氏道：“我与王孙成其夫妇，妇人以身事夫，自身尚且不惜，何有于将朽之骨乎！”即命老苍头伏侍王孙，自己寻了砍柴板斧，右手提斧，左手携灯，往后边破屋中，将灯檠放于棺盖之上，觑定棺头，双手举斧，用力劈去。

妇人家气力单微，如何劈得棺开？有其缘故，那庄周是达生之人，不肯厚敛。桐棺三寸，一斧就劈去了一块木头。再一斧去，棺盖便裂开了。只见庄生从棺内叹口气，推开棺盖，挺身坐起。田氏虽然心狠，终是女流，吓得腿软筋麻，心头乱跳，斧头不觉坠地。庄生叫：“娘子，扶起我来。”那婆娘不得已，只得扶庄生出棺。庄生携灯，婆娘随后，同进房来。婆娘心知房中有楚王孙主仆二人，捏两把汗，行一步，反退两步。比及到房中看时，铺设依然灿烂，那主仆二人，阒然不见。婆娘心下虽然暗暗惊疑，却也放下了胆，巧言抵饰，向庄生道：“奴家自你死后，日夕思念。方才听得棺中有声响，想古人中多有还魂之事，望你复活，所以用斧开棺。谢天谢地，果然重生！实力奴家之万幸也！”庄生道：“多谢娘子厚意。只是一件，娘子守孝未久，为何锦袄绣裙？”婆娘又解释道：“开棺见喜，不敢将凶服冲动，权用锦绣，以取吉兆。”庄生道：“罢了！还有一节，棺木何不放在正寝，却撇在破屋之内，难道也是吉兆？”婆娘无言可答。庄生又见杯盘罗列，也不问其故，教暖酒来饮。庄生放开大量，满

饮数觥。那婆娘不达时务，指望煨然老公，重做夫妻，紧挨着酒壶，撒娇撒痴，甜言美语，要哄庄生上床同寝。

庄生饮得酒大醉，索纸笔写出四句：

从前了却冤家债，你爱之时我不爱。

若重与你做夫妻，怕你巨斧劈开天灵盖。

那婆娘看了这四句诗，羞惭满面，顿口无言，庄生又写出四句：

夫妻百夜有何恩？见了新人忘旧人。

甫得盖棺遭斧劈，如何等待扇干坟！

庄生又道："我则教你看两个人。"庄生用手将外面一指，婆娘回头而看，只见楚王孙和老苍头踱将进来。婆娘吃了一惊，转身不见了庄生。再回头时，连楚王孙主仆都不见了。那里有什么楚王孙、老苍头？此皆庄生分身隐形之法也。那婆娘精神恍惚，自觉无颜，解腰间绣带，悬梁自缢，呜呼哀哉。这到是真死了。庄生见田氏已死，解将下来，就将劈破棺木盛放了他；把瓦盆为乐器，鼓之成韵，倚棺而作歌。歌曰：

大块无心兮，生我与伊。我非伊夫兮，伊非我妻。偶然邂逅兮，一室同居。大限既终兮，有合有离。人之无良兮，生死情移。真情既见兮，不死何为！伊生兮拣择去取，伊死兮还返空虚。伊吊我兮，赠我以巨斧；我吊伊兮，慰伊以歌词。斧声起兮我复活，歌声发兮伊可知。噫嘻，敲碎瓦盆不再鼓，伊是何人我是谁？

庄生歌罢，又吟诗四句：

你死我必埋，我死你必嫁。

我若真个死，一场大笑话。

庄生大笑一声，将瓦盆打碎。取火从草堂放起，屋宇俱焚，连棺木化为灰烬。只有《道德经》、《南华经》不毁，山中有人检取，传流至今。庄生遨游四方，终身不娶。或云遇老子于函谷关，相随而去，已得大道成仙矣。诗云：

杀妻吴起太无知，荀令伤神亦可嗤。

请看庄生鼓盆事，逍遥无碍是吾师。

【注释】

①歉人：坏人。

②詈(音 lì)语：骂人的话。

③向年：往年。

④私淑：私自敬仰而未得到直接的传授。

⑤出妻：休妻。

吕大郎还金完骨肉

毛宝放龟悬大印，宋郊渡蚁占高魁。

世人尽说天高远，谁积阴功暗里来。

话说浙江嘉兴府长水塘地方，有一富翁，姓金名钟，家财万贯，世代都称员外。性至悭吝，平生常有五恨。那五恨？

一恨天，二恨地，三恨自家，四恨爹娘，五恨皇帝。

恨天者，恨他不常常六月，又多了秋风冬雪，使人怕冷，不免费钱买衣服来穿。恨地者，恨他树木生得不凑趣。若是凑趣，生得齐整如意，树木就好做屋柱，枝条大者，就好做梁，细者就好做椽，却不省了匠人工作。恨自家者，恨肚皮不会作家，一日不吃饭，就饿将起来。恨爹娘者，恨他遗下许多亲眷朋友，来时未免费茶费水。恨皇帝者，我的祖宗分授的田地，却要他来收钱粮！不止五恨，还有四愿，愿得四般物事。那四般物事？

一愿得邓家铜山，二愿得郭家金穴，三愿得石崇的聚宝盆。

四愿得吕纯阳祖师点石为金这个手指头。

因有这四愿、五恨，心常不足。积财聚谷，日不暇给。真个是数米而炊，称柴而爨。因此乡里起他一个异名，叫做金冷水，又叫金剥皮。尤不喜者是僧人。世间只有僧人讨便宜，他单会布施俗家的东西，再没有反布施与俗家之理。所以金冷水见了僧人，就是眼中之钉，舌中之刺。他住居相近处，有个福善庵。金员外生年五十，从不晓得在庵中破费一文的香钱。所喜浑家单氏，与员外同年同月同日，只不同时，他偏好斋好善。金员外喜他的是吃斋，恼他的是好善。因四十岁上，尚无子息，单氏瞒过了丈夫，将自己钗梳二十余金，布施与福善庵老僧，教他妆佛诵经，祈求子嗣。佛门有应，果然连生二子，且是俊秀。因是福善庵祈求来的，大的小名福儿，小的小名善儿。单氏自得了二子之后，时常瞒了丈夫，偷柴偷米，送于福善庵，供养那老僧。金员外偶然察听了些风声，便去咒天骂地，夫妻反目，直聒得一个不耐烦方休。如此也非止一次，只为浑家也是个硬性，闹过了，依旧不理。

其年夫妻齐寿，皆当五旬。福儿年九岁，善儿年八岁，踏肩生下来的，都已上学读书，十全之美。到生辰之日，金员外恐有亲朋来贺寿，预先躲出。单氏又凑些私房银两，送与庵中打一坛斋醮。一来为老夫妇齐寿，二来为儿子长大，了还愿心。日前也曾与丈夫说过来，丈夫不肯，所以只得私房做事。其夜，和尚们要铺设长生佛灯，叫香火道人至金家，问金阿妈叫几斗糙米。单氏偷开了仓门，将米三斗，付与道人去了。随后金员外回来，单氏还在仓门口封锁，被丈夫窥见了，又见地下狼藉些米粒，知是私房做事。欲要争嚷，心下想道："今日生辰好日，况且东西去了，也讨不转来，干拌去了涎沫。"只推不知，忍住这口气。一夜不睡，左思右想道："叵耐这贼秃，常时来蒿恼我家！到是我看家的一个耗鬼。除非那秃驴死了，方绝其患。"恨无计策。

到天明时，老僧携着一个徒弟来回覆醮事。原来那和尚也怕见金冰水，且站在门外张望。金老早已瞧见，眉头一皱，计上心来，取了几文钱，从侧门走出市心，到山药铺里赎些砒霜，转到卖点心的王三郎店里。王三郎正蒸着一笼熟粉，摆一碗糖馅，要做饼子。金冰水袖里摸出八文钱，撇在柜上道："三郎收了钱，大些的饼子与我做四个，馅却不要不少了，你只捏着窝儿，等我自家下馅则个。"王三郎口虽不言，心下想道："有名的金冰水金剥皮，自从开这几年点心铺子，从不见他家半文之面。今日好利市，也撰他八个钱。他是好便宜的，便等他多下些馅去，扳他下次主顾。"王三郎向笼中取出雪团样的熟粉，真个捏做窝儿，递与金冷水说道："员外请尊便。"金冰水却将砒霜末悄悄的撒在饼内，然后加馅，做成饼。如此一连做了四个，热烘烘的放在袖里，离了王三郎店，望自家门首踱将进来。那两个和尚，正在厅中吃茶。金老欣然相揖，揖罢，入内对浑家道："两个师父侵早到来，恐怕肚里饥饿。适才邻舍家邀我吃点心，我见饼子热得好，袖了他四个来，何不就请了两个师父？"单氏深喜丈夫回心向善，取个朱红楪子，把四个饼子装做一楪，叫丫鬟托将出去。那和尚见了员外回家，不敢入坐，已无心吃饼了。见丫鬟送出来，知是阿妈美意，也不好虚得，将四个饼子装做一袖，叫声聒噪，出门回庵而去。金老暗暗欢喜。不在话下。

却说金家两个学生，在社学中读书。放了学时，常到庵中顽耍。这一晚，又到庵中。老和尚想道："金家两位小官人，时常到此，没有什么请得他。今早金阿妈送我四个饼子，还不曾动，放在橱柜里。何不将来熯热了，请他吃一杯茶？"当下分付徒弟，在橱柜里取出四个饼子，厨房下熯得焦黄，热了两杯浓茶，摆在房里，请两位小官人吃茶。两个学生顽耍耍了半晌，正在肚饥，见了热腾腾的饼子，一人两个，都吃了。不吃时犹可，吃了呵，分明是：

一块火烧着心肝，万杆枪攒却腹肚！

两个一时齐叫肚疼。跟随的学童慌了，要扶他回去。奈两个疼做一堆，跑走不动。老和尚也着了忙，正不知什么意故，只得叫徒弟一人背了一个，学童随着，送回金员外家，二僧自去了。金家夫妇这一惊非小，慌忙叫学童问其缘故。学童道："方才到福善庵吃了四个饼子，便叫肚疼起来。那老师父说，这饼子原是我家今早把与他吃的，他不舍得吃，将来恭敬两位小官人。"金员外情知跷蹊了，只得将砒霜实情对阿妈说知。单氏心下越慌了，便把凉水灌他，如何灌得醒？须臾七窍流血，呜呼哀哉，做了一对殇鬼。单氏千难万难，祈求下两个孩儿，却被丈夫不仁，自家毒死了。待要厮骂一场，也是枉然。气又忍不过，苦又熬不过，走进内房，解下束腰罗帕，悬梁自缢。金员外哭了儿子一场，方才收泪，到房中与阿妈商议说话，见梁上这件打秋千的东西，唬得半死。登时就得病上床，不勾七日，也死了。金氏族家，平昔恨那金冷水金剥皮悭吝，此时天赐其便，大大小小，都蜂拥而来，将家私抢个罄尽。此乃万贯家财，有名的金员外一个终身结果，不好善而行恶之报也。有诗为证：

饼内砒霜那得知？害人番害自家儿。
举心动念天知道，果报昭彰岂有私！

方才说金员外只为行恶上，拆散了一家骨肉。如今再说一个人，单为行善上，周全了一家骨肉。正是：

善恶相形，祸福自见。戒人作恶，劝人为善。

话说江南常州府无锡县东门外，有个小户人家，兄弟三人。大的叫做吕玉，第二的叫做吕宝，第三的叫做吕珍。吕玉娶妻王氏，吕宝娶妻杨氏，俱有姿色。吕珍年幼未娶。王氏生下一个孩子，小名叫喜儿，方才六岁，跟邻居家儿童出去看神会，夜晚不回。夫妻两个烦恼，出了一张招子，街坊上，叫了数日，全无影响。吕玉气闷，在家里坐不过，向大户家借了几两本钱，往太仓嘉定一路，收些绵花布匹，各处贩卖，就便访问儿子消息。每年正二月出门，到八九月回家，又收新货。走了四个年头，虽然趁些利息，眼见得儿子没有寻处了。日久心慢，也不在话下。

到第五个年头，吕玉别了王氏，又去做经纪。何期中途遇了个大本钱的布商，谈论之间，知道吕玉买卖中通透，拉他同往山西脱货，就带绒货转来发卖，于中有些用钱相谢。吕玉贪了蝇头微利，随着去了。及至到了山西，发货之后，遇着连岁荒歉，讨赊帐不起，不得脱身。吕玉少年久旷，也不免行户中走了一两篇，走出一身风流疮。服药调治，无面回家。挨到三年，疮才痊好。讨清了帐目。那布商因为稽迟了吕玉的归期，加倍酬谢。吕玉得了些利物，等不得布商收货完备，自己贩了些粗细绒褐，相别先回。

一日早晨，行至陈留地方，偶然去坑厕出恭，见坑板上遗下个青布搭膊，检在手中，觉得沉重。取回下处，打开看时，都是白物，约有二百金之数。吕玉想道："这不意之财，虽则取之无碍，倘若失主追寻不见，好大一场气闷。古人见金不取，拾带重还。我今年过三旬，尚无子嗣，要这横财何用！"忙到坑厕左近伺候，只等有人来抓寻，就将原物还他。

等了一日，不见人来。次日只得起身，又行三五百余里，到南宿州地方。其日天晚，下一个客店。遇着一个同下的客人，闲论起江湖生意之事。那客人说起："自不小心，五日前，侵晨[①]到陈留县解下搭膊登东，偶然官府在街上过，心慌起身，却忘记了那搭膊，里面有二百两银子。直到夜里脱衣要睡，方才省得。想着过了一日，自然有人拾去了，转去寻觅，也是无益。只得自认晦(悔)气罢了。"吕玉便问："老客尊姓？高居何处？"客人道："在下姓陈，祖贯徽州。今在扬州闸上开个粮食铺子。敢问老兄高姓？"吕玉道："小弟姓吕，是常州无锡县人。扬州也是顺路，相送尊兄到彼奉拜。"客人也不知详细，答应道："若肯下顾最好。"次早，二人作伴同行。

不一日，来到扬州闸口。吕玉也到陈家铺子，登堂作揖。陈朝奉看坐献茶。吕玉先提起陈留县失银子之事，盘问他搭膊模样——"是个深蓝青布的，一头有白线缉一个陈字。"吕玉心下晓然，便道："小弟前在陈留拾得一个搭膊，到也相像，把来与尊兄认看。"陈朝奉见了搭膊，道："正是。"搭膊里面银两，原封不动。吕玉双手递还陈朝奉。陈朝奉过意不去，要与吕玉均分，吕玉不肯。陈朝奉道："便不均分，也受我几两谢礼，等在下心安。"吕玉那里肯受。

陈朝奉感激不尽，慌忙摆饭相款，思想："难道吕玉这般好人，还金之恩，无门可报。自家有十二岁一个女儿，要与吕君扳一脉亲往来，第不知他有儿子否？"饮酒中间，陈朝奉问道："恩兄，令郎几岁了？"吕玉不觉掉下泪来，答道："小弟只有一儿，七

年前为看神会,失去了,至今并无下落。荆妻亦别无生育。如今回去,意欲寻个螟蛉之子[2],出去帮扶生理,只是难得这般凑巧的。"陈朝奉道:"舍下数年之间,将三两银子,买得一个小厮,貌颇清秀,又且乖巧,也是下路人带来的,如今一十三岁了,伴着小儿在学堂中上学。恩兄若看得中意时,就送与恩兄伏侍,也当我一点薄敬。"吕玉道:"若肯相借,当奉还身价。"陈朝奉道:"说那里话来! 只恐恩兄不用时,小弟无以为情。"当下,便教掌店的,去学堂中唤喜儿到来。

吕玉听得名字与他儿子相同,心中疑惑。须臾,小厮唤到。穿一领芜湖青布的道袍,生得果然清秀,习惯了学堂中规矩,见了吕玉,朝上深深唱个喏。吕玉心下便觉得欢喜。仔细认出儿子面貌来。四岁时,因跌损左边眉角,结一个小疤儿,有这点可认。吕玉便问道:"几时到陈家的?"那小厮想一想道:"有六七年了。"又问他:"你原是那里人? 谁卖你在此?"那小厮道:"不十分详细。只记得爹叫做吕大,还有两个叔叔在家,娘姓王,家在无锡城外。小时被人骗出,卖在此间。"吕玉听罢,便抱那小厮在怀,叫声:"亲儿! 我正是无锡吕大! 是你的亲爹了。失了你七年,何期在此相遇!"正是:

水底捞针针已得,掌中央宝宝重逢。
筵前相抱殷勤认,犹恐今朝是梦中。

小厮眼中流下泪来。吕玉伤感,自不必说。吕玉起身拜谢陈朝奉:"小儿若非府上收留,今日安得父子重会?"陈朝奉道:"恩兄有还金这盛德,天遣尊驾到寒舍,父子团圆。小弟一向不知是令郎,甚愧怠慢。"吕玉又叫喜儿拜谢了陈朝奉,陈朝奉定要还拜,吕玉不肯,再三扶住,受了两礼,便请喜儿坐于吕玉之旁。陈朝奉开言:"承恩兄相爱,学生有一女,年方十二岁,欲与令郎结丝萝[3]之好。"吕玉见他情意真恳,谦让不得,只得依允。是夜父子同榻而宿,说了一夜的话。

次日,吕玉辞别要行。陈朝奉留住,另设个大席面,管待新亲家、新女婿,就当送行。酒行数巡,陈朝奉取出白金二十两,向吕玉说道:"贤婿一向在舍有慢,今奉些须薄礼相赎,权表亲情,万勿固辞。"吕玉道:"过承高门俯就,舍下就该行聘定之礼。因在客途,不好苟且。如何反费亲家厚赐? 决不敢当!"陈朝奉道:"这是学生自送与贤婿的,不干亲翁之事。亲翁若见却,就是不允这头亲事了。"吕玉没得说,只得受了。叫儿子出席拜谢。陈朝奉扶起道:"些微薄礼,何谢之有。"喜儿又进去谢了丈母。当日开怀畅饮,至晚而散。吕玉想道:"我因这还金之便,父子相逢,诚乃天意。又攀了这头好亲事,似锦上添花。无处报答天地。有陈亲家送这二十两银子,也是不意之财,何不择个洁净僧院,籴米斋僧,以种福田。"主意定了。

次日,陈朝奉又备早饭。吕玉父子吃罢,收拾行囊,作谢而别。唤了一只小船,摇出闸外。约有数里,只听得江边鼎沸。原来坏了一只人载船,落水的号呼求救。岸上人招呼小船打捞,小船索要赏犒,在那里争嚷。吕玉想道:"救人一命,胜造七级浮屠。比如我要去斋僧,何不舍这二十两银子做赏钱,教他捞救,见在功德。"当下对众人说:"我出赏钱,快捞救! 若救起一船人性命,把二十两银子与你们。"众人

听得有二十两银子赏钱，小船如蚁而来，连崖上人，也有几个会水性的，赴水去救。

须臾之间，把一船人都救起。吕玉将银子付与众人分散。水中得命的，都千恩万谢。

只见内中一人，看了吕玉叫道："哥哥那里来？"吕玉看他，不是别人，正是第三个亲弟吕珍。吕玉合掌道："惭愧，惭愧！天遣我捞救兄弟一命。"忙扶上船，将干衣服与他换了。吕珍纳头便拜，吕玉答礼，就叫侄儿见了叔叔，把还金遇子之事，述了一遍。吕珍惊讶不已。吕玉问道："你却为何到此？"吕珍道："一言难尽。自从哥哥出门之后，一去三年，有人传说哥哥在山西害了疮毒身故。二哥察访得实，嫂嫂已是成服戴孝，兄弟只是不信。二哥近日又要逼嫂嫂嫁人。嫂嫂不从，因此教兄弟亲到山西访问哥哥消息。不期于此相会。又遭覆溺，得哥哥捞救。天与之幸！哥哥不可怠缓，急急回家，以安嫂嫂之心。迟则怕有变了。"吕玉闻说惊慌，急叫家长开船，星夜赶路。正是：

心忙似箭惟嫌缓，船走如梭尚道迟！

再说王氏闻丈夫凶信，初时也疑惑。被吕宝说得活龙活现，也信了，少不得换了些素服。吕宝心怀不善，想着哥哥已故，嫂嫂又无所出，况且年纪后生，要劝他改嫁，自己得些财礼。教浑家杨氏与阿姆说，王氏坚意不从。又得吕珍朝夕谏阻，所以其计不成。王氏想道："'千闻不如一见。'虽说丈夫已死，在几千里之外，不知端的。"央小叔吕珍是必亲到山西，问个备细。如果然不幸，骨殖也带一块回来。

吕珍去后，吕宝愈无忌惮。又连日赌钱输了，没处设法。偶有江西客人丧偶，要讨一个娘子，吕宝就将嫂嫂与他说合。那客人也访得吕大的浑家有几分颜色，情愿出三十两银子。吕宝得了银子，向客人道："家嫂有些妆乔，好好里请她出门，定然不肯。今夜黄昏时分，唤了人轿，悄地到我家来。只看戴孝髻的便是家嫂，更不须言语，扶他上轿，连夜开船去便了。"客人依计而行。

却说吕宝回家，恐怕嫂嫂不从，在他跟前不露一字。却私下对浑家做个手势道："那两脚货，今夜要出脱与江西客人去了。我生怕他哭哭啼啼，先躲出去。黄昏时候，你劝他上轿。日里且莫对他说。"吕宝自去了。却不曾说明孝髻的事。

原来杨氏与王氏妯娌最睦，心中不忍，一时丈夫做主，没奈他何，欲言不言。直挨到酉牌时分，只得与王氏透个消息："我丈夫已将姆姆嫁与江西客人，少停，客人就来取亲，教我莫说。我与姆姆情厚，不好瞒得。你房中有甚细软家私，须先收拾，打个包裹，省得一时忙乱。"王氏啼哭起来，叫天叫地起来。杨氏道："不是奴苦劝姆姆，后生家孤孀，终久不了。吊桶已落在井里，也是一缘一会。哭也没用。"王氏道："婶婶说那里话！我丈夫虽说已死，不曾亲见，且待三叔回来，定有个真信。如今逼得我好苦！"说罢又哭。杨氏左劝右劝，王氏住了哭说道："婶婶，既要我嫁人，罢了。怎好戴孝髻出门？婶婶寻一顶黑髻与奴换了。"杨氏又要忠丈夫之托，又要姆姆面上讨好，连忙去寻黑髻来换。也是天数当然，旧髻儿也寻不出一顶。王氏道："婶婶，你是在家的，暂时换你头上的髻儿与我。明早你教叔叔铺里取一顶来换就是。"

杨氏道："使得。"便除下髻来递与姆姆。王氏将自己孝髻除下，换与杨氏戴了。王氏又换了一身色服。

黄昏过后，江西客人引着灯笼火把，抬着一顶花花轿，吹手虽有一副，不敢吹打，如风似雨，飞奔吕家来。吕宝已自与了他暗号。众人推开大门，只认戴孝髻的就抢。杨氏嚷道："不是！"众人那里管三七二十一，抢上轿时，鼓手吹打，轿夫飞也似抬去了。

一派笙歌上客船，错疑孝髻是姻缘。
新人若向新郎诉，只怨亲夫不怨天。

王氏暗暗叫："谢天谢地！"关了大门，自去安歇。

次日天明，吕宝意气扬扬，敲门进来。看见是嫂嫂开门，吃了一惊。房中不见了浑家，见嫂子头上戴的是黑髻，心中大疑，问道："嫂嫂，你婶子那里去了？"王氏暗暗好笑，答道："昨夜被江西蛮子抢去了。"吕宝道："那有这话？且问嫂嫂，如何不戴孝髻？"王氏将换髻的缘故，述了一遍。吕宝捶胸只是叫苦，指望卖嫂子，谁知到卖了老婆！江西客人已是开船去了。三十两银子，昨晚一夜，就赌输了一大半。再要娶这房媳妇子，今生休想！复又思量："一不做，二不休，有心是这等，再寻个主顾把嫂子卖了，还有讨老婆的本钱。"方欲出门，只见门外四五个人，一拥进来，不是别人，却是哥哥吕玉，兄弟吕珍，侄子喜儿，与两个脚家，驮了行李货物进门。吕宝自觉无颜，后门逃出，不知去向。

王氏接了丈夫，又见儿子长大回家，问其缘故。吕玉从头至尾，叙了一遍。王氏也把江西人抢去婶婶，吕宝无颜，后门走了一段情节叙出。吕玉道："我若贪了这二百两非意之财，怎勾父子相见？若惜了那二十两银子，不去捞救覆舟之人，怎能勾兄弟相逢？若不遇兄弟时，怎知家中信息？今日夫妻重会，一家骨肉财圆，皆天使之然也。逆弟卖妻，也是自作自受，皇天报应，的然不爽！"自此益修善行，家道日隆。后来喜儿与陈员外之女做亲，子孙繁衍，多有出仕贵显者。诗云：

本意还金兼得子，立心卖嫂反输妻。
世间惟有天工巧，善恶分明不可欺。

【注释】

①侵晨：天亮时。

②螟蛉之子：养子。

③丝萝：菟丝、女萝均为蔓生，缠绕于草木，故诗文中常用以比喻结为婚姻。

钝秀才一朝交泰

蒙正窑中怨气，买臣担上书声。丈夫失意惹人轻，总入荣华称庆。红日偶然阴翳，黄河尚有澄清。浮云眼底总难凭，牢把脚跟立定。

这首《西江月》，大概说人穷通有时，固不可以一时之得意，而自夸其能；亦不可

以一时之失意，而自坠其志。唐朝甘露年间，有个王涯丞相，官居一品，权压百僚，童仆千数，日食万钱，说不尽荣华富贵。其府第厨房与一僧寺相邻，每日厨房中涤锅净碗之水，倾向沟中，其水从僧寺中流出。一日寺中老僧出行，偶见沟中流水中有白物，大如雪片，小如玉屑。近前观看，乃是上白米饭，王丞相厨下锅里洗刷下来的。长老合掌念声："阿弥陀佛，罪过罪过！"随口吟诗一首：

春时耕种夏时耘，粒粒颗颗费力勤。
舂去细糠如剖玉，炊成香饭似堆银。
三餐饱食无余事，一口饥时可疗贫。
堪叹沟中狼藉贱，可怜天下有穷人。

长老吟诗已罢，随唤火工道人，将笊篱笊起沟内残饭，向清水河中涤去污泥，摊于筛内，日色晒干，用磁缸收贮，且看几时满得一缸。不勾三四个月，其缸已满。两年之内，共积得六大缸有余。

那王涯丞相只道千年富贵，万代奢华。谁知乐极生悲，一朝触犯了朝廷，阖门待勘，未知生死。其时宾客散尽，童仆逃亡，仓廪尽为仇家所夺。王丞相至亲二十三口，米尽粮绝，担饥忍饿。啼哭之声，闻于邻寺。长老听得，心怀不忍。只是一墙之隔，除非穴墙可以相通。长老将缸内所积饭干，浸软蒸而馈之。王涯丞相吃罢，甚以为美。遣婢子问老僧，他出家之人，何以有此精食？老僧道："此非贫僧家常之饭，乃府上涤釜洗碗之余，流出沟中，贫僧可惜有用之物，弃之无用，将清水洗尽，日色晒干，留为荒年贫丐之食，今日谁知仍济了尊府之急。正是一饮一啄，莫非前定。"王涯丞相听罢，叹道："我平昔暴殄天物[①]如此，安得不败！今日之祸，必然不免。"其夜遂伏毒而死。当初富贵时节，怎知道有今日！正是：

贫贱常思富贵，富贵又履危机。

此乃福过灾生，自取其咎。假如今人贫贱之时，那知后日富贵？即如荣华之日，岂信后来苦楚！

如今在下再说个先忧后乐的故事。列位看官们，内中倘有胯下忍辱的韩信，妻不下机的苏秦，听在下说这段评话，各人回去硬挺着头颈过日，以待时来，不要先坠了志气。有诗四句：

秋风衰草定逢春，尺蠖泥中也会伸；
画虎不成君莫笑，安排牙爪始惊人.

话说国朝天顺年间，福建延平府将乐县，有个宦家，姓马名万群，官拜吏科给事中。因论太监王振专权误国，削籍为民.夫人早丧，单生一子，名曰马任，表字德称。十二岁游庠，聪明饱学。说起他聪明，就如颜子渊闻一知十；论起他饱学，就如虞世南五车腹笥。真个文章盖世，名誉过人。马给事爱惜如良金美玉，自不必言。里中那些富家儿郎，一来为他是黉门的贵公子，二来道他经解之才，早晚飞黄腾达，无不争先奉承。其中更有两个人奉承得要紧真个是：

冷中送暖，闲里寻忙，出外必称弟兄，使钱那问尔我。偶话店中酒美，请饮

三杯；才夸妓馆容娇，代包一月。掇臀捧屁，犹云手有余香；随口蹋痰，惟恐人先着脚。说不尽谄笑胁肩，只少个出妻献子。

一个叫黄胜，绰号黄病鬼；一个叫顾祥，绰号飞天炮仗。他两个祖上也曾出仕，都是富厚之家，目不识丁，也顶个读书的虚名。把马德称做个大菩萨供养，扳他日后富贵往来。那马德称是忠厚君子，彼以礼来，此以礼往，见他殷勤，也遂与之为友。黄胜就把亲妹六媖，许与德称为婚。德称闻此女才貌双全，不胜之喜。但从小立个誓愿：

若要洞房花烛夜，必须金榜挂名时。

马给事见他立志高明，也不相强，所以年过二十，尚未完娶。

时值乡试之年。忽一日，黄胜、顾祥邀马德称，向书铺中去买书。见书铺隔壁有个算命店，牌上写道：

要知命好丑？只问张铁口！

马德称道："此人名为铁口，必肯直言。"买完了书，就过间壁，与那张先生拱手道："学生贱造，求教！"先生问了八字，将五行生克之数，五星虚实之理，推算了一回，说道："尊官若不见怪，小子方敢直言！"马德称道："君子问灾不问福，何须隐讳。"黄胜、顾祥两个在旁，只怕那先生不知好歹，说出话来冲撞了公子。黄胜便道："先生仔细看看，不要轻谈。"顾祥道："此位是本县大名士，你只看他今科发解，还是发魁[②]？"先生道："小子只据理直讲，不知准否？贵造'偏才归禄'，父主峥嵘，论理必生于贵宦之家。"黄、顾二人拍手大笑道："这就准了。"先生道："五星中'命缠奎壁'，文章冠世。"二人又大笑道："好先生，算得准，算得准！"先生道："只嫌二十二岁交这运不好，官煞重重，为祸不小。不但破家，亦防伤命。若过得三十一岁，后来到有五十年荣华。只怕一丈阔的水缺，双脚跳不过去。"黄胜就骂起来道："放屁，那有这话！"顾详伸出拳来道："打这厮，打歪他的铁嘴！"马德称双手拦住道："命之理微，只说他算不准就罢了，何须计较！"黄、顾二人，口中还不干净，却得马德称抵死劝回。那先生只求无事，也不想算命钱了。正是：

阿谀人人喜，直言个个嫌。

那时，连马德称也只道自家唾手功名，虽不深怪那先生，却也不信。谁知三场得意，榜上无名。自十五岁进场，到今二十一岁，三科不中。若论年纪还不多，只为进场屡次了，反觉不利。又过一年，刚刚二十二岁。马给事一个门生，又参了王振一本，王振疑心座主指使而然。再理前仇，密唆朝中心腹，寻马万群当初做有司时罪过，坐赃万两，着本处抚按追解。马万群本是个清官，闻知此信，一口气得病，数日身死。马德称哀戚尽礼，此心无穷。却被有司逢迎上意，逼要万两赃银交纳。此时只得变卖家产，但是有税契可查者，有司径自估价官卖；只有续置一个小小田庄，未曾起税，官府不知。马德称恃顾详平昔至交，只说顾家产业，央他暂时承认。又有古董书籍等项，约数百金，寄与黄胜家中去讫。却说有司官将马给事家房产田业尽数变卖，未足其数，兀自吹毛求疵不已。马德称扶柩在坟堂屋内暂住。

忽一日，顾祥遣人来言，府上余下田庄，官府已知，瞒不得了。马德称无可奈何，只得入官。后来闻得反是顾祥举首，一则恐后连累，二者博有司的笑脸。德称知人情奸险，付之一笑。过了岁余，马德称往黄胜家，索取寄顿物件，连走数次，俱不相接，结末遣人送一封帖来。马德称拆开看时，没有书柬，只封帐目一纸。内开：某月某日某事用银若干，某该合认，某该独认。如此非一次，随将古董书籍等项估计扣除，不还一件。德称大怒，当了来人之面，将帐目扯碎，大骂一场："这般狗彘之辈，再休相见！"从此亲事亦不题起。黄胜巴不得杜绝马家，正中其怀。正合首西汉冯公的四句，道是：

一贵一贱，交情乃见。一死一生，乃见交情。

马德称在坟屋中守孝，弄得衣衫蓝褛，口食不周。"当初父亲存日，也曾周济过别人，今日自己遭困，却谁人周济我？"守坟的老王撺掇他把坟上树倒卖与人，德称不肯。老王指着路上几棵大柏树道："这树不在冢旁，卖之无妨。"德称依允，讲定价钱，先倒一棵下来，中心都是虫蛀空的，不值钱了。再倒一棵，亦复如此。德称叹道："此乃命也！"就教住手。那两棵树只当烧柴，卖不多钱，不两日用完了。身边只剩得十二岁一个家生小厮，央老王作中，也卖与人，得银五两。这小厮过门之后，夜夜小遗起来，主人不要了，退还老王处，索取原价。德称不得已，情愿减退了二两身份卖了。好奇怪！第二遍去就不小遗了。这几夜小遗，分明是打落德称这二两银子，不在话下。

光阴似箭，看看服满。德称贫困之极，无问可告。想起有个表叔在浙江杭州府做二府，湖州德清县知县，也是父亲门生。不如去投奔他，两人之中，也有一遇。当下将几件什物家火，托老王卖充路费。浆洗了旧衣旧裳，收拾做一个包裹，搭船上路，直至杭州。问那有叔，刚刚十日之前，已病故了。随到德清县投那个知县时，又正遇这几日为钱粮事情，与上司争论不合，使性要回去，告病关门，无由通报。正是：

时来风送滕王阁，运去雷轰荐福碑。

德称两处投人不着，想得南京衙门做官的多有年家[③]。又乘船到京口，欲要渡江，怎奈连日大西风，上水船寸步难行，只得往句容一路步行而去，径往留都。且数留都那几个城门：

神策金川仪凤门，怀远清凉到石城，
三山聚宝连通济，洪武朝阳定太平。

马德称由通济门入城，到饭店中宿了一夜。次早往部科等各衙门打听，往年多有年家为官的，如今升的升了，转的转了，死的死了，坏的坏了，一无所遇。乘兴而来，却难兴尽而返。

流连光景，不觉又是半年有余，盘缠俱已用尽。虽不学伍大夫吴门乞食，也难免吕蒙正僧院投斋。忽一日，德称投斋到大报恩寺，遇见个相识乡亲。问其乡里之事，方知本省宗师按临岁考，德称在先服满时因无礼物送与学里师长，不曾动得起

复文书及游学呈子，也不想如此久客于外。如今音信不通，教官径把他做避考申黜。千里之遥，无由辨复。真是：

屋漏更遭连夜雨，船迟又遇打头风。

德称闻此消息，长叹数声，无面回乡，意欲觅个馆地，权且教书糊口，再作道理。谁知世人眼浅，不识高低。闻知异乡公子如此形状，必是个浪荡之徒，便有锦心绣肠，谁人信他，谁人请他？又过了几时，和尚们都怪他蒿恼，语言不逊，不可尽说。幸而天无绝人之路，有个运粮的赵指挥，要请个门馆先生同往北京，一则陪话，二则代笔，偶与承恩寺主持商议。德称闻知，想道："乘此机会，往北京一行，岂不两便。"遂央僧举荐。那俗僧也巴不得遣那穷鬼起身，就在指挥面前称扬德称好处，且是束脩甚少。赵指挥是武官，不管三七二十一，只要省，便约德称在寺，投刺相见，择日请了下船同行。德称口如悬河，宾主颇也得合。

不一日，到黄河岸口，德称偶然上岸登东。忽听发一声响，犹如天崩地裂之形。慌忙起身看时，吃了一惊，原来河口决了。赵指挥所统粮船三分四散，不知去向。但见水势滔滔，一望无际。德称举目无依，仰天号哭，叹道："此乃天绝我命也，不如死休！"方欲投入河流，遇一老者相救，问其来历。德称诉罢，老者恻然怜悯，道："看你青春美质，将来岂无发迹之期？此去短盘到北京，费用亦不多，老夫带得有三两荒银，权为程敬。"说罢，去摸袖里，却摸个空。连呼"奇怪！"仔细看时，袖底有一小孔，那老者赶早出门，不知在那里遇着剪绺的剪去了。老者嗟叹道："古人云：'得咱心肯日，是你运通时。'今日看起来，就是心肯，也有个天数。非是老夫吝惜，乃足下命运不通所致耳。欲屈足下过舍下，又恐路远不便。"乃邀德称到市心里，向一个相熟的主人家，借银五钱为赠。德称深感其意，只得受了，再三称谢而别。

德称想："这五钱银子，如何盘缠得许多路？"思量一计，买下纸笔，一路卖字。德称写作俱佳，争奈时运未利，不能讨得文人墨士赏鉴，不过村坊野店，胡乱买几张糊壁，此辈晓得什么好歹，那肯出钱！德称有一顿没一顿，半饥半饱，直挨到北京城里，下了饭店。问店主人借缙绅看查，有两上相厚的年伯，一个是兵部尤侍郎，一是左卿曹光禄。当下写了名刺，先去谒曹公。曹公见其衣衫不整，心下不悦；又知是王振的仇家，不敢招架，送下小小程仪，就辞了。再去见尤侍郎，那尤公也是个没意思的，自家一无所赠，写一封柬帖荐在边上陆总兵处。店主人见有这封书，料有际遇，将五两银子借为盘缠。谁知正值北虏也先为寇，大掠人畜，陆总兵失机，扭解来京问罪，连尤侍郎都罢官去了。德称在塞外担阁了三四个月，又无所遇，依旧回到京城旅寓。

店主人折了五两银子，没处取讨，又欠下房钱饭钱若干，索性做个宛转[④]，倒不好推他出门。想起一个主意来，前面胡同有个刘千户，其子八岁，要访个下路先生教书，乃荐德称。刘千户大喜，讲过束脩二十两。店主人先支一季束脩自己收受，准了所借之 数。刘千户颇尽主道，送一套新衣服，迎接德称到彼此馆。自此饔餐不缺，且训诵之暇，重温经史，再理文章。刚刚坐毂[⑤]三个月，学生出起痘来，太医

下药不效，十二朝身死。刘千户单只此子，正在哀痛，又有刻薄小人对他说道："马德称是个降祸的太岁，耗气的鹤神，所到之处，必有灾殃。赵指挥请了他，就坏了粮船，尤侍郎荐了他，就坏了官职。他是个不吉利的秀才，不该与他亲近！"刘千户不想自儿死生有命，到抱怨先生带累了。各处传说，从此京中起他一个异名，叫做"钝秀才"。凡钝秀才街上过去，家家闭户，处处关门。但是早行遇着钝秀才的一日没采：做买卖的折本，寻人的不遇，告官的理输，讨债的不是厮打定是厮骂，就是小学生上学也被先生打几下手心。有此数项，把他做妖物相看。倘然狭路相逢，一个个吐口涎沫，叫句吉利方走。可怜马德称衣冠之胄，饱学之儒，今日时运不利，弄得日无饱餐，夜无安宿。

同时，有个浙史吴监生，性甚硬直，闻知钝秀才之名，不信有此事。特地寻他相会，延至寓所，叩其胸中所学，甚有接待之意。坐席犹未暖，忽得家书，报家中老父病故，踉跄而别，转荐与同乡吕鸿胪。吕公请至寓所，待以盛馔，方才举箸，忽然厨房中火起，举家惊慌逃奔。德称因腹馁缓行了几步，被地方拿他做火头，解去官司，不由分说，下了监铺。幸吕鸿胪是个有天理的人，替他使钱，免其枷责。从此，钝秀才其名益著，无人招接，仍复卖字为生。

惯与裱家书寿轴，喜逢新岁写春联。

夜间常在祖师庙、关圣庙、五显庙这几处安身。或与道人代写疏头，趁几文钱度日。

话分两头，却说黄病鬼黄胜，自从马德称去后，初时还怕他还乡，到宗师行黜，不见回家。又有人传信道："是随赵指挥粮船上京，被黄河水决，已覆没矣！"心下坦然无虑，朝夕逼勒妹子六媖改聘。六媖以死自誓，决不二天。到天顺晚年乡试，黄胜夤缘贿赂，买中了秋榜，里中奉承者填门塞户。闻知六媖年长未嫁，求亲者日不离门。六媖坚执不从，黄胜也无可奈何。到冬底，打叠行囊往北京会试。马德称见了乡试录，已知黄胜得意，必然到京；想起旧恨，羞与相见，预先出京躲避。谁知黄胜不耐功名，若是自家学问上挣来的前程，倒也理之当然，不放在心里。他原是买来的举人，小人乘君子之器，不觉手之舞之，足之蹈之。又将银五十两买了个勘合，驰驿到京，寻了个大大的下处，且不去温习经史，终日穿花街过柳巷，在院子里表子家行乐。常言道"乐极悲生"，嫖出一身广疮。科场渐近，将白金百两送太医，只求速愈。太医用轻粉劫药，数日之内，身体光鲜，草草完场而归。不够半年，疮毒大发，医治不痊，呜呼哀哉死了。既无兄弟，又无子息，族间都来抢夺家私。其妻王氏又没主张，全赖六媖一身，内支丧事，外应亲族，按谱立嗣，众心俱悦服无言。

六媖自家也分得一股家私，不下数千金。想起丈夫覆舟消息，未知真假，费了多少盘缠，各处遣人打听下落。有人自北京来，传说马德称未死，落莫在京，京中都呼为"钝秀才"。六媖是个女中丈夫，甚有劈着[6]，收拾起辎重银两，带了门鬟童仆，雇下船只，一径来到北京，寻取丈夫。访知马德称在真定府龙兴寺大悲阁写《法华经》，乃将白金百两，新衣数套，亲笔作书，缄封停当，差老家人王安赍去，迎接丈夫，分付道："我如今便与马相公援例入监，请马相公到此读书应举，不可迟滞！"

王安到龙兴寺，见了长老，问："福建马相公何在？"长老道："我这里只有个'钝秀才'，并没有什么马相公。"王安道："就是了，烦引相见。"和尚引到大悲阁下，报道："旁边桌上写经的，不是钝秀才？"王安在家时曾见过马德称几次，今日虽然蓝褛，如何不认得？一见德称，便跪下磕头。马德称却在贫贱患难之中，不料有此，一时想不起来，慌忙扶住，问道："足下何人？"王安道："小的是将乐县黄家，奉小姐之命，特来迎接相公，小姐有书在此。"德称便问："你小姐嫁归何宅？"王安道："小姐守志至今，誓不改适。因家相公近故，小姐亲到京中来访相公，要与相公入粟北雍[7]，请相公早办行期！"德称方才开缄而看，原来是一首诗。诗曰：

何事萧郎恋远游？应知乌帽未笼头。

图南自有风云便，且整双箫集凤楼。

集称看罢，微微而笑。王安献上衣服银两，且请起程日期。德称道："小姐盛情，我岂不知？只是我有言在先：'若要洞房花烛夜，必须金榜挂名时。'向因贫困，学业久荒。今幸有余资可供灯火之费，且待明年秋试得意之后，方敢与小姐相见。"王安不敢强逼，求赐回书。德称取写经余下的茧丝一幅，答诗四句：

逐逐风尘已厌游，好音刚喜见伻头。

嫦娥夙有攀花约，莫遣箫声出凤楼。

德称封了诗，付与王安。王安星夜归京，回复了六媖小姐。开诗看毕，叹惜不已。

其年，天顺爷爷正遇"土木之变"，皇太后权请郕王摄位，改元景泰。将奸阉王振全家抄没，凡参劾王振吃亏的加官赐荫。黄小姐在寓中得了这个消息，又遣王安到龙兴寺，报与马德称知道。德称此时虽然借寓僧房，图书满案，鲜衣美食，已不似在先了。和尚们晓得是马公子马相公，无不钦敬。其年正是三十二岁，交逢好运，正应张铁口先生推算之语。可见：

万般皆是命，半点不由人。

德称正在寺中温习旧业，又得了王安报信，收拾行囊，别了长老赴京，另寻一寓安歇。黄小姐拨家童二人伏侍，一应日用供给，络绎馈送。德称草成表章，叙先臣马万群直言得祸之由，一则为父亲乞恩昭雪，一则为自己辨复前程。圣旨倒下，准复马万群原官，仍加三级。马任复学复廪，所抄没田产，有司追给。德称差家童报与小姐知道。黄小姐又差王安送银两到德称寓中，叫他廪例入粟。

明春，就考了监元，至秋发魁。就于寓中整备喜筵，与黄小姐成亲。

来春，又中了第十名会魁，殿试二甲，考选庶吉士。上表给假还乡，焚黄谒墓，圣旨准了。夫妻衣锦还乡，府县官员出郭迎接。往年抄没田宅，俱用官价赎还，造册交割，分毫不少。宾朋一向疏失者，此日奔走其门如市。只有顾祥一人自觉羞惭，迁往他郡去讫。时张铁口先生尚在，闻知马公子得第荣归，特来拜贺。德称厚赠之而去。后来马任直做到礼、兵、刑三部尚书，六媖小姐封一品夫人。所生二子，俱中甲科，簪缨不绝。至今延平府人，说读书人不得第者，把"钝秀才"为此。后人有诗叹云：

十年落魄少知音，一日风云得称心。
秋菊春桃时各有，何须海底去捞针。

【注释】

①暴殄(音 tiǎn)天物：任意糟蹋东西。

②发魁：指乡试中了经魁。明代科举制度，秀才应乡试，取中者称为举人，第一名至第五名都称经魁。

③年家：科举时代同年登科者两家之间的互称。

④宛转：通融。

⑤彀(音 gòu)：够。

⑥劈着：决断。

⑦入粟北雍：指交纳一定数额的银两捐为在北京国子监读书的监生。

宋小官团圆破毡笠

不是姻缘莫强求，姻缘前定不须忧。
任从波浪翻开起，自有中流稳渡舟。

话说正德年间，苏州府昆山县大街，有一居民，姓宋名敦，原是宦家之后。浑家卢氏。夫妻二口，不做生理，靠着祖遗田地，见成收些租课为活。年过四十，并不曾生得一男半女。宋敦一日对浑家说："自古道：'养儿待老，积谷防机。'你我年过四旬，尚无子嗣。光阴似箭，眨眼头白。百年之事，靠着何人?"说罢，不觉泪下。卢氏道："宋门积祖善良，未曾作恶造业；况你又是单传，老天决不绝你祖宗之嗣。招子也有早晚，若是不该招时，便是养得长成，半路上也抛撇了，劳而无功，枉添许多悲泣。"宋敦点头道是。

方才拭泪未干，只听得坐启中有人咳嗽，叫唤道："玉峰在家么?"原来苏州风俗，不论大家小家，都有个外号，彼此相称。玉峰就是宋敦的外号。宋敦侧耳而听。叫唤第二句，便认得声音，是刘顺泉。那刘顺泉双名有才，积祖驾一只大船，揽载客货，往各省交卸。趁得好些水脚银两，一个十全的家业，团团都做在船上，就是这只船本，也值几百金，浑身是香楠木打造的。江南一水之地，多有这行生理。那刘有才是宋敦最契之友，听得是他声音，连忙趋出坐启，彼此不须作揖，拱手相见，分坐看茶，自不必说。宋敦道："宝舟缺什么东西，到与寒家相借?"刘有才道："别的东西不来干渎[1]，只这件是宅上有余的，故此敢来启口。"宋敦道："果是寒家所有，决不相吝。"刘有才不慌不忙，说出这件东西来。正是

背后并非擎诏，当前不是围胸，鹅黄细布密针缝，净手将来供奉。还愿曾装冥钞，祈神并衬威容。名山古刹几相从，染下炉香浮动。

原来宋敦夫妻二口。因难于得子，各处烧香祈嗣，做成黄布袱、黄布袋，装裹佛马楮钱之类。烧过香后，悬挂于家中佛堂之内，甚是志诚。刘有才长于宋敦五年，四十六岁了，阿妈徐氏亦无子息，闻得徽州有盐商求嗣，新建陈州娘娘庙于苏州阊

门之外，香火甚盛，祈祷不绝。刘有才恰好有个方便，要驾船往枫桥接客，意欲进一炷香，却不曾做得布袱布袋，特特与宋家告借。其时说出缘故，宋敦沉思不语。刘有才道："玉峰莫非有吝借之心么？若污坏时，一个就赔两个。"宋敦道："岂有此理！只是一件，既然娘娘庙灵显，小子亦欲附舟一往，只不知几时去？"刘有才道："即刻便行。"宋敦道："布袱布袋，拙荆[2]另有一副，共是两副，尽可分用。"刘有才道："如此甚好。"宋敦入内，与浑家说知欲往郡城烧香之事，刘氏也欢喜。宋敦于佛堂挂壁上取下两副布袱布袋，留下一副自用，将一副借与刘有才。刘有才道："小子先往舟中伺候，玉峰可快来。船在北门大坂桥下，不嫌怠慢时，吃些见成素饭，不消带米。"宋敦应允。当下忙忙的办下些香烛纸马阡张定段，打叠包裹，穿了一件新联就的洁白湖绸道袍，赶出北门下船。趁着顺风，不勾半日，七十里之程，等闲到了。舟泊枫桥，当晚无话。有诗为证：

月落乌啼霜满天，江枫渔火对愁眠。
姑苏城外寒山寺，夜半钟声到客船。

次日，起个黑早，在船中洗盥罢，吃了些素食，净了口手，一对儿黄布袱驮了冥财，黄布袋安插纸马文疏，挂于项上，步到陈州娘娘庙前，刚刚天晓。庙门虽开，殿门还关着，二人在两廊游绕，观看了一遍，果然造得齐整。正在赞叹，呀的一声，殿门开了，就有庙祝[3]出来迎接进殿。其时香客未到，烛架尚虚，庙祝放下琉璃灯来取火点烛，讨文疏替他通陈祷告。二人焚香礼拜已毕，各将几十文钱，酬谢了庙祝，化纸出门。刘有才再要邀宋敦到船，宋敦不肯，当下，刘有才将布袱布袋交还宋敦，各各称谢而别。刘有才自往枫桥接客去了。

宋敦看天色尚早，要往娄门趁船回家。刚欲移步，听得墙下呻吟之声。近前看时，却是矮矮一个芦席棚，搭在庙垣之侧，中间卧着个有病的老和尚，恹恹欲死，呼之不应，问之不答。宋敦心中不忍，停眸而看。傍边一人走来说道："客人，你只管看他则甚？要便做个好事了去。"宋敦道："如何做个好事？"那人道："此僧是陕西来的，七十八岁了，他说一生不曾开荤，每日只诵《金刚经》。三年前在此募化建庵，没有施主，搭这个芦棚儿住下，诵经不辍。这里有个素饭店，每日只上午一餐，过午就不用了。也有人可怜他，施他些钱米，他就把来还了店上的饭钱，不留一文。近日得了这病，有半个月不用饮食了。两日前还开口说得话，我们问他：'如此受苦，何不早去罢？'他说：'因缘未到，还等两日。'今早连话也说不出了，早晚待死。客人若可怜他时，买一口薄薄棺材，焚化了他，便是做好事。他说'因缘未到'，或者这因缘，就在客人身上。"宋敦想道："我今日为求嗣而来，做一件好事回去，也得神天知道。"便问道："此处有棺材店么？"那人道："出巷陈三郎家就是。"宋敦道："烦足下同往一看。"那人引路到陈家来。陈三郎正在店中支分镴匠锯木，那人道："三郎，我引个主顾作成你。"三郎道："客人若要看寿板，小店有真正婺源加料双耕的在里面；若要见成的，就店中但凭拣择。"宋敦道："要见成的。"陈三郎指着一副道："这是头号，足价三两。"宋敦未及还价，那人道："这个客官，是买来舍与那芦席棚内老和尚做好

事的，你也有一半功德，莫要讨虚价。”陈三郎道：“即是做好事的，我也不敢要多，照本钱一两六钱罢，分毫少不得了。”宋敦道：“这价钱也是公道了。”想起汗巾角上，带得一块银子，约有五六钱重，烧香剩下不上一百铜钱，总凑与他，还不勾一半。——“我有处了，刘顺泉的船在枫桥不远。”便对陈三郎道：“价钱依了你，只是还要到一个朋友处借办，少顷便来。”陈三郎到罢了，说道：“任从客便。”那人咈然不乐道：“客人既发了个好心，却又做脱身之计。你身边没有银子，来看则甚？”

话犹未了，只见街上人纷纷而过，多有说这老和尚，可怜半月前还听得他念经之声，今早呜呼了。正是：

三寸气在千般用，一旦无常万事休。

那人道：“客人不听得说么？那老和尚已死了，他在地府睁眼等你断送哩！”宋敦口虽不语，心下复想道：“我既是看定了这具棺木，倘或往枫桥去，刘顺泉不在船上，终不然呆坐等他回来？况且常言得‘价一不择主’，倘别有个主顾，添些价钱，这副棺木买去了，我就失信于此僧了。罢罢！”便取出银子，刚刚一块，讨等来一称，叫声惭愧。原来是块元宝，看时像少，称时便多，到有七钱多重，先教陈三郎收了。将身上穿的那一件新联就的洁白湖绸道袍脱下道：“这一件衣服，价在一两之外，倘嫌不值，权时相抵，待小子取赎。若用得时，便乞收算。”陈三郎道：“小店大胆了，莫怪计较。”将银子、衣服收过了。宋敦又在髻上拔下一根银簪，约有二钱之重，交与那人道：“这支簪，相烦换些铜钱，以为殡殓杂用。”当下，店中看的人都道：“难得这位做好事的客官。他担当了大事去，其余小事，我们地方上也该凑出些钱钞相助。”众人都凑钱去了。宋敦又复身到芦席边，看那老僧，果然化去。不觉双眼垂泪，分明如亲戚一般，心下好生酸楚，正不知什么缘故，不忍再看，含泪而行。到娄门时，航船已开，乃自唤一只小船，当日回家。

浑家见丈夫黑夜回来，身上不穿道袍，而又带忧惨之色，只道与人争竞，忙忙的来问。宋敦摇首道：“话长哩！”一径走到佛堂中，将两副布袱布袋挂起，在佛前磕了个头，进房坐下，讨茶吃了，方才开谈，将老和尚之事备细说知。浑家道：“正该如此。”也不嗔怪。宋敦见浑家贤慧，到也回愁作喜。

是夜，夫妻二口睡到五更，宋敦梦见那老和尚登门拜谢道：“檀越[④]命合无子，寿数亦止于此矣。因檀越心田慈善，上帝命延寿半纪。老僧与檀越又有一段因缘，愿投宅上为儿，以报盖棺之德。”卢氏也梦见一个金身罗汉走进房里，梦中叫喊起来，连丈夫也惊醒了。各言其梦，似信似疑，嗟叹不已。正是：

种瓜还得瓜，种豆还得豆。

劝人行好心，自作还自受。

从此卢氏怀孕，十月满足，生下一个孩儿。因梦见金身罗汉，小名金郎，官名就叫宋金。夫妻欢喜，自不必说。此时，刘有才也生一女，小名宜春。各各长成，有人撺掇两家对亲。刘有才到也心中情愿，宋敦却嫌他船户出身，不是名门旧族。口虽不语，心中有不允之意。那宋金方年六岁，宋敦一病不起，呜呼哀哉了。自古道：

“家中百事兴，全靠主人命。”十个妇人，敌不得一个男子。自从宋敦故后，卢氏掌家，连遭荒歉，又里中欺他孤寡，科派户役，卢氏撑持不定，只得将田房渐次卖了，赁屋而居。初时，还是诈穷，以后坐吃山崩，不上十年，弄做真穷了。卢氏亦得病而亡。断送了毕，宋金只剩得一双赤手，被房主赶逐出屋，无处投奔。且喜从幼学得一件本事，会写会算。偶然本处一个范举人，选了浙江衢州府江山县知县，正要寻个写算的人，有人将宋金说了，范公就教人引来。见他年纪幼小，又生得齐整，心中甚喜。叩其所长，果然书通真草，算善归除。当日就留于书房之中，取一套新衣与他换过，同桌而食，好生优待。择了吉日，范知县与宋金下了官船，同往任所。正是：

冬冬画鼓催征棹，习习和风荡锦帆。

却说宋金虽然贫贱，终是旧家子弟出身。今日做范公门馆，岂肯卑污苟贱，与童仆辈和光同尘，受其戏侮。那些管家们欺他年幼，见他做作，愈有不然之意。自昆山起程，都是水路，到杭州便起旱了。众人撺掇家主道：“宋金小厮家，在此写算服事老爷，还该小心谦逊，他全不知礼。老爷优待他忒过分了，与他同坐同食，舟中还可混帐，到陆路中火歇宿，老爷也要存个体面。小人们商议，不如教他写一纸靠身文书，方才妥帖。到衙门时，他也不敢放肆为非。”范举人是棉花做的耳朵，就依了众人言语，唤宋金到舱，要他写靠身文书。宋金如何肯写？逼勒了多时，范公发怒，喝教剥去衣服，喝出船去。众苍头拖拖拽拽，剥的干干净净，一领单布衫，赶在岸上。气得宋金半晌开口不得。只见轿马纷纷伺候范知县起陆，宋金噙着双泪，只得回避开去。身边并无财物，受饿不过，少不得学那两个古人：

伍相吹箫于吴门，韩王寄食于漂母。

日间街坊乞食，夜间古庙栖身。还有一件，宋金终是旧家子弟出身，任你十分落泊，还存三分骨气，不肯随那叫街丐户一流，奴言婢膝，没廉没耻。讨得来便吃了，讨不来忍饿，有一顿没一顿。过了几时，渐渐面黄肌瘦，全无昔日丰神。正是：

好花遭雨红俱褪，芳草经霜绿尽凋。

时值暮秋天气，金风催冷，忽降下一场大雨。宋金食缺衣单，在北新关关王庙中担饥受冻，出头不得。这雨自辰牌直下至午牌方止。宋金将腰带收紧，那步出庙门来。未及数步，劈面遇着一人。宋金睁眼一看，正是父亲宋敦的最契之友，叫做刘有才，号顺泉的。宋金无面目“见江东父老”，不敢相认，只得垂眼低头而走。那刘有才早已看见，从背后一手挽住。叫道：“你不是宋小官么？为何如此模样？”宋金两泪交流，叉手告道：“小侄衣衫不齐，不敢为礼了，承老叔垂问。”如此如此，这般这般，将范知县无礼之事，告诉了一遍。刘翁道：“恻隐之心，人皆有之。你肯在我船上相帮，管教你饱暖过日。”宋金便下跪道：“若得老叔收留，便是重生父母。”当下，刘翁引着宋金到于河下。刘翁先上船，对刘妪说知其事。刘妪道：“此乃两得其便，有何不美。”刘翁就在船头上招宋小官上船，于自身上脱下旧布道袍，教他穿了。引他到后艄，见了妈妈徐氏，女儿宜春在傍，也相见了。宋金走出船头。刘翁道：

“把饭与宋小官吃。”刘妪道：“饭便有，只是冷的。”宜春道：“有热菜在锅内。”宜春便将瓦罐子舀了一罐滚热的茶，刘妪便在厨柜内取了些腌菜，和那冷饭，付与宋金道：“宋小官，船上买卖，比不得家里，胡乱用些罢！”宋金接得在手。又见细雨纷纷而下，刘翁叫女儿：“后艄有旧毡笠，取下来与宋小官戴。”宜春取旧毡笠看时，一边已自绽开。宜春手快，就盘髻上拔下针线将绽处缝了，丢在船篷之上，叫道：“拿毡笠去戴。”宋金戴了破毡笠，吃了茶淘冷饭。刘翁教他收拾船上家火，扫抹船只，自往岸上接客，至晚方回。一夜无话。

次日，刘翁起身，见宋金在船头上闲坐，心中暗想：“初来之人，莫惯了他。”便吆喝道：“个儿郎吃我家饭，穿我家衣，闲时搓些绳，打些索，也有用处，如何空坐？”宋金连忙答应道：“但凭驱使，不敢有违。”刘翁便取一束麻皮，付与宋金，教他打索子。正是：

在他矮檐下，怎敢不低头？

宋金自此朝夕小心，辛勤做活，并不偷懒。兼之写算精通，凡客货在船，都是他记帐，出入分毫不爽。别船上交易，也多有央他去拿算盘，登帐簿，客人无不敬而爱之，都夸道好个宋小官，少年伶俐。刘翁、刘妪见他小心得用，另眼相待，好衣好食的管顾他。在客人面前，认为表侄。宋金亦自以为得所，心安体适，貌日丰腴。凡船户中无不欣羡。

光阴似箭，不觉二年有余。刘翁一日暗想：“自家年纪渐老，止有一女，要求个贤婿以靠终身，似宋小官一般，到也十全之美。但不知妈妈心下如何？”是夜，与妈妈饮酒半醺，女儿宜春在傍，刘翁指着女儿对妈妈道：“宜春年纪长成，未有终身之托，奈何？”刘妪道：“这是你我靠老的一桩大事，你如何不上紧？”刘翁道：“我也日常在念，只是难得个十分如意的。像我船上宋小官恁般本事人才，千中选一，也就不能勾了。”刘妪道：“何不就许了宋小官？”刘翁假意道：“妈妈说那里话！他无家无倚，靠着我船上吃饭，手无分文，怎好把女儿许他？”刘妪道：“宋小官是宦家之后，况系故人之子，当初他老子存时，也曾有人议过亲来，你如何忘了？今日虽然落薄，看他一表人材，又会写，又会算，招得这般女婿，须不辱了门面，我两口儿老来也得所靠。”刘翁道：“妈妈，你主意已定否？”刘妪道：“有什么不定！”刘翁道：“如此甚好。”原来刘有才平昔是个怕婆的，久已看上了宋金，只愁妈妈不肯，今见妈妈慨然，十分欢喜。当下便唤宋金，对着妈妈面，许了他这头亲事。宋金初时也谦逊不当，见刘翁夫妇一团美意，不要他费一分钱钞，只索顺从。刘翁往阴阳生家，选择周堂吉日，回复了妈妈，将船驾回昆山。先与宋小官上头，做一套绸绢衣服与他穿了，浑身新衣、新帽、新鞋、新袜，妆扮得宋金一发标致。

虽无子建才八斗，胜似潘安貌十分。

刘妪也替女儿备办些衣饰之类。吉日已到，请下两家亲戚，大设喜筵，将宋金赘入船上为婿。次日，诸亲作贺，一连吃了三日喜酒。宋金成亲之后，夫妻恩爱，自不必说。从此船上生理，日兴一日。

光阴似箭，不觉过了一年零两个月。宜春怀孕日满，产下一女。夫妻爱惜如金，轮流怀抱。期岁方过，此女害了痘疮，医药不效，十二朝身死。宋金痛念爱女，哭泣过哀，七情所伤，遂得了个痨瘵之疾。朝凉暮热，饮食渐减，看看骨露肉消，行迟走慢。刘翁刘妪初时还指望他病好，替他迎医问卜。延至一年之外，病热有加无减，三分人，七分鬼，写也写不动，算也算不动，到做了眼中之钉，巴不得他死了干净，却又不死。两个老人懊悔不迭，互相抱怨起来："当初只指望半子靠老，如今看这货色，不死不活，分明一条烂死蛇缠在身上，摆脱不下。把个花枝般女儿，误了终身，怎生是了？为今之计，如何生个计较，送开那冤家，等女儿另招个佳婿，方才称心。"两口儿商量了多时，定下个计策，连女儿都瞒过了。

只说有客货在于江西，移船往载。行至池州五溪地方，到一个荒僻的所在，但见孤山寂寂，远水滔滔，野岸荒崖，绝无人迹。是日小小逆风，刘公故意把舵使歪，船便向沙岸上阁住，却教宋金下水推舟。宋金手迟脚慢，刘公就骂道："痨病鬼！没气力使船时，岸上野柴，也砍些来烧烧，省得钱买。"宋金自觉惶愧，取了砟刀，挣扎到岸上砍柴去了。刘公乘其未回，把舵用力撑动，拨转船头，挂起满风帆，顺流而下。

不愁骨肉遭颠沛，且喜冤家离眼睛。

且说宋金上岸打柴，行到茂林深处，树木虽多，那有气力去砍代？只得拾些儿残柴，割些败棘，抽取枯藤，束做两大捆，却又没有气力背负得去。心生一计，再取一条枯藤，将两捆野柴穿做一捆，露出长长的藤头，用手挽之而行，如牧童牵牛之势。行了一时，想起忘了砟刀在地，又复身转去，取了砟刀，也插入柴捆之内，缓缓的拖下岸来。到于泊舟之处，已不见了船。但见江烟沙岛，一望无际。宋金沿江而上，且行且看，并无踪影。看看红日西沉，情知为丈人所弃。上天无路，入地无门，不觉痛切于心，放声大哭。哭得气咽喉干，闷绝于地。

半晌方苏，忽见岸上一老僧，正不知从何而来，将拄杖卓地，问道："檀越，伴侣何在？此非驻足之地也！"宋金忙起身作礼，口称姓名："被丈人刘翁脱赚，如今孤苦无归，求老师父提挈，救取微命。"老僧道："贫僧茅庵不远，且同往暂住一宵，来日再做道理。"宋金感谢不已，随着老僧而行。约莫里许，果见茅庵一所。老僧敲石取火，煮些粥汤，把与宋金吃了。方才问道："令岳与檀越有何仇隙？愿问其详。"宋金将入赘船上，及得病之由，备细告诉了一遍。老僧道："老檀越怀恨令岳乎？"宋金道："当初求乞之时，蒙彼收养婚配，今日病危见弃，乃小生命薄所致，岂敢怀恨他人？"老僧道："听子所言，真忠厚之士也。尊恙乃七情所伤，非药饵可治。惟清心调摄可以愈之。平日间曾奉佛法诵经否？"宋金道："不曾。"老僧于袖中取出一卷相赠，道："此乃《金刚般若经》，我佛心印，贫僧今教授檀越，若日诵一遍，可以息诸妄念，却病延年，有无穷利益。"宋金原是陈州娘娘庙前老和尚转世来的，前生专诵此经，今日口传心受，一遍便能熟诵。此乃是前因不断。宋金和老僧打坐，闭眼诵经，将次天明，不觉睡去。及至醒来，身坐荒草坡间，并不见老僧及茅庵在那里，《金刚

经》却在怀中，开卷能诵。宋金心下好生诧异，遂取池水净口，将经朗诵一遍，觉万虑消释，病体顿然健旺。方知圣僧显化相救，亦是夙因所致也。宋金向空叩头，感谢龙天保佑。然虽如此，此身如大海浮萍，没有着落，信步行去，早觉腹中饥馁。望见前山林木之内，隐隐似有人家，不免再温旧稿，向前乞食。只因这一番，有分教：宋小官凶中化吉，难过福来。正是：

路逢尽处还开径，水到穷时再发源。

宋金走到前山一看，并无人烟，但见枪刀戈戟，遍插林间。宋金心疑不决，放胆前去，见一所败落土地庙，庙中有大箱八只，封锁甚固，上用松茅遮盖。宋金暗想："此必大盗所藏，布置枪刀，乃惑人之计。来历虽则不明，取之无碍。"心生一计，乃折取松枝插地，记其路径，一步步走出林来，直至江岸。也是宋金时亨运泰，恰好有一只大船，因逆浪冲坏了舵，停泊于岸下修舵。宋金假作慌张之状，向船上人说道："我陕西钱金也，随吾叔父走湖广为商，道经于此，为强贼所劫。叔父被杀，我只说是跟随的小郎，久病乞哀，暂容残喘。贼乃遣伙内一人，与我同住土地庙中，看守货物，他又往别处行劫去了。天幸同伙之人，昨夜被毒蛇咬死，我得脱身在此。幸方便载我去。"舟人闻言，不甚信。宋金又道："见有八巨箱在庙内，皆我家财物。庙去此不远，多央几位上岸，抬归舟中，愿以一箱为谢，必须速往。万一贼徒回转，不惟无及于事，且有祸患。"众人都是千里求财的，闻说有八箱货物，一个个欣然愿往。当时，聚起十六筹后生，准备八副绳索杠棒，随宋金往土地庙来。果见巨箱八只，其箱甚重，每二人抬一箱，恰好八杠。宋金将林子内枪刀收起，藏于深草之内，八个箱子都下了船，舵已修好了。舟人问宋金道："老客今欲何往？"宋金道："我且往南京省亲。"舟人道："我的船正要往瓜州，却喜又是顺便。"

当下开船，约行五十余里方歇。众人奉承陕西客有钱，到凑出银子，买酒买肉，与他压惊称贺。次日西风大起，挂起帆来。不几日，到了瓜州停泊。那瓜州到南京只隔十来里江面。宋金另唤了一只渡船，将箱笼只拣重的抬下七个，把一个箱子送与舟中众人，以践其言。众人自去开箱分用。不在话下。

宋金渡到龙江关口，寻了店主人家住下。唤铁匠对了匙钥。打开箱看时，其中充牣都是金玉珍宝之类。原来这伙强盗积之有年，不是取之一家，获之一时的。宋金先把一箱所蓄，鬻之于市，已得数千金。恐主人生疑，迁寓于城内，买家奴伏侍，身穿罗绮，食用膏粱。余六箱，只拣精华之物留下，其他都变卖。不下数万金。就于南京仪凤门内买下一所大宅，改造厅堂园亭，制办日用家火，极其华整。门前开张典铺，又置买田庄数处，家童数十房，出色管事者十人。又蓄美童四人，随身答应。满京城都称他为钱员外，出乘舆马，入拥金资。自古道："居移气，养移体。"宋金今日财发身发，肌肤充悦，容采光泽，绝无向来枯瘠之容，寒酸之气。正是：

人逢运至精神爽，月到秋来光彩新。

话分两头。且说刘有才那日哄了女婿上岸，拨转船头，顺风而下，瞬息之间，已行百里。老夫妇两口暗暗欢喜。宜春女犹然不知，只道丈夫还在船上，煎好了汤

药，叫他吃时，连呼不应。还道睡着在船头，自要去唤他。却被母亲劈手夺过药瓯，向江中一泼，骂道："痨病鬼在那里？你还要想他！"宜春道："真个在那里？"母亲道："你爹见他病害得不好，恐沾染他人，方才哄上岸打柴，径自转船来了。"宜春一把扯住母亲，哭天哭地叫道："还我宋郎来！"刘公听得艄内啼哭，走来劝道："我儿，听我一言，妇道家嫁人不着，一世之苦，那害痨的死在早晚，左右要拆散的，不是你因缘了，到不如早些开交干净，免致担误你青春。待做爹的另拣个好郎君，完你终身，休想他罢！"宜春道："爹做的是什么事！都是不仁不仪，伤天理的勾当。宋郎这头亲事，原是二亲主张，既做了夫妻，同生同死，岂可翻悔？就是他病势必死，亦当待其善终，何忍弃之于无人之地？宋郎今日为奴而死，奴决不独生。爹若可怜见孩儿，快转船上水，寻取宋郎回来，免被傍人讥谤。"刘公道："那害痨的不见了船，定然转往别处村坊乞食去了，寻之何益？况且下水顺风，相去已百里之遥，一动不如一静，劝你息了心罢！"宜春见父亲不允放声大哭，走出船舷，就要跳水。喜得刘妈手快，一把拖住。宜春以死自誓，哀哭不已。

两个老人家，不道女儿执性如此，无可奈何，准准的看守了一夜，次早只得依顺他，开船上水。风水俱逆，弄了一日，不勾一半之路。这一夜啼啼哭哭，又不得安稳。第三日申牌时分，方到得先前阁船之处。宜春亲自上岸寻取丈夫，只见沙滩上乱柴二捆，砟刀一把。认得是船上的刀，眼见得这捆柴，是宋郎驮来的。物在人亡，愈加疼痛，不肯心死，定要往前寻觅。父亲只索跟随同去。走了多时，但见树黑山深，杳无人迹。刘公劝他回船，又啼哭了一夜。第四日黑早，再教父亲一同上岸寻觅，都是旷野之地，更无影响。只得哭下船来，想道："如此荒郊，教丈夫何处乞食？况久病之人，行走不动，他把柴刀抛弃沙崖，一定是赴水自尽了。"哭了一场，望着江心又跳，早被刘公拦住。宜春道："爹妈养得奴的身，养不得奴的心，孩儿左右是要死的，不如放奴早死，以见宋郎之面。"两个老人家见女儿十分痛苦，甚不过意，叫道："我儿，是你爹妈不是了，一时失于计较，干出这事。差之在前，懊悔也没用了。你可怜我年老之人，止生得你一人，你若死时，我两口儿性命也都难保。愿我儿恕了爹妈之罪，宽心度日，待做爹的写一招子，于沿江市镇各处黏贴。倘若宋郎不死，见我招帖，定可相逢。若过了三个月无信。凭你做好事，追荐丈夫。做爹的替你用钱，并不吝惜。"宜春方才收泪谢道："若得如此，孩儿死也瞑目。"

刘公即时写个寻婿的招贴。黏于沿江市镇墙触眼之处。过了三个月，绝无音耗。宜春道："我丈夫果然死了。"即忙制备头梳麻衣，穿着一身重孝，设了灵位祭奠，请九个和尚，做了三昼夜功德。自将簪珥布施，为亡夫祈福。刘翁、刘妪爱女之心，无所不至，并不敢一些违拗，闹了数日方休。兀自朝哭五更，夜哭黄昏。邻船闻之，无不感叹。有一班相熟的客人，闻知此事，无不可惜宋小官，可怜刘小娘者。

宜春整整的哭了半年六个月，方才住声。刘翁对阿妈道："女儿这几日不哭，心下渐渐冷了，好劝他嫁人，终不然我两个老人家，守着个孤孀女儿，缓急何靠？"刘妪道："阿老见得是。只怕女儿不肯，须是缓缓的偎他。"又过了月余，其时十二月二十

四日，刘翁回船到昆山过年，在亲戚家吃醉了酒，乘其酒兴来劝女儿道："新春将近，除了孝罢！"宜春道："丈夫是终身之孝，怎样除得？"刘翁睁着眼道："什么终身之孝！做爹的许你带时便带，不许你带时，就不容你带。"刘妪见老儿口重，便来收科道："再等女儿带过了残岁，除夜做碗羹饭起了灵，除孝罢！"宜春见爹妈话不投机，便啼哭起来道："你两口儿合计害了我丈夫，又不容我带孝，无非要我改嫁他人。我岂肯失节，以负宋郎？宁可带孝而死，决不除孝而生！"刘翁又待发作，被婆子骂了几句，劈颈的推向船舱睡了。宜春依先又哭了一夜。

到月尽三十日除夜，宜春祭奠了丈夫，哭了一会，婆子劝住了。三口儿同吃夜饭，爹妈见女儿荤酒不闻，心口不乐，便道："我儿，你孝是不肯除了，略吃点荤腥，何妨得？少年人不要弄弱了元气。"宜春道："未死之人，苟延残喘，连这碗素饭也是多吃的，还吃甚荤菜？"刘妪道："既不用荤，吃杯素酒儿，也好解闷。"宜春道："一滴何曾到九泉，想着死者，我何忍下咽！"说罢，又哀哀的哭将起来，连素饭也不吃就去睡了。刘翁夫妇料道女儿志不可夺，从此再不强他。后人有诗赞宜春之节。诗曰：

闺中节烈古今传，船女何曾阅简编？
誓死不移金石志，《柏舟》[5]端不愧前贤。

话分两头。再说宋金住在南京一年零八个月，把家业挣得十全了，却教管家看守门墙，自己带了三千两银子，领了四个家人，两个美童，顾了一只航船，径至昆山来访刘翁、刘妪。邻居人家道："三日前往仪真去了。"宋金将银两贩了布匹，转至仪真，下个有名的主家，上货了毕。

次日，去河口寻着了刘家船只，遥见浑家在船艄麻衣素妆，知其守节未嫁，伤感不已。回到下处，向主人王公说道："河下有一舟妇，带孝而甚美，我已访得是昆山刘顺泉之船，此妇即其女也。吾丧偶已将二年，欲求此女为继室。"遂于袖中取出白金十两，奉与王公道："此薄意权为酒资，烦老翁执伐[6]，成事之日，更当厚谢。若问财礼，虽千金吾亦不吝。"

王公接银欢喜，径往船上邀刘翁到一酒馆，盛设相款，推刘翁于上坐。刘翁大惊道："老汉操舟之人，何劳如此厚待？必有缘故。"王公道："且吃三杯，方敢启齿。"刘翁心中愈疑道："若不说明，必不敢坐。"王公道："小店有个陕西钱员外，万贯家财，丧偶将二载，慕令爱小娘子美貌，欲求为继室。愿出聘礼千金，特央小子作伐，望勿见拒。"刘翁道："舟女得配富室，岂非至愿？但吾儿守节甚坚，言及再婚，便欲寻死，此事不敢奉命，盛意亦不敢领。"便欲起身。王公一手扯住道："此设亦出钱员外之意，托小子做个主人，既已费了，不可虚之，事虽不谐，无害也。"刘翁只得坐了。饮酒中间，王公又说起："员外相求，出于至诚，望老翁回舟，从容商议。"刘翁被女儿儿遍投水唬坏了，只是摇头，略不统口。酒散各别。王公回家，将刘翁之语，述与员外。

宋金方知浑家守志之坚，乃对王公说道："姻事不成也罢了，我要雇他的船载货，往上江出脱，难道也不允？"王公道："天下船载天下客，不消说，自然从命。"王公即时与刘翁说了雇船之事，刘翁果然依允。宋金乃分付家童，先把铺陈行李，发下船来，货且留岸上，明日发出未迟。宋金锦衣貂帽，两个美童，各穿绿绒直身，手执熏炉如意跟随。刘翁夫妇认做陕西钱员外，不复相识。到底夫妇之间，与他人不同。宜春在艄尾窥视，虽不敢便信是丈夫，暗暗的惊怪道："有七八分厮像。"只见那钱员外才上得船，便向船艄说道："我腹中饥了，要饭吃，若是冷的，把些热茶淘来罢。"宜春已自心疑。那钱员外又吆喝童仆道："个儿郎吃我家饭，穿我家衣，闲时搓些绳，打些索，也有用处，不可空坐！"这几句，分明是宋小官初上船时，刘翁分付的话。宜春听得，愈加疑心。少顷，刘翁亲自捧茶奉钱员外。员外道："你船艄上有一破毡笠，借我用之。"刘翁愚蠢，全不省事，径与女儿讨那破毡笠。宜春取毡笠付与父亲，口中微吟四句：

毡笠虽然破，经奴手自缝。
因思戴笠者，无复旧时容。

钱员外听艄后吟诗，嘿嘿会意，接笠在手，亦吟四句：

仙凡已换骨，故乡人不识。
虽则锦衣还，难忘旧毡笠。

是夜，宜春对翁、妪道："舱中钱员外，疑即宋郎也。不然，何以知吾船有破毡笠？且面庞相肖，语言可疑，可细叩之。"刘翁大笑道："痴女子！那宋家痨病鬼，此时骨肉俱消矣。就使当年未死，亦不过乞食他乡，安能致此富盛乎？"刘妪道："你当初怪爹娘劝你除孝改嫁，动不动跳水求死，今见客人富贵，便要认他是丈夫，倘你认他不认，岂不可羞？"宜春满面羞惭，不敢开口。刘翁便招阿妈到背处道："阿妈你休如此说，姻缘之事，莫非天数。前日王店主请我到酒馆中饮酒，说陕西钱员外，愿出千金聘礼，求我女儿为继室，我因女儿执性，不曾统口。今日难得女儿自家心活，何不将机就机，把他许配钱员外，落得你我下半世受用。"刘妪道："阿老见得是。那钱员外来雇我家船只，或者其中有意，阿老明日可往探之。"刘翁道："我自有道理。"

次早，钱员外起身，梳洗已毕，手持破毡笠，于船头上翻覆把玩。刘翁启口而问道："员外，看这破毡笠则甚？"员外道："我爱那缝补处，这行针线，必出自妙手。"刘翁道："此乃小女所缝，有何妙处？前日王店主传员外之命，曾有一言，未知真否？"钱员外故意问道："所传何言？"刘翁道："他说员外丧子孺人，已将二载，未曾继娶，欲得小女为婚。"员外道："老翁愿也不愿？"刘翁道："老汉求之不得，但恨小女守节甚坚，誓不再嫁，所以不敢轻诺。"员外道："令婿为何而死？"刘翁道："小婿不幸得了痨瘵之疾，其年因上岸打柴未还，老汉不知，错开了船，以后曾出招帖，寻访了三个月，并无动静，多是投江而死了。"员外道："令婿不死，他遇了个异人，病都好了，反获大财致富。老翁若要会令婿时，可请令爱出来。"

此时，宜春侧耳而听，一闻此言，便哭将起来，骂道："薄幸钱郎，我为你带了三年重孝，受了千辛万苦，今日还不说实话，待怎么？"宋金也堕泪道："我妻，快来相见！"夫妻二人，抱头大哭。刘翁道："阿妈，眼见得不是什么钱员外了，我与你须索

去谢罪。"刘翁刘妪走进舱来,施礼不迭。宋金道:"丈人丈母,不须恭敬。只是小婿他日有病痛时,莫再脱赚!"两个老人害羞惭满面。宜春便除了孝服,将灵位抛向水中。宋金便唤跟随的童仆来,与主母磕头。翁妪杀鸡置酒,管待女婿,又当接风,又是庆贺筵席。安席已毕,刘翁叙起女儿自来不吃荤酒之意,宋金惨然下泪,亲自与浑家把盏,劝他开荤。随对翁妪道:"据你们设心脱赚,欲绝吾命,恩断义绝,不该相认了。今日勉强吃你这杯酒,都看你女儿之面。"宜春道:"不因这番脱赚,你何由发迹?况爹妈日前也有好处,今后但记恩,莫记怨。"宋金道:"谨依贤妻尊命。我已立家于南京,田园富足,你老人家可弃了驾舟之业,随我到彼,同享安乐,岂不美哉!"翁妪再三称谢,是夜无话。

次日,王店主闻知此事,登船拜贺,又吃了一日酒。宋金留家童三人,于王店主家发布取帐,自己开船先往南京大宅子。住了三日,同浑家到昆山故乡扫墓,追荐亡亲,宗族亲党各有厚赠。此时范知县已罢官在家,闻知宋小官发迹还乡,恐怕街坊撞见没趣,躲向乡里,有月余不敢入城。宋金完了故乡之事,重回南京,阖家欢喜,安享富贵,不在话下。

再说宜春见宋金每早必进佛堂中,拜佛诵经,问其缘故。宋金将老僧所传《金刚经》,却病延年之事,说了一遍。宜春亦起信心,要丈夫教会了。夫妻同诵,到老不衰,后享寿各九十余,无疾而终。子孙为南京世富之家,亦有发科第者。后人评云:

刘老儿为善不终,宋小官因祸得福。
《金刚经》消除灾难,破毡笠团圆骨肉。

【注释】

①干渎:冒犯。

②拙荆:谦称自己的妻子。

③庙祝:庙宇中管香火的人。

④檀越:佛教语,指施主。

⑤柏舟:《诗经·鄘风·柏舟序》:"柏舟,共姜自誓也。卫世子共伯蚤死,其妻守义,父母欲夺而嫁之,誓而弗许,故作是诗以绝之。"后因以谓夫死矢志不嫁之典。

⑥执伐:为人作媒。

乐小舍拚生觅偶

怒气雄声出海门,舟人云是子胥魂。
天排雪浪晴雷吼,地拥银山万马奔。
上应天轮分晦朔,下临宇宙定朝昏。
吴征越战今何在?一曲渔歌过晚村。

这首诗,单题着杭州钱塘江潮,元来非同小可。刻时定信,并无差错。自古至今,莫能考其出没之由。从来说道天下有四绝,却是:

雷州换鼓，广德埋藏，登州海市，钱塘江潮。

这三绝，一年止则一遍。惟有钱塘江潮，一日两番。自古唤做罗刹江，为因风涛险恶，巨浪滔天，常翻了船，以此名之。南北两山，多生虎豹，名为虎林。后因虎字犯了唐高祖之祖父御讳，改名武林。又因江潮险迅，怒涛汹涌，冲害居民，因取名宁海军。

后至唐末五代之间，去那径山过来，临安邑人钱宽生得一子，生时红光满室。里人见者，将谓火发，皆往救之。却是他家产下一男，两足下有青色毛，长寸余，父母以为怪物，欲杀之。有外母不肯，乃留之，因此小名婆留。看看长大成人，身长七尺有余，美容貌，有智勇，讳镠，字巨美。幼年专作私商无赖，因官司缉捕甚紧，乃投径山法济禅师躲难。法济夜闻寺中伽蓝云："今夜钱武肃王在此，毋令惊动！"法济知他是异人，不敢相留，乃作书荐镠往苏州投太守安绶。绶乃用镠为帐下都部署，每夜在府中马院宿歇。

时遇炎天酷热，太守夜起独步后园。至马院边，只见钱镠睡在那里。太守方坐间，只见那正厅背后，有一眼枯井，井中走出两个小鬼来，戏弄钱镠。却见一个金甲神人，把那小鬼一喝都走了，口称道："此乃武肃王在此，不得无礼！"太守听罢，大惊，急回府中，心大异之。以此好生看待钱镠。后因黄巢作乱，钱镠破贼有功，僖宗拜为节度使。后遇董昌作乱，钱镠收讨平定，昭宗封为吴越国王。因杭州建都，治得国中宁静。只是地方狭窄，更兼长江汹涌，心常不悦。

忽一日，有司进到金色鲤鱼一尾，约长三尺有余，两目炯炯有光，将来作御膳。钱王见此鱼壮健，不忍杀之，令畜之池中。夜梦一老人来见，峨冠博带，口称："小圣夜来孺子不肖，乘酒醉，变作金色鲤鱼，游于江岸，被人获之，进与大王作御膳，谢大王不杀之恩。今者小圣特来哀告大王，愿王怜悯，差人送往江中，必当重报！"钱王应允，龙君乃退。钱王飒然惊觉，得了一梦。

次早升殿，唤左右打起那鱼，差人放之江中。当夜，又梦龙君谢曰："感大王再生之恩，将何以报？小圣龙宫海藏，应有奇珍异宝，夜光珠，盈尺璧，任从大王所欲，即当奉献。"钱王乃言："珍宝珠璧，非吾好也。惟我国僻处海隅，地方无千里，况兼长江广阔，波涛汹涌，日夕相冲，使国人常有风波之患。汝能借地一方，以广吾国，是所愿也。"龙王曰："此事甚易，然借则借，当在何日见还？"钱王曰："五百劫后，仍复还之。"龙王曰："大王来日，可铸铁柱十二只，各长一丈二尺，请大王自登舟，小圣使虾鱼聚于水面之上，大王但见处，可即下铁柱一只，其水渐渐自退，沙涨为平地。王可叠石为塘，其地即广也。"龙君退去，钱王惊觉。

次日，令有司铸造铁柱十二只，亲自登舟，于江中看之。果见有鱼虾成聚一十二处，乃令人以铁柱沉下去，江水自退。王乃登岸，但见无移时，沙石涨为平地，自富阳山前直至海门舟山为止。钱王大喜，乃使石匠于山中凿石为板，以黄罗木贯穿其中，排列成塘。因凿石迟慢，乃下令："如有军民人等，以新旧石板，将船装来，一船换米一船。"各处即将船载石板来换米。因此砌了江岸，石板有余。后方始称为钱塘江。

至大宋高宗南渡，建都钱塘，改名临安府，称为行在[①]。方始人烟辏集，风俗淳美。似此每遇年年八月十八，乃潮生日，倾城士庶，皆往江塘之上，玩潮快乐。亦有本土善识水性之人，手执十幅旗幡，出没水中，谓之弄潮，果是好看。至有不识水性深浅者，学弄潮，多有被泼了去，坏了性命。临安府君得知，累次出榜禁谕，不能革其风俗。有东坡学士看潮一绝为证：

吴儿生长押涛渊，冒险轻生不自怜。

东海若知明主意，应教破浪变桑田。

话说南宋临安府有一个旧家，姓乐名美善，原是贤福坊安平巷内出身，祖上七辈衣冠。近因家道消乏，移在钱塘门外居住，开个杂色货铺子，人都重他的家世，称他为乐大爷。妈妈安氏，单生一子，名和，生得眉目清秀，伶俐乖巧。幼年寄在永清巷母舅安三老家抚养，附在间壁喜将仕馆中上学。喜将仕家有个女儿，小名顺娘，小乐和一岁。两个同学读书，学中取笑道："你两个姓名'喜乐和顺'，合是天缘一对。"两个小儿女，知觉渐开，听这话也自欢喜，遂私下约为夫妇。这也是一时戏谑，谁知做了后来配合的谶语。正是：

姻缘本是前生定，曾向蟠桃会里来。

乐和到十二岁时，顺娘十一岁。那时乐和回家，顺娘深闺女工，各不相见。乐和虽则童年，心中伶俐，常想顺娘情意，不能割舍。又过了三年。时值清明将近，安三老接外甥同去上坟，就便游西湖。原来临安有这个风俗，但凡湖船，任从客便，或三朋四友，或带子携妻，不择男女，各自去个座头，饮酒观山，随意取乐。安三老领着外甥上船，占了个座头，方才坐定，只见船头上又一家女眷入来。看时不是别人，正是间壁喜将仕家母女二人和一个丫头，一个奶娘。三老认得，慌忙作揖。又教外甥来相见了。此时顺娘年十四岁，一发长成得好了。乐和有三年不见，今日水面相逢，如见珍宝。虽然分桌而坐，四目不时观看，相爱之意，彼此尽知。只恨众人属目，不能叙情。船到湖心亭，安三老和一班男客，都到亭子上闲步，乐和推腹痛留在舱中，挨身与喜大娘攀话，稍稍得与顺娘相近，捉空以目送情，彼此意会。少顷，众客下船，又分开了。傍晚，各自分散，安三老送外甥回家。乐和一心忆着顺娘，题诗一首：

嫩蕊娇香郁未开，不因蜂蝶自生猜。

他年若作扁舟侣，日日西湖一醉回。

乐和将此诗题于桃花笺上，折为方胜，藏于怀袖，私自进城，到永清巷家门首，伺候顺娘，无路可通。如此数次。闻说潮王庙有灵，乃私买香烛果品，在潮王面前祈祷，愿与喜顺娘今生得成鸳侣。拜罢，炉前化纸，偶然方胜从袖中坠地，一阵风卷出纸钱的火来烧了。急去抢时，止剩得一个侣字。乐和拾起看了，想到："侣乃双口之意，此亦吉兆。"心下甚喜。

忽见碑亭内坐一老者，衣冠古朴，容貌清奇，手中执一团扇，上写"姻缘前定"四

个字。乐和上前作揖，动问："老翁尊姓？"答道："老汉姓石。"又问道："老翁能算姻缘之事乎？"老者道："颇能推算。"乐和道："小子乐和烦老翁一推，赤绳系于何处？"老者笑道："小舍人年未弱冠，如何便想这事？"乐和道："昔汉武帝为小儿时，圣母抱于膝上，问：'欲得阿娇为妻否？'帝答言：'若得阿娇，当以金屋贮之。'年无长幼，其情一也。"老者遂问了年月日时，在五指上一轮道："小舍人佳眷，是熟人，不是生人。"乐和见说得合机，便道："不瞒老翁，小子心上正有一熟人，未知缘法何如？"老者引至一口八角井边，教乐和看井内有缘无缘便知。乐和手把井栏张望，但见井内水势甚大，巨涛汹涌，如万顷相似，其明如镜，内立一个美女，可十六七岁，紫罗衫，杏黄裙，绰约可爱。仔细认之，正是顺娘。心下又惊又喜，却被老者望背后一推，刚刚的跌在那女子身上，大叫一声，猛然惊觉，乃是一梦，双手兀自抱定亭柱。正是：

黄粱犹未熟，一梦到华胥。

乐和醒将转来，看亭内石碑，其神姓石名瑰，唐时捐财筑塘捍水，死后封为潮王。乐和暗想："原来梦中所见石老翁，即潮王也。此段姻缘，十有九就。"回家对母亲说，要央媒与喜顺娘议亲。那安妈妈是妇道家，不知高低，便向乐公撺掇其事。乐公道："姻亲一节，须要门当户对。我家虽曾有七辈衣冠，见今衰微，经纪营活。喜将仕名门富室，他的女儿，怕没有人求允，肯与我家对亲？若央媒往说，反取其笑。"乐和见父亲不允，又教母亲央求母舅去说合。安三老所言，与乐公一般。

乐和大失所望，背地里叹了一夜的气。明早，将纸裱一牌位，上写"亲妻喜顺娘生位"七个字，每日三餐，必对而食之。夜间安放枕边，低唤三声，然后就寝。每遇清明三月三，重阳九月九，端午龙舟，八月玩潮，这几个胜会，无不刷鬓修容，华衣美服，在人丛中挨挤。只恐顺娘出行，侥幸一遇。同般生意人家有女儿的，见乐小舍人年长，都来议亲。爹娘几遍要应承，到是乐和立意不肯。立个誓愿，直待喜家顺娘嫁出之后，方才放心，再图婚配。

事有凑巧，这里乐和立誓不娶，那边顺娘却也红鸾不照，天喜未临，高不成，低不就，也不曾许得人家。光阴似箭，倏忽又过了三年。乐和年一十八岁，顺娘一十七岁。男未有室，女未有家。

男才女貌正相和，未卜姻缘事若何？

且喜室家俱未定，只须灵鹊肯填河。

话分两头。却说是时，南北通和，其年有金国使臣高景山来中国修聘。那高景山善会文章，朝命宣一个翰林范学士接伴。当八月中秋过了，又到十八，潮生日，就城外江边浙江亭子上，搭彩铺毡，大排筵宴，款待使臣观潮。陪宴官非止一员。都统司领着水军，乘战舰，于水面往来，施放五色烟火炮。豪家贵戚，沿江搭缚彩幕，绵亘三十余里，照江如铺锦相似。市井弄水者，共有数百人，蹈浪争雄，出没游戏，有蹈滚木，水傀儡诸般伎艺。但见：

迎潮鼓浪，拍岸移舟。惊湍忽自海门来，怒吼遥连天际出。何异地生银汉，分明天震春雷。遥观似匹练飞空，远听如千军驰噪。吴儿通健，平分白浪弄洪波；渔父轻便，出没江心夸好手。果然是万顷碧波随地滚，千寻雪浪接云奔。

北朝使臣高景山见了，毛发皆耸，嗟叹不已，果然奇观。范学士道："相公见此，何不赐一佳作?"即令取过文房四宝来。高景山谦让再三，做《念奴娇》词：

云涛千里，泛今古绝致，东南风物。碧海云横初一线，忽尔雷轰苍壁。万马奔天，群鹅扑地，汹涌飞烟雪。吴人勇悍，便竞踏浪雄杰。想旗帜纷纭，吴音楚管，与胡笳俱发。人物江山如许丽，岂信妖氛难灭。况是行宫，星缠五福，光焰窥毫发。惊看无语，凭栏姑待明月。

高景山题毕，满座皆赞奇才。只有范学士道："相公词做得甚好，只可惜'万马奔天，群鹅扑地'，将潮比得来轻了，这潮可比玉龙之势。"学士遂做《水调歌头》，道是：

登临眺东渚，始觉太虚宽。海天相接，潮生万里一毫端。滔滔怒生雄势，宛胜玉龙戏水，尽出没波间。雪浪番云脚，波卷水晶寒。扫方涛，卷圆峤，大洋番。天垂银汉，壮观江北与江南。借问子胥何在？博望乘槎仙去，知是几时还？上界银河窄，流泻到人间。

范学士题罢，高景山见了，大喜道："奇哉佳作！难比万马争驰，真是玉龙戏水。"不题各官尽欢饮酒。

且说临安大小户人家，闻得是日朝廷款待北使，陈设百戏，倾城士女都来观看。乐和打听得喜家一门，也去看潮。侵早，便妆扮齐整，来到钱塘江口，踅来踅去，找寻喜顺娘不着。结末来到一个去处，唤做"天开图画"，又叫做"团围头"。因那里团团围转，四面都看见潮头，故名"团围头"。后人讹传，谓之"团鱼头"。这个所在，潮势阔大，多有子弟立脚不牢，被潮头涌下水去，又有豁湿了身上衣服的，都在下浦桥边搅挤教干。有人做下《临江仙》一只，单嘲那看潮的：

自古钱塘难比。看潮人成群作队，不待中秋，相随相趁，尽往江边游戏。沙滩畔，远望潮头，不觉侵天浪起。头巾如洗，斗把衣裳去挤。下浦桥边，一似奈何池畔，裸体披头似鬼。入城里，烘好衣裳，犹问几时起水？

乐和到"团围头"寻了一转，不见顺娘，复身又寻转来。那时人山人海，围护着席棚彩幕。乐和身材即溜，在人丛里挨挤进去，一步一看，行走多时。看见一个妇人，走出一个席棚里面去了。乐和认得这妇人，是喜家的奶娘，紧步随后，果然喜将仕一家男女，都成团聚块的坐下，饮酒玩赏。乐和不敢十分逼近，又不舍得十分穹远，紧紧的贴着席棚而立，觑定顺娘目不转睛，恨不得走近前去，双手搂抱，说句话儿。那小娘子抬头观省，远远的也认得是乐小舍人，见他趋前退后，神情不定，心上也觉可怜。只是父母相随，寸步不离，无由相会一面。正是：

两人衷腹事，尽在不言中。

却说乐和与喜顺娘正在相视凄惶之际，忽听得说潮来了。道犹未绝，耳边如山崩地坼之声，潮头有数丈之高，一涌而至。有诗为证：

银山万叠耸嵬嵬，蹴地排空势若飞。

信是子胥灵未泯，至今犹自夺神威。

那潮头比往年更大，直打到岸上高处，掀翻锦幕，冲倒席棚，众人发声喊，都退后走。顺娘出神在小舍人身上，一时着忙，不知高低，反向前几步，脚儿把滑不住，溜的滚入波浪之中。

可怜绣阁金闺女，翻做随波逐浪人。

乐和乖觉，约莫潮来，便移身立于高阜去处。心中不舍得顺娘，看定席棚，高叫："避水！"忽见顺娘跌在江里去了，这惊非小！说时迟，那时快，就顺娘跌下去这一刻，乐和的眼光紧随着小娘子下水，脚步自然留不住，扑通的向水一跳，也随波而滚。他那里会水，只是为情所使，不顾性命。这时喜将仕夫妇，见女儿坠水，慌急了，乱呼："救人救人！救得吾女，自有重赏。"那顺娘穿着紫罗衫杏黄裙，最好记认。有那一班弄潮的子弟们，踏着潮头，如履平地，贪着利物，应声而往。翻波搅浪，去捞救那紫罗衫杏黄裙的女子。

却说乐和跳下水去，直至水底，全不觉波涛之苦，心下如梦中相似。行到潮王庙中，见灯烛辉煌，香烟缭绕。乐和下拜，求潮王救取顺娘，度脱水厄。潮王开言道："喜顺吾已收留在此，今交付你去。"说罢，小鬼从神帐后，将顺娘送出。乐和拜谢了潮王，领顺娘出庙门。彼此十分欢喜，一句话也说不出，四只手儿紧紧对面相抱，觉身子或沉或浮，浯出水面。

那一班弄潮的，看见紫罗衫杏黄裙在浪中现出，慌忙去抢。及至托出水面，不是单却是双。四五个人，扛头扛脚，抬上岸来，对喜将仕道："且喜连女婿都救起来了。"喜公、喜母、丫鬟、奶娘都来看时，此时八月天气，衣服都单薄，两个脸对脸，胸对胸，交股叠肩，且是偎抱得紧，分拆不开，叫唤不醒，体尚微暖，不生不死的模样。父母慌又慌，苦又苦，正不知什么意故，喜家眷属哭做一堆。众人争先来看，都道从古来无此奇事。

却说乐美善正家中，有人报他儿子在"团鱼头"看潮，被潮头打在江里去了。慌得一步一跌，直跑到"团围头"来。又听得人说打捞得一男一女，那女的是喜将仕家小姐。乐公分开人众，挨入看时，认得是儿子乐和，叫了几声："亲儿！"放声大哭道："儿呵！你生前不得吹箫侣，谁知你死后方成连理枝！"喜将仕问其缘故，乐公将三年前儿子执意求亲，及誓不先娶之言，叙了一遍，喜公、喜母到抱怨起来道："你乐门七辈衣冠，也是旧族，况且两个幼年，曾同窗读书，有此说话，何不早说！如今大家叫唤，若唤得醒时，情愿把小女配与令郎。"

两家一边唤女，一边唤儿，约莫叫唤了半个时辰，渐渐眼开气续，四只胳膊，兀自不放。乐公道："我儿快苏醒，将仕公已许下把顺娘配你为妻了。"说犹未毕，只见乐和睁开双眼道："岳翁休要言而无信！"跳起身来，便向喜公喜母作揖称谢。喜小姐随后苏醒。两口儿精神如故，清水也不吐一口。喜杀了喜将仕，乐杀了乐大爷。两家都将干衣服换了，顾个小轿抬回家里。

次日，到是喜将仕央媒来乐家议亲，愿赘乐和为婿，媒人就是安三老。乐家无

不应允。择了吉日，喜家送些金帛之类，笙箫鼓乐，迎娶乐和到家成亲。夫妻恩爱，自不必说。满月后，乐和同顺娘备了三牲祭礼，到潮王庙去赛谢。喜将仕见乐和聪明，延名师在家，教他读书，后来连科[2]及第。至今临安说婚姻配合故事，还传“喜乐和顺”四字。有诗为证：

少负情痴长更狂，却将情字感潮王。
钟情若到真深处，生死风波总不妨。

【注释】

①行在：天子所在的地方。

②连科：科举考试连续中式。

玉堂春落难逢夫

公子初年柳陌游，玉堂一见便绸缪。
黄金数万皆消费，红粉双眸枉泪流。
财货拐，仆驹休，犯法洪同狱内囚。
按临骢马冤愆脱，百岁姻缘到白头。

话说正德年间，南京金陵城有一人，姓王名琼，别号思竹，中乙丑科进士，累官至礼部尚书。因刘瑾擅权，刻了一本，圣旨发回原籍。不敢稽留，收拾轿马和家眷起身。王爷暗想有几两俸银，都借在他人名下，一时取讨不及。兑长子南京中书，次子时当大比。踌躇半晌，乃呼公子三官前来。那三官双名景隆，字顺卿，年方一十七岁，生得眉目清新，丰姿俊雅。读书一目十行，举笔即便成文，原是个风流才子。王爷爱惜胜如心头之气，掌上之珍。当下，王爷唤至分付道：“我留你在此读书，叫王定讨帐，银子完日，作速回家，免得父母牵挂。我把这里帐目，都留与你。”叫王定过来：“我留你与三叔在此读书讨帐，不许你引诱他胡行乱为。吾若知道，罪责非小。”王定叩头说：“小人不敢。”次日收拾起程，王定与公子送别，转到北京，另寻寓所安下。公子谨依父命，在寓读书。王定讨帐。

不觉三月有余，三万银帐，都收完了。公子把底帐扣算，分厘不欠，分付王定，选日起身。公子说：“王定，我们事体俱已完了，我与你到大街上各巷口，闲耍片时，来日起身。”王定遂即锁了房门，分付主人家用心看着生口。房主说：“放心，小人知道。”二人离了寓所，至大街观看皇都景致。但见：

人烟凑集，车马喧阗。人烟凑集，合四山五岳之音；车马喧阗，尽六部九卿之辈。做买做卖，总四方土产奇珍；闲荡闲游，靠万岁太平洪福。处处胡同铺锦绣，家家怀孕醉笙歌。

公子喜之不尽。忽然又见五七个宦家子弟，各拿琵琶弦子，欢乐饮酒。公子道：“王定，好热闹去处。”王定说：“三叔，这等热闹，你还没到那热闹去处哩！”二人前至东华门，公子睁眼观看，好锦绣景致。只见门彩金凤，柱盘金龙。王定道：“三叔，好

么?”公子说:“真个好所在!”又走前面去,问王定:“这是那里?”王定说:“这是紫金城。”公子往里一视,只见城内瑞气腾腾,红光闪闪。看了一会,果然富贵无过于帝王,叹息不已。

离了东华门往前,又走多时,到一个所在,见门前站着几个女子,衣服整齐。公子便问:“王定,此是何处?”王定道:“此是酒店。”乃与王定进到酒楼上。公子坐下。看那楼上有五七席饮酒的,内中一席有两个女子,坐着同饮。公子看那女子,人物清楚,比门前站的,更胜几分。公子正看中间,酒保将酒来,公子便问:“此女是那里来的?”酒保说:“这是一秤金家丫头翠香、翠红。”三官道:“生得清气。”酒保说:“这等就说标致。他家里还有一个粉头,排行三姐,号玉堂春,有十二分颜色。鸨儿索价太高,还未梳栊。”公子听说留心,叫王定还了酒钱,下楼去,说:“王定,我与你春院胡同走走。”王定道:“三叔不可去,老爷知道怎了!”公子说:“不妨,看一看就回。”乃走至本司院门首。果然是:

花街柳巷,绣阁朱楼。家家品竹弹丝,处处调脂弄粉。黄金买笑,无非公子王孙;红袖邀欢,都是娇姿丽色。正疑香雾弥天霭,忽听歌声别院娇。总然道学也迷魂,任是真僧须破戒。

公子看得眼花撩乱,心内踌躇,不知那是一秤金的门。正思中间,有个卖瓜子的小伙,叫做金哥走来,公子便问:“那是一秤金的门?”金哥说:“大叔莫不是要耍?我引你去。”王定便道:“我家相公不嫖,莫错认了。”公子说:“但求一见。”那金哥就报与老鸨知道。老鸨慌忙出来迎接,请进待茶。王定见老鸨留茶,心下慌张,说:“三叔可回去罢!”老鸨听说,问道:“这位何人?”公子说:“是小价。”鸨子道:“大哥,你也进来吃茶去,怎么这等小器?”公子道:“休要听他。”跟着老鸨,往里就走。王定道:“三叔不要进去,俺老爷知道,可不干我事!”在后边自言自语。

公子那里听他,竟到了里面坐下。老鸨叫丫头看茶。茶罢,老鸨便问:“客官贵姓?”公子道:“学生姓王,家父是礼部正堂。”老鸨听说拜道:“不知贵公子,失瞻休罪!”公子道:“不碍,休要计较。久闻令爱玉堂春大名,特来相访。”老鸨道:“昨有一位客官,要梳栊小女,送一百两财礼,不曾许他。”公子道:“一百两财礼小哉!学生不敢夸大话,除了当今皇上,往下也数家父。就是家祖,也做过侍郎。”老鸨听说,心中暗喜。便叫翠红请三姐出来见尊客。翠红去不多时,回话道:“三姐身子不健,辞了罢!”老鸨起身带笑说:“小女从幼养娇了,直待老婢自去唤他。”王定在傍喉急,又说:“他不出来就罢了,莫又去唤!”老鸨不听其言,走进房中,叫:“三姐,我的儿,你时运到了!今有王尚书的公子,特慕你而来。”玉堂春低头不语。慌得那鸨儿便叫:“我儿,王公子好个标致人物,年纪不上十六七岁,囊中广有金银。你若打得上这个主儿,不但名声好听,也勾你一世受用。”玉姐听说,即时打扮,来见公子。临行,老鸨又说:“我儿,用心奉承,不要怠慢他。”玉姐道:“我知道了。”公子看玉堂春果然生得好:

鬓挽乌云,眉弯新月。肌凝瑞雪,脸衬朝霞。袖中玉笋尖尖,裙下金莲窄

窄。雅淡梳妆偏有韵，不施脂粉自多姿。便数尽满院名姝，总输他十分春色。

玉姐偷看公子，眉清目秀，面白唇红，身段风流，衣裳清楚，心中也是暗喜。当下，玉姐拜了公子。老鸨就说："此非贵客坐处，请到书房小叙。"公子相让，进入书房，果然收拾得精致。明窗净几，古画古炉，公子却无心细看，一心只对着玉姐。鸨儿帮衬，教女儿挨着公子肩下坐了，分付丫鬟摆酒。王定听见摆酒，一发着忙，连声催促三叔回去。老鸨丢个眼色与丫头："请这大哥到房里吃酒。"翠香、翠红道："姐夫请进房里，我和你吃钟喜酒。"王定本不肯去，被翠红二人，拖拖拽拽扯进去坐了，甜言美语，劝了几杯酒。初时还是勉强，以后吃得热闹，连王定也忘怀了，索性放落了心，且偷快乐。

正饮酒中间，听得传语公子叫王定。王定忙到书房，只见杯盘罗列，本司自有答应乐人，奏动乐器，公子开怀乐饮。王定走近身边，公子附耳低言："你到下处，取二百两银子，四匹尺头，再带散碎银二十两，到这里来。"王定道："三叔要这许多银子何用?"公子道："不要你闲管。"王定没奈何，只得来到下处，开了皮箱，取出五十两元宝四个，并尺头碎银，只得来到下处，开了皮箱，取出五十两元宝四个，并尺头碎银，再到本司院说："三叔有了。"公子看也不看，都教送与鸨儿，说："银两尺头，权为令爱初会之礼。这二十两碎银，把做赏人杂用。"王定只道公子要讨那三姐回去，用许多银子。听说只当初会之礼，吓得舌头吐出三寸。

却说鸨儿一见了许多东西，就叫丫头转过一张空桌。王定将银子、尺头，放在桌上。鸨儿假意谦让了一回，叫玉姐："我儿，拜谢了公子。"又说："今日是王公子，明日就是王姐夫了。"叫丫头收了礼物进去。"小女房中还备得有小酌，请公子开怀畅饮。"公子与玉姐肉手相搀，同至香房，只见围屏小桌，果品珍羞，俱已摆设完备。公子上坐，鸨儿自弹弦子，玉堂春清唱侑酒①。弄得三官骨松筋痒，神荡魂迷。王定见天色晚了，不见三官动身，连催了几次。丫头受鸨儿之命，不与他传。王定又不得进房，等了一个黄昏，翠红要留他宿歇，王定不肯，自回下处去了。公子直饮到二鼓方散。玉堂春殷勤伏侍公子上床，解衣就寝，真个男贪女爱，倒凤颠鸾，彻夜交情，不在话下。

天明，鸨儿叫厨下摆酒煮汤，自进香房，追红讨喜，叫一声："王姐夫，可喜可喜!"丫头小厮都来磕头。公子分付王定每人赏银一两。翠香、翠红各赏衣服一套，折钗银三两。王定早晨本来要接公子回寓，见他撒漫②使钱，有不然之色。公子暗想："在这奴才手里讨针线，好不爽利，索性将皮箱搬到院里，自家便当。"鸨儿见皮箱来了，愈加奉承。真个朝朝寒食，夜夜元宵。

不觉住了一个多月。老鸨要生心科派③，设一大席酒，搬戏演乐，专请三官、玉姐二人赴席。鸨子举杯敬公子说："王姐夫，我女儿与你成了夫妇，地久天长，凡家中事务，望乞扶持。"那三官心里只怕鸨子心里不自在，看那银子犹如粪土，凭老鸨说谎，欠下许多债负，都替他还。又打若干首饰酒器，做若干衣服，又许他改造房子，又造百花楼一座，与玉堂春做卧房。随其科派，件件许了。正是：

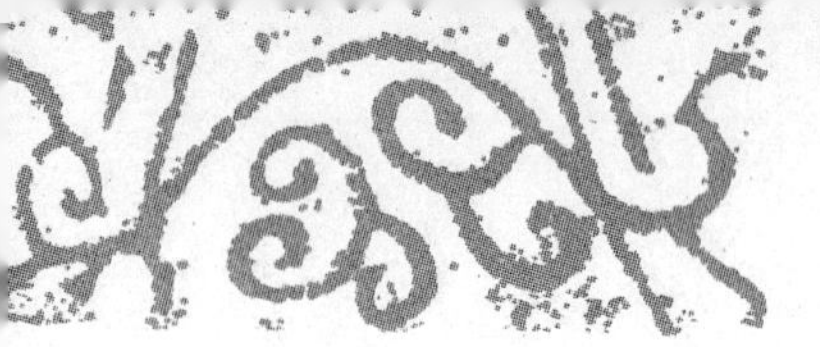

酒不醉人人自醉，色不迷人人自迷。

急得家人王定手足无措，三回五次，催他回去。三官初时含糊答应，以后逼急了，反将王定痛骂。王定没奈何，只得到求玉姐劝他。玉姐素知虔婆利害，也来苦劝公子道："人无千日好，花有几日红！你一日无钱，他番了脸来，就不认得你！"三官此时手内还有钱钞，那里信他这话。王定暗想："心爱的人还不听他，我劝他则甚？"又想："老爷若知此事，如何了得！不如回家报与老爷知道，凭他怎么裁处，与我无干。"王定乃对三官说："我在北京无用，先回去罢！"三官正厌王定多管，巴不得他开身，说："王定，你去时，我与你十两盘费，你到家中禀老爷，只说帐未完，三叔先使我来问安。"玉姐也送五两，鸨子也送五两。王定拜别三官而去。正是：

各人自扫门前雪，莫管他家瓦上霜。

且说三官被酒色迷住，不想回家。光阴似箭，不觉一年。亡八[④]淫妇，终日科派。莫说上头、做生、讨粉头、买丫鬟，连亡八的寿圹都打得到。三官手内财空。亡八一见无钱，凡事疏淡，不照常答应奉承。又住了半月，一家大小作闹起来。老鸨对玉姐说："'有钱便是本司院，无钱便是养济院。'王公子没钱了，还留在此做甚？那曾见本司院举了节妇，你却呆守那穷鬼做甚！"玉姐听说，只当耳边之风。

一日，三官下楼往外去了，丫头来报与鸨子。鸨子叫玉堂春下来："我问你，几时打发王三起身？"玉姐见话不投机，复身向楼上便走。鸨子随即跟上楼来，说："奴才，不理我么？"玉姐说："你们这等没天理，王公子三万两银子，俱送在我家。若不是他时，我家东也欠债，西也欠债，焉有今日这等足用？"鸨子怒发，一头撞去，高叫："三儿打娘哩！"亡八听见，不分是非，便拿了皮鞭，赶上楼来，将玉姐揪跌在楼上，举鞭乱打。打得髻偏发乱，血泪交流。

且说三官在午门外，与朋友相叙，忽然面热肉颤，心下怀疑，即辞归，径走上百花楼。看见玉姐如此模样，心如刀割，慌忙抚摩，问其缘故。玉姐睁开双眼，看见三官，强把精神挣着说："俺的家务事，与你无干。"三官说："冤家，你为我受打，还说无干？明日辞去，免得累你受苦。"玉姐说："哥哥，当初劝你回去，你却不依我。如今孤身在此，盘缠又无，三千余里，怎生去得？我如何放得心！你若不能还乡，流落在外，又不如忍气，且住几日。"三官听说，闷倒在地。玉姐近前抱住公子，说："哥哥，你今后休要下楼去，看那亡八、淫妇怎么样行来？"三官说："欲待回家，难见父母兄嫂，待不去，又受不得亡八冷言热语。我又舍不得你，待住，那亡八、淫妇只管打你。"玉姐说："哥哥，打不打你休管他，我与你是从小的儿女夫妻，你岂可一旦别了我！"看看天色又晚，房中往常时丫头秉灯上来，今日火也不与了。玉姐见三官痛伤，用手扯到床上睡了，一递一声长吁短气。三官与玉姐说："不如我去罢，再接有钱的客官，省你受气。"玉姐说："哥哥，那亡八、淫妇，任他打我，你好歹休要起身。哥哥在时，奴命在，你真个要去，我只一死。"

二人直哭到天明。起来，无人与他碗水。玉姐叫丫头："拿钟茶来与你姐夫吃。"鸨子听见，高声大骂："大胆奴才，少打。叫小三自家来取！"那丫头、小厮都不

敢来。玉姐无奈，只得自己下楼，到厨下盛碗饭，泪滴滴自拿上楼去，说："哥哥，你吃饭来。"公子才要吃，又听得下边骂，待不吃，玉姐又劝。公子方才吃得一口，那淫妇在楼下说："小三，大胆奴才，那有'巧媳妇做出无米粥'？"三官分明听得他话，只索隐忍。正是：

囊中有物精神旺，手内无钱面目惭。

却说亡八恼恨玉姐，待要打他，倘或打伤了，难教他挣钱；待不打他，他又恋着王小三。十分逼的小三极了，他是个酒色迷了的人，一时他寻个自尽，倘若尚书老爷差人来接，那时把泥做也不干。左思右算，无计可施。鸨子说："我自有妙法，叫他离咱门去。明日是你妹子生日，如此如此，唤作'倒房计'。"亡八说："倒也好。"鸨子叫丫头楼上问："姐夫吃了饭还没有？"鸨子上楼来说："休怪！俺家务事，与姐夫不相干。"又照常摆上了酒。吃酒中间，老鸨忙陪笑道："三姐，明日是你姑娘生日，你可禀王姐夫，封上人情，送去与他。"玉姐当晚封下礼物。第二日清晨，老鸨说："王姐夫早起来，趁凉可送人情到姑娘家去。"大小都离司院，将半里，老鸨故意吃一惊，说："王姐夫，我忘了锁门，你回去把门锁上。"公子不知鸨子用计，回来锁门不题。

且说亡八从那小巷转过来，叫："三姐，头上吊了簪子。"哄的玉姐回头，那亡八把头口打了两鞭，顺小巷流水出城去了。

三官回院，锁了房门，忙往外赶看，不见玉姐。遇着一伙人，公子躬身便问："列位曾见一起男女，往那里去了？"那伙人不是好人，却是短路的。见三官衣服齐整，心生一计，说："才往芦苇西边去了。"三官说："多谢列位。"公子往芦苇里就走。这人哄的三官往芦苇里去了，即忙走在前面等着，三官至近，跳起来喝一声，却去扯住三官，齐下手剥去衣服帽子，拿绳子捆在地上。三官手足难挣，昏昏沉沉，挨到天明，还只想了玉堂春，说："姐姐，你不知在何处去，那知我在此受苦！"

不说公子有难，且说亡八淫妇拐着玉姐，一日走了一百二十里地，野店安下。玉姐明知中了亡八之计，路上牵挂三官，泪不停滴。

再说三官在芦苇里，口口声声叫救命。许多乡老近前看见，把公子解了绳子，就问："你是那里人？"三官害羞，不说是公子，也不说嫖玉堂春。浑身上下又无衣服，眼中吊泪说："列位大叔，小人是河南人，来此小买卖，不幸遇着歹人，将一身衣服尽剥去了，盘费一文也无。"众人见公子年少，舍了几件衣服与他，又与了他一顶帽子。三官谢了众人，拾起破衣穿了，拿破帽子戴了。又不见玉姐，又没了一个钱，还进北京来，顺着房檐，低着头，从早至黑，水也没得口。三官饿的眼黄，到天晚寻宿，又没人家下他。有人说："想你这个模样子，谁家下你？你如今可到总铺门口去，有觅人打梆子，早晚勤谨，可以度日。"

三官径至总铺门首，只见一个地方来顾人打更。三官向前叫："大叔，我打头更。"地方便问："你姓甚么？"公子说："我是王小三。"地方说："你打二更罢！失了更，短了筹，不与你钱，还要打哩！"三官是个自在惯了的人，贪睡了，晚间把更失了。

地方骂："小三，你这狗骨头，也没造化吃这自在饭，快着走！"三官自思无路，乃到孤老院里去存身。正是：

一般院子里，苦乐不相同。

却说那亡八鸨子，说："咱来了一个月，想那王三必回家去了，咱们回去罢。"收拾行李，回到本司院。只有玉姐每日思想公子，寝食俱废。鸨子上楼来，苦苦劝说："我的儿，那王三已是往家去了，你还想他怎么？北京城内多少王孙公子，你只是想着王三不接客，你可知道我的性子，自讨分晓！我再不说你了。"说罢自去了。玉姐泪如雨滴，想："王顺卿手内无半文钱，不知怎生去了？你要去时，也通个信息，免使我苏三常常挂牵。不知何日再得与你相见？"

不说玉姐想公子。且说公子在北京院讨饭度日。北京大街上，有个高手王银匠，曾在王尚书处打过酒器。公子在虔婆家打首饰物件，都用着他。一日往孤老院过，忽然看见公子，唬了一跳。上前扯住，叫："三叔，你怎么这等模样？"三官从头说了一遍。王银匠说："自古狠心亡八！三叔，你今到寒家，清茶淡饭，暂住几日，等你老爷使人来接你。"三官听说大喜，跟随至王匠家中。王匠敬他是尚书公子，尽礼管待，也住了半月有余。他媳妇子见短，不见尚书家来接，只道丈夫说慌，乘着丈夫上街，便发说话："自家一窝子男女，那有闲饭养他人！好意留吃几日，各人要自达时务，终不然在此养老送终！"三官受气不过，低着头，顺着房檐往外，出来信步而行。走至关王庙，猛省关圣最灵，何不诉他？乃进庙，跪于神前，诉以亡八鸨儿负心之事。拜祷良久，起来闲看两廊画的三国功劳。

却说庙门外街上，有一个小伙儿叫云："本京瓜子，一分一桶。高邮鸭蛋，半分一个。"此人是谁？是卖瓜子的金哥。金哥说道："原来是年景消疏，买卖不济。当时，本司院有王三叔在时，一时照顾二百钱瓜子，转的来，我父母吃不了。自从三叔回家去了，如今谁买这物？二三日不曾发市，怎么过？我到庙里歇歇再走。"金哥进庙里来，把盘子放在供桌上，跪下磕头。三官却认得是金哥，无颜见他，双手掩面坐于门限侧边。金哥磕了头，起来，也来门限上坐下。三官只道金哥出庙去了。放下手来，却被金哥认出说："三叔！你怎么在这里？"三官含羞带泪，将前事道了一遍。金哥说："三叔休哭，我请你吃些饭。"三官说："我得了饭。"金哥又问："你这两日，没见你三婶来？"三官说："久不相见了！金哥，我烦你到本司院密密的与三婶说，我如今这等穷，看他怎么说？回来复我。"金哥应允，端起盘，往外就走。三官又说："你到那里看风色，他若想我，你便题我在这里如此；若无真心疼我，你便休话，也来回我。他这人家有钱的另一样待，无钱的另一样待。"金哥说："我知道。"辞了三官，往院里来，在于楼外边立着。

说那玉姐手托香腮，将汗巾拭泪，声声只叫："王顺卿，我的哥哥！你不知在那里去了？"金哥说："呀！真个想三叔哩。"咳嗽一声，玉姐听见，问："外边是谁？"金哥上楼来，说："是我。我来卖（买）瓜子，与你老人家磕哩！"玉姐眼中吊泪。说："金哥，纵有羊羔美酒，吃不下，那有心绪磕瓜仁？"金哥说："三婶，你这两日怎么淡了？"

玉姐不理。金哥又问："你想三叔，还想谁？你对我说，我与你接去。"玉姐说："我自三叔去后，朝朝思想，那里又有谁来？我曾记得一辈古人。"金哥说："是谁？"玉姐说："昔有个亚仙女，郑元和为他黄金使尽，去打'莲花落'。后来收心勤读诗书，一举成名。那亚仙风月场中显大名。我常怀亚仙之心，怎得三叔他像郑元和方好。"金哥听说，口中不语，心内自思："王三到也与郑元和相像了，虽不打'莲花落'，也在孤老院讨饭吃。"金哥乃低低把三婶叫了一声，说："三叔如今在庙中安歇，叫我密密的报与你，济他些盘费，好上南京。"玉姐唬了一惊："金哥休要哄我。"金哥说："三婶，你不信，跟我到庙中看看去。"玉姐说："这里到庙中有多少远？"金哥说："这里到庙中有三里地。"玉姐说："怎么敢去？"又问："三叔还有甚话？"金哥说："只是少银子钱使用，并没甚话。"玉姐说："你去对三叔说：'十五日在庙里等我。'"金哥去庙里回复三官，就送三官到王匠家中："倘若他家不留你，就到我家里去。"幸得王匠回家，又留住了公子。不题。

却说老鸨又问："三姐，你这两日不吃饭，还是想着王三哩！你想他，他不想你。我儿好痴，我与你寻个比王三强的，你也新鲜些。"玉姐说："娘，我心里一件事，不得停当。"鸨子说："你有甚么事？"玉姐说："我当初要王三的银子，黑夜与他说话，指着城隍爷爷说誓，如今等我还了愿，就接别人。"老鸨问："几时去还愿？"玉姐道："十五日去罢。"老鸨甚喜。预先备下香烛纸马。等到十五日，天未明，就叫丫头起来："你与姐姐烧下水洗脸。"玉姐也怀心，起来梳妆，收拾私房银两，并钗钏首饰之类，叫丫头拿着纸马，径往城隍庙里去。

进的庙来，天还未明，不见三官在那里。那晓得三官，却躲在东廊下相等。先已看见玉姐，咳嗽一声。玉姐就知，叫丫头烧了纸马："你先去，我两边看看十帝阎君。"玉姐叫了丫头转身，径来东廊下寻三官。三官见了玉姐，羞面通红。玉姐叫声："哥哥王顺卿，怎么这等模样？"两下抱头而哭。玉姐将所带有二百两银子东西，付与三官，叫他置办衣帽买骡子，再到院里来："你只说是从南京才到，休负奴言。"二人含泪各别。

玉姐回至家中，鸨子见了，欣喜不胜。说："我儿还了愿？"玉姐说："我还了旧愿，发下新愿。"鸨子说："我儿，你发下甚么新愿？"玉姐说："我要再接王三，把咱一家子死的灭门绝户，天火烧了。"鸨子说："我儿这愿，忒发得重了些。"从此欢天喜地不题。

且说三官回到王匠家，将二百两东西，递与王匠，王匠大喜。随即到了市上，买了一身袖帛衣服，粉底皂靴，绒袜，瓦楞帽子，青丝绦，真川扇，皮箱骡马，办得齐整。把砖头瓦片，用布包裹，假充银两，放在皮箱里面，收拾打扮停当。雇了两个小厮，跟随就要起身。王匠说："三叔，略停片时，小子置一杯酒饯行。"公子说："不劳如此，多蒙厚爱，异日须来报恩！"三官遂上马而去。

妆成圈套入胡同，鸨子焉能不强从。
亏杀玉堂垂念永，固知红粉亦英雄。

却说公子辞了王匠夫妇，径至春院门首。只见几个小乐工，都在门首说话。忽然看见三官气象一新，唬了一跳，飞风报与老鸨。老鸨听说，半响不言："这等事怎么处？向日三姐说：他是宦家公子，金银无数，我却不信，逐他出门去了。今日到带有金银，好不惶恐人也！"左思右想，老着脸走出来见了三官，说："姐夫从何而至？"一手扯住马头。公子下马唱了半个喏，就要行，说："我伙计都在船中等我。"老鸨陪笑道："姐夫，好狠心也！就是寺破僧丑，也看佛面，纵然要去，你也看看玉堂春。"公子道："向日那几两银子值甚的？学生岂肯放在心上！我今皮箱内，见有五万银子。还有几船货物，伙计也有数十人，有王定看守在那里。"鸨子一发不肯放手了。公子恐怕掣脱了，将机就机，进到院门坐下。鸨儿分付厨下，忙摆酒席接风。三官茶罢，就要走。胡意撷出两锭银子来，都是五两头细丝。三官检起，袖而藏之。鸨子又说："我到了姑娘家，酒也不曾吃，就问你，说你往东去了，寻不见你，寻了一个多月，俺才回家。"公子乘机便说："亏你好心，我那时也寻不见你。王定来接我，我就回家去了。我心上也欠挂着玉姐，所以急急而来。"老鸨忙叫丫头去报玉堂春。

丫头一路笑上楼来，玉姐已知公子到了，故意说："奴才，笑甚么？"丫头说："王姐夫又来了。"玉姐故意唬了一跳，说："你不要哄我！"不肯下楼。老鸨慌忙自来。玉姐故意回脸往里睡。鸨子说："我的亲儿！王姐夫来了，你不知道么？"玉姐也不语，连问了四五声，只不答应。这一时待要骂，又用着他。扯一把椅子拿过来，一直坐下，长吁了一声气。玉姐见他这模样，故意回过头起来，双膝跪在楼上。说："妈妈！今日饶我这顿打。"老鸨忙扯起来说："我儿！你还不知道王姐夫又来了。拿有五万两花银，船上又有货物并伙计数十人，比前加倍。你可去见他，好心奉承。"玉姐道："发下新愿了，我不去接他。"鸨子道："我儿！发愿只当取笑。"一手挽玉姐下楼来，半路就叫："王姐夫，三姐来了。"

三官见了玉姐，冷冷的作了一揖，全不温存。老鸨便叫丫头摆桌，取酒斟上一钟，深深万福，递与王姐夫："权当老身不是，可念三姐之情，休走别家，教人笑话。"三官微微冷笑，叫声："妈妈，还是我的不是。"老鸨殷勤劝酒，公子吃了几杯，叫声多扰，抽身就走。翠红一把扯住，叫："玉姐，与俺姐夫陪个笑脸！"老鸨说："王姐夫，你忒做绝了。丫头把门顶了，休放你姐夫出去！"叫丫头把那行李抬在百花楼去。就在楼下重设酒席，笙琴细乐，又来奉承。吃了半更，老鸨说："我先去了，让你夫妻二人叙话。"三官、玉姐正中其意，携手登楼。

如同久旱逢甘雨，好似他乡遇故知。

二人一晚叙话。正是：欢娱嫌夜短，寞寂恨更长。不觉鼓打四更，公子爬将起来，说："姐姐，我走罢。"玉姐说："哥哥，我本欲留你多住几日，只是留君千日，终须一别。今番作急回家，再休惹闲花野草。见了二亲，用意攻书，倘或成名，也争得这一口气！"玉姐难舍王公子，公子留恋玉堂春。玉姐说："哥哥，你到家，只怕娶了家小不念我。"三官说："我怕你在北京另接一人，我再来也无益了。"玉姐说："你指着圣贤爷说了誓愿。"两人双膝跪下。公子说："我若南京再娶家小，五黄六月，害病死

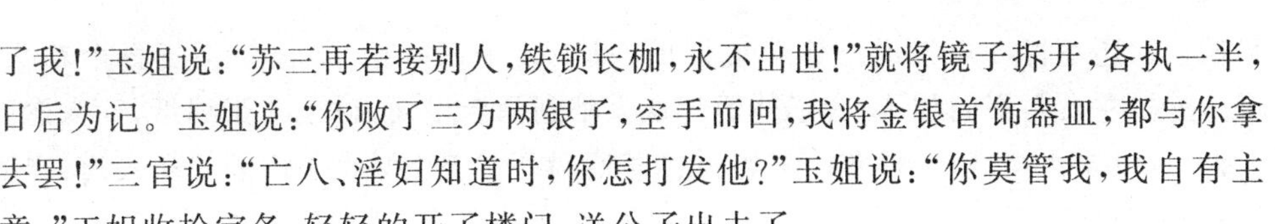

了我!”玉姐说:“苏三再若接别人,铁锁长枷,永不出世!”就将镜子拆开,各执一半,日后为记。玉姐说:“你败了三万两银子,空手而回,我将金银首饰器皿,都与你拿去罢!”三官说:“亡八、淫妇知道时,你怎打发他?”玉姐说:“你莫管我,我自有主意。”玉姐收拾完备,轻轻的开了楼门,送公子出去了。

天明,鸨儿起来,叫丫头烧下洗脸水,承下净口茶,“看你姐夫醒了时,送上楼去,问他要吃甚么?我好做去。若是还睡,休惊醒他。”丫头走上楼去,见摆设的器皿都没了,梳妆匣也出空了,撇在一边。揭开帐子,床上空了半边。跑下楼。叫:“妈妈,罢了!”鸨子说:“奴才,慌甚么?惊着你姐夫。”丫头说:“还有甚么姐夫?不知那里去了。俺姐姐回脸往里睡着。”老鸨听说大惊,看小厮骡脚都去了。连忙走上楼来,喜得皮箱还在。打开看时,都是个砖头瓦片。鸨儿便骂:“奴才,王三那里去了?我就打死你!为何金银器皿他都偷去了?”玉姐说:“我发过新愿了,今番不是我接他来的。”鸨子说:“你两个昨晚说了一夜说活,一定晓得他去处。”亡八就去取皮鞭。玉姐拿个首帕,将头扎了,口里说:“待我寻王三还你。”忙下楼来,往外就走。鸨子、乐工,恐怕走了,随后赶来。

玉姐行至大街上,高声叫屈:“图财杀命!”只见地方都来了。鸨子说:“奴才,他到把我金银首饰尽情拐去,你还放刁!”亡八说:“由他,咱到家里算帐。”玉姐说:“不要说嘴,咱往那里去?那是我家?我同你到刑部堂上讲讲,恁家里是公侯宰相、朝郎驸马?你那里的金银器皿!万物要平个理。一个行院人家,至轻至贱,那有甚么大头面,戴往那里去坐席?王尚书公子在我家,费了三万银子,谁不知道他去了就开手?你昨日见他有了银子,又去哄到家里,图谋了他行李,不知将他下落在何处?列位做个证见。”说得鸨子无言可答。亡八说:“你叫王三拐去我的东西,你反来图赖我。”玉姐舍命就骂:“亡八、淫妇,你图财杀人,还要说嘴?见今皮箱都打开在你家里,银子都拿过了,那王三官不是你谋杀了,是那个?”鸨子说:“他那里有甚么银子?都是砖头瓦片哄人。”玉姐说:“你亲口说带有五万银子,如何今日又说没有?”两下厮闹。众人晓得三官败过三万银子是真,谋命的事未必,都将好言劝解。玉姐说:“列位,你既劝我不要到官,也得我骂他几句,出这口气。”众人说:“凭你骂罢!”玉姐骂道:

> 你这亡八是喂不饱的狗,鸨子是填不满的坑。不肯思量做生理,只是排局骗别人。奉承尽是天罗网,说话皆是陷人坑。只图你家长兴旺,那管他人贫不贫!八百好钱买了我,与你挣了多少银?我父叫做周彦亨,大同城里有名人。买良为贱该甚罪?兴贩人口问充军。哄诱良家子弟犹自可,图财杀命罪非轻!你一家万分无天理,我且说你两三分。

众人说:“玉姐,骂得勾了。”鸨子说:“让你骂许多时,如今该回去了。”玉姐说:“我要回去,须立个文书执照与我。”众人说:“文书如何写?”玉姐说:“要写‘不合买良为娼,及图财杀命’等话。”亡八那里肯写。玉姐又叫起屈来。众人说:“买良为娼,也是门户常事,那人命事不的实,却难招认。我们只主张写个赎身文书与你罢!”亡八还不肯。众人说:“你莫说别项,只王公子三万银子,也勾买三百个粉头了。玉姐左右心不向你了,舍了他罢!”众人都到酒店里面,讨了一张绵纸,一人念,一人写,只要亡八、鸨子押花。玉姐道:“若写得不公道,我就扯碎了。”众人道:“还你停当。”写道:

立文书本司乐户苏淮,同妻一秤金,向将钱八百文,讨大同府人周彦亨女玉堂春在家,本望接客靠老,奈女不愿为娼。……

写到“不愿为娼”,玉姐说:“这句就是了。须要写收过王公子财礼银三万两。”亡八道:“三儿,你也拿些公道出来,这一年多费用去了,难道也算?”众人道:“只写二万罢。”又写道:

有南京公子王顺卿,与女相爱,准得过银二万两,凭众议作赎身财礼。今后听凭玉堂春嫁人,并与本户无干。立此为照。

后写“正德年月日,立文书乐户苏淮同妻一秤金”。见人有十余人,众人先押人花。苏淮只得也押了,一秤金也画个十字。玉姐收讫,又说:“列位老爹!我还有一件事,要先讲个明。”众人曰:“又是甚事?”玉姐曰:“那百花楼,原是王公子盖的,拨与我住。丫头原是公子买的,要叫两个来伏侍我。以后米面、柴薪、菜蔬等项,须是一一供给,不许掯勒短少,直待我嫁人方止。”众人说:“这事都依着你。”玉姐辞谢先回。亡八又请众人吃过酒饭方散。正是:

周郎妙计高天下,赔了夫人又折兵。

话说公子在路,夜住晓行,不数日,来到金陵自家门首下马。王定看见,唬了一惊,上前把马扯住,进的里面。三官坐下,王定一家拜见了。三官就问:“我老爷安么?”王定说:“安。”“大叔、二叔、姑爷、姑娘何如?”王定说:“俱安。”又问:“你听得老爷说我家来,他要怎么处?”王定不言,长吁一口气,只看看天。三官就知其意:“你不言语,想是老爷要打死我。”王定说:“三叔,老爷誓不留你。今番不要见老爷了,私去看看老奶奶和姐姐、兄嫂,讨些盘费,他方去安身罢!”公子又问:“老爷这二年,与何人相厚?央他来与我说个人情。”王定说:“无人敢说。只除是姑娘、姑爹,意思间稍题题,也不敢直说。”三官道:“王定,你去请姑爹来,我与他讲这件事。”王定即时去请刘斋长、何上舍到来。叙礼毕,何、刘二位说:“三舅,你在此,等俺两个与咱爷讲过,使人来叫你。若不依时,捎信与你,作速逃命。”

二人说罢,竟往潭府来见了王尚书。坐下,茶罢,王爷问何上舍:“田庄好么?”上舍答道:“好。”王爷又问刘斋长:“学业何如?”答说:“不敢。连日有事,不得读书。”王爷笑道:“‘读书过万卷,下笔如有神’。秀才将何为本?‘家无读书子,官从何处来?’今后须宜勤学,不可将光阴错过。”刘斋长唯唯谢教。何上舍问:“客位前这墙,几时筑的?一向不见。”王爷笑曰:“我年大了,无多田产,日后恐怕大的二的争竞,预先分为两分。”二人笑说:“三分家事,如何只做两分?三官回来,叫他那里住?”王爷闻说,心中大恼:“老夫平生两个小儿,那里又有第三个?”二人齐声叫:“爷,你如何不疼三官王景隆?当初还是爷不是,托他在北京讨帐,无有一个去接

寻。休说三官十六七岁，北京是花柳之所，就是久惯江湖，也迷了心。”二人双膝跪下，吊下泪来。王爷说：“没下稍的狗畜生，不知死在那里了！再休题起了。”

正说间，二位姑娘也到。众人都知三官到家，只哄着王爷一人。王爷说：“今日不请都来，想必有甚事情？”即叫家奴摆酒。何静庵欠身打一躬曰：“你闺女昨晚作一梦，梦三官王景隆身上蓝缕，叫他姐姐救他性命。三更鼓做了这个梦，半夜捶床捣枕哭到天明，埋怨着我不接三官，今日特来问问三舅的信音。”刘心斋亦说：“自三舅在京，我夫妇日夜不安，今我与姨夫凑些盘费，明日起身去接他回来。”王爷含泪道：“贤婿，家中还有两个儿子，无他又待怎生？”何、刘二人往外就走。王爷向前扯住问：“贤婿何故起身？”二人说：“爷撒手，你家亲生子还是如此，何况我女婿也？”大小儿女放声大哭，两个哥哥一齐下跪，女婿也跪在地上；奶奶在后边吊下泪来。引得王爷心动，亦哭起来。

王定跑出来说：“三叔，如今老爷在那里哭你，你好过去见老爷，不要待等恼了。”王定推着公子进前厅跪下说：“爹爹！不孝儿王景隆今日回了。”那王爷两手擦了泪眼，说：“那无耻畜生，不知死的往那里去了。北京城街上最多游食光棍，偶与畜生面庞厮像，假充畜生来家，哄骗我财物，可叫小厮拿送三法司问罪！”那公子往外就走。二位姐姐赶至二门首，拦住说：“短命的，你待往那里去？”三官说：“二位姐姐，开放条路，与我逃命罢！”二位姐姐不肯撒手，推至前来，双膝跪下。两个姐姐手指说：“短命的！娘为你痛得肝肠碎，一家大小为你哭得眼花，那个不牵挂！”众人哭在伤情处，王爷一声，喝住众人不要哭，说：“我依着二位姐夫，收了这畜生，可叫我怎么处他？”众人说：“消消气再处。”王爷摇头。奶奶说：“凭我打罢。”王爷说：“可打多少？”众人说：“任爷爷打多少。”王爷道：“须依我说，不可阻我，要打一百。”大姐、二姐跪下说：“爹爹严命，不敢阻当，容你儿待替罢。”大哥、二哥每人替上二十，大姐、二姐每人亦替二十。王爷说：“打他二十。”大姐、二姐说：“叫他姐夫也替他二十。只看他这等黄瘦，一棍打在那里？等他膘满肉肥，那时打他不迟。”王爷笑道：“我儿，你也说得是。想这畜生，天理已绝，良心已丧，打他何益？我问你：‘家无生活计，不怕斗量金。’我如今又不做官了，无处挣钱，作何生意以为糊口之计？要做买卖，我又无本钱与你。二位姐夫，问他那银子还有多少？”何、刘便问三舅：“银子还有多少？”王定抬过皮箱打开，尽是金银器皿等物。王爷大怒，骂：“狗畜生！你在那里偷的这东西？快写首状，休要玷辱了门庭。”三官高叫：“爹爹息怒，听不肖儿一言。”遂将初遇玉堂春，后来被鸨儿如何哄骗尽了，如何亏了王银匠收留，又亏了金哥报信，“玉堂春私将银两赠我回乡，这些首饰器皿，皆玉堂春所赠”，备细述了一遍。王爷听说骂道：“无耻狗畜生！自家三万银子都花了，却要娼妇的东西，可不羞杀了人！”三官说：“儿不曾强要他的，是他情愿与我的。”王爷说：“这也罢了，看你姐夫面上，与你一个庄子，你自去耕地布种。”公子不言。王爷怒道：“王景隆，你不言怎么说？”公子说：“这事不是孩儿做的。”王爷说：“这事不是你做的。你还去嫖院罢！”三官说：“儿要读书。”王爷笑曰：“你已放荡了，心猿意马，读甚么书？”公子说：

“孩儿此回笃志，用心读书。”王爷说：“即知读书好，缘何这等胡为？”何静庵立起身来说：“三舅受了艰难苦楚，这下来改过迁善，料想要用心读书。”王爷说：“就依你众人说，送他到书房里去，叫两个小厮去伏侍他。”即时就叫小厮，送三官往书院里去。两个姐夫又来说：“三舅久别，望老爷留住他，与小婿共饮则可。”王爷说：“贤婿，你如此乃非教子之方，休要纵他。”二人道：“老爷言之最善。”于是翁婿大家痛饮，尽醉方归。这一出父子相会。分明是：

月被云遮重露彩，花遭霜打又逢春。

却说公子进了书院，清清独坐，又见满架诗书，笔山砚海，叹道：“书呵！相别日久，且是生涩。欲待不看，焉得一举成名，却不辜负了玉姐言语？欲待读书，心猿放荡，意马难收。”公子寻思一会，拿着书来读了一会，心下只是想着玉堂春。忽然鼻闻甚气，耳闻甚声，乃问书童道：“你闻这书里甚么气？听听甚么响？”书童说：“三叔，俱没有。”公子道：“没有？呀，原来鼻闻乃是脂粉气，耳听即是筝板声。”公子一时思想起来：“玉姐当初嘱付我，是甚么话来？叫我用心读书。我如今未曾读书，心意还丢他不下，坐不安，寝不宁，茶不思，饭不想，梳洗无心，神思恍忽。”公子自思：“可怎么处他？”走出门来，只见大门上挂着一联对子：“‘十年受尽窗前苦，一举成名天下闻。’这是我公公作下的对联。他中举会试，官至侍郎。后来咱爹爹在此读书，官到尚书。我今在此读书，亦要攀龙附凤，以继前人之志。”又见二门上有一联对子：“不受苦中苦，难为人上人。”公子急回书房，看见《风月机关》、《洞房春意》。公子自思：“乃是二书，乱了我的心。”将一火而焚之。破境分钗，俱将收了。心中回转，发志勤学。

一日，书房无火，书童往外取火。王爷正坐，叫书童，书童近前跪下。王爷便问：“三叔这一会用功不曾？”书童说：“禀老爷得知，我三叔先时通不读书，胡思乱想，体瘦如柴。这半年整日读书，晚上读至三更方才睡，五更就起，直至饭后，方才梳洗。口虽吃饭，眼不离书。”王爷道：“奴才！你好说慌，我亲自去看他。”书童叫：“三叔，老爷来了。”公子从从容容迎接父亲。王爷暗喜，观他行步安详，可以见他学问。王爷正面坐下，公子拜见。王爷曰：“我限的书，你看了不曾？我出的题，你做了多少？”公子说：“爹爹严命，限儿的书都看了，题目都做完了，但有余力旁观子史。”王爷说：“拿文字来我看。”公子取出文字。王爷看他所作文课，一篇强如一篇，心中甚喜，叫：“景隆，去应个儒士科举罢！”公子说：“儿读了几日书，敢望中举？”王爷说：“一遭中了虽多，两遭中了甚广。出去观观场，下科好中。”王爷就写书与提学察院，许公子科举。竟到八月初九日，进过头场，写出文字与父亲看。王爷喜道：“这七篇，中有何难？”到二场三场俱完，王爷又看他后场，喜道：“不在散举，决是魁解。”

话分两头。却说玉姐自上了百花楼，从不下梯。是日闷倦，叫丫头：“拿棋子过来，我与我下盘棋。”丫头说：“我不会下。”玉姐说：“你会打双陆么？”丫头说：“也不会。”玉姐将棋盘、双陆，一皆撇在楼板上。丫头见玉姐眼中吊泪，即忙掇过饭来，说："姐姐，自从昨晚没用饭，你吃个点心。"玉姐拿过分为两半，右手拿一块吃，左手拿一块与公子。丫头欲接又不敢接。玉姐猛然睁眼见不是公子，将那一块点心掉在楼板上。丫头又忙掇过一碗汤来，说："饭干燥，吃些汤罢！"玉姐刚呷得一口，泪如涌泉，放下了，问："外边是甚么响？"丫头说："今日中秋佳节，人人玩月，处处笙歌，俺家翠香、翠红姐都有客哩！"玉姐听说，口虽不语，心中自思："哥哥今已去了一年了。"叫丫头拿过镜子来照了一照，猛然唬了一跳："如何瘦的我这模样？"把那镜丢在床上，长吁短叹，走至楼门前，叫丫头："拿椅子过来，我在这里坐一坐。"坐了多时，只见明月高升，谯楼敲转，玉姐叫丫头："你可收拾香烛过来，今日八月十五日，乃是你姐夫进三场日子，我烧一炷香保佑他。"玉姐下楼来，当天井跪下，说："天地神明，今日八月十五日，我哥王景隆进了三场，愿他早占鳌头，名扬四海。"祝罢，深深拜了四拜。有诗为证：

对月烧香祷告天，何时得泄腹中冤。

王朗有日登金榜，不枉今生结好缘。

却说西楼上有个客人，乃山西平阳府洪同县人，拿有整万银子，来北京贩马。这人姓沈名洪，因闻玉堂春大名，特来相访。老鸨见他有钱，把翠香打扮当作玉姐。相交数日，沈洪方知不是，苦求一见。是夜，丫头下楼取火，与玉姐烧香。小翠红忍不住多嘴，就说了："沈姐夫，你每日间想玉姐，今夜下楼，在天井内烧香，我和你悄悄地张他。"沈洪将三钱银子买嘱了丫头，悄然跟到楼下，月明中，看得仔细。等他拜罢，趋出唱喏。玉姐大惊，问："是甚么人？"答道："在下是山西沈洪，有数万本钱，在此贩马，久慕玉姐大名，未得面睹。今日得见，如拨云雾见青天，望玉姐不弃，同到西楼一会。"玉姐怒道："我与你素不相识，今当夤夜，何故自夸财势，妄生事端？"沈洪又哀告道："王三官也只是个人，我也是个人，他有钱，我亦有钱，那些儿强似我？"说罢，就上前要搂抱玉姐，被玉姐照脸啐一口，急急上楼关了门，骂丫头："好大胆，如何放这野狗进来？"沈洪没意思自去了。玉姐思想起来："分明是小翠香、小翠红这两个奴才报他。"又骂："小淫妇，小贱人，你接着得意孤老⑤也好了，怎该来啰唣我？"骂了一顿，放声悲哭："但得我哥哥在时，那个奴才敢调戏我！"又气又苦，越想越毒。正是：

可人去后无日见，俗子来时不待招。

却说三官在南京乡试终场，闲坐无事，每日只想玉姐。南京一般也有本司院，公子再不去走。到了二十九关榜之日，公子想到三更以后，方才睡着。外边报喜的说："王景隆中了第四名。"三官梦中闻信，起来梳洗，扬鞭上马，前拥后簇，去赴鹿鸣宴。父母兄嫂，姐夫姐姐，喜做一团，连日做庆贺筵席。公子谢了主考，辞了提学，坟前祭扫了，起了文书："禀父母得知，儿要早些赴京，到僻静去处安下，看书数月，好入会试。"父母明知公子本意牵挂玉堂春，中了举，只得依从。叫大哥二哥来："景隆赴京会试，昨日祭扫，有多少人情？"大哥说："不过三百余两。"王爷道："那只勾他人情的，分外再与他一二百两拿去。"二哥说："禀上爹爹，用不得许多银子。"王爷

说:“你那知道,我那同年门生,在京颇多,往返交接,非钱不行。等他手中宽裕,读书也有兴。”叫景隆收拾行装,有知心同年,约上两三位。分付家人,到张先生家看了良辰。公子恨不的一时就到北京,邀了几个朋友,雇了一只船,即时拜了父母,辞别兄嫂。两个姐夫,邀亲朋至十里长亭,酌酒作别。公子上的船来,手舞足蹈,莫知所之。众人不解其意,他心里只想着玉姐玉堂春。不则一日,到了济宁府,舍舟起岸。不在话下。

再说沈洪自从中秋夜见了玉姐,到如今朝思暮想,废寝忘餐,叫声:“二位贤姐,只为这冤家,害的我一丝两气,七颠八倒,望二位可怜我孤身在外,举眼无亲,替我劝化玉姐,叫他相会一面,虽死在九泉之下,也不敢忘了二位活命之恩。”说罢,双膝跪下。翠香、翠红说:“沈姐夫,你且起来,我们也不敢和他说这话。你不见中秋夜,骂的我们不耐烦。等俺妈妈来,你央浼他。”沈洪说:“二位贤姐,替我请出妈妈来。”翠香姐说:“你跪着我,再磕一百二十个大响头。”沈洪慌忙跪下磕头。

翠香即时就去,将沈洪说的言语述与老鸨。老鸨到西楼,见了沈洪,问:“沈姐夫唤老身何事?”沈洪说:“别无他事,只为不得玉堂春到手。你若帮衬我成就了此事,休说金银,便是杀身难报。”老鸨听说,口内不言,心中自思:“我如今若许了他,倘三儿不肯,教我如何? 若不许他,怎哄出他的银子?”沈洪见老鸨踌躇不语,便看翠红。翠红丢了一个眼色,走下楼来,沈洪即跟他下去。翠红说:“常言‘姐爱俏,鸨爱钞’。你多拿些银子出来打动他,不愁他不用心。他是使大钱的人,若少了,他不放在眼里。”沈洪说:“要多少?”翠香说:“不要少了! 就把一千两与他,方才成得此事。”也是沈洪命运该败,浑如鬼迷一般,即依着翠香,就拿一千两银子来,叫:“妈妈,财礼在此。”老鸨说:“这银子,老身权收下,你却不要性急。待老身慢慢的偎他。”沈洪拜谢说:“小子悬悬而望。”正是:

请下烟花诸葛亮,欲图风月玉堂春。

且说十三省乡试榜都到午门外张挂,王银匠邀金哥说:“王三官不知中了不曾?”两个跑在午门外南直隶榜下,看解元是《书经》,往下第四个乃王景隆。王匠说:“金哥,好了,三叔已中在第四名。”金歌道:“你看看的确,怕你认不得字。”王匠说:“你说话好欺人,我读书读到《孟子》,难道这三个字也认不得? 随你叫谁看!”金哥听说大喜。二人买了一本乡试录,走到本司院里,去报玉堂春说:“三叔中了。”玉姐叫丫头将试录拿上楼来,展开看了,上刊“第四名王景隆”,注明“应天府儒士,《礼记》”。玉姐步出楼门,叫丫头忙排香案,拜谢天地。起来先把王匠谢了,转身又谢金哥。唬得亡八、鸨子魂不在体。商议说:“王三中了举,不久到京,白白地要了玉堂春去,可不人财两失? 三儿向他孤老,决没甚好言语,搬斗是非,教他报往日之仇,此事如何了?”鸨子说:“不若先下手为强。”亡八说:“怎么样下手?”老鸨说:“咱已收了沈官人一千两银子,如今再要了他一千,贱些价钱卖与他罢。”亡八道:“三儿不肯如何?”鸨子说:“明日杀猪宰羊,买一桌纸钱,假说东岳庙看会,烧了纸,说了誓,合家从良,再不在烟花巷里。小三若闻知从良一节,必然也要往岳庙烧香。叫

沈官人先安轿子，径抬往山西去。公子那时就来，不见他的情人，心下就冷了。”亡八说：“此计大妙。”即时暗暗地与沈洪商议，又要了他一千银子。

次早，丫头报与玉姐：“俺家杀猪宰羊，上岳庙哩。”玉姐问：“为何？”丫头道：“听得妈妈说：‘为王姐夫中了，恐怕他到京来报仇，今日发愿，合家从良。’”玉姐说：“是真是假？”丫头说：“当真哩！昨日沈姐夫都辞去了，如今再不接客了。”玉姐说：“既如此，你对妈妈说，我也要去烧香。”老鸨说：“三姐，你要去，快梳洗，我唤轿儿抬你。”玉姐梳妆打扮，同老鸨出的门来。正见四个人，抬着一顶空轿。老鸨便问：“此轿是雇的？”这人说：“正是。”老鸨说：“这里到岳庙，要多少雇价？”那人说：“抬去抬来，要一钱银子。”老鸨说：“只是五分。”那人说：“这个事小，请老人家上轿。”老鸨说：“不是我坐，是我女儿要坐。”玉姐上轿，那二人抬着，不往东岳庙去，径往西门去了。

走有数里，到了上高转折去处，玉姐回头，看见沈洪在后骑着个骡子。玉姐大叫一声：“呔！想是亡八鸨子盗卖我了？”玉姐大骂：“你这些贼狗奴，抬我往那里去？”沈洪说：“往那里去？我为你去了二千两银子，买你往山西家去。”玉姐在轿中号啕大哭，骂声不绝。那轿夫抬了飞也似走。行了一日，天色已晚。沈洪寻了一座店房，排合卺美酒，指望洞房欢乐。谁知玉姐题着便骂，触着便打。沈洪见店中人多，恐怕出丑，想道：“瓮中之鳖，不怕他走了！权耐几日，到我家中，何愁不从。”于是反将好话奉承，并不去犯他。玉姐终日啼哭，自不必说。

却说公子一到北京，将行李上店，自己带两个家人，就往王银匠家，探问玉堂春消息。王匠请公子坐下：“有见成酒，且吃三杯接风，慢慢告诉。”王匠就拿酒来斟上。三官不好推辞，连饮了三杯，又问：“玉姐敢不知我来？”王匠叫：“三叔开怀，再饮三杯。”三官说：“勾了，不吃了。”王匠说：“三叔久别，多饮几杯，不要太谦。”公子又饮了几杯。问：“这几日曾见玉姐不曾？”王匠又叫：“三叔且莫问此事，再吃三杯。”公子心疑，站起说：“有甚或长或短，说个明白，休闷死我也！”王匠只是劝酒。

却说金哥在门首经过，知道公子在内，进来磕头叫喜。三官问金哥：“你三婶近日何如？”金哥年幼多嘴，说：“卖了！”三官急问说：“卖了谁？”王匠瞅了金哥一眼，金哥缩了口。公子坚执盘问，二人瞒不过，说：“三婶卖了！”公子问：“几时卖了？”王匠说：“有一个月了。”公子听说，一头撞在尘埃，二人忙扶起来。公子问金哥：“卖在那里去了？”金哥说：“卖与山西客人沈洪去了。”三官说：“你那三婶就怎么肯去？”金哥叙出“鸨儿假意从良，杀猪宰羊上岳庙，哄三婶同去烧香，私与沈洪约定，雇下轿子抬去，不知下落”。公子说：“亡八盗卖我玉堂春，我与他算帐！”

那时，叫金哥跟着，带领家人，径到本司院里，进的院门，亡八眼快，跑去躲了。公子问众丫头：“你家玉姐何在？”无人敢应。公子发怒，房中寻见老鸨，一把揪住，叫家人乱打，金哥劝住。公子就走在百花楼上，看见锦帐罗帏，越加怒恼。把箱笼尽行打碎，气得痴呆了，问：“丫头，你姐姐嫁那家去了？可老实说，饶你打。”丫头说：“去烧香，不知道就偷卖了他。”公子满眼落泪，说：“冤家，不知是正妻，是偏妾？”

丫头说："他家里自有老婆。"公子听说，心中大怒，恨骂："亡八淫妇，不仁不义！"丫头说："他今日嫁别人去了，还疼他怎的？"公子满眼流泪。

正说间，忽报朋友来访。金哥劝："三叔休恼，三婶一时不在了，你纵然哭他，他也不知道。今日有许多相公在店中相访，闻公子在院中，都要来。"公子听说，恐怕朋友笑话，即便起身回店。公子心中气闷，无心应举，意欲束装回家。朋友闻知，都来劝说："顺卿兄，功名是大事，表子是末节，那里有为表子而不去求功名之理？"公子说："列位不知，我奋志勤学，皆为玉堂春的言语激我。冤家为我受了千辛万苦，我怎肯轻舍？"众人叫："顺卿兄，你倘联捷，幸在彼地，见之何难？你苦回家，忧虑成病，父母悬心，朋友笑耻，你有何益？"三官自思言之最当，倘或侥幸，得到山西，平生愿足矣。数言劝醒公子。

会试日期已到，公子进了三场，果中金榜二甲第八名，刑部观政。三个月，选了真定府理刑官，即遣轿马迎请父母、兄嫂。父母不来，回书说："教他做官勤慎公廉，念你年长未娶，已聘刘都堂之女，不日送至任所成亲。"公子一心只想玉堂春，全不以聘娶为喜。正是：

已将路柳为连理，翻把家鸡作野鸳。

且说沈洪之妻皮氏，也有几分颜色，虽然三十余岁，比二八少年，也还风骚。平昔间嫌老公粗蠢，不会风流，又出外日多，在家日少，皮氏色性太重，打熬不过。间壁有个监生，姓赵名昂，自幼惯走花柳场中，为人风月。近日丧偶。虽然是纳粟相公[6]，家道已在消乏一边。一日，皮氏在后园看花，偶然撞见赵昂，彼此有心，都看上了。赵昂访知巷口做歇家的王婆，在沈家走动识熟，且是利口，善于做媒说合，乃将白银二十两，贿赂王婆，央他通脚[7]。皮氏平昔间不良的口气，已有在王婆肚里，况且今日你贪我爱，一说一上，幽期密约，一墙之隔，梯上梯下，做就了一点不明不白的事。赵昂一者贪皮氏之色，二者要骗他钱财，枕席之间，竭力奉承。皮氏心爱赵昂，但是开口，无有不从，恨不得连家当都津贴了他。不上一年，倾囊倒箧，骗得一空。初时只推事故，暂时挪借，借去后，分毫不还。皮氏只愁老公回来盘问时，无言回答。一夜，与赵昂商议，欲要跟赵昂逃走他方。赵昂道："我又不是赤脚汉，如何走得？便走了，也不免吃官司。只除暗地谋杀了沈洪，做个长久夫妻，岂不尽美！"皮氏点头不语。

却说赵昂有心打听沈洪的消息，晓得他讨了院妓玉堂春一路回来，即忙报与皮氏知道，故意将言语触恼皮氏。皮氏怨恨不绝于声，问："如今怎么样对付他说好？"赵昂道："一进门时，你便数他不是，与他寻闹，叫他领着娼根另住，那时凭你安排了。我央王婆赎得些砒霜在此，觑便放在食器内，把与他两个吃。等他双死也罢，单死也罢！"皮氏说："他好吃的是辣面。"赵昂说："辣面内正好下药。"两人圈套已定，只等沈洪入来。

不一日，沈洪到了故乡，叫仆人和玉姐暂停门外。自己先进门，与皮氏相见，满脸陪笑道："大姐休怪，我如今做了一件事。"皮氏说："你莫不是娶了个小老婆？"沈

洪说："是了。"皮氏大怒，说："为妻的整年月在家，守活孤孀，你却花柳快活！又带这泼淫妇回来，全无夫妻之情！你若要留这淫妇时，你自在西厅一带住下，不许来缠我。我也没福受这淫妇的拜，不要他来！"昂然说罢，啼哭起来，拍台拍凳，口里千亡八，万淫妇，骂不绝声。沈洪劝解不得，想道："且暂时依他言语，在西厅住几日，落得受用。等他气消了时，却领玉堂春与他磕头。"沈洪只道浑家是吃醋，谁知他有了私情，又且房计空虚了，正怕老公进房，借此机会，打发他另居。正是：

你向东时我向西，各人有意自家知。

不在话下。

却说玉堂春曾与王公子设誓，今番怎肯失节于沈洪，腹中一路打稿："我若到这厌物家中，将情节哭诉他大娘子，求他做主，以全节操。慢慢的寄信与三官，教他将二千两银子来赎我去，却不好？"及到沈洪家里，闻知大娘不许相见，打发老公和他往西厅另住，不遂其计，心中又惊又苦。沈洪安排床帐在厢房，安顿了苏三。自己却去窝伴皮氏，陪吃夜饭，被皮氏三回五次催赶。沈洪说："我去西厅时，只怕大娘着恼。"皮氏说："你在此，我反恼！离了我眼睛，我便不恼。"沈洪唱个淡喏，谢声："得罪。"出了房门，径望西厅而来。

原来玉姐乘着沈洪不在，检出他铺盖撇在厅中，自己关上房门自睡了。任沈洪打门，那里肯开？却好皮氏叫小段名到西厅，看老公睡也不曾。沈洪平日原与小段名有情，那时扯在铺上，草草合欢，也当春风一度。事毕，小段名自去了。沈洪身子困倦，一觉睡去直至天明。

却说皮氏这一夜等赵昂不来，小段名回后，老公又睡了。番来复去，一夜不曾合眼。天明早起，赶下一轴面，煮熟分作两碗。皮氏悄悄把砒霜撒在面内，却将辣汁浇上，叫小段名送去西厅："与你爹爹吃。"小段名送至西厅，叫道："爹爹，大娘欠你，送辣面与你吃。"沈洪见是两碗，就叫："我儿，送一碗与你二娘吃。"小段名便去敲门。玉姐在床上问："做甚么？"小段名说："请二娘起来吃面。"玉姐道："我不要吃。"沈洪说："想是你二娘还要睡，莫去闹他。"沈洪把两碗都吃了，须臾而尽。小段名收碗去了。

沈洪一时肚疼，叫道："不好了，死也，死也！"玉姐还只认假意，看着声音渐变。开门出来看时，只见沈洪九窍流血而死，正不知甚么缘故，慌慌的高叫："救人！"只见得脚步响，皮氏早到，不等玉姐开言，就变过脸，故意问道："好好的一个人，怎么就死了？想必你这小淫妇弄死了他，要去嫁人？"玉姐说："那丫头送面来，叫我吃，我不要吃，并不曾开门。谁知他吃了，便肚疼死了，必是面里有些缘故。"皮氏说："放屁！面里若有缘故，必是你这小淫妇做下的。不然，你如何先晓得这面是吃不得的，不肯吃？你说并不曾开门如何却在门外？这谋死情由，不是你，是谁？"说罢，假哭起"养家的天"来。家中童仆、养娘，都乱做一堆。

皮氏就将三尺白布摆头，扯了玉姐，往知县处叫喊。正直王知县升堂，唤进问其缘故。皮氏说："小妇人皮氏，丈夫叫沈洪，在北京为商，用千金娶这娼妇，叫做玉

堂春为妾。这娼妇嫌丈夫丑陋，因吃辣面，暗将毒药放入，丈夫吃了，登时身死。望爷爷断他偿命。”王知县听罢，问：“玉堂春，你怎么说？”玉姐说：“爷爷，小妇人原籍北直隶大同府人氏，只因年岁荒旱，父母把我卖在司院苏家。卖了三年后，沈洪看见，娶我回家。皮氏嫉妒，暗将毒药藏在面中，毒死丈夫性命，反倚刁泼，展赖小妇人。”知县听玉姐说了一会，叫：“皮氏，想你见那男子弃旧迎新，你怀恨在心，药死亲夫，此情理或有之。”皮氏说：“爷爷！我与丈夫，从幼的夫妻，怎忍做这绝情的事？这苏氏原是不良之妇，别有个心上之人，分明是他药死，要图改嫁。望青天爷爷明镜。”知县乃叫苏氏：“你过来，我想你原系娼门，你爱那风流标致的人，想是你见丈夫丑陋，不趁你意，故此把毒药药死是实。”叫皂隶：“把苏氏与我夹起来！”玉姐说：“爷爷！小妇人虽在烟花巷里，跟了沈洪，又不曾难为半分，怎下这般毒手？小妇人果有恶意，何不在半路谋害？既到了他家，他怎容得小妇人做手脚？这皮氏昨夜就赶出丈夫，不许他进房。今早的面，出于皮氏之手，小妇人并无干涉。”王知县见他二人各说有理，叫皂隶暂把他二人寄监：“我差人访实再审。”二人进了南牢不题。

却说皮氏差人密密传与赵昂，叫他快来打点。赵昂拿着沈家银子，与刑房吏一百两，书手八十两，掌案的先生五十两，门子五十两，两班皂隶六十两，禁子每人二十两，上下打点停当。封了一千两银子，放在坛内，当酒送与王知县。知县受了。

次日清晨升堂，叫皂隶把皮氏一起提出来。不多时到了，当堂跪下。知县说：“我夜来一梦，梦见沈洪说：‘我是苏氏药死，与那皮氏无干。’”玉堂春正待分辨，知县大怒，说：“人是苦虫，不打不招。”叫皂隶：“与我拶起着实打，问他招也不招？他若不招，就活活敲死。”玉姐熬刑不过，说：“愿招。”知县说：“放下刑具。”皂隶递笔与玉姐画供。知县说：“皮氏召保在外，玉堂春收监。”皂隶将玉姐手肘脚镣，带进南牢。禁子牢头都得了赵上舍银子，将玉姐百般凌辱。只等上司详允之后，就递罪状，结果他性命。正是：

安排缚虎擒龙计，断送愁鸾泣凤人。

且喜有个刑房吏，姓刘名志仁，为人正直无私，素知皮氏与赵昂有奸，都是王婆说合。数日前，撞见王婆在生药铺内赎砒霜，说：“要药老鼠。”刘志仁就有些疑心：“今日做出人命来，赵监生使着沈家不疼的银子，来衙门打点，把苏氏买成死罪，天理何在？”踌躇一会：“我下监去看看。”那禁子正在那里逼玉姐要灯油钱，志仁喝退众人，将温言宽慰玉姐，问其冤情。玉姐垂泪拜诉来历。志仁见四傍无人，遂将赵监生与皮氏私情，及王婆赎药始末，细说一遍，分付：“你且耐心守困，待后有机会，我指点你去叫冤。日逐饭食，我自供你。”玉姐再三拜谢。禁子见刘志仁做主，也不敢则声。此话阁过不题。

却说公子自到真定府为官，兴利除害，吏畏民悦。只是相念玉堂春，无刻不然。一日，正在烦恼，家人来报，老奶奶家中送新奶奶来了。公子听说，接进家小。见了新人，口中不言，心内自思：“容貌到也齐整，怎及得玉堂春风趣？”当下，摆了合欢宴，吃下合卺杯，毕姻之际，猛然想起多娇：“当初指望白头相守，谁知你嫁了沈洪，

这官诰却被别人承受了。”虽然陪伴了刘氏夫人，心里还想着玉姐，因此不快。当夜中了伤寒，又想：“当初与玉姐别时，发下誓愿，各不嫁娶。”心下疑惑，合眼就见玉姐在傍。刘夫从遣人到处祈禳，府县官都来问安，请名医(药)切脉调治。一月之外，才得痊可。公子在任年余，官声大著，行取到京。吏部考选天下官员，公子在部点名已毕，回到下处，焚香祷告天地，只愿山西为官，好访问玉堂春消息。须臾，马上人来报：“王爷点了山西巡按。”公子听说，两手加额：“趁我平生之愿矣。”

次日，领了敕印辞朝，连夜起马，往山西省城上任讫。即时发牌，先出巡平阳府。公子到平阳府，坐了察院，观看文卷。见苏氏玉堂春问了重刑，心内惊慌，其中必有跷蹊。随叫书吏过来：“选一个能干事的，跟着我私行采访。你众人在内，不可走漏消息。”公子时下换了素巾青衣，随跟书吏，暗暗出了察院。雇了两个骡子，往洪同县路上来。

这赶脚的小伙，在路上闲问：“二位客官，往洪同县有甚贵干？”公子说：“我来洪同县要娶个亲，不知谁会说媒？”小伙说：“你又说娶小，俺县里一个财主，因娶了个小，害了性命。”公子问：“怎的害了性命？”小伙说：“这财主叫沈洪，妇人叫做玉堂春，他是京里娶来的。他那大老婆皮氏，与那邻家赵昂私通，怕那汉子回来知道，一服毒药把沈洪药死了。这皮氏与赵昂，反把玉堂春送到本县，将银买嘱官府衙门，将玉堂春屈打成招，问了死罪，送在监里。若不是亏了一个外郎，几时便死了。”公子又问：“那玉堂春如今在监死了？”小伙说：“不曾。”公子说：“我要娶个小，你说可投着谁做媒？”小伙说：“我送你往王婆家去罢，他极会说媒。”公子说：“你怎知道他会说媒？”小伙说：“赵昂与皮氏，都是他做牵头。”公子说：“如今下他家里罢。”小伙竟引到王婆家里，叫声：“干娘，我送个客官在你家来，这客官要娶个小，你可与他说媒。”王婆说：“累你，我转了钱来，谢你。”小伙自去了。

公子夜间与王婆攀话，见他能言快语，是个积年的马泊六了。到天明，又到赵监生前后门看了一遍，与沈洪家紧壁相通，可知做事方便。回来吃了早饭，还了王婆店钱，说：“我不曾带得财礼，到省下回来，再作商议。”公子出的门来，雇了骡子，星夜回到省城，到晚进了察院，不题。

次早，星火发牌，按临洪同县。各官参见过，分付就要审录。王知县回县，叫刑房吏书，即将文卷审册，连夜开写停当，明日送审，不题。

却说刘志仁与玉姐写了一张冤状，暗藏在身。到次日清晨，王知县坐在监门首，把应解犯人点将出来。玉姐披枷带锁，眼泪纷纷，随解子到了察院门首，伺候开门。巡捕官回风已毕，解审牌出。公子先唤苏氏一起。玉姐口称“冤枉”，探怀中诉状呈上。公子抬头见玉姐这般模样，心中凄惨，叫听事官接上状来。公子看了一遍，问说：“你从小嫁沈洪，可还接了几年客？”玉姐说：“爷爷，我从小接着一个公子，他是南京礼部尚书三舍人。”公子怕他说出丑处，喝声：“住了！我今只问你谋杀人命事，不消多讲。”玉姐说：“爷爷，若杀人的事，只问皮氏便知。”公子叫皮氏问了一遍，玉姐又说了一遍。公子分付刘推官道：“闻知你公正廉能，不肯玩法徇私。我来到任，尚未出巡，先到洪同县，访得这皮氏药死亲夫，累苏氏受屈，你与我把这事情用心问断。”说罢，公子退堂。

刘推官回衙，升堂，就叫：“苏氏，你谋杀亲夫，是何意故？”玉姐说：“冤屈！分明是皮氏串通王婆，和赵监生合计毒死男子，县官要钱，逼勒成招。今日小妇拼死诉冤，望青天爷爷做主。”刘爷叫皂隶把皮氏采上来，问：“你与赵昂奸情可真么？”皮氏抵赖没有。刘爷即时拿赵昂和王婆到来面对，用了一番刑法，都不肯招。刘爷又叫小段名：“你送面与家主吃，必然知情！”喝教夹起。小段名说：“爷爷，我说罢！那日的面，是俺娘亲手盛起，叫小妇人送与爹爹吃。小妇人送到西厅，爹叫新娘同吃，新娘关着门，不肯起身，回道：‘不要吃。’俺爹自家吃了，即时口鼻流血死了。”刘爷又问赵昂奸情，小段名也说了。赵昂说：“这是苏氏买来的硬证。”

刘爷沉吟了一会，把皮氏这一起分头送监，叫一书吏过来：“这起泼皮奴才，苦不肯招。我如今要用一计，用一个大柜，放在丹墀内，凿几个孔儿，你执笔暗藏在内，不要走漏消息。我再提来问他，不招，即把他们锁在柜左柜右，看他有甚么说话，你与我用心写来。”刘爷分付已毕，书吏即办一大框，放在丹墀，藏身于内。刘爷又叫皂隶，把皮氏一起提来再审，又问：“招也不招？”赵昂、皮氏、王婆三人齐声哀告，说：“就打死小的，那呈招？”刘爷大怒，分付：“你众人各自去吃饭来，把这起奴才着实拷问，把他放在丹墀里，连小段名四人锁于四处，不许他交头接耳。”皂隶把这四人，锁在柜的四角。众人尽散。

却说皮氏抬起头来，四顾无人，便骂：“小段名，小奴才！你如何乱讲？今日再乱讲时，到家中活敲杀你！”小段名说：“不是夹得疼，我也不说。”王婆便叫：“皮大姐，我也受这刑杖不过，等刘爷出来，说了罢！”赵昂说：“好娘！我那些亏着你？倘挨出官司去，我百般孝顺你，即把你做亲母。”王婆说：“我再不听你哄我。叫我圆成了，认我做亲娘；许我两石麦，还欠八升；许我一石米，都下了糠秕；段衣两套，止与我一条蓝布裙；许我好房子，不曾得住。你干的事，没天理，教我只管与你熬刑受苦！”皮氏说：“老娘，这遭出去，不敢忘你恩。挨过今日不招，便没事了。”柜里书吏，把他说的话尽记了，写在纸上。

刘爷升堂，先叫打开柜子。书吏跑将出来，众人都唬软了。刘爷看了书吏所录口词，再要拷问，三人都不打自招。赵昂从头依直写得明白。各各画供已完，递至公案。刘爷看了一遍。问苏氏：“你可从幼为娼，还是良家出身？”苏氏将苏淮买良为贱，先遇王尚书公子，挥金三万，被老鸨一秤金赶逐，将奴赚卖与沈洪为妾，一路未曾同睡，备细说了。刘推官情知王公子就是本院，提笔定罪：

> 皮氏凌迟处死，赵昂斩罪非轻。王婆赎药是通情，杖责段名示警。王县贪酷罢职，追赃不恕衙门。苏淮买良为贱合充军，一秤金三月立枷罪定。

刘爷做完申文，把皮氏一起俱已收监。次日亲捧招详，送解察院。公子依拟，留刘推官后堂待茶。问：“苏氏如何发放？”刘推官答言：“发还原籍，择夫另嫁。”公子屏去从人，与刘推官吐胆倾心，备述少年设誓之意：“今日烦贤府密地差人送至北

京王银匠处暂居，足感足感！”刘推官领命奉行，自不必说。

却说公子行下关文，到北京本司院提到苏淮、一秤金依律问罪。苏淮已先故了。一秤金认得是公子，还叫：“王姐夫。”被公子喝教重打六十，取一百斤大枷枷号。不勾半月，呜呼哀哉。正是：

万两黄金难买命，一朝红粉已成灰。

再说公子一年任满，复命还京。见朝已过，便到王匠处问信。王匠说有金哥伏侍，在顶银胡同居住。公子即往顶银胡同，见了玉姐，二人放声大哭。公子已知玉姐守节之美，玉姐已知王御史就是公子，彼此称谢。公子说：“我父母娶了个刘氏夫人，甚是贤德，他也知道你的事情，决不妒忌。”当夜同饮同宿，浓如胶漆。次日，王匠、金哥都来磕头贺喜。公子谢二人昔日之恩，分付本司院，苏淮家当原是玉堂春置办的，今苏淮夫妇已绝，将遗下家财，拨与王匠、金哥二人管业，以报其德。上了个省亲本，辞朝和玉堂春起马，共回南京。

到了自家门首，把门人急报老爷说：“小老爷到了。”老爷听说甚喜。公子进到厅上，排了香案，拜谢天地，拜了父母、兄嫂，两位姐夫、姐姐都相见了。又引玉堂春见礼已毕。玉姐进房，见了刘氏说：“奶奶坐上，受我一拜。”刘氏说：“姐姐，怎说这话？你在先，奴在后。”玉姐说：“奶奶是名门宦家之妇，奴是烟花，出身微贱。”公子喜不自胜。当日，正了妻妾之分，姊妹相称，一家和气。公子又叫王定：“你当先在北京三番四复规谏我，乃是正理，我今与老老爷说，将你做老管家。”以百金赏之。后来，王景隆官至都御史，妻妾俱有子，至今子孙繁盛。有诗叹云：

郑氏元和已著名，三官嫖院是新闻。
风流子弟知多少，夫贵妻荣有几人？

【注释】

①侑(音 yòu)酒：为饮酒者助兴。

②撒漫：任意。

③科派：索取钱财。

④亡八：指妓院里的管事。

⑤孤老：指女子所私之人，如嫖客、姘夫等。

⑥纳粟相公：即捐监、例监。富家子弟捐纳财货进国子监为监主，可直接参加省城、京师考试。

⑦通脚：做内线，传递消息。

唐解元一笑姻缘

三通鼓角四更鸡，日色高升月色低。
时序秋冬又春夏，舟车南北复东西。
镜中次第人颜老，世人参差事不齐。
若向其间寻稳便，一壶浊酒一餐齑。

这八句诗，乃吴中一个才子所作。那才子姓唐名寅，字伯虎，聪明盖地，学问包天。书画音乐，无有不通；词赋诗文，一挥便就。为人放浪不羁，有轻世傲物之志。生于苏郡，家住吴趋[①]。做秀才时，曾效连珠体，做《花月吟》十余首，句句中有花有月。如"长空影动花迎月，深院人归月伴花"；"云破月窥花好处，夜深花睡月明中"等句，为人称颂。本院太守曹凤见之，深爱其才。值宗师科考，曹公以才名特荐。那宗师姓方名志，鄞县人，最不喜古文辞。闻唐寅恃才豪放，不修小节，正要坐名黜治。却得曹公一力保救，虽然免祸，却不放他科举。直至临场，曹公再三苦求，附一名于遗才[②]之末，是科遂中了解元。伯虎会试至京，文名益著，公卿皆折节下交，以识面为荣。有程詹事典试，颇开私径卖题，恐人议论，欲访一才名素著者为榜首，压服众心，得唐寅甚喜，许以会元[③]。伯虎性素坦率，酒中便向人夸说："今年我定做会元了。"众人已闻程詹事有私，又忌伯虎之才，哄传主司不公，言官风闻动本。圣旨不许程詹事阅卷，与唐寅俱下诏狱，问革。伯虎还乡，绝意功名，益放浪诗酒，人都称为唐解元。得唐解元诗文字画，片纸尺幅，如获重宝。其中惟画，尤其得意。平日心中喜怒哀乐，都寓之于丹青。每一画出，争以重价购之。有《言志》诗一绝为证：

不炼金丹不坐禅，不为商贾不耕田。
闲来写幅丹青卖，不使人间作业钱。

却说苏州六门：葑、盘、胥、阊、娄、齐。那六门中，只有阊门最盛，乃舟车辐辏[④]之所。真个是：

翠袖三千楼上下，黄金百万水东西。
五更市贩何曾绝，四远方言总不齐。

唐解元一日坐在阊门游船之上，就有许多斯文中人[⑤]，慕名来拜，出扇求其字画。解元画了几笔水墨，写了几首绝句。那闻风而至者，其来愈多。解元不耐烦，命童子且把大杯斟酒来。解元倚窗独酌，忽见有画舫从旁摇过，舫中珠翠夺目，内有一青衣小鬟，眉目秀艳，体态绰约，舒头船外，注视解元，掩口而笑。须臾船过，解元神荡魂摇，问舟子："可认得去的那只船么？"舟人答言："此船乃无锡华学士府眷也。"解元欲尾其后，急呼小艇不至，心中如有所失。

正要教童子去觅船，只见城中一只船儿，摇将出来。他也不管那船有载没载，把手相招，乱呼乱喊。那船渐渐至近，舱中一人，走出船头，叫声："伯虎，你要到何处去？这般要紧！"解元打一看时，不是别人，却是好友王雅宜。便道："急要答拜一个远来朋友，故此要紧，兄的船往那里去？"雅宜道："弟同两个舍亲到茅山去进香，数日方回。"解元道："我也要到茅山进香，正没有人同去。如今只得要趁便了。"雅宜道："兄若要去，快些回家收拾，弟泊船在此相候。"解元道："就去罢了，又回家做什么！"雅宜道："香烛之类，也要备的。"解元道："到那里去买罢！"遂打发童子回去。也不别这些求诗画的朋友，径跳过船来，与舱中朋友叙了礼，连呼："快些开船。"舟子知是唐解元，不敢怠慢，即忙撑篙摇橹。行不多时，望见这只画舫就在前面。解

元分付船上，随着大船而行。众人不知其故，只得依他。次日，到了无锡，见画舫摇进城里。解元道："到了这里，若不取惠山泉也就俗了。"叫船家移舟去惠山取了水，原到此处停泊，明日早行。"我们到城里略走一走，就来下船。"舟子答应自去。

解元同雅宜三四人登岸，进了城，到那热闹的所在，撇了众人，独自一个去寻那画舫。却又不认得路径，东行西走，并不见些踪影。走了一回，穿出一条大街上来，忽听得呼喝之声。解元立住脚看时，只见十来个仆人前引一乘暖轿，自东而来，女从如云。自古道："有缘千里能相会。"那女从之中，阊门所见青衣小鬟，正在其内。解元心中欢喜，远远相随，直到一座大门楼下，女使出迎，一拥而入。询之傍人，说是华学士府，适才轿中乃夫人也。

解元得了实信，问路出城。恰好船上取了水才到。少顷，王雅宜等也来了。问："解元那里去了？教我们寻得不耐烦！"解元道："不知怎的，一挤就挤散了，又不认得路径，问了半日，方能到此。"并不题起此事。至夜半，忽于梦中狂呼，如魇魅之状。众人皆惊，唤醒问之。解元道："适梦中见一金甲神人，持金杵击我，责我进香不虔。我叩头哀乞，愿斋戒一月，只身至山谢罪。天明，汝等开船自去，吾且暂回，不得相陪矣。"雅宜等信以为真。至天明，恰好有一只小船来到，说是苏州去的。解元别了众人，跳上小船。行不多时，推说遗忘了东西，还要转去。袖中摸几文钱，赏了舟子，奋然登岸。

到一饭店，办下旧衣破帽，将衣巾换讫，如穷汉之状，走至华府典铺内，以典钱为由，与主管相见。卑词下气，问主管道："小子姓康名宣，吴县人氏，颇善书，处一个小馆为生。近因拙妻亡故，又失了馆，孤身无活，欲投一大家充书办之役，未知府上用得否？倘收用时，不敢忘恩。"因于袖中取出细楷数行，与主管观看。主管看那字，写得甚是端楷可爱，答道："待我晚间进府禀过老爷，明日你来讨回话。"是晚，主管果然将字样禀知学士。学士看了夸道："写得好，不似俗人之笔。明日可唤来见我。"

次早，解元便到典中，主管引进解元拜见了学士。学士见其仪表不俗，问过了姓名住居，又问："曾读书么？"解元道："曾考过几遍童生，不得进学，经书还都记得。"学士问是何经？解元虽习《尚书》，其实五经俱通的，晓得学士习《周易》，就答应道："《易经》。"学士大喜道："我书房中写帖的不缺，可送公子处作伴读。"问他要多少身价？解元道："身价不敢领，只要求些衣服穿。待后老爷中意时，赏一房好媳妇足矣。"学士更喜，就叫主管于典中寻几件随身衣服，与他换了，改名华安。送至书馆，见了公子。

公子教华安抄写文字。文字中有字句不妥的，华安私加改窜。公子见他改得好，大惊道："你原来通文理，几时放下书本的？"华安道："从来不曾旷学，但为贫所迫耳。"公子大喜，将自己日课教他改削。华安笔不停挥，真有点铁成金手段。有时题义疑难，华安就与公子讲解。若公子做不出时，华安就通篇代笔。先生见公子学问骤进，向主人夸奖。学士讨近作看了，摇头道："此非孺子所及，若非抄写，必是倩

人。”呼公子诘问其由。公子不敢隐瞒，说道：“曾经华安改窜。”学士大惊，唤华安到来，出题面试。华安不假思索，援笔立就，手捧所作呈上。学士见其手腕如玉，但左手有枝指[⑥]。阅其文，词意兼美，字复精工，愈加欢喜，道：“你时艺[⑦]如此，想古作亦可观也！”乃留内书房掌书记。一应往来书札，授之以意，辄令代笔，烦简曲当，学士从未增减一字。宠信日深，赏赐比众人加厚。华安时买酒食，与书房诸童子共享，无不欢喜。因而潜坊前所见青衣小鬟，其名秋香，乃夫人贴身伏侍，顷刻不离者。计无所出。乃因春暮，赋《黄莺儿》以自叹：

风雨送春归，杜鹃愁，花乱飞，青苔满院朱门闭。孤灯半垂，孤衾半攲，萧萧孤影汪汪泪。忆归期，相思未了，春梦绕天涯。

学士一日偶到华安房中，见壁间之词，知安所题，甚加称奖。但以为壮年鳏处，不无感伤，初不意其有所属意[⑧]也。适典中主管病故，学士令华安暂摄其事。月余，出纳谨慎，毫忽[⑨]无私。学士欲遂用为主管，嫌其孤身无室，难以重托。乃与夫人商议，呼媒婆欲为娶妇。华安将银三两，送与媒婆，央他禀知夫人说：“华安蒙老爷夫人提拔，复为置室，恩同天地。但恐外面小家之女，不习里面规矩。倘得于侍儿中择一人见配，此华安之愿也！”媒婆依言禀知夫人。夫人对学士说了。学士道：“如此诚为两便。但华安初来时，不领身价，原指望一房好媳妇。今日又做了府中得力之人，倘然所配未中其意，难保其无他志也。不若唤他到中堂，将许多丫鬟听其自择。”夫人点头道是。

当晚，夫人坐于中堂，灯烛辉煌，将丫鬟二十余人，各盛饰装扮，排列两边，恰似一班仙女，簇拥着王母娘娘，在瑶池之上。夫人传命唤华安。华安进了中堂，拜见了夫人。夫人道：“老爷说你小心得用，欲赏你一房妻小。这几个粗婢中，任你自择。”叫老姆姆携烛下去，照他一照。华安就烛光之下，看了一回，虽然尽有标致的，那青衣小鬟不在其内。华安立于傍边，嘿然无语。夫人叫：“老姆姆，你去问华安：‘那一个中你的意，就配与你！’”华安只不开言。夫人心中不乐。叫：“华安，你好大眼孔，难道我这些丫头，就没个中你意的？”华安道：“复夫人，华安蒙夫人赐配，又许华安自择，这是旷古隆恩，粉身难报。只是夫人随身侍婢，还来不齐，既蒙恩典，愿得尽观。”夫人笑道：“你敢是疑我有吝啬之意。也罢！房中那四个，一发唤出来，与他看看，满他的心愿。”

原来那四个是有执事的，叫做：

春媚，夏清，秋香，冬瑞。

春媚，掌首饰脂粉。夏清，掌香炉茶灶。秋香，掌四时衣服。冬瑞，掌酒果食品。管家老姆姆传夫人之命，将四个唤出来。那四个不及更衣，随身妆束——秋香依旧青衣。老姆姆引出中堂，站立夫人背后。室中蜡炬，光明如昼。华安早已看见了。昔日丰姿，宛然在目。还不曾开口，那老姆姆知趣，先来问道：“你看中了谁？”华安心中明晓得是秋香，不敢说破，只将手指道：“若得穿青这一位小娘子，足遂生平。”夫人回顾秋香，微微而笑，叫华安且出去。华安回典铺中，一喜一惧，喜者机会

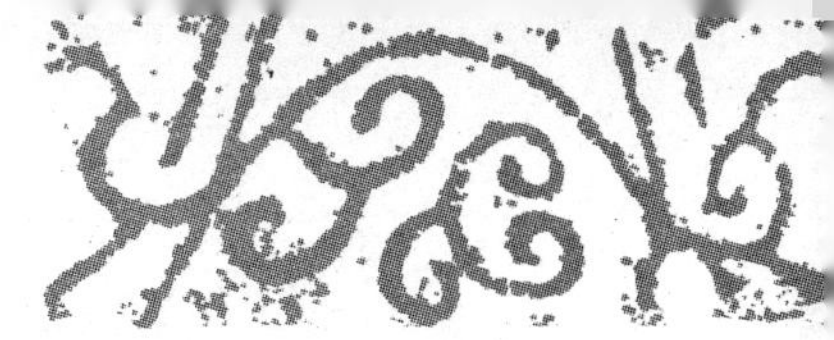

甚好，惧者未曾上手，惟恐不成。偶见月明如昼，独步徘徊，吟诗一首：

徙倚无聊夜卧迟，绿杨风静鸟栖枝。
难将心事和人说，说与青天明月知。

次日，夫人向学士说了。另收拾一所洁净房室，其床帐家伙，无物不备。又合家童仆奉承他是新主管，担东送西，摆得一室之中锦片相似。择了吉日，学士和夫人主婚。华安与秋香中堂双拜，鼓乐引至新房，合卺成婚，男欢女悦，自不必说。夜半，秋香向华安道："与君颇面善，何处曾相会来？"华安道："小娘子自去思想。"又过了几日，秋香忽问华安道："向日阊门游船中看见的，可就是你？"华安笑道："是也。"秋香道："若然，君非下贱之辈，何故屈身于此。"华安道："吾为小娘子傍舟一笑，不能忘情，所以从权相就。"秋香道："妾昔见诸少年拥君，出素扇纷求书画，君一概不理，倚窗酌酒，旁若无人。妾知君非凡品[10]，故一笑耳。"华安道："女子家能于流俗中识名士，诚红拂、绿绮[11]之流也！"秋香道："此后于南门街上，似又会一次。"华安笑道："好利害眼睛！果然，果然。"秋香道："你既非下流，实是甚么样人？可将真姓名告我。"华安道："我乃苏州唐解元也，与你三生有缘，得谐所愿。今夜既然说破，不可久留，欲与你图谐老之策，你肯随我去否？"秋香道："解元为贱妾之故，不惜辱千金之躯，妾岂敢不惟命是从！"华安次日将典中帐目，细细开了一本簿子，又将房中衣服首饰，及床帐器皿另开一帐，又将各人所赠之物亦开一帐，纤毫不取。共是三宗帐目，锁在一个护书箧内，其钥匙即挂在锁上。又于壁间题诗一首。

拟向华阳洞里游，行踪端为可人留。
愿随红拂同高蹈，敢向朱家惜下流。
好事已成谁索笑？屈身今去尚含羞。
主人若问真名姓，只在"康宣"两字头。

是夜雇了一只小船，泊于河下。黄昏人静，将房门封锁，同秋香下船，连夜望苏州去了。

天晓，家人见华安房门封锁，奔告学士。学士教打开看时，床帐什物一毫不动，护书内帐目。开载明白。学士沉思，莫测其故。抬头一看，忽见壁上有诗八句，读了一遍，想："此人原名，不是康宣。"又不知甚么意故，来府中住许多时。若是不良之人，财上又分毫不苟。又不知那秋香如何就肯随他逃走，如今两口儿，又不知逃在那里？"我弃此一婢，亦有何难。只要明白了这桩事迹。"便叫家童唤捕人来，出信赏钱，各处缉获康宣、秋香，杳无影响。过了年余，学士也放过一边了。

忽一日，学士到苏州拜客，从阊门经过。家童看见书坊中，有一秀才坐而观书，其貌酷似华安，左手亦有枝指，报与学士知道。学士不信，分付此童再去看个详细，并访其人名姓。家童覆身到书坊中，那秀才又和着一个同辈说话，刚下阶头。家童乖巧，悄悄随之，那两个转湾向潼子门下船去了，仆从相随共有四五人。背后察其形相，分明与华安无二，只是不敢唐突。家童回转书坊，问店主："适来在此看书的，是什么人？"店主道："是唐伯虎解元相公。今日是文衡山相公舟中请酒去了。"家童

道："方才同去的那一位，可就是文相公么？"店主道："那是祝枝山，也都是一般名士。"家童一一记了，回复了华学士。学士大惊，想道："久闻唐伯虎放达不羁，难道华安就是他？明日专往拜谒，便知是否。"

次日，写了名帖，特到吴趋坊拜唐解元。解元慌忙出迎，分宾而坐。学士再三审视，果肖[12]华安。及捧茶，又见手白如玉，左有枝指。意欲问之，难于开口。茶罢，解元请学士书房中小坐。学士有疑未决，亦不肯轻别，遂同至书房。见其摆设齐整，啧啧叹羡。少停酒至，宾主对酌多时。学士开言道："贵县有个康宣，其人读书不遇，甚通文理。先生识其人否？"解元唯唯。学士又道："此人去岁曾佣书于舍下，改名华安。先在小儿馆中伴读，后在学生书房管书柬，后又在小典中为主管。因他无室，教他于贱婢中自择，他择得秋香成亲。数日后，夫妇俱逃，房中日用之物，一无所取。竟不知其何故？学生曾差人到贵处察访，并无其人。先生可略知风声么？"解元又唯唯。学士见他不明不白，只是胡答应，忍耐不住，只得又说道："此人形容颇肖先生模样，左手亦有枝指，不知何故？"解元又唯唯。

少顷，解元暂起身入内。学士翻看桌上书籍，见书内有纸一幅，题诗八句，读之，即壁上之诗也。解元出来，学士执诗问道："这八句诗，乃华安所作，此字亦华安之笔，如何又（有）在尊处？必有缘故，愿先生一言，以决学生之疑。"解元道："容少停奉告。"学士心中愈闷，道："先生见教过了，学生还坐，不然即告辞矣。"解元道："禀复不难，求老先生再用几杯薄酒。"学士又吃了数杯。解元巨觥奉劝。学士已半酣，道："酒已过分，不能领矣。学生惓惓请教，止欲剖胸中之疑，并无他念。"解元道："请用一箸粗饭。"饭后献茶。看看天晚，童子点烛到来。学士愈疑，只得起身告辞。解元道："请老先生暂挪贵步，当决所疑。"命童子秉烛前引，解元陪学士随后共入后堂。堂中灯烛辉煌，里面传呼："新娘来！"只见两个丫鬟，伏侍一位小娘子，轻移莲步而出，珠珞重遮，不露娇面。学士惶悚退避。解元一把扯住衣袖道："此小妾也，通家长者，合当拜见，不必避嫌。"丫鬟铺毡，小娘子向上便拜，学士还礼不迭。解元将学士抱住，不要他还礼。拜了四拜，学士只还得两个揖，甚不过意。拜罢，解元携小娘子近学士之旁，带笑问道："老先生请认一认，方才说学生颇似华安，不识此女亦似秋香否？"学士熟视大笑，慌忙作揖，连称得罪。解元道："还该是学生告罪。"二人再至书房。解元命重整杯盘，洗盏更酌。酒中，学士复叩其详。解元将阊门舟中相遇始末，细说一遍，各各抚掌大笑。学士道："今日即不敢以记室相待，少不得行子婿之礼。"解元道："若要甥舅相行，恐又费丈人妆奁耳。"二人复大笑。是夜，尽欢而别。

学士回到舟中，将袖中诗句置于桌上，反覆玩味："首联道'拟向华阳洞里游'"，是说有茅山进香之行了。'行踪端为可人留'，分明为途遇了秋香，担阁住了。第二联：'愿随红拂同高蹈，敢向朱家惜下流。'他屈身投靠，便有相挈而逃之意。第三联：'好事已成谁索笑？屈身今去尚含羞。'这两句明白。末联：'主人若问真名姓，只在"康宣"两字头。'康字与唐字头一般，宣字与寅字头无二，是影着唐寅二字。我

自不能推详耳。他此举虽似情痴，然封还衣饰，一无所取，乃礼义之人，不枉名士风流也。”

学士回家，将这段新闻，向夫人说了，夫人亦骇然。于是厚具装奁，约值千金，差当家老姆姆押送唐解元家。从此两家遂为亲戚，往来不绝。至今吴中把此事，传作风流话柄。有唐解元《焚香默坐歌》，自述一生心事，最做得好。歌曰：

焚香嘿坐自省己，口里喃喃想心里。
心中有甚害人谋？口中有甚欺心语？
为人能把口应心，孝弟忠信从此始。
其余小德或出入，焉能磨涅吾行止。
头插花枝手把杯，听罢歌童看舞女。
食色性也古人言，今人乃以为之耻。
及至心中与口中，多少欺人没天理。
阴为不善阳掩之，则何益矣徒劳耳。
请坐且听吾语汝，凡人有生必有死。
死见阎君面不惭，才是堂堂好男子。

【注释】

①吴趋：等于说吴门，指吴地。门外曰“趋”。

②遗才：秀才参加乡试，先要经过学道的科考录送，临时添补核准的，叫“遗才”。

③会元：科举考试会试的第一名。

④辐辏（音 fú còu）：聚集。

⑤斯文中人：指读书人。

⑥枝指：即六指。

⑦时艺：即时文，为应试科举而作的八股文。

⑧属意：倾心。

⑨毫忽：谓极微小的一点点。

⑩凡品：平庸的人。

⑪红拂：隋末权相杨素的侍妾，能识英雄。此处借指能识英雄的女子。绿绮：汉代司马相如的琴名。这里代指文君，以与“红拂”相对而言。

⑫肖：像。

白娘子永镇雷峰塔

山外青山楼外楼，西湖歌舞几时休？
暖风薰得游人醉，直把杭州作汴州。

话说西湖景致，山水鲜明。晋朝咸和年间，山水大发，汹涌流入西门。忽然水内有牛一头见，浑身金色。后水退，其牛随行至北山，不知去向。哄动杭州市上之人，皆以为显化。所以建立一寺，名曰金牛寺。西门，即今之涌金门，立一座庙，号

金华将军。当时有一番僧，法名浑寿罗，到此武林郡云游，玩其山景，道："灵鹫山前小峰一座，忽然不见，原来飞到此处。"当时人皆不信，僧言："我记得灵鹫山前峰岭，唤做灵鹫岭。这山洞里有个白猿，看我呼出为验。"果然呼出白猿来。山前有一亭，今唤做冷泉亭。又有一座孤山，生在西湖中。先曾有林和靖先生，在此山隐居。使人搬挑泥石，砌成一条走路，东接断桥，西接栖霞岭，因此唤作孤山路。又唐时有刺史白乐天，筑一条路，南至翠屏山，北至栖霞岭，唤做白公堤，不时被山水冲倒，不只一番，用官钱修理。后宋时苏东坡来做太守，因见有这两条路，被水冲坏，就买木石，起人夫，筑得坚固。六桥上朱红栏杆，堤上栽种桃柳，到春景融和，端的十分好景，堪描入画。后人因此只唤做苏公堤。又孤山路畔，起造两条石桥，分开水势，东边唤做断桥，西边唤做西宁桥。真乃：

隐隐山藏三百寺，依稀云锁二高峰。

说话的，只说西湖美景，仙人古迹。俺今日且说一个俊俏后生，只因游玩西湖，遇着两个妇人，直惹得几处州城，闹动了花街柳巷。有分教：才人把笔，编成一本风流话本。单说那子弟，姓甚名谁？遇着甚般样的妇人？惹出甚般样事？有诗为证：

清明时节雨纷纷，路上行人欲断魂。
借问酒家何处有，牧童遥指杏花村。

话说宋高宗南渡，绍兴年间，杭州临安府过军桥黑珠巷内，有一个宦家，姓李名仁。见做南廊阁子库募事官，又与邵太尉管钱粮。家中妻子，有一个兄弟许宣，排行小乙。他爹曾开生药店。自幼父母双亡，却在表叔李将仕家生药铺做主管，年方二十二岁。那生药店开在官巷口。忽一日，许宣在铺内做买卖，只见一个和尚来到门首，打个问讯道："贫僧是保叔塔寺内僧，前日已送馒头并卷子在宅上。今清明节近，追修祖宗，望小乙官到寺烧香，勿误。"许宣道："小子准来。"和尚相别去了。许宣至晚归姐夫家去。原来许宣无有老小，只在姐姐家住。当晚与姐姐说："今日保叔塔和尚，来请烧箑子，明日要荐祖宗，走一遭了来。"

次日早起，买了纸马、蜡烛、经幡、钱垛一应等项，吃了饭，换了新鞋袜衣服，把箑子钱马，使条袱子包了，径到官巷口李将仕家来。李将仕见了，问许宣何处去？许宣道："我今日要去保叔塔烧箑子，追荐祖宗，乞叔叔容暇一日。"李将仕道："你去便回。"许宣离了铺中，入寿安坊、花市街，过井亭桥，往清河街后钱塘门，行石函桥过放生碑，径到保叔塔寺。寻见送馒头的和尚，忏悔过疏头，烧了箑子，到佛殿上看众僧念经。吃斋罢，别了和尚，离寺迤逦闲走，过西宁桥、孤山路、四圣观，来看林和靖坟，到六一泉闲走。不期云生西北，雾锁东南，落下微微细雨，渐大起来。正是清明时节，少不得天公应时，催花雨下，那阵雨下得绵绵不绝。许宣见脚下湿，脱下了新鞋袜，走出四圣观来寻船，不见一只。正没摆布处，只见一个老儿，摇着一只船过来。许宣暗喜，认时正是张阿公，叫道："张阿公，搭我则个！"老儿听得叫，认时，原来是许小乙。将船摇近岸来，道："小乙官，着了雨，不知要何处上岸？"许宣道："涌金门上岸。"

这老儿扶许宣下船，离了岸，摇近丰乐楼来。摇不上十数丈水面，只见岸上有人叫道："公公，搭船则个！"许宣看时，是一个妇人，头戴孝头髻，乌云畔插着些素钗梳，穿一领白绢衫儿，下穿一条细麻布裙。这妇人肩下一个丫鬟，身上穿着青衣服，头上一双角髻，戴两条大红头须，插着两件首饰，手中捧着一个包儿要搭船。那老张对小乙官道："'因风吹火，用力不多'，一发搭了他去。"许宣道："你便叫他下来。"老儿见说，将船傍了岸边。那妇人同丫鬟下船，见了许宣，起一点朱唇，露两行碎玉，深深道一个万福。许宣慌忙起身答礼。那娘子和丫鬟舱中坐定了。娘子把秋波频转，瞧着许宣。许宣平生是个老实之人，见了此等如花似玉的美妇人，傍边又是个俊俏美女样的丫鬟，也不免动念。那妇人道："不敢动问官人，高姓尊讳？"许宣答道："在下姓许名宣，排行第一。"妇人道："宅上何处？"许宣道："寒舍住在过军桥黑珠儿巷，生药铺内做买卖。"那娘子问了一回，许宣寻思道："我也问他一问。"起身道："不敢拜问娘子高姓？潭府何处？"那妇人答道："奴家是白三班白殿直之妹，嫁了张官人，不幸亡过了，见葬在这雷岭。为因清明节近，今日带了丫鬟，往坟上祭扫了方回。不想值雨，若不是搭得官人便船，实是狼狈。"又闲讲了一回，迤逦船摇近岸。只见那妇人道："奴家一时心忙，不曾带得盘缠在身边，万望官人处借些船钱还了，并不有负。"许宣道："娘子自便，不妨，些须船钱，不必计较。"还罢船钱，那雨越不住，许宣挽了上岸。那妇人道："奴家只在箭桥双茶坊巷口，若不弃时，可到寒舍拜茶，纳还船钱。"许宣道："小事何消挂怀。天色晚了，改日拜望。"说罢，妇人共丫鬟自去。

许宣入涌金门，从人家屋檐下到三桥街，见一个生药铺，正是李将仕兄弟的店。许宣走到铺前，正见小将仕在门前。小将仕道："小乙哥晚了，那里去？"许宣道："便是去保叔塔烧篭子，着了雨，望借一把伞则个！"将仕见说叫道："老陈，把伞来，与小乙官去！"不多时，老陈将一把雨伞撑开道："小乙哥，这伞是清湖八字桥老实舒家做的，八十四骨、紫竹柄的好伞，不曾有一些儿破，将去休坏了！仔细，仔细！"许宣道："不必分付。"接了伞，谢了将仕，出羊坝头来。

到后市街巷口，只听得有人叫道："小乙官人。"许宣回头看时，只见沈公井巷口小茶坊屋檐下，立着一个妇人，认得正是搭船的白娘子。许宣道："娘子，如何在此？"白娘子道："便是雨不得住，鞋儿都踏湿了，教青青回家，取伞和脚下。又见晚下来，望官人搭几步则个。"许宣和白娘子合伞到坝头，道："娘子到那里去？"白娘子道："过桥投箭桥去。"许宣道："小娘子，小人自往过军桥去，路又近了，不若娘子把伞将去，明日小人自来取。"白娘子道："却是不当，感谢官人厚意。"许宣沿人家屋檐下，冒雨回来。只见姐夫家当直王安，拿着钉鞭雨伞来接不着，却好归来。到家内吃了饭。当夜思量那妇人，翻来覆去睡不着。梦中共日间见的一般，情意相浓。不想金鸡叫一声，却是南柯一梦。正是：

心猿意马驰千里，浪蝶狂蜂闹五更。

到得天明，起来梳洗罢，吃了饭，到铺中心忙意乱，做些买卖也没心想。到午时

后，思量道："不说一谎，如何得这伞来还人？"当时，许宣见老将仕坐在柜上，向将仕说道："姐夫叫许宣归早些，要送人情，请暇半日。"将仕道："去了，明日早些来。"许宣唱个诺，径来箭桥双茶坊巷口，寻问白娘子家里。问了半日，没一个认得。正踌躇间，只见白娘子家丫鬟青青，从东边走来。许宣道："姐姐，你家何处住？讨伞则个。"青青道："官人随我来。"许宣跟定青青，走不多路，道："只这里便是。"

许宣看时，见一所楼房，门前两扇大门，中间四扇看街槅子眼，当中挂顶细密朱红帘子，四下排着十二把黑漆交椅，挂四幅名人山水古画。对门乃是秀王府墙。那丫头转入帘子内道："官人，请入里面坐。"许宣随步入到里面，那青青低低悄悄叫道："娘子，许小乙官人在此。"白娘子里面应道："请官人进里面拜茶。"许宣心下迟疑。青青三回五次，催许宣进去。许宣转到里面，只见四扇暗槅子窗，揭起青布幕，一个坐起，桌上放一盆虎须菖蒲，两边也挂四幅美人，中间挂一幅神像，桌上放一个古铜香炉花瓶。那小娘子向前，深深的道一个万福，道："夜来多蒙小乙官人应付周全，识荆之初，甚是感激不浅。"许宣道："些微何足挂齿。"白娘子道："少坐拜茶。"茶罢，又道："片时薄酒三杯，表意而已。"许宣方欲推辞，青青已自把菜蔬果品流水排将出来。许宣道："感谢娘子置酒，不当厚扰。"饮至数杯，许宣起身道："今日天色将晚，路远，小子告回。"娘子道："官人的伞，舍亲昨夜转借去了，再饮几杯，着人取来。"许宣道："日晚，小子要回。"娘子道："再饮一杯。"许宣道："饮馔好了，多感，多感。"白娘子道："既是官人要回，这伞相烦明日来取则个。"许宣只得相辞了回家。

至次日，又来店中做些买卖。又推个事故，却来白娘子家取伞。娘子见来，又备三杯相款。许宣道："娘子还了小子的伞罢，不必多扰。"那娘子道："既安排了，略饮一杯。"许宣只得坐下。那白娘子筛一杯酒，递与许宣，启樱桃口，露榴子牙，娇滴滴声音，带着满面春风，告道："小官人在上，真人面前说不得假话。奴家亡了丈夫，想必和官人有宿世[①]姻缘，一见便蒙错爱。正是你有心，我有意。烦小乙官人寻一个媒证，与你共成百年姻眷，不枉天生一对，却不是好。"许宣听那妇人说罢，自己寻思："真个好一段姻缘，若取得这个浑家，也不枉了。我自十分肯了，只是一件不谐，思量我日间在李将仕家做主管，夜间在姐夫家安歇，虽有些少东西，只好办身上衣服，如何得钱来娶老小？"自沉吟不答。只见白娘子道："官人何故不回言语？"许宣道："多感过爱，实不相瞒，只为身边窘迫，不敢从命。"娘子道："这个容易。我囊中自有余财，不必挂念。"便叫青青道："你去取一锭白银下来。"只见青青手扶栏杆，脚踏胡梯[②]，取下一个包儿来，递与白娘子。娘子道："小乙官人，这东西将去使用，少欠时再来取。"亲手递与许宣。许宣接得包儿，打开看时，却是五十两雪花银子，藏于袖中，起身告回。青青把伞来还了许宣。许宣接得相别，一径回家，把银子藏了。

当夜无话。明日起来，离家到官巷口，把伞还了李将仕。许宣将些碎银子，买了一只肥好烧鹅，鲜鱼精肉，嫩鸡果品之类，提回家来。又买了一樽酒，分付养娘、丫鬟，安排整下。那日，却好姐夫李募事在家。饮馔俱已完备，来请姐夫和姐姐吃酒。李募事却见许宣请他，到吃了一惊，道："今日做甚么子坏钞？日常不曾见酒盏

儿面，今朝作怪！”三人依次坐定饮酒。酒至数杯，李募事道：“尊舅，没事教你坏钞做甚么？”许宣道：“多谢姐夫，切莫笑话，轻微何足挂齿。感谢姐夫、姐姐管雇多时。一客不烦二主人，许宣如今年纪长成，恐虑后无人养育，不是了处。今有一头亲事在此说起，望姐夫、姐姐与许宣主张，结果了一生终身也好。”姐夫、姐姐听得说罢，肚内暗自寻思道：“许宣日常一毛不拔，今日坏得些钱钞，便要我替他讨老小？”夫妻二人，你我相看，只不回话。吃酒了，许宣自做买卖。

过了三两日，许宣寻思道：“姐姐如何不说起？”忽一日，见姐姐问道：“曾向姐夫商量也不曾？”姐姐道：“不曾。”许宣道：“如何不曾商量？”姐姐道：“这个事不比别样的事，仓卒不得。又见姐夫这几日面色心焦，我怕他烦恼，不敢问他。”许宣道：“姐姐，你如何不上紧？这个有甚难处，你只怕我教姐夫出钱，故此不理？”许宣便起身，到卧房中开箱，取出白娘子的银来，把与姐姐道：“不必推故，只要姐夫做主。”姐姐道：“吾弟多时在叔叔家中做主管，积趱得这些私房，可知道要娶老婆！你且去，我安在此。”

却说李募事归来，姐姐道：“丈夫，可知小舅要娶老婆，原来自趱得些私房，如今教我倒换些零碎使用，我们只得与他完就这亲事则个。”李募事听得说，道：“原来如此！得他积得些私房也好。拿来我看！”做妻的连忙将出银子，递与丈夫。李募事接在手中，番来覆去，看了上面凿的字号，大叫一声：“苦！不好了，全家是死。”那妻吃了一惊，问道：“丈夫，有甚么利害之事？”李募事道：“数日前，邵太尉库内封记锁押俱不动，又无地穴得人，平空不见了五十锭大银。见今着落临安府提捉贼人，十分紧急，没有头路得获，累害了多少人。出榜缉捕，写着字号锭数，有人捉获贼人银子者，赏银五十两。知而不首，及窝藏贼人者，除正犯外，全家发边远充军。这银子与榜上字号不差，正是邵太尉库内银子。即今捉捕十分紧急。正是‘火到身边，顾不得亲眷，自可去拨’。明日事露，实难分说。不管他偷的借的，宁可苦他，不要累我，只得将银子出首，免了一家之害。”老婆见说了，合口不得，目睁口呆。

当时，拿了这锭银子，径到临安府出首。那大尹闻知这话，一夜不睡。次日，火速差缉捕使臣何立。何立带了伙伴，并一班眼明手快的公人，径到官巷口李家生药店，提捉正贼许宣。到得柜边，发声喊，把许宣一条绳子绑缚了，一声锣，一声鼓，解上临安府来。正值韩大尹升厅，押过许宣当厅跪下，喝声：“打！”许宣道：“告相公不必用刑，不知许宣有何罪？”大尹焦躁道：“真赃正贼，有何理说，还说无罪？邵太尉府中不动封锁，不见了一号大银五十锭，见有李募事出首，一定这四十九锭也在你处。想不动封皮，不见了银子，你也是个妖人！不要打？”喝教：“拿些秽血来！”许宣方知是这事，大叫道：“不是妖人，待我分说！”大尹道：“且住，你且说这银子，从何而来？”许宣将借伞讨伞的上项事，一一细说一遍。大尹道：“白娘子是甚么样人？见住何处？”许宣道：“凭他说是白三班殿直的亲妹子，如今见住箭桥边，双茶坊巷口，秀王墙对黑楼子高坡儿内住。”那大尹随即便叫缉捕使臣何立，押领许宣，去双茶坊巷口捉拿本妇前来。

何立等领了钧旨，一阵做公的，径到双茶坊巷口秀王府墙对黑楼子前看时，门前四扇看阶，中间两扇大门，门外避藉陛，坡前却是垃圾，一条竹子横夹着。何立等见了这个模样，到都呆了。当时就叫捉了邻人，上首是做花的丘大，下首是做皮匠的孙公。那孙公摆忙的吃他一惊，小肠气发，跌倒在地。众邻舍都走来道："这里不曾有甚么白娘子。这屋不五六年前有一个毛巡检，合家时病[3]死了。青天白日，常有鬼出来买东西，无人敢在里头住。几日前，有个疯子立在门前唱喏。"何立教众人解下横门竹竿，里面冷清清地，起一阵风，卷出一道腥气来。众人都吃了一惊，倒退几步。许宣看了，则声不得，一似呆的。做公的数中，有一个能胆大，排行第二，姓王，专好酒吃，都叫他做"好酒王二"。王二道："都跟我来！"发声喊，一齐哄将入去，看时，板壁、坐起、桌凳都有。来到胡梯边，教王二前行，众人跟着，一齐上楼，楼上灰尘三寸厚。

众人到房门前，推开房门一望，床上挂着一张帐子，箱笼都有，只见一个如花似玉穿着白的美貌娘子，坐在床上。众人看了，不敢向前。众人道："不知娘子是神是鬼？我等奉临安大尹钧旨，唤你去与许宣执证公事。"那娘子端然不动。好酒王二道："众人都不敢向前，怎的是了？你可将一坛酒来，与我吃了，做我不着，捉他去见大尹。"众人连忙叫两三个下去，提一坛酒来与王二吃。王二开了坛口，将一坛酒吃尽了，道："做我不着！"将那空坛望着帐子内打将去。不打万事皆休，才然打去，只听得一声响，却是青天里打一个霹雳，众人都惊倒了！起来看时，床上不见了那娘子，只见明晃晃一堆银子。众人向前看了道："好了。"计数四十九锭。众人道："我们将银子去见大尹也罢。"扛了银子，都到临安府。

何立将前事禀覆了大尹。大尹道："定是妖怪了。也罢，邻人无罪宁家。"差人送五十锭银子与邵太尉处，开个缘由，一一禀覆过了。许宣照"不应得为而为之"事理，重者决杖免刺，配牢城营做工，满日疏放。牢城营乃苏州府管下。李募事因出首许宣，心上不安，将邵太尉给赏的五十两银子，尽数付与小舅作为盘费。李将仕与书二封，一封与押司范院长，一封与吉利桥下开客店的王主人。许宣痛哭一场，拜别姐夫姐姐，带上行枷，两个防送人押着，离了杭州到东新桥，下了航船。

不一日，来到苏州。先把书去见了范院长并王主人。王主人与他官府上下使了钱，打发两个公人去苏州府，下了公文，交割了犯人，讨了回文，防送人自回。范院长、王主人保领许宣不入牢中，就在王主人门前楼上歇了。许宣心中愁闷，壁上题诗一首：

独上高楼望故乡，愁看斜日照纱窗。
平生自是真诚士，谁料相逢妖媚娘。
白白不知归甚处，青青那识在何方？
抛离骨肉来苏地，思想家中寸断肠。

有话即长，无话即短。不觉光阴似箭，日月如梭，又在王主人家住了半年之上。忽遇九月下旬，那王主人正在门首闲立，看街上人来人往。只见远远一乘轿子，傍边一个丫鬟跟着，道："借问一声：此间不是王主人家么？"王主人连忙起身，道："此间便是。你寻谁人？"丫鬟道："我寻临安府来的许小乙官人。"主人道："你等一等，我便叫他出来。"这乘轿子便歇在门前。王主人便入去，叫道："小乙哥，有人寻你。"许宣听得，急走出来，同主人到门前看时，正是青青跟着，轿子里坐着白娘子。许宣见了，连声叫道："死冤家！自被你盗了官库银子，带累我吃了多少苦，有屈无伸，如今到此地位，又赶来做甚么？可羞死人！"那白娘子道："小乙官人，不要怪我，今番特来与你分辩这件事。我且到主人家里面与你说。"白娘子叫青青取了包裹下轿。许宣道："你是鬼怪，不许入来！"挡住了门不放他。那白娘子与主人深深道了个万福，道："奴家不相瞒，主人在上，我怎的是鬼怪？衣裳有缝，对日有影。不幸先夫去世，教我如此被人欺负！做下的事，是先夫日前所为，非干我事。如今怕你怨畅我，特地来分说明白了，我去也甘心。"主人道："且教娘子入来，坐了说。"那娘子道："我和你到里面，对主人家的妈妈说。"门前看的人，自都散了。许宣入到里面，对主人家并妈妈道："我为他偷了官银子事，如此如此，因此教我吃场官司，如今又赶到此，有何理说？"白娘子道："先夫留下银子，我好意把你，我也不知怎的来的。"许宣道："如何做公的捉你之时，门前都是垃圾，就帐子里一响，不见了你？"白娘子道："我听得人说，你为这银子捉了去，我怕你说出我来，捉我到官，妆幌子[④]羞人不好看。我无奈何只得走去华藏寺前姨娘家躲了；使人担垃圾堆在门前，把银子安在床上，央邻舍与我说谎。"许宣道："你却走了去，教我吃官事！"白娘子道："我将银子安在床上，只指望要好，那里晓得有许多事情？我见你配在这里，我便带了些盘缠，搭船到这里寻你，如今分说都明白了，我去也。敢是我和你前生没有夫妻之分！"那王主人道："娘子许多路来到这里，难道就去？且在此间住几日，却理会。"青青道："既是主人家再三劝解，娘子且住两日，当初也曾许嫁小乙官人。"白娘子随口便道："羞杀人，终不成奴家没人要？只为分别是非而来。"王主人道："既然当初许嫁小乙哥，却又回去，且留娘子在此。"打发了轿子。不在话下。

过了数日，白娘子先自奉承好了主人的妈妈，那妈妈劝主人与许宣说合，还定十一月十一日成亲，共百年谐老。光阴一瞬，早到吉日良时。白娘子取出银两，央王主人办备喜筵，二人拜堂结亲。酒席散后，共入纱厨。白娘子放出迷人声态，颠鸾倒凤，百媚千娇，喜得许宣如遇神仙，只恨相见之晚。正好欢娱，不觉金鸡三唱，东方渐白。正是：

欢娱嫌夜短，寂寞恨更长。

自此日为始，夫妻二人如鱼似水，终日在王主人家快乐昏迷缠定。

日往月来，又早半年光景。时临春气融和，花开如锦，车马往来，街坊热闹。许宣问主人家道："今日如何人人出去闲游，如此喧嚷？"主人道："今日是二月半，男子妇人，都去看卧佛。你也好去承天寺里闲走一遭。"许宣见说，道："我和妻子说一声，也去看一看。"许宣上楼来，和白娘子说："今日二月半，男子妇人都去看卧佛，我也看一看就来。有人寻说话，回说不在家，不可出来见人。"白娘道："有甚好看，只

在家中却不好？看他做甚么？”许宣道：“我去闲耍一遭就回，不妨。”

许宣离了店内，有几个相识，同走到寺里看卧佛。绕廊下各处殿上，观看了一遭。方出寺来，见一个先生，穿着道袍，头戴逍遥巾，腰系黄丝绦，脚着熟麻鞋，坐在寺前卖药，散施符水[⑤]，许宣立定了看。那先生道：“贫道是终南山道士，到处云游，散施符水，救人病患灾厄，有事的向前来。”那先生在人丛中，看见许宣头上一道黑气，必有娇怪缠他，叫道：“你近来有一妖怪缠你，其害非轻！我与你二道灵符，救你性命。一道符，三更烧，一道符放在自头发内。”许宣接了符，纳头便拜，肚内道：“我也八九分疑惑那妇人是妖怪，真个是实。”谢了先生，径回店中。

至晚，白娘子与青青睡着了，许宣起来道：“料有三更了。”将一道符放在自头发内，正欲将一道符烧化，只见白娘子叹一口气道：“小乙哥和我许多时夫妻，尚兀自不把我亲热，却信别人言语，半夜三更，烧符来压镇我！你且把符来烧看。”就夺过符来，一时烧化，全无动静。白娘子道：“却如何？说我是妖怪！”许宣道：“不干我事。卧佛寺前一云游先生，知你是妖怪。”白娘子道：“明日同你去看他一看，如何模样的先生！”

次日，白娘子清早起来，梳妆罢，戴了钗环，穿上素净衣服，分付青青看管楼上。夫妻二人，来到卧佛寺前。只见一簇人，团团围着那先生，在那里散符水。只见白娘子睁一双妖眼，到先生面前，喝一声：“你好无礼！出家人枉在我丈夫面前，说我是一个妖怪，书符来捉我！”那先生回言：“我行的是五雷天心正法，凡有妖怪，吃了我的符，他即变出真形来。”那白娘子道：“众人在此，你且书符来我吃看！”那先生书一道符，递与白娘子。白娘子接过符来，便吞下去。众人都看，没些动静。众人道：“这等一个妇人，如何说是妖怪？”众人把那先生齐骂。那先生骂得口睁眼呆，半晌无言，惶恐满面。白娘子道：“众位官人在此，他捉我不得 。我自小学得个戏术，且把先生试来与众人看。”只见白娘子口内喃喃的，不知念些甚么。把那先生却似有人擒的一般，缩做一堆，悬空而起。众人看了，齐吃一惊。许宣呆了。娘子道：“若不是众位面上，把这先生吊他一年。”白娘子喷口气，只见那先生依然放下，只恨爹娘少生两翼，飞也似走了。众人都散了，夫妻依旧回来，不在话下。日逐盘缠，都是白娘子将出来用度。正是：

夫唱妇随，朝欢暮乐。

不觉光阴似箭，又是四月初八日，释迦佛生辰。只见街市上人抬着柏亭浴佛，家家布施。许宣对王主人道：“此间与杭州一般。”只见邻舍边一个小的，叫做铁头，道：“小乙官人，今日承天寺里做佛会，你去看一看。”许宣转身到里面，对白娘子说了。白娘子道：“甚么好看，休去！”许宣道：“去走一遭，散闷则个。”娘子道：“你要去，身上衣服旧了不好看，我打扮你去。”叫青青取新鲜时样衣服来。许宣着得不长不短，一似像体裁的：戴一顶黑漆头巾，脑后一双白玉环，穿一领青罗道袍，脚着一双皂靴，手中拿一把细巧百折描金美人珊瑚坠上样春罗扇，打扮得上下齐整。那娘子分付一声，如莺声巧啭，道：“丈夫早早回来，切勿教奴记挂！”

许宣叫了铁头相伴，径到承天寺来看佛会。人人喝采，好个官人。只听得有人说道："昨夜周将仕典当库内，不见了四五千贯金珠细软物件。见今开单告官，挨查没捉人处。"许宣听得，不解其意，自同铁头在寺。其日，烧香官人子弟男女人等，往往来来，十分热闹。许宣道："娘子教我早回，去罢。"转身人丛中，不见了铁头，独自个走出寺门来。只见五六个人似公人打扮，腰里挂着牌儿。数中一个看了许宣，对众人道："此人身上穿的，手中拿的，好似那话儿？"数中一个认得许宣的道："小乙官，扇子借我一看。"许宣不知是计，将扇递与公人。那公人道："你们看这扇子坠，与单上开的一般！"众人喝声："拿了！"就把许宣一索子绑了，好似：

数只皂雕追紫燕，一群饿虎啖羊羔。

许宣道："众人休要错了，我是无罪之人。"众公人道："是不是，且去府前周将仕家分解！他店中失去五千贯金珠细软，白玉绦环，细巧百折扇，珊瑚坠子，你还说无罪？真赃正贼，有何分说！实是大胆汉子，把我们公人作等闲看成。见今头上、身上、脚上，都是他家物件，公然出外，全无忌惮！"许宣方才呆了，半晌不则声。许宣道："原来如此，不妨，不妨，自有人偷得。"众人道："你自去苏州府厅上分说。"

次日，大尹升厅，押过许宣见了。大尹审问："盗了周将仕库内金珠宝物，在于何处？从实供来，免受刑法拷打。"许宣道："禀上相公做主，小人穿的衣服物件，皆是妻子白娘子的，不知从何而来。望相见明镜详辨则个！"大尹喝道："你妻子今在何处？"许宣道："见在吉利桥下王主人楼上。"大尹即差缉捕使臣袁子明，押了许宣火速捉来。差人袁子明来到王主人店中，主人吃了一惊，连忙问道："做甚么？"许宣道："白娘子在楼上么？"主人道："你同铁头早去承天寺里，去不多时，白娘子对我说道：'丈夫去寺中闲耍，教我同青青照管楼上。此时不见回来，我与青青去寺前寻他去也，望乞主人替我照管。'出门去了，到晚不见回来。我只道与你去望亲戚，到今日不见回来。"众公人要王主人寻白娘子，前前后后，遍寻不见。袁子明将主人捉了，见大尹回话。大尹道："白娘子在何处？"王主人细细禀覆了，道："白娘子是妖怪。"大尹一一问了，道："且把许宣监了。"王主人使用了些钱，保出在外，伺候归结。

且说周将仕正在对门茶坊内闲坐，只见家人报道："金珠等物都有了，在库阁头空箱子内。"周将仕听了，慌忙回家看时，果然有了。只不见了头巾、绦环、扇子并扇坠。周将仕道："明是屈了许宣，平白地害了一个人，不好。"暗地里到与该房说了，把许宣只问个小罪名。

却说邵太尉使李募事，到苏州干事，来王主人家歇。主人家把许宣来到这里，又吃官事，一一从头说了一遍。李募事寻思道："看自家面上亲眷，如何看做落？"只得与他央人情，上下使钱。一日，大尹把许宣一一供招明白，都做在白娘子身上，只做"不合不出首妖怪等事"，杖一百，配三百六十里，押发镇江府牢城营做工。李募事道："镇江去便不妨。我有一个结拜的叔叔，姓李名克用，在针子桥下开生药店。我写一封书，你可去投托他。"许宣只得问姐夫借了些盘缠，拜谢了王主人并姐夫，就买酒饭与两个公人吃，收拾行李起程。王主人并姐夫送了一程，各自回去了。

且说许宣在路，饥餐渴饮，夜住晓行。不则一日，来到镇江。先寻李克用家，来到针子桥生药铺内，只见主管正在门前卖生药。老将仕从里面走出来，两个公人同许宣慌忙唱个喏道："小人是杭州李募事家中人，有书在此。"主管接了，递与老将仕。老将仕拆开看了，道："你便是许宣？"许宣道："小人便是。"李克用教三人吃了饭。分付当直的，同到府中，下了公文，使用了钱，保领回家。防送人讨了回文，自归苏州去了。许宣与当直一同到家中，拜谢了克用，参见了老安人。克用见李募事书说道许宣原是生药店中主管，因此留他在店中做买卖，夜间教他去五条巷卖豆腐的王公楼上歇。克用见许宣药店十分精细，心中欢喜。

原来药铺中有两个主管，一个张主管，一个赵主管。赵主管一生老实本分；张主管一生克剥奸诈，倚着自老了，欺侮后辈。见又添了许宣，心中不悦，恐怕退了他，反生奸计，要嫉妒他。忽一日，李克用来店中闲看，问："新来的做买卖如何？"张主管听了，心中道："中我机谋了！"应道："好便好了，只有一件，……"克用道："有甚么一件？"老张道："他大主买卖肯做，小主儿就打发去了，因此人说他不好。我几次劝他，不肯依我。"老员外说："这个容易，我自分付他便了，不怕他不依。"赵主管在傍听得此言，私对张主管说道："我们都要和气。许宣新来，我和你照管他才是。有不是，宁可当面讲，如何背后去说他？他得知了，只道我们嫉妒。"老张道："你们后生家，晓得甚么！"

天已晚了，各回下处。赵主管来许宣下处道："张主管在员外面前嫉妒你，你如今要愈加用心，大主小主儿买卖，一般样做。"许宣道："多承指教。我和你去闲酌一杯。"二人同到店中，左右坐下。酒保将要饭果碟摆下，二人吃了几杯。赵主管说："老员外最性直，受不得触。你便依随他生性，耐心做买卖。"许宣道："多谢老兄厚爱，谢之不尽！"又饮了两杯，天色晚了。赵主管道："晚了路黑难行，改日再会。"许宣还了酒钱，各自散了。

许宣觉道有杯酒醉了，恐怕冲撞了人，从屋檐下回去。正走之间，只见一家楼上推开窗，将熨斗播灰下来，都倾在许宣头上。立住脚，便骂道："谁家泼男女，不生眼睛，好没道理！"只见一个妇人，慌忙走下来道："官人休要骂，是奴家不是，一时失误了，休怪！"许宣半醉，抬头一看，两眼相观，正是白娘子。许宣怒从心上起，恶向胆边生，无明火焰腾腾高起三千丈，掩纳不住，便骂道："你这贼贱妖精，连累得我好苦！吃了两场官事！"恨小非君子，无毒不丈夫。正是：

踏破铁鞋无觅处，得来全不费工夫。

许宣道："你如今又到这里，却不是妖怪？"赶将入去，把白娘子一把拿住道："你要官休私休！"白娘子陪着笑面道："丈夫，'一夜夫妻百夜恩'，和你说来事长。你听我说：'当初这衣服，都是我先夫留下的。我与你恩爱深重，教你穿在身上。恩将仇报，反成吴、越？"许宣道："那日我回来寻你，如何不见了？主人都说你同青青来寺前看我，因何又在此间？"白娘子道："我到寺前，听得说你被捉了去，教青青打听不着，只道你脱身走了。怕来捉我，教青青连忙讨了一只船，到建康府娘舅家去了，昨

日才到这里。我也道连累你两场官事，也有何面目见你！你怪我也无用了。情意相投，做了夫妻，如今好端端难道走开了？我与你情似泰山，恩同东海，誓同生死，可看日常夫妻之面，取我到下处，和你百年偕老，却不是好！”许宣被白娘子一骗，回嗔作喜，沉吟了半晌，被色迷了心胆，留连之意，不回下处，就在白娘子楼上歇了。

次日，来上河五条巷王公楼家，对王公说：“我的妻子同丫鬟，从苏州来到这里。”一一说了，道：“我如今搬回来一处过活。”王公道：“此乃好事，如何用说。”当日，把白娘子同青青搬来王公楼上。次日，点茶请邻舍。第三日，邻舍又与许宣接风。酒筵散了，邻舍各自回去，不在话下。第四日，许宣早起梳洗已罢，对白娘子说：“我去拜谢东西邻舍，去做买卖去出。你同青青只在楼上照管，切勿出门。”分付已了，自到店中做买卖，，早去晚回。

不觉光阴迅速，日月如梭，又过一月。忽一日，许宣与白娘子商量，去见主人李员外妈妈家眷。白娘子道：“你在他家做主管，去参见了他，也好日常走动。”到次日，雇了轿子，径进里面请白娘子上轿。叫王公挑了盒儿，丫鬟青青跟随，一起来到李员外家。下了轿子，进到里面，请员外出来。李克用连忙来见，白娘子深深道个万福，拜了两拜，妈妈也拜了两拜，内眷都参见了。原来李克用年纪虽然高大，却专一好色。见了白娘子有倾国之姿。正是：

三魂不附体，七魄在他身。

那员外目不转睛，看白娘子。当时，安排酒饭管待，妈妈对员外道：“好个伶俐的娘子！十分容貌，温柔和气，本分老成。”员外道：“便是杭州娘子，生得俊俏。”饮酒罢了，白娘子相谢自回。李克用心中思想：“如何得这妇人共宿一宵？”眉头一簇，计上心来，道：“六月十三，是我寿诞之日。不要慌，教这妇人着我一个道儿！”

不觉乌飞兔走，才过端午，又是六月初间。那员外道：“妈妈，十三日是我寿诞，可做一个筵席，请亲眷朋友闲耍一日，也是一生的快乐。”当日，亲眷邻左主管人等，都下了请帖。次日，家家户户都送烛面手帕物件来。十三日都来赴筵，吃了一日。次日是女眷们来贺寿，也有廿来个。

且说白娘子也来，十分打扮，上着青织金衫儿，下穿大红纱裙，戴一头百巧翠金银首饰。带了青青，都到里面拜了生日，参见了老安人。东阁下排着筵席。原来，李克用吃虱子留后腿的人，因见白娘子容貌，设此一计，大排筵席。各各传杯弄盏，酒至半酣，却起身脱衣净手。李员外原来预先付腹心养娘道：“若是白娘子登东，他要进去，你可另引他到后面僻净房内去。”李员外设计已定，先自躲在后面。正是：

不劳钻穴逾墙事，稳做偷香窃玉人。

只见白娘子真个要去净手，养娘便引他到后面一间僻净房内去，养娘自回。那员外心中淫乱，捉身不住，不敢便走进去，却在门缝里张。不张万事皆休，则一张那员外大吃一惊，回身便走，来到后边，望后倒了。

不知一命如何，先觉四肢不举。

那员外眼中不见如花似玉体态，只见房中蟠着一条桶来粗大白蛇，两眼一似灯盏，

放出金光来。惊得半死，回身便走，一绊一交。众养娘扶起看时，面青口白。主管慌忙用安魂安魄丹服了，方才醒来。老安人与众人都来看了，道："你为何大惊小怪，做甚么？"李员外不说其事，说道："我今日起得早了，连日又辛苦了些，头风病发晕倒了。"扶去房里睡了。众亲眷再入席饮了几杯，酒筵散罢，众人作谢回家。

白娘子回到家中思想，恐怕明日李员外在铺中，对许宣说出本相来。便生一条计，一头脱衣服，一头叹气。许宣道："今日出去吃酒，因何回来叹气？"白娘子道："丈夫，说不得！李员外原来假做生日，其心不善。因见我起身登东，他躲在里面，欲要奸骗我，扯裙扯裤，来调戏我。欲待叫起来，众人都在那里，怕妆幌子。被我一推倒地，他怕羞没意思，假说晕倒了。这惶恐那里出气！"许宣道："既不曾奸骗你，他是我主人家，出于无奈，只得忍了。这遭休去便了。"白娘子道："你不与我做主，还要做人？"许宣道："先前多承姐夫写书，教我投奔他家，亏他不阻，收留在家做主管。如今教我怎的好？"白娘子道："男子汉！我被他这般欺负，你还去他家做主管？"许宣道："你我何处去安身？做何生理？"白娘子道："做人家主管，也是下贱之事，不如自开一个生药铺。"许宣道："亏你说，只是那讨本钱？"白娘子道："你放心，这个容易，我明白把些银子，你先去赁了间房子，却又说话。"

且说"今是古，古是今"，各处有这等出热[⑥]的。间壁有一个人，姓蒋名和，一生出热好事。次日，许宣问白娘子讨了些银子，教蒋和去镇江渡口马头上，赁了一间房子，买下一付生药厨柜。陆续收买生药。十月前后，俱已完备，选日开张药店，不去做主管。那李员外也自知惶恐，不去叫他。

许宣自开店来，不匡[⑦]买卖一日兴一日，普得厚利。正在门前卖生药，只见一个和尚，将着一个募缘簿子道："小僧是金山寺和尚，如今七月初七日，是英烈龙王生日，伏望官人到寺烧香，布施些香钱。"许宣道："不必写名，我有一块好降香，舍与你拿去烧罢。"即便开柜，取出递与和尚。和尚接了道："是日望官人来烧香。"打一个问讯去了。白娘子看见道："你这杀才，把这一块好香，与那贼秃去换酒肉吃！"许宣道："我一片诚心舍与他，花费了也是他的罪过。"

不觉又是七月初七日，许宣正开得店，只见街上热闹，人来人往。帮闲的蒋和道："小乙官前日布施了香，今日何不去寺内闲走一遭？"许宣道："我收拾了，略待略待，和你同去。"蒋和道："小人当得相伴。"许宣连忙收拾了，进去对白娘子道："我去金山寺烧香，你可照管家里则个。"白娘子道："'无事不登三宝殿'，去做甚么？"许宣道："一者不曾认得金山寺，要去看一看；二者前日布施了，要去烧香。"白娘子道："你既要去，我也挡你不得，也要依我三件事。"许宣道："那三件？"白娘子道："一件，不要去方丈[⑧]内去；二件，不要与和尚说话；三件，去了就回。来得迟，我便来寻你也。"许宣道："这个何妨，都依得。"

当时，换了新鲜衣服、鞋袜，袖了香盒，同蒋和径到江边，搭了船，投金山寺来。先到龙王堂烧了香，绕寺闲走了一遍，同众人信步来到方丈门前。许宣猛省道："妻子分付我，休要进方丈内去。"立住了脚，不进去。蒋和道："不妨事，他自在家中，回

去只说不曾去便了。”说罢，走入去，看一回，便出来。

且说方丈当中座上，坐着一个有德行的和尚，眉清目秀，圆顶方袍，看了模样，的是真僧。一见许宣走过，便叫侍者：“快叫那后生进来。”侍者看了一回，人千人万，乱滚滚的，又不认得他，回说：“不知他走那边去了?”和尚见说，持了禅杖，自出方丈来，前后寻不见。复身出寺来看，只见众人都在那里，等风浪静了落船。那风浪越大了，道：“去不得。”

正看之间，只见江心里一只船，飞也似来得快。许宣对蒋和道：“这般大风浪过不过渡，那只船如何到来得快?”正说之间，船已将近，看时，一个穿白的妇人，一个穿青的女子，来到岸边。仔细一认，正是白娘子和青青两个。许宣这一惊非小。白娘子来到岸边，叫道：“你如何不归？快来上船!”许宣却欲上船，只听得有人在背后喝道：“业畜在此做甚么?”许宣回头看时，人说道：“法海禅师来了!”禅师道：“业畜，敢再来无礼，残害生灵！老僧为你特来。”白娘子见了和尚，摇开船，和青青把船一翻，两个都翻下水底去了。许宣回身看着和尚便拜：“告尊师，救弟子一条草命!”禅师道：“你如何遇着这妇人?”许宣把前项事情，从头说了一遍。禅师听罢，道：“这妇人正是妖怪，汝可速回杭州去。如再来缠汝，可到湖南净慈寺里来寻我。”有诗四句：

本是妖精变妇人，西湖岸上卖娇声。
汝因不识遭他计，有难湖南见老僧。

许宣拜谢了法海禅师，同蒋和下了渡船，过了江，上岸归家。白娘子同青青都不见了，方才信是娇精。到晚来，教蒋和相伴过夜，心中昏闷，一夜不睡。次日早起，叫蒋和看着家里，却来到针子桥李克用家，把前面事情告诉了一遍。李克用道：“我生日之时，他登东，我撞将去，不期见了这妖怪，惊得我死去，我又不敢与你说这话。既然如此，你且搬来我这里住着，别作道理。”许宣作谢了李员外，依旧搬到他家。

不觉住过两月有余。忽一日立在门前，只见地方总甲[9]，分付排门人等，俱要香花灯烛，迎接朝廷恩赦。原来是宋高宗策立孝宗，降赦通行天下，只除人命大事，其余小事，尽行赦放回家。许宣遇赦，欢喜不胜，吟诗一首。诗云：

感谢吾皇降赦文，网开三面许更新。
死时不作他邦鬼，生日还为旧土人。
不幸逢妖愁更甚，何期遇宥罪除根。
归家满把香焚起，拜谢乾坤再造恩。

许宣吟诗已毕，央李员外衙门上下打点，使用了钱。见了大尹，给引还乡。拜谢东邻西舍，李员外妈妈合家大小，二位主管，俱拜别了。央帮闲的蒋和，买了些土物带回杭州。来到家中，见了姐夫、姐姐，拜了四拜。

李募事见了许宣，焦躁道：“你好生欺负人，我两遭写书，教你投托人，你在李员外家娶了老小，不直得寄封书来教我知道，直恁的无仁无义!”许宣说：“我不曾娶妻

小。”姐夫道：“见今两日前，有一个妇人，带着一个丫鬟，道是你的妻子。说你七月初七日，去金山寺烧香，不见回来，那里不寻到？直到如今，打听得你回杭州，同丫鬟先到这里，等你两日了。”教人叫出那妇人和丫鬟，见了许宣。

许宣看见，果是白娘子、青青。许宣见了，目睁口呆，吃了一惊。不在姐夫、姐姐面前说这话本，只得任他埋怨了一场。李募事教许宣共白娘子去一间房内去安身。许宣见晚了，怕这白娘子，心中慌了，不敢向前，朝着白娘子，跪在地下道：“不知你是何神何鬼？可饶我的性命！”白娘子道：“小乙哥是何道理？我和你许多时夫妻，又不曾亏负你，如何说这等没力气的话。”许宣道：“自从和你相识之后，带累我吃了两场官司。我到镇江府，你又来寻我。前日金山寺烧香，归得迟了，你和青青又直赶来，见了禅师，便跳下江里去了。我只道你死了，不想你又先到此。望乞可怜见，饶我则个！”白娘子圆睁怪眼道：“小乙官，我也只是为好，谁想到成怨本！我与你平生夫妇，共枕同衾，许多恩爱，如今却信别人闲言语，教我夫妻不睦。我如今实对你说，若听我言语，喜喜欢欢，万事皆休。若生外心，教你满城皆为血水，人人手攀洪浪，脚踏浑波，皆死于非命！”惊得许宣战战兢兢，半晌无言可答，不敢走近前去。青青劝道：“官人，娘子爱你杭州人生得好，又喜你恩情深重。听我说，与娘子和睦了，休要疑虑！”许宣吃两个缠不过，叫道：“却是苦耶！”

只见姐姐在天井里乘凉，听得叫苦，连忙来到房前，只道他两个儿厮闹，拖了许宣出来。白娘子关上房门自睡。许宣把前因后事，一一对姐姐告诉了一遍。却好姐夫乘凉归房，姐姐道：“他两口儿厮闹，如今不知睡了也未，你且去张一张了来。”李募事走到房前看时，里头黑了，半亮不亮。将舌头咶破纸窗，不张万事皆休，一张时，见一条吊桶来大的蟒蛇，睡在床上，伸头在天窗内乘凉，鳞甲内放出白光来，照得房内如同白日。吃了一惊，回身便走。来到房中，不说其事。道：“睡了，不见则声。”许宣躲在姐姐房中，不敢出头，姐夫也不问他。

过了一夜，次日，李募事叫许宣出去，到僻静处问道：“你妻子从何娶来？实实的对我说，不要瞒我！自昨夜亲眼看见他是一条大白蛇，我怕你姐姐害怕，不说出来。”许宣把从头事，一一对姐夫说了一遍。李募事道：“既是这等，白马庙前，一个呼蛇戴先生，如法捉得蛇。我同你去接他。”二人取路来到白马庙前，只见戴先生正立在门口。二人道：“先生拜揖。”先生道：“有何见谕？”许宣道：“家中有一条大蟒蛇，相烦一捉则个！”先生道：“宅上何处？”许宣道：“过军桥黑珠儿巷内李募事家便是。”取出一两银子道：“先生收了银子，待捉得蛇另又相谢。”先生收了道：“二位先回，小子便来。”李募事与许宣自回。

那先生装了一瓶雄黄药水，一直来到黑珠儿巷内，问李募事家。人指道：“前面那楼子内便是。”先生来到门前，揭起帘子，咳嗽一声，并无一个人出来。敲了半晌门，只见一个小娘子出来问道：“寻谁家？”先生道：“此是李募事家么？”小娘子道：“便是。”先生道：“说宅上有一条大蛇，却才二位官人，来请小子捉蛇。”小娘子道：“我家那有大蛇？你差了。”先生道：“官人先与我一两银子，说捉了蛇后，有重谢。”

白娘子道："没有，休信他们哄你。"先生道："如何作要？"白娘子三回五次发落不去，焦躁起来，道："你真个会捉蛇？只怕你捉他不得！"戴先生道："我祖宗七八代呼蛇捉蛇，量道一条蛇，有何难捉！"娘子道："你说捉得，只怕你见了要走！"先生道："不走，不走！如走，罚一锭白银。"娘子道："随我来。"到天井内，那娘子转个湾，走进去了。那先生手中提着瓶儿，立在空地上。不多时，只见刮起一阵冷风，风过外，只见一条吊桶来大的蟒蛇，速射将来。正是：

人无害虎心，虎有伤人意。

且说那戴先生吃了一惊，望后便倒，雄黄罐儿也打破了。那条大蛇张开血红大口，露出雪白齿，来咬先生。先生慌忙爬起来，只恨爹娘少生两脚，一口气跑过桥来，正撞着李募事与许宣。许宣道："如何？"那先生道："好教二位得知……"把前项事，从头说了一遍。取出那一两银子，付还李募事道："若不生这双脚，连性命都没了。二位自去照顾别人。"急急的去了。

许宣道："姐夫，如今怎么处？"李募事道："眼见实是妖怪了。如今赤山埠前张成家，欠我一千贯钱，你去那里静处，讨一间房儿住下。那怪物不见了你，自然去了。"许宣无计可奈，只得应承。同姐夫到家时，静悄悄的没些动静。李募事写了书帖，和票子做一封，教许宣往赤山埠去。只见白娘子叫许宣到房中道："你好大胆，又叫甚么捉蛇的来！你若和我好意，佛眼相看，若不好时，带累一城百姓受苦，都死于非命！"

许仙听得，心寒胆战，不敢则声。将了票子，闷闷不已，来到赤山埠前，寻着了张成。随即袖中取票时，不见了，只叫得苦。慌忙转步，一路寻回来时，那里见？正闷之间，来到净慈寺前，忽地里想起那金山寺长老法海禅师，曾分付来："倘若那妖怪再来杭州缠你，可来净慈寺内来寻我。如今不寻，更待何时？"急入寺中，问监寺道："动问和尚，法海禅师，曾来上刹也未？"那和尚道："不曾到来。"许宣听得说不在，越闷。折身便回来长桥堍下，自言自语道："'时衰鬼弄人'，我要性命何用？"看着一湖清水，却待要跳。正是：

阎王判你三更到，定不容人到四更。

许宣正欲跳水，只听得背后有人叫道："男子汉何故轻生？死了一万口，只当五千双，有事何不问我！"许宣回头看时，正是法海禅师。背驮衣钵，手提禅杖，原来真个才到。也是不该命尽，再迟一碗饭时，性命也休了。许宣见了禅师，纳头便拜，道："救弟子一命则个！"禅师道："这业畜在何处？"许宣把上项事一一诉了，道："如今又直到这里，求尊师救度一命。"禅师于袖中取出一个钵盂，递与许宣道："你若到家，不可教妇人得知，悄悄的将此物劈头一罩，切勿手轻，紧紧的按住！不可心慌，你便回去。"

且说许宣拜谢了禅师回家，只见白娘子正坐在那里，口内喃喃的骂道："不知甚人挑拨我丈夫，和我做冤家，打听出来，和他理会！"正是有心等了没心的，许宣张得他眼慢，背后悄悄的，望白娘子头上一罩，用尽平生气力纳住。不见了女子之形，随

着钵盂慢慢的按下，不敢手松，紧紧的按住。只听得钵盂内道："和你数载夫妻，好没一些儿人情！略放一放！"

许宣正没了结处，报道："有一个和尚，说道要收妖怪。"许宣听得，连忙教李募事请禅师进来。来到里面，许宣道："救弟子则个！"不知禅师口里念的甚么，念毕，轻轻的揭起钵盂，只见白娘子缩做七八寸长，如傀儡人像，双眸紧闭，做一堆儿，伏在地下。禅师喝道："是何业畜妖怪，怎敢缠人？可说备细！"白娘子答道："禅师，我是一条大蟒蛇。因为风雨大作，来到西湖上安身，同青青一处。不想遇着许宣，春心荡漾，按纳不住，一时冒犯天条，却不曾杀生害命。望禅师慈悲则个！"禅师又问："青青是何怪？"白娘子道："青青是西湖内第三桥下，潭内千年万气的青鱼。一时遇着，拖他为伴，他不曾得一日欢娱，并望禅师怜悯！"禅师道："念你千年修炼，免你一死，可现本相！"白娘子不肯。禅师勃然大怒，口中念念有词，大喝道："揭谛何在？快与我擒青鱼怪来，和白蛇现形，听吾发落！"

须臾，庭前起一阵狂风。风过外，只闻得豁剌一声响，半空中坠下一个青鱼，有一丈多长，向地拨剌的连跳几跳，缩做尺余长一个小青鱼。看那白娘子时，也复了原形，变了三尺长一条白蛇，兀自昂头看着许宣。禅师将二物置于钵盂之内，扯下褊衫一幅，封了钵盂口。拿到雷峰寺前，将钵盂放在地下，令人搬砖运石，砌成一塔。后来许宣化缘，砌成了七层宝塔。千年万载，白蛇和青鱼不能出世。

且说禅师押镇了，留偈四句：

西湖水干，江潮不起。雷峰塔倒，白蛇出世。

法海禅师言偈毕，又题诗八句，以劝后人：

奉劝世人休爱色，爱色之人被色迷。
心正自然邪不扰，身端怎有恶来欺？
但看许宣因爱色，带累官司惹是非。
不是老僧来救护，白蛇吞了不留些。

法海禅师吟罢，各人自散，惟有许宣情愿出家，礼拜禅师为师，就雷峰塔披剃为僧。修行数年，一夕坐化去了。众僧买龛烧化，造一座骨塔，千年不朽。临去世时，亦有诗四句，留以警世，诗曰：

祖师度我出红尘，铁树开花始见春。
化化轮回重化化，生生转变再生生。
欲知有色还无色，须识无形却有形。
色即是空空即色，空空色色要分明。

【注释】

①宿世：前世。

②胡梯：扶梯，楼梯。

③时病：流行病。

④妆幌子：这里是出乖露丑，被人瞧看的意思。

⑤符水：巫师道士以符箓焚化于水中，或直接向水画符诵咒，迷信者以为可辟邪治病。

⑥出热：出力。

⑦不匡：不料，想不到。

⑧方丈：本指寺院，后用来指称僧尼长老、住持的居室。

⑨总甲：职役名称。按宋代制度，居户每二三十家排比成甲，甲头负责承应官府的捐税、劳役、催征等事。

杜十娘怒沉百宝箱

扫荡残胡立帝畿，龙翔凤舞势崔嵬。
左环沧海天一带，右拥太行山万围。
戈戟九边雄绝塞，衣冠万国仰垂衣。
太平人乐华胥世，永永金瓯共日辉。

这首诗，单夸我朝燕京建都之盛。说起燕都的形势，北倚雄关，南压区夏，真乃金城天府，万年不拔之基。当先，洪武爷扫荡胡尘，定鼎金陵，是为南京。到永乐爷从北平起兵靖难，迁于燕都，是为北京。只因这一迁，把个苦寒地面，变作花锦世界。自永乐爷九传至于万历爷，此乃我朝第十一代的天子。这位天子，聪明神武，德福兼全，十岁登基，在位四十八年，削平了三处寇乱。那三处？

日本关白平秀吉，西夏哱承恩，播州杨应龙。

平秀吉侵犯朝鲜，哱承恩、杨应龙是土官谋叛，先后削平。远夷莫不畏服，争来朝贡。真个是：

一人有庆民安乐，四海无虞国太平。

话中单表万历二十年间，日本国关白作乱，侵犯朝鲜。朝鲜国王上表告急，天朝发兵泛海往救。有户部官奏准："目今兵兴之际，粮饷未充，暂开纳粟入监之例。"原来纳粟入监的，有几般便宜：好读书，好科举，好中，结末来又有个小小前程结果。以此宦家公子，富室子弟，到不愿做秀才，都去援例做太学生。自开了这例，两京太学生，各添至千人之外。内中有一人，姓李名甲，字干先，浙江绍兴府人氏。父亲李布政所生三儿，惟甲居长。自幼读书在庠，未得登科，援例入于北雍。因在京坐监，与同乡柳遇春监生同游教坊司院内，与一个名姬相遇。那名姬，姓杜名媺·排行第十，院中都称为杜十娘，生得：

浑身雅艳，遍本娇香，两弯眉画远山青，一对眼明秋水润。脸如莲萼，分明卓氏文君；唇似樱桃，何减白家樊素。可怜一片无瑕玉，误落风尘花柳中。

那杜十娘自十三岁破瓜，今一十九岁，七年之内，不知历过了多少公子王孙。一个个情迷意荡，破家荡产而不惜。院中传出四句口号来，道是：

坐中若有杜十娘，斗筲之量饮千觞。
院中若识杜老媺，千家粉面都如鬼。

却说李公子，风流年少，未逢美色，自遇了杜十娘，喜出望外，把花柳情怀，一担

儿挑在他身上。那公子俊俏庞儿，温存性儿，又是撒漫的手儿，帮衬的勤儿，与十娘一双两好，情投意合。十娘因见鸨儿贪财无义，久有从良之志；又见李公子忠厚志诚，甚有心向他。奈李公子俱怕老爷，不敢应承。虽则如此，两下情好愈密，朝欢暮乐，终日相守，如夫妇一般，海誓山盟，各无他志。真个：

恩深似海恩无底，义重如山义更高。

再说杜妈妈，女儿被李公子占住，别的富家巨室，闻名上门，求一见而不可得。初时，李公子撒漫用钱，大差大使，妈妈胁肩谄笑，奉承不暇。日往月来，不觉一年有余，李公子囊箧渐渐空虚，手不应心，妈妈也就怠慢了。老布政在家闻知儿子嫖院，几遍写字来唤他回去。他迷恋十娘颜色，终日延挨。后来闻知老爷在家发怒，越不敢回。古人云："以利相交者，利尽而疏。"那杜十娘与李公子真情相好，见他手头愈短，心头愈热。妈妈也几遍教女儿打发李甲出院，见女儿不统口，又几遍将言语触突李公子，要激怒他起身。公子性本温克，词气愈和，妈妈没奈何，日逐只将十娘叱骂道："我们行户人家，吃客穿客，前门送旧，后门迎新，门庭闹如火，钱帛堆成垛。自从那李甲在此，混帐一年有余，莫说新客，连旧主顾都断了，分明接了个钟馗老，连小鬼也没得上门，弄得老娘一家人家，有气无烟，成什么模样！"杜十娘被骂，耐性不住，便回答道："那李公子不是空手上门的，也曾费过大钱来。"妈妈道："彼一时，此一时，你只教他今日费些小钱儿，把与老娘办些柴米，养你两口也好。别人家养的女儿便是摇钱树，千生万活，偏我家晦气，养了个退财白虎！开了大门七件事，般般都在老身心上。到替你这小贱人，白白养着穷汉，教我衣食从何处来？你对那穷汉说，有本事出几两银子与我，到得你跟了他去，我别讨个丫头过活却不好？"十娘道："妈妈，这话是真是假？"妈妈晓得李甲囊无一钱，衣衫都典尽了，料他没处设法，便应道："老娘从不说谎，当真哩！"十娘道："娘，你要他许多银子？"妈妈道："若是别人，千把银子也讨了，可怜那穷汉出不起，只要他三百两，我自去讨一个粉头代替。只一件，须是三日内交付与我，左手交银，右手交人。若三日没有银时，老身也不管三七二十一，公子不公子，一顿孤拐，打那光棍出去。那时莫怪老身！"十娘道："公子虽在客边乏钞，谅三百金还措办得来。只是三日忒近，限他十日便好。"妈妈想到："这穷汉一双赤手，便限他一百日，他那里来银子？没有银子，便铁皮包脸，料也无颜上门。那时重整家风，孅儿也没得话讲。"答应道："看你面，便宽到十日。第十日没有银子，不干老娘之事。"十娘道："若十日内无银，料他也无颜再见了。只怕有了三百两银子，妈妈又翻悔起来。"妈妈道："老身年五十一岁了，又奉十斋①，怎敢说谎？不信时与你拍掌为定，若翻悔时，做猪做狗！"

从来海水斗难量，可笑虔婆意不良。

料定穷儒囊底竭，故将财礼难娇娘。

是夜，十娘与公子在枕边，议及终身之事。公子道："我非无此心。但教坊落籍，其费甚多，非千金不可。我囊空如洗，如之奈何？"十娘道："妾已与妈妈议定，只要三百金，但须十日内措办。郎君游资虽罄，然都中岂无亲友可以借贷？倘得如

数，妾身遂为君之所有，省受虔婆之气。”公子道：“亲友中为我留恋行院，都不相顾。明日只做束装起身，各家告辞，就开口假贷路费，凑聚将来，或可满得此数。”起身梳洗，别了十娘出门。十娘道：“用心作速，专听佳音。”公子道：“不须分付。”

公子出了院门，来到三亲四友处，假说起身告别，众人到也欢喜。后来叙到路费欠缺，意欲借货。常言道：“说着钱，便无缘。”亲友们就不招架。他们也见得是，道李公子是风流浪子，迷恋烟花，年许不归，父亲都为他气坏在家。他今日抖然要回，未知真假。倘或说骗盘缠到手，又去还脂粉钱，父亲知道，将好意翻成恶意，始终只是一怪，不如辞了干净。便回道：“目今正值空乏，不能相济，惭愧！惭愧！”人人如此，个个皆然，并没有个慷慨丈夫，肯统口许他一十二十两。李公子一连奔走了三日，分毫无获，又不敢回决十娘，权且含糊答应。到第四日又没想头，就羞回院中。平日间有了杜家，连下处也没有了，今日就无处投宿。只得往同乡柳监生寓所借歇。

柳遇春见公子愁容可掬，问其来历。公子将杜十娘愿嫁之情，备细说了。遇春摇首道：“未必，未必。那杜媺曲中第一名姬，要从良时，怕没有十斛明珠，千金聘礼。那鸨儿如何只要三百两？想鸨儿怪你无钱使用，白白占住他的女儿，设计打发你出门。那妇人与你相处已久，又碍却面皮，不好明言，明知你手内空虚，故意将三百两卖个人情，限你十日，若十日没有，你也不好上门。便上门时，他会说你笑你，落得一场亵渎[2]，自然安身不牢，此乃烟花逐客之计。足下三思，休被其惑。据弟愚意，不如早早开交为上。”公子听说，半晌无言，心中疑惑不定。遇春又道：“足下莫要错了主意。你若真个还乡，不多几两盘费，还有人搭救，若是要三百两时，莫说十日，就是十个月也难。如今的世情，那肯顾缓急二字的。那烟花也算定你没处告债，故意设法难你。”公子道：“仁兄所见良是。”口里虽如此说，心中割舍不下，依旧又往外边东央西告，只是夜里不进院门了。公子在柳监生寓中，一连住了三日，共是六日了。

杜十娘连日不见公子进院，十分着紧，就教小厮四儿街上去寻。四儿寻到大街，恰好遇见公子。四儿叫道：“李姐夫，娘在家里望你。”公子自觉无颜，回复道：“今日不得功夫，明日来罢。”四儿奉了十娘之命，一把扯住，死也不放，道：“娘叫咱寻你，是必同去走一遭。”李公子心上也牵挂着婊子，没奈何，只得随四儿进院。见了十娘，嘿嘿无言。十娘问道：“所谋之事如何？”公子眼中流下泪来。十娘道：“莫非人情淡薄，不能足三百之数么？”公子含泪而言，道出二句：

“不信上山擒虎易，果然开口告人难。

一连奔走六日，并无铢两，一双空手，羞见芳卿，故此这几日不敢进院。今日承命呼唤，忍耻而来，非某不用心，实是世情如此。”十娘道：“此言休使虔婆知道。郎君今夜且住，妾别有商议。”十娘自备酒肴，与公子欢饮。

睡至半夜，十娘对公子道：“郎君果不能办一钱耶？妾终身之事，当如何也？”公子只是流涕，不能答一语。渐渐五更天晓。十娘道：“妾所卧絮褥内，藏有碎银一百

五十两，此妾私蓄，郎君可持去。三百金，妾任其半，郎君亦谋其半，庶易为力。限只四日，万勿迟误！"十娘起身将褥付公子，公子惊喜过望。唤童儿持褥而去，径到柳遇春寓中，又把夜来之情与遇春说了。将褥拆开看时，絮中都裹着零碎银子，取出兑时果是一百五十两。遇春大惊道："此妇真有心人也。既系真情，不可相负，吾当代为足下谋之。"公子道："倘得玉成，决不有负。"当下，柳遇春留李公子在寓，自出头各处去借贷。两日之内，凑足一百五十两，交付公子道："吾代为足下告债，非为足下，实怜杜十娘之情也。"

李甲拿了三百两银子，喜从天降，笑逐颜开，欣欣然来见十娘，刚是第九日，还不足十日。十娘问道："前日分毫难借，今日如何就有一百五十两？"公子将柳监生事情，又述了一遍。十娘以手加额道："使吾二人得遂其愿者，柳君之力也！"两个欢天喜地，又在院中过了一晚。

次日，十娘早起，对李甲道："此银一交，便当随郎君去矣。舟车之类，合当预备。妾昨日于姊妹中借得白银二十两，郎君可收下为行资也。"公子正愁路费无出，但不敢开口，得银甚喜。

说犹未了，鸨儿恰来敲门叫道："媺儿，今日是第十日了。"公子闻叫，启户相延道："承妈妈厚意，正欲相请。"便将银三百两放在桌上。鸨儿不料公子有银，嘿然变色，似有悔意。十娘道："儿在妈妈家中八年，所致金帛，不下数千金矣。今日从良美事，又妈妈亲口所订，三百金不欠分毫，又不曾过期。倘若妈妈失信不许，郎君持银去，儿即刻自尽！恐那时人财两失，悔之无及也！"鸨儿无词以对。腹内筹画了半晌，只得取天平兑准了银子，说道："事已如此，料留你不住了。只是你要去时，即今就去，平时穿戴衣饰之类，毫厘休想！"说罢，将公子和十娘推出房门，讨锁来就落了锁。此时九月天气，十娘才下床，尚未梳洗。随身旧衣，就拜了妈妈两拜，李公子也作了一揖，一夫一妇，离了虔婆大门。

鲤鱼脱却金钩去，摆尾摇头再不来。

公子教十娘且住片时："我去唤个小轿抬你，权往柳荣卿寓所去，再作道理。"十娘道："院中诸姊妹平昔相厚，理宜话别。况前日又承他借贷路费，不可不一谢也。"乃同公子，到各姊妹处谢别。姊妹中惟谢月朗、徐素素与杜家相近，尤与十娘亲厚。十娘先到谢月朗家。月朗见十娘秃髻旧衫，惊问其故，十娘备述来因，又引李甲相见。十娘指月朗道："前日路资，是此位姐姐所贷，郎君可致谢。"李甲连连作揖。月朗便教十娘梳洗，一面去请徐素素来家相会。十娘梳洗已毕，谢、徐二美人各出所有，翠钿金钏，瑶簪宝珥，锦袖花裙，鸾带绣履，把杜十娘装扮得焕然一新，备酒作庆贺筵席。月朗让卧房与李甲、杜媺二人过宿。

次日，又大排筵宿，遍请院中姊妹。凡十娘相厚者，无不毕集，都与他夫妇把盏称喜。吹弹歌舞，各逞其长，务要尽欢，直饮至夜分。十娘向众姊妹一一称谢。众姊妹道："十姊为风流领袖，今从郎君去，我等相见无日，何日长行，姊妹们尚当奉送。"月朗道："候有定期，小妹当来相报。但阿姊千里间关[③]，同郎君远去，囊箧萧

条，曾无约束，此乃吾等之事。当相与共谋之，勿令姊有穷途之虑也。”众姊妹各唯唯而散。

是晚，公子和十娘仍宿谢家。至五鼓，十娘对公子道：“吾等此去，何处安身？郎君亦曾计议有定着否？”公子道：“老父盛怒之下，若知娶妓而归，必然加以不堪[4]，反致相累。展转寻思，尚未有万全之策。”十娘道：“父子天性，岂能终绝。既然仓卒难犯，不若与郎君于苏、杭胜地，权作浮居[5]。郎君先回，求亲友于尊大人面前，劝解和顺，然后携妾于归，彼此安妥。”公子道：“此言甚当。”

次日，二人起身辞了谢月朗，暂往柳监生寓中，整顿行装。杜十娘见了柳遇春，倒身下拜，谢其周全之德：“异日我夫妇必当重报。”遇春慌忙答礼道：“十娘钟情所欢，不以贫窭易心，此乃女中豪杰。仆因风吹火，谅区区何足挂齿！”三人又饮了一日酒。

次早，择了出行吉日，雇倩轿马停当。十娘又遣童儿寄信，别月朗。临行之际，只见肩舆[6]纷纷而至，乃谢月朗与徐素素，拉众姊妹来送行。月朗道：“十姊从郎君千里间关，囊中消索，吾等甚不能忘情。今合具薄赆[7]，十姊可检收，或长途空乏，亦可少助。”说罢，命从人挈一描金文具至前，封锁甚固，正不知什么东西在里面。十娘也不开看，也不推辞，但殷勤作谢而已。须臾，舆马齐集，仆夫催促起身。柳监生三杯别酒，和众美人送出崇文门外，各各垂泪而别。正是：

他日重逢难预必，此时分手最堪怜。

再说李公子同杜十娘行至潞河，舍陆从舟。却好有瓜洲差使船转回之便，讲定船钱，包了舱口。比及下船时，李公子囊中并无分文余剩。你道杜十娘把二十两银子与公子，如何就没了？公子在院中嫖得衣衫蓝缕，银子到手，未免在解库中取赎几件穿着，又制办了铺盖，剩来只勾轿马之费。公子正当愁闷，十娘道：“郎君勿忧，众姊妹合赠，必有所济。”乃取钥开箱。公子在傍自觉惭愧，也不敢窥觑箱中虚实。只见十娘在箱里，取出一个红绢袋来，掷于桌上道：“郎君可开看之。”公子提在手中，觉得沉重，启而观之，皆是白银，计数整五十两。十娘仍将箱子下锁，亦不言箱中更有何物。但对公子道：“承众姊妹高情，不惟途路不乏，即他日浮寓吴、越间，亦可稍佐吾夫妻山水之费矣。”公子且惊且喜道：“若不遇恩卿，我李甲流落他乡，死无葬身之地矣。此情此德，白头不敢忘也！”自此，每谈及往事，公子必感激流涕。十娘亦曲意抚慰。一路无话。

不一日，行至瓜州，大船停泊岸口。公子别雇了民船，安放行李，约明日侵晨，剪江[8]而渡。其时仲冬中旬，月明如水，公子和十娘坐于舟首。公子道：“自出都门，困守一舱之中，四顾有人，未得畅语。今日独据一舟，更无避忌。且已离塞北，初近江南，宜开怀畅饮，以舒向来抑郁之气，恩卿以为何如？”十娘道：“妾久疏谈笑，亦有此心，郎君言及，足见同志耳。”公子乃携酒具于船首，与十娘铺毡并坐，传杯交盏。饮至半酣，公子执卮对十娘道：“恩卿妙音，六院推首。某相遇之初，每闻绝调，辄不禁神魂之飞动。心事多违，彼此郁郁，鸾鸣凤奏，久矣不闻。今清江明月，深夜

无人，肯为我一歌否？”十娘兴亦勃发，遂开喉顿嗓，取扇按拍，呜呜咽咽，歌出元人施君美《拜月亭》杂剧上“状元执盏与婵娟”一曲，名《小桃红》。真个：

声飞霄汉云皆驻，响入深泉鱼出游。

却说他舟有一少年，姓孙名富，字善赉，徽州新安人氏。家资巨万，积祖扬州种盐。年方二十，也是南雍中朋友。生性风流，惯向青楼买笑，红粉追欢，若嘲风弄月，到是个轻薄的头儿。事有偶然，其夜亦泊舟瓜洲渡口。独酌无聊，忽听得歌声嘹亮，凤吟鸾吹，不足喻其美。起立船头，伫听半晌，方知声出邻舟。正欲相访，音响倏已寂然。乃遣仆者潜窥踪迹，访于舟人，但晓得是李相公雇的船，并不知歌者来历。孙富想道：“此歌者必非良家，怎生得他一见？”展转寻思，通宵不寐。挨至五更，忽闻江风大作。及晓，彤云密布，狂雪飞舞。怎见得？有诗为证：

千山云树灭，万径人踪绝。

扁舟蓑笠翁，独钓寒江雪。

因这风雪阻渡，舟不得开。孙富命艄公移船，泊于李家舟之傍，孙富貂帽孤裘，推窗假作看雪。值十娘梳洗方毕，纤纤玉手，揭起舟傍短帘，自泼盂中残水，粉容微露，却被孙富窥见了，果是国色天香。魂摇心荡，迎眸注目，等候再见一面，杳不可得。沉思久之，乃倚窗高吟高学士《梅花诗》二句，道：

雪满山中高士卧，月明林下美人来。

李甲听得邻舟吟诗，舒头[⑨]出舱，看是何人。只因这一看，正中了孙富之计。孙富吟诗，正要引李公子出头，他好乘机攀话。当下慌忙举手，就问：“老兄尊姓何讳？”李公子叙了姓名乡贯，少不得也问那孙富。孙富也叙过了。又叙了些太学中的闲话，渐渐亲熟。孙富便道：“风雪阻舟，乃天遣与尊兄相会，实小弟之幸也。舟次无聊，欲同尊兄上岸，就酒肆中一酌，少领清诲，万望不拒！”公子道：“萍水相逢，何当厚扰？”孙富道：“说那里话！‘四海之内，皆兄弟也。’”喝教艄公打跳，童儿张伞，迎接公子过船，就于船头作揖。然后让公子先行，自己随后，各各登跳上涯。

行不数步，就有个酒楼。二人上楼，拣一副洁净座头，靠窗而坐。酒保列上酒肴，孙富举杯相劝，二人赏雪饮酒。先说些斯文中套话，渐渐引入花柳之事。二人都是过来之人，志同道合，说得入港[⑩]，一发成相知了。孙富屏去左右，低低问道：“昨夜尊舟清歌者，何人也？”李甲正要卖弄在行，遂实说道：“此乃北京名姬杜十娘也。”孙富道：“既系曲中姊妹，何以归兄？”公子遂将初遇杜十娘，如何相好，后来如何要嫁，如何借银讨他，始末根由，备细述了一遍。孙富道：“兄携丽人而归，固是快事，但不知尊府中能相容否？”公子道：“贱室不足虑，所虑者，老父性严，尚费踌躇耳！”孙富将机就机，便问道：“既是尊大人未必相容，兄所携丽人，何处安顿？亦曾通知丽人，共作计较否？”公子攒眉而答道：“此事曾与小妾议之。”孙富欣然问道：“尊宠必有妙策。”公子道：“他意欲侨居苏杭，流连山水。使小弟先回，求亲友宛转于家君之前，俟家君回嗔作喜，然后图归。高明[⑪]以为何如？”

孙富沉吟半晌，故作愀然之色，道：“小弟乍会之间，交浅言深，诚恐见怪。”公子

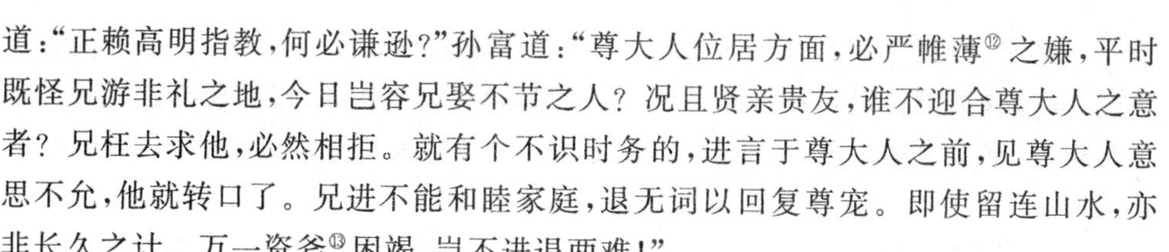

道："正赖高明指教，何必谦逊？"孙富道："尊大人位居方面，必严帷薄[12]之嫌，平时既怪兄游非礼之地，今日岂容兄娶不节之人？况且贤亲贵友，谁不迎合尊大人之意者？兄枉去求他，必然相拒。就有个不识时务的，进言于尊大人之前，见尊大人意思不允，他就转口了。兄进不能和睦家庭，退无词以回复尊宠。即使留连山水，亦非长久之计。万一资斧[13]困竭，岂不进退两难！"

公子自知手中只有五十金，此时费去大半，说到资斧困竭，进退两难，不觉点头道是。孙富又道："小弟还有句心腹之谈，兄肯俯听否？"公子道："承兄过爱，更求尽言。"孙富道："疏不间亲，还是莫说罢。"公子道："但说何妨！"孙富道："自古道：'妇人水性无常。'况烟花之辈，少真多假。他既系六院名姝，相识定满天下；或者南边原有旧约，借兄之力，挈带而来，以为他适之地。"公子道："这个恐未必然。"孙富道："即不然，江南子弟，最工轻薄，兄留丽人独居，难保无逾墙钻穴之事。若挈之同归，愈增尊大人之怒。为兄之计，未有善策。况父子天伦，必不可绝。若为妾而触父，因妓而弃家，海内必以兄为浮浪不经之人。异日妻不以为夫，弟不以为兄，同袍不以为友，兄何以立于天地之间？兄今日不可不熟思也！"

公子闻言，茫然自失，移席问计："据高明之见，何以教我？"孙富道："仆有一计，于兄甚便。只恐兄溺枕席之爱，未必能行，使仆空费词说耳！"公子道："兄诚有良策，使弟再睹家园之乐，乃弟之恩人也。又何惮而不言耶？"孙富道："兄飘零岁余，严亲怀怒，闺阁离心，设身以处兄之地，诚寝食不安之时也。然尊大人所以怒兄者，不过为迷花恋柳，挥金如土，异日必为弃家荡产之人，不堪承继家业耳！兄今日空手而归，正触其怒。兄倘能割衽度之爱，见机而作，仆愿以千金相赠。兄得千金，以报尊大人，只说在京授馆，并不曾浪费分毫，尊大人必然相信。从此家庭和睦，当无间言[14]，须臾之间，转祸为福，兄请三思，仆非贪丽人之色，实为兄效忠于万一也！"

李甲原是没主意的人，本心惧怕老子，被孙富一席话，说透胸中之疑，起身作揖道："闻兄大教，顿开茅塞。但小妾千里相从，义难顿绝，容归与商之。得其心肯，当奉复耳。"孙富道："说话之间，宜放婉曲。彼既忠心为兄，必不忍使兄父子分离，定然玉成兄还乡之事矣。"二人饮了一回酒，风停雪止，天色已晚。孙富教家童算还了酒钱，与公子携手下船。正是：

逢人且说三分话，未可全抛一片心。

却说杜十娘在舟中，摆设酒果，欲与公子小酌，竟日未回，挑灯以待。公子下船，十娘起迎，见公子颜色匆匆，似有不乐之意，乃满斟热酒劝之。公子摇首不饮，一言不发，竟自床上睡了。十娘心中不悦，乃收拾杯盘，为公子解衣就枕，问道："今日有何见闻，而怀抱郁郁如此？"公子叹息而已，终不启口。问了三四次，公子已睡去了。十娘委决不下，坐于床头而不能寐。到夜半，公子醒来，又叹一口气。十娘道："郎君有何难言之事，频频叹息？"公子拥被而起，欲言不语者几次，扑簌簌掉下泪来。十娘抱持公子于怀间，软言抚慰道："妾与郎君情好，已及二载，千辛万苦，历尽艰难，得有今日。然相从数千里，未曾哀戚。今将渡江，方图百年欢笑，如何反起

悲伤？必有其故。夫妇之间，死生相共，有事尽可商量，万勿讳也。"公子再四被逼不过，只得含泪而言道："仆天涯穷困，蒙恩卿不弃，委曲相从，诚乃莫大之德也。但反覆思之，老父位居方面，拘于礼法，况素性方严，恐添嗔怒，必加黜逐，你我流荡，将何底止[15]？夫妇之欢难保，父子之伦又绝。日间蒙新安孙友邀饮，为我筹及此事，寸心如割！"十娘大惊道："郎君意将如何？"公子道："仆事内之人，当局而迷。孙友为我画一计颇善，但恐恩卿不从耳！"十娘道："孙友者何人？计如果善，何不可从？"公子道："孙友名富，新安盐商，少年风流之士也，夜间闻子清歌，因而问及。仆告以来历，并谈及难归之故，渠[16]意欲以千金聘妆，我得千金，可藉口以见吾父母，而恩卿亦得所耳。但情不能舍，是以悲泣。"说罢，泪如雨下。

十娘放开两手，冷笑一声道："为郎君画此计者，此人乃大英雄也！郎君千金之资，既得恢复，而妾归他姓，又不致为行李之累，发乎情，止乎礼，诚两便之策也。那千金在那里？"公子收泪道："未得恩卿之诺，金尚留彼处，未曾过手。"十娘道："明早快快应承了他，不可挫过机会。但千金重事，须得兑足交付郎君之手，妾始过舟，勿为贾竖子[17]所欺。"

时已四鼓，十娘即起身挑灯梳洗道："今日之妆，乃迎新送旧，非比寻常。"于是脂粉香泽，用意修饰，花钿绣袄，极其华艳，香风拂拂，光采照人。装束方完，天色已晓，孙富差家童到船头候信。十娘微窥公子，欣欣似有喜色，乃催公子快去回话，及早兑足银子。公子亲到孙富船中，回复依允。孙富道："兑银易事，须得丽人妆台为信。"公子又回复了十娘，十娘即指描金文具道："可便抬去。"孙富喜甚，即将白银一千两，送到公子船中。十娘亲自检看，足色足数，分毫无爽。乃手把船舷，以手招孙富。孙富一见，魂不附体。十娘启朱唇，开皓齿道："方才箱子可暂发来，内有李郎路引一纸，可检还之也。"孙富视十娘已为瓮中之鳖，即命家童送那描金文具，安放船头之上。

十娘取钥开锁，内皆抽替小箱。十娘叫公子抽第一层来看，只见翠羽明珰，瑶簪宝珥，充牣于中，约值数百金。十娘遽投之江中。李甲与孙富及两船之人，无不惊诧。又命公子再抽一箱，及玉箫金管；又抽一箱，尽古玉紫金玩器，约值数千金，十娘尽投之于大江中。岸上之人，观者如堵，齐声道："可惜，可惜！"正不知什么缘故。最后又抽一箱，箱中复有一匣。开匣视之，夜明之珠，约有盈把。其他祖母绿，猫儿眼，诸般异宝，目所未睹，莫能定其价之多少。众人齐声喝采，喧声如雷。十娘又欲投之于江。李甲不觉大悔，抱持十娘恸哭，那孙富也来劝解。

十娘推开公子在一边，向孙富骂道："我与李郎备尝艰苦，不是容易到此。汝以奸淫之意，巧为谗说，一旦破人姻缘，断人恩爱，乃我之仇人，我死而有知，必当诉之神明，尚妄想枕席之欢乎！"又对李甲道："妾风尘数年，私有所积，本为终身之计，自遇郎君，山盟海誓，白首不渝。前出都之际，假托众姊妹相赠，箱中韫藏百宝，不下万金，将润色郎君之装，归见父母，或怜妾有心，收佐中馈，得终委托，生死无憾。谁知郎君相信不深，惑于浮议[18]，中道见弃，负妾一片真心。今日当众目之前，开箱出

视，使郎君知区区千金，未为难事，妾椟中有玉，恨郎眼内无珠。命之不辰，风尘困瘁，甫得脱离，又遭弃捐。今众人各有耳目，共作证明，妾不负郎君，郎君自负妾耳！”于是众人聚观者，无不流涕，都唾骂李公子负心薄幸。公子又羞又苦，且悔且泣，方欲向十娘谢罪，十娘抱持宝匣，向江心一跳。众人急呼捞救，但见云暗江心，波涛滚滚，杳无踪影。可惜一个如花似玉的名姬，一旦葬于江鱼之腹。

三魂渺渺归水府，七魄悠悠入冥途。

当时，旁观之人皆咬牙切齿，争欲拳殴李甲和那孙富。慌得李、孙二人，手足无措，急叫开船，分途遁去。李甲在舟中，看了千金，转忆十娘，终日愧悔，郁成狂疾，终身不痊。孙富自那日受惊，得病卧床月余，终日见杜十娘在傍诟骂，奄奄而逝。人以为江中之报也。

却说柳遇春在京坐监完满，束装回乡，停舟瓜步。偶临江净脸，失坠铜盆于水，觅渔人打捞。及至捞起，乃是个小匣儿。遇春启匣观看，内皆明珠异宝，无价之珍。遇春厚赏渔人，留于床头把玩。是夜，梦见江中一女子，凌波而来，视之，乃杜十娘也。近前万福，诉以李郎薄幸之事。又道：“向承君家慷慨，以一百五十金相助，本意息肩之后，徐图报答。不意事无终始，然每怀盛情，悒悒未忘。早间曾以小匣托渔人奉致，聊表寸心，从此不复相见矣。”言讫，猛然惊醒，方知十娘已死，叹息累日。

后人评论此事，以为孙富谋夺美色，轻掷千金，固非良士；李甲不识杜十娘一片苦心，碌碌蠢才，无足道者。独谓十娘千古女侠，岂不能觅一佳侣，共跨秦楼之凤？乃错认李公子，明珠美玉，投入盲人，以致恩变为仇，万种恩情，化为流水，深可惜也！有诗叹云：

不会风流莫妄谈，单单情字费人参。
若将情字能参透，唤作风流也不惭。

【注释】

①十斋：佛教语。谓每月持斋素食并禁止屠宰的十天。

②亵渎（音 xiè dú）：轻慢。

③间关：辗转。

④不堪：难堪。

⑤浮居：不固定的居处。

⑥肩舆：轿子。

⑦赆（音 jìn）：送别时赠送的财物。

⑧剪江：谓船在江上破浪而行。

⑨舒头：探头。

⑩入港：投机，意气相合。

⑪高明：对人的敬词。

⑫帷薄：帷幕和帘子。引申指内室之事。

⑬资斧：指旅费。

⑭间言：非议。

⑮底止：终止、终了的意思。

⑯渠：他。

⑰贾(音 gǔ)竖子：对商人的贱称。

⑱浮议：无根据的议论。

王娇鸾百年长恨

天上乌飞兔走，人间古往今来。昔年歌管变荒台，转眼是非兴败。　须识闹中取静，莫因乖过成呆。不贪花酒不贪财，一世无灾无害。

话说江西饶州府余干县长乐村，有一小民叫做张乙。因贩些杂货到于县中，夜深投宿城外一邸店，店房已满，不能相容。间壁锁下一空房，却无人住。张乙道："店主人何不开此房与我?"主人道："此房中有鬼，不敢留客。"张乙道："便有鬼，我何惧哉!"主人只得开锁，将灯一盏，扫帚一把，交与张乙。张乙进房，把灯放稳，挑得亮亮的。房中有破床一张，尘埃堆积，用扫帚扫净，展上铺盖，讨些酒饭吃了，推转房门，脱衣而睡。梦见一美色妇人，衣服华丽，自来荐枕[①]，梦中纳之。及至醒来，此妇宛在身边。张乙问是何人，此妇道："妾乃邻家之妇，因夫君远出，不能独宿，是以相就。勿多言，久当自知。"张亦不再问。天明，此妇辞去。至夜又来，欢好如初。如此三夜。店主人见张客无事，偶话及此房内曾有妇人缢死，往往作怪，今番却太平了。张乙听在肚里。

至夜，此妇仍来。张乙问道："今日店主人说这房中有缢死女鬼，莫非是你?"此妇并无惭讳之意，答道："妾身是也。然不祸于君，君幸勿惧。"张乙道："试说其详。"此妇道："妾乃娼女，姓穆，行廿二，人称我为廿二娘。与余干客人杨川相厚。杨许娶妾归去，妾将私财百金为助。一去三年不来，妾为鸨儿拘管，无计脱身，挹郁不堪，遂自缢而死。鸨儿以所居售人，今为旅店。此房，昔日妾之房也，一灵不泯，犹依栖于此。杨川与你同乡，，可认得么?"张乙道："认得。"此妇道："今其人安在?"张乙道："去岁已移居饶州南门，娶妻开店，生意甚足。"妇人嗟叹良久，更无别语。

又过了二日，张乙要回家。妇人道："妾愿始终随君，未识许否?"张乙道："倘能相随，有何不可?"妇人道："君可制一小木牌，题曰'廿二娘神位'，置于箧中。但出牌呼妾，妾便出来。"张乙许之。妇人道："妾尚有白金五十两埋于此床之下，没人知觉，君可取用。"张掘地果得白金一瓶，心中甚喜。过了一夜。次日，张乙写了牌位，收藏好了，别店主而归。到于家中，将此事告与浑家。浑家初时不喜，见了五十两银子，遂不嗔怪。张乙于东壁立了廿二娘神主，其妻戏往呼之，白日里竟走出来，与妻施礼。妻初时也惊讶，后遂惯了，不以为事。夜来，张乙夫妇同床，此妇亦来，也不觉床之狭窄。过了十余日，此妇道："妾尚有夙债在于郡城，君能随我去索取否?"张利其所有，一口应承。即时顾船而行，船中供下牌位。此妇同行同宿，全不避人。不则一日，到了饶州南门，此妇道："妾往杨川家中讨债去。"张乙方欲问之，此妇倏已上岸。张随后跟去，见此妇竟入一店中去了。问其店，正杨川家也。张久候不出。忽见杨举家惊惶，少顷，哭声振地。问其故，店中人云：“主人杨川向来无病，忽然中恶，九窍流血而死。”张乙心知廿二娘所为，嘿然下船，向牌位苦叫，亦不见出来了。方知有夙债在郡城，乃杨川负义之债也。有诗叹云：

王魁负义曾遭谴，李益亏心亦改常；

请看杨川下稍事，皇天下佑薄情郎。

方才说穆廿二娘事，虽则死后报冤，却是鬼自出头，还是渺茫之事。如今再说一件故事，叫做“王娇鸾百年长恨”，这个冤更报得好。此事非唐非宋，出在国朝天顺初年。广西苗蛮作乱，各处调兵征剿，有临安卫指挥王忠所领一枝浙兵，违了限期，被参降调河南南阳卫中所千户。即日引家小到任。王忠年六十余，止一子王彪，颇称骁勇，督抚留在军前效用。到有两个女儿，长曰娇鸾，次曰娇凤。鸾年十八，凤年十六。凤从幼育于外家，就与表兄对姻。只有娇鸾未曾许配。夫人周氏，原系继妻。周氏有嫡姐，嫁曹家，寡居而贫，夫人接他相伴甥女娇鸾，举家呼为曹姨。娇鸾幼通书史，举笔成文。因爱女慎于择配，所以及笄未嫁，每每临风感叹，对月凄凉。惟曹姨与鸾相厚，知其心事，他虽父母亦不知也。

一日，清明节届，和曹姨及侍儿明霞后园打秋千耍子。正在闹热之际，忽见墙缺处有一美少年，紫衣唐巾，舒头观看，连声喝采。慌得娇鸾满脸通红，推着曹姨的背，急回香房。侍女也进去了。

生见园中无人，逾墙而入，秋千架子尚在，余香仿佛。正在凝思，忽见草中一物，拾起看时，乃三尺线绣香罗帕也。生得此如获珍宝。闻有人声自内而来，复逾墙而出，仍立于墙缺边。看时，乃是侍儿来寻香罗帕的。

生见其三回五转，意兴已倦，微笑而言：“小娘子！罗帕已入人手，何处寻觅？”侍儿抬头见是秀才，便上前万福道：“相公想已检得，乞即见还，感德不尽！”那生道：“此罗帕是何人之物？”侍儿道：“是小姐的。”那生道：“既是小姐的东西，还得小姐来讨，方才还他。”侍儿道：“相公府居何处？”那生道：“小生姓周名廷章，苏州府吴江县人，父亲为本学司教，随任在此，与尊府只一墙之隔。”原来卫署与学宫基址相连，卫叫做东衙，学叫做西衙。花园之外，就是学中的隙地。侍儿道：“贵公子又是近邻，失瞻了。妾当禀知小姐，奉命相求。”廷章道：“敢闻小姐及小娘子大名？”侍儿道：“小姐名娇鸾，主人之爱女，妾乃贴身侍婢明霞也。”廷章道：“小生有小诗一章，相烦致于小姐，即以罗帕奉还。”明霞本不肯替他寄诗，因要罗帕入手，只得应允。廷章道：“烦小娘子少待。”廷章去不多时，携诗而至。桃花笺叠成方胜。明霞接诗在手，问：“罗帕何在？”廷章笑道：“罗帕乃至宝，得之非易，岂可轻还？小娘子且将此诗，送与小姐看了，待小姐回音，小生方可奉璧。”明霞没奈何，只得转身。

只因一幅香罗帕，惹起千秋“长恨歌”。

话说鸾小姐自见了那美少年，虽则一时惭愧，即也挑动个“情”字。口中不语，心下踌躇道：“好个俊俏郎君！若嫁得此人，也不枉聪明一世。”忽见明霞气忿忿的入来。娇鸾问：“香罗帕有了么？”明霞口称：“怪事！香罗帕却被西衙周公子收着，

就是墙缺内喝采的那紫衣郎君。”娇鸾道：“与他讨了就是。”明霞道：“怎么不讨？也得他肯还！”娇鸾道：“他为何不还？”明霞道：“他说：‘小生姓周名廷章，苏州府吴江人氏，父为司教，随任在此。与吾家只一墙之隔。既是小姐的香罗帕，必须小姐自讨。’”娇鸾道：“你怎么说？”明霞道：“我说待妾禀知小姐，奉命相求。他道，有小诗一章，烦吾传递，待有回音，才把罗帕还我。”明霞将桃花笺递与小姐。娇鸾见了这方胜，已有三分之喜，拆开看时，乃七言绝句一首：

帕出佳人分外香，天公教付有情郎。
殷勤寄取相思句，拟作红丝入洞房。

娇鸾若是个有主意的，拚得弃了这罗帕，把诗烧却，分付侍儿，下次再不许轻易传递，天大的事都完了。奈娇鸾一来是及瓜不嫁、知情慕色的女子，二来满肚才情不肯埋没，亦取薛涛笺答诗八句：

妾身一点玉无瑕，生自侯门将相家。
静里有亲同对月，闲中无事独看花。
碧梧只许来奇凤，翠竹那容入老鸦。
寄语异乡孤另客，莫将心事乱如麻。

明霞捧诗方到后园，廷章早在缺墙相候。明霞道：“小姐已有回诗了，可将罗帕还我。”廷章将诗读了一遍，益慕娇鸾之才，必欲得之，道：“小娘子耐心，小生又有所答。”再回书房，写一绝：

居傍侯门亦有缘，异乡孤另果堪怜。
若容鸾凤双栖树，一夜箫声入九天。

明霞道：“罗帕又不还，只管寄什么诗？我不寄了。”廷章袖中出金簪一根道：“这微物奉小娘子，权表寸敬，多多致意小姐。”明霞贪了这金簪，又将诗回复娇鸾。娇鸾看罢，闷闷不悦。明霞道：“诗中有甚言语触犯小姐？”娇鸾道：“书生轻薄，都是调戏之言。”明霞道：“小姐大才，何不作一诗骂之，以绝其意？”娇鸾道：“后生家性重，不必骂，且好言劝之可也。”再取薛笺题诗八句：

独立庭际傍翠阴，侍儿传语意何深。
满身窃玉偷香胆，一片撩云拨雨心。
丹桂岂容稚子折，珠帘那许晓风侵？
劝君莫想阳台梦，努力攻书入翰林。

自此一倡一和，渐渐情熟，往来不绝，明霞的足迹不断后园，廷章的眼光不离墙缺。诗篇甚多，不暇细述。

时届端阳，王千户治酒于园亭家宴。廷章于墙缺往来，明知小姐在于园中，无由一面，侍女明霞亦不能通一语。正在气闷，忽撞见卫卒孙九。那孙九善作木匠，长在卫里服役，亦多在学中做工。廷章遂题诗一绝封固了，将青蚨二百赏孙九买酒吃，托他寄与衙中明霞姐。孙九受人之托，忠人之事，伺候到次早，才觑个方便，寄得此诗于明霞。明霞递于小姐。拆开看之，前有叙云：“端阳日，园中望娇娘子不

见，口占一绝奉寄”：

配成彩线思同结，倾就蒲觞拟共斟。
雾隔湘江欢不见，锦葵空有向阳心。

后写“松陵周廷章拜稿”。娇娘看了，置于书几之上，适当梳头，未及酬和。

忽曹姨走进香房，看见了诗稿，大惊道：“娇娘既有西厢之约，可无东道之主，此事如何瞒我？娇鸾含羞答道：“虽有吟咏往来，实无他事，非敢瞒姨娘也。”曹姨道：“周生江南秀士，门户相当，何不教他遣媒说合，成就百年姻缘，岂不美乎？”娇鸾点头道：“是。”梳妆已毕，遂答诗八句：

深锁香闺十八年，不容风月透帘前。
绣衾香暖谁知苦？锦帐春寒只爱眠。
生怕杜鹃声到耳，死愁蝴蝶梦来缠。
多情果有相怜意，好倩冰人片语传。

延章得诗，遂假托父亲周司教之意，央赵学究往王千户处求这头亲事。王千户亦重周生才貌，但娇鸾是爱女，况且粗通文墨。自己年老，一应卫中文书笔札，都靠着女儿相帮，少他不得，不忍弃之于他乡，以此迟疑未许。廷章知姻事未谐，心中如刺，乃作书寄于小姐。前写：

松陵友弟廷章拜稿：自睹芳容，未宁狂魄。夫妇已是前生定，至死靡他；媒妁传来今日言，为期未决。遥望香闺深锁，如唐玄宗离月宫而空想嫦娥；要从花圃戏游，似牵牛郎隔天河而苦思织女。倘复迁延于月日，必当夭折于沟渠。生若无缘，死亦不瞑。勉成拙律，深冀哀怜。诗曰：

未有佳期慰我情，可怜春价值千金。
闷来窗下三杯酒，愁向花前一曲琴。
人在琐窗深处好，闷回罗帐静中吟。
孤凄一样昏黄月，肯许相携诉寸心？

娇鸾看罢，即时复书。前写：

虎衙爱女娇鸾拜稿：轻荷点水，弱絮飞帘。拜月亭前，懒对东风听杜宇；画眉窗下，强消长昼刺鸳鸯。人正困于妆台，诗忽坠于香案。启观来意，无限幽怀。自怜薄命佳人，恼杀多情才子。一番信到，一番使妾倍支吾；几度诗来，几度令人添寂寞。休得跳东墙学攀花之手，可以仰北斗驾折桂之心。眼底无媒，书中有女。自此衷情封去札，莫将消息问来人。谨和佳篇，仰祈深谅。诗曰：

秋月春花亦有情，也知身份重千金。
虽窥青琐韩郎貌，羞听东墙崔氏琴。
痴念已从空里散，好诗惟向梦中吟。
此生但作干兄妹，直待来生了寸心。

廷章阅书，赞叹不已，读诗至末联，“此生但作干兄妹”，忽然想起一计道：“当初张珙、申纯，皆因兄妹得就私情。王夫人与我同姓，何不拜之为姑？便可通家往来，

于中取事矣!"遂托言西衙窄狭,且是喧闹,欲借卫署后园观书。周司教自与王千户开口。王翁道:"彼此通家,就在家下吃些见成茶饭,不烦馈送。"周翁感谢不尽,回向儿子说了。廷章道:"虽承王翁盛意,非亲非故,难以打搅,孩儿欲备一礼,拜认王夫人为姑。姑侄一家,庶乎有名。"周司教是糊涂之人,只要讨些小便宜,道:"任从我儿行事。"廷章又央人通了王翁夫妇,择个吉日,备下彩缎书仪,写个青侄的名刺,上门认亲,极其卑逊,极其亲热。王翁是个武人,只好奉承,遂请入中堂,教奶奶都相见了。连曹姨也认做姨娘,娇鸾是表妹,一时都请见礼。王翁设宴后堂,权当会亲,一家同席。廷章与娇鸾,暗暗欢喜,席上眉来眼去,自不必说。当日尽欢而散。

姻缘好恶犹难问,踪迹亲疏已自分。

次日,王翁收拾书室,接内侄周廷章来读书。却也晓得隔绝内外,将内宅后门下锁,不许妇女入于花园。廷章供给,自有外厢照管。虽然搬做一家,音书来往反不便了。娇鸾松筠之志[②]虽存,风月之情已动。况既在席间,眉来眼去,怎当得园上凤隔鸾分。愁绪无聊,郁成一病。朝凉暮热,茶饭不沾。王翁迎医问卜,全然不济。廷章几遍到中堂问病,王翁只教致意,不令进房。廷章心生一计,因假说:"长在江南,曾通医理。表妹不知所患何症,待侄儿诊脉便知。"王翁向夫人说了,又教明霞道达了小姐,方才迎入。廷章坐于床边,假以看脉为由,抚摩了半晌。

其时,王翁夫妇俱在,不好交言,只说得一声保重。出了房门,对王翁道:"表妹之疾,是抑郁所致,常须于宽敞之地,散步陶情,更使女伴劝慰,开其郁抱,自当勿药。"王翁敬信周生,更不疑惑,便道:"衙中只有园亭,并无别处宽敞。"廷章故意道:"若表妹不时要园亭散步,恐小侄在彼不便,暂请告归!"王翁道:"既为兄妹,复何嫌阻?"即日教开了后门,将锁钥付曹姨收管,就教曹姨陪侍女儿任情闲耍,明霞伏侍,寸步不离,自以为万全之策矣。

却说娇鸾原为思想周郎致病,得他抚摩一番,已自欢喜。又许散步园亭,陪伴伏侍者,都是心腹之人,病便好了一半。每到园亭,廷章便得相见,同行同坐。有时,亦到廷章书房中吃茶,渐渐不避嫌疑,挨肩擦背。廷章捉个空,向小姐恳求,要到香闺一望。娇鸾目视曹姨,低低向生道:"锁钥在彼,兄自求之。"廷章已悟。

次日,廷章取吴绫二端,金钏一副,央明霞献与曹姨。姨问鸾道:"周公子厚礼见惠,不知何事?"娇鸾道:"年少狂生,不无过失,渠要姨包容耳。"曹姨道:"你二人心事,我已悉知。但有往来,决不泄漏!"因把匙钥付与明霞。鸾心大喜,遂题一绝,寄廷章云:

暗将私语寄英才,倘向人前莫乱开。
今夜香闺春不锁,月移花影玉人来。

廷章得诗,喜不自禁。是夜黄昏已罢,谯鼓方声,廷章悄步及于内宅,后门半启,挨身而进。自那日房中看脉出园来,依稀记得路径,缓缓而行。但见灯光外射,明霞候于门侧。廷章步进香房,与鸾施礼,便欲搂抱。鸾将生挡开,唤明霞快请曹姨来同坐。廷章大失所望,自陈苦情,责其变卦,一时急泪欲流。鸾道:"妾本贞姬,

君非荡子。只因有才有貌，所以相爱相怜。妾既私君，终当守君之节；君若弃妾，岂不负妾之诚？必矢明神，誓同白首，若还苟合，有死不从！"说罢，曹姨适至，向廷章谢日间之惠。廷章遂央姨为媒，誓谐伉俪。口中咒愿如流而出。曹姨道："二位贤甥，既要我为媒，可写合同婚书四张，将一纸焚于天地，以告鬼神；一纸留于吾手，以为媒证；你二人各执一纸，为他日合卺之验。女若负男，疾雷震死，男若负女，乱箭亡身。再受阴府之愆，永堕酆都[3]之狱。"生与鸾听曹姨说得痛切，各各欢喜，遂依曹姨所说，写成婚书誓约。先拜天地，后谢曹姨。姨乃出清果醇醪，与二人把盏称贺。三人同坐饮酒，直至三鼓，曹姨别去。生与鸾携手上床，云雨之乐可知也。五鼓，鸾促生起身，嘱付道："妾已委身于君，君休负恩于妾。神明在上，鉴察难逃。今后妾若有暇，自遣明霞奉迎，切莫轻行，以招物议[4]。"廷章字字应承，留恋不舍。鸾急教明霞送出园门。是日，鸾寄生二律云：

昨夜同君喜事从，芙蓉帐暖语从容。
贴胸交股情偏好，拨雨撩云兴转浓。
一枕凤鸾声细细，半穿花月影重重。
晓来窥视鸳鸯枕，无数飞红扑绣绒。其一

衾翻红浪效绸缪，乍抱郎腰分外羞。
月正圆时花正好，云初散处雨初收。
一团恩爱从天降，万种情怀得自由。
寄语今宵中夕夜，不须欹枕看牵牛。其二

廷章亦有酬答之句。自此鸾疾尽愈，门锁竟弛。或二日或五日，鸾必遣明霞召生。来往既频，恩情愈笃。

如此半年有余。周司教任满，升四川峨眉县尹。廷章恋鸾之情，不肯同行。只推身子有病，怕蜀道艰难，况学业未成，师友相得，尚欲留此读书。周司教平昔纵子，言无不从。起身之日，廷章送父出城而返。鸾感廷章之留，是日邀之相会，愈加亲爱。如此又半年有余，其中往来诗篇甚多，不能尽载。

廷章一日阅邸报，见父亲在峨眉不服水土，告病回乡。久别亲闱，欲谋归觐；又牵鸾情爱，不忍分离。事在两难，忧形于色。鸾探知其故，因置酒劝生道："夫妇之爱，瀚海同深；父子之情，高天难比。若恋私情而忘公义，不惟君失子道，累妾亦失妇道矣。"曹姨亦劝道："今日暮夜之期，原非百年之算。公子不如暂回乡故，且觐双亲。倘于定省之间，即议婚姻之事，早完誓愿，免致情牵。"廷章心犹不决。娇鸾教曹姨竟将公子欲归之情，对王翁说了。

此日正是端阳，王翁治酒与廷章送行，且致厚赆。廷章义不容已，只得收拾行李。是夜鸾另置酒香闺，邀廷章重伸前誓，再订婚期。曹姨亦在坐，千言万语，一夜不睡。临别，又问廷章住居之处。廷章道："问做甚么？"鸾道："恐君不即来，妾便于通信耳。"廷章索笔写出四句：

思亲千里返姑苏，家住吴江十七都。

须向南麻双漾口，延陵桥下督粮吴。

廷章又解说："家本吴姓，祖当里长督粮，有名督粮吴家，周是外姓也。此字虽然写下，欲见之切，度日如岁。多则一年，少则半载，定当持家君柬帖，亲到求婚，决不忍闺阁佳人悬悬而望。"言罢，相抱而泣。将次天明，鸾亲送生出园。有联句一律：

绸缪鱼水正投机，无奈思亲使别离。廷章
花圃从今谁待月？兰房自此懒围棋。娇鸾
惟忧身远心俱远，非虑文齐福不齐。廷章
低首不言中自省，强将别泪整蛾眉。娇鸾

须臾天晓，鞍马齐备。王翁又于中堂设酒，妻女毕集，为上马之饯。廷章再拜而别。鸾自觉悲伤欲泣，潜归内室，取乌丝笺题诗一律，使明霞送廷章上马，伺便投之。章于马上展看云：

同携素手并香肩，送别那堪双泪悬。
郎马未离青柳下，妾心先在白云边。
妾持节操如姜女，君重纲常类闵骞。
得意匆匆便回首，香闺人瘦不禁眠。

廷章读之泪下，一路上触景兴怀，未尝顷刻忘鸾也。

闲话休叙。不一日，到了吴江家中，参见了二亲，一门欢喜。原来父亲已与同里魏同知家议亲，正要接儿子回来行聘完婚。生初时有不愿之意，后访得魏女美色无双，且魏同知十万之富，妆奁甚丰。慕财贪色，遂忘前盟。过了半年，魏氏过门，夫妻恩爱，如鱼似水，竟不知王娇鸾为何人矣。

但知今日新妆好，不顾情人望眼穿。

却说娇鸾一时劝廷章归省，是他贤慧达理之处。然已去之后，未免怀思。白日凄凉，黄昏寂寞。灯前有影相亲，帐底无人共语。每遇春花秋月，不觉梦断魂劳。挨过一年，杳无音信。忽一日，明霞来报道："姐姐可要寄书与周姐夫么？"娇鸾道："那得有这方便？"明霞道："适才孙九说临安卫有人来此下公文。临安是杭州地方，路从吴江经过，是个便道。"娇鸾道："既有便，可教孙九嘱付那差人，不要去了。"即时修书一封，曲叙别离之意，嘱他早至南阳，同归故里，践婚姻之约，成终始之交。书多不载。书后有诗十首。录其一云：

端阳一别杳无信，两地相看对月明。
暂为椿萱辞虎卫，莫因花酒恋吴城。
游仙阁内占离合，拜月亭前问死生。
此去愿君心自省，同来与妾共调羹。

封皮上又题八句：

此书烦递至吴衙，门面春风足可夸。
父列当今宣化职，祖居自古督粮家。
已知东宅邻西宅，犹恐南麻混北麻。

去路逢人须借问，延陵桥在那村些？

又取银钗二股，为寄书之赠。书去了七个月，并无回耗。

时值新春，又访得前卫有个张客人，要往苏州收货。娇鸾又取金花一对，央孙九送与张客，求他寄书。书意同前。亦有诗十首。录其一云：

春到人间万物鲜，香闺无奈别魂牵。
东风浪荡君尤荡，皓月团圆妾未圆。
情洽有心劳白发，天高无计托青鸾。
衷肠万事凭谁诉？寄与才郎仔细看。

封皮上题一绝：

苏州咫尺是吴江，吴姓南麻世督粮。
嘱付行人须着意，好将消息向才郎。

张客人是志诚之士，往苏州收货已毕，赍书亲到吴江。正在长桥上问路，恰好周廷章过去。听得是河南声音，问的又是南麻督粮吴家，知娇鸾书信，怕他到彼，知其再娶之事，遂上前作揖通名，邀往酒馆三杯，拆开书看了。就于酒家借纸笔，匆匆写下回书，推说父病未痊，方侍医药，所以有误佳期；不久即图会面，无劳注想。书后又写："路次借笔不备，希谅。"

张客收了回书，不一日，回到南阳，付孙九回复鸾小姐。鸾拆书看了，虽然不曾定个来期，也当画饼充饥，望梅止渴。过了三四个月，依旧杳然无闻。娇鸾对曹姨道："周郎之言欺我耳！"曹姨道："誓书在此，皇天鉴知。周郎独不怕死乎？"

忽一日，闻有临安人到，乃是娇鸾妹子娇凤生了孩儿，遣人来报喜。娇鸾彼此相形，愈加感叹。且喜又是寄书的一个顺便，再修书一封托他。这是第三封书，亦有诗十首。末一章云：

叮咛才子莫蹉跎，百岁夫妻能几何？
王氏女为周氏室，文官子配武官娥。
三封心妻烦青鸟，万斛闲愁锁翠蛾。
远路尺书情未尽，想思两处恨偏多。

封皮上亦写四句：

此书烦递至吴江，粮督南麻姓字香。
去路不须驰步问，延陵桥下暂停航。

鸾自此寝废餐忘，香消玉减，暗地泪流，恹恹成病。父母欲为择配，娇鸾不肯，情愿长斋奉佛。曹姨劝道："周郎未必来矣，毋拘小信，自误青春。"娇鸾道："人而无言，是禽兽也。宁周郎负我，我岂敢负神明哉？"

光阴荏苒，不觉已及三年。娇鸾对曹姨说道："闻说周郎已婚他族，此信未知真假。然三年不来，其心肠亦改变矣。但不得一实信，吾心终不死！"曹姨道："何不央孙九亲往吴江一遭，多与他些盘费。若周郎无他更变，使他等候回来，岂不美乎？"娇鸾道："正合吾意，亦求姨娘一字，促他早早登程可也。"当下，娇鸾写就古风一首。

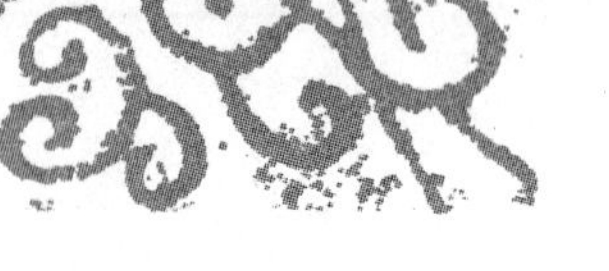

其略云：

忆昔清明佳节时，与君邂逅成相知。
嘲风弄月通来往，拨动风情无限思。
侯门曳断千金索，携手挨肩游画阁。
好把青丝结死生，盟山誓海情不薄。
白云渺渺草青青，才子思亲欲别情。
顿觉桃脸无春色，愁听传书雁几声。
君行虽不排鸾驭，胜似征蛮父兄去。
悲悲切切断肠声，执手牵衣理前誓。
与君成就鸾凤友，切莫苏城恋花柳。
自君之去妾攒眉，脂粉慵调发如帚。
姻缘两地相思重，雪月风花谁与共？
可怜夫妇正当年，空使梅花蝴蝶梦。
临风对月无欢好，凄凉枕上魂颠倒。
一宵忽梦汝娶亲，来朝不觉愁颜老。
盟言愿作神雷电，九天玄女相传遍。
只归故里未归泉，何故音容难得见？
才郎意假妾意真，再驰驿使陈丹心。
可怜三七羞花貌，寂寞香闺思不禁。

曹姨书中亦备说女甥相思之苦，相望之切。二书共作一封。封皮亦题四句：

荡荡名门宰相衙，更兼粮督镇南麻。
逢人不用停舟问，桥跨延陵第一家。

孙九领书，夜宿晓行，直至吴江延陵桥下。犹恐传递不的，直候周廷章面送。廷章一见孙九，满脸通红，不问寒温，取书纳于袖中，竟进去了。少顷，教家童出来回复道："相公娶魏同知家小姐，今已二年。南阳路远，不能复来矣。回书难写，仗你代言。这幅香罗帕，乃初会鸾姐之物，并合同婚书一纸，央你送还，以绝其念。本欲留你一饭，诚恐老爹盘问嗔怪。白银五钱权充路费，下次更不劳往返。"孙九闻言大怒，掷银于地下不受，走出大门，骂道："似你短行薄情之人，禽兽不如！可怜负了鸾小姐一片真心，皇天断然不佑你！"说罢，大哭而去。路人争问其故，孙老儿数一数二的逢人告诉。自此，周廷章无行之名，播于吴江，为衣冠[5]所不齿。正是：

平生不作亏心事，世上应无切齿人。

再说孙九回至南阳，见了明霞，便悲泣不已。明霞道："莫非你路上吃了苦？莫非周家郎君死了？"孙九只是摇头，停了半晌，方说备细，如此如此："他不发回书，只将罗帕婚书送还，以绝小姐之念。我也不去见小姐了。"说罢，拭泪叹息而去。明霞不敢隐瞒，备述孙九之语。

娇鸾见了这罗帕，已知孙九不是个谎话，不觉怨气填胸，怒色盈面。就请曹姨

至香房中，告诉了一遍。曹姨将言劝解，娇鸾如何肯听，整整的哭了三日三夜，将三尺香罗帕，反复观看，欲寻自尽。又想道："我娇鸾名门爱女，美貌多才，若嘿嘿而死，却便宜了薄情之人。"乃制绝命诗三十二首及《长恨歌》一篇。诗云：

倚门默默思重重，自叹双双一笑中。
情惹游丝牵嫩绿，恨随流水缩残红。
当时只道春回准，今日方知色是空。
回首凭栏情切处，闲愁万里怨东风。

余诗不载。其《长恨歌》略云：

《长恨歌》，为谁作？题起头来心便恶。朝思暮想无了期，再把鸾笺诉情薄。妾家原在临安路，麟阁功勋受恩露。后因亲老失军机，降调南阳卫千户。深闺养育娇鸾身，不曾举步离中庭。岂知二九灾星到，忽随女伴妆台行。秋千戏蹴方才罢，忽惊墙角生人话。含羞归去香房中，仓忙寻觅香罗帕。罗帕谁知入君手？空令梅香往来走。得蒙君赠香罗诗，恼妾相思淹病久。感君拜母结妹兄，来词去简饶恩情。只恐恩情成苟合，两曾结发同山盟。山盟海誓还不信，又托曹姨作媒证。婚书写定烧苍穹，始结于飞在天命。情交二载甜如蜜，才子思亲忽成疾。妾心不忍君心愁，反动才郎归故籍。叮咛此去姑苏城，花街莫听阳春声。一睹慈颜便回首，香闺可念人孤另。嘱咐殷勤别才子，弃旧怜新任从尔。那知一去意忘还，终日思君不如死！有人来说君重婚，几番欲信仍难凭。后因孙九去复返，方知伉俪谐文君。此情恨杀薄情者，千里姻缘难割舍。到手恩情都负之，得意风流在何也？莫论妾愁长与短，无处箱囊诗不满。题残锦札五千张，写秃毛锥三百管。玉闺人瘦娇无力，佳期反作长相忆。枉将八字推子平，空把三生卜《周易》。从头一一思量起，往日交情不亏汝。既然恩爱如浮云，何不当初莫相与？莺莺燕燕皆成对，何独天生我无配。娇凤妹子少二年，适添孩儿已三岁。自惭轻弃千金躯，伊欢我独心孤悲。先年誓愿今何在？举头三尺有神祇。君往江南妾江北，千里关山远相隔。若能两翅忽然生，飞向吴江近君侧。初交你我天地知，今来无数人扬非。虎门深锁千金色，天教一笑遭君机。恨君短行归阴府，譬似皇天不生我。从今书递故人收，不望回音到中所。可怜铁甲将军家，玉闺养女娇如花。只因颇识琴书味，风流不久归黄沙。白罗丈二悬高梁，飘然眼底魂茫茫。报道一声娇鸾缢，满城笑杀临安王。妾身自愧非良女，擅把闺情贱轻许。相思债满还九泉，九泉之下不饶汝。当初宠妾非如今，我今怨汝如海深。自知妾意皆仁意，谁想君心似兽心！再将一幅罗鲛绡，殷勤远寄郎家遥。自叹兴亡皆此物，杀人可恕情难饶。反复叮咛只如此，往日闲愁今日止。君今肯念旧风流，饱看娇鸾书一纸。

书已写就，欲再遣孙九。孙九咬牙怒目，决不肯去。正无其便，偶值父亲痰火病发，唤娇鸾替他检阅文书。娇鸾看文书里面，有一宗乃勾本卫逃军者，其军乃吴江县人。鸾心生一计，乃取从前倡和之词，并今日《绝命诗》及《长恨歌》汇成一帙，

合同婚书二纸，置于帙内，总作一封，入于官文书内，封简上填写“南阳卫掌印千户王投下直隶苏州府吴江县当堂开拆”，打发公差去了。王翁全然不知。

是晚，娇鸾沐浴更衣，哄明霞出去烹茶，关了房门，用杌子填足，先将白练挂于梁上，取原日香罗帕，向咽喉扣住，接连白练，打个死结，蹬开杌子，两脚悬空，煞时间三魂漂渺，七魄幽沉。刚年二十一岁。

始终一幅香罗帕，成也萧何败也何！

明霞取茶来时，见房门闭紧，敲打不开，慌忙报与曹姨。曹姨同周老夫人打开房门看了，这惊非小。王翁也来了。合家大哭，竟不知什么意故。少不得买棺殓葬。此事阁过休题。

再说吴江阙大尹接得南阳卫文书，拆开看时，深以为奇。此事旷古未闻。适然本府赵推官，随察院樊公祉按临本县。阙大尹、赵推官是金榜同年，因将此事与赵推官言及。赵推官取而观之，遂以奇闻，报知樊公。樊公将诗歌及婚书反复详味，深惜娇鸾之才，而恨周廷章之薄幸。乃命赵推官密访其人。

次日，擒拿解院。樊公亲自诘问。廷章初时抵赖，后见婚书有据，不敢开口。樊公喝教重责五十收监。行文到南阳卫，查娇鸾曾否自缢。不一日，文书转来，说娇鸾已死。樊公乃于监中吊取周廷章，到察院堂上。樊公骂道：“调戏职官家子女，一罪也。停妻再娶，二罪也。因奸致死，三罪也。婚书上说：‘男若负女，万箭亡身’，我今没有箭射你，用乱棒打杀你，以为薄幸男子之戒！”喝教合堂皂快，齐举竹批乱打，下手时宫商齐响，着体处血肉交飞。顷刻之间，化为肉酱。满城人无不称快。周司教闻知，登时气死。魏女后来改嫁。向贪新娶之财色，而没恩背盟，果何益哉！有诗叹云：

一夜恩情百夜多，背心端的欲如何？
若云薄幸无冤报，请读当年《长恨歌》。

【注释】

①荐枕：进献枕席。借指侍寝。

②松筠之志：比喻坚贞的志节。

③酆（音 fēng）都：迷信传说中的阴司地府，人死后的去处。

④物议：众人的议论。

⑤衣冠：代称士大夫。

醒世恒言

(明)冯梦龙编著

明人冯梦龙编辑的话本小说集,共四十卷,四十篇。刊行于明天启七年(1627年),是《三言》中刊出时间最晚的一部。

由于明代流传的宋元话本大部分已编入《喻世明言》和《警世通言》之中,所以本书中宋元旧篇较少,绝大多数作品都出自明人之手,其中一部分可能是冯梦龙自己的创作。

从《醒世恒言》所收的作品来看,《卖油郎独占花魁》和《施润泽滩阙遇友》可以说是最富时代特色的两篇。前者通过临安名妓莘瑶琴和卖油小商人秦重的结合,写出了互重互爱的平民型爱情的真挚动人;后者则以小手工业者之间的友谊为线索,真切地反映了资本主义生产关系从小生产中产生出来的情景,从而展示了资本主义萌芽时期的社会状况。此外,如今选的《灌园叟晚逢仙女》揭露封建恶势力倚强凌弱;《卢太学诗酒傲王侯》反映贪官陷害士人;《汪大尹火烧宝莲寺》展现恶僧凶横不法;《乔太守乱点鸳鸯谱》以讽刺喜剧嘲弄封建婚姻制度等等,都是书中的优秀之作。

卖油郎独占花魁

年少争夸风月,场中波浪偏多。有钱无貌意难和,有貌无钱不可。　就是有钱有貌,还须着意揣摩。知情识趣俏哥哥,此道谁人赛我。

这首词名为《西江月》,是风月机关中撮要之论。常言道:"妓爱俏,妈爱钞。"所以子弟行中,有了潘安般貌,邓通般钱,自然上和下睦,做得烟花寨内的大王,鸳鸯会上的主盟。然虽如此,还有个两字经儿,叫做"帮衬"。帮者,如鞋之有帮;衬者,如衣之有衬。但凡做小娘的,有一分所长,得人衬贴,就当十分。若有短处,曲意替他遮护,更兼低声下气,送暖偷寒,逢其所喜,避其所讳,以情度情,岂有不爱之理?这叫做帮衬。风月场中,只有会帮衬的最讨便宜,无貌而有貌,无钱而有钱。假如郑元和在卑田院做了乞儿,此时囊箧俱空,容颜非旧,李亚仙于雪天遇之,便动了一个恻隐之心,将绣襦包裹,美食供养,与他做了夫妻。这岂是爱他之钱,恋他之貌?只为郑元和识趣知情,善于帮衬,所以亚仙心中舍他不得。你只看亚仙病中,想马

板肠汤吃，郑元和就把个五花马杀了，取肠煮汤奉之。只这一节上，亚仙如何不念其情？后来，郑元和中了状元，李亚仙封为汴国夫人。“莲花落”打出万年策，卑田院只做了白玉堂。一床锦被遮盖，风月场中反为美谈。这是：

运退黄金失色，时来铁也生光。

话说大宋自太祖开基，太宗嗣位，历传真、仁、英、神、哲，共是七代帝王，都则偃武修文，民安国泰。到了徽宗道君皇帝，信任蔡京、高俅、杨戬、朱勔之徒，大兴苑囿，专务游乐，不以朝政为事，以致万民嗟怨，金虏乘之而起，把花锦般一个世界，弄得七零八落。直至二帝蒙尘，高宗泥马渡江，偏安一隅，天下分为南北，方得休息。其中数十年，百姓受了多少苦楚。正是：

甲马丛中立命，刀枪队里为家。

杀戮如同戏耍，抢夺便是生涯。

内中单表一人，乃汴梁城外安乐村居住，姓莘名善，浑家阮氏。夫妻两口，开个六陈铺儿，虽则粜米为生，一应麦、豆、茶、酒、油、盐、杂货，无所不备，家道颇颇得过。年过四旬，止生一女，小名叫做瑶琴。自小生得清秀，更且资性聪明。七岁上，送在村学中读书，日诵千言。十岁时，便能吟诗作赋。曾有《闺情》一绝，为人传诵。诗云：

朱帘寂寂下金钩，香鸭沉沉冷画楼。

移枕怕惊鸳并宿，挑灯偏惜蕊双头。

到十二岁，琴棋书画，无所不通。若题起女工一事，飞针走线，出人意表。此乃天生伶俐，非教习之所能也。莘善因为自家无子，要寻个养女婿，来家靠老。只因女儿灵巧多能，难乎其配，所以求亲者颇多，都不曾许。不幸遇了金虏猖獗，把汴梁城围困。四方勤王之师虽多，宰相主了和议，不许厮杀，以致虏势愈甚，打破了京城，劫迁了二帝。那时，城外百姓一个个亡魂丧胆，携老扶幼，弃家逃命。

却说莘善领着浑家阮氏，和十二岁的女儿，同一般逃难的，背着包裹，结队而走。忙忙如丧家之犬，急急如漏网之鱼。担渴担饥担劳苦，此行谁是家乡；叫天叫地叫祖宗，惟愿不逢鞑虏。正是：

宁为太平犬，莫作乱离人。

正行之间，谁想鞑子到不曾遇见，却逢着一阵败残的官兵。他看见许多逃难的百姓，多背得有包裹，假意呐喊道：“鞑子来了！”沿路放起一把火来。此时天色将晚，吓得众百姓落荒乱窜，你我不相顾。他就乘机抢掠，若不肯与他，就杀害了。这是乱中生乱，苦上加苦。

却说莘氏瑶琴，被乱军冲突，跌了一交，爬起来，不见了爹娘。不敢叫唤，躲在道傍古墓之中，过了一夜。到天明，出外看时，但见满目风沙，死尸横路。昨日同时避难之人，都不知所往。瑶琴思念父母，痛哭不已。欲待寻访，又不认得路径。只得望南而行，哭一步，挨一步。约莫走了二里之程，心上又苦，腹中又饥。望见土房一所，想必其中有人，欲待求乞些汤饮。及至向前，却是破败的空屋，人口俱逃难去

了。瑶琴坐于土墙之下，哀哀而哭。自古道："无巧不成话。"恰好有一人从墙下而过。那人姓卜名乔，正是莘善的近邻，平昔是个游手游食，不守本分，惯吃白食，用白钱的主儿，人都称他是卜大郎。也是被官军冲散了同伙，今日独自而行，听得啼哭之声，慌忙来看。瑶琴自小相认，今日患难之际，举目无亲，见了近邻，分明见了亲人一般，即忙收泪，起身相见，问道："卜大叔，可曾见我爹妈么?"卜乔心中暗想："昨日被官军抢去包裹，正没盘缠。天生这碗衣饭，送来与我，正是奇货可居。"便扯个谎，道："你爹和妈，寻你不见，好生痛苦，如今前面去了。分付我道：'倘或见我女儿，千万带了他来，送还了我。'许我厚谢。"瑶琴虽是聪明，正当无可奈何之际，君子可欺以其方，遂全然不疑，随着卜乔便走。正是：

情知不是伴，事急且相随。

卜乔将随身带的干粮，把些与他吃了，分付道："你爹妈连夜走的，若路上不能相遇，直要过江到建康府，方可相会。一路上同行，我权把你当女儿，你权叫我做爹。不然，只道我收留迷失子女，不当稳便。"瑶琴依允。从此陆路同步，水路同舟，爹女相称。到了建康府，路上又闻得金兀术四太子，引兵渡江，眼见得建康不得宁息。又闻得康王即位，已在杭州驻跸，改名临安。遂趁船到润州，过了苏、常、嘉、湖，直到临安地面，暂且饭店中居住。

也亏卜乔，自汴京至临安，三千余里，带那莘瑶琴下来。身边藏下些散碎银两，都用尽了，连身上外盖衣服，脱下准了店钱。止剩得莘瑶琴一件活货，欲行出脱。访得西湖上烟花王九妈家要讨养女，遂引九妈到店中，看货还钱。九妈见瑶琴生得标致，讲了财礼五十两。卜乔兑足了银子，将瑶琴送到王家。原来卜乔有智，在王九妈前只说："瑶琴是我亲生之女，不幸到你门户人家[①]，须是款款的教训，他自然从愿，不要性急。"在瑶琴面前又只说："九妈是我至亲，权时把你寄顿他家。待我从容访知你爹妈下落，再来领你。"以此，瑶琴欣然而去。

可怜绝世聪明女，堕落烟花罗网中。

王九妈新讨了瑶琴，将他浑身衣服，换个新鲜，藏于曲楼深处，终日好茶好饭，去将息他；好言好语，去温暖他。瑶琴既来，则安之。住了几日，不见卜乔回信，思量爹妈，噙着两行珠泪，问九妈道："卜大叔怎不来看我?"九妈道："那个卜大叔?"瑶琴道："便是引我到你家的那个卜大郎。"九妈道："他说是你的亲爹。"瑶琴道："他姓卜，我姓莘。"遂把汴梁逃难，失散了爹妈，中途遇见了卜乔，引到临安，并卜乔哄他的说话，细述一遍。九妈道："原来恁地。你是个孤身女儿，无脚蟹。我索性与你说明罢：那姓卜的把你卖在我家，得银五十两去了。我们是门户人家，靠着粉头过活。家中虽有三四个养女，并没个出色的。爱你生得齐整，把做个亲女儿相待，待你长成之时，包你穿好吃好，一生受用。"瑶琴听说，方知被卜乔所骗，放声大哭。九妈劝解，良久方止。

自此，九妈将瑶琴改做王美，一家都称为美娘，教他吹弹歌舞，无不尽善。长成一十四岁，娇艳非常。临安城中这些富豪公子，慕其容貌，都备着厚礼求见。也有

爱清标的，闻得他写作俱高，求诗求字的，日不离门。弄出天大的名声出来，不叫他美娘，叫他做“花魁娘子”。西湖上子弟，编出一只《挂枝儿》，单道那花魁娘子的好处：

小娘中，谁似得王美儿的标致。又会写，又会画，又会做诗，吹弹歌舞都余事。常把西湖比西子，就是西子比他也还不如。那个有福的汤着他身儿，也情愿一个死。

只因王美有了个盛名，十四岁上就有人来讲梳弄[2]。一来王美不肯，二来王九妈把女儿做金子看成，见他心中不允，分明奉了一道圣旨，并不敢违拗。又过了一年，王美年方十五。原来门户中梳弄，也有个规矩，十三岁太早，谓之“试花”。皆因鸨儿爱财，不顾痛苦，那子弟也只博个虚名，不得十分畅快取乐。十四岁，谓之“开花”。此时天癸[3]已至，男施女爱，也算当时了。到十五，谓之“摘花”。在平常人家，还算年小，惟有门户人家，以为过时。王美此时未曾梳弄，西湖上子弟，又编出一只《挂珠儿》来：

王美儿，似木瓜，空好看。十五岁还不曾与人汤一汤，有名无实成何干！便不是石女，也是二行子的娘。若还有个好好的，羞羞也如何熬得这些时痒？

王九妈听得这些风声，怕坏了门面，来劝女儿接客。王美执意不肯，说道：“要我会客时，除非见了亲生爹妈。他肯做主时，方才使得。”王九妈心里又恼他，又不舍得难为他。挨了好些时，偶然有个金二员外，大富之家，情愿出三百两银子，梳弄美娘。九妈得了这主大财，心生一计，与金二员外商议，若要他成就，除非如此如此。金二员外意会了。其日八月十五日，只说请王美湖上看潮。请至舟中，三四个帮闲，俱是会中之人，猜拳行令，做好做歉，将美娘灌得烂醉如泥。扶到王九妈家楼中，卧于床上，不省人事。此时，天气和暖，又没几层衣服。妈儿亲手伏侍，剥得他赤条条，任凭金二员外行事。金二员外那话儿，又非兼人④之具，轻轻的撑开两股，用些涎沫，送将进去。比及美娘梦中觉痛，醒将转来，已被金二员外要得勾了。欲待挣扎，争奈手足俱软，繇他轻薄了一回。直待绿暗红飞，方始雨收云散。正是：

雨中花蕊方开罢，镜里蛾眉不似前。

五鼓时，美娘酒醒，已知鸨儿用计，破了身子。自怜红颜命薄，遭此强横。起来解手，穿了衣服，自在床边一个斑竹榻上，朝着里壁睡了，暗暗垂泪。金二员外来亲近他时，被他劈头劈脸，抓有几个血痕。金二员外好生没趣，挨得天明，对妈儿说声：“我去也。”妈儿要留他时，已自出门去了。

从来梳弄的子弟，早起时，妈儿进房贺喜，行户中都来称贺，还要吃几日喜酒。那子弟多则住一二月，最少也住半月二十日。只有金二员外侵早出门，是从来未有之事。王九妈连叫诧异，披衣起身上楼。只见美娘卧于榻上，满眼流泪。九妈要哄他上行，连声招许多不是，美娘只不开口，九妈只得下楼去了。美娘哭了一日，茶饭不沾。从此托病，不肯下楼，连客也不肯会面了。

九妈心下焦躁，欲待把他凌虐，又恐他烈性不从，反冷了他的心肠。欲待繇他，

本是要他赚钱，若不接客时，就养到一百岁也没用。踌躕数日，无计可施。忽然想起有个结义妹子，叫做刘四妈，时常往来。他能言快语，与美娘甚说得着。何不接取他来，下个说词？若得他回心转意，大大的烧个利市[⑤]。当下，叫保儿去请刘四妈到前楼坐下，诉以衷情。刘四妈道："老身是个女随何[⑥]，雌陆贾[⑦]，说得罗汉思情，嫦娥想嫁。这件事都在老身身上。"九妈道："若得如此，做姐的情愿与你磕头。你多吃杯茶去，省得说话时口干。"刘四妈道："老身天生这副海口，便说到明日，还不干哩。"

刘四妈吃了几杯茶，转到后楼，只见楼门紧闭。刘四妈轻轻的叩了一下，叫声："侄女！"美娘听得是四妈声音，便来开门，两下相见了。四妈靠卓朝下而坐，美娘傍坐相陪。四妈看他卓上铺着一幅细绢，才画得个美人的脸儿，还未曾着色。四妈称赞道："画得好！真是巧手！九阿姐不知怎生样造化，偏生遇着你这一个伶俐女儿，又好人物，又好技艺，就是堆上几千两黄金，满临安走遍，可寻出个对儿么？"美娘道："休得见笑。今日甚风吹得姨娘到来？"刘四妈道："老身时常要来看你，只为家务在身，不得空闲。闻得你恭喜梳弄了，今日偷空而来，特特与九阿姐叫喜。"美儿听得提起"梳弄"二字，满脸通红，低着头不来答应。刘四妈知他害羞，便把椅儿掇上一步，将美娘的手儿牵着，叫声："我儿，做小娘的，不是个软壳鸡蛋，怎得这般嫩得紧？似你恁地怕羞，如何赚得大主银子？"美娘道："我要银子做甚？"四妈道："儿，你便不要银子，做娘的，看得你长大成人，难道不要出本？自古道：'靠山吃山，靠水吃水。'九阿姐家有几个粉头，那一个赶得上你的脚跟来？一园瓜，只看得你是个瓜种。九阿姐待你也不比其他。你是聪明伶俐的人，也须识些轻重。闻得你自梳弄之后，一个客也不肯相接，是什么意儿？都像你的意时，一家人口，似蚕一般，那个把桑叶喂他？做娘的抬举你一分，你也要与他争口气儿，莫要反讨众丫头们批点。"美娘道："繇他批点，怕怎的！"刘四妈："阿呀！批点是个小事，你可晓得门户中的行径么？"美娘道："行径便怎的？"刘四妈道："我们门户人家，吃着女儿，穿着女儿，用着女儿，侥幸讨得一个像样的，分明是大户人家置了一所良田美产。年纪幼小时，巴不得风吹得大。到得梳弄过后，便是田产成熟，日日指望花利到手受用，前门迎新，后门送旧，张郎送米，李郎送柴，往来热闹，才是个出名的姊妹行家。"美娘道："羞答答，我不做这样事。"刘四妈掩着口，格的笑了一声，道："不做这样事，可是繇得你的？一家之中，有妈妈做主。做小娘的若不依他教训，动不动一顿皮鞭，打得你不生不死，那时不怕你不走他的路儿。九阿姐一向不难为你，只可惜你聪明标致，从小娇养的，要惜你的廉耻，存你的体面。方才告诉我许多话，说你不识好歹，放着鹅毛不知轻，顶着磨子不知重，心下好生不悦，教老身来劝你。你若执意不从，惹他性起，一时翻过脸来，骂一顿，打一顿，你待走上天去？凡事只怕个起头，若打破了头时，朝一顿，暮一顿，那时熬这些痛苦不过，只得接客，却不把千金声价弄得低微了！还要被姊妹中笑话。依我说，吊桶已自落在他井里，挣不起了。不如千欢万喜，倒在娘的怀里，落得自己快活。"

美娘道:"奴是好人家儿女,误落风尘,倘得姨娘主张从良,胜造九级浮图。若要我倚门献笑,送旧迎新,宁甘一死,决不情愿。"刘四妈道:"我儿,从良是个有志气的事,怎么说道不该?只是从良也有几等不同。"美娘道:"从良有甚不同之处?"刘四妈道:"有个真从良,有个假从良,有个苦从良,有个乐从良,有个趁好的从良,有个没奈何的从良,有个了从良,有个不了的从良。我儿,耐心听我分说。如何叫做真从良?大凡才子必须佳人,佳人必须才子,方成佳配。然而好事多磨,往往求之不得。幸然两下相逢,你贪我爱,割舍不下,一个愿讨,一个愿嫁,好像捉对的蚕蛾,死也不放。这个谓之真从良。怎么叫做假从良?有等子弟爱着小娘,小娘却不爱那子弟。本心不愿嫁他,只把个嫁字哄他心热,撒漫使钱。比及成交,却又推故不就。又有一等痴心的子弟,晓得小娘心肠不对他,偏要娶他回去。拼着一主大钱,动了妈儿的火,不怕小娘不肯。勉强进门,心中不顺,故意不守家规,小则撒泼放肆,大则公然偷汉。人家容留不得,多则一年,少则半载,依旧放他出来为娼接客,把从良二字,只当个撰钱的题目。这个谓之假从良。如何叫做苦从良?一般样子弟爱小娘,小娘不爱那子弟,却被他以势凌之。妈儿惧祸,已自许了。做小娘的,身不繇主,含泪而行。一入侯门,如海之深,家法又严,抬头不得,半妾半婢,忍死度日。这个谓之苦从良。如何叫做乐从良?做小娘的,正当择人之际,偶然相交个子弟,见他情性温和,家道富足,又且大娘子乐善,无男无女,指望他日过门,与他生育,就有主母之分。以此嫁他,图个日前安逸,日后出身。这个谓之乐从良。如何叫做趁好的从良?做小娘的,风花雪月,受用已勾,趁这盛名之下,求之者众,任我拣择个十分满意的嫁他,急流勇退,及早回头,不致受人怠慢。这个谓之趁好的从良。如何叫做没奈何的从良?做小娘的,原无从良之意,或因官司逼迫,或因强横欺瞒,又或因债负太多,将来赔偿不起,嫳口气,不论好歹,得嫁便嫁,买静求安,藏身之法。这谓之没奈何的从良。如何叫做了从良?小娘半老之际,风波历尽,刚好遇个老成的孤老,两下志同道合,收绳卷索,白头到老。这个谓之了从良。如何叫做不了的从良?一般你贪我爱,火热的跟他,却是一时之兴,没有个长算。或者尊长不容,或者大娘妒忌,闹了几场,发回妈家,追取原价。又有个家道凋零,养他不活,苦守不过,依旧出来赶趁。这谓之不了的从良。"美娘道:"如今奴家要从良,还是怎地好?"刘四妈道:"我儿,老身教你个万全之策。"美娘道:"若蒙教导,死不忘恩。"刘四妈道:"从良一事,入门为净。况且你身子已被人捉弄过了,就是今夜嫁人,叫不得个黄花女儿。千错万错,不该落于此地,这就是你命中所招了。做娘的费了一片心机,若不帮他几年,趁过千把银子,怎肯放你出门?还有一件,你便要从良,也须拣个好主儿。这些臭嘴臭脸的,难道就跟他不成?你如今一个客也不接,晓得那个该从,那个不该从?假如你执意不肯接客,做娘的没奈何,寻个肯出钱的主儿,卖你去做妾,这也叫做从良。那主儿或是年老的,或是貌丑的,或是一字不识的村牛,你却不肮脏了一世!比着把你料在水里,还有'扑通'的一声响,讨得傍人叫一声可惜。依着老身愚见,还是俯从人愿,凭着做娘的接客。似你恁般才貌,等

闲的料也不敢相扳。无非是王孙公子，贵客豪门，也不辱莫了你。一来风花雪月，趁着年少受用；二来作成妈儿起个家事；三来你自己也积趱些私房，免得日后求人。过了十年五载，遇个知心着意的，说得来，话得着，那时老身与你做媒，好模好样的嫁去，做娘的也放得你下了。可不两得其便?"美娘听说，微笑而不言。刘四妈已知美娘心中活动了，便道："老身句句是好话，你依着老身的话时，后来还当感激我哩!"说罢，起身。王九妈立在楼门之外，一句句都听得的。美娘送刘四妈出房门，劈面撞着了九妈，满面羞惭，缩身进去。

王九妈随着刘四妈，再到前楼坐下。刘四妈道："侄女十分执意，被老身右说左说，一块硬铁看看溶做热汁。你如今快快寻个覆帐[8]的主儿，他必然肯就，那时做妹子的再来贺喜。"王九妈连连称谢。是日，备饭相待，尽醉而别。后来，西湖上子弟们，又有只《挂枝儿》，单说那刘四妈说词一节：

刘四妈，你的嘴舌儿好不利害！便是女随何、雌陆贾，不信有这大才。说着长，道着短，全没些破败。就是醉梦中，被你说得醒；就是聪明的，被你说得呆。好个烈性的姑姑，也被你说得他心地改。

再说王美娘自听了刘四妈一席话儿，思之有理，以后有客求见，欣然相接。覆帐之后，宾客如市，挨三顶五，不得空闲，声价愈重。每一晚，白银十两，兀自你争我夺。王九妈趁了若干钱钞，欢喜无限。美娘也留心要拣个心满意足的，急切难得。正是：

易求无价宝，难得有情郎。

话分两头。再说临安城清波门里，有个开油店的朱十老，三年前过继一个小厮，也是汴京逃难来的，姓秦名重，母亲早丧。父亲秦良，十三岁上将他卖了，自己在上天竺去做香火。朱十老因年老无嗣，又新死了妈妈，把秦重做亲子看成，改名朱重，在店中学做卖油生理。初时，父子坐店甚好，后因十老得了腰痛的病，十眠九坐，劳碌不得，另招个伙计，叫做邢权，在店相帮。

光阴似箭，不觉四年有余。朱重长成一十七岁，生得一表人才，须然已冠，尚未娶妻。那朱十老家有个使女，叫做兰花，年已二十之外，有心看上了朱小官人，几遍的倒下钩子去勾搭他，谁知朱重是个老实人，又且兰花龌龊丑陋，朱重也看不上眼，以此落花有意，流水无情。那兰花见勾搭朱小官人不上，别寻主顾，就去勾搭那伙计邢权。邢权是望四之人，没有老婆，一拍就上。两个暗地偷情，不止一次。反怪朱小官人碍眼，思量寻事赶他出门。邢权与兰花两个，里应外合，使心设计。兰花便在朱十老面前，假意撇清[9]，说："小官人几番调戏，好不老实!"朱十老平时与兰花也有一手，未免有拈酸之意，邢权又将店中卖下的银子藏过，在朱十老面前说道："朱小官在外赌博，不长进。柜里银子，几次短少，都是他偷去了。"初次朱十老还不信，接连几次，朱十老年老糊涂，没有主意，就唤朱重过来，责骂了一场。朱重是个聪明的孩子，已知邢权与兰花的计较，欲待分辨，惹起是非不小。万一老者不听，枉做恶人。心生一计，对朱十老说道："店中生意淡薄，不消得二人。如今让邢主管坐店，孩儿情愿挑担子出去卖油。卖得多少，每日纳还，可不是两重生意?”朱十老心下也有许可之意。又被邢权说道：“他不是要挑担出去，几年上偷银子做私房，身边积攒有余了，又怪你不与他定亲，心下怨怅，不愿在此相帮，要讨个出场，自去娶老婆，做人家哩。”朱十老叹口气道：“我把他做亲儿看成，他却如此歹意。皇天不佑！罢，罢！不是自身骨血，到底粘连不上，繇他去罢。”遂将三两银子，把与朱重，打发出门。寒夏衣服和被窝都教他拿去，这也是朱十老好处。朱重料他不肯收留，拜了四拜，大哭而别。正是：

孝己杀身因谤语，申生丧命为谗言。

亲生儿子犹如此，何怪螟蛉受枉冤。

原来秦良上天竺做香火，不曾对儿子说知。朱重出了朱十老之门，在众安桥下赁了一间小小房儿，放下被窝等件，买巨锁儿锁了门，便往长街短巷，访求父亲。连走几日，全没消息。没奈何，只得放下。在朱十老家四年，赤心忠良，并无一毫私蓄。只有临行时，打发这三两银子，不勾本钱，做什么生意好？左思右量，只有油行买卖是熟间。这些油坊，多曾与他识熟，还去挑个卖油担子，是个稳足的道路。当下，置办了油担家火，剩下的银两，都交付与油坊取油。那油坊里认得朱小官是个老实好人，况且小小年纪，当初坐店，今朝挑担上街，都因邢伙计挑拨他出来，心中甚是不平，有心扶持他，只拣窨清的上好净油与他，签子上又明让他些。朱重得了这些便宜，自己转卖与人，也放些宽。所以他的油，比别人分外容易出脱，每日尽有些利息。又且俭吃俭用，积下东西来，置办些日用家业，及身上衣服之类，并无妄废。心中只有一件事未了，牵挂着父亲，思想：“向来叫做朱重，谁知我是姓秦？倘或父亲来寻访之时，也没有个因由。”遂复姓为秦。说话的，假如上一等人，有前程的，要复本姓，或具札子奏过朝廷，或关白礼部、太学、国学等衙门，将册籍改正，众所共知。一个卖油的，复姓之时，谁人晓得？他有个道理，把盛油的桶儿，一面大大写个“秦”字，一面写“汴梁”二字，将此桶做个标识，使人一览而知。以此临安市上，晓得他本姓，都呼他为“秦卖油”。

时值二月天气，不暖不寒。秦重闻知昭庆寺僧人，要起个九昼夜功德，用油必多，遂挑了油担，来寺中卖油。那些和尚们，也闻知秦卖油之名，他的油比别人又好又贱，单单作成他。所以，一连这九日，秦重只在昭庆寺走动。正是：

刻薄不赚钱，忠厚不折本。

这一日是第九日了，秦重在寺出脱了油，挑了空担出寺。其日天气晴明，游人如蚁。秦重绕河而行，遥望十景塘桃红柳绿，湖内画船箫鼓，往来游玩。观之不足，玩之有余。走了一回，身子困倦，转到昭庆寺右边，望个宽处，将担儿放下，坐在一块石上歇脚。近侧有个人家，面湖而住，金漆篱门，里面朱栏内，一丛细竹。未知堂室何如，先见门庭清整。只见里面三四个戴巾的从内而出，一个女娘，后面相送。到了门首，两下把手一拱，说声“请了”，那女娘竟进去了。秦重定睛觑之，此女容颜娇丽，体态轻盈，目所未睹，准准的呆了半晌，身子都酥麻了。他原是个老实小官，

不知有烟花行径，心中疑惑，正不知是什么人家。方在凝思之际，只见门内又走出个中年的妈妈，同着一个垂髫的丫鬟，倚门闲看。那妈妈一眼瞧着油担，便道："阿呀！方才要去买油，正好有油担子在这里，何不与他买些？"那丫鬟同那妈妈出来，走到油担子边，叫声："卖油的！"秦重方才知觉，回言道："没有油了。妈妈要用油时，明日送来。"那丫鬟也识得几个字，看见油桶上写个"秦"字，就对妈妈道："那卖油的姓秦。"妈妈也听得人闲讲，有个"秦卖油"，做生意甚是忠厚，遂分付秦重道："我家每日要油用，你肯挑来时，与你做个主顾。"秦重道："承妈妈作成，不敢有误。"那妈妈与丫鬟进去了。秦重心中想道："这妈妈不知是那女娘的什么人？我每日到他家卖油，莫说赚他利息，图个饱看那女娘一回，也是前生福分。"

正欲挑担起身，只见两个轿夫，抬着一顶青绢幔的轿子，后边跟着两个小厮，飞也似跑来。到了其家门首，歇下轿子，那小厮走进里面去了。秦重道："却又作怪，看他接什么人？"少顷之间，只见两个丫鬟，一个捧着猩红的毡包，一个拿着湘妃竹攒花的拜匣，都交付与轿夫，放在轿座之下。那两个小厮手中，一个抱着琴囊，一个捧着几个手卷，腕上挂碧玉箫一枝，跟着起初的女娘出来。女娘上了轿，轿夫抬起，望旧路而去。丫鬟小厮，俱随轿步行。

秦重又得亲炙一番，心中愈加疑惑，挑了油担子，洋洋的去。不过几步，只见临河有一个酒馆。秦重每常不吃酒，今日见这女娘，心下又欢喜，又气闷，将担子放下，走进酒馆，拣个小座头坐了。酒保问道："客人还是请客，还是独酌？"秦重道："有上好的酒拿来，独饮三杯。时新果子一两碟，不用荤菜。"酒保斟酒时，秦重问道："那边金漆篱门内，是什么人家？"酒保道："这是齐衙内的花园，如今王九妈住下。"秦重道："方才看见有个小娘子上轿，是什么人？"酒保道："这是有名的粉头，叫做王美娘，人都称为花魁娘子。他原是汴京人，流落在此。吹弹歌舞，琴棋书画，件件皆精。来往的都是大头儿，要十两放光，才宿一夜哩。可知小可的，也近他不得。当初住在涌金门外，因楼房狭窄，齐舍人与他相厚，半载之前，把这花园借与他住。"秦重听得说是汴京人，触了个乡里之念，心中更有一倍光景。吃了数杯，还了酒钱，挑了担子，一路走，一路的肚中打稿道："世间有这样美貌的女子，落于娼家，岂不可惜！"又自家暗笑道："若不落于娼家，我卖油的怎生得见？"又想一回，越发痴起来了，道："人生一世，草生一秋。若得这等美人搂抱了睡一夜，死也甘心。"又想一回道：'"呸！我终日挑这油担子，不过日进分文，怎么想这等非分之事！正是癞虾蟆在阴沟里，想着天鹅肉吃，如何到口！"又想一回道："他相交的，都是公子王孙。我卖油的，纵有了银子，料他也不肯接我。"又想一回道："我闻得做老鸨的，专要钱钞。就是个乞儿，有了银子，他也就肯接了。何况我做生意的，青青白白之人，若有了银子，怕他不接！只是那里来这几两银子？"一路上胡思乱想，自言自语。

你道天地间有这等痴人，一个做小经纪的，本钱只有三两，却要把十两银子去嫖那名妓，可不是个春梦？自古道："有志者事竟成。"被他千思万想，想出一个计策来。他道："从明日为始，逐日将本钱扣出，余下的积趱上去。一日积得一分，一年

也有三两六钱之数。只消三年，这事便成了。若一日积得二分，只消得年半。若再多得些，一年也差不多了。”想来想去，不觉走到家里，开锁进门。只因一路上想着许多闲事，回来看了自家的床铺，惨然无欢，连夜饭也不要吃，便上了床。这一夜翻来覆去，牵挂着美人，那里睡得着。

只因月貌花容，引起心猿意马。

挨到天明，爬起来，就装了油担，煮早饭吃了，锁了门，挑了油担子，一径走到王九妈家去。进了门，却不敢直入，舒着头，往里面张望。王九妈恰才起床，还蓬着头，正分付保儿买饭菜。秦重认得声音，叫声："王妈妈。"九妈往外一张，见是秦卖油，笑道："好忠厚人！果然不失信。"便叫他挑担进来，称了一瓶，约有五斤多重，公道还钱，秦重并不争论。王九妈甚是欢喜，道："这瓶油只勾我家两日用，但隔一日，你便送来，我不往别处去买了。"秦重应诺，挑担而出，只恨不曾遇见花魁娘子。——"且喜扳下主顾，少不得一次不见二次见，二次不见三次见。只是一件，特为王九妈一家挑这许多路来，不是做生意的勾当。这昭庆寺是顺路，今日寺中虽然不做功德，难道寻常不用油的？我且挑担去问他，若扳得各房头做个主顾，只消走钱塘门这一路，这一担油尽勾出脱了。"秦重挑担到寺内问时，原来各房和尚也正想着秦卖油。来得正好，多少不等，各各买他的油。秦重与各房约定，也是间一日便送油来用。这一日是个双日，自此日为始，但是单日，秦重别街道上做买卖；但是双日，就走钱塘门这一路。一出钱塘门，先到王九妈家里，以卖油为名，去看花魁娘子。有一日会见，也有一日不会见。不见时，费了一场思想；便见时，也只添了一层思想。正是：

天长地久有时尽，此恨此情无尽期。

再说秦重到了王九妈家多次，家中大大小小，没有一个不认得是秦卖油。时光迅速，不觉一年有余。日大日小，只拣足色细丝，或积三分，或积二分，再少也积下一分。凑得几钱，又打换大块头。日积月累，有了一大包银子，零星凑集，连自己也不知多少。其日是单日，又值大雨，秦重不出去做买卖。看了这一大包银子，心中也自喜欢，"趁今日空闲，我把他上一上天平，见个数目。"打个油伞，走到对门倾银铺里，借天平兑银。那银匠好不轻薄，想着："卖油的多少银子，要架天平？只把个五两头等子与他，还怕用不着头纽哩。"秦重把银包解开，都是散碎银两，大凡成锭的见少，散碎的就见多。银匠是小辈，眼孔极浅，见了许多银子，别是一番面目，想道："人不可貌相，海水不可斗量。"慌忙架起天平，搬出若大若小许多法马。秦重尽包而兑，一厘不多，一厘不少，刚刚一十六两之数，上秤便是一斤。秦重心下想道："除去三两本钱，余下的做一夜花柳之费，还是有余。"又想道："这样散碎银子，怎好出手！拿出来也被人看低了。见成倾银店中方便，何不倾成锭儿，还觉冠冕。"当下兑足十两，倾成一个足色大锭，再把一两八钱，倾成水丝一小锭。剩下四两二钱之数，拈一小块，还了火钱。又将几钱银子，置下镶鞋净袜，新折了一顶万字头巾。回到家中，把衣服浆洗得干干净净，买几根安息香，薰了又薰。拣个晴明好日，侵早打扮起来。

虽非富贵豪华客，也是风流好后生。

秦重打扮得齐齐整整，取银两藏于袖中，把房门锁了，一径望王九妈家而来。那一时好不高兴。及至到了门首，愧心复萌，想道："时常挑了担子，在他家卖油，今日忽地去做嫖客，如何开口？"正踌躇之际，只听得呀的一声门响，王九妈走将出来，见了秦重，便道："秦小官，今日怎的不做生意，打扮得恁般齐楚[10]，往那里去贵干？"事到其间，秦重只得老着脸，上前作揖，妈妈也不免还礼。秦重道："小可并无别事，专来拜望妈妈。"那鸨儿是老积年，见貌辨色，见秦重恁般装束，又说拜望，"一定是看上了我家那个丫头，要嫖一夜，或是会一个房。虽然不是个大势主菩萨，搭在篮里便是菜，捉在篮里便是蟹，赚他钱把银子，买葱菜，也是好的。"便满脸堆下笑来，道："秦小官拜望老身，必有好处。"秦重道："小可有句不识进退的言语，只是不好启齿。"王九妈道："但说何妨。且请到里面客坐里细讲。"

秦重为卖油，虽曾到王家准百次，这客坐里交椅，还不曾与他屁股做个相识，今日是个会面之始。王九妈到了客坐，不免分宾而坐，向着内里唤茶。少顷，丫鬟托出茶来，看时却是秦卖油，正不知什么缘故，妈妈恁般相待，格格低了头，只管笑。王九妈看见，喝道："有甚好笑！对客全没些规矩！"丫鬟止住笑，收了茶杯自去。王九妈方才开言问道："秦小官有甚话要对老身说？"秦重道："没有别话，要在妈妈宅上请一位姐姐吃一杯酒儿。"九妈道："难道吃寡酒？一定要嫖了。你是个老实人，几时动这风流之兴？"秦重道："小可的积诚，也非止一日。"九妈道："我家这几个姐姐，都是你认得的，不知你中意那一位？"秦重道："别个都不要，单单要与花魁娘子相处一宵。"九妈只道取笑他，就变了脸道："你出言无度，莫非奚落老娘么？"秦重道："小可是个老实人，岂有虚情？"九妈道："粪桶也有两个耳朵，你岂不晓得我家美儿的身价！倒了你卖油的灶[11]，还不勾半夜歇钱哩。不如将就拣一个适兴[12]罢。"秦重把头一缩，舌头一伸，道："恁的好卖弄！不敢动问，你家花魁娘子一夜歇钱要几千两？"九妈见他说耍话，却又回嗔作喜，带笑而言道："那要许多！只要得十两敲丝。其他东道杂费，不在其内。"秦重道："原来如此，不为大事。"袖中摸出这秃秃里一大锭放光细丝银子，递与鸨儿，道："这一锭十两重，足色足数，请妈妈收着。"又摸出一小锭来，也递与鸨儿，又道："这一小锭，重有二两，相烦备个小东。望妈妈成就小可这件好事，生死不忘，日后再有孝顺。"

九妈见了这锭大银，已自不忍释手；又恐怕他一时高兴，日后没了本钱，心中懊悔，也要尽他一句才好，便道："这十两银子，你做经纪的人，积趱不易，还要三思而行。"秦重道："小可主意已定，不要你老人家费心。"九妈把这两锭银子收于袖中，道："是便是了，还有许多烦难哩。"秦重道："妈妈是一家之主，有甚烦难？"九妈道："我家美儿，往来的都是王孙公子，富室豪家，真个是'谈笑有鸿儒，往来无白丁'。他岂不认得你是做经纪的秦小官，如何肯接你？"秦重道："但凭妈妈怎的委曲宛转，成全其事，大恩不敢有忘！"九妈见他十分坚心，眉头一皱，计上心来，扯开笑口道：

"老身已替你排下计策，只看你缘法如何。做得成，不要喜，做不成，不要怪。美儿昨日在李学士家陪酒，还未曾回。今日是黄衙内约下游湖，明日是张山人一班清客邀他做诗社，后日是韩尚书的公子，数日前送下东道在这里。你且到大后日来看。还有句话，这几日你且不要来我家卖油，预先留下个体面。又有句话，你穿着一身的布衣布裳，不像个上等嫖客。再来时换件细缎衣服，教这些丫头们认不出你是秦小官，老娘也好与你装谎。"秦重道："小可一一理会得。"

说罢，作别出门。且歇这三日生理，不去卖油。到典铺买了一件见成半新不旧的绌衣，穿在身上，到街坊闲走，演习斯文模样。正是：

未识花院行藏，先习孔门规矩。

丢过那三日不题。到第四日，起个清早，便到王九妈家去。去得太早，门还未开，意欲转一转再来。这番装扮希奇，不敢到昭庆寺去，恐怕和尚们批点。且到十景塘散步。良久，又踅转来，王九妈家门已开了。那门前却安顿得有轿马，门内有许多仆从，在那里闲坐。秦重虽然老实，心下到也乖巧，且不进门，悄悄的招那马夫问道："这轿马是谁家的？"马夫道："韩府里来接公子的。"秦重已知韩公子夜来留宿，此时还未曾别。重复转身，到一个饭店之中，吃了些见成茶饭，又坐了一回，方才到王家探信。只见门前轿马已自去了。进得门时，王九妈迎着，便道："老身得罪，今日又不得工夫了。恰才韩公子拉去东庄赏早梅。他是个长嫖，老身不好违拗。闻得说，来日还要到灵隐寺，访个棋师赌棋哩。齐衙内又来约过两三次了。这是我家房主，又是辞不得的。他来时，或三日五日的住了去，连老身也定不得个日子。秦小官，你真个要嫖，只索耐心，再等几时。不然，前日的尊赐，分毫不动，要便奉还。"秦重道："只怕妈妈不作成。若还迟，终无失。就是一万年，小可也情愿等着。"九妈道："恁地时，老身便好张主[13]。"秦重作别，方欲起身，九妈道："秦小官人，老身还有句话，你下次若来讨信，不要早了。约莫申牌时分，有客没客，老身把个实信与你。到是越晏些越好，这是老身的妙用，你休错怪。"秦重连声道："不敢，不敢！"

这一日，秦重不曾做买卖。次日，整理油担，挑往别处去生理，不走钱塘门一路。每日生意做完，傍晚时分，就打扮齐整，到王九妈家探信。只是不得工夫，又空走了一月有余。

那一日，是十二月十五，大雪方霁，西风过后，积雪成冰，好不寒冷。却喜地下干燥。秦重做了大半日买卖，如前妆扮，又去探信。王九妈笑容可掬，迎着道："今日你造化，已是九分九厘了。"秦重道："这一厘是欠着什么？"九妈道："这一厘么，正主儿还不在家。"秦重道："可回来么？"九妈道："今日是俞太尉家赏雪筵席，就备在湖船之内。俞太尉是七十岁的老人家，风月之事，已是没分。原说过黄昏送来。你且到新人房里，吃杯烫风酒，慢慢的等他。"秦重道："烦妈妈引路。"王九妈引着秦重，弯弯曲曲，走过许多房头，到一个所在，不是楼房，却是平屋三间，甚是高爽。左一开是丫鬟的空房，一般有床榻卓椅之类，却是备官铺的。右一间是花魁娘子卧

室，锁着在那里。两旁又有耳房。中间客座上面，挂一幅名人山水，香几上博山古铜炉，烧着龙涎香饼。两旁书桌，摆设些古玩，壁上贴许多诗稿。秦重愧非文人，不敢细看，心下想道："外房如此整齐，内室铺陈，必然华丽。今夜尽我受用，十两一夜，也不为多。"九妈让秦小官坐于客位，自己主位相陪。

少顷之间，丫鬟掌灯过来，抬下一张八仙卓儿，六碗时新果子，一架攒盒佳肴美酝，未曾到口，香气扑人。九妈执盏相劝道："今日众小女都有客，老身只得自陪，请开怀畅饮几杯。"秦重酒量本不高，况兼正事在心，只吃半杯。吃了一会，便推不饮。九妈道："秦小官想饿了，且用些饭，再吃酒。"丫鬟捧着雪花白米饭，一吃一添，放于秦重面前，就是一盏杂和汤。鸨儿量高，不用饭，以酒相陪。秦重吃了一碗，就放箸。九妈道："夜长哩，再请些。"秦重又添了半碗。丫鬟提个行灯来，说："浴汤热了，请客官洗浴。"秦重原是洗过澡来的，不敢推托，只得又到浴堂，肥皂香汤，洗了一遍，重复穿衣入坐。九妈命撤去肴盒，用暖锅下酒。此时黄昏已绝，昭庆寺里的钟都撞过了，美娘尚未回来。

玉人何处贪欢耍？等得情郎望眼穿。

常言道："等人心急。"秦重不见表子回家，好生气闷。却被鸨儿夹七夹八，说些风话劝酒。不觉又过了一更天气，只听外面热闹闹的，却是花魁娘子回家。丫鬟先来报了，九妈连忙起身出迎，秦重也离坐而立。只见美娘吃得大醉，侍女扶将进来，到于门首，醉眼朦胧，看见房中灯烛辉煌，杯盘狼藉，立住脚问道："谁在这里吃酒？"九妈道："我儿，便是我向日与你说的那秦小官人。他心中慕你，多时的送过礼来，因你不得工夫，担阁他一月有余了。你今日幸而得空，做娘的留他在此伴你。"美娘道："临安郡中，并不闻说起有什么秦小官人，我不去接他。"转身便走。九妈双手托开，即忙拦住道："他是个至诚好人，娘不误你。"美娘只得转身，才跨进房门，抬头一看那人，有些面善，一时醉了，急切叫不出来，便道："娘，这个人我认得他的，不是有名称的子弟。接了他，被人笑话。"九妈道："我儿，这是涌金门内开缎铺的秦小官人。当初，我们住在涌金门时，想你也曾会过，故此面善，你莫识认错了。做娘的见他来意志诚，一时许了他，不好失信。你看做娘的面上，胡乱留他一晚，做娘的晓得不是了，明日却与你陪礼。"一头说，一头推着美娘的肩头向前。美娘拗妈妈不过，只得进房相见。正是：

千般难出虔婆口，万般难脱虔婆手。

饶君纵有万千般，不如跟着虔婆走。

这些言语，秦重一句句都听得，佯为不闻。美娘万福过了，坐于侧首，仔细看着秦重，好生疑惑，心里甚是不悦，嘿嘿无言。唤丫鬟将热酒来，斟着大钟。鸨儿只道他敬客，却自家一饮而尽。九妈道："我儿醉了，少吃些么！"美儿那里依他，答应道："我不醉。"一连吃上十来杯。这是酒后之酒，醉中之醉，自觉立脚不住。唤丫鬟开了卧房，点上银釭，也不卸头，也不解带，踢脱了绣鞋，和衣上床，倒身而卧。鸨儿见女儿如此做作，甚不过意，对秦重道："小女平日惯了，他专会使性。今日他心中不

知为什么有些不自在，却不干你事，休得见怪！”秦重道：“小可岂敢。”鸨儿又劝了秦重几杯酒，秦重再三告止。鸨儿送入卧房，向耳傍分付道：“那人醉了，放温存些。”又叫道：“我儿起来，脱了衣服，好好的睡。”美娘已在梦中，全不答应，鸨儿只得去了。丫鬟收拾了杯盘之类，抹了卓子，叫声：“秦小官人，安置罢。”秦重道：“有热茶要一壶。”丫鬟泡了一壶浓茶，送进房里，带转房门，自去耳房中安歇。

秦重看美娘时，面对里床，睡得正熟，把锦被压于身下。秦重想：“酒醉之人，必然怕冷。”又不敢惊醒他。忽见阑干上又放着一床大红纻丝的棉被，轻轻的取下，盖在美娘身上。把银灯挑得亮亮的，取了这壶热茶，脱鞋上床，挨在美娘身边，左手抱着茶壶在怀，右手搭在美娘身上，眼也不敢闭一闭。正是：

未曾握雨携云，也算偎香倚玉。

却说美娘睡到半夜，醒将转来，自觉酒力不胜，胸中似有满溢之状。爬起来，坐在被窝中，垂着头，只管打干哕。秦重慌忙也坐起来，知他要吐，放下茶壶，用手抚摩其背。良久，美娘喉间忍不住了。说时迟，那时快，美娘放开喉咙便吐。秦重怕污了被窝，把自己道袍的袖子张开，罩在他嘴上。美娘不知所以，尽情一呕。呕毕，还闭着眼，讨茶漱口。秦重下床，将道袍轻轻脱下，放在地平之上。摸茶壶还是暖的，斟上一瓯香喷喷的浓茶，递与美娘。美娘连吃了二碗，胸中虽然略觉豪燥，身子兀自倦怠，仍旧倒下，向里睡去了。秦重脱下道袍，将吐下一袖的腌臜，重重裹着，放于床侧，依然上床，拥抱似初。

美娘那一觉直睡到天明方醒。覆身转来，见傍边睡着一人，问道：“你是那个？”秦重答道：“小可姓秦。”美娘想起夜来之事，恍恍惚惚，不甚记得真了，便道：“我夜来好醉。”秦重道：“也不甚醉。”又问：“可曾吐么？”秦重道：“不曾。”美娘道：“这样还好。”又想一想道：“我记得曾吐过的，又记得曾吃过茶来，难道作梦不成？”秦重方才说道：“是曾吐来。小可见小娘子多了杯酒，也防着要吐，把茶壶暖在怀里。小娘子果然吐后讨茶，小可斟上，蒙小娘子不弃，饮了两瓯。”美娘大惊道：“脏巴巴的，吐在哪里？”秦重道：“恐怕小娘子污了被褥，是小可把袖子盛了。”美娘道：“如今在那里？”秦重道：“连衣服裹着，藏过在那里。”美娘道：“可惜坏了你一件衣服。”秦重道：“这是小可的衣服，有幸沾得小娘子的余沥。”美娘听说，心下想道：“有这般识趣的人！”心里已有四五分欢喜了。

此时，天色大明，美娘起身，下床小解。重着秦重，猛然想起是秦卖油，遂问道：“你实对我说，是什么样人？为何昨夜在此？”秦重道：“承花魁娘子下问，小子怎敢妄言。小可实在是常来宅上卖油的秦重。”遂将初次看见送客，又看见上轿，心下想慕之极，及积趱嫖钱之事，备细述了一遍。——“夜来得亲近小娘子一夜，三生有幸，心满意足。”美娘听说，愈加可怜道：“我昨夜酒醉，不曾招接得你，你干折了许多银子，莫不懊悔？”秦重道：“小娘子天上神仙，小可惟恐伏侍不周，但见不责，已为万幸，况敢有非意之望！”美娘道：“你做经纪的人，积下些银两，何不留下养家？此地不是你来往的。”秦重道：“小可单只一身，并无妻小。”美娘顿了一顿，便道：“你今日

去了，他日还来么？”秦重道：“只这昨宵相亲一夜，已慰生平，岂敢又作痴想？”美娘想道：“难得这好人，又忠厚，又老实，又且知情识趣，隐恶扬善，千百中难遇此一人。可惜是市井之辈，若是衣冠子弟，情愿委身事之。”

正在沉吟之际，丫鬟捧洗脸水进来，又是两碗姜汤。秦重洗了脸，因夜来未曾脱帻，不用梳头，呷了几口姜汤，便要告别。美娘道：“少住不妨，还有话说。”秦重道：“小可仰慕花魁娘子，在傍多站一刻，也是好的。但为人岂不自揣！夜来在此，实是大胆。惟恐他人知道，有玷芳名，还是早些去了安稳。”美娘点了一点头，打发丫鬟出房，忙忙的开了减妆[14]，取出二十两银子，送与秦重道：“昨夜难为了你，这银两权奉为资本，莫对人说。”秦重那里肯受。美娘道：“我的银子，来路容易。这些须酬你一宵之情，休得固逊[15]。若本钱缺少，异日还有助你之处。那件污秽的衣服，我叫丫鬟湔洗干净了还你罢。”秦重道：“粗衣不烦小娘子费心，小可自会湔洗。只是领赐不当。”美娘道：“说那里话。”将银子掗在秦重袖内，推他转身。秦重料难推却，只得受了，深深作揖，卷了脱下这件龃龉道袍，走出房门。打从鸨儿房前经过，保儿看见，叫声：“妈妈，秦小官去了。”王九妈正在净桶上解手，口中叫道：“秦小官，如何去得恁早？”秦重道：“有些贱事，改日特来称谢。”

不说秦重去了。且说美娘与秦重虽然没点相干，见他一片诚心，去后好不过意。这一日因害酒，辞了客，在家将息。千个万个孤老都不想，倒把秦重整整的想了一日。有《挂枝儿》为证：

俏冤家，须不是串家花的子弟。你是个做经纪本分人儿，那匡你会温存。能软款，知心知意。料你不是个使性的，料你不是个薄情的。几番待放下思量也，又不觉思量起。

话分两头。再说邢权在朱十老家，与兰花情熟，见朱十老病废在床，全无顾忌。十老发作了几场，两个商量出一条计策来，俟夜静更深，将店中资本席卷，双双的“桃之夭夭”，不知去向。次日天明，十老方知，央及邻里，出了个失单。寻访数日，并无动静，深悔当日不合为邢权所惑，逐了朱重。如今日久见人心，闻说朱重赁居众安桥下，挑担卖油，不如仍旧收拾他回来，老死有靠。只怕他记恨在心，教邻舍好生劝他回家，但记好，莫记恶。秦重一闻此言，即日收拾了家火，搬回十老家里。相见之间，痛哭了一场。十老将所存囊橐，尽数交付秦重。秦重自家又有二十余两本钱，重整店面，坐柜卖油。因在朱家，仍称朱重，不用秦字。不上一月，十老病重，医治不痊，呜呼哀哉。朱重捶胸大恸，如亲父一般，殡殓成服，七七做了些好事。朱家祖坟在清波门外，朱重举丧安葬，事事成礼，邻里皆称其厚德。事定之后，仍先开铺。

原来这油铺是个老店，从来生意原好，却被邢权刻剥存私，将主顾弄断了多少。今见朱小官在店，谁家不来作成？所以生理比前越盛。朱重单身独自，急切要寻个老成帮手。有个惯做中人的，叫做金中，忽一日引着一个五十余岁的人来。原来那人正是莘善，在汴梁城外安乐村居住。因那年避乱南奔，被官兵冲散了女儿瑶琴，

夫妻两口，凄凄惶惶，东逃西窜，胡乱的过了几年。今日闻临安兴旺，南渡人民，大半安插在彼，诚恐女儿流落此地，特来寻访，又没消息。身边盘缠用尽，欠了饭钱，被饭店中终日赶逐，无可奈何。偶然听见金中说起朱家油铺，要寻个卖油帮手，自己曾开过六陈铺子，卖油之事，都则在行。况朱小官原是汴京人，又是乡里，故此央金中引荐到来。朱重问了备细，乡人见乡人，不觉感伤，"既然没处投奔，你老夫妻两口，只住在我身边，只当个乡亲相处，慢慢的访着令爱消息，再作区处。"当下取两贯钱把与莘善，去还了饭钱，连浑家阮氏也领将来，与朱重相见了，收拾一间空房，安顿他老夫妇在内。两口儿也尽心竭力，内外相帮。朱重甚得是欢喜。

光阴似箭，不觉一年有余。多有人见朱小官年长未娶，家道又好，做人又志诚，情愿白白把女儿送他为妻。朱重因见了花魁娘子十分容貌，等闲的不看在眼，立心要访求个出色的女子，方才肯成亲。以此日复一日，担阁下去。正是：

曾观沧海难为水，除却巫山不是云。

再说王美娘在九妈家，盛名之下，朝欢暮乐，真个口厌肥甘，身嫌锦绣。然虽如此，每遇不如意之处，或是子弟们任情使性，吃醋挑槽，或自己病中醉后，半夜三更，没人疼热，就想起秦小官人的好处来，只恨无缘再会。也是他挑花运尽，合当变更，一年之后，生出一段事端来。

却说临安城中，有个吴八公子，父亲吴岳，见为福州太守。这吴八公子，打从父亲任上回来，广有金银。平昔间也喜赌钱吃酒，三瓦两舍走动。闻得花魁娘子之名，未曾识面，屡屡遣人来约，欲要嫖他。美娘闻他气质不好，不愿相接，托故推辞，非止一次。那吴八公子也曾和着闲汉们，亲到王九妈家几番，都不曾会。其时清明节届，家家扫墓，处处踏青。美娘因连日游春困倦，且是积下许多诗画之债，未曾完得，分付家中："一应客来，都与我辞去。"闭了房门，焚起一炉好香，摆设文房四宝。方欲举笔，只听得外面沸腾，却是吴八公子领着十余个狼仆，来接美娘游湖。因见鸨儿每次回他，在中堂行凶，打家打火。直闹到美娘房前，只见房门锁闭。原来妓家有个回客法儿，小娘躲在房内，却把房门反锁，支吾客人，只推不在，那老实的就被他哄过了。吴公子是惯家，这些套子，怎地瞒得？分付家人扭断了锁，把房门一脚踢开。美娘躲身不迭，被公子看见，不由分说，教两个家人左右牵手，从房内直拖出房外来，口中兀自乱嚷乱骂。王九妈欲待上前陪礼解劝，看见势头不好，只得闪过。家中大小，躲得没半个影儿。

吴家狼仆牵着美娘，出了王家大门，不管他弓鞋窄小，望街上飞跑。八公子在后，扬扬得意，直到西湖口，将美娘扠下了湖船，方才放手。美娘十二岁到王家，锦绣中养成，珍宝般供养，何曾受恁般凌贱？下了船，对着船头，掩面大哭。吴八公子全不放下面皮，气忿忿的像关云长单刀赴会，一把交椅，朝外而坐，狼仆侍立于傍。一面分付开船，一面数一数二的发作一个不住："小贱人，小娼根！不受人抬举，再哭时，就讨打了！"美娘那里怕他，哭之不已。船至湖心亭，吴八公子分付摆盒在亭子内，自己先上去了，却分付家人："叫那小贱人来陪酒。"美娘抱住了栏杆，那里肯

去，只是嚎哭。吴八公子也觉没兴，自己吃了几杯淡酒，收拾下船，自来扯美娘。美娘双脚乱跳，哭声愈高。八公子大怒，教狼仆拔去簪珥。美娘蓬着头，跑到船头上，就要投水，被家童们扶住。公子道："你撒赖，便怕你不成！就是死了，也只费得我几两银子，不为大事。只是送你一条性命，也是罪过。你住了啼哭时，我就放你回去，不难为你。"美娘听说放他回去，真个住了哭。八公子分付，移船到清波门外僻静之处，将美娘绣鞋脱下，去其裹脚，露出一对金莲，如两条玉笋相似。教狼仆扶他上岸，骂道："小贱人，你有本事，自走回家，我却没人相送。"说罢，一篙子撑开，再向湖中而去。正是：

焚琴煮鹤从来有，惜玉怜香几个知！

美娘赤了脚，寸步难行，思想："自己才貌两全，只为落于风尘，受此轻贱。平昔枉自结识许多王孙贵客，急切用他不着，受了这般凌辱，就是回去，如何做人？到不如一死为高。只是死得没些名目，枉自享个盛名。到此地位，看着村庄妇人，也胜我十二分。这都是刘四妈这个花嘴，哄我落坑堕堑，致有今日。自古红颜薄命，亦未必如我之甚！"越思越苦，放声大哭。

事有偶然，却好朱重那日到清波门外朱十老的坟上，祭扫过了，打发祭物下船，自己步回，从此经过。闻得哭声，上前看时，虽然蓬头垢面，那玉貌花容，从来无两，如何不认得！吃了一惊，道："花魁娘子，如何这般模样？"美娘哀哭之际，听得声音厮熟，止啼而看，原来正是知情识趣的秦小官。美娘当此之际，如见亲人，不觉倾心吐胆，告诉他一番。朱重心中十分疼痛，亦为之流泪。袖中带得有白绫汗巾一条，约有五尺多长，取出劈半扯开，奉与美娘裹脚。亲手与他拭泪，又与他挽起青丝，再三把好言宽解。等待美娘哭定，忙去唤个暖轿，请美娘坐了，自己步送，直到王九妈家。九妈不得女儿消息，在四处打探，慌迫之际，见秦小官人送女儿回来，分明送一颗夜明珠还他，如何不喜！况且鸨儿一向不见秦重挑油上门，多曾听得人说，他承受了朱家的店业，手头活动，体面又比前不同，自然刮目相待。又见女儿这等模样，问其缘故，已知女儿吃了大苦，全亏了秦小官，深深拜谢，设酒相待。

日已向晚，秦重略饮数杯，起身作别。美娘如何肯放，道："我一向有心于你，恨不得你见面，今日定然不放你空去。"鸨儿也来扳留。秦重喜出望外。是夜，美娘吹弹歌舞，曲尽生平之技，奉承秦重。秦重如做了一个游仙好梦，喜得魄荡魂消，手舞足蹈。夜深酒阑，二人相挽就寝，云雨之事，其美满更不必言。

一个是足力后生，一个是惯情女子。这边说三年怀想，费几多役梦劳魂；那边说一载相思，喜侥幸粘皮贴肉。一个谢前番帮衬，合今番恩上加恩；一个谢今夜总成，比前夜爱中添爱。红粉妓倾翻粉盒，罗帕留痕；卖油郎打泼油瓶，被窝沾湿。可笑村儿干折本，作成小子弄风流。

云雨已罢，美娘道："我有句心腹之言与你说，你休得推托。"秦重道："小娘子若用得着小可时，就赴汤蹈火，亦所不辞，岂有推托之理！"美娘道："我要嫁你。"秦重笑道："小娘子就嫁一万个，也还数不到小可头上，休得取笑，枉自折了小可的食

料。”美娘道：“这话实是真心，怎说‘取笑’二字！我自十四岁被妈妈灌醉，梳弄过了，此时便要从良。只为未曾相处得人，不辨好歹，恐误了终身大事。以后相处的虽多，都是豪华之辈，酒色之徒，但知买笑追欢的乐意，那有怜香惜玉的真心。看来看去，只有你是个志诚君子。况闻你尚未娶亲，若不嫌我烟花贱质，情愿举案齐眉，白头奉侍。你若不允之时，我就将三尺白罗，死于君前，表白我这片诚心，也强如昨日死于村郎之手，没名没目，惹人笑话。”说罢，呜呜的哭将起来。秦重道：“小娘子休得悲伤！小可承小娘子错爱，将天就地，求之不得，岂敢推托！只是小娘子千金声价，小可家贫力薄，如何摆布？也是力不从心了。”美娘道：“这却不妨。不瞒你说，我只为从良一事，预先积攒些东西，寄顿在外。赎身之费，一毫无费你心力。”秦重道：“就是小娘子自已赎身，平昔住惯了高堂大厦，享用了锦衣玉食，在小可家，如何过活？”美娘道：“布衣蔬食，死而无怨。”秦重道：“小娘子虽然，只怕妈妈不从。”美娘道：“我自有道理。”如此如此，这般这般，两人直说到天明。

原来黄翰林的衙内，韩尚书的公子，齐太尉的舍人，这几个相知的人家，美娘都寄顿得有箱笼。美娘只推要用，陆续取到，密地约下秦重，教他收置在家。然后一乘轿子，抬到刘四妈家，诉以从良之事。刘四妈道：“此事老身前日原说过的，只是年纪还早，又不知你要从那一个？”美娘道：“姨娘，你莫管是甚人，少不得依着姨娘的言语，是个真从良、乐从良、了从良，不是那不真、不假、不了、不绝的勾当。只要姨娘肯开口时，不愁妈妈不允。做侄女的别没孝顺，只有十两金子，奉与姨娘，胡乱打些钗子，是必在妈妈前做个方便。事成之后，媒礼在外。”刘四妈看见这金子，笑得眼儿没缝，便道：“自家儿女，又是美事，如何要你的东西？这金子权时领下，只当与你收藏。此事都在老身身上。只是你的娘，把你当个摇钱之树，等闲也不轻放你出去，怕不要千把银子，那主儿可是肯出手的么？也得老身见他一见，与他讲通方好。”美娘道：“姨娘莫管闲事，只当你侄女自家赎身便了。”刘四妈道：“妈妈可晓得你到我家来？”美娘道：“不晓得。”四妈道：“你且在我家便饭，待老身先到你家，与妈妈讲。讲得通时，然后来报你。”

刘四妈顾乘轿子，抬到王九妈家，九妈相迎入内。刘四妈问起吴八公子之事，九妈告诉了一遍。四妈道：“我们行户人家，到是养成个半低不高的丫头，尽可赚钱，又且安稳。不论什么客就接了，倒是日日不空的。侄女只为声名大了，好似一块鲞鱼落地，马蚁儿都要钻他，虽然热闹，却也不得自在。说便许多一夜，也只是个虚名。那些王孙公子，来一遍，动不动有几个帮闲，连宵达旦，好不费事。跟随的人又不少，个个要奉承得他到，有些不到之处，口里就出粗，哩嗹罗嗹的骂人，还要暗损你家火，又不好告诉他家主，受了若干闷气。况且山人墨客，诗社棋社，少不得一月之内，又有几日官身。这些富贵子弟，你争我夺，依了张家，违了李家，一边喜，少不得一边怪了。就是吴八公子这一个风波，吓杀人的。万一失蹉，却不连本送了！官宦人家，与他打官司不成？只索忍气吞声。今日还亏着你家香烟高，太平没事，一个霹雳空中过去了。倘然山高水低，悔之无及。妹子闻得吴八公子不怀好意，还要到你家索闹。侄女的性气又不好，不肯奉承人。第一这一件，乃是个惹祸之本。”九妈道：“便是这件，老身常是担忧。就是这八公子，也是有名有称的人，又不是微贱之人，这丫头抵死不肯接他，惹出这场寡气[16]。当初，他年纪小时，还听人教训。如今有了个虚名，被这些富贵子弟夸他奖他，惯了他性情，骄了他气质，动不动自作自主。逢着客来，他要接便接，他若不情愿时，便是九牛也休想牵得他转。”刘四妈道：“做小娘的略有些身分，都则如此。”王九妈道：“我如今与你商议，倘若有个肯出钱的，不如卖了他去，到得干净，省得终身担着鬼胎过日。”刘四妈道：“此言甚妙。卖了他一个，就讨得五六个。若凑巧撞得着相应的，十来个也讨得的。这等便宜事，如何不做？”王九妈道：“老身也曾算计过来，那些有势有力的不肯出钱，专要讨人便宜。及至肯出几两银子的，女儿又嫌好道歉，做张做智的不肯。若有好主儿，妹子做媒，作成则个。倘若这丫头不肯时节，还求你撺掇。这丫头做娘的话也不听，只你说得他信，话得他转。”刘四妈呵呵大笑道：“做妹子的此来，正为与侄女做媒。你要许多银子，便肯放他出门？”九妈道：“妹子，你是明理的人。我们这行户中，只有贱买，那有贱卖！况且美儿数年盛名满临安，谁不知他是花魁娘子，难道三百四百，就容他走动？少不得要他千金。”刘四妈道：“待妹子去讲，若肯出这个数目，做妹子的便来多口。若合不着时，就不来了。”临行时，又故意问道：“侄女今日在那里？”王九妈道：“不要说起。自从那日吃了吴八公子的亏，怕他还来淘气，终日里抬个轿子，各宅去分诉。前日在齐太尉家，昨日在黄翰林家，今日又不知在那家去了。”刘四妈道：“有了你老人家做主，按定了坐盘星，也不容侄女不肯。万一不肯时，做妹子自会劝他。只是寻得主顾来，你却莫要捉班做势。”九妈道：“一言既出，并无他说。”九妈送至门首。刘四妈叫声“咶噪”，上轿去了。这才是：

数黑论黄雌陆贾，说长话短女随何。
若还都像虔婆口，尺水能兴万丈波。

刘四妈回到家中，与美娘说道：“我对你妈妈如此说，这般讲，你妈妈已自肯了。只要银子见面，这事立地便成。”美娘道：“银子已曾办下，明日姨娘千万到我家来，玉成其事。不要冷了场，改日又费讲。”四妈道：“既然约定，老身自然到宅。”美娘别了刘四妈，回家一字不题。

次日，午牌时分，刘四妈果然来了。王九妈问道：“所事如何？”四妈道：“十有八九，只不曾与侄女说过。”四妈来到美娘房中，两下相叫了，讲了一回说话。四妈道：“你的主儿到了不曾？那话儿在那里？”美娘指着床头道：“在这几只皮箱里。”美娘把五六只皮箱，一时都开了，五十两一封，搬出十三四封来。又把些金珠宝玉算价，足勾千金之数。把个刘四妈惊得眼中出火，口内流涎，想道：“小小年纪，这等有肚肠！不知如何设法，积下许多东西？我家这几个粉头，一般接客，赶得着他那里！不要说不会生发，就是有几文钱在荷包里，闲时买瓜子磕，买糖儿吃，两条脚带破了，还要做妈的与他买布哩。偏生九阿姐造化，讨得着，年时赚了若干钱钞，临出门还有这一主大财，又是取诸宫中，不劳余力。”这是心中暗想之语，却不曾说出来。

美娘见刘四妈沉吟，只道他作难索谢，慌忙又取出四匹潞绸、两股宝钗、一对凤头玉簪，放在卓上，道："这几件东西，奉与姨娘为伐柯[17]之敬。"刘四妈欢天喜地，对王九妈说道："侄女情愿自家赎身，一般身价，并不短少分毫，比着孤老赎身更好。省得闲汉们从中说合，费酒费浆，还要加一加二的谢他。"

王九妈听得说女儿皮箱内有许多东西，到有个咈然之色。你道却是为何？世间只有鸨儿最狠，做小娘的设法些东西，都送到他手里，才是快活。也有做些私房在箱笼内，鸨儿晓得些风声，专等女儿出门，捵开锁钥，翻箱倒笼，取个罄空。只为美娘盛名之下，相交都是大头儿，替做娘的挣得钱钞，又且性格有些古怪，等闲不敢触他，故此卧房里面，鸨儿的脚也不搠进去。谁知他如此有钱。

刘四妈见九妈颜色不善，便猜着了，连忙道："九阿姐，你休得三心两意。这些东西，就是侄女自家积下的，也不是你本分之钱。他若肯花费时，也花费了。或是他不长进，把来津贴了得意的孤老，你也那里知道？这还是他做家的好处。况且小娘自己手中没有钱钞，临到从良之际，难道赤身赶他出门？少不得头上脚上，都要收拾得光鲜，等他好去别人家做人。如今他自家拿得出这些东西，料然一丝一线，不费你的心。这一主银子，是你完完全全鳖在腰跨里的。他就赎身出去，怕不是你女儿？倘然他挣得好时，时朝月节，怕他不来孝顺你！就是嫁了人时，他又没有亲爹亲娘，你也还去做得着他的外婆，受用处正有哩。"只这一套话，说得王九妈心中爽然，当下应允。

刘四妈就去搬出银子，一封封兑过，交付与九妈。又把这些金珠宝玉，逐件指物作价，对九妈说道："这都是做妹子的故意估下他些价钱，若换与人，还便宜得几十两银子。"王九妈虽同是个鸨儿，到是个老实头，但凭刘四妈说话，无有不纳。刘四妈见王九妈收了这主东西，便叫亡八写了婚书，交付与美儿。美儿道："趁姨娘在此，奴家就拜别了爹妈出门，借姨娘家住一两日，择吉从良，未知姨娘允否？"刘四妈得了美娘许多谢礼，生怕九妈翻悔，巴不得美娘出了他门，完成一事，便道："正该如此。"当下，美娘收拾了房中自己的梳台拜匣、皮箱铺盖之类，但是鸨儿家中之物，一毫不动。收拾已完，随着四妈出房，拜别了假爹假妈，和那姨娘行中，都相叫了。王九妈一般哭了几声。美娘唤人挑了行李，欣然上轿，同刘四妈到刘家去。

四妈出一间幽静的好房，顿下美娘行李。众小娘都来与美娘叫喜。是晚，朱重差莘善到刘四妈家讨信，已知美娘赎身出来。择了吉日，笙箫鼓乐娶亲，刘四妈就做大媒送亲。朱重与花魁娘子，花烛洞房，欢喜无限。

虽然旧事风流，不减新婚佳趣。

次日，莘善老夫妇请新人相见，各各相认，吃了一惊。问起根由，至亲三口，抱头而哭。朱重方才认得是丈人丈母，请他上坐。夫妻二人，重新拜见。亲邻闻知，无不骇然。是日，整备筵席，庆贺两重之喜，饮酒尽欢而散。三朝之后，美娘教丈夫备下几副厚礼，分送旧相知各宅，以酬其寄顿箱笼之恩，并报他从良信息。此是美娘有始有终处。王九妈、刘四妈家，各有礼物相送，无不感激。满月之后，美娘将箱

笼打开，内中都是黄白之资，吴绫蜀锦，何止百计。共有三千余金，都将匙钥交付丈夫，慢慢的买房置产，整顿家当。油铺生理，都是丈人莘公管理。不上一年，把家业挣得花锦般相似，驱奴使婢，甚有气象。

朱重感谢天地神明保佑之德，发心于各寺庙喜舍合殿香烛一套，供琉璃灯油三个月，斋戒沐浴，亲往拈香礼拜。先从昭庆寺起，其他灵隐、法相、净慈、天竺等寺，以次而行。

就中单说天竺寺，是观音大士的香火，有上天竺、中天竺、下天竺，三处香火俱盛。却是山路，不通舟楫。朱重叫从人挑了一担香烛、三担清油，自己乘轿而往，先到上天竺来。寺僧迎接上殿，老香火秦公点烛添香。此时朱重居移气，养移体，仪容魁岸，非复幼时面目，秦公那里认得他是儿子？只因油桶上有个大大的“秦”字，又有“汴梁”二字，心中甚以为奇。也是天然凑巧，刚刚到上天竺，偏用着这两只油桶。朱重拈香已毕，秦公托出茶盘，主僧奉茶。秦公问道：“不敢动问施主，这油桶上为何有此三字？”朱重听得问声，带着汴梁人的土音，忙问道：“老香火，你问他怎么？莫非也是汴梁人么？”秦公道：“正是。”朱重道：“你姓甚名谁？为何在此出家？共有几年了？”秦公把自己姓名乡里，细细告诉：“某年上避兵来此，因无活计，将十三岁的儿子秦重，过继与朱家。如今有八年之远，一向为年老多病，不曾下山问得信息。”朱重一把抱住，放声大哭道：“孩儿便是秦重！向在朱家挑油买卖，正为要访求父亲下落，故此于油桶上，写‘汴梁秦’三字，做个标识。谁知此地相逢，真乃天与其便！”众僧见他父子别了八年，今朝重会，各各称奇。朱重这一日，就歇在上天竺，与父亲同宿，各叙情节。次日，取出中天竺、下天竺两个疏头换过，内中朱重，仍改做秦重，复了本姓。两处烧香礼拜已毕，转到上天竺，要请父亲回家，安乐供养。秦公出家已久，吃素持斋，不愿随儿子回家。秦重道：“父亲别了八年，孩儿有缺侍奉。况孩儿新娶媳妇，也得他拜见公公方是。”秦公只得依允。

秦重将轿子让与父亲乘坐，自己步行，直到家中。秦重取出一套新衣，与父亲换了，中堂设坐，同妻莘氏双双参拜。亲家莘公、亲母阮氏，齐来见礼。此日大排筵席，秦公不肯开荤，素酒素食。次日，邻里敛财称贺：一则新婚，二则新娘子家眷团圆，三则父子重逢，四则秦小官归宗复姓，共是四重大喜。一连又吃了几日喜酒。秦公不愿家居，思想上天竺故处，清净出家。秦重不敢违亲之志，将银二百两，于上天竺另造净室一所，送父亲到彼居住。其日用供给，按月送去。每十日亲往候问一次，每一季同莘氏往候一次。那秦公活到八十余，端坐而化，遗命葬于本山。此是后话。

却说秦重和莘氏，夫妻偕老，生下两个孩儿，俱读书成名。至今风月中市语，凡夸人善于帮衬，都叫做“秦小官”，又叫“卖油郎”。有诗为证：

春来处处百花新，蜂蝶纷纷竞采春。
堪爱豪家多子弟，风流不及卖油人。

【注释】

①门户人家：指妓院。

②梳弄：指妓女第一次接客伴宿。

③天癸：指女子的月经。

④兼人：能力胜过他人。

⑤烧个利市：烧纸祭神，以求吉利，称做“烧利市”。

⑥随何：汉时人，善辩。曾说黥布背楚降汉。

⑦陆贾：汉时楚人，有辩才。

⑧覆帐：妓女破瓜后首次与嫖客同宿。

⑨撇清：装清白。

⑩齐楚：整齐美观。

⑪倒了你卖油的灶：等于说“倾家”，把全部家产都拿出来的意思。

⑫适兴：解闷散心。

⑬张主：作主。

⑭减妆：妇女的梳妆匣子。

⑮固逊：执意辞让。

⑯寡气：闷气。

⑰伐柯：《诗经·豳风·伐柯》：“伐柯如何？匪斧不克。娶妻如何？匪媒不得。”故后以“伐柯”谓作媒。

灌园叟晚逢仙女

连宵风雨闭柴门，落尽深红只柳存。
欲扫苍苔且停帚，阶前点点是花痕。

这首诗为惜花而作。昔唐时有一处士，姓崔名玄微，平昔好道，不娶妻室，隐于洛东。所居庭院宽敞，遍植花卉竹木，构一室在万花之中，独处于内。童仆都居花外，无故不得辄入。如此三十余年，足迹不出园门。

时值春日，院中花木盛开，玄微日夕徜徉其间。一夜，风清月朗，不忍舍花而睡，乘着月色，独步花丛中。忽见月影下，一青衣冉冉而来。玄微惊讶道：“这时节，那得有女子到此行动？”心下虽然怪异，又想道：“且看他到何处去？”那青衣不往东，不往西，径至玄微面前，深深道个万福。玄微还了礼，问道：“女郎是谁家宅眷？因何深夜至此？”那青衣启一点朱唇，露两行碎玉，道：“儿家与处士相近。今与女伴过上东门，访表姨，欲借处士院中暂憩，不知可否？”玄微见来得奇异，欣然许之。青衣称谢，原从旧路转去。

不一时，引一队女子，分花约柳而来，与玄微一一相见。玄微就月下仔细看时，一个个姿容媚丽，体态轻盈，或浓或淡，妆束不一。随从女郎，尽皆妖艳。正不知从那里来的。相见毕，玄微邀进室中，分宾主坐下，开言道：“请问诸位女娘姓氏。今访何姻戚，乃得光降敝园？”一衣绿裳者答道：“妾乃杨氏。”指一穿白的道：“此位李氏。”又指一衣绛服的道：“此位陶氏。”遂逐一指示。最后到一绯衣小女，乃道：“此位姓石，名阿措。我等虽则异姓，俱是同行姊妹。因封家十八姨，数日云欲来相看，不见其至。今夕月色甚佳，故与姊妹们同往候之。二来素蒙处士爱重，妾等顺便相谢。”玄微方待酬答，青衣报道：“封家姨至。”众皆惊喜出迎。玄微闪过半边观看。众女子相见毕，说道：“正要来看十八姨，为主人留坐，不意姨至，足见同心。”各向前致礼。十八姨道：“屡欲来看卿等，俱为使命所阻，今乘间[①]至此。”众女道：“如此良夜，请姨宽坐，当以一尊为寿。”遂授旨青衣去取。十八姨问道：“此地可坐否？”杨氏道：“主人甚贤，地极清雅。”十八姨道：“主人安在？”玄微趋出相见，举目看十八姨，体态飘逸，言词泠泠，有林下风气。近其傍，不觉寒气侵肌，毛骨竦然。逊入堂中，侍女将卓椅已是安排停当。请十八姨居于上席，众女挨次而坐，玄微末位相陪。不一时，众青衣取到酒肴，摆设上来。佳肴异果，罗列满案。酒味醇浓，其甘如饴，俱非人世所有。此时月色倍明，室中照耀，如同白日。满坐芳香，馥馥袭人。宾主酬酢，杯觥交杂。酒至半酣，一红裳女子满斟大觥，送与十八姨道：“儿有一歌，请为歌之。”歌云：

绛衣披指露盈盈，淡染胭脂一朵轻。
自恨红颜留不住，莫怨春风道薄情。

歌声清婉，闻者皆凄然。又一白衣女子送酒道：“儿亦有一歌。”歌云：

皎洁玉颜胜白雪，况乃当年对芳月。
沉吟不敢怨春风，自叹容华暗消歇。

其音更觉惨切。那十八姨性颇轻佻，却又好酒，多了几杯，渐渐狂放。听了二歌，乃道：“值此芳辰美景，宾主正欢，何遽作伤心语？歌旨又深刺予，殊为慢客。须各罚以大觥，当另歌之。”遂手斟一杯递来。酒醉手软，持不甚牢，杯才举起，不想袖在箸上一兜，扑碌的连杯打翻。这酒若翻在别个身上，却也罢了，恰恰里尽泼在阿措身上。阿措年娇貌美，性爱整齐，穿的却是一件大红簇花绯衣。那红衣最忌的是酒，才沾滴点，其色便败，怎经得这一大杯酒！况且阿措也有七八分酒意，见污了衣服，作色道：“诸姊便有所求，吾不畏尔！”即起身往外就走。十八姨也怒道：“小女弄酒，敢与吾为抗耶？”亦拂衣而起。众女子留之不住，齐劝道：“阿措年幼，醉后无状，望勿记怀。明日当率来请罪！”相送下阶。十八姨忿忿向东而去。

众女子与玄微作别，向花丛中四散行走。玄微欲观其踪迹，随后送之，步急苔滑，一交跌倒。挣起身来看时，众女子俱不见了。心中想道：“是梦却又未曾睡卧。若是鬼，又衣裳楚楚，言语历历。是人，如何又倏然无影？”胡猜乱想，惊疑不定。回入堂中，卓椅依然摆设，杯盘一毫已无，惟觉余馨满室。虽异其事，料非祸祟，却也无惧。

到次晚，又往花中步玩。见诸女子已在，正劝阿措往十八姨处请罪。阿措怒道：“何必更恳此老妪？有事只求处士足矣。”众皆喜道：“妹言甚善。”齐向玄微道：“吾姊妹皆住处士苑中，每岁多被恶风所挠，居止不安，常求十八姨相庇。昨阿措误触之，此后应难取力，处士倘肯庇护，当有微报耳。”玄微道：“某有何力，得庇诸女？”阿措道：“只求处士每岁元旦，作一朱幡，上图日月五星之文，立于苑东，吾辈则安然

无恙矣。今岁已过，请于此月二十一日平旦，微有东风，即立之，可免本日之难。”玄微道：“此乃易事，敢不如命。”齐声谢道：“得蒙处士慨允，必不忘德。”言讫而别，其行甚疾，玄微随之不及。忽一阵香风过处，各失所在。

玄微欲验其事，次日即制办朱幡。候至廿一日，清早起来，果然东风微拂，急将幡竖立苑东。少顷，狂风振地，飞沙走石，自洛南一路，摧林折树。惟苑中繁花不动。玄微方悟诸女皆众花之精也。绯衣名阿措，即安石榴也；封十八姨，乃风神也。到次晚，众女各裹桃李花数斗来谢道：“承处士脱某等大难，无以为报，饵此花英，可延年却老。愿长如此卫护，某等亦可致长生。”玄微依其言服之，果然容颜转少，如三十许人。后得道仙去。有诗为证：

洛中处士爱栽花，岁岁朱幡绘采茶。
学得餐英堪不老，何须更觅枣如瓜？

列位，莫道小子说风神与花精往来，乃是荒唐之语。那九州四海之中，目所未见，耳所未闻，不载史册，不见经传，奇奇怪怪，跷跷蹊蹊的事，不知有多多少少。就是张华的《博物志》也不过志其一二；虞世南的行书厨，也包藏不得许多。此等事甚是平常，不足为异。然虽如此，又道是“子不语怪”，且阁过一边。只那惜花致福，损花折寿，乃见在功德，须不是乱道。列位若不信时，还有一段《灌园叟晚逢仙女》的故事，待小子说与列位看官们听。若平日爱花的听了，自然将花分外珍重。内中或有不惜花的，小子就将这话劝他，惜花起来。虽不能得道成仙，亦可以消闲遣闷。

你道这段话文出在那个朝代？何处地方？就在大宋仁宗年间，江南平江府东门外长乐村中。这村离城只有二里之远，村上有个老者，姓秋名先，原是庄家出身，有数亩田地，一所草房。妈妈水氏已故，别无儿女。那秋先从幼酷好栽花种果，把田业都撇弃了，专于其事。若偶觅得种异花，就是拾着珍宝，也没有这般欢喜。随你极紧要的事出外，路上逢着人家有树花儿，不管他家容不容，便陪着笑脸，挨进去求玩。若平常花木，或家里也在正开，还转身得快；倘然是一种名花，家中没有的，虽或有，已开过了，便将正事撇在半边，依依不舍，永日忘归。人都叫他是“花痴”。或遇见了卖花的有株好花，不论身边有钱无钱，一定要买。无钱时，便脱身上衣服去解当。也有卖花的知他僻性，故高其价，也只得忍贵买回。又有那破落户晓得他是爱花的，各处觅好花折来，把泥假捏个根儿哄他，少不得也买。有恁般奇事，将来种下，依然肯活。日积月累，遂成了一个大园。

那园周围编竹为篱，篱上交缠蔷薇、荼蘼、木香、刺梅、木槿、棣棠、金雀，篱边撒下蜀葵、凤仙、鸡冠、秋葵、莺粟等种。更有那金萱、百合、剪春罗、剪秋罗、满地娇、十样锦、美人蓼、山踯躅、高良姜、白蛱蝶、夜落金钱、缠枝牡丹等类，不可枚举。遇开放之时，烂如锦屏。远离数步，尽植名花异卉，一花未谢，一花又开。向阳设两扇柴门，门内一条竹径，两边都结柏屏遮护。转过柏屏，便是三间草堂。房虽草创，却高爽宽敞，窗槅明亮。堂中挂一幅无名小画，设一张白木卧榻。桌凳之类，色色洁净，打扫得地下无纤毫尘垢。堂后精舍数间，卧室在内。那花卉无所不有，十分繁

茂，真个四时不谢，八节长春。但见：

梅标清骨，兰挺幽芳。茶呈雅韵，李谢浓妆。杏娇疏雨，菊傲严霜。水仙冰肌玉骨，牡丹国色天香。玉树亭亭阶砌，金莲冉冉池塘。芍药芳姿少比，石榴丽质无双。丹桂飘香月窟，芙蓉冷艳寒江。梨花溶溶夜月，桃花灼灼朝阳。山茶花宝珠称贵，蜡梅花磬口方香。海棠花西府为上，瑞香花金边最良。玫瑰杜鹃，烂如云锦；绣球郁李，点缀风光。说不尽千般花卉，数不了万种芬芳。

篱门外，正对着一个大湖，名为朝天湖，俗名荷花荡。这湖东连吴淞江，西通震泽，南接庞山湖。湖中景致，四时晴雨皆宜。秋先于岸傍堆土作堤，广植桃柳。每至春时，红绿间发，宛似西湖胜景。沿湖遍插芙蓉，湖中种五色莲花。盛开之日，满湖锦云烂熳，香气袭人，小舟荡桨采菱，歌声泠泠。遇斜风微起，偎船竞渡，纵横如飞。柳下渔人，舣船晒网。也有戏鱼的，结网的，醉卧船头的，没水赌胜的，欢笑之音不绝。那赏莲游人，画船箫管鳞集。至黄昏回棹，灯火万点，间以星影萤光，错落难辨。深秋时，霜风初起，枫林渐染黄碧，野岸衰柳芙蓉，杂间白蘋红蓼，掩映水际。芦苇中鸿雁群集，嘹呖干云，哀声动人。隆冬天气，彤云密布，六花飞舞，上下一色。那四时景致，言之不尽。有诗为证：

朝天湖畔水连天，不唱渔歌即采莲。
小小茅堂花万种，主人日日对花眠。

按下散言。且说秋先每日清晨起来，扫净花底落叶，汲水逐一灌溉。到晚上又浇一番。若有一花将开，不胜欢跃，或暖壶酒儿，或烹瓯茶儿，向花深深作揖，先行浇奠，口称“花万岁”三声，然后坐于其下，浅斟细嚼。酒酣兴到，随意歌啸。身子倦时，就以石为枕，卧在根傍。自半含至盛开，未尝暂离。如见日色烘烈，乃把棕拂蘸水沃之。遇着月夜，便连宵不寐。倘值了狂风暴雨，即披蓑顶笠，周行花间检视。遇有欹枝，以竹扶之。虽夜间，还起来巡看几次。若花到谢时，则累日叹息，常至堕泪。又不舍得那些落花，以棕拂轻轻拂来，置于盘中，时尝观玩。直至干枯，装入净瓮，满瓮之日，再用茶酒浇奠，惨然若不忍释。然后亲捧其瓮，深埋长堤之下，谓之“葬花”。倘有花片，被雨打泥污的，必以清水再四涤净，然后送于湖中，谓之“浴花”。

平昔最恨的是攀枝折朵。他也有一段议论，道：“凡花一年只开得一度，四时中只占得一时，一时中又只占得数日。他熬过了三时的冷淡，才讨得这数日的风光。看他随风而舞，迎人而笑，如人正当得意之境，忽被摧残，巴此数日甚难，一朝折损甚易。花若能言，岂不嗟叹。况就此数日间，先犹含蕊，后复零残，盛开之时，更无多了。又有蝶攒蜂采，鸟啄虫钻，日炙风吹，雾迷雨打，全仗人去护惜他，却反恣意拗折，于心何忍！且说此花自芽生根，自根生本，强者为干，弱者为枝。一干一枝，不知养成了多少年月。及候至花开，供人清玩，有何不美，定要折他？花一离枝，再不能上枝，枝一去干，再不能附干，如人死不可复生，刑不可复赎，花若能言，岂不悲泣！又想他折花的，不过择其巧干，爱其繁枝，插之瓶中，置之席上，或供宾客片时

侑酒之欢，或助婢妾一日梳妆之饰，不思客觞可饱玩于花下，闺妆可借巧于人工。手中折了一枝，鲜花就少了一枝。今年伐了此干，明年便少了此干，何如延其性命，年年岁岁，玩之无穷乎？还有未开之蕊，随花而去，此蕊竟槁灭枝头，与人之童夭何异？又有原非爱玩，趁兴攀折，既折之后，拣择好歹，逢人取讨，即便与之，或随路弃掷，略不顾惜。如人横祸枉死，无处申冤。花若能言，岂不痛恨！"

他有了这段议论，所以生平不折一枝，不伤一蕊。就是别人家园上，他心爱着那一种花儿，宁可终日看玩。假饶那花主人要取一枝一朵来赠他，他连称罪过，决然不要。若有傍人要来折花者，只除他不看见罢了；他若见时，就把言语再三劝止。人若不从其言，他情愿低头下拜，代花乞命。人虽叫他是"花痴"，多有可怜他一片诚心，因而住手者，他又深深作揖称谢。又有小厮们要折花卖钱的，他便将钱与之，不教折损。或他不在时，被人折损，他来见了损处，必凄然伤感，取泥封之，谓之"医花"。为这件上，所以自己园中不轻易放人游玩。偶有亲戚邻友要看，难好回时，先将此话讲过，才放进去。又恐秽气触花，只许远观，不容亲近。倘有不达时务的，捉空摘了一花一蕊，那老儿便要面红颈赤，大发喉急，下次就打骂他，也不容进去看了。后来，人都晓得了他的性子，就一叶儿也不敢摘动。

大凡茂林深树，便是禽鸟的巢穴。有花果处，越发千百为群。如单食果实，到还是小事，偏偏只拣花蕊啄伤。惟有秋先却将米谷置于空处饲之，又向禽鸟祈祝。那禽鸟却也有知觉，每日食饱，在花间低飞轻舞，宛啭娇啼，并不损一朵花蕊，也不食一个果实。故此产的果品最多，却又大而甘美。每熟时，就先望空祭了花神，然后敢尝。又遍送左近邻家试新，余下的方鬻，一年到有若干利息。那老者因得了花中之趣，自少至老，五十余年，略无倦怠，筋骨愈觉强健。粗衣淡饭，悠悠自行。有得赢余，就把来周济村中贫乏。自此，合村无不敬仰，又呼为"秋公"。他自称为"灌园叟"。有诗为证：

朝灌园兮暮灌园，灌成园上百花鲜。
花开每恨看不足，为爱看园不肯眠。

话分两头。却说城中有一人，姓张名委，原是个宦家子弟，为人奸狡诡谲，残忍刻薄。恃了势力，专一欺邻吓舍，扎害良善。触着他的，风波立至，必要弄得那人破家荡产，方才罢手。手下用一班如狼似虎的奴仆，又有几个助恶的无赖子弟，日夜合做一块，到处闯祸生灾，受其害者无数。不想却遇了一个又狠似他的，轻轻捉去，打得个臭死。及至告到官司，又被那人弄了些手脚，反问输了。因妆了幌子，自觉无颜，带了四五个家人，同那一班恶少，暂在庄上遣闷。

那庄正在长乐村中，离秋公家不远。一日早饭后，吃得半酣光景，向村中闲走，不觉来到秋公门首。只见篱上花枝鲜媚，四围树木繁翳，齐道："这所在到也幽雅，是那家的？"家人道："此是种花秋公园上，有名叫做'花痴'。"张委道："我常闻得说庄边有什么秋老儿，种得异样好花，原来就住在此。我们何不进去看看？"家人道："这老儿有些古怪，不许人看的。"张委道："别人或者不肯，难道我也是这般？快去

敲门!"那时园中牡丹盛开,秋公刚刚浇灌完了,正将着一壶酒儿,两碟果品,在花下独酌,自取其乐。饮不上三杯,只听得闸闸的敲门响,放下酒杯,走出来开门一看,见站着五六个人,酒气直冲。秋公料道必是要看花的,便拦住门口,问道:"列位有甚事到此?"张委道:"你这老儿不认得我么?我乃城里有名的张衙内,那边张家庄便是我家的。闻得你园中好花甚多,特来游玩。"秋公道:"告衙内,老汉也没种甚好花,不过是桃杏之类,都已谢了,如今并没别样花卉。"张委睁起双眼道:"这老儿恁般可恶!看看花儿打甚紧,却便回我没有,难道吃了你的?"秋公道:"不是老汉说谎,果然没有。"张委那里肯听,向前叉开手,当胸一拟,秋公站立不牢,踉踉跄跄,直撞过半边。众人一齐拥进。

秋公见势头凶恶,只得让他进去,把篱门掩上,随着进来,向花下取过酒果,站在傍边。众人看那四边花草甚多,惟有牡丹最盛。那花不是寻常玉楼春之类,乃五种有名异品。那五种?

黄楼子　绿蝴蝶　西瓜穰　舞青猊　大红狮头

这牡丹乃花中之王,惟洛阳为天下第一。有"姚黄"、"魏紫"各色,一本价值五千。你道因何独盛于洛阳?只为昔日唐朝有个武则天皇后,淫乱无道,宠幸两个官儿,名唤张易之、张昌宗,于冬月之间,要游后苑,写出四句诏来,道:

来朝游上苑,火速报春知。
百花连夜发,莫待晓风吹。

不想武则天原是应运之主,百花不敢违旨,一夜发蕊开花。次日驾幸后苑,只见千红万紫,芳菲满目。单有牡丹有些志气,不肯奉承女王幸臣,要一根叶儿也没有。则天大怒,遂贬于洛阳。故此洛阳牡丹冠于天下。有一只《玉楼春》词,单赞牡丹花的好处。词云:

名花绰约东风里,占断韶华都在此。芳心一片可人怜,春色三分愁雨洗。
玉人尽日恹恹地,猛被笙歌惊破睡。起临妆镜似娇羞,近日伤春输与你。

那花正种在草堂对面,周围以湖石拦之,四边竖个木架子,上覆布幔,遮蔽日色。花本高有丈许,最低亦有六七尺,其花大如丹盘,五色灿烂,光华夺目。

众人齐赞:"好花!"张委便踏上湖石,去嗅那香气。秋先极怪的是这节,乃道:"衙内站远些看,莫要上去。"张委恼他不容进来,心下正要寻事,又听了这话,喝道:"你那老儿住在我庄边,难道不晓得张衙内名头么?有恁样好花,故意回说没有,不计较就勾了,还要多言,那见得闻一闻就坏了花!你便这般说,我偏要闻!"遂把花逐朵攀下来,一个鼻子凑在花上去嗅。

那秋老在傍,气得敢怒而不敢言。也还道略看一回就去,谁知这厮故意卖弄道:"有恁样好花,如何空过?须把酒来赏玩。"分付家人快去取。秋公见要取酒来赏,更加烦恼,向前道:"所在蜗窄,没有坐处。衙内止看看花儿,酒还到贵庄上去吃。"张委指着地上道:"这地下尽好坐。"秋公道:"地上龌龊,衙内如何坐得?"张委又道:"不打紧,少不得有毡条遮衬。"不一时,酒肴取到,铺下毡条,众人团团围坐,

猜拳行令，大呼小叫，十分得意。只有秋公骨笃了嘴，坐在一边。

那张委看见花木茂盛，就起个不良之念，思想要吞占他的，斜着醉眼，向秋公道："看你蠢老儿不出，到会种花，却也可取，赏你一杯酒。"秋公那里有好气答他，气忿忿的道："老汉天性不会饮酒，衙内自请。"张委道："你这园可卖么？"秋公见口声来得不好，老大惊讶，答道："这园是老汉的性命，如何舍得卖？"张委道："什么性命不性命，卖与我罢了！你若没去处，一发连身归在我家，又不要做别事，单单替我种些花木，可不好么？"众人齐道："你这老儿好造化，难得衙内恁般看顾，还不快些谢恩！"秋公看见逐步欺负上来，一发气得手足麻软，也不去睬他。张委道："这老儿可恶！肯不肯，如何不答应我？"秋公道："说过不卖了，怎的只管问？"张委道："放屁！你若再说句不卖，就写帖儿送到县里去。"秋公气不过，欲要抢白几句，又想一想，他是有势力的人，却又醉了，怎与他一般样见识？且哄了去再处。忍着气答道："衙内总要买，也须从容一日，岂是一时急骤的事。"众人道："这话也说得是，就在明日罢。"此时都已烂醉，齐立起身，家人收拾家火先去。

秋公恐怕折花，预先在花边防护。那张委真个走向前，便要踹上湖石去采。秋先扯住道："衙内，这花虽是微物，但一年间不知费(废)多少工夫，才开得这几朵。不争折损了，深为可惜。况折去不过二三日就谢了，何苦作这样罪过！"张委道："胡说！有甚罪过？你明日卖了，便是我家之物。就都折尽，与你何干？"把手去推开。秋公揪住，死也不放，道："衙内，便杀了老汉，这花决不与你摘的！"众人道："这老儿其实可恶！衙内采朵花儿，值什么大事，妆出许多模样！难道怕你就不摘了？"遂齐走上前乱摘。把那老儿急得叫屈连天，舍了张委，拚命去拦阻，扯了东边，顾不得西首，顷刻间摘下许多。秋老心疼肉痛，骂道："你这班贼男女！无事登门，将我欺负，要这性命何用？"赶向张委身边，撞个满怀。去得势猛，张委又多了几杯酒，把脚不住，翻筋斗跌倒。众人都道："不好了，衙内打坏也！"齐将花撇下，一赶过来，要打秋公。内中有一个老成些的，见秋公年纪已老，恐打出事来，劝住众人，扶起张委。张委因跌了这交，心中转恼，赶上前打得个只蕊不留，撒作遍地，意尤未足，又向花中践踏一回。可惜好花，正是：

老拳毒酒交加下，翠叶娇花一旦休。
好似一番风雨恶，乱红零落没人收。

当下只气得个秋公怆地呼天，满地乱滚。

邻家听得秋公园中喧嚷，齐跑进来，看见花枝满地狼藉，众人正在行凶。邻里尽吃一惊，上前劝住，问知其故。内中到有两三个是张委的租户，齐替秋公陪个不是，虚心冷气，送出篱门。张委道："你们对那老贼说，好好把园送我，便饶了他。若说半个不字，须教他仔细着。"恨恨而去。

邻里们见张委醉了，只道酒话，不在心上。覆身转来，将秋公扶起，坐在阶沿上。那老儿放声号恸。众邻里劝慰了一番，作别出去，与他带上篱门，一路行走。内中也有怪秋公平日不容看花的，便道："这老官儿真个忒煞古怪，所以有这样事，

也得他经一遭儿，警戒下次。”内中又有直道的道：“莫说这没天理的话！自古道：‘种花一年，看花十日。’那看的但觉好看，赞声好花罢了，怎得知种花的烦难？只这几朵花，正不知费了许多辛苦，才培植得恁般茂盛，如何怪得他爱惜！”

不题众人。且说秋公不舍得这些残花，走向前，将手去检起来看，见践踏得凋残零落，尘垢沾污，心中凄惨，又哭道：“花阿！我一生爱护，从不曾损坏一瓣一叶，那知今日遭此大难！”正哭之间，只听得背后有人叫道：“秋公，为何恁般痛哭？”秋公回头看时，乃是一个女子，年约二八，姿容美丽，雅淡梳妆，却不认得是谁家之女，乃收泪问道：“小娘子是那家，至此何干？”那女子道：“我家住在左近，因闻你园中牡丹花茂盛，特来游玩，不想都已谢了。”秋公题起“牡丹”二字，不觉又哭起来。女子道：“你且说有甚苦情，如此啼哭？”秋公将张委打花之事说出。那女子笑道：“原来为此缘故。你可要这花原上枝头么？”秋公道：“小娘子休得取笑，那有落花返枝的理？”女子道：“我祖上传得个落花返枝的法术，屡试屡验。”秋公听说，化悲为喜道：“小娘子真个有这法术么？”女子道：“怎的不真！”秋公倒身下拜道：“若得小娘子施此妙术，老汉无以为报，但每一种花开，便来相请赏玩。”女子道：“你且莫拜，去取一碗水来。”秋公慌忙跳起去取水，心下又转道：“如何有这样妙法？莫不是见我哭泣，故意取笑？”又想道：“这小娘子从不相认，岂有要我之理？还是真的。”急舀了一碗清水出来，抬头不见了女子，只见那花都已在枝头，地下并无一瓣遗存。起初每本一色，如今却变做红中间紫，淡内添浓，一本五色俱全，比先更觉鲜妍。有诗为证：

曾闻湘子将花染，又见仙姬会返枝。

信是至诚能动物，愚夫犹自笑花痴。

当下，秋公又惊又喜道：“不想这小娘子果然有妙法！”只道还在花丛中，放下水，前来作谢。园中团团寻遍，并不见影。乃道：“这小娘子如何就去了？”又想道：“必定还在门口，须上去求他传了这个法儿。”一径赶至门边。

那门却又掩着。拽开看时，门首坐着两个老者，就是左近邻家，一个唤做虞公，一个叫做单老，在那里看渔人晒网。见秋公出来，齐立起身拱手道：“闻得张衙内在此无理，我们恰往田头，没有来问得。”秋公道：“不要说起，受了这班泼男女的殴气！亏着一位小娘子走来，用个妙法，救起许多花朵，不曾谢得他一声，径出来了。二位可看见往那一边去的？”二老闻言，惊讶道：“花坏，有甚法儿救得？这女子去几时了？”秋公道：“刚方出来。”二老道：“我们坐在此好一回，并没个人走动，那见什么女子？”秋公听说，心下恍悟道：“恁般说，莫不这位小娘子是神仙下降？”二老问道：“你且说怎的救起花儿？”秋公将女子之事，叙了一遍。二老道：“有如此奇事！待我们去看看。”秋公将门拴上，一齐走至花下看了，连声称异道：“这定然是个神仙，凡人那有此法力！”秋公即焚起一炉好香，对天叩谢。二老道：“这也是你平日爱花心诚，所以感动神仙下降。明日索性到教张衙内这几个泼男女看看，羞杀了他。”秋公道：“莫要，莫要！此等人即如恶犬，远远见了，就该避之，岂可还引他来？”二老道：“这话也有理。”

秋公此时非常欢喜，将先前那瓶酒热将起来，留二老在花下玩赏，至晚而别。二老回去一传，合村人都晓得，明日俱要来看，还恐秋公不许。谁知秋公原是有意思的人，因见神仙下降，遂有出世之念。一夜不寐，坐在花下存想，想至张委这事，忽地开悟道："此皆是我平日心胸褊窄，故外侮得至。若神仙汪洋度量，无所不容，安得有此？"至次早，将园门大开，任人来看。先有几个进来打探，见秋公对花而坐，但分付道："任凭列位观看，切莫要采便了。"众人得了这话，互相传开，那村中男子妇女，无有不至。

按下此处。且说张委至次早，对众人说："昨日反被那老贼撞了一交，难道轻恕了不成？如今再去要他这园。不肯时，多教些人从，将花木尽打个希烂，方出这气。"众人道："这园在衙内庄边，不怕他不肯。只是昨日不该把花都打坏，还留几朵，后日看看便是。"张委道："这也罢了，少不得来年又发。我们快去，莫要使他停留长智。"众人一齐起身，出得庄门，就有人说："秋公园上神仙下降，落下的花，原都上了枝头，却又变做五色。"张委不信道："这老贼有何好处，能感神仙下降？况且不前不后，刚刚我们打坏，神仙就来？难道这神仙是养家的不成？一定是怕我们又去，故此诌这话来央人传说，见得他有神仙护卫，使我们不摆布他。"众人道："衙内之言极是。"顷刻到了园门口，见两扇柴门大开，往来男女，络绎不绝，都是一般说话。众人道："原来真有这等事！"张委道："莫管他，就是神仙见坐着，这园少不得要的。"湾湾曲曲，转到草堂前看时，果然话不虚传。这花却也奇怪，见人来看，姿态愈艳，光采倍生，如对人笑的一般。张委心中虽十分惊讶，那吞占念头，全然不改。

看了一回，忽地又起一个恶念，对众人道："我们且去。"齐出了园门，众人问道："衙内如何不与他要园？"张委道："我想得个好策在此，不消与他说得，这园明日就归与我。"众人道："衙内有何妙算？"张委道："见今贝州王则谋反，专行妖术。枢密府行下文书，普天下军州严禁左道，捕缉妖人。本府见出三千贯赏钱，募人出首。我明日就将落花上枝为由，教张霸到府，首他以妖术惑人。这个老儿熬刑不过，自然招承下狱。这园必定官卖，那时谁个敢买他的？少不得让与我，还有三千贯赏钱哩！"众人道："衙内好计！事不宜迟，就去打点起来。"当时即进城，写下首状，次早教张霸到平江府出首。这张霸是张委手下第一出尖的人，衙门情熟，故此用他。

大尹正在缉访妖人，听说此事，合村男女都见的，不繇不信。即差缉捕使臣，带领几个做公的，押张霸作眼，前去捕获。张委将银布置停当，让张霸与缉捕使臣先行，自己与众子弟随后也来。缉捕使臣一径到秋公园上。那老儿还道是看花的，不以为意。众人发一声喊，赶上前一索捆翻。秋公吃这一吓不小，问道："老汉有何罪犯？望列位说个明白。"众人口口声声，骂做"妖人反贼"，不繇分诉，拥出门来。邻里看见，无不失惊，齐上前询问。缉捕使臣道："你们还要问么？他所犯的事也不小，只怕连村上人都有分哩！"那些愚民，被这大话一吓，心中害怕，尽皆洋洋走开，惟恐累及。只有虞公、单老，同几个平日与秋公相厚的，远远跟来观看。

且说张委俟秋公去后，便与众子弟来锁园门，恐还有人在内，又检点一过，将门

锁上，随后赶至府前。缉捕使臣已将秋公解进，跪在月台上，见傍边又跪着一人，却不认得是谁。那些狱卒都得了张委银子，已备下诸般刑具伺候。大尹喝道："你是何处妖人，敢在此地方上将妖术煽惑百姓？有几多党羽？从实招来！"秋公闻言，恰如黑暗中闻个火炮，正不知从何处起的，禀道："小人家世住于长乐村中，并非别处妖人，也不晓得什么妖术。"大尹道："前日你用妖术使落花上枝，还敢抵赖！"秋公见说到花上，情知是张委的缘故，即将张委要占园打花，并仙女下降之事，细诉一遍。不想那大尹性是偏执的，那里肯信？乃笑道："多少慕仙的，修行至老，尚不能得遇神仙，岂有因你哭花，仙就肯来？既来了，必定也留个名儿，使人晓得，如何又不别而去？这样话哄那个！不消说得，定然是个妖人，快夹起来！"狱卒们齐声答应，如狼虎一般，蜂拥上来，揪翻秋公，扯腿拽脚，刚要上刑，不想大尹忽然一个头晕，险些儿跌下公座。自觉头目森森，坐身不住，分咐上了枷扭，发下狱中监禁，明日再审。狱卒押着，秋公一路哭泣出来。看见张委，道："张衙内，我与你前日无怨，往日无仇，如何下此毒手，害我性命！"张委也不答应，同了张霸和那一班恶少，转身就走。虞公、单老接着秋公，问知其细，乃道："有这等冤枉的事！不打紧，明日同合村人，具张连名保结，管你无事。"秋公哭道："但愿得如此便好。"狱卒喝道："这死囚还不走，只管哭甚么！"

秋公含着眼泪进狱，邻里又寻些酒食，送至门上。那狱卒谁个拿与他吃，竟接来自去受用。到夜间，将他上了囚床，就如活死人一般，手足不能少展。心中苦楚，想道："不知那位神仙救了这花，却又被那厮借此陷害。神仙呵，你若怜我秋先，亦来救拔性命，情愿弃家入道。"一头正想，只见前日那仙女冉冉而至。秋公急叫道："大仙救弟子秋先则个！"仙女笑道："汝欲脱离苦厄么？"上前把手一指，那枷扭纷纷自落。秋先爬起来，向前叩头道："请问大仙姓氏。"仙女道："吾乃瑶池王母座下司花女，怜汝惜花志诚，故令诸花返本，不意反资奸人谗口。然亦汝命中合有此灾，明日当脱。张委损花害人，花神奏闻上帝，已夺其算[②]。助恶党羽，俱降大灾。汝宜笃志修行，数年之后，吾当度汝。"秋先又叩首道："请问上仙修行之道。"仙女道："修行径路甚多，须认本源。汝原以惜花有功，今亦当以花成道，汝但饵百花，自能身轻飞举。"遂教其服食之法。秋先稽首叩谢起来，便不见了仙子。抬头观看，却在狱墙之上，以手招道："汝亦上来，随我出去。"秋先便向前攀援了一大回，还只到得半墙，甚觉吃力。渐渐至顶，忽听得下边一棒锣声，喊道："妖人走了，快拿下！"秋公心下惊慌，手酥脚软，倒撞下来，撒然惊觉，元在囚床之上。想起梦中言语，历历分明，料必无事，心中稍宽。正是：

但存方寸无私曲，料得神明有主张。

且说张委见大尹已认做妖人，不胜欢喜，乃道："这老儿许多清奇古怪，今夜且请在囚床上受用一夜，让这园儿与我们乐罢！"众人都道："前日还是那老儿之物，未曾尽兴。今日是大爷的了，须要尽情欢赏。"张委道："言之有理。"遂一齐出城，教家人整备酒肴，径至秋公园上，开门进去。那邻里看见是张委，心上虽然不平，却又惧

怕,谁敢多口?

且说张委同众子弟走至草堂前,只见牡丹枝头,一朵不存,原如前日打下时一般,纵横满地。众人都称奇怪,张委道:“看起来这老贼果系有妖法的,不然,如何半日上倏尔又变了,难道也是神仙打的?”有一个子弟道:“他晓得衙内要赏花,故意弄这法儿来羞我们。”张委道:“他便弄这法儿,我们就赏落花。”当下依原铺设毡条,席地而坐,放开怀抱恣饮,也把两瓶酒赏张霸到一边去吃。看看饮至月色挫西,俱有半酣之意,忽地起一阵大风。那风好利害:

善聚庭前草,能开水上萍。

腥闻群虎啸,响合万声松。

那阵风却把地下这些花朵吹得都直竖起来,眨眼间俱变做一尺来长的女子。众人大惊,齐叫道:“怪哉!”此言还未毕,那些女子迎风一幌,尽已长大,一个个姿容美丽,衣服华艳,团团立做一大堆。众人因见恁般标致,通看呆了。内中一个红衣女子却又说起话来,道:“吾姊妹居此数十余年,深蒙秋公珍重护惜,何意蓦遭狂奴俗气熏炽,毒手摧残,复又诬谄秋公,谋吞此地。今仇在目前,吾姊妹曷不戮力击之!上报知己之恩,下雪摧残之耻,不亦可乎?”众女郎齐声道:“阿妹之言有理,须速下手,毋使潜遁!”说罢,一齐举袖扑来。那袖似有数尺之长,如风翻乱飘,冷气入骨。众人齐叫“有鬼”,撇了家火,望外乱跑。彼此各不相顾,也有被石块打脚的,也有被树枝抓面的,也有跌而复起,起而复跌的,乱了多时,方才收脚。点检人数都在,单不见了张委、张霸二人。

此时,风已定了,天色已昏,这班子弟各自回家,恰像检得性命一般,抱头鼠窜而去。家人们喘息定了,方唤几个生力庄客,打起火把,覆身去抓寻。直到园上,只听得大梅树下,有呻吟之声。举火看时,却是张霸被梅根绊倒,跌破了头,挣扎不起。庄客着两个先扶张霸归去。众人周围走了一遍,但见静悄悄的,万籁无声。牡丹棚下,繁花如故,并无零落。草堂中杯盘狼藉,残羹淋漓。众人莫不吐舌称奇,一面收拾家火,一面重复照看。这园子又不多大,三回五转,毫无踪影。难道是大风吹去了?女鬼吃去了?正不知躲在那里。延挨了一会,无可奈何,只索回去过夜,再作计较。

方欲出门,只见门外有一伙人,提着行灯进来。不是别人,却是虞公、单老,闻知众人见鬼之事,又闻说不见了张委,在园上抓寻,不知是真是假,合着三邻四舍,进园观看。问明了众庄客,方知此事果真。二老惊诧不已,教众庄客且莫回去,“老汉们同列位还去抓寻一遍”。众人又细细照看了一下,正是兴尽而归,叹了口气,齐出园门。二老道:“列位今晚不来了么?老汉们告过,要把园门落锁。没人看守得,也是我们邻里的干系。”此时庄客们,蛇无头而不行,已不似先前声势了,答应道:“但凭,但凭。”两边人犹未散,只见一个庄客,在东边墙角下叫道:“大爷有了!”众人蜂拥而前,庄客指道:“那槐枝上挂的,不是大爷的软翅纱巾么?”众人道:“既有了巾儿,人也只在左近。”沿墙照去,不多几步,只叫得声:“苦也!”原来东角转湾处,有个

粪窖，窖中一人，两脚朝天，不歪不斜，刚刚倒种在内。庄客认得鞋袜衣服，正是张委，顾不得臭秽，只得上前打捞起来。虞、单二老暗暗念佛，和邻舍们自回。众庄客抬了张委，在湖边洗净。先有人报去庄上，合家大小，哭哭啼啼，准备棺衣入殓，不在话下。其夜，张霸破头伤重，五更时亦死。此乃作恶的见报。正是：

两个凶人离世界，一双恶鬼赴阴司。

次日，大尹病愈升堂，正欲吊审秋公之事，只见公差禀道："原告张霸，同家长张委，昨晚都死了。"如此如此，这般这般。大尹大惊，不信有此异事。须臾间，又见里老乡民，共有百十人，连名具呈前事，诉说秋公平日惜花行善，并非妖人。张委设谋陷害，神道报应，前后事情，细细分剖。大尹因昨日头晕一事，亦疑其枉，到此心下豁然，还喜得不曾用刑。即于狱中吊出秋公，立时释放。又给印信告示，与他园门张挂，不许闲人损坏他花木。众人叩谢出府。秋公向邻里作谢，一路同回。虞、单二老，开了园门，同秋公进去。秋公见牡丹茂盛如初，伤感不已。众人治酒，与秋公压惊。秋公又答席。连吃了数日酒席。

闲话休题。自此之后，秋公日饵百花，渐渐习惯，遂谢绝了烟火之物。所鬻果实钱钞，悉皆布施。不数年间，发白更黑，颜色转如童子。一日正值八月十五，丽日当天，万里无瑕。秋公正在花下趺坐，忽然祥风微拂，彩云如蒸，空中音乐嘹亮，异香扑鼻，青鸾白鹤，盘旋翔舞，渐至庭前。云中正立着司花女，两边幢幡宝盖，仙女数人，各奏乐器。秋公看见，扑翻身便拜。司花女道："秋先，汝功行圆满，吾已申奏上帝，有旨封汝为护花使者，专管人间百花，令汝拔宅上升。但有爱花惜花的，加之以福，残花毁花的，降之以灾。"秋公向空中叩首谢恩讫，随着众仙登云。草堂花木，一齐冉冉升起，向南而去。虞公、单老和那合村之人，都看见的，一齐下拜。还见秋公在云中举手谢众人，良久方没。此地遂改名"升仙里"，又谓之"百花村"云。

园公一片惜花心，道感仙姬下界临。
草木同升随拔宅，淮南③不用炼黄金。

【注释】

①乘间：趁空闲。

②算：人的寿数，寿命。

③淮南：指汉淮南王刘安。传说他得道后成仙，举家飞升。

乔太守乱点鸳鸯谱

自古姻缘天定，不繇人力谋求。有缘千里也相投，对面无缘不偶。　仙境桃花出水，宫中红叶传沟。三生簿上注风流，何用冰人开口？

这首《西江月》词，大抵说人的婚姻，乃前生注定，非人力可以勉强。今日听在下说一桩意外姻缘的故事，唤做《乔太守乱点鸳鸯谱》。这故事出在那个朝代？何处地方？那故事出在大宋景祐年间，杭州府有一人，姓刘名秉义，是个医家出身，妈

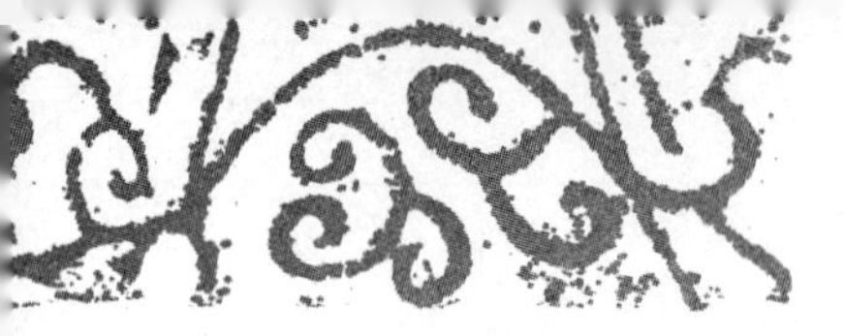

妈谈氏，生得一对儿女。儿子唤做刘璞，年当弱冠，一表非俗，已聘下孙寡妇的女儿珠姨为妻。那刘璞自幼攻书，学业已就。到十六岁上，刘秉义欲令他弃了书本，习学医业，刘璞立志大就，不肯改业，不在话下。女儿小名慧娘，年方一十五岁，已受了邻近开生药铺裴九老家之聘。那慧娘生得姿容艳丽，意态妖娆，非常标致。怎见得？但见：

蛾眉带秀，凤眼含情，腰如弱柳迎风，面似娇花拂水。体态轻盈，汉家飞燕同称；性格风流，吴国西施并美。蕊宫仙子谪人间，月殿姮娥临下界。

不题慧娘貌美。且说刘公见儿子长大，同妈妈商议，要与他完姻。方待教媒人到孙家去说，恰好裴九老也教媒人来说，要娶慧娘。刘公对媒人道："多多上覆裴亲家，小女年纪尚幼，一些妆奁未备，须再过几时，待小儿完姻过了，方及小女之事。目下断然不能从命。"媒人得了言语，回覆裴家。那裴九老因是老年得子，爱惜如珍宝一般，恨不能风吹得大，早些儿与他毕了姻事，生男育女。今日见刘公推托，好生不喜。又央媒人到刘家说道："令爱今年一十五岁了，也不算做小了。到我家来时，即如女儿一般看待，决不难为。就是妆奁厚薄，但凭亲家，并不计论。万望亲家曲允则个。"刘公立意先要与儿子完姻，然后嫁女。媒人往返了几次，终是不允。裴九老无奈，只得忍耐。当时，若是刘公允了，却不省好些事体。止因执意不从，到后生出一段新闻，传说至今。正是：

只因一着错，满盘俱是空。

却说刘公回脱了裴家，央媒人张六嫂，到孙家去说儿子的姻事。元来孙寡妇母家姓胡，嫁的丈夫孙恒，原是旧家子弟。自十六岁做亲，十七岁就生下一个女儿，唤名珠姨。才隔一岁，又生个儿子，取名孙润，小字玉郎。两个儿女，方在襁褓中，孙恒就亡过了。亏孙寡妇有些节气，同着养娘，守这两个儿女，不肯改嫁，因此人都唤他是孙寡妇。光阴迅速，两个儿女，渐渐长成。珠姨便许了刘家，玉郎从小聘定善丹青徐雅的女儿文哥为妇。那珠姨、玉郎都生得一般美貌，就如良玉碾成，白粉团就一般。加添资性聪明，男善读书，女工针指。还有一件，不但才貌双全，且又孝悌兼全。

闲话休题。且说张六嫂到孙家传达刘公之意，要择吉日娶小娘子过门。孙寡妇母子相依，满意欲要再停几时。因想男婚女嫁，乃是大事，只得应承，对张六嫂道："上覆亲翁亲母，我家是孤儿寡妇，没甚大妆奁嫁送，不过随常粗布衣裳，凡事不要见责。"张六嫂覆了刘公。刘公备了八盒羹果礼物并吉期，送到孙家。孙寡妇受了吉期，忙忙的制办出嫁东西。看看日子已近，母子不忍相离，终日啼啼哭哭。

谁想刘璞因冒风之后，出汗虚了，变为寒症，人事不省，十分危笃。吃的药，就如泼在石上，一毫没用。求神问卜，俱说无救。吓得刘公夫妻，魂魄都丧，守在床边，吞声对泣。刘公与妈妈商议道："孩儿病势恁样沉重，料必做亲不得，不如且回了孙家，等待病痊，再择日罢。"刘妈妈道："老官儿，你许多年纪了，这样事难道还不晓得？大凡病人势凶，得喜事一冲就好了。未曾说起的，还要去相求，如今现成事

体，怎么反要回他！”刘公道：“我看孩儿病体，凶多吉少。若娶来家，冲得好时，此是万千之喜，不必讲了。倘或不好，可不害了人家子女，有个晚嫁的名头。”刘妈妈道：“老官，你但顾了别人，却不顾自己！你我费了许多心机，定得一房媳妇。谁知孩儿命薄，临做亲，却又患病起来。今若回了孙家，孩儿无事，不消说起，万一有些山高水低，有甚把臂，那原聘还了一半，也算是他们忠厚了。却不是人财两失？”刘公道：“依你便怎样？”刘妈妈道：“依着我，分付了张六嫂，不要题起孩儿有病，竟娶来家，就如养媳妇一般。若孩儿病好，另择日结亲。倘然不起，媳妇转嫁时，我家原聘并各项使费，少不得班足了，放他出门。却不是个万全之策？”刘公耳朵原是棉花做的，就依着老婆，忙去叮嘱张六嫂，不要泄漏。

自古道：“若要不知，除非莫为。”刘公便瞒着孙家，那知他紧间壁的邻家，姓李名荣，曾在人家管过解库，人都叫做李都管，为人极是刁钻，专一打听人家的细事，喜谈乐道。因他做主管时，得了些不义之财，手中有钱，所居与刘家基址相连，意欲强买刘公房子，刘公不肯。为此两下面和意不和，巴不能刘家有些事故，幸灾乐祸。晓得刘璞有病危急，满心欢喜，连忙去报知孙家。孙寡妇听见女婿病凶，恐防误了女儿，即使养娘去叫张六嫂来问。张六嫂欲待不说，恐怕刘璞有变，孙寡妇后来埋怨；欲要说了，又怕刘家见怪。事在两难，欲言又止。

孙寡妇见他半吞半吐，越发盘问得急了。张六嫂隐瞒不过，乃说：“偶然伤风，原不是十分大病，将息到做亲时，料必也好。”孙寡妇道：“闻得他病势十分沉重，你怎说得这般轻易？这事不是当要的。我受了千辛万苦，守得这两个儿女成人，如珍宝一般。你若含糊赚了我女儿时，少不得和你性命相博，那时不要见怪。”又道：“你去到刘家说，若果然病重，何不待好了，另择日子。总是儿女年纪尚幼，何必恁样忙迫？问明白，快来回报一声。”张六嫂领了言语，方欲出门，孙寡妇又叫转道：“我晓得你决无实话回我的，我令养娘同你去走遭，便知端的。”张六嫂见说教养娘同去，心中着忙，道：“不消得！好歹不误大娘之事。”孙寡妇那里肯听，教了养娘些言语，跟张六嫂同去。

张六嫂掘脱不得，只得同到刘家。恰好刘公走出门来，张六嫂欺养娘不认得，便道：“小娘子少待，等我问句话来。”急走上前，拉刘公到一边，将孙寡妇适来言语细说，又道：“他因放心不下，特教养娘同来，讨个实信，却怎的回答？”刘公听见养娘来看，手足无措，埋怨道：“你怎不阻挡住了？却与他同来！”张六嫂道：“再三拦阻，如何肯听，教我也没奈何。如今且留他进去坐了，你们再去从长计较回他，不要连累我后日受气。”说还未毕，养娘已走过来。张六嫂道：“此间便是刘老爹。”养娘深深道个万福，刘公还了礼道：“小娘子请里面坐。”一齐进了大门，到客坐内，刘公道：“六嫂，你陪小娘子坐着，待我教老荆出来。”张六嫂道：“老爹自便。”刘公急急走到里面，一五一十，学于妈妈，又说：“如今养娘在外，怎地回他？倘要进来探看孩儿，却又如何掩饰？不如改了日子罢。”妈妈道：“你真是个死货！他受了我家的聘，便是我家的人了，怕他怎的？不要着忙，自有道理。”便教女儿慧娘：“你去将新房中收拾整齐，留孙家妇女吃点心。”慧娘答应自去。

刘妈妈即走向外边，与养娘相见毕，问道：“小娘子下顾，不知亲母有甚话说？”养娘道：“俺大娘闻知大官人有恙，放心不下，特教男女来问候。二来上覆老爹老娘，若大官人病体初痊，恐未可做亲。不如再停几时，等大官人身子健旺，另拣日罢。”刘妈妈道：“多承亲母过念。大官人虽是有些身子不快，也是偶然伤风，原非大病，若要另择日子，这断不能勾的。我们小人家的买卖，千难万难，方才支持得停当，如错过了，却不又费一番手脚？况且有病的人，正要得喜事来冲，他病也易好。常见人家要省事时，还借这病来见喜，何况我家吉期送已多日，亲戚都下了帖儿，请吃喜筵，如今忽地换了日子，他们不道你家不肯，必认做我们讨媳妇不起。传说开去，却不被人笑耻，坏了我家名头。烦小娘子回去上覆亲母，不必担忧，我家干系大哩！”养娘道：“大娘话虽说得是，请问大官人睡在何处？待男女候问一声，好家去回报大娘，也教他放心。”刘妈妈道：“适来服了发汗的药，正熟睡在那里，我与小娘子代言罢。事体总在刚才所言了，更无别说。”张六嫂道：“我原说偶然伤风，不是大病，你们大娘不肯相信，又要你来。如今方见老身不是说谎的了。”养娘道：“既如此，告辞罢。”便要起身。刘妈妈道：“那有此理！说话忙了，茶也还没有吃，如何便去？”即邀到里边，又道：“我房里腌腌臜臜，到在新房里坐罢。”引入房中，养娘举目看时，摆设得十分齐整。刘妈妈道：“你看我家诸事齐备，如何肯又改日子？就是做了亲，大官人到还要留在我房中歇宿，等身子全愈了，然后同房哩。”养娘见他整备得当，信以为实。当下，刘妈妈教丫鬟将出点心茶来摆上，又教慧娘同来相陪。养娘心中想道：“我家珠娘是极标致的了，谁想这女娘也恁般出色！”吃了茶，作别出门。临行，刘妈妈又再三嘱付张六嫂：“是必来覆我一声。”

养娘同着张六嫂回到家中，将上项事说与主母。孙寡妇听了，心中到没了主意，想道：“欲待允了，恐怕女婿真个病重，变出些不好来，害了女儿。将欲不允，又恐女婿果是小病已愈，误了吉期。”疑惑不定，乃对张六嫂道：“六嫂，待我酌量定了，明早来取回信罢。”张六嫂道：“正是。大娘从容计较计较，老身明早来也。”说罢，自去。

且说孙寡妇与儿子玉郎商议：“这事怎生计较？”玉郎道：“看起来还是病重，故不要养娘相见。如今必要回他另择日子，他家也没奈何，只得罢休。但是空费他这番东西，见得我家没有情义。倘后来病好，相见之间，觉道没趣。若依了他们时，又恐果然有变，那时进退两难，懊悔却便迟了。依着孩儿，有个两全之策在此，不知母亲可听？”孙寡妇道：“你且说是甚两全之策？”玉郎道：“明早教张六嫂去说，日子便依着他家，妆奁一毫不带，见喜过了，到第三朝就要接回，等待病好，连妆奁送去。是恁样，纵有变故，也不受他们笼络。这却不是两全其美？”孙寡妇道：“你真是个孩子家见识！他们一时假意应承娶去，过了三朝，不肯放回，却怎么处？”玉郎道：“如此怎好？”孙寡妇又想了一想，道：“除非明日教张六嫂依此去说，临期教姐姐闪过一边，把你假扮了送去。皮箱内原带一副道袍鞋袜，预防到三朝，容你回来，不消说

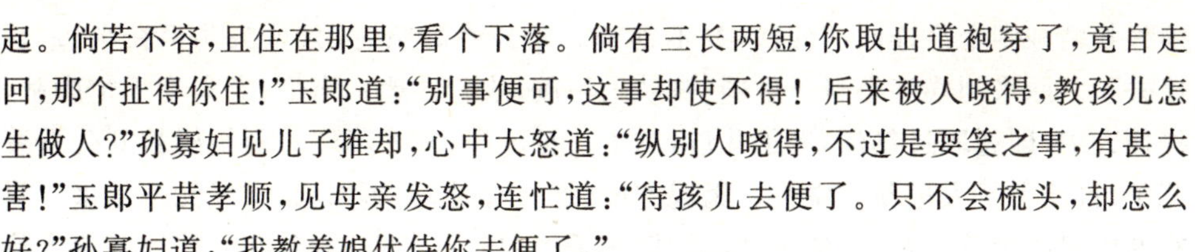

起。倘若不容，且住在那里，看个下落。倘有三长两短，你取出道袍穿了，竟自走回，那个扯得你住！”玉郎道：“别事便可，这事却使不得！后来被人晓得，教孩儿怎生做人？”孙寡妇见儿子推却，心中大怒道：“纵别人晓得，不过是耍笑之事，有甚大害！”玉郎平昔孝顺，见母亲发怒，连忙道：“待孩儿去便了。只不会梳头，却怎么好？”孙寡妇道：“我教养娘伏侍你去便了。”

计较已定，次早张六嫂来讨回音，孙寡妇与他说如此如此，恁般恁般，“若依得，便娶过去。依不得，便另择日罢。”张六嫂覆了刘家，一一如命。你道他为何就肯了？只因刘璞病势愈重，恐防不妥，单要哄媳妇到了家里，便是买卖了。故此将错就错，更不争长竞短。那知孙寡妇已先参透机关，将个假货送来，刘妈妈反做了：

周郎妙计高天下，赔了夫人又折兵。

话休烦絮。到了吉期，孙寡妇把玉郎妆扮起来，果然与女儿无二，连自己也认不出真假。又教些女人礼数。诸色好了，只有两件难以遮掩，恐怕露出事来。那两件？第一件是足与女子不同。那女子的尖尖趫趫，凤头一对，露在湘裙之下，莲步轻移，如花枝招展一般。玉郎是个男子汉，一只脚比女子的有三四只大，虽然把扫地长裙遮了，教他缓行细步，终是有些蹊跷。这也还在下边，无人来揭起裙儿观看，还隐藏得过。第二件是耳上的环儿。此乃女子平常时所戴，爱轻巧的，也少不得戴对丁香儿；那极贫小户人家，没有金的银的，就是铜锡的也要买对儿戴着。今日玉郎扮做新人，满头珠翠，若耳上没有环儿，可成模样么？他左耳还有个环眼，乃是幼时恐防难养穿过的。那右耳却没眼儿，怎生戴得？孙寡妇左思右想，想出一个计策来。你道是甚计策？他教养娘讨个小小膏药，贴在右耳。若问时，只说环眼生着疳疮，戴不得环子。露出左耳上眼儿掩饰。打点停当，将珠姨藏过一间房里，专候迎亲人来。

到了黄昏时候，只听得鼓乐喧天，迎亲轿子已到门首。张六嫂先入来，看见新人打扮得如天神一般，好不欢喜。眼前不见玉郎，问道：“小官人怎地不见？”孙寡妇道：“今日忽然身子有些不健，睡在那里，起来不得。”那婆子不知就里，不来再问。孙寡妇将酒饭犒赏了来人。宾相念起诗赋，请新人上轿。玉郎兜上方巾，向母亲作别。孙寡妇一路假哭，送出门来。上了轿子，教养娘跟着，随身只有一只皮箱，更无一毫妆奁。孙寡妇又叮嘱张六嫂道：“与你说过，三朝就要送回的，不可失信。”张六嫂连声答应道：“这个自然。”

不题孙寡妇。且说迎亲的一路笙箫聒耳，灯烛辉煌。到了刘家门首，宾相进来说道：“新人将已出轿，没新郎迎接，难道教他独自拜堂不成？”刘公道：“这却怎好？不要拜罢。”刘妈妈道：“我自有道理，教女儿陪拜便了。”即令慧娘同来相迎。宾相念了阑门诗赋，请新人出了轿子。养娘和张六嫂两边扶着，慧娘相迎，进了中堂，先拜了天地，次及公姑亲戚，双双却是两个女人同拜。随从人没一个不掩口而笑。都相见过了，然后姑嫂对拜。刘妈妈道：“如今到房中去与孩儿冲喜。”乐人吹打，引新人进房，来至卧床边。刘妈妈揭起帐子，叫道：“我的儿，今日娶你媳妇来家冲喜，你

须挣扎精神则个。”连叫三四次，并不则声。刘公将灯照时，只见头儿歪在半边，昏迷去了。原来刘璞病得身子虚弱，被鼓乐一震，故此昏迷。当下，老夫妻手忙脚乱，掐住人中，即教取过热汤，灌了几口，出了一身冷汗，方才苏醒。刘妈妈教刘公看着儿子，自己引新人进新房中去。揭起方巾，打一看时，美丽如画，亲戚无不喝采。只有刘妈妈心中反觉苦楚，他想：“媳妇恁般美貌，与儿子正是一对儿。若得双双奉侍老夫妻的暮年，也不枉一生辛苦。谁想他没福，临做亲却染此大病，十分中到有九分不妙。倘有一差两误，媳妇少不得归于别姓，岂不目前空喜！”

不题刘妈妈心中之事。且说玉郎也举目看时，许多亲戚中，只有姑娘生得风流标致，想道：“好个女子！我孙润可惜已定了妻子，若早知此女恁般出色，一定要求他为妇。”这里玉郎方在赞羡，谁知慧娘心中也想道：“一向张六嫂说他标致，我还未信，不想话不虚传。只可惜哥哥没福受用，今夜教他孤眠独宿。若我丈夫像得他这样美貌，便称我的生平了。只怕不能勾哩！”

不题二人彼此欣羡。刘妈妈请众亲戚赴过花烛筵席，各自分头歇息。宾相乐人，俱已打发去了。张六嫂没有睡处，也自归家。玉郎在房，养娘与他卸了首饰，秉烛而坐，不敢就寝。刘妈妈与刘公商议道：“媳妇初到，如何教他独宿！可教女儿去陪伴。”刘公道：“只怕不稳便，繇他自睡罢。”刘妈妈不听，对慧娘道：“你今夜陪伴嫂嫂在新房中去睡，省得他怕冷静。”慧娘正爱着嫂嫂，见说教他相伴，恰中其意。刘妈妈引慧娘到新房中道：“娘子，只因你官人有些小恙，不能同房，特令小女来陪你同睡。”玉郎恐露出马脚，回道：“奴家自来最怕生人，到不消罢。”刘妈妈道：“呀！你们姑嫂，年纪相仿，即如姊妹一般，正好相处，怕怎的？你若嫌不稳时，各自盖着条被儿，便不妨了。”对慧娘说：“你去收拾了被窝过来。”慧娘答应而去。玉郎此时又惊又喜。喜的是心中正爱着姑娘标致，不想天与其便，刘妈妈令来陪卧，这事便有几分了。惊的是恐他不允，一时叫喊起来，反坏了自己之事。又想道：“此番挫过，后会难逢。看这姑娘年纪，已在当时，情窦料也开了，须用计缓缓撩拨热了，不怕不上我钩。”心下正想，慧娘教丫鬟拿了被儿，同进房来，放在床上。刘妈妈起身，同丫鬟自去。

慧娘将房门闭上，走到玉郎身边，笑容可掬，乃道：“嫂嫂，适来见你一些东西不吃，莫不饿了？”玉郎道：“到还未饿。”慧娘又道：“嫂嫂，今后要甚东西，可对奴家说知，自去拿来，不要害羞不说。”玉郎见他意儿殷勤，心下暗喜，答道：“多谢姑娘美情。”慧娘见灯上结着一个大大花儿，笑道：“嫂嫂，好个灯花儿，正对着嫂嫂，可知喜也！”玉郎也笑道：“姑娘休得取笑，还是姑娘的喜信。”慧娘道：“嫂嫂话儿到会耍人。”

两个闲话一回，慧娘道：“嫂嫂，夜深了，请睡罢。”玉郎道：“姑娘先请。”慧娘道：“嫂嫂是客，奴家是主，怎敢僭先[①]？”玉郎道：“这个房中还是姑娘是客。”慧娘笑道：“恁样占先了。”便解衣先睡。养娘见两下取笑，觉道玉郎不怀好意，低低说道：“官人，你须要斟酌，此事不是当耍的。倘大娘知了，连我也不好。”玉郎道：“不消嘱付，

我自晓得，你自去睡。”养娘便去旁边打个铺儿睡下。

玉郎起身，携着灯儿，走到床边，揭起帐子照看，只见慧娘卷着被儿，睡在里床。见玉郎将灯来照，笑嘻嘻的道：“嫂嫂，睡罢了，照怎的？”玉郎也笑道：“我看姑娘睡在那一头，方好来睡。”把灯放在床前一只小卓儿上，解衣入帐，对慧娘道：“姑娘，我与你一头睡了，好讲话耍子。”慧娘道：“如此最好。”玉郎钻下被里，卸了上身衣服，下体小衣却穿着，问道：“姑娘，今年青春了？”慧娘道：“一十五岁。”又问：“姑娘许的是那一家？”慧娘怕羞，不肯回言。玉郎把头挨到他枕上，附耳道：“我与你一般是女儿家，何必害羞。”慧娘方才答道：“是开生药铺的裴家。”又问道：“可见说佳期还在何日？”慧娘低低道：“近日曾教媒人再三来说。爹道奴家年纪尚小，回他们再缓几时哩。”玉郎笑道：“回了他家，你心下可不气恼么？”慧娘伸手把玉郎的头推下枕来，道：“你不是个好人！哄了我的话，便来耍人。我若气恼时，你今夜心里还不知怎地恼着哩。”玉郎依旧又挨到枕上道：“你且说我有甚恼？”慧娘道：“今夜做亲，没有个对儿，怎地不恼？”玉郎道：“有姑娘在此，便是个对儿了，又有甚恼！”慧娘笑道：“恁样说，你是我的娘子了。”玉郎道：“我年纪长似你，丈夫还是我。”慧娘道：“我今夜替哥哥拜堂，就是哥哥一般，还该是我。”玉郎道：“大家不要争，只做个女夫妻罢。”

两个说风话耍子，愈加亲热。玉郎料想没事，乃道：“既做了夫妻，如何不合被儿睡！”口中便说，两手即掀开他的被儿，挨过身来，伸手便去摸他身上，滑腻如酥，下体也穿着小衣。慧娘此时已被玉郎调动春心，忘其所以，任玉郎摩弄，全然不拒。玉郎摸至胸前时，一对小乳，丰隆突起，温软如绵，乳头却像鸡头肉一般，甚是可爱。慧娘也把手来将玉郎浑身一摸，道：“嫂嫂好个软滑身子！”摸他乳时，刚刚只有两个小小乳头，心中想道：“嫂嫂长似我，怎么乳儿到小？”玉郎摩弄了一回，便双手搂抱过来，嘴对嘴，将舌尖度向慧娘口中。慧娘只认做姑嫂戏耍，也将双手抱住，含了一回。也把舌儿吐到玉郎口里，被玉郎含住，着实咂吮，咂得慧娘遍体酥麻，便道：“嫂嫂，如今不像女夫妻，竟是真夫妻一般了。”玉郎见他情动，便道：“有心顽了，何不把小衣一发去了，亲亲热热睡一回也好。”慧娘道：“羞人答答，脱了不好。”玉郎道：“纵是取笑，有甚么羞？”便解开他的小衣，褪下，伸手摸他不便处。慧娘双手即来遮掩，道：“嫂子休得啰唣。”玉郎捧过面来，亲个嘴道：“何妨碍！你也摸我的便了。”慧娘真个也去解了他的裤来摸时，只见一条玉茎，铁硬的挺着，吃了一惊，缩手不迭，乃道：“你是何人？却假妆着嫂嫂来此！”玉郎道：“我便是你的丈夫了，又问怎的？”一头即便腾身上去，将手启他双股。慧娘双手推开半边道：“你若不说真话，我便叫喊起来，教你了不得！”玉郎着了急，连忙道：“娘子，不消性急，待我说便了。我是你嫂嫂的兄弟玉郎，闻得你哥哥病势沉重，未知怎地。我母亲不舍得姐姐出门，又恐误了你家吉期，故把我假妆嫁来，等你哥哥病好，然后送姐姐过门。不想天付良缘，到与娘子成了夫妇。此情只许你我晓得，不可泄漏！”说罢，又翻上身来。慧娘初时只道是真女人，尚然心爱，如今却是个男子，岂不欢喜？况且已被玉郎先引得神魂飘荡，又惊又喜，半推半就道：“元来你们恁样欺心！”玉郎那有心情回答，双手紧紧抱

住,即便恣意风流。

一个是青年孩子,初尝滋味;一个是黄花女儿,乍得甜头。一个说今宵花烛,到成就了你我姻缘;一个说此夜衾裯,便试发了夫妻恩爱。一个说前生有分,不须月老冰人;一个道异日休忘,说尽山盟海誓。各燥自家脾胃,管甚么姐姐哥哥;且图眼下欢娱,全不想有夫有妇。双双蝴蝶花间舞,两两鸳鸯水上游。

云雨已毕,紧紧偎抱而睡。

且说养娘恐怕玉郎弄出事来,卧在旁边铺上,眼也不合。听着他们初时还说话笑耍,次后只听得床棱摇戛,气喘吁吁,已知二人成了那事,暗暗叫苦。到次早起来,慧娘自向母亲房中梳洗。养娘替玉郎梳妆,低低说道:"官人,你昨夜恁般说了,却又口不应心,做下那事。倘被他们晓得,却怎处?"玉郎道:"又不是我去寻他,他自送上门来,教我怎生推却?"养娘道:"你须拿住主意便好。"玉郎道:"你想恁样花一般的美人,同床而卧,便是铁石人也打熬不住,叫我如何忍耐得过!你若不泄漏时,更有何人晓得?"

妆扮已毕,来刘妈妈房里相见。刘妈妈道:"儿,环子也忘戴了?"养娘道:"不是忘了,因右耳上环眼生了疳疮,戴不得,还贴着膏药哩。"刘妈妈道:"元来如此。"玉郎依旧来至房中坐下,亲戚女眷都来相见。张六嫂也到。慧娘梳裹罢,也到房中,彼此相视而笑。是日,刘公请内外亲戚吃庆喜筵席,大吹大擂,直饮到晚,各自辞别回家。慧娘依旧来伴玉郎。这一夜颠鸾倒凤,海誓山盟,比昨倍加恩爱。

看看过了三朝,二人行坐不离。到是养娘捏着两把汗,催玉郎道:"如今已过三朝,可对刘大娘说,回去罢。"玉郎与慧娘正火一般热,那想回去,假意道:"我怎好启齿说要回去,须是母亲叫张六嫂来说便好。"养娘道:"也说得是。"即便回家。

却说孙寡妇虽将儿子假妆嫁去,心中却怀着鬼胎,急切不见张六嫂来回覆。眼巴巴望到第四日,养娘回家,连忙来问。养娘将女婿病凶,姑娘陪拜,夜间同睡相好之事,细细说知。孙寡妇跌足叫苦道:"这事必然做出来也!你快去寻张六嫂来。"养娘去不多时,同张六嫂来家。孙寡妇道:"六嫂,前日讲定的,三朝便送回来。今已过了,劳你去说,快些送我女儿回来。"张六嫂得了言语,同养娘来至刘家,恰好刘妈妈在玉郎房中闲话。张六嫂将孙家要接新人的话说知。玉郎、慧娘不忍割舍,到暗暗道:"但愿不允便好!"谁想刘妈妈真个说道:"六嫂,你媒也做老了,难道恁样事还不晓得?从来可有三朝媳妇便归去的理么?前日他不肯嫁来,这也没奈何。今既到我家,便是我家的人了,还像得他意!我千难万难,娶得个媳妇,到三朝便要回去,说也不当人子。既如此舍不得,何不当初莫许人家?他也有儿子,少不得也要娶媳妇,看三朝可肯放回家去?闻得亲母是个知礼之人,亏他怎样说了出来?"一番言语,说得张六嫂哑口无言,不敢回覆孙家。那养娘恐怕有人闯进房里,冲破二人之事,到紧紧守着房门,也不敢回家。

且说刘璞自从结亲这夜,惊出那身冷汗来,渐渐痊可。晓得妻子已娶来家,人物十分标致,心中欢喜,这病愈觉好得快了。过了数日,挣扎起来,半眠半坐,日渐

健旺，即能梳裹，要到房中来看浑家。刘妈妈恐他初愈，不耐行动，叫丫鬟扶着，自己也随在后，慢腾腾的走到新房门口。养娘正坐在门槛之上，丫鬟道："让大官人进去。"养娘立起身来，高声叫道："大官人进来了！"玉郎正搂着慧娘调笑，听得有人进来，连忙走开。刘璞掀开门帘，跨进房来。慧娘道："哥哥，且喜梳洗了，只怕还不宜劳动。"刘璞道："不打紧，我也暂时走走，就去睡的。"便向玉郎作揖。玉郎背转身，道了个万福。刘妈妈道："我的儿，你且慢作揖么！"又见玉郎背立，便道："娘子，这便是你官人，如今病好了，特来见你，怎么到背转身子？"走向前，扯近儿子身边道："我的儿，与你恰好正是个对儿。"刘璞见妻子美貌非常，甚是快乐。真个是"人逢喜事精神爽"，那病平去了几分。刘妈妈道："儿去睡了罢，不要难为身子。"原叫丫鬟扶着，慧娘也同进去。

玉郎见刘璞虽然是个病容，却也人材齐整，暗想道："姐姐得配此人，也不辱抹了。"又想道："如今姐夫病好，倘然要来同卧，这事便要决撒②。快些回去罢。"到晚上对慧娘道："你哥哥病已好了，我须住身不得。你可撺掇母亲，送我回家，换姐姐过来，这事便隐过了。若再住时，事必败露。"慧娘道："你要归家，也是易事。我的终身，却怎么处？"玉郎道："此事我已千思万想。但你已许人，我已聘妇，没甚计策挽回，如之奈何？"慧娘道："君若无计娶我，誓以魂魄相随，决然无颜更事他人！"说罢，呜呜咽咽哭将起来。玉郎与他拭了眼泪，道："你且勿烦恼，容我再想。"自此两相留恋，把回家之事，到阁起一边。一日，午饭已过，养娘向后边去了，二人将房门闭上，商议那事，长算短算，没个计策，心下苦楚，彼此相抱暗泣。

且说刘妈妈自从媳妇到家之后，女儿终日行坐不离，刚到晚，便闭上房门去睡，直至日上三竿，方才起身，刘妈妈好生不乐。初时认做姑嫂相爱，不在其意。已后日日如此，心中老大疑惑，也还道是后生家贪眠懒惰。几遍要说，因想媳妇初来，尚未与儿子同床，还是个娇客，只得耐住。那日也是合当有事，偶在新房前走过，忽听得里边有哭泣之声。向壁缝中张时，只见媳妇共女儿互相搂抱，低低而哭。刘妈妈见如此做作，料道这事有些跷蹊。欲待发作，又想儿子才好，若知得，必然气恼，权且耐住。便掀门帘进来，门却闭着，叫道："快些开门！"二人听见是妈妈声音，拭干眼泪，忙来开门。刘妈妈走将进去，便道："为甚青天白日，把门闭上，在内搂抱啼哭？"二人被问，惊得满面通红，无言对答。

刘妈妈见二人无言，一发是了，气得手足麻木。一手扯着慧娘道："做得好事！且进来和你说话。"扯到后边一间空屋中来。丫鬟看见，不知为甚，闪在一边。刘妈妈扯进了屋里，将门闩上。丫鬟伏在门上张时，见妈妈寻了一根木棒，骂道："贱人！快快实说，便饶你打骂。若一句含糊，打下你这下半截来！"慧娘初时抵赖。妈妈道："贱人！我且问你，他来得几时，有甚恩爱，割舍不得，闭着房门，搂抱啼哭？"慧娘对答不来。妈妈拿起棒子要打，心中却又不舍得。慧娘料是隐瞒不过，想道："事已至此，索性说个明白，求爹妈辞了裴家，配与玉郎。若不允时，拚个自尽便了。"乃道："前日孙家晓得哥哥有病，恐误了女儿，要看下落，叫爹妈另自择日。因爹妈执

意不从，故把儿子玉郎假妆嫁来。不想母亲叫孩子陪伴，遂成了夫妇，恩深义重，誓必图百年谐老。今见哥哥病好，玉郎恐怕事露，要回去换姐姐过来。孩儿思想，一女无嫁二夫之理，叫玉郎寻门路娶我为妻。因无良策，又不忍分离，故此啼哭，不想被母亲看见。只此便是实话。”刘妈妈听罢，怒气填胸，把棒撇在一边，双足乱跳，骂道：“元来这老乞婆恁般欺心，将男作女哄我！怪道三朝便要接回。如今害了我女儿，须与他干休不得！拼这老性命，结识这小杀才罢！”开了门，便赶出来。慧娘见母亲去打玉郎，心中着忙，不顾羞耻，上前扯住，被妈妈将手一推，跌在地上。爬起时，妈妈已赶向外边去了。慧娘随后也赶将来，丫鬟亦跟在后边。

且说玉郎见刘妈妈扯去慧娘，情知事露，正在房中着急。只见养娘进来道：“官人，不好了，弄出事来也！适在后边来，听得空屋中乱闹，张看时，见刘大娘拿大棒子拷打姑娘，逼问这事哩！”玉郎听说打着慧娘，心如刀割，眼中落下泪来，没了主意。养娘道：“今若不走，少顷便祸到了。”玉郎即忙除下簪钗，挽起一个角儿，皮箱内开出道袍鞋袜，穿衣走出房来，将门带上，离了刘家，带跌奔回家里。正是：

拆破玉笼飞彩凤，顿开金锁走蛟龙。

孙寡妇见儿子回来，恁般慌急，又惊又喜，便道：“如何这般模样？”养娘将上项事说知。孙寡妇埋怨道：“我叫你去，不过权宜之计，如何却做出这般没天理事体！你若三朝便回，隐恶扬善，也不见得事败。可恨张六嫂这老虔婆，自从那日去了，竟不来覆我。养娘，你也不回家走遭，叫我日夜担愁。今日弄出事来，害这姑娘，却怎么处？要你不肖子何用！”玉郎被母亲嗔责，惊愧无地。养娘道：“小官人也自要回的，怎奈刘大娘不肯。我因恐他们做出事来，日日守着房门，不敢回家。今日暂走到后边，便被刘大娘撞破。幸喜得急奔回来，还不曾吃亏。如今且叫小官人躲过两日，他家没甚话说，便是万千之喜了。”孙寡妇真个叫玉郎闪过，等候他家消息。

且说刘妈妈赶到新房门口，见门闭着，只道玉郎还在里面，在外骂道：“天杀的贼贱才！你把老娘当做什么样人，敢来弄空头，坏我的女儿！今日与你性命相博，方见老娘手段。快些走出来！若不开时，我就打进来了！”正骂时，慧娘已到，便去扯母亲进去。刘妈妈骂道：“贱人！亏你羞也不羞，还来劝我？”尽力一摔，不想用力猛了，将门靠开，母子两个都跌进去，搅做一团。刘妈妈骂道：“好天杀的贼贱才！到放老娘这一交！”即忙爬起寻时，那里见个影儿？那婆子寻不见玉郎，乃道：“天杀的好见识！走得好！你便走上天去，少不得也要拿下来。”对着慧娘道：“如今做下这等丑事，倘被裴家晓得，却怎地做人？”慧娘哭道：“是孩儿一时不是，做差这事。但求母亲怜念孩儿，劝爹爹怎生回了裴家，嫁着玉郎，犹可挽回前失。倘若不允，有死而已。”说罢，哭倒在地。刘妈妈道：“你说得好自在话儿！他家下财纳聘，定着媳妇，今日平白地要休这亲事，谁个肯么？倘然问因甚事故要休这亲，叫你爹怎生对答？难道说我女儿自寻了一个汉子不成？”慧娘被母亲说得满面羞惭，将袖掩着痛哭。刘妈妈终是禽犊[3]之爱，见女儿恁般啼哭，却又恐哭伤了身子，便道：“我的儿，这也不干你事，都是那老虔婆设这没天理的诡计，将那杀才乔妆嫁来。我一时不

知，叫你陪伴，落了他圈套。如今总是无人知得，把来阁过一边，全你的体面，这才是个长策。若说要休了裴家，嫁那杀才，这是断然不能！"慧娘见母亲不允，愈加啼哭。刘妈妈又怜又恼，到没了主意。

正闹间，刘公正在人家看病回来，打房门口经过，听得房中啼哭，乃是女儿的声音，又听得妈妈话响。正不知为着甚的，心中疑惑，忍耐不住，揭开门帘，问道："你们为甚恁般模样？"刘妈妈将前项事，一一细说。气得刘公半晌说不出话来，想了一想，到把妈妈埋怨道："都是你这老乞婆，害了女儿！起初儿子病重时，我原要另择日子，你便说长道短，生出许多话来，执意要那一日。次后孙家教养娘来说，我也罢了，又是你弄嘴弄舌，哄着他家。乃至娶来家中，我说待他自睡罢，你又偏生推女儿伴他，如今伴得好么！"刘妈妈因玉郎走了，又不舍得女儿难为，一肚子气，正没发脱，见老公倒前倒后，数说埋怨，急得暴躁如雷，骂道："老忘八！依你说起来，我的孩儿应该与这杀才骗的！"一头撞个满怀。刘公也在气恼之时，揪过来便打。慧娘便来解劝。三人搅做一团，滚做一块，分拆不开。丫鬟着了忙，奔到房中，报与刘璞道："大官人，不好了！大爷大娘在新房中相打哩。"刘璞在榻上爬起来，走至新房，向前分解。老夫妻见儿子来劝，因惜他病体初愈，恐劳碌了他，方才罢手，犹兀自"老亡八"、"老乞婆"相骂。刘璞把父亲劝出外边，乃问："妹子为甚在这房中厮闹？娘子怎又不见？"慧娘被问，心下惶愧，掩面而哭，不敢则声。刘璞焦躁道："且说为着甚的？"刘婆方把那事细说，将刘璞气得面如土色，停了半晌，方道："家丑不可外扬，倘若传到外边，被人耻笑。事已至此，且再作区处。"刘妈妈方才住口，走出房来。慧娘挣住不行，刘妈妈一手扯着便走，取巨锁将门锁上。来到房里，慧娘自觉无颜，坐在一个壁角边哭泣。正是：

饶君掬尽湘江水，难洗今朝满面羞。

且说李都管听得刘家喧嚷，伏在壁上打听。虽然晓得些风声，却不知其中细底。次早，刘家丫鬟走出门来，李都管招到家中问他。那丫鬟初时不肯说，李都管取出四五十钱来与他道："你若说了，送这钱与你买东西吃。"丫鬟见了铜钱，心中动火，接过来藏在身边，便从头至尾，尽与李都管说知。李都管暗喜道："我把这丑事报与裴家，撺掇来闹炒一场，他定无颜在此居住，这房子可不归于我了？"忙忙的走至裴家，一五一十报知，又添些言语，激恼裴九老。那九老夫妻，因前日娶亲不允，心中正恼着刘家。今日听见媳妇做下丑事，如何不气？一径赶到刘家，唤出刘公来发话道："当初我央媒来说要娶亲时，千推万阻，道女儿年纪尚小，不肯应承，护在家中，私养汉子。若早依了我，也不见得做出事来。我是清清白白的人家，决不要这样败坏门风的好东西！快还了我昔年聘礼，另自去对亲，不要误我孩儿的大事。"将刘公嚷得面上一回红，一回白，想道："我家昨夜之事，他如何今早便晓得了？这也怪异！"又不好承认，只得赖道："亲家，这是那里说起，造恁般言语污辱我家？倘被外人听得，只道真有这事，你我体面何在？"裴九老便骂道："打脊贱才！真个是老亡八！女儿现做着恁样丑事，那个不晓得的？亏你还长着鸟嘴，在我面前遮掩。"赶近

前，把手向刘公脸上一捺道："老亡八！羞也不羞！待我送个鬼脸儿与你，戴了见人。"刘公被他羞辱不过，骂道："老杀才！今日为甚赶上门来欺我？"便一头撞去，把裴九老撞倒在地，两下相打起来。里边刘妈妈与刘璞听得外面嚷喧，出来看时，却是裴九老与刘公厮打，急向前拆开。裴九老指着骂道："老亡八！打得好！我与你到府里去说话。"一路骂出门去了。刘璞便问父亲："裴九因甚清早来厮闹？"刘公把他言语学了一遍。刘璞道："他如何便晓得了？此甚可怪！"又道："如今事已彰扬，却怎么处？"刘公又想起裴九老恁般耻辱，心中转恼，顿足道："都是孙家老乞婆，害我家坏了门户，受这样恶气！若不告他，怎出得这气？"刘璞劝解不住。刘公央人写了状词，望着府前奔来。正值乔太守早堂放告。这乔太守虽则关西人，又正直，又聪明，怜才爱民，断狱如神，府中都称为"乔青天"。

却说刘公刚到府前，劈面又遇着裴九老。九老见刘公手执状词，认做告他，便骂道："老亡八！你女做了丑事，到要告我，我同你去见太爷。"上前一把扭住，两下又打将起来，两张状子，都打失了。二人结做一团，扭至堂上。乔太守看见，喝叫各跪一边，问道："你二人叫甚名字？为何结扭相打？"二人一齐乱嚷。乔太守道："不许搀越④！那老儿先上来说。"裴九老跪上去诉道："小人叫做裴九，有个儿子裴政，从幼聘下边刘秉义的女儿慧娘为妻，今年都已十五岁了。小人因是年老爱子，要早与他完姻，几次央媒去说，要娶媳妇。那刘秉义只推女儿年纪尚小，勒掯不许。谁想他纵女卖奸，恋着孙润，暗招在家，要图赖亲事。今早到他家里说，反把小人殴辱。情极了，来爷爷台下投生，他又赶来扭打。求爷爷作主，救小人则个！"乔太守听了道："且下去。"唤刘秉义上去问道："你怎么说？"刘公道："小人有一子一女。儿子刘璞，聘孙寡妇女儿珠姨为妇，女儿便许裴九的儿子。向日裴九要娶时，一来女儿尚幼，未曾整备妆奁，二来正与儿子完姻，故此不允。不想儿子临婚时，忽地患起病来，不敢叫与媳妇同房，令女儿陪伴嫂子。那知孙寡妇欺心，藏过女儿，却将儿子孙润假妆过来，到强奸了小人女儿。正要告官，这裴九知得了，登门打骂。小人气忿不过，与他争嚷，实不是图赖他的婚姻。"乔太守见说男扮为女，甚以为奇，乃道："男扮女妆，自然有异，难道你认他不出？"刘公道："婚嫁乃是常事，那曾有男子假扮之理，却去辨他真假？况孙润面貌，美如女子，小人夫妻见了，已是万分欢喜，有甚疑惑。"乔太守道："孙家既以女许你为媳，因甚却又把儿子假妆？其中必有缘故。"又道："孙润还在你家么？"刘公道："已逃回去了。"乔太守即差人去拿孙寡妇母子三人，又差人去唤刘璞、慧娘兄妹，俱来听审。不多时，都已拿到。

乔太守举目看时，玉郎姊弟，果然一般美貌，面庞无二。刘璞却也人物俊秀，慧娘艳丽非常。暗暗欣羡道："好两对青年儿女！"心中便有成全之意。乃问孙寡妇："因甚将男作女，哄骗刘家，害他女儿？"孙寡妇乃将女婿病重，刘秉义不肯更改吉期，恐怕误了女儿终身，故把儿子妆去冲喜，三朝便回，是一时权宜之策。不想刘秉义却教女儿陪卧，做出这事。乔太守道："元来如此。"问刘公道："当初你儿子既是病重，自然该另换吉期，你执意不肯，却主何意？假若此时依了孙家，那见得女儿有

此丑事？这都是你自起衅端，连累女儿。”刘公道：“小人一时不合听了妻子说话，如今悔之无及。”乔太守道：“胡说！你是一家之主，却听妇人言语。”又唤玉郎、慧娘上去说：“孙润，你以男假女，已是不该，却又奸骗处女，当得何罪？”玉郎叩头道：“小人虽然有罪，但非设意谋求，乃是刘亲母自遣其女，陪伴小人。”乔太守道：“他因不知你是男子，故令他来陪伴，乃是美意。你怎不推却？”玉郎道：“小人也曾苦辞，怎奈坚执不从。”乔太守道：“论起法来，本该打一顿板子才是。姑念你年纪幼小，又系两家父母酿成，权且饶恕。”玉郎叩头泣谢。乔太守又问慧娘：“你事已做错，不必说起。如今还是要归裴氏？要归孙润？实说上来。”慧娘哭道：“贱妾无媒苟合，节行已亏，岂可更事他人？况与孙润恩义已深，誓不再嫁。若爷爷必欲判离，贱妾即当自尽，决无颜苟活，贻笑他人。”说罢，放声大哭。乔太守见他情词真恳，甚是怜惜，且喝过一边。唤裴九老分付道：“慧娘本该断归你家，但已失身孙润，节行已亏。你若娶回去，反伤门风，被人耻笑。他又蒙二夫之名，各不相安。今判与孙润为妻，全其体面。令孙润还你昔年聘礼，你儿子另自聘妇罢。”裴九老道：“媳妇已为丑事，小人自然不要。但孙润破坏我家婚姻，今原归于他，反周全了奸夫淫妇，小人怎得甘心！情愿一毫原聘不要，求老爷断媳妇另嫁别人，小人这口气也还消得一半。”乔太守道：“你既已不愿娶他，何苦又作此冤家！”刘公亦禀道：“爷爷，孙润已有妻子，小人女儿岂可与他为妾？”乔太守初时只道孙润尚无妻子，故此斡旋[5]，见刘公说已有妻，乃道：“这却怎么处？”对孙润道：“你既有妻子，一发不该害人闺女了。如今置此女于何地？”玉郎不敢答应。乔太守又道：“你妻子是何等人家？可曾过门么？”孙润道：“小人妻子是徐雅女儿，尚未过门。”乔太守道：“这等易处了。”叫道：“裴九，孙润原有妻未娶，如今他既得了你媳妇，我将他妻子断偿你的儿子，消你之忿。”裴九老道：“老爷明断，小人怎敢违逆。但恐徐雅不肯。”乔太守道：“我作了主，谁敢不肯？你快回家引儿子过来，我差人去唤徐雅带女儿来，当堂匹配。”裴九老忙即归去，将儿子裴政领到府中，徐雅同女儿也唤到了。乔太守看时，两家男女，却也相貌端正，是个对儿。乃对徐雅道：“孙润因诱了刘秉义女儿，今已判为夫妇。我今作主，将你女儿配与裴九儿子裴政，限即日三家俱便婚配回报。如有不伏者，定行重治。”徐雅见太守作主，怎敢不依，俱各甘伏。乔太守援笔判道：

弟代姊嫁，姑伴嫂眠。爱女爱子，情在理中。一雌一雄，变出意外。移干柴近烈火，无怪其燃；以美玉配明珠，适获其偶。孙氏子因姊而得妇，搂处子不用逾墙；刘氏女因嫂而得夫，怀吉士初非炫玉。相悦为婚，礼以义起。所厚者薄，事可权宜。使徐雅别婿裴九之儿，许裴政改娶孙郎之配。夺人妇人亦夺其妇，两家恩怨，总息风波；独乐乐不若与人乐，三对夫妻，各谐鱼水。人虽兑换，十六两原只一斤；亲是交门，五百年决非错配。以爱及爱，伊父母自作冰人；非亲是亲，我官府权为月老。已经明断，各赴良期。

乔太守写毕，叫押司当堂朗诵，与众人听了。众人无不心服，各各叩头称谢。乔太守在库上支取喜红六段，叫三对夫妻披挂起来，唤三起乐人，三顶花花轿儿，抬

了三对新人。新郎及父母，各自随轿而出。此事闹动了杭州府，都说好个行方便的太守，人人诵德，个个称贤。自此各家完婚之后，都无话说。

李都管本欲唆孙寡妇、裴九老两家，与刘秉义讲嘴，鹬蚌相持，自己渔人得利。不期太守善于处分，反作成了孙玉郎一段良缘。街坊上当做一件美事传说，不以为丑。他心中甚是不乐。未及一年，乔太守又取刘璞、孙润，都做了秀才，起送科举。李都管自知惭愧，安身不牢，反躲避乡居。后来，刘璞、孙润同榜登科，俱任京职，仕途有名，扶持裴政亦得了官职。一门亲眷，富贵非常。刘璞官至龙图阁学士。连李都管家宅，反归于刘氏。刁钻小人，亦何益哉！后人有诗，单道李都管为人不善，以为后戒。诗云：

为人忠厚为根本，何苦刁钻欲害人。
不见古人卜居者，千金只为买乡邻。

又有一诗，单夸乔太守此事断得甚好：

鸳鸯错配本前缘，全赖风流太守贤。
锦被一床遮尽丑，乔公不枉叫青天。

【注释】

①僭先：越礼占先。

②决撒：败露。

③禽犊：指鸟兽疼爱幼仔，比喻父母溺爱子女。

④搀越：超越本分。

⑤斡（音 wò）旋：调解。

闹樊楼多情周胜仙

太平时节日偏长，处处笙歌入醉乡。
闻说鸾舆且临幸，大家拭目待君王。

这四句诗乃咏御驾临幸之事。从来天子建都之处，人杰地灵，自然名山胜水，凑着赏心乐事。如唐朝便有个曲江池，宋朝便有个金明池，都有四时美景，倾城士女王孙，佳人才子，往来游玩。天子也不时驾临，与民同乐。

如今且说那大宋徽宗朝年，东京金明池边，有座酒楼，唤做樊楼。这酒楼有个开酒肆的范大郎。兄弟范二郎，未曾有妻室。时值春末夏初，金明池游人赏玩作乐。那范二郎因去游赏，见佳人才子如蚁。行到了茶坊里来，看见一个女孩儿，方年二九，生得花容月貌。这范二郎立地多时，细看那女子，生得：

色色易迷难拆，隐深闺，藏柳陌。足步金莲，腰肢一捻。嫩脸映桃红，香肌晕玉白。娇姿恨惹狂童，情态愁牵艳客。芙蓉帐里作鸾凰，云雨此时何处觅？

元来情色都不由你。那女子在茶坊里，四目相视，俱各有情。这女孩儿心里暗暗地喜欢，自思量道："若是我嫁得一个似这般子弟，可知好哩。今日当面挫过，再

来那里去讨?”正思量道:“如何着个道理,和他说话,问他曾娶妻也不曾?”那跟来女使和奶子,都不知许多事。你道好巧,只听得外面水盏响,女孩儿眉头一纵,计上心来,便叫:“卖水的,倾一盏甜蜜蜜的糖水来。”那人倾一盏糖水在铜盂儿里,递与那女子。那女子接得在手,才上口一呷,便把那个铜盂儿望空打一丢,便叫:“好,好!你却来暗算我!你道我是兀谁?”那范二听得道:“我且听那女子说。”那女孩儿道:“我是曹门里周大郎的女儿,我的小名叫做胜仙小娘子,年一十八岁,不曾吃人暗算,你今却来算我!我是不曾嫁的女孩儿。”这范二自思量道:“这言语跷蹊,分明是说与我听。”这卖水的道:“告小娘子,小人怎敢暗算?”女孩儿道:“如何不是暗算我?盏子里有条草。”卖水的道:“也不为利害。”女孩儿道:“你待算我喉咙,却恨我爹爹不在家里。我爹若在家,与你打官司。”奶子在傍边道:“却也叵耐这厮!”

茶博士见里面闹吵,走入来道:“卖水的,你去把那水好好挑出来。”对面范二郎道:“他既过话与我,如何我不过去?”随即也叫:“卖水的,倾一盏甜蜜蜜糖水来。”卖水的便倾一盏糖水在手,递与范二郎。二郎接着盏子,吃一口水,也把盏子望空一丢,大叫起来道:“好,好!你这个人真个要暗算人!你道我是兀谁?我哥哥是樊楼开酒店的,唤做范大郎,我便唤做范二郎,年登一十九岁,未曾吃人暗算。我射得好弩,打得好弹,兼我不曾娶浑家。”卖水的道:“你不是风!是甚意思,说与我知道?指望我与你做媒?你便告到官司,我是卖水,怎敢暗算人!”范二郎道:“你如何不暗算?我的盂儿里,也有一根草叶。”女孩儿听得,心里好欢喜。茶博士入来,推那卖水的出去。女孩儿起身来道:“俺们回去休。”看着那卖水的道:“你敢随我去?”这子弟思量道:“这话分明是教我随他去。”只因这一去,惹出一场没头脑官司。正是:

言可省时休便说,步宜留处莫胡行。

女孩儿约莫去得远了,范二郎也出茶坊,远远地望着女孩儿。只见那女子转步,那范二郎好喜欢,直到女子住处。女孩儿入门去,又推起帘子出来望。范二郎心中越喜欢。女孩儿自入去了。范二郎在门前,一似失心风[①]的人,盘旋走来走去,直到晚方才归家。

且说女孩儿自那日归家,点心也不吃,饭也不吃,觉得身体不快。做娘的慌问迎儿道:“小娘子不曾吃甚生冷?”迎儿道:“告妈妈,不曾吃甚。”娘见女儿几日只在床上不起,走到床边问道:“我儿害甚的病?”女孩儿道:“我觉有些浑身痛,头疼,有一两声咳嗽。”周妈妈欲请医人来看女儿,争奈员外出去未归,又无男子汉在家,不敢去请。迎儿道:“隔一家有个王婆,何不请来看小娘子?他唤做王百会,与人收生,做针钱,做媒人,又会与人看脉,知人病轻重。邻里家有些些事,都浼[②]他。”周妈妈便令迎儿,去请得王婆来。见了妈妈,妈妈说女儿从金明池走了一遍,回来就病倒的因由。王婆道:“妈妈不须说得,待老媳妇与小娘子看脉自知。”周妈妈道:“好,好!”迎儿引将王婆进女儿房里。小娘子正睡哩,开眼叫声:“少礼。”王婆道:“稳便!老媳妇与小娘子看脉则个。”小娘子伸出手臂来,教王婆看了脉,道:“娘子害的是头疼,浑身痛,觉得恹恹地恶心。”小娘子道:“是也。”王婆道:“是否?”女娘子

道："又有两声咳嗽。"王婆不听得，万事皆休，听了道："这病跷蹊！如何出去走了一遭，回来却害这般病！"王婆看着迎儿、奶子道："你们且出去，我自问小娘子则个。"迎儿和奶子自出去。王婆对着女孩儿道："老媳妇却理会得这病。"女孩儿道："婆婆，你如何理会得？"王婆道："你的病唤做心病。"女孩儿道："如何是心病？"王婆道："小娘子，莫不见了甚么人，欢喜了，却害出这病来？是也不是？"女孩儿低着头了，叫："没。"王婆道："小娘子，实对我说，我与你做个道理，救了你性命。"那女孩儿听得说话投机，便说出上件事来，——"那子弟唤作范二郎。"王婆听了道："莫不是樊楼开酒店的范二郎？"那女孩儿道："便是。"王婆道："小娘子休要烦恼，别人时，老身便不认得。若说范二郎，老身认得他的哥哥、嫂嫂，不可得的好人。范二郎好个伶俐子弟，他哥哥见教我与他说亲。小娘子，我教你嫁范二郎，你要也不要？"女孩儿笑道："可知好哩！只怕我妈妈不肯。"王婆道："小娘子放心，老身自有个道理，不须烦恼。"女孩儿道："若得恁地时，重谢婆婆。"

王婆出房来，叫妈妈道："老媳妇知得小娘子病了。"妈妈道："我儿害甚么病？"王婆道："要老身说，且告三杯酒，吃了却说。"妈妈道："迎儿，安排酒来请王婆。"妈妈一头请他吃酒，一头问婆婆："我女儿害甚么病？"王婆把小娘子说的话，一一说了一遍。妈妈道："如今却是如何？"王婆道："只得把小娘子嫁与范二郎。若还不肯嫁与他，这小娘子就难医。"妈妈道："我大郎不在家，须使不得。"王婆道："告妈妈，不若与小娘子下了定，等大郎归后，却做亲。且眼下救小娘子性命。"妈妈允了道："好，好，怎地做个道理？"王婆道："老媳妇就去说，回来便有消息。"

王婆离了周妈妈家，取路径到樊楼来，见范大郎正在柜身里坐。王婆叫声"万福"，大郎还了礼道："王婆婆，你来得正好。我却待使人来请你。"王婆道："不知大郎唤老媳妇做甚么？"大郎道："二郎前日出去，归来晚饭也不吃，道：'身体不快。'我问他：'那里去来？'他道：'我去看金明池。'直至今日不起，害在床上，饮食不进。我待来请你看脉。"范大娘子出来与王婆相见了。大娘子道："请婆婆看叔叔则个。"王婆道："大郎、大娘子，不要人来，老身自问二郎这病是甚的样起？"范大郎道："好，好！婆婆自去看，我不陪你了。"王婆走到二郎房里，见二郎睡在床上，叫声："二郎，老媳妇在这里。"范二郎闪开眼道："王婆婆，多时不见，我性命休也。"王婆道："害甚病便休？"二郎道："觉头疼，恶心，有一两声咳嗽。"王婆笑将起来。二郎道："我有病，你却笑我！"王婆道："我不笑别的，我得知你的病了。不害别病，你害曹门里周大郎的女儿，是也不是？"二郎被王婆道着了，跳起来道："你如何得知？"王婆道："他家教我来说亲事。"范二郎不听得说，万事皆休；听得说，好喜欢。正是：

人逢喜信精神爽，话合心机意趣投。

当下，同王婆厮赶着出来，见哥哥、嫂嫂。哥嫂见兄弟出来，道："你害病，却便出来？"二郎道："告哥哥，无事了也。"哥、嫂好快活。王婆对范大郎道："曹门里周大郎家，特使我来说二郎亲事。"大郎欢喜。

话休絮烦。两下说成了，下了定礼，都无别事。范二郎闲时不着家，从下了定，

便不出门，与哥哥照管店里。且说那女孩儿，闲时不做针线，从下了定，也肯做活。两个心安意乐，只等周郎归来做亲。三月间下定，直等到十一月间。等得周大郎归，少不得邻里亲戚洗尘，不在话下。

到次日，周妈妈与周大郎说知上件事。周大郎道："定了未？"妈妈道："定了也。"周大郎听说，双眼圆睁，看着妈妈骂道："打脊老贱人！得谁言语，擅便说亲！他高杀也只是个开酒店的，我女儿怕没大户人家对亲，却许着他。你倒了志气，干出这等事，也不怕人笑话？"正恁的骂妈妈，只见迎儿叫："妈妈，且进来救小娘子！"妈妈道："作甚？"迎儿道："小娘子在屏风后，不知怎地气倒在地。"慌得妈妈一步一跌，走上前来，看那女孩儿，倒在地下。

未知性命如何，先见四肢不举。

从来四肢百病，惟气最重。元来女孩儿在屏风后，听得做爷的骂娘，不肯教他嫁范二郎，一口气塞上来，气倒在地。妈妈慌忙来救，被周大郎牵住，不得他救，骂道："打脊贼娘！辱门败户的小贱人！死便教他死，救他则甚？"迎儿见妈妈被大郎牵住，自去向前，却被大郎一个漏风掌，打在一壁厢。即时气倒妈妈。迎儿向前救得妈妈苏醒，妈妈大哭起来。邻舍听得周妈妈哭，都走来看，张嫂、鲍嫂、毛嫂、刁嫂，挤上一屋子。原来周大郎平昔为人不近道理，这妈妈甚是和气，邻舍都喜他。周大郎看见多人，便道："家间私事，不必相劝。"邻舍见如此说，都归去了。妈妈看女儿时，四肢冰冷。妈妈抱着女儿哭。本是不死，因没人救，却死了。周妈妈骂周大郎："你直恁地毒害！想必你不舍得三五千贯房奁，故意把我女儿坏了性命！"周大郎听得，大怒道："你道我不舍得三五千贯房奁，这等奚落我！"周大郎走将出去。周妈妈如何不烦恼！一个观音也似女儿，又伶俐，又好针线，诸般都好，如何教他不烦恼！离不得周大郎买具棺木，八个人抬来。周妈妈见棺材进门，哭得好苦。周大郎看着妈妈道："你道我割舍不得三五千贯房奁，你看女儿房里，但有的细软，都搬在棺材里。"只就当时，叫仵作[③]人等入了殓，即时使人吩咐管坟园张一郎、兄弟二郎："你两个便与我砌坑子。"分付了毕，话休絮烦。功德水陆也不做，停留也不停留，只就来日便出丧。周妈妈教留几日，那里拗得过来？早出了丧，埋葬已了，各人自归。

可怜三尺无情土，盖却多情年少人。

话分两头。且说当日一个后生的，年三十余岁，姓朱名真，是个暗行人。日常惯与仵作的做帮手，也会与人打坑子，那女孩儿入殓及砌坑，都用着他。这日，葬了女儿回来，对着娘道："一天好事投奔我。我来日就富贵了。"娘道："我儿，有甚好事？"那后生道："好笑。今日曹门里周大郎女儿死了，夫妻两个争竞道：'女孩儿是爷气死了。'斗彆气，约莫有三五千贯房奁，都安在棺材里。有恁的富贵，如何不去取之？"那做娘的道："这个事，却不是要的事。又不是八棒十三的罪过，又兼你爷有样子。二十年前时，你爷去掘一家坟园，揭开棺材盖，尸首觑着你爷笑起来。你爷吃了一惊，归来过得四五日，你爷便死了。孩儿，切不可去，不是要的事！"朱真道：

"娘，你不得劝我。"去床底下拖出一件物事来，把与娘看。娘道："休把出去罢！原先你爷曾把出去，使得一番便休了。"朱真道："各人命运不同。我今年算了几次命，都说我该发财，你不要阻当我。"你道拖出的是甚物事？原来是一个皮袋，里面盛着些挑刀斧头，一个皮灯盏，和那盛油的罐儿。又有一领蓑衣。娘都看了，道："这蓑衣要他做甚？"朱真道："半夜使得着。"

当日是十一月中旬，却恨雪下得大。那厮将蓑衣穿起，却又带一片，是十来条竹皮编成的一行，带在蓑衣后面。原来雪里有脚迹，走一步，后面竹片扒得平，不见脚迹。当晚，约莫也是二更左侧，分付娘道："我回来时，敲门响，你便开门。"虽则京城热闹，城外空阔去处，依然冷静。况且二更时分，雪又下得大，兀谁出来。

朱真离了家，回身看后面时，没有脚迹。迤逦到周大郎坟边，到萧墙矮处，把脚跨过去。你道好巧，原来管坟的养只狗子，那狗子见个生人跳过墙来，从草窠里爬出来便叫。朱真日间备下一团油糕，里面藏了些药在内，见狗子来叫，便将油糕丢将去。那狗子见丢甚物过来，闻一闻，见香便吃了。只叫得一声，狗子倒了。朱真却走近坟边。

那看坟的张二郎叫道："哥哥，狗子叫得一声，便不叫了，却不作怪？莫不有甚做不是的在这里？起去看一看。"哥哥道："那做不是的来偷我甚么？"兄弟道："却才狗子大叫一声，便不叫了，莫不有贼？你不起去，我自起去看一看。"那兄弟爬起来，披了衣服，执着枪在手里，出门来看。朱真听得有人声，他悄地把蓑衣解下，捉脚步走到一株杨柳树边。那树好大，遮得正好。却把斗笠掩着身子，和腰蹲在地下，蓑衣也放在一边。望见里面开门，张二走出门外，好冷，叫声道："畜生，做甚么叫？"那张二是睡梦里起来，被雪雹风吹，吃一惊，连忙把门闭了。走入房去，叫："哥哥，真个没人。"连忙脱了衣服，把被匹头兜了，道："哥哥，好冷！"哥哥道："我说没人。"约莫也是三更前后，两个说了半晌，不听得则声了。

朱真道："不将辛苦意，难近世间财。"抬起身来，再把斗笠戴了。着了蓑衣，捉脚步到坟边，把刀拨开雪地。俱是日间安排下脚手，下刀挑开石板，下去到侧边，端正了。除下头上斗笠，脱了蓑衣，在一壁厢。去皮袋里取两个长钉，插在砖缝里，放上一个皮灯盏，竹筒里取出火种吹着了，油罐儿取油，点起那灯。把刀挑开命钉，把那盖天板丢在一壁，叫："小娘子莫怪！暂借你些个富贵，却与你做功德。"道罢，去女孩儿头上，便除头面，有许多金珠首饰，尽皆取下了。只有女孩儿身上衣服，却难脱。那厮好会，去腰间解下手巾，去那女孩儿膊项上阁起，一头系在自膊项上，将那女孩儿衣服脱得赤条条地，小衣也不着。那厮可霎叵耐处，见那女孩儿白净身体，那厮淫心顿起，按捺不住，奸了女孩儿。你道好怪，只见女孩儿睁开眼，双手把朱真抱住。怎地出豁[④]？正是：

曾观《前定录》，万事不由人。

原来，那女儿一心牵挂着范二郎，见爷的骂娘，斗彆气死了。死不多日，今番得了阳和之气，一灵儿又醒将转来。朱真吃了一惊。见那女孩儿叫声："哥哥，你是兀

谁?"朱真那厮好急智，便道："姐姐，我特来救你。"女孩儿抬起身来，便理会得了。一来见身上衣服脱在一壁，二来见斧头刀仗在身边，如何不理会得？朱真欲待要杀了，却又舍不得。那女孩儿道："哥哥，你救我去见樊楼酒店范二郎，重重谢你。"朱真心中自思："别人兀自坏钱取浑家，不能得恁的一个好女儿。救将归去，却是兀谁得知。"朱真道："且不要慌，我带你家去，教你见范二郎则个。"女孩儿道："若见得范二郎，我便随你去。"当下，朱真把些衣服与女孩儿着了，收拾了金银珠翠物事，衣服包了，把灯吹灭，倾那油入那油罐儿里，收了行头，揭起斗笠，送那女子上来。朱真也爬上来，把石头来盖得没缝，又捧些雪铺上。却教女孩儿上脊背来，把蓑衣着了，一手挽着皮袋，一手绾着金珠物事，把斗笠戴了，迤逦取路，到自家门前，把手去门上敲了两三下。那娘的知是儿子回来，放开了门。

朱真进家中，娘的吃一惊，道："我儿，如何尸首都驮回来?"朱真道："娘，不要高声。"放下物件行头，将女孩儿入到自己卧房里面。朱真提起一把明晃晃的刀来，觑着女孩儿道："我有一件事和你商量，你若依得我时，我便将你去见范二郎。你若依不得我时，你见我这刀么？砍你做两段。"女孩儿慌道："告哥哥，不知教我依甚的事?"朱真道："第一，教你在房里不要则声，第二，不要出房门。依得我时，两三日内，说与范二郎。若不依我，杀了你！"女孩儿道："依得，依得。"朱真分付罢，出房去与娘说了一遍。

话休絮烦。夜间离不得伴那厮睡。一日两日，不得女孩儿出房门。那女孩儿问道："你曾见范二郎么?"朱真道："见来。范二郎为你害在家里，等病好了，却来取你。"

自十一月二十日头，至次年正月十五日。当日晚，朱真对着娘道："我每年只听得鳌山好看，不曾去看，今日去看则个。到五更前后，便归。"朱真分付了，自入城去看灯。你道好巧，约莫也是更尽前后，朱真的老娘在家，只听得叫："有火！"急开门看时，是隔四五家酒店里火起，慌杀娘的，急走入来收拾。女孩儿听得，自思道："这里不走，更待何时?"走出门首，叫婆婆来收拾。娘的不知是计，入房收拾。

女孩儿从热闹里便走，却不认得路，见走过的人问道："曹门里在那里?"人指道："前面便是。"迤逦入了门，又问人："樊楼酒店在那里?"人说道："只在前面。"女孩儿好慌。若还前面遇见朱真，也没许多话。女孩儿迤逦走到樊楼酒店，见酒博士[⑤]在门前招呼，女孩儿深深地道个万福。酒博士还了喏，道："小娘子没甚事?"女孩儿道："这里莫是樊楼?"酒博士道："这里便是。"女孩儿道："借问则个，范二郎在那里么?"酒博士思量道："你看二郎，直引得光景上门。"酒博士道："在酒店里的便是。"女孩儿移身直到柜边，叫道："二郎万福！"范二郎不听得都休，听得叫，慌忙走下柜来。近前看时，吃了一惊，连声叫："灭，灭！"女孩儿道："二哥，我是人，你道是鬼?"范二郎如何肯信，一头叫："灭，灭！"一只手扶着凳子。却恨凳子上有许多汤桶儿，慌忙用手提起一只汤桶儿来，觑着女子脸上丢将过去。你道好巧，去那女孩儿太阳上打着，大叫一声，匹然倒地。慌杀酒保，连忙走来看时，只见女孩儿倒在地

上。性命如何？正是：

小园昨夜东风恶，吹折江梅就地横。

酒博士见那女孩儿时，血浸着死了。范二郎口里兀自叫："灭，灭！"范大郎见外头闹吵，急走出来看了，只听得兄弟叫："灭，灭！"大郎问兄弟："如何做此事？"良久定醒。问："做甚打死他？"二郎道："哥哥，他是鬼！曹门里贩海周大郎的女儿。"大郎道："他若是鬼，须没血出。如何计结[⑥]？"去酒店门前，哄动有二三十人看，即时地方便人来捉范二郎。范大郎对众人道："他是曹门里周大郎的女儿，十一月已自死了。我兄弟只道他是鬼，不想是人，打杀了他。我如今也不知他是人是鬼。你们要捉我兄弟去，容我请他爷来看尸则个。"众人道："既是恁地，你快去请他来。"

范大郎急奔到曹门里周大郎门前，见个奶子，问道："你是兀谁？"范大郎道："樊楼酒店范大郎在这里，有些急事，说声则个。"奶子即时入去请。不多时，周大郎出来。相见罢，范大郎说了上件事，道："敢烦认尸则个，生死不忘。"周大郎也不肯信。范大郎间时[⑦]不是说谎的人。周大郎同范大郎到酒店前，看见也呆了，道："我女儿已死了，如何得再活？有这等事！"那地方不容范大郎分说，当夜，将一行人拘锁，到次早，解入南衙。

开封府包大尹看了解状，也理会不下，权将范二郎送狱司监候。一面相尸，一面下文书行使臣房审实。作公的一面差人去坟上掘起看时，只有空棺材。问管坟的张一、张二，说道："十一月间，雪下时，夜间听得狗子叫。次早开门看，只见狗子死在雪里，更不知别项因依。"把文书呈大尹。大尹焦躁，限三日要捉上件贼人。展个两三限，并无下落。好似：

金瓶落井全无信，铁枪磨针尚少功。

且说范二郎在狱司间想："此事好怪！若说是人，他已死过了，见有入殓的仵作及坟墓在彼可证。若说是鬼，打时有血，死后有尸，棺材又是空的。"展转寻思，委决不下。又想道："可惜好个花枝般的女儿，若是鬼，倒也罢了。若不是鬼，可不枉害了他性命！"夜里翻来覆去，想一会，疑一会，转睡不着。直想到茶坊里初会时光景，便道："我那日好不着迷哩！四目相视，急切不能上手。不论是鬼不是鬼，我且慢慢里商量，直恁性急，坏了他性命，好不罪过。如今陷于缧绁[⑧]，这事又不得明白，如何是了？"悔之无及。转悔转想，转想转悔。

挨了两个更次，不觉睡去，梦见女子胜仙，浓妆而至。范二郎大惊道："小娘子原来不死？"小娘子道："打得偏些，虽然闷倒，不曾伤命。奴两遍死去，都只为官人。今日知道官人在此，特特相寻，与官人了其心愿。休得见拒，亦是冥数当然。"范二郎忘其所以，就和他云雨起来，枕席之间，欢情无限。事毕，珍重而别。醒来方知是梦，越添了许多想悔。次夜亦复如此。

到第三夜，又来，比前愈加眷恋。临去告诉道："奴阳寿未绝。今被五道将军收用。奴一心只忆着官人，泣诉其情，蒙五道将军可怜，给假三日。如今限期满了，若再迟延，必遭呵斥。奴从此与官人永别。官人之事，奴已拜求五道将军，但耐心，一

月之后，必然无事。”范二郎自觉伤感，啼哭起来。醒了记起梦中之言，似信不信。

刚刚一月三十个日头，只见狱卒奉大尹钧旨，取出范二郎赴狱司勘问。原来，开封府有一个常卖董贵，当日，绾着一个篮儿，出城门外去。只见一个婆子在门前叫常卖，把着一件物事递与董贵。是甚的？是一朵珠子结成的栀子花。那一夜朱真归家，失下这朵珠花，婆婆私下检得在手，不理会得直几钱，要卖一两贯钱作私房。董贵道：“要几钱？”婆子道：“胡乱。”董贵道：“还你两贯。”婆子道：“好。”董贵还了钱，径将来使臣房里，见了观察，说道恁地。即时观察把这朵栀子花，径来曹门里，教周大郎、周妈妈看，认得是女儿临死带去的。即时差人捉婆子，婆子说：“儿子朱真不在。”当时，搜捉朱真不见，却在桑家瓦里看要，被做公的捉了，解上开封府。包大尹送狱司勘问上件事情，朱真抵赖不得，一一招伏。当案薛孔目初拟朱真劫坟当斩，范二郎免死，刺配牢城营。未曾呈案，其夜梦见一神，如五道将军之状，怒责薛孔目曰：“范二郎有何罪过，拟他刺配？快与他出脱了。”薛孔目醒来，大惊，改拟范二郎打鬼，与人命不同，事属怪异，宜径行释放。包大尹看了，都依拟。范二郎欢天喜地回家。后来娶妻，不忘周胜仙之情，岁时到五道将军庙中烧纸祭奠。有诗为证：

情郎情女等情痴，只为情奇事亦奇。
若把无情有情比，无情翻似得便宜。

【注释】

①失心风：即失心疯。指人的精神失常，神经错乱。

②浼（音 měi）：央求。

③仵（音 wǔ）作：官衙中以检伤验尸为职业的吏役。

④出豁：脱身。

⑤酒博士：酒店卖酒的伙计。

⑥计结：计较。

⑦间时；平时。

⑧缧绁（音 léi xiè）：捆绑犯人的绳索。引申指牢狱。

施润泽滩阙遇友

还带曾消纵理纹，返金种得桂枝芬。
从来阴骘[①]能回福，举念须知有鬼神。

这首诗，引着两个古人阴骘的故事。第一句说：“还带曾消纵理纹”，乃唐朝晋公裴度之事。那裴度未遇时，一贫如洗，功名蹭蹬。就一风鉴，以决行藏。那相士说：“足下功名事，且不必问。更有句话，如不见怪，方敢直言。”裴度道：“小生因在迷途，故求指示，岂敢见怪？”相士道：“足下螣蛇纵理纹入口，数年之间，必致饿死沟渠。”连相钱俱不肯受。裴度是个知命君子，也不在其意。一日，偶至香山寺闲游，只见供卓上光华耀目。近前看时，乃是一围宝带。裴度检在手中，想道：“这寺乃冷

落所在，如何却有这条宝带？”翻阅了一回，又想道：“必有甚贵人，到此礼佛更衣，祗候们不小心，遗失在此，定然转来寻觅。”乃坐在廊庑下等候。不一时，见一女子，走入寺来，慌慌张张，径望殿上而去。向供卓上看了一看，连声叫苦，哭倒于地。裴度走向前问道：“小娘子因何恁般啼泣？”那女子道：“妾父被人陷于大辟[②]，无门伸诉。妾日至此恳佛阴佑，近日幸得从轻赎缓。妾家贫无措，遍乞高门，昨得一贵人矜怜，助一宝带。妾以佛力所致，适携带呈于佛前，稽首叩谢。因赎父心急，竟忘收此带，仓忙而去。行至半路方觉，急急赶来取时，已不知为何人所得。今失去这带，妾父料无出狱之期矣。”说罢又哭。裴度道：“小娘子不必过哀，是小生收得，故在此相候。”把带递还。那女子收泪拜谢：“请问姓字，他日妾父好来叩谢。”裴度道：“小娘子有此冤抑，小生因在贫乡，不能少助为愧。还人遗物，乃是常事，何足为谢！”不告姓名而去。

过了数日，又遇向日相士，不觉失惊道：“足下曾作何好事来？”裴度答云：“无有。”相士道：“足下今日之相，比先大不相牟[③]。阴德纹大见，定当位极人臣，寿登耄耋，富贵不可胜言。”裴度当时，犹以为戏语。后来，果然出将入相，历事四朝，封为晋国公，年享上寿。有诗为证：

纵理纹生相可怜，香山还带竟安然。
淮西荡定功英伟，身系安危三十年。

第二句说是：“返金种得桂枝芬”，乃五代窦禹钧之事。那窦禹钧，蓟州人氏，官为谏议大夫，年三十而无子。夜梦祖父说道：“汝命中已该绝嗣，寿亦只在明岁。及早行善，或可少延。”禹钧唯唯。他本来是个长者，得了这梦，愈加好善。一日薄暮，于延庆寺侧，拾得黄金三十两、白金二百两。至次日清早，便往寺前守候。少顷，见一后生涕泣而来。禹钧迎住问之，后生答道：“小人父亲，身犯重罪，禁于狱中，小人遍恳亲知，共借白金二百两，黄金三十两。昨将去赎父，因主库者不在而归，为亲戚家留款，多吃了杯酒，把东西遗失，今无以赎父矣！”窦公见其言已合银数，乃袖中摸出还之，道：“不消着急，偶尔拾得在此，相候久矣。”这后生接过后，打开看时，分毫不动，叩头相谢。窦公扶起，分外又赠银两而去。其他善事甚多，不可枚举。

一夜，复梦祖先说道：“汝合无子无寿。今有还金阴德种种，名挂天曹，特延算三纪，赐五子显荣。”窦公自此愈积阴功。后果连生五子，长仪，次俨，三侃，四偁，五僖，俱仕宋为显官。窦公寿至八十二，沐浴相别亲戚，谈笑而卒。长乐老冯道有诗赠之云：

燕山窦十郎，教子有义方。
灵椿一株老，丹桂五枝芳。

说话的，为何道这两桩故事？只因亦有一人，曾还遗金，后来，虽不能如二公这等大富大贵，却也免了一个大难，享个大大家事。正是：

种瓜得瓜，种豆得豆。一切祸福，自作自受。

说这苏州府吴江县，离城七十里，有个乡镇，地名盛泽。镇上居民稠广，土俗淳

朴，俱以蚕桑为业。男女勤谨，络纬机杼之声，通宵彻夜。那市上两岸绸牙行，约有千百余家，远近村坊织成绸匹，俱到此上市。四方商贾来收买的，蜂攒蚁集，挨挤不开，路途无伫足之隙，乃出产锦绣之乡，积聚绫罗之地。江南养蚕所在甚多，惟此镇处最盛。有几句口号为证：

东风二月暖洋洋，江南处处蚕桑忙。
蚕欲温和桑欲干，明如良玉发奇光。
缫成万缕千丝长，大筐小筐随络床。
美人抽绎沾唾香，一经一纬机杼张。
咿咿轧轧谐宫商，花团锦簇成匹量。
莫忧入口无餐粮，朝来镇上添远商。

且说嘉靖年间，这盛泽镇上有一人，姓施名复，浑家喻氏，夫妻两口，别无男女。家中开张绸机，每年养几筐蚕儿，妻络夫织，甚好过活。这镇上都是温饱之家，织下绸匹，必积至十来匹，最少也有五六匹，方才上市。那大户人家，积得多的，便不上市，都是牙行引客商上门来买。施复是个小户儿，本钱少，织得三四匹，便去上市出脱。一日，已积了四匹，逐匹把来方方折好，将个布袱儿包裹，一径来到市中。只见人烟辏集，语话喧阗，甚是热闹。施复到个相熟行家来卖，见门首拥着许多卖绸的，屋里坐下三四个客商。主人家跕在柜身里，展看绸匹，估喝价钱。施复分开众人，把绸递与主人家。主人家接来，解开包袱，逐匹翻看一过，将秤准了一准，喝定价钱，递与一个客人道："这施一官是忠厚人，不耐烦的，把些好银子与他。"那客人真个只拣细丝称准，付与施复。施复自己也摸出等子来准一准，还觉轻些，又争添上一二分，也就罢了。讨张纸包好银子，放在兜肚里，收了等子、包袱，向主人家拱一拱手，叫声"有劳"，转身就走。

行不上半箭之地，一眼觑见一家街沿之下，一个小小青布包儿。施复趱步向前，拾起袖过，走到一个空处，打开看时，却是两锭银子，又有三四件小块，兼着一文太平钱儿，把手撷一撷，约有六两多重。心中欢喜道："今日好造化，拾得这些银子，正好将去凑做本钱。"连忙包好，也揣在兜肚里，望家中而回。一头走，一头想："如今家中见开这张机，尽勾日用了。有了这银子，再添上一张机，一月出得多少绸，有许多利息。这项银子，譬如没得，再不要动他。积上一年，共该若干。到来年再添上一张，一年又有多少利息。算到十年之外，便有千金之富。那时造什么房子，买多少田产。"正算得熟滑，看看将近家中，忽地转过念头，想道："这银两若是富人掉的，譬如牯牛身上拔根毫毛，打甚么紧，落得将来受用。若是客商的，他抛妻弃子，宿水餐风，辛勤挣来之物，今失落了，好不烦恼！如若有本钱的，他拼这帐生意扯直，也还不在心上。倘然是个小经纪，只有这些本钱，或是与我一般样苦挣过日，或卖了绸，或脱了丝，这两锭银乃是养命之根，不争失了，就如绝了咽喉之气，一家良善，没甚过活，互相埋怨，必致鬻身卖子。倘是个执性的，气恼不过，肮脏送了性命，也未可知。我虽是拾得的，不十分罪过，但日常动念，使得也不安稳。就是有了这

银子，未必真个便营运发积起来。一向没这东西，依原将就过了日子。不如原往那所在，等失主来寻，还了他去，倒得安乐。”随覆转身而来。正是：

多少恶念转善，多少善念转恶。

劝君诸善奉行，但是诸恶莫作。

当下，施复来到拾银之处，靠在行家柜边，等了半日，不见失主来寻。他本空心出门的，腹中渐渐饥饿，欲待回家吃了饭再来，犹恐失主一时间来，又不相遇，只得忍着等候。少顷，只见一个村庄后生，汗流满面，闯进行家，高声叫道：“主人家，适来银子忘记在柜上，你可曾检得么？”主人家道：“你这人好混帐！早上交银子与了你，这时节却来问我。你若忘在柜上时，莫说一包，再有几包，也有人拿去了。”那后生连把脚跌道：“这是我的种田工本，如今没了，却怎么好？”施复问道：“约莫有多少？”那后生道：“起初在这里卖的丝银六两二钱。”施复道：“把什么包的，有多少件数？”那后生道：“两大锭，又是三四块小的，一个青布银包包的。”施复道：“恁样，不消着急，我拾得在此，相候久矣。”便去兜肚里摸出来，递与那人。那人连声称谢，接过手，打开看时，分毫不动。那时往来的人，当做奇事，拥上一堆，都问道：“在那里拾的？”施复指道：“在这阶沿头拾的。”那后生道：“难得老哥这样好心，在此等候还人。若落在他人手里，安肯如此？如今到是我拾得的了，情愿与老哥各分一半。”施复道：“我若要，何不全取了，却分你这一半？”那后生道：“既这般，送一两谢仪，与老哥买果儿吃。”施复笑道：“你这人是个呆子，六两三两都不要，要你一两银子何用！”那后生道：“老哥，银子又不要，何以相报？”众人道：“看这位老兄，是个厚德君子，料必不要你报。不若请到酒肆中吃三杯，见你的意罢了。”那后生道：“说得是。”便来邀施复同去。施复道：“不消得，不消得！我家中有事，莫要担阁我工夫。”转身就走。那后生留之不住。众人道：“你这人好造化，掉了银子，一文钱不费，便捞到手。”那后生道：“便是。不想世间原有这等好人！”把银包藏了，向主人叫声打搅，下阶而去。众人亦赞叹而散。也有说：“施复是个呆子。拾了银子，不会将去受用，却呆站着等人来还。”也有说：“这人积此阴德，后来必有好处。”

不题众人。且说施复回到家里，浑家问道：“为甚么去了这大半日？”施复道：“不要说起，将到家了，因着一件事，覆身转去，担阁了这一回。”浑家道：“有甚事担阁？”施复将还银之事，说向浑家。浑家道：“这件事也做得好。自古道：‘横财不富命穷人。’倘然命里没时，得了他反生灾作难，到未可知。”施复道：“我正为这个缘故，所以还了他去。”当下，夫妇二人，不以拾银为喜，反以还银为安。衣冠君子中，多有见利忘义的，不意愚夫愚妇，到有这等见识。

从来作事要同心，夫唱妻和种德深。

万贯钱财如粪土，一分仁义值千金。

自此之后，施复每年养蚕，大有利息，渐渐活动。那育蚕有十体、二光、八宜等法，三稀、五广之忌。第一要择蚕种。蚕种好，做成茧小而明厚坚细，可以缫丝。如蚕种不好，但堪为绵纩，不能缫丝，其利便差数倍。第二要时运。有造化的，就蚕种

不好，依般做成丝茧。若造化低的，好蚕种，也要变做绵茧。北蚕三眠，南蚕俱是四眠。眠起饲叶，各要及时。又蚕性畏寒怕热，惟温和为得候。昼夜之间，分为四时，朝暮类春秋，正昼如夏，深夜如冬，故调护最难。江南有谣云：

做天莫做四月天，蚕要温和麦要寒。
秧要日时麻要雨，采桑娘子要晴干。

那施复一来蚕种拣得好，二来有些时运。凡养的蚕，并无一个绵茧。缫下丝来，细员匀紧，洁净光莹，再没一根粗节不匀的。每筐蚕，又比别家分外多缫出许多丝来。照常织下的绸，拿上市去，人看时，光彩润泽，都增价竞买，比往常每匹平添钱方银子。因有这些顺溜，几年间，就增上三四张绸机，家中颇颇饶裕。里中遂庆个号儿，叫做施润泽。却又生下一个儿子，寄名观音大士，叫做观保。年才二岁，生得眉目清秀，到好个孩子。

话休烦絮。那年又值养蚕之时，才过了三眠，合镇阙了桑叶。施复家也只勾两日之用，心下慌张，无处去买。大率蚕市时，天色不时阴雨。蚕受了寒湿之气，又食了冷露之叶，便要僵死，十分之中，就只好存其半，这桑叶就有余了。那年天气温暖，家家无恙，叶遂短阙。且说施复正没处买桑叶，十分焦躁，忽见邻家传说，洞庭山余下桑叶甚多，合了十来家过湖去买。施复听见，带了些银两，把被窝打个包儿，也来趁船。

这时，也是未牌时候，开船摇橹，离了本镇。过了平望，来到一个乡村，地名滩阙。这去处在太湖之傍，离盛泽有四十里之远。天已傍晚，过湖不及，遂移舟进一小港泊住。稳缆停桡，打点收拾晚食，却忘带了打火刀石。众人道："那个上涯去取讨个火种便好。"施复却如神差鬼使一般，便答应道："待我去。"取了一把麻骨，跳上岸来，见家家都闭着门儿。

你道为何天色未晚，人家就闭了门？那养蚕人家，最忌生人来冲。从蚕出至成茧之时，约有四十来日，家家紧闭门户，无人往来。任你天大事情，也不敢上门。当下，施复走过几家，初时甚以为怪，道："这些人家，想是怕鬼拖了人去，日色还在天上，便都闭了门。"忽地想起道："呸！自己是老看蚕，到忘记了，这取火乃养蚕家最忌的，却兜揽这帐。如今那里去讨？"欲待转来，又想道："方才不应承来，到也罢了。若空身回转，教别个来取得时，反是老大没趣。或者有家儿不养蚕的，也未可知。"依旧又走向前去。

只见一家门儿半开半掩。他也不管三七廿一，做两步跨到檐下，却又不敢进去。站在门外，舒颈望着里边，叫声："有人么？"里边一个女人走出来，问道："什么人？"施复满面陪笑道："大娘子，要相求个火儿。"妇人道："这时节，别人家是不肯的。只我家没忌讳，便点个与你，也不妨碍。"施复道："如此，多谢了！"即将麻骨递与，妇人接过手，进去点出火来。施复接了，谢声打搅，回身便走。走不上两家门面，背后有人叫道："那取火的转来！掉落东西了。"施复听得，想道："却不知掉了甚的？"又覆走转去，妇人说道："你一个兜肚，落在此了。"递还施复。施复谢道："难得

大娘子这等善心!”妇人道:“何足为谢?向年我丈夫在盛泽卖丝,落掉六两多银子,遇着个好人拾得,住在那里等候。我丈夫寻去,原封不动,把来还了,连酒也不要吃一滴。这样人方是真正善心人!”施复见说,却与他昔年还银之事相合,甚是骇异,问道:“这事有几年了?”妇人把指头扳算道:“已有六年了。”施复道:“不瞒大娘子说,我也是盛泽人,六年前,也曾拾过一个卖丝官人六两多银子,等候失主来寻,还了去。他要请我,也不要吃他的。但不知可就是大娘子的丈夫?”妇人道:“有这等事!待我教丈夫出来,认一认可是?”施复恐众人性急,意欲不要。不想手中麻骨火将及点完,乃道:“大娘子,相认的事甚缓,求得个黄同纸去引火时,一发感谢不尽。”妇人也不回言,径往里边去了。顷刻间,同一个后生跑出来。彼此睁眼一认,虽然隔了六年,面貌依然,正是昔年还银义士。正是:

一叶浮萍归大海,人生何处不相逢!

当下,那后生躬身作揖道:“常想老哥,无从叩拜,不意今日天赐下顾。”施复还礼不迭。二人作过揖,那妇人也来见个礼。后生道:“向年承老哥厚情,只因一时仓忙,忘记问得尊姓大号住处。后来几遍到贵镇卖丝,问主人家,却又不相认。四面寻访数次,再不能遇见,不期到在敝乡相会。请里面坐。”施复道:“多承盛情垂念。但有几个朋友,在舟中等候火去作晚食,不消坐罢。”后生道:“何不一发请来?”施复道:“岂有此理!”后生道:“既如此,送了火去来坐罢。”便教浑家取个火来,妇人即忙进去。后生问道:“老哥尊姓大号,今到那里去?”施复道:“小子姓施名复,号润泽。今因缺了桑叶,要往洞庭山去买。”后生道:“若要桑叶,我家尽有。老哥今晚住在寒舍,让众人自去。明日把船送到宅上,可好么?”施复见说他家有叶,好不欢喜,乃道:“若宅上有时,便省了小子过湖了,待我回覆众人自去。”妇人将出火来,后生接了,说:“我与老哥同去。”又分付浑家:“快收拾夜饭。”

当下,二人拿了火,来至船边,把火递上船去。众人一个个眼都望穿,将施复埋怨道:“讨个火,什么难事,却去这许多时?”施复道:“不要说起,这里也都看蚕,没处去讨。落后相遇着这位相熟朋友,说了几句话,故此迟了,莫要见怪!”又道:“这朋友偶有余叶在家中,我已买下,不得相陪列位过湖。包袱在舱中,相烦拿来与我。”众人检出付与。那后生便来接道:“待我拿罢。”施复叫道:“列位暂时抛敝,归家相会。”别了众人,随那后生转来,乃问道:“适来忙促,不曾问得老哥贵姓大号。”答道:“小子姓朱名恩,表字子义。”施复道:“今年贵庚多少?”答道:“二十八岁。”施复道:“恁样,小子叨长老哥八年。”又问:“令尊、令堂同居么?”朱恩道:“先父弃世多年,止有老母在堂,今年六十八岁了,吃一口长素。”

二人一头说,不觉已至门首。朱恩推开门,请施复屋里坐下,那卓上已点得灯烛。朱恩放下包裹道:“大嫂,快把茶来!”声犹未了,浑家已把出两杯茶,就门帘内递与朱恩。朱恩接过来,递一杯与施复,自己拿一杯相陪。又问道:“大嫂,鸡可曾宰么?”浑家道:“专等你来相帮。”朱恩听了,连忙把茶放下,跳起身要去捉鸡。原来这鸡就罩在堂屋中左边。施复即上前扯住道:“既承相爱,即小菜饭儿,也是老哥的

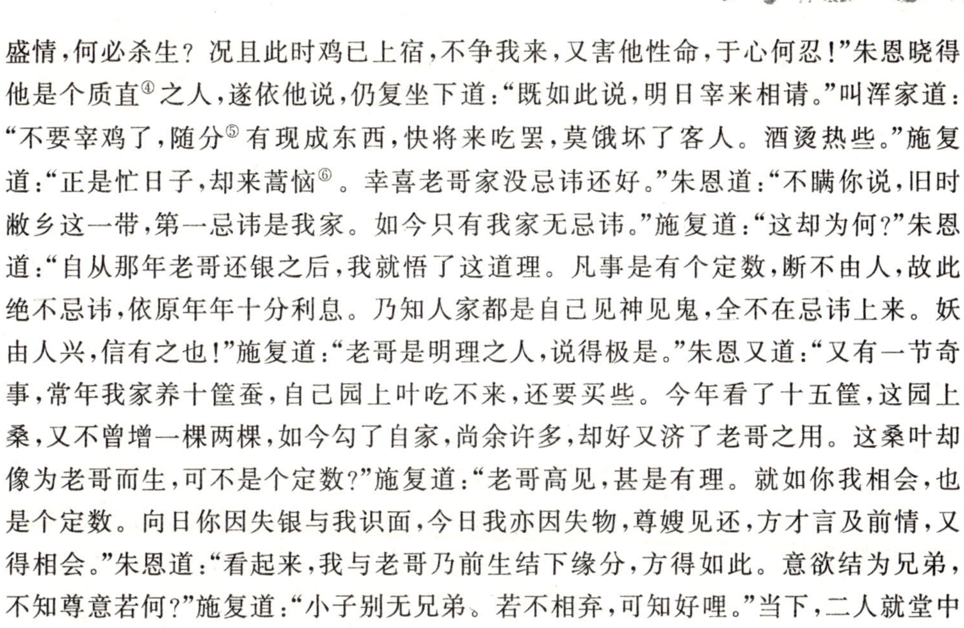

盛情，何必杀生？况且此时鸡已上宿，不争我来，又害他性命，于心何忍！”朱恩晓得他是个质直[4]之人，遂依他说，仍复坐下道：“既如此说，明日宰来相请。”叫浑家道：“不要宰鸡了，随分[5]有现成东西，快将来吃罢，莫饿坏了客人。酒烫热些。”施复道：“正是忙日子，却来蒿恼[6]。幸喜老哥家没忌讳还好。”朱恩道：“不瞒你说，旧时敝乡这一带，第一忌讳是我家。如今只有我家无忌讳。”施复道：“这却为何？”朱恩道：“自从那年老哥还银之后，我就悟了这道理。凡事是有个定数，断不由人，故此绝不忌讳，依原年年十分利息。乃知人家都是自己见神见鬼，全不在忌讳上来。妖由人兴，信有之也！”施复道：“老哥是明理之人，说得极是。”朱恩又道：“又有一节奇事，常年我家养十筐蚕，自己园上叶吃不来，还要买些。今年看了十五筐，这园上桑，又不曾增一棵两棵，如今勾了自家，尚余许多，却好又济了老哥之用。这桑叶却像为老哥而生，可不是个定数？”施复道：“老哥高见，甚是有理。就如你我相会，也是个定数。向日你因失银与我识面，今日我亦因失物，尊嫂见还，方才言及前情，又得相会。”朱恩道：“看起来，我与老哥乃前生结下缘分，方得如此。意欲结为兄弟，不知尊意若何？”施复道：“小子别无兄弟。若不相弃，可知好哩。”当下，二人就堂中八拜为交，认为兄弟。施复又请朱恩母亲出来拜见了。朱恩重复唤浑家出来，见了结义伯伯。一家都欢欢喜喜。

不一时，将出酒肴，无非鱼肉之类。二人对酌，朱恩问道：“大哥有几位令郎？”施复答道：“只有一个，刚才二岁。不知贤弟有几个？”朱恩道：“止有一个女儿，也才二岁。”便教浑家抱出来，与施复观看。朱恩又道：“大哥，与你兄弟之间，再结个儿女亲家何如？”施复道：“如此最好。但恐家寒，攀陪不起。”朱恩道：“大哥何出此言！”两下联了姻事，愈加亲热。杯来盏去，直饮至更余方止。朱恩寻扇板门，把凳子两头阁着，支个铺儿堂中右边，将荐席铺上。施复打开包裹，取出被来丹好。朱恩叫声安置，将中门闭上，向里面去了。施复吹息灯火，上铺卧下，翻来覆去，再睡不着。只听得鸡在笼中，不住吱吱喳喳，想道：“这鸡为甚么只管咭咕？”约莫一个更次，众鸡忽然乱叫起来，却像被什么咬住一般。施复只道是黄鼠狼来偷鸡，霍地立起身，将衣服披着，急来看这鸡。说时迟，那时快，才下铺，走不上三四步，只听得一声响亮，如山崩地裂，不知甚东西打在铺上，把施复吓得半步也走不动。

且说朱恩同母亲、浑家，正在那里饲蚕，听得鸡叫，也认做黄鼠狼来偷，急点火出来看。才动步，忽听见这一响，惊得跌足叫苦道：“不好了！是我害了哥哥性命也，怎么处？”飞奔出来，母、妻也惊骇道：“坏了，坏了！”接脚追随。朱恩开了中门，才跨出脚，就见施复站在中间，又惊又喜道：“哥哥，险些儿吓杀我也！亏你如何走得起身，脱了这祸？”施复道：“若不是鸡叫得慌，起身来看，此时已为齑粉矣！不知是甚东西打将下来？”朱恩道：“乃是一根车轴阁在上边，不知怎地却掉下来？”将火照时，那扇门打得粉碎，凳子都跌倒了。车轴滚在壁边，有巴斗粗大。施复看了，伸出舌头，缩不上去。此时朱恩母、妻，见施复无恙，已自进去了。那鸡也寂然无声。朱恩道：“哥哥起初不要杀鸡，谁想就亏他救了性命。”二人遂立誓戒了杀生。有诗

为证：

昔闻杨宝酬恩雀，今见施君报德鸡。
物性有知皆似此，人情好杀复何为？

当下，朱恩点上灯烛，卷起铺盖，取出稻草，就地上打个铺儿，与施复睡了。到次早起身，外边却已下雨。吃过早饭，施复便要回家。朱恩道："难得大哥到此，须住一日，明早送回。"施复道："你我正都在忙时，总然留这一日，各不安稳。不如早些得我回去，等空闲时，大家宽心相叙几日。"朱恩道："不妨得。譬如今日到洞庭山去了，住在这里话一日儿。"朱恩母亲也出来苦留，施复只得住下。到巳牌时分，忽然作起大风，扬沙拔木，非常利害。接着风就是一阵大雨。朱恩道："大哥，天遣你遇着了我，不去得还好。他们过湖的，有些担险哩！"施复遭："便是。不想起这等大风，真个好怕人子！"那风直吹至晚方息，雨也止了。

施复又住了一宿。次日起身时，朱恩桑叶已采得完备。他家自有船只，都装好了。吃了饭，打点起身。施复意欲还他叶钱，料道不肯要的，乃道："贤弟，想你必不受我叶钱，我到不虚文了。但你家中脱不得身，送我去便担阁两日工夫，若有人顾一个摇去，却不两便？"朱恩道："正要认着大哥家中，下次好来往，如何不要我去？家中也不消得我。"施复见他执意要去，不好阻挡，遂作别朱恩母、妻，下了船。朱恩把船摇动，刚过午，就到了盛泽。施复把船泊住，两人搬桑叶上岸。那些邻家也因昨日这风，却担着愁担子，俱在门首等候消息。见施复到时，齐道："好了！回来也。"急走来问道："他们那里去了不见？共买得几多叶？"施复答道："我在滩阙遇见亲戚家，有些余叶送我，不曾同众人过湖。"众人俱道："好造化！不知过湖的怎样光景哩？"施复道："料然没事。"众人道："只愿如此便好。"

施复就央几个相熟的，将叶相帮搬到家里，谢声有劳，众人自去。浑家接着，道："我正在这里忧你，昨日恁样大风，不知如何过了湖？"施复道："且过来见了朱叔叔，慢慢与你细说。"朱恩上前深深作揖，喻氏还了礼。施复道："贤弟请坐，大娘快取茶来，引孩了来见丈人。"喻氏从不曾见过朱恩，听见叫他是贤弟，又称他是孩子丈人，心中惑突[7]，正不知是兀准，忙忙点出两杯茶，引出小厮来。施复接过茶，递与朱恩。自己且不吃茶，便抱小厮过来，与朱恩看，朱恩见生得清秀，甚是欢喜，放下茶，接过来，抱在手中。这小厮却如相熟的一般，笑嘻嘻全不怕生。施复向浑家说道："这朱叔叔便是向年失银子的，他家住在滩阙。"喻氏道："元来就是向年失银的，如何却得相遇？"施复乃将前晚讨火，落了兜肚，因而言及，方才相会，留住在家，结为兄弟，又与儿女联姻，并不要宰鸡，亏鸡警报，得免车轴之难，所以不曾过湖，今日将叶送回，前后事细细说了一遍。喻氏又惊又喜，感激不尽，即忙收拾酒肴款待。

正吃酒间，忽闻得邻家一片哭声。施复心中怪异，走出来问时，却是昨日过湖买叶的翻了船，十来个人都淹死了，只有一个人得了一块船板，浮起不死，亏渔船上救了，回来报信。施复闻得，吃这惊不小。进来学向朱恩与浑家听了，合掌向天称谢，又道："若非贤弟相留，我此时亦在劫中矣！"朱恩道："此皆大哥平昔好善之报，

与我何干!”施复留朱恩住了一宿。到次早,朝膳已毕,施复道:“本该留贤弟闲玩几日,便是晓得你家中事忙,不敢担误在此。过了蚕事,然后来相请。”朱恩道:“这里原是不时往来的,何必要请。”施复又买两盒礼物相送,朱恩却也不辞。别了喻氏,解缆开船。施复送出镇上,方才分手。正是:

只为还金恩义重,今朝难舍弟兄情。

且说施复是年蚕丝利息,比别年更多几倍。欲要又添张机儿,怎奈家中窄隘,摆不下机床。大凡人时运到来,自然诸事遇巧。施复刚愁无处安放机床,恰好间壁邻家住着两间小房,连年因蚕桑失利,嫌道住居风水不好,急切要把来出脱,正凑了施复之便。那邻家起初没售主时,情愿减价与人。及至施复肯与成交,却又道方员无真假,比原价反要增厚,故意作难刁蹬,直征个心满意足,方才移去。那房子还拆得如马坊一般。施复一面唤匠人修理,一面择吉铺设机床。自己将把锄头去垦机坑,约摸锄了一尺多深,忽锄出一块大方砖来。揭起砖时,下面圆圆一个坛口,满满都是烂米。施复说道:“可惜这一坛米,如何却埋在地下?”又想道:“上边虽然烂了,中间或者还好。”丢了锄头,把手去捧那烂米,还不上一寸,便露出一搭雪白的东西来。举目看时,不是别件,却是腰间细、两头[illegible],凑心的细丝锭儿。施复欲待运动,恐怕被匠人们撞见,沸扬开去。急忙原把土泥掩好,报知浑家。直至晚上,匠人去后,方才搬运起来,约有千金之数。夫妻们好不欢喜。施复因免了两次大难,又得了这注财乡,愈加好善。凡力量做得的好事,便竭力为之。做不得的,他也不敢勉强。因此里中随有长者之名。夫妻依旧省吃俭用,昼夜营运,不上十年,就长有数千金家事。又买了左近一所大房居住,开起三四十张绸机,又讨几房家人小厮,把个家业,收拾得十分完美。儿子观保,请个先生在家,教他读书,取名德胤。行聘礼定了朱恩女儿为媳。俗语说得好:“六亲合一运。”那朱恩家事,也颇颇长起。二人不时往来,情分胜如嫡亲。

话休絮烦。且说施复新居房子,别屋都好,惟有厅堂摊塌坏下,看看要倒,只得兴工改造。他本寒微出身,辛苦作家惯了,不做财主身分,日逐也随着做工的搬瓦弄砖,拿水提泥。众人不晓得他是勤俭,都认做借意监工,没一个敢怠惰偷力。工作半月有余,择了吉日良时,立柱上梁。众匠人都吃利市酒去了,止存施复一人,两边检点柱脚,若不平准的,便把来垫稳。看到左边中间柱脚歪斜,把砖去垫。偏有这等作怪的事,左垫也不平,右垫又不稳。索性拆开来看,却原来下面有块三角沙石,尖头正向着上边,所以垫不平,乃道:“这些匠工精鸟帐!这块石怎么不去了,留在下边?”便将手去一攀,这石随手而起。拿开石看时,到吃一惊。下面雪白的一大堆银子。其锭大小不一,上面有几个一样大的,腰间都束着红绒,其色甚是鲜明。又喜又怪。喜的是得这一大注财物,怪的是这几锭红绒束的银子,他不知藏下几多年了,颜色还这般鲜明。当下不管好歹,将衣服做个兜儿,抓上许多,原把那块石盖好,飞奔进房,向床上倒下。喻氏看见,连忙来问:“是那里来的?”施复无暇答应,见儿子也在房中,即叫道:“观保,快同我来!”口中便说,脚下乱跑。喻氏即解其意。

父子二人，来至外边，教儿子看守，自己分几次搬完。这些匠人，酒还吃未完哩！

施复搬完了，方与浑家说知其故。夫妻三人，好不喜！把房门闭上，将银收藏，约有二千余金。红绒束的，止有八锭，每锭准准三两。收拾已完，施复要拜天地。换了巾帽长衣，开门出来。那些匠人，手忙脚乱，打点安柱上梁。见柱脚倒乱，乃道："这是谁个弄坏了？又要费一番手脚！"施复道："你们垫得不好，须还要重整一整。"工人知是家长所为，谁敢再言？流水自去收拾，那晓其中奥妙。施复仰天看了一看，乃道："此时正是卯时了，快些竖起来。"众匠人闻言，七手八脚，一会儿便安下柱了，抬梁上去。里边托出一大盘抛梁馒首，分散众人。邻里们都将着果酒，来与施复把盏庆贺。施复因掘了藏，愈加快活，分外兴头，就吃得个半醺。正是：

人逢喜事精神爽，月到中秋分外明。

施复送客去后，将巾帽长衣脱下，依原随身短衣，相帮众人。到巳牌时分，偶然走至外边，忽见一个老儿，庞眉白发，年约六十已外，来到门首，相了一回，乃问道："这里可是施家么?"施复道："正是。你要寻那个?"老儿道："要寻你们家长，问句话儿。"施复道："小子就是。老翁有甚话说？请里面坐了。"那老儿听见就是家主，把他上下只管瞧看，又道："你真个是么?"施复笑道："我不过是平常人，那个肯假?"老儿举一举手，道："老汉不为礼了，乞借一步话说。"拉到半边，问道："宅上可是今日卯时上梁安柱么?"施复道："正是。"老儿又道："官人可曾在左边中间柱下，得些财采?"施复见问及这事，心下大惊，想道："他却如何晓得？莫不是个仙人！"因道着心事，不敢隐瞒，答道："果然有些。"老儿又道："内中可有八个红绒束的锭么?"施复一发骇异，乃道："有是有的，老翁何由知得这般详细?"老儿道："这八锭银子，乃是老汉的，所以知得。"施复道："即是老翁的，如何却在我家柱下?"那老儿道："有个缘故。老汉叫做薄有寿，就住在黄江南镇上，止有老荆两口，别无子女。门首开个糕饼馒头等物点心铺子，日常用度有余，积至三两，便倾成一个锭儿。老荆孩子气，把红绒束在中间，无非尊重之意。因墙卑室浅，恐露人眼目，缝在一个暖枕之内，自谓万无一失。积了这几年，共得八锭，以为老夫妻身后之用，尽有余了。不想今早五鼓时分，老汉梦见枕边走出八个白衣小厮，腰间俱束红绦，在床前商议道：'今日卯时，盛泽施家竖柱安梁，亲族中应去的，都已到齐了，我们也该去矣。'有一个问道：'他们都在那一个所在?'一个道：'在左边中间柱下。'说罢，往外便走。有一个道：'我们住在这里一向，如不别而行，觉道忒薄情了。'遂俱覆转身向老汉道：'久承照管，如今却要抛撇，幸勿见怪！'那时，老汉梦中，不认得那八个小厮是谁，也不晓得是何处来的，问他道：'八位小官人，是几时来的？如何都不相认?'小厮答道：'我们自到你家，与你只会得一面，你就把我们撇在脑后，故此我们便认得你，你却不认得我。'又指腰间红绦道：'这还是初会这次，承你送的，你记得了么?'老汉一时想不着几时与他的，心中止挂欠无子，见其清秀，欲要他做个干儿，又对他道：'既承你们到此，何不住在这里，父子相看，帮我做个人家？怎么又要往别处去?'八个小厮笑道：'你要我们做儿子，不过要送终之意。但我们该旺处去的，你这老官儿，消受不起。'

说罢，一齐往外而去。老汉此时觉道睡在床上，不知怎地，身子已到门首，再三留之，头也不回，惟闻得说道：'天色晏了，快走罢！'一齐乱跑。老汉追将上去，被草根绊了一交，惊醒转来。与老荆说知，就疑惑这八锭银子作怪。到早上拆开枕看时，都已去了。欲要试验此梦，故特来相访，不想果然。"施复听罢，大惊道："有这样奇事！老翁不必烦恼，同我到里面来坐。"薄老道："这事已验，不必坐了。"施复道："你老人家许多路来，料必也饿了，见成点心，吃些去也好。"

这薄老儿见留他吃点心，到也不辞，便随进来。只见新竖起三间堂屋，高大宽敞，木材巨壮。众匠人一个个乒乒乓乓，耳边惟闻斧凿之声，比平常愈加用力。你道为何这般勤谨？大凡新竖屋那日，定有个犒劳筵席，利市赏钱。这些匠人打点吃酒要钱，见家主进来，故便假殷勤讨好。薄老儿看着如此热闹，心下嗟叹道："怪道这东西欺我消受他不起，要望旺处去。原来他家恁般兴头！咦！这银子却也势利得狠哩！"

不一时，来至一小客座中，施复请他坐下，急到里边，向浑家说知其事。喻氏亦甚怪异，乃对施复道："这银子既是他送终之物，何不把来送还，做个人情也好。"施复道："正有此念，故来与你商量。"喻氏取出那八锭银子，把块布包好，施复袖了，分付讨些酒食与他吃。复到客座中，摸出包来，道："你看，可是那八锭么？"薄老儿接过打开一看，分毫不差，乃道："正是这八个怪物。"那老儿把来左翻右相，看了一回，对着银子说道："我想你缝在枕中，如何便会出来？黄江泾到此有十里之远，人也怕走，还要趁个船儿。你又没有脚，怎地一回儿就到了这里？"口中便说，心下又转着苦挣之难，失去之易，不觉眼中落下两点泪来。施复道："老翁不必心伤，小子情愿送还，赠你老人家百年之用。"薄老道："承官人厚情。但老汉无福享用，所以走了。今若拿去，少不得又要走的，何苦讨恁般烦恼吃！"施复道："如今乃我送你的，料然无妨。"薄老只把手来摇道："不要，不要！老汉也是个知命的，勉强来，一定不妙。"

施复因他坚执不要，又到里边与浑家商议。喻氏道："他虽不要，只我们心上过意不去。"又道："他或者消受这十锭不起，一二锭量也不打紧。"施复道："他执意一锭也不肯要。"喻氏道："我有个道理在此。把两锭裹在馒头里，少顷送与他作点心，到家看见，自然罢了，难道又送来不成？"施复道："此见甚妙。"喻氏先支持酒肴出去。薄老坐了客位，施复对面相陪。薄老道："没事打搅官人，不当人子！"施复道："见成菜酒，何足挂齿？"当下，三杯两盏，吃了一回。薄老儿不十分会饮，不觉半醉。施复讨饭与他吃罢，将要起身作谢，家人托出两个馒头。施复道："两个粗点心，带在路上去吃。"薄老道："老汉酒醉饭饱，连夜饭也不要吃了，路上如何又吃点心？"施复道："总不吃，带回家去便了。"薄老儿道："不消得，不消得！老汉家中做这项生意的，日逐自有，官人留下赏人罢。"施复把来推在袖里道："我这馒头馅好，比你铺中滋味不同，将回去吃，便晓得。"那老儿见其意殷勤，不好固辞，乃道："没甚事到此，又吃又袖，罪过，罪过！"拱拱手道："多谢了！"往外就走。施复送出门前，那老儿自言自语道："来便来了，如今去不知可就有便船？"施复见他醉了，恐怕遗失了这两个

馒头，乃道："老翁，不打紧，我家有船，教人送你回去。"那老儿点头道："官人，难得你这样好心，可知有恁般造化！"施复唤个家人，分付道："你把船送这大伯子回去，务要送至家中，认了住处，下次好去拜访。"家人应诺。

薄老儿相辞下船，离了镇上，望黄江泾而去。那老儿因多了几杯酒，一路上问长问短，十分健谈。不一时已到，将船泊住，扶那老儿上岸，送到家中。妈妈接着，便问："老官儿，可有这事么?"老儿答道："千真万真！"口中便说，却去袖里摸出那两个馒头，递与施复家人道："一官宅上事忙，不留吃茶了，这馒头转送你当茶罢。"施家人答道："我官人特送你老人家的，如何却把与我?"薄老道："你官人送我，已领过他的情了。如今送你，乃我之情，你不必固执。"家人再三推却不过，只得受了，相别下船，依旧摇回。

到自己河下，把船缆好，拿着馒头上岸。恰好施复出来。一眼看见，问道："这馒头，我送薄老官的，你如何拿了回来?"答道："是他转送小人当茶，再三推辞不脱，勉强受了他的。"施复暗笑道："原来这两锭银，那老儿还没福受用，却又转送别人。"想道："或者到是那人造化，也未可知。"乃分付道："这两个馒头，滋味比别的不同，莫要又与别人。"答应道："小人晓得。"那人来到里边，寻着老婆，将馒头递与。还未开言说是那里来的，被伙伴中叫到外边吃酒去了。原来，那人已有两个儿女，正害着痞膨食积病症。当下婆娘接在手中，想道："若被小男女看见，偷去吃了，到是老大利害。不如把去大娘，换些别样点心哄他罢。"即便走来，向主母道："大娘，丈夫适才不知哪里拿这两个馒头，我想小男女正害肚腹病，倘看见偷吃了，这病却不一发加重！欲要求大娘换甚不伤脾胃的点心，哄那两个男女。"说罢，将馒头放在卓上。喻氏不知其细，遂拣几件付与他去，将馒头放过。

少顷，施复进来，把薄老转与家人馒头之事，说向浑家，又想："谁想到是他的造化！"喻氏听了，乃知把来换点心的就是，答道："元来如此！却也奇异！"便去拿那两个馒头，递与施复道："你拍这馒头来看。"施复不知何意，随手拍开，只听得卓上当的一响，举目看时，乃是一绽红绒束的银子，问道："馒头如何你又取了他的?"喻氏将那婆娘来换点心之事说出。夫妻二人，不胜嗟叹，方知银子赶人，麾之不去；命里无时，求之不来。施复因怜念薄老儿，时常送些钱米与他，到做了亲戚往来。死后，又买块地儿殡葬。后来施德胤长大，娶朱恩女儿过门，夫妻孝顺。施复之富，冠于一镇。夫妇二人，各寿至八十外，无疾而终。至今子孙蕃衍，与滩阙朱氏，世为姻谊云。有诗为证：

六金还取事虽微，感德天心早鉴知。
滩阙巧逢恩义报，好人到底得便宜。

【注释】

①刚骘(音 zhì)：阴德。

②大辟：古五刑之一，谓死刑。

③相牟：相同。

④质直:朴实正直。

⑤随分:就便。

⑥蒿恼:打扰。

⑦惑突:疑惑。

李玉英狱中讼冤

人间夫妇愿白首,男长女大无疾疢。男娶妻兮妇嫁夫,频见森孙会行走。若还此愿遂心怀,百年瞑目黄泉台。莫教中道有差跌,前妻晚妇情离乖。晚妇狠毒胜蛇蝎,枕边谮语无休歇。自己生儿似宝珍,他人子女遭磨灭。饭不饭兮茶不茶,蓬头垢面徒伤嗟。君不见大舜历山终夜泣,闵骞十月衣芦花。

这篇言语,大抵说人家继母心肠狠毒,将亲生子女胜过一颗九曲明珠,乃希世之宝,何等珍重。这也是人之常情,不足为怪。单可恨的,偏生要把前妻男女,百般凌虐,粪土不如。若年纪在十五六岁,还不十分受苦。纵然磨灭,渐渐长大,日子有数。惟有十岁内外的小儿女,最为可怜。然虽如此,其间原有三等。那三等?

第一等,乃富贵之家。幼时自有乳母养娘伏侍,到五六岁便送入学中读书。况且亲族蕃盛,手下婢仆耳目众多,尚怕被人谈论,还要存个体面,不致有饥寒打骂之苦。或者自生得有子女,要独吞家业,索性倒弄个斩草除根的手段。有诗为证:

焚廪捐阶事可伤,申生遭谤伯奇殃。
后妻煽处从来有,几个男儿肯直肠。

第二等,乃中户人家。虽则体面还有,料道幼时未必有乳母养娘伏侍,诸色尽要在继母手内出放,那饥寒打骂就不能勾免了。若父亲是个硬挣的,定然卫护女儿,与老婆反目厮闹,不许他凌虐。也有惧怕丈夫利害,背着眼方敢施行。倘遇了那不怕天,不怕地,也不怕羞,也不怕死,越杀越上的泼悍婆娘,动辄便拖刀弄剑,不是刎颈上吊,定是奔井投河,惯把死来吓老公,常有弄假成真,连家业都完在他身上。俗语道得好:逆子顽妻,无药可治。遇着这般泼妇,难道终日厮闹不成?少不得闹过几次,奈何他不下,到只得诈瞎妆聋,含糊忍痛。也有将来过继与人,也有送去为僧学道,或托在父兄外家寄养。这还是有些血气的所为。又有那一种横肚肠,烂心肝,忍心害理,无情义的汉子。前妻在生时,何等恩爱,把儿女也何等怜惜。到得死后,娶了晚妻,或奉承他妆奁富厚,或贪恋颜色美丽,或中年娶了少妇,固这几般上,弄得神魂颠倒,意乱心迷,将前妻昔日恩义,撇向东洋大海。儿女也渐渐做了眼中之钉,肉内之刺。到得打骂,莫说护卫劝解,反要加上一顿,取他的欢心。常有后生儿女都已婚嫁,前妻之子尚无妻室。公论上说不去时,胡乱娶个与他。后母还千方百计做下魇魅,要他夫妻不睦。若是魇魅不灵,便打儿子,骂媳妇,撺掇老公告忤逆,赶逐出去。那男女之间,女儿更觉苦楚。孩子家打过了,或向学中攻书,或与邻家孩子们顽要,还可以消遣。做了女儿时,终口不离房户,与那夜叉婆挤做一块,不住脚把他使唤,还要限每日做若干女工。做得少,打骂自不必说。及至趱足了,

却又嫌好道歉，也原脱白不过。生下儿女，恰像写着包揽文书的，日夜替他怀抱，倘若啼哭，便道是不情愿，使性儿难为他孩子。偶或有些病症，又道是故意惊吓出来的。就是身上有个蚊虫疤儿，一定也说是故意放来钉的。更有一节苦处，任你滴水成冰的天气，少不得向冰孔中洗浣污秽衣服，还要憎嫌洗得不洁净，加一场咒骂。熬到十五六岁，渐渐成人。那时打骂，就把污话来肮脏了，不骂要趁汉，定说想老公。可怜女子家无处伸诉，只好向背后吞声饮泣！倘或听见，又道妆这许多妖势。多少女子当不起恁般羞辱，自去寻了一条死路。有诗为证：

不正夫纲但怕婆，怕婆无奈后妻何！

任他打骂亲生女，暗地心疼不敢诃。

第三等，乃朝趁暮食，肩担之家。此等人家儿女，纵是生母在时，只好苟免饥寒，料道没甚丰衣足食。巴到十来岁，也就要指望教去学做生意，趁三文五文帮贴柴火。若又遇着个凶恶继母，岂不是苦上加苦。口中吃的，定然有一顿没一顿，担饥忍饿。就要口热汤，也须请问个主意，不敢擅专。身上穿的，不是前拖一块，定是后破一爿。受冻挨寒，也不敢在他面前说个冷字。那几根头发，整年也难得与梳子相会，胡乱挽个角儿，还不时捋得披头盖脸。两只脚久常赤着，从不曾见鞋袜面。若得了双草鞋，就胜如穿着粉底皂靴。专任的是劈柴烧火，担水提浆。稍不如意，软的是拳头脚尖，硬的是木柴棍棒。那咒骂乃口头言语，只当与他消闲。到得将就挑得担子，便限着每日要赚若干钱钞。若还缺了一文，少不得敲个半死。倘肯撺掇老公，卖与人家为奴，这就算他一点阴骘。所以小户人家儿女，经着后母，十个到有九个磨折死了。有诗为证：

小家儿女受艰辛，后母加添妄怒嗔。

打骂饥寒浑不免，人前一样唤娘亲。

说话的，为何只管絮絮叨叨，道后母的许多短处？只因在下今日要说一个继母谋害前妻儿女，后来天理昭彰，反受了国法，与天下的后母做个榜样，故先略道其概。这段话文，若说出来时：

直教铁汉也心酸，总是石人亦泪洒！

你道这段话文出在那里？就在本朝正德年间。北京顺天府旗手卫，有个荫籍[①]百户李雄。他虽是武弁出身，却从幼聪明好学，深知典籍。及至年长，身材魁伟，膂力过人，使得好刀，射得好箭，是一个文武兼备的将官。因随太监张永征陕西安化王有功，升锦衣卫千户。娶得个夫人何氏。夫妻十分恩爱，生下三女一男：儿子名曰承祖，长女名玉英，次女名桃英，三女名月英。元来是个先花后果的，倒是玉英居长，次即承祖。不想何氏自产月英之后，便染了个虚怯症候。不上半年，呜呼哀哉。可怜：

留得旧时残锦绣，每因肠断动悲伤。

那时，玉英刚刚六岁，承祖五岁，桃英三岁，月英止有五六个月。虽有养娘奶子伏侍，到底像小鸡失了鸡母，七慌八乱，啼啼哭哭。李雄见儿女这般苦楚，心下烦

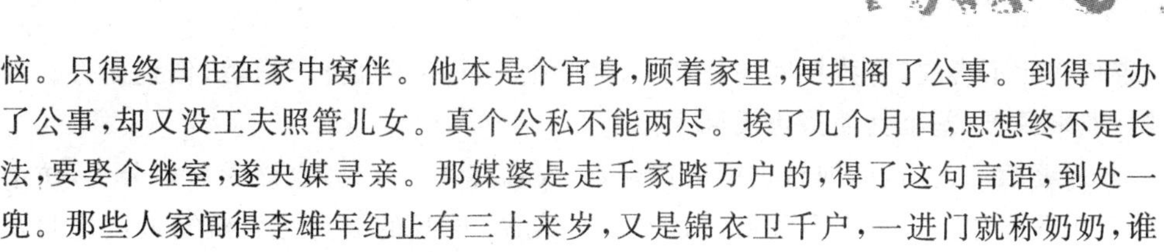

恼。只得终日住在家中窝伴。他本是个官身，顾着家里，便担阁了公事。到得干办了公事，却又没工夫照管儿女。真个公私不能两尽。挨了几个月日，思想终不是长法，要娶个继室，遂央媒寻亲。那媒婆是走千家踏万户的，得了这句言语，到处一兜。那些人家闻得李雄年纪止有三十来岁，又是锦衣卫千户，一进门就称奶奶，谁个不肯。三日之间，就请了若干庚帖送来，任凭李雄选择。

俗语有云：姻缘本是前生定，不许今人作主张。李雄千择万选，却拣了个姓焦的人家女儿，年方一十六岁，父母双亡，哥嫂作主。那哥哥叫做焦榕，专在各衙门打干，是一个油里滑的光棍。李雄一时没眼色，成了这头亲事，少不得行礼纳聘。不则一日，娶得回家，花烛成亲。那焦氏生得有六七分颜色，女工针指，却也百伶百俐，只是心肠有些狠毒。见了四个小儿女，便生嫉妒之念。又见丈夫十分爱惜，又不时叮嘱好生抚育，越发不怀好意。他想道："若没有这一窝子贼男女，那官职产业好歹是我生子女来承受。如今遗下许多短命贼种，纵挣得泼天家计，少不得被他们先拔头筹。设使久后也只有今日这些家业，派到我的子女，所存几何，可不白白与他辛苦一世？须是哄热了丈夫，然后用言语唆冷他父子，磨灭死两三个，止存个把，就易处了。"你道天下有恁样好笑的事！自己方才十五六岁，还未知命短命长，生育不生育，却就算到几十年后之事，起这等残忍念头，要害前妻儿女，可胜叹哉！有诗为证：

娶妻原为生儿女，见成儿女反为仇。
不是妇人心最毒，还因男子没长筹。

自此之后，焦氏将着丈夫百般殷勤趋奉。况兼正在妙龄，打扮得如花朵相似，枕席之间，曲意取媚。果然哄得李雄千欢万喜，百顺百依。只有一件不肯听他。你道是那件？但说到儿女面上，便道："可怜他没娘之子，年幼娇痴。倘有不到之处，须将好言训诲，莫要深责。"焦氏撺唆了几次，见不肯听，忍耐不住。

一日，趁老公不在家，寻起李承祖事过，揪来打骂。不道那孩子头皮寡薄，他的手儿又老辣。一顿乱打，那头上却如酵到馒头，登时肿起几个大疙瘩。可怜打得那孩子无个地孔可钻，号淘痛哭。养娘奶子解劝不住。那玉英年纪虽小，生性聪慧，看见兄弟无故遭此毒打，已明白晚母不是个善良之辈。心中苦楚，泪珠乱落。在旁看不过，向前道："告母亲，兄弟年幼无知，望乞饶恕则个！"焦氏喝道："小贱人！谁要你多言？难道我打不得的么？你的打也只在头上滴溜溜转了，却与别人讨饶？"玉英闻得这话，愈加哀楚。

正打之间，李雄已回。那孩子抱住父亲，放声号恸。李雄见打得这般光景，暴躁如雷，翻天作地，闹将起来。那婆娘索性抓破脸皮，反要死要活，分毫不让。早有人报知焦榕，特来劝慰。李雄告诉道："娶令妹来，专为要照管这几个儿女。岂是没人打骂，娶来凌贱不成！况又几番嘱付，可怜无母娇幼，你即是亲母一般，凡事将就些。反故意打得如此模样！"焦榕假意埋怨了妹子几句，陪个不是，道："舍妹一来年纪小，不知世故；二来也因从幼养娇了性子，在家任意惯了。妹丈不消气得！"又道：

"省得在此不喜欢,待我接回去住几日,劝喻他下次不可如此。"道罢,作别而去。少顷,雇乘轿子,差个女使接焦氏到家。

那婆娘一进门,就埋怨焦榕道:"哥哥,奴总有甚不好处,也该看爹娘分上,访个好对头匹配才是。怎么胡乱肮脏送在这样人家,误我的终身?"焦榕笑道:"论起嫁这锦衣卫千户,也不算肮脏了。但是你自己没有见识,怎么抱怨别人?"焦氏道:"那见得我没有见识?"焦榕道:"妹夫既将儿女爱惜,就顺着他性儿,一般着些痛热。"焦氏嚷道:"又不是亲生的,教我着疼热,还要算计哩!"焦榕笑道:"正因这上,说你没见识。自古道:'将欲取之,必固与之。'你心下越不喜欢这男女,越该加意爱护。"焦氏道:"我恨不得顷刻除了这几个冤孽,方才干净。为何反要将他爱护?"焦榕道:"大抵小儿女,料没甚大过失。况婢仆都是他旧人,与你恩义尚疏。稍加责罚,此辈就到家主面前轻事重报,说你怎地凌虐。妹夫必然着意防范,何繇除得?他存了这片疑心,就是生病死了,还要疑你有甚缘故,可不是无丝有线!你若将就容得,落得做好人。抚养大了,不怕不孝顺你。"焦氏把头三四摇道:"这是断然不成!"焦榕道:"毕竟容不得,须依我说话。今后将他如亲生看待。婢仆们施些小惠,结为心腹,暗地察访。内中倘有无心向你,并口嘴不好的,便赶逐出去。如此过了一年两载,妹夫信得你真了,婢仆又皆是心腹,你也必然生下子女,分了其爱。那时觑个机会,先除却这孩子,料不疑虑到你。那几个丫头,等待年长,叮嘱童仆们一齐驾起风波,只说有私情勾当。妹夫是有官职的,怕人耻笑,自然逼其自尽。是恁样阴唆阳劝做去,岂不省了目下受气?又见得你是好人。"焦氏听了这片言语,不胜喜欢道:"哥哥言之有理!是我错埋怨你了。今番回去,依此而行。倘到紧要处,再来与哥哥商量。"

不题焦榕兄妹计议。且说李雄因老婆凌贱儿女,反添上一顶愁帽儿,想道:"指望娶他来看顾儿女,却到增了一个魔头!后边日子正长,教这小男女怎生得过?"左思右算,想出一个道理。你道是什么道理?元来收拾起一间书室,请下一个老儒,把玉英、承祖送入书堂读书,每日茶饭俱着人送进去吃,直至晚方才放学。教他远了晚娘,躲这打骂。那桃英、玉英自有奶子照管,料然无妨。

常言:夫妻是打骂不开的。过了数日,只得差人去接焦氏。焦榕备些礼物,送将回来。焦氏知得请下先生,也解了其意,更不道破。这番归来,果然比先大不相同,一味将笑撮在脸上,调引这几个小男女,亲亲热热,胜如亲生。莫说打骂,便是气儿也不再呵一口。待婢仆们也十分宽恕,不常赏赐小东西。但凡下人,肚肠极是窄狭,得了须微之利,便极口称功诵德,欢声溢耳。李雄初时甚觉奇异,只道惧怕他闹炒,当面假意殷勤,背后未必如此。几遍暗地打听,冷眼偷瞧,更不见有甚别样做作。过了年余,愈加珍爱。李雄万分喜悦,想道:"不知大舅怎生样劝喻,便能改过从善如此。可见好人原容易做的,只在一转念耳。"从此放下这片肚肠,夫妻恩爱愈笃。

那焦氏巴不能生下个儿子。谁知做亲二年,尚没身孕。心中着急,往各处寺观

庵堂，烧香许愿。那菩萨果是有些灵验。烧了香，许过愿，真个就身怀六甲。到得十月满足，生下一个儿子，乳名亚奴。你道为何叫这般名字？元来民间有个俗套，恐怕小儿家养不大，常把贱物为名，取其易长的意思。因此，每每有牛儿、狗儿之名。那焦氏也恐难养，又不好叫恁般名色，故只唤做亚奴，以为比奴仆尚次一等，即如牛儿、狗儿之意。李雄只道焦氏真心爱惜儿女，今番生下亚奴，亦十分珍重。三朝满月，遍请亲友吃庆喜筵宴。不在话下。

常言说得好：只愁不养，不愁不长。眨眼间，不觉亚奴又已周岁。那时玉英已是十龄，长得婉丽飘逸，如画图中人物。且又赋性敏慧，读书过目成诵，善能吟诗作赋。其他描花刺绣，不教自会。兄弟李承祖虽然也是个聪明孩子，到底赶不上姐姐。曾咏绿萼梅，诗云：

并是调羹种，偏栽碧玉枝。
不夸红有艳，兼笑白无奇。
蕊绽莺忘啄，花香蝶未窥。
陇头羌笛奏，芳草总堪疑。

因有了这般才藻，李雄倍加喜欢。连桃英、月英也送入书堂读书。又尝对焦氏道："玉英女儿有如此美才，后日不舍得嫁他出去。访一个有才学的秀士入赘家来，待他夫妇唱和，可不好么？"焦氏口虽赞美，心下越增妒忌，正要设计下手。

不想其年乃正德十四年，陕西反贼杨九儿据皋兰山作乱，累败官军，地方告急。朝廷遣都指挥赵忠充总兵官，统领兵马前去征讨。赵忠知得李雄智勇相兼，特荐为前部先锋。你想军情之事，火一般紧急，可能勾少缓？半月之间，择日出师。李雄收拾行装器械，带领家丁起程。临行时，又叮嘱焦氏好生看管儿女。焦氏答道："这事不消分付！但愿你阵面上神灵护佑，马到成功，博个封妻荫子。"夫妻父子正在分别，外边报："赵爷传令教场相会。"李雄洒泪出门。急急上马，直至教场中演武厅上，与诸将参谒已毕。朝廷又差兵部官犒劳，三军齐向北阙谢恩，口称万岁三声。赵爷分付李雄带领前部军马先行。

李雄领了将令，放起三个轰天大炮，众军一声呐喊，遍地锣鸣，离了教场，望陕西而进。军容整肃，器仗鲜明。一路上，逢山开径，遇水叠桥。不则一日，已至陕西地面。安营下寨，等大军到来，一齐进发。与贼兵连战数阵，互相胜负。到七月十四，贼兵挑战。赵爷令李雄出阵。那李雄统领部下精兵，奋勇杀入。贼兵抵挡不住，大败而走。李雄乘胜追逐数里。不想贼人伏兵四起，团团围住，左冲右突，不能得脱。外面救兵又被截断。李雄部下虽然精勇，终是众寡不敌。鏖战到晚，一军尽没。可怜李雄盖世英雄，到此一场春梦！正是：

正气千寻横宇宙，孤魂万里占清寒。

赵忠出征之事，按下不题。却说焦氏方要下手，恰好遇着丈夫出征，可不天凑其便？李雄去了数日，一乘轿子，抬到焦榕家里，与他商议。焦榕道："据我主意，再缓几时。"焦氏道："却是为何？"焦榕道："妹夫不在家，死了定生疑惑。如今还是把

他倍加好好看承。妹夫回家知道，越信你是个好人。那时，出其不意，弄个手脚，必无疑惑，可不妙哉！”焦氏依了焦榕说话，真个把玉英姊妹看承比前又胜几分。终日盼望李雄得胜回朝。谁知已到八月初旬，陕西报到京中，说七月十四日与贼交锋，前部千户李雄恃勇深入，先胜后败，全军尽没。焦榕是专在各衙门打干的，早已知得这个消息，吃了一惊，如飞报于妹子。焦氏闻说丈夫战死，放声号恸。那玉英姊妹尤为可怜，一个个哭得死而复苏。焦氏与焦榕商议，就把先生打发出门，合家挂孝，招魂设祭，摆设灵座。亲友尽来吊唁。那时，焦氏将脸皮翻转，动辄便是打骂。

又过了月余，焦氏向焦榕道：“如今丈夫已死，更无别虑，动了手罢。”焦榕道：“我有个妙策在此，不消得下手。只教他死在他乡外郡，又怨你不着。”焦氏忙问：“有何妙策？”焦榕道：“妹夫阵亡，不知尸首下落。再挨两月，等到严寒天气，差一个心腹家人，同承祖到陕西寻觅妹夫骸骨。他是个孩子家，那曾经途路风霜之苦。水土不服，自然中道病死。设或熬得到彼处，叮嘱家人撇了他，暗地自回。那时，身畔没了盘缠，进退无门，不是冻死，定是饿死。这几个丫头，饶他性命，卖与人为妾作婢，还值好些银子。岂非一举两得！”焦氏连称有理。

耐至腊月初旬，焦氏唤过李承祖说道：“你父亲半世辛勤，不幸丧于沙场，无葬身之地。虽在九泉，安能瞑目！昨日闻得舅舅说，近日赵总兵连胜数阵，敌兵退去千里之外，道路已是宁静。我欲亲往陕西，寻觅你父亲骸骨归葬，少尽夫妻之情，又恐我是个少年寡妇，出头露面，必被外人谈耻。故此只得叫家人苗全服事你去走遭。倘能寻得回来，也见你为子的一点孝心。行装都已准备下了，明早便可登程。”承祖闻言，双眼流泪道：“母亲言之有理！孩儿明早便行。”玉英料道不是好意，大吃一惊，乃道：“告母亲：爹爹暴弃沙场，理合兄弟前去寻觅。但他年纪幼小，道途跋涉，未曾经惯。万一有些山高水低，可不枉送一死？何不再差一人，与苗全同去，总是一般的。”焦氏大怒道：“你这逆种！当初你父存日，将你姊妹如珍宝一般爱惜，如今死了，就忘恩背义，连骸骨也不要了！你读了许多书，难道不晓得昔日木兰代父征西，缇萦[②]上书代刑？这两个一般也是幼年女子，如此孝顺之心。你不能勾学他恁般志气，也去寻觅父亲骸骨，反来阻当兄弟莫去！况且承祖还是个男儿，一路又有人服事，须不比木兰女上阵征战，出生入死。那见得有什么山高水低，枉送了性命？要你这样不孝女何用！”一顿乱嚷，把玉英羞得满面通红。哭告道：“孩儿岂不念爹爹生身大恩，要寻访尸骸归葬？止因兄弟年纪尚幼，恐受不得辛苦。孩儿情愿代兄弟一行。”焦氏道：“你便想要到外边去游山玩景快活，只怕我心里还不肯哩。”当晚，玉英姊妹挤在一处言别，呜呜的哭了半夜。李承祖道：“姐姐，爹爹骸骨暴弃在外，就死也说不得。待我去寻觅回来，也教母亲放心。不必你忧虑。”

到了次早，焦氏催促起程。姊妹们洒泪而别。焦氏又道：“你若寻不着父亲骸骨，也不必来见我！”李承祖哭道：“孩儿如不得爹爹骨殖，料然也无颜再见母亲。”苗全扶他上了生口，径出京师。你道那苗全是谁？乃是焦氏带来赠嫁的家人中第一个心腹，已暗领了主母之意，自在不言之表。主仆二人离了京师，望陕西进发。此

时正是隆冬天气，朔风如箭，地上积雪有三四尺高。往来生口，恰如在绵花堆里行走。那李承祖不上十岁的孩子，况且从幼娇养，何曾受这般苦楚！在生口背上把不住的寒颤，常常望着雪窝里撷将下来。

在路晓行夜宿，约走了十数日。李承祖渐渐饮食减少，生起病来。对苗全道："我身子觉得不好，且将息两日再行。"苗全道："小官人，奶奶付的盘缠有限，忙忙趱到那边，只怕转去还用度不来。路上若再担阁两日，越发弄不来了。且勉强挨到省下，那时将养几日罢。"李承祖又问："到省下还有几多路？"苗全笑道："早哩！极快还要二十个日子。"李承祖无可奈何，只得熬着病体，含泪而行。有诗为证：

可怜童稚离家乡，匹马迢迢去路长！

遥望沙场何处是？乱云衰草带斜阳。

又行了两日。李承祖看看病体转重，生口甚难坐。苗全又不肯暂停，也不雇脚力，故意扶着步行，明明要送他上路的意思。又挨了半日，来到一个地方，名唤保安村。李承祖道："苗全，我半步移不动了，快些寻个宿店歇罢。"苗全闻言，暗想道："看他这个模样，料然活不成了。若到客店中住下，便难脱身。不如撇在此间，回家去罢。"乃道："小官人，客店离此尚远。你既行走不动，且坐在此，待我先去放下包裹，然后来背你去，何如？"李承祖道："这也说得有理。"遂扶至一家门首，阶沿上坐下。苗全拽开脚步，走向前去，问个小路抄转，买些饭食吃了，雇个生口，原从旧路回家去了，不在话下。

且说李承祖坐在阶沿上等了一回，不见苗全转来，自觉身子存坐不安，倒身卧下，一觉睡去。那个人家却是个孤孀老妪，住得一间屋儿，坐在门口纺纱。初时，见一汉子扶个小厮，坐于门口，也不在其意。直至傍晚，拿只桶儿要去打水，恰好拦门熟睡，叫道："兀那小官人快起来！让我们打水。"李承祖从梦中惊醒，只道苗全来了。睁眼看时，乃是那屋里的老妪。便挣扎坐起道："老婆婆有甚话说？"那老妪听得语音不是本地上人物，问道："你是何处来的，却睡在此间？"李承祖道："我是京中来的。只因身子有病，行走不动，借坐片时。等家人来到，即便去了。"老妪道："你家人在那里？"李承祖道："他说先至客店中，放了包裹，然后来背我去。"老妪道："哎哟，我见你那家人去时，还是上午。如今天将晚了，难道还走不到？想必包裹中有甚银两，撇下你逃走去了。"

李承祖因睡得昏昏沉沉，不曾看天色早晚，只道不多一回。闻了此言，急回头仰天观望，果然日已矬西。吃了一惊，暗想道："一定这狗才料我病势渐凶，懒得伏侍，逃走去了。如今教我进退两难，怎生是好！"禁不住眼中流泪，放声啼哭。有几个邻家俱走来观看。那老妪见他哭得苦楚，亦觉孤恓，倒放下水桶，问道："小官人，你父母是何等样人？有甚紧事，恁般寒天冷月，随个家人行走？还要往那里去？"李承祖带泪说道："不瞒老婆婆说，我父亲是锦衣卫千户，因随赵总兵往陕西征讨反贼，不幸父亲阵亡。母亲着我同家人苗全到战场上寻觅骸骨归葬。不料途中患病，这奴才就撇我而逃。多分也做个他乡之鬼了。"说罢，又哭。众人闻言，各各嗟叹。

那老妪道："可怜，可怜！元来是好人家子息。些些年纪，有如此孝心，难得，难得！只是你身子既然有病，睡在这冷石上，愈加不好了。且挣闸[3]起来，到我铺上去睡睡。或者你家人还来也未可知。"李承祖道："多谢婆婆美情！恐不好打搅。"那老妪道："说那里话！谁人没有患难之处。"遂向前扶他进屋里去，邻家也各自散了。

承祖跨入门槛，看时，侧边便是个火炕，那铺儿就在炕上。老妪支持他睡下，急急去汲水烧汤，与承祖吃。到半夜间，老妪摸他身上，犹如一块火炭。至天明看时，神思昏迷，人事不省。那老妪央人去请医诊脉，取出钱钞，赎药与他吃，早晚伏侍。那些邻家听见李承祖病凶，在背后笑那老妪着甚要紧，讨这样烦恼！老妪听见，只做不知，毫无倦怠。这也是李承祖未该命绝，得遇恁般好人。有诗为证：

家中母子犹成怨，路次闲人反着疼！
美恶性生天壤异，反教陌路笑亲情。

李承祖这场大病，挨过残年，直至二月中方才稍可。在铺上看着那老妪谢道："多感婆婆慈悲，救我性命！正是再生父母。若能挣扎回去，定当厚报大德。"那老妪道："小官人何出此言！老身不过见你路途孤苦，故此相留，有何恩德，却说厚报二字！"

光阴迅速，倏忽又三月已尽，四月将交。那时，李承祖病体全愈，身子硬挣，遂要别了老妪，去寻父亲骸骨。那老妪道："小官人，你病体新痊，只怕还不可劳动。二来前去不知尚有几多路程，你孤身独自，又无盘缠，如何去得？不如住在这里，待我访问近边有人京的，托他与你带信到家，教个的当亲人来同去方好。"承祖道："承婆婆过念。只是家里也没有甚亲人可来。二则在此久扰，于心不安。三则恁般温和时候，正好行走。倘再挨几天，天道炎热，又是一节苦楚。我的病症，觉得全妥，料也无妨。就是一路去，少不得是个大道，自然有人往来。待我慢慢求乞前去，寻着了父亲骸骨，再来相会。"那老妪道："你纵到彼寻着骸骨，又无银两装载回去，也是枉然。"李承祖道："那边少不得有官府。待我去求告，或者可怜我父为国身亡，设法装送回家，也未可知。"那老妪再三苦留不住，又去寻凑几钱银子相赠。两下凄凄惨惨，不忍分别，到像个嫡亲子母。临别时，那老妪含着眼泪嘱道："小官人转来，是必再看看老身，莫要竟自过去！"李承祖喉间哽咽，答应不出，点头涕泣而去。走两步，又回头来观看。那老妪在门首，也直至望不见了，方才哭进屋里。这些邻家没一个不笑他是个痴婆子："一个远方流落的小厮，白白里赔钱赔钞，伏侍得才好，急松松就去了。有甚好处，还这般哭泣！不知他眼泪是何处来的？"遂把这事做笑话传说。

看官，你想那老妪乃是贫穷寡妇，倒有些义气。一个从不识面的患病小厮，收留回去，看顾好了，临行又赍赠银两，依依不舍。像这班邻里，都是须眉男子，自己不肯施仁仗义，及见他人做了好事，反又撅唇簸嘴。可见人面相同，人心各别。

闲话休题。且说李承祖又无脚力，又不认得路径，顺着大道一路问讯，挨向前去。觉道劳倦，随分庵堂寺院，市镇乡村，即便借宿。又亏着那老妪这几钱银子，将

就半饥半饱，度到临洮府。那地方自遭兵火之后，道路荒凉，人民稀少。承祖问了向日争战之处，直至皋兰山相近。思想要祭奠父亲一番，怎奈身边止存得十数文铜钱。只得单买了一陌纸钱，讨个火种，向战场一路跑来。远远望去，只见一片旷野，并无个人影来往，心中先有五分惧怯。便立住脚，不敢进步。却又想道："我受了千辛万苦，方到此间。若是害怕，怎能勾寻得爹爹骸骨？须索拼命前去。"大着胆，飞奔到战场中。举目看时，果然好凄惨也！但见：

荒原漠漠，野草萋萋。四郊荆棘交缠，一望黄沙无际。髑髅暴露，堪怜昔日英雄；白骨抛残，可惜当年壮士！阴风习习，惟闻鬼哭神号；寒雾濛濛，但见狐奔兔走。猿啼夜月肠应断，雁唳秋云魂自消。

李承祖吹起火种，焚化纸钱，望空哭拜一回。起来仔细寻觅。团团走遍，但见白骨交加，并没一个全尸。元来赵总兵杀退贼兵，看见尸横遍野，心中不忍，即于战场上设祭阵亡将士，收捡尸骸焚化，因此没有全尸遗存。李承祖寻了半日，身子困倦，坐于乱草之中，歇息片时。忽然想起："征战之际，遇着便杀，即为战场。料非只此一处。正不知爹爹当日丧于那个地方？我却专在此寻觅，岂不是个呆子？"却又想道："我李承祖好十分懵懂！爹爹身死已久，血肉定自腐坏，骸骨纵在目前，也难厮认。若寻认不出，可不空受这番劳碌！"心下苦楚，又向空祷告道："爹爹阴灵不远：孩儿李承祖千里寻访至此，收取骸骨。怎奈不能识认！爹爹，你生前尽忠报国，死后自必为神。乞显示骸骨所在，奉归安葬，免使暴露荒丘，为无祀之鬼。"祝罢，放声号哭。又向白骨丛中，东穿西走一回。

看看天色渐晚，料来安身不得，随路行走，要寻个歇处。行不上一里田地，斜插里林子中，走出一个和尚来。那和尚见了李承祖，把他上下一相，说道："你这孩子好大胆！此是什么所在，敢独自行走？"李承祖哭诉道："小的乃京师人氏，只因父亲随赵总兵出征阵亡，特到此寻觅骸骨归葬。不道没个下落，天又将晚，要觅个宿处。师父若有庵院，可怜借歇一晚，也是无量功德！"那和尚道："你这小小孩子，反有此孝心，难得，难得！只是尸骸都焚化尽了，那里去寻觅！"李承祖见说这话，哭倒在地。那和尚扶起道："小官人，哭也无益。且随我去住一晚，明日打点回家去罢。"李承祖无奈，只得随着和尚，又行了二里多路，来到一个小小村落。看来只有五六家人家。

那和尚住的是一座小茅庵。开门进去，吹起火来，收拾些饭食与李承祖吃了。问道："小官人，你父亲是何卫军士，在那个将官部下，叫甚名字？"李承祖道："先父是锦衣卫千户，姓李名雄。"和尚大惊道："元来是李爷的公子！"李承祖道："师父，你如何晓得我先父？"和尚道："实不相瞒，小僧原是羽林卫军人，名叫曾虎二。去年出征，拨在老爷部下。因见我勇力过人，留我帐前亲随，另眼看承。许我得胜之日，扶持一官。谁知七月十四，随老爷上阵，先斩了数百余级，贼人败去。一时恃勇，追逐十数里，深入重地。贼人伏兵四起，围裹在内。外面救兵又被截住，全军战没。止存老爷与小僧二人，各带重伤。只得同伏在乱尸之中，到深夜起来逃走，不想老爷

已死。小僧望见傍边有一带土墙，随负至墙下，推倒墙土掩埋。那时贼兵反拦在前面，不能归营。逃到一个山湾中，遇一老僧，收留在庵。亏他服事，调养好了金疮，朝暮劝化我出家。我也想：死里逃生，不如图个清闲自在。因此依了他，削发为僧。今年春间，老师父身故。有两个徒弟道我是个淴来僧④，不容住在庵中。我想既已出家，争甚是非？让了他们，要往远方去。行脚经过此地，见这茅庵空闲，就做个安身之处，往远近村坊抄化度日。不想公子亲来，天遣相遇。"李承祖见说父亲尸骨尚存，倒身拜谢。和尚连忙扶住，又问道："公子恁般年娇力弱，如何家人也不带一个，独自行走？"李承祖将中途染病，苗全抛弃逃回，亏老妪救济前后事细细说出，又道："若寻不见父亲骨殖，已拼触死沙场。天幸得遇吾师，使我父子皆安。"和尚道："此皆老爷英灵不泯，公子孝行感格⑤，天使其然。凡是公子孑然一身，又没盘缠，怎能勾装载回去？"公子道："意欲求本处官府设法，不知可肯？"和尚笑道："公子差矣！常言道：官情如纸薄。总然极厚相知，到得死后，也还未可必。何况素无相识，却做恁般痴想！"李承祖道："如此便怎么好？"和尚沉吟半晌，乃道："不打紧，我有个道理在此。明日将骸骨盛在一件家火之内，待我负着，慢慢一路抄化至京，可不好么？"李承祖道："吾师肯恁般用情，生死衔恩不浅！"和尚道："我蒙老爷识拔之恩，少效犬马之劳，何足挂齿！"

到了次日，和尚向邻家化了一只破竹笼，两条索子，又借柄锄头，又买了几陌纸钱，锁上庵门，引李承祖前去。约有数里之程，也是一个村落，一发没个人烟。直到土墙边，放下竹笼，李承祖就哭啼起来。和尚将纸钱焚化，拜祝一番，运起锄头，掘开泥土，露出一堆白骨。从脚上逐节儿收置笼中，掩上笼盖，将索子紧紧捆牢。和尚负在背上。李承祖掮了锄头，回至庵中。和尚收拾衣钵被窝，打个包儿，做成一担，寻根竹子，挑出庵门。把锄头还了，又与各邻家作别，央他看守。

二人离了此处，随路抄化，盘缠尽是有余。不则一日，已至保安村。李承祖想念那老妪的恩义，径来谢别。谁知那老妪自从李承祖去后，日夕挂怀，染成病症，一命归泉。有几个亲戚与他备办后事，送出郊外，烧化久矣。李承祖问知邻里，望空遥拜，痛哭一场，方才上路。

共行了三个多月，方达京都。离城尚有十里之远，见旁边有个酒店。和尚道："公子且在此少歇。"齐入店中，将竹笼放于卓上。对李承祖说道："本该送公子到府，向灵前叩个头儿才是。只是我原系军人，虽则出家，终有人认得。倘被拿作逃军，便难脱身。只得要在此告别，异日再图相会。"李承祖垂泪道："吾师言虽有理，但承大德，到我家中，或可少尽。今在此处，无以为报，如之奈何？"和尚道："何出此言！此行一则感老爷昔年恩谊，二则见公子穷途孤弱，故护送前来。那个贪图你的财物？"正说间，酒保将过酒肴。和尚先摆在竹笼前祭奠，一连叩了四五个头，起来又与李承祖拜别，两下各各流泪。饮了数杯，算还酒钱。又将钱雇个生口，与李承祖乘坐。把竹笼教脚夫背了。自己也背上包裹，齐出店门，洒泪而别。有诗为证：

欲收父骨走风尘，千里孤穷一病身。

老妪周旋僧作伴，皇天不负孝心人。

话分两头。却说苗全自从撇了李承祖，雇着生口赶到家中，只说已至战场，无处觅寻骸骨。小官人患病身亡。因少了盘缠，不能带回，就埋在彼。暗将真信透与焦氏。那时，玉英姊妹一来思念父亲，二来被焦氏日夕打骂，不胜苦楚，又闻了这个消息，愈加悲伤。焦氏也假意啼哭一番。那童仆们见家主阵亡，小官人又死，各寻旺处飞去。单单剩得苗全夫妻和两个养娘，门庭冷如冰炭。焦氏恨不得一口气吹大了亚奴，袭了官职，依然热闹。又闻得兵科给事中上疏，奏请优恤阵亡将士，圣旨下在兵部查覆。焦氏多将金银与焦榕，到部中上下使用，要谋升个指挥之职。那焦榕平日与人干办，打惯了偏手，就是妹子也说不得也要下只手儿。

一日，焦榕走来回覆妹子说话，焦氏安排酒肴款待。元来他兄妹都与酒瓮同年，吃杀不醉的。从午后吃起，直至申牌时分，酒已将竭，还不肯止。又教苗全去买酒。苗全提个酒瓶走出大门，刚欲跨下阶头，远远望见一骑生口，上坐一个小厮，却是小主人李承祖，吃这惊不小，暗道："元来这冤家还在！"掇转身跑入里边，悄悄报知焦氏。焦氏即与焦榕商议停当，教苗全出后门去买砒霜。二人依旧坐着饮酒，等候李承祖进来，不题。

且说李承祖到了自家门首，跳下生口，赶脚的背着竹笼，跟将进来。直至堂中，静悄悄并不见一人，心内伤感道："爹爹死了，就弄得这般冷落！"教赶脚的把竹笼供在灵座上，打发自去。李承祖向灵前叩拜，转念去时的苦楚，不觉泪如泉涌，哭倒在拜台之上。焦氏听得哭声，假意教丫头出来观看。那丫头跑至堂中，见是李承祖，惊得魂不附体，带跌而奔，报道："奶奶，公子的魂灵来家了！"焦氏照面一口涎沫，道："啐！青天白日这样乱话！"丫头道："见在灵前啼哭。奶奶若不信，一同去看。"焦榕也假意说道："不信有这般奇事！"一齐走出外边。李承祖看见，带着眼泪向前拜见。焦榕扶住道："途路风霜，不要拜了。"焦氏挣下几点眼泪，说道："苗全回来，说你有不好的信息。日夜想念，懊悔当初教你出去。今幸无事，万千之喜了！只是可曾寻得骸骨？"李承祖指着竹笼道："这个里边就是。"焦氏捧着竹笼，便哭起天来。玉英姊妹已是知得李承祖无恙，又惊又喜，奔至堂前。四个男女抱做一团而哭。哭了一回，玉英道："苗全说你已死，怎地却又活了？"李承祖将途中染病，苗全不容暂停，直至遇见和尚送归始末，一一道出。焦榕怒道："苗全这奴才恁般可恶！待我送他到官，活活敲死，与贤甥出气。"李承祖道："若得舅舅张主，可知好么！"焦氏道："你途中辛苦了，且进去吃些酒饭，将息身子。"遂都入后边。

焦榕扯李承祖坐下，玉英姊妹自避过一边。焦氏一面教丫头把酒去热，自己趱到后门首，恰好苗全已在那里等候。焦氏接了药，分付他停一回进来。焦氏到厨下，将丫鬟使开，把药倾入壶中，依原走来坐下。少倾，丫头将酒镟汤得飞滚，拿至桌边。焦榕取过一只茶瓯，满斟一杯，递与承祖道："贤甥，借花献佛，权当与你洗尘。"承祖道："多谢舅舅！"接过手放下，也要斟一杯回敬。焦榕又拿起，直推至口边道："我们饮得多了，这壶中所存有限，你且乘热饮一杯。"李承祖不知好歹，骨都都

饮个干净。焦榕又斟过一杯道："小官人家须要饮个双杯。"又推到口边。那李承祖因是尊长相劝，不敢推托，又饮干了。焦榕再把壶斟时，只有小半杯，一发劝李承祖饮了。那酒不饮也罢，才到腹中，便觉难过，连叫肚痛。焦氏道："想是路上触了臭气了。"李承祖道："也不曾触甚臭气。"焦氏道："或者三不知[6]，那里觉得！"

须臾间药性发作，犹如钢枪攒刺，烈火焚烧，疼痛难忍，叫声："痛死我也！"跌倒在地。焦榕假惊道："好端端地，为何痛得恁般利害？"焦氏道："一定是绞肠沙了。"急教丫头扶至玉英床上睡下，乱撷乱跌，只叫难过。慌得玉英姊妹手足无措，那里按得他住。不消半个时辰，五脏迸裂，七窍流红，大叫一声，命归泉府。旁边就哭杀了玉英姊妹，喜杀了焦氏婆娘，也假哭几声。焦榕道："看这个模样，必是触犯了神道，被丧煞打了。如今幸喜已到家里，还好。只是占了甥女卧处，不当稳便。就今夜殓过，省得他们害怕。"焦氏便去取出些银钱。

那时，苗全已转进前门，打探听得里边哭声鼎沸，量来已是完帐，径走入来。焦氏恰好看见，把银递与苗全，急忙去买下一具棺木，又买两壶酒，与苗全吃勾一醉。先把棺木放在一间厢房里，然后揎拳裸臂，跨入房中，教玉英姊妹走开。向床上翻那尸首，也不揩抹去血污，也不换件衣服，伸着双手，便抱起来。一则那厮有些蛮力，二则又趁着酒兴，三则十数岁孩子，原不甚重，轻轻的托在两臂，直至厢房内盛殓。玉英姊妹，随后哭泣。谁知苗全落了银子，买小了棺木，尸首放下去，两只腿露出了五六寸。只得将腿儿竖起，却又顶浮了棺盖。苗全扯来拽去，没做理会。玉英姊妹看了这个光景，越发哭得惨伤。焦氏沉吟半晌，心生一计。把玉英姊妹并丫头都打发出外，掩上门儿，教苗全将尸首拖在地上，提起斧头，砍下两只小腿，横在头下，倒好做个枕儿。收拾停当，钉上棺盖，开门出来，焦榕自回家去。玉英觑见棺已钉好，暗想道："适来放不下，如何打发我姊妹出来了，便能钉上棺盖？难道他们有甚法术，把棺木化大了，尸首缩小了？"好生委决不下。

过了两日，焦氏备起衣衾棺椁，将丈夫骸骨重新殓过，择日安葬祖茔。恰好优恤的覆本已下：李雄止赠忠勇将军，不准升袭指挥。焦氏用费若干银两，空自送在水里。到了安葬之日，亲邻齐来相送。李承祖也就埋在坟侧。偶有人问及，只说路上得了病症，到家便亡。那亲戚都不是切己之事，那个去查他细底？可怜李承祖沙场内倒闯闯得性命，家庭中反断送了残生。正是：

非故翻如故，宜亲却不亲。
万般皆是命，半点不由人。

常言道：痛定思痛。李承祖死时，玉英慌张慌智，不暇致详。到葬后，渐渐想出疑惑来，他道："如何不前不后，恰恰里到家便死？不信有恁般凑巧！况兼口鼻中又都出血，且又不拣个时辰，也不收拾个干净。棺木小了，也不另换，哄了我们转身，不知怎地胡乱送入里边。那苗全听说要送他到官，今半句不题，比前反觉亲密，显系是母亲指使的。看起那般做作，我兄弟这死，必定有些蹊跷！"心中虽则明白，然亦无可奈何，只索付之涕泣而已。那焦氏谋杀了李承祖之后，却又想道："这小杀才

已除。那几个小贱人，日常虽受了些磨折，也只算与他拂养。须是教他大大吃些苦楚，方不敢把我轻觑。"自此，日逐寻头讨脑，动辙便是一顿皮鞭，打得体无完肤。却又不许啼哭，若还则一则声，又重新打起。每日止给两餐稀汤薄粥，如做少了生活，打骂自不消说，连这稀汤薄粥也没有得吃了。身上的好衣服，尽都剥去，将丫头们的旧衣旧裳换与穿着。腊月天气，也只得三四层单衣，背上披一块旧绵絮。夜间止有一条藁荐，一条破被单遮盖，寒冷难熬，如蛆虫般搅做一团，苦楚不能尽述。玉英姊妹挨忍不过，几遍要寻死路，却又指望还有个好日，舍不得性命，互相劝解。真个求生不能，求死不得。

看看过了残岁，又是新年。玉英已是十二岁了。那年二月间，正德爷晏驾，嘉靖爷嗣统，下速诏遍选嫔妃。府司着令民间挨家呈报。如有隐匿，罪坐邻里。那焦氏的邻家，平昔晓得玉英才貌兼美，将名具报本府。一张上选的黄纸帖在门上。那时，焦氏就打帐[7]了做皇亲国戚的念头，掉过脸来，将玉英百般奉承，通身换了绫罗锦绣，肥甘美味与他调养，又将银两教焦榕到礼部使用。那玉英虽经了许多磨折，到底骨格犹存。将息数日，面容顿改。又兼穿起华丽衣服，便似画图中人物。府司选到无数女子，推他为第一，备文齐送到礼部选择。礼部官见了玉英这个容仪，已是万分好了。但只年纪幼小，恐不谙侍御，发回宁家[8]。那焦氏因用了许多银子，不能勾中选，心下懊悔气恼。原翻过向日嘴脸，好衣服也剥去了，好饮食也没得吃了，打骂也更觉勤了。

常言说得好：坐吃山空，立吃地陷。当初李雄家业原不甚大，自从阵亡后，焦氏单单算计这几个小儿女，那个思想去营运。一窝子坐食，能勾几时？况兼为封荫选妃二事，又用空了好些。日渐日深，看看弄得罄尽，两个丫头也卖来完在肚里。那时没处出豁，只得将住房变卖。谁知苗全这厮见家中败落，亚奴年纪正小，袭职日子尚远，料想日前没甚好处，趁焦氏卖得房价，夜间挟入卧房，偷了银两，领着老婆，逃往远方受用去了。到次早，焦氏方才觉得。这股闷气无处发泄，又迁怒到玉英姊妹，说道："如何不醒睡，却被他偷了东西去？"又都奉承一顿皮鞭。一面教焦榕告官缉捕。

过了两月，那里有个踪迹？此时，买主又来催促出房。无可奈何，与焦榕商议，要把玉英出脱。焦榕道："玉英这个模样儿，慢慢的觅个好主顾，怕道不是一大注银子？如今急切里寻人，能值得多少？不若先把小的胡乱货[9]一个来使用。"焦氏依了焦榕，便把桃英卖与一个豪富人家为婢。姊妹分别之时，你我不忍分舍，好不惨伤！焦氏赁了一处小房，择日迁居。玉英想起祖父累世安居，一旦弃诸他人，不胜伤感。走出堂前，抬头看见梁间燕子补缀旧垒，傍边又营一个新巢，暗叹道："这燕儿是个禽鸟，秋去春来，倒还有归旧巢之日。我李玉英今日离了此地，反没个再来之期了！"抚景伤心，托物喻意，乃作《别燕》诗一首。诗云：

新巢泥落旧巢欹，尘半疏帘欲掩迟。
愁对呢喃终一别，画堂依旧主人非。

元来焦氏要依傍焦榕，却搬在他侧边小巷中，相去只有半箭之远。间壁乃是贵家的花园。那房屋止得两间，诸色不便。要桶水儿，直要到邻家去汲。那焦氏平昔受用惯的，自去不成，少不得通在玉英、月英两个身上。姊妹此时也难顾羞耻，只得出头露面。又过了几时，桃英的身价渐渐又将摸完。一日傍晚，焦氏引着亚奴在门首闲立，见一个乞丐女儿，止有十数岁，在街上求讨，声音叫得十分惨切。有个邻家老妪对他说道："这般时候，那个肯舍！不时回去罢。"那叫化女儿哭道："奶奶，你那里晓得我的苦楚！我家老的，限定每日要讨五十文钱。若少了一文，便打个臭死，夜饭也不与我吃，又要在明日补足。如今还少六七文，怎敢回去！"那老妪听说得苦恼，就舍了两文。旁边的人，见老妪舍了，一时助兴，你一文，我一文，登时倒有十数文。那叫化女儿千恩万谢，转身去了。

焦氏听了这片言语，那知反拨动了个贪念，想道："这个小化子，一日倒讨得许多钱。我家月英那贱人，面貌又不十分标致，卖与人，也值得有限。何不教他也做这桩道路，倒是个永远利息。"正在沉吟，恰好月英打水回来。焦氏道："小贱人，你可见那叫街的丫头么？他年纪比你还小，每日倒趁五十文钱。你可有处寻得三文五文哩？"月英道："他是个乞丐，千爷爷，万奶奶叫来的。孩儿怎比得他！"焦氏喝道："你比他有甚么差！自明日为始，也要出去寻五十文一日，若少一文，便打下你下半截来。"玉英姊妹见说要他求乞，惊得面面相觑，满眼垂泪，一齐跪下，说道："母亲，我家世代为官，多有人认得，也要存个体面。若教出去求乞，岂不辱抹门风，被人耻笑！"焦氏道："见今饭也没得吃了，还要甚么体面，怕甚么耻笑！"月英又苦告道："任凭母亲打死了，我决不去的。"焦氏怒道："你这贱人，恁般不听教训！先打个样儿与你尝尝。"即去寻了一块木柴，揪过来，没头没脑乱敲。月英疼痛难忍，只得叫道："母亲饶恕则个！待我明日去便了。"焦氏放下月英，向玉英道："不教你去，是我的好情了，反来放屁阻挠！"拖翻在地，也吃他一顿木柴。到次早，即赶逐月英出门求乞。月英无奈，忍耻依随。自此日逐沿街抄化。若足了这五十文，还没得开口；些儿欠缺，便打个半死。

光阴如箭，不觉玉英年已一十六岁。时值三月下旬，焦榕五十寿诞，焦氏引着亚奴同往祝寿。月英自向街坊抄化去了，止留玉英看家。玉英让焦氏去后，掩上门儿，走入里边，手中拈着针指，思想道："爹爹当年生我姊妹，犹如掌上之珠，热气何曾轻呵一口？谁道遇着这个继母，受万般凌辱。兄弟被他谋死，妹子为奴为丐，一个家业弄得瓦解冰消。沦落到恁样地位，真个草菅不如！尚不知去后，还是怎地结果？"又想道："在世料无好处，不如早死为幸。趁他今日不在家，何不寻个自尽，也省了些打骂之苦？"却又想道："我今年已十六岁了。再忍耐几时，少不得嫁个丈夫，或者有个出头日子。岂可枉送这条性命？"把那前后苦楚事，想了又哭，哭了又想。直哭得个有气无力，没情没绪。放下针指，走至庭中，望见间壁园内红稀绿暗，燕语莺啼，游丝斜袅，榆荚乱坠。看了这般景色，触目感怀，遂吟《送春》诗一首。诗云：

柴扉寂寞锁残春，满地榆钱不疗贫。

云鬓衣裳半泥土，野花何事独撩人。

玉英吟罢，又想道："自爹爹亡后，终日被继母磨难，将那吟咏之情，久已付之流水。自移居时，作了《别燕》诗，倏忽又经年许。时光迅速如此！"嗟叹了一回，又恐误了女工，急走入来趱赶。见桌上有个帖儿，便是焦榕请妹子吃寿酒的。玉英在后边裁下两折，寻出笔砚，将两首诗录出，细细展玩。又叹口气道："古来多少聪明女子，或共姊妹赓酬，或是夫妻唱和，成千秋佳话。偏我李玉英恁般命薄，埋没至此，岂不可惜可悲！"又伤感多时，愈觉无聊。将那纸左折右折，随手折成个方胜儿，藏于枕边。却忘收了笔砚，忙忙的趱完针指。天色傍晚，刚是月英到家。焦氏接脚也至。见他泪痕未干，便道："那个难为了你，又在家做妖势？"玉英不敢回答，将做下女工与他点看。月英也把钱交过，收拾些粥汤吃了。又做半夜生活，方才睡卧。

到了明日，焦氏见桌上摆着笔砚，检起那帖儿，后边已去了几折。疑惑玉英写他的不好处，问道："你昨日写的是何事？快把来我看。"玉英道："偶然写首诗儿，没甚别事。"焦氏嚷道："可是写情书约汉子，坏我的帖儿？"玉英被这两句话，羞得彻耳根通红。焦氏见他脸涨红了，只道真有私情勾当，逼他拿出这纸来。又见折着方胜，一发道是真了。寻根棒子，指着玉英道："这你贱人恁般大胆！我刚不在家，便写情书约汉子。快些实说是那个？有情几时了？"玉英哭道："那里说起！却将无影丑事来肮脏！可不屈杀了人！"焦氏怒道："赃证现在，还要口硬！"提起棒子，没头没脑乱打。打得玉英无处躲闪，挣脱了往门首便跑。焦氏道："想是要去叫汉子，相帮打我么？"随后来赶，不想绊上一交，正磕在一块砖上，磕碎了头脑，鲜血满面，嚷道："打得我好！只教你不要慌！"月英上前扶起，又要赶来。到亏亚奴紧紧扯住道："娘，饶了姐姐罢。"那婆娘恐带跌了儿子，只得立住脚，百般辱骂。玉英闪在门旁啼哭。那邻家每日听得焦氏凌虐这两个女儿，今日又听得打得利害，都在门首议论。恰好焦榕撞来，推门进去。那婆娘一见焦榕，便嚷道："来得好！玉英这贱人偷了汉子，反把我打得如此模样！"焦榕看见他满面是血，信以为实，不问情由，抢过焦氏手中棒子，赶近前，将玉英揪过来便打。那邻家抱不平，齐走来说道："一个十五六岁女子家，才打得一顿大棒，不指望你来劝解，反又去打他！就是做母舅的，也没有打甥女之理！"焦榕自觉乏趣，撇下棒子，径自去了。那邻家又说道："也不见这等人家，无一日不打骂两个女儿！如今一发连母舅都来助兴了。看起来，这两个女子也难存活。"又一个道："若死了，我们就具个公呈，不怕那姓焦的不偿命！"焦氏一句句听见邻家发作，只得住口，喝月英推上大门。自去揩抹血污，依旧打发月英出去求乞。

玉英哭了一回，忍着疼痛，原入里边去做针指。那焦氏恨声不绝。到了晚间，吞声饮泣，想道："人生百岁，总只一死，何苦受恁般耻辱打骂！"等至焦氏熟睡，悄悄抽身起来，扯下脚带，悬梁高挂。也是命不该绝。这到亏了晚母不去料理他身上，莫说衣衫蓝褛，只这脚带不知缠过了几个年头，布缕虽连，没有筋骨，一用力就断了。刚刚上吊，扑通的跌下地来。惊觉月英，身边不见了阿姐，情知必走这条死路，

叫声："不好了！"急跳起身。救醒转来，兀自呜呜而哭。那焦氏也不起身，反骂道："这贱人！你把死来诈我么？且到明日与你理会。"

至次早，分付月英在家看守，叫亚奴引着到焦榕家里，将昨日邻家说话，并夜来玉英上吊事说与。又道："倘然死了，反来连累着你。不如先送到官，除了这祸根罢。"焦榕道："要摆布他也不难。那锦衣卫堂上，昔年曾替他打干，与我极是相契。你家又是卫籍，竟送他到这个衙门，谁个敢来放屁！"焦氏大喜，便教焦榕央人写下状词，说玉英奸淫忤逆，将那两首诗做个执证，一齐至锦衣卫衙门前。焦榕与衙门中人都是厮熟的，先央进去道知其意。少顷升堂，准了焦氏状词，差四个校尉前去，拘拿玉英到来。那问官听了一面之词，不论曲直，便动刑具。玉英再三折辩，那里肯听？可怜受刑不过，只得屈招，拟成剐罪，发下狱中。两个禁子扶出衙门，正遇月英妹子。元来月英见校尉拿去阿姐，吓得魂飞魄散，急忙锁上门儿，随后跟来打探。望见禁子扶挟出来，便钻向前抱住，放声大哭。旁边转过焦氏，一把扯开道："你这小贱人，家里也不顾了，来此做甚！"月英见了焦氏，犹如老鼠见猫，胆丧心惊，不敢不跟着他走。到家又打勾半死。恨道："你下次若又私地去看了这贱人，查访着实，好歹也送你到这所在去！"月英口虽答应，终是同胞情分，割舍不下。过了两三日，多求乞得几十文钱，悄地踅到监门口来探望，不题。

再说玉英下到狱中，那禁子头见他生得标致，怀个不良之念，假慈悲照顾他。住在一个好房头，又将些饮食调养。玉英认做好人，感激不尽，叮嘱他："有个妹子月英，定然来看，千万放他进来相见一面。"那禁子紧紧记在心上。至第四日午后，月英到监门口道出姓名，那禁子流水开门引见玉英。两下悲号，自不必说。渐至天晚，只得分别。自此月英不时进监看觑，不在话下。

且说那禁子贪爱玉英容貌，眠思梦想，要去奸他。一来耳目众多，无处下手；二则恐玉英不从，喊叫起来，坏了好事。捉空就走去说长问短，把几句风话撩拨。玉英是聪明女子，见话儿说得蹊跷，已明白是个不良之人，留心提防，便不十分招架。一日，正在槛上闷坐，忽见那禁子轻手轻脚走来，低声哑气，笑嘻嘻的说道："小娘子可晓得我一向照顾你的意思么？"玉英知其来意，即立起身道："奴家不晓得是甚意思。"那禁子又笑道："小娘子是个伶俐人，难道不晓得？"便向前搂抱。玉英着了急，乱喊，"杀人！"那禁子见不是话头，急忙转身，口内说道："你不从我么？今晚就与你个辣手！"玉英听了这话，捶胸跌脚的号哭。惊得监中人俱来观看。玉英将那禁子调戏情由，告诉众人。内中有几个抱不平的，叫过那禁子说道："你强奸犯妇，也有老大的罪名！今后依旧照顾他，万事干休；倘有些儿差错，我众人连名出首，但凭你去计较。"那禁子情亏理虚，满口应承，陪告不是："下次再不敢去惹他。"正是：

羊肉馒头没得吃，空教惹得一身膻。

玉英在狱不觉又经两月有余，已是六月初旬。元来每岁夏间，在朝廷例有宽恤之典。差太监审录各衙门未经发落之事，凡事枉人冤，许诸人陈奏。比及六月初旬，玉英闻得这个消息，想起一家骨肉俱被焦氏陷害，此番若不伸冤，再无昭雪之日

矣。遂草起辨冤奏章，将合家受冤始末，细细详述，教月英赍奏。其略云：

臣闻先正有云：五刑以不孝为先，四德以无义为耻。故窦氏投崖，云华坠井，是皆毕命于纲常，流芳于后世也。臣父锦衣卫千户李雄，先娶臣母，生臣姊妹三人，及弟李承祖。不幸丧母之日，臣等俱在孩提。父每见怜，仍娶继母焦氏抚养。臣父于正德十四年七月十四日征陕西反贼阵亡。天祸臣家，流移日甚。臣年十六，未获结褵；姊妹伶仃，孑无依荷。摽梅已过，红叶无凭。有《送春》诗一绝云云，又有《别燕》诗一绝云云，是皆有感而言，情非得已。奈母氏不察臣衷，疑为外遇。逼舅焦榕，拿送锦衣卫，诬臣奸淫不孝等情。问官昧臣事理，坐臣极刑。臣女流难辨，俯首听从。盖不敢逆继母之情，以重不孝之罪也。迩蒙圣恩熟审，凡事枉人冤，许诸人陈奏。钦此钦遵。故不得不生乐生之心，以冀超脱。臣父本武人，颇知典籍。臣虽妾妇，幸领遗教。臣继母年二十，有弟亚奴，生方周岁。母图亲儿荫袭，故当父方死之时，计令臣弟李承祖十岁孩儿，亲往战场，寻父遗骨。陷之死地，以图已私。幸赖天佑父灵，抱骨以归。前计不成，仍将臣弟毒药身死，支解弃埋。又将臣妹李桃英卖为人婢，李月英屏去衣食，沿街抄化。今将臣诬陷前情。臣设有不才，四邻何不纠举？又不曾经获某人，只凭数句之诗，寻风捉影，以陷臣罪。臣之死，固当矣。十岁之弟，有何罪乎？数岁之妹，有何辜乎？臣母之过，臣不敢言。《凯风》有诗，臣当自责。臣死不足惜，恐天下后世之为继母者，得以肆其奸妒而无忌也！伏望陛下俯察臣心，将臣所奏付诸有司。先将臣速斩，以快母氏之心。次将臣诗委勘，有无事情。推详臣母之心，尽在不言之表。则臣之生平获雪，而臣父之灵亦有感于地下矣！

这一篇章疏奏上，天子重瞳亲照，怜其冤抑，倒下圣旨，着三法司严加鞫审。三法司官不敢怠慢，会同拘到一干人犯，连桃英也唤到当堂，逐一细问。焦氏、焦榕初时抵赖，动起刑法，方才吐露真情，与玉英所奏无异。勘得焦氏叛夫杀子，逆理乱伦，与无故杀子孙轻律不同，宜加重刑，以为继母之戒。焦榕通同谋命，亦应抵偿。玉英、月英、亚奴发落宁家。又令变卖焦榕家产，赎回桃英。覆本奏闻，请旨。天子怒其凶恶，连亚奴俱敕即日处斩。玉英又上疏恳言："亚奴尚在襁褓，无所知识。且系李氏一线不绝之嗣，乞赐矜宥。"天子准其所奏，诏下刑部，止将焦榕、焦氏二人绑付法场，即日双双受刑。亚奴终身不许袭职。另择嫡枝次房承荫，以继李雄之嗣。玉英、月英、桃英俱择士人配嫁。至今《烈女传》中载有李玉英辨冤奏本，又为赞云：

李氏玉英，父死家倾。《送春》、《别燕》，母疑外情。

置之重狱，险罹非刑。陈情一疏，冤滞始明。

后人又有诗叹云：

昧心晚母曲如钩，只为亲儿起毒谋。

假饶血化西江水，难洗黄泉一段羞。

【注释】

①荫籍：因先辈功勋而得到的官籍。

②缇(音 tí)萦:人名,汉代孝女。汉文帝时,太仓令淳于意有罪当刑,系狱。其少女缇萦上书请入身为官婢,以赎父罪。

③阐阔(音 zhèng chuài):撑持。

④涽(音 tǔn)来僧:外来的和尚。

⑤感格:谓感于此而达于彼。

⑥三不知:意料不到。

⑦打帐:产生。

⑧宁家:回家。

⑨货:卖。

卢太学诗酒傲王侯

卫河东岸浮丘高,竹舍云居隐凤毛。
遂有文章惊董贾,岂无名誉驾刘曹。
秋天散步青山郭,春日催诗白兔毫。
醉倚湛卢时一啸,长风万里破洪涛。

这首诗,乃本朝嘉靖年间,一个才子所作。那才子是谁?姓卢名柟字少楩,一字子赤,大名府浚县人也。生得丰姿潇洒,气宇轩昂,飘飘有出尘之表。八岁即能属文,十岁便娴诗律,下笔数千言,倚马可待。人都道他是李青莲[①]再世,曹子建后身。一生好酒任侠,放达不羁,有轻世傲物之志。真个名闻天下,才冠当今。与他往来的,俱是名公巨卿。又且世代簪缨,家赀巨富,日常供奉拟于王侯。所居在城外浮丘山下,第宅壮丽,高耸云汉。后房粉黛[②],一个个声色兼妙。又选小奚[③]秀美者数人,教成吹弹歌曲,日以自娱。至于童仆厮养,不计其数。

宅后又搆一花园,大可两三顷,凿池引水,叠石为山,制度极其精巧,名曰啸圃。大凡花性喜暖,所以名花俱出南方。那北地天气严寒,花到其地,大半冻死,因此至者甚少。设或到得一花一果,必为巨珰大畹[④]所有,他人亦不易得。这浚县又是个拗处,比京都更难,故宦家园亭虽有,俱不足观。偏卢柟立心要胜似他人,不惜重价,差人四处搆取名花异卉、怪石奇峰,落成这园,遂为一邑之胜。真个景致非常!但见:

楼台高峻,庭院清幽。山叠岷峨怪石,花栽阆苑奇葩。水阁遥通竹坞,风轩斜透松寮。回塘曲槛,层层碧浪漾琉璃;叠嶂层峦,点点苍苔铺翡翠。牡丹亭畔,孔雀双栖;芍药栏边,仙禽对舞。萦纡松径,绿阴深处小桥横;屈曲花岐,红艳丛中乔木耸。烟迷翠黛,意淡如无;雨洗青螺,色浓似染。木兰舟荡漾芙蓉水际,秋千架摇拽垂杨影里。朱槛画栏相掩映,湘帘绣幕两交辉。

卢柟日夕吟花课鸟,笑傲其间,虽南面至乐,亦不过是。凡朋友去相访,必留连尽醉方止。倘遇着个声气相投的,知音知己,便兼旬累月,款留在家,不肯轻放出门。若人有患难来投奔的,一一都有赍发,决不令其空过。因此四方慕名来者,络绎不绝。真个是：

座上客常满，樽中酒不空。

卢楠只因才高学广，以为掇青紫如拾针芥。那知文福不齐，任你锦绣般文章，偏生不中试官之意，一连走上几次，不能勾飞黄腾达。他道世无识者，遂绝意功名，不图进取，惟与骚人[5]剑客、羽士高僧，谈禅理，论剑术，呼卢浮白，放浪山水，自称浮丘山人。曾有五言古诗云：

逸翮奋霄汉，高步蹑天关。
褰衣在椒涂，长风吹海澜。
琼树系游镳，瑶华代朝餐。
恣情戏灵景，静啸喈鸣鸾。
浮世信淆浊，焉能濡羽翰！

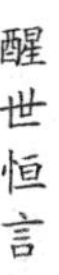

话分两头。却说浚县知县，姓汪名岑。少年连第，贪婪无比，性复猜刻。又酷好杯中之物，若擎着酒杯，便直饮到天明。自到浚县，不曾遇着对手。平昔也晓得卢楠是个才子，当今推重，交游甚广。又闻得邑中园亭，惟他家为最，酒量又推尊第一。因这三件，有心要结识他做个相知，差人去请来相会。你道有这样好笑的事么？别个秀才要去结交知县，还要挨风缉缝，央人引进，拜在门下，称为老师。四时八节，馈送礼物，希图以小博大。若知县自来相请，就如朝廷征聘一般，何等荣耀。还把名帖粘在壁上，夸炫亲友。这虽是不肖者[6]所为，有气节的未必如此，但知县相请，也没有不肯去的。偏有卢楠比他人不同，知县一连请了五六次，只当做耳边风，全然不睬，只推自来不入公门。你道因甚如此？那卢楠才高天下，眼底无人，天生一副侠肠傲骨，视功名如敝屣，等富贵犹浮云。就是王侯卿相，不曾来拜访，要请去相见，他也断然不肯先施[7]，怎肯轻易去见个县官？真个是天子不得臣，诸侯不得友，绝品的高人。

这卢楠已是个清奇古怪的主儿，撞着知县又是个耐烦琐碎的冤家。请人请到四五次不来，也只索罢了，偏生只管去缠帐[8]。见卢楠决不肯来，却到情愿自去就教。又恐卢楠他出，先差人将帖子订期。差人领了言语，一直径到卢家，把帖子递与门公说道："本县老爷有紧要话，差我来传达你相公，相烦引进。"门公不敢怠慢，即引到园上，来见家主。

差人随进园门，举目看时，只见水光绕绿，山色送青，竹木扶疏，交相掩映，林中禽鸟，声如鼓吹。那差人从不曾见这般景致，今日到此，恍如登了洞天仙府，好生欢喜，想道："怪道老爷要来游玩，元来有恁地好景！我也是有些缘分，方得至此观玩这番，也不枉为人一世。"遂四下行走，恣意饱看。湾湾曲曲，穿过几条花径，走过数处亭台，来到一个所在。周围尽是梅花，一望如雪，霏霏馥馥，清香沁人肌骨。中间显出一座八角亭子，朱甍碧瓦，画栋雕梁，亭中悬一个匾额，大书"玉照亭"三字。下边坐着三四个宾客，赏花饮酒，傍边五六个标致青衣，调丝品竹，按板而歌。有高太史《梅花》诗为证：

琼姿只合在瑶台，谁向江南处处栽。
雪满山中高士卧，月明林下美人来。
寒依疏影萧萧竹，春掩残香漠漠苔。
自去渔郎无好韵，东风愁寂几回开！

门公同差人站在门外，候歌完了，先将帖子禀知，然后差人向前说道："老爷令小人多多拜上相公，说既相公不屑到县，老爷当来拜访。但恐相公他出，又不相值，先差小人来期个日子，好来请教。二来闻府上园亭甚好，顺便就要游玩。"大凡事当凑就不起。那卢楠见知县频请不去，恬不为怪，却又情愿来就教，未免转过念头，想："他虽然贪鄙，终是个父母官儿，肯屈己敬贤，亦是可取。若又峻拒[9]不许，外人只道我心胸褊狭，不能容物了。"又想道："他是个俗吏，这文章定然不晓得的。那诗律旨趣深奥，料必也没相干。若论典籍，他又是个后生小子，徼幸在睡梦中偷得这进士到手，已是心满意足，谅来还未曾识面。至于理学禅宗，一发梦想所不到了。除此之外，与他谈论有甚意味？还是莫招揽罢。"却又念其来意惓惓，如拒绝了，似觉不情。

正沉吟间，小童斟上酒来。他触境情生，就想到酒上，道："倘会饮酒，亦可免俗。"问来人道："你本官可会饮酒么?"答道："酒是老爷的性命，怎么不会饮?"卢楠又问："能饮得多少?"答道："但见拿着酒杯，整夜吃去，不到酩酊不止，也不知有几多酒量。"卢楠心中喜道："原来这俗物却会饮酒，单取这节罢。"随教童子取个帖儿，付与来人道："你本官既要来游玩，趁此梅花盛时，就是明日罢。我这里整备酒盒相候。"差人得了言语，原同门公一齐出来。回到县里，将帖子回覆了知县。知县大喜。

正要明日到卢楠家去看梅花，不想晚上人来报新按院到任，连夜起身往府，不能如意。差人将个帖儿辞了。知县到府，接着按院，伺行香过了，回到县时，往还数日，这梅花已是：

纷纷玉瓣堆香砌，片片琼英绕画栏。

汪知县因不曾赴梅花之约，心下怏怏，指望卢楠另来相邀。谁知卢楠出自勉强，见他辞了，即撇过一边，那肯又来相请。看看已到仲春时候，汪知县又想到卢楠园上去游春，差人先去致意。那差人来到卢家园中，只见园林织锦，堤草铺茵，莺啼燕语，蝶乱蜂忙，景色十分艳丽。须臾，转到桃蹊上，那花浑如万片丹霞，千重红锦，好不烂熳。有诗为证：

桃花开遍上林红，耀眼繁花色艳浓。
含笑动人心意切，几多消息五更风。

卢楠正与宾客在花下击鼓催花，豪歌狂饮，差人执帖子上前说知。卢楠乘着酒兴对来人道："你快回去与本官说，若有高兴，即刻就来，不必另约。"众宾客道："成不得！我们正在得趣之时，他若来了，就有许多文侣侣，怎能尽兴？还是改日罢。"卢楠道："说得有理，便是明日。"遂取个帖子，打发来人，回复知县。

你道天下有恁样不巧的事。次日，汪知县刚刚要去游春，谁想夫人有五个月身孕，忽然小产起来，晕倒在地，血污浸着身子。吓得知县已是六神无主，还有甚心肠去吃酒？只得又差人辞了卢楠。这夫人病体直至三月下旬，方才稍可。那时，卢楠园中牡丹盛开，冠绝一县。真个好花，有《牡丹》诗为证：

洛阳千古斗春芳，富贵真夸浓艳妆。
一自《清平》传唱后，至今人尚说花王。

汪知县为夫人这病乱了半个多月，情绪不佳，终日只把酒来消闷，连政事也懒得去理。次后闻得卢家牡丹茂盛，想要去赏玩，因两次失约，不好又来相期，差人送三两书仪[10]，就致看花之意。卢楠日子便期了，却不肯受这书仪。璧返数次，推辞不脱，只得受了。那日，天气晴爽，汪知县打帐早衙完了就去，不道刚出私衙，左右来报："吏科给事中某爷告养亲归家，在此经过。"正是要道之人，敢不去奉承么？急忙出郭迎接，馈送下程，设宴款待。只道一两日就行，还可以看得牡丹。那知某给事又是好胜的人，教知县陪了游览本县胜景之处，盘桓七八日方行。等到去后，又差人约定卢楠时，那牡丹已萎谢无遗。卢楠也向他处游玩山水，离家两日矣。

不觉春尽夏临，弹指间又早六月中旬。汪知县打听卢楠已是归家，在园中避暑，又令人去传达，要赏莲花。那差人径至卢家，把帖儿教门公传进。须臾间，门公出来说道："相公有话，唤你当面去分付。"差人随着门公，直到一个荷花池畔。看那池团团约有十亩多大，堤上绿槐碧柳，浓阴蔽日，池内红妆翠盖，艳色映人。有诗为证：

凌波仙子斗新妆，七窍虚心吐异香。
何似花神多薄幸，故将颜色恼人肠。

元来那池也有个名色，唤做滟碧池。池心中有座亭子，名曰锦云亭。此亭四面皆水，不设桥梁，以采莲舟为渡，乃卢楠纳凉之处。门公与差人下了采莲舟，荡动画桨，顷刻到了亭边，系舟登岸。差人举目看那亭子，周围朱栏画槛，翠幔纱窗，荷香馥馥，清风徐徐，水中金鱼戏藻，梁间紫燕寻巢，鸥鹭争飞叶底，鸳鸯对浴岸傍。去那亭中看时，只见藤床湘簟，石榻竹几，瓶中供千叶碧莲，炉内焚百和名香。卢楠科头跣足，斜据石榻，面前放一帙古书，手中执着酒杯。傍边冰盘中，列着金桃雪藕、沉李浮瓜，又有几味案酒。一个小厮捧壶，一个小厮打扇。他便看几行书，饮一杯酒，自取其乐。差人未敢上前，在侧边暗想道："同是父母生长，他如何有这般受用！就是我本官中过进士，还有许多劳碌，怎及得他的自在！"卢楠抬头看见，即问道："你就是县里差来的么？"差人应道："小人正是。"卢楠道："你那本官到也好笑，屡次订期定日，却又不来。如今又说要看荷花，恁样不爽利，亏他怎地做了官！我也没有许多闲工夫与他缠帐，任凭他有兴便来，不耐烦又约日子。"差人道："老爷多拜上相公，说久仰相公高才，如渴思浆，巴不得来请教。连次皆为不得已事羁住，故此失约。还求相公期个日子，小人好去回话。"卢楠见来人说话伶俐，却也听信了他，乃道："既如此，竟在后日。"差人得了言语，讨个回帖，同门公依旧下船，划到柳阴堤下

上岸，自去回复了知县。

那汪知县至后日，早衙发落了些公事，约莫午牌时候，起身去拜卢楠。谁想正值三伏之时，连日酷热非常，汪知县已受了些暑气，这时却又在正午，那轮红日犹如一团烈火，热得他眼中火冒，口内烟生。刚到半路，觉道天旋地转，从轿上直撞下来，险些儿闷死在地。从人急忙救起，抬回县中，送入私衙，渐渐苏醒。分付差人辞了卢楠，一面请太医调治。足足里病了一个多月，才方出堂理事，不在话下。

且说卢楠一日在书房中，查点往来礼物，检着汪知县这封书仪，想道："我与他水米无交，如何白白里受他的东西？须把来消豁[11]了，方才干净。"到八月中，差人来请汪知县中秋夜赏月。那知县也正有此意，见来相请，好生欢喜，取回帖打发来人，说："多拜上相公，至期准赴。"那知县乃一县之主，难道刚刚只有卢楠请他赏月不成？少不得初十边，就有乡绅同僚中相请，况又是个好饮之徒，可有不去的理么？定然一家家挨次都到。至十四这日，辞了外边酒席，于衙中整备家宴，与夫人在庭中玩赏。那晚月色分外皎洁，比寻常更是不同。有诗为证：

玉宇淡悠悠，金波彻夜流。
最怜圆缺处，曾照古今愁。
风露孤轮影，山河一气秋。
何人吹铁笛？乘醉倚南楼。

夫妻对酌，直饮到酩酊，方才入寝。那知县一来是新起病的人，元神未复；二来连日沉酣糟粕，，趁着酒兴，未免走了酒字下这道儿；三来这晚露坐夜深，着了些风寒：三合凑又病起来。眼见得卢楠赏月之约，又虚过了。调摄数日，方能痊可。

那知县在衙中无聊，量道卢楠园中桂花必盛，意欲借此排遣。适值有个江南客来打抽丰[12]，送两大坛惠山泉酒，汪知县就把一坛差人转送与卢楠。卢楠见说是美酒，正中其怀，无限欢喜，乃道："他的政事文章，我也一概勿论，只这酒中，想亦是知味的了。"即写帖请汪知县后日来赏桂花。有诗为证：

凉影一帘分夜月，天宫万斛动秋风。
淮南何用歌《招隐》？自可淹留桂树丛。

自古道："一饮一啄，莫非前定。"像汪知县是个父母官，肯屈己去见个士人，岂不是件异事？谁知两下机缘未到，临期定然生出事故，不能相会。这番请赏桂花，汪知县满意要尽竟日之欢，罄夙昔仰想之诚。不料是日还在眠床上，外面就传板进来报："山西理刑赵爷行取入京，已至河下。"恰正是汪知县乡试房师，怎敢怠慢？即忙起身梳洗，出衙上轿，往河下迎接，设宴款待。你想两个得意师生，没有就别之理，少不得盘桓数日，方才转身。这桂花已是：

飘残金粟随风舞，零乱天香满地铺。

却说卢楠素性刚直豪爽，是个傲上矜下之人，见汪知县屡次卑词尽敬，以其好贤，遂有俯交之念。时值九月末旬，园中菊花开遍，那菊花种数甚多，内中惟有三种为贵。那三种？鹤翎、剪绒、西施。每一种各有几般颜色，花大而媚，所以贵重。有

《菊花》诗为证：

不共春风斗百芳，自甘篱落傲秋霜。
园林一片萧疏景，几朵依稀散晚香。

卢楠因想："汪知县几遍要看园景，却俱中止。今趁此菊花盛时，何不请来一玩？也不枉他一番敬慕之情。"即写帖儿，差人去请次日赏菊。

家人拿着帖子，来到县里。正值知县在堂理事，一径走到堂上跪下，把帖子呈上，禀道："家相公多拜上老爷，园中菊花盛开，特请老爷明日赏玩。"汪知县正想要去看菊，因屡次失约，难好启齿。今见特地来请，正是挖耳当招，深中其意。看了帖子，乃道："拜上相公，明日早来领教。"那家人得了言语，即便归家回覆家主道："汪大爷拜上相公，明日绝早就来。"那知县说明日早来，不过是随口的话，那家人改做绝早就来，这也是一时错讹之言。不想因这句错话上，得罪了知县，后来把天大家私弄得罄尽，险些儿连性命都送了。正是：

舌为利害本，口是祸福门。

当下，卢楠心下想道："这知县也好笑，那见赴人筵席，有个绝早就来之理？"又想道："或者慕我家园亭，要尽竟日之游。"分付厨夫："大爷明日绝早就来，酒须要早些完备。"那厨夫听见知县早来，恐怕临时误事，隔夜就手忙脚乱收拾。卢楠到次早分付门上人："今日若有客来，一概相辞，不必通报。"又将个名帖，差人去邀请知县。不到朝食时，酒席都已完备，摆设在园上燕喜堂中。上下两席，并无别客相陪，那酒席铺设得花锦相似。正是：

富家一席酒，穷汉半年粮。

且说知县那日早衙投文已过，也不退堂，就要去赴酌。因见天色太早，恐酒席未完，吊一起公事来问。那公事却是新拿到一班强盗，专在卫河里打劫来往客商，因都在娼家宿歇，露出马脚，被捕人拿住解到本县，当下一讯都招。内中一个叫做石雪哥，又扳出本县一个开肉铺的王屠也是同伙，即差人去拿到。知县问道："王屠，石雪哥招称你是同伙，赃物俱窝顿你家。从实供招，免受刑罚！"王屠禀道："爷爷，小人是个守法良民，就在老爷马足下开个肉铺生理，平昔间就街市上不十分行走，那有这事！莫说与他是个同伙，就是他面貌，从不曾识认。老爷不信，拘邻里来问平日所行所为，就明白了。"知县又叫石雪哥道："你莫要诬陷平人。若审出是扳害的，登时就打死你这奴才！"石雪哥道："小的并非扳害，真实是同伙。"王屠叫道："我认也认不得你，如何是同伙？"石雪哥道："王屠，我与你一向同做伙计，怎么诈不认得？就是今日，本心原要出脱你的，只为受刑不过，一时间说了出来，你不要怪我！"王屠叫屈连天道："这是那里说起？"知县喝交一齐夹起来。可怜王屠夹得死而复苏，不肯招承。这强盗咬定是个同伙，虽夹死终不改口。是巳牌时分夹起，日已倒西，两下各执一词，难以定招。此时，知县一心要去赴宴，已不耐烦，遂依着强盗口词，葫芦提将王屠问成斩罪，其家私尽作赃物入官。画供已毕，一齐发下死囚牢里，即起身上轿，到卢楠家去吃酒，不题。

你道这强盗为甚死咬定王屠是个同伙？那石雪哥当初，原是个做小经纪的人，因染了时疫症，把本钱用完，连几件破家伙也卖来吃在肚里。及至病好，却没本钱去做生意。只存得一只锅儿，要把去卖几十文钱来营运度日，旁边却又有些破的。生出一个计较，将锅煤拌着泥儿涂好，做个草标儿，提上街去卖。转了半日，都嫌是破的，无人肯买。落后走到王屠对门开米铺的田大郎门首，叫住要买。那田大郎是个近觑眼，却看不出损处，一口就还八十文钱。石雪哥也就肯了。田大郎将钱递与石雪哥，接过手刚在那里数明，不想王屠在对门看见，叫道："大郎，你且仔细看看，莫要买了破的。"这是嘲他眼力不济，乃一时戏谑之言。谁知田大郎真个重新仔细一看，看出那个破损处来，对王屠道："早是你说，不然几乎被他哄了。果然是破的。"连忙讨了铜钱，退还锅子。石雪哥初时买成了，心中正在欢喜，次后讨了钱去，心中痛恨王屠，恨不得与他性命相博。只为自己货儿果然破损，没个因头，难好开口，忍着一肚子恶气，提着锅子转身。临行时，还把王屠怒目而视，巴不能等他问一声，就要与他厮闹。那王屠出自无心，那个去看他。石雪哥见不来招揽，只得自去。不想心中气闷，不曾照管得，脚下绊上一交，把锅子打做千百来块，将王屠就恨入骨髓。思想没了生计，欲要寻条死路，诈那王屠，却又舍不得性命。没甚计较，就学做夜行人，到也顺溜，手到擒来。做了年余，嫌这生意微细，合入大队里，在卫河中巡绰，得来大碗酒、大块肉，好不快活。那时反又感激王屠起来，他道是："当日若没有王屠说这句话，卖成这只锅子，有了本钱，这时只做小生意过日，那有恁般快活！"及至恶贯满盈，被拿到官，情真罪当，料无生理，却又想起昔年的事来："那日若不是他说破，卖这几十文钱做生意度日，不见致有今日。"所以扳害王屠，一口咬定，死也不放。故此他便认得王屠，王屠却不相认。后来直到秋后典刑，齐绑在法场上，王屠问道："今日总是死了，你且说与我有甚冤仇，害我致此？说个明白，死也甘心。"石雪哥方把前情说出。王屠连喊冤枉，要辨明这事。你想，此际有那个来采你？只好含冤而死。正是：

只因一句闲言语，断送堂堂六尺躯。

闲话休题。且说卢楠早上候起，已至巳牌，不见知县来到。又差人去打听，回报说在那里审问公事。卢楠心上就有三四分不乐，道："既约了绝早就来，如何这时候还问公事？"停了一回，还不见到，又差人去打听。来报说："这件公事还未问完哩。"卢楠不乐有六七分了，想道："是我请他的不是，只得耐这次罢。"俗语道得好：等人性急。略过一回，又差人去打听，这人行无一箭之远，又差一人前来，顷刻就差上五六个人去打听。少停，一齐转来回覆说："正在堂上夹人，想这事急切未得完哩。"卢楠听见这话，凑成十分不乐，心中大怒道："原来这俗物一无可取！却只管来缠帐，几乎错认了。如今幸尔还好。"即令家人撤开下面这桌酒席，走上前居中向外而坐，叫道："快把大杯洒热酒来，洗涤俗肠！"家人都禀道："恐大爷一时来到。"卢楠睁起眼喝道："哇！还说甚大爷，我这酒可是与俗物吃的么？"家人见家主发怒，谁敢再言，只得把大杯斟上，厨下将肴馔供出。小奚在堂中宫商迭奏，丝竹并呈。卢楠饮了数杯，又讨出大碗，一连吃上十数多碗。吃得性起，把巾服都脱去了，跣足蓬头，踞坐于椅上，将肴馔撤去，止留果品案酒。又吃上十来大碗，连果品也赏了小奚，惟饮寡酒，又吃上几碗。卢楠酒量虽高，原吃不得急酒，因一时恼怒，连饮了几十碗，不觉大醉，就靠在桌上齁齁睡去。家人谁敢去惊动，整整齐齐，都站在两旁伺候。

里边卢楠便醉了，外面管园的却不晓得。远远望见知县头踏来，急忙进来通报。到了堂中，看见家主已醉，到吃一惊道："大爷已是到了，相公如何先饮得这个模样？"众家人听得知县来到，都面面相觑，没做理会，齐道："那桌酒便还在，但相公不能勾醒，却怎好？"管园的道："且叫醒转来，扶醉陪他一陪也罢。终不然特地请来，冷淡他去不成？"众家人只得上前叫唤。喉咙都喊破了，如何得醒？渐渐听得人声喧杂，料道是知县进来，慌了手脚，四散躲过。单单撇下卢楠一人。只因这番，有分教：佳宾贤主，变为百世冤家；好景名花，化作一场春梦。正是：

盛衰有命天为主，祸福无门人自生。

且说汪知县离了县中，来到卢家园门首，不见卢楠迎接，也没有一个家人俟候。从人乱叫："门上有人么？快去通报，大爷到了。"并无一人答应。知县料是管门的已进去报了，遂分付："不必呼唤。"竟自进去。只见门上一个匾额，白地翠书"啸圃"两个大字。进了园门，一带都是柏屏。转过湾来，又显出一座门楼，上书"隔凡"二字。过了此门，便是一条松径。绕出松林，打一看时，但见山岭参差，楼台缥缈，草木萧疏，花竹围环。知县见布置精巧，景色清幽，心下暗喜道："高人胸次，自是不同。"但不闻得一些人声，又不见卢楠相迎，未免疑惑。也还道是园中径路错杂，或者从别道往外迎我，故此相左。一行人在园中，任意东穿西走，反去寻觅主人。次后来到一个所在，却是三间大堂。一望菊花数百，霜英灿烂，枫叶万树，拥若丹霞，橙橘相亚，累累如金。池边芙蓉千百株，颜色或深或浅，绿水红葩，高下相映，鸳鸯凫鸭之类，戏狎其下。汪知县想道："他请我看菊，必在这个堂中了。"径至堂前下轿。

走入看时，那里见甚酒席。惟有一人蓬头跣足，居中向外而坐，靠在桌上打齁，此外更无一个人影。从人赶向前乱喊："老爷到了，还不起来！"知县举目看他身上服色，不像以下之人，又见旁边放着葛巾野服，分付："且莫叫唤，看是何等样人？"那常来下帖的差人向前仔细一看，认得是卢楠，禀道："这就是卢相公，醉倒在此。"汪知县闻言，登时紫涨了面皮，心下大怒道："这厮恁般无理！故意哄我上门羞辱。"欲得教从人将花木打个希烂，又想不是官体，忍着一肚子恶气，急忙上轿，分付回县。

轿夫抬起，打从旧路直至园门首，依原不见一人。那些皂快，没一个不摇首咋舌道："他不过是个监生，如何将官府恁般藐视？这也是件异事。"知县在轿上听见，自觉没趣，怒恼愈加，想道："他总然才高，也是我的治下。曾请过数遍，不肯来见。情愿就见，又馈送银酒，我亦可为折节敬贤之至矣。他却如此无理，将我侮慢。且莫说我是父母官，即使平交，也不该如此！"到了县里，怒气不息，即便退入私衙，

不题。

且说卢楠这些家人小厮见知县去后，方才出头，到堂中看家主时，睡得正浓，直至更余方醒。众人说道："适才相公睡后，大爷就来，见相公睡着，便起身而去。"卢楠道："可有甚话说？"众人道："小人们恐难好答应，俱走过一边，不曾看见。"卢楠道："正该如此！"又懊悔道："是我一时性急，不曾分付闭了园门，却被这俗物直至此间，践污了地上。"教管园的："明早快挑水，将他进来的路径扫涤干净。"又着人寻访常来下帖的差人，将向日所送书仪并那坛泉酒，发还与他。那差人不敢隐匿，遂即到县里去缴还，不在话下。

却说汪知县退到衙中，夫人接着，见他怒气冲天，问道："你去赴宴，如何这般气恼？"汪知县将其事说知。夫人道："这都是自取，怪不得别人！你是个父母官，横行直撞，少不得有人奉承。如何屡屡卑污苟贱，反去请教子民？他总是有才，与你何益？今日讨恁般怠慢，可知好么！"汪知县又被夫人抢白了几句，一发怒上加怒，坐在交椅上，气愤愤的半晌无语。夫人道："何消气得？自古道：破家县令。"只这四个字，把汪知县从睡梦中唤醒，放下了怜才敬士之心，顿提起生事害人之念。当下，口中不语，心下踌躇，寻思计策安排卢生："必置之死地，方泄吾恨！"当夜无话。

汪知县早衙已过，次日唤一个心腹令史进衙商议。那令史姓谭名遵，颇有才干，惯与知县通赃过付，是一个积年猾吏。当下，知县先把卢楠得罪之事叙过，次说要访他过恶参之，以报其恨。谭遵道："老爷要与卢楠作对，不是轻举妄动的。须寻得一件没躲闪的大事坐在他身上，方可完得性命。那参访一节，恐未必了事，在老爷反有干碍。"汪知县道："却是为何？"谭遵道："卢楠与小人原是同里，晓得他多有大官府往来，且又家私豪富。平昔虽则恃才狂放，却没甚违法之事。总然拿了，少不得有天大分上到上司处挽回，决不至死的田地。那时怀恨挟仇，老爷岂不反受其累？"汪知县道："此言虽是，但他恁地放肆，定有几件恶端。你去细细访来，我自有处。"谭遵答应出来。只见外边缴进原送卢楠的书仪、泉酒。知县见了，转觉没趣。无处出气，迁怒到差人身上，说道不该收他的回来，打了二十毛板，就将银酒都赏了差人。正是：

劝君莫作伤心事，世上应多切齿人。

话分两头。却说浮丘山脚下有个农家，叫做钮成，老婆金氏。夫妻两口，家道贫寒，却又少些行止，因此无人肯把田与他耕种，历年只在卢楠家做长工过日。二年前，生了个儿子。那些一般做工的，同卢家几个家人斗分子与他贺喜。论起钮成恁般穷汉，只该辞了才是。十分情不可却，称家有无，胡乱请众人吃三杯，可也罢了。不想他却去弄空头，装好汉，写身子与卢楠家人卢才，抵借二两银子，整个大大筵席款待众人。邻里尽送汤饼，热烘烘倒像个财主家行事。外边正吃得快活，那得知孩子隔日被猫惊了，这时了帐，十分败兴，不能勾尽欢而散。

那卢才肯借银子与钮成，原怀着个不良之念。你道为何？因见钮成老婆有三四分颜色，指望以此为繇，要勾搭这婆娘。谁知缘分浅薄，这婆娘情愿白白里与别

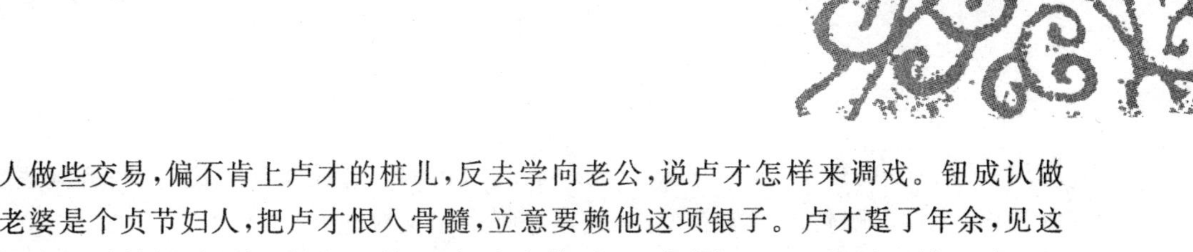

人做些交易，偏不肯上卢才的桩儿，反去学向老公，说卢才怎样来调戏。钮成认做老婆是个贞节妇人，把卢才恨入骨髓，立意要赖他这项银子。卢才踅了年余，见这婆娘妆乔做样，料道不能勾上钩，也把念头休了，一味索银。两下面红了好几场，只是没有。有人教卢才个法儿道："他年年在你家做长工，何不耐到发工银时，一并扣清，可不干净？"卢才依了此言，再不与他催讨。等到十二月中，打听了发银日子，紧紧伺候。

那卢楠田产广多，除了家人，顾工的也有整百，每年至十二月预发来岁工银。到了是日，众长工一齐进去领银。卢楠恐家人们作弊，短少了众人的，亲自唱名亲发，又赏一顿酒饭，吃个醉饱，叩谢而出。刚至宅门口，卢才一把扯住钮成，问他要银。那钮成一则还钱肉痛；二则怪人调戏老婆，乘着几杯酒兴，反撒赖起来。将银塞在兜肚里，骂道："狗奴才！只欠得这丢银子，便生心来欺负老爷！今日与你性命相博！"当胸撞一个满怀。卢才不曾提防，踉踉跄跄倒退了十数步，几乎跌上一交。恼动性子，赶上来便打。那句"狗奴才"却又犯了众怒，家人们齐道："这厮恁般放泼！总使你的理直，到底是我家长工，也该让我们一分。怎地欠了银子，反要行凶？打这狗亡八！"齐拥上前乱打。常言道："双拳不敌四手。"钮成独自一个，如何抵当得许多人，着实受了一顿拳脚。卢才看见银子藏在兜肚里，扯断带子，夺过去了。众长工再三苦劝，方才住手，推着钮成回家。

不道卢楠在书房中隐隐听得门首喧嚷，唤管门的查问。他的家法最严，管门的恐怕连累，从实禀说。卢楠即叫卢才进去，说道："我有示在先，家人不许擅放私债，盘算小民。如有此等，定行追还原券，重责逐出。你怎么故违我法，却又截抢工银，行凶打他？这等放肆可恶！"登时追出兜肚银子并那纸文契，打了二十，逐出不用。分付管门的："钮成来时，着他来见我，领了银券去。"管门的连声答应，出来不题。

且说钮成刚吃饱得酒食，受了这顿拳头脚尖，银子原被他夺去，转思转恼，愈想愈气。到半夜里，火一般发热起来，觉得心头胀闷难过，次日便爬不起。到第二日早上，对老婆道："我觉得身子不好，莫不要死？你快去叫我哥哥来商议。"自古道：无巧不成话。元来钮成有个嫡亲哥子钮文，正卖与令史谭遵家为奴。金氏平昔也曾到谭遵家几次，路径已熟，故此教他去叫。当下，金氏听见老公说出要死的话，心下着忙，带转门儿，冒着风寒，一径往县中去寻钮文。

那谭遵四处察访卢楠的事过，并无一件。知县又再三催促，到是个两难之事。这一日，正坐在公廨中，只见一个妇人慌慌张张的走入来。举目看时，不是别人，却是家人钮文的弟妇。金氏向前道了万福，问道："请问令史：我家伯伯可在么？"谭遵道："到县门前买小菜，就来。你有甚事恁般惊惶？"金氏道："好教令史知得：我丈夫前日与卢监生家人卢才费口，夜间就病起来，如今十分沉重，特来寻伯伯去商量。"谭遵闻言，不胜喜欢，忙问道："且说为甚与他家费口？"金氏即将与卢才借银起，直至相打之事，细细说了一遍。谭遵道："原来恁地。你丈夫没事便罢。倘有些山高水低，急来报知，包在我身上与你出气。还要他一注大财乡，彀你下半世快活。"金

氏道："若得令史张主，可知好么。"正说间，钮文已回。金氏将这事说知，一齐同去。临出门，谭遵又嘱付道："如有变故，速速来报。"钮文应允，离了县中。

不消一个时辰，早到家中。推门进去，不见一些声息。到床上看时，把二人吓做一跳。元来直僵僵挺在上面，不知死过几时了。金氏便号淘大哭起来。正是：

夫妻本是同林鸟，大限来时各自飞。

那些东邻西舍听得哭声，都来观看，齐道："虎一般的后生，活活打死了。可怜，可怜！"钮文对金氏说道："你且莫哭，同去报与我主人，再作区处。"金氏依言，锁了大门，嘱付邻里看觑则个，跟着钮文就走。那邻里中商议道："他家一定去告状了。地方人命重情，我们也须呈明，脱了干系。"随后也往县里去呈报。其时，远近村坊尽知钮成已死，早有人报与卢楠。那卢楠原是疏略之人，两日钮成不去领这银券，连其事却也忘了。及至闻了此信，即差人去寻获卢才送官。那知卢才听见钮成死了，料道不肯干休，已先"桃之夭夭"了，不在话下。

且说钮文、金氏一口气跑到县里，报知谭遵。谭遵大喜，悄悄的先到县中，禀了知县。出来与二人说明就里，教了说话。流水写起状词，单告卢楠强占金氏不遂，将钮成擒归打死，教二人击鼓叫冤。钮文依了家主，领着金氏，不管三七念一，执了一块木柴，把鼓乱敲，口内一片声叫喊："救命！"衙门差役，自有谭遵分付，并无拦阻。

汪知县听得击鼓，即时升堂，唤钮文、金氏至案前。才看状词，恰好地邻也到了。知县专心在卢楠身上，也不看地邻呈子是怎样情繇，假意问了几句，不等发房，即时出签，差人提卢楠立刻赴县。公差又受了谭遵的叮嘱，说："大爷恼得卢楠要紧，你们此去，只除妇女孩子，其余但是男子汉、尽数拿来。"众皂快素知知县与卢监生有仇，况且是个大家，若还人少，进不得他大门，遂聚起三兄四弟，共有四五十人，分明是一群猛虎。此时隆冬日短，天已傍晚，彤云密布，朔风凛洌，好不寒冷！谭遵要奉承知县，陪出酒浆，与众人先发个兴头。一家点起一根火把，飞奔至卢家门首，发一声喊，齐抢入去，逢着的便拿。家人们不知为甚，吓得东倒西歪，儿啼女哭，没奔一头处。

卢楠娘子正同着丫鬟们在房中围炉向火，忽闻得外面人声鼎沸，只道是漏了火，急叫丫鬟们观看。尚未动步，房门口早有家人报道："大娘，不好了！外边无数人执着火把，打进来也。"卢楠娘子还认是强盗来打劫，惊得三十六个牙齿，矻磴磴的相打，慌忙叫丫鬟快闭上房门。言犹未毕，一片火光，早已拥入房里。那些丫头们奔走不迭，只叫："大王爷饶命！"众人道："胡说！我们是本县大爷差来拿卢楠的。什么大王爷？"卢楠娘子见说这话，就明白向日丈夫怠慢了知县，今日寻事故来摆布，便道："既是公差，难道不知法度的？我家总有事在县，量来不过户婚田土的事罢了，须不是大逆不道。如何白日里不来，黑夜间率领多人，明火执杖，打入房帷，乘机抢劫？明日到公堂上去讲，该得何罪？"众公差道："只要还了我卢楠，但凭到公堂上去讲。"遂满房遍搜一过，只拣器皿宝玩，取勾像意，方才出门。又打到别个房

里，把姬妾们都惊得躲入床底下去。各处搜到，不见卢楠，料想必在园上，一齐又赶入去。

卢楠正与四五个宾客在暖阁上饮酒，小优两傍吹唱。恰好差去拿卢才的家人在那里回话，又是两个乱喊上楼报道："相公，祸事到也！"卢楠带醉问道："有何祸事？"家人道："不知为甚，许多人打进大宅抢劫东西，逢着的便被拿住，今已打入相公房中去了。"众宾客被这一惊，一滴酒也无了，齐道："这是为何？可去看来！"便要起身。卢楠全不在意，反拦住道："由他自抢，我们且吃酒，莫要败兴。快斟热酒来。"家人跌足道："相公，外边恁般慌乱，如何还要饮酒！"说声未了，忽见楼前一派火光闪烁，众公差齐拥上楼。吓得那几个小优满楼乱滚，无处藏躲。卢楠大怒，喝道："甚么人，敢到此放肆！叫人快拿！"众公差道："本县大爷请你说话，只怕拿不得的！"一条索子套在颈里，道："快走，快走！"卢楠道："我有何事，这等无礼？偏不去！"众公差道："老实说，向日请便请你不动，如今拿到要拿去的！"牵着索子，推的推，扯的扯，拥下楼来。家人共拿了十四五个。众人还想连宾客都拿，内中有人认得俱是贵家公子，又是有名头秀才，遂不敢去惹他。一行人离了园中，一路闹炒炒直至县里。这几个宾客放心不下，也随来观看。躲过的家人，也自出头，奉着主母之命，将了银两，赶来央人使用打探，不在话下。

且说汪知县在堂等候，堂前灯笼火把，照耀浑如白昼，四下绝不闻一些人声。众公差押卢楠等，直至丹墀下。举目看那知县，满面杀气，分明坐下个阎罗天子。两行隶卒排列，也与牛头夜叉无二。家人们见了这个威势，一个个胆战心惊。众公差跑上堂禀道："卢楠一起拿到了。"将一干人带上月台，齐齐跪下，钮文、金氏另跪一边。惟有卢楠挺然居中而立。汪知县见他不跪，仔细看了一看，冷笑道："是一个土豪！见了官府，犹恁般无状，在外安得不肆行无忌？我且不与你计较，暂请到监里去坐一坐。"卢楠倒走上三四步，横挺着身子说道："就到监里去坐，也不妨，只要说个明白。我得何罪，昏夜差人抄没？"知县道："你强占良人妻女不遂，打死钮成，这罪也不小！"卢楠闻言，微微笑道："我只道有甚天大事情，元来为钮成之事。据你说，止不过要我偿他命罢了，何须大惊小怪。但钮成原系我家佣奴，与家人卢才口角而死，却与我无干。即使是我打死，亦无死罪之律。若必欲借彼证此，横加无影之罪，以雪私怨，我卢楠不难屈承，只怕公论难泯！"汪知县大怒道："你打死平人，昭然耳目，却冒认为奴，污蔑问官，抗拒不跪。公堂之上，尚敢如此狂妄，平日豪横，不问可知矣！今且勿论人命真假，只抗逆父母官，该得何罪？"喝教拿下去打。

众公差齐声答应，赶向前一把揪翻。卢楠叫道："士可杀而不可辱！我卢楠堂堂汉子，何惜一死，却要用刑？任凭要我认那一等罪，无不如命，不消责罚。"众公差那里繇他做主，按倒在地，打了三十。知县喝教住了，并家人齐发下狱中监禁。钮成尸首着地方买棺盛殓，发至官坛候验。钮文、金氏干证人等，召保听审。

卢楠打得血肉淋漓，两个家人扶着，一路大笑，走出仪门。这几个朋友上前相迎。家人们还恐怕来拿，远远而立，不敢近身。众友问道："为甚事，就到杖责？"卢

楠道:“并无别事。汪知县公报私仇,借家人卢才的假人命,妆在我名下,要加个小小死罪。”众友惊骇道:“不信有此等奇冤。”。内中一友道:“不打紧,待小弟回去,与家父说了,明日拉合县乡绅孝廉,与县公讲明。料县公难灭公论,自然开释。”卢楠道:“不消兄等费心,但凭他怎地摆布罢了。只有一件紧事,烦到家间说一声,教把酒多送几坛到狱中来。”众友道:“如今酒也该少饮。”卢楠笑道:“人生贵在适意。贫富荣辱,俱身外之事,于我何有。难道因他要害我,就不饮酒了? 这是一刻也少不得的!”

正在那里说话,一个狱卒推着背道:“快进狱去,有话另日再说。”那狱卒不是别人,叫做蔡贤,也是汪知县得用之人。卢楠睁起眼喝道:“咤,可恶! 我自说话,与你何干?”蔡贤也焦躁道:“呵呀! 你如今是在官人犯了,这样公子气质,且请收起,用不着了。”卢楠大怒道:“什么在官人犯,就不进去,便怎么!”蔡贤还要回话,有几个老成的将他推开,做好做歹,劝卢楠进了监门。众友也各自回去。卢楠家人自归家回覆主母,不在话下。

原来卢楠出衙门时,谭遵紧随在后,察访这些说话,一句句听得明白,进衙报与知县。知县到次早只说有病,不出堂理事。众乡官来时,门上人连帖也不受。至午后忽地升堂,唤齐金氏一干人犯,并仵作人等,监中吊出卢楠主仆,径去检验钮成尸首。那仵作人已知县主之意,轻伤尽报做重伤。地邻也理会得知县要与卢楠作对,齐咬定卢楠打死。知县又哄卢楠将出钮成佣工文券,只认做假的,尽皆扯碎。严刑拷逼,问成死罪。又加二十大板,长枷手杻,下在死囚牢里。家人们一概三十,满徒三年,召保听候发落。金氏、钮文干证人等,发回宁家。尸棺俟详转定夺。将招繇叠成文案,并卢楠抗逆不跪等情,细细开载在内,备文申报上司。虽众乡绅力为申理,知县执意不从。有诗为证:

县令从来可破家,冶长非罪亦堪嗟。

福堂今日容高士,名圃无人理百花。

且说卢楠本是贵介[13]之人,生下一个脓窠疮儿,就要请医家调治的,如何经得这等刑杖? 到得狱中,昏迷不醒。幸喜合监的人,知他是个有钱主儿,奉承不暇,流水把膏药末药送来。家中娘子又请太医来调治。外修内补,不勾一月,平服如旧。那些亲友,络绎不绝,到监中候问。狱卒人等已得了银子,欢天喜地,繇他们直进直出,并无拦阻。内中单有蔡贤是知县心腹,如飞禀知县主。魆地到监点闸[14],搜出五六人来,却都是有名望的举人秀士,不好将他难为,教人送出狱门。又把卢楠打上二十。四五个狱卒,一概重责。那狱卒们明知是蔡贤的缘故,咬牙切齿,因是县主得用之人,谁敢与他计较。

那卢楠平日受用的高堂大厦,锦衣玉食,眼内见的是竹木花卉,耳中闻的是笙箫细乐。到了晚间,娇姬美妾,倚翠偎红,似神仙般散诞的人。如今坐于狱中,住的却是钻头不进半塌不倒的房子。眼前见的无非死犯重囚,言语嘈杂,面目凶顽,分明一班妖魔鬼怪。耳中闻的不过是脚镣、手杻、铁链之声。到了晚间,提铃喝号,击

柝鸣锣，唱那歌儿何等凄惨。他虽是豪迈之人，见了这般景象，也未免睹物伤情。恨不得胁下顷刻生出两个翅膀，飞出狱中。又恨不得提把板斧，劈开狱门，连众犯也都放走。一念转着受辱光景，毛发倒竖，恨道："我卢楠做了一世好汉，却送在这个恶贼手里！如今陷于此间，怎能勾出头日子？总然挣得出去，亦有何颜见人！要这性命何用？不如寻个自尽，到得干净。"又想道："不可，不可！昔日成汤、文王，有夏台、羑里之囚，孙膑、马迁，有刖足腐刑之辱。这几个都是圣贤，尚忍辱待时，我卢楠岂可短见！"却又想道："我卢楠相知满天下，身列缙绅者也不少，难道急难中就坐观成败？还是他们不晓得我受此奇冤？须索写书去通知，教他们到上司处挽回。"遂写起若干书启，差家人分头投递那些相知。

也有见任，也有林下，见了书札，无不骇然。也有直达汪知县，要他宽罪的，也有托上司开招的。那上司官，一来也晓得卢楠是当今才子，有心开释，都把招详驳下县里。回书中又露个题目，教卢楠家属前去告状，转批别衙门开招出罪。卢楠得了此信，心中暗喜，即教家人往各上司诉冤，果然都批发本府理刑勘问。理刑官已先有人致意，不在话下。

却说汪知县几日间连接数十封书札，都是与卢楠求解的。正在踌躇，忽见各上司招详，又都驳转。过了几日，理刑厅又行牌到县，吊卷提人。已明知上司有开招放他之意，心下老大惊惧，想道："这厮果然神通广大。身子坐在狱中，怎么各处关节已是布置到了？若此番脱漏出去，如何饶得我过！一不做，二不休，若不斩草除根，空有后患。"当晚，差谭遵下狱，教狱卒蔡贤拿卢楠到隐僻之处，遍身鞭朴，打勾半死，推倒在地，缚了手足，把个土囊压住鼻口，那消一个时辰，呜呼哀哉。可怜满腹文章，到此冤沉狱底。正是：

英雄常抱千年恨，风木寒烟空断魂。

话分两头。却说浚县有个巡捕县丞，姓董名绅，贡士出身，任事强干，用法平恕。见汪知县将卢楠屈陷大辟，十分不平，只因官卑职小，不好开口。每下狱查点，便与卢楠谈论，两下遂成相知。那晚恰好进监巡视，不见了卢楠，问众狱卒时，都不肯说。恼动性子，一片声喝打。方才低低说："大爷差谭令史来讨气绝，已拿向后边去了。"董县丞大惊道："大爷乃一县父母，那有此事？必是你们这些奴才索诈不遂，故此谋他性命！快引我去寻来。"众狱卒不敢违逆，直引至后边一条夹道中。劈面撞着谭遵、蔡贤，喝教拿住。上前观看，只见卢楠仰面在地上，手足尽皆绑缚，面上压个土囊。董县丞叫左右提起土囊，高声叫唤。也是卢楠命不该死，渐渐苏醒。与他解去绳索，扶至房中，寻些热汤吃了，方能说话。乃将谭遵指挥蔡贤打骂谋害情繇说出。董县丞安慰一番，教人伏事他睡下，然后带着蔡贤、谭遵二人到于厅上，思想："这事虽然是县主之意，料今败露，也不敢承认。欲要拷问谭遵，又想他是县主心腹，只道我不存体面，反为不美。"单唤过蔡贤，要他招承与谭遵索诈不遂，同谋卢楠性命。那蔡贤初时只推县主所遣，不肯招承。董县丞大怒，喝教夹起来。那众狱卒因蔡贤向日报县主来闸监，打了板子，心中怀恨，寻过一副极短极紧的夹棍。才

套上去，就喊叫起来，连称："愿招！"董县丞即便教住了。众狱卒恨着前日的毒气，只做不听见，倒务命收紧。夹得蔡贤叫爹叫娘，连祖宗十七八代尽叫出来。董县丞连声喝住，方才放了。把纸笔要他亲供。蔡贤只得依着董县丞说话供招。董县丞将来袖过，分付众狱卒："此二人不许擅自释放，待我见过大爷，然后来取。"起身出狱回衙，连夜备了文书。

次早，汪知县升堂，便去亲递。汪知县因不见谭遵回覆，正在疑惑。又见董县丞呈说这事，暗吃一惊。心中虽恨他冲破了网，却又奈何他不得。看了文书，只管摇头："恐没这事。"董县丞道："是晚生亲眼见的，怎说没有？堂尊若不信，唤二人对证便了。那谭遵犹可恕，这蔡贤最是无理，连堂尊也还污蔑。若不究治，何以惩戒后人！"汪知县被道着心事，满面通红，生怕传扬出去，坏了名声，只得把蔡贤问徒发遣。自此怀恨董县丞，寻两件风流事过，参与上司，罢官而去。此是后话，不题。

再说汪知县因此谋不谐，遂具揭呈，送各上司，又差人往京中传送要道之人，大抵说：卢楠恃富横行乡党，结交势要，打死平人，抗送问官，营谋关节，希图脱罪。把情节做得十分利害。无非要张扬其事，使人不敢救援。又教谭遵将金氏出名，连夜刻起冤单，遍处粘帖。布置停当，然后备文起解到府。那推官原是没担当懦怯之辈，见了知县揭帖并金氏冤单，果然恐怕是非，不敢开招，照旧申报上司。大凡刑狱，经过理刑问结，别官就不敢改动。卢楠指望这番脱离牢狱，谁道反坐实了一重死案，依旧发下浚县狱中监禁。还指望知县去任，再图昭雪。那知汪知县因扳翻了个有名富豪，京中多道他有风力，到得了个美名，行取入京，升为给事之职。他已居当道，卢楠总有通天摄地的神通，也没人敢翻他招案。有一巡按御史樊某，怜其冤枉，开招释罪。汪给事知道，授意与同科官，劾樊巡按一本，说他得了贿赂，卖放重囚，罢官回去。着府县原拿卢楠下狱。因此，后来上司虽知其冤，谁肯舍了自己官职，出他的罪名？

光阴迅速，卢楠在狱不觉又是十有余年，经了两个县官。那时金氏、钮文虽都病故，汪给事却升了京堂之职，威势正盛。卢楠也不做出狱指望。不道灾星将退，那年又选一个新知县到任。只因这官人来，有分教：

此日重阴方启照，今朝甘露不成霜。

却说浚县新任知县姓陆名光祖，乃浙江嘉兴府平湖县人氏。那官人胸藏锦绣，腹隐珠玑，有经天纬地之才，济世安民之术。出京时，汪公曾把卢楠的事相嘱，心下就有些疑惑，想道："虽是他旧任之事，今已年久，与他还有甚相干，谆谆教谕？其中必有缘故。"到任之后，访问邑中乡绅，都为称枉，叙其得罪之繇。陆公还恐卢楠是个富家，央浼下的，未敢全信。又四下暗暗体访，所说皆同。乃道："既为民上，岂可以私怨罗织，陷人大辟？"欲要申文到上司，与他昭雪，又想到："若先申上司，必然行查驳勘，便不能决截了事。不如先开释了，然后申报。"遂吊出那宗卷来，细细查看，前后招繇，并无一毫空隙。反覆看了几次，想道："此事不得卢才，如何结案？"乃出百金为信赏钱，立限与捕役要拿卢才。不一月，忽然获到，将严刑究讯，审出真情。

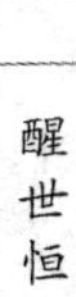

遂援笔批云：

审得钮成以领工食银于卢楠家，为卢才叩债，以致争斗，则钮成为卢氏之雇工人也明矣。雇工人死，无家翁偿命之理。况放债者才，叩债者才，厮打者亦才。释才坐楠，律何称焉？才遁不到官，累及家翁，死有余辜，拟抵不枉。卢楠久于狱，亦一时之厄也！相应释放云云。

当日，监中取出卢楠，当堂打开枷杻，释放回家。合衙门人无不惊骇。就是卢楠，也出自意外，甚以为异。陆公备起申文，把卢才起衅根繇，并受枉始末，一一开叙。亲至府中，相见按院呈递。按院看了申文，道他擅行开释，必有私弊，问道："闻得卢楠家中甚富，贤令独不避嫌乎？"陆公道："知县但知奉法，不知避嫌；但知问其枉不枉，不知问其富不富。若是不枉，夷齐[15]亦无生理；若是枉，陶朱[16]亦无死法。"按院见说得词正理直，更不再问，乃道："昔张公为廷尉，狱无冤民，贤令近之矣。敢不领教！"陆公辞谢而出，不题。

且说卢楠回至家中，合门庆幸，亲友尽来相贺。过了数日，卢楠差人打听陆公已是回县，要去作谢，他却也素位而行，换了青衣小帽。娘子道："受了陆公这般大德大恩，须备些礼物去谢他便好。"卢楠道："我看陆公所为，是个有肝胆的豪杰，不比那龌龊贪利的小辈。若送礼去，反轻亵他了。"娘子道："怎见得是反为轻亵？"卢楠道："我沉冤十余载，上官皆避嫌不肯见原。陆公初莅此地，即廉知枉，毅然开释。此非有十二分才智，十二分胆识，安能如此！今若以利报之，正所谓故人知我，我不知故人也。如何使得？"即轻身而往。陆公因他是个才士，不好轻慢，请到后堂相见。卢楠见了陆公，长揖不拜。陆公暗以为奇，也还了一礼，遂教左右看坐。门子就扯把椅子，放在傍边。

看官，你道有恁样奇事！那卢楠乃久滞的罪人，亏陆公救拔出狱，此是再生恩人，就磕穿头，也是该的，他却长揖不拜。若论别官府见如此无礼，心上定然不乐了。那陆公毫不介意，反又命坐。可见他度量宽洪，好贤极矣。谁想卢楠见教他傍坐，倒不悦起来，说道："老父母，但有死罪的卢楠，没有傍坐的卢楠。"陆公闻言，即走下来，重新叙礼，说道："是学生得罪了。"即逊他上坐。两下谈今论古，十分款洽，只恨相见之晚，遂为至友。有诗为证：

昔闻长揖大将军，今见卢生抗陆君。

夕释桁阳朝上坐，丈夫意气薄青云。

话分两头。却说汪公闻得陆公释了卢楠，心中不忿，又托心腹，连按院劾上一本。按院也将汪公为县令时，挟怨诬人始末，细细详辩一本。倒下圣旨，将汪公罢官回去，按院照旧供职，陆公安然无恙。那时，谭遵已省祭在家，专一挑写词状。陆公廉访得实，参了上司，拿下狱中，问边远充军。卢楠从此自谓余生，绝意仕进，益放于诗酒，家事渐渐沦落，绝不为意。

再说陆公在任，分文不要，爱民如子。况又发奸摘隐，剔清利弊，奸宄慑伏，盗贼屏迹。合县遂有神明之称，声名振于都下。只因不附权要，止迁南京礼部主事。

离任之日，士民攀辕卧辙，泣声盈道，送至百里之外。那卢楠直送五百余里，两下依依不舍，欷歔而别。后来陆公累官至南京吏部尚书。卢楠家已赤贫，乃南游白下，依陆公为主，陆公待为上宾，每日供其酒资一千，纵其游玩山水。所到之处，必有题咏。都中传诵。

一日游采石李学士祠，遇一赤脚道人，风致飘然，卢楠邀之同饮。道人亦出葫芦中玉液以酌卢楠。楠饮之，甘美异常，问道："此酒出于何处？"道人答道："此酒乃贫道所自造也。贫道结庵于庐山五老峰下。居士若能同游，当恣君斟酌耳。"卢楠道："既有美酝，何惮相从！"即刻到李学士祠中，作书寄谢陆公，不携行李，随着那赤脚道人而去。陆公见书，叹道："翛然[17]而来，翛然而去，以乾坤为逆旅[18]，以七尺为蜉蝣，真狂士也！"遣人于庐山五老峰下访之不获。后十年，陆公致政归田，朝廷遣官存问，陆公使其次子往京谢恩，从人见之于京都，寄问陆公安否。或云遇仙成道矣。后人有诗赞云：

命蹇英雄不自繇，独将诗酒傲公侯。
一丝不挂飘然去，赢得高名万古留。

后人又有一诗警戒文人，莫学卢公以傲取祸。诗曰：

酒癖诗狂傲骨兼，高人每得俗人嫌。
劝人休蹈卢公辙，凡事还须学谨谦。

【注释】

①李青莲：唐代大诗人李白别号青莲居士。

②粉黛：指美女。

③小奚：小男仆。

④巨珰：有权势的宦官。大畹：贵盛的外戚。

⑤骚人：诗人。

⑥不肖者：不成器的人。

⑦先施：先于对方馈送礼物或拜访，叫做"先施"。

⑧缠帐：纠缠。

⑨峻拒：严加拒绝。

⑩书仪：指以送钱与人买书的名义馈赠的钱物。

⑪消豁：花费。这里是付偿人情的意思。

⑫打抽丰：打秋风。

⑬贵介：尊贵。

⑭点闸：查点。

⑮夷齐：伯夷和叔齐的并称。伯夷、叔齐为商末孤竹君长子和次子。二人投奔到周后，反对周武王讨伐商王朝。武王灭商后，他们逃避到首阳山，不食周粟而死。

⑯陶朱：即春秋时越大夫范蠡。范蠡助越王灭吴后，到陶（今山东定陶西北），改名陶朱公，以经商致富。

⑰翛（音 xiāo）然：无拘无束的样子。

⑱逆旅：客舍。

李汧公穷邸遇侠客

世事纷纷如弈棋，输赢变幻巧难窥。

但存方寸公平理，恩怨分明不用疑。

话说唐玄宗天宝年间，长安有一士人，姓房名德，生得方面大耳，伟干丰躯，年纪三十以外。家贫落魄，十分淹蹇[①]，全亏着浑家贝氏纺织度日。时遇深秋天气，头上还裹着一顶破头巾，身上穿着一件旧葛衣。那葛衣又逐缕缕开了，却与蓑衣相似。思想："天气渐寒，这模样怎生见人？"知道老婆余得两匹布儿，欲要讨来做件衣服。谁知老婆原是小家子出身，器量最狭，却又配着一副悍毒的狠心肠。那张嘴头子又巧于应变，赛过刀一般快，凭你什么事，高来高就，低来低对，死的也说得活起来，活的也说得死了去，是一个翻唇弄舌的婆娘。那婆娘看见房德没甚活路，靠他吃死饭，常把老公欺负。房德因不遇时，说嘴不响，每事只得让他，渐渐的有几分惧内。

是日，贝氏正在那里思想老公恁般狼狈，如何得个好日？却又怨父母嫁错了对头，赚了终身。心下正是十分烦恼，恰好触在气头上，乃道："老大一个汉子，没处寻饭吃，靠着女人过日。如今连衣服都要在老娘身上出豁，说出来可不羞么？"房德被抢白了这两句，满面羞惭。事在无奈，只得老着脸，低声下气道："娘子，一向深亏你的气力，感激不尽！但目下虽是落薄[②]，少不得有好的日子。权借这布与我，后来发积时，大大报你的情罢。"贝氏摇手道："你的甜话儿哄得我多年了！信不过。这两匹布，老娘自要做件衣服过寒的，休得指望。"房德布又取不得，反讨了许多没趣。欲待厮闹一场，因怕老婆嘴舌又利，喉咙又响，恐被邻家听见，反妆幌子。敢怒而不敢言，瞥口气撞出门去，指望寻个相识告借。

走了大半日，一无所遇。那天却又与他做对头，偏生的忽地发一阵风雨起来。这件旧葛衣被风吹得飕飕如落叶之声，就长了一身寒栗子，冒着风雨，奔向前面一古寺中躲避。那寺名为云华禅寺。房德跨进山门看时，已先有个长大汉子，坐在左廊槛上。殿中一个老僧诵经。房德便向右廊槛上坐下，呆呆的看着天上。那雨渐渐止了，暗道："这时不走，只怕少刻又大起来。"却待转身，忽掉过头来，看见墙上画一只禽鸟，翎毛儿、翅膀儿、足儿、尾儿，件件皆有，单单不画鸟头。天下有恁样空脑子的人，自己饥寒尚且难顾，有甚心肠却评品这画的鸟来。想道："常闻得人说，画鸟先画头。这画法怎与人不同？却又不画完，是甚意故？"一头想，一头看，转觉这鸟画得可爱，乃道："我虽不晓此道，谅这鸟头也没甚难处，何不把来续完？"即往殿上与和尚借了一枝笔，蘸得墨饱，走来将鸟头画出，却也不十分丑，自觉欢喜道："我若学丹青，到可成得！"刚画时，左廊那汉子就挨过来观看。把房德上下仔细一相，笑容可掬，向前道："秀才，借一步说话。"房德道："足下是谁，有甚见教？"那汉道："秀才不消细问。同在下去，自有好处。"房德正在困穷之乡，听见说有好处，不胜之喜。将笔还了和尚，把破葛衣整一整，随那汉子前去。此时风雨虽止，地上好生泥泞，却也不顾。

离了云华寺，直走出升平门，到乐游原傍边。这所在最是冷落。那汉子向一小角门上连叩三声。停了一回，有个人开门出来，也是个长大汉子，看见房德，亦甚欢喜，上前声喏。房德心中疑道："这两个汉子，是何等样人？不知请我来有甚好处？"问道："这里是谁家？"二汉答道："秀才到里边便晓得。"房德跨入门里，二汉原把门撑上，引他进去。

房德看时，荆蓁满目，衰草漫天，乃是个败落花园。湾湾曲曲，转到一个半塌不倒的亭子上。里边又走出十四五个汉子，一个个拳长臂大，面貌狰狞。见了房德，尽皆满面堆下笑来，道："秀才请进。"房德暗自惊骇道："这班人来得跷蹊。且看他有甚话说？"

众人迎进亭中，相见已毕。逊在板凳上坐下，问道："秀才尊姓？"房德道："小生姓房，不知列位有何说话？"起初同行那汉道："实不相瞒，我众弟兄乃江湖上豪杰，专做这件没本钱的生意。只为俱是一勇之夫，前日几乎弄出事来。故此对天祷告，要觅个足智多谋的好汉，让他做个大哥，听其指挥。适来云华寺墙上画不完的禽鸟，便是众弟兄对天祷告设下的誓愿，取羽翼俱全，单少头儿的意思。若合该兴隆，天遣个英雄好汉补足这鸟，便迎请来为头。等候数日，未得其人。且喜天随人愿，今日遇着秀才。恁般魁伟相貌，一定智勇兼备，正是真命寨主了。众兄弟今后任凭调度，保个终身安稳快活，可不好么？"对众人道："快去宰杀牲口，祭拜天地。"内中有三四个，一溜烟跑向后边去了。房德闻言，道："原来这班人，却是一伙强盗。我乃清清白白的人，如何做恁样事！"答道："列位壮士在上。若要我做别事则可，这一桩实不敢奉命。"众人道："却是为何？"房德道："我乃读书之人，还要巴个出身日子。怎肯干这等犯法的勾当？"众人道："秀才所言差矣！方今杨国忠为相，卖官鬻爵，有钱的便做大官。除了钱时，就是李太白恁样高才，也受了他的恶气，不能得中，若非辨识番书，恐此时还是个白衣秀士哩。不是冒犯秀才说，看你身上这般光景，也不像有钱的，如何指望官做？不如从了我们，大碗酒、大块肉，整套穿衣，论秤分金，且又让你做个掌盘，何等快活散诞！倘若有些气象时，据着个山寨，称孤道寡，也繇得你。"

房德沉吟未答。那汉又道："秀才十分不肯时，也不敢相强。但只是来得去不得。不从时，便要坏你性命，这却莫怪！"都向靴里"飕"的拔出刀来。吓得房德魂不附体，倒退下十数步来，道："列位莫动手，容再商量。"众人道："从不从，一言而决，有甚商量？"房德想道："这般荒僻所在，若不依他，岂不白白送了性命，有那个知得？且哄过一时，到明日脱身去出首罢。"算计已定，乃道："多承列位壮士见爱，但小生平昔胆怯，恐做不得此事。"众人道："不打紧，初时便胆怯，做过几次，就不觉了。"房德道："既如此，只得顺从列位。"众人大喜，把刀依旧纳在靴中，道："即今已是一家，皆以弟兄相称了。快将衣服来与大哥换过，好拜天地。"便进去捧出一套锦衣，一顶

新唐巾，一双新靴。

房德着扮起来，威仪比前更是不同。众人齐声喝采道："大哥这个人品，莫说做掌盘，就是皇帝也做得过。"古语云：不见可欲，使心不乱。房德本来是个贫士，这般华服从不曾着体。如今忽地焕然一新，不觉移动其念，把众人那班说话细细一味，转觉有理。想道："如今果是杨国忠为相，贿赂公行，不知埋没了多少高才绝学。像我恁样平常学问，真个如何能勾官做？若不得官，终身贫贱，反不如这班人受用了。"又想起："见今恁般深秋天气，还穿着破葛衣。与浑家要匹布儿做件衣服，尚不能勾。及至仰告亲识，又并无一个肯慨然周济。看起来到是这班人义气。与他素无相识，就把如此华美衣服与我穿着，又推我为主。便依他们胡做一场，到也落得半世快活。"却又想道："不可，不可！倘被人拿住，这性命就休了！"

正在胡思乱想，把肠子搅得七横八竖，疑惑不定。只见众人忙摆香案，抬出一口猪、一腔羊，当天排列。连房德共是十八个好汉，一齐跪下，拈香设誓，歃血为盟。祭过了天地，又与房德八拜为交，各叙姓名。少顷，摆上酒肴，请房德坐了第一席。肥甘美酝，恣意饮啖。房德日常不过黄虀淡饭，尚且自不全，间或觅得些酒肉，也不能勾趁心醉饱。今日这番受用，喜出望外。且又众人轮流把盏，大哥前，大哥后，奉承得眉花眼笑。起初还在欲为未为之间，到此时便肯死心塌地，做这桩事了。想道："或者我命里合该有些造化，遇着这班弟兄扶助，真个弄出大事业来也未可知。若是小就时，只做两三次，寻了些财物，即便罢手，料必无人晓得。然后去打杨国忠的关节，觅得个官儿，岂不美哉！万一败露，已是享用过头，便吃刀吃剐，亦所甘心。也强如担饥受冻，一生做个饿莩。"有诗为证：

风雨萧萧夜正寒，扁舟急桨上危滩。
也知此去波涛恶，只为饥寒二字难。

众人杯来盏去，直吃到黄昏时候。一人道："今日大哥初聚，何不就发个利市？"众人齐声道："言之有理。还是到那一家去好？"房德道："京都富家，无过是延平门王元宝这老儿为最。况且又在城外，没有官兵巡逻，前后路径，我皆熟惯。上这一处，就抵得十数家了。不知列位以为何如？"众人喜道："不瞒大哥说，这老儿我们也在心久了，只因未得其便。不想却与大哥暗合，足见同心。"即将酒席收过，取出硫磺焰硝、火把器械之类，一齐扎缚起来。但见：

白布罗头，[illegible]鞋兜脚。脸上抹黑搽红，手内提刀持斧。袴裈刚过膝，牢拴裹肚；
衲袄却齐腰，紧缠搭膊。一队幺魔来世界，数群虎豹入山林。

众人结束停当，挨至更余天气。出了园门，将门反撑好了，如疾风骤雨而来。这延平门离乐游原约有六七里之远，不多时就到了。且说王元宝乃京兆尹王鉷的族兄，家有敌国之富[3]，名闻天下，玄宗天子亦尝召见。三日前，被小偷窃了若干财物，告知王鉷，责令不良人捕获，又拨三十名健儿防护。不想房德这班人晦气，正撞在网里。当下，众强盗取出火种，引着火把，照耀浑如白昼，轮起刀斧，一路砍门进去。那些防护健儿并家人等，俱从睡梦中惊醒，鸣锣呐喊，各执棍棒上前擒拿。庄前庄后邻家闻得，都来救护。这班强盗见人已众了，心下慌张，便放起火来，夺路而走。王家人分一半救火，一半追赶上去，团团围住。众强盗拼命死战，戳伤了几个庄客。终是寡不敌众，被打翻数人，余者尽力奔脱。

房德亦在打翻数内。一齐绳穿索缚，等至天明，解进京兆尹衙门。王铁发下畿尉推问[4]。那畿尉姓李名勉，字玄卿，乃宗室之子。索性忠贞尚义，有经天纬地之才，济世安民之志。只为李林甫、杨国忠相继为相，妒贤嫉能，病国殃民，屈在下僚，不能施展其才。这畿尉品级虽卑，却是个刑名官儿，凡捕到盗贼，俱属鞫讯[5]，上司刑狱，悉委推勘。故历任的畿尉，定是酷吏，专用那周兴、来俊臣、索元礼遗下有名色的极刑。是那几般名色？有《西江月》为证：

犊子悬车可畏，驴儿拔橛堪哀！凤凰晒翅命难挨，童子参禅魂捽。　玉女登梯最惨，仙人献果伤哉！弥猴钻火不招来，换个夜叉望海。

那些酷吏一来仗刑立威，二来或是权要嘱托，希承其旨，每事不问情真情枉，一味严刑锻炼，罗织成招。任你铜筋铁骨的好汉，到此也胆丧魂惊，不知断送了多少忠臣义士。惟有李勉与他尉不同，专尚平恕，一切惨酷之刑置而不用，临事务在得情，故此并无冤狱。

那一日正值早衙，京尹发下这件事来。十来个强盗，五六个戳伤庄客，跪做一庭，行凶刀斧都堆在阶下。李勉举目看时，内中惟有房德人材雄伟，丰彩非凡，想道："恁样一条汉子，如何为盗？"心下就怀个矜怜之念。当下先唤巡逻的并王家庄客，问了被劫情由。然后又问众盗姓名，逐一细鞫。俱系当时就擒，不待用刑，尽皆款伏。又招出党羽窟穴。李勉即差不良人前去捕缉。

问至房德，乃匍匐到案前，含泪而言道："小人自幼业儒，原非盗辈。止因家贫无措，昨到亲戚处告贷，为雨阻于云华寺中。被此辈以计诱威逼入伙，出于无奈。"遂将画鸟及入伙前后事，一一细诉。李勉已是惜其材貌，又见他说得情词可悯，便有意释放他。却又想："一伙同罪，独放一人，公论难泯。况是上司所委，如何回覆？除非如此如此。"乃假意叱喝下去，分付俱上了枷杻，禁于狱中，俟拿到余党再问。砍伤庄客，遣回调理。巡逻人记功有赏。

发落众人去后，即唤狱卒王太进衙。原来王太昔年因误触了本官，被诬构成死罪，也亏李勉审出，原在衙门服役。那王太感激李勉之德，凡有委托，无不尽力。为此就参他做押狱之长。当下李勉分付道："适来强人内，有个房德。我看此人相貌轩昂，言词挺拔，是个未遇时的豪杰。有心要出脱他，因碍着众人，不好当堂明放。托在你身上，觑个方便，纵他逃走。"取过三两一封银子，教他递与，赠为盘费，速往远处潜避，莫在近边，又为人所获。王太道："相公分付，怎敢有违？但恐遗累众狱卒，却如何处？"李勉道："你放他去后，即引妻小躲入我衙中。将申文俱做于你的名下，众人自然无事。你在我左右做个亲随，岂不强如为这贱役？"王太道："若得相公收留，在衙伏侍，万分好了。"将银袖过，急急出衙。

来到狱中，对小牢子道："新到囚犯，未经刑杖，莫教聚于一处，恐弄出些事来。"

小牢子依言，遂将众人四散分开。王太独引房德置在一个僻静之处，把本官美意细细说出，又将银两交与。房德不胜感激，道："烦禁长哥致谢相公，小人今生若不能补报，死当作犬马酬恩。"王太道："相公一片热肠救你，那指望报答？但愿你此去改行从善，莫负相公起死回生之德！"房德道："多感禁长哥指教，敢不佩领！"

挨到傍晚，王太眼同众牢子将众犯尽上囚床，第一个先从房德起，然后挨次而去。王太觑众人正手忙脚乱之时，捉空踅过来，将房德放起，开了枷锁。又把自己旧衣帽与他穿了，引至监门口。且喜内外更无一人来往，急忙开了狱门，掇他出去。

房德拽开脚步，不顾高低，也不敢回家，挨出城门，连夜而走。心下思想："多感畿尉相公救了性命，如今投兀谁好？想起当今惟有安禄山最为天子宠任，收罗豪杰，何不投之？"遂取路直至范阳。恰好遇着个故友严庄，为范阳长史，引见禄山。那时，安禄山久蓄异志，专一招亡纳叛。见房德生得人材出众，谈吐投机，遂留于部下。房德住了几时，暗地差人迎妻子到彼，不在话下。正是：

挣破天罗地网，撇开闷海愁城。

得意尽夸今日，回头却认前生。

且说王太当晚只推家中有事要回，分付众牢子好生照管，将匙钥交付明白，出了狱门。来至家中，收拾囊箧，悄悄领着妻子，连夜躲入李勉衙中，不题。

且说众牢子到次早放众囚水火。看房德时，枷锁撇在半边，不知几时逃去了。众人都惊得面如土色，叫苦不迭，道："恁样紧紧上的刑具，不知这死囚怎地挣脱逃走了，却害我们吃屈官司！又不知从何处去的？"四面张望墙壁，并不见块砖瓦落地，连泥屑也没有一些，齐道："这死囚昨日还哄畿尉相公，说是初犯。到是个积年高手。"内中一人道："我去报知王狱长，教他快去禀官，作急缉获。"那人一口气跑到王太家，见门闭着，一片声乱敲，那里有人答应。间壁一个邻家走过来，道："他家昨夜乱了两个更次，想是搬去了。"牢子道："并不见王狱长说起迁居，那有这事？"邻家道："无过止这间屋儿，如何敲不应？难道睡死不成？"牢子见说得有理，尽力把门掇开，原来把根木子反撑的。里边止有几件粗重家火，并无一人。牢子道："却不作怪！他为甚么也走了，这死囚莫不到是他卖放的？休管是不是，且都推在他身上罢了。"把门依旧带上，也不回狱，径望畿尉衙门前来。

恰好李勉早衙理事，牢子上前禀知。李勉佯惊道："向来只道王太小心，不想恁般大胆，敢卖放重犯！料他也只躲在左近。你们四散去缉访，获到者自有重赏。"牢子叩头而出。李勉备文报府。王鉷以李勉疏虞防闲，以不职奏闻天子，罢官为民。一面悬榜，捕获房德、王太。李勉即日纳还官诰，收拾起身，将王太藏于女人之中，带回家去。

不因济困扶危意，肯作藏亡匿罪人？

李勉家道素贫，却又爱做清官，分文不敢妄取。及至罢任，依原是个寒士。归到乡中，亲率童仆，躬耕而食。

家居二年有余，贫困转剧。乃别了夫人，带着王太并两个家奴，寻访故知。由

东都一路，直至河北。闻得故人颜杲卿新任常山太守，遂往谒之，路经柏乡县过。这地方离常山尚有二百余里。李勉正行间，只见一行头踏[⑥]，手持白棒，开道而来，呵喝道："县令相公来，还不下马？"李勉引过半边回避。王太远远望见那县令上张皂盖，下乘白马，威仪济济，相貌堂堂。仔细认时，不是别个，便是昔年释放的房德。乃道："相公不消避得，这县令就是房德。"李勉闻言，心中甚喜，道："我说那人是个未遇时的豪杰，今却果然。但不知怎地就得了官职？"欲要上前去问，又想道："我若问时，此人只道晓得他在此做官，来与索报了，莫问罢！"分付王太禁声，把头回转，让他过去。

那房德渐渐至近，一眼觑见李勉背身而立，王太也在傍边，又惊又喜。连忙止住从人，跳下马来，向前作揖道："恩相见了房德，如何不唤一声，反掉转头去？险些儿错过！"李勉还礼道："恐妨足下政事，故不敢相通。"房德道："说那里话！难得恩相至此，请到敝衙少叙。"李勉此时鞍马劳倦，又见其意殷勤，答道："既承雅情，当暂话片时。"遂上马并辔而行，王太随在后面。

不一时，到了县中，直至厅前下马。房德请李勉进后堂，转过左边一个书院中来。分付从人不必跟入，止留一个心腹干办陈颜，在门口伺候，一面着人整备上等筵席。将李勉四个生口，发于后槽喂养，行李即教王太等搬将入去。又教人传话衙中，唤两个家人来伏侍。那两个家人，一个教做路信，一个教做支成，都是房德为县尉时所买。

且说房德为何不要从人入去？只因他平日冒称是宰相房玄龄之后，在人前夸炫家世。同僚中不知他的来历，信以为真，把他十分敬重。今日李勉来至，相见之间，恐题起昔日为盗这段情由，怕众人闻得，传说开去，被人耻笑，做官不起，因此不要从人进去，这是他用心之处。当下，李勉步入里边去看时，却是向阳一带三间书室，侧边又是两间厢房。这书室庭户虚敞，窗槅明亮。正中挂一幅名人山水，供一个古铜香炉，炉内香烟馥郁。左边设一张湘妃竹榻，右边架上堆满若干图书。沿窗一只几上，摆列文房四宝。庭中种植许多花木，铺设得十分清雅。这所在乃是县令休沐之处，故尔恁般齐整。

且说房德让李勉进了书房，忙忙的掇过一把椅子，居中安放，请李勉坐下，纳头便拜。李勉急忙扶住道："足下如何行此大礼？"房德道："某乃待死之囚，得恩相超拔，又赐赠盘缠，遁逃至此，方有今日。恩相即某之再生父母，岂可不受一拜！"李勉是个忠正之人，见他说得有理，遂受了两拜。房德拜罢起来，又向王太礼谢，引他二人到厢房中坐地。又叮咛道："倘隶卒询问时，切莫与他说昔年之事。"王太道："不消分付，小人理会得了。"房德复身到书房中，扯把椅儿，打横相陪道："深蒙相公活命之恩，日夜感激，未能酬报。不意天赐至此相会。"李勉道："足下一时被陷，吾不过因便斡旋，何德之有？乃承如此垂念。"献茶已毕，房德又道："请问恩相，升在何任，得过敝邑？"李勉道："吾因释放足下，京尹论以不职，罢归乡里。家居无聊，故遍游山水，以畅襟怀。今欲往常山访故人颜太守，路经于此。不想却遇足下，且已得

了官职，甚慰鄙意。”房德道：“元来恩相因某之故，累及罢官。某反苟颜窃禄于此，深切惶愧！”李勉道：“古人为义气上，虽身家尚然不顾，区区卑职，何足为道！但不识足下别后，归于何处，得宰此邑？”房德道：“某自脱狱，逃至范阳。幸遇故人，引见安节使，收于幕下，甚蒙优礼。半年后，即署此县尉之职。近以县主身故，遂表某为令。自愧谫陋菲才，滥叨民社，还要求恩相指教。”李勉虽则不在其位，却素闻安禄山有反叛之志。今见房德乃是他表举的官职，恐其后来党逆，故就他请教上，把言语去规训道：“做官也没甚难处，但要上不负朝廷，下不害百姓。遇着死生利害之处，总有鼎镬在前，斧锧在后，亦不能夺我之志。切勿为匪人所惑，小利所诱，顿尔改节。虽或侥幸一时，实是贻笑千古。足下立定这个主意，莫说为此县令，就是宰相，亦尽可做得过！”房德谢道：“恩相金玉之言，某当终身佩铭。”两下一递一答，甚说得来。

少顷，路信来禀：“筵宴已完，请爷入席。”房德起身，请李勉至后堂，看时乃是上下两席。房德教从人将下席移过左傍。李勉见他要傍坐，乃道：“足下如此相叙，反觉不安，还请坐转。”房德道：“恩相在上，侍坐已是僭妄，岂敢抗礼？”李勉道：“吾与足下今已为声气之友，何必过谦！”遂令左右依旧移在对席。从人献过杯箸，房德安席定位。庭下承应乐人，一行儿摆列奏乐。那筵席杯盘罗列，非常丰盛：

虽无炮凤烹龙，也极山珍海错。

当下，宾主欢洽，开怀畅饮，更余方止。王太等另在一边款待，自不必说。

此时，二人转觉亲热，携手而行，同归书院。房德分付路信，取过一副供奉上司的铺盖，亲自施设茵褥，提携溺器。李勉扯住道：“此乃仆从之事，何劳足下自为！”房德道：“某受相公大恩，即使生生世世，执鞭随镫，尚不能报万一。今不过少尽其心，何足为劳！”铺设停当，又教家人另放一榻，在傍相陪。李勉见其言词诚恳，以为信义之士，愈加敬重。两下挑灯对坐，彼此倾心吐胆，各道生平志愿，情投契合，遂为至交，只恨相见之晚。直至夜分，方才就寝。次日，同僚官闻得，都来相访。相见之间，房德只说：“是昔年曾蒙识荐，故此有恩！”同僚官又在县主面上讨好，各备筵席款待。

话休烦絮。房德自从李勉到后，终日饮酒谈论，也不理事，也不进衙，其侍奉趋承，就是孝子事亲，也没这般尽礼。李勉见恁样殷勤，诸事俱废，反觉过意不去，住了十来日，作辞起身。房德那里肯放，说道：“恩相至此，正好相聚，那有就去之理！须是多住几月，待某拨夫马送至常山便了。”李勉道：“承足下高谊，原不忍言别。但足下乃一县之主，今因我在此，耽误了许多政务，倘上司知得，不当稳便。况我去心已决，强留于此，反不适意！”房德料道留他不住，乃道：“恩相既坚执要去，某亦不好苦留。只是从此一别，后会无期。明日容治一樽，以尽竟日之欢，后日早行何如？”李勉道：“既承雅意，只得勉留一日。”房德留住了李勉，唤路信跟着回到私衙，要收拾礼物馈送。只因这番，有分教，李畿尉险些儿送了性命。正是：

祸兮福所倚，福兮祸所伏。

所以恬淡人，无营心自足。

话分两头。却说房德老婆贝氏，昔年房德落薄时，让他做主惯了，到今做了官，每事也要乔主张。此番见老公唤了两个家人出去，一连十数日不见进衙，只道瞒了他做甚事体，十分恼恨。这日见老公来到衙里，便待发作。因要探口气，满脸反堆下笑来，问道："外边有何事，久不退衙？"房德道："不要说起。大恩人在此，几乎当面错过。幸喜我眼快瞧着，留得到县里，故此盘桓了这几日。特来与你商量，收拾些礼物送他。"贝氏道："那里什么大恩人？"房德道："哎呀！你如何忘了？便是向年救命的畿尉李相公。只为我走了，带累他罢了官职，今往常山去访颜太守，路经于此。那狱卒王太也随在这里。"贝氏道："元来是这人么？你打帐送他多少东西？"房德道："这个大恩人，乃再生父母，须得重重酬报。"贝氏道："送十匹绢可少么？"房德呵呵大笑道："奶奶到会说要话，恁地一个恩人，这十匹绢送他家人也少！"贝氏道："胡说！你做了个县官，家人尚没处一注赚十匹绢。一个打抽丰的，如何家人便要许多？老娘还要算计哩。如今做我不着，再加十匹，快些打发起身。"房德道："奶奶怎说出恁样没气力的话来？他救了我性命，又赍赠盘缠，又坏了官职，这二十匹绢当得甚的！"贝氏从来鄙吝，连这二十匹绢还不舍得的，只为是老公救命之人，故此慨然肯出，他已算做天大的事了。房德兀自嫌少，心中便有些不悦，故意道："一百匹何如？"房德道："这一百匹只勾送王太了。"贝氏见说一百匹还只勾送王太，正不知要送李勉多少，十分焦躁道："王太送了一百匹，畿尉极少也送得五百匹哩。"房德道："五百匹还不勾。"贝氏怒道："索性凑足一千何如？"房德道："这便差不多了。"贝氏听了这话，向房德劈面一口涎沫道："啐！想是你失心风了！做得几时官，交多少东西与我？却来得这等大落！恐怕连老娘身子卖来，还凑不上一半哩。那里来许多绢送人？"房德看见老婆发喉急，便道："奶奶有话好好商量，怎就着恼！"贝氏嚷道："有甚商量！你若有，自去送他，莫向我说。"房德道："十分少，只得在库上撮去。"贝氏道："啧啧，你好天大的胆儿！库藏乃朝廷钱粮，你敢私自用得的？倘一时上司查核，那时怎地回答？"房德闻言，心中烦恼道："话虽有理，只是恩人又去得急，一时没处设法，却怎生处？"坐在傍边踌躇。

谁想贝氏见老公执意要送恁般厚礼，就似割身上肉也没这样疼痛，连肠子也急做千百段，顿起不良之念，乃道："看你枉做了个男子汉，这些事没有决断，如何做得大官？我有个捷径法儿在此，到也一劳永逸。"房德认做好话，忙问道："你有甚么法儿？"贝氏答道："自古有言：大恩不报。不如今夜覷个方便，结果了他性命，岂不干净。"只这句话，恼得房德彻耳根通红，喝道："你这不贤妇！当初只为与你讨匹布儿做件衣服不肯，以致出去求告相识，被这班人诱去入伙，险些儿送了性命！若非这恩人舍了自己官职，释放出来，安得今日夫妻相聚？你不劝我行些好事，反教伤害恩人，于心何忍！"贝氏一见老公发怒，又陪着笑道："我是好话，怎到发恶？若说得有理，你便听了；没理时，便不要听。何消大惊小怪。"房德道："你且说有甚理？"贝氏道："你道昔年不肯把布与你，至今恨我么？你且想，我自十七岁随了你，日逐所

需，那一件不亏我支持。难道这两匹布，真个不舍得？因闻得当初有个苏秦，未遇时，合家佯为不礼，激励他做到六国丞相。我指望学这故事，也把你激发。不道你时运不济，却遇这强盗，又没苏秦那般志气，就随他们胡做，弄出事来。此乃你自作之孽，与我什么相干？那李勉当时岂真为义气上放你么？”房德道：“难道是假意？”贝氏笑道：“你枉自有许多聪明，这些事便见不透。大凡做刑名官的，多有贪酷之人，就是至亲至戚犯到手里，尚不肯顾情。何况与你素无相识，且又情真罪当，怎肯舍了自己官职，轻易纵放个重犯？无非闻说你是个强盗头儿，定有赃物窝顿，指望放了，暗地去孝顺，将些去买上嘱下，这官又不坏，又落些入己。不然，如何一伙之中，独独纵你一个？那里知道你是初犯的穷鬼，竟一溜烟走了，他这官又罢休。今番打听着在此做官，可可[⑦]的来了。”房德摇首道：“没有这事。当初放我，乃一团好意，何尝有丝毫别念。如今他自往常山，偶然遇见，还怕误我公事，把头掉转，不肯相见，并非特地来相见，不要疑坏了人。”贝氏又叹道：“他说往常山乃是假话，如何就信以为真？且不要论别件，只他带着王太同行，便见其来意了。”房德道：“带王太同行便怎么？”贝氏道：“你也忒杀懵懂！那李勉与颜太守是相识，或者去相访是真了。这王太乃京兆府狱卒，难道也与颜太守有旧，去相访？却跟着同走。若说把头掉转不来招揽，此乃冷眼觑你可去相迎。正是他奸巧之处，岂是好意？如果真要到常山，怎肯又住这几多时！”房德道：“他那里肯住，是我再三苦留下的。”贝氏道：“这也是他用心处，试你待他的念头诚也不诚。”

房德原是没主意的人，被老婆这班话一耸，渐生疑惑，沈吟不语。贝氏又道：“总来这恩是报不得的！”房德道：“如何报不得？”贝氏道：“今若报得薄了，他一时翻过脸来，将旧事和盘托出，那时不但官儿了帐，只怕当做越狱强盗拿去，性命登时就送。若报得厚了，他做下额子，不常来取索。如照旧馈送，自不必说。稍不满欲，依然揭起旧案，原走不脱，可不是到底终须一结。自古道：先下手为强。今若不依我言，事到其彼，悔之晚矣！”房德闻说至此，暗暗点头，心肠已是变了。又想了一想，乃道：“如今原是我要报他恩德，他却从无一字题起，恐没这心肠。”贝氏笑道：“他还不曾见你出手，故不开口。到临期自然有说话的。还有一件，他此来这番，纵无别话，你的前程，已是不能保了。”房德道：“却是为何？”贝氏道：“李勉至此，你把他万分亲热。衙门中人不知来历，必定问他家人，那家人肯替你遮掩？少不得以直告之。你想衙门人的口嘴，好不利害，知得本官是强盗出身，定然当做新闻，互相传说。同僚们知得，虽不敢当面笑你，背后诽议也经不起。就是你也无颜再存坐得住。这个还算小可的事。那李勉与颜太守既是好友，到彼难道不说？自然一一道知其详。闻得这老儿最是古怪，且又是他属下，倘被遍河北一传，连夜走路，还只算迟了。那时可不依旧落薄，终身怎处！如今急急下手，还可免得颜太守这头出丑。”

房德初时，原怕李勉家人走漏了消息，故此暗地叮咛王太。如今老婆说出许多利害，正投其所忌，遂把报恩念头撇向东洋大海，连称：“还是奶奶见得到。不然，几乎反害自己。但他来时，合衙门人通晓得，明日不见了，岂不疑惑？况那尸首也难

出脱。”贝氏道：“这个何难？少停出衙，止留几个心腹人答应，其余都打发去了。将他主仆灌醉，到夜静更深，差人刺死，然后把书院放了一把火烧了。明日寻出些残尸剩骨，假哭一番，衣棺盛殓。那时人只认是火烧死的，有何疑惑！”房德大喜道：“此计甚妙！”便要起身出衙。那婆娘晓得老公心是活的，恐两下久坐长谈，说得入港，又改过念来，乃道：“总则天色还早，且再过一回出去。”房德依着老婆，真个住下。有诗为证：

猛虎口中剑，长蛇尾上针。

两般犹未毒，最毒妇人心。

自古道：隔墙须有耳，窗外岂无人。房德夫妻在房说话时，那婆娘一味不舍得这绢匹，专意撺唆老公害人，全不提防有人窥听。况在私衙中，料无外人来往，恣意调唇弄舌。不想家人路信，起初闻得贝氏焦躁，便覆在间壁墙上听他们争多竞少，直至放火烧屋，一句句听得十分仔细，到吃了一惊，想道：“原来我主人曾做过强盗，亏这官人救了性命，今反恩将仇报，天理何在！看起来这般大恩人，尚且如此，何况我奴仆之辈。倘稍有过失，这性命一发死得快了。此等残薄之人，跟他何益！”又想道：“常言救人一命，胜造七级浮屠。何不救了这四人，也是一点阴骘。”却又想道：“若放他们走了，料然不肯饶我，不如也走了罢。”遂取些银两，藏在身边，觑个空，悄悄闪出私衙，一径奔入书院。

只见支成在厢房中烹茶，坐于槛上，执着扇子打盹。也不去惊醒他，竟踅入书室。看王太时，却都不在。止有李勉正襟据案而坐，展玩书籍。路信走近案傍，低低道：“相公，你祸事到了！还不快走，更待几时？”李勉被这惊不小，急问：“祸从何来？”路信扯到半边，将适来所闻，一一细说，又道：“小人因念相公无辜受害，特来通报。如今不走，少顷就不能免祸了！”李勉听了这话，惊得身子犹如吊在冰桶里，把不住的寒颤，向着路信倒身下拜道：“若非足下仗义救我，李勉性命定然休矣！大恩大德，自当厚报。决不学此负心之人。”急得路信答拜不迭，道：“相公莫要高声，恐支成听得，走漏了消息，彼此难保。”李勉道：“但我走了，遗累足下，于心何安？”路信道：“小人又无妻室，待相公去后，亦自远遁，不消虑得。”李勉道：“既如此，何不随我同往常山？”路信道：“相公肯收留，小人情愿执鞭随镫。”李勉道：“你乃大恩人，怎说此话？”遂叫王太。一连十数声，再没一人答应，跌足叫苦道：“他们都往那里去了？”路信道：“待小人去寻来。”李勉又道：“马匹俱在后槽，却怎处？”路信道：“也等小人去哄他带来。”

急出书室，回头看支成已不在槛上打盹了。路信即走入厢房中观看，却也不在。原来支成登东厮[8]去了。路信只道被他听得，进衙去报房德，心下慌张，覆转身向李勉道：“相公，不好了！想被支成听见，去报主人了。快走罢，等不及管家矣。”李勉又吃一惊，半句话也应答不出。弃下行李，光身子，同着路信踉踉跄跄抢出书院。做公的见了李勉，坐下的都站起来。李勉两步并作一步，奔出仪门外。见有三骑马系着，是俟候县令、主簿、县尉出入的。路信心生一计，对马夫道：“李相公

要往西门拜客，快带马来。”那马夫晓得李勉是县主贵客，且又县主管家分付，怎敢不依。连忙牵过两骑。李勉刚刚上马，王太撞至马前，手中提着一双麻鞋，问道：“相公往何处去？”路信接口道：“相公要往西门拜客，你们通到那里去了？”王太道：“因麻鞋坏了，上街去买。相公拜那个客？”路信道：“你跟来罢了，问怎的？”又叫马夫带那骑马与他乘坐，齐出县门。马夫在后跟随，路信分付道：“顷刻就来，不消你随了。”那马夫真个住下。

离了县中，李勉加上一鞭，那马如飞而走。王太见家主恁般慌促，正不知要拜甚客。行不上一箭之地，两个家人也各提着麻鞋而来，望见家主，便闪在半边，问道：“相公往那里去？”李勉道：“你且莫问，快跟来便了。”话还未了，那马已跑向前去。二人负命的赶，如何跟得上。看看行近西门，早有两人骑着生口，从一条巷中横冲出来。路信举目观看，不是别人，却是干办陈颜，同着一个令史。二人见了李勉，滚鞍下马声喏。路信见景生情，急叫道：“李相公，管家们还少生口，何不借陈干办的暂用？”李勉暗地意会，遂收缰勒马道：“如此甚好。”路信向陈颜道：“李相公要去拜客，暂借你的生口与管家一乘，少顷便来。”二人巴不能奉承得李勉欢喜，指望在本官面前增添些好言语，可有不肯的理么？连声答应道：“相公要用，只管乘去。”等了一回，两个家人带跌的赶到，走得汗淋气喘。陈颜二人将鞭缰递与。两个家人上了马，随李勉趱出城门。纵开丝缰，二十个马蹄，如撒钹相似，循着大道，望常山一路飞奔去了。正是：

折破玉笼飞彩凤，顿开金锁走蛟龙。

话分两头。且说支成上了东厮转来，烹了茶，捧进书室，却不见了李勉。只道在花木中行走，又遍寻一过，也没个影儿，想道：“是了，一定两日久坐在此，心中不舒畅，往外闲游去了。”约莫有一个时辰，还不见进来。走出书院去观看，刚至门口，劈面正撞家主。元来房德被老婆留住，又坐了一大回，方起身打点出衙，恰好遇见支成，问：“可见路信么？”支成道：“不见，想随李相公出外闲走去了。”房德心中疑虑，正待差支成去寻觅，只见陈颜来到。房德问道：“曾见李相公么？”陈颜道：“方才在西门遇见，路信说要往那里去拜客。连小人的生口，都借与他管家乘坐。一行共五个马，飞跑如云，正不知有甚紧事。”房德听罢，料是路信走漏消息，暗地叫苦。也不再问，覆转身原入私衙，报与老婆知得。

那婆娘听说走了，到吃一惊道：“罢了，罢了！这祸一发来得速矣。”房德见老婆也着了急，慌得手足无措，埋怨道：“未见得他怎地，都是你说长道短，如今到弄出事来了。”贝氏道：“不要慌，自古道：一不做，二不休。事到其间，说不得了。料他去也不远。快唤几个心腹人，连夜追赶前去，扮作强盗，一齐砍了，岂不干净。”房德随唤陈颜进衙，与他计较。陈颜道：“这事行不得。一则小人们只好趋承奔走，那杀人勾当，从不曾习惯。二则倘一时有人救应拿住，反送了性命。小人到有一计在此，不消劳师动众，教他一个也逃不脱。”房德欢喜道：“你且说有甚妙策？”陈颜道：“小人间壁，一月前有一个异人，搬来居住。不言姓名，也不做甚生理，每日出去吃得烂醉

方归。小人见他来历跷蹊，行迹诡秘，有心去察他动静。忽一日，有一豪士青布锦袍，跃马而来，从者数人，径到此人之家，留饮三日方去。小人私下问那从者宾主姓名，都不肯说。有一人悄对小人说；'那人是个剑侠，能飞剑取人之头。又能飞行，顷刻百里。且是极有义气，曾与长安市上代人报仇，白昼杀人，潜踪于此。'相公何不备些礼物前去，只说被李勉陷害，求他报仇。若得应允，便可了事，可不好么！"房德道："此计虽好，只恐他不肯。"陈颜道："他见相公是一县之主，屈己相求，定不推托。还怕连礼物也未必肯受哩。"贝氏在屏后听得，便道："此计甚妙！快去求之。"房德道："将多少礼物送去？"陈颜道："他是个义士，重情不重物，得三百金足矣。"贝氏一力撺掇，就备了三百金礼物。

天色傍晚，房德易了便服，陈颜、支成相随，也不乘马，悄悄的步行到陈颜家里。元来却住在一条冷巷中，不上四五家邻舍，好不寂静。陈颜留房德到里边坐下，点起灯火，向壁缝中张看，那人还未曾回。走出门口观望，等了一回，只见那人又是烂醉，东倒西歪的撞入屋里去了。陈颜奔入报知，房德起身就走。陈颜道："相公须打点了一班说话，更要屈膝与他，这事方谐。"房德点头道："是。"一齐到了门首，向门上轻轻扣上两下。那人开门出问："是谁？"陈颜低声哑气答道："本县知县相公，在此拜访义士。"那人带醉说道："咱这里没有什么义士。"便要关门。陈颜道："且莫闭门，还有句说话。"那人道："咱要紧去睡，谁个耐烦！有话明日来说。"房德道："略话片时，即便相别。"那人道："既如此，到里面来。"

三人跨进门内，掩上门儿。引过一层房子，乃是小小客坐，点将灯烛荧煌。房德即倒身下拜道："不知义士驾临敝邑，有失迎迓，今日幸得识荆，深慰平生。"那人将手扶住道："足下一县之主，如何行此大礼！岂不失了体面。况咱并非什么义士，不要错认了。"房德道："下官专来拜访义士，安有差错之理！"教陈颜、支成将礼物献上，说道："些小薄礼，特献义士为斗酒之资，望乞哂留。"那人笑道："咱乃闾阎[⑨]无赖，四海为家，无一技一能，何敢当义士之称？这些礼物也没用处，快请收去。"房德又躬身道："礼物虽微，出自房某一点血诚，幸勿峻拒！"那人道："足下蓦地屈身匹夫，且又赐恁般厚礼，却是为何？"房德道："请义士收了，方好相告。"那人道："咱虽贫贱，誓不取无名之物。足下若不说明白，断然不受。"房德假意哭拜于地道："房某负戴大冤久矣！今仇在目前，无能雪耻。特慕义士是个好男子，有聂政、荆卿之技，故敢斗胆叩拜阶下。望义士怜念房某含冤负屈，少展半臂之力，刺死此贼，生死不忘大德！"那人摇手道："我说足下认错了。咱资身[⑩]尚且无策，安能为人谋大事？况杀人勾当，非通小可，设或被人听见这话，反连累咱家。快些请回。"言罢转身，先向外而走。

房德上前，一把扯道："闻得义士素抱忠义，专一除残祛暴，济困扶危，有古烈士之风。今房某身抱大冤，义士反不见怜，料想此仇永不能报矣！"道罢，又假意啼哭。那人冷眼瞧了这个光景，只道是真情，方道："足下真个有冤么？"房德道："若没大冤，不敢来求义士。"那人道："既恁样，且坐下，将冤抑之事并仇家姓名，今在何处，

细细说来。可行则行,可止则止。”两下遂对面而坐,陈颜、支成站于傍边。房德捏出一段假情,反说:“李勉昔年诬指为盗,百般毒刑拷打,陷于狱中,几遍差狱卒王太谋害性命,皆被人知觉,不致于死。幸亏后官审明释放,得官此邑。今又与王太同来挟制,索诈千金,意犹未足。又串通家奴,暗地行刺事露。适来连此奴挈去,奔往常山,要唆颜太守来摆布。”把一片说话,妆点得十分利害。那人听毕大怒道:“原来足下受此大冤,咱家岂忍坐视。足下且请回县,在咱身上,今夜往常山一路,找寻此贼,为足下报仇。夜半到衙中复命。”房德道:“多感义士高义!某当秉烛以待。事成之日,另有厚报。”那人作色道:“咱一生路见不平,拔刀相助,那个希图你的厚报?这礼物咱也不受。”说犹未绝,飘然出门。其去如风,须臾不见了。房德与众人惊得目睁口呆,连声道:“真异人也!”权将礼物收回,待他复命时再送。有诗为证:

报仇凭一剑,重义藐千金。
谁谓奸雄舌,能违烈士心?

话分两头。且说王太同两个家人见家主出了城门,又不拜甚客,只管乱跑,正不知为甚缘故。一口气就行了三十余里,天色已晚,却又不寻店宿歇。那晚乃是十三,一轮明月早已升空,趁着月色,不顾途路崎岖,负命而逃,常恐后面有人追赶。在路也无半句言语,只管趱向前去。约莫有二更天气,共行了六十多里,来到一个村镇,已是井陉县地方。那时走得口中又渴,腹内又饥,马也渐渐行走不动。路信道:“来路已远,料得无事了。且就此觅个宿处,明日早行。”李勉依言,径投旅店。

谁想夜深了,家家闭户关门,无处可宿。直到市稍头,见一家门儿半开半掩,还在那里收拾家伙,遂一齐下马,走入店门。将生口卸了鞍辔,系在槽边喂料。路信道:“主人家,拣一处洁净所在,与我们安歇。”店家答道:“不瞒客官说,小店房头没有个不洁净的。如今也止空得一间在此。”教小二掌灯引入房中。李勉向一条板凳上坐下,觉得气喘吁吁。王太忍不住问道:“请问相公,那房县主惓惓苦留,后日拨夫马相送,从容而行,有何不美?却反把自已行李弃下,犹如逃难一般,连夜奔走,受这般劳碌!路管家又随着我们同来,是甚意故?”李勉叹口气道:“汝那知就里!若非路管家,我与汝等死无葬身之地矣!今幸得脱虎口,已谢天不尽了。还顾得什么行李、辛苦?”

王太惊问其故。李勉方待要说,不想店主人见他们五人五骑,深夜投宿,一毫行李也无,疑是歹人,走进来盘问脚色,说道:“众客人做甚生意?打从何处来,这时候到此?”李勉一肚子气恨,正没处说,见店主相问,答道:“话头甚长,请坐下了,待我细诉。”乃将房德为盗犯罪,怜其才貌,暗令王太释放,以致罢官。及客游遇见,留回厚款。今日午后,回衙听信老婆谗言,设计杀害,亏路信报知逃脱。前后之事,细说一遍。王太听了这话,连声唾骂:“负心之贼!”店主人也不胜嗟叹。路信道:“主人家,相公鞍马辛苦,快些催酒饭来吃了,睡一觉好赶路。”店主人答应出去。

只见床底下忽地钻出一个大汉,浑身结束,手持匕首,威风凛凛,杀气腾腾。吓得李勉主仆魂不附体,一齐跪倒,口称:“壮士饶命!”那人一把扶起李勉道:“不必慌

张,自有话说。咱乃义士,平生专抱不平,要杀天下负心之人。适来房德假捏虚情,反说公诬陷,谋他性命,求咱来行刺。那知这贼子恁般狼心狗肺,负义忘恩!早是公说出前情,不然,险些误杀了长者。”李勉连忙叩下头去,道:“多感义士活命之恩!”那人扯住道:“莫谢莫谢。咱暂去便来。”即出庭中,耸身上屋,疾如飞鸟,顷刻不见。主仆都惊得吐了舌,缩不上去,不知再来还有何意。怀着鬼胎,不敢睡卧,连酒饭也吃不下。有诗为证:

奔走长途气上冲,忽然床下出青锋。

一番衷曲殷勤诉,唤醒奇人睡梦中。

再说房德的老婆,见丈夫回来,大事已就,礼物原封不动,喜得满脸都是笑靥,连忙整备酒席,摆在堂中,夫妻秉烛以待。陈颜也留在衙中俟候。到三更时分,忽听得庭前宿鸟惊鸣,落叶乱坠,一人跨入堂中。房德举目看时,恰便是那义士,打扮得如天神一般,比前大似不同,且惊且喜,向前迎接。那义士全不谦让,气忿忿的大踏步走入去,居中坐下。房德夫妻叩拜称谢。方欲启问,只见那义士怒容可掬,飕地掣出匕首,指着骂道:“你这负心贼子!李畿尉乃救命大恩人,不思报效,反听妇人之言,背恩反噬。既已事露逃去,便该悔过,却又假捏虚词,哄咱行刺。若非他道出真情,连咱也陷于不义。剐你这负心贼一万刀,方出咱这点不平之气!”房德未及措辨,头已落地。惊得贝氏慌做一堆,平时且是会说会讲,到此心胆俱裂,一张嘴犹如胶漆粘牢,动掸不得。义士指着骂道:“你那泼贱狗妇!不劝丈夫为善,反教他伤害恩人。我且看你肺肝是怎样生的!”托地跳起身来,将贝氏一脚踢翻,左脚踏住头发,右膝捺住两腿。这婆娘连叫:“义士饶命!今后再不敢了。”那义士骂道:“泼贱淫妇!咱也到肯饶你,只是你不肯饶人。”提起匕首向胸膛上一刀,直剖到脐下。将匕首衔在口中,双手拍开,把五脏六腑抠将出来,血沥沥提在手中,向灯下照看道:“咱只道这狗妇肺肝与人不同,原来也只如此,怎生恁般狠毒!”遂撇过一边。也割下首级,两颗头结做一堆,盛在革囊之中。揩抹了手上血污,藏了匕首,提起革囊,步出庭中,逾垣而去。

说时义胆包天地,话起雄心动鬼神。

再说李勉主仆在旅店中,守至五更时分,忽见一道金光,从庭中飞入,众人一齐惊起,看时正是那义士。放下革囊,说道:“负心贼已被咱刳腹屠肠,今携其首在此。”向革囊中取出两颗首级。李勉又惊又喜,倒身下拜道:“足下高义,千古所无!请示姓名,当图后报。”义士笑道:“咱自来没有姓名,亦不要人酬报。顷咱从床下而来,日后设有相逢,竟以‘床下义士’相呼便了。”道罢,向怀中取出一包药儿,用小指甲挑少许,弹于首级断处。举手一拱,早已腾上屋檐,挽之不及,须臾不知所往。

李勉见弃下两个人头,心中慌张,正在摆布。可霎作怪!看那人头时,渐渐缩小,须臾化为一搭清水,李勉方才放心。坐至天明,路信取些钱钞,还了店家,收拾马匹上路。说话的,据你说,李勉共行了六十多里方到旅店,这义士又无生口,如何一夜之间,往返如风?这便是前面说起,顷刻能飞行百里,乃剑侠常事耳。那义士

受房德之托，不过黄昏时分。比及追赶，李勉还在途中驰骤，未曾栖息。他先一步埋伏等候，一往一来，有风无影，所以伏于床下，店中全然不知。此是剑术妙处。

且说李勉当夜无话。次日起身，又行了两日，方到常山，径入府中，拜谒颜太守。故人相见，喜随颜开，遂留于衙署中安歇。颜太守也见没有行李，心中奇怪，问其缘故。李勉将前事一一诉出，不胜骇异。

过了两日，柏乡县将县宰夫妻被杀缘由，申文到府。元来是夜陈颜、支成同几个奴仆见义士行凶，一个个惊号鼠窜，四散潜躲。直至天明，方敢出头。只见两个没头尸首，横在血泊里，五脏六腑，都抠在半边，首级不知去向。桌上器皿，一毫不失。一家叫苦连天。报知主簿、县尉，俱吃一惊，齐来验过。细询其情，陈颜只得把房德要害李勉，央人行刺始末说出。主簿、县尉即点起若干做公的，各执兵器，押陈颜作眼，前去捕获刺客。那时哄动合县人民，都跟来看。到了陈颜间壁，打将入去，惟有几间空房，那见一个人影？主簿与县尉商议申文。已晓得李勉是颜太守的好友，从实申报，在他面上怕有干碍。二则又见得县主薄德，乃将真情隐过。只说夜半被盗越入私衙，杀死县令夫妇，窃去首级，无从捕获。两下周全其事。一面买棺盛殓。颜太守依拟，申文上司。那时河北一路，都是安禄山专制。知得杀了房德，岂不去了一个心腹，倒下回文，着令严加缉获。李勉闻了这个消息，恐怕缠到身上，遂作别颜太守，回归长安故里。恰好王铁坐事下狱，凡被劾罢官，尽皆起任。李勉原起畿尉，不上半年，即升监察御史。

一日，在长安街上行过。只见一人身衣黄衫，跨下白马，两个胡奴跟随，望着节导中乱撞，从人呵喝不住。李勉举目观看，却是昔日床下义士，遂滚鞍下马，鞠躬道："义士别来无恙?"那义士笑道："亏大人还认得咱家。"李勉道："李某日夜在心，安有不识之理？请到敝衙少叙。"义士道："咱另日竭诚来拜，今日不敢从命。倘大人不弃，同到敝寓一话何如?"李勉欣然相从。并马而行，来到庆元坊，一个小角门内入去。过了几重门户，忽然显出一座大宅院，厅堂屋舍，高耸云汉。奴仆趋承，不下数百。李勉暗暗点头道："真是个异人。"请入堂中，重新见礼，分宾主而坐。顷刻摆下筵席，丰富胜于王侯。唤出家乐在庭前奏乐，一个个都是明眸皓齿，绝色佳人。义士道："随常小饭，不足以供贵人，幸勿怪！"李勉满口称谢。当下二人席间谈论些古今英雄之事，至晚而散。

次日，李勉备了些礼物，再来拜访时，止存一所空宅，不知搬向何处去了，嗟叹而回。后来李勉官至中书门下平章事，封为汧国公。王太、路信亦扶持做个小小官职。诗云：

从来恩怨要分明，将怨酬恩最不平。
安得剑仙床下士，人间遍取不平人！

【注释】

①淹蹇（音 jiǎn）：艰难窘迫。

②落薄：穷困失意。

③敌国之富：财富可以和整个国家相匹敌。

④推问：审问。

⑤鞫(音 jū)讯：审讯。

⑥头踏：古代官员出行时，走在前面的仪仗。

⑦可可：恰好。

⑧东厮：指厕所。

⑨闾阎：里巷内外的门，指平民的住处。

⑩资身：资养自身。

一文钱小隙造奇冤

世上何人会此言，休将名利挂心田。
等闲倒尽十分酒，遇兴高歌一百篇。
物外烟霞为伴侣，壶中日月任婵娟。
他时功满归何处？直驾云车入洞天。

这八句诗，乃回道人所作。那道人是谁？姓吕，名岩，号洞宾，岳州河东人氏。大唐咸通中应进士举，游长安酒肆，遇正阳子钟离先生，点破了黄粱梦，知宦途不足恋，遂求度世之术。钟离先生恐他立志未坚，十遍试过，知其可度。欲授以黄白[①]秘方，使之点石成金，济世利物，然后三千功满，八百行圆。洞宾问道："所点之金，后来还有变异否？"钟离先生答道："直待三千年后，还归本质。"洞宾愀然不乐道："虽然遂我一时之愿，可惜误了三千年后遇金之人。弟子不愿受此方也。"钟离先生呵呵大笑道："汝有此好心，三千八百尽在于此。吾向蒙苦竹真君分付道：'汝游人间，若遇两口的，便是你的弟子。'遍游天下，从没见有两口之人，今汝姓吕，即其人也。"遂传以分合阴阳之妙。

洞宾修炼丹成，发誓必须度尽天下众生，方可上升。从此混迹尘途，自称为回道人。回字也是二口，暗藏着吕字。尝游长沙，手持小小磁罐乞钱，向市上大言："我有长生不死之方，有人肯施钱满罐，便以方授之。"市人不信，争以钱投罐，罐终不满。众皆骇然。忽有一僧人推一车子钱从市东来，戏对道："人说我这车子钱共有千贯，你罐里能容之否？"道人笑道："连车子也推得进，何况钱乎？"那僧不以为然，想着："这罐子有多少大嘴，能容得车儿？明明是说谎。"道人见其沉吟，便道："只怕你不肯布施，若道个肯字，不愁这车子不进我罐儿里去。"此时，众人聚观者极多，一个个肉眼凡夫，谁人肯信，都去撺掇那僧人。那僧人也道必无此事，便道："看你本事，我有何不肯？"道人便将罐子侧着，将罐口向着车儿，尚离三步之远，对僧人道："你敢道三声'肯'么？"僧人连叫三声："肯，肯，肯。"每叫一声"肯"，那车子便近一步。到第三个"肯"字，那车儿却像罐内有人扯拽一般，一溜子滚入罐内去了。众人一个眼花，不见了车儿，发声齐喊道："奇怪！奇怪！"都来张那罐口，只见里面黑洞洞地。那僧人就有不悦之意，问道："你那道人是神仙，还是幻术？"道人口占八

句道：

非神亦非仙，非术亦非幻。
天地有终穷，桑田经几变。
此身非吾有，财又何足恋。
苟不从吾游，骑鲸腾汗漫。

那僧人疑心是个妖术，欲同众人执之送官。道人道："你莫非懊悔，不舍得这车子钱财么？我今还你就是。"遂索纸笔，写一道符，投入罐内。喝声："出，出！"众人千百只眼睛，看着罐口，并无动静。道人说道："这罐子贪财，不肯送将出来，待贫道自去讨来还你。"说声未了，耸身望罐口一跳，如落在万丈深潭，影儿也不见了。那僧人连呼："道人出来！道人快出来！"罐里并不则声。僧人大怒，提起罐儿，向地下一掷，其罐打得粉碎，也不见道人，也不见车儿，连先前众人布施的散钱并不见一个。正不知那里去了？只见有字纸一幅，取来看时，题得有诗四句道：

寻真要识真，见真浑未悟。
一笑再相逢，驱车东平路。

众人正在传观，只见字迹渐灭。须臾之间，连这幅白纸也不见了。众人才信是神仙，一哄而散。只有那僧人失脱了一车子钱财，意气沮丧，忽想着诗中"一笑再相逢，驱车东平路"之语，汲汲回归，行到东平路上，认得自家车儿，车上钱物宛然，分毫不动。那道人立于车傍，举手笑道："相待久矣！钱车可自收之。"又叹道："出家之人，尚且惜钱如此，更有何人不爱钱者？普天下无一人可度，可怜哉！可痛哉！"言讫腾云而去。那僧人惊呆了半晌，去看那车轮上，每边各有一口字，二口成吕，乃知吕洞宾也，懊悔无及。正是：

天上神仙容易遇，世间难得舍财人。

方才说吕洞宾的故事，因为那僧人舍不得这一车子钱，把个活神仙，当面挫过。有人论：这一车子钱，岂是小事，也怪那僧人不得。世上还有一文钱也舍不得的。依在下看来，舍得一车子钱，就从那舍得一文钱这一念推广上去。舍不得一文钱，就从那舍不得一车子钱这一念算计入来。不要把钱多钱少，看做两样。如今听在下说这一文钱小小的故事。列位看官们，各宜警醒，惩忿窒欲，且休望超凡入道，也是保身保家的正理。诗云：

不争闲气不贪钱，舍得钱时结得缘。
除却钱财烦恼少，无烦无恼即神仙。

话说江西饶州府浮梁县，有景德镇，是个马头去处。镇上百姓，都以烧造磁器为业，四方商贾，都来载往苏杭各处贩卖，尽有利息。就中单表一人，叫做邱乙大，是窑户家一个做手。浑家杨氏，善能描画。乙大做就磁胚，就是浑家描画花草人物，两口俱不吃空。住在一个冷巷里，尽可度日有余。那杨氏年三十六岁，貌颇不丑，也肯与人活动。只为老公利害，只好背地里偶一为之，却不敢明当做事。所生一子，名唤邱长儿，年十四岁，资性愚鲁，尚未会做活，只在家中走跳。

忽一日杨氏患肚疼，思想椒汤吃，把一文钱教长儿到市上买椒。长儿拿了一文钱，才走出门，刚刚遇着东间壁一般做磁胚刘三旺的儿子，叫做再旺，也走出门来。那再旺年十三岁，比长儿到乖巧，平日喜的是攧钱要子。怎的样攧钱？也有八个六个，攧出或字或背，一色的谓之浑成。也有七个五个，攧去一背一字间花儿去的，谓之背间。再旺和长儿，闲常有钱时，多曾在巷口一个空阶头上要过来。这一日巷中相遇，同走到当初要钱去处，再旺又要和长儿要子，长儿道："我今日没有钱在身边。"再旺道："你往那里去？"长儿道："娘肚疼，叫我买椒泡汤吃。"再旺道："你买椒，一定有钱。"长儿道："只有得一文钱。"再旺道："一文钱也好要，我也把一文与你赌个背字，两背的便都赢去，两字便输，一字一背不算。"长儿道："这文钱是要买椒的，倘或输与你了，把什么去买？"再旺道："不妨事，你若赢了是造化，若输了时，我借与你，下次还我就是。"长儿一时不老成，就把这文钱撇在地上。再旺在兜里也摸出一个钱丢下地来。长儿的钱是个背，再旺的是个字。这攧钱也有先后常规，该是背的先攧。长儿捡起两文钱，摊在第二手指上，把大拇指掐住，曲一曲腰，叫声，"背。"攧将下去，果然两背。长儿赢了。收起一文，留一文在地。再旺又在兜肚里摸出一文钱来，连地下这文钱拣起，一般样，摊在第二手指上，把大姆指掐住，曲一曲腰，叫声："背。"攧将下去，却是两个字，又是再旺输了。长儿把两个钱都收起，和自己这一文钱，共是三个。长儿赢得顺流，动了赌兴，问再旺道："还有钱么？"再旺道："钱尽有，只怕你没造化赢得。"当下，伸手在肚里摸出十来个净钱，捻在手里，啧啧夸道："好钱！好钱！"问长儿，"还敢攧么？"又丢下一文来。长儿又攧了两背，第四次再旺攧，又是两字。

一连攧了十来次，都是长儿赢了，共得了十二文。分明是掘藏一般。喜得长儿笑容满面，拿了钱便走。再旺那肯放他，上前拦住，道："你赢了我许多钱，走那里去？"长儿道："娘肚疼，等椒汤吃，我去去，闲时再来。"再旺道："我还有钱在腰里，你赢得时，我送你。"长儿只是要去，再旺发起喉急来，便道："你若不肯攧时，还了我的钱便罢，你把一文钱来骗了我许多钱，如何就去？"长儿道："我是攧得有采，须不是白夺你的。"再旺索性把兜肚里钱，尽数取出，约莫有二三十文，做一堆儿堆在地下道："待我输尽了这些钱，便放你走。"长儿是个小厮家，眼孔浅，见了这钱，不觉贪心又起；况且再旺抵死缠住，只得又攧。谁知风无常顺，兵无常胜。这番采关又论到再旺了。照前攧了一二十次，虽则中间互有胜负，却是再旺赢得多。到结末来，这十二文钱，依旧被他复去。长儿刚刚原剩得一文钱。

自古道：赌以气胜。初番长儿攧赢了一两文，胆就壮了，偶然有些采头，就连赢数次。到第二番又攧时，不是他心中所愿，况且着了个贪心，手下就觉有些矜持。到一连攧输了几文，去一个舍不得一个，又添了个吝字，气便索然。怎当再旺一股愤气，又且稍粗胆壮，自然赢了。大凡人富的好过，贫的好过，只有先贫后富的，最是难过。据长儿一文钱起手时，赢得一二文也是勾了，一连得了十二文钱，一拳头捻不住，就似白手成家，何等欢喜，把这钱不看做傥来之物[②]，就认作自己东西，重

复输去，好不气闷，痴心还想再像初次赢将转来。“就是输了，他原许下借我的，有何不可？”这一交合该长儿撷了，忍不住按定心坎再复一撷，又是二字，心里着忙，就去抢那钱，手去迟些，先被再旺抢到手中，都装入兜肚里去了。长儿道，“我只有一文钱，要买椒的，你原说过赢时借我，怎的都收去了？”再旺怪长儿先前赢了他十二文钱就要走，今番正好出气。君子报仇，直待三年，小人报仇，只在眼前。怎么还肯把这文钱借他？把长儿双手挡开，故意的一跳一舞，跑入巷去了。急得长儿且哭且叫，也回身进巷扯住再旺要钱，两个扭做一堆厮打。

孙庞斗智谁为胜，楚汉争锋那个强？

却说杨氏，专等椒来泡汤吃。望了多时，不见长儿回来。觉得肚疼定了，走出门来张看。只见长儿和再旺扭住厮打，骂道：“小杀才！教你买椒不买，到在此寻闹，还不撒开。”两个小厮听得骂，都放了手。再旺就闪在一边。杨氏问长儿：“买的椒在那里？”长儿含着银泪回道：“那买椒的一文钱，被再旺夺去了。”再旺道：“他与我撷钱，输与我的。”杨氏只该骂自己儿子，不该撷钱，不该怪别人。况且一文钱，所值几何，既输了去，只索罢休。单因杨氏一时不明，惹出一场大祸，展转的害了多少人的性命。正是：

事不三思终有悔，人能百忍自无忧。

杨氏因等候长儿不来，一肚子恶气，正没出豁，听说赢了他儿子的一文钱，便骂道：“天杀的野贼种！要钱时，何不教你娘趁汉？却来骗我家小厮撷钱！”口里一头说，一头便扯再旺来打。恰正抓住了兜肚，凿下两个栗暴[3]。那小厮打急了，把身子负命一挣，却挣断了兜肚带子，落下地来。索郎一声响，兜肚子里面的钱，撒做一地。杨氏道：“只还我那一文便了。”长儿得了娘的口气，就势抢了一把钱，奔进自屋里去。再旺就叫起屈来。杨氏赶进屋里，喝教长儿还了他钱。长儿被娘逼不过，把钱对着街上一撒。再旺一头哭，一头骂，一头检钱。检起时，少了六七文钱，情知是长儿藏下，拦着门只顾骂。杨氏道：“也不见这天杀的野贼种，恁地撒泼！”把大门关上，走进去了。再旺敲了一回门，又骂了一回，哭到自屋里去。母亲孙大娘正在灶下烧火，问其缘故。再旺哭诉道：“长儿抢了我的钱，他的娘不说他不是，到骂我天杀的野贼种，要钱时何不教你娘趁汉。”孙大娘不听时，万事全休，一听了这句不入耳的言语，不觉：

怒从心上起，恶向胆边生。

原来孙大娘最痛儿子，极是护短，又兼性暴，能言快语，是个揽事的女都头。若相骂起来，一连骂十来日，也不口干，有名叫做绰板婆。他与邱家只隔得三四个间壁居住，也晓得杨氏平日有些不三不四的毛病，只为从无口面，不好发挥出来。一闻再旺之语，太阳里爆出火来，立在街头，骂道：“狗泼妇，狗淫妇！自己瞒着老公趁汉子，我不管你罢了，到来谤别人。老娘人便看不像，却替老公争气。前门不进师姑，后门不进和尚，拳头上立得人起，臂膊上走得马过，不像你那狗淫妇，人硬货不硬，表壮里不壮，作成老公带了绿帽儿，羞也不羞！还亏你老着脸在街坊上骂人。

便臊贱时，也不恁般做作！我家小厮年小，连头带脑，也还不勾与你补空，你休得缠他！臊发时还去寻那旧汉子，是多寻几遭，多养了几个野贼种，大起来好做贼。”一声泼妇，一声淫妇，骂一个路绝人稀。

杨氏怕老公，不敢揽事，又没处出气，只得骂长儿道：“都是你那小天杀的，不学好，引这长舌妇开口。”提起木柴，把长儿劈头就打，打得长儿头破血淋，豪淘大哭。邱乙大正从窑上回来，听得孙大娘叫骂，侧耳多时，一句句都听在肚里，想道：“是那家婆娘不秀气？替老公妆幌子，惹得绰板婆叫骂。”及至回家，见长儿啼哭，问起缘繇，到是自家家里招揽的是非。邱乙大是个硬汉，怕人耻笑，声也不啧，气忿忿地坐下。远远的听得骂声不绝，直到黄昏后，方才住口。邱乙大吃了几碗洒，等到夜深人静，叫老婆来盘问道：“你这贱人瞒着我干的好事！趋的许多汉子，姓甚名谁？好好招将出来，我自去寻他说话。”那婆娘原是怕老公的，听得这句话，分明似半空中响一个霹雳，战兢兢还敢开口？邱乙大道：“泼贱妇，你有本事偷汉子，如何没本事说出来？若要不知，除非莫为。瞒得老公，瞒不得邻里。今日教我如何做人？你快快说来，也得我心下明白。”杨氏道：“没有这事，教我说谁来？”邱乙大道：“真个没有？”杨氏道：“没有。”邱乙大道：“既是没有时，他们如何说你，你如何凭他说，不则一声？显是心虚口软，应他不得。若是真个没有，是他们诈说你时，你今夜吊死在他门上，方表你清白，也出脱了我的丑名。明日我好与他讲话。”那婆娘怎肯走动，流下泪来，被邱乙大三两个巴掌，搬出大门。把一条麻索丢与他，叫道：“快死快死！不死便是恋汉子了。”说罢，关上门儿进来。长儿要来开门，被乙大一顿栗暴，打得哭了一场睡去了。乙大有了几分酒意，也自睡去。

单撇杨氏在门外好苦，上天无路，入地无门。千不是，万不是，只是自家不是，除却死，别无良策，自悲自怨了多时，恐怕天明，慌慌张张的取了麻索，去认那刘三旺的门首。也是将死的人，失魂颠智，刘家本在东间壁第三家，却错走到西边去，走过了五六家，到第七家。见门面与刘家相像，忙忙的把几块乱砖衬脚，搭上麻索于檐下，系颈自尽。可怜伶俐妇人，只为一文钱斗气，丧了性命。正是：

地下新添恶死鬼，人间不见画花人。

却说西邻第七家，是个打铁的匠人门首。这匠人浑名叫做白铁，每夜四更，便起来打铁。偶然开了大门撒溺，忽然一阵冷风，吹得毛骨竦然，定睛看时，吃了一惊。

不是傀儡场中鲍老，也像秋千架上佳人。

檐下挂着一件物事，不知是那里来的？好不怕人！犹恐是眼花，转身进屋，点个亮来一照，原来是新缢的妇人，咽喉气断，眼见得救不活了。欲待不去照管他，到天明被做公的看见，却不是一场飞来横祸，辨不清的官司，思量一计：“将他移在别处，与我便无干了。”耽着惊恐，上前去解这麻索。那白铁本来有些蛮力，轻轻的便取下挂来，背出正街，心慌意急，不暇致详，向一家门里撇下。头也不回，竟自归家，兀自连打几个寒噤，铁也不敢打了，复上床去睡卧，不在话下。

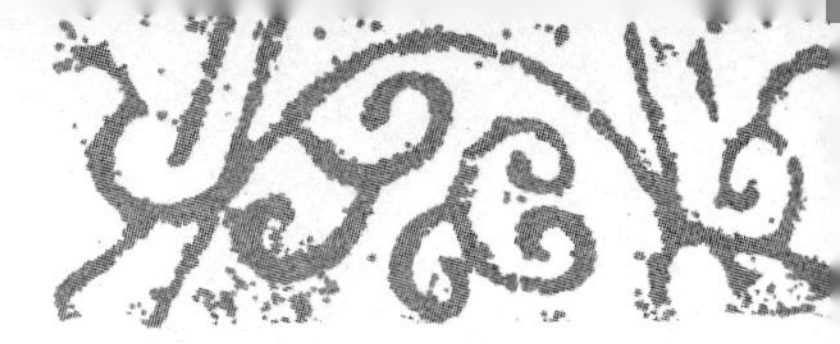

且说邱乙大，黑蚤起来开门，打听老婆消息。走到刘三旺门前，并无动静。直走到巷口，也没些踪影。又回来坐地寻思："莫不是这贱妇逃走他方去了？"又想："他出门稀少，又是黑暗里，如何行动？"又想道："他若不死时，麻索必然还在。"再到门前去看时，地下不见了麻绳，"定是死在刘家门首，被他知觉，藏过了尸首，与我白赖。"又想："刘三旺昨晚不回，只有那绰板婆和那小厮在家，那有力量搬运？"又想道："虫蚁也有几只脚儿，岂有人无帮助？且等他开门出来，看他什么光景，见貌辨色，可知就里。"等到刘家开门，再旺出来，把钱去市心里买馍馍点心，并不见有一些惊慌之意。

邱乙大心中委决不下，又到街前街后闲荡，打探一回，并无影响。回来看见长儿还睡在床上打齁，不觉怒起，掀开被，向腿上四五下，打得这小厮睡梦里直跳起来。邱乙大道："娘也被刘家逼死了，你不去讨命，还只管睡！"这句话，分明邱乙大教长儿去惹事，看风色。长儿听说娘死了，便哭起来。忙忙的穿了衣服，带着哭，一径直赶到刘三旺门首去，骂道："狗娼根狗淫妇！还我娘来？"那绰板婆孙大娘，见长儿骂上门，如何耐得，急赶出来，骂道："千人射的野贼种，敢上门欺负老娘么？"便揪着长儿头发，却待要打，见邱乙大过来，就放了手。这小厮满街乱跳乱舞，带哭带骂讨娘。邱乙大已耐不住，也骂起来。那绰板婆怎肯相让，旁边钻出个再旺来相帮，两下干骂一场，邻里劝开。

邱乙大教长儿看守家里，自去街上央人写了状词，赶到浮梁县告刘三旺和妻孙氏人命事情。大尹准了状词，差了拘拿原被告，和邻里干证，到官审问。原来绰板婆孙氏平昔口嘴不好，极是要冲撞人，邻里都不欢喜；因此说话中间，未免偏向邱乙大几分，把相骂的事情，增添得重大了，隐隐的将这人命，射实在绰板婆身上。这大尹见众人说话相同，信以为实。错认刘三旺将尸藏匿在家，希图脱罪。差人搜检，连地也翻了转来，只是搜寻不出，故此难以定罪。且不用刑，将绰板婆拘禁，差人押刘三旺寻访杨氏下落，邱乙大讨保在外。这场官司好难结哩！有分教：

绰板婆消停口舌，磁器匠担误生涯。

这事且阁过不题。再说白铁将那尸首，却撇在一个开酒店的人家门首。那店主人王公，年纪六十余岁，有个妈妈，靠着卖酒过日。是夜睡至五更，只听得叩门之声，醒时又不听得，刚刚合眼，却又闻得闹闹声叩响。心中惊异，披衣而起，即唤小二起来，开门观看。只见街头上，不横不直，挡着这件物事。王公还道是个醉汉，对小二道："你仔细看一看，还是远方人，是近处人？若是左近邻里，可叩他家起来，扶了去。"小二依言，俯身下去认看，因背了星光，看不仔细。见颈边拖着麻绳，却认做是条马鞭，便道："不是近边人，想是个马夫。"王公道："你怎么晓得他是个马夫？"小二道："见他身边有根马鞭，故此知得。"王公道："既不是近处人，由他罢！"小二欺心，要拿他的鞭子，伸手去拾时，却拿不起，只道压在身底下，尽力一扯，那尸首直竖起来，把小二吓了一跳，叫道："阿呀！"连忙放手。那尸扑的倒下去了。连王公也吃一惊，问道："这怎么说？"小二道："只道是根鞭儿，要拿他的，不想却是缢死的人，颈下扣的绳子。”王公听说，慌了手脚，欲待叫破[4]地方，又怕这般无头官司惹在身上。不报地方，这事传开，洗身不清。便与小二商议，小二道：“不打紧，只教他离了我这里，就没事了。”王公道：“说得有理，还是拿到那里去好？”小二道：“撇他在河里罢。”当下二人动手，直抬到河下。远远望见岸上有人，打着灯笼走来，恐怕被他撞见，不管三七二十一，撇在河边，奔回家去了，不在话下。

且说岸上打灯笼来的是谁？那人乃是本镇一个大户叫做朱常，为人奸诡百出，变诈多端，是个好打官司的主儿。因与隔县一个姓赵的人家争田，这一蚤要到田头去割稻，同着十来个家人，拿了许多扁挑索子镰刀，正来下舡。那提灯的在前，走下岸来，只见一人横倒在河边，也认做是个醉汉，便道：“这该死的贪这样脓血！若再一个翻身，却不滚在河里，送了性命？”内中一个家人，叫做卜才，是朱常手下第一出尖的帮手，他只道醉汉身边有些钱钞，就蹲倒身，伸手去摸他腰下，却冰一般冷，吓得缩手不迭，便道：“元来死的了！”朱常听说是死人，心下顿生不良之念。忙叫：“不要嚷。把灯来照看，是老的？是少的？”众人在灯下仔细打一认，却是个缢死的妇人。朱常道：“你们把他颈里绳子快解掉了，扛下艄里去藏好。”众人道：“老爹，这妇人正不知是甚人谋死的？我们如何却到去招揽是非？”朱常道：“你莫管，我自有用处。”众人只得依他。解去麻绳，叫起看船的，扛上船，藏在艄里，将平基盖好。朱常道：“卜才，你回去，媳妇子叫五六个来。”卜才道：“这二三十亩稻，勾什么砍，要这许多人去做甚？”朱常道：“你只管叫来，我自有用处。”卜才不知是甚意见，即便提灯回去。

不一时叫到，坐了一舡，解缆开船。两人荡桨，离了镇上。众人问道：“老爹载这东西去有甚用处？”朱常道：“如今去割稻，赵家定来拦阻，少不得有一场相打，到告状结杀。如今天赐这东西与我，岂不省了打官司。还有许多妙处。”众人道：“老爹怎见省了打官司？又有妙处？”朱常道：“有了这尸首时，只消如此如此，这般这般，却不省了打官司？你们也有些财采。他若不见机，弄到当官，定然我们占个上风。可不好么！”众人都喜道：“果然妙计！小人们怎省得？”正是：

算定机谋夸自己，安排圈套害他人。

这些人都是愚野村夫，晓得什么利害？听见家主说得都有财采，当做瓮中取鳖、手到擒来的事，乐极了。巴不得赵家的人，这时便到船边来厮闹便好。银子既有得到手，官司又可以赢得。心急发狠，荡起桨来，这船恰像生了七八个翅膀一般，顷刻就飞到了。此时天色渐明，朱常教把船歇在空阔无人居住之处，离田中尚有一箭之路。众人都上了岸，寻出一条一股连一股断的烂草绳，将船缆在一颗草根上，止留一人坐在艄上看守，众男女都下田砟稻。朱常远远的立在岸上打探消耗。

元来这地方叫做鲤鱼桥，离景德镇止有十里多远。再过去里许，又唤做太白村，乃南直隶徽州府婺源县所管。因是两省交界之处，人民错壤而居。与朱常争田这人名唤赵完，也是个大富之家，原是浮梁县人户，却住在婺源县地方，两县俱置得有田产。那争的田，止得三十余亩，乃赵完族兄赵宁的。先把来抵借了朱常银子，

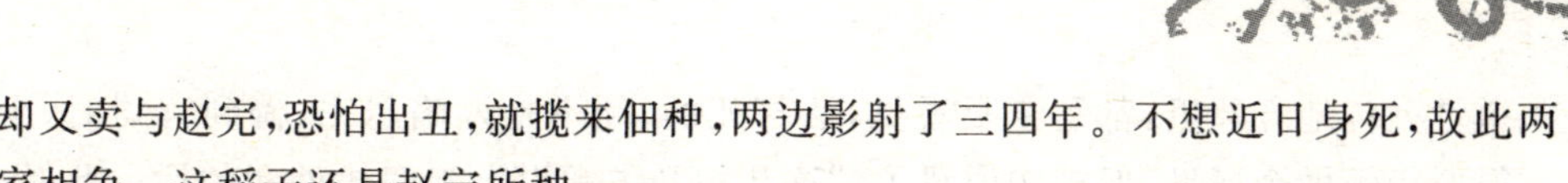

却又卖与赵完，恐怕出丑，就揽来佃种，两边影射了三四年。不想近日身死，故此两家相争。这稻子还是赵宁所种。

说话的，这田在赵完屋脚跟头，如何不先砟了，却留与朱常来割？看官有所不知，那赵完也是个强横之徒，看得自己大了，道这田是明中正契买族兄的，又在他的左近；朱常又是隔省人户，料必不敢来砟稻，所以放心托胆。那知朱常又是个专在虎头上做窠，要吃不怕死的魍魉，竟来放对，正在田中砍稻。蚤有人报知赵完。赵完道："这厮真是吃了大虫的心，豹子的胆，敢来我这里撩拨！想是来送死么！"儿子赵寿道："爹，自古道：'来者不惧，惧者不来。'也莫轻觑了他！"赵完问报人道："他们共有多少人在此？"答道："十来个男子，六七个妇人。"赵完道："既如此，也教妇人去。男对男，女对女，都拿回来，敲断他的孤拐子，连船都拔他上岸，那时方见我的手段。"即便唤起二十多人，十来个妇人，一个个粗脚大手，裸臂揎拳，如疾风骤雨而来。赵完父子随后来看。

且说众人远远的望着田中，便喊道："偷稻的贼不要走！"朱常家人媳妇，看见赵家有人来了，连忙住手，望河边便跑。到得岸旁，朱常连叫快脱衣服。众人一齐卸下，堆做一处，叫一个妇人看守，复身转来，叫道："你来你来，若打输与你，不为好汉。"赵完家有个雇工人，叫做田牛儿，自恃有些气力，抢先飞奔向前。朱家人见他势头来得勇猛，两边一闪，让他冲将过来，才让他冲进时，男子妇人，一裹转来围住。田牛儿叫声："来的好！"提起升箩般拳头，拣着个精壮村夫面上，一拳打去，只指望先打倒了一个硬的，其余便如摧枯拉朽了。谁知那人却也来得，拳到面上时，将头略偏一偏，这拳便打个空，刚落下来，就顺手牵羊，把拳留住。田牛儿挣脱不得，急起左拳来打，手尚未起，又被一人接住，两边扯开。田牛儿便施展不得。朱家人也不打他，推的推，扯的扯，到像八抬八绰一般，脚不点地竟拿上船。那烂草绳系在草根上，有甚筋骨，初踏上船就断了。艄上人已预先将篙拦住，众人将田牛儿纳在舱中乱打。赵家后边的人，见田牛儿捉上船去，蜂拥赶上船抢人。朱家妇女，都四散走开，放他上去。说时迟，那时快，拦篙的人一等赵家男子妇人上齐船时，急掉转篙，望岸上用力一点，那船如箭一般，向河心中直荡开去。人众船轻，三四幌便翻将转来。两家男女四十多人，尽都落水。

这些妇人各自挣扎上岸，男子就在水中相打，纵横搅乱，激得水溅起来，恰如骤雨相似。把岸上看的人眼都耀花了，只叫莫打，有话上岸来说。正打之间，卜才就人乱中，把那缢死妇人尸首，直掀过去，便喊起来道："地方救护，赵家打死我家人了！"朱常同那六七个妇人，在岸边接应，一齐喊叫，其声震天动地。赵家的妇人，正绞挤湿衣，听得打死了人，带水而逃。水里的人，一个个吓得胆战心惊，正不知是那个打死的，巴不能捆脱逃走，被朱家人乘势追打，吃了老大的亏，挣上了岸，落荒逃奔。此时，只恨父母少生了两只脚儿。朱家人欲要追赶，朱常止住道："如今不是相打的事了，且把尸首收拾起来，抬放他家屋里了，再处。"众人把尸首拖到岸上，卜才认做妻子，假意啼啼哭哭。朱常又教捞起船上篙桨之类，寄顿佃户人家；又对看的

人道："列位地方邻里，都是亲眼看见，活打死的，须不是诬陷赵完，倘到官司时，少不得要相烦做个证见，但求实说罢了。"这几句乃朱常引人来兜揽处和的话。此时，内中若有个有力量的，出来担当，不教朱常把尸首抬去赵家，说和这事，也不见得后来害许多人的性命。只因赵完父子，平日是个难说话的，恐怕说而不听，反是一场没趣。况又不晓得朱常心中是甚样个意儿，故此并无一人招揽。朱常见无人招架，教众人穿起衣服，把尸首用芦席卷了，将绳索络好，四人扛着，望赵完家来。看的人随后跟来，观看两家怎地结局？

铜盆撞了铁扫帚，恶人自有恶人磨。

且说赵完父子随后走来，远望着自家人追赶朱家的人，心中欢喜。渐渐至近，只见妇女家人，浑身似水，都像落汤鸡一般，四散奔走。赵完惊讶道："我家人多，如何反被他都打下水去？"急挪步上前，众人看见，乱喊道："阿爹不好了！快回去罢。"赵寿道："你们怎地恁般没用？都被打得这模样！"众人道："打是小事，只是他家死了人却怎处？"赵完听见死了个人，吓得就酥了半边，两只脚就像钉了，半步也行不动。赵寿与田牛儿，两边挟着胳膊而行，扶至家中坐下，半晌方才开言问道："如何就打死了人？"众人把相打翻船的事，细说一遍。又道："我们也没有打妇人，不知怎地死了？想是淹死的。"赵完心中没了主意，只叫："这事怎好？"那时合家老幼，都丛在一堆，人人心下惊慌。正说之间，人进来报："朱家把尸首抬来了。"赵完又吃这一吓，恰像打坐的禅和子，急得身色一毫不动。

自古道：物极则反，人急计生。赵寿忽地转起一念，便道："爹莫慌，我自有对付他的计较在此。"便对众人道："你们多向外边闪过，让他们进来之后，听我鸣锣为号，留几个紧守门口，其余都赶进来拿人，莫教走了一个。解到官司，见许多人白日抢劫，这人命自然从轻。"众人得了言语，一齐转身。赵完恐又打坏了人，分付："只要拿人，不许打人。"众人应允，一阵风出去。赵寿只留了一个心腹义孙赵一郎道："你且在此。"又把妇女妻小打发进去，分付："不要出来。"赵完对儿子道："虽然告他白日打抢，终是人命为重，只怕抵当不过。"赵寿走到耳根前，低低道："如今只消如此这般。"赵完听了大喜，不觉身子就健旺起来，乃道："事不宜迟，快些停当！"

赵寿先把各处门户闭好，然后寻了一把斧头，一个棒槌，两扇板门，都已完备，方教赵一郎到厨下叫出一个老儿来。那老儿名唤丁文，约有六十多岁，原是赵完的表兄，因有了懒黄病，吃得做不得，却又无男无女，挨在赵完家烧火，博口饭吃。当下那老儿不知头脑，走近前问道："兄弟有甚话？"赵完还未答应，赵寿闪过来，提起棒槌，看正太阳，便是一下。那老儿只叫得声"阿呀"，翻身跌倒。赵寿赶上，又复一下，登时了帐。

当下，赵寿动手时，以为无人看见，不想田牛儿的娘田婆，就住在赵完宅后，听见打死了人，恐是儿子打的，心中着急，要寻来问个仔细，从后边走出，正撞着赵寿行凶。吓得蹲倒在地，便立不起身。口中念声："阿弥陀佛！青天白日，怎做这事！"赵完听得，回头看了一看，把眼向儿子一颠。赵寿会意，急赶近前，照顶门一棒槌打

倒，脑浆鲜血一齐喷出。还怕不死，又向肋上三四脚。眼见得不能勾活了。只因这一文钱上起，又送了两条性命。正是：

耐心终有益，任意定生灾。

且说赵一郎起初唤丁老儿时，不道赵寿怀此恶念，蓦见他行凶，惊得只缩到一壁角边去。丁老儿刚刚完事，接脚又撞个田婆来凑成一对，他恐怕这第三棒槌轮到头上，心下着忙，欲待要走，这脚上却像被千百斤石头压住，那里移得动分毫。正在慌张，只见赵完叫道："一郎快来帮一帮。"赵一郎听见叫他相帮，方才放下肚肠，挣扎得动，向前帮赵寿拖这两个尸首，放在遮堂背后，寻两扇板门压好，将遮堂都起浮了窠臼。又分付赵一郎道："你切不可泄漏，待事平了，把家私分一股与你受用。"赵一郎道："小人靠阿爹洪福过日的，怎敢泄漏？"刚刚准备停当，外面人声鼎沸，朱家人已到了。赵完三人退入侧边一间屋里，掩上门儿张看。

且说朱常引家人媳妇，扛着尸首赶到赵家，一路打将进去，直到堂中。见四面门户紧闭，并无一个人影。朱常教把尸首居中停下，打到里边去拿赵完这老亡八出来，锁在死尸脚上。众人一齐动手，乒乒乓乓将遮堂乱打，那遮堂已是离了窠臼的，不消几下，一扇扇都倒下去，尸首上又压上一层。众人只顾向前，那知下面有物。赵寿见打下遮堂，把锣筛起。外边人听见，发声喊，抢将入来。朱常听得筛锣，只道有人来抢尸首，急掣身出来，众人已至堂中。两个你揪我扯，搅做一团，滚做一块。里边赵完三人大喊："田牛儿！你母亲都被打死了，不要放走了人。"田牛儿听见，急奔来问："我母亲如何却在这里？"赵完道："他刚同丁老官走来问我，遮堂打下，压死在内。我急走得快，方逃得性命。若迟一步儿，这时也不知怎地了！"田牛儿与赵一郎将遮堂搬开，露出两个尸首。田牛儿看娘时，头已打开脑浆，鲜血满地，放声大哭。朱常听见，还只道是假的，急抽身一望，果然有两个尸首，着了忙，往外就跑。这些家人媳妇，见家主走了，各要挪脱逃走，一路揪扭打将出来。那知门口有人把住，一个也走不脱，都被拿住。赵完只叫："莫打坏了人。"故此朱常等不十分吃亏。

赵寿取出链子绳索，男子妇女锁做一堂。田牛儿痛哭了一回，心中忿怒，跳起身来："我把朱常这狗王八，照依母亲打死罢了。"赵完拦住道："不可不可！如今自有官法究治，打死他做甚？"教众人扯过一边。此时，已哄动远近村坊，地方邻里，无有不到赵家观看。赵完留到后边，备起酒席款待，要众人具个"白昼劫杀"公呈。那些人都是赵完的亲戚佃户、雇工人等，谁敢不依。赵完连夜装起四五只大船，载了地邻干证人等，把两只将朱常一家人锁缚在舱里。行了一夜，方到婺源县中。候大尹早衙升堂，地方人等先将呈子具上。这大尹展开，观看一过，问了备细，即差人押着地方、并尸亲赵完、田牛儿、卜才前去，将三个尸首盛殓了，吊来相验。朱常一家人都发在铺里羁候。那时朱常家中，自有佃户报知，儿子朱太星夜赶来看觑，自不必说。

有句俗语道得好："官无三日急。"那尸棺便吊到了，这大尹如何就有工夫去相验。隔了半个多月，方才出牌，着地方备办登场法物。铺中取出朱常一干人，都到

尸场上。仵作人逐一看，报道："丁文太阳有伤，周围二寸有余，骨头粉碎。田婆脑门打开，脑髓漏尽，右肋骨踢折三根。二人实系打死。卜才妻子，颈下有缢死绳痕，遍身别无伤损，此系缢死是实。"大尹见报，心中骇异道："据这呈子上称说，船翻落水身死，如何却是缢死的？"朱常就禀道："爷爷，众耳众目所见，如何却是缢死的？这明明仵作人得了赵完银子，妄报老爷。"大尹恐怕赵完将别个尸首颠换了，便唤卜才："你去认这尸首，正是你妻子的么？"卜才上前一认，回覆道："正是小人妻子。"大尹道："是昨日登时死的？"卜才道："是。"大尹问了详细，自走下来，把三个尸首逐一亲验，仵作人所报不差，暗称奇怪。分付把棺木盖上封好，带到县里来审。大尹在轿上，一路思想，心下明白。回县坐下，发众犯都跪在仪门外。单唤朱常上去，道："朱常，你不但打死赵家二命，连这妇人，也是你谋死的！须从实招来。"朱常道："这是家人卜才的妻子余氏，实被赵完打下水死的，地方上人，都是见的，如何反是小人谋死？爷爷若不信，只问卜才便见明白。"大尹喝道："胡说！这卜才乃你一路之人，我岂不晓得！敢在我面前支吾！夹起来。"众皂隶一齐答应，上前把朱常鞋袜去了，套上夹棍，便喊起来。

那朱常本是富足之人，虽然好打官司，从不曾受此痛苦，只得一一吐实："这尸首是浮梁江口，不知何人撇下的。"大尹录了口词，叫跪在丹墀下。又唤卜才进来，问道："死的妇人果是你妻子么？"卜才道："正是小人妻子。"大尹道："既是你妻子，如何把他谋死了，诈害赵完？"卜才道："爷爷，昨日赵完打下水身死，地方上人，都看见的。"大尹把惊堂在桌上，一连七八拍，大喝道："你这该死的奴才！这是谁家的妇人，你冒认做妻子，诈害别人！你家主已招称，是你把他谋死。还敢巧辩，快夹起来。"卜才见大尹像道士打灵牌一般，把惊堂一片声乱拍乱喊，将魂魄都惊落了。又听见家主已招，只得禀道："这都是家主教小人认作妻子，并不干小人之事。"大尹道："你一一从实细说。"卜才将下船遇见尸首，定计诈赵完前后事，细说一过，与朱常无二。大尹已知是实，又问道："这妇人虽不是你谋死，也不该冒认为妻，诈害平人。那丁文田婆，却是你与家主打死的，这须没得说。"卜才道："爷爷，其实不曾打死，就夹死小人，也不招的。"大尹也教跪在丹墀。又唤赵完并地方来问，都执朱常扛尸到家，乘势打死。大尹因朱常造谋诈害赵完事实，连这人命也疑心是真，又把朱常夹起来。朱常熬刑不起，只得屈招。大尹将朱常、卜才各打四十，拟成斩罪，下在死囚牢里。其余十人，各打二十板，三个充军，七个徒罪，亦各下监。六个妇人，都是杖罪，发回原籍。其田断归赵完，代赵宁还原借朱常银两。又行文关会浮梁县，查究妇人尸首来历。

那朱常初念，只要把那尸首做个媒儿，赵完怕打人命官司，必定央人兜收私处，这三十多亩田，不消说起归他，还要扎诈一注大钱，故此用这一片心机。谁知激变赵寿，做出没天理事来对付，反中了他计。当下来到牢里，不胜懊悔，想道："这蚤若不遇这尸首，也不见得到这地位！"正是：

蚤知更有强中手，却悔当初枉用心。

朱常料道："此处定难翻案。"叫儿子分付道："我想三个尸棺，必是钉稀板薄，交了春气，自然腐烂。你今先去会了该房，捺住关会文书。回去教妇女们，莫要泄漏这缢死尸首消息。一面向本省上司去告准，挨至来年四五月间，然后催关去审，那时烂没了缢死绳痕，好与他白赖。一事虚了，事事皆虚，不愁这死罪不脱。"朱太依了父亲，前去行事，不在话下。

却说景德镇卖酒王公家小二，因相帮撇了尸首，指望王公些东西，过了两三日，却不见说起。小二在口内野唱，王公也不在其意。又过了几日，小二不见动静，心中焦躁，忍耐不住，当面明明说道："阿公，前夜那话儿，亏我把去出脱了还好。若没我时，到天明地方报知官司，差人出来相验，饶你硬挣，不使酒钱，也使茶钱。就拌上十来担涎吐，只怕还不得干净哩！如今省了你许多钱钞，怎么竟不说起谢我？"大凡小人度量极窄，眼孔最浅。偶然替人做件事儿，徼幸得效，便道是天大功劳，就来挟制那人，责他厚报。稍不遂意，便把这事翻局来害，往往人家用错了人，反受其累。譬如小二，不过一时用得些气力，便想要王公的银子。那王公若是个知事的，不拘多寡与他些也就罢了。谁知王公又是舍不得一文钱的悭吝老儿，说着要他的钱，恰像割他身上的肉，就面红颈赤起来了。

当下，王公见小二要他银子，便发怒道："你这人忒没理！吃黑饭，护漆柱。吃了我家的饭，得了我的工钱，便是这些小事，略走得几步，如何就要我钱？"小二见他发怒，也就嚷道："嗜呀！就不把我，也是小事，何消得喉急？用得我着，方吃得你的饭，赚得你的钱，须不是白把我用的。还有一句话，得了你工钱，只做得生活，原不曾说替你拽死尸的。"王婆便走过来道："你这蛮子，真个惫懒！自古道：茄子也让三分老。怎么一个老人家，全没些尊卑，一般样与他争嚷。"小二道："阿婆，我出了力，不把银子与我，反发喉急，怎不要嚷？"王公道："什么！是我谋死的？要诈我钱！"小二道："虽不是你谋死，便是擅自移尸，也须有个罪名。"王公道："你到去首了我来。"小二道："要我首也不难，只怕你当不起这大门户。"王公赶上前道："你去首，我不怕。"望外劈颈就扠。那小二不曾提防，捉脚不定，翻斤斗直跌出门外，磕碎了脑后，鲜血直淌。小二跌毒了，骂道："老忘八！亏了我，反打么！"就地下拾起一块砖来，望王公掷去，谁知数合当然，这砖不歪不斜，恰恰正中王公太阳，一交跌倒，再不则声。王婆急上前扶时，只见口开眼定，气绝身亡。跌脚叫苦，便哭起天来。只因这一文钱上，又断送了一条性命。

总为惜财丧命，方知财命相连。

小二见王公死了，爬起来就跑。王婆喊叫邻里，赶上拿转，锁在王公脚上。问王婆："因甚事起？"王婆一头哭，一头将前情说出，又道："烦列位与老身作主则个。"众人道："这厮元来恁地可恶！先教他吃些痛苦，然后解官。"三四个邻里走上前，一顿拳头脚尖，打得半死，方才住手。教王婆关闭门户，同到县中告状。此时纷纷传说，远近人都来观看。

且说邱乙大正访问妻子尸首不着，官司难结，心中气闷。这一日，闻得小二打

死王公的根由，想道："这妇人尸首，莫不就是我妻子么？"急走来问，见王婆锁门要去告状。邱乙大上前问了详细，计算日子，正是他妻子出门这夜，便道："怪道我家妻子尸首，当朝就不见踪影，原来却是你们撇掉了。如今有了实据，绰板婆却白赖不过了。我同你们见官去。"当下一干人，牵了小二直到县里。次早大尹升堂，解将进来，地方将前后事细禀。大尹又唤王婆问了备细。小二料道罪真难脱，不待用刑，从实招承。打了三十，问成死罪，下在狱中。邱乙大禀说："妻子被刘三旺谋死，正是此日，这尸首一定是他撇下的。证见已确，要求审结。"此时，婺源县知会文书未到，大尹因没有尸首，终无实据，原发落出去寻觅。再说小二，初时已被邻里打伤，那顿板子，又十分利害。到了狱中，没有使用，又遭一顿拳脚，三日之间，血崩身死。为这一文钱起，又送一条性命。

只因贪白镪，番自丧黄泉。

且说邱乙大从县中回家，正打白铁门首经过，只听得里边叫天叫地的啼哭。原来白铁自那夜担着惊恐，出脱这尸首，冒了风寒，回家上得床，就发起寒热，病了十来日，方才断命。所以老婆啼哭。眼见为这一文钱，又送一条性命。

化为阴府惊心鬼，失却阳间打铁人。

邱乙大知白铁已死，叹口气道："恁般一个好汉！有得几日，却又了账。可见世人真是没根的！"走到家里，单单止有这个小厮，鬼一般缩在半边，要口热水，也不能勾。看了那样光景，方懊悔前日逼勒老婆，做了这桩拙事。如今又弄得不尴不尬，心下烦恼，连生意也不去做，终日东寻西觅，并无尸首下落。

看看挨过残年，又早五月中旬。那时，朱常儿子朱太，已在按院告准状词，批在浮梁县审问，行文到婺源县关提人犯尸棺。起初朱太还不上紧，到了五月间，料得尸首已是腐烂，大大送个东道与婺源县该房，起文关解。那赵完父子因婺源县已经问结，自道没事，毫无畏惧，抱卷赴理。两县解子领了一干人犯，三具尸棺，直至浮梁县当堂投递。大尹将人犯羁禁，尸棺发置官坛候检，打发婺源回文，自不必说。

不则一日，大尹吊出众犯，前去相验。那朱太合衙门通买嘱了，要胜赵完。大尹到尸场上坐下，赵完将浮梁县案卷呈上。大尹看了，对朱常道："你借尸索诈，打死二命，事已问结，如何又告？"朱常禀道："爷爷，赵完打余氏落水身死，众目共见，却买嘱了地邻仵作，妄报是缢死的。那丁文、田婆，自己情慌，谋害抵饰，硬诬小人打死。且不要论别件，但据小人主仆俱被拿住，赵完是何等势力，却容小人打死二命？况死的俱年七十多岁，难道恁地不知利害，只拣垂死之人来打？爷爷推详这上，就见明白。"大尹道："既如此，当时怎就招承？"朱常道："那赵完衙门情熟，用极刑拷逼，若不屈招，性命已不到今日了。"赵完也禀道："朱常当日倚仗假尸，逢着的便打，合家躲避；那丁文、田婆年老奔走不及，如此遭他毒手。假尸缢死绳痕，是婺源县太爷亲验过的，岂是仵作妄报。如今日久腐烂，巧言诳骗爷爷，希图漏网反陷。但求细看招卷，曲直立见。"大尹道："这也难凭你说。"即教开棺检验。

天下有这等作怪的事，只道尸首经了许多时，已腐烂尽了，谁知都一毫不变，宛然如生。那杨氏颈下这条绳痕，转觉显明，倒教仵作人没做理会。你道为何？他已得了朱常的钱财，若尸首烂坏了，好从中作弊，要出脱朱常，反坐赵完。如今伤痕见在，若虚报了，恐大尹还要亲验。实报了，如何得朱常银子？正在踌躇，大尹蚤已瞧破，就走下来亲验。那仵作人被大尹监定，不敢隐匿，一一实报。朱常在傍暗暗叫苦。大尹将所报伤处，将卷对看，分毫不差，对朱常道："你所犯已实，怎么又往上司诳告？"朱常又苦苦分诉。大尹怒道："还要强辨！夹起来！快说这缢死妇人是那里来的？"朱常受刑不过，只得招出："本日蚤起，在某处河沿边遇见，不知是何人撇下？"那大尹极有记性，忽地想起："去年邱乙大告称，不见了妻子尸首；后来卖酒王婆告小二打死王公，也称是日抬尸首，撇在河沿上起衅。至今尸首没有下落，莫不就是这个么？"暗记在心。当下将朱常、卜才都责三十，照旧死罪下狱，其余家人减徒招保。赵完等发落宁家，不题。

且说大尹回到县中，吊出邱乙大状词，并王小二那宗案卷查对，果然日子相同，撇尸地处一般，更无疑惑。即着原差，唤到邱乙大、刘三旺干证人等，监中吊出绰板婆孙氏，齐到尸场认看。此时，正是五月天道，监中瘟疫大作，那孙氏刚刚病好，还行走不动，刘三旺与再旺扶挟而行。到了尸场上，仵作揭开棺盖，那邱乙大认得老婆尸首，放声号恸，连连叫道："正是小人妻子。"干证地邻也道："正是杨氏。"大尹细细鞫问致死情由，邱乙大咬定："刘三旺夫妻登门打骂，受辱不过，以致缢死。"刘三旺、孙氏，又苦苦折辩。地邻俱称是孙氏起衅，与刘三旺无干。大尹喝教将孙氏拶起。那孙氏是新病好的人，身子虚弱，又行走这番，劳碌过度，又费唇费舌折辩，渐渐神色改变。经着拶子，疼痛难忍，一口气收不来，翻身跌倒，呜呼哀哉！只因这一文钱上起，又送一条性命。正是：

阴府又添长舌鬼，相骂今无绰板声。

大尹看见，即令放拶。刘三旺向前叫喊，喊破喉咙，也唤不转。再旺在旁哀哀啼哭，十分凄惨。大尹心中不忍，向邱乙大道："你妻子与孙氏角口而死，原非刘三旺拳手相交。今孙氏亦亡，足以抵偿。今后两家和好，尸首各自领归埋葬，不许再告；违者，定行重治。"众人叩首依命，各领尸首埋葬，不在话下。

且说朱常、卜才下到狱中，想起枉费许多银两，反受一场刑杖，心中气恼，染起病来。却又沾着瘟气，二病夹攻，不勾数日，双双而死。只因这一文钱上起，又送两条性命。

未诈他人，先损自己。

说话的，我且问你，朱常生心害人，尚然得个丧身亡家之报；那赵完父子活活打死无辜二人，又诬陷了两条性命，他却漏网安享，可见天理原有报不到之处。看官，你可晓得，古老有几句言语么？是那几句？古语道：

善有善报，恶有恶报。不是不报，时辰未到。

那天公算子，一个个记得明白。古往今来，曾放过那个？这赵完父子漏网受用，一来他的顽福未尽；二来时候不到；三来小子只有一张口，没有两副舌，说了那边，便

难顾这边，少不得逐节儿还你个报应。

闲话休题。且说赵完父子，又胜了朱常，回到家中，亲戚邻里，齐来作贺。吃了好几日酒。又过数日，闻得朱常、卜才，俱已死了，一发喜之不胜。田牛儿念着母亲暴露，领归埋葬不题。

时光迅速，不觉又过年余。原来赵完年纪虽老，还爱风月，身边有个偏房，名唤爱大儿。那爱大儿生得四五分颜色，乔乔画画，正在得趣之时。那老儿虽然风骚，到底老人家，只好虚应故事，怎能勾满其所欲？看见义孙赵一郎，身材雄壮，人物乖巧，尚无妻室，到有心看上了。常常走到厨房下，挨肩擦背，调嘴弄舌。你想世间能有几个坐怀不乱的鲁男子，妇人家反去勾搭，可有不肯之理？两下眉来眼去，不则一日，成就了那事。彼此俱在少年，犹如一对饿虎，那有个饱期，捉空就闪到赵一郎房中，偷一手儿。那赵一郎又有些本领，弄得这婆娘体酥骨软，魄散魂销，恨不时刻并做一块。约莫串了半年有余，一日，爱大儿对赵一郎说道："我与你虽然快活了这几多时，终是碍人耳目，心忙意急，不能勾十分尽兴。不如悄地逃往远处，做个长久夫妻。"赵一郎道："小娘子若真心肯跟我，就在此可以做得夫妻，何必远去？"爱大儿道："你便是我心上人了，有甚假意？只是怎地在此就做得夫妻！"赵一郎道："向年丁老官与田婆，都是老爹与大官人自己打死诈赖朱家的，当时教我相帮扛抬，曾许事完之日，分一分家私与我。那个棒棍，还是我藏好。一向多承小娘子相爱，故不说起。你今既有此心，我与老爹说，先要了那一分家私，寻个所在住下，然后再央人说，要你为配，不怕他不肯。他若舍不得，那时你悄地径自走了出来，他可敢道个'不'字么？设或不达时务，便报与田牛儿，同去告官，教他性命也自难保。"爱大儿闻言，不胜欢喜，道："事不宜迟，作速理会。"说罢，闪出房去。

次日，赵一郎探赵完独自个在堂中闲坐，上前说道："向日老爹许过事平之后，分一股家私与我。如今朱家了账已久，要求老爹分一股儿，自去营运。"赵完答道："我晓得了。"再过一日，赵一郎转入后边，遇着爱大儿，递个信儿道："方才与老爹说了，娘子留心察听，看可像肯的。"爱大儿点头会意，各自开去，不题。

且说赵完叫赵寿到一个厢房中去，将门掩上，低低把赵一郎说话，学与儿子，又道："我一时含糊应了他，如今还是怎地计较？"赵寿道："我原是哄他的甜话，怎么真个就做这指望？"老儿道："当初不合许出了，今若不与他些，这点念头，如何肯息？"赵寿沉吟了一回，又生起歹念，乃道："若引惯了他，做了个月月红，倒是无了无休的诈端。想起这事，止有他一个晓得，不如一发除了根，永无挂虑。"那老儿若是个有仁心的，劝儿子休了这念，胡乱与他些小东西，或者免得后来之祸，也未可知。千不合，万不合，却说道："我也有这念头，但没有个计策。"赵寿道："有甚难处，明日去买些砒礵，下在酒中，到晚灌他一醉，怕道不就完事，外边人都晓得平日将他厚待的，决不疑惑。"赵完欢喜，以为得计。

他父子商议，只道神鬼不知，那晓得却被爱大儿瞧见，料然必说此事，悄悄走来，覆在壁上窥听。虽则听着几句，不当明白，恐怕出来撞着，急闪入去。欲要报与

赵一郎，因听得不甚真切，不好轻事重报。心生一计，到晚间，把那老儿多劝上几杯酒，吃得醉熏熏，到了床上，爱大儿反抱定了那老儿，撒娇撒痴，淫声浪语。这老儿迷魂了，乘着酒兴，未免做些没正经事体。方在酣美之时，爱大儿道："有句话儿要说，恐气坏了你，不好开口。若不说，又气不过。"这老儿正顽得气喘吁吁，借那句话头，就停住了，说道："是那个冲撞了你？如此着恼！"爱大儿道："叵耐一郎这厮，今早把风话撩拨我，我要扯他来见你，倒说：'老爹和大官人性命，都还在我手里，料道也不敢难为我。'不知有甚缘故，说这般满话。倘在外人面前，也如此说，必疑我家做甚不公不法勾当，可不坏了名声？那样没上下的人，不如寻个计策摆布死了，也省了后患。"那老儿道："元来这厮恁般无礼！不打紧，明晚就见功效了。"爱大儿道："明晚怎地就见功效？"那老儿也是合当命尽，将要药死的话，一五一十说出。

那婆娘得了实言，次早闪来，报知赵一郎。赵一郎闻言，吃那惊不小，想道："这样反面无情的狠人！倒要害我性命，如何饶得他过？"摸了棒槌，锁上房门，急来寻着田牛儿，把前事说与。田牛儿怒气冲天，便要赶去厮闹。赵一郎止住道："若先嚷破了，反被他做了准备。不如竟到官司，与他理论。"田牛儿道："也说得是。还到那一县去？"赵一郎道："当初先在婺源县告起，这大尹还在，原到他县里去。"那太白村离县止有四十余里。二人拽开脚步，直跑至县中。

正好大尹早堂未退，二人一齐喊叫。大尹唤人，当厅跪下，却没有状词，只是口诉。先是田牛儿哭禀一番，次后赵一郎将赵寿打死丁文、田婆，诬陷朱常、卜才情繇细诉，将行凶棒槌呈上。大尹看时，血痕虽干，鲜明如昨。乃道："既有此情，当时为何不首？"赵一郎道："是时因念主仆情分，不忍出首。如今恐小人泄漏，昨日父子计议，要在今晚将毒药鸩害小人，故不得不来投生。"大尹道："他父子私议，怎地你就晓得？"赵一郎急遽间，不觉吐出实话，说道："亏主人偏房爱大儿报知，方才晓得。"大尹道："你主人偏房，如何肯来报信？想必与你有奸么？"赵一郎被道破心事，脸色俱变，强词抵赖。大尹道："事已显然，不必强辨。"即差人押二人，去拿赵完父子并爱大儿，前来赴审。到得太白村，天已昏黑，田牛儿留回家歇宿。不题。

且说赵寿早起，就去买下砒礵，却不见了赵一郎，问家中上下，都不知道。父子虽然有些疑惑，那个虑到爱大儿泄漏？次日清晨，差人已至，一索捆翻，拿到县中。赵完见爱大儿也拿了，还错认做赵一郎调戏他不从，因此牵连在内。直至赵一郎说出，报他谋害情由，方知向来有奸，懊悔失言。两下辨论一番，不肯招承。怎当严刑煅炼，疼痛难熬，只得一一细招。大尹因他害了四命，情理可恨，赵完父子，各打六十，依律问斩。赵一郎奸骗主妾，背恩反噬；爱大儿通同奸夫，谋害亲夫，各责四十，杂犯死罪，齐下狱中。田牛儿发落宁家。一面备文，申报上司，具疏题请。

不一日，刑部奉旨，倒下号札，四人俱依拟秋后处决。只因这一文钱上，又送了四条性命。虽然是冤各有头，债各有主，若不因那一文钱争闹，杨氏如何得死？没有杨氏的死尸，朱常这诈害一事，也就做不成了。总为这一文钱起，共害了十三条性命。这段话，叫做《一文钱小隙造奇冤》。奉劝世人，舍财忍气为上。有诗为证：

相争只为一文钱，小隙谁知奇祸连！
劝汝舍财兼忍气，一生无事得安然。

【注释】

①黄白：术士炼丹化成金银的法术。
②傥来之物：意外得来之物。
③栗暴：将食指、中指弯曲起来敲击人头顶的动作。
④叫破：大声呼喊以使人知道。

汪大尹火焚宝莲寺

削发披缁修道，烧香礼佛心虔。不宜潜地去胡缠，致使清名有玷。　　念佛持斋把素，看经打坐参禅。逍遥散诞胜神仙，万贯腰缠不羡。

话说昔日杭州金山寺，有一僧人，法名至慧，从幼出家，积资富裕。一日，在街坊上行走，遇着了一个美貌妇人。不觉神魂荡漾，遍体酥麻，恨不得就抱过来，一口水咽下肚去。走过了十来家门面，尚回头观望，心内想道："这妇人不知是甚样人家？却生得如此美貌！若得与他同睡一夜，就死甘心。"又想道："我和尚一般是父娘生长，怎地剃掉了这几茎头发，便不许亲近妇人。我想当初佛爷，也是扯淡！你要成佛作祖，止戒自己罢了，却又立下这个规矩，连后世的人都戒起来。我们是个凡夫，那里打熬得过！又可恨昔日置律法的官员，你们做官的出乘骏马，入罗红颜，何等受用！也该体恤下人，积点阴骘，偏生与和尚做尽对头，设立恁样不通理的律令！如何和尚犯奸，便要责杖？难道和尚不是人身？就是修行一事，也出于各人本心，岂是捉缚加拷得的！"又归怨父母道："当时既是难养，索性死了，倒也干净！何苦送来做了一家货，今日教我寸步难行。恨得这口怨气，不如还了俗去，娶个老婆，生男育女，也得夫妻团聚。"又想起做和尚的不耕而食，不织而衣，住下高堂精舍，烧香吃茶，恁般受用，放掉不下。一路胡思乱想，行一步，懒一步，慢腾腾的荡至寺中。昏昏闷坐，未到晚便去睡卧。心上记挂这美貌妇人，难得到手，长吁短叹，怎能合眼。想了一回，又叹口气道："不知这佳人姓名居止，我却在此痴想，可不是个呆子！"又想道："不难，不难，女娘弓鞋小脚，料来行不得远路，定然只在近处。拼几日工夫，到那答地方，寻访消息。或者姻缘有分，再得相遇，也未可知。那时暗地随去，认了住处，寻个熟脚，务要弄他到手。"

算计已定，盼望天明。起身洗盥，取出一件新做的绸绢褊衫，并着干鞋净袜，打扮得轻轻薄薄。走出房门，正打从观音殿前经过，暗道："我且问问菩萨，此去可能得遇。"遂双膝跪到，拜了拜。向桌上拿过签筒，摇了两三摇，扑的跳出一根。取起看时，乃是第十八签，注着上上二字。记得这四句签诀云：

天生与汝有姻缘，今日相逢岂偶然。
莫惜勤劳问贪懒，管教目下胜从前。

求了这签，喜出望外，道："据这签诀上，明明说只在早晚相遇，不可错过机会。"又拜了两拜，放下签筒。急急到所遇之处，见一妇人，冉冉而来。仔细一觑，正是昨日的欢喜冤家，身伴并无一人跟随。这时又惊又喜，想道菩萨的签，果然灵验，此番必定有些好处，紧紧的跟在后边。

那妇人向着侧边一个门面，揭起班竹帘儿，跨脚入去，却又掉转头，对他嘻嘻的微笑，把手相招。这和尚一发魂飞天外，喜之不胜。用目四望，更无一人往来，慌忙也揭起帘儿，径钻进去问讯。那妇人也不还礼，绰起袖子望头上一扑，把僧帽打下地来。又赶上一步，举起尖趫趫小脚儿一蹴，谷碌碌直滚开在半边，口里格格的冷笑。这和尚惟觉得麝兰扑鼻，说道："娘子休得取笑！"拾取帽子戴好。那妇人道："你这和尚，青天白日，到我家来做甚？"至慧道："多感娘子错爱，见招至此，怎说这话！"此时色胆如天，也不管他肯不肯，向前搂抱，将衣服乱扯。那妇人笑道："你这贼秃！真是不见妇人面的，怎的就恁般粗卤！且随我进来。"湾湾曲曲，引入房中。彼此解衣，抱向一张榻上行事。刚刚肤肉相凑，只见一个大汉，手提钢斧，抢入房来，喝道："你是何处秃驴？敢至此奸骗良家妇女！"吓得至慧战做一团，跪到在地下道："是小僧有罪了！望看佛爷面上，乞饶狗命，回寺去诵十部《法华经》，保佑施主福寿绵长。"这大汉那里肯听，照顶门一斧，砍翻在地。你道被这一斧，还是死也不死？元来想极成梦，并非实境。

那和尚撒然惊觉，想起梦中被杀光景，好生害怕。乃道："偷情路险，莫去惹他，不如本分还俗，倒得安稳。"自此即蓄发娶妻，不上三年，痨瘵而死。离寺之日，曾作诗云：

少年不肯戴儒冠，强把身心赴戒坛。
雪夜孤眠双足冷，霜天剃发髑髅寒。
朱楼美女应无分，红粉佳人不许看。
死后定为惆怅鬼，西天依旧黑漫漫。

适来说这至慧和尚，虽然破戒还俗，也还算做完名全节。如今说一件故事，也是佛门弟子。只为不守清规，弄出一场大事，带累佛面无光，山门失色。这话文出在何处？出在广西南宁府永淳县，在城有个宝莲寺。这寺还是元时所建，累世相传，房廊屋舍，数百多间，田地也有上千余亩。钱粮广盛，衣食丰富，是个有名的古刹。本寺住持，法名佛显，以下僧众，约有百余，一个个都分派得有职掌。凡到寺中游玩的，便有个僧人来相迎，先请至净室中献茶，然后陪侍遍寺随喜一过。又摆设茶食果品，相待十分尽礼。虽则来者必留，其中原分等则。若遇官宦富豪，另有一般延款，这也不必细说。

大凡僧家的东西，赛过吕太后的筵宴，不是轻易吃得的！却是为何？那和尚们，名虽出家，利心比俗人更狠，这几瓯清茶，几碟果品，便是钓鱼的香饵。不管贫富，就送过一个疏簿，募化钱粮，不是托言塑佛妆金，定是说重修殿宇。再没话讲，便把佛前香灯油为名，若遇着肯舍的，便道是可扰之家，面前千般谄谀，不时去说

骗。设遇着不肯舍的，就道是鄙吝之徒，背后百样诋毁，走过去还要唾几口涎沫。所以僧家再无个餍足之期。又有一等人，自己亲族贫乏，尚不肯周济分文，到得此辈募缘，偏肯整几两价布施，岂不是舍本从末的痴汉！有诗为证：

人面不看看佛面，平人不施施僧人。

若念慈悲分缓急，不如济苦与怜贫。

惟有宝莲寺与他处不同，时常建造殿宇楼阁，并不启口向人募化。为此远近士庶，都道此寺和尚善良，分外敬重，反肯施舍，比募缘的倒胜数倍。况兼本寺相传有个子孙堂，极是灵应，若去烧香求嗣的，真个祈男得男，祈女得女。你道是怎地样这般灵感？元来子孙堂两傍，各设下净室十数间，中设床帐，凡祈嗣的，须要壮年无病的妇女，斋戒七日，亲到寺中拜祷，向佛讨筶[①]。若讨得圣筶，就宿于净室中一宵，每房只宿一人。若讨不得圣筶，便是举念不诚，和尚替他忏悔一番，又斋戒七日，再来祈祷。那净室中四面严密，无一毫隙缝，先教其家夫男仆从周遭点检一过。但凭拣择停当，至晚送妇女进房安歇，亲人仆从睡在门外看守，为此并无疑惑。那妇女回去，果然便能怀孕，生下男女，且又魁伟肥大，疾病不生。因有这些效验，不论士宦民庶眷属，无有不到子孙堂求嗣。就是邻邦隔县闻知，也都来祈祷。这寺中每日人山人海，好不热闹。布施的财物不计其数。有人问那妇女，当夜菩萨有甚显应。也有说梦佛送子的，也有说梦罗汉来睡的，也有推托没有梦的，也有羞涩不肯说的，也有祈后再不往的，也有四时不常去的。你且想，佛菩萨昔日自己修行，尚然割恩断爱；怎肯管民间情欲之事，夜夜到这寺里，托梦送子？可不是乱话。只为这地方，元是信巫不信医的，故此因邪入邪，认以为真，迷而不悟，白白里送妻女到寺，与这班贼秃受用。正是：

分明断肠草，错认活人丹。

原来这寺中僧人，外貌假作谦恭之态，却到十分贪淫奸恶。那净室虽然紧密，俱有暗道可入，俟至钟声定后，妇女睡熟，便来奸宿。那妇女醒觉时，已被轻薄，欲待声张，又恐反坏名头，只得忍羞而就。一则妇女身无疾病，且又斋戒神清；二则僧人少年精壮，又重价修合种子丸药，送与本妇吞服，故此多有胎孕，十发九中。那妇女中识廉耻的，好似哑子吃黄连，苦在心头，不敢告诉丈夫。有那一等无耻淫荡的，倒借此为繇，不时取乐。如此浸淫，不知年代。

也是那班贼秃恶贯已盈，天遣一位官人前来。那官人是谁？就是本县新任大尹，姓汪名旦，祖贯福建泉州晋江县人氏。少年科第，极是聪察。晓得此地夷汉杂居，土俗慓悍，最为难治。莅任之后，摘伏发隐，不畏豪横，不上半年，治得县中奸宄[②]敛迹，盗贼潜踪，人民悦服。访得宝莲寺有祈嗣灵应之事，心内不信，想道："既是菩萨有灵，只消祈祷，何必又要妇女在寺宿歇，其中定有情弊。但未见实迹，不好轻举妄动，须到寺亲验一番，然后相机而行。"

择了九月朔日[③]，特至宝莲寺行香，一行人从簇拥到寺前。汪大尹观看那寺周围，都是粉墙包裹，墙边种植高槐古柳，血红的一座朱漆门楼，上悬金书扁额，题着

"宝莲禅寺"四个大字。山门对过乃是一带照墙,傍墙停下许多空轿。山门内外,烧香的往来挤拥,看见大尹到来,四散走去。那些轿夫,也都手忙脚乱,将轿抬开。汪大尹分付左右,莫要惊动他们。住持僧闻知本县大爷亲来行香,撞起钟鼓,唤齐僧众,齐到山门口跪接。汪大尹直至大雄宝殿,方才下轿。看那寺院,果然造得齐整,但见:

层层楼阁,叠叠廊房。大雄殿外,彩云缭绕罩朱扉;接众堂前,瑞气氤氲笼碧瓦。老桧修篁,掩映画梁雕栋;苍枪古柏,荫遮曲槛回栏。果然净土人间少,天下名山僧占多。

汪大尹向佛前拈香礼拜,暗暗祷告,要究求嗣弊窦。拜罢,佛显率众僧向前叩见,请入方丈坐下。献茶已毕,汪大尹向佛显道:"闻得你合寺僧人,焚修勤谨,戒行精严,都亏你主持之功。可将年贯开来,待我申报上司,请给度牒④与你,就署为本县僧官,永持此寺。"佛显闻言,喜出意外,叩头称谢。汪大尹又道:"还闻得你寺中祈嗣,最是灵感,可有这事么?"佛显禀道:"本寺有个子孙堂,果然显应的!"汪大尹道:"祈嗣的可要做甚斋醮?"佛显道:"并不要设斋诵经,止要求嗣妇女,身无疾病,举念虔诚,斋戒七日,在佛前祷祝,讨得圣筶,就旁边净室中安歇,祈得有梦,便能生子。"汪大尹道:"妇女家在僧寺安歇,只怕不便。"佛显道:"这净室中,四围紧密,一女一室,门外就是本家亲人守护,并不许一个闲杂人往来,原是稳便的!"汪大尹道:"原来如此。我也还无子嗣,但夫人不好来得。"佛显道:"老爷若要求嗣,只消亲自拈香祈祷,夫人在衙斋戒,也能灵验。"汪大尹道:"民俗都要在寺安歇,方才有效,怎地夫人不来也能灵验?"佛显道:"老爷乃万民之主,况又护持佛法,一念之诚,便与天地感通,岂是常人可比!"

你道佛显为何不要夫人前来?俗语道得好,贼人心虚。他做了这般勾当,恐夫人来时,随从众多,看出破绽,故此阻当。谁知这大尹也是一片假情,探他的口气。当下汪大尹道:"也说得是。待我另日竭诚来拜,且先去游玩一番。"即起身教佛显引导,从大殿旁穿过,便是子孙堂。那些烧香男女,听说知县进来,四散潜躲不迭。汪大尹看这子孙堂,也是三间大殿,雕梁绣柱,画栋飞甍,金碧耀目。正中间一座神厨,内供养着一尊女神,珠冠璎珞,绣袍彩帔,手内抱着一个孩子,旁边又站四五个男女,这神道便叫做子孙娘娘。神厨上黄罗绣幔,两下银钩挂开,舍下的神鞋,五色相兼,约有数百余双。绣幡宝盖,重重叠叠,不知其数。架上画烛火光,照彻上下。炉内香烟喷薄,贯满殿庭。左边供的是送子张仙,右边便是延寿星官。汪大尹向佛前作个揖,四下闲走一回,又教佛显引去观宿歇妇女的净室。元来那房子是逐间隔断,上面天花顶板,下边尽铺地平,中间床帏桌椅,摆设得甚是济楚。汪大尹四遭细细看觑,真个无丝毫隙缝。就是鼠虫蚂蚁,无处可匿。汪大尹寻不出破绽,原转出大殿上轿。佛显又率众僧到山门外跪送。

汪大尹在轿上一路沉吟道:"看这净室,周回严密,不像个有情弊的。但一块泥塑木雕的神道,怎地如此灵感?莫不有甚邪神,托名诳惑?"左想右算,忽地想出一

个计策。回至县中,唤过一个令史,分付道:“你悄地去唤两名妓女,假妆做家眷,今晚送至宝莲寺宿歇。预备下朱墨汁两碗,夜间若有人来奸宿,暗涂其头,明早我亲至寺中查勘。切不可走漏消息。”

令史领了言语,即去接了两个相熟表子来家,唤做张媚姐、李婉儿。令史将前事说与。两个妓女见说县主所差,怎敢不依?挨到傍晚,妓女妆束做良家模样,顾下两乘轿子,仆从扛抬铺盖,把朱墨汁藏在一个盒子中,跟随于后,一齐至宝莲寺内。令史拣了两间净室,安顿停当,留下家人,自去回覆县主。不一时,和尚教小沙弥来掌灯送茶。是晚,祈嗣的妇女,共有十数余人,那个来查考这两个妓女是不曾烧香讨筶过的。须臾间,钟鸣鼓响,已是起更时分,众妇女尽皆入寝。亲戚人等,各在门外看守。和尚也自关闭门户进去,不题。

且说张媚姐掩上门儿,将银朱碗放在枕边,把灯挑得明亮,解衣上床。心中有事,不敢睡着,不时向帐外观望。约莫一更天气,四下人声静悄,忽听得床前地平下,格格的响,还道是鼠虫作耗。抬头看时,见一扇地平板,渐渐推过在一边,地下钻出一个人头,直立起来,乃是一个和尚。到把张媚姐吓了一跳,暗道:“元来这些和尚,设下恁般贼计,奸骗良家妇女,怪道县主用这片心机。”且不做声,看那和尚轻手轻脚,走去吹灭灯火,步到床前,脱卸衣服,揭开帐幔,挨入被中。张媚姐只做睡着。那和尚到了被里,腾身上去,款款托起双股,就弄起来。张媚姐假作梦中惊醒,说道:“你是何人?夤夜至此淫污。”举手推他下去。那和尚双手紧紧搂抱,说道:“我是金身罗汉,特来送子与你。”口中便说,下边恣意狂荡,那和尚颇有本领,云雨之际,十分勇猛。张媚姐是个宿妓,也还当他不起,颃得个气促声喘。趁他情浓深处,伸手蘸了银朱,向和尚头上,尽都抹到。这和尚只道是爱他,全然不觉。一连要了两次,方才起身下床,递过一个包儿道:“这是调经种子丸,每服三钱,清晨滚汤送下,连服数日,自然胎孕坚固,生育快易。”说罢而去。

张媚姐身子已是烦倦,朦胧合眼,觉得身边又有人挨来。这和尚更是粗卤,方到被中,双手流水拍开双股,望下乱揿。张媚姐还道是初起的和尚,推住道:“我颃了两次,身子疲倦,正要睡卧,如何又来?怎地这般不知餍足?”和尚道:“娘子不要错认了,我是方到的新客,滋味还未曾尝,怎说不知餍足?”张媚姐看见和尚轮流来宿,心内惧怕,说道:“我身体怯弱,不惯这事,休得只管胡缠。”和尚道:“不打紧,我有绝妙春意丸在此,你若服了,就通宵颃要,也不妨得。”即伸手向衣服中,摸个纸包递与。张媚姐恐怕药中有毒,不敢吞服,也把银朱涂了他头上。那和尚比前的又狠,直戏到鸡鸣时候方去。原把地平盖好,不题。

再说李婉儿才上得床,不想灯火被火蛾儿扑灭,却也不敢合眼。更余时候,忽然床后簌簌的声响,早有一人扯起帐子,钻上床来,挨身入被,把李婉儿双关抱紧,一张口就凑过来做嘴。李婉儿伸手去摸他头上,乃是一个精光葫芦,却又性急,便蘸着墨汁满头摩弄,问道:“你是那一房长老?”这和尚并不答言,径来行事,那话儿长大坚硬,犹如一根浑枪刚鞭。李婉儿年纪比张媚姐还小,性格风骚,经着这件东

西，又惊又喜，想道："一向闻得和尚极有本事，我还未信，不想果然。"不觉兴动，遂耸身而就，这场云雨端的快畅：

一个是空门释子，一个是楚馆佳人。空门释子，假作罗汉真身；楚馆佳人，错认良家少妇。一个似积年年臼，经几多碎捣零捶；一个似新打木桩，尽耐得狂风骤浪。一个不管佛门戒律，但恣欢娱；一个虽奉县主叮咛，且图快乐。浑似阿难菩萨逢魔女，犹如玉通和尚戏红莲。

云雨刚毕，床后又钻一个人来。低低说道："你们快活得勾了，也该让我来顽顽，难道定要十分尽兴。"那和尚微微冷笑，起身自去。后来的和尚到了被中，轻轻款款，把李婉儿满身抚摸。李婉儿假意推托不肯，和尚捧住亲个嘴道："娘子想是适来被他顽倦了，我有春意丸在此，与你发兴。"遂嘴对嘴吐过药来，李婉儿咽下肚去，觉得香气透鼻，交接之间，体骨酥软，十分得趣。李婉儿虽然淫乐，不敢有误县主之事，又蘸了墨汁，向和尚头上周围摸转，说道："倒好个光头。"和尚道："娘子，我是个多情知趣的妙人，不比那一班粗蠢东西，若不弃嫌，常来走走。"李婉儿假意应承。云雨之后，一般也送一包种子丸药。到鸡鸣时分，珍重而别。正是：

偶然僧俗一宵好，难算夫妻百夜恩。

话分两头，且说那夜，汪大尹得了令史回话，至次日五鼓出衙，唤起百余名快手民壮，各带绳索器械，径到宝莲寺前，分付伏于两旁，等候呼唤。随身止带十数余人。此时，天已平明，寺门未开，教左右敲开。里边住持佛显知得县主来到，衣服也穿不及，又唤起十数个小和尚，急急赶出迎接。直到殿前下轿，汪大尹也不拜佛，径入方丈坐下。佛显同众僧叩见，汪大尹讨过众僧名簿查点。佛显教道人撞起钟鼓，唤集众僧。那些和尚都从睡梦中惊醒，闻得知县在方丈中点名，个个仓忙奔走。

不一时都已到齐。汪大尹教众僧把僧帽尽皆除去。那些和尚怎敢不依，但不晓得有何缘故。当时不除到也罢了，才取下帽子，内中显出两个血染的红头，一双墨涂的黑顶。汪大尹喝令左右，将四个和尚锁住，推至面前跪下，问道："你这四人为何头上涂抹红朱黑墨？"那四僧还不知是那里来的，面面相觑，无言可对。众和尚也各骇异。汪大尹连问几声，没奈何，只得推称同伴中取笑，并非别故。汪大尹笑道："我且唤取笑的人来，与你执证。"即教令史去唤两个妓女。谁知都被那和尚们盘桓了一夜，这时正好熟睡。那令史和家人险些敲折臂膊，喊破喉咙，方才惊觉起身，跟至方丈中跪下。汪大尹问道："你二人夜来有何所见？从实说来。"二妓各将和尚轮流奸宿，并赠春意种子丸药，及朱墨涂顶，前后事一一细说。袖中摸出种子春意丸呈上。

众僧见事已败露，都吓得胆战心惊，暗暗叫苦。那四个和尚，一味叩头乞命。汪大尹喝道："你这班贼驴！焉敢假托神道，哄诱愚民，奸淫良善！如今有何理说？"佛显心生一计，教众僧徐徐跪下，禀道："本寺僧众，尽守清规；止有此四人，贪淫奸恶，屡训不悛，正欲合词呈治，今幸老爷察出，罪实该死。其余实是无干，望老爷超拔。"汪大尹道："闻得昨晚求嗣的也甚众，料必室中都有暗道。这四个奸淫的，如何

不到别个房里，恰恰都聚在一处，入我彀中，难道有这般巧事？”佛显又禀道：“其实净室，惟此两间有个私路，别房俱各没有。”汪大尹道：“这也不难，待我唤众妇女来问，若无所见，便与众僧无干。”即差左右，将祈嗣妇女，尽皆唤至盘问，异口同声，俱称并无和尚奸宿。汪大尹晓得他怕羞不肯实说，喝令左右搜检身边，各有种子丸一包。汪大尹笑道：“既无和尚奸宿，这种子丸是何处来的？”众妇人个个羞得是面红颈赤。汪大尹又道：“想是春意丸，你们通服过了。”众妇人一发不敢答应。汪大尹更不穷究，发令回去。那些妇女的丈夫亲属，在旁听了，都气得遍身麻木，含着羞耻领回，不题。

佛显见搜出了众妇女种子丸，又强辨是入寺时所送。两个妓女又执是奸后送的。汪大尹道：“事已显露，还要抵赖！”教左右唤进民壮快手人等，将寺中僧众，尽都绑缚，止空了香公道人[5]，并两个幼年沙弥。佛显初时意欲行凶，因看手下人众，又有器械，遂不敢动手。汪大尹一面分付令史，将两个妓女送回。起身上轿，一行人押着众僧在前。那时哄动了一路居民，都随来观看。汪大伊回到县中，当堂细审，用起刑具。众和尚平日本是受用之人，如何熬得？才套上夹棍，就从实招称。汪大尹录了口词，发下狱中监禁，准备文书，申报上司，不在话下。

且说佛显来到狱中，与众和尚商议一个计策，对禁子凌志说道：“我们一时做下不是，悔之无及！如今到了此处，料然无个出头之期。但今早拿时，都是空身，把甚么来使用？我寺中向来积下的钱财甚多，若肯悄地放我三四人回寺取来，禁牌的常例，自不必说，分外再送一百两雪花。”那凌志见说得热闹动火，便道：“我们同辈人多，不繇一人作主，这百金四散分开，所得几何，岂不是有名无实。如出得二百两与众人，另外我要一百两偏手。若肯出这数，即今就同你去。”佛显一口应承道：“但凭禁牌分付罢了，怎敢违拗！”凌志即与众禁子说知，私下押着四个和尚回寺，到各房搜括，果然金银无数。佛显先将三百两交与凌志。众人得了银子，一个个眉花眼笑。佛显又道：“列位再少待片时，待我收拾几床铺盖进去，也好睡卧。”众人连称：“有理。”纵放他们去打叠。这四个和尚把寺中短刀斧头之类，裹在铺盖之中，收拾完备，教香公唤起几个脚夫，一同抬入监去。又买起若干酒肉，遍请合监上下，把禁子灌得烂醉，专等黄昏时候，动手越狱。正是：

打点劈开生死路，安排跳出鬼门关。

且说汪大尹因拿出了这个弊端，心中自喜，当晚在衙中秉烛而坐，定稿申报上司，猛地想起道：“我收许多凶徒在监，倘有不测之变，如何抵当？”即写朱票，差人遍召快手，各带兵器到县，直宿防卫。约莫更初时分，监中众僧，取出刀斧，一齐呐喊，砍翻禁子，打开狱门，把重囚尽皆放起，杀将出来，高声喊叫：“有冤报冤，有仇报仇，只杀知县，不伤百姓。让我者生，挡我者死。”其声震天动地。此时值宿兵快，恰好刚到，就在监门口战斗。汪大尹衙中闻得，连忙升堂，旁县百姓听得越狱，都执枪刀前来救护。和尚虽然拼命，都是短兵，快手俱用长枪，故此伤者甚多，不能得出。佛显知事不济，遂教众人住手，退入监中，把刀斧藏过，扬言道：“谋反的止是十数余

人，都已当先被杀，我等俱不愿反，容至当堂禀明。”汪大尹见事已定，差刑房吏带领兵快，到监查验，将应有兵器，尽数搜出，当堂呈看。汪大尹大怒，向众人说道：“这班贼驴，淫恶滔天，事急又思谋反。我若没有防备，不但我一人遭他凶手，连满城百姓，尽受荼毒了。若不尽诛，何以儆后？”唤过兵快，将出的刀斧给散与他，分付道：“恶僧事虽不谐，久后终有不测，难以防制。可乘他今夜反狱，除一应人犯，留明日审问，其余众僧，各砍首级来报。”众人领了言语，点起火把，蜂拥入监。佛显见势头不好，连叫：“谋反不是我等。”言还未毕，头已落地。须臾之间，百余和尚，齐皆斩讫，犹如乱滚西瓜。正是：

善恶到头终有报，只争来早与来迟。

汪大尹次日吊出众犯，审问狱中缘何藏得许多兵器？众犯供出禁子凌志等得了银子，私放僧人回去，带进兵器等情。汪大尹问了详细，原发下狱，查点禁子凌志等，俱已杀死。遂连夜备文，申详上司，将宝莲寺尽皆烧毁。其审单云：

看得僧佛显等，心沉欲海，恶炽火坑。用智设机，计哄良家祈嗣；穿墉穴地，强邀信女通情。紧抱着娇娥，兀的是菩萨从天降；难推去和尚，则索道罗汉梦中来。可怜嫩蕊新花，拍残狂蝶；却恨温香软玉，抛掷终风。白练受污，不可洗也；黑夜忍辱，安敢言乎！乃仗李婉儿朱抹其顶，又遣张媚姐墨涅其颠。红艳欲流，想长老头横冲经水；黑煤如染，岂和尚头倒浸墨池。收送福堂，波罗蜜自做甘受；陷入色界，磨兜坚有口难言。乃藏刀剑于皮囊，寂灭翻成贼虐；顾动干戈于圜棘，慈悲变作强梁。夜色正昏，护法神通开犴狴，钟声甫定，金刚勇力破拘挛。釜中之鱼，既漏网而又跋扈；柙中之虎，欲走圹而先噬人。奸窈窕，淫善良，死且不宥；杀禁子，伤民壮，罪欲何逃！反狱奸淫，其罪已重；戮尸枭首，其法允宜。僧佛显众恶之魁，粉碎其骨；宝莲寺藏奸之薮，火焚其巢。庶发地藏之奸，用清无垢之佛。

这篇审单一出，满城传诵，百姓尽皆称快。往时之妇女，曾在寺求子，生男育女者，丈夫皆不肯认，大者逐出，小者溺死。多有妇女怀羞自缢，民风自此始正。各省直州府传闻此事，无不出榜戒谕，从今不许妇女入寺烧香。至今上司往往明文严禁，盖为此也。后汪大尹因此起名，遂钦取为监察御史。有诗为证：

子嗣原非可强求，况于入寺起淫偷。
从今勘破鸳鸯梦，泾渭分源莫混流。

【注释】

①讨筶（音 tiáo）：在神前用两块挖空的木块，丢在地下，看它俯仰的情况而定吉凶。是一种迷信活动。

②奸宄（音 guǐ）：违法作乱的人。

③朔日：旧历每月初一日。

④度牒：官府发给僧道之人的凭证。

⑤香公道人：寺院里管香火杂务的人。

初刻拍案惊奇

(明)凌濛初著

明人凌濛初撰写的话本小说集,共四十卷,四十篇。初刻本题作《拍案惊奇》,明崇祯元年(1628年)刊行。初刻本(即明尚友堂本)藏日本日光轮五寺慈眼堂法库,国内所见刊本仅三十六卷。王古鲁先生曾自日本抄补卷三十七至卷四十的回目,并据《今古奇观》补入第三十八卷正文。后章培恒先生赴日摄得初刻本胶片补齐后四卷,方使国内读者得睹本书全璧。

本书是书坊中人因看到冯梦龙编辑的《三言》刊行后颇为流行,从而建议凌濛初撰写的。从整体上看,本书的成就逊于《三言》,但因本书后出,书中体现的市民意识和社会新因素则较《三言》更为明显。如今选的《转运汉遇巧洞庭红　波斯胡指破鼍龙壳》、《乌将军一饭必酬　陈大郎三人重会》所展示的新兴商业意识和经商活动,即可使我们看到明中叶以后商业的勃兴和资本主义萌芽的具体状况。

转运汉遇巧洞庭红　波斯胡指破鼍龙壳

词云:

日日深杯酒满,朝朝小圃花开。自歌自舞自开怀,且喜无拘无碍。　青史几番春梦,红尘多少奇才。不须计较与安排,领取而今见在。

这首词乃宋朱希真所作,词寄《西江月》,单道着人生功名富贵,总有天数,不如图一个见前快活。试看往古来今,一部十七史[①]中,多少英雄豪杰,该富的不得富,该贵的不得贵。能文的倚马千言,用不着时几张纸盖不完酱瓿;能武的穿杨百步,用不着时几簳箭煮不熟饭锅。极至那痴呆懵董,生来有福分的,随他文学低浅,也会发科发甲;随他武艺庸常,也会大请大受。真所谓时也,运也,命也!俗语有两句道得好:"命若穷,掘着黄金化做铜;命若富,拾着白纸变成布。"总来只听掌命司颠之倒之。所以吴彦高又有词云:"造化小儿无定据。翻来覆去,倒横直竖,眼见都如许!"僧晦庵亦有词云:"谁不愿黄金屋?谁不愿千钟粟?算五行不是这般题目。枉使心机闲计较,儿孙自有儿孙福。"苏东坡亦有词云:"蜗角虚名,蝇头微利,算来着

甚干忙？事皆前定，谁弱又谁强？”这几位名人说来说去，都是一个意思，总不如古语云：“万事分已定，浮生空自忙。”

说话的，依你说来，不须能文善武，懒惰的也只消天掉下前程；不须经商立业，败坏的也只消天挣与家缘，却不把人间向上的心都冷了？看官有所不知。假如人家出了懒惰的人，也就是命中该贱；出了败坏的人，也就是命中该穷，此是常理。却又自有转眼贫富出人意外，把眼前事分毫算不得准的哩！

且听说一人，乃是宋朝汴京人氏，姓金，双名维厚，乃是经纪行中人。少不得朝晨起早，晚夕眠迟。睡醒来，千思想，万算计，拣有便宜的才做。后来家事挣得从容了，他便思想一个久远方法：手头用来用去的，只是那散碎银子；若是上两块头好银，便存着不动。约得百两，便熔成一大锭，把一综红线结成一绦，系在锭腰，放在枕边。夜来摩弄一番，方才睡下。积了一生，整整熔成八锭，以后也就随来随去，再积不成百两，他也罢了。

金老生有四子。一日，是他七十寿旦，四子置酒上寿。金老见了四子跻跻跄跄，心中喜欢，便对四子说道：“我靠皇天覆庇，虽则劳碌一生，家事尽可度日。况我平日留心，有熔成八大锭银子，永不动用的，在我枕边，见将绒线做对儿结着。今将拣个好日子分与尔等，每人一对，做个镇家之宝。”四子喜谢，尽欢而散。

是夜，金老带些酒意，点灯上床。醉眼模糊望去，八个大锭白晃晃排在枕边。摸了几摸，哈哈地笑了一声，睡下去了。睡未安稳，只听得床前有人行走脚步响，心疑有贼。又细听看，恰像欲前不前相让一般。床前灯火微明，揭帐一看，只见八个大汉，身穿白衣，腰系红带，曲躬而前曰：“某等兄弟，天数派定，宜在君家听令。今蒙我翁过爱，抬举成人，不烦役使，珍重多年。冥数将满，待翁归天后，再觅去向。今闻我翁目下将以我等分役诸郎君。我等与郎君辈原无前缘，故此先来告别，往某县某村王姓某者投托。后缘未尽，还可一面。”语毕，回身便走。金走不知何事，吃了一惊。翻身下床，不及穿鞋，赤脚赶去。远远见八人出了房门。金老赶得性急，绊了房槛，扑的跌倒。飒然惊醒，乃是南柯一梦。急起挑灯明亮，点照枕边，已不见了八个大锭。细思梦中所言，句句是实。叹了一口气，哽咽了一会，道：“不信我苦积一世，却没分与儿子每[②]受用，到是别人家的。明明说有地方、姓名，且慢慢跟寻下落则个[③]。”一夜不睡。

次早起来，与儿子每说知。儿子中也有惊骇的，也有疑惑的。惊骇的道：“不该是我们手里东西，眼见得作怪。”疑惑的道：“老人家欢喜中说话，失许了我们。回想转来，一时间就不割舍得分散了，造此鬼话，也不见得。”

金老见儿子们疑信不等，急急要验个实话。遂访至某县某村，果有王姓某者。叩门进去，只见堂前灯烛荧煌，三牲福物，正在那里献神。金老便开口问道：“宅上有何事如此？”家人报知，请主人出来。主人王老见金老，揖坐了，问其来因。金老道：“老汉有一疑事，特造上宅来问消息。今见上宅正在此献神，必有所谓，敢乞明示。”王老道：“老拙偶因寒荆小恙买卜，先生道：‘移床即好。’昨寒荆病中，恍惚见八个白衣大汉，腰系红束，对寒荆道：'我等本在金家，今在彼缘尽，来投身宅上。'言毕，俱钻入床下。寒荆惊出了一身冷汗，身体爽快了。及至移床，灰尘中得银八大锭，多用红绒系腰，不知是那里来的。此皆神天福祐，故此买福物酬谢。今我丈来问，莫非晓得些来历么？"金老跌跌脚道："此老汉一生所积，因前日也做了一梦，就不见了。梦中也道出老丈姓名、居址的确，故得访寻到此。可见天数已定，老汉也无怨处。但只求取出一看，也完了老汉心事。"王老道："容易。"笑嘻嘻地走进去，叫安童[④]四人托出四个盘来。每盘两锭，多是红绒系束，正是金家之物。金老看了，眼睁睁无计所奈，不觉扑簌簌吊下泪来。抚摩一番道："老汉直如此命薄，消受不得！"王老虽然叫安童仍旧拿了进去，心里见金老如此，老大不忍。另取三两零银封了，送与金老作别。金老道："自家的东西尚无福，何须尊惠！"再三谦让，必不肯受。王老强纳在金老袖中。金老欲待摸出还了，一时摸个不着，面儿通红。又被王老央不过，只得作揖别了。

直至家中，对儿子们一一把前事说了，大家叹息了一回。因言王老好处，临行送银三两。满袖摸遍，并不见有，只说路中掉了。却元来金老推逊时，王老往袖里乱塞，落在着外面一层袖中。袖有断线处，在王老家摸时，已自在脱线处落出在门槛边了。客去扫门，仍旧是王老拾得。可见一饮一啄，莫非前定。不该是他的东西，不要说八百两，就是三两也得不去。该是他的东西，不要说八百两，就是三两也推不出。原有的到无了，原无的到有了，并不由人计较。

而今说一个人在实地上行，步步不着，极贫极苦的，却在渺渺茫茫做梦不到的去处，得了一主没头没脑钱财，变成巨富。从来希有，亘古新闻。有诗为证，诗曰：

分内功名匣里财，不关聪慧不关呆。
果然命是财官格，海外犹能送宝来。

话说国朝成化年间，苏州府长洲县阊门外有一人，姓文，名实，字若虚。生来心思慧巧，做着便能，学着便会。琴棋书画，吹弹歌舞，件件粗通。幼年间，曾有人相他有巨万之富。他亦自恃才能，不十分去营求生产，坐吃山空，将祖上遗下千金家事，看看消下来。以后晓得家业有限，看见别人经商图利的，时常获利几倍，便也思量做些生意，却又百做百不着。

一日，见人说北京扇子好卖，他便合了一个伙计置办扇子起来。上等金面精巧的，先将礼物求了名人诗画，免不得是沈石田、文衡山、祝枝山拓了几笔，便值上两数银子。中等的，自有一样乔人，一只手学写了这几家字画，也就哄得人过，将假当真的买了，他自家也兀自做得来的。下等的，无金无字画，将就卖几十钱，也有对合[⑤]利钱，是看得见的。拣个日子装了箱儿，到了北京。

岂知北京那年，自交夏来，日日淋雨不晴，并无一毫暑气，发市甚迟。交秋早凉，虽不见及时，幸喜天色却晴。有妆晃子弟要买把苏做的扇子，袖中笼着摇摆。来买时，开箱一看，只叫得苦。元来北京历沴却在七八月，更加日前雨湿之气，斗着扇上胶墨之性，弄做了个"合而言之"，揭不开了。用力揭开，东粘一层，西缺一片，

但是有字有画值价钱者，一毫无用。止剩下等没字白扇，是不坏的，能值几何？将就卖了做盘费回家，本钱一空。频年做事，大概如此。不但自己折本，但是搭他做伴，连伙计也弄坏了。故此人起他一个混名，叫做"倒运汉"。

不数年，把个家事干圆洁净了，连妻子也不曾娶得。终日间靠着些东涂西抹，东挨西撞，也济不得甚事。但只是嘴头子谄得来，会说会笑，朋友家喜欢他有趣，游耍去处少他不得；也只好趁口，不是做家的。况且他是大模大样过来的，帮闲行里，又不十分入得队。有怜他的，要荐他坐馆教学。又有诚实人家嫌他是个杂板令，高不凑，低不就。打从帮闲的、处馆的两项人见了他，也就做鬼脸，把"倒运"两字笑他，不在话下。

一日，有几个走海泛货的邻近，做头的无非是张大、李二、赵甲、钱乙一班人，共四十余人，合了伙将行。他晓得了，自家思忖道："一身落魄，生计皆无，便附了他们航海，看看海外风光，也不枉人生一世。况且他们定是不却我的，省得在家忧柴忧米，也是快活。"正计较间，恰好张大踱将来。元来，这个张大名唤张乘运，专一做海外生意，眼里认得奇珍异宝，又且秉性爽慨，肯扶持好人，所以乡里起他一个混名，叫"张识货"。文若虚见了，便把此意一一与他说了。张大道："好，好。我们在海船里头不耐烦寂寞，若得兄去，在船中说说笑笑，有甚难过的日子？我们众兄弟，料想多是喜欢的。只是一件，我们多有货物将去，兄并无所有，觉得空了一番往返，也可惜了。待我们大家计较，多少凑些出来助你，将就置些东西去也好。"文若虚便道："多谢厚情，只怕没人如兄肯周全小弟。"张大道："且说说看。"一竟自去了。

恰遇一个瞽目先生，敲着报君知[⑥]走将来。文若虚伸手顺袋里摸了一个钱，扯他一卦问问财气看。先生道："此卦非凡，有百十分财气，不是小可。"文若虚自想道："我只要搭去海外耍耍，混过日子罢了，那里是我做得着的生意？要甚么赍助？就赍助得来，能有多少？便直恁地财爻动？这先生也是混帐。"只见张大气忿忿走来，说道："说着钱，便无缘。这些人好笑，说道你去，无不喜欢；说到助银，没一个则声[⑦]。今我同两个好的弟兄，拼凑得一两银子在此，也办不成甚货，凭你买些果子，船里吃罢。口食之类，是在我们身上。"若虚称谢不尽，接了银子。张大先行，道："快些收拾，就要开船了。"若虚道："我没甚收拾，随后就来。"手中拿了银子，看了又笑，笑了又看，道："置得甚货么？"

信步走去，只见满街上箧篮内盛着卖的：

> 红如喷火，巨若悬星。皮未皱，尚有余酸；霜未降，不可多得。元殊苏井诸家树，亦非李氏千头奴。较广似曰难兄，比福亦云具体。

乃是太湖中有一洞庭山，地暖土肥，与闽广无异。所以广橘、福橘，播名天下，洞庭有一样橘树绝与他相似，颜色正同，香气亦同。止是初出时味略少酸，后来熟了，却也甜美，比福橘之价十分之一，名曰"洞庭红"。若虚看见了，便思想道："我一两银子买得百斤有余，在船可以解渴，又可分送一二，答众人助我之意。"买成，装上竹篓，雇一闲的，并行李挑了下船。众人都拍手笑道："文先生宝货来也！"文若虚羞惭

无地，只得吞声上船，再也不敢提起买橘的事。

开得船来，渐渐出了海口，只见：银涛卷雪，雪浪翻银。湍转则日月似惊，浪动则星河如覆。三五日间，随风漂去，也不觉过了多少路程。

忽至一个地方，舟中望去，人烟凑聚，城郭巍峨，晓得是到了甚么国都了。舟人把船撑入藏风避浪的小港内，钉了桩橛，下了铁锚，缆好了。船中人多上岸，打一看，元来是来过的所在，名曰吉零国。元来，这边中国货物拿到那边，一倍就有三倍价。换了那边货物，带到中国也是如此。一往一回，却不便有八九倍利息？所以人都拚死走这条路。众人多是做过交易的，各有熟识经纪、歇家、通事人等，各自人岸找寻、发货去了，只留文若虚在船中看船。路径不熟，也无走处。

正闷坐间，猛可想起道："我那一篓红橘，自从到船中，不曾开看，莫不人气蒸烂了？趁着众人不在，看看则个。"叫那水手在舱板底下翻将起来。打开了篓看时，面上多是好好的。放心不下，索性搬将出来，都摆在艎板上面。也是合该发迹，时来福凑。摆得满船红焰焰的，远远望来，就是万点火光，一天星斗。岸上走的人都拢将来，问道："是甚么好东西呀？"文若虚只不答应。看见中间有个把一点头的[⑧]，拣了出来，掐破就吃。岸上看的一发多了，惊笑道："元来是吃得的！"就中有个好事的便来问价："多少一个？"文若虚不省得他们说话，船上人却晓得，就扯个谎哄他，竖起一个指头，说："要一钱一颗。"那问的人揭开长衣，露出那兜罗绵红裹肚来，一手摸出银钱一个来道："买一个尝尝。"文若虚接了银钱，手中等等看，约有两把重，心下想道："不知这些银子要买多少？也不见秤秤，且先把一个与他看样。"拣个大些的、红得可爱的，递一个上去。只见那个人接上手，攧了一攧道："好东西呀！"扑地就劈开来，香气扑鼻。连旁边闻(问)着的许多人，大家喝一声采。那买的不知好歹，看见船上吃法，也学他去了皮，却不分囊，一块塞在口里，甘水满咽喉，连核都不吐，吞下去了。哈哈大笑道："妙哉！妙哉！"又伸手到裹肚里摸出十个银钱来，说："我要买十个进奉去。"文若虚喜出望外，拣十个与他去了。那看的人见那人如此买去了，也有买一个的，也有买两个、三个的，都是一般银钱。买了的，都千欢万喜去了。

元来彼国以银为钱，上有文采。有等龙凤文的最贵重，其次人物，又次禽兽，又次树木，最下通用的是水草，却都是银铸的，分两不异。适才买橘的，都是一样水草纹的，他道是把下等钱买了好东西去了，所以欢喜，也只是要小便宜心肠，与中国人一样。

须臾之间，三停里卖了二停。有的不带钱在身边的，老大懊悔，急忙取了钱转来。文若虚已此剩不多了，拿一个班[⑨]道："而今要留着自家用，不卖了。"其人情愿再增一个钱，四个钱买了二颗。口中哓哓说："悔气！来得迟了。"旁边人见他增了价，就埋怨道："我每还要买个，如何把价钱增长了他的？"买的人道："你不听得他方才说，兀自不卖了？"

正在议论间，只见首先买十颗的那一个人，骑了一匹青骢马，飞也似奔到船边，

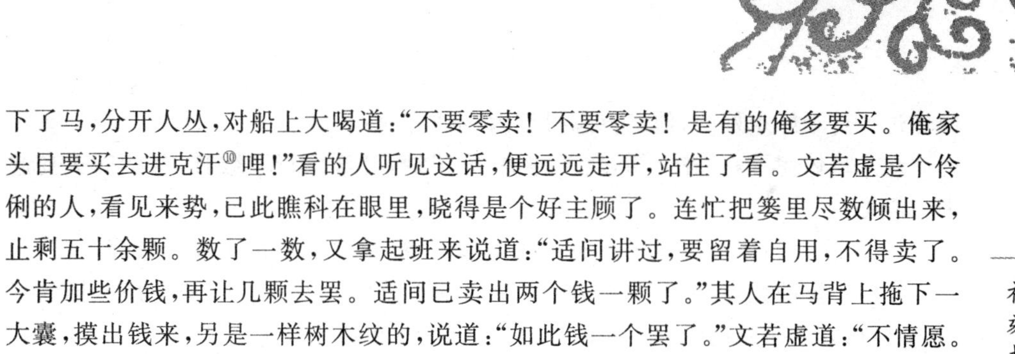

下了马，分开人丛，对船上大喝道："不要零卖！不要零卖！是有的俺多要买。俺家头目要买去进克汗[10]哩！"看的人听见这话，便远远走开，站住了看。文若虚是个伶俐的人，看见来势，已此瞧科在眼里，晓得是个好主顾了。连忙把篓里尽数倾出来，止剩五十余颗。数了一数，又拿起班来说道："适间讲过，要留着自用，不得卖了。今肯加些价钱，再让几颗去罢。适间已卖出两个钱一颗了。"其人在马背上拖下一大囊，摸出钱来，另是一样树木纹的，说道："如此钱一个罢了。"文若虚道："不情愿。只照前样罢了。"那人笑了一笑，又把手去摸出一个龙凤纹的来道："这样的一个如何？"文若虚又道："不情愿。只要前样的。"那人又笑道："此钱一个抵百个，料也没得与你，只是与你耍。你不要俺这一个，却要那等的，是个傻子！你那东西，肯都与俺了，俺再加你一个那等的，也不打紧。"文若虚数了一数，有五十二颗，准准的要了他一百五十六个水草银钱。那人连竹篓都要了，又丢了一个钱，把篓拴在马上，笑吟吟地一鞭去了。看的人见没得卖了，一哄而散。

文若虚见人散了，到舱里把一个钱秤一秤，有八钱七分多重。秤过数个，都是一般。总数一数，共有一千个差不多。把两个赏了船家，其余收拾在包里了。笑一声道："那盲子好灵卦也！"欢喜不尽，只等同船人来对他说笑则个。

说话的，你说错了！那国里银子这样不值钱，如此做买卖，那久惯漂洋的带去多是绫罗段匹，何不多卖了些银钱回来，一发百倍了？看官有所不知。那国里见了绫罗等物，都是以货交兑。我这里人也只是要他货物，才有利钱。若是卖他银钱时，他都把龙凤、人物的来交易，作了好价钱，分两也只得如此，反不便宜。如今是买吃口东西，他只认做把低钱交易，我却只管分两，所以得利了。

说话的，你又说错了。依你说来，那航海的何不只买吃口东西，只换他低钱，岂不有利？用着重本钱置他货物怎地？看官，又不是这话。也是此人偶然有此横财，带去着了手。若是有心第二遭再带去，三五日不遇巧，等得希烂。那文若虚运未通时卖扇子就是榜样。扇子还是放得起的，尚且如此，何况果品？是这样执一论不得的。

闲话休题。且说众人领了经纪主人到船发货，文若虚把上头事说了一遍。众人都惊喜道："造化！造化！我们同来，到是你没本钱的先得了手也！"张大便拍手道："人都道他倒运，而今想是运转了！"便对文若虚道："你这些银钱此间置货，作价不多，除是转发在伙伴中，回他几百两中国货物，上去打换些土产珍奇，带转去，有大利钱，也强如虚藏此银钱在身边，无个用处。"文若虚道："我是倒运的，将本求财，从无一遭不连本送的。今承诸公挈带，做此无本钱生意，偶然侥幸一番，真是天大造化了，如何还要生利钱，妄想甚么？万一如前再做折了，难道再有洞庭红这样好卖不成？"众人多道：我们用得着的是银子，有的是货物。彼此通融，大家有利，有何不可？"文若虚道："一年吃蛇咬，三年怕草索。说着货物，我就没胆气了。只是守了这些银钱回去罢。"众人齐拍手道："放着几倍利钱不取，可惜！可惜！"

随同众人一齐上去，到了店家，交货明白，彼此兑换。约有半月光景，文若虚眼

中看过了若干好东好西，他已自志得意满，不放在心上。

众人事体完了，一齐上船，烧了神福，吃了酒，开洋。行了数日，忽然间天变起来。但见：

乌云蔽日，黑浪掀天。蛇龙戏舞起长空，鱼鳖惊惶潜水底。艨艟泛泛，只如栖不定的数点寒鸦；岛屿浮浮，便似没不煞的几双水鹈。舟中是方扬的米簸，舷外是正熟的饭锅。总因风伯太无情，以致篙师多失色。

那船上人见风起了，扯起半帆，不问东西南北，随风势漂去。隐隐望见一岛，便带住篷脚，只看着岛边使来。看看渐近，恰是一个无人的空岛。但见：

树木参天，草莱遍地。荒凉径界，无非些兔迹狐踪；坦迤土壤，料不是龙潭虎窟。混茫内，未识应归何国辖；开辟来，不知曾否有人登。

船上人把船后抛了铁锚，将桩橛泥犁上岸去钉停当了，对舱里道："且安心坐一坐，侯风势则个。"

那文若虚身边有了银子，恨不得插翅飞到家里，巴不得行路，却如此守风呆坐，心里焦燥。对众人道："我且上岸去岛上望望则个。"众人道："一个荒岛，有何好看？"文若虚道："总是闲着，何碍？"众人都被风颠得头晕，个个是呵欠连天的，不肯同去。文若虚便自一个抖擞精神，跳上岸来。只因此一去，有分交：千年败壳精灵显，一介穷神富贵来。若是说话的同年生，并时长，有个未卜先知的法儿，便双脚走不动，也拄个拐儿随他同去一番，也不枉的。

却说文若虚见众人不去，偏要发个狠，扳藤附葛，直走到岛上绝顶。那岛也苦（若）不甚高，不费甚大力，只是荒草蔓延，无好路径。到得上边打一看时，四望漫漫，身如一叶，不觉凄然吊下泪来。心里道："想我如此聪明，一生命蹇，家业消亡，剩得只身，直到海外。虽然侥幸有得千来个银钱在囊中，知他命里是我的不是我的？今在绝岛中间，未到实地，性命也还是与海龙王合着的哩！"

正在感怆，只见望去远远草丛中一物突高。移步往前一看，却是床大一个败龟壳。大惊道："不信天下有如此大龟！世上人那里曾看见？说也不信的。我自到海外一番，不曾置得一件海外物事。今我带了此物去，也是一件希罕的东西，与人看看，省得空口说着，道是苏州人会调谎[11]。又且一件：锯将开来，一盖一板，各置四足，便是两张床，却不奇怪！"遂脱下两只裹脚接了，穿在龟壳中间，打个扣儿，拖了便走。

走至船边，船里人见他这等模样，都笑道："文先生那里又跎了纤来？"文若虚道："好教列位得知，这就是我海外的货了。"众人抬头一看，却便似一张无柱有底的硬脚床。吃惊道："好大龟壳！你拖来何干？"文若虚道："也是罕见的，带了他去。"众人笑道："好货不置一件，要此何用？"有的道："也有用处。有甚么天大的疑心事，灼他一卦。只没有这样大龟药。"又有的道是："医家要煎龟膏，拿去打碎了煎起来，也当得几百个小龟壳。"文若虚道："不要管有用没有，只是希罕，又不费本钱，便带了回去。"当时叫个船上水手，一抬抬下舱来。

初时山下空阔，还只如此；舱中看来，一发大了。若不是海船，也着不得这样狼犺东西。众人大家笑了一回，说道："到家时有人问，只说文先生做了偌大的乌龟买卖来了。"文若虚道："不要笑，我好歹有一个用处，决不是弃物。"随他众人取笑，文若虚只是得意。取些水来内外洗一洗净，抹干了，却把自己钱包、行李都塞在龟壳里面，两头把绳一绊，却当了一个大皮箱子。自笑道："兀的不眼前就有用起了？"众人都笑将起来，道："好算计！好算计！文先生到底是个聪明人。"当夜无词。

次日，风息了，开船一走。不数日，又到了一个去处，却是福建地方了。才住定了船，就有一伙惯伺候接海客的小经纪牙人，攒将拢来，你说张家好，我说李家好，拉的拉，扯的扯，嚷个不住。海船上众人拣一个一向熟识的跟了去，其余的也就住了。

众人到了一个波斯胡大店中坐定。里面主人见说海客到了，连忙先发银子，唤厨户包办酒席几十桌。分付停当，然后踱将出来。这主人是个波斯国里人，姓个古怪姓，是玛瑙的"玛"字，叫名玛宝哈，专一与海客兑换珍宝货物，不知有多少万数本钱。众人走海过的，都是熟主熟客，只有文若虚不曾认得。抬眼看时，元来波斯胡住得在中华久了，衣帽言动都与中华不大分别，只是剃眉剪须，深目高鼻，有些古怪。出来见了众人，行宾主礼，坐定了。两杯茶罢，站起身来，请到一个大厅上。只见酒筵多完备了，且是摆得济楚。元来旧规：海船一到，主人家先折过这一番款待，然后发货讲价的。主人家手执着一付法浪菊花盘盏，拱一拱手道："请列位货单一看，好定坐席。"

看官，你道这是何意？元来波斯胡以利为重，只看货单上有奇珍异宝值得上万者，就送在先席；余者看货轻重，挨次坐去。不论年纪，不论尊卑，一向做下的规矩。船上众人，货物贵的贱的、多的少的，你知我知，各自心照，差不多领了酒杯，各自坐了。单单剩得文若虚一个，呆呆站在那里。主人道："这位老客长不曾会面，想是新出海外的，置货不多了。"众人大家说道："这是我们好朋友，到海外耍去的。身边有银子，却不曾肯置货。今日没奈何，只得屈他在末席坐了。"文若虚满面羞惭，坐了末位。主人坐在横头。

饮酒中间，这一个说道，我有猫儿眼多少；那一个说道，我有祖母绿多少；你夸我逞。文若虚一发嘿嘿无言，自心里也微微有些懊悔，道："我前日该听他们劝，置些货来的是。今枉有几百银子在囊中，说不得一句说话。"又自叹了口气道："我原是一些本钱没有的，今已大幸，不可不知足。"自思自忖，无心发兴吃酒。众人却猜拳行令，吃得狼藉。主人是个积年，看出文若虚不快活的意思来，不好说破，虚劝了他几杯酒。众人都起身道："酒勾了。天晚了，趁早上船去，明日发货罢。"别了主人去了。

主人撤了酒席，收拾睡了。明日起个清早，先走到海岸船边来拜这伙客人。主人登舟，一眼瞅去，那舱里狼狼犺犺这件东西，早先看见了，吃了一惊道："这是那一位客人的宝货？昨日席上并不曾见说起。莫不是不要卖的？"众人都笑指道："此敝

友文兄的宝货。”中的一人衬道：“又是滞货。”主人看了文若虚一看，满面挣得通红，带了怒色埋怨众人道：“我与诸公相处多年，如何恁地作弄我？教我得罪于新客，把一个末坐屈了他，是何道理！”一把扯住文若虚，对众客道：“且慢发货，容我上岸谢过罪着。”

众人不知其故。有几个与文若虚相知些的，又有几个喜事的，觉得有些古怪，共十余人，赶了上来，重到店中，看是如何。只见主人拉了文若虚，把交椅整一整，不管众人好歹，纳他头一位坐下了，道：“适间得罪，得罪！且请坐一坐。”文若虚也心中镬铎，忖道：“不信此物是宝贝，这等造化不成？”主人走了进去，须臾出来，又拱众人到先前吃酒去处。又早摆下几桌酒，为首一桌，比先更齐整。把盏向文若虚一揖，就对众人道：“此公正该坐头一席。你每枉自一船的货，还还赶他不来。先前失敬，失敬！”众人看见，又好笑，又好怪，半信不信的，一带儿坐了。

酒过三杯，主人就开口道：“敢问客长，适间此宝可肯卖否？”文若虚是个乖人，趁口答应道：“只要有好价钱，为甚不卖？”那主人听得肯卖，不觉喜从天降，笑逐颜开，起身道：“果然肯卖，但凭分付价钱，不敢吝惜。”文若虚其实不知值多少，讨少了，怕不在行；讨多了，怕吃笑。忖了一忖，面红耳热，颠倒讨不出价钱来。张大便与文若虚丢个眼色，将手放在椅子背后，竖着三个指头，再把第二个指空中一撇，道：“索性讨他这些。”文若虚摇头，竖一指道：“这些我还讨不出口在这里。”却被主人看见道：“果是多少价钱？”张大捣一个鬼道：“依文先生手势，敢像要一万哩！”主人呵呵大笑道：“这是不要卖，哄我而已。此等宝物，岂止此价钱？”众人见说，大家目睁口呆，都立起了身来，扯文若虚去商议道：“造化！造化！想是值得多哩。我们实实不知如何定价。文先生不如开个大口，凭他还罢。”文若虚终是碍口识羞，待说又止。众人道：“不要不老气！”主人又催道：“实说说何妨？”文若虚只得讨了五万两。主人还摇头道：“罪过！罪过！没有此话。”扯着张大，私问他道：“老客长们海外往来，不是一番了。人都叫你是张识货，岂有不知此物就里的？必是无心卖他，奚落小肆罢了。”张大道：“实不瞒你说，这个是我的好朋友，同了海外玩耍的，故此不曾置货。适间此物，乃是避风海岛，偶然得来，不是出价置办的，故此不识得价钱。若果有这五万与他，勾他富贵一生，他也心满意足了。”主人道：“如此说，要你做个大大保人，当有重谢，万万不可翻悔！”遂叫店小二拿出文房四宝来。

主人家将一张供单绵料纸折了一折，拿笔递与张大道：“有烦老客长做主，写个合同文书，好成交易。”张大指着同来一人道：“此位客人褚中颖写得好。”把纸笔让与他。褚客磨得墨浓，展好纸，提起笔来写道：

> 立合同议单张乘运等。今有苏州客人文实，海外带来大龟壳一个，投至波斯玛宝哈店。愿出银五万两买成。议定立契之后，一家交货，一家交银，各无翻悔。有翻悔者，罚契上加一。合同为照。

一样两纸。后边写了年月日，下写张乘运为头，一连把在坐客人十来个写去。褚中颖因自己执笔，写了落末。年月前边，空行中间，将两纸凑着，写了骑缝一行，两边

各半，乃是“合同议约”四字。下写“客人文实，主人玛宝哈”，各押了花押。单上有名，从后头写起，写到张乘运，道：“我们押字钱重些，这买卖才弄得成。”主人笑道：“不敢轻，不敢轻。”

写毕，主人进内，先将银一箱抬出来道：“我先交明白了用钱[12]，还有说话。”众人攒将拢来。主人开箱，却是五十两一包，共总二十包，整整一千两，双手交与张乘运道：“凭老客长收明，分与众位罢。”众人初然吃酒、写合同，大家撺哄鸟乱，心下还有些不信的意思，如今见他拿出精晃晃的白银来做用钱，方知是实。文若虚恰像梦里醉里，话都说不出来，呆呆地看。张大扯他一把道：“这用钱如何分散，也要文兄主张。”文若虚方说一句道：“且完了正事慢处。”

只见主人笑嘻嘻的对文若虚说道：“有一事要与客长商议。价银现在里面阁儿上，都是向来兑过的，一毫不少，只消请客长一两位进去，将一包过一过目，兑一兑为准，其余多不消兑得。却又一说：此银数不少，搬动也不是一时功夫。况且文客官是个单身，如何好将下船去？又可泛海回还，有许多不便处。”文若虚想了一想道：“见教得极是。而今却待怎么？”主人道：“依着愚见，文客官目下回去未得。小弟此间有一个段匹铺，有本三千两在内。其前后大小厅屋楼房，共百余间，也是个大所在，价值二千两，离此半里之地。愚见就把本店货物及房屋文契，作了五千两，尽行交与文客官，就留文客官在此住下了，做此生意。其银也做几遭搬了过去，不知不觉。日后文客官要回去，这里可以托心腹伙计看守，便可轻身往来。不然，小店交出不难，文客官收贮却难也。愚意如此。”说了一遍，说得文若虚与张大跌足道：“果然是客纲客纪，句句有理。”文若虚道：“我家里元无家小，况且家业已尽了，就带了许多银子回去，没处安顿。依了此说，我就在这里立起个家缘来，有何不可？此番造化，一缘一会，都是上天作成的，只索随缘做去。便是货物、房产价钱未必有五千，总是落得的。”便对主人说：“适间所言，诚是万全之算，小弟无不从命。”

主人便领文若虚进去阁上看，又叫张、褚二人：“一同来看看。其余列位不必了，请略坐一坐。”他四人去了。众人不进去的，个个伸头缩颈，你三我四说道：“有此异事！有此造化！早知这样，懊悔岛边泊船时节也不去走走？或者还有宝贝也不见得。”有的道：“这是天大的福气，撞将来的，如何强得？”正欣羡间，文若虚已同张、褚二客出来了。众人都问：“进去如何了？”张大道：“里边高阁是个土库，放银两的所在，都是桶子盛着。适间进去看了十个大桶，每桶四千；又五个小匣，每个一千，共是四万五千。已将文兄的封皮记号封好了，只等交了货，就是文兄的了。”主人出来道：“房屋文书、段匹帐目，俱已在此，凑足五万之数了。且到船上取货去。”一拥都到海船来。

文若虚于路对众人说：“船上人多，切勿明言！小弟自有厚报。”众人也只怕船上人知道，要分了用钱去，各各心照。文若虚到了船上，先向龟壳中把自己包裹、被囊取出了。手摸一摸壳，口里暗道：“侥幸！侥幸！”主人便叫店内后生二人来抬此壳，分付道：“好生抬进去，不要放在外边。”船上人见抬了此壳去，便道：“这个滞货

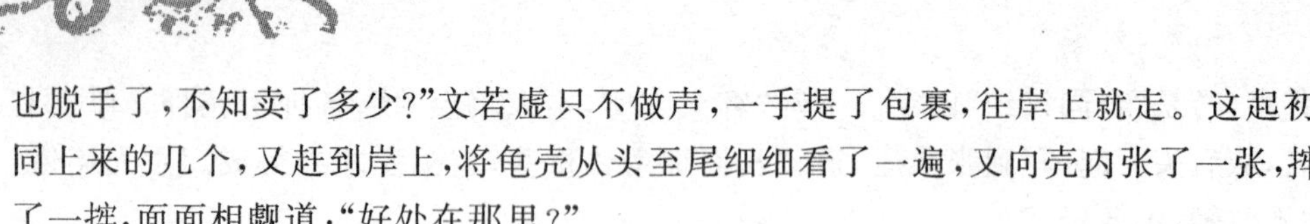

也脱手了,不知卖了多少?"文若虚只不做声,一手提了包裹,往岸上就走。这起初同上来的几个,又赶到岸上,将龟壳从头至尾细细看了一遍,又向壳内张了一张,摔了一摔,面面相觑道:"好处在那里?"

主人仍拉了这十来个一同上去,到店里说道:"而今且同文客官看了房屋铺面来。"众人与主人一同走到一处,正是闹市中间,一所好大房子。门前正中是个铺子,旁有一弄;走进转个湾,是两扇大石板门,门内大天井,上面一所大厅,厅上有一匾,题曰"来琛堂"。堂旁有两楹侧屋,屋内三面有橱,橱内都是绫罗各色段匹。以后内房,楼房甚多。文若虚暗道:"得此为住居,王侯之家不过如此矣!况又有段铺营生,利息无尽,便做了这里客人罢了,还思想家里做甚?"就对主人道:"好却好,只是小弟是个孤身,毕竟还要寻几房使唤的人才住得。"主人道:"这个不难,都在小店身上。"

文若虚满心欢喜,同众人走归本店来。主人讨茶来吃了,说道:"文客官今晚不消船里去,就在铺中下了。使唤的人,铺中现有,逐渐再讨便是。"众客人多道:"交易事已成,不必说了。只是我们毕竟有些疑心,此壳有何好处,值价如此?还要主人见教一个明白。"文若虚道:"正是,正是。"

主人笑道:"诸公枉了海上走了多遭,这些也不识得!列位岂不闻说龙有九子乎?内有一种是鼍龙,其皮可以幔鼓,声闻百里,所以谓之鼍鼓。鼍龙万岁,到底蜕下此壳成龙。此壳有二十四肋,按天上二十四气。每肋中间节内有大珠一颗。若是肋未完全时节,成不得龙,蜕不得壳。也有生捉得他来,只好将皮幔鼓,其肋中也未有东西。直待二十四肋肋肋完全,节节珠满,然后蜕了此壳变龙而去。故此是天然蜕下、气候俱到、肋节俱完的,与生擒活捉、寿数未满的不同,所以有如此之大。这个东西,我们肚中虽晓得,知他几时蜕下?又在何处地方守得他着?壳不值钱,其珠皆有夜光,乃无价宝也!今天幸遇巧,得之无心耳。"众人听罢,似信不信。

只见主人走将进去了一会,笑嘻嘻的走出来,袖中取出一西洋布的包来,说道:"请诸公看看。"解开来,只见一团绵裹着寸许大一颗夜明珠,光彩夺目。讨个黑漆的盘放在暗处,其珠滚一个不定,闪闪烁烁,约有尺余亮处。众人看了,惊得目睁口呆,伸了舌头,收不进来。主人回身转来,对众客逐个致谢道:"多蒙列位作成了。只这一颗,拿到咱国中,就值方才的价钱了;其余多是尊惠。"众人个个心惊,却是说过的话又不好翻悔得。主人见众人有些变色,收了珠子,急急走到里边。又叫抬出一个段箱来。除了文若虚,每人送与段子二端,说道:"烦劳了列位,做两件道袍穿穿,也见小肆中薄意。"袖中又摸出细珠十数串,每送一串道:"轻鲜,轻鲜,备归途一茶罢了。"文若虚处另是粗些的珠子四串,段子八匹,道是:"权且做几件衣服。"文若虚同众人欢喜作谢了。

主人就同众人送了文若虚到段铺中,叫铺里伙计后生们都来相见,说道:"今番是此位主人了。"主人自别了去,道:"再到小店中去去来。"只见须臾间数十个脚夫扛了好些扛来,把先前文若虚封记的十桶五匣都发来了。

文若虚搬在一个深密谨慎的卧房里头去处，出来对众人道："多承列位挈带，有此一套意外富贵，感谢不尽。"走进去把自家包裹内所卖洞庭红的银钱倒将出来，每人送他十个；止有张大与先前出银助他的两三个，分外又是十个，道："聊表谢意。"此时，文若虚把这些银钱看得不在眼里了，众人却是快活，称谢不尽。文若虚又拿出几十个来，对张大说道："有烦老兄将此分与船上同行的人，每位一个，聊当一茶。小弟住在此间，有了头绪，慢慢到本乡来。此时不得同行，就此为别了。"张大道："还有一千两用钱，未曾分得，却是如何？须得文兄分开，方没得说。"文若虚道："这到忘了。"就与众人商议：将一百两散与船上众人，余九百两照现在人数，另外添出两股，派了股数，各得一股；张大为头的，褚中颖执笔的，多分一股。众人千欢万喜，没有说话。内中一人道："只是便宜了这回回。文先生还该起个风，要他些不敷才是。"文若虚道："不要不知足。看我一个倒运汉，做着便折本的，造化到来，平空地有此一主财爻。可见人生分定，不必强求。我们若非这主人识货，也只当得废物罢了。还亏他指点晓得，如何还好昧心争论？"众人都道："文先生说得是。存心忠厚，所以该有此富贵。"大家千恩万谢，各各赍了所得东西，自到船上发货。

从此，文若虚做了闽中一个富商，就在那边取了妻小，立起家业。数年之间，才到苏州走一遭，会会旧相识，依旧去了。至今子孙繁衍，家道殷富不绝。正是：

运退黄金失色，时来顽铁生辉。
莫与痴人说梦，思量海外寻龟。

【注释】

①十七史：宋代人对宋以前史书的总称，后人因沿用其说。包括《史记》、《汉书》、《后汉书》、《三国志》、《晋书》、《宋书》、《南齐书》、《梁书》、《陈书》、《后魏书》、《北齐书》、《周书》、《隋书》、《南史》、《北史》、《新唐书》、《新五代史》。

②儿子每：儿子们。

③则个：语气助辞，等于说"吧"。

④安童：童仆，小厮。

⑤对合：就是对本，赚一倍的意思。

⑥报君知：瞎子手中敲响的两爿铁板。

⑦则声：作声，开口说话。

⑧个把一点头的：个把，一两个。一点头的，指一头出现霉点的橘子。

⑨拿一个班：拿班，就是摆架子、拿架子的意思。

⑩克汗：就是"可汗"，君主的意思。

⑪调谎：撒谎，扯谎。

⑫用钱：佣钱，酬谢中间人的银钱。

刘东山夸技顺城门　十八兄奇踪村酒肆

诗云：

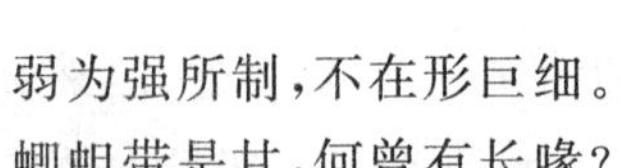

弱为强所制，不在形巨细。

蝍蛆带是甘，何曾有长喙？

话说天地间，有一物必有一制，夸不得高，恃不得强。这首诗所言"蝍蛆"是甚么？就是那赤足蜈蚣，俗名"百脚"，又名"百足之虫"。这"带"又是甚么？是那大蛇，其形似带一般，故此得名。岭南多大蛇，长数十丈，专要害人。那边地方里居民，家家蓄养蜈蚣，有长(丈)尺余者，多放在枕畔或枕中。若有蛇至，蜈蚣便啧啧作声。放他出来，他鞠起腰来，首尾着力，一跳有一丈来高，便搭住在大蛇七寸内，用那铁钩也似一对钳来钳住了，吸他精血，至死方休。这数十丈长、斗来大的东西，反缠死在尺把长、指头的东西手里，所以古语道"蝍蛆甘带"，盖谓此也。

汉武帝延和三年，西胡月支国献猛兽一头，形如五六十日新生的小狗，不过比狸猫般大，拖一个黄尾儿。那国使抱在手里，进门来献。武帝见他生得猥琐，笑道："此小物，何谓猛兽？"使者对曰："夫威加于百禽者，不必计其大小。是以神麟为巨象之王，凤凰为大鹏之宗，亦不在巨细也。"武帝不信，乃对使者说："试叫他发声来朕听。"使者乃将手一指。此兽舐唇摇首一会，猛发一声，便如平地上起一个霹雳；两目闪烁，放出两道电光来。武帝登时颠出亢金椅子，急掩两耳，颤一个不住。侍立左右及羽林摆立仗下军士手中所拿的东西，悉皆震落。武帝不悦，即传旨意，教把此兽付上林苑中，待群虎食之。上林苑令遵旨。只见拿到虎圈边放下，群虎一见，皆缩做一堆，双膝跪倒。上林苑令奏闻。武帝愈怒，要杀此兽。明日连使者与猛兽皆不见了。猛悍到了虎豹，却乃怕此小物。所以人之膂力强弱，智术长短，没个限数。正是：强中更有强中手，莫向人前夸大口。

唐(当)时有一个举子，不记姓名地方。他生得膂力过人，武艺出众。一生豪侠好义，真正路见不平，拔刀相助。他进京会试，不带仆从，恃着一身本事，鞴着一匹好马，腰束弓箭短剑，一鞭独行。一路收拾些雉兔野味，到店肆中宿歇，便安排下酒。

一日，在山东路上，马跑得快了，赶过了宿头。至一村庄，天已昏黑，自度不可前进。只见一家人家开门在那里，灯光射将出来。举子下了马，一手牵着，挨进看时，只见进了门，便是一大空地，空地上有三四块太湖石叠着。正中有三间正房，有两间厢房，一老婆子坐在中间绩麻。听见庭中马足之声，起身来问。举子高声道："妈妈，小生是失路借宿的。"那老婆子道："官人，不方便，老身做不得主。"听他言词中间带些凄惨，举子有些疑心，便问道："妈妈，你家男人多在那里去了？如何独自一个在这里？"老婆子道："老身是个老寡妇，夫亡多年，只有一子，在外做商人去了。"举子道："可有媳妇？"老婆子蹙着眉头道："是有一个媳妇，赛得过男子，尽挣得家住。只是一身大气力，雄悍异常。且是气性粗急，一句差池，经不得一指头，擦着便倒。老身虚心冷气，看他眉头眼后，常是不中意，受他凌辱的。所以官人借宿，老身不敢做主。"说罢，泪如雨下。

举子听得，不觉双眉倒竖，两眼圆睁，道："天下有如此不平之事！恶妇何在？

我为尔除之。”遂把马拴在庭中太湖石上了，拔出剑来。老婆子道：“官人不要太岁头上动土，我媳妇不是好惹的。他不习女工针指，每日午饭已毕，便空身走去山里寻几个獐鹿兽兔还家，腌腊起来，卖与客人，得几贯钱。常是一二更天气才得回来。日逐用度，只靠着他这些，所以老身不敢逆他。”举子按下剑，入了鞘，道：“我生平专一欺硬怕软，替人出力。谅一个妇女，到得那里？既是妈妈靠他度日，我饶他性命，不杀他，只痛打他一顿，教训他一番，使他改过性子便了。”老婆子道：“他将次回来了，只劝官人莫惹事的好。”

举子气忿忿地等着。只见门外一大黑影，一个人走将进来，将肩上叉口也似一件东西往庭中一摔，叫道：“老嬷！快拿火来，收拾行货！”老婆子战兢兢地道：“是甚好物事呀？”把灯一照，吃了一惊，乃是一只死了的斑斓猛虎。说时迟，那时快，那举子的马在火光里看见了死虎，惊跳不住起来。那人看见，便道：“此马何来？”举子暗里看时，却是一个黑长妇人。见他模样，又背了个死虎来，忖道：“也是个有本事的。”心里就有几分惧他。忙走去带开了马，缚住了，走向前道：“小生是失路的举子，赶(趄)过宿头，幸到宝庄。见门尚未阖，斗胆求借一宿。”那妇人笑道：“老嬷好不晓事！既是个贵人，如何更深时候，叫他在露天立着？”指着死虎道：“贱婢今日山中，遇此泼花团，争持多时，才得了当。归得迟些个，有失主人之礼，贵人勿罪。”举子见他语言爽恺，礼度周全，暗想道：“也不是不可化诲的。”连声道：“不敢，不敢。”

妇人走进堂，提一把椅来，对举子道：“该请进堂里坐，只是妇姑两人，都是女流，男女不可相混，屈在廊下一坐罢。”又掇张桌来，放在面前，点个灯来安下。然后下庭中来，双手提了死虎，到厨下去了。须臾之间，烫了一壶热酒，托出一个大盘来，内有热腾腾的一盘虎肉，一盘鹿脯，又有些腌腊雉兔之类五六碟，道：“贵人休嫌轻亵则个。”举子见他殷勤，接了自斟自饮。须臾间酒尽肴完，举子拱手道：“多谢厚款。”那妇人道：“惶愧，惶愧。”便将了盘来，收拾桌上碗盏。

举子乘间便说道：“看娘子如此英雄，举止恁地贤明，怎么尊卑分上觉得欠些个？”那妇人将盘一搠，且不收拾，怒目道：“适间老死魅曾对贵人说些甚谎么？”举子忙道：“这是不曾。只是看见娘子称呼词色之间，甚觉轻倨，不像个婆媳妇道理。及见娘子待客周全，才能出众，又不像个不近道理的，故此好言相问一声。”

那妇人见说，一把扯了举子的衣袂，一只手移着灯，走到太湖石边来，道：“正好告诉一番。”举子一时间挣扎不脱，暗道：“等他说得没有理时，算计打他一顿。”只见那妇人倚着太湖石，就在石上拍拍手道：“前日有一事，如此如此，这般这般，是我不是，是他不是？”道罢，便把一个食指向石上一划道：“这是一件了。”划了一划，只见那石皮乱爆起来，已自抠去了一寸有余深。连连数了三件，划了三划，那太湖石上便似锥子凿成一个“川”字，斜看来又是“三”字，足足皆有寸余，就像镌刻的一般。那举子惊得浑身汗出，满面通红，连声道：“都是娘子的是。”把一片要与他分个皂白的雄心，好像一桶雪水当(淋)头一淋，气也不敢透(抖)了。妇人说罢，擎出一张匡床来，与举子自睡。又替他喂好了马。却走进去与老婆子关了门，息了火睡了。

举子一夜无眠，叹道："天下有这等大力的人！早是不曾与他交手，不然，性命休矣。"巴到天明，备了马，作谢了，再不说一句别的话，悄然去了。自后收拾了好些威风，再也不去惹闲事管，也只是怕逢着哘嗻似他的吃了亏。

今日说一个恃本事说大话的，吃了好些惊恐，惹出一场话柄来。正是：

虎为百兽尊，百兽伏不动。

若逢狮子吼，虎又全没用。

话说国朝嘉靖年间，北直隶河间府交河县一人姓刘名嵚，叫做刘东山，在北京巡捕衙门里当一个缉捕军校的头。此人有一身好本事，弓马熟闲，发矢再无空落，人号他连珠箭。随你异常狠盗，逢着他便如瓮中捉鳖，手到拿来，因此也积趱得有些家事。年三十余，觉得心里不耐烦做此道路，告脱了，在本县去别寻生理。

一日，冬底残年，赶着驴马十余头到京师转卖，约卖得一百多两银子。交易完了，至顺城门（即宣武门）雇骡归家。在骡马主人店中，遇见一个邻舍张二郎入京来，同在店买饭吃。二郎问道："东山何往？"东山把前事说了一遍，道："而今在此雇骡，今日宿了，明日走路。"二郎道："近日路上好生难行，良乡、鄚州一带，盗贼出没，白日劫人。老兄带了偌多银子，没个做伴，独来独往，只怕着了道儿，放仔细些！"东山听罢，不觉须眉开动，唇齿奋扬，把两只手捏了拳头，做一个开弓的手势，哈哈大笑道："二十年间，张弓追讨，矢无虚发，不曾撞个对手。今番收场买卖，定不到得折本。"店中满座听见他高声大喊，尽回头来看。也有问他姓名的，道："久仰，久仰。"二郎自觉有些失言，作别出店去了。

东山睡到五更头，爬起来，梳洗结束，将银子紧缚裹肚[①]内，扎在腰间，肩上挂一张弓，衣外挎一把刀，两膝下藏矢二十簇，拣一个高大的健骡，腾地骑上，一鞭前走。走了三四十里，来到良乡。只见后头有一人奔马赶来，遇着东山的骡，便按辔少驻。东山举目觑他，却是一个二十岁左右的美少年，且是打扮得好。但见：

黄衫毡笠，短剑长弓。箭房中新矢二十余枝，马额上红缨一大簇。裹腹闹装灿烂，是个白面郎君；恨人紧辔喷嘶，好匹高头骏骑！

东山正在顾盼之际，那少年遥叫道："我们一起走路则个。"就向东山拱手道："造次行途，愿问高姓大名。"东山答道："小可姓刘名嵚，别号东山，人只叫我是刘东山。"少年道："久仰先辈大名，如雷贯耳，小人有幸相遇。今先辈欲何往？"东山道："小可要回本籍交河县去。"少年道："恰好，恰好。小人家住临淄，也是旧族子弟。幼年颇曾读书，只因性好弓马，把书本丢了。三年前带了些资本，往京贸易，颇得些利息。今欲归家婚娶，正好与先辈作伴同路行去，放胆壮些。直到河间府城，然后分路。有幸，有幸。"东山一路看他腰间沉重，语言温谨，相貌俊逸，身材小巧，谅道不是歹人。且路上有伴，不至寂寞，心上也欢喜，道："当得相陪。"是夜一同下了旅店，同一处饮食歇宿，如兄若弟，甚是相得。

明日，并辔出涿州。少年在马上问道："久闻先辈最善捕贼，一生捕得多少？也曾撞着好汉否？"东山正要夸逞自家手段，这一问揉着痒处，且量他年小可欺，便侈

口道："小可生平，两只手，一张弓，拿尽绿林中人，也不记其数，并无一个对手。这些鼠辈，何足道哉！而今中年心懒，故弃此道路。倘若前途撞着，便中拿个把儿你看手段！"少年但微微冷笑道："元来如此。"就马上伸手过来，说道："借肩上宝弓一看。"东山在骡上递将过来。少年左手把住，右手轻轻一拽就满，连放连拽，就如一条软绢带。东山大惊失色，也借少年的弓过来看看。那少年的弓约有二十斤重，东山用尽平生之力，面红耳赤，不要说扯满，只求如初八夜头的月[②]，再不能勾。东山惶恐无地，吐舌道："使得好硬弓也！"便向少年道："老弟神力，何至于此！非某所敢望也。"少年道："小人之力，何足称神？先辈弓自太软耳。"东山赞叹再三，少年极意谦谨。晚上又同宿了。

至明日又同行，日西时过雄县。少年拍一拍马，那马腾云也似前面去了。东山望去，不见了少年。他是贼窠中弄老了的，见此行止，如何不慌？私自道："天教我这番倒了架也！倘是个不良人，这样神力，如何敌得？势无生理。"心上正如十五个吊桶打水，七上八落的。没奈何，迤逦行去。

行得一二铺，遥望见少年在百步外，正弓挟矢，扯个满月，向东山道："久闻足下手中无敌，今日请先听箭风。"言未罢，飕的一声，东山左右耳根但闻肃肃如小鸟前后飞过，只不伤着东山。又将一箭引满，正对东山之面，大笑道："东山晓事人，腰间骡马钱快送我罢，休得动手。"东山料是敌他不过，先自慌了手脚，只得跳下鞍来，解了腰间所系银袋，双手捧着，膝行至少年马前，叩头道："银钱谨奉，好汉将去，只求饶命。"少年马上伸手提了银包，大喝道："要你性命做甚？快走！快走！你老子有事在此，不得同儿子前行了。"掇转[③]马头，向北一道烟跑。但见一路黄尘滚滚，霎时不见踪影。

东山呆了半晌，捶胸跌足起来，道："银钱失去也罢，叫我如何做人？一生好汉名头，到今日弄坏，真是张天师吃鬼迷[④]了。可恨！可恨！"垂头丧气，有一步没一步的，空手归交河。

到了家里，与妻子说知其事，大家懊恼一番。夫妻两个商量，收拾些本钱，在村郊开个酒铺，卖酒营生；再不去张弓挟矢了。又怕有人知道，坏了名头，也不敢向人说着这事，只索罢了。

过了三年，一日正值寒冬天道，有词为证：

> 霜瓦鸳鸯，风帘翡翠，今年早是寒少。矮钉明窗，侧开朱户，断莫乱教人到。重阴未解，云共雪商量不了(少)。青帐垂毡要密，红幕放围宜小。
>
> ——词寄《天香前》

却说冬日间东山夫妻正在店中卖酒，只见门前来了一伙骑马的客人，共是十一个。个个骑的是自鞴的高头骏马，鞍辔鲜明；身上俱紧束短衣，腰带弓矢刀剑。次第下了马，走入肆中来，解了鞍舆。刘东山接着，替他赶马归槽。后生自去剉草煮豆，不在话下。内中只有一个未冠的人，年纪可有十五六岁，身长八尺，独不下马，对众道："第十八自向对门住休。"众人都答应一声道："咱们在此少住，便来伏侍。"

只见其人自走出门去了。

十人自来吃酒。主人安排些鸡、豚、牛、羊肉来做下酒。须臾之间，狼飧虎咽，算来吃勾有六七十斤的肉，倾尽了六七坛的酒，又教主人将酒肴送过对门楼上，与那未冠的人吃。

众人吃完了店中东西，还叫未畅，遂开皮囊，取出鹿蹄、野雉、烧兔等物，笑道："这是我们的东道，可叫主人来同酌。"东山推逊一回，才来坐下。把眼去逐个瞧了一瞧，瞧到北面左手那一个，毡笠儿垂下，遮着脸不甚分明。猛见他抬起头来，东山仔细一看，吓得魂不附体，只叫得苦。你道那人是谁？正是在雄县劫了骡马钱去的那一个同行少年。东山暗想道："这番却是死也！我些些生计，怎禁得他要起？况且前日一人尚不敢敌，今人多如此，想必个个是一般英雄，如何是了？"心中忒忒的跳，真如小鹿儿撞。面向酒杯，不敢则一声。众人多起身与主人劝酒。

坐定一会，只见北面左手坐的那一个少年把头上毡笠一掀，呼主人道："东山别来无恙么？往昔承挈同行周旋，至今想念。"东山面如土色，不觉双膝跪下道："望好汉恕罪！"少年跳离席间，也跪下去，扶起来，挽了他手道："快莫要作此状！快莫要作此状！羞死人。昔年俺们众兄弟在顺城门店中，闻卿自夸手段天下无敌。众人不平，却教小弟在途间作此一番轻薄事，与卿作耍，取笑一回。然负卿之约，不到得河间。魂梦之间，还记得与卿并辔任丘道上。感卿好情，今当还卿十倍。"言毕，即向囊中取出千金，放在案上，向东山道："聊当别来一敬，快请收进。"东山如醉如梦，呆了一晌，怕又是取笑，一时不敢应承。那少年见他迟疑，拍手道："大丈夫岂有欺人的事？东山也是个好汉，直如此胆气虚怯！难道我们弟兄直到得真个取你的银子不成？快收了去。"刘东山见他说话说得慷慨，料不是假，方才如醉初醒，如梦方觉，不敢推辞。走进去与妻子说了，就叫他出来同收拾了进去。

安顿已了，两人商议道："如此豪杰，如此恩德，不可轻慢。我们再须杀牲开酒，索性留他们过宿，顽要几日则个。"东山出来称谢，就把此意与少年说了，少年又与众人说了。大家道："既是这位弟兄故人，有何不可？只是还要去请问十八兄一声。"便一齐走过对门与未冠的那一个说话。

东山随了去，看这些人见了那个未冠的，甚是恭谨。那未冠的待他众人，甚是庄重。众人把主人要留他们过宿顽要的话说了，那未冠的说道："好，好，不妨。只是酒醉饭饱，不要贪睡，负了主人殷勤之心。少有动静，俺腰间两刀有血吃了。"众人齐声道："弟兄们理会得。"东山一发莫测其意。

众人重到肆中，开怀再饮。又携酒到对门楼上。众上不敢陪，只是十八兄自饮。算来他一个吃的酒肉，比得店中五个人。十八兄吃阑，自探囊中，取出一个纯银笊篱来，煽起炭火，做煎饼自啖，连啖了百余个。收拾了，大踏步出(去)门去，不知所向。直到天色将晚，方才回来，重到对门住下，竟不到刘东山家来。众人自在东山家吃要，走去对门相见，十八兄也不甚与他们言笑，大是倨傲。

东山疑心不已，背地扯了那同行少年，问他道："你们这个十八兄，是何等人？"

少年不答应，反去与众人说了，各各大笑起来。不说来历，但高声吟诗曰："杨柳桃花相间出，不知若个是春风？"吟毕，又大笑。

住了三日，俱各作别了，结束上马。未冠的在前，其余众人在后，一拥而去。东山到底不明白。却是骤得了千来两银子，手头从容；又怕生出别事来，搬在城内另做营运去了。后来见人说起此事，有识得的道："详他两句语意，是个'李'字；况且又称十作兄。想必未冠的那人，姓李，是个为头的了。看他对众的说话，他恐防有人暗算，故在对门，两处住了，好相照察。亦且不与十人作伴同食，有个尊卑的意思。夜间独出，想又去做甚么勾当来，却也没处查他的确。"

那刘东山一生英雄，遇此一番，过后再不敢说一句武艺上头的话，弃弓折箭，只是守着本分营生度日，后来善终。可见人生一世，再不可自恃高强。那自恃的，只是不曾逢着狠主子哩！有诗单说这刘东山道：

生平得尽弓矢力，直到下场逢大敌。
人世休夸手段高，霸王也有悲歌日。

又有诗说这少年道：

英雄从古轻一掷，盗亦有道真堪述。
笑取千金偿百金，途中竟是好相识。

【注释】

①裹肚：束腰的巾带。

②初八夜头的月：即上弦月。从地面上望去，月亮的形状正如半圆的弓形。

③掇转：带转、拨回的意思。

④张天师吃鬼迷：张天师，汉末五斗米道创立者张陵及后代嗣教者的通称。民间泛指张陵的后代及门徒，传说其擅长画符驱鬼。吃鬼迷，被鬼迷住。

乌将军一饭必酬　陈大郎三人重会

诗曰：

每讶衣冠多盗贼，谁知盗贼有英豪。
试观当日及时雨[①]，千古流传义气高。

话说世人最怕的是个"强盗"二字，做个骂人恶语。不知这也只见得一边。若论起来，天下那一处没有强盗？假如有一等做官的，误国欺君，侵剥百姓，虽然官高禄厚，难道不是大盗？有一等做公子的，倚靠着父兄势力，张牙舞爪，诈害乡民，受投献，窝赃私，无所不为，百姓不敢声冤，官司不敢盘问，难道不是大盗？有一等做举人、秀才的，呼朋引类，把持官府，起灭词讼，每有将良善人家拆得烟飞星散的，难道不是大盗？只论衣冠中，尚且如此，何况做经纪客商、做公门人役？三百六十行中人尽有狼心狗行、狠似强盗之人在内，自不必说。所以当时李涉博士[②]遇着强盗，有诗云：

暮雨潇潇江上村，绿林豪客夜知闻。

相逢何用藏名姓？世上于今半是君。

这都是叹笑世人的话。世上如此之人，就是至亲切友，尚且反面无情，何况一饭之恩，一面之识？倒不如《水浒传》上说的人，每每自称好汉英雄，偏要在绿林中挣气，做出世人难到的事出来。盖为这绿林中也有一贫无奈、借此栖身的；也有为义气上杀了人，借此躲难的；也有朝廷不用，沦落江湖，因而结聚的。虽然只是歹人多，其间仗义疏财的，到也尽有。当年赵礼让肥[3]，反得粟米之赠；张齐贤[4]遇盗，更多金帛之遗，都是古人实事。

且说近来苏州，有个王生，是个百姓人家。父亲王三郎，商贾营生，母亲李氏。又有个婶母杨氏，却是孤孀无子的。几口儿一同居住。王生自幼聪明乖觉，婶母甚是爱惜他。不想年纪七八岁时，父母两口相继而亡。多亏得这杨氏殡葬完备，就把王生养为己子。渐渐长成起来，转眼间又是十八岁了。商贾事体，是件[5]伶俐。

一日，杨氏对他说道："你如今年纪长大，岂可坐吃箱空？我身边有的家资，并你父亲剩下的，尽勾营运。待我凑成千来两，你到江湖上做些买卖，也是正经。"王生欣然道："这个正是我们本等。"杨氏就收拾起千金东西，交付与他。

王生与一班为商的计议定了，说南京好做生意，先将几百两银子置了些苏州货物。拣了日子，雇下一只长路的航船。行李包裹多收拾停当，别了杨氏起身，到船烧了神福利市，就便开船。一路无话。

不则一日，早到京口，趁着东风过江。到了黄天荡内，忽然起一阵怪风，满江白浪掀天，不知把船打到一个甚么去处。天已昏黑了，船上人抬头一望，只见四下里多是芦苇，前后并无第二只客船。王生和那同船一班的人正在慌张，忽然，芦苇里一声锣响，划出三四只小船来。每船上各有七八个人，一拥的跳过船来。王生等喘做一块，叩头讨饶，那伙人也不来和你说话，也不来害你性命，只把船中所有金银货物，尽数卷掳过船，叫声"聒噪"，双桨齐发，飞也似划将去了。满船人惊得魂飞魄散，目睁口呆。王生不觉的大哭起来，道："我直如此命薄！"就与同行的商量道："如今盘缠、行李俱无，到南京何干？不如各自回家，再作计较。"唧唧哝哝了一会，天色渐渐明了。那时已自风平浪静，拨转船头，望镇江进发。到了镇江，王生上岸，往一个亲眷人家借得几钱银子做盘费，到了家中。

杨氏见他不久就回，又且衣衫零乱，面貌忧愁，已自猜个八九了。只见他走到面前，唱得个喏，便哭倒在地。杨氏问他仔细，他把上项事说了一遍。杨氏慰安他道："儿哧，这也是你的命！又不是你不老成花费了，何须如此烦恼？且安心在家两日，再凑些本钱出去，务要趁出前番的来便是。"王生道："已后只在近处做些买卖罢，不担这样干系远处去了。"杨氏道："男子汉千里经商，怎说这话！"

住在家一月有余，又与人商量道："扬州布好卖。松江置买了布到扬州，就带些银子籴人米豆回来，甚是有利。"杨氏又凑了几百两银子，与他到松江买了百来筒布，独自写了一只满风梢的船，身边又带了几百两籴米豆的银子，合了一个伙计，择

日起行。

到了常州，只见前边来的船，只只气叹口渴道："挤坏了！挤坏了！"忙问缘故，说道："无数粮船，阻塞住丹阳路。自青羊铺直到灵口，水泄不通。买卖船莫想得进。"王生道："怎么好！"船家道："难道我们上前去看他挤不成？打从孟河走他娘罢。"王生道："孟河路怕恍惚。"船家道："拼得只是日里行，何碍？不然守得路通，知在何日？"因遂依了船家，走孟河路。果然是天青日白时节。出了孟河，方欢喜道："好了，好了。若在内河里，几时能挣得出来？"

正在快活间，只见船后头水响，一只三橹八桨船飞也似赶来。看看至近，一挠钩搭住，十来个强人手执快刀、铁尺、金刚圈，跳将过来。元来孟河过东去就是大海，日里也有强盗的。惟有空船走得。今见是买卖船，又悔气恰好撞着了，怎肯饶过？尽情搬了去。怪船家手里还捏着橹，一铁尺打去，船家抛橹不及。王生慌忙之中把眼瞅去，认得就是前日黄天荡里一班人。王生口里喊道："大王！前日受过你一番了，今日如何又在此相遇！我前世直如此少你的！"那强人内中一个长大的说道："果然如此，还他些做盘缠。"就把一个小小包裹撩将过来。掉开了船，一道烟反望前边江里去了。

王生只叫得苦。拾起包裹，打开看时，还有十来两零碎银子在内。噙着眼泪冷笑道："且喜这番不要借盘缠。侥幸！侥幸！"就对船家说道："谁叫你走此路，弄得我如此？回去了罢。"船家道："世情变了，白日打劫，谁人晓得？"只得转回旧路，到了家中。

杨氏见来得快，又一心惊。王生泪汪汪地走到面前，哭诉其故。难得杨氏是个大贤之人，又眼里识人，自道侄儿必有发迹之日，并无半点埋怨，只是安慰他，教他守命，再做道理。

过得几时，杨氏又凑起银子，催他出去道："两番遇盗，多是命里所招。命该失财，便是坐在家里，也有上门打劫的。不可因此两番堕了家传行业！"王生只是害怕。杨氏道："侄儿疑心，寻一个起课的问个吉凶，讨个前路便是。"果然寻了一个先生到家。接连占卜了几处做生意，都是下卦，惟有南京是个上上卦。又道："不消到得南京，但往南京一路上去，自然财爻旺相。"杨氏道："我的儿，'大胆天下去得，小心寸步难行'。苏州到南京不上六七站路，许多客人往往来来。当初你父亲、你叔叔，都是走熟的路。你也是悔气，偶然撞这两遭盗，难道他们专守着你一个遭遭打劫不成？占卜既好，只索放心前去。"王生依言，仍旧打点动身。也是他前数注定，合当如此。正是：

篋底东西命里财，皆繇鬼使共神差。

强徒不是无因至，巧弄他们送福来。

王生行了两日，又到扬子江中。此日一帆顺风，真个两岸万山如走马，直抵龙江关口。然后天晚，上岸不及了，打点湾船。他每是惊弹的鸟，傍着一只巡哨号船边拴好了船，自道万分无事，安心歇宿。到得三更，只听一声锣响，火把齐明，睡梦

里惊醒。急睁眼时，又是一伙强人，跳将过来，照前搬个罄尽，看自己船时，不在原泊处所，已移在大江阔处来了。火中仔细看他们抢掳，认得就是前两番之人。王生硬着胆，扯住前日还他包裹这个长大的强盗，跪下道："大王！小人只求一死！"大王："我等誓不伤人性命，你去罢了，如何反来歪缠？"王生哭道："大王不知，小人幼无父母，全亏得婶娘重托，出来为商。刚出来得三次，恰是前世欠下大王的，三次都撞着大王夺了去，教我何面目见婶娘？也那里得许多银子还他？就是大王不杀我时，也要跳在江中死了，决难回去再见恩婶之面了。"说得伤心，大哭不住。那大王是个有义气的，觉得可怜他，便道："我也不杀你，银子也还你不成，我有道理。我昨晚劫得一只客船，不想都是打捆的苎麻，且是不少，我要他没用。我取了你银子，把这些与你做本钱去，也勾相当了。"王生出于望外，称谢不尽。那伙人便把苎麻乱抛过船来，王生与船家慌忙并叠，不及细看，约莫有二三百捆之数。强盗抛完了苎麻，已自胡哨一声，转船去了。船家认着江中小港门，依旧把船移进宿了。

候天大明，王生道："这也是有人心的强盗，料道这些苎麻也有差不多千金了。他也是劫了去不好发脱，故此与我。我如今就是这样发行去卖，有人认出，反为不美。不如且载回家，打过了捆，改了样式，再去别处货卖罢(么)！"仍旧把船开江。下水船快，不多时，到了京口闸，一路到家。

见过婶婶，又把上项事一一说了。杨氏道："虽没了银子，换了偌多苎麻来，也不为大亏。"便打开一捆来看。只见一层一层解到里边，捆心中一块硬的，缠束甚紧。细细解开，乃是几层绵纸包着成锭的白金。随开第二捆，捆捆皆同。一船苎麻，共有五千两有余。乃是久惯大客商，江行防盗，假意货苎麻，暗藏在捆内，瞒人眼目的。谁知被强盗不问好歹劫来，今日却富了王生。那时，杨氏与王生叫声"惭愧"，虽然受了两三番惊恐，却平白地得此横财，比本钱加倍了，不胜之喜。

自此以后，出去营运，遭遭顺利。不上数年，遂成大富之家。这个虽是王生之福，却是难得这大王一点慈心。可见强盗中未尝没有好人。

如今再说一个，也是苏州人，只因无心之中，结得一个好汉；后来以此起家，又得夫妻重会。有诗为证：

说时侠气凌霄汉，听罢奇文冠古今。
若得世人皆仗义，贪泉[⑥]自可表清心。

却说景泰年间，苏州府吴江县有个商民，复姓欧阳。妈妈是本府崇明县曾氏，生下一女一儿。儿年十六岁，未婚；那女儿二十岁了，虽是小户人家，到也生得有些姿色，就赘本村陈大郎为婿。家道不富不贫，在门前开小小的一爿杂货店铺。往来交易，陈大郎和小舅两人管理。他们翁婿、夫妻、郎舅之间，你敬我爱，做生意过日。

忽遇寒冬天道，陈大郎往苏州置些货物，在街上行走。只见纷纷洋洋，下着国家祥瑞。古人有诗说得好，道是：

尽道丰年瑞，丰年瑞若何？
长安有贫者，宜瑞不宜多！

那陈大郎冒雪而行，正要寻一个酒店沽酒暖寒，忽见远远地一个人走将来。你道是怎生模样？但见：

身上紧穿着一领青服，腰间暗悬着一把钢刀。形状带些威雄，面孔更无细肉。两颊无非"不亦悦"，遍身都是"德辅如"。

那个人生得身长七尺，膀阔三停。大大一个面庞，大半被长须遮了。可煞作怪，没有须的所在，又多有毛，长寸许，剩却眼睛外，把一个嘴脸遮得缝地也无了。正合着古人笑话：髭髯不仁，侵扰乎其旁而不已，于是面之所余无几。

陈大郎见了，吃了一惊，心中想道："这人好生古怪！只不知吃饭时如何处置这些胡须，露得个口出来？"又想道："我有道理，拼得费钱把银子，请他到酒店中一坐，便看出他的行动来了。"他也只是见他异样，要作个要，连忙躬身向前唱喏。那人还礼不迭。陈大郎道："小可欲邀老丈酒楼小叙一杯。"那人是个远来的，况兼落雪天气，又饥又寒，听见说了，喜逐颜开，连忙道："素昧平生，何劳厚意！"陈大郎捣个鬼道："小可见老丈骨格非凡，必是豪杰，敢扳一话。"那人道："却是不当。"口里如此说，却不推辞。两人一同上酒楼来。

陈大郎便问酒保打了几角酒，回了一腿羊肉，又摆上些鸡鱼肉菜之类。陈大郎正要看他动口，就举杯来相劝。只见那人接了酒盏，放在桌上，向衣袖取出一对小小的银札钩来，挂在两耳，将须毛分开札起，拔刀切肉，恣其饮啖。又嫌杯小，问酒保讨个大碗，连吃了几壶。然后讨饭。饭到，又吃了十来碗。陈大郎看得呆了。那人起身拱手道："多谢兄长厚情，愿闻姓名乡贯。"陈大郎道："在下姓陈名某，本府吴江县人。"那人一一记了。陈大郎也求他姓名，他不肯还个明白，只说："我姓乌，浙江人。他日兄长有事到敝省，或者可以相会。承兄盛德，必当奉报，不敢有忘。"陈大郎连称"不敢"。当下算还酒钱，那人千恩万谢出门，作别自去了。陈大郎也只道是偶然的说话，那里认真？归来对家中人说了，也有信他的，也有疑他说谎的，俱各笑了一场，不在话下。

又过了两年有余。陈大郎只为做亲了数年，并不曾生得男女。夫妻两个发心要往南海普陀洛伽山观音大士处烧香求子，尚在商量未决。忽一日，欧公有事出去了，只见外边有一个人走进来叫道："老欧在家么？"陈大郎慌忙出来答应。却是崇明县的褚敬桥。施礼罢，便问："令岳在家否？"陈大郎道："少出。"褚敬桥道："令亲外太妈陆氏，身体违和，特地叫我寄信，请你令岳母相伴几时。"大郎闻言，便进来说与曾氏知道。曾氏道："我去便要去，只是你岳父不在，眼下不得脱身。"便叫过女儿、儿子分付道："外婆有病，你每姊弟两人，可到崇明去伏侍几日。待你父亲归家，我就来换你们便了。"当下商议已定，便留褚敬桥吃了午饭，央他先去回复。

又过了两日，姊弟二人收拾停当，叫下一只艎船起行。那曾氏又分付道："与我上复外婆，须要宽心调理。可说我也就要来的。虽则不多日路，你两人年小，各要小心。"二人领诺，自望崇明去了。只因此一去，有分教：

绿林此日逢娇冶，红粉从今踏险危。

却说陈大郎自从妻、舅去后十日有余，欧公已自归来，只见崇明又央人寄信来说道："前日褚敬桥回复道，叫外甥们就来，如何至今不见？"那欧公夫妻和陈大郎，都吃了一大惊，便道："去已十日了，怎说不见？"寄信的道："何曾见半个影来？你令岳母到也好了，只是令爱、令郎是甚缘故？"陈大郎忙去寻那载去的船家问他，船家道："到了海滩边，船进去不得，你家小官人与小娘子说道：'上岸去，路不多远，我们认得的。你自去罢。'此时天色将晚，两个急急走了去，我自摇船回了。如何不见？"那欧公急得无计可施，便对妈妈道："我在此看家，你可同女婿探望丈母，就访访消息归来。"

他每两个心中慌得无措，听得说了，便一刻也迟不得，急忙备了行李，雇了船只。第二日早早到了崇明，相见了陆氏妈妈，问起缘由，才知病体已渐痊可，只是外甥儿女毫不知些踪迹。那曾氏便是"心肝肉"的放声大哭起来。陆氏及邻舍妇女们惊来问信的，也不知陪了多少眼泪。

陈大郎是个性急的人，敲台拍凳的怒道："我晓得，都是那褚敬桥寄甚么鸟信！是他趁伙打劫，用计拐去了。"便不管三七二十一，忿气走到褚家。那褚敬桥还不知甚么缘由，劈面撞着。正要问个来历，被他劈胸揪住，喊道："还我人来！还我人来！"就要扯他到官。

此时已闹动街坊人，齐拥来看。那褚敬桥面如土色，嚷道："有何得罪，也须说个明白！"大郎道："你还要白赖！我好好的在家里，你寄甚么信，把我妻子、舅子拐在那里去了？"褚敬桥拍着胸膛道："真是冤天屈地，要好成歉！吾好意为你寄信，你妻子自不曾到。今日这话，却不是祸从天上来！"大郎道："我妻、舅已自来十日了，怎不见到？"敬桥道："可又来！我到你家寄信时，今日算来十二日了。次日傍晚到得这里以后，并不曾出门。此时你家妻、舅还在家未动身。我在何时拐骗？如今四邻八舍都是证见，若是我十日内曾出门到那里，这便都算是我的缘故。"众人都道："那有这事！这不撞着拐子，就撞着强盗了。不可冤屈了平人！"

陈大郎情知不关他事，只得放了手，忍气吞声跑回曾家。就在崇明县进了状词，又到苏州府进了状词，批发本县捕衙[⑦]缉访。又各处粉墙上贴了招子，许出赏银二十两。又寻着原载去的船家，也拉他到巡捕处讨了个保，押出挨查。仍旧到崇明，与曾氏共住了二十余日，并无消息。

不觉的残冬将尽，新岁又来，两人只得回到家中。欧公已知上项事了，三人哭做一堆，自不必说。别人家多欢欢喜喜过年，独有他家烦烦恼恼。

一个正月，又匆匆的过了，不觉又是二月初头，依先没有一些影响。陈大郎猛然想着道："去年要到普陀进香，只为要求儿女，如今不想连儿女的母亲都不见了。我直如此命蹇！今月十九日，是观音菩萨生日，何不到彼进香还愿？一来祈求的观音报应；二来看些浙江景致，消遣闷怀，就便做些买卖。"算计已定，对丈人说过，托店铺与他管了，收拾行李，取路望杭州来。

过了杭州钱塘江，下了海船，到普陀上岸。三步一拜，拜到大士殿前。焚香顶礼已过，就将分离之事通诚了一番，重复叩头道："弟子虔诚拜祷，伏望菩萨大慈大

慧，救苦救难，广大灵感，使夫妻再得相见。”拜罢下船，就泊在岩边宿歇。睡梦中见观音菩萨口授四句诗道：

合浦珠还自有时，惊危目下且安之。

姑苏一饭酬须重，大海茫茫信可期。

陈大郎飒然惊觉，一字不忘。他虽不甚精通文理，这几句却也解得，叹口气道：“菩萨果然灵感！依他说话，相逢似有可望。但只看如此光景，那得能勾？”心下悒怏，那一饭的事，早已不记得了。

清早起来，开船归家。行不得数里海面，忽地起一阵飓风，吹得天昏地暗，连东西南北都不见了。舟人牢把船舵，任风飘去。须臾之间，飘到一个岛边，早已风恬日朗。那岛上有小喽啰数百，正在那里使枪弄棒，比箭抡拳。一见有海船飘到，正是老鼠在猫口边过，如何不吃？便一伙的都抢下船来，将一船人身边银两、行李尽数搜出。那多是烧香客人，所有不多，不满众意，提起刀来吓他要杀。陈大郎情急了，大叫：“好汉饶命！”那些喽啰听得是东路声音，便问道：“你是那里人？”陈大郎战兢兢道：“小人是苏州人。”喽啰们便说道：“既如此，且绑到大王面前发落，不可便杀。”因此连众人都饶了，齐齐绑到聚义厅来。

陈大郎此时也不知是何主意，总之这条性命，一大半是阎家的了。闭着泪眼，口里只念“救苦救难观世音菩萨”。只见那厅上一个大王，慢慢地踱下厅来，将大郎细看了看，大惊道：“元来是吾故人到此。快放了绑！”陈大郎听得此话，才敢偷眼看那大王时节，正是那两年前遇着多须多毛、酒楼上请他吃饭这个人。喽啰连忙解脱绳索，大王便扯一把交椅过来，推他坐了，纳头便拜道：“小孩儿每不知进退，误犯仁兄，望乞恕罪！”陈大郎还礼不迭，说道：“小人触冒山寨，理合就戮，敢有他言！”大王道：“仁兄怎如此说？小可感仁兄雪中一饭之恩，于心不忘。屡次要来探访仁兄，只因山寨中多事不便。日前曾分付孩儿们，凡遇苏州客商，不可轻杀。今日得遇仁兄，天假之缘也！”陈大郎道：“既蒙壮士不弃小人时，乞将同行众人包裹、行李见还，早回家乡，誓当衔环结草。”大王道：“未曾尽得薄情，仁兄如何就去？况且有一事要与仁兄慢讲。”回头分付小喽啰：“宽了众人的绑，还了行李、货物，先放还乡。”众人欢天喜地，分明是鬼门关上放将转来，把头似捣蒜的一般，拜谢了大王，又谢了陈大郎，只恨爹娘少生了两只脚，如飞的开船去了。

大王便叫摆酒与陈大郎压惊。须臾齐备，摆上厅来。那酒肴内山珍海错也有，人肝人脑也有。大王定席之后，饮了数杯。陈大郎开口问道：“前日仓卒有慢，不曾备细请教得壮士大名，伏乞详示。”大王道：“小可生在海边，姓乌名友，少小就有些膂力。众人推我为尊，权主此岛。因见我须毛太多，称我做‘乌将军’。前日由海道到崇明县，得游贵府，与仁兄相会。小可不是铺啜之徒，感仁兄一饭，盖因我辈钱财轻，意气重。仁兄若非尘埃之中深知小可，一个素不相识之人，如何肯欣然款纳？所谓‘士为知己者死’，仁兄果我之知己耳！”大郎闻言，又惊又喜，心里想道：“好侥幸也！若非前日一饭，今日连性命也难保。”

又饮了数杯，大王开言道："动问仁兄，宅上有多少人口？"大郎道："只有岳父母、妻子、小舅，并无他人。"大王道："如今各平安否？"大郎下泪道："不敢相瞒，旧岁荆妻、妻弟，一同往崇明探亲。途中有失，至今不知下落。"大王道："既是这等，尊嫂定是寻不出了。小可这里有个妇女，也是贵乡人，年貌与兄正当。小可欲将他来奉仁兄箕帚，意下如何？"大郎恐怕触了大王之怒，不敢推辞。大王便大喊道："请将来！请将来！"只见一男一女，走到厅上。大郎定睛看时，元来不是别人，正是妻子与小舅，禁不住相持痛哭了一场。

大王便教增了筵席。三人坐了客位，大王坐了主位，说道："仁兄知尊嫂在此之故否？旧岁冬间，孩儿每往崇明海岸无人处，做些细商道路。见一男一女傍晚同行，拿着前来。小可问出根由，知是仁兄宅眷，忙令各馆别室，不敢相轻。于今两月有余，急忙里无个缘便，心中想道：'只要得邀仁兄一见，便可用小力送还。'今日不期而遇，天使然也！"三人感谢不尽。

那妻子与小舅私对陈大郎说道："那日在海滩上望得见外婆家了，打发了来船。姊弟正走间，遇见一伙人，捆缚将来，道是性命休矣！不想一见大王，查问来历，我等一一实对，便把我们另眼相看。我们也不知其故。今日见说，却记得你前年间曾言苏州所遇，果非虚话了。"陈大郎又想道："好侥幸也！前日若非一饭，今日连妻子也难保。"

酒罢起身，陈大郎道："妻父母望眼将穿。既蒙壮士厚恩完聚，得早还家为幸。"大王道："既如此，明日送行。"当夜送大郎夫妇在一个所在，送小舅在一个所在，各歇宿了。

次日，又治酒相饯。三口拜谢了要行。大王又教喽啰托出黄金三百两，白金一千两，彩段、货物在外，不计其数。陈大郎推辞了几番，道："重承厚赐，只身难以持归。"大王道："自当相送。"大郎只得拜受了。大王道："自此每年当一至。"大郎应允。大王相送出岛边，喽啰们已自驾船相等。他三人欢欢喜喜，别了登舟。那海中是强人出没的所在，怕甚风涛险阻！只两日，竟由海道中送到崇明上岸，海船自去了。

他三人竟走至外婆家来。见了外婆，说了缘故，老人家肉天肉地的叫，欢喜无极。陈大郎又叫了一只船，三人一同到家。欧公、欧妈见儿女、女婿都来，还道是睡里梦里！大郎便将前情告诉了一遍，各各悲欢了一场。欧公道："此果是乌将军义气，然若不遇飓风，何缘得到岛中？普陀大士真是感应！"大郎又说着大士梦中四句诗，举家叹异。

从此，大郎夫妻年年到普陀进香，都是乌将军差人从海道迎送，每番多则千金，少则数百，必致重负而返。陈大郎也年年往他州外府，觅些奇珍异物奉承，乌将军又必加倍相答，遂做了吴中巨富之家，乃一饭之报也！后人有诗赞曰：

胯下[8]曾酬一饭金，谁知剧盗有情深？
世间每说奇男子，何必儒林胜绿林！

【注释】

①及时雨：小说《水浒传》中宋江的绰号。

②李涉博士：李涉，唐代人。李涉遇盗赠诗的事，载于唐末范摅《云溪友议》一书。

③赵礼让肥：西汉末大饥，赵礼被饿盗马武捉住准备杀食。其兄赵孝和其母闻讯赶去，争说自己肥胖可食，马武受感动释放了赵礼母子，并赠以粟米。故事见元代杂剧《赵礼让肥》。

④张齐贤：宋人，《宋史》有传。张齐贤遇盗赠金系民间传说，可参看《二刻拍案惊奇》中《伪汉裔夺妾山中　假将军还姝江上》的"入话"。

⑤是件：件件。

⑥贪泉：泉名，在广东省南海县。相传饮用此泉的水会使人性贪。

⑦捕衙：又称"四衙"，即典史衙门。明代县衙中典史掌文书出纳并兼管刑狱，位在知县、县丞和主簿之下。

⑧胯下：胯下之人，指韩信。韩信曾受人胯下之辱，故称。淮河边的漂母对韩信有一饭之德，后来韩信报以千金，事见《史记·淮阴侯列传》。

张溜儿熟布迷魂局　陆蕙娘立决到头缘

诗曰：

深机密械总徒然，诡计奸谋亦可怜。
赚得人亡家破日，还成捞月在空川。

话说世间最可恶的是拐子。世人但说是盗贼，便十分防备他；不知那拐子，便与他同行同止，也识不出弄喧捣鬼，没形没影的，做将出来，神仙也猜他不到，倒在怀里信他。直到事后晓得，已此追之不及了。这却不是出跳的贼精，隐然的强盗？

今说国朝万历十六年，浙江杭州府北门外一个居民，姓扈，年已望六[①]，妈妈新亡，有两个儿子，两个媳妇，在家过活。那两个媳妇，俱生得有些颜色，且是孝敬公公。一日，爷儿三个多出去了，只留两个媳妇在家。闭上了门，自在里面做生活。那一日，大雨淋漓，路上无人行走。日中时分，只听得外面有低低哭泣之声，十分凄惨悲咽，却是妇人声音。从日中哭起，直到日没，哭个不住。两个媳妇听了半日，忍耐不住，只得开门同去外边一看。正是：

闭门家里坐，祸从天上来。

若是说话的与他同时生，并肩长，便劈手扯住，不放他两个出去。纵有天大的事，也惹他不着。元来，大凡妇人家，那闲事切不可管，动止最宜谨慎。丈夫在家时还好；若是不在时，只宜深闺静处，便自高枕无忧。若是轻易揽着个事头，必要缠出些不妙来。

那两个媳妇，当日不合开门出来。却见是一个中年婆娘，人物也到生得干净。两个见是个妇人，无甚妨碍，便动问道："妈妈何来？为甚这般苦楚？可对我们说知则个。"那婆娘掩着眼泪道："两位娘子听着：'老妾在这城外乡间居住。老儿死了，止有一个儿子和媳妇。媳妇是个病块[②]，儿子又十分不孝，动不动将老身骂詈。养赡又不周全，有一顿没一顿的。今日憋口气，与我的兄弟相约了，去县里告他忤逆。他叫我前头先走，随后就来。谁想等了一日，竟不见到。雨又落得大，家里又不好

回去，枉被儿子、媳妇耻笑，左右两难。为此想起这般命苦，忍不住伤悲。不想惊动了两位娘子。多承两位娘子动问，不敢隐瞒，只得把家丑实告。'"他两个见那婆娘说得苦恼，又说话小心，便道："如此且在我们家里坐一坐，等他来便了。"两个便扯了那婆子进去。说道："妈妈宽坐一坐，等雨住了回去。自亲骨肉，虽是一时有些不是处，只宜好好宽解，不可便经官动府，坏了和气，失了体面。"那婆娘道："多谢两位相劝，老身且再耐他几时。"

一递一句，说了一回，天色早黑将下来。婆娘又道："天黑了，只不见来，独自回去不得，如何好？"两个又道："妈妈便在我家歇一夜，何妨？粗茶淡饭，便吃了餐把[③]，那里便费了多少？"那婆娘道："只是打搅不当。"那婆娘当时就裸起双袖，到灶下去烧火，又与他两人量了些米煮夜饭。揩台抹凳，担汤担水，一揽包收，多是他上前替力。两个道："等媳妇们伏侍，甚么道理到要妈妈费气力？"妈妈道："在家里惯了，是做时便倒安乐，不做时便要困倦。娘子们但有事，任凭老身去做不妨。"当夜洗了手脚，就安排他两个睡了，那婆娘方自去睡。

次日清蚤，又是那婆娘先起身来，烧热了汤，将昨夜剩下米煮了蚤饭，拂拭净了椅桌。力力碌碌，做了一朝，七了八当。两个媳妇起身，要东有东，要西有西，不费一毫手脚，便有七八分得意了。便两个商议道："那妈妈且是熟分肯做。他在家里不像意[④]，我们这里正少个人相帮。公公常说要娶个晚婆婆，我每劝公公纳了他，岂不两便？只是未好与那妈妈启得齿。但只留着他，等公公来再处。"

不一日，爷儿三个回来了。见家里有这个妈妈，便问媳妇缘故。两个就把那婆娘家里的事，依他说了一遍。又道："这妈妈且是和气，又十分勤谨。他已无了老儿，儿子又不孝，无所归了。可怜！可怜！"就把妯娌商量的见识，叫两个丈夫说与公公知道。扈老道："知他是甚样人家，便好如此草草？且留他住几时着。"口里一时不好应承。见这婆娘干净，心里也欲得的。

又过了两日，那老儿没搭煞，黑暗里已自和那婆娘摸上了。媳妇们看见了些动静，对丈夫道："公公常是要娶婆婆，何不就与这妈妈成了这事？省得又去别寻头脑，费了银子。"儿子每也道："说得是。"多去劝着父亲。媳妇们已自与那婆娘说通了，一让一个肯。摆个家筵席儿，欢欢喜喜，大家吃了几杯，两口儿成合了。

过得两日，只见两个人问将来。一个说是妈妈的兄弟，一个说是妈妈的儿子。说道："寻了好几日，方问得着是这里。"妈妈听见走出来。那儿子拜跪讨饶，兄弟也替他请罪。那妈妈怒色不解，千咒万骂，扈老从中好言劝开。兄弟与儿子又劝他回去。妈妈又骂儿子道："我在这里，吃口汤水也是安乐的，倒回家里在你手中讨死吃？你看这家媳妇，待我如何孝顺？"儿子见说这话，已此晓得娘嫁了这老儿了。扈父便整酒留他两人吃。那儿子便拜扈老道："你便是我继父了。我娘喜得终身有托，万千之幸。"别了自去。似此两三个月中，往来了几次。

忽一日，那儿子来道："孙子明日行聘，请爹娘与哥嫂一门同去吃喜酒。"那妈妈回言道："两位娘子怎好轻易就到我家去？我与你爷、两位哥哥同来便了。"次日，妈

妈同他父子去吃了一日喜酒，欢欢喜喜，醉饱回家。

又过了一个多月，只见这个孙子又来登门，说道："明日毕姻，来请阖家尊长，同观花烛。"又道："是必求两位大娘同来光辉一光辉。"两个媳妇巴不得要认妈妈家里，还悔道前日不去得，堆下笑来应承。

次日盛妆了，随着翁妈丈夫一同到彼。那妈妈的媳妇出来接着，是一个黄瘦有病的。日将下午，那儿子请妈妈同媳妇迎亲，又要请两位嫂子同去，说道："我们乡间风俗，是女眷都要去的。不然，只道我们不敬重新亲。"妈妈对儿子道："汝妻虽病，今日已做了婆婆了，只消自去，何必烦劳二位嫂子？"儿子道："妻子病中，规模不雅，礼数不周，恐被来亲轻薄。两位嫂子既到此了，何惜往迎这片时，使我们好看许多？"妈妈道："这也是。"那两个媳妇，也是巴不得去看看耍子的。妈妈就同他自己媳妇，四人作队儿，一伙下船去了。

更余不见来，儿子道："却又作怪！待我去看一看来。"又去一回，那孙子穿了新郎衣服，也说道："公公宽坐，孙儿也出门望望去。"摇摇摆摆，踱了出来。只剩得爷儿三个在堂前灯下坐着。等候多时，再不见一个来了。肚里又饥，心下疑惑，两个儿子走进灶下看时，清灰冷火，全不像个做亲的人家。出来对父亲说了，拿了堂前之灯，到里面一照，房里空荡荡，并无一些箱笼、衣衾之类，止有几张椅桌，空着在那里。心里大惊道："如何这等？"要问邻舍时，夜深了，各家都关门闭户了。三人却像热地上蝼蚁，钻出钻入。

乱到天明，才问得个邻舍道："他每一班何处去了？"邻人多说不知。又问："这房子可是他家的？"邻人道："是城中杨衙里的。五六月前，有这一家子来租他的住，不知做些甚么。你们是亲眷，来往了多番，怎么倒不晓得细底，却来问我们？"问了几家，一般说话。有个把有见识的道："定是一伙大拐子，你们着了他道儿，把媳妇骗的去了。"

父子三人见说，忙忙若丧家之狗，踉踉跄跄，跑回家去。分头去寻，那里有个去向？只得告了一纸状子，出个广捕[⑤]，却是渺渺茫茫的事了。那扈老儿要娶晚婆，他道是白得的，十分便宜。谁知到为这婆子白白里送了两个后生媳妇！这叫做：贪小失大。所以为人切不可做那讨便宜苟且之事。正是：

莫信直中直，须防仁不仁。
贪看天上月，失却世间珍。

这话丢过一边。如今且说一个拐儿，拐了一世的人，倒后边反着了一个道儿。这本话，却是在浙江嘉兴府桐乡县内。有一秀才，姓沈名灿若，年可二十岁，是嘉兴有名才子。容貌魁峨，胸襟旷达。娶妻王氏，姿色非凡，颇称当对。家私丰裕，多亏那王氏守把。两个自道佳人才子，一双两好，端的是如鱼似水、如胶似漆价相得。只是王氏生来娇怯，恹恹弱病尝不离身的。

灿若十二岁上进学，十五岁超增补廪[⑥]。少年英锐，自恃才高一世，视一第何啻拾芥！不时与一班好朋友，或以诗酒娱心，或以山水纵目，放荡不羁。其中独有

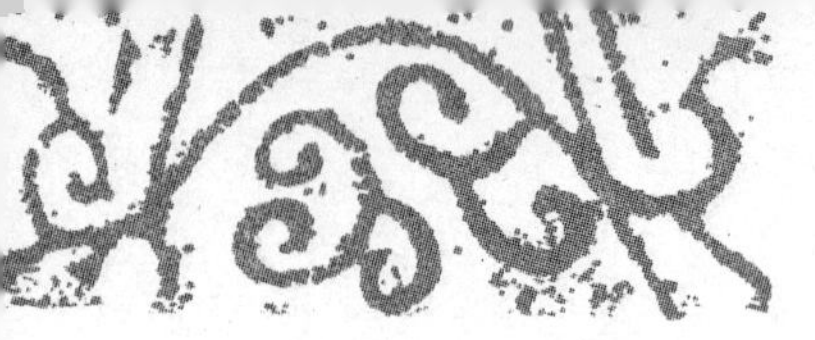

四个秀才，情好更笃。自古道："惺惺惜惺惺，才子惜才子。"却是嘉善黄平之、秀水何澄、海盐乐尔嘉、同邑方昌，都一般儿你羡我爱。这多是同郡朋友。那他州外府与灿若往来的，不计其数，大约不过是并时的才人。那本县知县姓稽，单讳一个清字，常州江阴县人。平日敬重斯文，喜欢才士，也道灿若是个青云决科之器，与他认了师生，往来相好。

是年正是大比⑦之年，有了科举。灿若归来，打叠衣装，上杭应试，与王氏话别。王氏挨着病躯，整顿了行李，眼中流泪道："官人前程远大，早去早回。奴未知有福分能勾与你同享富贵与否?"灿若道："娘子说那里话？你有病在身，我去后须十分保重。"也不觉掉下泪来。二人执手分别，王氏送出门外，望灿若不见，掩泪自进去了。

灿若一路行程，心下觉得不快。不一日，到了杭州，寻客店安下。匆匆的进过了三场，颇称得意。一日，灿若与众好朋友游了一日湖，大醉回来。睡了半夜，忽听得有人扣门，披衣而起。只见一人高冠敞袖，似是道家妆扮。灿若道："先生黌夜至此，何以教我?"那人道："贫道颇能望气，亦能断人阴阳祸福。偶从东南来此，暮夜无处投宿，因扣尊扃，多有惊动。"灿若道："既先生投宿，便同榻何妨？先生既精推算，目下榜期在迩，幸将贱造推算。未知功名有分与否，愿决一言。"那人道："不必推命，只须望气。观君丰格，功名不患无缘，但必须待尊阃天年之后，便得如意。我有两句诗，是君终身遭际。君切记之：'鹏翼抟时歌六忆，鸾胶续处舞双凫。'"

灿若不解其意，方欲再问，外面猫儿捕鼠，扑地一响，灿若吃了一跳，却是南柯一梦。灿若道："此梦甚是诧异！那道人分明说待我荆妻亡故，功名方始称心。我情愿青衿没世也罢。割恩爱而博功名，非吾愿也。"两句诗又明明记得。翻来覆去，睡不安稳。又道："梦中言语，信他则甚！明日倘若榜上无名，作速回去了便是。"

正想之际，只听得外面叫喊连天，锣声不绝，扯住讨赏，报灿若中了第三名经魁。灿若写了票，众人散讫。慌忙梳洗上轿，见座主、会同年去了。

那座师却正是本县稽清知县。那时解元何澄，又是极相知的朋友。黄平之、乐尔嘉、方昌多已高录，俱各欢喜。灿若理了正事，天色傍晚，乘轿回寓。只见那店主赶着轿，慌慌的叫道："沈相公，宅上有人到来，有紧急家信报知，候相公半日了。"灿若听了"紧急家信"四字，一个冲心，忽思量着梦中言语，却似十五个吊桶打水——七上八落。正是：

青龙白虎同行，凶吉全然未保。

到得店中下轿，见了家人沈文，穿一身素净衣服，便问道："娘子在家安否？谁着你来寄信?"沈文道："不好说得。是管家(来)李公着寄信来。官人看书便是。"灿若接过书来，见封筒逆封，心里有如刀割。拆开看罢，方知是王氏于二十六日身故。灿若惊得呆了，却似：

分开八片顶阳骨，倾下半桶雪水来。

半晌做声不得，蓦然倒地。众人唤醒，扶将起来。灿若咽住喉咙，千妻万妻的哭，哭得一店人无不流泪，道："早知如此，就不来应试也罢，谁知便如此永诀了!"问沈文

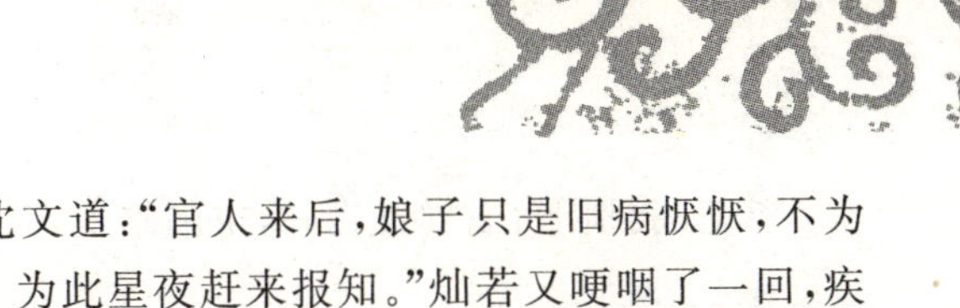

道:“娘子病重,缘何不早来对我说?”沈文道:“官人来后,娘子只是旧病恹恹,不为甚重。不想二十六日,忽然晕倒不醒。为此星夜赶来报知。”灿若又哽咽了一回,疾忙叫沈文雇船回家去,也顾不得他事了。暗思一梦之奇,二十七日放榜,王氏却于二十六日间亡故,正应着那“鹏翼抟时歌六忆”这句诗了。

当时整备离店。行不多路,却遇着黄平之抬将来。二人又是同门,相见罢,黄平之道:“观兄容貌,十分悲惨,未知何故?”灿若噙着眼泪,将那得梦情由,与那放榜报丧、今赶回家之事,说了一遍。平之嗟叹不已道:“尊兄且自宁耐,毋得过伤。待小弟见座师与众同袍为兄代言其事,兄自回去不妨。”两人别了。

灿若急急回来,进到里面,抚尸恸哭,几次哭得发昏。择时入殓已毕,停柩在堂。夜间灿若只在灵前相伴。

不多时,过了三四七。众朋友多来吊唁,就中便有说着会试一事的。灿若漠然不顾道:“我多因这蜗角虚名,赚得我连理枝分,同心结解。如今就把一个会元撇在地下,我也无心去拾他了。”这是王氏初丧时的说话。

转眼间,又过了断七[8]。众亲友又相劝道:“尊阃既已夭逝,料无起死回生之理。兄枉自灰其志,竟亦何益!况在家无聊,未免有孤栖之叹。同到京师,一则可以观景舒怀,二则众同袍剧谈竟日,可以解愠。岂可为无益之悲,误了终身大事?”灿若吃劝不过,道:“既承列位佳意,只得同走一遭。”那时就别了王氏之灵,嘱付李主管照管羹饭、香火,同了黄、何、方、乐四友登程,正是那十一月中旬光景。

五人夜住晓行,不则一日来到京师。终日成群挈队,诗歌笑傲;不时往花街柳陌,闲行遣兴。只有灿若没一人看得在眼里。

韶华迅速,不觉的换了一个年头。又早上元节过,渐渐的桃香浪暖。那时黄榜动,选场开,五人进过了三场,人人得意,个个夸强。沈灿若始终心下不快,草草完事。过不多时揭晓,单单奚落了灿若,他也不在心上。黄、何、方、乐四人,自去传胪[9]。何澄是二甲,选了兵部主事,带了家眷在京。黄平之到是庶吉士,乐尔嘉选了太常博士,方昌选了行人。稽清知县也行取[10]做刑科给事中,各守其职不题。

灿若又游乐了多时回家。到了桐乡,灿若进得门来,在王氏灵前拜了两拜,哭了一场,备羹饭浇奠了。又隔了两月,请个地理先生,择地殡葬了王氏已讫,那时便渐渐有人来议亲。灿若自道是第一流人品,王氏恁地一个娇妻,兀自无缘消受,再那里寻得一个厮对的出来?必须是我目中亲见,果然像意,方才可议此事。以此多不着紧。

光阴似箭,日月如梭。有话即长,无话即短。却又过了三个年头,灿若又要上京应试,只恨着家里无人照顾。又道是:“家无主,屋倒竖。”灿若自王氏亡后,日间用度,箸长碗短,十分的不像意。也思量道:“须是续弦一个掌家娘子方好。只恨无其配偶。”心中闷闷不已。仍把家事且付与李主管照顾,收拾起程。

那时正是八月间天道,金风乍转,时气新凉,正好行路。夜来皓魄当空,澄波万里,上下一碧。灿若独酌无聊,触景伤怀,遂尔口占一曲:

露滴野塘秋,下帘笼不上钩,徒劳明月穿窗牖。鸳衾远丢,孤身远游。浮

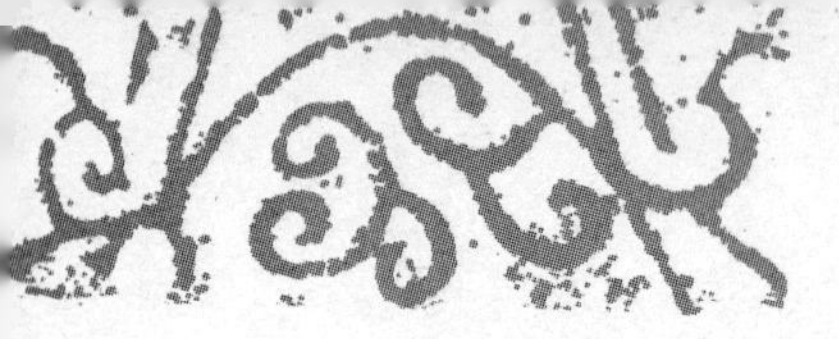

槎怎得到阳台右？漫凝眸，空临皓魄，人不在月中留。

——词寄《黄莺儿》

吟罢，痛饮一醉，舟中独寝。

话休絮烦。灿若行了二十余日，来到京中。在举厂东边，租了一个下处，安顿行李已好。一日同几个朋友到齐化门外饮酒。只见一个妇人，穿一身缟素衣服，乘着蹇驴；一个闲的，挑了食槅随着，恰像那里去上坟回来的。灿若看那妇人，生得：

敷粉太白，施朱太赤。加一分太长，减一分太短。十相具足，是风流占尽无余；一味温柔，差丝毫便不断称。巧笑倩兮，笑得人魂灵颠倒；美目盼兮，盼得你心意痴迷。假使当时逢妒妇，也言“我见且犹怜”[11]。

灿若见了此妇，却似顶门上丧了三魂，脚底下荡了七魄。他就撇了这些朋友，也雇了一个驴，一步步赶将去，呆呆的尾着那妇人只顾看。那妇人在驴背上，又只顾转一对秋波过来看那灿若。走了上里把路，到一个僻静去处，那妇人走进一家人家去了。灿若也下了驴，心下不舍，钉住了脚，在门首呆看。

看了一晌，不见那妇人出来。正没理会处，只见内里走出一个人来道：“相公只望门内观看，却是为何？”灿若道：“适才同路来，见个白衣小娘子，走进此门去，不知这家是甚等人家？那娘子是何人？无个人来问问。”那人道：“此妇非别，乃舍表妹陆蕙娘，新近寡居在此。方才出去辞了夫墓，要来嫁人。小人正来与他作伐。”灿若道：“足下高姓大名？”那人道：“小人姓张，因为做事是件顺溜，为此人起一个混名，只叫小人张溜儿。”灿若道：“令表妹要嫁何等样人？肯嫁在外方去否？”溜儿道：“只要是读书人后生些的便好了，地方不论远近。”灿若道：“实不相瞒，小生是前科举人，来此会试。适见令表妹丰姿绝世，实切想慕。足下肯与作媒，必当重谢。”溜儿道：“这事不难。料我表妹见官人这一表人才，也决不推阻的。包办在小人身上，完成此举。”灿若大喜道：“既如此，就烦足下往彼一通此情。”在袖中摸出一锭银子，递与溜儿道：“些小薄物，聊表寸心。事成之后，再容重谢。”溜儿推逊了一回，随即接了。见他出钱爽快，料他囊底充饶，道：“相公明日来讨回话。”灿若欢天喜地，回下处去了。

次日，又到郊外那家门首来探消息。只见溜儿笑嘻嘻的走将来道：“相公喜事上头，恁地出门的早哩！昨日承相公分付，即便对表妹说知。俺妹子已自看上了相公，不须三回五次，只说着便成了。相公只去打点纳聘做亲便了。表妹是自家做主的，礼金不计论，但凭相公出得手罢了。”灿若依言，取三十两银子，折了衣饰送将过去。那家也不争多争少，就许定来日过门。

灿若看见事体容易，心里到有些疑惑起来。又想是北方再婚，说是鬼妻，所以如此相应。至日，鼓吹灯轿，到门迎接陆蕙娘。蕙娘上轿，到灿若下处来做亲。灿若灯下一看，正是前日相逢之人，不觉大喜过望，方才放下了心。拜了天地，吃了喜酒，众人俱各散讫。

两人进房，蕙娘只去椅上坐着。约莫一更时分，夜阑人静。灿若久旷之后，欲火燔灼，便开话道：“娘子请睡了罢。”蕙娘啭莺声、吐燕语道：“你自先睡。”灿若只道

蕙娘害羞，不去强他，且自先上了床，那里睡得着？

又歇了半个更次，蕙娘兀自坐着。灿若只得又央及道："娘子日来困倦，何不将息将息？只管独坐，是甚意思？"蕙娘又道："你自睡。"口里一头说，眼睛却不转的看那灿若。灿若怕新来的逆了他意，依言又自睡了一会。又起来款款问道："娘子为何不睡？"蕙娘又将灿若上上下下仔细看了一会，开口问道："你京中有甚势要相识否？"灿若道："小生交游最广。同袍、同年，无数在京，何论相识？"蕙娘道："既如此，我而今当真嫁了你罢。"灿若道："娘子又说得好笑！小生千里相遇，央媒纳聘，得与娘子成亲，如何到此际还说个当真、当假？"蕙娘道："官人有所不知。你却不晓得此处张溜儿是有名的拐子。妾身岂是他表妹？便是他浑家。为是妾身有几分姿色，故意叫妾赚人到门，他却只说是妹寡居，要嫁人，就是他做媒。多有那慕色的，情愿聘娶妾身。他却不受重礼，只要哄得成交，就便送妾做亲。叫妾身只做害羞，不肯与人同睡，因不受人点污。到了次日，却合了一伙棍徒，图赖你奸骗良家女子，连人和箱笼尽抢将去。那些被赚之人，客中怕吃官司，只得忍气吞声，明受火囤[12]。如此也不止一个了。昨日妾身哭母墓而归，原非新寡。天杀的撞见官人，又把此计来使。妾每每自思，此岂终身道理？有朝一日惹出事来，并妾此身付之乌有。况以清白之身，暗地迎新送旧，虽无所染，情何以堪！几次劝取丈夫，他只不听。以此妾之私意，只要将计就计，倘然遇着知音，愿将此身许他，随他私奔了罢。今见官人态度非凡，抑且志诚软款，心实欢羡。但恐相从奔走，或被他找着，无人护卫，反受其累。今君既交游满京邸，愿以微躯托之官人。官人只可连夜便搬往别处好朋友家谨密所在去了，方才娶得妾安稳。此是妾身自媒以从官人，官人异日弗忘此情！"

灿若听罢，呆了半晌，道："多亏娘子不弃，见教小生。不然，几受其祸。"连忙开出门来，叫起家人打叠行李。把自己喂养的一个蹇驴，驮了蕙娘。家人挑箱笼，自己步行。临出门，叫应主人道："我们有急事回去了。"晓得何澄带家眷在京，连夜敲开他门，细将此事说与。把蕙娘与行李都寄在何澄寓所。那何澄房尽空阔，灿若也就一宅两院做了下处，不题。

却说张溜儿次日果然纠合了一伙破落户，前来抢人。只见空房开着，人影也无。忙问下处主人道："昨日成亲的举人那里去了？"主人道："相公连夜回去了。"众人各各呆了一回。大家嚷道："我们随路追去！"一哄的望张家湾乱奔去了。却是偌大所在，何处找寻？元来北京房子，惯是见租与人住。来来往往，主人不来管他东西去向。所以但是搬过了，再无处跟寻的。

灿若在何澄处看了两月书，又早是春榜动，选场开。灿若三场满志，正是专听春雷第一声。果然金榜题名，传胪三甲。灿若选了江阴知县，却是稽清的父母。不一日领了凭，带了陆蕙娘起程赴任。却值方昌出差苏州，竟坐了他一只官船到任。

陆蕙娘平白地做了知县夫人，这正是"鸾胶续处舞双凫"之验也。灿若后来做到开府而止。蕙娘生下一子，后亦登第，至今其族繁盛。有诗为证：

女侠堪夸陆蕙娘，能从萍水识檀郎。

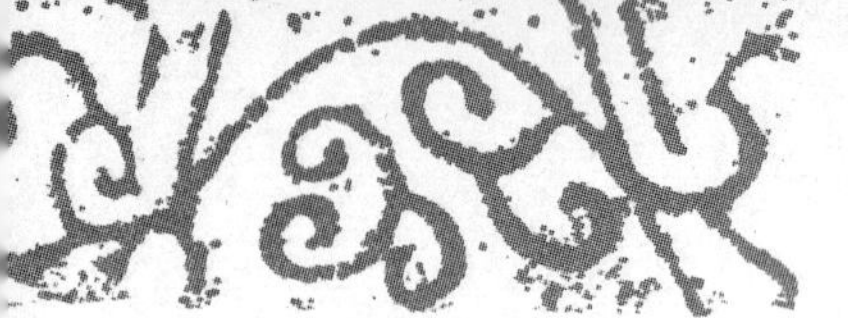

巧机反借机来用，毕竟强中手更强。

【注释】

①望六：接近六十的年纪。

②病块：常年生病的人。

③餐把：一餐两餐、一顿两顿的意思。

④不像意：不如意，不称心。

⑤广捕：广捕文书，就是通缉的告示。

⑥超增补廪：依次递补为廪生。明代生员有廪生、增生、附生等名目，其中廪生地位最高，由国家发给廪米补助其生活。

⑦大比：指乡试。明代的乡试每三年在各省省城举行一次，录取的称为“举人”。

⑧断七：旧时风俗，人死后每过七天举行吊唁或做佛事，至七七四十九天为止，称“断七”。

⑨传胪：科举制度中，殿试之后由皇帝宣布登第进士名次的典礼。

⑩行取：地方官员因政绩调京任职，称为“行取”。

⑪我见且犹怜：晋桓温之妻为人悍妒，知桓温纳妾，持刀前往其妾住处。因见其端丽闲雅，说：“我见汝犹怜，何况老奴。”后因以“我见犹怜”为形容美妇之词。

⑫火囤：利用女色设圈套骗人。

赵司户千里遗音　苏小娟一诗正果

诗曰：

青楼原有掌书仙，未可全归露水缘。
多少风尘能自拔，淤泥本解出青莲。

这四句诗，头一句“掌书仙”，你道是甚么出处？列位听小子说来：唐朝时长安有一个倡女，姓曹，名文姬，生四五岁，便好文字之戏。及到笄年，丰姿艳丽，俨然神仙中人。家人教以丝竹宫商，他笑道：“此贱事，岂吾所为？惟墨池笔冢，使吾老于此间，足矣。”他出口落笔，吟诗作赋，清新俊雅。任是才人，见他钦伏。至于字法，上逼钟、王，下欺颜、柳，真是重出世的卫夫人。得其片纸只字者，重如拱璧，一时称他为“书仙”。他等闲也不肯轻与人写。长安中富贵之家，豪杰之士，辇输金帛，求聘他为偶的不记其数。文姬对人道：“此辈岂我之偶？如欲偶吾者，必先投诗，吾当自择。”此言一传出去，不要说吟坛才子，争奇斗异，各献所长，人人自以为得“大将”，就是张打油、胡钉铰，也来做首把[1]，撮个空。至于那强斯文、老脸皮，虽不成诗，叶韵而已的，也偏不识廉耻，诌他娘两句，出丑一番。谁知投去的，好歹多选不中。这些人还指望出张续案，放遭造考，把一个长安的子弟，弄得如醉如狂的。文姬只是冷笑。最后有个岷江任生，客于长安，闻得此事，喜道：“吾得配矣。”旁人问之，他道：“凤栖梧，鱼跃渊，物有所归，岂妄想乎？”遂投一诗云：

玉皇殿上掌书仙，一染尘心谪九天。
莫怪浓香薰骨腻，霞衣曾惹御炉烟。

文姬看诗毕，大喜道："此真吾夫也！不然，怎晓得我的来处？吾愿与之为妻。"即以此诗为聘定，留为夫妇。自此，春朝秋夕，夫妇相携，小酌微吟，此唱彼和，真如比翼之鸟，并头之花，欢爱不尽。

如此五年后，因三月终旬，正是九十日春光已满，夫妻二人设酒送春。对饮间。文姬忽取笔砚题诗云：

仙家无夏亦无秋，红日清风满翠楼。
况有碧霄归路稳，可能同驾五云虬？

题毕，把与任生看。任生不解其意，尚在沉吟。文姬笑道："你向日投诗，已知吾来历，今日何反生疑？吾本天上司书仙人，偶以一念情爱，谪居人间二纪。今限已满，吾欲归，子可偕行。天上之乐，胜于人间多矣。"说罢，只闻得仙乐飘空，异香满室。家人惊异间，只见一个朱衣吏，持一玉版，朱书篆文，向文姬前稽首道："李长吉新撰《白玉楼记》成，天帝召汝写碑。"文姬拜命毕，携了任生的手，举步腾空而去，云霞闪烁，鸾鹤缭绕。于时观者万计，以其所居地为"书仙里"。这是"掌书仙"的故事，乃是倡家第一个好门面话柄。

看官，你道倡家这派起于何时？元来起于春秋时节。齐大夫管仲设女闾七百，征其合夜之钱，以为军需。传至于后，此风大盛。然不过是侍酒陪歌，追欢买笑，遣兴陶情，解闷破寂，实是少不得的，岂至遂为人害？争奈"酒不醉人人自醉，色不迷人人自迷"，才有欢爱之事，便有迷恋之人；才有迷恋之人，便有坑陷之局。做姊妹的，飞絮飘花，原无定主；做子弟的，失魂落魄，不惜余生。怎当得做鸨儿、龟子的，吮血磨牙，不管天理，又且转眼无情，回头是计。所以弄得人倾家荡产，败名失德，丧躯殒命，尽道这娼妓一家是陷人无底之坑，填雪不满之井了。总由子弟少年浮浪没主意的多，有主意的少；娼家习惯风尘，有圈套的多，没圈套的少。至于那雏儿们，一发随波逐浪，那晓得叶落归根？所以百十个姊妹里头，讨不出几个要立妇名、从良到底的。就是从了良，非男负女，即女负男，有结果的也少。

却是人非木石，那鸨儿只以钱为事，愚弄子弟，是他本等，自不必说。那些做妓女的，也一样娘生父养，有情有窍，日陪欢笑，夜伴枕席，难道一些心也不动？一些情也没有？只合着鸨儿做局骗人过日不成？这却不然。其中原有有真心的，一意绸缪，生死不变；原有肯立志的，亟思超脱，时刻不忘。从古以来，不止一人。而今小子说一个妓女，为一情人相思而死，又周全所爱妹子也得从良，与看官们听，见得妓女也有好的。有诗为证，诗云：

有心已解相思死，况复留心念连理。
似此多情世所稀，请君听我歌天水。
天水才华席上珍，苏娘相向转相亲。
一官各阻三年约，两地同归一日魂。
遗言弱妹曾相托，敢谓冥途忘旧诺？
爱推同气了良缘，赓歌一绝于飞乐。

话说宋朝钱塘有个名妓苏盼奴，与妹苏小娟，两人俱俊丽工诗，一时齐名。富豪子弟到临安者，无不愿识其面。真个车马盈门，络绎不绝。他两人没有嬷嬷，只是盼儿当门抵户，却是姊妹两个多自家为主的。自道品格胜人，不耐烦随波逐浪，虽在繁华绮丽所在，心中常怀不足。只愿得遇个知音之人，随他终身，方为了局的。姊妹两人意见相同，极是过得好。

盼奴心上有一个人，乃是皇家宗人，叫做赵不敏，是个太学生。元来宋时宗室自有本等禄食，本等职衔，若是情愿读书应举，就不在此例了。所以赵不敏有个房分兄弟赵不器，就自去做了个院判；惟有赵不敏自恃才高，务要登第，通籍在太学。他才思敏捷，人物风流。风流之中，又带些志诚真实，所以盼奴与他相好。盼奴不见了他，饭也是吃不下的。赵太学是个书生，不会经管家务，家事日渐萧条，盼奴不但不嫌他贫，凡是他一应灯火酒食之资，还多是盼奴周给他。恐怕他因贫废学，常对他道："妾看君决非庸下之人，妾也不甘久处风尘。但得君一举成名，提掇了妾身出去，相随终身，虽布素亦所甘心。切须专心读书，不可懈怠，又不可分心他务。衣食之需，只在妾的身上，管你不缺便了。"

小娟见姐姐真心待赵太学，自也时常存一个拣人的念头，只是未曾有个中意的。盼奴体着小娟意思，也时常替他留心，对太学道："我这妹子性格极好，终久也是良家的货。他日你若得成名，完了我的事，你也替他寻个好主，不枉了我姊妹一对儿。"太学也自爱着小娟，把盼奴的话牢牢记在心里了。

太学虽在盼奴家往来情厚，不曾破费一钱，反得他资助读书，感激他情意，极力发愤。应过科试，果然高捷南宫。盼奴心中不胜欢喜，正是：

银缸斜背解鸣珰，小语低声唤玉郎。
从此不知兰麝贵，夜来新惹桂枝香。

太学榜下未授职，只在盼奴家里，两情愈浓，只要图个终身之事。却有一件：名妓要落籍[②]，最是一件难事。官府恐怕缺了会承应的人，上司过往嗔怪，许多不便，十个到有九个不肯。所以有的批从良牒上道："慕《周南》之化，此意良可矜，空冀北之群[③]，所请宜不允。"官司每每如此。不是得个极大的情分，或是撞个极帮衬的人，方肯周全。而今苏盼奴是个有名的能诗妓女，正要插趣，谁肯轻轻便放了他？前日与太学往来虽厚，太学既无钱财，也无力量，不曾替他营脱得乐籍。此时太学固然得第，盼奴还是个官身，却就娶他不得。

正在计较间，却选下官来了，除授了襄阳司户之职。初受官的人，碍了体面，怎好就与妓家讨分上脱籍？况就是自家要取的，一发要惹出议论来。欲待别寻婉转，争奈凭上日子有限，一时等不出个机会。没奈何只得相约到了襄阳，差人再来营干。当下司户与盼奴两个抱头大哭，小娟在傍也陪了好些眼泪，当时作别了。盼奴自掩着泪眼归房，不题。

司户自此赴任襄阳，一路上鸟啼花落，触景伤情，只是想着盼奴。自道一到任所，便托能干之人进京做这件事。谁知到任事忙，匆匆过了几时，急切里没个得力

心腹之人可以相托。虽是寄了一两番信，又差了一两次人，多是不尴不尬，要能不勾的。也曾写书相托在京友人，替他脱籍了当，然后图谋接到任所。争奈路途既远，亦且寄信做事，所托之人，不过道是娼妓的事，有紧没要，谁肯知痛着热，替你十分认真做的？不过讨得封把书信儿，传来传去，动不动便是半年多。司户得一番信，只添得悲哭一番，当得些甚么？

如此三年，司户不遂其愿，成了相思之病。自古说得好：心病还须心上医。眼见得不是盼奴来，医药怎得见效？看看不起。只见门上传进来道："外边有个赵院判，称是司户兄弟，在此候见。"司户闻得，忙叫"请进"。相见了，道："兄弟，你便早些个来，你哥哥不见得如此！"院判道："哥哥，为何病得这等了？你要兄弟早来，便怎么？"司户道："我在京时，有个教坊妓女苏盼奴，与我最厚。他赀助我读书成名，得有今日。因为一时匆匆，不替他落得籍，同他到此不得。原约一到任所差人进京图干此事，谁知所托去的，多不得力。我这里好不盼望，不甫能勾回个信来，定是东差西误的。三年以来，我心如火，事冷如冰，一气一个死。兄弟，你若早来几时，把这个事托你，替哥哥干去，此时盼奴也可来，你哥哥也不死。如今却已迟了！"言罢，泪如雨下。院判道："哥哥，且请宽心！哥哥千金之躯，还宜调养，望个好日。如何为此闲事，伤了性命？"司户道："兄弟，你也是个中人，怎学别人说淡话？情上的事，各人心知，正是性命所关，岂是闲事！"说到痛切，又发昏上来。

隔不多两日，恍惚见盼奴在眼前，愈加沉重，自知不起。呼院判到床前，嘱付道："我与盼奴，不比寻常，真是生死交情。今日我为彼而死，死后也还不忘的。我三年以来，共有俸禄余资若干，你与我均匀，分作两分。一分是你收了，一分你替我送与盼奴去。盼奴知我既死，必为我守。他有妹小娟，俊雅能吟，盼奴曾托我替他寻人。我想兄弟风流才俊，能了小娟之事。你到京时，可将我言传与他家，他家必然喜纳。你若得了小娟，诚是佳配，不可错过了！一则完了我的念头，一则接了我的瓜葛。此临终之托，千万记取！"院判涕泣领命，司户言毕而逝。院判勾当丧事了毕，带了灵柩归葬临安。一面收拾东西，竟望钱塘进发不题。

却说苏盼奴自从赵司户去后，足不出门，一客不见，只等襄阳来音。岂知来的信虽有两次，却不曾见干着了当的实事。他又是个女流，急得乱跳也无用，终日盼望纳闷而已。一日，忽有个於潜商人，带着几箱官绢到钱塘来，闻着盼奴之名，定要一见。缠了几番，盼奴只是推病不见，以后果然病得重了。商人只认做推托，心怀愤恨。小娟虽是接待两番，晓得是个不在行的蠢物，也不把眼稍带着他。几番要砑在小娟处宿歇，小娟推道："姐姐病重，晚间要相伴，伏侍汤药，留客不得。"毕竟缠不上，商人自到别家窥宿去了。

以后盼奴相思之极，恍恍惚惚。一日忽对小娟道："妹子好住，我如今要去会赵郎了。"小娟只道他要出门，便道："好不远的途程！你如此病体，怎好去得？可不是痴话么？"盼奴道："不是痴话，相会只在霎时间了。"看看声丝气咽，连呼"赵郎"而死。小娟哭了一回，买棺盛贮，设个灵位，还望乘便捎信赵家去。只见门外两个公

人，大剌剌的走将进来，说道府判衙里唤他姊妹去对甚么官绢词讼。小娟不知事由，对公人道："姐姐亡逝已过，见有棺柩灵位在此，我却随上下去回复就是。"免不得赔酒赔饭，又把使用钱送了公人，分付丫头看家，锁了房门。随着公人到了府前，才晓得於潜客人被同伙首发，将官绢费用宿娼，拿他到官，怀着旧恨，却把盼奴、小娟攀着。小娟好生负屈，只待当官分诉，带到时，府判正赴堂上公宴，没工夫审理。知是钱粮事务，喝令："权且寄监！"可怜：

粉黛丛中艳质，囹圄队里愁形。

吉凶全然未保，青龙白虎同行。

不说小娟在牢中受苦，却说赵院判扶了兄柩来到钱塘，安厝已了。奉着遗言，要去寻那苏家。却想道："我又不曾认得他一个，突然走去，那里晓得真情？虽是吾兄为盼奴而死，知他盼奴心事如何？近日行径如何？却便孟浪去打破了？"猛然想道："此间府判是我宗人，何不托他去唤他到官来，当堂问他明白，自见下落。"一直径到临安府来。与府判相见了，叙寒温毕，即将兄长亡逝已过，所托盼奴、小娟之事，说了一遍，要府判差人去唤他姐妹二人到来。府判道："果然好两个妓女，小可着人去唤来，宗丈自与他说端的罢了。"随即差个祗候人拿根签去唤他姊妹。

祗候领命去了。须臾来回话道："小人到苏家去，苏盼奴一月前已死，苏小娟见系府狱。"院判、府判俱惊道："何事系狱？"祗候回答道："他家里说为於潜客人诬攀官绢的事。"府判点头道："此事正在我案下。"院判道："看亡兄分上，宗丈看顾他一分则个。"府判道："宗丈且到敝衙一坐，小可叫来问个明白，自有区处。"院判道："亡兄有书礼与盼奴，谁知盼奴已死了。亡兄却又把小娟托在小可，要小可图他终身，却是小可未曾与他一面，不知他心下如何。而今小弟且把一封书打动他，做个媒儿，烦宗丈与小可婉转则个。"府判笑道："这个当得，只是日后不要忘了媒人。"大家笑了一回，请院判到衙中坐了，自己升堂。

叫人狱中取出小娟来，问道："於潜商人，缺了官绢百匹，招道在你家花费，将何补偿？"小娟道："亡姊盼奴在日，曾有个於潜客人来了两番。盼奴因病不曾留他，何曾受他官绢？今姊已亡故无证，所以客人落得诬攀。府判若赐周全开豁，非唯小娟感荷，盼奴泉下也得蒙恩了。"府判见他出语宛顺，心下喜他，便问道："你可认得襄阳赵司户么？"小娟道："赵司户未第时，与姊盼奴交好，有婚姻之约，小娟故此相识。以后中了科第，做官去了，屡有书信，未完前愿。盼奴相思，得病而亡，已一月多了。"府判道："可伤！可伤！你不晓得赵司户也去世了？"小娟见说，想着姊姊，不觉凄然吊下泪来，道："不敢拜问，不知此信何来？"府判道："司户临死之时，不忘你家盼奴，遣人寄一封书、一罨礼物与他。此外又有司户兄弟赵院判，有一封书与你，你可自开看。"小娟道："自来不认得院判是何人，如何有书？"府判道："你只管拆开，看是甚话，就知分晓。"

小娟领下书来，当堂拆开读着。元来不是什么书，却是一首七言绝句。诗云：

当时名妓镇东吴，不好黄金只好书。

借问钱塘苏小小[4]，风流还似大苏无？

小娟读罢诗，想道："此诗情意，甚是有情于我。若得他提挈，官事易解。但不知这院判何等人品？看他诗句清俊，且是赵司户的兄弟，多应也是风流人物，多情种子。"心下踌躇，默然不语。府判见他沉吟，便道："你何不依韵和他一首？"小娟对道："从来不会做诗。"府判道："说那里话？有名的苏家姊妹能诗，你如何推托？若不和诗，就要断赔官绢了。"小娟谦词道："只好押韵献丑，请给纸笔。"府判叫取文房四宝与他，小娟心下道："正好借此打动他官绢之事。"提起笔来，毫不思索，一挥而就，双手呈上府判。府判读之，诗云：

君住襄江妾在吴，无情人寄有情书。

当年若也来相访，还有於潜绢也无？

府判读罢，道："既有风致，又带诙谐玩世的意思，如此女子，岂可使溷于风尘之中？"遂取司户所寄盼奴之物，尽数交与了他，就准了他脱了乐籍。官绢着商人自还，小娟无干，释放宁家。小娟既得辨白了官绢一事，又领了若干物件，更兼脱了籍。自想姊姊如此烦难，自身却如此容易，感激无尽，流涕拜谢而去。

府判进衙，会了院判，把适才的说话与和韵的诗，对院判说了，道："如此女子，真是罕有！小可体贴宗丈之意，不但免他偿绢，已把他脱籍了。"院判大喜，称谢万千，告辞了府判，竟到小娟家来。

小娟方才到得家里，见了姊姊灵位，感伤其事，把司户寄来的东西，一件件摆在灵位前。看过了，哭了一场，收拾了。只听得外面叩门响，叫丫头问明白了开门。丫头问："是那个？"外边答道："是适来寄书赵院判。"小娟听得"赵院判"三字，两步移做了一步，叫丫头急开了门迎接。院判进了门，抬眼看那小娟时，但见：

脸际芙蓉掩映，眉间杨柳停匀。若叫梦里去行云，管取襄王错认。殊丽全由带韵，多情正在含颦。司空见惯也销魂，何况风流少俊？

说那院判一见了小娟，真个眼迷心荡，暗道："吾兄所言佳配，诚不虚也！"小娟接入堂中，相见毕，院判笑道："适来和得好诗。"小娟道："若不是院判的大情分，妾身官事何由得解？况且乘此又得脱籍，真莫大之恩，杀身难报。"院判道："自是佳作打动，故此府判十分垂情。况又有亡兄所嘱，非小可一人之力。"小娟垂泪道："可惜令兄这样好人，与妾亡姊真个如胶似漆的，生生的阻隔两处，俱谢世去了。"院判道："令姊是几时没有的？"小娟道："方才一月前某日。"院判吃惊道："家兄也是此日，可见两情不舍，同日归天，也是奇事！"小娟道："怪道姊姊临死，口口说去会赵郎，他两个而今必定做一处了。"院判道："家兄也曾累次打发人进京，当初为何不脱籍，以致阻隔如此？"小娟道："起初令兄未第，他与亡姊恩爱，已同夫妻一般。未及虑到此地，匆匆过了日子。及到中第，来不及了。虽然打发几次人来，只因姊姊名重，官府不肯放脱。这些人见略有些难处，丢了就走，那管你死活？白白里把两人的性命误杀了。岂知今日妾身托赖着院判，脱籍如此容易！若是令兄未死，院判早到这里一年半年，连姊姊也超脱去了。"院判道："前日家兄也如此说，可惜小可浪游薄宦，到

家兄衙里迟了，故此无及。这都是他两人数定，不必题了。前日家兄说，令姊曾把娟娘终身的事，托与家兄寻人，这话有的么？”小娟道：“不愿迎新送旧，我姊妹两人同心。故此姊姊以妾身托令兄寻人，实有此话的。”院判道：“亡兄临终把此言对小可说了，又说娟娘许多好处，撺掇小可来会令姊与娟娘，就与娟娘料理其事，故此不远千里到此寻问。不想盼娘过世，娟娘被陷，而今幸得保全了出来，脱了乐籍，已不负亡兄与令姊了。但只是亡兄所言娟娘终身之事，不知小可当得起否？凭娟娘意下裁夺。”小娟道：“院判是贵人，又是恩人，只怕妾身风尘贱质，不敢仰攀，赖得令兄与亡姊一脉，亲上之亲，前日蒙赐佳篇，已知属意；若蒙不弃，敢辞箕帚？”

院判见说得入港，就把行李什物都搬到小娟家来。是夜即与小娟同宿。赵院判在行之人，况且一个念着亡兄，一个念着亡姊，两个只恨相见之晚，分外亲热。此时小娟既已脱籍，便可自由。他见院判风流蕴藉，一心待嫁他了。只是亡姊灵柩未殡，有此牵带，与院判商量。院判道：“小可也为扶亡兄灵柩至此，殡事未完。而今择个日子，将令姊之柩与亡兄合葬于先茔之侧，完他两人生前之愿，有何不可！”小娟道：“若得如此，亡魂俱称心快意了。”院判一面择日，如言殡葬已毕，就央府判做个主婚，将小娟娶到家里，成其夫妇。

是夜，小娟梦见司户、盼奴，如同平日，坐在一处，对小娟道：“你的终身有托，我两人死亦瞑目。又谢得你夫妻将我两人合葬，今得同栖一处，感恩非浅。我在冥中保佑你两人后福，以报成全之德。”言毕小娟惊醒，把梦中言语对院判说了。院判明日设祭，到司户坟上致奠。两人感念他生前相托，指引成就之意，俱各恸哭一番而回。此后院判同小娟花朝月夕，赓酬唱和，诗咏成帙。后来生二子，接了书香。小娟直与院判齐白而终。

看官，你道此一事，苏盼奴助赵司户成名，又为司户而死，这是他自已多情，已不必说。又念着妹子终身之事，毕竟所托得人，成就了他从良。那小娟见赵院判出力救了他，他一心遂不改变，从他到了底。岂非多是好心的伎女？而今人自没主见，不识得人，乱迷乱撞，着了道儿，不要冤枉了这一家人，一概多似蛇蝎一般的。所以有编成《青泥莲花记》⑤，单说的是好姊妹出处，请有情的自去看。有诗为证：

血躯总属有情伦，宁有章台独异人？
试看死生心似石，反令交道愧沉沦。

【注释】

①做首把：等于说做个一首两首的。

②落籍：从乐籍中除去姓名。指妓女从良。

③空冀北之群：语出唐韩愈《送温处士赴河阳军序》：“伯乐一过冀北之野，而马群遂空。”这里是说此人从良之后，就找不到这样有名的妓女了。

④苏小小：南朝齐时的钱塘名妓。一说即指苏小娟。清赵翼《陔余丛考·两苏小小》：“南宋有苏小小，亦钱塘人。其姊为太学生赵不敏所眷，不敏命其弟娶其妹名小小者。见《武林旧事》。”

⑤《青泥莲花记》：明梅鼎祚所撰笔记，所记概为倡门之事。此书卷八曾记苏小娟事。

二刻拍案惊奇

(明)凌濛初著

明人凌濛初继《初刻拍案惊奇》之后撰写的又一部话本小说集。全书共四十卷,四十篇,但卷二十三的《大姊魂游完宿愿　小姨病起续前缘》一篇与《初刻拍案惊奇》卷二十三全同,显系补自《初刻拍案惊奇》;最后一篇为《宋公明闹元宵杂剧》,并非小说体裁。因此,本书实存小说三十八篇。

与《初刻拍案惊奇》内容大致相同,本书较多地反映了下层市民阶层的思想意识和明代后期商业繁兴所带来的新的社会因素。在某些方面,如《满少卿饥附饱飏　焦文姬生仇死报》中对女人再嫁的议论等,则表现了当时社会中相当进步的思想倾向。

青楼市探人踪　红花场假鬼闹

昔宋时三衢[①]守宋彦瞻,以书答状元留梦炎,其略云:尝闻前辈之言:吾乡昔有第奉常而归,旗者、鼓者、馈者、迓者、往来而观者,阗路骈陌如堵墙;既而闺门贺焉,宗族贺焉,姻者、友者、客者交贺焉,至于仇者亦蒙耻含愧而贺且谢焉。独邻居一室,扃鐍远引若避寇然。予因怪而问之,愀然曰:“所贵乎衣锦之荣者,谓其得时行道也,将有以庇吾乡里也。今也,或窃一名,得一官,即起朝贵暮富之想。名愈高,官愈穹,而用心愈谬。武断者有之,庇奸慝、持州县者有之。是一身之荣,一乡之害也。其居日以广,邻居日以蹙,吾将入山林深密之地以避之! 是可吊,何以贺为?”

此一段话,载在《齐东野语》中。皆因世上官宦,起初未经发际变泰,身居贫贱时节,亲戚、朋友、宗族、乡邻,那一个不望他得了一日,大家增光? 及至后边风云际会,超出泥涂,终日在仕宦途中、冠裳里面驰逐富贵,奔趋利名,将自家困穷光景尽多抹过,把当时贫交看不在眼里,放不在心上,全无一毫照顾周恤之意,淡淡相看,用不着他一分气力,真叫得官情纸薄。不知向时盼望他这些意思,竟归何用! 虽然如此,这样人虽是恶薄,也只是没用罢了。撞着有志气、肩巴硬的,拚得个不奉承他,不求告他,也无奈我何,不为大害。更有一等狠心肠的人,偏要从家门首打墙脚起,诈害亲戚,侵占乡里,受投献,窝盗贼,无风起浪,没屋架梁,把一个地方搅得齑菜不生,鸡犬不宁,人人惧惮,个个收敛,怕生出衅端撞在他网里了。他还要疑心别

人仗他势力得了甚么便宜，心下不放松的昼夜算计。似此之人，乡里有了他，怎如没有的安静？所以宋彦瞻见留梦炎中状元之后，把此书规讽他，要他做好人的意思。其间说话虽是愤激，却句句透切着今时病痛。

看官每不信，小子而今单表一个作恶的官宦，做着没天理的勾当，后来遇着清正严明的宪司[②]做对头，方得明正其罪，说来与世上人劝戒一番。有诗为证：

恶人心性自天生，漫道多因习染成。

用尽凶谋如翅虎，岂知有日贯为盈！

这段话文，乃是四川新都县有一乡宦，姓杨，是本朝甲科[③]。后来没收煞，不好说得他名讳。其人家富心贪，凶暴残忍，居家为一乡之害，自不必说。曾在云南做兵备佥事[④]，其时属下有个学霸廪生，姓张名寅，父亲是个巨万财主，有妻有妾。妻所生一子，就是张廪生，妾所生一子，名唤张宾，年纪尚幼。张廪生母亲先年已死，父亲就把家事尽托长子经营。那廪生学业尽通，考试每列高等，一时称为名士，颇与郡县官长往来。只是赋性阴险，存心不善。父亲见他每事苛刻取利，常劝他道："我家道尽裕，勾你几世受用不了，况你学业日进，发达有时，何苦锱铢较量，讨人便宜怎的？"张廪生不以为好言，反疑道："父亲毕竟身有私藏，故此把财物轻易，嫌道我苛刻。况我母已死，见前父亲有爱妾幼子，到底他们得便宜。我只有得眼面前东西，还有他一股之分，我能有得多少？"为此日夕算计，结交官府。只要父亲一倒头，便思量摆布这庶母幼弟，占他家业。

已后父亲死了，张廪生恐怕分家，反向父妾要索取私藏。父妾回说没有。张廪生罄将房中箱笼搜过，并无踪迹，又道他埋在地下，或是藏在人家。胡猜乱嚷，没个休息。及至父妾要他分家与弟，却又分毫不吐，只推道："你也不拿出来，我也没得与你儿子。"族人各有私厚薄：也有为着哥子的，也有为着兄弟的，没个定论。未免两下搬斗，构出讼事。那张廪生有两子，俱已入泮，有财有势，官府情熟。眼见得庶弟孤儿寡妇，下边没申诉处，只得在杨巡道[⑤]手里告下一纸状来。

张廪生见杨巡道准了状，也老大吃惊。你道为何吃惊？盖因这巡道又贪又酷，又不讲(让)体面，恼着他性子，眼里不认得人，不拘甚么事由，匾打侧卓，一味倒边。还亏一件好处，是要银子。除了银子再无药医的。有名叫做杨疯子，是惹不得的意思。张廪生忖道："家财官司，只凭府、县主张。府县自然为我斯文一脉，料不有亏。只是这疯子手里的状，不先停当得他[⑥]。万一拗彆起来，依着理断个平分，可不去了我一半家事？这是老大的干系！"张廪生世事熟透，便寻个巡道梯己过龙之人，与他暗地打个关节，许下他五百两买心红的公价。巡道依允，只要现过采，包管停当；若有不妥，不动分文。张廪生只得将出三百两现银，嵌宝金壶一把，缕丝金首饰一副，精工巧丽，价值颇多，权当二百两，他日备银取赎。要过龙的写了议单，又讨个许赎的执照。只要府县申文上来，批个象意批语，永杜断与兄弟之患；目下先准一诉词为信，若不应验，原物尽还。要廪生又换了小服，随着过龙的到私衙门首，当面交割。四目相视，各自心照。张廪生自道算无遗策，只费得五百金，巨万家事一人

独享，岂不是九牛去得一毛，老大的便宜了？喜之不胜。

看官，你道人心不平。假如张廪生是个克己之人，不要说平分家事，就是把这一宗五百两东西让与小兄弟了，也是与了自家骨肉，那小兄弟自然是母子感激的。何故苦苦贪私，思量独吃自疴，反把家里东西送与没些相干之人？不知驴心狗肺怎样生的！有诗曰：

私心只欲蔑天亲，反把家财送别人。
何不家庭略相让，自然忿怒变欢欣。

张廪生如此算计，若是后来依心象意，真是天没眼睛了。岂知世事浮云，倏易不定，杨巡道受了财物，准了诉状下去，问官未及审详。时值万寿圣节[⑦]将近，两司里头例该一人赍表进京朝贺，恰好轮着该是杨巡道去。没得推故，杨巡道只得收拾起身。张廪生着急，又寻那过龙的去讨口气。杨巡道回说："此行不出一年可回。府县且未要申文，待我回任，定行了落。"张廪生只得使用衙门，停阁了词状，呆呆守这杨佥宪[⑧]回道。争奈天不从人愿，杨佥宪赍表进京，拜过万寿，赴部考察。他贪声大著，已注了"不谨"项头，冠带闲住。杨佥宪闷闷出了京城，一面打发人到任所接了家眷，自回籍去了。家眷动身时，张廪生又寻了过龙的去，要倒出这一宗东西。衙里回言道："此是老爷自做的事。若是该还，须到我家里来自与老爷取讨，我们不知就里。"张廪生没计奈何，只得住手，眼见得这一项银子抛在东洋大海里了。

这是张廪生心劳术拙，也不为奇，若只便是这样没讨处罢了，也还算做便宜。张廪生是个贪私的人，怎舍得五百两东西平白丢去了？自思："身有执照，不干得事，理该还我。他如今是个乡官，须管我不着，我到他家里讨去。说我不过，好歹还我些；就不还得银子，还我那两件金东西也好。况且四川是进京必由之道，由成都省下到新都，只有五十里之远，往返甚易。我今年正贡，须赴京廷试，待过成都时，恰好到彼讨此一项，做路上盘缠，有何不可？"算计得停当，怕人晓得了暗笑，把此话藏在心中，连妻子多不曾与他说破。

此时家中官事未决，恰值宗师考贡。张廪生已自贡出了学门，一时兴匆匆地回家受贺，饮酒作乐了几时。一面打点长行，把争家官事且放在一边了。带了四个家人，免不得是张龙、张虎、张兴、张富，早晚上道。水宿风飧，早到了成都地方。在饭店里宿了一晚，张贡生想道："我在此间还要迂道往新都取讨前件，长行行李留在饭店里不便。我路上几日，心绪郁闷，何不往此间妓馆一游，拣个得意的宿他两晚，遣遣客兴？就把行囊下在他家，待取了债回来带去，有何不可？"就唤四个家人，说了这些意思。那家人是出路的，见说家主要阙[⑨]，是有些油水的事，那一个不愿随鞭镫？簇拥着这个老贡生，竟往青楼市上去了。

老生何意入青楼，岂是风情未肯休？
只为业冤当显露，埋根此处做关头。

却说张贡生走到青楼市上，走来走去，但见：

艳抹浓妆，倚市门而献笑；穿红着绿，搴帘箔以迎欢。或联袖，或凭肩，多

是些凑将来的姊妹;或用嘲,或共语,总不过造作出的风情。心中无事自惊惶,日日恐遭他假母怒;眼里有人难撮合,时时任换□□生来。

张贡生见了这些油头粉面行径,虽然眼花撩乱,没一个同来的人,一时间不知走那一家的是,未便入马。只见前面一人摇摆将来,见张贡生带了一伙家人东张西觑,料他是个要阙的勤儿,没个帮的人,所以迟疑。便上前问道:"老先生定是贵足,如何踹此贱地?"张贡生拱手道:"学生客邸无聊,闲步适兴。"那人笑道:"只是眼阙,怕适不得甚么兴。"张贡生也笑道:"怎便晓得学生不倒身?"那人笑容可掬道:"若果有兴,小子当为引路。"张贡生正投着机,问道:"老兄高姓贵表?"那人道:"小子姓游,名守,号好闲,此间路数最熟。敢问老先生仙乡上姓?"张贡生道:"学生是滇中。"游好闲道:"是云南了。"后边张兴搀出来道:"我相公是今年贡元,上京廷试的。"游好闲道:"失敬,失敬! 小子幸会,奉陪乐地一游,吃个尽兴,作做主人之礼何如?"张贡生道:"最好。不知此间那个妓者为最?"游好闲把手指一掐二掐的道:"刘金、张赛、郭师师、王丢儿,都是少年行时的姊妹。"张贡生道:"谁在行些?"游好闲道:"若是在行,论这些雏儿多不及一个汤兴哥,最是帮衬软款,有情亲热。也是行时过来的人,只是年纪多了两年,将及三十岁边了。却是着实有趣的。"张贡生道:"我每自家年纪不小,倒不喜欢那孩子心性的,是老成些的好。"游好闲道:"这等不消说,兴哥那里去就是。"于是陪着张贡生,一直望汤家进来。

兴哥出来相见,果然老成丰韵,是个作家体段,张贡生一见心欢。告茶毕,叙过姓名,游好闲一一代答明白。晓得张贡生中意了,便指点张家人,将出银子来送他办东道。是夜游好闲就陪着饮酒,张贡生原是洪饮的,况且客中高兴,放怀取乐。那游好闲去了头便是个酒坛,兴歌老在行,一发是行令不犯,连觥不醉的。三人你强我赛,吃过三更方住。游好闲自在寓中去了,张贡生遂与兴哥同宿。兴哥放出手段,温存了一夜,张贡生甚是得意。

次日,叫家人把店中行李尽情搬了来,顿放在兴哥家里了。一连住了几日,破费了好几两银子,贪慕着兴哥才色,甚觉恋恋不舍。想道:"我身畔盘费有限,不能如意,何不暂往新(成)都讨取此项到手? 便多用些在他身上也好。"出来与这四个家人商议,装束了鞍马,往新都去。他心里道指日可以回来的,对兴哥道:"我有一宗银子在新都,此去只有半日路程。我去讨了来,再到你这里顽耍几时。"兴哥道:"何不你留住在此,只教管家们去取讨了来?"张贡生道:"此项东西,必要亲身往取的。叫人去,他那边不肯发。"兴哥道:"有多少东西?"张贡生道:"有五百多两。"兴哥道:"这关系重大,不好阻碍得你。只是你去了,万一不到我这里来了,教我家枉自盼望。"张贡生道:"我一应行囊都不带去,留在你家,只带了随身铺盖并几件礼物去,好歹一两日随即回来了。看你家造化,若多讨得到手,是必多送你些。"兴哥笑道:"只要你早去早来,那在乎此?"两下珍重而别。

看官,你道此时若有一个见机的人,对那张贡生道:"这项银子,是你自己欺心不是处,黑暗里葬送了,还怨怅兀谁? 那官员每手里东西,有进无出,老虎喉中讨脆

骨，大象口里拔生牙，都不是好惹的，不要思想到手了。况且取得来送与衙衙人家[10]，又是个填不满底雪井，何苦枉用心机，走这道路？不如认个悔气，歇了帐罢！"若是张贡生闻得此言转了念头，还是老大的造化。可惜当讨没人说破，就有人说，料没人听。只因此一去，有分交：半老书生，狼藉作红花之鬼；穷凶乡宦，拘挛为黑狱之囚。正是：猪羊入屠户之家，一步步来寻死路。这里不题。

且说杨佥宪自从考察断根回家，自道日暮穷途，所为愈横。家事已饶，贪心未足，终日（身）在家设谋运局，为非作歹。他只有一个兄弟，排行第二，家道原自殷富，并不干预外事，到是个守本分的。见哥子作恶，每每会间微词劝谏。佥宪道："你仗我势做二爷，挣家私勾了，还要管我？"话不投机。杨二晓得他存心克毒，后来未必不火并自家屋里，家中也养几个了得的家人，时时防备他。近新一病不起，所生一子，止得八岁。临终之时，唤过妻子在面前，分付众家人道："我一生只存此骨血。那边大房做官的虎视眈眈，须要小心抵（祇）对他，不可落他圈套之内。我死不瞑目！"泪如雨下，长叹而逝。死后，妻子与同家人辈牢守门户，自过日子，再不去叨忝佥宪家一分势利。佥宪无隙可入，心里思量："二房好一分家当，不过留得这一个黄毛小厮。若断送了他，这家当怕不是我一个的？"欲待暗地下手，怎当得这家母子关门闭户，轻易不来他家里走动，想道："我若用毒药之类暗算了他，外人必竟知道是我，须瞒不过，亦且急忙不得其便。若纠合强盗劫了他家，害了性命，我还好瞒生人眼，说假公道话，只把失盗做推头[11]，谁人好说得是我？总是不害得他性命，劫得家私一空，也只当是了。"他一向私下养着剧盗三十余人，在外庄听用。但是掳掠得来的，与他平分。若有一二处做将出来，他就出身包揽遮护。官府晓得他刁，公人怕他的势，没个敢正眼觑他。但有心上不象意，或是眼里动了火的人家，公然叫这些人去搬了来庄里分了，弄得久惯，不在心上。他只待也如此劫了小侄儿子家里，趁便害了他性命，争奈他家家人昼夜巡逻，还养着狼也似的守门犬数只，提防甚紧。也是天有眼睛，到别处去拌了就来，到杨二房去几番，但去便有阻碍，下不得手。

佥宪正在时刻挂心，算计必克，忽然门上传进一个手本来，乃是"旧治下云南贡生张寅禀见"。心下吃了一惊道："我前番曾受他五百两贿赂，不曾替他完得事，就坏官回家了。我心里也道此一宗银两必有后虑，不想他果然直寻到此。这事元不曾做得，说他不过，理该还他，终不成咽了下去又吐出来？若不还他时，他须是个贡生，酸子[12]智量，必不干休。倘然当官告理，且不顾他声名不妙，谁耐烦与他调唇弄舌？我且把个体面见见他，说话之间，或者识时务不提起，也不见得。若是这等，好好送他盘缠，打发他去罢了；若是提起要还，又作道理。"佥宪以口问心，计较已定，踱将出厅来，叫请贡生相见。

张贡生整肃衣冠，照着旧上司体统行个大礼，送了些土物为候敬。佥宪收了，设坐告茶。佥宪道："老夫承乏贵乡，罪过多端。后来罢职家居，不得重到贵地。今见了贵乡朋友，还觉无颜。"张贡生道："公祖大人直道不容，以致忤时。敝乡士民迄今廑想明德。"佥宪道："惶恐，惶恐！"又拱手道："恭喜贤契岁荐了！"张贡生道："挨

次幸及，殊为叨冒。”佥宪道：“今将何往，得停玉趾？”张贡生道：“赴京廷试，假途贵省，特来一觐台光。”佥宪道：“此去成都五十里之遥，特烦枉驾，足见不忘老朽。”张贡元见他说话不招揽，只得自说出来道：“前日贡生家下有些琐事，曾处一付礼物面奉公祖大人处收贮，以求周全。后来未经结局，公祖已行，此后就回贵乡。今本不敢造次，只因贡生赴京缺费，意欲求公祖大人发还此一项，以助贡生利往。故此特来叩拜。”佥宪作色道：“老夫在贵处只吃得贵乡一口水，何曾有此赃污之事，出口诬蔑？敢是贤契被别个光棍哄了？”

张贡生见他昧了心，改了口不认帐，若是个知机的，就该罢了，怎当得张贡生原不是良善之人，心里着了急，就狠狠的道：“是贡生亲手在私衙门前交付的，议单执照俱在，岂可昧得？”佥宪见有议单执照，回嗔作喜道：“是老夫忘事，得罪，得罪！前日有个妻弟在衙起身，需索老夫馈送。老夫宦橐萧然，不得已，故此借宅上这一项打发了他。不匡[13]日后多阻，不曾与宅上出得力，此项该还。只是妻弟已将此一项用去了，须要老夫赔偿。且从容两日，必当处补。”张贡生见说肯还，心下放了两分松，又见说用去，心中不舍得那两件金物，又对佥宪道：“内中两件金器，是家下传世之物，还求保全原件则个。”佥宪冷笑了一声道：“既是传世之物，谁教轻易拿出来？且放心，请过了洗尘的薄款再处。”就起身请张贡生书房中慢坐，一面分付整治酒席。张贡生自到书房中去了。

佥宪独自算了一回。他起初打白赖之时，只说张贡生会意，是必凑他的趣，他却重重送他个回敬做盘缠，也倒两全了。岂知张贡生算小，不还他体面，搜根剔齿一直说出来。然也还思量还他一半现物，解了他馋涎。只有那金壶与金首饰是他心上得意的东西，时刻把玩的，已曾几度将出来夸耀亲戚过了，你道他舍得也不舍得？张贡生恰恰把这两件口内要紧。佥宪左思右思，便一时不怀好意了。哏地一声道：“一不做，二不休！他是个云南人，家里出来，中途到此间的，断送了他，谁人晓得！须不到得尸亲知道。”就叫几个干仆，约会了庄上一伙强人，到晚间酒散听候使用。分付停当，请出张贡生来赴席。席间说些闲话，评论些朝事，且是殷勤。又叫俊俏的安童[14]频频奉酒。张贡生见是公祖的好意，不好推辞，又料道是如此美情，前物必不留难。放下心怀，只顾吃酒，早已吃得醺醺地醉了。又叫安童奉了又奉，只等待不省人事方住。又问：“张家管家们可曾吃酒了未？”却也被几个干仆轮番更换，陪伴饮酒。那些奴才们见好酒好饭，道是投着好处，那里管三七二十一，只顾贪婪无厌，四个人一个个吃得瞪眉瞠眼，连人多不认得了。禀知了佥宪，佥宪分付道：“多送在红花场结果去！”

元来这杨佥宪有所红花场庄子，满地种着红花，广衍有一千余亩，每年卖那红花有八九百两出息。这庄上造着许多房子，专一歇着客人，兼亦藏着强盗。当时只说送张贡生主仆到那里歇宿，到得庄上，五个人多是醉的，看着被卧，倒头便睡，鼾声如雷，也不管天南地北了。那空阔之处一声锣响，几个飞狠的庄客走将拢来，多是有手段的强盗头，一刀一个。遮莫[15]有三头六臂的，也只多费得半刻工夫，何况

这一个酸子与几个呆奴，每人只生得一颗头，消得几时，早已罄净。当时就在红花稀疏之处，掘个坎儿，做一堆儿埋下了。可怜张贡生痴心指望讨债，还要成都去见心上人，怎知遇着狠主，弄得如此死于非命！正是：

不道逡巡命，还贪顷刻花。

黄泉无妓馆，今夜宿谁家？

过了一年有余，张贡生两个秀才儿子在家，自从父亲入京以后，并不曾见一纸家书、一个便信回来。问着个把京中归来的人，多道不曾会面，并不晓得。心中疑惑，商量道："滇中处在天末，怎能勾京中信至？还往川中省下打听，彼处不时有在北京还往的。"于是两个凑些盘缠在身边了，一径到成都，寻个下处宿了。在街市上行来走去闲撞，并无遇巧熟人。两兄弟住过十来日，心内无聊，商量道："此处尽多名妓，我每各寻一个，消遣则个。"两个小伙子也不用帮闲，我陪你，你陪我，各寻一个雏儿，一个童小五，一个顾阿都，接在下处，大家取乐。混了几日，闹烘烘热腾腾的，早把探父亲信息的事撇在脑后了。

一日，那大些的有跳槽[15]之意。两个雏儿晓得他是云南人，戏他道："闻得你云南人，只要阙老的，我每敢此不中你每的意？不多几日，只要跳槽。"两个秀才道："怎见得我云南人只要阙老的？"童小五便道："前日见游伯伯说，去年有个云南朋友到这里来，要他寻婊子，不要兴头的，只要老成的。后来引他到汤家兴哥那里去了。这兴哥是我们母亲一辈中人，他且是与他过得火热，也费了好些银子。约他再来，还要使一主大钱，以后不知怎的了。这不是云南人要老的样子？"两个秀才道："那云南人姓个甚么？怎生模样？"童小五、顾阿都大家拍手笑道："又来趔了！不(好)在我每肝上的事，管他姓张姓李！那曾见他模样来？只是游伯伯如此说，故把来取笑。"两个秀才道："游伯伯是甚么人？住在那里？这却是你每晓得的。"童小五、顾阿都又拍手道："游伯伯也不认得，还要阙！"两个秀才必竟要问个来历，童小五道："游伯伯千头万脑的人，撞来就见？要寻他，却一世也难。你要问你们贵乡里，竟到汤兴哥家向不是？"两个秀才道："说得有理！"留小的秀才窝伴着两个雏儿，大的秀才独自个问到汤家来。

那个汤兴哥自从张贡生一去，只说五十里的远近，早晚便到，不想去了一年有多，绝无消息。留下衣囊行李，也不见有人来取。门户人家不把来放在心上，已此放下肚肠了。那日无客，在家闭门昼寝，忽然得一梦，梦见张贡生到来，说道取银回来，正要叙寒温，却被扣门声急，一时惊醒。醒来想道："又不曾念着他，如何魆地[17]有此梦？敢是有人递信息、取衣装，也未可知。"正在疑似间，听得又扣门响。兴哥整整衣裳，叫丫鬟在前，开门出来。丫鬟叫一声："客来了。"张大秀才才挪得脚进，兴哥抬眼看时，吃了一惊道："分明像张贡生一般模样，如何后生了许多？"请在客座里坐了。问起地方姓名，却正是云南姓张，兴哥心下老大稀罕，未敢遽然说破。张大秀才先问道："请问大姐，小生闻得这里去年有个云南朋友往来，可是甚么样人？姓甚名谁？"兴哥道："有一位老成朋友，姓张，说是个贡行，要往京廷试，在此经过

的。盘桓了数日，前往新都取债去了。说半日路程，去了就来，不知为何一去不来了。”张大秀才道：“随行有几人？”兴哥道：“有四位管家。”张大秀才心里晓得是了，问道：“一去不来，敢是竟自长行了？’兴哥道：“那里是！衣囊行李还留在我家里，转来取了才起身的。”张大秀才道：“这等，为何不来？难道不想进京，还留在彼处？”兴哥道：“多分是取债不来，担阁在彼。就是如此，好歹也该有个信，或是叫位管家来。影响无踪，竟不知甚么缘故。”张大秀才道：“见说新都取甚么债？”兴哥道：“只听得说有一宗五百两东西，不知是甚么债。”张大秀才跌脚道：“是了，是了。这等，我每须在新都寻去了。”兴哥道：“他是客官甚么瓜葛，要去寻他？”张大秀才道：“不敢欺大姐，就是小生的家父。”兴哥道：“失敬，失敬。怪道模样恁地厮像。这等，是一家人了。”笑欣欣的去叫小二整起饭来，留张大官人坐一坐。张大秀才回说道：“这到不消，小生还有个兄弟在那厢等候。只是适间的话，可是确的么？”兴哥道：“怎的不确？见有衣囊行李在此，可认一认，看是不是？”随引张大秀才到里边房里来，把留下物体与他看了。张大秀才认得是实，忙别了兴哥道：“这等，事不宜迟，星夜同兄弟往新都寻去。寻着了，再来相会。”兴哥假亲热的留了一会，顺水推船送出了门。

张大秀才急急走到下处，对兄弟道：“问到问着了，果然去年在汤家阙的正是。只是依他家说起来，竟自不曾往京哩！”小秀才道：“这等，在那里？”大秀才道：“还在这里新都。我们须到那里问去。”小秀才道：“为何住在新都许久？”大秀才道：“他家说是听得往新都取五百金的债，定是到杨疯子家去了。”小秀才道：“取得取不得，好歹走路。怎么还在那里？”大秀才道：“行囊还在汤家，方才见过的。岂有不带了去，径自跑路的理？毕竟是担阁在新都不来，不消说了。此去那里苦不多远，我每收拾起来，一同去走遭，访问下落则个。”两人计议停当，将出些银两，谢了两个妓者，送了家去。

一径到新都来，下在饭店里。店主人见是远来的，问道：“两位客官贵处？”两个秀才道：“是云南，到此寻人的。”店主人道：“云南来是寻人的，不是倒赃的么？”两个秀才吃惊道：“怎说此话？”店主人道：“偶然这般说笑。”两个秀才坐定，问店主人道：“此间有个杨佥事，住在何处？”店主人伸伸舌头：“这人不是好惹的。你远来的人，有甚要紧？没事问他怎么？”两个秀才道：“问声何妨？怎便这样怕他？”店主人道：“他轻则官司害你，重则强盗劫你。若是远来的人冲撞了他，好歹就结果了性命！”两个秀才道：“清平世界，难道杀了人不要偿命的？”店主人道：“他偿谁的命？去年也是一个云南人，一主四仆投奔他家，闻得是替他讨什么任上过手赃的，一夜里多杀了，至今冤屈无伸。那见得要偿命来？方才见两位说是云南，所以取笑。”两个秀才见说了，吓得魂不附体，你看我，我看你，一时做不得声。呆了一会，战抖抖的问道：“那个人姓甚名谁，老丈可知得明白否？”店主人道：“我那里明白？他家有一个管家，叫做老三，常在小店吃酒。这个人还有些天理的，时常饮酒中间，把家主做的歹事一一告诉我，心中不服。去年云南这五个被害，忒煞乖张了。外人纷纷扬扬，也多晓得。小可每还疑心，不敢轻信。老三说是果然真有的，煞是不平，所以小可

每才信。可惜这五个人死得苦恼，没个亲人得知。小可见客官方才问及杨家，偶然如此闲讲。客官，各人自扫门前雪，不要闲管罢了！”两个秀才情知是他父亲被害了，不敢声张，暗暗地叫苦，一夜无眠。

次日到街上往来察听，三三两两，几处说来，一般无二。两人背地里痛哭了一场，思量要在彼发觉，恐怕反遭网罗。亦且乡宦势头，小可衙门奈何不得他。含酸忍苦，原还到成都来。见了汤兴哥，说了所闻详细，兴哥也赔了几点眼泪。兴哥道：“两位官人何不告了他讨命？”两个秀才道：“正要如此。”此时四川巡按察院石公正在省下，两个秀才问汤兴哥取了行囊，简[18]出贡生赴京文书放在身边了，写了一状，抱牌进告。状上写道：

> 告状生员张珍、张琼，为冤杀五命事。有父贡生张寅，前往新都恶宦杨某家取债，一去无踪。珍等亲投彼处寻访，探得当被恶宦谋财害命，并仆四人，同时杀死。道路惊传，人人可证。尸骨无踪。滔天大变，万古奇冤！亲剿告。告状生员张珍，系云南人。

石察院看罢状词，他一向原晓得新都杨佥事的恶迹著闻，体访已久，要为地方除害，只因是个甲科，又无人敢来告他，没有把柄，未好动手。今见了两生告词，虽然明知其事必实，却是词中没个实证实据，乱行不得。石察院赶开左右，直唤两生到案前来，轻轻地分付道：“二生所告，本院久知此人罪恶贯盈。但彼奸谋叵测，二生可速回家去，毋得留此！倘为所知，必受其害。待本院廉访得实，当有移文至彼知会，关取尔等到此明冤，万万不可泄漏！”随将状词折了，收在袖中。两生叩头谢教而去，果然依了察院之言，一面收拾，竟回家中静听消息去了。

这边石察院待两司作揖之日，独留宪长[19]谢公叙话。袖出此状与他看着，道：“天地间有如此人否？本院留之心中久矣！今日恰有人来告此事，贵司刑法衙门，可为一访。”谢廉使道：“此人枭獍为心，豺狼成性，诚然王法所不容。”石察院道：“旧闻此家有家僮数千，阴养死士数十。若不得其实迹，轻易举动，吾辈反为所乘，不可不慎！”谢廉使道：“事在下官。”袖了状词，一揖而出。

这谢廉使是极有才能的人，况兼按台嘱付，敢不在心？他司中有两个承差，一个叫做史应，一个叫做魏能，乃是点头会意的人，谢廉使一向得用的。是日叫他两个进私衙来，分付道：“我有件机密事，要你每两个做去。”两个承差叩头道：“凭爷分付，那厢使用，水火不辞！”廉使袖中取出状词来，与他两个看，把手指着杨某名字道：“按院老爷要根究他家这事。不得那五个人尸首实迹，拿不倒他。必要体访的实，晓得了他埋藏去处，才好行事。却是这人凶狡非常，只怕容易打听不出。若是泄漏了事机，不惟无益，反致有害，是这些难处。”两承差道：“此宦之恶，播满一乡。若是晓得上司寻他不是，他必竟先去下手，非同小可。就是小的每往彼体访，若认得是衙门人役，惹起疑心，祸不可测。今蒙差委，除非改换打扮，只做无意游到彼地，乘机缉探，方得真实备细。”廉使道：“此言甚是有理。你们快怎么计较了去。”两承差自相商议了一回，道：“除非如此如此。”随禀廉使道：“小的们有一计在此，不知

中也不中?”廉使道:“且说来。”承差道:“新都专产红花,小的们晓得杨宦家中有个红花场,利息千金。小的们两个打扮做买红花客人,到彼市买,必竟与他家管事家人交易往来。等走得路数多,人眼热了,他每没些疑心,然后看机会空便,留心体访,必知端的。须拘不得时日。”廉使道:“此计颇好。你们小心在意,访着了此宗公事,我另眼看你不打紧,还要对按院老爷说了,分外抬举你。”两承差道:“蒙老爷提挈,敢不用心!”叩头而出。

元来这史应、魏能多是有身家的人,在衙门里图出身的,受了这个差委,日夜在心。各自收拾了百来两银子,放在身边了,打扮做客人模样,一同到新都来。只说买红花,问了街上人,晓得红花之事多是他三管家姓纪的掌管。此人生性梗直,交易公道,故此客人来多投他,买卖做得去。每年与家主挣下千来金利息,全亏他一个。若论家主这样贪暴,鬼也不敢来上门了。当下史应、魏能一径来到他家,拜望了,各述来买红花之意,送过了土宜。纪老三满面春风,一团和气,就置酒相待。这两个承差是衙门老溜,好不乖觉,晓得这人有用他处,便有心结识了他,放出虔婆手段,甜言美语,说得入港。魏能便开口道:“史大哥,我们新来这里做买卖,人面上不熟。自古道:人来投主,鸟来投林。难得这样贤主人,我们序了年庚,结为兄弟,何如?”史应道:“此意最好。只是我们初相会,况未经交易,只道是我们先讨好了,不便论量。待成了交易,再议未迟。”纪老三道:“多承两位不弃,足感盛情。待明日看了货,完了正事,另治个薄设,从容请教,就此结义何如?”两个同声应道:“妙,妙。”当夜纪老三送他在客房歇宿,正是红花场庄上之房。

次日起来,看了红花,讲倒了价钱,两人各取银子出来兑足了。两下各各相让有余,彼此情投意合。是日,纪老三果然宰鸡买肉,办起东道来。史、魏两人市上去买了些纸马香烛之类,回到庄上摆设了,先献了神,各写出年月日时来。史应最长,纪老三小六岁,魏能又小一岁。挨次序立,拜了神,各述了结拜之意,道:“自此之后,彼此无欺,有无相济,患难相救,久远不忘。若有违盟,神明殛之!”设誓已毕,从此两人称纪老三为二哥、纪老三称两人为大哥,三哥,彼此喜乐,当晚吃个尽欢而散。元来蜀中传下刘、关、张三人之风,最重的是结义,故此史、魏二人先下此工夫,以结其心。却是未敢说什么正经心肠话,只收了红花停当,且还成都。发在铺中兑客,也原有两分利息。收起银子,又走此路。数月之中,如此往来了五六次。去便与纪老三绸缪,我请你,你请我,日日欢饮,真个如兄若弟,形迹俱忘。

一日酒酣,史应便伸伸腰道:“快活!快活!我们遇得好兄弟,到此一番,尽兴一番。”魏能接口道:“纪二哥待我们弟兄只好这等了。我心上还嫌他一件未到处。”纪老三道:“小弟何事得罪?但说出来,自家弟兄,不要避忌!”魏能道:“我们晚间贪得一觉好睡。相好弟兄,只该着落我们在安静去处便好。今在此间,每夜听得鬼叫,梦寐多是不安的,有这件不象意。这是二哥欠检点处,小弟心性怕鬼的,只得直说了。”纪老三道:“果然鬼叫么?”史应道:“是有些诧异,小弟也听得的,不只是魏三哥。”魏能道:“不叫,难道小弟掉谎?”纪老三点点头道:“这也怪他叫不得。”对着斟

酒的一个伙计道："你道叫的是兀谁？毕竟是云南那人了。"史应、魏能见说出真话来，只做原晓得的一般，不加惊异，趁口道："云南那人之死，我们也闻得久了。只是既死之后，二哥也该积些阴骘，与你家老爷说个方便，与他一堆土埋藏了尸骸也好。为何抛弃他在那里了，使他每夜这等叫苦连天？"纪老三道："死便死得苦了，尸骸原是埋藏的，不要听外边人胡猜乱说。"两人道："外人多说是当时抛弃了，二哥又说是埋藏了。若是埋藏了，他怎如此叫苦？"纪老三道："两个兄弟不信，我领你去看。煞也古怪，但是埋他这一块地上，一些红花也不生哩！"史应道："我每趁着酒兴，斟杯热酒儿，到他那堆里浇他一浇，叫他晚间不要这等怪叫。就在空旷去处，再吃两大杯尽尽兴。"

两个一齐起身，走出红花场上来。纪老三只道是散酒之意，那道是有心的？也起了身，叫小的带了酒盒，随了他们同步，引他们到一个所在来看。但见：

弥漫怨气结成堆，凛冽凄风团作阵。

若还不遇有心人，沉埋数载谁相问？

纪老三把手指道："那一块一根草也不生的底下，就是他五个的尸骸，怎说得不曾埋藏？"史应就斟下个大杯，向空里作个揖道："云南的老兄，请一杯儿酒，晚间不要来惊吓我们。"魏能道："我也奠他一杯，凑成双杯。"纪老三道："一饮一啄，莫非前定。若不是大哥、三哥来，这两滴酒儿时能勾到他泉下？"史应道："也是他的缘分。"大家笑了一场，又将盒来摆在红花地上，席地而坐，豁了几拳，各各连饮几个大觥。看看日色曛黑，方才住手。两人早已把埋尸的所在周围暗记认定了，仍在庄房里宿歇。

次日，对纪老三道："昨夜果然安静些，想是这两杯酒吃得快活了。"大家笑了一回。是日别了纪老三要回，就问道："二哥几时也到省下来走走？我们也好做个东道，尽个薄意，回敬一回敬。不然，我们只是叨扰，再无回答，也觉面皮忒厚了。"纪老三道："弟兄家何出此言！小弟没事不到省下，除非冬底要买过年物事，是必要到你们那里走走，专意来拜大哥、三哥的宅上便是。"三人分手，各自散了。

史应、魏能此番踹知了实地，是长是短，来禀明了谢廉使。廉使道："你们果是能干。既是这等了，外边不可走漏一毫风信。但等那姓纪的来到省城，即忙密报我知道，自有道理。"两人禀了出来，自在外边等候纪老三来省。

看看残年将尽，纪老三果然来买年货，特到史家、魏家拜望。两人住处差不多远，接着纪老三，欢天喜地道："好风吹得贵客到此。"史应叫魏能偎伴了他，道："魏三哥且陪着纪二哥坐一坐，小弟市上走一走，看中吃的东西，寻些来家请二哥。"魏能道："是，是。快来则个。"史应就叫了一个小厮，拿了个篮儿，带着几百钱往市上去了。一面买了些鱼肉果品之类，先打发小厮归家整治；一面走进按察司衙门里头去，密禀与廉使知道。廉使分付史应："先回家去伴住他，不可放走了。"随即差两个公人，写个朱笔票与他道："立拘新都杨宦家人纪三面审，毋迟时刻！"公人赍了小票，一径到史应家里来。

史应先到家里，整治酒肴，正与纪老三接风。吃到兴头上，听得外边敲门响。史应叫小厮开了门，只见两个公人跑将进来。对史、魏两人唱了喏，却不认得纪老三，问道："这位可是杨管家么？"史、魏两人会了意，说道："正是杨家纪大叔。"公人也拱一拱手，说道："敝司主要请管家相见。"纪老三吃一惊道："有何事要见我？莫非错了？"公人道："不错，见有小票在此。"便拿出朱笔的小票来看。史应、魏能假意吃惊道："古怪！这是怎么起的？"公人道："老爷要问杨乡宦家中事体，一向分付道：'但有管家到省，即忙缉报。'方才见史官人市上买东西，说道请杨家的纪管家，不知那个多嘴的禀知了老爷，故此特着我每到来相请。"纪老三呆了一晌，道："没事唤我怎的？我须不曾犯事！"公人道："谁知犯不犯，见了老爷便知端的。"史、魏两人道："二哥自身没甚事，便去见见不妨。"纪老三道："决然为我们家里的老头儿，再无别事。"史、魏两人道："倘若问着家中事体，只是从直说了，料不吃亏的。既然两位牌头到此，且请便席略坐一坐，吃三杯了去何如？"公人道："多谢厚情。只是老爷立等回话的公事，从容不得。"史、应不由他分说，拿起大觥，每人灌了几觥，吃了些案酒。公人又催起身，史应道："我便陪着二哥到衙门里去去，魏三哥在家再收拾好了东西，烫热了酒，等见见官来尽兴。"纪老三道："小弟衙门里不熟，史大哥肯同走走，足见帮衬。"

纪老三没处躲闪，只得跟了两个公人到按察司里来。传梆禀知谢廉使，廉使不升堂，竟叫进私衙里来。廉使问道："你是新都杨佥事的家人么？"纪老三道："小的是。"廉使道："你家主做的歹事，你可知道详细么？"纪老三道："小的家主果然有一两件不守分勾当。只是小的主仆之分，不敢明言。"廉使道："你从直说了，我饶你打。若有一毫隐蔽，我就用夹棍了！"纪老三道："老爷要问那一件？小的好说。家主所做的事非一，叫小的何处说起？"廉使冷笑道："这也说的是。"案上翻那状词，再看一看，便问道，"你只说那云南张贡生主仆五命，今在何处？"纪老三道："这个不该是小的说的，家主这件事，其实有些亏天理。"廉使道："你且慢慢说来。"纪老三便把从头如何来讨银，如何留他吃酒，如何杀死了埋在红花地里，说了个备细。谢廉使写了口词道："你这人倒老实，我不难为你。权发监中，待提到了正犯就放。"当下把纪老三发下监中。史应、魏能倒也为日前相处分上，照管他一应事体，叫监中不要难为他，不在话下。

谢廉使审得真情，即发宪牌一张，就差史应、魏能两人赍到新都县，着落知县身上，要佥事杨某正身，系连杀五命公事，如不擒获，即以知县代解。又发牌捕衙，在红花场起尸。两人领命到得县里，已是除夜那一日了。新都知县接了来文，又见两承差口禀紧急，吓得两手无措。忖道："今日是年晚，此老必定在家，须乘此时调兵围住，出其不意，方无走失。"即忙唤兵房佥牌出去，调取一卫兵来，有三百余人，知县自领了，把杨家围得铁桶也似。

其时杨佥事正在家饮团年酒。日色未晚，早把大门重重关闭了，自与群妾内宴，歌的歌，舞的舞。内中一妾唱一只《黄莺儿》道：

积雨酿春寒，见繁花树树残。泥涂满眼登临倦，江流几湾，云山几盘，天涯极目空肠断。寄书难，无情征雁，飞不到滇南。

杨佥事见唱出“滇南”两字，一个撞心拳，变了脸色道：“要你们提起甚么滇南不滇南！”心下有些不快活起来。不想知县已在外边，看见大门关上，两个承差是认得他家路径的，从侧边梯墙而入。先把大门开了，请知县到正厅上坐下，叫人到里边传报道：“邑主在外有请！”杨佥事正因“滇南”二字触着隐衷，有些动心，忽听得知县来到正厅上，想道：“这时候到此何干？必有跷蹊。莫非前事有人告发了？”心下惊惶，一时无计，道：“且躲过了他再处。”急往厨下灶前去躲。知县见报了许久不出，恐防有失，忙入中堂，自来搜寻。家中妻妾一时藏避不及，知县分付：“唤一个上前来说话！”此时无奈，只得走一个妇女出来答应。知县问道：“你家爷那里去了？”这个妇人回道：“出外去了，不在家里。”知县道：“胡说！今日是年晚，难道不在家过年的？”叫从人将拶子拶将起来。这妇人着了忙，喊道：“在！在！”就把手指着厨下。知县率领从人竟往厨下来搜。佥事无计可施，只得走出来，道：“今日年夜，老父母何事直入人内室？”知县道：“非干晚生之事，乃是按台老大人、宪长老大人相请，问甚么连杀五命的公事，要老先生星夜到司对理。如老先生不去，要晚生代解，不得不如此唐突。”佥事道：“随你甚么事，也须让过年节。”知县道：“上司紧急，两个承差坐提，等不得过年。只得要烦老先生一行，晚生奉陪同往就是。”

知县就叫承差守定，不放宽展。佥事无奈，只得随了知县出门。知县登时佥了解批，连夜解赴会城。两个承差又指点捕官，一面到庄上掘了尸首，一同赶来。那些在庄上的强盗，见主人被拿，风声不好，一哄的走了。

谢廉使特为这事岁朝升堂，知县已将佥事解进。佥事换了小服，跪在厅下，口里还强道：“不知犯官有何事故？钧牌拘提，如捕反寇。”廉使将按院所准状词，读与他听。佥事道：“有何凭据？”廉使道：“还你个凭据。”即将纪老三放将出来，道：“这可是你家人么？他所供口词的确，还有何言？”佥事道：“这是家人怀挟私恨诬首的，怎么听得？”廉使道：“诬与不诬，少顷便见。”

说话未完，只见新都巡捕、县丞已将红花场五个尸首，在衙门外着落地方收贮，进司禀知。廉使道：“你说无凭据，这五个尸首，如何在你地上？”廉使又问捕官：“相得尸首怎么的？”捕官道：“县丞当时相来，俱是生前被人杀死，身首各离的。”廉使道：“如何？可正与纪三所供不异，再推得么？”佥事俯首无辞，只得认了，道：“一时酒醉触怒，做了这事。乞看缙绅体面，遮盖些则个。”廉使道：“缙绅中有此，不但衣冠中禽兽，乃禽兽中豺狼也！石按台早知此事，密访已久，如何轻贷得？”即将杨佥事收下监候，待行关取到原告再问。重赏了两个承差，纪三释放宁家去了。

关文行到云南，两个秀才知道杨佥事已在狱中，星夜赴成都来执命，晓得事在按察司，竟来投到。廉使叫押到尸场上认领父亲尸首，取出佥事对质一番，两子将佥事拳打脚踢。廉使喝住道：“既在官了，自有应得罪名，不必如此！”将佥事依一人杀死三命者律，今更多二命，拟凌迟处死，决不待时。下手诸盗，以为从定罪，候擒

获发落。佥事系是职官，申院奏请定夺。不等得旨意转来，杨佥事是受用的人，在狱中受苦不过，又见张贡生率领四仆日日来打他，不多几时，毙于狱底。

佥事原不曾有子，家中竟无主持，诸妾各自散去。只有杨二房八岁的儿子杨清，是他亲侄，应得承受，泼天家业多归了他。杨佥事枉自生前要算计并侄儿子的，岂知身后连自己的倒与他了！这便是天理不泯处。

那张贡生只为要欺心小兄弟的人家，弄得身子冤死他乡。幸得官府清正有风力，才报得仇。却是行关本处，又经题请，把这件行贿上司图占家产之事，各处播扬开了。张宾此时同了母亲禀告县官道："若是家事不该平分，哥子为何行贿？眼见得欺心，所以丧身。今两姓执命，既已明白，家事就好公断了。此系成都成案，奏疏分明，须不是撰造得出的。"县官理上说他不过，只得把张家一应产业两下平分。张宾得了一半，两个侄儿得了一半，两个侄儿也无可争论。

张贡生早知道到底如此，何苦将钱去买憔悴？白折了五百两银子，又送了五条性命，真所谓"无梁不成，反输一帖"也！奉劝世人，还是存些天理、守些本分的好。

钱财有分苦争多，反自将身入网罗。

看取两家归束处，心机用尽竟如何？

【注释】

①三衢：地名，即现在的衢州市，在浙江省。

②宪司：宋代官名，即诸路提点刑狱公事。这里指明代的提刑按察使，为一省中主管刑狱的官员。

③甲科：指进士出身。

④兵备佥事：即兵备道，例兼按察使司佥事衔。

⑤巡道：按察使的佐贰官副使、佥事分理各道刑狱等事，称为"分巡道"，即"巡道"。据上文，应是兵备道。

⑥停当得他：打发得他妥帖的意思。

⑦万寿圣节：当朝皇帝的寿辰。

⑧佥宪：对按察使司佥事的尊称。

⑨阚(音 piáo)：同"嫖"。

⑩衏衏人家：指乐户、妓家。

⑪推头：借口。

⑫酸子：指读书人。

⑬不匡：不料，想不到。

⑭安童：小童，童仆。

⑮遮莫：或者。

⑯跳槽：嫖客离开旧识的妓女另寻新欢，叫做"跳槽"。

⑰魆地：忽然之间。

⑱简：通"检"。因避明思宗朱由检讳而改。

⑲宪长：提刑按察使司按察使，亦即下文所说的"廉使"。因主管一省刑狱，故称。

满少卿饥附饱飏　焦文姬生仇死报

诗云：

十年磨一剑，霜刃未曾试。
今日把赠君，谁有不平事？

话说天下最不平的，是那负心的事，所以冥中独重其罚，剑侠专诛其人。那负心中最不堪的，尤在那夫妻之间。盖朋友内忘恩负义，拚得绝交了他，便无别话；惟有夫妻是终身相倚的，一有负心，一生怨恨，不是当要可以了帐的事。古来生死冤家，一还一报的，独有此项极多。

宋时衢州有一人，姓郑，是个读书人，娶着会稽陆氏女，姿容娇媚。两个伉俪绸缪，如胶似漆。一日，正在枕席情浓之际，郑生忽然对陆氏道："我与你二人相爱，已到极处了。万一他日不能到底，我今日先与你说过，我若死，你不可再嫁；你若死，我也不再娶了。"陆氏道："正要与你百年偕老，怎生说这样不祥的话？"不觉的光阴荏苒，过了十年，已生有二子。郑生一时间得了不起的症候，临危时对父母道："儿死无所虑，只有陆氏妻子恩深难舍，况且年纪少艾。日前已与他说过，我死之后不可再嫁。今若肯依所言，儿死亦瞑目矣！"陆氏听说到此际，也不回言，只是低头悲哭，十分哀切，连父母也道他没有二心的了。

死后数月，自有那些走千家管闲事的牙婆每，打听脚踪，探问消息。晓得陆氏青年美貌，未必是守得牢的人，挨身入来与他来往。那陆氏并不推拒那一伙人，见了面就千欢万喜，烧茶办果，且是相待得好。公婆看见这些光景，心里嫌他，说道："居孀行径，最宜稳重，此辈之人，没事不可引他进门。况且丈夫临终怎么样分付的？没有别的心肠，也用这些人不着！"陆氏由公婆自说，只当不闻。后来惯熟，连公婆也不说了。果然与一个做媒的说得入港，受了苏州曾工曹之聘。公婆虽然恼怒，心里道："是他立性既自如此，留着也落得做冤家，不是好住手的，不如顺水推船，等他去了罢。"只是想着自己儿子临终之言，对着两个孙儿，未免感伤痛哭。陆氏多不放在心上，才等服满，就收拾箱匣停当，也不顾公婆，也不顾儿子，依了好日，喜喜欢欢嫁过去了。

成婚七日，正在亲热头上，曾工曹受了漕帅檄文，命他考试外郡，只得收拾起身，作别而去。去了两日，陆氏自觉凄凉，傍晚之时，走到厅前闲步。忽见一个后生像个远方来的，走到面前，对着陆氏叩了一头，口称道："郑官人有书拜上娘子。"递过一封柬贴来。陆氏接着，看那外面封筒上题着三个大字，乃是"示陆氏"三字。认认笔踪，宛然是前夫手迹。正要盘问，那后生忽然不见。陆氏惧怕起来，拿了书急急走进房里来，剔明灯火，仔细看时，那书上写道：

十年结发之夫，一生祭祀之主。朝连暮以同欢，资有余而共聚。忽大幻以长往，慕他人而轻许。遗弃我之田畴，移蓄积于别户。不念我之双亲，不恤我

之二子。义不足以为人妇，慈不足以为人母。吾已诉诸上苍，行理对于冥府。

陆氏看罢，吓得冷汗直流，魂不附体，心中懊悔无及。怀着鬼胎，十分惧怕，说不出来。茶饭不吃，嘿嘿不快，三日而亡。眼见得是负了前夫，得此果报了。

却又一件，天下事有好些不平的所在！假如男人死了，女人再嫁，便道是失了节、玷了名、污了身子，是个行不得的事，万口訾议；及至男人家丧了妻子，却又凭他续弦再娶，置妾买婢，做出若干的勾当，把死的丢在脑后不提起了，并没人道他薄幸负心，做一场说话。就是生前房室之中，女人少有外情，便是老大的丑事，人世羞言；及志男人家撇了妻子，贪淫好色，宿娼养妓，无所不为，总有议论不是的，不为十分大害。所以女子愈加可怜，男人愈加放肆，这些也是伏不得女娘们心里的所在。不知冥冥之中，原有分晓。若是男子风月场中略行着脚，此是寻常勾当，难道就比了女人失节一般？但是果然负心之极，忘了旧时恩义，失了初时信行，以至误人终身、害人性命的，也没一个不到底报应的事。从来说王魁负桂英[①]，毕竟桂英索了王魁命去，此便是一个男负女的榜样。不止女负男——如所说的陆氏——方有报应也。今日待小子说一个赛王魁的故事，与看官每一听，方晓得男子也是负不得女人的。有诗为证：

由来女子号痴心，痴得真时恨亦深。
莫道此痴容易负，冤冤隔世会相寻！

话说宋时有个鸿胪少卿，姓满，因他做事没下稍[②]，讳了名字不传，只叫他满少卿。未遇时节，只叫他满生。那满生是个淮南大族，世有显宦。叔父满贵，见为枢密副院。族中子弟，遍满京师，尽皆富厚本分。惟有满生心性不羁，狂放自负，生得一表人材，风流可喜。怀揣着满腹文章，道早晚必登高第。抑且幼无父母，无些拘束，终日吟风弄月，放浪江湖，把些家事多弄掉了，连妻子多不曾娶得。族中人渐渐不理他，满生也不在心上。有个父亲旧识，出镇长安。满生便收拾行装，离了家门，指望投托于他，寻些润济。到得长安，这个官人已坏了官，离了地方去了，只得转来。

满生是个少年孟浪不肯仔细的人，只道寻着熟人，财物广有，不想托了个空，身边盘缠早已罄尽。行至汴梁中牟地方，有个族人在那里做主簿，打点去与他寻些盘费还家。那主簿是个小官，地方没大生意，连自家也只好支持过日，送得他一贯多钱。还了房钱、饭钱，余下不多，不能勾回来。此时已是十二月天气，满生自思囊无半文，空身家去，难以度岁，不若只在外厢行动，寻些生意，且过了年又处。关中还有一两个相识，在那里做官，仍旧掇转路头，往西而来。

到了凤翔地方，遇着一天大雪，三日不休。正所谓“云横秦岭家何在？雪拥蓝关马不前”。满生阻住在饭店里，一连几日。店小二来讨饭钱，还他不勾，连饭也不来了。想着：“自己是好人家子弟，胸藏学问，视功名如拾芥耳，一时未际，浪迹江湖，今受此穷途之苦，谁人晓得我是不遇时的公卿？此时若肯雪中送炭，真乃胜似锦上添花。争奈世情看冷暖，望着那一个救我来？”不觉放声大哭。早惊动了隔壁

一个人，走将过来道："谁人如此啼哭？"那个人怎生打扮？

头戴玄狐帽套，身穿羔羊皮裘。紫膛颜色，带着几分酒，脸映红桃；苍白须髯，沾着几点雪，身如玉树。疑在浩然驴背下，想从安道宅中来。

那个人走进店中，问店小二道："谁人啼哭？"店小二笑道："复大郎，是一个秀才官人。在此三五日了，不见饭钱拿出来。天上雪下不止，又不好走路，我们不与他饭吃了，想是肚中饥饿，故此啼哭。"那个人道："那里不是积福处？既是个秀才官人，你把他饭吃了，算在我的帐上，我还你罢。"店小二道："小人晓得。"便去拿了一分饭，摆在满生面前道："客官，是这大郎叫拿来请你的。"满生道："那个大郎？"只见那个人已走到面前道："就是老汉。"满生忙施了礼，道："与老丈素昧平生，何故如此？"那个人道："老汉姓焦，就在此酒店间壁居住。因雪下得大了，同小女烫几杯热酒暖寒。闻得这壁厢悲怨之声，不像是个以下之人，故步至此间寻问。店小二说是个秀才，雪阻了的。老汉念斯文一脉，怎教秀才忍饥？故此教他送饭。荒店之中，无物可吃，况如此天气，也须得杯酒儿敌寒。秀才宽坐，老汉家中叫小厮送来。"满生喜出望外道："小生失路之人，与老丈不曾识面，承老丈如此周全，何以克当？"焦大郎道："秀才一表非俗，目下偶困，决不是落后之人。老汉是此间地主，应得来管顾的。秀才放心，但住此一日，老汉支持一日，直等天色晴霁，好走路了，再商量不迟。"满生道："多感！多感！"焦大郎又问了满生姓名乡贯明白，慢慢的自去了。

满生心里喜欢道："谁想绝处逢生，遇着这等好人！"正在徯幸之际，只见一个笼头的小厮，拿了四碗嗄饭[3]、四碟小菜、一壶热酒送将来，道："大郎送来与满官人的。"满生谢之不尽，收了摆在桌上食用。小厮出门去了。满生一头吃酒，一头就问店小二道："这位焦大郎是此间甚么样人？怎生有此好情？"小二道："这个大郎是此间大户，极是好义。平日扶穷济困，至于见了读书的，尤肯结交，再不怠慢的。自家好吃几杯酒，若是陪得他过的，一发有缘了。"满生道："想是家道富厚？"小二道："有便有些产业，也不为十分富厚，只是心性如此。官人造化，遇着了他，便多住几日，不打紧的了。"满生道："雪晴了，你引我去拜他一拜。"小二道："当得，当得。"过了一会，焦家小厮来收家伙，传大郎之命，分付店小二道："满大官人供给，只管照常支应。用酒时，到家里来取。"店小二领命，果然支持无缺，满生感激不尽。

过了一日，天色晴明，满生思量走路，身边并无盘费。亦且受了焦大郎之恩，要去拜谢。真叫做"人心不足，得陇望蜀"，见他好情，也就有个希冀借些盘缠之意。叫店小二在前引路，竟到焦大郎家里来。焦大郎接着，满面春风。满生见了大郎，倒地便拜，谢他："穷途周济，殊出望外。倘有用着之处，情愿效力。"焦大郎道："老汉家里也非有余，只因看见秀才如此困厄，量济一二，以尽地主之意。原无他事，如何说个效力起来？"满生道："小生是个应举秀才，异时倘有寸进，不敢忘报。"大郎道："好说，好说！目今年已傍晚，秀才还要到那里去？"满生道："小生投人不着，囊匣如洗，无面目还乡，意思要往关中一路寻访几个相知。不期逗留于此，得遇老丈，实出万幸。而今除夕在近，前路已去不迭，真是前不巴村，后不巴店，没奈何了，只

得在此饭店中且过了岁，再作道理。”大郎道：“店中冷落，怎好度岁？秀才不嫌家间澹薄，搬到家下，与老汉同住几日，随常茶饭，等老汉也不寂寞，过了岁朝再处。秀才意下何如？”满生道：“小生在饭店中，总是叨忝老丈的，就来潭府④，也是一般。只是萍踪相遇，受此深恩，无地可报，实切惶愧耳！”大郎道：“四海一家，况且秀才是个读书之人，前程万里。他日不忘村落之中有此老朽，便是愿足，何必如此相拘哉？”元来焦大郎固然本性好客，却又看得满生仪容俊雅，丰度超群，语言倜傥，料不是落后的，所以一意周全他。也是满生有缘，得遇此人。果然叫店小二店中发了行李，到焦家来。是日焦大郎安排晚饭与满生同吃，满生一席之间，谈吐如流，更加酒兴豪迈，痛饮不醉。大郎一发投机，以为相见之晚，直吃到兴尽方休。安置他书房中歇宿了，不提。

大郎有一室女，名唤文姬，年方一十八岁，美丽不凡，聪慧无比。焦大郎不肯轻许人家，要在本处寻个衣冠子弟，读书君子，赘在家里，照管暮年。因他是个市户出身，一时没有高门大族来求他的，以下富室痴儿，他又不肯。高不凑，低不就，所以蹉跎过了。那文姬年已长大，风情之事，尽知相慕，只为家里来往的人，庸流凡辈颇多，没有看得上眼的。听得说父亲在酒店中引得外方一个读书秀才来到，他便在里头东张西张，要看他怎生样的人物。那满生仪容举止，尽看得过，便也有一二分动心了。——这也是焦大郎的不是，便做道疏财仗义，要做好人，只该赍发满生些少，打发他走路才是。况且室无老妻，家有闺女，那满生非亲非戚，为何留在家里宿歇？只为好着几杯酒，贪个人作伴，又见满生可爱，倾心待他。谁想满生是个轻薄后生，一来看见大郎殷勤，道是敬他人才，安然托大，忘其所以；二来晓得内有亲女，美貌及时，未曾许人，也就怀着希冀之意，指望图他为妻。又不好自开得口，待看机会。日挨一日，径把关中的念头丢过一边，再不提起了。

焦大郎终日懵懵醉乡，没些搭煞，不加提防。怎当得他每两下烈火干柴，你贪我爱，各自有心，竟自勾搭上了。情到浓时，未免不避形迹。焦大郎也见了些光景，有些疑心起来。大凡天下的事，再经有心人冷眼看不起的。起初满生在家，大郎无日不与他同饮同坐，毫无说话。比及大郎疑心了，便觉满生饮酒之间，没心没想，言语参差，好些破绽出来。

大郎一日推个事故，走出门去了。半日转来，只见满生醉卧书房，风飘衣起，露出里面一件衣服来。看去有些红色，像是女人袄子模样，走到身边仔细看时，正是女儿文姬身上的，又吊着一个交颈鸳鸯的香囊，也是文姬手绣的。大惊咤道：“奇怪！奇怪！有这等事？”满生睡梦之中，听得喊叫，突然惊起，急敛衣襟不迭，已知为大郎看见，面如土色。大郎道：“秀才身上衣服，从何而来？”满生晓得瞒不过，只得诌个谎道：“小生身上单寒，忍不过了，向令爱姐姐处，看老丈有旧衣借一件。不想令爱竟将一件女袄拿出来，小生怕冷，不敢推辞，权穿在此衣内。”大郎道：“秀才要衣服，只消替老夫讲，岂有与闺中女子自相往来的事？是我养得女儿不成器了！”抽身望里边就走。

恰撞着女儿身边一个丫头，叫名青箱，一把抓过来道："你好好实说姐姐与那满秀才的事情，饶你的打！"青箱慌了，只得抵赖道："没曾见甚么事情。"大郎焦躁道："还要胡说，眼见得身上袄子多脱与他穿着了！"青箱没奈何，遮饰道："姐姐见爹爹十分敬重满官人，平日两下撞见时，也与他见个礼。他今日告诉身上寒冷，故此把衣服与他，别无甚说话。"大郎道："女人家衣服，岂肯轻与人着！况今日我又不在家，满秀才酒气喷人，是那里吃的？"青箱推道不知。大郎道："一发胡说了！他难道再有别处喹酒？他方才已对我说了，你若不实招，我活活打死你！"青箱晓得没推处，只得把从前勾搭的事情一一说了。大郎听罢，气得抓耳挠腮，没个是处，喊道："不成才的歪货！他是别路来的，与他做下了事，打点怎的？"青箱说："姐姐今日见爹爹不在，私下摆个酒盒，要满官人对天罚誓，你娶我嫁，终身不负，故此与他酒吃了。又脱一件衣服，一个香囊，与他做记念的。"大郎道："怎了！怎了！"叹口气道："多是我自家热心肠的不是，不消说了！"反背了双手，踱出外边来。

文姬见父亲抓了青箱去，晓得有些不尴尬。仔细听时，一句一句说到真处来。在里面正急得要上吊，忽见青箱走到面前，已知父亲出去了，才定了性，对青箱道："事已败露至此，却怎么了？我不如死休！"青箱道："姐姐不要性急！我看爹爹叹口气，自怨不是，走了出去，到有几分成事的意思在那里。"文姬道："怎见得？"青箱道："爹爹极敬重满官人，已知有了此事，若是而今赶逐了他去，不但恶识了，把从前好情多丢去，却怎生了结姐姐？他今出去，若问得满官人不曾娶妻的，毕竟还配合了，才好住手。"文姬道："但愿得如此便好。"

果然大郎走出去，思量了一回，竟到书房中，带着怒容问满生道："秀才，你家中可曾有妻未？"满生跼蹐无地，战战兢兢回言道："小生湖海飘流，实未曾有妻。"大郎道："秀才家既读诗书，也该有些行止！吾与你本是一面不曾相识，怜你客途，过为拯救，岂知你所为不义若此！点污了人家儿女，岂是君子之行？"满生惭愧难容，下地叩头道："小生罪该万死！小生受老丈深恩，已为难报。今为儿女之情，一时不能自禁，猖狂至此。若蒙海涵，小生此生以死相报，誓不忘高天厚地之恩。"大郎又叹口气道："事已至此，虽悔何及？总是我生女不肖，致受此辱。今既为汝污，岂可别嫁？汝若不嫌地远，索性赘入我家，做了女婿，养我终身，我也叹了这口气罢！"满生听得此言，就是九重天上飞下一纸赦书来，怎不满心欢喜？又叩着头道："若得如此玉成，满某即粉身碎骨，难报深恩！满某父母双亡，家无妻子，便当奉侍终身，岂再他往？"大郎道："只怕后生家看得容易了，他日负起心来——"满生道："小生与令爱恩深义重，已设誓过了，若有负心之事，教满某不得好死！"

大郎见他言语真切，抑且没奈何了，只得胡乱拣个日子，摆些酒席，配合了二人。正是：

绮罗丛里唤新人，锦绣窝中看旧物。
虽然后娶属先奸，此夜恩情翻较密。

满生与文姬，两个私情，得成正果，天从人愿，喜出望外。文姬对满生道："妾见父亲

敬重君子，一时仰慕，不以自献为羞，致于失身。原料一朝事露，不能到底，惟有一死而已。今幸得父亲配合，终身之事已完，此是死中得生，万千侥幸，他日切（窃）不可忘！"满生道："小生飘蓬浪迹，幸蒙令尊一见如故，解衣推食，恩已过厚。又得遇卿不弃，今日成此良缘，真恩上加恩。他日有负，诚非人类！"两人愈加如胶似漆，自不必说。满生在家无事，日夜读书，思量应举。焦大郎见他如此，道是许嫁得人，暗里心欢。自此内外无间。

过了两年，时值东京春榜招贤，满生即对丈人说要去应举。焦大郎收拾了盘缠，赍发他去。满生别了丈人、妻子，竟到东京，一举登第。才得唱名，满生心里放文姬不下，晓得选除未及，思量道："汴梁去凤翔不远，今幸已脱白挂绿[⑤]，何不且到丈人家里，与他们欢庆一番，再来未迟？"此时满生已有仆人使唤，不比前日，便叫收拾行李，即时起身。

不多几日，已到了焦大郎门首。大郎先已有人报知，是日整备迎接，鼓乐喧天，闹动了一个村坊。满生绿袍槐简，摇摆进来，见了丈人，便是纳头四拜。拜罢，长跪不起，口里称谢道："小婿得有今日，皆赖丈人提携。若使当日困穷旅店，没人救济，早已填了丘壑，怎能勾此身荣贵？"叩头不止。大郎扶起道："此皆贤婿高才，致身青云之上，老夫何功之有？当日困穷失意，乃贤士之常。今日衣锦归来，有光老夫多矣！"满生又请文姬出来，交拜行礼，各各相谢。其日邻里看的挨挤不开，个个说道："焦大郎能识好人，又且平日好施恩德，今日受此荣华之报，那女儿也落了好处了。"有一等轻薄的道："那女儿闻得先与他有些（须）说话了，后来配他的。"有的道："也是大郎有心把女儿许他，故留他在家里住这几时。便做道先有些什么，左右是他夫妻，而今一床锦被遮盖了，正好做院君夫人去，还有何妨？"

议论之间，只见许多人牵羊担酒，持花捧币，尽是些地方邻里亲戚，来与大郎作贺称庆。大郎此时把个身子抬在半天里了，好不风骚！一面置酒款待女婿，就先留几个相知亲戚相陪。次日，又置酒请这一干作贺的，先是亲眷，再是邻里，一连吃了十来日酒。焦大郎费掉了好些钱钞，正是欢喜破财，不在心上。满生与文姬夫妻二人，愈加厮敬厮爱，欢畅非常。连青箱也算做日前有功之人，另眼看觑，别是一分颜色。有一首词，单道着得第归来，世情不同光景：

世事从来无定，天公任意安排。寒酸忽地上金阶，立看许多渗濑。　　熟识还须再认，至亲也要疑猜。夫妻行事别开怀，另似一张卵袋。

话说满生夫荣妻贵，暮乐朝欢。焦大郎本是个慷慨心性，愈加扯大，道是靠着女儿女婿，不忧下半世不富贵了，尽心竭力，供养着他两个，惟其所用。满生总是慷他人之慨，落得快活。过了几时，选期将及，要往京师。大郎道是选官须得使用才有好地方，只得把膏腴之产尽数卖掉了，凑了偌多银两，与满生带去。焦大郎家事原只如常，经这一番大弄，已此十去八九。只靠着女婿选官之后，再图兴旺，所以毫不吝惜。

满生将行之夕，文姬对他道："我与你恩情非浅。前日应举之时，已曾经过一番

离别，恰是心里指望好日，虽然牵系，不甚伤情。今番得第已过，只要去选地方，眼见得只有好处来了，不知为甚么，心中只觉凄惨，不舍得你别去。莫非有甚不祥？”满生道：“我到京即选，甲榜科名，必为美官。一有地方，便着人从来迎你与丈人同到任所，安享荣华。此是算得定的日子，别不多时的，有甚么不祥之处？切勿挂虑！”文姬道：“我也晓得是这般的，只不知为何有些异样，不由人眼泪要落下来，更不知为甚缘故。”满生道：“这番热闹了多时，今我去了，顿觉冷静，所以如此。”文姬道：“这个也是。”两人絮聒了一夜，无非是些恩情浓厚，到底不忘的话。次日天明，整顿衣装，别了大郎父子(女)，带了仆人，径往东京选官去了。这里大郎与文姬父子(女)两个，互相安慰，把家中事件收拾并叠，只等京中差人来接，同去赴任，悬悬指望，不题。

且说满生到京，得授临海县尉。正要收拾起身，转到凤翔接了丈人妻子一同到任，拣了日子，将次起行，只见门外一个人大踏步走将进来，口里叫道：“兄弟，我那里不寻得你到？你元来在此！”满生抬头看时，却是淮南族中一个哥哥，满生连忙接待。那哥哥道：“兄弟几年远游，家中绝无消耗，举族疑猜，不知兄弟却在那里。到京一举成名，实为莫大之喜。家中叔叔枢密相公见了金榜，即便打发差人到京来相接，四处寻访不着，不知兄弟又到那里去了？而今选有地方，少不得出京家去。恁哥哥在此做些小前程，干办已满，收拾回去，已顾下船在汴河，行李多下船了。各处挨问，得见兄弟。你打迭已完，只须同你哥哥回去，见见亲族，然后到任便了。”满生心中一肚皮要到凤翔，那里曾有归家去的念头？见哥哥说来意思不对，却又不好直对他说，只含糊回道：“小弟还有些别件事干，且未要到家里。”那哥哥道：“却又作怪！看你的装裹多停当了，只要走路的，不到家里却又到那里？”满生道：“小弟流落时节，曾受了一个人的大恩，而今还要向西路去谢他。”那哥哥道：“你虽然得第，还是空囊。谢人先要礼物为先，这些事自然是到了任再处。况且此去到任所，一路过东，少不得到家边过，是顺路却不走，反走过西去怎的？”

满生此时只该把实话对他讲，说个不得已的缘故，他也不好阻当得。争奈满生有些不老气，恰像还要把这件事瞒人的一般，并不明说，但只东支西吾，凭那哥哥说得天花乱坠，只是不肯回去。那哥哥大怒起来，骂道：“这样轻薄无知的人！书生得了科名，难道不该归来会一会宗族邻里？这也罢了，父母坟墓边，也不该去拜见一拜见的？我和你各处去问一问，世间有此事否？”满生见他发出话来，又说得正气了，一时也没得回他，通红了脸，不敢开口。那哥哥见他不说了，叫些随来的家人，把他的要紧箱笼，不由他分说，只一搬，竟自搬到船上去了。满生没奈何，心里想道：“我久不归家了，况我落魄出来，今衣锦还乡，也是好事。便到了家里，再去凤翔，不过迟得些日子，也不为碍。”对那哥哥道：“既恁地，便和哥哥同到家去走走来。”只因这一去，有分交：

绿袍年少，别牵系足之绳；青鬓佳人，立化望夫之石。

满生同那哥哥回到家里，果然这番宗族邻里比前不同，尽多是呵脬捧屁的。满

生心里也觉快活，随去见那亲叔叔满贵。那叔叔是枢密副院，致仕家居，既是显官，又是一族之长，见了侄儿，晓得是新第回来，十分欢喜，道："你一向出外不归，只道是流落他乡，岂知却能挣扎得第，做官回来！诚然是与宗族争气的。"满生满口逊谢。满枢密又道："却还有一件事，要与你说。你父母早亡，壮年未娶。今已成名，嗣续之事最为紧要。前日我见你登科录上有名，便已为你留心此事。宋都朱从简大夫有一次女，我打听得才貌双全。你未来时，我已着人去相求，他已许下了，此极是好姻缘。我知那临海前官尚未离任，你到彼之期还可从容。且完此亲事，夫妻一同赴任，岂不为妙？"满生见说，心下吃惊，半晌作声不得。满生若是个有主意的，此时便该把凤翔流落、得遇焦氏之事，是长是短，备细对叔父说一遍，道："成亲已久，负他不得，须辞了朱家之婚，一刀两断。"说得决绝，叔父未必不依允。争奈满生讳言的是前日孟浪出游光景，恰像凤翔的事是私下做的，不肯当场明说，但只口里唧哝。枢密道："你心下不快，敢虑着事体不周备么？一应聘定礼物，前日是我多已出过。目下成亲所费，总在我家支持，你只打点做新郎便了。"满生道："多谢叔叔盛情，容侄儿心下再计较一计较。"枢密正色道："事已定矣，有何计较？"满生见他词色严毅，不敢回言，只得唯唯而出。

到了家里，闷闷了一回，想道："若是应承了叔父所言，怎生撇得文姬父女恩情？欲待辞绝了他的，不但叔父这一段好情不好辜负，只那尊严性子，也不好冲撞他。况且姻缘又好，又不要我费一些财物周折，也不该挫过！做官的人娶了两房，原不为多。欲待两头绊着，文姬是先娶的，须让他做大；这边朱家，又是官家小姐，料不肯做小，却又两难。"心里真似十五个吊桶打水，七上八落的，反添了许多不快活。踌躇了几日，委决不下。到底满生是轻薄性子，见说朱家是宦室之女，好个模样，又不费己财，先自动了十二分火。只有文姬父女这一点念头，还有些良心不能尽绝。肚里展转了几番，却就变起卦来。大凡人只有初起这一念，是有天理的，依着行去，好事尽多；若是多转了两个念头，便有许多奸贪诈伪、没天理的心来了。满生只为亲事摆脱不开，过了两日，便把一条肚肠换了转来，自想道："文姬与我起初只是两下偷情，算得个外遇罢了，后来虽然做了亲，元不是明婚正配。况且我既为官，做我配的须是名门大族，焦家不过市井之人，门户低微，岂堪受朝廷封诰，作终身伉俪哉？我且成了这边朱家的亲，日后他来通消息时，好言回他，等他另嫁了便是。倘若必不肯去，事到其间，要我收留，不怕他不低头做小了。"

算计已定，就去回复枢密。枢密拣个黄道吉日，行礼到朱大夫家，娶了过来。那朱家既是宦家，又且嫁的女婿是个新科，愈加要齐整，妆奁丰厚，百物具备。那朱氏女生长宦门，模样又是著名出色的，真是德、容、言、功，无不具足。满生快活非常，把那凤翔的事丢在东洋大海去了。正是：

花神脉脉殿春残，争赏慈恩紫牡丹。
别有玉盘承露冷，无人起就月中看。

满生与朱氏门当户对，年貌相当，你敬我爱，如胶似漆。满生心里反悔着凤翔

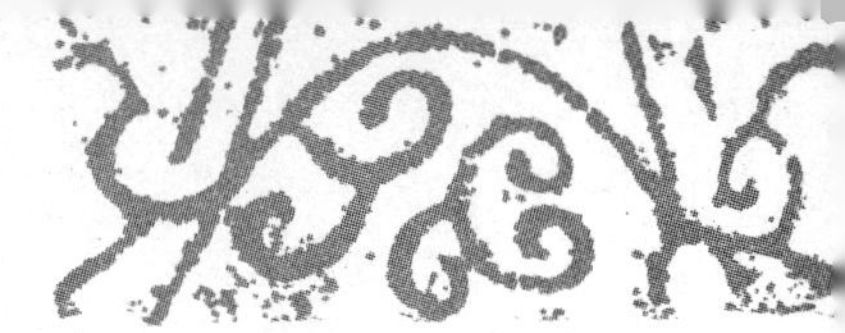

多了焦家这件事。却也有时念及，心上有些遣不开。因在朱氏面前，索性把前日焦氏所赠衣服、香囊拿出来，忍着性子，一把火烧了，意思要自此绝了念头。朱氏问其缘故，满生把文姬的事略略说些始末，道："这是我未遇时节的事，而今既然与你成亲，总不必提起了。"朱氏是个贤慧女子，倒说道："既然未遇时节相处一番，而今富贵了，也不该便绝了他。我不比那世间妒忌妇人，倘或有便，接他来同住过日，未为不可。"怎当得满生负了盟誓，难见他面，生怕他寻将来，不好收场，那里还敢想接他到家里？亦且怕在朱氏面上不好看，一意只是断绝了。回言道："多谢夫人好意。他是小人家儿女，我这里没消息到他，他自然嫁人去了，不必多事。"自此再不提起。

初时满生心中怀着鬼胎，还虑他有时到来，喜得那边也绝无音耗。俗语云："孝重千斤，日减一斤。"满生日远一日，竟自忘怀了。自当日与朱氏同赴临海任所，后来作尉任满，一连做了四五任美官，连朱氏封赠过了两番。不觉过了十来年，累官至鸿胪少卿，出知齐州。那齐州厅舍甚宽，合家人口住得像意。到任三日，里头收拾已完，内眷人等要出私衙之外，到后堂来看一看。少卿分付衙门人役尽皆出去，屏除了闲人，同了朱氏，带领着几个小厮、丫鬟、家人媳妇，共十来个人，一起到后堂散步，各自东西闲走看耍。少卿偶然走到后堂右边天井中，见有一小门，少卿推开来看，里头一个穿青的丫鬟，见了少卿，飞也似跑了去。少卿急赶上去看时，那丫鬟早已走入一个破帘内去了。少卿走到帘边，只见帘内走出一个女人来，少卿仔细一看，正是凤翔焦文姬。少卿虚心病，元有些怕见他的，亦且出于不意，不觉惊惶失措。文姬一把扯住少卿，哽哽咽咽哭将起来，道："冤家，你一别十年，向来许多恩情一些也不念及，顿然忘了，真是忍人！"少卿一时心慌，不及问他从何而来，且自辨说道："我非忘卿，只因归到家中，叔父先已别聘，强我成婚，我力辞不得，所以蹉跎至今，不得来你那里。"文姬道："你家中之事，我已尽知，不必提起。吾今父亲已死，田产俱无，刚剩得我与青箱两人，别无倚靠。没奈何了，所以千里相投。前日方得到此，门上人又不肯放我进来。求恳再三，今日才许我略在别院空房之内驻足一驻足，幸而相见。今一身孤单，茫无栖泊，你既有佳偶，我情愿做你侧室，奉事你与夫人，完我余生。前日之事，我也不计较短长，付之一叹罢了！"说一句，哭一句。说罢，又倒在少卿怀里，发声大恸。连青箱也走出来见了，哭做一堆。

少卿见他哭得哀切，不由得眼泪也落下来。又恐怕外边有人知觉，连忙止他道："多是我的不是。你而今不必啼哭，管还你好处。且喜夫人贤慧，你既肯认做一分小，就不难处了。你且消停在此，等我与夫人说去。"少卿此时也是身不由己的，走来对朱氏道："昔年所言凤翔焦氏之女，间隔了多年，只道他嫁人去了，不想他父亲死了，带了个丫鬟直寻到这里。今若不收留，他没个着落，叫他没处去了。却怎么好？"朱氏道："我当初原说接了他来家，你自不肯，直误他到此地位，还好不留得他？快请来与我相见。"少卿道："我说道夫人贤慧！"就走到西边去，把朱氏的说话说与文姬。文姬回头对青箱道："若得如此，我每且喜有安身之处了。"两人随了少卿，步至后堂，见了朱氏，相叙礼毕。文姬道："多蒙夫人不弃，情愿与夫人铺床叠被。”朱氏道：“那有此理？只是姐妹相处便了。”就相邀了，一同进入衙中。朱氏着人替他收拾起一间好卧房，就着青箱与他同住，随房伏侍。文姬低头伏气，且是小心。朱氏见他如此，甚加怜爱，且是过得和睦。

住在衙中几日了，少卿终是有些羞惭不过意，缩缩朒朒，未敢到他房中歇宿去。一日，外厢去吃了酒归来，有些微醺了，望去文姬房中，灯火微明，不觉心中念旧起来。醉后却胆壮了，踉踉跄跄，竟来到文姬面前。文姬与青箱慌忙接着，喜喜欢欢簇拥他去睡了。这边朱氏闻知，笑道：“来这几时，也该到他房里去了。”当夜朱氏收拾了自睡。到第二日，日色高了，合家多起了身，只有少卿未起。合家人指指点点，笑的话的，道是：“十年不相见了，不知怎地舞弄，这时节还自睡哩！青箱丫头在旁边听得不耐烦，想也倦了，连他也不起来。”有老成的道：“十年的说话，讲也讲他大半夜，怪道天明多睡了去。”

众人议论了一回，只不见动静。朱氏梳洗已过，也有些不惬意道：“这时节也该起身了，难道忘了外边坐堂？”同了一个丫鬟，走到文姬房前听一听，不听得里面一些声响，推推门看，又是里面关着的。家人每道：“日日此时出外理事去久了，今日迟得不像样，我每不妨催一催。”一个就去敲那房门。初时低声，逐渐声高，直到得乱敲乱叫，莫想里头答应一声。尽来对朱氏道：“有些奇怪了，等他开出来不得。夫人做主，我们掘开一壁，进去看看。停会相公嗔怪，全要夫人担待。”朱氏道：“这个在我，不妨。”众人尽皆动手，须臾之间，已掇开了一垛壁。众人走进里面一看，开了口合不拢来。正是：

宣子慢传无鬼论，良宵自昔有冤偿。
若还死者全无觉，落得生人不善良。

众人走进去看时，只见满少卿直挺挺倘在地下，口鼻皆流鲜血。近前用手一摸，四肢冰冷，已气绝多时了。房内并无一人，那里有什么焦氏？连青箱也不见了，刚留得些被卧在那里。众人忙请夫人进来。朱氏一见，惊得目睁口呆，大哭起来。哭罢道：“不信有这样的异事！难道他两个人摆布死了相公，连夜走了？”众人道：“衙门封锁，插翅也飞不出去；况且房里兀自关门闭户的，打从那里走得出来？”朱氏道：“这等，难道青天白日相处这几时，这两个却是鬼不成？”似信不信。一面传出去，说少卿夜来暴死，着地方停当后事。

朱氏悲悲切切，到晚来步进卧房，正要上床睡去，只见文姬打从床背后走将出来，对朱氏道：“夫人休要烦恼！满生当时受我家厚恩，后来负心，一去不来，吾举家悬望，受尽苦楚，抱恨而死。我父见我死无聊，老人家悲哀过甚，与青箱丫头相继沦亡。今在冥府诉准，许自来索命，十年之怨，方得伸报。我而今与他冥府对证去。蒙夫人相待好意，不敢相侵，特来告别。”朱氏正要问个备细，一阵冷风遍体，飒然惊觉，乃是南柯一梦。才晓得文姬、青箱两个真是鬼，少卿之死，被他活捉了去阴府对理。朱氏前日原知文姬这事，也道少卿没理的，今日死了无可怨怅，只得护丧南还。单苦了朱氏下半世，亦是满生之遗孽也。世人看了如此榜样，难道男子又该负得女子的？

痴心女子负心汉，谁道阴中有判断？
虽然自古皆有死，这回死得不好看。

【注释】

①王魁负桂英：王魁考试落第，得妓女王桂英周济，誓不相负。后王魁得中状元，背盟另娶。桂英自刎后找王魁索命，迫其自杀而死。事见于宋罗烨《醉翁谈录》等书，为宋元间著名的民间传说。

②没下梢：没有结局、结果。

③嗄饭：下酒的菜肴。

④潭府：唐韩愈《符读书城南》诗有"潭潭府中居"句，后因以"潭府"尊称别人的居宅。

⑤脱白挂绿：脱去白衣，换上绿袍。指初登仕途。

硬勘案大儒争闲气　甘受刑侠女著芳名

诗云：

世事莫有成心，成心专会认错。
任是大圣大贤，也要当着不着。

看官听说，从来说的书不过谈些风月，述些异闻，图个好听。最有益的，论些世情，说些因果，等听了的触着心里，把平日邪路念头化将转来。这个就是说书的一片道学心肠，却从不曾讲着道学。而今为甚么说个不可有成心？只为人心最灵，专是那空虚的才有公道。一点成心入在肚里，把好歹多错认了，就是圣贤也要偏执起来，自以为是，却不知事体竟不是这样的了。道学的正派，莫如朱文公晦翁[①]。读书的人那一个不尊奉他，岂不是个大贤？只为成心上边，也曾错断了事。

当日在福建崇安县知县事，有一小民告一状道："有祖先坟茔，县中大姓夺占做了自己的坟墓，公然安葬了。"晦翁精于风水，况且福建又极重此事，豪门富户见有好风水吉地，专要占夺了小民的，以致兴讼，这样事日日有的。晦翁准了他状，提那大姓到官。大姓说："是自家做的坟墓，与别人毫不相干的，怎么说起占夺来？"小民道："原是我家祖上的墓，是他富豪倚势占了。"两家争个不歇。叫中证问时，各人为着一边，也没个的据[②]。晦翁道："此皆口说无凭，待我亲去踏看明白。"当下带了一干人犯及随从人等，亲到坟头。看见山明水秀，凤舞龙飞，果然是一个好去处。晦翁心里道："如此吉地，怪道有人争夺。"心里先有些疑心，必是小民先世葬着，大姓看得好，起心要他的了。

大姓先禀道："这是小人家里新造的坟，泥土工程，一应皆是新的，如何说是他家旧坟？相公龙目一看，便了然明白。"小民道："上面新工程是他家的，底下须有老土。这原是家里的，他夺了才装新起来。"晦翁叫取锄头铁锹，在坟前挖开来看。挖到松泥将尽之处，"珰"的一声响，把个挖泥的人震得手疼。拨开浮泥看去，乃是一块青石头，上面依稀有字，晦翁叫取起来看。从人拂去泥沙，将水洗净，字文见将出

来，却是“某氏之墓”四个大字。旁边刻着细行，多是小民家里祖先名字。大姓吃惊道：“这东西那里来的？”晦翁喝道：“分明是他家旧坟，你倚强夺了他的！石刻见在，有何可说？”小民只是扣头道：“青天在上，小人再不必多口了。”晦翁道是见得已真，起身竟回县中，把坟断归小民，把大姓问了个强占田土之罪。小民口口“青天”，拜谢而去。

晦翁断了此事，自家道：“此等锄强扶弱的事，不是我，谁人肯做？”深为得意，岂知反落了奸民之计！元来小民诡诈，晓得晦翁有此执性，专怪富豪大户欺侮百姓，此本是一片好心，却被他们看破的拿定了。因贪大姓所做坟地风水好，造下一计，把青石刻成字，偷埋在他坟前了多时，忽然告此一状。大姓睡梦之中，说是自家新做的坟，一看就明白的。谁知地下先做成此等圈套，当官发将出来。晦翁见此明验，岂得不信？况且从来只有大家占小人的，那曾见有小人谋大家的？所以执法而断。那大姓委实受冤，心里不伏，到上边监司处再告将下来，仍发崇安县问理。晦翁越加嗔恼，道是大姓刁悍抗拒。一发狠，着地方勒令大姓迁出棺柩，把地给与小民安厝祖先，了完事件。争奈外边多晓得是小民欺诈，晦翁错问了事，公议不平，沸腾喧嚷，也有风闻到晦翁耳朵内。晦翁认是大姓力量大，致得人言如此，慨然叹息道：“看此世界，直道终不可行！”遂弃官不做，隐居本处武夷山中。

后来有事经过其地，见林木蓊然，记得是前日踏勘断还小民之地。再行闲步一看，看得风水真好，葬下该大发人家。因寻其旁居民问道：“此是何等人家，有福分葬此吉地？”居民道：“若说这家坟墓，多是欺心得来的，难道有好风水报应他不成？”晦翁道：“怎生样欺心？”居民把小民当日埋石在墓内，骗了县官，诈了大姓这块坟地，葬了祖先的话，是长是短，备细说了一遍。晦翁听罢，不觉两颊通红，悔之无及，道：“我前日认是奉公执法，怎知反被奸徒所骗！”一点恨心自丹田里直贯到头顶来。想道：“据着如此风水，该有发迹好处；据着如此用心贪谋来的，又不该有好处到他了。”遂对天祝下四句道：“此地若发，是有地理；此地不发，是有天理。”祝罢而去。

是夜大雨如倾，雷电交作，霹雳一声，屋瓦皆响。次日看那坟墓，已毁成一潭，连尸棺多不见了。可见有了成心，虽是晦庵大贤，不能无误。及后来事体明白，才知悔悟，天就显出报应来，此乃天理不泯之处。人若欺心，就骗过了圣贤，占过了便宜，葬过了风水，天地原不容的。

而今为何把这件说这半日？只为朱晦翁还有一件为着成心上边硬断一事，屈了一个下贱妇人，反致得他名闻天子，四海称扬，得了个好结果。有诗为证：

白面秀才落得争，红颜女子落得苦。
宽仁圣主两分张，反使娼流名万古。

话说天台营中有一上厅行首[③]，姓严名蕊，表字幼芳，乃是个绝色的女子。一应琴棋书画、歌舞管弦之类，无所不通。善能作诗词，多自家新造句子，词人推服，又博晓古今故事。行事最有义气，待人常是真心。所以人见了的，没一个不失魂荡魄在他身上，四方闻其大名。有少年子弟慕他的，不远千里，直到台州来求一识面。

正是：

十年不识君王面，始信婵娟解误人。

此时台州太守乃是唐与正，字仲友，少年高才，风流文彩。宋时法度，官府有酒，皆召歌妓承应，只站着歌唱送酒，不许私侍寝席。却是与他谑浪狎昵，也算不得许多清处。仲友见严蕊如此十全可喜，尽有眷顾之意，只为官箴拘束，不敢胡为。但是良辰佳节，或宾客席上，必定召他来侑酒。

一日，红白桃花盛开，仲友置酒赏玩，严蕊少不得来供应。饮酒中间，仲友晓得他善于词咏，就将红白桃花为题，命赋小词。严蕊应声成一阕，词云：

道是梨花不是，道是杏花不是。白白与红红，别是东风情味。曾记，曾记，人在武陵微醉。

——词寄《如梦令》

吟罢，呈上仲友。仲友看毕大喜，赏了他两匹缣帛。

又一日，时逢七夕，府中开宴。仲友有一个朋友谢元卿，极是豪爽之士，是日也在席上。他一向闻得严幼芳之名，今得相见，不胜欣幸。看了他这些行动举止、谈谐歌唱，件件动人，道："果然名不虚传！"大觥连饮，兴趣愈高，对唐太守道："久闻此子长于词赋，可当面一试否？"仲友道："既有佳客，宜赋新词。此子颇能，正可请教。"元卿道："就把七夕为题，以小生之姓为韵，求赋一词。小生当饮满三大瓯。"严蕊领命，即口吟一词道：

碧梧初坠，桂香才吐，池上水花初谢。穿针人在合欢楼，正月露玉盘高泻。蛛忙鹊懒，耕慵织倦，空做古今佳话。人间刚到隔年期，怕天上方才隔夜。

——词寄《鹊桥仙》

词已吟成，元卿三瓯酒刚吃得两瓯，不觉跃然而起道："词既新奇，调又适景，且才思敏捷，真天上人也！我辈何幸，得亲沾芳泽！"亟取大觥相酬，道："也要幼芳分饮此瓯，略见小生钦慕之意。"严蕊接过吃了。

太守看见两人光景，便道："元卿客边，可到严子家中做一程儿伴去。"元卿大笑，作个揖道："不敢请耳，固所愿也。但未知幼芳心下如何。"仲友笑道："严子解人，岂不愿事佳客？况为太守做主人，一发该的了。"严蕊不敢推辞得。酒散，竟同谢元卿一路到家，是夜遂留同枕席之欢。元卿意气豪爽，见此佳丽聪明女子，十分趁怀，只恐不得他欢心，在太守处凡有所得，尽情送与他家。留连半年，方才别去，也用掉若干银两，心里还是歉然的，可见严蕊真能令人消魂也。表过不题。

且说婺州永康县有个有名的秀才，姓陈名亮，字同父。赋性慷慨，任侠使气，一时称为豪杰。凡缙绅士大夫有气节的，无不与之交好。淮帅辛稼轩居铅山时，同父曾去访他。将近居傍，过一小桥，骑的马不肯走。同父将马三跃，马三次退却。同父大怒，拔出所佩之剑，一剑挥去马首，马倒地上。同父面不改容，徐步而去。稼轩适在楼上看见，大以为奇，遂与定交。平日行径如此，所以唐仲友也与他相好。因到台州来看仲友，仲友资给馆谷，留住了他。闲暇之时，往来讲论。仲友喜的是俊

爽名流，恼的是道学先生。同父意见亦同，常说道："而今的世界，只管讲那道学，说正心诚意的，多是一班害了风痹病，不知痛痒之人。君父大仇全然不理，方且扬眉袖手，高谈性命，不知性命是甚么东西！"所以与仲友说得来。只一件，同父虽怪道学，却与朱晦庵相好，晦庵也曾荐过同父来。同父道他是实学有用的，不比世儒迂阔。惟有唐仲友平日恃才，极轻薄的是朱晦庵，道他字也不识的。为此，两个议论有些左处。

同父客邸兴高，思游妓馆。此时严蕊之名布满一郡，人多晓得是太守相公作兴[④]的，异样兴头，没有一日闲在家里。同父是个爽利汉子，那里有心情伺候他空闲？闻得有一个赵娟，色艺虽在严蕊之下，却也算得是个上等的衏衏，台州数一数二的，同父就在他家游耍。缱绻多时，两情欢爱。同父挥金如土，毫无吝啬。妓家见他如此，百倍趋承。赵娟就有嫁他之意，同父也有心要娶赵娟，两个商量了几番，彼此乐意。只是是个官身，必须落籍，方可从良嫁人。同父道："落籍是府间所主，只须与唐仲友一说，易如反掌。"赵娟道："若得如此，最好。"

陈同父特为此来府里见唐太守，把此意备细说了。唐仲友取笑道："同父是当今第一流人物，在此不交严蕊而交赵娟，何也？"同父道："吾辈情之所钟，便是最胜，那见还有出其右者？况严蕊乃守公所属意，即使与交，肯便落了籍放他去否？"仲友也笑将起来道："非是属意，果然严蕊若去，此邦便觉无人，自然使不得！若赵娟要脱籍，无不依命。但不知他相从仁兄之意已决否？"同父道："察其词意，似出至诚。还要守公赞襄，作个月老[⑤]。"仲友道："相从之事，出于本人情愿，非小弟所可赞襄。小弟只管与他脱籍便了。"同父别去，就把这话回复了赵娟，大家欢喜。

次日，府中有宴，就唤将赵娟来承应。饮酒之间，唐太守问赵娟道："昨日陈官人替你来说，要脱籍从良，果有此事否？"赵娟叩头道："贱妾风尘已厌，若得脱离，天地之恩！"太守道："脱籍不难。脱籍去，就从陈官人否？"赵娟："陈官人名流贵客，只怕他嫌弃微贱，未肯相收。今若果有心于妾，妾焉敢自外？一脱籍就从他去了。"太守心里想道："这妮子不知高低，轻意应承，岂知同父是个杀人不眨眼的汉子？况且手段挥霍，家中空虚，怎能了得这妮子终身？"也是一时间为赵娟的好意，冷笑道："你果要从了陈官人到他家去，须是会忍得饥、受得冻才使得。"赵娟一时变色，想道："我见他如此撒漫使钱，道他家中必然富饶，故有嫁他之意。若依太守相公的说话，必是个穷汉子，岂能了我终身之事？"好些不快活起来。

唐太守一时取笑之言，只道他不以为意，岂知姊妹行中心路最多，一句关心，陡然疑变。唐太守虽然与了他脱籍文书，出去见了陈同父，并不提起嫁他的说话了。连相待之意，比平时也冷淡了许多。同父心里怪道："难道娼家薄情得这样渗濑[⑥]，哄我与他脱了籍，他就不作准了？"再把前言问赵娟。赵娟回道："太守相公说来，到你家要忍冻饿。这着甚么来由？"同父闻得此言，勃然大怒道："小唐这样惫赖！只许你喜欢严蕊罢了，也须有我的说话处！"他是个直性尚气的人，也就不恋了赵家，也不去别唐太守，一径到朱晦庵处来。

此时朱晦庵提举浙东常平仓，正在婺州。同父进去，相见已毕，问说是台州来，晦庵道："小唐在台州如何？"同父道："他只晓得有个严蕊，有甚别勾当？"晦庵道："曾道及下官否？"同父道："小唐说公尚不识字，如何做得监司？"晦庵闻之，默然了半日。盖是晦庵早年登朝，茫茫仕宦之中，著书立言，流布天下，自己还有些不慊意处。见唐仲友少年高才，心里常疑他要来轻薄的。闻得他说己不识字，岂不愧怒？怫然道："他是我属吏，敢如此无礼！"然背后之言未卜真伪，遂行一张牌下去，说："台州刑政有枉，重要巡历。"星夜到台州来。

晦庵是有心寻不是的，来得急促。唐仲友出于不意，一时迎接不及，来得迟了些。晦庵信道："是同父之言不差，果然如此轻薄，不把我放在心上！"这点恼怒再消不得了。当日下马，就追取了唐太守印信，交付与郡丞，说："知府不职，听参。"连严蕊也拿来收了监，要问他与太守通奸情状。晦庵道是仲友风流，必然有染，况且妇女柔脆，吃不得刑拷，不论有无，自然招承，便好参奏他罪名了。谁知严蕊苗条般的身躯，却是铁石般的性子，随你朝打暮骂，千棰百拷，只说："循分供唱，吟诗侑酒是有的，曾无一毫他事。"受尽了苦楚，监禁了月余，到底只是这样话。晦庵也没奈他何，只得糊涂做了"不合蛊惑上官"，狠毒将他痛杖了一顿，发去绍兴，另加勘问。一面先具本参奏，大略道：唐某不伏讲学，罔知圣贤道理，却诋臣为不识字。居官不存政体，亵昵娼流，鞫得奸情，再行复奏。取进止。等因。

唐仲友有个同乡友人王淮，正在中书省当国。也具一私揭，辨晦庵所奏，要他达知圣听。大略道：朱某不遵法制，一方再按，突然而来。因失迎候，酷逼娼流，妄污职官。公道难泯，力不能使贱妇诬服。尚辱渎奏，明见欺妄。等因。

孝宗皇帝看见晦庵所奏，正拿出来与宰相王淮平章⑦，王淮也出仲友私揭与孝宗看。孝宗见了，问道："二人是非，卿意何如？"王淮奏道："据臣看着，此乃秀才争闲气耳。一个道讥了他不识字，一个道不迎候得他，此是真情。其余言语多是增添的，可有一些的正事么？多不要听他就是。"孝宗道："卿说得是。却是上下司不和，地方不便，可两下平调了他每便了。"王淮奏谢道："陛下圣见极当，臣当分付所部奉行。"

这番京中亏得王丞相帮衬，孝宗有主意，唐仲友官爵安然无事。只可怜这边严蕊吃过了许多苦楚，还不算帐，出本之后，另要绍兴去听问。绍兴太守也是一个讲学的，严蕊解到时，见他模样标致，太守便道："从来有色者，必然无德。"就用严刑拷他，讨拶来拶指。严蕊十指纤细，掌背嫩白。太守道："若是亲操井臼的手，决不是这样，所以可恶！"又要将夹棍夹他。当案孔目禀道："严蕊双足甚小，恐经折挫不起。"太守道："你道他足小么？此皆人力矫揉，非天性之自然也。"着实被他腾倒了一番，要他招与唐仲友通奸的事。严蕊照前不招，只得且把来监了，以待再问。

严蕊到了监中，狱官着实可怜他，分付狱中牢卒，不许难为。好言问道："上司加你刑罚，不过要你招认，你何不早招认了？这罪是有分限的：女人家犯淫，极重不过是杖罪，况且已经杖断过了，罪无重科。何苦舍着身子，熬这等苦楚？"严蕊道：

"身为贱伎，纵是与太守有奸，料然不到得死罪，招认了有何大害？但天下事，真则是真，假则是假，岂可自惜微躯，信口妄言，以污士大夫？今日宁可置我死地，要我诬人，断然不成的！"狱官见他词色凛然，十分起敬，尽把其言禀知太守。太守道："既如此，只依上边原断施行罢。可恶这妮子崛强！虽然上边发落已过，这里原要决断。"又把严蕊带出监来，再加痛杖，这也是奉承晦庵的意思。叠成文书，正要回复提举司，看他口气，别行定夺，却得晦庵改调消息，方才放了严蕊出监。严蕊恁地晦（悔）气，官人每自争闲气，做他不着，两处监里无端的监了两个月，强坐得他一个不应罪名，到受了两番科断，其余逼招拷打，又是分外的受用。正是：

规圆方竹杖，漆却断纹琴。

好物不动念，方成道学心。

严蕊吃了无限的磨折，放得出来，气息奄奄，几番欲死。将息杖疮，几时见不得客，却是门前车马，比前更盛，只因死不肯招唐仲友一事，四方之人重他义气。那些少年尚气节的朋友，一发道是堪比古来义侠之伦，一向认得的要来问他安，不曾认得的要来识他面，所以挨挤不开。一班风月场中人自然与道学不对，但是来看严蕊的，没一个不骂朱晦庵两句。

晦庵此番竟不曾奈何得唐仲友，落得动了好些唇舌，外边人言喧沸，严蕊声价腾涌，直传到孝宗耳朵内。孝宗道："早是前日两平处了。若听了一偏之词，贬谪了唐与正，却不屈了这有义气的女子没申诉处？"陈同父知道了，也悔道："我只向晦庵说得他两句话，不道认真的大弄起来。今唐仲友只疑是我害他，无可辨处。"因致书与晦庵道："亮平生不曾会说人是非，唐与正乃见疑相谮，真足当田光[8]之死矣。然困穷之中，又自惜此泼命。一笑。"看来陈同父只为唐仲友破了他赵娟之事，一时心中愤气，故把仲友平日说话对晦庵讲了出来。原不料晦庵狠毒，就要摆布仲友起来，至于连累严蕊受此苦拷，皆非同父之意也。这也是晦庵成心不化，偏执之过，以后改调去了。

交代的是岳商卿，名霖。到任之时，妓女拜贺，商卿问："那个是严蕊？"严蕊上前答应。商卿抬眼一看，见他举止异人，在一班妓女之中，却像鸡群内野鹤独立，却是容颜憔悴。商卿晓得前事——他受过折挫，甚觉可怜，因对他道："闻你长于词翰，你把自家心事，做成一词诉我，我自有主意。"严蕊领命，略不构思，应声口占《卜算子》道：

不是爱风尘，似被前缘误。花落花开自有时，总赖东君[9]主。

去也终须去，住也如何住。若得山花插满头，莫问奴归处！

商卿听罢，大加称赏道："你从良之意决矣。此是好事，我当为你做主。"立刻取伎籍来，与他除了名字，判与从良。

严蕊叩头谢了，出得门去。有人得知此说的，千斤币聘，争来求讨，严蕊多不从他。有一宗室近属子弟，丧了正配，悲哀过切，百事俱废。宾客们恐其伤性，拉他到伎馆散心。说着别处，多不肯去，直等说到严蕊家里，才肯同来。严蕊见此人满面

戚容，问知为着丧耦之故，晓得是个有情之人，关在心里。那宗室也慕严蕊大名，饮酒中间，彼此喜乐，因而留住。倾心来往了多时，毕竟纳了严蕊为妾。严蕊也一意随他，遂成了终身结果。虽然不到得夫人、县君，却是宗室自取严蕊之后，深为得意，竟不续婚。一根一蒂，立了妇名，享用到底，也是严蕊立心正直之报也。

后有评论这个严蕊，乃是真正讲得道学的。有七言古风一篇，单说他的好处：

天台有女真奇绝，挥毫能赋谢庭雪。
搽粉虞候太守筵，酒酣未必呼烛灭。
忽尔监司飞檄至，桁杨横掠头抢地。
章台不犯士师条，肺石会疏刺史事。
贱质何妨轻一死，岂承浪语污君子？
罪不重科两得笞(箠)，狱吏之威止是耳。
君侯能讲毋自欺，乃遣女子诬人为！
虽在缧绁非其罪，尼父之语胡忘之？
君不见贯高当时白赵王，身无完肤犹自强？
今日蛾眉亦能尔，千载同闻侠骨香！
含颦带笑出狴犴，寄声合眼闭眉汉：
山花满头归去来，天潢自有梁鸿案。

【注释】

①朱文公晦翁：宋代朱熹，号晦庵，晚号晦翁，卒谥文，世称朱文公。

②的据：确据。

③上厅行首：宋代承应官府参拜、歌舞等事，色艺出众的官妓。

④作兴：纵容、抬举的意思。

⑤月老：唐李复言《续玄怪录·定婚店》说，有月下老人用赤绳系天下男女之足，便可使其终成夫妻。后因以“月下老人”或“月老”为媒妁的代称。

⑥渗濑：不堪。这里是险诈的意思。

⑦平章：评论、研讨。

⑧田光：战国时燕国人，曾向燕太子丹推荐荆轲以谋刺秦王。太子丹嘱其勿泄此事，田光因以见疑而自刎。

⑨东君：司春之神。

叠居奇程客得助　三救厄海神显灵

诗曰：

窈渺神奇事，文人多寓言。
其间应有实，岂必尽虚玄？

话说世间稗官野史中，多有纪载那遇神遇仙、遇鬼遇怪、情欲相感之事。其间多有偶因所感撰造出来的，如牛僧孺《周秦行纪》，道是僧孺落第时，遇着薄太后，见

了许多异代本朝妃嫔美人，如戚夫人、齐潘妃、杨贵妃、昭君、绿珠，诗词唱和，又得昭君伴寝，许多怪诞的话。却乃是李德裕与牛僧孺有不解之仇，教门客韦瓘作此记诬着他，只说是他自己做的，中怀不臣之心，妄言污蔑妃后，要坐他族灭之罪。这个记中事体，可不是一些影也没有的了？又有那《后土夫人传》，说是韦安道遇着后土之神，到家做了新妇，被父母疑心是妖魅，请明崇俨行五雷天心正法，遣他不去。后来父母教安道自央他去，只得去了，却要安道随行。安道到他去处，看见五岳四渎之神多来朝他，又召天后之灵，嘱他予安道官职钱钞。安道归来，果见天后传令洛阳城中访韦安道，与他做魏王府长史，赐钱五百万。说得有枝有叶，元来也是借此讥着天后的。后来宋太宗好文，太平兴国年间，命史官编集从来小说，以类分载，名为《太平广记》，不论真的假的，一总收拾在内。议论的道："上自神祇仙子，下及昆虫草木，无不受了淫亵污点。"道是其中之事，大略是不可信的。不知天下的事，才有假，便有真。那神仙鬼怪，固然有假托的，也原自有真实的，未可执了一个见识，道总是虚妄的事。只看《太平广记》以后许多记载之书，中间尽多遇神遇鬼的，说得的的确确，难道尽是假托出来不成？

只是我朝嘉靖年间，蔡林屋所记《辽阳海神》一节，乃是千真万真的。盖是林屋先在京师，京师与辽阳相近，就闻得人说有个商人遇着海神的说话，半疑半信。后见辽东一个佥宪、一个总兵到京师来，两人一样说话，说得详细，方信其实。也还只晓得在辽的事，以后的事不明白。直到林屋做了南京翰林院孔目，撞着这人来游雨花台。林屋知道了，着人邀请他来相会，特问这话，方说得始末根由，备备细细。林屋叙述他觌面自己说的话，作成此传，无一句不真的。方知从古来有这样事的，不尽是虚诞了。说话的，毕竟那个人是甚么人？那个事怎么样起？看官听小子据着传文，敷演出来。正是：

怪事难拘理，明神亦赋情。
不知精爽质，何以恋凡生？

话说徽州商人姓程名宰，表字士贤，是彼处渔村大姓，世代儒门，少时多曾习读诗书。却是徽州风俗，以商贾为第一等生业，科第反在次着。正德初年，与兄程寀将了数千金，到辽阳地方为商，贩卖人参、松子、貂皮、东珠之类。往来数年，但到处必定失了便宜，耗折了资本，再没一番做得着。徽人因是专重那做商的，所以凡是商人归家，外而宗族朋友，内而妻妾家属，只看你所得归来的利息多少为重轻。得利多的，尽皆爱敬趋奉；得利少的，尽皆轻薄鄙笑，犹如读书求名的中与不中归来的光景一般。程宰弟兄两人因是做折了本钱，怕归来受人笑话，羞惭惨沮，无面目见江东父老，不思量还乡去了。那徽州有一般做大商贾的，在辽阳开着大铺子，程宰兄弟因是平日是惯做商的，熟于帐目出人，盘算本利，这些本事，是商贾家最用得着的。他兄弟自无本钱，就有人出些束脩，请下了他专掌帐目，徽州人称为二朝奉。兄弟两人，日里只在铺内掌帐，晚间却在自赁的下处歇宿。那下处一带两间，兄弟各住一间，只隔得中间一垛板壁。住在里头，就像客店一般湫隘，有甚快活？也是

没奈何了,勉强度日。

如此过了数年,那年是戊寅年秋间了。边方地土,天气早寒。一日晚间风雨暴作,程宰与兄各自在一间房中,拥被在床,想要就枕。因是寒气逼人,程宰不能成寐,翻来覆去,不觉思念家乡起来。只得重复穿了衣服,坐在床里浩叹数声,自想如此凄凉情状,不如早死了倒干净。此时灯烛已灭,又无月光,正在黑暗中苦挨着寒冷。忽地一室之中,豁然明朗,照耀如同白日,室中器物之类,纤毫皆见。程宰心里疑惑,又觉异香扑鼻,氤氲满室,毫无风雨之声,顿然和暖,如江南二三月的气候起来。程宰越加惊愕,自想道:"莫非在梦境中了?"不免走出外边,看是如何。他原披衣服在身上的,亟跳下床来,走到门边开出去看。只见外边阴黑风雨,寒冷得不可当,慌忙奔了进来。才把门关上,又是先前光景,满室明朗,别是一般境界。程宰道:"此必是怪异。"心里慌怕,不敢移动脚步,只在床上高声大叫。其兄程寀止隔得一层壁,随你喊破了喉咙,莫想答应一声。

程宰着了急,没奈何了,只得钻在被里,把被连头盖了,撒得紧紧,向里壁睡着,图得个眼睛不看见,凭他怎么样了。却是心里明白,耳朵里听得出的。远远的似有车马喧阗之声,空中管弦金石音乐迭奏,自东南方而来。看看相近,须臾之间,已进房中。程宰轻轻放开被角,露出眼睛偷看,只见三个美妇人,朱颜绿鬓,明眸皓齿,冠帔盛饰,有像世间图画上后妃的打扮,浑身上下,金翠珠玉,光采夺目。容色风度,一个个如天上仙人,绝不似凡间模样,年纪多只可二十余岁光景。前后侍女无数,尽皆韶丽非常,各有执事,自分行列。但见:

> 或提垆,或挥扇;或张盖,或带剑;或持节,或捧琴;或秉烛花,或挟图书;或列宝玩,或荷旌幢;或拥衾褥,或执巾帨;或奉盘匜,或擎如意;或举肴核,或陈屏障;或布几筵,或陈音乐。

虽然纷纭杂沓,仍自严肃整齐。只此一室之中,随从何止数百?说话的,你错了。这一间空房,能有多大,容得这几百人?若一个个在这扇房门里走将进来,走也走他一两个更次,挤也要挤坍了。看官,不是这话。列位曾见《维摩经》上的说话么?那维摩居士止方丈之室,乃有诸天皆在室内,又容得十万八千狮子坐,难道是地方着得去?无非是法相神通。今程宰一室有限,那光明境界无尽。譬如一面镜子,能有多大?内中也着了无尽物像。这只是个现相,所以容得数百个人,一时齐在面前,原不是从门里一个两个进来的。

闲话休絮,且表正事。那三个美人,内中一个更觉齐整些的,走到床边,将程宰身上抚摩一过,随即开莺声吐燕语,微微笑道:"果然睡熟了么?吾非是有害于人的,与郎君有夙缘,特来相就,不必见疑。且吾已到此,万无去理。郎君便高呼大叫,必无人听见,枉自苦耳。不如作速起来,与吾相见。"程宰听罢,心里想道:"这等灵变光景,非是神仙,即是鬼怪。他若要摆布着我,我便不起来,这被头里岂是躲得过的?他既说是有夙缘,或者无害,也不见得。我且起来见他,看是怎地。"遂一毂辘跳将起来,走下卧床,整一整衣襟,跪在地下道:"程宰下界愚夫,不知真仙降临,

有失迎迓，罪合万死，伏乞哀怜。”美人急将纤纤玉手一把拽将起来道：“你休惧怕，且与我同坐着。”挽着程宰之手，双双南面坐下。那两个美人，一个向西，一个向东，相对侍坐。

坐定，东西两美人道：“今夕之会，数非偶然，不要自生疑虑。”即命侍女设酒进馔，品物珍美，生平目中所未曾睹。才一举箸，心胸顿爽。美人又命取红玉莲花卮进酒。卮形绝大，可容酒一升。程宰素不善酌，竭力推辞不饮。美人笑道：“郎怕醉么？此非人间曲糵所酝，不是吃了迷性的，多饮不妨。”手举一卮，亲奉程宰。程宰不过意，只得（到）接了到口，那酒味甘芳，却又爽滑清冽，毫不粘滞，虽醴泉甘露的滋味，有所不及。程宰觉得好吃，不觉一卮俱尽。美人又笑道：“郎信吾否？”一连又进数卮，三美人皆陪饮。程宰越吃越清爽，精神顿开，略无醉意。每进一卮，侍女们八音齐奏，音调清和，令人有超凡遗世之想。

酒阑，东西二美人起身道：“夜已向深，郎与夫人可以就寝矣。”随起身褰帷拂枕，叠被铺床，向南面坐的美人告去，其余侍女，一同随散。眼前凡（几）百具器，霎时不见，门户皆闭，又不知打从那里去了。当下止剩得同坐的美人一个，挽着程宰道：“众人已散，我与郎解衣睡罢。”程宰私自想道：“我这床上布衾草褥，怎么好与这样美人同睡的？”举眼一看，只见枕衾帐褥，尽皆换过，锦绣珍奇，一些也不是旧时的了。程宰虽是有些惊惶，却已神魂飞越，心里不知如何才好，只得一同解衣登床。美人卸了簪珥，徐徐解开髻发绺辫，总绾起一窝丝来。那发又长又黑，光明可鉴。脱下里衣，肌肤莹洁，滑若凝脂，侧身相就。程宰汤着[①]，遍体酥麻了。真个是：

> 丰若有余，柔若无骨。云雨初交，流丹浃藉。若远若近，宛转娇怯。俨如处子，含苞初拆。

程宰客中荒凉，不意得了此味，真个魂飞天外，魄散九霄，实出望外，喜之如狂。美人也自爱着程宰，枕上对他道：“世间花月之妖，飞走之怪，往往害人，所以世上说着便怕，惹人憎恶。我非此类，郎慎勿疑。我得与郎相遇，虽不能大有益于郎，亦可使郎身体康健，资用丰足。倘有患难之处，亦可出小力周全，但不可漏泄风声。就是至亲如兄，亦慎勿使知道。能守吾戒，自今以后便当恒奉枕席，不敢有废；若一有漏言，不要说我不能来，就有大祸临身，吾也救不得你了。慎之！慎之！”程宰闻言甚喜，合掌罚誓道：“某本凡贱，误蒙真仙厚德，虽粉身碎骨，不能为报！既承法旨，敢不铭心？倘违所言，九死无悔！”誓毕，美人大喜，将手来勾着程宰之颈说道：“我不是仙人，实海神也。与郎有夙缘甚久，故来相就耳。”语话缠绵，恩爱万状，不觉邻鸡已报晓二次。美人揽衣起道：“吾今去了，夜当复来。郎君自爱。”说罢，又见昨夜东西坐的两个美人与众侍女齐到床前，口里多称：“贺喜夫人、郎君！”美人走下床来，就有捧家伙的侍女，各将梳洗应用的物件，伏侍梳洗罢，仍带簪珥冠帔，一如昨夜光景。美人执着程宰之手，叮咛再四：“不可泄漏。”徘徊眷恋，不忍舍去。众女簇拥而行，尚回顾不止，人间夫妇，无此爱厚。

程宰也下了床，穿了衣服，伫立细看，如痴似呆，欢喜依恋之态，不能自禁。转

眼间室中寂然，一无所见。看那门窗，还是昨日关得好好的。回头再看房内，但见：

土炕(坑)上铺一带荆筐，芦席中拖一条布被。欹颓墙角，堆零星几块煤烟；坍塌地垆，摆缺绽一行瓶罐。浑如古庙无香火，一似牢房不洁清。

程宰恍然自失道："莫非是做梦么？"定睛一想，想那饮食笑语以及交合之状，盟誓之言，历历有据，绝非是梦寐之境，肚里又喜又疑。

顷刻间天已大明，程宰思量道："吾且到哥哥房中去看一看，莫非夜来事体，他有些听得么？"走到间壁，叫声"阿哥！"程寀正在床上起来，看见了程宰，大惊道："你今日面上神采(彩)异常，不似平日光景，甚么缘故？"程宰心里踌躇，道："莫非果有些甚么怪样，惹他们疑心？"只得假意说道："我与你时乖运蹇，失张失志，落魄在此，归家无期。昨夜暴冷，愁苦的当不得，展转悲叹，一夜不曾合眼，阿哥必然听见的。有甚么好处，却说我神采(彩)异常起来？"程寀道："我也苦冷，又想着家乡，通夕不寐。听你房中静悄悄地不闻一些声响，我怪道你这样睡得熟，何曾有愁叹之声？却说这个话！"程宰见哥哥说了，晓得哥哥不曾听见夜来的事了，心中放下了疙瘩，等程寀梳洗了，一同到铺里来。

那铺里的人见了程宰，没一个不吃惊道："怎地今日程宰哥面上这等光彩？"程寀对兄弟笑道："我说么！"程宰只做不晓得，不来接口。却心里也自觉神思清爽，肌肉润泽，比平日不同，暗暗快活，惟恐他不再来了。

是日频视晷影，恨不速移。刚才傍晚，就回到下处，托言腹痛，把门扃闭，静坐虔想，等待消息。到得街鼓初动，房内忽然明亮起来，一如昨夜的光景。程宰顾盼间，但见一对香垆前导，美人已到面前。侍女止是数人，仪从之类稀少，连那傍坐的两个美人也不来了。美人见程宰嘿坐相等，笑道："郎果有心如此，但须始终如一方好。"即命侍女设馔进酒，欢谑笑谈，更比昨日熟分亲热了许多。须臾撤席就寝，侍女俱散。顾看床褥，并不曾见有人去铺设，又复锦绣重叠。程宰心忖道："床上虽然如此，地下尘埃秽污，且看是怎么样的？"才一起念，只见满地多是锦茵铺衬，毫无寸隙了。是夜两人绸缪好合，愈加亲狎。依旧鸡鸣两度，起来梳妆而去。

此后人定即来，鸡鸣即去，率以为常，竟无虚夕。每来必言语喧闹，音乐铿锵。兄房只隔层壁，到底影响不闻，也不知是何法术如此。自此情爱愈笃。程宰心里想要甚么物件，即刻就有，极其神速。一日，偶思闽中鲜荔枝，即有带叶百余颗，香味珍美，颜色新鲜，恰像树上才摘下来的。又说："此味只有江南杨梅可以相匹。"便有杨梅一枝，坠于面前，枝上有二万余颗，甘美异常。此时已是深冬，况此二物皆不是北地所产，不知何自得来。又一夕谈及鹦鹉，程宰道："闻得说有白的，惜不曾见。"才说罢，便(更)有几只鹦鹉飞舞将来，白的、五色的多有，或诵佛经，或歌诗赋，多是中土官话。

一日，程宰在市上看见大商将宝石二颗来卖，名为硬红，色若桃红，大似拇指，索价百金。程宰夜间与美人说起，口中啧啧，称为罕见。美人抚掌大笑道："郎如此眼光浅，真是夏虫不可语冰②，我教你看着。"说罢，异宝满室。珊瑚有高丈余的，明

珠有如鸡卵的，五色宝石有大如栲栳[③]的，光艳夺目，不可正视。程宰左顾右盼，应接不暇。须臾之间，尽皆不见。程宰自思："我夜间无欲不遂，如此受用，日里仍是人家佣工，美人那知我心事来！"遂把往年贸易耗折了数千金，以致流落于此告诉一遍，不胜嗟叹。美人又抚掌大笑道："正在欢会时，忽然想着这样俗事来，何乃不脱洒如此！虽然，这是郎的本业，也不要怪你。我再教你看一个光景。"说罢，金银满前，从地上直堆至屋梁边，不计其数。美人指着问程宰道："你可要么？"程宰是个做商人的，见了偌多金银，怎不动火，心热口馋，支手舞脚，却待要取。美人将箸去馔碗内夹肉一块，掷程宰面上道："此肉粘得在你面上么？"程宰道："此是他肉，怎么粘得在吾面上？"美人指金银道："此亦是他物，岂可取为己有？若目前取了些，也无不可。只是非分之物，得了反要生祸。世人为取了不该得的东西，后来加倍丧去的，或连身子不保的，何止一人一事？我岂忍以此误你！你若要金银，你可自去经营，吾当指点路径，暗暗助你，这便使得。"程宰道："只这样也好了。"

其时是己卯初夏，有贩药材到辽东的，诸药多卖尽，独有黄柏、大黄两味卖不去，各剩下千来斤。此是贱物，所值不多，那卖药的见无人买，只思量丢下去了。美人对程宰道："你可去买了他的，有大利钱在里头。"程宰去问一问价钱，那卖的巴不得脱手，略得些就罢了。程宰深信美人之言，料必不差，身边积有佣工银十来两，尽数买了他的。归来搬到下处，哥子程寀看见累累堆堆偌多东西，却是两味草药。问知是十多两银子买了，大骂道："你敢失心疯了？将了有用的银子，置这样无用的东西！虽然买得贱，这偌多几时脱得手去，讨得本利到手？有这样失算的事！"谁知隔不多日，辽东疫疠盛作，二药各铺多卖缺了，一时价钱腾贵起来。程宰所有，多得了好价，卖得罄尽，共卖了五百余两。程寀不知就里，只说是兄弟偶然造化到了，做着了这一桩生意，大加欣羡，道："幸不可屡侥。今既有了本钱，该图些傍实的利息，不可造次了。"程宰自有主意，只不说破。

过了几日，有个荆州商人贩彩缎到辽东的，途中遭雨湿黦黣，多发了斑点，一匹也没有颜色完好的。荆商日夜啼哭，惟恐卖不去，只要有捉手便可成交，价钱甚是将就。美人又对程宰道："这个又该做了。"程宰罄将前日所得五百两银子，买了他五百匹，荆商大喜而去。程寀见了道："我说你福薄。前日不意中得了些非分之财，今日就倒灶[④]了。这些彩缎，全靠颜色。颜色好时，头二两一匹还有便宜；而今斑斑点点，那个要他？这五百两不撩在水里了？似此做生意，几时能勾挣得好日回家？"说罢大恸。众商伙中知得这事，也有惜他的，也有笑他的。谁知时运到了，自然生出巧来。程宰顿放彩缎，不上一月，江西宁王宸濠造反，杀了巡抚孙公、副使许公，谋要顺流而下，破安庆，取南京，僭宝位，东南一时震动。朝廷急调辽兵南讨，飞檄到来，急如星火。军中戎装旗帜之类，多要整齐，限在顷刻，这个边地上，那里立地有这许多缎匹？一时间价钱腾贵起来，只买得有就是，好歹不论。程宰所买这些斑斑点点的，尽多得了三倍的好价钱。这一番除了本钱五百两，分外足足撰[⑤]了千金。

庚辰秋间，又有苏州商人贩布三万匹到辽阳，陆续卖去，已有二万三四千匹了。剩下粗些的，还有六千多匹。忽然家信到来，母亲死了，急要奔丧回去。美人又对程宰道："这件事又该做了。"程宰两番得利，心知灵验，急急去寻他讲价。那苏商先卖去的，得利已多了，今止是余剩，况归心已急，只要一伙卖，便照原来价钱也罢。程宰遂把千金尽数买了他这六千多匹回来。明年辛巳三月，武宗皇帝驾崩，天下人多要戴着国丧。辽东远在塞外，地不产布，人人要件白衣，一时那讨得许多布来？一匹粗布，就卖得七八钱银子，程宰这六千匹，又卖了三四千两。如此事体，逢着便做，做来便希奇古怪，得利非常，记不得许多。四五年间，展转弄了五七万两，比昔年所折的，到多了几十倍了。正是：

人弃我堪取，奇赢自可居。
虽然神暗助，不得浪含图。

且说辽东起初闻得江西宁王反时，人心危骇，流传讹言，纷纷不一。有的说在南京登基了，有的说兵过两淮了，有的说过了临清，到德州了。一日几番说话，也不知那句是真，那句是假。程宰心念家乡切近，颇不自安，私下问美人道："那反叛的到底如何？"美人微笑道："真天子自在湖湘之间，与他甚么相干！他自要讨死吃，故如此猖狂，不日就擒了，不足为虑！"此是七月下旬的说，再过月余，报到果然被南赣巡抚王阳明擒了解京。程宰见美人说天子在湖湘，恐怕江南又有战争之事，心中仍旧惧怕，再问美人。美人道："不妨，不妨。国家庆祚灵长，天下方享太平之福，只在一二年了。"后来嘉靖自湖广兴藩，入继大统，海内安宁，悉如美人之言。

到嘉靖甲申年间，美人与程宰往来已是七载。两情缱绻，犹如一日。程宰囊中幸已丰富，未免思念故乡起来。一夕，对美人道："某离家已二十年了，一向因本钱耗折，回去不得。今蒙大造，囊资丰饶，已过所望。意欲暂与家兄归到乡里，一见妻子，便当即来。多不过一年之期，就好到此永奉欢笑，不知可否？"美人听罢，不觉惊叹道："数年之好，止于此乎？郎宜自爱，勉图后福。我不得伏侍左右了。"欷歔泣下，悲不自胜。程宰大骇道："某暂时归省，必当速来，以图后会，岂敢有负恩私？夫人乃说此断头话。"美人哭道："大数当然，彼此做不得主。郎适发此言，便是数当永诀了。"言犹未已，前日初次来的东西二美人及诸侍女仪从之类，一时皆集。音乐竞奏，盛设酒筵。美人自起酌酒相劝，追叙往时初会与数年情爱，每说一句，哽咽难胜。程宰大声号恸，自悔失言，恨不得将身投地，将头撞壁。两情依依，不能相舍。诸女前来禀白道："大数已终，法驾齐备，速请夫人登途，不必过伤了。"美人执着程宰之手，一头垂泪，一头分付道："你有三大难，今将近了。时时宜自警省，至期吾自来相救。过了此后，终身吉利，寿至九九。吾当在蓬莱三岛，等你来续前缘。你自宜居心清净，力行善事，以副吾望。吾与你身虽隔远，你一举一动吾必晓得，万一做了歹事，以致堕落，犯了天条，吾也无可周全了。后会迢遥，勉之！勉之！"叮宁了又叮宁，何止十来番。程宰此时神志俱丧，说不出一句话，只好唯唯应承，苏苏落泪而已。正是：

世上万般哀苦事，无非死别与生离。
天长地久有时尽，此恨绵绵无限期。

须臾，邻鸡群唱，侍女催促，诀别启行。美人还回头顾盼了三四番，方才寂然一无所见。但有：

蟋蟀悲鸣，孤灯半灭；凄风萧飒，铁马玎珰。曙星东升，银河西转。顷刻之间，已如隔世。

程宰不胜哀痛，望着空中禁不住的号哭起来。才发得声，哥子程寀隔房早已听见，不像前番随你间壁翻天覆地总不知道的。哥子闻得兄弟哭声，慌忙起来问其缘故。程宰支吾道："无过是思想家乡。"口里强说，声音还是凄咽的。程寀道："一向流落，归去不得。今这几年来生意做得着，手头饶裕，要归不难，为何反哭得这等悲切起来？从来不曾见你如此，想必有甚伤心之事，休得瞒我！"程宰被哥子说破，晓得瞒不住，只得把昔年遇合美人，夜夜的受用，及生意所以做得着，以致丰富，皆出美人之助，从头至尾述了一遍。程寀惊异不已，望空礼拜。明日与客商伴里说了，辽阳城内外没一个不传说程士贤遇海神的奇话。程宰自此终日郁郁不乐，犹如丧偶一般，与哥子商量收拾南归。

其时有个叔父在大同做卫经历，程宰有好几时不相见了，想道："今番归家，不知几时又到得北边。须趁此便打那边走一遭，看叔叔一看去。"先打发行李资囊，付托哥子程寀监押，从潞河下在船内，沿途等候着他，他自己却雇了一个牲口，由京师出居庸关，到大同地方。见了叔父，一家骨肉久别相聚，未免留连几日，不得动身。晚上睡去，梦见美人走来催促道："祸事到了，还不快走！"程宰记得临别之言，慌忙向叔父告行。叔父又留他饯别，直到将晚方出得大同城门。时已天黑，程宰道："总是前途赶不上多少路，罢了，不如就在城外且安宿了一晚，明日早行。"睡到三鼓，梦中美人又来催道："快走！快走！大难就到，略迟脱不去了！"程宰当时惊醒，不管天早天晚，骑了牲口，忙赶了四五里路。只听得炮声连响，回头看那城外时，火光烛天，照耀如同白日，元来是大同军变。

且道如何是大同军变？大同参将贾鉴不给军士行粮，军士鼓噪，杀了贾鉴。巡抚都御史张文锦出榜招安，方得平静。张文锦密访了几个为头的，要行正法，正差人出来擒拿，军士重番鼓噪起来，索性把张巡抚也杀了，据了大同，谋反朝廷。要搜寻内外壮丁一同叛逆，故此点了火把出城，凡是饭店经商，尽被拘刷了转去，收在伙内，无一得脱。若是程宰迟了些个，一定也拿将去了。此是海神来救了第一遭大难了。

程宰得脱，兼程到了居庸。夜宿关外，又梦见美人来催道："趁早过关，略迟一步就有牢狱之灾了。"程宰又惊将起来，店内同宿的多不曾起身，他独自一个，急到关前，挨门而进。行得数里，忽然宣府军门行将文书来：因为大同反乱，恐有奸细混入京师，凡是在大同来进关者，不是公差吏人有官文照验在身者，尽收入监内，盘诘明白，方准释放。是夜与程宰同宿的人，多被留住，下在狱中。后来有到半年方得

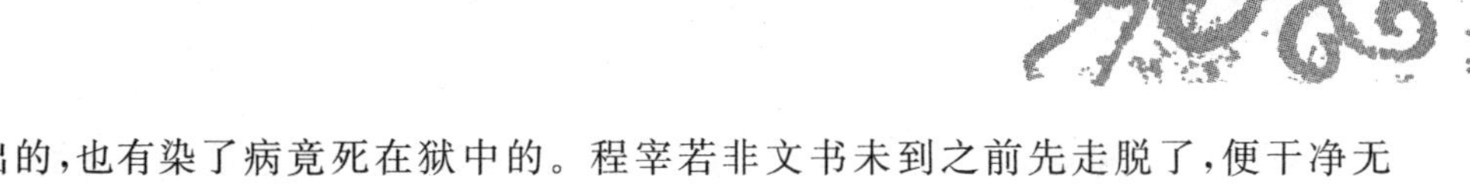

放出的，也有染了病竟死在狱中的。程宰若非文书未到之前先走脱了，便干净无事，也得耐烦坐他五七月的监。此是海神来救他第二遭的大难了。

程宰赶上了潞河船只，见了哥子，备述一路遇难，因梦中报信得脱之故，两人感念不已。一路无话，已到了淮安府高邮湖中。忽然：

黑雾密布，狂风怒号。水底老龙惊，半空猛虎啸。左掀右荡，浑如落在簸箕中；前跻后攧，宛似滚起饭锅内。双桅折断，一舵飘零。等闲要见阎王，立地须游水府。

正在危急之中，程宰忽闻异香满船，风势顿息。须臾黑雾四散，中有彩云一片，正当船上。云中现出美人模样来，上半身毫发分明，下半身霞光拥蔽，不可细辨。程宰明知是海神又来救他，况且别过多时，不能厮见，悲感之极，涕泗交下，对着云中只是磕头礼拜。美人也在云端举手答礼，容色恋恋，良久方隐。船上人多不见些甚么，但见程宰与空中施礼之状，惊疑来问。程宰备说缘故如此，尽皆瞻仰。此是海神来救他第三遭的大难，此后再不见影响了。

后来程宰年过六十，在南京遇着蔡林屋时，容颜只像四十来岁的，可见是遇着异人无疑。若依着美人蓬莱三岛之约，他日必登仙路也。但不知程宰无过[⑥]是个经商俗人，有何缘分得有此一段奇遇？说来也不信，却这事是实实有的。可见神仙鬼怪之事，未必尽无。有诗为证：

流落边关一俗商，却逢神眷不寻常。
宁知钟爱缘何许？谈罢令人欲断肠。

【注释】

①汤着：触着、挨着的意思。

②夏虫不可语冰：语本《庄子·秋水》："夏虫不可以语于冰者，笃于时也。"夏虫，夏天的虫子。

③栲栳：用柳条编成的盛物器具，也叫做"笆斗"。

④倒灶：即倒运、倒霉。

⑤撰：同"赚"。

⑥无过：不外乎，只不过。

神偷寄兴一枝梅　侠盗惯行三昧戏

诗曰：

剧贼从来有贼智，其间妙巧亦无穷。
若能收作公家用，何必疆场不立功？

自古说孟尝君养食客三千，鸡鸣狗盗的多收拾在门下。后来被秦王拘留，无计得脱。秦王有个爱姬传语道："闻得孟尝君有领狐白裘，价值千金，若将来送了我，我替他讨个人情，放他归去。"孟尝君当时只有一领狐白裘，已送上秦王，收藏内库，那得再有？其时狗盗的便献计道："臣善狗偷，往内库去偷将出来便是。"你道何为狗偷？乃是此人善做狗嗥。就假做了狗，爬墙越壁，快捷如飞，果然把狐白裘偷了

出来，送与秦宫爱姬，才得善言放脱。连夜行到函谷关，孟尝君恐怕秦王有悔，后面追来，急要出关，当得关上直等鸡鸣才开。孟尝君着了急，那时食客道："臣善鸡鸣，此时正用得着。"就曳起声音，学作鸡啼起来，果然与真无二。啼得两三声，四下群鸡皆啼。关吏听得，把关开了，孟尝君才得脱去。孟尝君平时养了许多客，今脱秦难，却得此两小人之力，可见天下寸长尺技，俱有用处。而今世上只重着科目[1]，非此出身，纵有奢遮[2]的，一概不用。所以有奇巧智谋之人，没处设施，多赶去做了为非作歹的勾当。若是善用人材的，收拾将来，随宜酌用，未必不得他气力，且省得他流在盗贼里头去了。

且如宋朝临安有个剧盗，叫做"我来也"，不知他姓甚名谁。但是他到人家偷盗了物事，一些踪影不露出来，只是临行时壁上写着"我来也"三个大字。第二日人家看见了字，方才简点家中，晓得失了贼。若无此字，竟是神不知鬼不觉的，煞好手段！临安中受他蒿恼不过，纷纷告状。府尹责着缉捕使臣，严行挨查，要获着真正写"我来也"三字的贼人。却是没个姓名，知是张三李四？拿着那个才肯认帐？使臣人等受那比较[3]不过，只得用心体访。元来随你巧贼，须瞒不过公人，占风望气，定然知道的。只因拿得甚紧，毕竟不知怎的缉着了他的真身，解到临安府里来。府尹升堂，使臣禀说："缉着了真正'我来也'。虽不晓得姓名，却正是写这三字的。"府尹道："何以见得？"使臣道："小人们体访甚真，一些不差。"那个人道："小人是良民，并不是甚么'我来也'，公人们比较不过，拿小人来冒充的。"使臣道："的是真正的，贼口听他不得！"府尹只是疑心。使臣们禀道："小人们费了多少心机，才访得着。若被他花言巧语脱了出去，后来小人们再没处拿了。"府尹欲待要放，见使臣们如此说，又怕是真的，万一放去了，难以寻他，再不好比较缉捕的了，只得权发下监中收监。

那人一到监中，便好言对狱卒道："进监的旧例，该有使费。我身边之物，尽被做公的搜去。我有一主银两，在岳庙里神座破砖之下，送与哥哥做拜见钱。哥哥只做去烧香，取了来。"狱卒似信不信，免不得跑去一看，果然得了一包东西，约有二十余两。狱卒大喜，遂把那人好好看待，渐加亲密。

一日，那人又对狱卒道："小人承蒙哥哥盛情，十分看待得好，小人无可报效，还有一主东西在某处桥垛之下，哥哥去取了，也见小人一点敬意。"狱卒道："这个所在是往来之所，人眼极多，如何取得？"那人道："哥哥将个筐篮盛着衣服，到那河里去洗，摸来放在篮中，就把衣服盖好，却不拿将来了？"狱卒依言，如法取了来，没人知觉。简简物事，约有百金之外。狱卒一发喜谢不尽，爱厚那人，如同骨肉。晚间买酒请他。酒中，那人对狱卒道："今夜三更，我要到家里去看一看，五更即来，哥哥可放我出去一遭。"狱卒思量道："我受了他许多东西，他要出去，做难不得。万一不来了怎么处？"那人见狱卒迟疑，便道："哥哥不必疑心，小人被做公的冒认做'我来也'，送在此间，既无真名，又无实迹，须问不得小人的罪，小人少不得辨出去，一世也不私逃的。但请哥哥放心，只消两个更次，小人仍旧在此了。"狱卒见他说得有

理，想道："一个不曾问罪的犯人，就是失了，没甚大事。他现与了我许多银两，拼得与他使用些，好歹糊涂得过。况他未必不来的。"就依允放了他。那人不由狱门，竟在屋檐上跳了去。屋瓦无声，早已不见。

到得天未大明，狱卒宿酒未醒，尚在朦胧，那人已从屋檐跳下，摇起狱卒道："来了，来了。"狱卒惊醒，看了一看道："有这等信人！"那人道："小人怎敢不来，有累哥哥？多谢哥哥放了我去，已有小小谢意，留在哥哥家里，哥哥快去收拾了来。小人就要别了哥哥，当官出监去了。"狱卒不解其意，急回到家中。家中妻子说："有件事，正要你回来得知。昨夜更鼓尽时，不知梁上甚么响，忽地掉下一个包来。解开看时，尽是金银器物，敢是天赐我们的？"狱卒情知是那人的缘故，急摇手道："不要露声！快收拾好了，慢慢受用。"狱卒急转到监中，又谢了那人。

须臾，府尹升堂，放告牌出。只见纷纷来告盗情事，共有六七纸，多是昨夜失了盗，墙壁上俱写得有"我来也"三字，恳求着落缉捕。府尹道："我元疑心前日监的，未必是真'我来也'，果然另有这个人在那里，那监的岂不冤枉？"即叫狱(卒)来分付，快把前日监的那人放了。另行责着缉捕使臣，定要访个真正"我来也"解官，立限比较。岂知真的却在眼前放去了？只有狱卒心里明白，伏他神机妙用。受过重贿，再也不敢说破。

看官，你道如此贼人智巧，可不是有用得着他的去处么？这是旧话，不必说。只是我朝嘉靖年间，苏州有个神偷懒龙，事迹颇多。虽是个贼，煞是有义气，兼带着戏耍，说来有许多好笑好听处。有诗为证：

谁道偷无道？神偷事每奇。
更看多慷慨，不是俗偷儿！

话说苏州亚字城东玄妙观前第一巷有一个人，不晓得他的姓名，后来他自号懒龙，人只称呼他是懒龙。其母村居，偶然走路遇着天雨，走到一所枯庙中避着，却是草鞋三郎庙。其母坐久，雨尚不住，昏昏睡去。梦见神道与他交感，归来有妊。满了十月，生下这个懒龙来。懒龙生得身材小巧，胆气壮猛，心机灵变，度量慷慨。且说他的身体行径：

柔若无骨，轻若御风。大则登屋跳梁，小则扪墙摸壁。随机应变，看景生情。撮口则为鸡犬狸鼠之声，拍手则作箫鼓弦索之弄。饮啄有方，律吕相应；无弗酷肖，可使乱真。出没如鬼神，去来如风雨。果然天下无双手，真是人间第一偷。

懒龙不但伎俩巧妙，又有几件希奇本事，诧异性格：自小就会着了靴在壁上走，又会说十三省乡谈。夜间可以连宵不睡，日间可以连睡几日，不茶不饭，像陈抟一般。有时放量一吃，酒数斗，饭数升，不彀一饱；有时不吃起来，便动几日不饿。鞋底中用稻草灰做衬，走步绝无声响；与人相扑，掉臂往来，倏忽如风。想来《剑侠传》中白猿公，《水浒传》中鼓上蚤，其矫捷不过如此。

自古道性之所近，懒龙既有这一番咋嗻[④]，便自藏埋不住，好与少年无赖的人往

来，习成偷儿行径。一时偷儿中高手，有芦茄茄（骨瘦如青芦枝，探丸白打最胜）、刺毛鹰（见人辄隐伏，形如蛩螀，能宿梁壁上）、白搭膊（以素练为腰缠，角上挂大铁钩，以钩向上抛掷，遇罥挂，便攀缘腰缠上升；欲下亦借钩力，梯其腰缠，翩然而落）。这数个，多是吴中高手，见了懒龙手段，尽皆心伏，自以为不及。懒龙原没甚家缘家计，今一发弃了，到处为家，人都不晓得他歇在那一个所在。白日行都市中，或闪入人家，但见其影，不见其形。暗夜便窃入大户朱门寻宿处，玳瑁梁间，鸳鸯楼下，绣屏之内，画阁之中，缩做刺猬一团，没一处不是他睡场，得便就做他一手。因是终日会睡，变幻不测如龙，所以人叫他懒龙。所到之处，但得了手，就画一枝梅花在壁上，在黑处将粉写白字，在粉墙将煤写黑字，再不空过，所以人又叫他做一枝梅。

嘉靖初年，洞庭两山[⑤]出蛟，太湖边山崖崩塌，露出一古冢朱漆棺，宝物无数，尽被人盗去无遗。有人传说到城，懒龙偶同亲友泛湖，因到其处，看见藤蔓缠棺，已被斩断。开发棺中，惟枯骸一具，冢旁有断碑模糊。懒龙道是古来王公之墓，不觉恻然，就与他掩蔽了。即时出些银两，雇本处土人聚土埋藏好了，把酒浇奠。奠毕将行，懒龙见草中一物碍脚。俯首取起，乃是古铜镜一面，急藏袜中，不与人见。及到城中，将往僻处刷净泥滓细看，那镜小小，只有四五寸。面上精光闪烁，背上鼻钮四傍，隐起穷奇饕餮鱼龙波浪之形，满身青绿，尽蚀朱砂水银之色。试敲一下，其声泠然，晓得是件宝贝，将来佩带身边。到得晚间，将来一照，暗处皆明，雪白如昼。懒龙得了此镜，出入不离，夜行更不用火，一发添了一助。别人怕黑时节，他竟同日里行走，偷法愈便。

却是懒龙虽是偷儿行径，却有几件好处：不肯淫人家妇女；不入良善与患难之家；许（说）了人说话再不失信。亦且仗义疏财，偷来东西随手散与贫穷负极之人，最要薅恼那悭吝财主无义富人，逢场作戏，做出笑话。因此到所在，人多倚草附木，成行逐队来皈依他，义声赫然。懒龙笑道："吾无父母妻子可养，借这些世间余财聊救贫人，正所谓损有余补不足，天道当然，非关吾的好义也。"

一日，有人传说一个大商下千金在织人周甲家，懒龙要去取他的。酒后错认了所在，误入了一个人家。其家乃是个贫人，房内止有一张大几，四下一看，别无长物。既已进了房中，一时不好出去，只得伏在几下，看见贫家夫妻对食，盘餐萧瑟。夫满面愁容，对妻道："欠了客债要紧，别无头脑可还，我不如死了罢！"妻子道："怎便寻死？不如把我卖了，还好将钱营生。"说罢，夫妻泪如雨下。懒龙忽然跳将出来，夫妻慌怕。懒龙道："你两个不必怕我，我乃懒龙也。偶听人言，来寻一个商客，错走至此。今见你每生计可怜，我当送二百金与你，助你经营。快不可别寻道路，如此苦楚！"夫妻素闻其名，拜道："若得义士如此厚恩，吾夫妻死里得生了！"懒龙出了门去，一个更次，门内铿然一响。夫妻走起看时，果然一个布囊，有银二百两在内，——乃是懒龙是夜取得商人之物。夫妻喜跃非常，写个懒龙牌位，奉事终身。

有一贫儿，少时与懒龙游狎，后来消乏。与懒龙途中相遇，身上蓝褛，自觉羞惭，引扇掩面而过。懒龙掣住其衣，问道："你不是某舍么？"贫儿局蹐道："惶恐，惶

恐。”懒龙道：“你一贫至此，明日当同你入一大家，取些来付你。勿得妄言！”贫儿晓得懒龙手段，又是不哄人的，明日傍晚来寻懒龙。懒龙与他共至一所，乃是士夫家池馆，但见：

暮鸦撩乱，碧树蒙笼，万籁凄清，四隅寂静。

懒龙分付贫儿止住在外，自己竦身攀树，逾垣而入，许久不出。贫儿屏气吞声，蹲踞墙外，又被群犬嚎吠，赶来咋啮，贫儿绕墙走避。微听得墙内水响，倏有一物如没水鸬鹚，从林影中堕地。仔细看看，却是懒龙，浑身沾湿，状甚狼狈。对贫儿道：“吾为你几乎送了性命。里面黄金无数，可以斗量。我已取到了手，因为外边犬吠得紧，惊醒里面的人，追将出来，只得丢弃道旁，轻身走脱。此乃子之命也。”贫儿道：“老龙平日手到拿来，今日如此，是我命薄！”叹息不胜。懒龙道：“不必烦恼！改日别作道理。”贫儿怏怏而去。

过了一个多月，懒龙路上又遇着他，哀告道：“我穷得不耐烦了，今日去卜问一卦，遇着上上大吉，财爻发动。先生说：‘当有一场飞来富贵，是别人作成的。’我想不是老龙，还那里指望？”懒龙笑道：“吾几乎忘了。前日那家金银一箱，已到手了。若竟把来与你，恐那家发觉，你藏不过，做出事来，所以权放在那家水池内，再看动静。今已个月期程，不见声息，想那家不思量追访了，可以取之无碍。晚间当再去走遭。”贫儿等到薄暮，来约懒龙同往。懒龙一到彼处，但见度柳穿花，捷若飞鸟，驰波溅沫，矫似游龙。须臾之间，背负一箱而出。急到僻处开看，将着身带宝镜一照，里头尽是金银。懒龙分文不取，也不问多少，尽数与了贫儿，分付道：“这些财物，可勾你一世了，好好将去用度。不要学我懒龙混帐半生，不做人家。”贫儿感激谢教，将着做本钱，后来竟成富家。懒龙所行之事，每多如此。

说话的，懒龙固然手段高强，难道只这等游行无碍，再没有失手时节？看官听说，他也有遇着不巧，受了窘迫，却会得逢急智生，脱身溜撒。曾有一日走到人家，见衣橱开着，急向里头藏身，要取橱中衣服。不匡这家子临上床时，将衣橱关好，上了大锁，竟把懒龙锁在橱内了。懒龙出来不得，心生一计，把橱内衣饰紧缠在身，又另包下一大包，俱挨着橱门，口里就做鼠咬衣裳之声。主人听得，叫起老妪来道：“为何把老鼠关在橱内了？可不咬坏了衣服？快开了橱赶了出来！”老妪取火开橱。才开得门，那挨着门口包儿先滚了下地，说时迟，那时快，懒龙就这包滚下来头里，一同滚将出来，就势扑灭了老妪手中之火。老妪吃惊，大叫一声。懒龙恐怕人起难脱，急取了那个包，随将老妪要处一拨，扑的跌倒在地，望外便走。房中有人走起，地上踏着老妪，只说是贼，拳脚乱下。老妪喊叫连天，房外人听得房里嚷乱，尽奔将来。点起火一照，见是自家人厮打，方喊得住，懒龙不知已去过几时了。

有一织纺人家，客人将银子定下绸罗若干。其家夫妻收银箱内，放在床里边，夫妻同寝在床，夜夜小心谨守。懒龙知道，要取他的，闪进房去，一脚踏了床沿，挽手进床内掇那箱子。妇人惊醒，觉得床沿上有物，暗中一摸，晓得是只人脚，急用手抱住不放，忙叫丈夫道：“快起来，吾捉住贼脚在这里了！”懒龙即将其夫之脚，用手

抱住一掐，其夫负痛，忙喊道："是我的脚，是我的脚。"妇人认是错拿了夫脚，即时把手放开，懒龙便掇了箱子如飞出房。夫妻两人还争个不清，妻道："分明拿的是贼脚，你却教放了。"夫道："现今我脚掐得生疼，那里是贼脚？"妻道："你脚在里床，我拿的在外床，况且吾不曾掐着。"夫道："这等，是贼掐我的脚。你只不要放那只脚便是。"妻道："我听你喊将起来，慌忙之中认是错了，不觉把手放松，他便抽得去了。着了他贼见识，定是不好了。"摸摸里床，箱子果是不见，夫妻两个我道你错，你道我差，互相埋怨不了。

懒龙又走在一个买衣服的铺里，寻着他衣库，正要拣好的卷他，黑暗难认，却把身边宝镜来照。又道是隔墙须有耳，门外岂无人？谁想隔邻人家，有人在楼上做房，楼窗看见间壁衣库亮光一闪，如闪电一般，情知有些尴尬，忙敲楼窗，向铺里叫道："隔壁仔细，家中敢有小人了？"铺中人惊起，口喊"捉贼！"懒龙听得在先，看见庭中有一只大酱缸，上盖篷篁，懒龙慌忙揭起，蹲在缸中，仍复反手盖好。那家人提着灯各处一照，不见影响，寻到后边去了。懒龙在缸里想道："方才只有缸内不曾开看，今后头寻不见，此番必来，我不如往看过的所在躲去。"又思身上衣已染酱，淋漓开来，掩不得踪迹。便把衣服卸在缸内，赤身脱出来，把脚踪印些酱迹在地下，一路到门，把门开了，自己翻身进来，仍入衣库中藏着。那家人后头寻了一转，又将火到前边来，果然把酱缸盖揭开。看时，却有一套衣服在内，认得不是家里的，多道："这分明是贼的衣裳了。"又见地下脚迹，自缸边直到门边，门已洞开，尽皆道："贼见我们寻，慌躲在酱缸里面，我们后边去寻时，他却脱下衣服逃走了。可惜看得迟了些个，不然此时已被我们拿住。"店主人家道；"赶得他去也罢了，关好了门歇息罢。"一家尽道贼去无事，又历碌了一会，放倒了头，大家酣睡，讵知贼还在家里。懒龙安然住在锦绣丛中，把上好衣服绕身系束得紧峭，把一领青旧衣外面盖着；又把细软好物，装在一条布被里面打做个包儿。弄了大半夜，寂寂负了，从屋檐上跳出，这家子没一人知觉。

跳到街上，正走时，天尚黎明，有三四一起早行的人，前来撞见。见懒龙独自一个负着重囊，侵早行走，疑他来路不正气，遮住道："你是甚么人？在那里来？说个明白，方放你走。"懒龙口不答应，伸手在肘后摸出一包，团圈如球，抛在地下就走。那几个人多来抢看，见上面牢卷密扎，道他必是好物，争先来解。解了一层又有一层，就像剥笋壳一般，且是层层捆得紧。剥了一尺多，里头还不尽，剩有拳头大一块，疑道："不知裹着甚么？"众人不肯住手，还要夺来解看。那先前解下的多是敝衣破絮，零零落落，堆得满地。正在闹嚷之际，只见一伙人赶来道："你们偷了我家铺里衣服，在此分赃么！"不由分说，拿起器械蛮打将来。众人呼喝不住，见不是头，各跑散了。中间拿住一个老头儿，天色黯黑之中，也不来认面庞，一步一棍，直打到铺里。老头儿口里乱叫乱喊道："不要打，不要打，你们错了。"众人多是兴头上，人住马不住，那里听他？

看看天色大明，店主人仔细一看，乃是自家亲家翁，在乡里住的。连忙喝住众

人，已此打得头虚面肿。店主人忙陪不是，置酒请罪，因说失贼之事。老头儿方诉出来道："适才同两三个乡里人作伴到此，天未明亮。因见一人背驮一大囊行走，正拦住盘问，不匡他丢下一件包裹，多来夺看，他乘闹走了。谁想一层一层多是破衣败絮，我们被他哄了，不拿得他，却被这里人不分皂白混打这番，把同伴人惊散。便宜那贼骨头，又不知走了多少路了。"众人听见这话，大家惊悔。邻里闻知某家捉贼，错打了亲家公，传为笑话。元来那个球，就是懒龙在衣橱里把闲工结成，带在身边，防人尾追，把此抛下做缓兵之计的。这多是他临危急智脱身巧妙之处。有诗为证：

巧技承蜩与弄丸，当前卖弄许多般。
虽然贼态何堪述，也要临时猝智难。

懒龙神偷之名，四处布闻。卫中巡捕张指挥访知，叫巡军拿去。指挥见了问道："你是个贼的头儿么？"懒龙道："小人不曾做贼，怎说是贼的头儿？小人不曾有一毫赃私犯在公庭，亦不曾见有窃盗贼伙扳及小人，小人只为有些小智巧，与亲戚朋友作耍之事间或有之。爷爷不要见罪小人，或者有时用得小人着，水里火里，小人不辞。"指挥见他身材小巧，语言爽快，想道："无赃无证，难以罪他。"又见说肯出力，思量这样人有用处，便没有难为的意思。

正说话间，有个阊门陆小闲将一只红嘴绿鹦哥来献与指挥。指挥教把锁镫挂在檐下，笑对懒龙道："闻你手段通神，你虽说戏耍无赃，偷人的必也不少。今且权恕你罪，我只要看你手段：你今晚若能偷得我这鹦哥去，明日送来还我，凡事不计较你了。"懒龙道："这个不难，容小人出去，明早送来。"懒龙叩头而出。

指挥当下分付两个守夜军人："小心看守架上鹦哥，倘有疏失，重加责治。"两个军人听命，守宿在檐下，一步不敢走离。虽是眼皮压将下来，只得勉强支持，一阵盹睡，闻声惊醒，甚是苦楚。

夜已五鼓，懒龙走在指挥书房屋脊上，挖开椽子，溜将下来。只见衣架上有一件沉香色潞绸披风，几上有一顶华阳巾，壁上挂一盏小行灯，上写着"苏州卫堂"四字。懒龙心思有计，登时把衣巾来穿戴了，袖中拿出火种，吹起烛煤，点了行灯，提在手里，装着老张指挥声音步履，仪容气度，无一不像。走到中堂壁门边，把门剨然开了，远远放住行灯，踱出廊檐下来。此时月色朦胧，天光昏惨，两个军人大盹小盹，方在困倦之际，懒龙轻轻剔他一下道："天色渐明，不必守了，出去罢。"一头说，一头伸手去提了鹦哥锁镫，望中门里面摇摆了进去。两个军人闭眉刷眼，正不耐烦，听得发放，犹如九重天上的赦书来了，那里还管甚么好歹？一道烟去了。

须臾天明，张指挥走将出来，鹦哥不见在檐下。急唤军人问他，两个多不在了，忙叫拿来，军人还是残梦未醒。指挥喝道："叫你们看守鹦哥，鹦哥在那里？你们倒在外边来！"军人道："五更时，恩主亲自出来取了鹦哥进去，发放小人们归去的，怎么反问小人要鹦哥？"指挥道："胡说！我何曾出来？你们见鬼了！"军人道："分明是恩主亲自出来，我们两个人同在那里，难道一齐眼花了不成？"指挥情知尴尬，走到

书房，仰见屋椽有孔道，想必在这里着手去了。正持疑间，外报懒龙将鹦哥送到。指挥含笑出来，问他何由偷得出去。懒龙把昨夜着衣戴巾、假装主人取进鹦哥之事，说了一遍。指挥惊喜，大加亲幸。懒龙也时常有些小孝顺，指挥一发心腹相托，懒龙一发安然无事了。普天下巡捕官偏会养贼，从来如此。有诗为证：

猫鼠何当一处眠？总因有味要垂涎。

由来捕盗皆为盗，贼党安能不炽然？

虽如此说，懒龙果然与人作戏的事体多。曾有一个博徒，在赌场得了采，背负千钱回家，路上撞见懒龙。博徒指着钱戏懒龙道："我今夜把此钱放在枕头底下，你若取得去，明日我输东道；若取不去，你请我吃东道。"懒龙笑道："使得，使得。"博徒归到家中，对妻子说："今日得了采，把钱藏在枕下了。"妻子心里欢喜，杀一只鸡，烫酒共吃。鸡吃不完，还剩下一半，收拾在厨中。上床同睡，又说了与懒龙打赌赛之事。夫妻相戒，大家醒觉些个。岂知懒龙此时已在窗下，一一听得。见他夫妇惺憁[⑥]，难以下手，心生一计，便走去灶下，拾根麻骨放在口中，嚼得膈膊有声，竟似猫儿吃鸡之状。妇人惊起道："还有老大半只鸡，明日好吃一餐，不要被这亡人拖了去。"连忙走下床来，去开厨来看。懒龙闪入天井中，将一块石头抛下井里，"洞"的一声响。博徒听得，惊道："不要为这点小小口腹，失脚落在井中了，不是要处。"急出门来看时，懒龙已隐身入房，在枕下挖钱去了。夫妇两人黑暗里叫唤相应，方知无事，挽手归房。到得床里，只见枕头移开，摸那钱时，早已不见。夫妻互相怨怅道："清清白白，两个人又不曾睡着，却被他当面作弄了去，也倒好笑。"到得天明，懒龙将钱来还了，来索东道。博徒大笑，就勒下几百放在袖里，与懒龙前到酒店中，买酒请他。

两个饮酒中间，细说昨日光景，拍掌大笑。酒家翁听见，来问其故，与他说了。酒家翁道："一向闻知手段高强，果然如此。"指着桌上锡酒壶道："今夜若能取得此壶去，我明日也输一个东道。"懒龙笑道："这也不难。"酒家翁道："我不许你毁门坏户，只在此桌上，凭你如何取去。"懒龙道："使得，使得。"起身相别而去。酒家翁到晚分付牢关门户，自家把灯四处照了，料道进来不得，想道："我停灯在桌上了，拚得坐着守定这壶，看他那里下手？"酒家翁果然坐至夜分，绝无影响。意思有些不耐烦了，倦怠起来，瞌睡到了。起初还着实勉强，支撑不过，就斜靠在桌上睡去，不觉大鼾。懒龙早已在门外听得，就悄悄的扒上屋脊，揭开屋瓦，将一猪脬紧扎在细竹管上，竹管是打通中节的，徐徐放下，插入酒壶口中。酒店里的壶，多是肚宽颈窄的，懒龙在上边把一口气从竹管里吹出去，那猪脬在壶内涨将开来，已满壶中，懒龙就掐住竹管上眼，便把酒壶提将起来。仍旧盖好屋瓦，不动分毫。酒家翁一觉醒来，桌上灯还未灭，酒壶已失。急起四下看时，窗户安然，毫无漏处，竟不知甚么神通摄得去了。

又一日，与二三少年同立在北潼子门酒家。河下船中有个福建公子，令从人将衣被在船头上晒曝，锦绣璨烂，观者无不啧啧。内中有一条被，乃是西洋异锦，更为

奇特。众人见他如此炫耀，戏道："我们用甚法取了他的，以博一笑才好？"尽推懒龙道："此时懒龙不逞伎俩，更待何时？"懒龙笑道："今夜让我弄了他来，明日大家送还他，要他赏钱，同诸公取醉。"懒龙说罢，先到混堂[⑦]把身上洗得洁净，再来到船边看相动静。守到更点二声，公子与众客尽带酣意，潦倒模糊，打一个混同铺[⑧]，吹灭了灯，一齐藉地而寝。懒龙倏忽闪烁，已杂入众客铺内，挨入被中，说着闽中乡谈，故意在被中挨来挤去。众客睡不像意，口里和啰埋怨。懒龙也作闽音说睡话，趁着挨挤杂闹中，扯了那条异锦被，卷作一束，就作睡起要泻溺的声音，公然拽开舱门，走出泻溺，径跳上岸去了。船中诸人一些不觉。

及到天明，船中不见锦被，满舱闹嚷。公子甚是叹惜，与众客商量，要告官又不直得，要住了又不舍得，只得许下赏钱一千，招人追寻踪迹。懒龙同了昨日一干人下船中，对公子道："船上所失锦被，我们已见在一个所在。公子发出赏钱与我们弟兄买酒吃，包管寻来奉还。"公子立教取出千钱来放着，待被到手即发。懒龙道："可叫管家随我们去取。"公子分付亲随家人，同了一伙人走到徽州当内，认着锦被，正是元物。亲随便问道："这是我船上东西，为何在此？"当内道："早间一人拿此被来当。我们看见此锦不是这里出的，有些疑心，不肯当钱与他。那个人道：'你每若放不下时，我去寻个熟人来保着秤银子去就是。'我们说：'这个使得。'那人一去竟不来了。我元道必是来历不明的，既是尊舟之物，拿去便了。等那个来取时，小当还要捉住了他，送到船上来。"众人将了锦被去还了公子，就说当中说话。公子道："我们客边的人，但得原物不失罢了，还要寻那贼人怎的？"就将出千钱，送与懒龙等一伙报事的人。众人收受，俱到酒店里破除了。元来当里去的人，也是懒龙央出来，把锦被卸脱在那里，好来请赏的。如此作戏之事，不一而足。正是：

胠传能发冢，穿窬何足薄？
若托大儒言，是名善戏谑。

懒龙固然好戏，若是他心中不快意的，就连真带耍，必要扰他。有一伙小偷置酒邀懒龙游虎丘，船经山塘，暂停米店门口河下。穿出店中买柴沽酒，米店中人嫌他停泊在此出入搅扰，厉声推逐，不许系缆。众偷不平争嚷。懒龙丢个眼色道："此间不容借走，我们移船下去些，别寻好上岸处罢了，何必动气？"遂教把船放开，众人还忿忿。懒龙道："不须角口，今夜我自有处置他所在。"众人请问，懒龙道："你们去寻一只站船来，今夜留一樽酒、一个榼及暖酒家火、薪炭之类，多安放船中，我要归途一路赏月色到天明。你们明日便知，眼下不要说破。"

是夜虎丘席罢，众人散去。懒龙约他明日早会，止留得一个善饮的为伴，一个会行船的持篙，下在站船中回来。经过米店河头，店中已扃闭得严密。其时河中赏月，归舟欢唱过往的甚多，米店里头人安心熟睡。懒龙把船贴米店板门住下。日间看在眼里，有米一囤在店角落中，正临水次近板之处。懒龙袖出小刀，看板上有节处一挖，那块木节囫囵的落了出来，板上老大一孔。懒龙腰间摸出竹管一个，两头削如藕披[⑨]，将一头在板孔中插入米囤，略摆一摆，只见囤内米簌簌的从管里泻将

下来，就如注水一般。懒龙一边对月举杯，酣呼跳笑，与泻米之声相杂，来往船上多不知觉。那家子在里面睡的，一发梦想不到了。看看斗转参横，管中没得泻下，想来囤中已空，看那船舱也满了，便叫解开船缆，慢慢的放了船去。到一僻处，众偷皆来。懒龙说与缘故，尽皆抚掌大笑。懒龙拱手道："聊奉列位众分，以答昨夜盛情。"竟自一无所取。那米店直到开囤，才知其中已空，再不晓得是几时失去、怎么样失了的。

苏州新兴百柱帽，少年浮浪的无不戴着装幌。南园侧东道堂白云房一起道士，多私下置一顶，以备出去游耍，好装俗家。一日夏月天气，商量游虎丘，已叫下酒船。有个纱王三，乃是王织纱第三个儿子，平日与众道士相好，常合伴打平火。众道士嫌他惯讨便宜，且又使酒难堪，这番务要瞒着了他。不想纱王三已知道此事，恨那道士不来约他，却寻懒龙商量，要怎生败他游兴。懒龙应允，即闪到白云房将众道常戴板巾[10]尽取了来。纱王三道："何不取了他新帽，要他板巾何用？"懒龙道："若他失去了新帽，明日不来游山了，有何趣味？你不要管，看我明日消遣他。"纱王三终是不解其意，只得由他。

明日，一伙道士轻衫短帽，装束做少年子弟，登舟放浪。懒龙青衣相随下船，蹲坐舵楼。众道只道是船上人，船家又道是跟的侍者，各不相疑。开得船时，众道解衣脱帽，纵酒欢呼。懒龙看个空处，将几顶新帽卷在袖里，腰头摸出昨日所取几顶板巾，放在其处。行到斟酌桥边，拢船近岸，懒龙已望岸上跳将去了。一伙道士正要着衣帽登岸潇洒，寻帽不见，但有常戴的纱罗板巾，压折整齐，安放做一堆在那里。众道大嚷道："怪哉！怪哉！我们的帽子多在那里去了？"船家道："你们自收拾，怎么问我？船不漏针，料没失处。"众道又各处寻了一遍，不见踪影，问船家道："方才你船上有个穿青的瘦小汉子，走上岸去，叫来问他一声，敢是他见在那里？"船家道："我船上那有这人？是跟随你们下来的。"众道嚷道："我们几曾有人跟来？这是你串同了白日撞[11]偷了我帽子去了。我们帽子几两一顶结的，决不与你干休！"扭住船家不放。船家不伏，大声嚷乱。岸上聚起无数人来，蜂拥争看。

人丛中走出一个少年子弟，扑的跳下船来道："为甚么喧闹？"众道与船家各各告诉一番。众道认得那人，道是决帮他的。不匡那人正色起来，反责众道道："列位多是羽流，自然只戴板巾上船。今板巾多在，那里再有甚么百柱帽？分明是诬诈船家了。"看的人听见，才晓得是一伙道士，板巾见在，反要诈船上赔帽子，发起喊来。就有那地方游手好闲几个揽事的光棍来出尖[12]，伸拳掳手道："果是贼道无理，我们打他一顿，拿来送官！"那人在船里摇手止(指)住道："不要动手！不要动手！等他们去了罢。"那人忙跳上岸。众道怕惹出是非来，叫快开了船，一来没了帽子，二来被人看破，装幌不得了，不好登山，快快而回。枉费了一番东道，落得扫兴。你道跳下船来这人是谁？正是纱王三。懒龙把板巾换了帽子，知会了他，趁扰攘之际，特来证实道士本相，扫他这一场。道士回去，还缠住船家不歇。纱王三叫人将几顶帽子送将来还他，上复道："已后做东道，要洒浪那帽子时，千万通知一声。"众道才晓

得是纱王三要他，又曾闻懒龙之名，晓得纱王三平日与他来往，多是懒龙的做作了。

其时邻境无锡有个知县，贪婪异常，秽声狼藉。有人来对懒龙道："无锡县官衙中金宝山积，无非是不义之财，何不去取他些来？分惠贫人也好。"懒龙听在肚里，即往无锡地方，晚间潜入官舍中观看动静，那衙里果然富贵。但见：

连箱锦(绵)绮，累架珍奇。元宝不用纸包，叠成行列；器皿半非陶就，摆满金银。大象口中牙，蠢婢将来揭火；犀牛头上角，小儿拿去盛汤。不知夏楚追呼，拆了人家几多骨肉；更兼苞苴混滥，卷了地方到处皮毛。费尽心，要传家里子孙；腆着面，且认民之父母。

懒龙看不尽许多奢华，想道："重门深锁，外边梆铃之声不绝，难以多取。"看见一个小匣，十分沉重，料必是精金白银，溜在身边。心里想到："官府衙中之物，省得明日胡猜乱猜，屈了无干的人。"摸出笔来，在他箱架边墙上，画着一枝梅花，然后轻轻的从屋檐下望衙后出去了。

过了两三日，知县简点宦囊，不见一个专放金子的小匣儿，约有二百余两金子在内，价值一千多两银子。各处寻看，只见傍边画着一枝梅，墨迹尚新。知县吃惊道："这分明不是我衙里人了。卧房中谁人来得，却又从容画梅为记？此不是个寻常之盗，必要查他出来。"遂唤取一班眼明手快的应捕，进衙来看贼迹。众应捕见了壁上之画，吃惊道："复官人，这贼小的们晓得了，却是拿不得的。此乃苏州城中神偷，名曰懒龙，身到之处，必写一枝梅在失主家为认号。其人非比等闲手段，出有入无，更兼义气过人，死党极多，寻他要紧，怕生出别事来。失去金银还是小事，不如放舍罢了，不可轻易惹他。"知县大怒道："你看这班奴才！既晓得了这人名字，岂有拿不得的！你们专惯与贼通同，故意把这等话党庇他，多打一顿大板才好！今要你们拿贼，且寄下在那里。十日之内，不拿来见我，多是一个死！"应捕不敢回答。知县即唤书房写下捕盗批文，差下捕头两人，又写下关子[13]，关会长、吴二县，必要拿那懒龙到官。

应捕无奈，只得到苏州来走一遭。正进阊门，看见懒龙立在门口。应捕把他肩胛拍一拍道："老龙，你取了我家官人东西罢了，卖弄甚么手段画着梅花？今立限与我们，必要拿你到官，却是如何？"懒龙不慌不忙道："不劳二位费心，且到店中坐坐细讲。"懒龙拉了两个应捕一同到店里来，占副座头吃酒。懒龙道："我与两位商量，你家县主果然要得我紧，怎么好累得两位？只要从容一日，待我送个信与他，等他自然收了牌票，不敢问两位要我，何如？"应捕道："这个虽好，只是你取得他的忒多了。他说多是金子，怎么肯住手？我们不同得你去，必要为你受亏了。"懒龙道："就是要我去，我的金子也没有了。"应捕道："在那里了？"懒龙道："当下就与两位分了。"应捕道："老龙不要取笑！这样话，当官不是耍处。"懒龙道："我平时不曾说诳语，原不取笑。两位到宅上去一看便见。"扯着两个人耳朵说道："只在家里瓦沟中去寻就有。"应捕晓得他手段，忖道："万一当官这样说起来，真个有赃在我家里，岂不反受他累？"遂商量道："我们不敢要老龙去了，而今老龙待怎么分付？"懒龙道：

"两位请先到家，我当随至。包管知县官人不敢提起，决不相累就罢了。"腰间摸出一包金子，约有二两重，送与两人道："权当盘费。"从来说公人见钱，如苍蝇见血，两个应捕看见赤艳艳的黄金，怎不动火？笑欣欣接受了，就想："此金子未必不就是本县之物？"一发不敢要他同去了。两下别过。

懒龙连夜起身，早到无锡，晚来已闪入县令衙中。县官有大、小孺人，这晚在大孺人房中宿歇，小孺人独自在帐中。懒龙揭起帐来，伸手进去一摸，摸着顶上青丝髻，真如盘龙一般。懒龙将剪子轻轻剪下，再去寻着印箱，将来撬开，把一盘发髻塞在箱内，仍与他关好了。又在壁上画下一枝梅，别样不动分毫，轻身脱走。次日，小孺人起来，忽然头发纷披，觉得异样，将手一摸，顶髻俱无，大叫起来。合衙惊怪，多跑将来问缘故。小孺人哭道："谁人使促掐，把我的头发剪去了？"忙报知县来看。知县见帐里坐着一个头陀，不知那里作怪起。想着平日绿云委地，好不可爱，今却如此模样，心里又痛又惊道："前番金子失去，尚在严捉未到，今番又有歹人进衙了！别件犹可，县印要紧。"亟取印箱来看，看见封皮完好，锁钥俱在，随即开来看时，印章在上格不动，心里略放宽些。又见有头发缠绕，掇起上格，底下一堆发髻，散在箱里，再简点别件，不动分毫。又见壁上画着一枝梅，连前凑做一对了。知县吓得目睁口呆，道："元来又是前番这人！见我追得急了，他弄这神通出来报信与我。剪去头发，分明说可以割得头去；放在印箱里，分明说可以盗得印去。这贼直如此利害！前日应捕们劝我不要惹他，元来果是这等。若不住手，必遭大害。金子是小事，拚得再做几个富户不着，便好补填了，不要追究的是。"连忙掣签去唤前日差往苏州下关文的应捕来销牌。

两个应捕自那日与懒龙别后，来到家中。依他说话，各自家里屋瓦中寻，果然各有一包金子，上写着日月封记，正是前日县间失贼的日子，不知懒龙几时送来藏下的。应捕老大心惊，噙着指头道："早是不拿他来见官，他一日招出，搜了赃去，浑身口洗不清。只是而今怎生回得官人的话？"叫了伙计，正自商量踌躇，忽见县里差签来到，只道是拿违限的，心里慌张，谁知却是来叫销牌的。应捕问其缘故，来差把衙中之事一一说了，道："官人此时好不惊怕，还敢拿人？"应捕方知懒龙果不失信，已到这里弄了神通去了，委实好手段！

嘉靖末年，吴江一个知县，治行贪秽，心术狡狠。忽差心腹公人，赍了聘礼到苏城求访懒龙，要他到县相见。懒龙应聘而来，见了知县，禀道："不知相公呼唤小人那厢使用？"知县道："一向闻得你名，有一机密事要你做去。"懒龙道："小人是市井无赖，既蒙相公青目，要干何事，小人水火不避。"知县屏退左右，密与懒龙商量道："叵耐巡按御史到我县中，只管来寻我的不是。我要你去察院衙里偷了他印信出来，处置他不得做官了，方快我心！你成了事，我与你百金之赏。"懒龙道："管取手到拿来，不负台旨。"果然去了半夜，把一颗察院印信弄将出来，双手递与知县。知县大喜道："果然妙手！虽红线盗金盒，不过如此神通罢了。"急取百金赏了懒龙，分付他快些出境，不要留在地方。懒龙道："多谢相公厚赐，只是相公要此印怎么？"知

县笑道："此印已在我手，料他奈何我不得了。"懒龙道："小人蒙相公厚德，有句忠言要说。"知县道："怎么？"懒龙道："小人躲在察院梁上半夜，偷看巡按爷烛下批详文书，运笔如飞，处置极当。这人敏捷聪察，瞒他不过的。相公明日不如竟将印信送还，只说是夜巡所获，贼已逃去。御史爷纵然不能无疑，却是又感又怕，自然不敢与相公异同了。"县令道："还了他的，却不依旧让他行事去？岂有此理！你自走你的路，不要管我！"懒龙不敢再言，潜踪去了。

却说明日察院在私衙中开印来用，只剩得空匣，叫内班人等遍处寻觅，不见踪迹。察院心里道："再没处去。那个知县晓得我有些不像意他，此间是他地方，奸细必多，叫人来设法过了。我自有处。"分付众人不得把这事泄漏出去，仍把印匣封锁如常，推说有病，不开门坐堂。一应文移，权发巡捕官收贮。一连几日，知县晓得这是他心病发了，暗暗笑着，却不得不去问安。察院见传报知县来到，即开小门请进。直请到内衙床前，欢然谈笑。说着民风土俗、钱粮政务，无一不剖胆倾心，津津不已。一茶未了，又是一茶。知县见察院如此肝鬲相待，反觉局蹐，不晓是甚么缘故。正絮话间，忽报厨房发火，内班门皂、厨役纷纷赶进，只叫："烧将来了，爷爷快走！"察院变色，急走起来，手取封好的印匣亲付与知县道："烦贤令与我护持了出去，收在县库，就拨人夫快来救火。"知县慌忙失错，又不好推得，只得抱了空匣出来。此时地方水夫俱集，把火救灭，只烧得厨房两间，公廨无事。察院分付把门关了。——这个计较，乃是失印之后察院预先分付下的。

知县回去思量道："他把这空匣交在我手，若仍旧如此送还，他开来不见印信，我这干系须推不去。"展转无计，只得润开封皮，把前日所偷之印仍放匣中，封锁如旧。明日升堂，抱匣送还。察院就留住知县，当堂开验印信，印了许多前日未发放的公文，就于是日发牌起马，离却吴江，却把此话告诉了巡抚都堂"[14]。两个会同，把这知县不法之事参奏一本，论了他去。知县临去时，对衙门人道："懒龙这人是有见识的，我悔不用其言，以至于此。"正是：

枉使心机，自作之孽。无梁不成，反输一帖。

懒龙名既流传太广，未免别处贼情也有疑猜着他的，时时有些株连着身上。适遇苏州府库失去元宝十来锭，做公的私自议论道："这失去得没影响，莫非是懒龙？"懒龙却其实不曾偷，见人错疑了他，反要打听明白此事。他心疑是库吏知情，夜藏府中公廨黑处，走到库吏房中静听。忽听库吏对其妻道："吾取了库银，外人多疑心懒龙，我落得造化了。却是懒龙怎肯应承？我明日把他一生做贼的事迹纂成一本，送与府主，不怕不拿他来做顶缸！"懒龙听见，心里思量道："不好，不好。本是与我无干，今库吏自盗，他要卸罪，官面前暗栽着我。官吏一心，我又不是没一点黑迹的，怎辨得明白？不如逃去了为上着，免受无端的拷打。"连夜起身，竟走南京。诈妆了双盲的，在街上卖卦。

苏州府太仓夷亭有个张小舍，是个有名极会识贼的魁首。偶到南京街上撞见了，道："这盲子来得蹊跷！"仔细一相，认得是懒龙诈妆的，一把扯住，引他到僻静处

道："你偷了库中元宝，官府正在追捕，你却遁来这里，妆此模样躲闪么？你怎生瞒得我这双眼过？"懒龙挽了小舍的手道："你是晓得我的，该替我分剖这件事，怎么也如此说？那库里银子是库吏自盗了，我曾听得他夫妻二人床中私语，甚是的确。他商量要推在我身上，暗在官府处下手。我恐怕官府信他说话，故逃亡至此。你若到官府处把此事首明，不但得了府中赏钱，亦且辨明了我事，我自当有薄意孝敬你。今不要在此处破我的道路。"小舍原受府委要访这事的，今得此的信，遂放了懒龙，走回苏州出首。果然在库吏处，一追便见，与懒龙并无干涉。

张小舍首盗得实，受了官赏。过了几时，又到南京，撞见懒龙，仍妆着盲子在街上行走。小舍故意撞他一肩道："你苏州事已明，前日说的话怎么忘了？"懒龙道："我不曾忘。你到家里灰堆中去看，便晓得我的薄意了。"小舍欣然道："老龙自来不掉谎的。"别了回去，到得家里，便到灰中一寻，果然一包金银同着白晃晃一把快刀，埋在灰里。小舍伸舌道："这个狠贼！他怕我只管缠他，故虽把东西谢我，却又把刀来吓我。不知几时放下的，真是神手段！我而今也不敢再惹他了。"

懒龙自小舍第二番遇见，回他苏州事明，晓得无碍了。恐怕终久有人算他，此后收拾起手段，再不试用。实实卖卜度日，栖迟长干寺中数年，竟得善终。虽然做了一世剧贼，并不曾犯官刑、刺臂字，至今苏州人还说他狡狯耍笑事体不尽。似这等人，也算做穿窬小人中大侠了。反比那面是背非、临财苟得、见利忘义一班峨冠博带的不同。况兼这番神技，若用去偷营劫寨，为间作谍，那里不干些事业？可惜太平之世，守文之时，只好小用伎俩，供人话柄而已。正是：

世上于今半是君，犹然说得未均匀。
懒龙事迹从头看，岂必穿窬是小人！

【注释】

①科目：指通过科举考试取士。

②奢遮：了不起、出色的意思。

③比较：官府依照所立期限，对到期不能完限的差役人等进行杖责，然后再限日办成，叫做"比较"。

④咋嗻：本领、本事。

⑤洞庭两山：即江苏太湖中的洞庭东山与洞庭西山。

⑥惺憁：心中警觉的意思。

⑦混堂：澡堂。

⑧混同铺：即通铺，许多人合睡在一处的铺。

⑨藕披：切成斜坡状的藕段。

⑩板巾：道士戴的帽子，俗称"瓦楞帽"。

⑪白日撞：白日里借故到人的家里去以便伺机行窃的窃贼。

⑫出尖：出头，为首出来管事。

⑬关子：即关文，官府之间的平行文书。

⑭都堂：明代的总督、巡抚一般都有都察院都御史、副都御史一类的兼衔，所以称"都堂"。

三刻拍案惊奇

(明)陆人龙著

此书又名《幻影》、《型世言》、《型世奇观》,题"梦觉道人编辑,峥霄馆评定"。凡十卷四十回,每回演一个故事,是仿凌濛初《初刻拍案惊奇》、《二刻拍案惊奇》而作的短篇话本小说集。

本书作者,一般认为为明末钱塘(今浙江杭州)书坊主人陆人龙。人龙,字君翼,为书坊主人兼小说作者,除本书外,尚著有《辽海丹忠录》一书,本书所题的"峥霄馆"即其与乃兄陆云龙共同经营的坊间书肆。本书约刊行于明崇祯末年,国内已无全本。近年法籍华人陈庆浩先生于韩国汉城大学奎章阁发现全本,遂引起海内外的重视,台湾中央研究院中国文哲研究所有影印本。

本书内容以记叙忠孝节义之事为主。由于作者文学素养较高,所写的故事一般都有较为生动的情节和鲜明的人物性格,文笔也较清新耐读。

烈士殉君难　书生得女贞

不兢叹南风,徒抒捧日功。
坚心诚似铁,浩气欲成虹。
令誉千年在,家园一夕空。
九嶷遗二女,双袖湿啼红。

大凡忠臣难做,只是一个身家念重。一时激烈,也便视死如归;一想到举家戮辱,女哭儿啼,这个光景难当。故毕竟要父子相信,像许副使[①]逵,他在山东乐陵做知县时,流贼刘六、刘七作反,南北直隶、山东、河南、湖广府州县官或死或逃,只有他出兵破贼,超升佥事,后转江西副使。值宁王[②]谋反,逼胁各官从顺,他抗义不从,道"天无二日,民无二主",解下腰间金带打去,众寡不敌,为宁王所擒,临死时也不肯屈膝。此时他父亲在河南,听得说江西宁王作乱,杀了一个都堂、一个副使。他父亲道:"这毕竟是我儿子。"就开丧受吊,人还不肯信他。不期过了几时,凶报到来,果然是他死节。

又如他同时死的,是孙都堂燧。他几次上本,说宁王有反谋,都被宁王邀截去

了。到了六月十三日，宁王反谋已露。欲待除他，兵马单弱，禁不得他势大；欲待从他，有亏臣节。终夜彷徨，在衙中走了一夜，到五更，大声道："这断不可从！"此时，他已将家眷打发回家，只剩得一个公子、一个老仆在衙内。孙都堂走到他房里道："你们好睡！我走了一夜，你知道么？"公子道："知道。"孙都道："你知道些甚么？"公子道："为宁王的事。"孙都道："这事当仔么？"公子道："我已听见你说不从了。你若从时，我们也不顾你先去。"孙都却也将头点了一点。早间进去，毕竟不从，与许副使同死。忠义之名，传于万古。

若像靖难[3]之时，胡学士广与解学士缙，同约死国，及到国破君亡，解学士着人来看胡学士光景，只见胡学士在那厢问："曾喂猪么？"看的人来回覆，解学士笑道："一个猪舍不得，舍得性命？"两个都不死。后来解学士得罪，身死锦衣卫狱，妻子安置金齿。胡学士有个女儿已许解学士的儿子，因他远戍，便就离亲，逼女改嫁。其女不从，割耳自誓，终久归了解家。这便是有好女无好父。

又像李副都[4]士实，平日与宁王交好，到将反时，来召他，他便恐负"从逆"的名，欲寻自尽。他儿女贪图富贵，守他不许。他后边做了个逆党，身受诛戮，累及子孙。这便是有了不肖子孙，就有不好父母。谁似靖难时，臣死忠，子死孝，妻死夫。又有这一般好人：如方文学孝孺，不肯草诏，至断舌受剐，其妻先自缢死。王修撰叔英的妻女、黄侍中观的妻女都自溺全节。曾凤韶御史夫妻同刎。王良廉使夫妻同焚。胡闰少卿身死极刑，其女发教坊司二十年，毁形垩面，终为处女。真个是有是父，有是子。但中更有铁尚书挺挺雪中松柏，他两个女儿莹莹水里荷花，终动圣主之怜，为一时杰出。

话说这铁尚书名铉，河南邓州人。父亲唤作仲名，母亲胡氏，生这铁铉。他为人玮梧卓荦，慷慨自许，善弓马，习韬略。太祖时，自国子监监生除授左军都督府断事。皇侄孙靖江王守谦，他封国在云南，恣为不法，笞辱官府，擅杀平民，强占人田宅子女，召至京勘问，各官都畏缩不敢问，他却据法诘问，拟行削职。洪武爷见他不苛不枉，断事精明，赐他字叫做"鼎石"。后来升做山东参政[5]，他爱惜百姓，礼貌士子，地方有灾伤，即便设处赈济。锄抑强暴，不令他虐害小民。生员有亲丧，毕竟捐俸赙给。时常督率生儒做文会、讲会。会中看得一个济阳学秀才，姓高名贤宁，青年好学，文字都是锦心绣肠，又带铜肝铁胆。闻他未娶，便捐俸着济阳学教官王省为他寻亲事。不料其年高贤宁父死丁忧，此事遂已，铁参政却又助银与营丧葬。在任年余，军民乐业。恰遇建文君即位，覃恩封了父母。铁参政制了冠带，率领两个儿子福童、寿安，两个女儿孟瑶、仲瑛恭贺父母。只见那铁仲名受了，道："我受此荣封，也是天恩。但我老朽，不能报国。若你能不负朝廷，我享此封诰，也是不愧的。"铁参政道："敢不如命。"本日家宴不题。

荏苒半年，正值靖难兵起。朝廷差长兴侯耿炳文领兵征讨，着他管理四十万大军粮草。他陆路车马搬运，水路船只装载，催趱召买，民也不嫌劳苦，兵马又不缺乏。后来长兴侯战败，兵粮散失，朝廷又差曹国公李景隆督兵六十万进征。他又多

方措置，支给粮草。又道济南要地，雇倩民夫，将济南城池筑得异常坚固，挑得异常深阔。不料李景隆累次战败，在白沟河为永乐爷[6]所破。此时铁参政正随军督粮，也只得南奔。到临邑地方，遇着赞画旧同僚五军断事高巍，两个相向大哭。时正端午，两个无心赏午，只计议整理兵马固守济南。正到济南，与守城参将盛庸，三人打点城守事务。方完，李景隆早已逃来。靖难兵早已把城围得铁桶相似，铁参政便与盛参将背城大战。预将喷筒裹作人形，缚在马上，战酣之时，点了火药，赶入北兵阵中，又将神机铳、佛狼机[7]随火势施放，大败北兵。

永乐爷大恼，在城外筑起高坝，引济水浸灌城中。铁参政却募善游水的人，暗在水中撬坍堤岸，水反灌入北兵营里。永乐爷越恼，即杀了那失事将官，从新筑坝灌城，弄得城中家家有水，户户心慌。那铁参政与盛参将、高断事分地守御，意气不挠。但水浸日久，不免坍颓。铁参政定下一计，教城上插了降旗，分差老弱的人到北营说："力尽，情愿投降。"却于瓮城内摆下陷坑，城上堆了大石，兵士伏于墙边，高悬闸板，只要引永乐爷进城，放下闸板，前有陷坑矢石，后又有闸板，不死也便活捉了。曹国公道："奉旨不许杀害，似此恐有伤误。"铁参政道："阃外之事，专之可也。"议定。只见成祖因见累年战争，只得北平一城，今喜济南城降，得了一个要害地方，又得这干文武官吏、兵民，不胜欣喜，便轻骑张着羽盖进城受降。刚到城下，早是前驱将士多攧下陷坑。成祖见了，即策马跑回。城头上铁参政袍袖一举，刀斧齐下，恰似雷响一声，闸板闸下。喜成祖马快，已是回缰。打不着，反是这一惊，马直蹿起，没命似直跑过吊桥。城上铁参政叫放箭，桥下伏兵又起，成祖几乎不保。那进得瓮城这干将士，已自都死在坑内了。正是：

不能附翼游天汉，赢得横尸入地中。

成祖大恼，吩咐将士负土填了城河，架云梯攻城。谁知铁参政知道，预备撑竿，云梯将近城时，撑竿在城垛内撑出，使他不得近城。一边火器乱发，把云梯烧毁，兵士跌下，都至死伤。成祖怒极，道："不破此城，不擒此贼，誓不回军！"北将又置攻车，自远推来城上，所到砖石坍落。铁参政预张布幔挡他，车遇布就住，不得破城。北将又差军士顶牛皮抵上矢石，在下挖城。铁参政又将铁索悬铁炮在上碎之。相持数月，北军乃做大炮，把大石炮藏在内，向着城打来，城多崩陷。铁参政计竭，却写"太祖高皇帝神牌"挂在崩处。北兵见了，无可奈何，只得射书进城招降。

其时高贤宁闻济南被围，来城中赴义，也写一篇《周公辅成王论》射出城去。大意道："不敢以功高而有藐孺子之心，不敢以尊属有轻天子之意。爵禄可捐，寄以居东之身，待感于风雷；兄弟可诛，不怀无将之心，擅兴夫斨斧。诚不贪一时之富贵，灭千古之君臣。"成祖见了，却也鉴赏他文词。

此时师已老，人心懈弛。铁参政又募死士，乘风雨之夕，多带大炮，来北营左侧施放，扰乱他营中。后来北兵习作常事，不来防备，他又纵兵砍入营，杀伤将士。北兵军师姚广孝在军中道："且回军。"铁参政在城上遥见北军无意攻城，料他必回。忙拣选军士，准备器械粮食，乘他回军，便开门同盛总兵一齐杀出，大败北兵，直追

到德州，取了德州城池。朝廷议功，封盛总兵为历城侯，充平燕将军。铁参政升山东左布政使，再转兵部尚书，参赞军务。召还李景隆，盛总兵与铁尚书自督兵北讨。

十二月，与北兵会在东昌府地方。盛总兵与铁尚书先杀牛酿酒，大开筵席犒将士。到酒酣，痛哭，劝将士戮力报国，无不感动。

战时，盛总兵与铁尚书分做两翼屯在城下，以逸待劳。只见燕兵来冲左翼，盛总兵抵死相杀，燕兵不能攻入。复冲中军，被铁尚书指挥两翼，环绕过来，成祖被围数重。铁尚书传令："拿得燕王有重赏！"众军尽皆奋勇砍杀。北将指挥张玉力护成祖，左右突围，身带数十箭，刀枪砍伤数指，身死阵中。真是尸横遍野，血流成河。燕兵退回北平。

三月，又在夹河大战。盛总兵督领众将庄得等戮力杀死了燕将谭渊，军声大振。不料角战之时，自辰至未，胜负未定，忽然风起东北，飞沙走石，尘埃涨天。南兵逆风，咫尺不辨，立身不住。北兵却乘风大呼纵击，盛总兵与铁尚书俱不能抵敌，退保德州。后来北兵深入，盛总兵又回兵徐州战守，铁尚书虽在济南飞书各将士，要攻北平，要截他粮草，并没一人来应他，径至金川失守，天下都归了成祖。当时文武都各归附，铁尚书还要固守济南，以图兴复。争奈人心渐已涣散，铁尚书全家反被这些贪功的拿解进京。

高秀才此时知道，道："铁公为国戮力最深，触怒已极，毕竟全家不免。须得委曲救全得他一个子嗣，也不负他平日赏识我一场。"弃了家，扮做逃难穷民，先到淮安地方，在驿中得他几个钱，与他做夫。等了十来日，只见铁尚书全家已来，他也不敢露面，只暗中将他小公子认定。夜间巡逻时，在后边放上一把火，趁人嚷乱时，领了他十二岁小公子去了。这边救灭火，查点人时，却不见了这个小孩子。大家道："想是烧死了。"去寻时，又不见骨殖。有的又解说道："骨头嫩，想都烧化了。"铁尚书道："左右也是死数，不必寻他。"这两位小姐也便哭泣一场。管解的就朦胧说"中途烧死"，只将铁尚书父母并长子、二女一行解京。

却说高秀才把这公子抱了便跑走了。这公子不知甚事，只见走了六七里，到一个旷野之地，放下道："铁公子，我便是高贤宁，是你令尊门生。你父亲被拿至京，必然不免，还恐延及公子。我所以私自领你逃走，延你铁家一脉。"铁公子道："这虽是你好情，但我如今虽生，向何处投奔？不若与父亲、姐姊死做一处倒好。"高秀才道："不是这样说。如今你去同死，也不见你的孝处。何如苟全性命，不绝你家宗嗣，也时常把一碗羹饭祭祖宗、父母，使铁家有后，岂不是好？"铁公子哭了一场。两个同行，认做了兄弟。公子道："哥哥，我虽亏你苟全，但不知我父亲、祖父母、兄姐此去何如，怎得一消息？"高秀才道："我意原盗了你出来，次后便到京看你父亲。因一时要得一个安顿你身子人家，急切没有，故未得去。"公子道："这却何难！就这边有人家，我便在他家佣工，你自可脱身去了。"高秀才道："只是你怎吃得这苦？"两个计议，就在山阳地方寻一个人家。行来行去，天晚来到一所村庄：

朗朗数株榆柳，疏疏几树桑麻。低低小屋两三间，半瓦半茅；矮矮土墙四

五尺，不泥不粉。两扇柴门扃落日，一声村犬吠黄昏。

两个正待望门借宿，只见“呀”一声门响，里面走出一个老人家，手里拿着一把瓦壶儿，想待要村中沽酒的。高秀才不免上前相唤一声道：“老人家拜揖！小人兄弟是山东人，因北兵来，有几间破屋儿都被烧毁，家都被掳掠去了，只剩得个兄弟，要往南京去投亲。天晚，求在这厢胡乱借宿一宵。”只见那个老人道：“可怜，是个异乡逃难的人。只是南京又打破了，怕没找你亲戚处哩！”高秀才道：“正是。只是家已破了，回不得了。且方便寻个所在，寄下这兄弟，自己单身去看一看再处。”老人道：“家下无人，只有一个儿子佥去从军，在峨眉山大战死了。如今只一个老妻，一个小女儿，做不出好饭来吃。若要借宿，谁顶着房儿走？便在里面宿一宵。”

两个到了里边，坐了半晌，只见那老儿回来，就暖了那瓶酒，拿了两碟腌葱、腌萝卜放在桌上，也就来同坐了。两边闲说，各道了姓名。这老子姓金，名贤。高秀才道：“且喜小人也姓金，叫做金宁。这兄弟叫做金安。你老人家年纪高大，既没了令郎，也过房一个伏侍你老景才是。”老人道：“谁似得亲生的来！”高秀才道：“便雇也雇一个儿。”老人道：“那得闲钱。”说罢，看铁公子道：“好一个小官儿！甚是娇嫩，怎吃得这风霜？”高秀才道：“正是，也无可奈何，还不曾丢书本儿哩！”老人道：“也读书？适才听得客官说要寄下他，往南京看个消息。真么？”高秀才道：“是真的。”老人道：“寒家虽有两亩田，都雇客作耕种。只要时常送送饭儿，家中关闭门户。客官不若留下他在舍下，替就老夫这些用儿。便在这里吃些家常粥饭，待客官回来再处，何如？只是出不起雇工钱。”高秀才道：“谁要老人家钱？便就在这里伏侍老人家终身罢。”只见老人家又拿些晚粥出来吃了，送他一间小房歇下。高秀才对铁公子道：“兄弟，幸得你有安身之处了。此去令尊如有不幸，我务必收他骸骨，还打听令祖父母、令兄令姊消息来覆你。时日难定，你可放心在此，不可做出公子态度，又不可说出你的根因惹祸。”一个说，一个哭，过了一夜。次早高秀才起来，只见那老人道：“你两个商量的通么？”高秀才道：“只是累你老人家。”便叫铁公子出来，请妈妈相见，拜了。道：“这小子还未大知人事，要老奶奶教道他。”老妈妈道：“咱没个儿，便做儿看待。客官放心。”高秀才又吃了早饭，作谢起身，又吩咐了铁公子才去。正是：

已嗟骨肉如萍梗，又向天涯话别离。

高秀才别了铁公子，星夜进京。此时铁尚书已是先到，向北立不跪。成祖责问他在济南用计图害，几至杀身。铁尚书道：“若使当日计成，何有今日？甚恨天不祚耳！”要他一见面，不肯，先割了鼻。大骂不止，成祖着剐在都市。父亲仲名安置海南；子福童成金齿；二女发教坊司。正是：

名义千钧重，身家一羽轻。

红颜嗟薄命，白发泣孤征。

高秀才闻此消息，径来收他骸骨，不料被地方拿了。五城奏闻，成祖问：“你甚人？敢来收葬罪人骸骨！”高秀才道：“贤宁济阳学生员，曾蒙铁铉赏拔，今闻其死，念有一日之知，窃谓陛下自诛罪人，臣自葬知己，不谓地方遽行擒捉。”成祖道：“你不是做《周公辅成王论》的济阳学生员高贤宁么？”高秀才应道：“是。”成祖道：“好个大胆秀才！你是书生，不是用事官员，与奸党不同。作论是讽我息兵，有爱国恤民的意思，可授给事中。”高秀才道：“贤宁自被擒受惊，得患怔忡，不堪任职。”成祖道：“不妨，你且调理好了任职。”

出朝，有个朋友姓纪名纲，见任锦衣指挥，见他拿在朝中时，为他吃了一惊。见圣上与官不受，特来见他，说：“上意不可测。不从，恐致招祸。”高秀才道：“君以军旅发身，我是个书生，已曾食廪，于义不可。君念友谊，可为我周旋。”他又去送别铁尚书父母、儿子。人晓得成祖前日不难为他，也不来管。又过了几时，圣上问起，得纪指挥说：“果病怔忡。”圣上就不强他。他也不复学，只往来山阳、南京，看他姊妹消息，不题。

话说铁小姐奉圣旨发落教坊，此时大使出了收管，发与乐户崔仁，取了领状，领到家中。那龟婆见了，真好一对女子，正是：

蓬岛分来连理枝，妖红媚白压当时。
愁低湘水暮山碧，泪界梨花早露垂。
幽梦不随巫峡雨，贞心直傲柏松姿。
闲来屈指谁能似？二女含颦在九嶷。

那虔婆满心欢喜道：“好造化！从天掉下这一对美人来，我家一生一世吃不了。”叫丫鬟收拾下一所房子，却是三间小厅，两壁厢做了他姊妹卧房，中间做了客座。房里摆着锦衾绣帐、名画古炉、琵琶弦管。天井内摆列些盆鱼异草、修竹奇花。先好待他一待，后边要他输心依他。

只见他两姊妹一到房中，小小姐见了，道：“姐姐，这岂是我你安身之地？”大小姐道：“妹妹，自古道：‘慷慨杀身易，从容就死难。’发我教坊，正要辱我们祖、父。我偏在秽污之地，竟不受辱，教他君命也不奈何我，却不反与祖、父争气？”两个便将艳丽衣服、乐器、玩物都堆在一房，姊妹两个同在一房，穿了些缟素衣服，又在客座中间立一纸牌，上写：

明忠臣兵部尚书铁府君灵位

两个早晚痛哭上食。那虔婆得知，吃了一惊，对龟子道：“这两个女人生得十分娇媚，我待寻个舍钱姐夫与他梳栊，又得几百金；到后来，再寻个二姐夫，也可得百十两。不料他把一个爹的灵位立在中间，人见了，岂不恶厌？又早晚这样哭，哭坏了，却也装不架子起，骗得人钱。”龟子道：“他须是个小姐性儿，你可慢慢搓挪他。”那虔婆只到那厢去安慰他，相叫了，道：“二位小姐，可怜你老爷是个忠臣受枉，连累了二位，落在我们门户人家。但死者不可复生，二位且省些愁烦，随乡入乡，图些快乐，不要苦坏身子。”那二小姐只不做声。

后边又时常着些妓女，打扮得十分艳丽，来与他闲话，说些风情。有时说道：“某人财主，惯舍得钱，前日做多少衣服与我，今日又打金簪金镯，倒也得他光辉。”

有时道："某人标致，极会帮衬，极好德性，好不温存，真个是风流子弟。接着这样人，也不枉了。"又时直切到他身上道："似我这嘴脸，尚且有人怜惜，有人出钱；若像小姐这样人品，又好骨气，这些子弟怕不挥金如土，百般奉承？"小姐只是不睬，十分听不得时，也便作色走了开去。

延挨了数月，虔婆急了，来见道："二位在我这厢真是有屈！只是皇帝发到这厢习弦子、箫管、歌唱，供应官府，招接这六馆监生、各省客商。如今只是啼哭，并不留人，学些弹唱，皇帝知道，也要难为我们。小姐也当不个抗违圣旨罪名起。"小姐道："我们忠臣之女，断不失节。况在丧中，也不理音乐。便圣上知道，难为我，我们得一死，见父母地下，正是快乐处。"虔婆道："虽只如此，你们既落教坊，谁来信你贞节？便要这等守志，我教坊中也没闲饭养你。朝廷给发我家，便是我家人，教训凭我。莫要鲜的不吃吃腌的！"大声发付去了。

两小姐好不怨苦。他后边也只是粗茶淡饭，也不着人伏侍，要他们自去搬送。又常常将这些丫头起水叫骂道："贱丫头！贱淫妇！我教坊里守甚节！不肯招人，倒教我们闲饭与你吃！"或时又将丫头们剥得赤条的，将皮鞭毒打，道："奴才！我打你不得？你不识抬举，不依教训，自讨下贱！"明白做个榜样来逼迫。铁小姐只是在灵前痛哭。虔婆又道："这是个乐地，嚎什么！"奚落年余，要行打骂，亏得龟子道："看他两个执性，是打骂不动的。若还一逼，或是死了，圣上一时要人，怎生答应？况且他父亲同寮亲友还有人，知道我们难为他，要来计较也当不起。还劝他的是。若劝不转，他不过吃得我碗饭，也不破多少钱讨他，也只索罢了。"虔婆也只得耐了火性。

两年多，只得又向他说："二位在我这教坊已三年了，孝也满了，不肯失身，我也难强。只是我门户人家，日趁日吃，就是二位日逐衣食，教我也供不来。不若暂出见客，得他怜助，也可相帮我们些，不辜负我们在此伏侍你一场。或者来往官员有怜你守节苦情，奏闻圣上，怜放出得教坊，也是有的事。不然，老死在这厢，谁人与你说清？"果然，两小姐见他这三年伏侍，也过意不去，道："若要我们见客，这断不能！只我们三年在此累你，也曾做下些针指，你可将去货卖，偿你供给。"

他们两个每日起早睡晚，并做女工，又曾做些诗词。尝有人传他的《四时词》：

翠眉慵画鬓如蓬，羞见桃花露小红。
遥想故园花鸟地，也应芳草日成丛。

满径飞花欲尽春，飘扬一似客中身。
何时得逐天风去，离却桃园第一津。

——右《春词》

柳梢莺老绿阴繁，暑逼纱窗试素纨。
每笑翠筠辜劲节，强涂剩粉倚朱栏。

——右《夏词》

亭亭不带浮沉骨，莹洁时坚不染心。
独立波间神更静，无情蜂蝶莫相侵。

——右《荷花》

泪浥容偏淡，愁深色减妍。
好将孤劲质，独傲雪霜天。

——右《梅花》

霜空星淡月轮孤，字乱长天破雁雏。
只影不知何处落，数声哀怨入苇芦。

轻风簌簌碎芭蕉，绕砌蛩声倍寂寥。
归梦不成天未晓，半窗残月冷花梢。

——右《秋词》

强把丝桐诉怨情，天寒指冷不成声。
更饶泪作江水落，滴处金徽相向明。

如絮云头剪不开，扣窗急雨逐风来。
愁心相对浑无奈，乱拨寒炉欲烬灰。

——右《冬词》

当时他两姊妹虽不炫才，外边却也纷纷说他才貌。王孙公子那一个不羡慕他，便是千金也不惜。有一个不识势的公子，他父亲是礼部尚书，倚着教坊是他辖下，定要见他。鸨儿再三回复“不肯”，只见一个帮闲上舍[8]白庆道：“你这婆子不知事体！似我这公子一表人才，他见了料必动情招接。你再三拦阻，要搭架子起大钱么？这休想！”只见这公子也便发恶道：“这婆子可恶，拿与大使，先拶他一拶！”这鸨儿惊得不做声。一起径赶进去，排门而入。此时他姊妹正在那边做针指，见一个先蓦[9]进来：

玄纻巾垂玉结，白纱袜衬红鞋。薄罗衫子称身裁，行处水沉烟蔼。未许文章领袖，却多风月襟怀。朱颜绿鬓好乔才，不下潘安丰采。

侧边陪着一个：

矮巾笼头八寸，短袍离地尺三。旧绸新染做天蓝，帮衬许多模样。两手紧拳如缚，双肩高耸成山。俗谭信口极腌臜，道是在行白想。

那白监生见了，便拍手道：“妙，妙！真是娥皇、女英！”那公子便一眼盯个死，口也开不得。这些家人见了，也有咬指头的，也有喝采的。大小姐红了脸，便往房里躲。小小姐坐着不动身，道：“你们不得罗唣！”白监生道：“这是本司院里，何妨？”小姐道：“虽是本司院，但我们不是本司院里这一辈人。”白监生道：“知道你是尚书小姐，特寻一个尚书公子相配。”小姐道：“休得胡说！便圣上也没奈何我，说甚公子！”白监生道：“你看这一表人材，也配得你过。不要做腔，做了几遍腔，人就老了。”小小

姐听了大恼，便立起身也走向房中把门“扑”地关上，道：“不识得人的蠢才，敢这等无礼！”这些家人听了，却待发作，那白监生便来兜收道：“管家，这事使不得势的。下次若来，他再如此，挦他的毛，送他到礼部搒上一搒，尿都搒他的出来！”却好鸨儿又来，撮撮哄哄出了门去。

那小姐对妹子道：“我两人忍死在此，只为祖父母与兄弟远戍南北，欲图一见，不期在此遭人轻薄。不如一死，以得清白。”小小姐道：“不遇盘根错节，何以别利器？正要令人见我们不为繁华引诱，不受威势迫胁，如何做匹妇小量？如这狂且[10]再来，妹当手刃之，也见轰烈。姐姐不必介意。”正说之间，鸨儿进来道：“适才是礼部大堂公子，极有钱势。小姐若肯屈从，得除教坊的名也未可知。如何却恼了他去？日后恐怕贻祸老身。”铁小姐道：“这也不妨！再来我自有处。”正是：

已弃如石砺贞节，一任狂风拥巨涛。

不隔数日，那公子又来。只见铁小姐正色大声数他道：“我忠臣之女，断不失身！你为大臣之子，不知顾惜父亲官箴、自己行检，强思污人。今日先杀你，然后自刎，悔之晚矣！”那公子欲待涎脸去陪个不是铦进去，只见他已掣刀在手，白监生与这些家人先一哄就走。公子也惊得面色皆青，转身飞跑，又被门槛绊了一交，跌得嘴青脸肿。

似此名声一出，哪个敢来！三三两两都把他来做笑话，称诵两小姐好处。又况这时尚遵洪武爷旧制，教坊建立十四楼，叫做：

来宾　重译　清江　石城　鹤鸣　醉仙　乐民

集贤　讴歌　鼓腹　轻烟　淡粉　梅妍　柳翠

许多官员在彼饮酒，门悬本官牙牌，尊卑相避，故院中多有官来，得知此事。也是天怜烈女，与他机会，一日，成祖御文华殿，锦衣卫指挥纪纲已得宠，站在侧边。偶然问起：“前发奸臣子女在锦衣卫浣衣局、教坊司各处，也还有存的么？也尽心服役，不敢有怨言么？”纪纲道：“谁敢怨圣上！”成祖道：“在教坊的也一般与人歇宿么？”纪纲道：“与人歇宿的固多，闻道还有不肯失身的。”成祖道：“有这等贞洁女子？却也可怜。卿可为我查来。”纪纲承旨。

回到私衙，只见人报：“高秀才来见。”这高秀才就是高贤宁。他先时将铁尚书伏法与子女、父母遣谪报与铁小公子，不胜悲痛。因金老爱惜他，要他在身边作子，故铁公子就留在山阳。高秀才就在近村处个蒙馆，时来照顾。后边公子念及祖父母年高，说：“父亲既殁，不能奉养，我须一往海南省视，以了我子孙之事。”金老苦留不定，高秀才因伴他到南京分手，来访两小姐消息，因便来见纪指挥。

纪指挥忙教请进相见。见了，叙寒温。纪指挥说，自己得宠，圣上尝向他询问外间事务，命他缉访事件。因说起承命查访教坊内女子事，高秀才便叹息道：“这干都是忠臣，杀他一身彀了，何必辱及他子女？使缙绅之女为人淫污，殊是可痛。今圣上有怜惜之意，足下何不因风吹火？已失身的罢了，未失身的为他保全，也是阴骘。”纪指挥道：“我且据实奏上，若有机括，也为他方便。”因留高秀才酌酒，又留他宿在家中。

次日，纪指挥自家到坊中查问。有铁家二小姐、胡少卿小姐尚不失身，纪指挥俱教来。因问他："怎不招人？"小姐含泪道："不欲失身，以辱父母。"其时胡少卿女故意髡发跣足，以煤烟污面，自毁面目。铁氏小姐虽不妆饰，却也任其天然颜色，光艳动人。纪指挥道："似你这样容貌，若不事人，也辜负了你。三人也晓得做甚诗么？"胡小姐推道："不会。"铁小姐道："也晓得些。只是如今也无心做他。"纪指挥道："你试一作。"只见小小姐口占一首呈上，道：

教坊脂粉污铅华，一片闲心对落花。
旧曲听来犹有恨，故园归去已无家。
云鬟半挽临汝镜，雨泪空流湿绛纱。
今日相逢白司马，尊前重与诉琵琶。

纪指挥看了，称赞道："好才！不下薛涛。"因安慰了一番。回家，与高秀才说及这几位贞节。高秀才因备说铁尚书之忠，要他救脱这二女。纪指挥也点头应承。

第二日早朝具奏，因呈上所做诗。成祖看了，道："有这等才貌，不肯失身，也不愧忠臣之女！卿可择三个士人配与他罢。"纪指挥得旨，到家又与高秀才对酌，因问高秀才道："兄别来许久，已生有令郎么？"高秀才道："我无家似张俭，并不娶妻。"纪指挥道："这样，我有一头媒，为足下做了罢！这女子我亲见来，才貌双绝，尽堪配足下。"高秀才道："流落之人，无意及此。"纪指挥道："不孝有三，无后为大。这亲又不要费半分财礼，我自择日与足下成亲罢。"因自到院中宣了圣谕，着教坊与他除名。因说圣上赐他与士人成婚，铁小姐道："不愿。"纪指挥道："女生有家，也是令先公地下之意。况小姐若不配亲，依倚何人？况我为你已寻下一人，是你先公赏识的秀才，他为收你先公骸骨，几乎被刑，也是义士。下官当为小姐备妆奁成婚。"大小姐又辞，小小姐道："既是上意，又尊官主裁，姐姐可依命。"大小姐道："骨肉飘零，只存二人，若我出嫁，妹妹何依？细思之有未妥耳。不如妹妹与我同适此人，庶日后始终得同。"纪指挥道："当日娥皇、女英曾嫁一个大舜，甚妙，甚妙！"

纪指挥就为高秀才租了一所房屋成亲。高秀才又道："与铁尚书有师生之谊，不可。"纪指挥道："足下曾言铁公曾赠公婚资，因守制不娶。他既肯赠婚，若在一女，应自不惜，兄勿辞。"遂择日成了亲，用费都出纪指挥。三日，纪指挥来贺，高秀才便请二小姐相见。纪指挥道："高先生豪士，二小姐贞女，今日配偶，可云奇事。曾有诗纪其盛么？"高秀才道："没有。"纪指挥道："小姐多有才，一定有的。"再三请教，小姐乃又作一诗奉呈：

骨肉凋残产业荒，一心何忍去归娼。
泪垂玉箸辞官舍，步敛金莲入教坊。
览镜幸无倾国色，向人休学倚门妆。
春来雨露深如海，嫁得刘郎胜阮郎。

纪指挥不胜称赏，去了。

铁小姐因问高秀才道："观君之意，定不求仕进了。既不求仕，岂可在这辇毂之下！且纪指挥虽是下贤，闻他骄恣，后必有祸，君岂可做处堂燕雀？倘故园尚未荒芜，何不同君归耕？"高秀才道："数日来，我正有话要对二小姐说，前尊君被执赴京，驿舍失火，此时我挈令弟逃窜，欲延铁氏一脉。今令弟寄迹山阳，年已长成，固执要往海南探祖父母，归时于此相会，带令尊骸骨归葬。故此羁迟耳。"小姐道："向知足下冒死收先君遗骸，不意复脱舍弟，全我宗祀，我姊妹从君尚难酬德。但不知舍弟何时得来？"高秀才道："再停数月，一定有消息了。"

过了数月，恰好铁公子回来。晤访教坊消息，道："因他守贞不屈，已得恩赦，归一秀才。"他又寻访，却是高秀才。径走到高家，却好遇着高秀才，便邀进里边与姊妹相见，不觉痛哭。问及祖父母，道："已身故，将他骨殖焚毁，安置小匣，藏在竹笼里带回。"两小姐将来供在中堂，哭奠了，又在卞忠贞墓侧取了铁尚书骸骨，要回邓州。高秀才道："二位小姐虽经放免，公子尚未蒙赦，未可还乡。公子在山阳，金老待你有情，不若且往依之。我彼处曾有小馆，还可安身。"

高秀才就别了纪指挥，说要归原籍，纪指挥又赠了些盘缠，四个一齐归到山阳。金老见了大喜，也微微知他行径。他女儿年已及笄，苦死要与铁公子，高秀才与二位小姐也相劝，毕了姻。就于金老宅后空地上筑一座坟，安葬祖父母及铁尚书骸骨。高秀才也只邻近居住，两家烟火相望，往来甚密。

向后年余，铁公子因金老已故，代他城中纳粮。在店中买饭吃，只见一个行路的也在那边买饭吃，两个同坐，那人不转眼把公子窥视。公子不知甚却也动心，问道："兄仙乡何处？"那人道："小可邓州人。先父铁尚书因忠被祸，小弟也充军。今天恩大赦，得命还乡，打这边过。"铁公子知道是自己哥子了，故意问道："家里还有甚人？"那人道："先有一弟，中途火焚了；两个妹子发教坊司，前去探望他，道已蒙恩赦配人去了。我也无依，只得往旧家寻个居止。"铁公子道："兄这等便是铁尚书长公子了。他令爱现在此处，兄要一见么？"那人道："怎不要见？"铁公子道："这等待小弟引兄同往。"铁公子就为他还了饭钱，与他到高秀才家，引他见了姐姐，又兄弟相认了。姊妹们哭了又哭，说了又说，都谢高秀才始终周旋，救出小公子，又收遗骸，又在纪指挥前方便两小姐出教坊，真是个程婴[11]再见。

后边大公子往邓州时，宗姓逃徙已绝，田产大半籍没在官，尚有些未籍的，已为人隐占。无亲可依，无田可种，只得复回山阳。小公子因将金老所遗田让与哥哥，又为他娶了亲，两个耕种为事。

后来小公子生有二子。高秀才道："不可泯没了金老之义。"把他幼子承了金姓，延他一脉。金老夫妇坟与铁尚书坟并列，教子孙彼此互相祭祀。至今山阳有金铁二氏，实出一源。

总之，天不欲使忠臣斩其祀，故生出一个高秀才；又不欲忠臣污其名，又生这二女。故当时不独颂铁尚书之忠，且又颂二女之烈。有二女之烈，又显得尚书之忠，有以刑家，谁知中间又得高秀才维持调护。忠臣、烈女、义士，真可鼎足，真可并垂不朽。尝作古风咏之：

蚩尤南指兵戈起，义旗靡处鼓声死。
铮铮铁汉据齐鲁，只手欲回天步圮。
皇天不祚可奈何，泪洒长淮增素波。
刎头断舌良所乐，寸心一任鼎镬磨。
山阳义士胆如斗，存孤试展经纶手。
忠骸忍见犬彘饱，抗言竟获天恩宥。
宗祊一线喜重续，贞姬又藉不终辱。
纯忠奇烈世所钦，维持岂可忘高叔。
拈彩笔，发幽独，热血纷纷染简牍。
写尽英雄不朽心，普天尽把芳规勖。

【注释】

①副使：即按察司副使，为提刑按察使的佐官。

②宁王：即明宗室朱宸濠。宸濠袭封宁王，于正德十四年(1519 年)起兵叛明，被王守仁俘获，处死于南京。

③靖难：指明燕王朱棣与建文帝争夺皇位的战争。

④副都：都察院副都御史。

⑤参政：即承宣布政使司参政，为布政使的佐官。

⑥永乐爷：即明成祖朱棣，在靖难之役中夺取帝位，迁都北京，改元永乐。

⑦佛狼机：一种葡萄牙人制造的大炮。

⑧上舍：监生的别称。

⑨蓦：同“迈”。

⑩狂且：举止轻狂的人。

⑪程婴：春秋时期晋国人。时权臣屠岸贾屠灭赵盾全家，程婴与公孙杵臼救出孤儿赵武，并由程婴抚育成人。

生报华萼恩　死谢徐海义

鹿台黯黯烟初灭，又见骊山血。馆娃歌舞更何如？唯有旧时明月满平芜。
笑是金莲消国步，玉树迷烟雾。潼关烽火彻甘泉，由来倾国遗恨在婵娟。

——右《虞美人》

这词单道女人遗祸。但有一班是无意害人国家的，君王自惑他颜色，荒弃政事，致丧国家。如夏桀的妹喜，商纣的妲己，周幽王褒姒，齐东昏侯潘玉儿，陈后主张丽华，唐明皇杨玉环。有有意害人国家，似当日的西施。但昔贤又有诗道：

谋臣自古系安危，贱妾何能作祸基？
但愿君臣诛宰嚭，不愁宫里有西施。

却终是怨君王不是。古人又有诗道昭君：

汉恩自浅胡自深，人生乐在相知心。

当时锦帆遨游、蹀廊闲步、采香幽径、斗鸡山坡，清歌妙舞馆娃宫中，醉月吟风姑苏台畔，不可说恩不深，不可说不知心。怎衽席吴宫，肝胆越国，复随范蠡遨游五湖？回首故园麋鹿，相念向日欢娱，能不愧心？世又说范蠡沉他在五湖。沉他极是，是为越去这祸种，为吴杀这薄情妇人，不是女中奇侠。独有我朝王翠翘，他便是个义侠女子。

这翠翘是山东临淄县人。父亲叫做王邦兴，母亲邢氏。他父亲是个吏员，三考满听选，是杂职行头，除授了个浙江宁波府象山县广积仓大使。此时叫名翘儿，已十五岁了：

眉欺新月鬓欺云，一段娇痴自轶群。
柳絮填词疑谢女，云和斜抱压湘君。

随父到任不及一年，不料仓中失火，延烧了仓粮，上司坐仓官吏员斗级[①]赔偿。可怜王邦兴尽任上所得，赔偿不来。日久不完，上司批行监比[②]。此时身边并无财物，夫妻两个慌做一团，倒是翘儿道："看这光景，监追不出，父亲必竟死在狱中。父亲死，必竟连累妻女，是死则三个死。如今除告减之外，所少不及百石，不若将奴卖与人家，一来得完钱粮，免父亲监比；二来若有多余，父亲、母亲还可将来盘缠回乡，使女儿死在此处，也得瞑目。"老两口也还不肯。延捱几日，果然县中要将王邦兴监比，再三哀求得放，便央一个惯作媒的徐妈妈来寻亲。只见这妈妈道："王老爹，不是我冲突你说，如今老爹要将小姐与人，但是近来人，用了三五十两娶个亲，便思量陪嫁。如今陪是不望的，还怕老爹仓中首尾不清，日后贴累，那个肯来？只除老爹肯与人做小，这便不消陪嫁，还可多得几两银子。"王邦兴道："我为钱粮，将他丢在异乡已是不忍的；若说作小，女人有几人不妒忌的？若使拈酸吃醋，甚至争闹打骂，叫他四顾无亲，这苦怎了？"不肯应声。媒婆自去了。

那诓[③]挨了两限不完，县中竟将王邦兴监下。这番只得又寻这媒婆，道情愿作小，那妈妈便为他寻出一个人来。这人姓张名大德，号望桥。祖父原是个土财主，在乡村广放私债。每年冬底春初将米借人，糙米一石，蚕罢还熟米一石。四月放蚕帐，熟米一石，冬天还银一两，还要五分钱起利。借银九折五分钱，来借的写他田地房产。到田地房产盘完了，又写他本身。每年纳帮银，不还便锁在家中吊打。打死了，原写本身，只作义男，不偿命。但虽是大户，还怕徭役，生下张大德到十五六岁，便与纳了个吏，在象山又谋管了库。他为人最啬吝，假好风月，极是惧内，讨下一个本县舟山钱仰峰女儿，生得：

面皮靛样，抹上粉犹是乌青；嘴唇铁般，涂尽脂还同深紫。稀稀疏疏，两边蝉翼鬓半黑半黄；歪歪踹踹，双只牵蒲脚不男不女。圆睁星眼，扫帚星天半高悬；倒竖柳眉，水杨柳堤边斜挂。更有一腔如斗胆，再饶一片破锣声。人人尽道"鸠盘茶"[④]，个个皆称"鬼子母"[⑤]。

他在家里，把这丈夫轻则抓挦嚷骂，重便踢打拳槌；在房中服侍的，便丑是他十分，

还说与丈夫偷情，防闲打闹；在家里走动，便大似他十岁，还说是丈夫勾搭，絮聒动喃。弄得个丈夫在家安身不得，只得借在县服役，躲离了他。有个不怕事库书赵仰楼道："张老官，似你这等青年，怎挨这寂寞？何不去小娘家一走？"张望桥道："小娘儿须比不得浑家，没情。"赵书手道："似你这独坐，没人服事相陪，不若讨了个两头大罢！"张望桥只是摇头。后边想起浑家又丑又恶，难以近身，这边娶妾，家中未便得知，就也起了一个娶小的心。

却好凑著。起初只要十来两省事些的；后来相见了王翘儿是个十分绝色，便肯多出些。又为徐婆撮合，赵书手撺哄，道他不过要完仓粮，为他出个浮收，再找几两银子与他盘缠，极是相应。张望桥也便慨然。王邦兴还有未完谷八十石，作财礼钱三十二两，又将库内银那出八两找他，便择日来娶。翘儿临别时，母子痛哭。翘儿嘱咐叫他早早还乡，不要流落别所，不要以他为念。王邦兴已自去了。

这边翘儿过门，喜是做人温顺勤俭，与张望桥极其和睦，内外支持，无个不喜，故此家中人不时往来。一则怕大娘子生性惫懒，恐惹口面，不敢去说；二则因他待人有恩，越发不肯说，且是安逸。争奈张望桥是个乡下小官，不大晓事务，当日接管，被上首哄弄，把些借与人的作帐还有不足，众人招起，要他出结。后边县官又有那应，因坏官⑥去，不曾抵还。其余衙门工食，九当十预先支去，虽有领状，县官未曾札放；铺户料价，八当十预先领去，也有领状，没有札库；还有两廊吏书那借，差人承追纸价未完，恐怕追比，倩出虚收。况且管库时是个好缺，与人争夺，官已贴肉搌，还要外边讨个分上，遮饰耳目。兼之两边家伙，一旦接管官来，逐封兑过，缺了一千八百余两，说他监守自盗，将来打了三十板。再三诉出许多情由，那官道："这也是作弊侵刻，我不管你。"将来监下。重复央分上，准他一月完赃，免申上司。

可怜张望桥不曾吃苦惯的，这一番监并，竟死在监内。又提妻子到县。那钱氏是个泼妇，一到县中，得知娶王翘儿一节，先来打闹一场，将衣饰尽行抢去。到官道："原是丈夫将来娶妾，并那借与人，不关妇人事。"将些怕事来还银的，却抹下银子鳖⑦在腰边，把些不肯还银冷租帐、借欠开出，又开王翘儿身价一百两。县官怜他妇人，又要完局，为他追比。王翘儿官卖，竟落了娼家。正是：

红颜命薄如鹈翼，一任东风上下飘。

可怜翘儿一到门户人家，就逼他见客。起初羞得不奈烦，渐渐也闪了脸，陪茶陪酒。终是初出行货，不会捉客，又有癖性，见些文人，他也还与他说些趣话，相得时也做首诗儿。若是那些蠢东西，只会得酣酒行房，舍了这三五钱银子，吃酒时搂抱，要歌要唱，摸手摸脚，夜间颠倒腾挪，不得安息，不免撒些娇痴，倚懒撒懒待他。那在行的不取厌，取厌的不在行，便使性或出些言语，另到别家撒漫。那鸨儿见了，好不将他难为，不时打骂。

似这样年余，恰一个姓华名萼字棣卿，是象山一个财主。为人仗义疏财，乡里都推尊他。虽人在中年，却也耽些风月。偶然来嫖他，说起，怜他是好人家儿女，便应承借他一百两赎身。因鸨儿不肯，又为他做了个百两会，加了鸨儿八十两才得放

手。为他寻了一所僻静房儿，置办家伙。这次翘儿方得自做主张，改号翠翘。除华棣卿是他恩人，其余客商俗子尽皆谢绝。但只与些文墨之士联诗社，弹棋鼓琴，放浪山水。或时与些风流子弟清歌短唱，吹箫拍板，嘲弄风月。积年余，他虽不起钱，人自肯厚赠他，先赔还了人上会银，次华棣卿银。日用存留，见文人苦寒、豪俊落魄的，就周给他。此时浙东地方哪一个不晓得王翠翘？

到了嘉靖三十三年，海贼作乱，王五峰这起寇掠宁绍地方：

楼舡十万海西头，剑戟横空雪浪浮。
一夜烽生庐舍尽，几番战血士民愁。
横戈浪奏平夷曲，借箸谁舒灭敌筹？
满眼凄其数行泪，一时寄向越江流。

一路来，官吏婴城自守，百姓望风奔逃。抛家弃业，挈女抱儿。若一遇着，男妇老弱的都杀了，男子强壮的著他引路，女妇年少的将来奸宿，不从的，也便将来砍杀。也不知污了多少名门妇女，也不知害了多少贞节妇女。此时真是各不相顾之时。

翠翘想起："我在此风尘实非了局，如今幸得无人拘管，身边颇有资蓄，不若收拾走回山东，寻觅父母，就在那边适一个人，也是结果。"便雇了一个人，备下行李，前往山东。沿途闻得浙西、南直[8]都有倭寇，逡巡进发，离了省城叫船。将到崇德，不期海贼陈东、徐海又率领倭子杀到嘉湖地面，城中恐有奸细，不肯收留逃难百姓。北兵参将宗礼领兵杀贼，前三次俱大胜，后边被他伏兵桥下突出杀了，倭势愈大。翠翘只得随逃难百姓再走邻县。路上风声鹤唳，才到东，又道东边倭子来了，急奔到西方；到西，又道倭子在这厢杀人，又奔到东，惊得走头没路。行路强壮的凌虐老弱，男人欺弄妇人，恐吓抢夺，无所不至。及到撞了倭子，一个个走动不得，要杀要缚，只得凭他。

翠翘已是失了挑行李的人，没及奈何，且随人奔到桐乡。不期徐海正围阮副使在桐乡，一彪兵撞出，早已把王翠翘拿了。

梦中故国三千里，目下风波顷刻时。
一入雕笼难自脱，两行清泪落如丝。

此时翠翘年方才二十岁，虽是布服乱头，却也不减妖艳。解在徐海面前时，又夹着几个村姑，越显得他好了。这徐海号明山，绰号"徐和尚"。他在人丛中见了翠翘，道："我营中也有十余个子女，不似这女子标致。"便留入营中。先前在身边得宠的妇女，都叫来叩头。问他，知他是王翠翘，吩咐都称他做王夫人。

已将飘泊似虚舟，谁料相逢意气投。
虎豹寨中鸳凤侣，阿奴老亦解风流。

初时翠翘尚在疑惧之际，到后来见徐和尚输情输意，便也用心笼络他。今日显出一件手段来，明日显出一件手段来，吹箫唱曲，吟诗鼓琴，把个徐和尚弄得又敬又爱，魂不著体。凡掳得珍奇服玩，俱拣上等的与王夫人；凡是王夫人开口，没有不依的。不惟女侍们尊重了王夫人，连这干头目们，哪个不晓得王夫人！他又在军中劝

他少行杀戮,凡是被掳掠的,多得释放。又日把歌酒欢乐他,使他把军事懈怠。故此虽围了阮副使,也不十分急攻。只是他与陈东两相犄角,声势极大。总制[9]胡梅林要发兵来救,此时王五峰又在海上,参将俞大猷等兵又不能轻移;若不救,恐失了桐乡,或坏了阮副使,朝廷罪责。只得差人招抚,缓他攻击,便差下一个旗牌。这旗牌便是华萼。他因倭子到象山时,纠合乡兵驱逐得去,县间申他的功次,取在督府听用,做了食粮旗牌。领了这差,甚是不喜。但总制军令,只得带了两三个军伴来见陈东、徐海。一路来,好凄凉光景也:

村村断火,户户无人。颓垣败壁,经几多瓦砾之场;委骨横尸,何处是桑麻之地?凄凄切切,时听怪禽声;寂寂寥寥,那存鸡犬影?

正打着马儿慢慢走,忽然破屋中突出一队倭兵,华旗牌忙叫:"我是总制爷差来见你大王的。"早已揪翻马下。有一个道:"依也其奴瞎咀郎(华言:"不要杀")!"各倭便将华旗牌与军伴一齐捆了,解到中军来,却是徐明山部下巡哨倭兵。过了几个营盘,是个大营。只见密密匝匝的排上数万髡头跣足倭兵,纷纷纭纭的列了许多器械。头目先行禀报,道:"拿得一个南朝差官。"此时徐明山正与王翠翘在帐中弹着琵琶吃酒,已自半酣了,瞪着眼道:"拿去砍了!"翠翘道:"既是官,不可轻易坏他。"明山道:"抓进来!"外边应了一声,却有带刀的倭奴约五七十个,押著华旗牌到帐前跪下。那旗牌偷眼一看,但见:

左首坐着个雄赳赳倭将,绣甲锦袍多猛勇;右首坐著个娇倩美女,翠翘金凤绝妖娆。左首的怒生铁面,一似虎豹离山;右首的酒映红腮,一似芙蕖出水。左首的腰横秋水,常怀一片杀人心;右首的斜拥银筝,每带几分倾国态。蒹葭玉树,穹庐中老上醉明妃;丹凤乌鸦,锦帐内虞姬陪项羽。

那左首的雷也似问一声道:"你甚么官,敢到俺军前缉听?"华旗牌听了,准准的挣了半日,出得一声道:"旗牌是总制胡爷差来招大王的。"那左首的笑了笑道:"我徐明山不属大明,不属日本,是个海外天子,生杀自由。我来就招,受你这干鸟官气么?"旗牌道:"胡爷钧语,道两边兵争,不免杀戮无辜。不若归降,胡爷保奏,与大王一个大官。"左边的又笑道:"我想那严嵩弄权,只论钱财,管甚功罪!连你那胡总制还保不得自己,怎保得我?可叫他快快退去,让我浙江。如若迟延,先打破桐乡,杀了阮鹗,随即踏平杭州,活拿胡宗宪。"旗牌道:"启大王,胜负难料,还是归降。"只见左边的道:"哇!怎见胜负难料?先砍这厮!"众倭兵忙将华旗牌簇下。喜得右首坐的道:"且莫砍!"众倭兵便停了手。他便对左首的道:"降不降自在你,何必杀他来使,以激恼他?"左首的听了道:"且饶这厮。"华旗牌得了命,就细看那救他的人,不惟声音厮熟,却也面貌甚善。那右边的又道:"与他酒饭压惊。"华旗牌出得帐,便悄悄问饶他这人,通事道:"这是王夫人,是你那边名妓。"华旗牌才悟是王翠翘:"我当日赎他身子,他今日救我性命。"

这夜,王夫人乘徐明山酒醒,对他说:"我想你如今深入重地,后援已绝,若一蹉跌,便欲归无路。自古没有个做贼得了的,他来招你,也是一个机括[10]。他款你,你

也款他，使他不防备你，便可趁势入海，得以自由。不然，桐乡既攻打不下，各处兵马又来，四面合围，真是胜负难料。”明山道：“夫人言之有理。但我杀戮官民，屠掠城池，罪恶极重，纵使投降中国，恐不容我，且再计议。”

次早，王夫人撺掇赏他二十两银子，还他鞍马、军伴，道：“拜上胡爷，这事情重大，待我与陈大王计议。”华旗牌得了命，星夜来见胡总制，备说前事。胡总制因想：“徐海既听王夫人言语，不杀华萼，是在军中做得主的了。不若贿他做了内应，或者也得力。”又差使华旗牌赍了手书、礼物，又取绝大珍珠、赤金首饰、彩妆洒线[11]衣服兼送王夫人。

此时徐明山因王夫人朝夕劝谕，已有归降之意。这番得胡总制书，便与王翠翘开读道：

> 君雄才伟略，当取侯封如寄。奈何拥众异域，使人名之曰“贼”乎？良可痛也！倘能自拔来归，必有重委。皦日在上，断无负心，君其裁之。

两人看罢，明山遂对王夫人道：“我日前资给全靠掳掠，如今一归降，便不得如此，把甚养活？又或者与我一官，把我调远，离了部曲[12]就便为他所制了。”王夫人道：“这何难？我们问他讨了舟山屯扎，部下已自不离；又要他开互市，将日本货物与南人交易，也可获利。况在海中，进退终自由我。”明山道：“这等，夫人便作一书答他。”翠翘便援笔写：

> 海以华人，乃为倭用，屡递颜行，死罪，死罪！倘恩台曲赐湔除，许以洗涤，假以空御，屯牧舟山，便当率其部伍，藩辅东海，永为不侵不衅之臣，以伸衔环吐珠之报。

又细对华旗牌说了，叫他来回报，方才投降。

这边正如此往来，那厢陈东便也心疑，怕他与南人合图谋害，也着人来请降。胡统制都应了，自轻骑到桐乡受降，约定了日期。只见陈东过营来见徐明山，计议道：“若进城投降，恐有不测。莫若在城下一见，且先期去，出他不意。”计议已定。王翠翘对徐明山道：“督府方以诚相招，断不杀害。况闻他又着人招抚王五峰，若杀了降人，是阻绝五峰来路了。正当轻裘缓带，以示不疑。”

至日，陈东来约：同到桐乡城，俱着介胄。明山也便依他。在于城下，报至城中，胡总制便与阮副使并一班文武坐在城楼上，徐海、陈东都在城下叩头。胡总制道：“既归降，当贷汝死；还与汝一官，率部曲在海上为国家戮力，勿有二心。”两个又叩了头，带领部曲各归寨中。胡总制与各官道：“看这二酋桀骜，部下尚多，若不提备他，他或有异志，反为腹心之患。若提备他，不惟兵力不足，反又起他衅端。弃小信成大功，势须剪除方可。”回至公署，定下一策：诈做陈东一封降书，说：“前日不解甲、不入城、不从日期都是徐海主意。如今他虽降，犹怀反侧，乞发兵攻之，我为内应。”叫华旗牌拿这封书与明山看，道：“督府不肯信他谗言，只是各官动疑，可速辨明。且严为防御，恐他袭你。”

明山见信大骂道：“这事都是你主张，缘何要卖我立功？”便要提兵与他厮杀。

王翠翘道："且莫轻举！俗言'先下手为强'，如今可说胡爷有人在营，请他议事，因而拿下。不惟免祸，还是大功。"明山听了，便着人去请陈东，预先埋伏人等他。果是陈东不知就里，带了麻叶等一百多人来。进得营，明山一个暗号，尽皆拿下，解入城中。陈东部下比及得知来救，已不及了。从此日来报仇厮杀，互有胜负。王翠翘道："君屠毒中国，罪恶极多，但今日归降，又为国擒了陈东，功罪可以相准。不若再恳督府，离此去数十里有沈家庄，四面俱是水港，可以自守，乞移兵此处。仍再与督府合兵，尽杀陈东余党。如此则功愈高，尽可自赎。然后并散部曲，与你为临淄一布衣。何苦拥兵，日受惊恐？"去求督府，慨然应允。

移往沈家庄，又约日共击陈东余党，也杀个几尽。只是督府恐明山不死，祸终不息。先差人赍酒米犒赏他部下，内中暗置慢药，又赏他许多布帛饮食，道陈东余党尚有，叫他用心防守。这边暗传令箭，乘他疏虞，竟差兵船放火攻杀。这夜明山正在熟寝，听得四下炮响，火光烛天。只说陈东余党，便披了衣，携了翠翘欲走南营，无奈四围兵已杀至，左膊上中了一枪。明山情急，便向河中一跳。翠翘见了，也待同溺，只听得道："不许杀害王夫人！"又道："收得王夫人有重赏！"早为士兵扶住，不得跳水。

次日进见督府，叩头请死。督府笑道："亡吴伯越，皆卿之功。方将与卿为五湖之游以偿子，幸勿怖也！"因索其衣装还之，令华旗牌驿送武林。

王翠翘常怏怏，以不得同明山死为恨。华旗牌请见，曰："予向日蒙君惠，业有以报。今督府行且赏君功，亦惟妾故。"拒不纳。因常自曰："予尝劝明山降，且劝之执陈东，谓可免东南之兵祸。予与明山亦可藉手保全首领，悠游太平。今至此，督府负予，予负明山哉！"尽弃弦管，不复为艳妆。

不半月，胡总制到杭，大宴将士。差人召翠翘，翠翘辞病。再召才到，憔悴之容可掬。这时三司官外，文人有徐文长、沈嘉则，武人彭宣慰九霄。总制看各官对翠翘道："此则种、蠡，卿真西施也！"坐毕，大张鼓乐。翠翘悒郁不解。半酣，总制叫翠翘到面前道："满堂宴笑，卿何向隅？全两浙生灵，卿功大矣！"因命文士作诗称其功。徐文长即席赋诗曰：

> 仗钺为孙武，安攘役女戎。
> 管弦消介胄，杯酒殪枭雄。
> 歌奏平夷凯，钗悬却敌弓。
> 当今青史上，勇不数当熊。

沈嘉则诗：

> 灰飞烟灭冷荒湾，伯越平吴一笑间。
> 为问和戎汉公主，阿谁生入玉门关？

胡梅林令翠翘诵之，曰："卿素以文名，何不和之？"翠翘亦援笔曰：

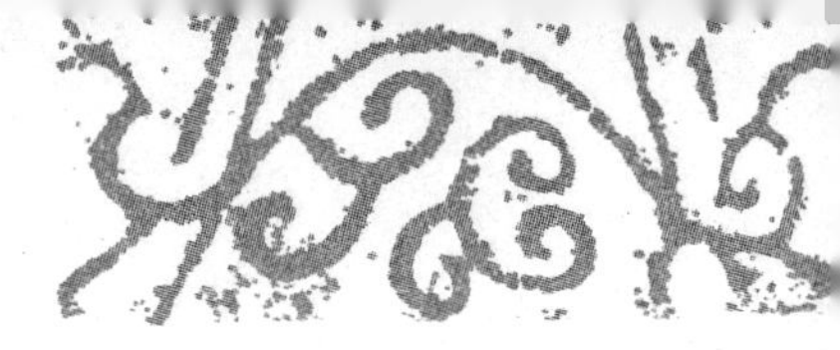

数载飘摇瀚海萍，不堪回盼泪痕零。
舞沉玉鉴腰无力，笑倚银灯酒半醒。
凯奏已看欢士庶，故巢何处问郊坰？
无心为觅平吴赏，愿洗尘情理贝经。

督府酣甚，因数令行酒，曰："卿才如此，故宜明山醉心。然失一明山矣，老奴不堪赎乎？"因遽拥之坐，逼之歌三诗。三司起避，席上哄乱。彭宣慰亦少年豪隽，属目翠翘，魂不自禁，亦起进诗曰：

转战城阴灭獍枭，解鞍孤馆气犹骄。
功成何必铭钟鼎，愿向元戎借翠翘！

督府已酩酊，翠翘与诸官亦相继谢出。次早督府酒醒，殊悔昨之轻率，因阅彭宣慰诗，曰："奴亦热中乎？吾何惜一姬，不收其死力？"因九霄入谢酒，且辞归，令取之。翠翘闻之不悦。九霄则舣舟钱塘江岸，以舆来迎。翠翘曰："姑少待。"因市酒肴，召徐文长、沈嘉则诸君，曰："翠翘幸脱鲸鲵巨波，将作蛮夷之鬼，故与诸君子诀。"因相与轰饮。席半，自起行酒，曰："此会不可复得矣，妾当歌以为诸君侑觞！"自弄琵琶，抗声歌曰：

妾本临淄良家子，娇痴少长深闺里。
红颜直将芙蕖欺，的的星眸傲秋水。
十三短咏弄柔翰，珠玑落纸何珊珊。
洞潇夜响纤月冷，朱弦晓奏秋风寒。
自矜应贮黄金屋，不羡石家珠十斛。
命轻逐父宦江南，一身飘泊如转轴。
倚门惭负妖冶姿，泪落青衫声掀掀。
雕笼幸得逃鹦鹉，轻轲远指青齐土。
干戈一夕满江关，执缚竟自羁囚伍。
龙潭倏成鸳鸯巢，海滨寄迹同浮泡。
从胡蔡琰岂所乐？靡风且作孤生茅。
生灵涂炭良可恻，彀弓拟使烽烟熄。
封侯不比金日磾，诛降竟折双飞翼。
北望乡关那得归？征帆又向越江飞！
瘴雨蛮烟香骨碎，不堪愁绝减腰围。
依依旧恨萦难扫，五湖羞逐鸱夷老。
他时相忆不相亲，今日相逢且倾倒。
夜阑星影落清波，游魂应绕蓬莱岛！

歌竟欷歔，众皆不怿，罢酒。翠翘起更丽服，登舆，呼一樽自随，抵舟，漏已下。彭宣慰见其朱裳翠袖，珠络金缨，修眉淡拂，江上远山，凤眼斜流，波心澄碧，玉颜与皎月相映，真天上人。神狂欲死，遽起迎之，欲进合卺之觞。翠翘曰："待我奠明山，次与

君饮。"因取所随酒洒于江，悲歌曰：

星陨前营折羽旄，歌些江山一投醪。
英魂岂逐狂澜逝，应作长风万里涛！

又：

红树苍山江上秋，孤蓬片月不胜愁。
鵌翎未许同遐举，且向长江比（此）目游！

歌竟，大呼曰："明山，明山！我负尔，我负尔！失尔得此，何以生为！"因奋身投于江。

红颜冉冉信波流，义气蓬然薄斗牛。
清夜寒江湛明月，冰心一片恰相俦。

彭宣慰急呼捞救，人已不知流在何处，大为惊悼。呈文督府，解维而去。正是：

孤蓬只有鸳鸯梦，短渚谁寻鸾凤群？

督府阅申文，不觉泪下，道："吾杀之！吾杀之！"命中军沿江打捞其尸。尸随潮而上，得于曹娥渡，面色如生。申报督府，曰："娥死孝，翘死义，气固相应也！"命葬于曹娥祠右，为文以祭之，曰：

嗟乎翠翘！尔固天壤一奇女子也。冰玉为姿，则奇于色；云霞为藻，则奇于文；而调弦弄管，则奇于技。虽然，犹未奇也。奇莫奇于柔豺虎于衽席，苏东南半壁之生灵，竖九重安攘之大烈，息郡国之转输，免羽檄之征扰。奇功未酬，竟逐逝波不反耶！以寸舌屈敌，不必如夷光之蛊惑；以一死殉恩，不必如夷光之再逐鸱夷。尔更奇于忠，奇于义，尔之声誉，即决海不能写其芳也。顾予之功，维尔之功；尔之死，实予之死。予能无怃然欤！聊荐尔觞，以将予忱，尔其享之！

时徐文长有诗吊之曰：

弹铗江皋一放歌，哭君清泪惹衣罗。
功成走狗自宜死，谊重攀髯定不磨。
香韵远留江渚芷，冰心时映晚来波。
西风落日曹娥渡，应听珊珊动玉珂。

沈嘉则有诗曰：

羞把明珰汉渚邀，却随片月落寒潮。
波沉红袖翻桃浪，魂返蓬山泣柳腰。
马鬣常新青草色，凤台难觅旧丰标。
穹碑未许曹瞒识，聊把新词续大招。

又过月余，华旗牌以功升把总，渡曹娥江。梦中恍有召，疑为督府。及至，璚楼玉宇，瑶阶金殿，环以甲士。至门，二黄衣立于外，更二女官导之，金钿翠裳，容色绝世。引之登阶，见一殿入云，玳瑁作梁，珊瑚为栋，八窗玲珑，嵌以异宝，一帘半垂，缀以明珠。外列女官，皆介胄，执弋戟。殿内列女史，皆袍带，抱文牍。卷帘，中坐

一人，如妃主。侧绕以霓裳羽衣女流数十人，或捧剑印，或执如意，或秉拂麈，皆艳绝，真牡丹傲然，名花四环，俱可倾国。俄殿上传旨曰："旗牌识予耶？予以不负明山，自湛罗刹巨涛。上帝悯予烈，且嘉予有生全两浙功德，特授予忠烈仙媛，佐天妃主东海诸洋。胡公诛降，复致予死，上帝已夺其禄，命毙于狱。尔其识之！"语讫，命送回。梦觉，身在逢窗，寒江正潮，纤月方坠，正夜漏五鼓。因忆所梦，盖王翠翘。仅以上帝封翠翘事泄于人。后胡卒以糜费军资，被劾下狱死，言卒验云。

【注释】

①斗级：斗，斗子。级，节级。都是管理官仓的役吏。

②监比：监视起来，立下期限按期交清。

③那讵：哪想到，怎料到。

④鸠盘茶：又作"鸠槃荼"。佛书中指噉人精气的鬼，后常用来比喻丑妇。

⑤鬼子母：佛教神名，即以食人为生的母夜叉，后被佛化度。

⑥坏官：因事被罢免了官职。

⑦鳖：同"别"。塞、装的意思。

⑧南直："南直隶"的简称。明代的南直隶，辖境相当于今江苏、安徽两省之地。

⑨总制：对总督的尊称。

⑩机括：计谋，计策。

⑪洒线：刺绣，绣花。

⑫部曲：部与曲都是军队的编制单位。这里是部下的意思。

鼓掌绝尘

古吴金木散人编著

此书全称《新镌出像批评通俗演义鼓掌绝尘》，分题“古吴金木散人编”或“古吴金木散人撰”，作者吴姓，生平事迹均不详。今存明崇祯四年(1631年)苏州刊本。

全书共四十回，又分为风、花、雪、月四集，每集十回演一个故事。《风集》记巴陵书生舒开先与歌伎韩玉姿私奔事；《花集》记汴京娄祝与友人林生、俞生将兵征伐鞑靼事；《雪集》记苏州文荆卿与李若兰婚姻事；《月集》记金陵人张秀报恩遭难事。小说同情并肯定了青年男女对婚姻幸福的争取与追求，对封建科举制度的弊端、贪官恶棍的不法、社会风气的窳败都有较为广泛的讽刺和揭露。尤其是《风集》和《雪集》分别叙写舒开先与韩玉姿、文荆卿与李若兰的婚姻故事，实已开才子佳人小说创作的先声。

风　集

小儿童题咏梅花观　老道士指引凤皇山

词：

香脸初匀，黛眉巧画，宫妆浅。风流天付与，精神全在秋波转。早是萦心可惯？更那堪频频顾盼，几回得见？见了还休，争如不见。　　烛影摇红，夜来筵散，春宵短。当时谁解两情传，对面天涯远。无奈云稀雨断，凭栏下东风吹眼。海棠开后，燕子来时，黄昏庭院。

这一首词名唤《烛影摇红》，说道世间男女姻缘，却是强求不得的。虽然偶尔奇逢，俱由天意，岂在人谋，但看眼前多少佳人才子，两相瞥见之时彼此垂盼，未免俱各钟情，非以吟哦自借，即以眉目暗传；既而两情期许，缔结私盟，不知倩了多少蝶使蜂媒，挨了几个黄昏白昼。故常有意想不到的，而反得之邂逅，又或有垂成不就的，而反得之无心。及至联姻二姓，伉俪有年，一段奇异姻缘不假人为，实由天意。所以古人两句说得好：姻缘本是前生定，曾向蟠桃会里来。

正说姻缘二字大非偶然矣，如今听说巴陵城中有一个小小儿童，却不识他姓名，在怀抱时就丧了母，其父因遭地方有变，把他抛撇在城外梅花圃里，竟自弃家远窜。后来亏了那一个管圃的苍头[①]收在身边，把他待如亲子，渐渐长大。到了七岁，此儿天资迥异，见识非凡，晓得自己原有亲生父母，不肯冒姓外氏，遂自指梅为姓，指花为名，乃取名为梅萼。那圃旁有一座道院，名为梅花观，并适才那所梅花圃，却是巴陵城中一个杜灼翰林所建，思量解组归来，做个林下优游之所。观中有个道士姓许名淳，号为叔清，尽通文墨，大有道行，原与杜翰林至交。这许叔清见梅萼幼年聪慧，出口成章，大加骇异，时常对管圃的苍头道："此儿日后必登台鼎之位，汝当具别眼视之。"苍头因此愈加优待，凡百事务，都依着他的性子。那许叔清每见一面，便相嘉奖，遂留他在观中习些书史。这梅萼虽是有些儿童气质，见了书史便欣欣然，日夕乐与圣贤对面。

一夜徐步西廊，适见月光惨(渗)淡，遂援笔偶题一律于壁上道：

疏钟隐隐送残霞，烟锁楼台十二家。
宝鼎每时焚柏子，石坛何日种桃花。
松关寂寂无鸡犬，檎树森森集鹊鸦。
月到建章凉似水，蕊珠宫内放光华。

——右七岁顽童梅萼题

越旬日，杜翰林因到圃中看梅，便过观中。与许叔清坐谈半晌，遂起身行至西廊。见壁上所题诗句，顿然称羡，又见后边写着"七岁顽童梅萼题"，愈加惊异，叹赏不已，便向许叔清道："这梅萼系是谁氏儿童？而今安在？可令他来一见么？"许叔清道："杜君，此儿因两岁上不知谁人把他撇在梅花圃里，到亏了那一个管圃的老苍头收养到今。杜君若亟欲一见，待我着人唤来就是。"杜翰林十分喜悦，只因自己无子，便有留心于他了。许叔清便把梅萼唤到跟前。杜翰林仔细觑了两眼，高声称赞道："好一个小儿！目秀眉清，口方耳大，丰姿俊雅，气度幽闲，将来不在我下，决非尘埃中人也！"便问道："汝既善于吟咏，就把阶前这落梅为题，面试一首何如？"梅萼不敢推却，便恭身站在厅前，遂朗吟一绝云：

不逐群芳斗丽华，凌寒独自雪中夸。
留将一味堪调鼎[②]，先向春前见落花。

杜翰林听罢，心中惊异，便对许叔清道："我看此儿年纪虽小，志气不凡。天生如此捷才，真是世间一神童也。"许叔清见他满心欢喜，便欲把梅萼引进，遂说道："今日若非杜君对面，此儿岂肯轻易一吟？若只吟一首，恐不足以尽其才思。必当再吟，何如？"梅萼道："公祖是天朝贵客，小童乳臭未干，焉敢擅向大人跟前再撰只字？"杜翰林与许叔清同笑道："不必过谦，仍以原题再咏。"梅萼再不敢辞，低头想了一想，又口占一绝云：

玉奴[③]素性爱清奇，一片冰心谨自持。
唯恐蝶蜂交乱谑，肯将铅粉剩残枝。

杜翰林拍掌大笑道:“许道长,此儿不可藐视!开口成诗,一字不容笔削,即李杜诸君无出其右!岂其天才也耶?”许叔清道:“杜君所言极是。只因淹滞泥途,恐燕山剑志,沧海珠沉,那得个出头日子?”

杜翰林暗想道:“我想此儿有此大才,异日必当大用。今我又无子嗣,他既无父母,便着他到我府中延师教诲,长大成人,倘得书香一脉,也好接我蝉联,真不枉识英雄的一双慧眼。”便对梅萼道:“我欲留你到我府中读书,你意下如何?”梅萼道:“梅萼一介顽童,无知小蠢,得蒙公相垂怜,诚恐福薄,不足以副厚望。”杜翰林便着人去唤那管圃的苍头来,吩咐:“你明日可到我府中领赏白米五石,白银五两,以酬数年抚养之劳。”苍头虽是口中勉强应承,心里实难割舍,只得掩泪汪汪,相看流涕,叩谢而去。

杜翰林把梅萼带到府中,遂与夫人商议。那夫人原是识相的,一见梅萼便大喜道:“此儿相貌非凡,他日当大过人者,吾家喜得有子矣。”遂劝杜翰林替他改名杜萼,纳为己子,即便浑身罗绮,呼奴使婢,一旦富贵,非复昔日之梅萼矣。随又延师讲读。且杜萼毕竟是个成器的人,在杜翰林府中整整读了三年,十岁时果然垂龆入泮④。杜夫人满心欢喜,爱如珍宝,胜似亲生。一日,与杜翰林商量,就要替他求亲。杜翰林止住道:“夫人,吾家止他一子,小小游庠,岂无门当户对的宦家作配?依我意思,只教他潜心经史,万一早登甲第,求亲未迟。”杜夫人见翰林公说得有理,不敢执拗,只得依从。

又过了几年,忽一日来到梅花圃中看梅,便寻昔日那个老苍头,俱回说两年前已身故了。杜萼听罢,暗自掩泪道:“我想自襁褓时失了父母,若非此人收留在身[边],抚养几载,何能到得今日?古人云:为人不可忘本。”便又问道:“那苍头的棺木,如今却埋在那里?”那人回答道:“就过圃后三里,高土堆中。”杜萼就着人去买一副小三牲,酒一尊,香烛纸马,随即走到高土堆前,殷勤祭奠,以报数年抚养之恩。

祭奠已毕,只见一个道童向圃后远远走来道:“杜相公,我们梅花观许师父相请。”杜萼问道:“你许师父就是许叔清老师么?”道童道:“恰就是当初留相公在观里读书的。”杜萼道:“这正是许叔清老师了。我与他间别多年,未能一会。正欲即来奉拜。”就同道童竟到梅花观里。许叔清连忙迎迓,道:“杜公子一别数年,阶前落梅又经几番矣,犹幸今日得赐光临,何胜欣跃。万望赐留题,庶使老朽茅塞一开,真足大快三生也。”杜萼笑道:“向年造次落梅之咏,提起令人羞涩。至今安敢再向尊前乱道?”许叔清道:“杜公子说那里话?昔年所咏落梅今日重来相对,如见故人,正宜题咏。我当薄治小酌,盘桓片时,万勿责人轻亵。”即便分付道童整治酒肴,两人尽兴畅饮,欲为竟日之欢。饮至半酣,杜萼道;“老师,今岁观中梅花比往年开得如何?”许叔清道:“今年虽是开得十分茂盛,却被去年几番大雪都压坏了。杜公子若肯尽兴方归,即当移尊梅下畅饮一回,意下何如?”杜萼欣然起身,携手同行。着道童先去取了锁钥,把园门开了,然后再搬酒席。二人慢慢踱到园中,果见那些梅花都被冬雪损了大半。道童就把酒肴摆列在一棵老梅树下,两人席地而坐,畅饮了一

会，忽见那老梅树梢上扑地坠下一块东西，仔细一看，却是腊里积下的一团雪块。许叔清笑道："杜公子岂不闻古诗云：有梅无雪不精神，有雪无诗俗了人？今既有梅有雪，安可不赋一诗，以辜负此佳景乎？谨当敬以巨觞，便以雪梅为题，乞赐佳咏。老朽虽然不敏，且当依韵一和。"便满斟一巨觞送与杜萼。杜萼也不推辞，接过手来一饮而尽，遂口占一绝云：

老梅偏向雪中开，有雪还从枝上来。
今日此中寻乐地，好将佳醴泛金杯。

许叔清拍掌大笑道："妙，妙。数载不聆佳咏，又幸今日复赐教言，真令老朽一旦心目豁然矣。"杜萼道："但恐鄙俚之语，有汙清耳，献笑献笑。"就把巨觞依旧满斟一杯送与许叔清道："敢求老师一和。"许叔清连忙把手接过酒来，遂谦逊道："公子若要饮酒，决不敢辞。说起做诗，但是老朽腹中无物，安敢胡言乱道？实难从命。"杜萼道："老师说那里话？适才见许，安可固谦？"许叔清也不再辞，把酒饮一口，想一想，连饮了三四口，想了三四想，遂说道："有了，只是肚撰不堪听的，恐班门弄斧，益增惭愧耳。"杜萼道："老师精通道教，自然出口珠玑，何太谦乃尔？请教请教。"许叔清拿起巨觞，"都"的一口饮尽，便朗和道：

雪里梅花雪里开，还留熔雪堕将来。
惭予性拙无才思，强赋俚词送酒杯。

杜萼称赞道："妙得紧，妙得紧！若非老师匠心九转，焉得珠玉琳琅？"许叔清大笑一声道："惶愧惶愧。"

说不了，那道童折了一枝半开半绽的梅花走来。杜萼接在手中嗅了一嗅，果然清香扑鼻，便问道："敢问老师，元何这一枝梅花与梢头所开的颜色太不相似？却是怎么缘故？"许叔清道："杜公子，你却不知道。这梅花原有五种，也有颜色不同的，也有花瓣各样的，也有香味浓淡的，也有开花迟早的，也有结子不结子的。方才折来的，与梢头的原是两种，所以这颜色、花瓣各不相同。"杜萼道："敢问老师，梅花既有五种，必有五样名色，何不请讲一讲？"许叔清道："公子，你果然不晓得那五种的名色？我试讲与你听。"杜萼道："我实不晓得，正要请教老师。"许叔清道："五种的名色——

一种赤金梅；一种绿萼梅；
一种青霞梅；一种层叠梅；
一种仙山玉洞梅。"

杜萼道："敢问老师，梅花虽分五种，还是那一种为佳？"许叔清道："种种都美。若论清香多的，还要数那绿萼梅了。"杜萼便又把手中梅花向鼻边嗅了几嗅道："老师，果然是这一种香得有韵。"许叔清笑道："杜公子今日幸得到这梅花观，适才又承教了梅花诗。便向这梅花园内畅饮一番梅花酒，也是对景怡情。大家称赏，岂非快事？"杜萼大笑道："老师见教极是有理。就把折来这一枝梅花侑酒何如？"许叔清道："妙，妙。"就唤道童把壶中冷酒去换一壶热些的来。那道童见他两人说得有兴，笑

得不了，连忙去掇了一个小小火炉放在那梅树旁边，加上炭，迎着风，一霎时把酒烫(荡)得翻滚起来。许叔清便将热酒斟上一觞送与杜萼道："杜公子，当此良辰，诗酒之兴正浓，固宜痛饮千觞，博一大醉。只是杯盘狼藉，别无一肴以供佳客，如之奈何？"杜萼道："老师何出此言？我自幼感承青眼，原非一日相知。今日复蒙过爱，兼以厚扰，不胜愧赧。嗣此倘得寸进，决不相忘。"许叔清道：我与公子父子交往，全仗垂青。今日之酌，不过当茶而已，安足挂齿。敢问公子今岁藏修[5]，还在何处？"杜萼道："正欲相恳此事。敢问老师这里有甚幽静书房，假我一间，暂栖旬月，不识可有么？"许叔清道："杜公子，我这观中你岂不知，并无一间幽静空房可读得书的。你若果肯离得家，出得外，奋志攻书，我指引你一个好所在，甚是精洁，必中你的意思。"杜萼道："请问老师，还在何处？"许叔清道："此去渡过西水滩，一直进五六里路，有一座凤皇山。山中有一座清霞观，甚是宽绰，前前后后约有数十间精致书房。观中有一个道士，姓李名乾，原是我最契的相知。一应薪水蔬菜之类，甚得其便。杜公子回去与令尊翁计议停妥，待老夫先写封书去与他，要他把书房收拾齐整，然后拣个好日再去如何？"杜萼道："既有这个所在，且又老师指引，家尊自然允诺的了。"正说间，只见夕阳西下，杜萼便起身作别。许叔清道："本当再谈半晌，争奈天寒日曛，不敢相留。"便携手送出观门。

杜萼遂辞谢而去。回家就与父亲商量清霞观读书一事。杜翰林满心欢喜，便说道："萼儿既然立志读书，异日必得簪缨继世。明日是个出行日子，何不买舟竟往凤皇山，先去拜望了那清霞观中道长，然后回来收拾书籍，再去未迟。"杜萼谨遵严命，随即着人到梅花观里约了许叔清，次日买舟一同来到凤皇山。两人逍遥徐步，四下徘徊观看，果然好一座高山。只见：

奇峰巍耸，秀石横堆。山冈上全没些兔迹狐踪，草丛中唯见些野花残雪。云影天光，描不出四围图画；鸟啼莺唤，送将来一派弦歌。这正是：山深路僻无人到，意静心闲好读书。

杜萼看了一会道："老师，果然好一座山！正是眼前仙境，令人到此尘念尽皆消释矣。"许叔清便站住在高冈上，又四下指点道："杜官人，你看此山形如立凤，前后来龙两相回护，正荫在我巴陵，所以城中那些读书的科科不脱甲第，俱从这一派真龙荫来。"杜萼道："原来如此。敢问老师，这里去清霞观还有多少路？"许叔清道："杜官人，你看远远的密树林中那一层高高的楼阁，便是清霞观了。"

两人说说笑笑，缓步行来，早到清霞观里。道童连忙通报，那李道士随即出来迎迓，引入中堂。三人揖罢，李道士问许叔清道："师兄，此位相公何处？高姓大名？"许叔清道："道兄，这是城中杜翰林的公子。"李道士道："元来就是杜老爷的公子，失敬了。"便又仔细觑了两眼，暗对许叔清道："师兄，我记得杜相公未垂髫的时节，曾在那里相会过？"许叔清笑道："道兄，你果然还记得起。数年前曾在我观中西廊板壁上题那'疏钟隐隐送残霞'的诗句，你见是七岁顽童，便请来相见的，就是这位公子。"李道士欠身道："久慕杜相公诗名，渴欲一晤。今幸光临，实出望外，敢乞

留题一首以志清霞，不识肯赐教否？”杜萼笑道：“今到宝山，固宜留咏。但恐当场献丑，有玷上院清真。”李道士道：“杜相公何乃太谦？”便唤道童取了一幅罗纹笺，磨了一砚青麟髓。杜萼竟也没甚推辞，蘸着笔，遂信手挥下一律云：

百尺楼台接太清，琉璃千载倍光明。
真经诵处天花坠，法鼓鸣时鬼魅惊。
世界红尘应不到，曾襟俗念岂能生。
森森桧柏长如此，历尽人间几变更。

杜萼写罢，许叔清与李道士连忙接了，展开仔细从头念了一遍。李道士高声喝彩道：“妙极，妙极！杜相公，只恨小道无缘，相见之晚，不得早聆大教。几时若得请诲一番，真胜读书十年矣。”许叔清道：“道兄，这有何难？杜相公今岁正欲寻个清静所在藏修，你观中既有空房，何不收拾一两间与杜相公做个书室，就可蚤晚求教，却不是两便？”李道士道：“杜相公若肯光降，我这里书房尽多，莫说是一两间，便是十数间也有，亦当打扫相迎。”杜萼道：“老师既肯见纳，足感盛情。谢金依数奉上。”李道士道：“书房左则空的，敢论房金？只待相公高中，另眼相看足矣。”许叔清笑道：“今日也要房金，明日也要清目，两件都不可少。”三人大笑一场。

李道士先唤道童把前后书房门尽皆开了，然后起身，引了他二人连看三四间，果然精致异常。李道士道：“杜相公，这几间看得如何？”杜萼道：“这几间虽然精致，只是逼近中堂，蚤晚钟磬之声不绝耳畔，如之奈何？”李道士道：“杜相公讲得有理。这轩后还有一间小小斗室，原是小道早晚间在内做真实工夫的，杜相公若不见弃，请进一看，庶几或可容膝。”杜萼道：“既是老师净居，岂敢斗胆便为书室？”李道士道：“这也不是这等说。只是相公不嫌蜗窄，稍可安身，就此相让，不必踌躇。”杜萼道：“既然如此，也偕赏鉴一赏鉴。”李道士便向袖中汗巾里取出一个小钥匙，把房门开了。许叔清与杜萼进去看时，果然比那几间更幽雅，更精致。李道士道：“杜相公，这间看得书么？”杜萼道：“恰好做一间书房。未必老师果肯相假。”道士道：“一言既出，驷马难追。但凭杜相公随时收拾行李到来就是。”

杜萼便躬身致谢，即欲起身作别。李道士一把扯住道：“难得杜相公光降，请再在此盘桓片时，用了午饭，待小道亲送到那凤皇山上，还有一事相烦。”许叔清道：“杜相公，既是道兄相留，便在此过了午，慢慢起身进城，到家里尚早。”杜萼道：“但不知老师有何见谕？”李道士道：“再无别事相恳，小道两月前在那凤皇山高峰上新构得一椽茅屋，要求杜相公赐一对联，扁额上赐题两字，以为小道光彩。”杜萼满口应承。不多时，那道童走进房来，道：“请相公与二位师父往轩午饭。”大家同走起身，李道士依旧把房门锁了。三人同到后轩，午饭完毕，李道士分付道童打点纸笔，随取山泉煮茗，快到凤皇山来。道童答应一声，转身便去打点。

三人慢慢踱出观门，只见松风盈耳，鸟韵撩人。杜萼称赞道：“果然好一座清霞观！此非老师道行高真，何能享此清虚乐境？”李道士道：“惶恐惶恐。”须臾之间，就到了凤皇山下。杜萼道：“这峰峦险峻，请二位老师先行，待我缓缓随后，附葛攀藤，

摄衣而上就是。”许叔清笑道：“道兄，杜相公自来不曾登此山路，想是足倦行不上了。我们同向这石崖上坐一坐儿，待相公养一养方再走。”李道士道：“这里冷风四面逼来，怎生坐得？杜相公，你再强行几步，那前头密松林里，就是小道新构的茅屋了。”杜萼仔细射了一眼，果然不上半里之路，只得又站起身来，与许叔清挽手同行。慢慢的左观右望，后视前瞻，说一回，笑一回，霎时间便到了那密松林内，真个有间小小幽轩，四下净几明窗，花阑石凳，中间挂着一幅单条古画，供着一个精（清）致瓶花。杜萼极口喝采道：“果然好一所幽轩！苟非老师，胡能致此极乐？”李道士笑道：“不过寄蜉蝣于天地耳，何劳相公过奖？”

正说话间，那道童一只手擎了笔砚，一只手提了茶壶，连忙送来。许叔清在旁边着实帮衬，便把笔砚摆列齐整。李道士就捧了一杯茶送与杜萼道：“请杜相公见教一联。”杜萼连忙接过茶道：“二位老师在此，岂敢斗胆？”许叔清道：“日色过午，杜相公不必谦辞。到信笔挥洒一联，便可起身回去。”杜萼就举起笔来，向许叔清、李道士拱手道：“二位老师，献丑了。”两个欠身道：“不敢。”你看杜萼也不用思想，把笔蘸墨直写道：

千峰万峰云鸟没十洲芳草参差

五月六月松风寒三岛碧桃上下

李道士大喜道：“妙，妙，妙。莫说题这对联，便是这两行大字，就替小道增了多少光辉！”杜萼道：“老师休得取笑。”李道士道：“杜相公，有心相恳一发把这扁额上再赐两字。”杜萼便又提起笔来，向那扁额上大书三字云：

悟真轩

李道士道：“杜相公这三个字愈加题得有趣。”许叔清笑道：“道兄，这有何难？少不得杜相公明日到观中看书的时节，慢慢酬谢罢了。”李道士道：“师兄，今日就陪杜相公依旧转到观中盘桓一夜，明蚤起身，却不是好？”杜萼道：“今日家尊在家等候，不敢久留。不过两三日内，复来趋教矣。”李道士道：“杜相公请还转敝观去，清茶再奉一杯如何？”杜萼道：“多谢厚情，只再耽阁，却进城不及了。”李道士便相送下山，三人致谢而别，各自分手回去不题。

不知杜萼回家见了父亲有何计议，几时才得到馆，且听下回分解。

杨柳岸奇逢丽女　玉凫舟巧和新诗

诗：

少年欲遂青云志，黄卷青灯用及时。
辞父研穷贤圣理，偕朋砥砺古今疑。
滩头邻舫逢殊色，月下同情赋丽词。
不意相思心绪乱，何尝一日展愁眉。

说这杜萼别了李乾道士，离了凤皇山，同着许叔清依旧返棹归来。到得梅花观

前，此时还有半竿日色，许叔清便要留进观里待茶。杜萼再三辞谢，只得送到城门首，然后作别，分路回去。

这杜萼回到府中，恰好翰林又早出门到一士夫家去饮酒未回。他就见了夫人，把清霞观幽雅并山中景致、李道士相待殷勤、让房的话一一说知。那夫人大喜道："萼儿，既有这样一个好所在，又遇这般一个好道士，此是天赐汝的好机会，何愁读书不成？只是一件：想汝自幼不曾行路惯的，今朝行了这一日，身子决然有些劳倦，可蚤蚤吃些晚饭，先去睡罢。待你爹爹回来，我与他商议就是。"你道世间那有这样贤慧的夫人？况且杜开先又不是他亲生的儿子，论将起来，何必如此十分爱护？人却不晓得内中一个委曲：这杜萼却常有着实倾心的所在，正是俗语云"两好合一好"的缘故。你看这杜萼遂躬身应诺，夫人便唤丫鬟整治晚饭，与他吃了早去安寝。

次日，侵辰起来，梳洗完备，连忙走到堂前与翰林相见。翰林问道："萼儿，我昨晚回来得夜深了，不曾见你。却是汝母对我说得几句，不曾唤你问个详细。你去看那清霞观，果然还好读书么？"杜萼道："启上爹爹，那清霞观果是好个去处，四围俱是凤皇山高峰环绕，并没一个人家，寂静异常，正是个读书的美地。"翰林道："那观中可还有空闲的书房么？"杜萼道："书房虽有几间，可意者绝少。孩儿多承那观中李老师一片好情，情愿肯把自己一间幽雅净室让与孩儿看书。"翰林道："萼儿，果是那李道士真心肯让便好，不可去占据他的，日后恐招别人谈论。况且读书人讨了出家人便宜，叫做佛面上刮金，后来再不能有个发达日子，这是指望读书里做事业的人所最忌的。"杜萼道："爹爹有所不知。孩儿一到观中，元来李老师向年与孩儿曾在梅花观中会过，未曾坐下，就取出纸笔来，便要留题。那许叔清在旁再三撺掇。勉强吟了一首，李老师看了老大称羡，后来便指引孩儿连看了几间书房，见孩儿心下都不遂意，所以就肯欣然把净房相让（公），实非强要他的。"翰林点头笑道："萼儿，元来如此。却把什么为题？"杜萼道："孩儿就把清霞观题几句。"翰林道："题得如何？"杜萼便把前题清霞观诗句从头至尾念了一遍。翰林道："萼儿，这首诗足称老健，不落寻常套中，大似法家的格局。固虽题得好，如今出家人也有几个通得的，况又结交甚广，善于诗赋者尽多。已后若到观中，再不可信手轻吟，倘遇识者从中看出破绽来，到惹人议论，不如缄嘿为妙。戒之，戒之。"杜萼躬身道："谨遵爹爹严训。"

翰林道："萼儿，我有一事与你商量：昨晚在康司牧府中饮酒，席上说起你往清霞观读书一事，他第二个公子满心要与你同去，你道如何？"杜萼笑逐颜开道："爹爹，孩儿曾闻古人有云：择一贤师，不如得一良友。既康公子果肯同去，蚤晚讲习间互相砥砺，不怕学业无成矣。"翰林道："同去虽好，你不知那康公子为人顽性极重，专务虚名。倘与他同去，明日到妨你的工夫。"杜萼道："爹爹所言极是。只是各人自求个精微田地便了。"翰林道："萼儿，既然如此，今日便可着人去约了康公子，明早打点书囊，一齐便与他同去罢了。"杜萼道："爹爹，此去清霞观足有三十余里，恐日逐饮食之类不堪担送，还要唤一个家僮随去，早晚伏侍便好。"翰林道："萼儿讲甚

有理。这件事到是要紧的,终不然馆中没人伏侍,可是个久长之计?但是家中这几个小厮只好跟随出入,那里晓得支持饮食?我想起来,到是那管门的聋子,他自幼在我书房中伏侍,一应事务却还理会得来,明日何不就着他同去?"杜萼道:"爹爹既然伏侍有人,孩儿久住在家,诚恐荒芜学业。适才已看历日,明日日辰不利,今日就着人去约了康公子,于十一日一同进馆罢了。"这翰林见杜萼择定十一日起身进馆,便欣然应允。杜萼又说道:"爹爹,孩儿还有一言启上:如今与康公子同馆,相与尚久,彼此不便称呼,望爹爹与孩儿取一个表字。"翰林道:"萼儿,我蓄意多时,又是你讲起,我却省得昨晚饮酒回来,一觉睡去,忽梦与你同玩花园,只见百花俱未开放,惟有梅花独盛。你问道:'爹爹,这梅花年年开在百花之前,却有甚说?'我回道:'萼儿,可晓得梅占百花魁之语么?'如今我想起来,那梅花正应着你幼时的名姓,今日就取做杜开先便了。"杜萼便深深唱喏,应声而退。一壁厢就着人去约康公子,一壁厢就唤那个管门的聋子,分付着他打点书箱铺盖并供给灯油之类,先往清霞观去。

到了十一日,那康公子带领家僮,挑了行李,叫下船只,早向西水滩头等候。等了一会,看看日色将晡,那里见个杜开先来?殊不知他到梅花观中,却被许叔清留住饯饮。康公子等了许多时候,等得十分焦躁,忽见前头杨柳岸边泊着一只小小画船,里面有几个精致女子穿红着绿,都在那里品竹弹丝,未免又打动他少年耍性,便纵起身来站在船顶上觑了好儿时,就问稍子道:"你可晓得前面那只画船是那一家的?"这稍子一时回覆不来,也走到船头上看了一看,道:"康相公,你适间问的,可是那泊在杨柳岸边的么?"康公子点头道:"正是正是。"稍子道:"那只船唤名玉凫舟,就是城中韩相国老爷家的。"康公子道:"那船中饮酒的是甚么人?"稍子道:"康相公,这上面坐的正是韩相国老爷,今日在凤皇山祭祖回来,因此泊船在这里游耍。"康公子道:"那几个女子,却是那里送将他承应的乐工?"稍子(水)笑道:"康相公,你还不知,这是相国老爷去年新选的梨园女子。一班共有十人,演得戏,会得歌,会得舞,一个个风流俊丽,旖旎娉婷,标致异常哩。"康公子摇头道:"这老头儿好快活,好受用!稍子你说得这样标致,又打动了我康相公往常间的风流逸兴,趁杜相公此时还未到来,你快把船儿撑近那边几步,待我饱看一会儿去。"稍子便提起竹篙,慢慢的一篙一篙撑向前去,与画船相近,也傍在杨柳岸边。康公子不好船窗大开,只得半门半掩,着实瞧了半晌。元来那几个女子都朝着韩相国站的,止看得背后,那里看得明白?他却一霎时心猿难系,意马难拴,魂灵儿俱吊在那几个女子身上,拚着个色胆如天,故意把那一扇船窗呀的推将开去。那几个女子听见这边一声响亮,个个都回转头来。康公子又乘机轻轻嗽了一声。恰好那内中有一个女子手拨着琵琶,却是韩相国日常间最欢喜得宠的,唤做韩蕙姿。他听得间壁船中嗽了一声,便觉有心,连忙回睛偷看。元来天色昏黄,两边船里俱未上灯。这边看到那边,两下都是黑洞洞的,那里看得明白,就把手中琵琶弹了一曲昭君怨词儿。你看这康公子坐在这边船中,听得间壁船里弹着词儿,就如吊了魂的一般,止是凝眸俯首,倚栏静听了一会。

曲未罢，只听得岸上远远有人厉声问道："前面可是康相公的船么？"这康公子晓得是杜开先来，恰才嘿嘿长叹一声，走到船头上应问道："来者莫非是杜相公么？"杜萼道："小弟正是杜开先。"元来杜开先在梅花观中饮了半晌，不觉醉眼模糊，又遇天色昏暮，那里看得些儿仔细？虽是听得康公子应声，也不知船泊在那一边。康公子道："杜兄，请上这边船来。"杜开先正待要走，忽听得那边船中笙歌盈耳，只道是康公子船里作乐，便叫道："康兄，读书人如此作乐，不亦过奢了么？"康公子道："杜兄请噤声，有话上船来见教。"杜开先便扶住竹篙，一脚跳上船去。康公子见他有些醉意，恐怕失足堕落水中，遂一把扶住，迎到船里，连忙作揖。杜开先问道："康兄，适才敢是什么人在舟中作乐？"康公子道："杜兄，你却听错了，奏乐的不是小弟船中，却是间壁那画船里面。"杜开先道："这是小弟耳欠聪了。那只画船是那一家的？"康公子道："杜兄，那只画船名为玉凫舟，是城中韩相国家的。今日相国安排酒筵在内，有两个奏乐的女子生得天姿绝世，国色倾城，小弟却从来不曾见的。适才等候杜兄不到，也是无意中偶然瞥见，略得偷瞧几眼儿。"杜开先道："康兄，既有这样一个好机会，何不挈带小弟看一看？"康公子道："杜兄还且从容。我想那韩相国今夜决然赶不进城，料来我们也到清霞观去不及了，今夜就把船泊在这里，少刻待到东山月上，悄悄的把船儿撑将拢去连了他的船，再把窗门四下开了，我和你玩月为名，那时饱看一回，却不是好？"杜开先道："康兄见教其实有理。只恨小弟无缘，来得太迟了些。"康公子跌足笑道："小弟来得早的也不见有缘在这里。"杜开先道："康兄，只是一件，我和你静坐舟中，如何消遣得这般良夜？"康公子道："这有何难？小弟带得有两瓶三白[⑥]，几味蔬菜，杜兄不嫌，就取出来慢慢畅饮一杯，却不是好？"杜开先拍手笑道："这也说不得，今夜决然要陪康（杜）兄了。"康公子便唤家僮，向后面船稍里拿过酒肴来。你看这稍子到也知趣，便来问道："二位相公既有酒肴，安可闷酌？把我的船再撑过去些何如？"杜开先道："说得妙，说得妙。我且问你，那只船上的稍子，你可认得他么？"稍子道："杜相公，这些撑船的都是我的弟兄们，每日早晨聚会滩头，大家都是唱喏的，如何有个不认得的？杜相公敢是有甚分付？"杜开先道："我却没甚说话，只恐你不认得的，把船拢将过去，他便倚着官势难为着你。既是同夥的，拢去不妨。"稍子便去提起竹篙，一篙撑到那只画船边傍着。康公子就跳起身来，把两扇窗子扑的推开。抬头一看，只见皓月当空，刚在垂杨顶上，便对杜开先道："小弟久仰杜兄诗才，渴欲求教。今日幸会舟中，何不就把明月为题，见教一首？"杜开先笑道："恐拙句遗哂大方。"康公子道："言重言重。"杜开先便倚着阑干，对着月光朗吟一绝云：

中天皎月未曾盈，偏向人间照不平。
此际莫嫌微欠缺，应须指日倍光明。

康公子道："承教，承教。杜兄，小弟往常在书房中独坐无聊的时节，也常好胡诌几句。只是吟来全没一毫诗气，朋友中有春秋我的都道是篓经。"杜开先道："康兄不必太谦，决然是妙的，小弟正要请教。"康公子道："小弟赋性愚直，凡遇同袍之中再

设一些谦逊，是不是常要乱道一番，其实不怕人笑。杜兄果不见笑，我就把原题也和一首，若不合题，烦劳改政，切不可容隐在心，背地笑人草包也。”杜开先道：“不敢，不敢。”康公子道：“杜兄，又有一说：小弟吟将出来，虽不成诗，也要带几分酒兴，诗肠自然陡发。若是不饮些酒，便心忙意乱，一字也谄不出来。杜兄且从容多饮一杯，小弟先告罪了，就干了这一瓶罢。”杜开先道：“这一瓶酒那里就得尽兴？还把这几瓶酒一饮而尽方妙。”康公子摇头道：“这个使不得。小弟酒量有限，一瓶足矣。若多饮至醉，一字也纛不出了。”杜开先道：“小弟忝在初交，不知尊量深浅，只是慢慢饮干这一杯，奉陪康兄这一瓶罢。”康公子把两只手捧起酒瓶，不上几口，呷得瓶中罄尽，便道，“杜兄，小弟献丑了。”杜开先道：“不敢。”康公子把酒瓶往船窗外一丢，只见水面上才卜一响，然后放开喉咙大嗽一声，朗吟云：

谁将这面新摩镜，元何挂在个中间。

康公子恰才吟得这两句，又向口中咿唔了一会，把腰伸一伸，扑的一交跌倒，便呼呼的竟睡熟在船板上。

杜开先把手推一推，道：“康兄，难道只吟这两句么？”这康公子那里做声得出？杜开先道：“康兄，你想是饮了这瓶急酒，把诗肠都打断了。”康公子又不答应。杜开先见他真个睡熟，便着他家僮先把杯盘收拾去了，就向船中把铺陈展开，扶他和衣睡着。杜开先便靠着栏杆，两只眼睛不住的向那边船里瞧个不了。元来那只船中另有一个女子，就是恰才拨琵琶的韩蕙姿嫡亲妹子，唤名韩玉姿，仪容态度与姐姐韩蕙姿一般。总是那眼尖利的，见了他姊妹二人，一时辨别不出；若是那眼钝的，毕竟认不出那一个是蕙姿，那一个是玉姿。这韩玉姿年纪止得一十六岁，凡技艺中，到比姐姐还伶俐几分。虽然堕迹朱门，选伎征歌，随行逐队，每至闲暇工夫，便去习些文翰，所以那诗词歌赋，十分深奥者固不能通晓，若文理浅近，意思不甚含蓄的便解得来。元来适才杜开先所咏诗句虽然把月为题，却是寓意于间壁船中那几个女子身上。这韩玉姿听见他诗中意思别有一种深情，知他定是个人中豪杰，口里虽不说出，心下觉有几分顾盼之意。直待到了二更时分，方才伺候得韩相国睡着，恰好那些女子承直了一日，个个神疲意倦，巴不得一觉安眠，等得相国睡倒，各自就寝不题。这韩玉姿见众姊妹们睡得悄静，忽闻得间壁船中长叹一声，他便轻轻赚将出来，乘着这月光惨淡，把窗儿推开半扇，假以看月为名，伸出纤纤玉手扣舷而歌云：

隔画船兮如渺茫，对明月兮几断肠。

伤情满眼兮泪汪汪，相思不见兮在何方？

元来这杜开先坐等多时，不觉睡魔障眼，正低头靠在那交椅上，蓦听得那边船里打着这个歌儿，猛然醒悟，连忙站起身来，把眼睛睁了几睁(眼)，那里看得明白？便又把手来揉了几揉，方才见那边船窗里，却是一个少年女子：

碧水双盈，玉搔半亸。翠点蛾痕，分就双眉石黛；云堆蝉鬓，写来两颊胭脂。无语独徘徊，仿佛仙姝三岛内；凭栏闲伫立，分明西子五湖中。伤情处几处幽歌，堪对孤舟传寂寞；断肠时一联巧和，全凭明月寄相思。

杜开先见了，暗自喝彩道："果然好一个标致女子！料他年纪，多只在盈盈左右，可惜把这青春断送在歌行队里！倘天见怜，假借一阵好风把他吹到我这船中，权效一宵鸾凤，也不枉了女貌郎才。"说不了，便要走来推醒康公子，唤他起来一看，心中又忖道："我想他是个酒醉的人，倘或走将起来，大呼小喊，把那韩相国老头儿惊醒了，莫说我空坐了这半夜工夫，并那女子适才那几句歌儿都做了一场虚话。我如今趁此四下无人，那女子还未进去，不免将几句情诗便暗暗挑逗他，倘他果然有心到我杜开先身上，决然自有回报。只是我便做得个操琴的司马⑦，他却不能得如私奔的文君。也罢，待我做个无意而吟，看他怎么回我。"

你看那杜开先，便叹了一声，斜倚阑干，紧紧把韩玉姿觑定，遂低低吟道：

画舫同依岸，关情两处看。

无缘通片语，长叹倚阑干。

韩玉姿听罢，暗自道："这分明是一首情诗，字字钟情，言言属意。敢是那个书生有意为我而吟？哎，这果然是对面关情，无计可通一语。我若不酬和几句，何以慰彼情怀？"因和云：

草木知春意，谁人不解情？

心中无别念，只虑此舟行。

杜开先听他所和诗中竟有十分好意，便把两只手双双扑在阑干上面，正待要道姓通名，说几句知心话儿，无奈(卧耐)韩相国那老头儿忒不着趣，刚一觉睡醒转来，厉声叫道："女侍们都睡着了么？快起来烹茶伺候！"这韩玉姿唬得魂不附体，香汗淋漓，只恐事情败露，没奈何，把杜开先觑了几眼，轻轻掩上窗儿，转身进去不提。

杜开先见韩玉姿关窗进去，暗自道："元来我杜开先如此缘悭分浅！正欲与那女子接谈几句，问个姓名，不想又被那老头儿叫声搅散。我想他既有心，决不把我奚落，但是侯门似海，音闻难通，自今以后，不知何时再有相会的日子？罢，罢，今夜且待我和衣睡到天明，早早起来，看他上岸的时节还有心回顾我这船中否。"说罢，便把窗儿轻轻掩上，就坐倒和衣睡在康公子旁边。

你看这杜开先，熬了这几个更次，精神着实急倦，才睡得倒，一觉睡去直到东方日上。元来这康公子虽然睡着，此事也是经心的，故那杜开先与韩玉姿隔船酬和，都被他听在耳中。次日老早，先走起来，恰(怯)好杜开先还未睡醒。只见那岸上闹哄哄的簇拥着几乘女轿，恰正是来接那几个女子的，他便急忙梳洗齐整，穿了艳服，站在船头看了一会。不多时，先走出一个女子来，却就[是]昨日拨琵琶唱昭君怨词儿的韩蕙姿。他便回转头来，见康公子站在船头上，便把秋波频觑几眼，方才动身上轿。又走出一个韩玉姿来，看见康公子，只道就是夜来吟咏诗的那个书生，不住睛看了又看，想他心中觉有几分疑惑。这康公子见后去的这一个与前去的那一个面貌一般，暗自猜疑道："好古怪！世间面貌相似者虽多，那里有这样生得一般？便是嫡亲姊妹也没有这等相像，连我竟认不出那一个是昨日拨琵琶唱昭君怨的。"

你看这康公子便走入船中，把杜开先推了一推，向耳边低低叫道："杜兄，快些

醒起来！那韩相国的玉凫舟已开去了。”这杜开先还在梦中，听见了这一句，连忙带着睡魔一骨碌爬将起来，道：“康兄何不早叫一声？”康公子笑道：“杜兄，且莫着忙，船便不曾开去，只是好几个女子先起身去了。”杜开先惊问道：“康兄，果然去了？”康公子又笑道：“杜兄，小弟仔细想来，只是辜负了昨夜那首诗儿。”杜开先见他说话有心，便支吾道：“康兄，这有何难？再把后面两句续上去罢了。”康公子笑道：“杜兄，俗语说得好：既来雕阑下，都是赏花人。如今你的心事却瞒不得我，我的心事也瞒不得你。只要明日有些好处，大家挈带一挈带，不可学那些掩耳盗铃就是。”杜开先晓得被他识破，却便不敢隐瞒，就把夜来情景一一备说。康公子道：“杜兄既有这样一个好机会，切不可错过。我们快早开船，且到清霞观去。少不得十五日元宵灯夜，我和你进城看灯，慢慢画一好计策，再去访他便了。”杜开先道：“康兄言之有理。”便叫稍子开船。不多时望见(看)凤皇山。康公子道：“闻杜兄到处题咏，今见凤皇山，安可缺典？”杜开先知康公子来煞不得的，况诗兴勃发，也不推辞，也不谦逊，便朗吟云：

凤皇山是凤皇形，草木纷然似羽翎。
两翼拍开飞不起，一身俯伏睡难醒。
清霞已接真龙脉，巴邑多钟列宿星。
云雾腾腾笼瑞气，无穷秀丽起山灵。

吟毕，康公子赞美道：“杜兄昨夜与丽人酬和，意兴甚豪，今日凤皇山之吟，豪兴尚在，故言言逼古，非人所及也。”杜开先道：“一时应酬，惶愧惶愧。”

说话之间，不觉船已到岸。凑巧李道士在外接着，邀进观中，因问道：“杜相公，此位相公不曾会面，请问尊姓？”杜开先道：“这位相公姓康名泰，字汝平，乃城中康司牧老爷第二位公子，今来与我同学，幸乞见留。”李道士道：“书房尽多，任凭选择，小道岂敢推托？”杜开先着家僮安顿行李不题。

毕竟不知他两人有甚妙计得访韩玉姿，且听下回分解。

两书生乘戏访娇姿　二姊妹观诗送纨扇

诗：

悲欢离合总由天，不必求谋听自然。
顺理行来魂梦稳，随缘做去世情圆。
坐怀柳下心无歉，闭户鲁男操亦坚。
年少莫教血气使，当思色戒古人言。

说这杜开先与康汝平虽是来到清霞观里，一心只把那玉凫舟系在心上，一个想的是那韩蕙姿，一个想的是那韩玉姿，竟把读书两字丢在一边。你看这杜开先，虽然做得个诗魔，还又带了几分色鬼，从到清霞观中，并无吟哦诵读之声，恰有如痴如醉之态，没一刻不把那女子和的几句诗儿口中念了又念，心中想了又想，竟没一个了期。康汝平见十分着意，便假意把几句说话劝慰道："杜兄，我与你是男子汉，襟怀海样，度量廓如，喜怒哀乐，发皆中节。你可晓得那妇人家水性杨花，飘流无准，何曾有一点真心实意向人？今日遇着这一个，便把身子倒在这一个人身上；明日见了那一个，就把身子又倒在那一个人身上。你仔细想一想着，世间女子，可还有几个似得卓文君的？我和你如今得这幽静所在，正要把尘念撇开，精心奋发，两个做些窗下工夫，习些正经事业，怎么到把这儿女私情牵肠挂肚，两个唧唧哝哝，无休无歇？"杜开先道："康兄，小弟岂不晓得？只是那个女子既肯以诗酬和，虽不十分着意在小弟身上，想来实有几分意思。怎得浑身插翅飞到韩府，与他再会一面，也不枉了那夜杨柳岸边相会一番。"康汝平大笑道："杜兄，美色人人好，这也难怪你。我适才那几句，虽只是强勉相劝，又何尝不想着那几个女子来？每日间硬着心肠挨过日子，实不比杜兄心心念念得紧。"杜开先道："康兄，明日已是元宵佳节，我想韩相国府中必然张灯排宴，庆赏元宵，那些女子定在筵前承应。我和你便假着看灯为由，倘天从人愿，遇着那些女子也未见得。"康汝平道："杜兄，世间凑巧的事往往有之，偏生我们终不然这等烦难？只是明日灯夜，这府中来往人多，我和你虽得见那女子，那女子那里便认得我们？可不枉费了一番心机？小弟有个计较：我这巴陵城中，年年灯夜大作兴的是跳舞那大头和尚，不免将计就计，明日午后进城去，做五分银子不着，弄下一副大头和尚，待到上灯时候，央他几个人敲锣的，敲鼓的，上灯时候我和你换了些旧衣服儿，溷在那人丛里，一齐簇拥到那韩相国府中去，料他那一班女子都近前来瞧看。我两人各把眼睛放些乖巧出来，认得是那一个，然后挨向前去，乘机取便，只把两三个要紧字儿暗暗打动，他自然解意，想起前情，决然有一个分晓。倘然天就良缘，佳期可必。杜兄，你道我这一个计较也行得通么？"杜开先道："康兄，你这个计较其实妙得紧！但是诸葛军师再世，也是想不到的。小弟还有一句请教：那乱纷纷多人的时节，还把两三个甚么字儿可打动得他？"康汝平笑道："杜兄，你是个极聪明的人，那没头的文字都要做将出来，难道这两三个字儿便是这等想不起了？"杜开先顿然醒悟，笑了一声道："康兄，承教了。"便转身走了几步，低头想了一想，暗自道："我杜开先果然也叫得一个聪明的人，难道除了那两三个字儿，就再想不出一个好计较？我记得柬匣中前日带得一把纨扇在此，不免就把他舟中酬和诗句，将来写在上面，明日带到韩相国府中。倘得个空闲机会，就可乘便相投，却不是好？"思想停妥，连忙撇了康汝平，走进书房开了柬匣，就把纨扇取将出来，提起霜毫，果然把那一首酬和的诗儿写上道：

草木知春意，谁人不解情？
心中无别念，只虑此舟行。

正要把笔放下，又想得起道："呀，我杜开先险些儿又没了主意！终不然只把这一首诗儿写在上面，总然那女子见了，到底不知我的姓名，却不是两下里转相耽误？待我就向旁边写了名字，那女子若果有心，后来必致访着我的踪迹。"这杜开先又提起笔来，果向那诗的后边又添上五个字：

巴陵杜蕚题

写完，又念了一遍，大叹一声道：“纨扇！我杜开先明日若仗得你做一个引进的良媒，久后倘得再与你有个会面的日子，决不学那负心薄倖之徒，一旦就将你奚落。”

说不了，只见那书房门呀的推将进来。杜开先疑是康汝平走到，恐他看见不当稳便，连忙笼在衣袖中。转身看时，恰是那伏侍的聋子，点了一枝安息香走进房来。杜开先笑道：“你这聋子，果然会得承值书房。明日待我回去府中，与老爷夫人说，另眼看顾你几分。”聋子回头笑道：“大相公，小人自幼在书房中伏侍老爷，煮茶做饭，扫地烧香，并无一毫疏失。多蒙老爷另加只眼，果与别的看待不同。只是明日大相公高中了，就把老爷看顾小人做了样子，抬举做得管家头目罢了。”杜开先道：“这也容易。只怕你明日多了年纪，耳又聋，眼又聩，却怎么好？”聋子道：“大相公，小人也是这样想。若还到得那个时节，就坐在书房里照管些事儿，吃几年安乐茶饭，也尽彀了。”杜开先道：“且到这个时节，自然不亏负你。我还有句话与你说：明日是元宵佳节，城中遍挂花灯，我欲与康相公同去看玩一番，你明日可早早打点午饭伺侯。”聋子道：“大相公，这个却不劝你去。那闹元宵夜，人家女眷专要出去看灯，你们读书人倚着后生性子，故意走去挨挨挤挤，闯出些祸来，明日老爷得知，却不说大相公，到罪在我小人身上。”杜开先道：“聋子，我听你这几句话儿着实讲得有理，谅来我与康相公两个俱是守分的人，决不去那边惹祸。明日便进城去也不回府中，只在大街左右看玩片时，少不得依旧出城到梅花观中歇了，后日早早便好转来。只是你在书房中，夜来灯火谨慎几分，强如把我相公挂在心上。”聋子道：“大相公，小人虽是方才说那几句闲话，一半为着大相公，一半却为着小人自己。明日去不去，凭你主意。只要凡事小心，早去早来，省得小人放心不下，明日又赶进城来。”杜开先道：“你快去打点晚饭，再不要絮烦了。”聋子转身竟走，不多时便把晚饭拿出来。杜开先就同康汝平便把酒来吃了几钟，然后吃饭吃茶。又坐一会，各人进房收拾安寝不题。

次日，两人早早吃了午饭，杜开先分付聋子小心看管书房，康汝平带了家僮一齐起身。离了清霞观，过了凤皇山，行了三四里，那里得个便船？你看他两个原是贵公子，从来娇养，出门不是船，就是轿马，那里有行路的时节？这日有事关心，又恐迟了，就如追风逐电一般。有诗为证：

心中无限私情事，两足谁怜跋涉劳？
不趁此时施巧计，焉能海底获金鳌。

看看行了半个日子，还到不得西水滩头，这正是“心急步偏迟”。直到天色将晚，方才到得梅花观中。许叔清忙出迎迓，见了康汝平，便对杜开先道：“老朽前日却听不明白。杜相公说原来同馆的，就是康二相公？好难得。”康汝平欠身道：“不敢。”许叔清笑道：“二位相公今日匆匆回来，敢是要进城看灯么？”杜开先也笑道：“不瞒老师，原是这个意思。”许叔清道：“二位相公既要看灯，何不早来些？”杜开先道：“起初原不曾有此意，吃过饭后，两人一时高兴，说起就来，又没有船，只得步行，所以这时

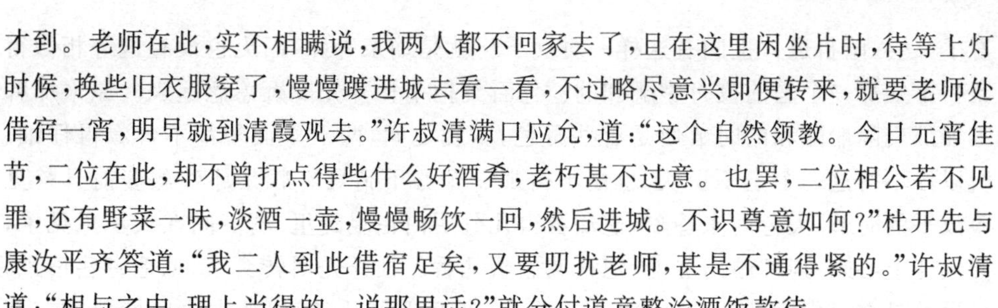

才到。老师在此，实不相瞒说，我两人都不回家去了，且在这里闲坐片时，待等上灯时候，换些旧衣服穿了，慢慢踱进城去看一看，不过略尽意兴即便转来，就要老师处借宿一宵，明早就到清霞观去。”许叔清满口应允，道：“这个自然领教。今日元宵佳节，二位在此，却不曾打点得些什么好酒肴，老朽甚不过意。也罢，二位相公若不见罪，还有野菜一味，淡酒一壶，慢慢畅饮一回，然后进城。不识尊意如何？”杜开先与康汝平齐答道：“我二人到此借宿足矣，又要叨扰老师，甚是不通得紧的。”许叔清道：“相与之中，理上当得的。说那里话？”就分付道童整治酒饭款待。

你看这杜开先，把这件事牢牢在心记着，就对康汝平道：“康兄，我与你今日之来，单单只为得这件事。到这里好几时，却把那件事情反忘怀了。”康汝平会意道：“杜兄，正是那件要紧的东西，这时节却打点不及。古人说得好：有缘那怕隔重山。只要有缘，自有凑巧的所在。但是那二三个字儿，到底要打叠得停当。”正说得高兴，那许叔清走来问道：“二位相公，还是吃了酒去看灯，还是只吃饭，看过灯来吃酒？”杜开先道：“康兄，想是这时城中火炮喧填，花灯必然张挂齐整。若吃了酒饭去，恐怕迟了，我们不如看了转来。”康汝平道：“讲得有理。”便起身换了衣服。许叔清道：“二位相公既然先去看灯，老朽却得罪了：今日乃三官大帝降生之辰，晚间还要做些功课，却不得奉陪，只在这里殷勤拱候便了。”杜开先道：“这个不敢劳动老师，只留康相公家这位尊价[8]在此等候一会就是。”

两人别了许叔清，遂起身走进城来。恰可皓月东升，正是上灯时候。但见那：

> 焰腾腾一路辉煌，光皎皎满天星斗。六街喧闹，争看火树银花；万井笙歌，尽祝民安国泰。叠叠层层，彩结的鳌山十二；来来往往，闲步的珠履三千。这正是金吾不禁，玉漏停催。谁家见月能闲坐，何处闻灯不看来。

两个看了一会，渐渐走到十字街头。只见簇拥着两行的人，拉下两个宽大场子，一边正在那里跳着大头和尚度柳翠，一边却在那里舞着狮子滚绣球，筛锣击鼓，好不热闹。两个看得有兴，各自站在一边。不多时，那后面一条小巷里又拥出一夥人来，杜开先回头看时，恰又是一起跳大头和尚的。忽听得中间有两个人说道：“我们先到韩府中去。”杜开先听了“韩府”二字，着实开心，便唤了康汝平，随着那伙人一齐径到韩府中，只见那大门上直至中堂，处处花灯遍挂，银烛辉煌就如白昼。他两个便溷在人队里，挨身直到堂前。正是韩相国庆元宵的家宴，上面凛凛然坐着一位。你道是谁？元来就是韩相国。左右两旁还有几个恭恭敬敬坐着的，就是他的弟男子侄。笙歌鼎沸，鼓乐齐鸣，流星满空，火爆震地，又是这一班跳大头和尚的敲锣击鼓，满城人都来逢场作戏。杜开先与康汝平两人到此，一心一念，只为这两个女子身上，左顾右盼，前望后瞻，徘徊许久，并无踪迹，心中顿觉愁闷，暗想道：“今日千筹万算，得到这里也非容易。倘若不得些影响，怏怏空回，必然害起病来，如何是好？”

正思虑间，见那围屏后闪出两个女子来：一个就是韩蕙姿，一个就是韩玉姿。这康汝平不住睛偷觑几眼，端的认不出那一个是前日拨琵琶的。杜开先痴痴呆呆

看了一会，暗自道："世间有这样一对女子！就是嫡亲姊妹，面庞也没有这等相像得紧！不知那一个是前夜舟中酬和的？"你看到把个杜开先疑疑惑惑起来。原来那韩玉姿那夜隔船酬和的时节便是有些月色，朦胧之间，两下里面貌都不曾看得仔细。所以怪不得这一个全不识认，也怪不得那一个心下猜疑。就是那韩蕙姿前日瞥见康汝平的时节，天色尚未昏暝，他却看得几分明白在眼睛里，蓦然间在人丛里见了，便觉兜上心来，连忙站出屏前，把秋波偷觑几番。杜开先回转头来，见他有些情景，只道就是在舟中酬和的这一个，满心欢喜，便又近前几步，把袖中纨扇悄悄撇在韩蕙姿身边。有诗为证：

侯门深似海，不与外人通。
昔日留情密，今宵用计穷。
昆仑难再见，红绡岂重逢。
纨扇传消息，姻缘巧妙中。

回转身来，携了康汝平的手，向人队里看这些人跳的跳，舞的舞，站了好一会，方才与众人同散出门。此时将及半夜，灯阑人静，两个说说笑笑，徐步踱出城来，竟到梅花观中。许叔清还在这里等候，见杜开先与康汝平走到，忙唤道童摆出肴馔来，三人畅饮不题。

说那韩蕙姿见人散了，刚欲转身进去，只见屏前遗下一柄纨扇，便蹲身拾起，藏在袖中，连忙走进房里。正向灯下展开观看，恰好那妹子韩玉姿推门进房，看见姐姐手中执着一把纨扇，便迎着笑脸道："姐姐好一把纨扇，却是那里来的？"韩蕙姿道："妹子，你却不知道。这把扇子，休轻觑了他，却来得有些凑巧。"韩玉姿笑道："姐姐，我晓得了，这敢是老爷私自与你的么？"韩蕙姿道："妹子，人人说你聪明，元何这些也不甚聪明？若是别家的老爷，内中或有些私曲，我家老爷待我姊妹二人一般相似，并无厚薄，难道私自与得我，到没得与你不成？不是这等说。这柄纨扇，恰是适才多人之际，不知是那一个吊下在围屏后边，偶然看见拾得的。"韩玉姿笑道："你却有这样好造化！何不待妹子赠你几句诗儿？"韩蕙姿道："这个却好，只是上面已题着诗了。"玉姿道："姐姐，可借与妹子一看么？"韩蕙姿便递将过来。韩玉姿展开，把前诗看了一遍，只见诗后写着杜萼名姓，蓦然惊讶起来，心中想道："好奇怪！上面这一首诗分明前日在玉凫舟对那生酬和的，我想这一联诗句并没人晓得，不知什么人将来写在这把纨扇上？看将起来，莫非那生就是杜萼，适才溷入进来探访我的消息，也未可知。"便对韩蕙姿道："姐姐，你可晓得这扇上诗句是甚么人题的？"韩蕙姿道："我却不知是谁。"韩玉姿道："这就是杜萼题的。"韩蕙姿想一想道："妹子，杜萼莫非就是老爷时常口口声声慕他七岁能诗的么？"韩玉姿道："姐姐，我想决是此人。终不然我巴陵城中还有一个杜萼不成？"韩蕙姿道："妹子，这有何难？我和你明日就拿了这把扇子，送与老爷一看便知分晓。"韩玉姿道："姐姐所言甚是有理。只恐这时老爷睡了，若再早些就同送去一看，却不是好？"韩蕙姿道："妹子，他老人家眼目不甚便当，就是灯下也十分不甚明白，只是明早去见他罢。"韩玉姿便不回

答，遂与姐姐作别，归房安寝不题。

次日早辰起来，他姊妹两个执了纨扇，殷殷勤勤走到后堂，送上韩相国道："启上老爷，昨晚在围屏前不知甚么人吊下一把纨扇，是我姊妹二人拾得，上面写有诗句。不敢隐匿，送上老爷观看。"韩相国接在手中仔细一看，道："果然好一把扇子，看来决不是个寻常俗子吊下的。"遂展开把那上面诗句从头念了一遍，便正色道："哇！好胡说！这扇上分明是一首情诗，句句来得跷蹊。你这两个妮子敢到我跟前指东道西，如此大胆，却怎么说！"唬得他姊妹二人心惊胆战，连忙跪倒，说道："老爷这样讲来，到教我姊妹二人反洗不干净了。今日若是有了些甚么不好勾当，难道肯向老爷跟前自招其祸？请老爷三思，狐疑便决。"韩相国便回嗔作喜道："这也讲得有理。你两个可快站起来，这果然是我一时之见，错怪你们了。"姊妹二人起身，站立两旁。韩相国道："玉姿，你可晓得扇上题诗的这个人么？"韩玉姿道："我是无知女子，况在老爷潭潭[9]府中，并不干预外事，那里晓得扇上题诗这人？"韩相国道："我方才说这把扇子却不是寻常人吊下，你道是谁？乃是杜翰林老爷的公子，唤名杜萼。他七岁的时节便出口成章，如今不过十六七岁，城中大小乡绅，没一个不羡慕他。我亦久闻其名，不见其人。目下就是袁少伯的生辰，正欲接他来题一幅长春四景的寿轴。今既得他这把纨扇，就如见面一般，你可收去，用白绫一方好好包固，封锁在拜匣里。待我明日写一个请帖，就将他送到那杜府中去，权为聘请之礼。"韩玉姿听说了这几句，正中机谋，便伸出纤纤玉笋接了过来。韩相国还待分付两句，只见那门上人进来禀道："京中有下书人在外，候老爷相见。"韩相国便走起身出去不题。

却说这韩玉姿收了纨扇，别了姐姐，竟到自己房中，慢慢展开，仔细从头看个不了，遂叹一声道："杜公子，杜公子，你既存心于我，却不知我在此间亦有心于你。毕竟自今以后，我和你不久就有见面的日子，只是教我全无一毫门路可通消息，如何是好？我今有个道理在此：杜公子前日所吟诗句，我已明明牢记心头，不免将计(机)就计，就写在这纨扇上，然后封固停当，待老爷明日着人送去。他见了时，必定欣然趋往。那时待我暗中偷觑，再把手语相传，若得天意全曲，成就了百年姻眷，岂非纨扇一段奇功？思想已决，正待展开，又想道："且住。我那蕙姿姐姐原是个奸心多虑的人，倘被他走来瞧破，正是知人知面不知心，倘有些风吹到老爷耳边，不特惹是招非，却不道一片火热心肠化作一团冰炭矣！"连忙起身拴了房门，再把文房四宝取将出来，低头想了一会。你看这韩玉姿果然是一个聪明女子，前日杜开先寄咏的诗句又非笔授，不过信口传闻，元何字字记得详细？便轻轻提起笔来，向那纨扇上续写道：

画舫同依岸，关情两处看。
无缘通一语，长叹倚阑干。

写毕，从头念了一遍，端然字字无差，便抽身取了一幅白绫欲待包封。忽然又想起来，说道："我想杜公子为着我身上费了一片深心，分明暗赘姓名在上。若我只把诗

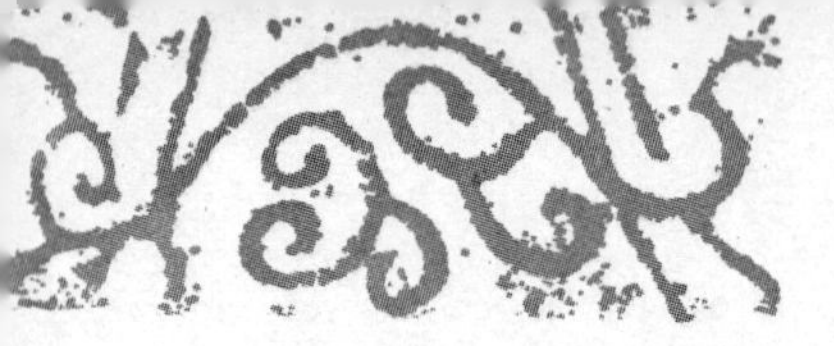

句写去，不下一款，教他悬空思念，依旧做了一场没头绪的相思。我也把名字写在后边，使他见了便知道我留心于他的意思。”又提起笔来向后写道：

韩玉姿题

写毕，就把白绫包固停当。有诗为证：

柳陌逢邂逅，朦胧月满舟。
面庞俱不认，情意各相投。
隔水通琴瑟，当窗互和酬。
有心求凤侣，无计下鱼钩。
旦夕忘经史，痴迷难自由。
三餐浑弃却，一念想风流。
纨扇留屏后，通名引路头。
天缘真辐辏，烦恼可全收。

正要起身将来收拾在拜匣里，只听得房门外一声咳嗽。你看韩玉姿，霎时间玉晕生愁，仓皇无计，恐漏泄机关，反招烦恼，便轻轻把房门开将出来一看，四下并不见个人影。猛自惊讶道：“这莫非是老爷唤姊妹们来打听我的消息？且待走到厅前看一看老爷下落就是。”便悄悄掩上门儿，正走至东廊下，蓦然想起那把纨扇不曾收拾得，连忙又转身来进房一看，那里见个踪迹？竟不知什么人拿去。正在愁虑之间，只见韩蕙姿走近前来，迎着笑脸道：“妹子，老爷着我来取你那把纨扇去仔细再看一看。”韩玉姿却回答不来，就把姐姐一把扯到房中。

毕竟不知他两个有甚说话，后来那纨扇的下落如何，且听下回分解。

作良媒一股凤头钗　传幽谜半幅花笺纸

诗：

情痴自爱凤双飞，汀冷难交鹭独窥。
背人不语鸳心问，捉句宁期蝶梦迷。
涓涓眼底莺声巧，缕缕心头燕影迟。
何日还如鱼戏水，等闲并对鹤同栖。

你道适才在房门外咳嗽的是那一个？恰就是个韩蕙姿。元来他在门外站立了好一回，这韩玉姿在房里自言自语，把那纨扇看一会，想一会，都被他在门缝里明明白白瞧得仔细。见妹子走出房来，便避在那花屏风后。玉姿虽是听见咳嗽之声，那里提防就是姐姐韩蕙姿？这蕙姿也正有心在那扇上，恰好乘他走出，悄悄赚进房中，将来匿在袖里，故意待他来时要把些话儿挑逗他。见妹子无言回答，到一把扯了进房，便道：“妹子莫要着忙，那把扇子是姐姐适才至你房中拿去送与老爷了。”玉姿见姐姐说送与老爷，心中老大惊恐，便道：“姐姐，怎么好？适才那把扇子，是我妹子乱题了几句在上，若是老爷看见，决要发起恼来，如何区处？”蕙姿道：“这个何妨？

老爷一向晓得你是个善于题咏的，见了决然喜欢，难道到要着恼么？”玉姿道：“姐姐你不知道，那首诗有些古怪，却是老爷看不得的。”蕙姿点头道：“元来如此。妹子，我和你不是别人，原是同胞(包)姊妹，何不把诗中的意思明对我说，与我得知，倘或老爷问起时节，姐姐替你上前分理几句也好。”玉姿只道真把了韩相国，事到其间，却也不敢隐瞒，只得便把那日玉凫舟两个隔船吟和缘由，从头到尾一一实告。蕙姿听妹子这一番话，正是“错认陶潜是阮郎”，只道是那晚把船窗推开偷觑的那康公子却就是杜公子，道：“妹子，看将起来，那杜公子昨晚向人队里溷迹到我府中了，见了姊妹二人面庞一般相像，却也认不明白，因此把这纨扇暗投在围屏侧边，要我们知道他特来探访的意思。妹子，你休恁心慌，那纨扇却不曾送与老爷，还在姐姐衣袖里面。不是我故意要藏匿你的，适才门外听你自言自语，分明露出一段私情，正要把这把扇子为由慢慢盘问你几句。如今不提防着我，先把真情从头实说，足见姊妹情深。难道我做姐姐的，到将假意待你不成？却也有几句心苗话儿，就与你实说了罢。”玉姿听说纨扇在姐姐身边，方才放下肚肠，把个笑脸堆将下来道：“姐姐便险些儿把我妹子来惊坏了。你既然有甚心事，向妹子说也不妨。”蕙姿遂把在那船中瞥见康公子，特地把琵琶拨唱一曲昭君怨打动他的话明明尽说。玉姿听姐姐说罢，竟也懵懵懂懂起来。连他也把个康公子想做了杜公子，对着蕙姿道：“姐姐，妹子想来，那晚杜公子在那边偷瞧姐姐的时节，分明也有了一点心儿。不料妹子夜来倚阑看月，想是他到把我认做姐姐，故将诗句相挑。哎，这正是‘溷浊不分鲢共鲤’。”蕙姿道：“妹子，这般说，我和你不知几时才得个‘水清方见两般鱼’。”玉姿回笑一声道：“姐姐，我如今姊妹二人的心事，除了天知地知，只有这把纨扇知得。从今以后，若是姐姐先有个出头日子，须用带挈我妹子；倘或我妹子先有个出头日子，决不忍把姐姐奚落就是。”蕙姿道：“但有一说，这把扇子，设使老爷明日送去的时节拆开一看，见了上面又写着一首诗儿，可不做将出来，怎么了得？”玉姿呆了一会，道：“姐姐讲得有理。妹子只顾向前做去，到不曾想着这一着。也罢，我如今既已如此，用个拼做出来的计较，把这扇子另将一幅上好白花绫整整齐齐封裹停当，再把一方锦匣儿好好盛(乘)了。待到明日老爷送去之时，他见收拾得十分齐整，那里疑心到这个田地？况且他又是个算小的人，要爱惜那幅白绫，料不拆开来看。倘蒙天意成全，能彀与杜公子一见，他是个伶俐书生，点头知尾，自能触悟，决然乘机趋谒。那时节两下里便也得个清白。”蕙姿笑道：“妹子，既然如此，我和你各人赌一个造化，撞一个天缘便了。”玉姿也笑了一笑，便起身各自回房不题。有诗为证：

疑信相参不可评，全凭见面始分明。
今朝两下休心热，自有天缘出至情。

说这杜开先自从元宵灯夜与康汝平溷入到韩相国府中，瞥见蕙姿，错投纨扇之后，依旧回到清霞观里，诗书没兴，坐卧不宁，心下半喜半愁，情悰错乱。你道他道喜的是那一件？却是得了一个真实消息。愁的是那一件？却是他姊妹二人一般面貌，毕竟不知那一个是画船中酬和的，又不知那把纨扇落在谁人手里。这康汝平虽然晓得他想念的意思，那里知道暗投纨扇一事？不时把些话儿询问，杜开先再不露出一些影响。整日在书房中愁闷不开，神魂若失，痴痴呆呆，懵懵懂懂，就如睡梦未醒的一般。那聋子见了这般模样，再想他不着甚么头脑，老大惊异。元来这聋子耳内虽是听人说话不明，心中其实有些乖巧，背地里不时把康汝平去探问口讯。康汝平却又不好明对他说为着这件事儿，只得把些别样说话支吾答应。聋子那里肯信？一日对着杜开先道："大相公，我想你离家到馆，还不满个把月日子，就是这样一个光景，在这里若也多坐几时，便不知怎样一副嘴脸？古人说得好：不听老人言，必有恓惶泪。那日元宵灯夜，我劝你不要进城，却不肯听。如今看将起来，都是那时节起的。你们后生家尽着一时豪兴游耍到夜静更深，敢是撞着邪祟在身上了。若使明日老爷知道了这个风声，却不晓得大相公元宵夜的情由，只说小人在这里早晚茶饭上伏伺不周，那时节教我浑身是口也难分辨。不如早早收拾回到府中，禀过老爷，慢慢消遣几个日子再到馆中，却不是好？"杜开先便不回答，着实沉吟了一会，道："我的意思到也要回去消遣几日，只是这书房中衣囊什物，没人在此看管。"聋子道："大相公，你却说这样量小的话。古人说得好：乘肥马，衣轻裘，与朋友共，敝之而无憾。何不把这书房锁匙托付康相公就是？"杜开先道："聋子，你但知其一，不知其二。那康相公也是个没坐性的，见我不在这里，一发没了兴头，自然也要打点回去了。"聋子道："这也极容易处的。待小人送大相公到了府中，再转来看管便了。"

你看这杜开先，不说起回去便罢，若说起回去，巴不得一步就走进城去，对着聋子道："我有个道理，你去对康相公说：'明日是太夫人的散寿，大相公今日要回府去一代，只消停三两日就来，这书房中要康相公简点[10]一简点。'看他怎么回答。"聋子转身便去对康汝平说。这康汝平原晓得他只为那桩心病，不好相留，只得凭他回去，便道："你相公既要回去，我就移到你相公房里去权坐几日就是。"聋子就来与杜开先说知。杜开先就着他速去收拾几件衣服，做一毡包提着，连忙起身，竟到康汝平房中作别。康汝平遂携手送出观门，却把没要紧的话儿低低附耳说了几句，杜开先微微笑了一笑，两人拱手而去。

这正是杜开先凑巧的所在。方才到得府中，恰正午后光景，只见一个后生手捧一方拜匣，也随后走将进来。聋子回头看见，问道："大哥是那里来的？"后生道："我是韩相国老爷差来，聘请你杜爷公子的。"杜开先听说"韩相国"三字便觉关心，又听说个"聘请"，杜公子就站住仪门首问道："可有柬帖么？"后生把他仔细看了两眼，见他相貌不凡，心中便道："此莫非就是杜公子？"便向拜匣里先取出一个柬帖来，连忙送与杜开先。杜开先接了过来，展开一看，上写着：

通家眷生韩文顿首拜

口启一通

杜开先就当面把书拆开一看。上写道：

贤契清年美质，硕抱宏才。声名重若斗山，望誉灿如云汉。咸谓谪仙复生，尽道陈思再世。真巴陵之麟凤，廊庙之栋梁也。敬羡敬羡。不佞潦倒龙

钟，清虚不来，渣秽日积。欲领玄提，尚悭良遇。寿意一幅，借重金言。原题纨扇为聘。慨赐贲临，老朽林泉可胜荣藉。

看到后面，只见有着“纨扇”二字，心中着实惊讶，暗想道：“难道那把扇子却被老头儿看破了？”那后生便把锦匣儿送将过来。杜开先一只手接了锦匣，一只手执了书柬，笑吟吟的对着后生道：“既承韩老爷宠召，自当趋往。但刻下不及回书，敢烦转致一声，待明早晋谒，觌面称谢便了。”后生方才晓得这个就是杜公子，愈加小心几分，满口答应不及。杜开先着聋子拿三钱一个赏封送他，称谢而去。有诗为证：

曾将纨扇留屏后，今日仍赍作聘来。

无限相思应有限，羡他来去是良媒。

杜开先见那后生去了，也等不得走进中堂，端然站在仪门边把那锦匣揭将开来，只见里面又是一幅白绫封裹得绵绵密密，原来还是韩玉姿的手迹，恰好适才韩相国着人送来的时节，果然无心究竟到这个田地上去，因此便不拆开细看，随即糊涂送到这里，这都是他两个的天缘辐辏。恰正送来，刚刚遇着杜开先回来，亲自收下。这杜开先虽见书上写着个“纨扇”二字，那里晓得扇上又添了一首诗儿，便又把白绫揭开，果是那元宵夜掷在围屏边的这把扇子。再扯开一看，上面又增了一首诗儿，恰正是他那日在这边船里寄咏的，诗后又写着“韩玉姿”三字。低头暗想道：“原来画船中与我酬和的就是这韩玉姿了。只是一件：如何那书帖上写着是韩相国的名字，这纨扇上又写着韩玉姿的名字？此事仔细想来，好不明白。莫非到是那老头儿知了些甚么消息，请我去到有些好意思不成？”

你看他慢慢的一回想，一回走，来到中堂，恰正见翰林与夫人对面坐着，不知说着些甚么话儿。看见杜开先走到，满心欢喜，虽是一个月不相见，就如隔了几年乍会的一般，连忙站起身来，迎着笑脸道：“萼儿，你回来了？一向在馆中可好么？”杜开先道：“承爹妈悬念。只是睽违膝下，冷落班衣，晨昏失了定省，不孝莫大。”杜翰林道：“萼儿，你岂不晓得事亲敬长之道，那一件不从书里出来？今既与圣贤对面，就和镇日在父母身边一般。我且问你，那康公子也同回了么？”杜开先答应道：“康公子还在清霞观中。孩儿今日此回，一来探望爹妈，二来却有一事与爹妈商议。”夫人便道：“萼儿，也是你在清霞观中早晚不得像意，又待变更个所在么？”杜开先道：“孩儿在那边清雅绝伦，正是读书所在，无甚不便。但为昨日韩相国差人特地到清霞观投下请书礼帖，欲令孩儿明日到他府中题咏几幅寿意，所以回来，特请命于爹爹决一个可否，还是去的是，不去的是。”杜翰林道：“萼儿，那韩相国是当朝宰辅，硕德重臣，又是巴陵城中第一个贵显的乡绅，就是他人巴不能彀催谋求事，亲近于他，何况慕你诗名，特来迎请，安可拂其美意？今日就当早早趋谒才是。”夫人道：“萼儿，既有请书，何不顺便带回，与爹爹一看方是道理。”杜开先便向袖中先将书帖取出，送上翰林道：“孩儿已带在此。”翰林接将过来，从头一看，欣然大笑道：“夫人，那老头儿就将孩儿原题的纨扇送将转来，岂不是一个大丈夫的见识么？”夫人道：“却是怎么样一把纨扇？”杜开先便又向袖子里拿将出来。翰林展开，把前后两首诗儿

仔细一看道："萼儿，这扇上两首诗儿，元何都不像你的笔迹，又不像你的口气？"杜开先乘机应道："孩儿也为这件事，因此踌躇未决，进退两难。"杜翰林道："萼儿说那里话。做诗原是你的长技，难道如扇上这样句儿，愁甚么做不出来？但有一说，明日谒见的时节，决不可把这纨扇带着，倘言语中间偶然提起，只是谦虚应对为妙。"杜开先道："还有一句请问爹爹，明日若见了韩相国，教孩儿怎么称呼？"翰林想了一想道："萼儿，韩相国虽然是个大寮，论我门楣也不相上下，况且共居巴陵一邑，兼属同寅，总不过分，一称伯侄辈儿就是。"杜开先躬身答应一声，那夫人就走过来，一把携手转身进去，随唤厨下整治茶饭不题。有诗为证：

少小多才动上人，他年拟作国家宾。
双亲恃有聪明子，宁不欣欣若宝珍。

次日，杜开先带了家僮，竟到韩相国府中。把门人通报，那韩相国闻说杜公子来到，十分之喜，急令家僮开了中门，匆匆倒履出来迎迓。引至大厅上叙礼已毕，连忙拂椅分宾而坐。两巡茶罢，韩相国道："公子如此妙龄，诗才独步，岂非巴陵一邑秀气所钟？老夫久仰鸿名，每劳蝶想，恨不能蚤接一谈。今承光降，何胜跃如！"杜开先欠身答道："老伯乃天朝台鼎，小侄是市井草茅，深感垂青宠召，敢不覆辙趋承？"韩相国道："老夫今日相迎，知有一事借重。不日内乃少伯袁君寿诞，老夫备有寿意一幅，敢求赐题，作一个长春四景。料足下倜傥人豪，决不我拒，故敢造次斗胆耳。"杜开先道："老伯在上：非是小侄固辞，诚恐俚言鄙语，有类齐东，岂无见笑于大方乎？"韩相国道："老夫前闻梅花观之题，今复见纨扇之咏，深知足下奇才。今日见辞，莫非嫌老夫不是个中人，不肯轻易的意思？"杜开先道："却是小侄得罪了。"

韩相国便分付杜府管家耳房茶饭，遂唤女侍们取了锁匙，先去开了记室房门，然后把杜公子引进。元来那韩蕙姿与韩玉姿姊妹两人听说个杜公子到了，巴不得一看撇下肚肠，因此俱已留心，早早都站在那厅后帘子里。正待看个仔细，恰好杜开先正慢将进去，回头一看，只见那帘内站着的端然是元宵夜瞥见这两个女子。你看他两只脚虽与韩相国同走，那一片心儿早已到这两个女子身上，又恐韩相国看出些儿破绽，没奈何，只得假意儿低头正色，徐步一同来到记室。韩相国先把寿轴取将出来，展开在一张八仙桌上，再把文房四宝摆列于右，对着杜开先道："老夫有一言冒启：昨日有一敝同寮始从京师回来，刻下暂别一会，前去拜望一拜望，少息就回。公子在此，权令女侍们出来代老夫奉陪，万勿见罪，足征相爱中了。"杜开先听说这几句，恰正合着机谋，只是不好欣然应允，便假意推却道："老伯既有公冗而去，小侄在此诚恐不便，不如也暂辞回去，明日再来趋教何如？"韩相国笑道："好一位真诚公子！敢是老夫欲令女侍出来代陪，虑恐男女之间，嫌疑之际么？"杜开先躬身道："正是小侄愚意。"韩相国又笑了一声道："贤契，不是这样讲。老夫与令尊翁久同寮寀，况属通家，今公子到此，就如一家人一般。这个何妨？"分付院子快唤蕙姿出来。原来这蕙姿与玉姿姊妹两人还站在厅后端然不动，都在那猜疑之际，突地里听说一声："蕙姿姐，老爷唤你哩。"他两个再想不到是唤出去代陪杜公子，只道有些

不妙的事，一个目定口呆，一个魂飞魄散，心头扑扑的跳个不了。蕙姿道："不好了，敢是纨扇上诗句杜公子对老爷说出来，故来唤我对证？"玉姿道："姐姐，决不为着这件。我想那杜公子的心事就是我们的心事，难道他便如此没见识么？"蕙姿道："妹子，你可想得出还是为着甚么来？"玉姿道："敢是杜公子记着那昭君怨儿，故在老爷跟前把几句巧言点缀，特地要你出去相见的意思？"蕙姿道："妹子，那杜公子若是果有这片好意，肯把前事记在心头，决不把你前日送去纨扇上诗儿丢在一边了。古人云：丑媳妇免不得见公姑。既然唤着我，好歹要去相见的，且走出去便知分晓。"玉姿就转到自己房中，探听他出去还为甚么缘故。蕙姿也不及进房，重施脂粉，再换衣衫，别了妹子，竟到记室里面。见了杜开先，连忙假妆退避，不敢向前的光景。韩相国道："这就是杜公子，快过来相见。"蕙姿便向前殷勤万福，杜开先便深深回喏。蕙姿问相国道："不知老爷唤蕙姿有何分付？"韩相国道："我就要出门拜客，杜公子在此题这长春寿轴，着你出来权且代我相陪一会。"蕙姿也假意儿低低回答道："老爷，这位杜公子从不曾相见的，羞人答答，教蕙姿在这里怎么好陪？"韩相国道："说那里话？这杜公子，我与他久属通家，谊同一室。不要害羞，在这里略陪一会儿，不多时我就转来了。"蕙姿道："既然如此，老爷请行，蕙姿在此代陪就是。"韩相国便与杜开先作别，遂走出厅前，上轿出门不题。

这杜开先与韩蕙姿适才相国面前故意推托，都要别嫌疑的意思，见相国出去，巴不得各诉衷肠，备说心事。只是一件，两家都是今朝乍会的，一个便不好仓皇启齿，一个又不好急遽开言，眼睁睁对坐着，心儿里都一样蟹儿乱爬，眼儿里总一般偷睛频觑。这杜开先毕竟还是个少小书生，包羞含愧，提着那管笔儿假意沉吟。挨了半晌，方才把句话儿挑问道："小生前在玉凫舟相会的，敢就是足下么？"蕙姿掩口道："那元宵夜暗投纨扇的，莫非也就是公子么？"杜开先笑吟吟的道："正是小生。我想足下妙龄未笄，丽质偏娇，恐久滞朱门，宁不一抱白头之叹？"蕙姿道："公子岂不闻红颜薄命，自古有之？但此念眷眷在怀，奈何儿女私心，岂敢向公子尊前一言尽赘？"杜开先道："足下的衷肠，自那日在玉凫舟中扣舷一歌，倚阑一和，小生便已悉知详细。元何对面到无一言？敢是足下别有异志？"这蕙姿却又不好说得那日船中酬和的是他妹子，只得顺口回答道："妾本阖壶鸠拙，下贱红裙，止堪侑酒持觞，难倩温衾共枕。既承公子始终留盼，情愿订以此生。但是匆匆之间，欲言难尽。妾有金凤钗一股，倘公子不弃轻微，敢求笑纳，使晨昏一见，如妾眷恋君旁矣。"杜开先连忙双手接住，仔细看了道："深感足下赐以凤钗。但小生愧无一丝转赠，如之奈何？也罢，就将这花笺上聊赋数言，少伸赠意，不识可否？"蕙姿笑道："既承公子美情，望多赐几句也好。"杜开先便把那起稿的花笺取一张，整整齐齐裁了一半，提起笔来写了一首道：

天凑良辰刻刻金，缘深双凤解和鸣。
奇葩欲吐芳心艳，遇此春风醉好音。

这蕙姿却是个不识字的，若是要杜开先再念一遍，可不露出那和新诗写纨扇的破绽

来？只得看了口中假作咿唔，厉声称赞，便把花笺儿方方折了藏在袖中。

两个正要再说些甚么衷肠隐曲，只听得房门外有人走来唤道："蕙姿，可陪着杜公子么？"他两个听叫一声，知是相国拜客回了，杜开先慌忙坐倒，便妆出那恭恭敬敬的模样；蕙姿起身不及，开了房门。你看这老头儿摇摇摆摆踱将进去，见了杜开先迎笑道："老夫失陪，多多有罪。请问公子的佳作可曾有些头绪么？"杜开先道："已肚撰多时，只候老伯到来，还求笔削。"韩相国听说，便欣然大喜道："元来四道都完了。妙，妙，果然好一个捷才，就要请教。"元来这杜开先已是有稿子的了，便取过花笺慢慢写上。韩相国便对蕙姿道："你可进去分付，快拿午饭来吃。"蕙姿应了一声，没奈何，只得勉强进去。

毕竟不知这韩相国看了长春四景，心中欢喜如何，那蕙姿进去见了妹子又有甚么说话，且听下回分解。

难遮掩识破巧机关　怎提防漏泄春消息

诗：

聪明儒雅秀衣郎，遂有才名重四方。
笔下生花还出类，胸中吐秀迥寻常。
风流尽可方陶谢，潇洒犹能匹骆王。
当道诸君咸折节，羡他出口便成章。

不多一会儿，杜开先把长春四景写将出来，送与韩相国。相国接来看了一看，笑道："老夫年迈，近日来两目有些微盲，这样稿儿一时看来不甚仔细。请公子口授一遍，待老夫拱听何如？"杜开先道："再容小侄另誊一个清稿，送上老伯细电就是。"相国摇手道："这也不敢过劳，到是求念一遍的好。只是四景的题目，先要请教一个明白。"杜开先道："这四景，小侄就将四季应时开的花上发挥，春以碧桃为题，夏以菡萏为题，秋以丹桂为题，冬以玉梅为题。但借其四时佳景以祝长春耳。"韩相国呵呵大笑道："妙得极，妙得极。若无四时佳景，将何以祝长春？好一篇大段道理，老夫虽然不敏，还求垂教。"杜开先便道："老伯在上，容小侄道来——

第一首春景咏碧桃：

本来原自出仙家，满树胭脂若晓霞。
可爱奇英能出众，迎风笑尽万千花。

第二首夏景咏菡萏：

窈窕红妆出水新，周围绿叶谨随身。
香清色媚常如此，蝶乱蜂忙不敢亲。

第三首秋景咏丹桂：

一枝丹桂老岩阿，历尽风霜总不磨。
自是月宫分迹后，算来千万亿年多。

第四首冬景咏玉梅：

玉骨冰肌不染尘，孤芳独立愈精神。
论交耐久惟松竹，赢得奇香又绝伦。

韩相国道："好诗，好诗。首首包含寿意，联联映带长春，令人聆之顿觉惊奇骇异。非公子捷才。焉能立就？老夫肉眼凡睛，不识荆山良璞，南国精金，诚为歉愧。"杜开先道："小侄姿凡质陋，不过窃古人之糟粕，勉承尊命，潦草塞责而已，何劳老伯过称？"韩相国道："太言重了。老夫虽然忝居乡邑，争奈年来衰朽，一应宾朋懒于交接，所以令尊翁也不克时常领教。幸得今日与公子接谈半瞬，顿使聋聩复开。不识某何修而得此也？"言未了，那院子忙来禀道："请杜相公与老爷前厅午饭。"韩相国分付道："杜相公既在爱中，便脱洒些何妨？就撤到这里来罢。"院子便去收拾携至房中，韩相国遂陪杜开先吃了午饭，再把桌儿掇到中间，对着杜开先道："老夫执砚侍旁，就请公子信手一挥。"杜开先欠身道："如此丑诗，须待名笔方可遮饰一二。小侄年轻德薄，何能当此重任邪？"相国笑道："既承佳作，口荷美情，公子若非亲笔，不惟见弃老夫，抑亦见薄于袁君也。"杜开先不敢再却，便把寿轴展开，将前四景一一写上。韩相国见了，厉声称赞道："公子诗才，竟与李杜齐名；字法又与苏黄并美。这正是翰林尊又得翰林子也，岂不可羡？"杜开先道："老伯大讳，就待小侄一笔写下何如？"韩相国笑道："这是公子所题，如何到把老夫出名？决定要把公子尊讳写在上面。"杜开先道："小侄年幼，恐冒突犯上，明日难免诸长者让谈矣。"韩相国笑道："公子说那里话。不是老夫面誉，这巴陵郡中除却公子，还有那个可与齐驱？请勿过谦，足征至爱。"杜开先道："既然如此，小侄太斗胆了。"韩相国道："不敢。"杜开先遂拈笔向后写了一行道：

通家眷晚生杜萼顿首拜题

韩相国道："老夫见了公子尊讳，却又省得起来，昨送来原题纨扇可曾收下么？"杜开先假问道："小侄已收下了，正要请问老伯，那柄纨扇却从那里得来？"韩相国道："那柄扇子敢是公子赠与那位相知的？前元宵夜，想则是我府中看跳大头和尚，因此偶然吊下，不期到被恰才出来相陪公子的蕙姿偶然拾得将来，送与老夫。老夫因见上面写的却是尊讳，故就转送将来，口为聘物。"杜开先听说，方才晓得那扇上后写这首诗儿却是相国不知道的，遂俛首沉思，便无回答。韩相国又问："公子芳龄秀异，独步奇才，真道是天挺人豪，但不知曾完娶否？"杜开先道："不瞒老伯说，小侄婚事尚未有期。"韩相国笑道："公子莫口口言，难道宦族人家，岂有不早完婚娶的么？"杜开先道："果然未有。"韩相国道："敢是令尊翁别有甚么异见？依老夫想起来，结亲只门楣相等就好。闻得袁少伯有一小姐，年方及笄，也未议姻。不若待老夫执伐，就招公子做一个坦腹佳宾，郎才女貌，其实相称，不识意下如何？"杜开先道："少伯小姐，千金贵体，小侄一介寒儒，诚恐福薄缘悭，徒切射屏之念耳。"韩相国道："这都在老夫身上。还有一事，请问公子今岁却在那里藏修？"杜开先道："小侄今年在凤皇山清霞观里。"韩相国道："原来在那个所在。公子你却不知那凤皇山的

好处：原是一脉真龙，所以巴陵城中每隔三四科便出鼎甲，俱从那里风水荫来。只是一件，那个所在虽然幽静，争奈往来不便了些。公子不弃，老夫这后面有一所百花轩，就通在西街同春巷里，内中有花轩两座，尽可做得几间书房。意欲相留在此，使老夫早晚也可领教，不卜可否？”杜开先道：“深承老伯见爱，敢不唯命是从？只因康公子今与小侄同在清霞观中肄业，却不好抛撇他，如之奈何？”韩相国道：“莫非是康司牧公的公子么？”杜开先道：“正是。”韩相国呵呵笑道：“公子，那康司牧公向年与老夫同寮的时节相交最契，至今尚然通家来往。既是他的令郎，这有何难？明日一同请来，与公子同在这里就是。”杜开先起身揖道：“小侄就此告辞。回去与家尊商议，容覆台命便了。”韩相国一把留住道：“说那里话！我有斗酒，藏之久矣。今得公子光临，正欲取将出来慢慢畅饮一杯，叙谈少顷，何故亟于欲去，见却乃尔？”杜开先毕竟不肯久坐，再四谢辞，韩相国便不敢强留，只得起身送别出门。有诗为证：

相国怜才议款留，百花轩下可藏修。
倘能不负东君意，勤向窗前诵不休。

说这韩蕙姿得了杜公子所赠的这半幅花笺，悄悄进房，展开摊在桌上，呆呆看个不了。元来花笺上写的却是几句哑谜儿。这杜开先到底错了念头，把个蕙姿只管认做了玉姿，所以方才写那几句，分明要他解悟的意思，那里晓得他不甚解悟得出的？坐了一会，免不得携了，依旧走到妹子房中。玉姿见姐姐走到，连忙站起身来，把笑脸儿迎着道：“姐姐，老爷方才唤你出去代陪那杜公子，他可曾提起昨日送去的那把纨扇么？”蕙姿道：“妹子，不要说起，那杜公子虽是个年少书生，一发真诚笃实得紧。我姐姐陪了他半日，并无一言相问。到蒙他赠我半幅花笺在这里，上面题着几句诗儿，因此特地携来与妹子看看。”这蕙姿那里省得上面这几句是谜儿，就随手递与妹子。你看玉姿通得些文理，毕竟是个聪明的女子，接将过来看了一看，便省得是一首诗谜，暗想道：“这敢是杜公子与他有甚么私约了？不免再把一句话儿试他一试，看他怎么回我。”便对蕙姿道：“姐姐，这首诗上明明说你赠了他甚么东西的意思。”蕙姿哪里知道妹子是试他的说话，点头笑道：“妹子，果然你好聪明。也不瞒你说，我已把那股金凤钗赠与杜公子了。”玉姿听说了这一句，却便兜上心来，就把那笺上句儿暗暗的看了几遍，牢记心头。蕙姿怎知妹子先下了一个心腹，兀自道：“妹子，倘是老爷问起那股钗儿时节，怎么回答？”玉姿微笑道：“这有何难？就说是姐姐送与一个姐夫了。”蕙姿道：“妹子，女儿家不要说这样话。我和你姊妹们虽是取笑，若是老爷听见，眼见得前日那把纨扇是个执证了。”玉姿道：“姐姐言之有理。却有一说：老爷是个多疑的人，设使偶然问起，你道将些什么话儿答应？如今到把妹子这股与姐姐戴着，待妹子依旧取出那股旧的来戴了罢。”蕙姿连忙回答道：“妹子既有这样好情，只把那股旧钗儿借与姐姐戴一戴就是。”玉姿道：“姐姐，你不知道。我妹子还好躲得一步懒儿，你却是老爷时刻少你不得，要在身边走动的。明日倘被看出些儿破绽，反为不美。”蕙姿道：“妹子所言极是。只是我姐姐戴了你的，于心有愧。”玉姿笑道：“姐姐说那里话？我和你姊妹们，那一件事不好通融？日后

姐姐若有些好处，须看这股钗儿分上，也替妹子通融些儿便了。”蕙姿也笑了一声，玉姿便向头上拔了那只凤钗先与姐姐戴了，然后起身开了镜奁，取出那股旧的也就戴在自己头上。

你道玉姿如何就肯舍得与了姐姐？元来他已含蓄着一个见识。这蕙姿总然便有十分伶俐，聪明一时，再也思想不到。正待拿起镜子，看个钗儿端正，只见一个女侍忙来唤道：“蕙姿姐，老爷问你取那开后面百花轩的匙钥哩。”蕙姿连忙撇下镜子，也忘记收拾了那半幅花笺，回身便走。玉姿见姐姐去了，微微笑道：“姐姐姐姐，你却会得提防着我，怎知囗被我看破机关。想我前日的纨扇，分明有心走来藏过，你如今这幅花笺我却无意要他，这是现成落在我的手中，如今也待我收拾过了。悄悄走到他房门首去，听他再讲些甚么说话，可还记得这幅花笺儿起么？”这玉姿就把花笺藏在镜奁里，遂将房门锁上，展着金莲即便匆匆前去。有诗为证：

天理循环自古言，只因纨扇复花笺。
争如两下成和局，各把胸襟放坦然。

说这杜开先别了韩相国回来，见了翰林，便把题那长春四景，相国款待殷勤的话先说一遍，然后再谈及百花轩一事。杜翰林欣然道：“萼儿，既是韩相国有这片美情，实是难得。却有两件：那清霞观中李道士，承他让房好意，如何可拂了他？那康公子初与你同窗，如何就好撇他？”杜开先道：“那康公子，孩儿也曾与韩相国谈及，相国欣然应允，说他原是同僚之子，至今尚然通家往来，却也无甚见嫌，明日就请他与孩儿同做一处。再者，那清霞观中李老师那里，待孩儿打点些谢仪，亲自送去辞谢了他就是。”杜翰林道：“这个讲得极是。萼儿，那韩相国这样老先生，交结了他大有利益。我与你讲，康公子是个没正经的人，倘到那里，蚤晚间言语笑谈，务要收敛几分，大家要尽个规矩，不比清霞观中可像得自己放荡也。”杜开先道：“这却不须爹爹叮嘱，孩儿自然小心在意。”翰林道：“萼儿，你还是几时往清霞观去收拾回来？”杜开先道：“孩儿读书之兴甚浓，岂可迟延日子，明日就要到清霞观去辞了李老师，顺便邀了康公子一同回来。略待两三日，他那里洒扫停当，便好打点齐去。”翰林道：“既如此，你明日要行路，可早早进去安息会儿罢。”杜开先便应声进去，见了夫人，又备细计议一番，那夫人也老大欢喜。

次日带了聋子，径到凤皇山清霞观里。那康汝平听得杜开先到了，连忙出来相见，道：“杜兄，前日何所见而去，今日何所闻而来？往返匆匆，其意安在？”杜开先就把韩相国请题长春寿轴，相借百花轩，要请他同去的话从头备说。康汝平大喜道：“杜兄，这个机会，我和你却是求之不得的。如今那老头儿既有这条门路，正好挨身进去，慢慢的觑个动静。那时不怕那两个女子不落在我们手里了。”杜开先道：“康兄，虽如此说，这件事又是造次不得的，明日倘被相国知觉些影响，我们体面上不好看还不打紧，可不断送了那两个女子？只可到那里做些闲暇工夫不着，觅味闻香，从天分付而已。”康汝平笑道：“杜兄，这些都是闲话。到了那里你看，决不要用一些工夫，自然得之唾手。我和你就此把书籍收拾起来，再去与李老师作别一声，趁早

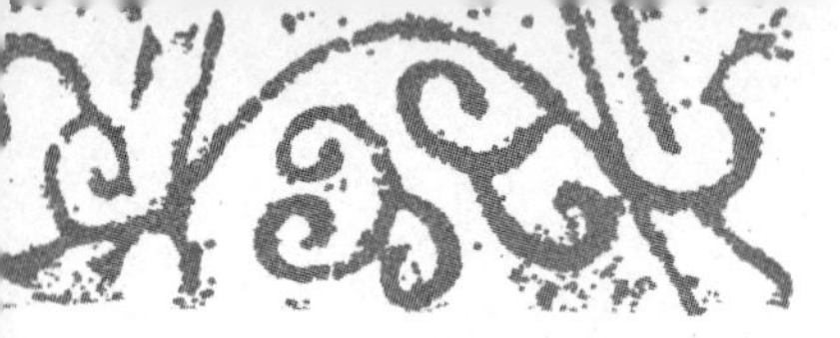

便好进城则个。”两人当下把书囊收拾齐整。

原来那李道士得知他二人要去，连忙走来相问道：“二位相公到此，至今未及两个月日，小道正欲慢慢求教一二，倏而又整行装，令人虔留莫及，其中不识何意？”杜开先就把韩相国迎到百花轩一节对他明说，然后取出谢仪礼物当面酬送。那李道士看了，却像一个要收又不要收的光景，只得推却道：“多承二位相公盛赐，小道谨领了这两柄金扇，其余礼物并这银子一些也不敢再受。”杜开先笑道：“莫非老师嫌薄了些么？”李道士道：“阿呀，杜相公是这样说，难道毕竟要小道收下的意思么？”杜开先便撳在他袖里，这李道士其实着得，便把手来按住，连忙向他二人深深唱了几个大喏，道：“二位相公，小道袖里虽是勉强收下，心中却不过意。若早分付一声，便好整治一味儿，与二位饯别一饯别才是。”康汝平笑道：“少不得日后还要来探望老师，那时再领情罢。”李道士道：“如此，二位相公倘得稍闲，千万同来走走。”正说之间，那聋子共康家小厮每人担了一肩行李走将出来，道：“大相公，我们行李担重，趁早还有便船好搭了去。”杜开先与康汝平两个遂向李道士揖别。那李道士叫了几声“亵慢”，亲自送出观门。他两个别了李道士，一路上谈谈笑笑，不多时早到渡边，就下了便船。趁着风，约莫一个时辰又到西水渡头。上得岸来，还有丈把日色，慢慢走进城中，向大街路口各人别去。

过得两三个日子，韩相国差人向杜康两家再三迎接。杜开先便去邀了康汝平，拣了好日，一同径到韩相国百花轩去。相国见他两个肯来，满心欢喜，就令开了后门，一应来往俱从同春巷里出入。真个光阴撚指，他两人到了个半把月，虽为读书而来，却不曾把书读着一句，终日行思坐想，役梦劳魂，心心念念各人想着一个，并不得一些影响。那康汝平也是个色上做工夫的主顾，到是住远还好撇得下这条肚肠，你说就在这里止隔得两重墙壁，只落得眼巴巴望着，意悬悬想着，怎能彀一个花朵(躲)般的走到跟前，那里熬得过？几番灯下与杜开先商量，要做些钻穴逾墙的光景，杜开先每每苦止他，他这也是泥人劝土人的说话。你道这杜开先可是没有这点念头的么？心里还比康汝平想得殷切。到底他还乖巧，口儿里再不说出，心儿里却嫌着两副乌珠[11]怎么下得手。

原来这蕙姿与玉姿姊妹两个，也没一日不想在那百花轩里那个意儿，各自打点已久，只是夜夜朝朝同行共伴，你又提防着我，我又提防着你，所以也把个日子延挨过了。一日，韩相国突然患起痰火症来，着他姊妹二人在房早晚伏侍。这也是相国爱惜他们的意思：恐怕忒甚辛苦坏了，把日间上半日派与蕙姿，下半日派与玉姿，夜来也是日间一样派法。他姊妹二人不惮艰辛，紧紧在房中伏侍了五六个昼夜。不想他两个各自怀了一片私心，都要趁着这个空闲机会悄悄的开了内门，到百花轩里完一完心事。一夜蕙姿伺候到了二更时分，乘着相国睡得安稳，思想得下半夜才是妹子承值，这时必然在房中稳睡一觉，轻轻提了灯赚出房门，呼的一口把灯吹灭了，就放在门外椅子上面。原来这却是他一个计较：恐怕相国醒来，唤着不在跟前，好把点灯推托的意思。你看他随着些朦胧月影，蹑(摄)着脚踪走过了东廊，转湾抹角，摸壁扶墙，一步一步走了好一会方才到得内门首，这内门外恰就是百花轩。原来康汝平的书房紧贴在同春巷一带，杜开先的书房就贴着这内门左右，这也是杜开先当日来的时节，把这间书房先埋下一个主意。蕙姿走到门边，把手向栓上摸了一摸，只见上下封锁的好不牢靠，侧耳听了一霎，又不见一些声音。欲待把门掇将下来，却没这些气力，欲待轻轻咳嗽一声通个暗号，又怕前后有人听见。正站在那里左思右想，要寻一条门路，只听得前面又有一个脚步走响。这蕙姿猛可的吓出一身冷汗，不知是人是鬼，竟把一团春兴弄得来瓦解冰消，拼着胆问一声道："这时分，甚么人走动哩？"那来的竟不回答，没奈何走近前来把他摸了一把。

毕竟不知认出是那一个，两下里见了怎生说话，且听下回分解。

缔良盟私越百花轩　改乔妆夜奔巴陵道

诗：

风流才子谁能匹，窈窕佳人绝代姿。
百岁良缘真大数，一时奇遇岂人为。
知音毕竟奔司马，执拂何妨叩药师[12]。
鱼水相投情意美，女妆男扮别嫌疑。

那正走来的，你道是什么人？原来就是玉姿。这玉姿也正乘着这一个更次的空便，只道姐姐还在相国房中伺候，因此走来。思量悄悄撬开内门，到那百花轩去与杜公子谈一谈心曲的意况。只道瞒了姐姐，自家以为得计，那里提防着姐姐到先在内门首了。他起初时，黑洞洞的月影又照不到，灯光又带不来，却不晓得姐姐在此已久。后来听见问了这一声，方知就是姐姐，不是他故意不肯答应，其实吓呆了。蕙姿见不则声，再想不到是他妹子，上前摸了一把，这遭免不得两下里要讨个清白出来，还躲闪在那里去？终究玉姿是个伶俐女子，勉强应一声道："呀，莫非是我蕙姿姐姐么？"蕙姿听了这一句，心下着实一个跄蹬，那里晓得妹子也端为着这件事而来，不期劈面撞着？只道他知觉了些响动，故意暗暗走来瞧破，没奈何答道："我道是谁，原来是玉姿妹子。这半夜三更，来此何干？"玉姿笑道："姐姐你便问得我是，我也问得你一句，况这半夜三更，你却到此何干？"蕙姿想得妹子是个聪明的主儿，如何瞒得他过，就把心事对他明说。这玉姿却比不得姐姐一般老实，如何肯把肺腑的话说与他得知，便顺着嘴儿道："你妹子就是个活神仙，晓得姐姐有些缘故，特来要你挈带一挈带。"蕙姿道："妹子，隔墙须有耳，窗外岂无人？倘被别人听见，可不泄漏了风声？"玉姿道："姐姐，这样时候，我家里人那个不沉沉睡熟？要听见的不过是墙外的杜公子。便再讲得响些，或者闻得你的声音，想起那日赠他风头钗的光景，把这扇门儿弄将开来，延纳你过去也不见得。"蕙姿道："妹子没甚要紧！我和你嫡亲姊妹，却是一心一意，那些姐妹们都是各人一条肚肠，那个不要在老爷面前逞嘴的？若是吹了一些风声在老爷耳朵里去，那时我和你可不奚落在人后了？"玉姿

道："姐姐，说便是这样说，你却是一场好事，我妹子悄悄地走来，难道你心里岂没一些怪着我的？这时候已有三更光景，倘老爷睡醒转来，唤着要茶要水，妹子先要去伺候，你再在这里寻一个门路儿罢。"蕙姿道："妹子说那里话？我的初意，走将来不过先要探个动静，然后觑个顺便机会。若说那钻穴相窥，逾墙而从，费这一番耽惊受怕的手脚去干那件事儿，我姐姐决不做的。如今就与你同转去则个。"玉姿道："姐姐果然便同去了，明日追悔起来，切莫怨着我妹子呢！"蕙姿便不回答，扶了妹子，黑天墨地，两个扭阿扭的走将转来。有诗为证：

怨女双双弟与兄，春心飘荡各私行。
谁知狭路相逢处，窃笑人人共此情。

正走到东廊下，忽听得相国在房中大呼小唤。他两个都有了虚心病儿，吓得手疏脚软，上前不好，退后不好。看来蕙姿到比玉姿又胆小些，靠在那廊下栏杆上簌簌的抖做一团，口内低低对着玉姿道："妹子，适才我已把老爷房中的灯吹灭了，做你不着，到你房里看看有灯，快快点一个来。"玉姿也慌了，道："姐姐，这正是羊肉未到口，先惹一身膻。若是老爷问起，如今还把些甚么话儿答应他好？"蕙姿道："只说被风吹灭了灯，到你房中点灯就是。"玉姿道："说得有理。"慌忙走到自己房里，拿了一盏灯来递与姐姐。蕙姿一只手提了灯，一只手遮了风，同着妹子径到相国房门外，把原先椅上的那盏灯来点着了，再推门进去。原来那相国是个有年纪的人，叫上几声，端然呼呼睡去，他两个的惊恐方才撇下。

蕙姿便走到床边，揭起帐子，低低道："老爷，蕙姿来了，敢是要吃些龙眼汤么？"相国醒来道："你这妮子却在那里去这一会才来？"蕙姿道："适才风吹灭了灯，因此到玉姿那里点灯来。"相国道："我晚来朦胧就睡着了，不曾问得你，把前后的门可曾都上了锁么？"蕙姿答道："都是拴锁停当的。"相国道："如此恰好。别处还不打紧，那后面的内门紧贴着那同春巷里，况且如今又把百花轩开了，早晚更要谨慎提防。你可明日去再与我加一道栓儿。"蕙姿应道："晓得。"相国道："那灯后站的是那一个？"蕙姿道："就是玉姿。"相国笑了一声道："好一个痴妮子，怎么到站在那灯后呢？"玉姿便走近前来，道："玉姿在此伺候老爷。"相国道："实是难为了你们姊妹两个，尽尽在我房中伏侍这五六个昼夜。那些妮子们只好在家吃饭，如何学得你两个？但有一说：我却一时也少你两个不得，虽是别的走到我跟前，决不能彀中意。"玉姿便道："如今老爷患了这些贵恙，我姊妹二人巴不得着身代替，那里还辞得甚么辛苦哩。"相国道："我却没有些甚么好处到你两个。也罢，待我病起来，每人做一套时样大袖称意的衣服与你们便了。"蕙姿与玉姿道："多谢老爷。"相国道："蕙姿，黄昏那一服药却是你的手尾，我直要到五更时候才吃。你可打点个铺盖，就在这榻儿上与你妹子同睡了罢。"蕙姿应了一声，便去取了一床绣被，一条绒毯，向榻儿上铺下，就与妹子一处睡了。有诗为证：

绣衾笼罩两鸳鸯，一片纯阴不发阳。
可叹良宵春豸豸，空余云雨梦襄王。

原来韩相国一连病了这几日，那杜开先与康汝平每日侵晨过来问候一次。这相国病体渐渐好来，一日唤蕙姿姊妹道："我近日病起无聊，好生坐卧不过。玉姿，你到那文具里取了匙钥，与我开了内门。蕙姿过来，慢慢扶我闲走几步，待我到百花轩去。一来谢一谢杜公子和康公子，二来与他们闲讲片时，消遣病怀则个。"玉姿便也有心，连忙取了匙钥先去开了内门。你看这老头儿扶了蕙姿，就像个土地挽观音一般，前一步，后一步，慢慢的走到内门边，分付道："你每且把门儿掩着，在这里等一会儿便了。"不想这玉姿已有了那点念头，先走来开门的时节，把个百花轩路数看得停停当当在眼睛里。原来这蕙姿是前番一次被妹子撞破，把这个念头到早已收拾起了。

韩相国走到百花轩里，轻轻叫一声："康杜二公子可在么？"杜开先正在那里面打盹，听叫这一声，猛然惊醒，再想不出是韩相国的声音，连忙出来相见道："原来是老伯，小侄多获罪了。敢是老伯贵恙可全愈了么？"相国道："多承贤契记念。这几日来略好了些，只是胸膈饱闷，饮食尚不能进。"杜开先道："吉人自有天相，定然慢慢愈来。"相国笑道："好说好说，贤契，康公子元何不见？"杜开先道："汝平兄昨日已回去了，只在明日就来。"相国道："毕竟他欠有坐性。贤契，老夫病中无聊难遣，巴不得走来聚谈半晌，把闷怀消释消释。不识贤契从到这里，不知做了多少妙作？幸借出来与老夫赏鉴一番。"杜开先欠身道："小侄深蒙老伯推爱，自到此只有两个月余，争奈有些闲事在怀，所以竟没一毫心绪想到那吟咏上去，因此竟无一篇送上求教。"相国便笑道："既然一首也没有，老夫已知道了后生家的心事，敢只是犯了酒底下那一个字儿了？"杜开先两脸通红道："小侄向来全无此念。"相国道："这个便好。若有了这个念头，可不耽误终身大事？"杜开先道："金石之言。"两个又把闲言闲语说了一会，只是韩相国初病起来，坐谈了这些时候，身子有些倦意，便起身别了杜开先，慢慢走来，推门进去，恰好他姊妹两个端然在那里伺候。

那玉姿毕竟是有心的，把韩相国与杜开先一问一答的说话逐句听得明白。相国分付道："蕙姿好生扶我进房去略睡一睡。玉姿随后把内门锁好了来。"玉姿答应一声，见相国扶了姐姐先去，乘着这个凑巧，恰才又听得说是康公子不在，思量迟一会儿，依旧走来开门，到百花轩去见一见杜公子的意思，就把锁儿半开半锁在那里。你道那老头儿那里提防着他？连那蕙姿也想不得这个田地。玉姿依旧把个匙钥送与相国，就紧紧站在房中，伺候到了黄昏，恰好是姐姐承值的时分。蕙姿正走将来，玉姿低低对着蕙姿道："姐姐，我妹子今才有些不耐烦，早去睡一觉儿，待到三更时分再来换你。千万莫要等老爷睡着，又做出前番的勾当呢。"蕙姿微笑一声，却无回答。原来世上好做那话儿的女人偏要硬着嘴，却也不止玉姿一个。这玉姿叮嘱了姐姐，走出房门，悄悄的竟去把内门开了，依着日间看的路径，便到了百花轩里，只见纸窗儿上一个破隙，还有灯光射将出来。他晓得杜开先还未曾睡，把两个指头轻轻向门上弹了一弹。杜开先那里知道是这个活冤家到来，又不敢便把门开，低低问一声道："是那一个？"玉姿掩口道："妾便是韩玉姿。"杜开先记得起，道："莫非是前日承赠凤头钗的这位小娘子么?”玉姿道:“然也。”杜开先欣然便把两扇房门呀的扯开,躬身迎揖道:“呀,果然是这位小娘子。前承赠以凤钗,尚未致谢,罪甚罪甚。”玉姿道:“公子但记得那股凤钗,可忘了那把纨扇么?”杜开先又揖道:“屡荷美情,提起令人羞涩。今承小娘子大驾贲临,亦将有以益吾意乎?”玉姿笑道:“妾此来非有益于公子,却有损于公子也。”杜开先是个聪明的人,听了这个“损”字便兜上心来,笑道:“小娘子适才所言那个‘损’字,觉有万千含意,还请细解一解。”玉姿道:“那两句是妾口头说话,并无深长意思,公子何必究竟如此?”杜开先道:“这也罢了,难得小娘子今宵眷意而来,小生有一句不堪听的说话,不识小娘子能见纳否?”玉姿道:“公子,这夜静更阑,庭虚人悄,知尔者是一盏孤灯,知我者是这半帘明月。若有所谕,但说何妨?”杜开先笑道:“小生自当日杨柳岸边,向月明之下隔船吟咏,至今无不心悬口诵。既而遗纨扇,赠花笺,万种相思,一言莫尽。小娘子莫肯见怜,小生在这里独守梅花孤帐。今夜便效一个菡萏连枝,意下如何?”玉姿假意儿道:“公子,我只道你是个志诚君子,那里晓得你到是个专在色上做工夫的。妾今夜此来,难道希图苟合?不过念公子与老爷通家情上,故来探访。今公子突出此言,使妾赧颜无地矣。”杜开先听他说话,觉有些深味,就顺口回答道:“小娘子既做得那谨守闺箴的李淑英,小生也做得个坐怀不乱的柳下惠。况且你主人翁待我一片美情,倘若被他知觉些儿消息,明日不惟见嫌小生,抑亦见弃于小娘子。也不若此时幸喜无人知觉,请自早回,大家免耽些惊恐。”玉姿笑道:“杜公子,你虽是个聪明男子,妾亦是个伶俐女流。适才那几句说话,我已明明参透,你敢道我不允所事,故把此言相揹。妾待允了,何如?”杜开先深揖道:“小娘子若允了,小生屁也不敢再放一个。”玉姿道:“允便允了,只是一件,妾从来未曾深谙个中滋味,如之奈何?”杜开先道:“这句却是饰词。难道小娘子终日眷恋相国身旁,那老骚头肯丢开手么?这个中滋味,小娘子自然谙练的。”玉姿低声道:“他是个老人家,血气衰颓,那里做得正经?”杜开先轻轻搂住道:“小娘子休得害怕,难得这样良宵,不要错过了功夫。小生也非卤莽之辈,就在这罗帐里做一个款款温温的手段,请小娘子试一试看。”玉姿又做苦挣道:“杜公子,我恰才见你忒甚要紧,故说那几句安慰的话儿。难道我当真便肯顺从你?岂不闻强奸人家女子,律有明条。”杜开先偎着脸儿笑道:“敢问小娘子夤夜到我书房,所为何事?”玉姿也笑道:“杜公子,你这俐齿伶牙,教我那里抵对得过?”杜开先道:“小娘子说话虽是抵对小生不过,小生又有抵对小娘子不过的所在。”玉姿道:“公子轻讲些么,倘被你家伏侍的小厮们听见,可不做将出来?”杜开先道:“不瞒小娘子说,我这里再没有第二个家僮,只有一个伏侍的聋子。你便向他耳边鸣金击鼓,也是不甚听得明白。况他这时已睡熟了。我们且把闲话丢开,早图一霎儿欢乐也好。”玉姿道:“公子,你却是这样等不得。辟如妾今夜不来,将如之何?”杜开先迎笑道:“小娘子若是今夜不来,少不得小生梦儿里相会的时节,也不肯放过。”玉姿道:“公子,你难道毕竟放我不过么?”杜开先道:“小生心里到也干休得了,只是这件东西如何便肯干休?”玉姿掩着嘴道:“亏你读书人,讲这样村话!”有诗为证:

少年性子尽风流，恁意装村不怕羞。

昔日相思今日了，随他推托肯干休？

原来两个调了这一会，都是巴不能彀到手的。杜开先便把他拦腰一把抱住，竟揿倒在床棚上，将一只手就去替他解下裤来。玉姿虽然不甚推托，但是幼小年纪，不曾苟且惯的，心中耽了无数惊恐，脸上少不得有些娇羞模样，又挣起来道："公子，这灯光射来不像模样，去吹灭了罢。"杜开先道："小娘子，你可晓得那《西厢记》上说得好：'灯儿下共交鸳鸯颈。'若吹灭了灯，一些兴趣都没了。"玉姿便不则声。杜开先依旧把他揿倒，将手先到腿边探了一探，只见那件东西光光润润，肥肥腻腻，吸吸的动个不了。杜开先一时愈加发兴，缓缓把他两股扳将起来，不慌不忙，放了几次，那里进得分毫，只得把些唾津抹了做个引路，方才进得少许。世间只有拐小官用着这个法儿，那里有个拐婆娘也要用了这件作料？却不晓得这玉姿虽是在韩相国身边，那老人家年纪衰迈，还济得些甚么事来，不曾到得辕门就先要纳款了，所以玉姿总然说是破过瓜的，还是黄花女子一般，儿曾经历着一场苦战？这杜开先思想多了日子，巴不得到了手，讨一个风流快乐，那里还管你的死活，尽着力又送了一送，恰好正抵着了花心，那玉姿便疼痛起来，禁受不过，便摇着头道："杜公子好利害人也！"杜开先道："小娘子，这是极快活的事，只头一遭初进去的时节或者有些不耐烦，后面得了些味，只怕你还不肯放他出来哩。"玉姿道："也罢，我就拚这性命不着，再熬一熬看。"遂把两只眼儿紧紧合住，咬着牙关，凭他弄了一会。杜开先把两只脚牢牢挽住，好像一个枯树盘根故事，轻轻的抽一会，送一会。那玉姿起初时实有些难禁，后来着了味，果然便不肯放手，也把两只手来挽定了杜开先的头颈，随他浅抽低送，约莫有二百余回，不想数点白溜溜的东西氽将出来，方才歇手。杜开先便向袖中摸了一条汗巾，替他轻轻揩了。原来玉姿承受了这一回，就如服仙丹饮玉液的一般，遍体酥麻，昏昏沉沉，竟睡熟了去。杜开先便不敢惊动他，替他依旧放下了衣服，免不得自家也有些困倦起来，站起身把灯息了，就和衣睡做一头。

两个看看睡到四更时分，那杜开先又打点发作起来，把玉姿悄悄推醒，附着耳说了几句软款的话儿。玉姿正待也说几句，忽听得耳边厢咚咚打了四鼓，猛可的记得起相国房中承值一事，顿然惊谔道："公子，不好了，这遭却做出来了！"杜开先摸头不着，也吃了一惊道："呀，小娘子何出此言？"玉姿便把姊妹二人轮流值夜的话与他说了一遍。杜开先道："这却怎么好？若是做将出来，岂不是小生带累了小娘子？明日有些僝僽[13]，教我如何痛惜得了？"两个连忙爬起身来，坐在床上。玉姿想了一想，夜间来的时节偏生姐姐面前说了几句硬话，倘然回去被姐姐知了些儿形迹，可不没了嘴脸？便与杜公子计较道："公子，如今怎生是好？"杜开先道："小生有一个计策：你若是这时转将回去，决然要露了风声，那老头儿不是个好惹的主顾，这遭把家法正将起来，你这一个娇怯怯的身躯可禁受得起？那时你却拷打不过，毕竟一死。小生为你割舍不过，到底也是一死。可不是断送了两人性命？如今趁此夜阑之际，人不知，鬼不觉，待我收拾些银子做了盘缠，你把我书架上的旧巾服儿换了，

扮作男人模样，悄地和你奔出巴陵道上，到别处去权住几时，慢慢再想个道理便了。”玉姿垂泪道：“此计虽好，只是我有两件撇不下：一件是我房中那无数精致衣裳，金银首饰，怎么割舍得与人拿去来用？二件是我姐姐朝夕同行同坐，过得甚是绸缪，怎么割舍抛撇了他？”说罢，泪如雨下。有诗为证：

衣饰妆奁能别置，一胞手足情难弃。

只因作事有差池，临去依依频洒(酒)泪。

杜开先道：“小娘子，到此地位，一个性命倘然难保，那里还顾得那些衣裳首饰，姐妹恩情？趁早走的是为上策。”这韩玉姿一时心下便浑起来，就依了杜开先的说话，把架上巾服取来换得停停当当，就像个弱冠的一般。杜开先便去开了书箱，收拾了那些使用银子，约莫有二三十两，一些随身物件也不带去，单单两个空身，悄悄把百花轩开了，就出同春巷。两个也觉有些心惊胆颤，乘着月色朦胧，径投大路而去。

毕竟不知后来他两个奔投何处，那韩相国知了消息怎么一个结果，且听下回分解。

宽洪相国衣饰偿姬　地理先生店房认子

诗：

宦门少小读书生，娇养从来不出行。

色胆包天忘大义，痴心挟女纵私情。

怜才宰相胸襟阔，遇父英豪眼倍青。

始信古人天必相，穷途也得遇通亨。

他两个出了同春巷，径投大路，行了好一会，看看到了城门，只听得那谯(樵)楼上咚咚的打了五更五点。但见那：

金鸡初唱，玉兔将沉。四下里梆柝频敲，都是些巡更丐子；满街衢行踪杂沓，无非那经纪牙人。猛可的响一声，只道是相府知风来捉获；悄地里听一下，却原来官营呐喊大操兵。

两个正溷在人丛里走到城门首，蓦听得这声呐震，吓得魂飞天外，魄散九霄，只道是韩相国知了风声，差人追来捉获，回头看时又不见有人赶来。猛想一想，方记得起三六九日官营里操兵练卒，却才放下肚肠。连忙出得城来，渐觉东方有些微微发白。你看这韩玉姿那里曾惯出闺门？管不得鞋弓袜小，没奈何两步那来一步，不多时又到了西水滩头。原来这西水滩下了船，笔直一条水路直通得到长沙府去。你道此时尚未明的时节，船上人个个还未睡醒，那里见个人来揽载？两人依着岸走了几步，只见就是日前泊那玉凫舟的杨柳岸边，有一只小小渔船在那里。这韩玉姿到了这个所在，觉他睹物伤情，杜开先也觉伤情睹物。他便凝睛一看，见那船舱里点着一盏小小灯笼，恰好那个渔人正爬起来赶个早市，趁没船只往来，待要下网打鱼

的意思。杜开先近前唤道:“渔哥,你这只船可渡得我们么?”渔人道:“要渡到也渡得,只是渡了二位相公的时节,挫过了这个早市,可不吊了一日生意?”杜开先道:“你若肯渡我们,就包了你一日趁钱罢。”渔人笑道:“既然如此,二位相公还是要往那里去?”杜开先道:“我每兄弟二人要到前途去望一个亲戚的。”渔人道:“却是甚么地名?”杜开先道:“那个地名我到忘记了,只是那些村居景致还想得起。你且撑到前头,若见了那个所在,我们上岸就是。”渔人笑道:“相公又来说得好笑,若是撑了十日不见那个所在,难道还是包我一日的银子?”杜开先道:“就与你十日的钱罢。”渔人道:“只要讲得过,便做我不着,请下船来。”他两个就下了船。那渔人便不停留,登时把船撑去。

如今正是要紧的所在,其实没工夫把他去的光景再细说了,且把韩相国来略说几句与列位听着。说这韩相国睡到天明,醒在床上,只道还是玉姿伺候,便叫一声道:“玉姿,可睡醒了么?”原来却是这蕙姿尽尽伺候了这一夜。他因前番那次做来不顺利,所以再不敢走动,只道妹子果然不耐烦,便替他承值了这两个更次。听得相国唤这一声,连忙答应道:“老爷,玉姿昨晚身子有些不耐烦,着蕙姿代他伏侍哩。”相国叹口气道:“怪他不得,其实这几日辛苦得紧,多应是劳碌上加了些风寒。少刻待他起来,可唤他来,待我替他把一把脉看,趁早用几味药儿赶散了罢。”蕙姿应说:“晓得。”说不了,只见一个女侍儿慌忙走来,把房门乱推,进来禀道:“老爷,不好了,昨夜内门被贼挖开了。”相国道:“有怎样事?内门既失了贼,决然从那百花轩后挖过来的。快着人去问杜相公曾失了些物件么?蕙姿,你可疾忙去唤你妹子来问他,昨日那内门是怎么样拴锁的?”蕙姿应声便走。不多时,院子与蕙姿一齐走到,一个禀说百花轩不见了个杜公子,一个禀说内房里不见了个韩玉姿。相国听说,老大吃了一惊。到底做官的毕竟聪明,心下早已明白,便起来坐在床上,叹口气道:“我也道这内门元何得有贼来?原来是这妮子与那小畜生做了手脚,连夜一同私奔去了。终不然伏侍的家僮也带了去?”分付院子:“快去唤他那伏侍的人来见我。”院子答应一声,转身便去。

原来那个聋子正爬起来,寻不见了杜开先,心下好生气闷。听着相国唤他,不知甚么势头,连忙走将过来。相国问道:“你家相公那里去了?”这聋子原是个有耳朵不听得人说话的,兜了这些不快乐,愈加听不着了,就把手向耳边指了一指,道:“老爷,小人是个聋子,说话听不明白,再求分付一声。”院子在旁道:“老爷问你相公那里去了。”聋子道:“这个却不晓得。小人昨夜打铺在他床后,只听得晚来咿咿唔唔,做了半夜的诗,直到五更天气方才住口。小人见他夜来辛苦了,趁早起来打点些点心与他吃吃,只见房门大开,鬼影都不见了。”相国道:“可曾带些什么东西去么?”聋子道:“别样物件小人尚未查点,只是一股凤头钗是他日常间最心爱的,端然还在那里。”相国听说了凤钗,便觉有些疑惑,遂对他道:“你快去拿来我看。”聋子回身,慌忙便去拿与相国。相国把凤钗一看,骂了一声道:“好贱婢!分明这股凤钗是他日常间戴的,可见他两个不止做了一日的心腹。”原来这股凤钗却是前番蕙姿赠

与杜开先的，哪里干着玉姿甚事？蕙姿在旁看见这钗儿，好生耽着惊恐。相国便对聋子道："你家相公与我府中一个女婢同走去了。"聋子听了这句，吓得把舌头一伸缩不进去，道："有这等事？怪见得这几日夜来睡在床上，不绝的嚎声叹气。"相国道："我府中没了个女婢，还不打紧，你家老爷不见了个公子，明日可不要埋怨着我。你可早早回去禀与你家老爷知道。"

聋子答应一声，连忙回去报与杜翰林得知。那翰林听罢，心中老大焦躁，便对夫人道："我那畜生，谁想做了这件没行止的事！难道这一世再也不要思量出头？他便去了也罢，终不然韩相国没了个女侍，明日肯干休罢了？"遂唤打轿到韩府去商议寻访。这正是若要不知，除非莫为，霎时间巴陵城里个个传说杜翰林的公子拐带了韩相国的女侍逃走去了。

杜翰林到了韩府，见了相国，两个把前事问答了一遍。杜翰林道："这还是老先生出一招帖，各处寻访一寻访的才是。"相国道："我那女侍既做个打得上情郎的红拂女，我学生也做个撇得下爱宠的杨司空，便丢了也不足惜。只是令郎差了主意，既把他看了上眼，何不就与学生明说，待我便相赠了何妨？如今学生出了招帖，外面人一来便要说我轻贤重色，二来只说我一个女侍，拘管不到，被他走了，可不坏了家声？还是老先生出一个招帖寻一寻令郎罢。"杜翰林道："不瞒老先生说，我那小犬原是螟蛉之子。若出了招帖，可不被外人谈论？这还要老先生商量一个计策便好。"两家正在那里你推我逊，商量不定，恰好那康汝平得知了消息，劈头正走将来。相见已毕，便把前前后后问了一遍，相国也把前前后后回答了一遍。康汝平免不得要在相国面前说两句好看话儿，道："今日杜兄去了，小侄方才敢说。他两个是当日新正时节，在西水滩头，杨柳岸边两船相傍，向那黄昏月下便以诗句酬和，那时就觉有些不尴不尬的光景，原不是一日的情由。如今他两个此去又不带一些行李，便出了巴陵地界，到得前路，遇着关津盘诘起来，毕竟送还原籍。但有一说，杜兄是个聪明人，决然不做这着迷的事。料来还在城中，左右隐迹在那一家里。二位老伯何不趁早着人密访，必然得个下落。"韩相国道："贤契所言果然非谬，原来他两个那时节便起了这个念头。"又想了一想，对着康汝平道："原来贤契到是一个好人，老夫却没了眼睛。也罢，我想人家女子到了这般年纪，自然有了那点念头，如何留得他住？我今还有个蕙姿，是他嫡亲姐姐。算来妹子去了，那个妮子决然也不长久。老夫若是打发出去与了别人，明日可不奚落了他？贤契若不见嫌，杜老先生在此，当面说过，就送与贤契做个铺床叠被何如？"康汝平听了，心里其实着得，却便不好应承，假意推托道："这个小侄怎么敢受？倘若杜兄明日依旧把他妹子带转来送还，那时又没了这一个，老伯岂不要追悔么？"相国道："贤契，一言既出，驷马难追。便是那妮子有个转来的日子，老夫自然就送与杜公子了。"杜翰林道："既是韩老先生有这个意思，贤契到不要推辞，省得拂了美情。"康汝平笑道："只恐小侄没福，受用不起。既然如此，待小侄就此回去与家父商量便了。"康汝平遂作别起身。杜翰林见康汝平去了，也就辞了韩相国出门。

相国送了进来，便唤蕙姿，分付把玉姿房中一应遗下的衣裳首饰，着几个女侍尽数搬将出来，当堂逐件点过，遂都交付与蕙姿。原来这康汝平回去就与父亲商议已定，韩相国便拣一个日子，果然把蕙姿送与他去。这回康汝平却是天上吊下来的造化，不要用一些气力，干干净净得了个美妾，正是“蜒蚰不动自然肥”。却又有一说，当初原是他两个先看上眼，所以如今这个蕙姿毕竟归于他，可见姻缘两字大非偶然矣。有诗为证：

邻舟陡遇意常痴，只恐相思无尽期。

且喜姻缘天作合，从空降下美娇姿。

前面康汝平得了韩蕙姿，两个新欢的光景，世间就是三岁孩童也晓得是免不得的，却也不须小子细说。且再说那杜开先同了韩玉姿私奔出来，趁了渔船，恰好船又小，人又少，况趁着下水，有些顺风，不上三两个时辰，约行了一百多里。看看天色将晚，但见那：

烟树朦胧，云山惨淡。山冈上，牧笛频吹，一个个骑牛回去；石矶边，渔歌齐唱，两双双罢钓归来。酒旗飏飏，还间着几盏天灯；黄犬呼哗，却早见一方村镇。

那个镇头，你道叫做甚么名字？就是双仙镇，长沙府管下的地方。这双仙镇原有一个古迹，当初那里有一座酒楼，极是热闹得紧。那汉钟离与吕洞宾不时幻迹到那楼上饮酒，饮罢便把诗来题在壁上。后来被世上人识破了诗句，晓得是个幻迹的仙人，从此他两个就不到这个所在，因此人便取名叫做双仙镇。这杜开先与韩玉姿在船中坐了一日，只当尽尽一日一夜不曾沾着些儿汤水。争奈心内带着彷徨，到也不觉得肚中饥饿。渐渐天色晚来，便记得起又不带得一些铺盖，免不得要到这个镇头上去寻个旅店安歇一宵，便对渔人道：“我们亲戚却正在这个镇上，可泊过去，待我们好上岸(崖)。这里有两钱多些银子送你罢。”渔人接了道：“相公早说这个双仙镇上，待我做两日撑来也好。”就把船泊将过去。杜开先到了这个所在，方才撇下了些惊恐，慢慢扶着韩玉姿同上岸(崖)去。行不数步，恰就是一个旅店，连忙近前问道：“此处可寄宿么？”店主人出来答应道：“二位到此，还是长歇的，短歇的？”杜开先道：“怎么叫做长歇短歇？”店主人道：“长歇的，或在这里一年半载，要把楼上客房收拾起来，好与你们安顿行李。若是短歇的，不过在这里面小房内便好暂住几个日子。”杜开先道：“我们也不是长歇的，也不是短歇的。我兄弟二人恰在前路探友回来，恐此时没有便船，权且借宿一宵，明早就去。若肯相留，现成铺盖便借一床，明日多多奉谢。”店主人笑道：“二位相公，我们开客店的虽有几床铺盖，只好答应来往客商，恐怕不中相公们意的。若是将就盖得，请进来就是。”杜开先假意儿对着玉姿道：“兄弟，这一夜儿，那里便不将就了？”两个径走进去。原来天色昏暗，那个认得他出是个女扮男妆，腰边没有那件东西的。这店主人见他两个斯文模样，不敢怠慢，就去开了小小一间幽雅轩子，引他二人进去住下，随即分付走动的打点晚饭，点灯进房。有诗为证：

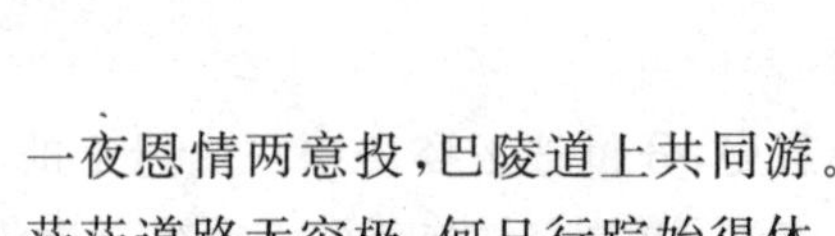

一夜恩情两意投，巴陵道上共同游。

茫茫道路无穷极，何日行踪始得休。

偏生他两个不该泄漏，撞着这个店主人着趣得紧。不然，或者做将出来。杜开先也恐暗里被人瞧破，直待吃完晚饭，将次睡倒，灭灯时节方才与韩玉姿去那巾服，两个睡做一头。

这杜开先虽然有事在心，见了这个娇滴滴如花似玉的睡在身边，那里熬得过？欲待轻轻动手，又恐韩玉姿心中有些不快活，况且两个又不曾睡过几夜，倘是被他回答几句，可不是一场没趣？只得按住这点火性，安安静静睡了一夜。次早黎明起来梳洗停当，谢了店主人即便起身。恰好那个镇头共来不满二三十个人家，其余都是偏僻地面，两个行来将近半里多路。你道这韩玉姿，夜来还好遮饰，这日间六眼不藏私，那里掩饰得过？就是别的或者一时看不出来，这双小小脚儿可是瞒得人过的么？趁着这四下无人，杜开先便把他巾服去了，打扮做个村中探亲的夫妇。有几个来往的见了，又估计他们是两个哥妹，又估计是一对夫妻。看看走了三四里，韩玉姿有些腿酸脚软，轻轻对着杜开先道："公子，我想在家穿了自在，吃了自在，何等安逸，那里晓得行路的这样苦楚？"杜开先安慰道："小娘子，到此也莫怨嗟了，少不得有个安闲的日子。你看前面白茫茫的，敢是一条水路，我和你慢慢行去，若有便船就趁了去罢。"两个又走了一会才到那个滩头，恰好有一只便船泊在那里，就趁了。渡去有三十余里，将近午牌时分，就到了长沙道上，依旧上了岸（崖）。正待落个店家吃些午饭，只见那里有四五爿饭店，中间一家门首贴着一张大字云：

巴陵地理舒石芝寓此

杜开先见了，对着韩玉姿道："娘子，巴陵却是我们的同乡，就到这个店里去。倘遇着乡人，大家略谈一谈也是好的。"韩玉姿却不回答。两个便走进去，正坐得下，那小二先拿两杯茶来。杜开先问道："你这店中的舒石芝先生可在这里么？"小二道："官人敢是要寻他看风水么？他在灶前替我们吹火哩，待我去唤来。"小二转身就走。

舒石芝见说有人寻他，只道是生意上头，连忙走来相见。杜开先仔细看过，只见他：

头戴一顶铁墩样的方巾，拂不去尘蒙灰裹；身穿一件竹筒袖的衣服，旧得来摆脱褙拖。黑洞洞两条鼻孔，恰便是煤结紧的烟囱；赤腾腾一双眼睛，好一似火炼成的宝石。蹲身灶下，吓得那鼠窜猫奔；走到人前，挨着个腰躬颈缩。

杜开先见他这个形状，便问道："老丈敢就是巴陵舒石芝先生么？"舒石芝听问了这一声，连忙答应道："小子正是。官人的声音却也是我巴陵一般。"杜开先道："我也就是巴陵。所谓亲不亲，邻不邻，也是故乡人。我想老丈的贵技到是巴陵还行得通，原何却在这里？"舒石芝道："不瞒官人说，俗语道得好：三岁没娘，说起话长。小子十六七年前在巴陵的时节，有一个宦族人家寻将去看一块风水，不期失了眼睛，把个大败之地到做个大发的看了。不及半年，把他亲丁共断送了十二三口，后来费

了多少唇舌还不打紧，到被那些地方上人，死着一个的也来寻着我，所以安身不牢。想来妻子又丧过了，便没有什么挂碍。那时单单只有个两岁的孩儿遗在身边，没奈何硬了心肠，把他撇在城外梅花圃里方才走得脱身，只得到这里来将就混过日子。"杜开先听他这一通，心下好生疑虑道："终不然这个就是我的父亲?"肚中虽是这等思量，口里却不好说出，只得再问道："老丈虽然那时把令郎撇下，至今还可想着么?"舒石芝道："官人，父子天性之恩，小子怎不想念？却有一说，我已闻得杜翰林把他收留，抚养身边做儿子了。"杜开先道："此去巴陵，路也不甚遥远，老丈何不回去访他一访?"舒石芝道："小子若再回到巴陵，这几根骨头也讨不得个囫囵。"杜开先事到其间，不敢隐瞒，倒身下拜道："老丈，你是我的父亲了。"舒石芝听说，心下一呆，连忙扯起道："官人，不要没正经，难道你这样一个标致后生，没有个好爹娘生将出来，怎么到错认了小子？若是兄弟叔侄，错认了还不打紧，一个父亲可是错认得的？快请起来！"杜开先便把两岁到今的话备细说了一遍，舒石芝到也有些肯信，道："世间撞巧的事也有，难道有这样撞巧的？这个还要斟酌。"小二在旁撺掇道："老舒，你好没福！这样一个后生官人认你做老子，做梦也是不能勾的，兀自妆模作样，强如在那灶头吹风煨火过这日子。他若肯认我小二做了父亲，我就端端坐在这里，随他拜到晚哩！"舒石芝道："且住。我还记得起当初撇下孩儿的时节，心中割舍不得，将他左臂上咬了一口。如今你要把我认做父亲，只把左臂看来，可有那个伤痕么?"杜开先就将左手胳(疙)膊掳将起，当面一看，果然有个疤痕。这遭免不得是他的儿子低头就拜，小二便把舒石芝揿在椅子上，只得受了两拜，道："孩儿，若论我祖坟上的风水，该我这一房发一个好儿子出来。还有一说，今日虽是勉强受你这几拜，替你做了个父亲，若是明日又有个父亲来认，那时教我却难理会他了。"杜开先笑了一声，便向身上脱下那件海青，袖中取出那顶巾来递与舒石芝替换。舒石芝问道："孩儿，你敢是先晓得爹爹在此受这狼狈，特地带来与我的么?"杜开先这遭想得是一家人，却便不敢隐瞒，把舒石芝扯到背后，轻轻对他把韩玉姿改换男妆私奔出来的话告诉一遍。舒石芝正待细问几句，只见那小二在旁叫了一声道："不要瞒我，正要和你说句话哩！"杜开先听了，便打下一个跄蹬，连忙上前问他。

毕竟不知这小二说出些什么话来，且听下回分解。

泥塑周仓威灵传柬　情投朋友萍水相逢

诗：

人生行足若飞禽，南北东西着意深。
万叠关山无畏怯，千重湖海岂沉吟。
奔波只为争名利，逸乐焉能迷志心。
谁想相逢皆至契，不愁到处少知音。

看来世间做不得的是那逆理事情。你若做了些自然心虚胆怯，别人不曾开着口，只恐怕他晓得了说出这家话来。这杜开先见小二叫这一声，只道他知了韩玉姿消息，心下懊悔不及，只得迎着笑道："小二哥，你有什么话说？"小二道："官人，你们十七八年的父子今日在我这店中重会，难道不是个千载奇逢？官人，你便送我几钱银子买杯儿喜酒吃吃何如？"杜开先见他不是那句话说，便满口应承道："这个自然相送。"舒石芝道："孩儿，这位小娘子便是我的媳妇了，何不请过来一见？"杜开先道："爹爹，媳妇初相见，只怕到有些害羞。先行个常礼，明日再慢慢拜罢。"转身对韩玉姿道："娘子，过来见了公公。"玉姿暗地道："官人，你的父亲难道是这等一个模样？教我好生不信。"杜开先笑道："娘子，我都认了，终不然你就不认他？莫要害羞，过来只行个常礼。"韩玉姿掩嘴道："官人，这个怎么教我相见？"杜开先低低道："娘子，便是如今乡风，做亲三日，也免不得要与公公见面的。"韩玉姿遂不回答，只得上前勉强万福。小二对舒石芝笑道："你把些什么东西递手[14]呢？"杜开先见他没要紧不住的说那许多诨话，便着他去打点三个人的午饭来。舒石芝问道："孩儿，我却有一句不曾问你，你如今取了甚么名字？"杜开先欠身道："孩儿自七岁时不肯冒姓外氏，曾向那梅花圃中遂指梅为姓，指花为名，取名梅萼。后来因杜翰林收留，便把梅字换了，改姓为杜萼，取字开先。"舒石芝道："好一个杜开先！今后我便以字相呼就是。"杜开先道："爹爹，孩儿但有一说：向年却是没奈何认居外姓，今日既见亲父，合当仍归本姓，终不然还叫做杜萼？"舒石芝想一想道："孩儿讲得有理，况且你如今又做了这件事在这里，正该易姓更名。依我说，别人只可移名，不可改姓，你今只可改姓，不可移名。表字端然是开先，只改姓为舒萼便了。"杜开先深揖而应。

舒石芝道："孩儿，还有一事与你商量。想我当初在这里，只是一个孤身，而今有了你两个，难道在这里住得稳便？不若同到长沙府去，别赁一间房子，一来便是个久长家舍，二来免得把你学业荒芜。你道这个意思好么？"舒开先道："爹爹所言正合孩儿愚见。但不知此去长沙府还有多少路程？"舒石芝道："不多，止有三十里路，两个时辰便可到得。"舒开先道："既如此，孩儿还带得些盘缠在这里，我们今日就此起身去罢。"原来舒石芝到这里多年，四处路径俱熟(孰)。舒开先便催午饭来吃了，当下取了些银子送店家，又把两钱银子谢小二，就在那地方上去买两副铺陈箱笼之类，连忙叫下船只，收拾起身。那小二一把扯住舒石芝笑道："你去便去了，只是莫要忘记了我这灶君大王。你便把起初这套衣服留在这里，待我们妆束起来，早晚也好亲近亲近。"舒石芝道："小二哥休要取笑，我还缺情在这里。明日有空闲时节，千万到府里来走走。"小二又笑了一笑，大家拱手而去。诗曰：

总是他乡客，谁知天性亲。
相逢浑似梦，家计得重新。

古人有两句说得好：至亲莫如父子，至爱莫如夫妻。这舒石芝与舒开先约有十几年不曾见面的父子，那里还记得面长面短？只是亲骨肉该得团圆，自然六合相凑。那韩玉姿虽是与他通了私情刚才两夜，又有一夜却是算不得的，便肯同奔出来，一段光景岂不是个恩爱？如今且把闲话丢开，且说这舒开先到了长沙府，把身边那些银子都将来置了家伙什物。不要说别样，连那舒石芝的地理烘然又行起来。你道他如何又有这个时运？看来如今风俗只重衣衫，不重人品。比如一个面貌可憎、语言无味的人，身上穿得几件华丽衣服到人前去，莫要提起说话，便是放出屁来个个都是敬重的。比如一个技艺出众、本事泼天的主儿，衣冠不甚济楚，走到人前说得乱坠天花，只当耳边风过。原来这舒石芝今番竟与撑火的时节大不相似，衣服体面上比前番周全了许多，所以那里的人见他初到，不知是怎么样一个地理先生，因此都要来把他眼睛试试。舒开先见父亲依旧行了运，老大欢喜，只当得了韩玉姿，重会了亲生父，岂不是终身两件要紧的事都完毕了？安心乐意把工夫尽尽用了一年，不觉流光迅速，又早试期将近。舒石芝道："孩儿，如今试期在迩，何不蚤蚤收拾行装上京赴选？倘得取青紫如拾芥，不枉了少年刻苦一场。"舒开先道："正欲与爹爹商议此事，孩儿却有两件难去。"舒石芝道："孩儿此(听)言差矣。岂不闻男子汉志在四方，终不然恋着鸳鸯凤枕，便不思量到那虎榜龙门上去么?"舒开先揖道："孩儿端不为着这个念头。第一件，爹爹在家，早晚伏侍虽托在玉娘一人，虑他是个弱质女流，未免无此疏失。第二件，孩儿恐到京中没个相知熟识，明日倘有些荣枯，可不阻绝了音信?"舒石芝道(想)："这也讲得有理。孩儿，我想你的日子虽多，我的年华有限。况且读书的那个不晓得三年最难得过？难道为着这两件事，就把试期挫过了？想来我们虽是在这里住了年把，并不曾置得一毫产业，有甚么抛闪不下？只要多用一番盘缠，大家就同进京去，别寻一个寓所暂住几时，待你试期后看个分晓，再作计处。"舒开先道："如此恰好，只恐爹爹的生意移到那里，人头上不晓得，恐一时有些迟钝。"舒石芝微笑道："孩儿，俗语两句说得好：万事不由人计较，一生都是命安排。再莫虑着这一件。如今可选个吉日，早早进京要紧。"舒开先道："爹爹，孩儿想得试期已促，既带了家眷同行，一路上未免有些耽延。拣日不如撞日，便把行李收拾起来，就是明日起身也好。"舒石芝道："孩儿这也讲得有理。你可快进去与玉娘商量，趁早打叠齐备，我且走到各处相与人家作别一声，倘又送得些路赆，可不是落得的?"舒开先便转身与玉姿商议定了，当下打叠行装。还有些带不去的零碎家伙，都收拾起来封锁在这屋下，托付左右邻居，次日巳牌起身前去。那一路上光景，无非是烟树云山，关河城郭，这也不须絮烦。

且说他们不多几时就到京中。将近了科场时候，各省来赴试的举子纷纷蚁集，那个不思量鏖战棘围，出人头地？原来那里有个关真君祠，极其显应，每到大比之年，那些赴试的举子没有一个不来祈梦，要问个功名利钝。这舒开先也是随乡人乡，三日前斋戒了，写了一张姓名乡贯的投词，竟到神前虔(处)诚祷告。待到黄昏时候，就向案前倒身睡下。这舒开先正睡到三更光景，只听得耳边厢明明的叫几声"舒萼"，忽然醒悟，带着睡魔朦胧一看，恰是一条黑魆魆的汉子站在跟前。你道怎生模样？但见：

状貌狰狞，身躯粗夯。满面落腮胡，仅长一寸；一张乌墨脸，颇厚三分。说他是下水浒的黑旋风，腰下又不见两爿板斧；说他是结桃园的张翼德，手中端不是丈八蛇矛。细看来，只见他肩担着一把光莹莹的偃月钢(刚)刀，手执着一方红焰焰的销金柬帖。

舒开先猛地里吃了一惊。那黑汉道："某乃真君驾前侍刀大使周仓的便是。这个柬帖是真君着某送来，特报汝的前程消息。"舒开先却省得日常间关真君部下原有一个执刀的周仓，便不害怕，连忙双手接了。展开一看，上面写着四句道：

碧玉池中开白莲，庄(装)严色相自天然。

生来骨格超凡俗，正是人间第一仙。

舒开先看了，省得是真君第二十二道签经也，便欲藏向袖中，周仓道："真君有谕，这柬帖上说话只可嘿记心头，不令汝带去使人知觉，泄漏天机也。"舒开先便又一看，依旧双手送还。蓦地里只听得钟鼓齐鸣，恰是本祠僧人起来诵早功课，方才惊醒，乃是南柯一梦。不多时，只见案前人踪杂踏，早又黎明时候，遂走起身，向真君驾前深深拜谢。转身看时，那右旁站的周仓与梦中见的端然无二，又倒身拜了两拜。

正待走出祠来，只听得后面有人叫道："杜开先兄，且慢慢去，小弟正要相见哩。"舒开先连忙回转头来仔细一看，你道这人是谁？原来就是康汝平，他也为应试来到这里。杜开先把腰弯不及的作了一个揖，蓦然想起前事，便觉满面羞惭。康汝平道："小弟与兄间别数载，不料此地又得重逢。若不见却，这祠外就是敝寓，同到那里少坐片时，叙年来间阔之情，意下何如？"舒开先道："小弟当时也是一时呆见，因此匆匆，不得与兄叮咛一别，何幸今日又得相逢，正所谓他乡遇故知了。"康汝平笑道："杜兄，洞房花烛夜已被你早占了先去，如今只等金榜挂名时要紧。"两人携着手一同走出祠门，果然上南四五家就是他的寓所。康汝平引进中堂坐下，慢慢的把前事从头细问。舒开先难道向真人面前说得假话？只得把前前后后私奔出来一段情景对他备细说了一遍。康汝平道："杜兄，你终不然割舍得把令尊老伯、令堂老夫人撇了到这来么？"舒开先道："一言难尽。不瞒康兄说，那杜翰林原是小弟义父，小弟自襁褓时，家父因遭地方多事，把我撇在城外梅花圃里脱身远窜，后来亏那管圃的怜我是个无父母的孤儿，就留在身边。及至长成，七岁便送到杜翰林府中。那杜翰林见小弟幼年伶俐，大加欢悦，就抚养成人，作为亲子，这却是已前的话说。不想那年奔出韩府，来到长沙村酒店，蓦地里与家父一旦重逢。"康汝平笑道："杜兄，这件是人生极快乐的，也算得是个久旱逢甘(间)雨了。但是一说，杜兄如今该归了本姓才是。"舒开先道："小弟原本舒姓，就是那年已改过了。"康汝平道："既然如此，小弟今后便不称那杜字了。敢问令尊老伯可还在长沙么？"舒开先道："家父也是同进京的。"康汝平道："小弟一发不知，尚未奉拜，得罪得罪。请问舒兄，那韩氏尊嫂可同到此么？"舒开先道："也在这里。"说不了，只见那帘内闪出一个女人来，他便偷睃几眼，却与玉姿一般模样，心下遂觉有些疑虑，便问道："康兄的尊嫂可也同来在这里？"康汝平笑了一声道："小弟正欲与兄讲这一场美事。"便走起身坐在舒开先椅边，遂把韩相国相赠蕙姿的话说一遍。舒开先道："有这样事？果然好一个宽洪大度的相国。此恩此德，何时能彀报他？"康汝平道："舒兄请坐，待小弟进去，着蕙姿

出来相见。”舒开先站起身道：“这个怎么敢劳？”康汝平笑道：“舒兄，这个何妨？我和你向年原是同窗朋友，如今又做了共派连襟，着难得的。却有一说，俗语道得好：姨娘见妹夫，胜如亲手足。”便起身进去，不多一会儿就同了蕙姿出来。舒开先恭恭敬敬向前唱喏，那蕙姿连忙万福。有诗为证：

交情间阔已多年，帝里重逢复蔼然。
况是内家同一脉，亲情友道两相兼。

蕙姿见罢，依旧走进帘内坐下，轻轻的启着朱唇道：“适才闻说我玉娘舍妹也与官人同到这里，不卜可迎过来一见否？”舒开先道：“令妹时常念及，也恨不能再图一见，不料今日重会京中，姊妹团圆，岂非天数？康姨既欲与令妹相见，何不就屈到敝寓去盘桓几日，却不是好？”康汝平道：“舒兄，他姊妹们年来不见，未免有些衷肠说话，恐令尊老伯在家，两下语言不便，还是迎尊嫂过来见一见罢。”舒开先满口应承，遂起身揖别。

回到寓所见了韩玉姿，到不提起祈梦缘由，竟把这些说话讲个不了。那玉姿见说蕙姿姐姐已随康公子同来，巴不得立时一见，把那年从奔出来之后韩相国怎么一个光景问讯明白，便叫一乘轿子抬到姐姐那里。那蕙姿听见妹子来了，欢天喜地，把个笑脸堆将下来，连忙近前迎接。到了堂前，两姐妹相见礼毕。有诗为证：

忆昔私行话别难，今朝相见喜相看。
天将美事俱成就，不似侯门婢子般。

蕙姿便把妹子迎到后厅坐下，迎着笑脸道：“妹子，你还记得在相国房中的时节，讲那句又做出前番彀当的说话吗？”玉姿红了脸道：“姐姐，难道瞒着你那个时节，只要事情做得机密，那里还顾得嫡亲姊妹？望姐姐莫把前情提起罢了。”蕙姿道：“妹子，我姐姐只道与你一出朱门，此生恐不能相见，怎知今番却有个重逢日子？”玉姿道：“敢问姐姐，那日我们私奔出来，不知老爷在你面前有甚说话？”蕙姿道：“再没有甚说话，只是那杜府的聋子把那股凤头钗送与老爷，老爷看了却不知清白，便道你们两个不止有了一日的念头。”玉姿道：“姐姐，老爷既知道了，后来曾着人缉访么？”蕙姿道：“那时杜翰林就来商议，要老爷先出一张招帖把你寻觅。老爷说道：‘我怎么好出招帖？他既做得打得上情郎的红拂妓，我便[做]得撇得下爱宠的杨司空。’杜翰林见说这两句，便道杜官人是个螟蛉之子，两家都不思量寻访了。”玉姿道：“姐姐，好一个汪洋度量的老爷！妹子虽是走了出来，那一个日子不想着他，如今不知他的身子安健否？”蕙姿道：“我为姐姐的前月因要同进京来，特去拜辞他，问他身子安否若何，他回说：‘好便好了些，只是成一个老熟病，不能彀脱体哩，”玉姿道：“我不知那一个日子能得去望他一望？”蕙姿道：“这有何难？只等你官人中了，便好同去见他一见。”玉姿道：“姐姐敢是讥诮着妹子了。这日子可是等得到的么？”姊妹两个说了又笑，笑了又说，看看天色傍晚，玉姿便要与姐姐作别起身，蕙姿一把扯住道：“妹子，只亏我和你打夥这十六七年，如今刚才来得半日就要思量回去。难道再在这里住不得几个日子么？”这蕙姿那里肯放。玉姿见姐姐苦留不过，只得又住了

一日，然后动身。两家自此以后做了个至亲往来，这蕙姿隔得五六日便把妹子接来见面一遭。

这康汝平又向关真君祠里租了两间空房，邀了舒开先一同在内，杜门不出，整整讲习个把多月。这正是心也坚，石也穿，他两个一向原是肯读书的，只是有了那点心情牵肠挂肚，所以把工夫都荒废了。如今心事已完，却才想那功名上去，是这一个月就胜了十年。一日，徐步殿堂，只见案前有一个人在那里讨[illegible][15]"。两个仔细看时，都觉有些认得，一时再也想不起他的姓名，又不好上前相问，只得站住看了一会。那人讨完了筊，回头见他二个也觉相认，遂拱手问道："二位敢是巴陵康相公、杜相公么？"舒开先与康汝平连忙答应道："正是。老丈颇有些面善，只是突然间忘记了尊姓大名。"那人道："二位相公果口口不认得了？正是贵人多忘事。老朽就是巴陵凤皇山清霞观的李乾道士。"两个方才省得，大笑一声道："原来是李老师，得罪了。"

你道这李道士为着甚事进京？平昔也有些志向的，却来干办道官出去的意思。这舒开先与康汝平隔得不上二三年，如何就不相认得？这也不是他们眼钝，只是李道士这几年里边操心忒过，须鬓飞霜，脸皮结皱，颓搭了许多，因此略认些儿影响。三人唱喏罢，舒开先问道："老师为何也到京来？"李道士笑道："二位相公此来为名，老朽此来，不过图些利而已矣。"康汝平道："老师为那件利处？"李道士道："不瞒二位说，老朽去年收得个愚徒，到也伶俐，便把观中事务托付与他，所以特进京来思量干办一个道官回去，赚得几个银子，买些木料，把敝观从新修葺起来，一来省得祖业倾颓，二来再把圣像重整，三来老朽不枉在观中住持一世，待十方施主、后代法孙也常把老朽动念一动念。"舒开先道："这就是名利两全了。"李道士道："二位相公，难得相遇在这里，老朽还有一言动问。"康汝平道："殿后就是我们书房，老师请同进去略坐一会，慢慢见教何如？"李道士道："原来二位在这里藏修，妙得紧，妙得紧。"三人便同进去。

但不知这李道士问起是那一件事，且听下回分解。

老堪舆惊报状元郎　众乡绅喜建叔清院

诗：

鹏翮乘风奋九秋，朱衣暗点占鳌头。
露桃先透三层浪，月桂高攀第一筹。
画壁已悬龙虎榜，锦标还属鹡鸰洲。
东风十二珠帘面，争羡看花得意流。

你道这李道士突然相遇，就有甚么说话问得？恰正要问的是舒开先前年那段光景。便欣然随了他两个走到房里，未曾坐下先问道："二位相公敢是一同到京的么？"康汝平道："一个在先，一个在后。"李道士道："老朽却想不到。若趁了二位的便船，一路上可不还省用些盘费？但有一说：二位相公一向同声相应，同气相求，足拟如兰之固，原何到分在前后起身？”康汝平道：“老师有所不知。我便在巴陵，舒兄一向在长沙，所以两处动身，到这里方才相会。”这李道士只晓得舒开先前年那番勾当，却不晓得他到长沙来，又与父亲重会。听见康汝平叫了一声“舒兄”，心下便疑惑起来，道：“康相公，怎么杜相公又改了姓？”康汝平又把他到长沙认父亲的话仔细明说。李道士把头点道：“这也是件奇事了。老朽去年虽是听得梅花观里许师兄谈起，略知一二大概，今日才晓得个详细。”舒开先道：“不知许老师近年来还清健否？”李道士叹口气道：“哎，许师兄已衰迈了。他不时还想念着舒相公，每与老朽会着，口中屡屡谈及。”舒开先道：“老师可晓得杜翰林后来曾有什么话与许老师谈着么？”李道士道：“这到不曾听见讲起。二位相公，老朽起身时节，说朝廷命下，钦取杜翰林老爷进京主试，可曾知道这个消息么？”舒开先惊讶道：“老师，果有此事么？我们到不曾探听得。”康汝平道：“舒兄，这也容易，我们就同到报房去问一问便见明白。”李道士道：“老朽敝寓就在监前，回去恰好同路。”舒开先道：“因风吹火，用力不多，我们顺便到李老师寓所奉拜一拜，却不是好？”李道士道：“老朽还未及虔诚晋谒，怎么敢劳二位相公先顾？”康汝平笑道：“少不得要来奉拜的，只是便宜又走一次。”

三人出了祠门，一问一答，径自同路而走。探听时，果然命下，大主考是巴陵杜灼。恰好大开选场，你看纷纷举子，那一个不思量姓名荣显，脱白挂绿？待得三场已毕，只见金榜高张，第一甲第一名是舒萼，湖广巴陵人。那些走报的巴不得抢个头报，指望要赚一块大大赏钱，𠃜𠃜𠃑𠃑直打进寓所来。原来那个地理先生又是晓得卜课的，正在那里焚香点烛，祷告天地，拿了一个课筒讨一个单单拆拆，忽见那一伙走报的打将进来，吓得手疏脚软，意乱心忙，把个课筒撇在地上，慌做一团。这些走报的那里晓得这个就是太老爷，一齐扯拽道：“他家相公已中了头名状元，不必你在这里捣鬼，快快请出，我们好接他亲人出来写赏钱哩！”舒石芝恰才吃了一惊，如今又听得孩儿中了状元，老大一喜，索性连个口都开不得了。没奈何挣了半日，方才说得出道：“列位老哥，这舒萼就是小儿。”看来如今世上的人果然势利得紧，适才见他拿了个课筒便要撚他出去，如今听说是他孩儿，个个便奉承道：“元来就是舒太爷，小的们该死了！”你看众人磕头如捣蒜的一般。舒石芝道：“列位，莫要错报了，我小儿那里有这样的福分中得状元？”众人道：“这个岂有错报之理？求太爷把赏钱写倒了。”舒石芝大喜道：“这却不消写得。若是小儿果然中了状元，决然重重相谢。”众人道：“还要太爷写一写开。”舒石芝道：“列位要写多少(了)呢？”众人道：“也不敢求多，只是五千两罢。”舒石芝把面色正了道：“怎么要这许多？写五两罢。”众人一齐喧嚷道：“太老爷，我们报一个状元只要打发得五两赏赐！若是报一个进士，终不然一厘也不要了？也罢，只写三千！”舒石芝便有些封君度量，也不与他说多说少，拿定主意，提起笔来便写下五百两。众人见是状元封君的亲笔，只要明日得个实数也尽勾了，那里再还计论。正待作谢出门，舒石芝又扯住问道：“列位，可曾见那二三甲里，有几个是我湖广巴陵人？”众人道：“太老爷，共来三百五十名进士，那

里记得完全？止有三甲结末这一名叫做康泰，也是湖广巴陵人。”舒石芝大骇道：“呀，果然康泰中在三甲末名！”众人道：“敢是太老爷的熟识么？”舒石芝道：“这是我小儿自幼的同窗朋友。”众人笑道：“一个当头，一个结尾，是着实难得的。”一齐闹哄哄走出门去。

原来功名二字，果然暗如黑漆，却是猜料不来的。你若该得中来，自然那鬼神必有预兆，所以舒开先该中状元，那关真君便向梦中明明预报，可见梦寐之事也不可不信。诸进士当日一齐赴琼林宴罢，次早清辰，俱来参谒大主试座师。原来这个座师就是杜灼翰林，他见第三甲末（没）名是个康泰，便晓得是康司牧的公子，只是这头名状元舒萼，心中狐疑不决，正要见一见是怎么样一个人物，遂唤听事官分付诸进士暂在叙宾厅请坐，先请一甲一名舒状元公堂相见。诸进士那里晓得有个螺蛳脑里湾的缘故，都议论道：“决然先要叙一叙乡曲了。”舒状元连忙进去，直到公堂上行了师生之礼。杜翰林把舒状元觑了几眼，便有些认得，分付：“掩门，后堂留茶。”原来舒状元虽然明知是他义父，巴不能勾相认一认，就徐步到了后堂，分师生叙坐。杜翰林问道：“贤契青年，首登金榜，极是难得。老夫忝居同乡，正要慢慢请教，但不知贤契祖籍还在那一府？”舒状元欠身道：“门生祖籍就是巴陵。谨有一言，不敢向恩师尊前擅自启齿。”杜翰林道：“老夫正要请教，贤契何妨细讲一讲？”你道他两家难道果是不相认得么？只因舒状元把杜姓改了，所以有这一番转折，却怪不得杜翰林怀着鬼胎。这舒状元又不好明认，便把幼年间情事备陈一遍。杜翰林呵呵大笑道：“我道有些认得，原来贤契就是杜开先。”舒状元连忙跪下道：“门生原是杜萼。”杜翰林一把扯起道：“快请起来，适才还是师生，免不得要行大礼。如今既是父子，到不可不从些家常世情。”舒状元便站起身来。杜翰林道：“我当初只道你做了这件短见的事，此生恐不能勾有个见面的日子。不想到得中了状元，可喜可羡。不知你缘何又改姓为舒？”舒状元就把到长沙遇着亲父的话便说了几句。杜翰林道：“原来又遇尊翁，一发难得的了。我初然意思指望认了状元回去光耀门间，如今看来却不能勾了。”舒状元道：“为人岂可忘本？亲生的，恩养的，总是一般。想舒萼昔年若非深恩抚养，久作沟渠敝瘠，今日焉能驷马高车？这个决然便转巴陵，一则拜谢夫人孤儿赖抚之恩，二则拜谢相国穷寇匆追之德。”杜翰林道：“言之有理。我闻得三甲末名的康泰就是司牧君的公子，可是真么？”舒状元道：“这正是汝平兄。”杜翰林道：“我也要另日接他进来一见，却还在嫌疑之际，少不得要在这里定一个衙门观政，还有日子，慢慢拜望他罢。如今只要寻一个便人，待我写一封书报与夫人得知便了。”舒开先道：“这也容易。凤皇山清霞观李老师正在这里干办道官，专待榜后起身回去。待舒萼回到寓所，写一封书浼他捎（稍）到府中就是。”杜翰林道：“难得有这个便人，到要浼他早去，待我还要封书与（去）韩相国要紧。”舒状元道：“既然如此，那李老师只在三五日内就要动身了。”杜翰林道：“你尊翁也同住（做）一寓么？”舒状元道：“家君也在这里。”杜翰林道：“这却不难，待我少刻与诸进士相见了毕，回衙就把书写停当，明日少不得奉拜尊翁，那时顺便带来就是。”商议定了，依

旧出到公堂，便唤开门，请诸进士上堂相见。那诸进士那里晓得其中就里，单单只有康汝平还知其口口，两个只当在后堂做了这半日的戏文。有诗为证：

易姓更名上紫宸，宫袍柳色一时新。

今朝重谒春台面，方识当年沦落人。

说这李乾道士带了两封书，一封是杜翰林送与韩相国的，一封是舒状元送与杜夫人的，不惮奔驰，星夜回至巴陵，先到杜府投递。那夫人听说京中有书寄来，只道是翰林寄回的家书，连忙着人把李道士留下，待要看了书上说话再问几句口信的意思。将书看时，只见护封上是舒莩图书。拆开一看，方才晓得新科状元舒莩就是当初收为义子的杜莩，老大欢喜道："谢天谢地！我只道他一去再也不能勾个音信回来，怎知今日到中了状元！只是他原名唤做杜莩，如何书上又写着舒莩？这个缘故，必然待他回来方才晓得。"随即着人出来问李道士道："可知道我杜老爷几时回来的消息？"李道士回覆道："杜老爷只等复命就回来了。"杜夫人便分付整治酒肴款待，李道士再三推却，遂告辞起身。杜夫人当下就与众族人计论打点建造状元坊，竖旗杆，立扁额。那些族人都说道："又不是我们杜门嫡派，明日外人得知，只这口他为耀，可不惹人笑话？"杜夫人见说，就心下想一想，只得又把这个念头付之冰炭了。

说这李道士离了杜府，带了杜翰林那封书一直再(在)到韩府，门上人先进禀知相国。相国疑虑道："我想那杜翰林自当初他义子杜开先去后，至今数年未曾一面，况且如今奉旨进京主试，料来与我没甚统属。可令那李道士进来相见一见，看他有甚话说。"李道士连忙进去，见了韩相国，便向袖中取出书来双手送上韩相国。相国接来当面开拆，从头至尾仔细看了一遍，忍不住大笑一声道："有这样事！我道这巴陵从来不曾有舒莩，不想就是那杜开先。古人道得好：尚可移名，不可改姓。他为何就把姓来改了？"李道士道："韩老爷可不知道，那舒状元自从出了府门之后就奔在长沙道上，不期在茅店中与亲父舒石芝偶然会着，两下说起前情，当就厮认，所以仍归本姓。"韩相国道："原来如此。茅店中遇着亲父，金榜上占了状元，这两件，难道口是天上吊将下来的大喜事么？还要请问一声，他既改了舒莩，那时杜老爷如何复认得来？"李道士道："其时杜老爷的意思，也想道巴陵并没有这个舒莩，敢是疑虑到状元身上去，因此等到诸进士参谒之时，先请状元进见。两个就在后堂把始末根由的说话一问一答，备细谈了半日方才说得明白。后来众进士知了这些说话，没有一个不说道是一桩异事。"韩相国问道："你可晓得他父亲舒石芝后来曾与杜老爷相见么？"李道士道："怎不相见？状元头一日去参见，两个厮认了，第二日杜老爷便来拜舒太爷，两位也整整说了半日。"韩相国道："如今状元在京，曾与杜老爷一处作寓还是两处作寓？"李道士道："小道起身的时节，状元端与舒太爷同寓。只闻得说末名康爷要在京听拨观政，打点移来与状元同寓，却不知后来怎么了。"韩相国道："他两个原是同窗朋友，如今又是同榜，正该同寓。只是状元既遇着了亲父，从今以后，我这巴陵未必有个再回转来的日子。"李道士道："小道闻得状元说只在目下打点回

来探望杜夫人，少不得要来参见老爷。”说不了，只见门上人拿了一个帖子进来禀道：“袁少伯老爷着人在外来下请帖。”韩相国正接帖子到手，李道士正走起身，韩相国留住道：“待我打发了来人，还再在这里细谈一谈去。”李道士道：“不瞒老爷说，小道敬承杜老爷台命，特地赍书授上，诚恐稽迟，因此还未敢回到敝观去哩！”韩相国道：“既然如此，我却不敢久留。”遂起身送出仪门。有诗为证：

大志私行三两年，孤儿寡女虑难全。
谁知金榜能居首，不意鳌头已占先。
自此可遮前日丑，从今安计旧时愆。
封书远寄传消息，试问多端月欲圆。

说这李道士别了韩相国出得城来，渐觉红轮西坠，思量要到凤皇山却又回去不及，只得径到梅花观里顺便望一望许叔清，就好借他观中宿歇一宵。正走进观门，见那东廊下站着一个后生道士，穿了一身孝服。李道士向前仔细认了一认，原来就是许叔清的徒孙。那道士却也认得是李道士，连忙过来问道：“老师敢是凤皇山清霞观李老师么？”李道士道：“然也。我在京中回来，特地来访许叔清师兄，敢劳传说一声。”那道士道：“老师想不知道，我家许师祖三月前偶得疯症，已身故了。”李道士大惊道：“有这等事？他的灵柩如今还停在那里？烦你引我去见一见。”那道士道：“现停柩在后面客厅里，请老师进去就是。”李道士便叹一口气道：“这正是天有不测风云，人有旦夕(时)祸福。”两个就一同来到客厅里，果见有许叔清灵柩停在中间，李道士就向柩前拜了几拜，十分悲咽。有诗为证：

生平同正道，今日隔幽明。
纵堕千行泪，焉知伤感情。

那道士道：“老师今日多应回观不及了，自到净室里安宿罢。”李道士道：“我一向在京中，如今恰才回来，特地望望许师兄，不想他蚤已亡(忘)故。我尚歉情，怎敢搅扰？”那道士道：“说那里话？老师与我师祖(父)道义相交，意气相与，非止一日，我们晚辈正要另乞垂青，终不然师祖亡过，老师便把这条路断绝了不成？”李道士笑道：“说得有理，明日少不得两家正要往来。就劳指引到净室借宿一宿。”道犹未了，那道童搬出晚饭来。两人饭毕，那道士便向柩前拿了一枝残烛，引了李道士到净室里。

原来这净室却是许叔清在时做卧房的。李道士走进去，看见收拾得异样齐整，便问道：“这间净室还是那一位的？”那道士道：“这原是许师祖的卧房。”李道士道：“我谅来决是许师兄的净室了，果然他收拾得精致。尝闻他在生时节，专好吟诗作赋，待我把架上简一简，看有甚么遗稿存下，拿些去做故迹也好。”那道士道：“老师有所不知，我家许师祖近来这几年渐觉老迈，那条吟诗作赋的肚肠不知丢在那边，只恐怕没有甚么诗稿遗下哩。”李道士道：“虽然没甚遗下，也待我简一简看。”便把烛台拿将过来，向架上翻了一会，只见一部书里藏着一个柬帖，写着两行字道：

第一甲一名舒莩湖广巴陵人
第三甲末名康泰湖广巴陵人

李道士看了，老大吃一惊道："这分明是许师兄的笔迹，难道他三月前就晓得他两个是今科同榜的？口古怪！"殊(除)不知许叔清在日道行有成，知过去未来，所以预知两人未来之事。李道士知他有些道行，遂向巴陵城中各处乡绅极力称扬，众乡绅各捐资筑了一座宝塔把他安厝，便把梅花观改为叔清上院。

但舒状元京中几时到家来，叔清上院有何话说，且听下回分解。

夫共妇百年谐老　弟与兄一榜联登

诗：

诗书端不负男儿，一举成名天下知。
昔日流亡谁敢议，今朝显达尽称奇。
双妻逊长从来少，二子同登自古稀。
利遂名成心意满，归来安享福无涯。

说这舒状元自写书与李道士寄来，不觉又是两个多月。一日，杜翰林于关真君祠内设席，请他与康进士二人。饮酒之间，舒状元与康进士陡然谈起当初祈梦一事，杜翰林问道："二位当日梦中曾得些甚么佳兆么？"舒状元便把梦里缘由一一说知。杜翰林道："元来得了这样一个奇梦，岂不是关真君的灵感？"康进士道："舒兄，你当日既有此梦，何不与小弟一讲？"杜翰林道："贤契，天机不可漏泄，不说破的妙。"舒状元道："康兄，你我蒙真君保祐，俱得成名，神明之德，不可不报。愚意正欲与兄商量捐些资费，要把圣像重装，殿宇重建，未审尊意如何？"康进士道："舒兄既有此意，小弟无不从命。"舒状元便唤庙祝过来商量，估计人工、木料并一应等项须用千金。次日就各捐五百两，择日兴工。不满两月之期，把一所真君的祠宇焕然一新，真君圣像遍体装金。有诗为证：

圣像巍巍俨若生，颓垣改栋一时更。
真君托梦非灵显，焉得舒生发至诚。

不数日，巴陵有讣音至，说康司牧公身故。康进士闻讣痛悼不已，杜翰林与舒状元再三宽慰，次日就要整顿行李回家守制。舒状元道："康兄既为令尊老年伯丧事急于回去，但程途遥远，跋涉艰难，不可造次。若再消停得几日，杜老师有回家消息，大家乘了坐船一齐回去，却不是好？"康进士强作笑颜道："父丧不可久滞他乡。若杜老师果然回去，便等两日这也使得。"说不了，只见杜翰林差人来说昨日命下，钦赐驰驿还乡，只是三二日内起马。康进士与舒状元大喜，各自分付家人收拾行李，专候登程。杜翰林分付打点二只座船，一只乘了舒状元、康进士两家家眷，一只乘了自己并舒太爷，择日开船。朝行暮止，将及十月就到巴陵。那李道士得知他们回来，连忙同清霞观道士远出迎接。杜翰林问道："二位从那里来？"李道士道："小道是凤皇山清霞观道士李乾，特来迎接杜老爷、舒老爷、康老爷的。"舒状元、康进士听说是李道士，就着人回覆道："舟中不便接见，权留在梅花观里，明日面拜。"李道士便同了那道士回到叔清上院住下。杜翰林与舒太爷的轿子在前，舒状元与康进士的轿子在后，进了城，康进士先别回去。舒太爷对杜翰林道："实不相瞒，学生久离巴陵，已无家舍，须在此告别，好寻寓所安歇。"杜翰林道："学生与老先生正是通家至谊，我家尽有空闲房屋，任(恁)凭选择一所便是。"舒太爷道："虽承美意，只恐在府上搅扰，不当稳便。"杜翰林笑道："老先生觉有些腐气，这句话一发不像通家的了。"舒太爷也笑，一齐同到杜府中来。那杜翰林许多亲戚闻知翰林与状元同回，早已知会，齐来庆贺。舒状元下轿进到厅上，便请杜夫人出来拜见。杜夫人欢喜得紧，也不管舒太爷在那里，连忙出来相见。舒状元先请父亲过来拜揖。那杜夫人原不认得这会[的]就是状元的亲父，乍会之间又不好开口问得，勉强向前道个万福，然后过来再与状元相见。舒状元恭恭敬敬把交椅移在当厅，再三请夫人坐了拜见，夫人坚执不允，舒状元便倒身下拜。杜夫人一把扯住道："状元，这个如何使得，只行常礼罢。"舒状元道："若非夫人自幼抚养，训诲成人，早作沟渠饿莩，焉能得有今日？"杜夫人笑道："若提起幼年间事还不得口心，若说今日真是状元的手段，如何归在我身上？惶愧惶愧。"舒状元只是拜将下去，杜夫人扯他不住，却也受了几拜，便问道："状元的夫人可同回来么？"舒状元微笑道："不瞒夫人说，未曾婚娶。"杜夫人道："你那年却是有了夫人去的。"舒状元答应不来，但把脸儿红了又红。杜翰林道："夫人且慢进去，舒状元的宅眷随后便到了。"杜夫人道："我正要问这个舒字明白。状元原名杜萼，前番写书回来，书上改了舒萼，今日老爷又称舒状元，却怎么说？"杜翰林道："夫人有所不知。这位舒太爷就是状元嫡亲令尊。"杜夫人惊讶道："原来状元已有了亲父。因此方才的说话都有些古怪。想将起来，我们端然是个陌路人了。"舒状元道："夫人何出此言？受恩深处亲骨肉，焉敢背忘？"杜夫人道："状元还在那里地方得与舒太爷相会？"舒状元便把长沙道上相会的事细说一遍。杜夫人正待再问几句，只见门上人进来禀道："状元夫人到了。"杜夫人忙不及的起身出来接了进去，相见礼毕，杜夫人笑道："夫人一路来风霜辛苦，请进内房暂息。"韩夫人低低应了一声，挽手同进。有诗为证：

轻盈窈窕出天然，半是花枝半是仙。
试看低低相应处，娇羞真足使人怜。

当下大排筵席。虽是替舒状元洗尘，又是与舒太爷会亲，大家畅饮酕醄，将近二更时分。这舒状元却遂满意足，越饮越醒，也不顾翰林与太爷在上，这个酒量不知从何而来。杜翰林见他饮得无休无歇，遂教随从的把后面花厅铺设停当，烧香煮茗伺候。舒太爷对状元道："今日初来，明日倘有乡绅拜望，若中了酒不便接见，恐失体统。可早睡罢。"舒状元不敢有违，东倒西歪，好像写"之"字一般，杜翰林着人扶他进后花厅里去睡了。

元来日间那杜夫人却不晓得一个舒太爷同来，仓卒之间不曾打扫得房屋，杜翰林就陪舒太爷在书房里权睡了一宵。次日清晨，韩相国特来相拜。这舒状元果然中了酒，却也起来不得。说便这等说，或者还是当时心病，不好相见，落得把中酒来

推托也未可知。但是别人不见也罢，至如韩相国，却是不得不见的，没奈何连忙起来梳洗，出去相见。韩相国笑道："状元少年登第，老夫亦与有光。今日看将起来，宁为色中鬼，莫作酒中仙。"舒状元是个聪明人，听说这两句却有深味，便不敢回答，只得别支吾道："舒萼不才，荷蒙天宠，皆赖老相国福庇。今日谨当踵门叩谢，不料反蒙先顾，罪不可言。"韩相国道："还是老夫先来的是道理。"舒状元低着头道："不敢。"韩相国道："老夫有句话儿要动问，险些忘怀了。闻得状元在长沙道重会了令尊，可是真么？"舒状元就把从头至尾说完，韩相国道："如今令尊老先生却在那里？"舒状元道："昨日也同到这里了。"韩相国道："其实难得。可见有状元福分的人，屡屡撞着喜事。老夫在此，何不请令尊老先生出来一见？"舒状元便请太爷与相国相见。舒太爷道："小儿向年得罪台端，重蒙海涵，老朽正欲同来叩谢，不期老相国先赐下顾，望乞原宥。"韩相国笑道："窃玉偷香，乃读书人的分内事，何必挂齿？"舒太爷背地对状元道："既蒙相国恩宥，着你浑家出见何妨？"状元令夫人出见，夫人见了相国，倒身便跪。相国一把扶起道："如今是状元夫人，怎么行这个礼？快请起来。"韩夫人红了脸，连忙起来，又道个万福，竟先进去。有诗为证：

今日何迁次，新官与旧官。
笑啼俱不敢，方信做人难。

又诗为证：

昔为相国婢，今作状元妻。
相见惟羞涩，情由且不题。

韩相国道："状元成亲已久，可曾得个令郎么？"舒状元道："端未曾有。"韩相国大笑道："看来状元到是有手段的，只因还欠会做人。老夫今日此来，一则奉拜杜老先生并贤乔(桥)梓，二则却有句正经说话，要与状元商议。"舒状元道："不识老相国有何见谕？"韩相国道："金刺史前者闻状元捷报至，便与老夫商量，他有一位小姐年方及笄，欲浼老夫作伐招赘状元。不须聘礼，一应妆奁已曾备办得有，只待择个日子便要成亲，不知状元尊意如何？"舒状元听了这句，却又不好十分推辞，便道："舒萼原有此念，只是现有一个在此，明日又娶了一个，诚恐旁人议论。"韩相国道："状元意思我已尽知，现有这个况不是明媒正娶，那里算得，还是依了老夫的好。"舒状元道："容舒萼计议定了，再来回覆老相国。"韩相国道："此事不可急遽，先要内里讲得委曲，也省得老夫日后耳热。"相国就走起身作别，状元父子直送出大门，看上了轿，方才进来。

舒状元当下便与夫人商议。韩夫人原是十分贤慧的，见说此言毫无难色，满口应承道："这是终身大事，况我与你无非苟合姻缘，难受恩封之典。我情愿作了偏房，万勿以我为念，再有踌躇也。"舒状元只道故意回他，未肯全信，因此假作因循，连试几日，那夫人到底是这句说话，并无二意。舒状元虽然放心，但念平昔恩爱之情，一时间心中又觉不忍。会金刺史择日成亲，韩相国差人来说，事在必成，不由自己主张。到了吉[日]良时，金刺史府中大开筵席，诸亲毕集，乡绅齐来，笙歌鼎沸，

鼓乐喧瑱，金莲花烛迎状元归去。巴陵城中有诗赞之云：

其　一

年少书生衣锦回，一时声价重如雷。

全家喜得乘龙婿，毕竟文章拾得来。

其　二

乌帽朱衣喜气新，一身占尽世间春。

今朝马上看佳婿，即是巴陵道上人。

舒状元此时也只是没奈何就了新婚，撇了旧爱。成亲一(十)月有余，那一会不把韩夫人放在心上？眠思梦想，坐卧不宁。懊恼无极，几回要把衷肠事与金夫人说知，又恐金夫人未必如韩夫人贤惠，说了反为不美。总然瞒得眼前，焉能瞒得到底？是以延延挨挨，欲言半吐半吞，平日间郁郁不乐不悦。金夫人见他如此，不知就里因由，或令置酒行乐，或令歌舞求欢，而闷怀依然如故矣。金夫人道："君家状元及第，身居翰林，况有千金小姐为妻，绮罗千箱，仆从数百，可称富贵无不如意，何自苦乃尔？请试为我言之。"从此不时盘问，便巧言掩饰，终无了期，舒状元只得把心事一一对金夫人说。谁想金夫人之贤惠又与韩夫人一般。金夫人听见状元一说，便道："状元，既有夫人在彼，何不早说？就迎到这里，我情愿让他做大，甘心做小，同住一处，有何不可？"舒状元道："我几番要对夫人说，诚恐夫人见嫌，所以犹豫到今。不料夫人有些舍容，真三生之幸也。"金夫人道："他那里等你不去，只道我有甚留难。倘若怨及于我，后边不好见面，再不可耽搁日子，待我便去告禀爹爹，明日就打发轿去迎接回来，一同居住在彼，可无白头之吟，妾与状元可免旁人议论，岂不美哉？"舒状元道："夫人美意我已尽知，只怕令尊乃端方正直之人，居官居乡，无不忌惮，恐说起这事未必有此委曲，与其说之不见其妙，莫若不说为高也。语云：人无远虑，必有近忧。请夫人三思。"金夫人道："我爹爹虽然执性，亦能推己及人。只要礼上行得去，极肯圆融。比如我兄妹数人，惟我最爱，凡有不顺意处，我爹爹无不委曲。今我与状元是百岁夫妻，终身大事，我自有一划好话对爹爹说，我爹爹必然应允，状元不必叮咛，更添烦恼。"

当下夫人就去对金刺史公说。刺史公沉吟半晌，因问道："吾儿此言从何而来？"金夫人道："出自状元之口。"金刺史公道："你爹爹一向闻状元原有夫人，恐怕我儿知之便不快活，故此不说。你今既要接他回来，岂不是一桩美事？倘若去接韩夫人，舒太爷也须同接到这里。"金夫人道："孩儿正欲如此。世间那有媳妇不事舅姑的道理？"当下先着人去说知，次日打发两乘轿，一乘去接舒太爷，差家人八名；一乘去接韩夫人，着丫鬟八人一同去到杜府。那韩夫人虽然贤慧，见状元久恋新婚，一向不去温存，心中未免有些焦躁。金府轿来相接，未知好歹若何，欲去又不好去，欲不去又不好不去，进退两难，全没一些主意，遂与杜夫人商量。杜夫人道："今日来接你决无歹意。况状元与你恩爱无比，难道去了一两个月就把前情忘了，将你奚落？金小姐虽然与状元结发，还未有一年半载。古[语]道：先入门为大。他年纪尚小，未有胆气，你今放心前去，好便在那里，不好抽身便转，凡事都在我身上，不必沉吟。”韩夫人听了杜夫人这一片话，狐疑尽释，心花顿开，欢欢喜喜，遂去梳妆，穿了盛服，作别起身，来到金府。元来舒太爷预先到了，韩夫人下轿到了大厅上，先拜见金刺史公并刺史夫人，再见小姐。那小姐见了韩夫人十分欢喜，满面堆下笑来，定要逊韩夫人作大。韩夫人见金夫人谦下得紧，心下也有些不安起来，就对金夫人道：“小姐阀阅名门，千金贵体，冰人作合；贱妾相门女婢，又与苟合私奔，自怜汙贱，久不齿于人类。甘为侍妾，愿听使令，安敢大胆抗礼？”金夫人道：“夫人与状元起于寒微，历尽艰辛始有今日，所谓糟糠之妻，礼不下堂。妾不过同享现成富贵而已。夫人居正，妾合为偏。”两个夫人你让我，我让你，你说一番，我又说一番，牵上扯下，逊了半日。金刺史公见他两个逊得不了，满心欢喜，遂大笑道：“我常虑此事不能调停，今见两人如此，吾无忧矣。”又向前对韩夫人道：“汝父母双亡，与吾女都嫁状元一人，吾女之父母即汝之父母，汝合拜我为义父母，汝与吾女拜为姊妹，合以姊妹称呼，均为状元妻，不分嫡庶，此天下之常经，古今之通义也。”舒太爷道：“老亲家高见，名分从此定矣。”两个夫人遂不谦让，便同拜谢刺史公与舒太爷，然后与状元同拜。有诗为证：

自古蛾眉惟嫉妒，焉能逊长作偏房？
借问舒君有何法，刑于二妇至今香。

是夜金府大排筵席畅饮一宵。次日巴陵城中人人称赞，个个播扬，都说是一桩奇事。康进士闻知，备了表里从新作贺。有诗赞云：

一凤跨双鸾，文身五彩备。
梧桐能共栖，和鸣天下瑞。

舒状元自有了这两个夫人，如鱼得水，过得十分恩爱。这两个夫人虽不分大小，也不知尔为尔我为我，就是一个。到及一年光景，两个夫人都生了一个孩儿，长名珪，次名璋，十分聪俊，舒状元满心欢喜。五六岁来，智慧无比，舒状元遂无心仕进，有意教诲二子矢志攻书，其母亦极力周支。一十八岁兄弟同登甲科，俱授美职，父子三人声闻显赫，此老堪舆眼力绝到，为子孙之至计也欤！后人有诗赞云：

世有堪舆子，负人不可言。
然此舒姓者，应或种心田。
能得巴陵秀，生子杜开先。
蚤岁蒙家难，孤身幸瓦全。
读书文似锦，好色胆如天。
遇父巴陵道，求名第一仙。
座师即义父，同舟返故园。
口口韩相国，执伐结姻连。
口口口逊长，二子甲科联。
口口口德大，谁似后人贤。

【注释】

①苍头:指奴仆。

②调鼎:烹调食物。梅子味酸,故可以用作调料。

③玉奴:梅花的别称。

④入泮:即进学,考中秀才。古代在学校前修建有半圆形的水池,名泮水,故称。

⑤藏修:入学修业的意思。

⑥三白:酒名。以白面为曲,并舂白秫,和洁白之水酿成。

⑦司马:即西汉司马相如。临邛富人卓王孙女文君雅好音乐,相如以琴挑之,卓文君遂乘夜与相如私奔。

⑧尊价:对别人厮仆之役的客气说法。价,仆人,家童。

⑨潭潭:深而大的意思。

⑩简点:即检点,照料的意思。明末避明思宗朱由检讳而改“检”为“简”。

⑪乌珠:箭靶上涂黑的靶心。这里是目标的意思。

⑫药师:唐李靖的本名。传奇小说《虬髯客传》载:李靖往谒杨素,杨素家伎红拂识其英雄大略,于是从李靖私奔。

⑬僝(音 chán)僽:责难的意思。

⑭递手:当作见面礼。

⑮讨筊(音 yào):求签。筊,房上的竹箔,这里指竹签。

西湖二集

（明）周清源著

明人周清源撰。清源名楫，号济川子，武林（今浙江杭州）人。凡三十四卷，三十四篇，每篇叙一个与西湖有关的故事。后人推测，作者在《西湖二集》之外还著有《西湖一集》，而后者亡佚已久，仅《西湖二集》尚流传于世。

《西湖二集》的故事多取自《西湖游览志余》等书，也有些作品改编自有关西湖的民间传说。作者生当明代末年，面对岌岌可危的明朝统治，或借南宋史实以歌颂忠臣烈士，或颂洪武盛世以鞭挞奸佞贪酷，较为明显地反映了当时封建社会知识分子的末世情绪和心态。小说所描绘的杭州社会风习和西湖的繁胜状况，也都是社会风俗史研究的珍贵史料。

徐君宝节义双圆

晚来江阔潮平，越船吴榜催人去。稽山滴翠，胥涛溅恨，一襟离绪。访柳章台，问桃仙囿，物华如故。向秋娘渡口，泰娘桥畔，依稀是、相逢处。　窈窕青门紫曲，旧罗衣新翻金缕。仙音恍记，轻拢漫捻，哀弦危柱。金屋难成，阿娇已远，不堪春暮。听一声杜宇，红殷丝老，雨花风絮。

这一只词儿名《水龙吟》，是陈敬叟记钱塘恨之作，盖因宋朝谢太后随北虏而去也。那谢太后是理宗皇后，丙子正月时，元朝伯颜丞相进兵安吉州，攻破了独松关，师次于皋亭山，那时少帝出降。是日元兵驻钱塘江沙上，谢太后祷祝道："海若有灵，波涛大作。"争奈天不佑宋，三日江潮不至。先前临安有谣道："江南若破，白雁来过。"白雁者，盖伯颜谶[①]也。到三月间，伯颜遂以宋少帝、谢太后等三宫六院尽数北去，那时谢太后年已七十余矣，所以陈敬叟这首词儿有"金屋阿娇，不堪春暮"之句，又以秋娘[②]、泰娘[③]比之，盖惜其不能死节也；况七十余岁之人，光阴几何，国破家亡，自然该一死以尽节，怎生还好到犬羊国里去偷生苟活？请问这廉耻二字何在！当时孟鲠有《折花怨》诗讥诮道：

匆匆杯酒又天涯，晴日墙东叫卖花。
可惜同生不同死，却随春色去谁家？

又有鲍钦一首诗讥诮道：

生死双飞亦可怜，若为白发上征船。
未应分手江南去，更有春光七十年！

那时宋宫中有个王昭仪，名清惠，善于诗词。随太后北去，心中甚是悲苦，题《满江红》词一首于驿壁上道：

太液芙蓉，浑不似旧时颜色。曾记得恩承雨露，玉楼金阙。名播兰簪妃后里，晕潮莲脸君王侧。忽一朝鼙鼓揭天来，繁华歇。　龙虎散，风云灭。千古恨，凭谁说。对山河百二，泪沾襟血。驿馆夜惊尘土梦，宫车晓碾关山月。愿嫦娥相顾肯从容，随圆缺。

王昭仪这首词传播天下，那忠心贯日的文天祥先生读这首词到于末句，再三叹息道："可惜夫人怎生说'随圆缺'三字，差了念头。"遂代作一首道：

试问琵琶，胡沙外怎生风色？最苦是姚黄一朵，移根仙阙。王母欢阑琼宴罢，仙人泪满金盘侧。听行宫半夜雨淋铃，声声歇。　彩云散，香尘灭。铜驼恨，那堪说。想男儿慷慨，嚼穿龈血。回首昭阳离落日，伤心铜雀迎新月。算妾身不愿似天家，金瓯缺。

又和一首道：

燕子楼中，又挨过几番秋色。相思处青年如梦，乘鸾仙阙。肌玉暗销衣带缓，泪珠斜透花钿侧。最无端蕉影上窗纱，青灯歇。　曲池合，高台灭。人间事，何堪说！向南阳阡上，满襟清血。世态便如翻覆雨，妾身元是分明月。笑乐昌[④]一段好风流，菱花缺。

那王昭仪五月到上都朝见元世祖。你道那一朝见怎生得过，可有甚干净事来！十二日夜，幸亏得宋朝四个宫人——陈氏朱氏与二位小姬自期一死报国，不受犬羊污辱。朱氏遂赋诗一首道：

既不辱国，幸免辱身。世食宋禄，羞为北臣。
妾辈之死，守于一贞。忠臣孝子，期以自新！

题诗已毕，四人遂沐浴整衣，焚香缢死。元世祖览了朱氏这首诗，大怒之极，遂断其首。王昭仪心慌，遂恳请为女道士。虽然如此，怎比得朱氏四位一死干净？若不亏朱氏四人，则宋朝宫中便无尽节死义之人，堂堂天朝，为犬羊污辱，千秋万世之下，便做鬼也还羞耻不过哩！就如那徐德言、乐昌宫主虽然破镜重圆，那羞耻二字却也难言。从来俗语道："妇人身上，只得这件要紧之事，不比其他物件可以与人借用得。"所以那《牡丹亭记》道："这件东西是要不得的，便要时则怕娘娘不舍的；便是娘娘舍的，大王也不舍的；便是大王舍的，小的也不舍的。那个有毛的所在，只好丈夫一人受用。可是与别人摸得一摸，用得一用的么？"只贼汉李全那厮尚且捻酸吃醋，一个杨老娘娘兀自不舍得与臊羯狗受用，何况其余学好之人，清白汉子？从来有大有小，君臣夫妇，都是大伦所关。此处一差，万劫难救。如今且说民间一个义夫节妇做个榜样。正是：

还将已往事，说与后来人。

话说宋朝那时岳州有个金太守，为官清正，一生尚无男子，只生个女儿，取名淑贞，自小聪明伶俐，读书识字。可怜金淑贞十二岁丧了母亲吴氏，金太守恐怕续娶之妻磨难前妻女儿，因此立定主意不肯续弦，只一个丫鬟在身边，以为生子之计。金淑贞渐渐长成一十六岁，出落得如花似玉，这也不足为奇。只因他广读诗书，深知礼义，每每看着《列女传》便啧啧叹赏道："为女子者须要如此，方是个顶天立地的不戴网儿的妇人。"从来立志如此，更兼他下笔长于诗词歌赋，拈笔便成，落墨便就，竟如苏老泉女儿苏小妹一般。金太守喜之不胜，道："可惜是个女子，若是个男儿，稳稳的取纱帽儿有余。休得埋没了他的才华，须嫁与一般样的人，方才是个对手。"访得西门徐员外的一个儿子徐君宝一十七岁，甚有才学，真堪为婿。金太守只要人品，不论门第，就着媒婆到徐员外处议亲。那徐员外虽是个财主，不过是做经纪之人，怎敢与官府人家结亲？徐员外当下回复媒婆道："在下是经纪人家，只好与门厮当、户厮对人家结亲，怎敢妄扳名门贵族，与官宦人家结亲？况且金老爷只得一位千金小姐，岂无门当户对之人？虽承金老爷不弃，我小儿是寒门白屋之子，有甚么福气，怎生做得黄堂太守的女婿？可不是折了寒家的福！"媒婆道："这是金老爷自家的主意，情愿与员外结亲，打听得你儿子有文才，所以不论门第高低。从来只有男家求女，那里有女家求男？休的推逊则个！"徐员外见媒婆立意要结亲，只得老实说出真情道："既承金老爷再三主意，这也是不必说的了。但有一桩最不方便之事，不要误了小姐的前程万里。"徐员外口里一边说，一边瞧着内里，恐怕自己婆子听得，便就低言悄语的对媒婆道："我家老妻极是不贤惠之人，系是小户人家出身，生性甚是偏执，嘴头子又极躁暴，终日好絮絮聒聒，骂大骂小。只因我在下让惯了他生性，他便靠身大了。以此耳根整日不得清净，好生耐烦他不得，无可奈何。小姐若嫁到我家来做媳妇，终日姑媳相对，怎当得他偏要絮聒？况且是一位千金小姐，金老爷掌中之珍，心头之肉，一生娇养惯的，怎生好到寒家来受老妻日后呕气？这亲事是别人求之不得的，在下怎敢推阻？只因这一件大事不便，恐明日误了小姐终身之事，反为不美。万万上复金老爷，别选高门对姻则个！"说罢，送媒婆出门。媒婆就将这话与金太守知道。

金太守也在狐疑之间，只恐嫁过去日长岁久，姑媳不和，好事反成恶事，反为不美。只因女婿有文才，日后是个长进之人，不忍轻易舍去，事在两难。遂将此事说与丫鬟，要丫鬟在女儿面前体探口风。丫鬟在小姐面前悄悄将此事说与知道。小姐道："一善足以消百恶，随他怎么絮聒，我只是一心孝顺，便是泥塑木雕的也化得他转。"丫鬟遂将此事禀与老爷，老爷知女儿一心愿嫁，又着媒婆去徐员外处说。徐员外见金太守立意坚决，自己小户人家，怎么敢推三阻四？只得应允。选择吉日，行了些珠钗彩缎聘礼。金太守遂倒赔妆奁，嫁到徐家。合卺之日，鼓乐喧天，花烛荧煌，好生齐整。但见：

笙簧杂奏，箫管频吹。花簇簇孔雀屏开，锦茸茸芙蓉褥隐。宝鼎香爇，沉

檀味捧出同心；银烛光生，红蜡影映成双字。门悬彩幕，恍似五色云流；乐奏合欢，浑如一天雾绕。宾赞齐唱《贺新郎》之句，满堂喜气生春；优伶合诵《醉太平》之歌，一门欢声载笑。搀扶的障着“女冠子”，簇拥“虞美人”，颤巍巍“玉交枝”，走得“步步娇”，满地都成“锦缠道”；撒帐的揭起“销金帐”，称赞“二郎神”，闹烘烘“赏宫花”，斟着“滴滴金”，霎时做就“鹊桥仙”。只听得丁丁当当“金落索”、“玉芙蓉”；一片价热热闹闹“四朝元”、“三学士”。果是门阑多喜气，女婿近乘龙。

话说徐君宝与金淑贞两个成亲捉对，好生一双两美，日日的吟诗作赋，你唱我和。徐君宝倒也不是娶个妻子，只当请了一个好朋友，在家相伴读书。这等乐事，天下罕有。争奈那个婆子娶得媳妇不上一月，他便旧性发作，道儿子恋新婚，贪妻爱，就有些絮絮聒聒起来。幸得徐员外十分爱护，对婆子道：“他是千金小姐，与我们小户人家骨头贵贱不同，别人兀自求之不得，我们不求而得之，这是我家万万之幸。我家想当发迹，所以金太守不弃寒贱，肯把我家做媳妇，正是贵人来踏贱地，烧纸般也没这样利市。你不见《牡丹亭记》上杜丽娘是杜知府的女儿，阴府判官也还敬重他，称他是千金小姐，看杜老先生分上，何况于我们？我们该分外敬重他才是，怎生絮聒轻贱他？明日金太守得知了，只说我家不晓事体，不值钱他的千金小姐。”苦苦劝这婆子。这婆子却是害了胎里之病一般，怎生变得转？随这老子苦劝，少不得也要言三语四，捉鸡儿，骂狗儿，歪厮缠的奉承媳妇几声。徐员外一时拦不住嘴，无可奈何，不住的叹息数声而已。亏得金淑贞识破他性格，立定主意，只是小心恭敬，一味孝顺，婆子却也声张不起，渐渐被媳妇感化了许多。

不意一年之外，徐员外丧门、吊客星动，老夫妻两口一病而亡。徐君宝与金淑贞汤药调理之余，身体甚是羸瘦不堪，兼之连丧双亲，苦痛非常，夫妻二人几次绝而复苏。守孝一年，又降下一天横祸来。你道这横祸却是怎生？那时正是度宗之朝，奸臣贾似道当国，封为魏国公，权势通天，人都称之为“周公”。他住西湖葛岭之上，日日与姬妾游湖，斗蟋蟀儿耍子，大小朝政一毫不理，都委于馆客廖莹中、堂吏翁应龙二人之手，各官府不过充位而已。正人端士尽数罢斥，各人都纳贿赂以求美官。贿赂多者官大，贿赂少者官小，贪风大肆，人莫敢说，以致元朝史天泽统兵围了襄阳，阿术统兵围了樊城，两处都围得水泄不通，以示必取之意。京湖都统制张世杰领兵来救，到得赤滩圃，被元人大战而败。夏贵又领一支兵来救，又被阿术新城一战，大败而还。那史天泽好狠，又拨一支兵付与张弘范守住鹿门，断绝宋人粮道并郢鄂的救兵。从此襄、樊道绝，势如垒卵之危。岳州与襄、樊相去不远，人心汹汹。徐君宝见襄、樊围困，自知生死不保，夫妻二人计议道：“襄、樊如此围困，其势断然不能保全。况贾似道当国，贪淫不理朝事，日日纵游西湖之上，与姬妾们斗蟋蟀，如此谋国，天下怎生能够有太平之日？元兵若破了襄、樊，乘上流之势，顷刻便到此地，我与你性命休矣。就使奔走逃难，苟活性命，其势亦不能两全，则我夫妻二人会合之日不多，乐昌破镜之事，必然再见，怎生是好？”金淑贞道：“生则同生，死则同

死，此是一定之理。乐昌宫主之事，我断不为。若日后有难，妾只有一死以谢君，当不作失节之妇，以玷辱千古之纲常也。”徐君宝道：“死则一处同死。你若能为尽节之妇，我岂为负义之夫？若你死而我不死，九泉之下，亦何面目相见？是有节妇而无义夫也。吾意定矣。”夫妻二人日日相对而泣，以死自誓。有诗为证：

平章日日爱游湖，不惜襄樊病势枯。
致使闺中年少侣，终朝死誓泪模糊！

不说徐君宝夫妻二人以死自誓，再说襄、樊一连围困了五年，事在危急，贾似道只是瞒着度宗皇帝，终日燕雀处堂，在半闲堂玩弄宝货，与娼尼淫媾，十日一朝，入朝不拜。宫中一个妃子在度宗皇帝面前漏泄了襄、樊围困消息，贾似道知了，遂把这妃子诬以他事赐死。自此之后，一发瞒得铁桶相似，竟置襄、樊于度外。荆湖制置使李庭芝见襄阳围急，差统制官二员，一名张顺，一名张贵，率领水兵数万，乘风破浪而来，径犯重围，奋勇争先，元兵尽数披靡，以避其锋，直抵襄阳城下。及至收军之时，独不见了统制官张顺。过了数日，见一尸首从上流而来，身披甲胄，手执弓矢，直抵桥梁，众兵士争先而看，不是别人，却是张顺将军，身上伤了四枪，中了六箭，怒气勃勃如生。众兵士都以为神，遂埋葬于襄阳城外。张贵进了襄阳，守将吕文焕要留他共守。张贵恃其骁勇，要还郢州，遂募二人能埋伏水中数日不食者持了蜡丸书，赴郢州求救。二人到了郢州，郢州将官许发兵五千，驻于龙尾州，以助夹击。二人又从水中暗来，约定了日子。怎知那郢州兵士前一日到，忽然风水大作，不能前进，退了三十里下寨，有几个逃兵走到元人处漏了消息。元人急差一支兵来，先据在龙尾州以逸待劳。张贵那知就里，统兵前进，鼓噪而前，渐渐摇到龙尾州，遥望见军船旗帜，只道是郢州来救之兵，及至面前，方知是元兵，张贵力战，身被十余枪，遂被元兵拿住。阿术要张贵投降，张贵立誓不屈，一刀结果了性命。元兵把张贵尸首扛到襄阳城下，守城之人无一不痛哭。吕文焕遂把张贵葬埋于张顺侧，建立双庙以祀之。有诗为证：

忠臣张顺救襄阳，力战身亡庙祀双。
此是忠臣非盗贼，休将《水浒》论行藏。

话说张顺、张贵二将来救襄阳，力战而死，败报到了朝中，贾似道只是置之不理。凡有献奇计的，贾似道都斥而不纳。直待元将张弘范用水陆夹攻之计破了樊城，城中守将都统制范天顺仰天叹道：“生为宋臣，死当为宋鬼。”遂自缢而死。都统制牛富率领死士百人巷战，元兵死伤者不可胜计。牛富渴饮血水，转战而进。元兵放火烧绝街道，牛富身被重伤，以头触柱，赴火而死。偏将军王福见主将战死，叹息道：“将军既死国事，吾岂可独生？”亦赴火而死。襄阳守将吕文焕见樊城已失，襄阳决无可保之理，星夜差人前往求救，贾似道并不发兵救援。吕文焕见元兵四面围困，恸哭了一场，只得投降了元朝。元兵破了襄阳，乘势席卷而来，取了郢州、鄂州、蕲州，攻破了岳州。百姓纷纷逃难出城，徐君宝夫妻二人双双出走。怎当得元兵杀人如麻，人头纷纷落地，男男女女自相践踏而死，不知其数，好生凄惨。但见：

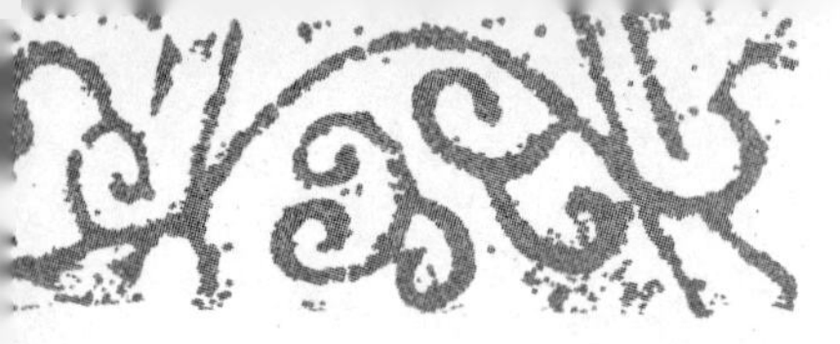

阴云惨惨，霎时间鬼哭神号；黄土茫茫，数千里魂飞魄丧。乱滚滚人头落地，略擦过变作没头神；骨都都鲜血横空，一沾着都成赤发鬼。呼兄唤弟，难见东西；觅子寻爷，那分南北？挨挨挤挤，恨乾坤何故难容千万人；奔奔波波，怨爹娘怎生只长两只脚。果是宁为太平犬，莫作乱离人。

话说徐君宝夫妻二人逃难而走，元兵从后杀来，血流成河，喊声震地。乱军中金淑贞回头，早已不见了夫主，心下慌张之极。正然四处寻觅，忽被一支兵来追杀，金淑贞急走忙奔，怎当得鞋弓袜小，当下被元兵拿住，解到唆都元帅帐下。那唆都元帅是杀人不斩眼的魔君，若是攻破了城池，便就屠戮城中人民，鸡犬不留。因见金淑贞生得分外标致，与众妇人不同，便有连恋之意，遂叫帐前管家婆监守。金淑贞自分必死，但不知徐君宝死活信息，倘或丈夫尚在，还指望一见，苟延残喘；若元帅逼迫，便自刎而亡，以报丈夫于地下。金淑贞立定主意，唆都元帅屡屡要奸淫他，金淑贞只是不从。唆都元帅虽好杀人，风月之事亦颇在行，见金淑贞强勉不从，也就不来十分上紧要他从顺。又恐怕逼迫之极自寻死路，可惜了这个出色的美人。因此不来强逼为婚，只是分付管家婆慢慢的劝解，要金淑贞自己从顺。正是：

得他心肯日，是我运通时。

却说唆都元帅带了金淑贞一路从岳州而来，几次要与金淑贞成其夫妻之事，那金淑贞一味花言巧语的答道："妾本是民间妇人，若做得元帅的姬妾，岂不是天大之福？但妾与夫主甚是恩爱，今乱军之中不知存亡死活。若丈夫尚在，妾便做了元帅的姬妾，这便是忘恩负义之人。忘恩负义之人，元帅又何取乎？待过了三五个月，慢慢探听，若妾夫果死于乱军之中，则妾之愿亦尽矣。妾身无归，便伏侍元帅可也。"唆都元帅听了金淑贞之言甚为有理，遂满心欢喜，再不疑心，也不来逼迫。那金淑贞日夜再不解带。

唆都元帅携了金淑贞从岳州直到了杭州地面，一路上逢州破州，逢县破县，杀得尸骸遍地，金淑贞好不心酸，又不知丈夫在那里。唆都元帅打破了杭州，降了少帝，屯兵于韩世忠旧宅之中。一路来数千里，都被金氏巧语花言骗过，再也不曾着手。金淑贞暗暗的道："昔韩世忠夫妻为宋室忠臣，他夫人是个娼妇，尚能立志如此。我若失节，何以见夫人于地下？"唆都偶然捉得一个岳州逃难来的人，恰好是徐君宝的邻人曹天用。唆都审问来历明白，却分付曹天用道："你若依俺言语，俺便重重赏你。若不依俺言语，俺便砍了你这颗驴头。"曹天用喏喏连声，怎敢不依？唆都道："你莫说出是俺主意，只说前日乱军之中，亲见徐君宝被乱军杀死在地，只此是实。"曹天用领了唆都之言。那唆都却只做不知，故意将曹天用暗暗传与金淑贞知道。金氏正要访问丈夫消息，得知曹天用在此，便悄悄访问丈夫细的。曹天用悉依唆都之言，又添上些谎，一发说得圆稳。金淑贞是个聪明之人，早已猜透八九分，只得假意痛哭。唆都一边就着管家婆说要成亲之事，金淑贞一发晓得是假。见唆都渐渐逼将拢来，恐受污辱，又假意对道："待妾祭过亡夫，然后成亲，未为晚也。"唆都信以为然。金淑贞暗暗的道："我死于韩世忠宅，韩夫人有灵，当以我为知己，强如

死在他处没个相知。”遂焚香再拜，暗暗祷祝，伏地痛哭。痛哭已毕，提起笔来写《满庭芳》词一首于壁上道：

汉上繁华，江南人物，尚遗宣政[5]风流。绿窗朱户，十里烂银钩。一旦刀兵齐举，旌旗拥、百万貔貅。长驱入，歌楼舞榭，风卷落花愁！　承平三百载，典章文物，扫地都休。幸此身未北，犹客南州。破鉴徐郎何在？空惆怅、相见无由。从今后，断魂千里，夜夜岳阳楼。

金淑贞题此词已毕，将身悄悄投入池中而死。唆都知道，不胜叹息。因伯颜丞相率领少帝三宫六院北去，唆都拔寨而起，离了韩世忠宅子。后人因见元兵去了，遂捞起金淑贞尸首，见他衣服层层缝得牢固。众人叹其节义，将棺木盛殓。

不说金淑贞死节，且说当日徐君宝被元兵赶来，几乎难免，只得躲于积尸之中，以尸遮蔽，过了一夜，方才走起来，逃得性命。身上还有包裹一个，撞着一阵败残军兵，那败残军兵杀元兵偏生没用，劫抢行李且是能事，把徐君宝的包裹抢掳而去。可怜徐君宝身边一文俱无，又是个读书之人，那里吃得辛苦？到此无计奈何，只得沿路乞食，访问妻子消息。有知道的说：“你的妻子被唆都元帅抢掳到杭州去了。”徐君宝两泪交流，暗暗的道：“不知妻子可能践得前日的言语否？不知还能一见否？”遂一路乞食而来。到于杭州地面，夜宿于古庙之中，思量国破家亡，好生凄楚。朦胧睡去，只见妻子走来道：“妾义不受辱，死于韩世忠宅池水之中，感得韩夫人结为知己，君可到来一看。”徐君宝大哭而醒，一步一跌，走到韩世忠宅，看见妻子棺木，可怜玉碎珠沉，拊棺恸哭，死而复生。又思国家尚且如此，自己身子亦何足惜？生则同衾，死则同穴，不枉了夫妻一场，也投入池中而死。众人遂把徐君宝尸首同葬于西湖之上。

那金太守城破之日，死于乱军之中。丫鬟怀孕逃出，也逃于杭州之地。后来生了一子，接续金门香火，年年祭扫徐君宝夫妻坟墓。后坟上生出连理木，人以为义夫节妇之感。有诗赞道：

义夫节妇古来难，试鉴清池血欲丹。
为问当年离乱事，可无榜样与人看。

【注释】

①谶(音 chèn)：迷信说法，指将来要应验的预言、预兆。
②秋娘：即唐代女子杜秋娘。本为李锜妾，李锜被诛后入宫，得宠于唐宪宋。后赐归故乡，穷老而歿。
③泰娘：唐代歌妓。唐刘禹锡有《泰娘歌》记其事。
④乐昌：南朝陈后主之妹乐昌公主。相传陈朝将亡，公主与驸马徐德言共破一镜，各执一半，以期日后相见。后公主入于隋杨素之家，以卖半镜得丈夫信息，最终与丈夫同归。
⑤宣政：政和、宣和，皆为宋徽宗的年号。指宋徽宗当政之时。

月下老错配本属前缘

晚山青，一川云树冥冥。正参差烟凝紫翠，斜阳画出南屏。馆娃归吴台游鹿，铜仙去汉苑飞萤。怀古情多，凭高望极，且将樽酒慰漂零。自湖上爱梅仙远，鹤梦几时醒？空留在六桥疏柳，孤屿危亭。　　待苏堤歌声散尽，更须携妓西泠。藕花深、雨凉翡翠；菰蒲软、风弄蜻蜓。澄碧生秋，闹红驻景，采菱新唱最堪听。一片水天无际，渔火两三星。多情月为人留照，未过前汀。

这首词儿是石次仲西湖《多丽》一曲。天下有两种大恨伤心之事，再解不得。是那两种？一是才子困穷，一是佳人薄命。你道这两种真个可怜也不可怜？在下未入正回，先把月下老故事说明。唐朝杜陵一人姓韦名固，幼丧父母，思量早娶妻子，以续父母一脉，不意高卑不等，处处无缘。韦固甚是心焦。贞观二年将游清河，寓于宋城南店。韦固求婚之念甚切，就像猪八戒要做女婿相似，好不性急，到处求亲。适有一个人道："此处恰好有一头亲事，是前清河司马潘昉的女儿，正在此要寻一好女婿，你来得正好，明日与你到他家去议亲。"约定明早在店西龙兴寺门首相会。这一夜韦固只思量一说便圆，巴不得即刻成亲，在床上翻来覆去好生睡不着。未到鸡鸣，早起梳洗，戴了巾子，急忙出门，三脚两步，早已到龙兴寺门首。不意去得太早，那里有起五更说亲的媒人？并不见所约之人。那时斜月尚明，但见一个白须老父倚着一个巾囊，坐在龙兴寺门首阶上，向月下翻书。韦固暗暗道："这老父好生怪异，怎生这般勤学，在月下观书？不知所观何书？"遂走到老父身边，看这书上之字都是篆、籀之文，一字也识不出。韦固甚是诧异，问这老父道："老父所看何书？小生少年苦学，无不识之字，怎生这字恁般奇异？"老父道："此非世间之书。"韦固道："既非世间之书，请问老父果是何人？"老父道："吾乃幽冥之人也。"韦固惊异道："既是幽冥之人，何以到此？"老父道："你自来得太早，非我不当来也。凡幽吏都主人生之事，生人既可行，幽冥独不可行乎？今道途之行人，人与鬼各半，人自不识耳。"韦固道："请问老父所主何事？"老父道："主天下婚姻之事，这便是婚姻簿籍。"韦固见老父说"主天下婚姻事"，正是搔着痒处，便问道："今我十年以来，遍求婚姻，处处无缘。今潘司马的亲事还成否？"老父道："非也。君之妇方三岁，到十七岁方与君与成亲。"韦固道："怎恁般迟？"老父道："此是冥数使然，不可早也。"韦固道："囊中何物？"老父道："这是赤绳子。"韦固道："要他何用？"老父道："凡是婚姻，及其相坐之时，潜用赤绳系其足，随你贵贱穷通、远近老少、中国夷狄，冤亲再不走开。今君之足，我已与你系于彼矣。"韦固道："吾妻安在？其家何为？"老父道："此店北卖菜家陈妪的女儿。"韦固道："可见否？"老父道："可见。彼常抱来卖菜，郎君若能随我同行，我当指示。"说话之间，不觉天明，那所约之人尚未来。老父把手中之书藏于囊中，遂负囊而行。韦固跟随在后，走入菜市，果然见一眇目老妪，手中抱着一个三岁女孩，且是生得丑陋。老父指道："此君之妻也。"韦固大怒道："杀之可乎？"老父道："此女子明日有子有福，当食大禄。因子之贵，当封夫人，又可杀乎？"说罢，便不见了老父。韦固明知其异，毕竟怪那女子丑陋，遂磨快一把小刀付与小厮道："你若与我杀了卖菜的女儿，我赏你万钱。"小厮次日袖中藏了这把快刀，走到卖菜场中，看定这眇妪的女儿，一刀刺之而走。一市鼎沸起来，大叫："捉杀人贼！"这小

厮落荒而走，幸而得脱回来。韦固问道："曾刺得杀否？"小厮道："咱看定了要刺其心，不意中眉，但不知死活何如？"

后来潘司马亲事究竟不成。连求数处，都似鬼门上占卦一般。直到十四年，韦固以父荫参相州军，刺史王泰命韦固摄司户椽。韦固大有才能，王泰甚是得意，遂把女儿嫁与韦固为妻。那女子年可十六七，颜色艳丽，眉间贴一花钿[①]。韦固问道："你怎生眉间贴这花钿？"女子不觉泪下道："妾非郡守之亲女，乃其侄女也。父亲曾为宋城知县，卒于任所。妾时尚在襁褓，母兄相继而亡，只有一庄在宋城南。乳母陈氏怜妾幼小，不忍弃妾，养于宋城南店，日日卖菜，供给朝夕。妾时只得三岁，被贼人所刺，幸而不死，但眉心伤痕尚在，故贴花钿以掩其丑。七八年间，叔父从事卢龙，哀妾孤苦，遂认以为女，因而嫁君也。"韦固道："汝之乳母陈氏眇一目乎？"妻道："果眇一目，君何以知之？"韦固道："刺汝者非他人，即我也。"妻子惊问，韦固细细说缘故道："汝当日甚丑，我心嗔怪，所以要刺死。若像今日这般颜色，断不刺也。"夫妻遂惊叹冥数之前定如此。后妻果生男名韦鲲，做雁门太守，封太原郡太夫人，与月下老人之言一毫无异。后宋城宰闻知此事，题此店为"定婚店"。如今说媒人为"月老"者此也。有诗为证：

急急求婚二十年，谁知婚在店门前。
有刀难断赤绳子，徒使伤痕贴翠钿。

古来道："红颜薄命。"这"红颜"二字不过是生得好看，目如秋水，唇若涂朱，脸若芙蓉，肌如白雪，玉琢成，粉捏就，轻盈袅娜，就随你怎么样，也不过是个标致，这也还是有限的事，怎如得"佳人"二字？那佳人者，心通五经子史，笔擅歌赋诗词，与李、杜争强，同班、马出色，果是山川灵秀之气，偶然不钟于男而钟于女，却不是个冠珠翠的文人才子，戴簪珥的翰苑词家？若说红颜薄命，这是小可之事，如今是佳人薄命，怎么得不要痛哭流涕！从来道：

聪明才子无钱使，龌龊村夫有臭钱。
骏马每驮痴汉走，巧妻常伴拙夫眠。

话说那朱淑真是钱塘人，出在宋朝。他父母都是小户人家出身，生意行中不过晓得一日三餐，夜眠一觉，如此过日便罢，那里晓得什么叫做"诗书"二字？那朱淑真自小聪明伶俐，生性警敏，十岁以外自喜读书识字。看官，譬如那汉曹大家[②]，他原是班固之妹，所以能代兄续成《汉书》；蔡文姬是蔡中郎的女儿，所以能赋《胡笳十八拍》；谢道韫是谢太傅的女儿，所以能咏柳絮之句；苏小妹是三苏一家，所以聪明有才：毕竟近朱者赤，近墨者黑。那朱淑真是何人所生，还是何人所教？不知不觉渐渐长大，天聪天明，会得做起诗来，真叫做"诗有别才，非关学也"。曾有《清昼》一绝做得最妙，道：

竹摇清影罩幽窗，两两时禽噪夕阳。
谢却海棠飞尽絮。困人天气日初长。

朱淑真一法通时万法通，会得做诗，又会得做词。从来做词的道："要宛转入情，低徊飞舞，惊魂动魄。”朱淑真偶然落笔，便与词家第一个柳耆卿、秦少游争雄，岂不是至妙的事么？他因春光将去，杜宇鸣叫，柳絮飞扬，爱惜那春光不忍舍去，遂作《送春词》一首道：

楼外垂杨千万缕，欲系青春少住春还去。犹自风前飘柳絮，随春且看归何处。　满目山川闻杜宇，便做无情莫也愁人意。把酒送春春不语，黄昏却下潇潇雨。

朱淑真虽然做得甚妙，却没一个人晓得他。就是做了，也没处请教人，不过自得其得而已。那时年登十七岁，出落得更好一个模样。怎见得好处？有《鹧鸪天》词儿为证：

盈盈秋水鬓堆鸦，面若芙蓉美更佳。十指袖笼春笋锐，双莲簇地印轻沙。
神情丽，体态嘉。螓首蛾眉更可夸。杨柳舞腰娇比嫩，嫦娥仙子落飞霞。

不说这朱淑真聪明标致，且说他一个娘舅叫做吴少江，是个不长进之人，混名“皮气球”。你道他专做的是那一行生意？

踢打为活计，赌博作生涯。
一生无信行，只是口皮喳。

这吴少江始初曾开个酒店在天瓦巷，后来一好赌博，把本钱都消耗了下去，借了巷内金三老官二十两银子，一连几年再也没有得还。金三老官问他讨了几十次，吴少江只得延挨。那金三老官前世不积不幸，生下一个儿子，杭州人口嘴轻薄，取个绰号叫做“金罕货”，又叫做“金怪物”。你道他怎么一个模样？也有《鹧鸪天》词儿为证：

蓬松两鬓似灰鸦，露嘴龇牙额角叉，后面高拳强蟹鳌，前胸凸出胜虾蟆。
铁包面，金裹牙，十指擂槌满脸疤。如此形容难敌手，城隍门首鬼拿挝。

金三老官生下这样一个儿子，连自己也看不过，谁人肯把女儿与他做妻子？除非是阴沟洞里掏臭的肯与他结亲。金三老官门首开个木屐雨伞杂货铺，这金罕货也有一着可取，会得塌伞头、钉木屐钉，相帮老官做生意。吴少江少了银子，无物可以抵偿，见金三老官催逼不过，要将这外甥女儿说与金三老官做媳妇，那里管他是人是鬼，是对头不是对头，不过是赖债的法儿。那金三老倒有自知之明，见自己儿子丑陋不堪，三分像人，七分像鬼，也再不与他说亲，恐苦害人家女儿。今日见吴少江说要将外甥女儿与他做媳妇，便是一天之喜，那二十两银子竟不说起，反买些烧鹅、羊肉之类，请吴少江吃起媒酒。杭州风俗，请人以烧鹅、羊肉为敬。吴少江见金三老官买烧鹅、羊肉请他，一发满怀欢喜，放出大量，一连倒了十来壶黄汤，吃得高兴，满口应承，不要说自己外甥女儿，连隔壁的张姑、李姑、钱姑一齐都肯应承。倒是金三老官过意不去，道：“难得少江与我作伐[3]，但我儿子十分丑陋，恐令亲未必肯允。”吴少江道：“我家舍妹，凡事极听我的说话。就是人家儿子相貌丑陋些何妨？只要挣家立业赚得钱，明日养得老婆儿女过活，便是成家之子。若是那少年白面郎君，外貌虽好看，全不中用，养娇了性子，日后担轻不得，负重不得，好看不中吃，反苦害

了老婆儿女。你儿子实是帮家做活之人，说甚么丑陋不丑陋!”金三老官连声称谢道：“全要少江包荒。”吴少江道：“这头亲事全在于我。”金三老官甚是感激，就走进去箱子里寻出那二十两借票，送还了吴少江，道：“事成之后，还有重谢。”吴少江喏喏连声，收了这纸借票作谢回家。有诗为证：

皮球作怪事全差，岂有嫦娥对夜叉？
二十两头先到手，乱将甥女委泥沙。

话说那吴少江一心只要赖他这一主债，那里管外甥女儿？果然一席之话，先骗了这一纸借票过来，满心欢喜道：“亲事说成了，还有谢礼在后。只不要说出相貌丑陋，自然成事。事成之后怕翻悔恁的来?”遂走到妹夫家里，见了妹夫妹妹，说了些闲话的谎。说谎之后，便道：“我今日特来替你女儿做媒。”妹妹道：“是那一家?”吴少江道：“就是我那天瓦巷内金三老官的儿子。金三老官且是殷实过当得的好人家，做人又好，儿子又会帮家做活，你的女儿嫁去，明日不愁没饭吃、没衣穿，这也不消得你两个老人家记挂得的了。况且又在我那巷内，只当贴邻间壁相似，朝夕相见的，又不消得打听。我决无误事之理，也不必求签买卦，那些求签买卦都是虚文。只是你知我见，便是千稳万稳之事。只要那里拣日下礼便是。”那皮气球的嘴，好不伶俐找绝，说的话滴溜溜使圆的滚将过去，就在别人面前，尚且三言两语骗过，何况嫡亲骨肉，怎不被他哄了？若是朱淑真的父母是个有针线的人，一去访问，便知细的，也不致屈屈断送了如花似玉的女儿。只因他的父母又是蠢愚之人，杭州俗语道：“飞来峰的老鸦，专一啄石头的东西。”听了皮气球之言，信以为真，并不疑心皮气球是惯一要说谎之人，即时应允。

那皮气球好巧，得了妹妹口气，即时约金三老官行聘。恐怕夜长梦多，走了消息，妹妹翻悔，趁不得这一主银子，遂急忙行了聘礼。行聘之后，父母方才得知女婿是个残疾之人，怨怅哥哥作事差错。那皮气球媒钱已趁落腰，况且已经行聘，便胆大说道：“律上只有女人隐疾要预先说过，不然，任凭退悔。那里有女家休男之理？若是女人丑陋，便为不好；如今是男人丑陋，有甚妨事？男人只要当得家，把得计，做得生意，赚得钱来养老婆儿女，便是好男子。若是白面郎君，好看不中吃，要他何用？稂不稂，莠不莠，日后反要苦害儿女。况且你女儿是个标致之人，走到他家，金三老官夫妻自然致敬尽礼，不到轻慢媳妇，你一发放心得下，怨怅恁的？你的女儿只当我的女儿一般。我曾看《西游记》，那猪八戒道得好：‘世上谁见男儿丑？只要阴沟不通通一通，地不扫扫一扫。’那猪八戒是个猪精，尚且菩萨还要化身招赘他做女婿，何况金三老官儿子，又不像猪八戒那般丑头怪脑之人，清清白白，父精母血所生，又不是恁么外国里来的怪物东西，为甚么做不得你家的女婿?”皮气球说了这一篇话，父母也不知《西游记》是何等之书，只道猪八戒是真有的事，况且已经行聘，无可奈何，怨怅一通，也只得罢了。有皮气球诗为证：

八片尖皮砌作球，水中浸了火中揉。
原来此物成何用，惹踢招拳卒未休。

那时只苦了朱淑真。听得皮气球这一篇屁话，恨得咬牙切齿，无明业火高三千丈。只因闺中女孩儿，怎生说得出口？只得忍气吞声，暗暗啼哭不住，道："我恁般命苦！不要说嫁个文人才子，一唱一和，就是嫁个平常的人，也便罢了。却怎么嫁那样个人，明日怎生过活？只当堕落在十八层阿鼻地狱，永无翻身之日了。空留这满腹文章，教谁得知！"终日眉头不展，面带忧容。一日听得笛声悠扬，想起终身之苦，好生凄惨，遂援笔赋首诗道：

谁家横笛弄轻清，唤起离人枕上情。
自是断肠听不得，非关吹出断肠声。

次年红鸾天喜星动，别人是红鸾天喜，唯有朱淑真是黑鸾天苦星动，嫁与金罕货，那时是十八岁。朱淑真始初只道还是三分像人，七分像鬼，及至拜堂成对之时，看见金罕货奇形怪状，种种惊人，连三分也不像人，竟苦得他两泪交流，暗暗的道："这样一个人，教奴家怎生承当！这皮气球害我不浅，我前世与你有甚冤仇，直如此下此毒手？只当活活的坑死我了。"有董解元《弦索西厢》曲为证：

觑了他家举止行为，真个百种村。行一似栲栳，坐一似猢狲。甚娘身分，驼腰与龟胸，包牙缺上边唇。这般物类，教我怎不阴哂？是阎王的爱民。

说话的，你只看《水浒传》上一丈青扈三娘嫁了矮脚虎王英，一长一短之间，也还不甚差错。那潘金莲不过是人家一个使女，有几分颜色，嫁了武大郎这个三寸钉谷树皮，他尚且心下不服，道错配了对头，长吁短叹。何况这朱淑真是个绝世佳人，闺阁文章之伯，女流翰苑之才，嫁了这样人，就是玉帝殿前玉女嫁了阎王案边小鬼一样，叫他怎生消遣？没一日不是愁眉泪眼。那金三老官夫妻见媳妇果然生得标致，貌若天仙，晓得吃亏了媳妇，再三来安慰。你道这桩心事，可是安慰得的么？只除不见丈夫之面，倒也罢了，若见了丈夫，便是堆起万仞的愁城，凿就无边的愁海，真是眼中之钉一般。无可奈何，只得顾影自怜，灯下照看自己的影子，以遣闷怀。有《如梦令》词为证：

谁伴明窗独坐？我和影儿两个。灯尽欲眠时，影也把人抛躲。无那，无那，好个凄惶的我。

朱淑真自言自语道："昔日贾大夫丑陋，其妻甚美，三年不言不笑。因到田间，丑丈夫射了一雉，其妻方才开口一笑。我这丑丈夫只会塌伞头、钉木屐钉，这妇人又好如我万倍矣。古诗云：'嫦娥应悔偷灵药，碧海青天夜夜心。'若嫁了这样丈夫，不如嫦娥孤眠独宿，多少安闲自在！若早知如此，何不做个老女，落得身子干净，也不枉坏了名头。"你看他一腔愁绪，无可消遣，只得赋诗以写怨怀：

静看飞蝇触晓窗，宿酲未醒倦梳妆。
强调朱粉西楼上，愁里春山画不长。

又一首道：

门前春水碧如天，座上诗人逸似仙。
彩凤一双云外落，吹箫归去又无缘。

又一首道：

鸥鹭鸳鸯作一池，须知羽翼不相宜。
东君不与花为主，何事休生连理枝？

那朱淑真看了春花秋月，好风良日，果是触处无非泪眼，见之总是伤心。你教他告诉得那一个？不过自己闷闷。倏忽之间，已是正月元旦。曾有《蝶恋花》词记杭州的风俗道：

接得灶神天未晓，炮仗喧喧催要开门早。新褙钟馗先挂了，大红春帖销金好。　炉烧苍术香缭绕，黄纸神牌上写天尊号。烧得纸灰都不扫，斜日半街人醉倒。

话说杭州风俗，元旦五更起来，接灶拜天，次拜家长，为椒柏之酒以待亲戚邻里，签柏枝于柿饼，以大橘承之，谓之"百事大吉"。那金妈妈拿了这"百事大吉"，进房来付与媳妇，以见新年利市之意。朱淑真暗暗的道："我嫁了这般一个丈夫，已够我终身受用，还有什么'大吉'？"杭州风俗，元旦清早，先吃汤圆子，取团圆之意。金妈妈煮了一碗，拿进来与媳妇吃。淑真见了汤圆子好生不快，因而比意做首诗道：

轻圆绝胜鸡头肉，滑腻偏宜蟹眼汤。
纵有风流无处说，已输汤饼试何郎。

那诗中之意，无一不是怨恨错嫁了丈夫之意。不觉过了一年，次年上元佳节又到，灯景光辉。朱淑真看了往来看灯之人，心想："纵使未必尽是佳人才子，难道有我这样一个丈夫不成？我前世怎生作孽，受此苦报？"做首词儿名《生查子》道：

去年元夜时，花市灯如昼。月上柳梢头，人约黄昏后。　今年元夜时，月与灯依旧。不见去年人，泪湿春衫袖。

又题诗一首道：

火树银花触目红，极天歌吹暖春风。
新欢入手愁忙里，旧事经心忆梦中。
但愿暂成人缱绻，不妨长任月朦胧。
赏灯那得工夫醉？未必明年此会同。

话说那朱淑真愁恨之极，日日怨天怨地，无可告诉，只得写一张投词，在家堂面前日日哭诉道："我怎生有此不幸之事？上天，你怎生这般没公道？你的眼睛何在？怎生将奴家配了这般人？"拜了又诉，诉了又拜。那投词上写道：

诉冤女朱淑真诉为冤气难伸事：窃以因材而笃，乃天道之常；相女配夫，实人事之正。以故佳人才子，适叶其宜；愚妇村夫，各谐所偶。半斤配以八两，轻重无差；六画共成三爻，阴阳有定。念淑真生无一黍之非，配有千寻之谬。虽面目肌发具体而微；乃籧篨[4]戚施[5]较昔而甚。春花秋月，谁与言哉？良夜好风，啜其泣矣！断肠有分，瞑目何嫌？缱绻司乃尔湖涂，赤绳子何其贸乱？恨纤手不能劈华嵩之石，怨绵力无由触不周之山。实天道之无知，岂人心之多聩？试问淑真以何因缘而受此苦！谨诉。

那朱淑真怨恨冲天，日日拜告天地，从春间拜起，拜至深秋。

一日晚间，正在那里焚香拜告，只见两个青衣女童请他到一个所在。重重宫殿，中有金字额，题“缱绻之司”四字。左右皆锦衣花帽之人，威仪齐整。黄罗帐内，中间坐着一尊神道，眉清目秀，三绺髭须，带紫金冠，束红抹额，穿红锦袍，系白玉带，开口道：“吾乃氤氲大使是也，主天下婚姻簿籍。汝怨气冲天，日日告拜天地，玉帝将汝投词敕下缱绻司。吾今阅汝投词上有‘生无一黍之非，配有千寻之谬’，汝但知今行无‘一黍之非’，不知前世有‘千寻之非’哩！汝听我道，汝前世本一男子，名何养元，系读书之人。里中有一女子名奚二姐。那何养元一日在楼下走过，见奚二姐生得标致，遂起不良之心，勾引奚二姐身边一个丫鬟，名为玉兰，传消递息，将奚二姐奸骗了，誓有夫妻之约。一年之后，何养元中了进士，嫌奚二姐是小户人家，又嫌他是失节之人，不肯成其夫妻。奚二姐遂嗔怪那玉兰道：‘是他传消递息，坏了我身体！’奚二姐遂含恨而死，玉帝殿前告了御状，要索取何养元性命。从来阴府之罪以负心杀生为重，幸何养元生平不食牛肉，曾有戒杀之功，功德广大。又曾诵观世音菩萨《普门品》三年，头上火光冲天，鬼使不敢近身。因此官高爵显，位列三台，寿余七十，福报已尽。命终之日，玉帝敕我缱绻司行报，我遂把奚二姐为汝之夫。因他不守闺门，淫奔失节，有伤风化，所以罚他丑头怪脑，愚蒙不识，为人世所贱。因何养元破败奚二姐女身，又害他性命，所以罚汝转身为女子。因有不食牛肉戒杀诵经之功，所以使汝标致聪明，能为诗文，亦罚你五年含恨而死，以偿其负心之罪。玉兰转世为皮气球，当日是汝叫他传消递息，害了奚二姐性命。如今亦是他做媒说合，害汝性命。但玉兰是罪之首，皮气球死后罚作粪中之蛆，永绝人身。总是一报还一报之事，并无一毫差错，你待埋怨谁来？不要说你一人，俺这婚姻簿上就如算子一般，一边除进，一边除退，明明白白，开载无差。”遂命帐前判官取簿籍过来，一一指与朱淑真道：“我细说与你听，昔日西子倾覆吴王社稷，我嫌他生性狠毒，把他转世为王昭君，吴王转世为毛延寿，点坏了昭君容貌，使他有君不遇，有宠难招，直罚他到漠北苦寒之地，与胡虏为妻，死葬沙场，至今有青冢之恨。卓文君乃王母玉女，蟠桃会上拍手惊了群仙，玉帝牒我缱绻司注他有再嫁之过。蔡文姬前世为妒妇，绝夫之嗣，上帝大怒，遂罚他初适卫仲道，被胡虏左贤王虏去十二年，又嫁屯田都尉董祀，一生失节，极流离颠沛之苦。潘贵妃、张贵妃、孔贵妃等俱以骄淫惑主，败国亡家，罚他二十世为娼妓。薛涛、苏小小前世俱为文人才子，只因生性轻薄，不信三宝[⑥]，转世罚作妓女。晋绿珠有坠楼之忠，田六出有投河之烈，正气凛凛，绿珠转世为刘令娴，嫁与徐悱；田六出转为关氏，嫁与常修，都为佳人才子，诗词唱和。苏若兰织锦回文以邀夫主，后世仍托身苏氏门中为苏小妹，窦韬为秦少游，依旧夫妻相得，小妹微妒，所以先少游而死。原妾赵阳台，为长沙义娼以终其志。赵阳台生前不信三宝，亦罚为娼女。其他夫妻俱有因缘报应，一一都载在这簿籍上，尽是前世之事，不止于今生也，我缱绻司断不糊涂。汝五年限满，偿了奚二姐之命，若仍旧戒杀诵经，命终之日当转世为男子，投托好处，休得怨恨！”说罢，仍命青衣女童送

回。朱淑真从殿门而出，一路上回来，还至身边，青衣女童大叫数声，遂欠伸而醒。恍惚之间，如有所见，都一一记得明白。自此之后，怨恨少减，因而戒杀诵经，以保来世。

那时有个魏夫人，也会得做诗，但他的夫主不似金罕货这般粗蠢。魏夫人闻知朱淑真做得好诗，自己不信，道："世上既生周瑜，难道又生诸葛亮不成？我不信还有好如我的哩！"遂置办酒肴以邀淑真，命丫鬟队舞，因要淑真面试，以辨其真伪，遂以"飞雪满群山"五字为韵。淑真乘着酒兴，磨得墨浓，蘸得笔饱，依韵赋五绝句。"飞"字韵道：

管弦催上锦茵时，体态轻盈只欲飞。
若使明皇当日见，阿蛮[7]无计恍杨妃。

"雪"字韵道：

香茵稳衬半钩月，往来凌波云影灭。
弦催紧拍促将遍，两袖翻然作回雪。

"满"字韵道：

柳腰不被春拘管，凤转鸾回霞袖缓。
舞彻《伊州》力不禁，筵前扑簌花飞满。

"群"字韵道：

占断京华第一春，清歌妙舞实超群。
只因到晓人星散，化作巫山一段云。

"山"字韵道：

烛花影里粉姿闲，一点愁侵两点山。
不怕带他飞燕妒，无言逐拍省弓弯。

朱淑真走笔题完，文不加点，不惟词旨艳丽，连那飞舞之妙一一写出。魏夫人见了大惊道："真既生瑜又生亮也！"从此敬服，结为相知之契。朱淑真生平没人知他诗词，今日遇见了魏夫人，方有知己，每每诗词往来，互相谈论古今文义，极其相得，竟如女夫妻一般。虽然，女夫妻怎比男夫妻，毕竟郁郁而死，只得二十二岁，果应缱绻司五年限满之言。淑真死后，皮气球亦立刻而死，人说他被淑真活捉而去，足以为说谎做媒者之戒。那蠢父母又信和尚之言，把朱淑真的尸首清明前三日一把火烧化了。杭州风俗，小户人家每每火葬，投骨于西湖断桥之下。白骨累累，深为可恨。他那蠢父母不唯火葬了朱淑真的尸首，又并生平所做诗文也拿来火葬了，今所传者不过百分之一耳，岂不可惜！后来王唐佐为之立传，魏端礼为辑其诗词，名曰《断肠集》，刊布于世，人人脍炙，朱淑真之名方才惊天动地，人人叹息其薄命。至今杭州俗语道"大瓦巷怨气冲天"者此也。有诗赞道：

女子风流节义亏，文章惊世亦何如。
苹蘩时序宁无预，诗酒情怀却有余。
愁对莺花春苑寂，苦吟风月夜窗虚。
丈夫莫羡多才思，宋女不闻曾读书。

【注释】

①花钿：用珠宝金翠等制成的花形饰物。

②曹大家（音 gū）：即汉代班昭。嫁曹世叔，寡居后屡次受召入宫，为皇后与诸贵人教师，因号曰“大家”。

③作伐：《诗经·豳风·伐柯》：“伐柯如何，匪斧不克；取妻如何，匪媒不得。”后来因称做媒为“作伐”。

④籧篨（音 qū chú）：因丑疾而不能俯身的人。

⑤戚施：蟾蜍的别名。因为蟾蜍四足据地，无颈，不能仰视，所以用来比喻驼背的人。

⑥三宝：佛教以佛、法、僧为三宝。后因以“三宝”指佛教。

⑦阿蛮：杨贵妃的小名。

石点头

(明)天然痴叟著

明代话本小说集,凡十四卷,十四篇。今存明崇祯间苏州叶敬池刊本,题"天然痴叟著"。天然痴叟的生平事迹今不详,由冯梦龙为该书所作的《序》知其号"浪仙氏",应为冯梦龙的朋辈中人。

"石点头"取义于东晋高僧生公在虎丘说法终使顽石点头的故事,寓"推因及果,劝人作善"之意。今选的《贪婪汉六院卖风流》、《侯官县烈女歼仇》两篇,或揭露贪官污吏的贪婪成性,搜刮民财无所不用其极;或赞颂被骗的妇女奋起抗争,手刃仇雠的大智大勇,可以说是此书中最为杰出的篇章。

贪婪汉六院卖风流

志士不敢道,贮之成祸胎。
小人无事艺,假尔作梯媒。
解释愁肠结,能分睡眼开。
朱门狼虎性,一半逐君回。

这首诗,乃罗隐秀才[①]咏孔方兄之作。末联专指着坐公堂的官人而言,说道任你凶如狼虎,若孔方兄到了面前,便可回得他的怒气,博得他的喜颜,解祸脱罪,荐植嘘扬,无不应效。所以贪酷之辈,涂面丧心,高张虐焰,使人惧怕,然后瓷其攫取,遭之者无不鱼烂,触之者无不齑粉。此乃古今通病,上下皆然,你也笑不得我,我也说不得你。间有廉洁自好人,反为众忌,不说是饰情矫行,定指是吊誉沽名,群口挤排,每每是非颠倒,沉沦不显。故俗谚说:"大官不要钱,不如早归田;小官不索钱,儿女无姻缘。"可见贪婪的人,落得富贵;清廉的,枉受贫穷。因有这些榜样,所以见了钱财,性命不顾,总然被人耻笑鄙薄,也略无惭色。笑骂由他笑骂,好官我自为之,这两句便是行实。

虽然如此,财乃养命之源,原不可少。若一味横着肠子,嚼骨吸髓,果然不可。若如古时范史云[②],曾官莱芜令,甘自受着尘甑釜鱼。又如任彦升[③],位至侍中,身死之日,其子即衣不蔽体,这又觉得太苦。依在下所见,也不禁人贪,只是取之有

道，莫要丧了廉耻。也不禁人酷，只要打之有方，莫要伤了天理。书上说“放于利而行”，这是不贪的好话。“爱人者，人恒爱之”，这是不酷的好话。又道是：“留有余不尽之财，以还造化；留有余不尽之福，以还子孙。”先圣先贤，那一个不劝人为善，那一个不劝人行些方便？但好笑者，世间识得行不得的毛病，偏坐在上一等人。任你说得舌敝唇穿，也只当做飘风过耳。若不是果报分明，这使一帆风的正好望前奔去，如何得个转头日子？在下如今把一桩贪财的故事，试说一回，也尽可唤醒迷人。诗云：

财帛人人所爱，风流个个相贪。

只是勾销廉耻，千秋笑柄难言。

话说宋时有个官人，姓吾名爱陶，本贯西和人氏。爱陶原名爱鼎，因见了陶朱公致富奇书，心中喜悦。自道陶朱公即是范蠡，当年辅越灭吴，功成名就，载着西子，扁舟五湖，更名陶朱公，经营货殖，复为富人。此乃古今来第一流人物。我的才学智术，颇觉与他相仿，后日功名成就，也学他风流潇洒，做个陶朱公的事业，有何不可？因此遂改名爱陶。这西和在古雍州界内，天文井鬼分野，本西羌地面。秦时属临洮，魏改为岷州，至宋又改名西和。真正山川险阻，西陲要害之地。古诗说：“山东宰相山西将。”这西和果是人文稀少，惟有吾爱陶从小出人头地，读书过目不忘。见了人的东西，却也过目不忘，不想法到手不止。自幼在书馆中，墨头纸角，取得一些也是好的。至自己的东西，却又分毫不舍得与人。更兼秉性又狠又躁，同窗中一言不合，怒气相加，揪发扯胸，挥砖掷瓦，不占得一分便宜，不肯罢休。这是胞胎中带来的凶恶贪鄙的心性，便是天也奈何他不得。

吾爱陶出身之地，名曰九家村，村中只有九姓人家，因此取名。这九姓人丁甚众，从来不曾出一个秀才。到吾爱陶破天荒做了此村的开山[④]秀才，不久补廪食粮。这地方去处没甚科目，做了一个秀才，分明似状元及第，好不放肆。在闾里间兜揽公事，武断乡曲，理上取不得的财，他偏生要取，理上做不得的事，他偏生要做。合村大受其害，却又无处诉告。吾爱陶自恃文才，联科及第，分明是瓮中取鳖。那知他在西和便推为第一，若论关西各郡县的高才，正不知有多多少少，却又数他不着了。所以一连走过十数科，这领蓝衫还辞他不得。这九家村中人，每逢吾爱陶乡试入场之时，都到土谷祠、城隍庙、文昌帝君座前祝告，求他榜上无名。到挂榜之后，不见报录的人到村中，大家欢喜，各自就近凑出分金，买猪头三牲，拜谢神道。

吾爱陶不能得中，把这般英锐之气，销磨尽了。那时只把本分岁贡前程，也当春风一度。他自髫年入泮，直至五十之外，方才得贡。出了学门，府县俱送旗扁，门庭好生热闹。吾爱陶便阖门增色，村中人却个个不喜，惟恐他来骚扰。吾爱陶到也公道，将满村大小人家，分为上中下三等，编成簿籍，遍投名贴，使人传话道：“一则侥幸贡举，拜一拜乡党；二则上京缺少盘缠，每家要借些银两，等待做官时，加利奉还。有不愿者，可于簿上注一‘不与’二字。”村农怕事，只要买静求安，那个敢与他硬？大家小户，都来馈送。内中或有戥秤轻重，银色高低不一，尽要补足。

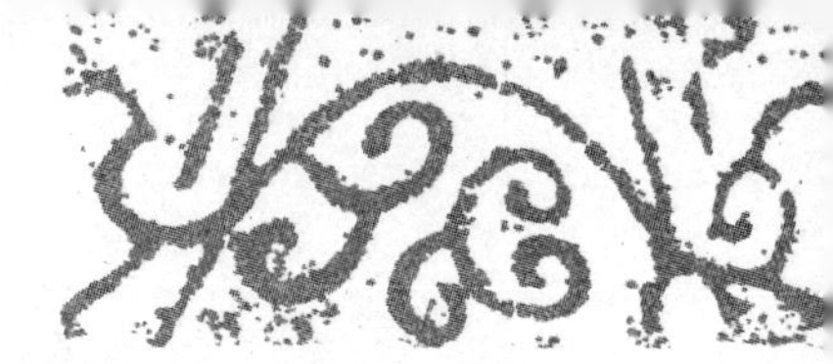

吾爱陶先在乡里之中，白采了一大注银子，意气洋洋，带了仆人，进京廷试。将缙绅便览细细一查，凡关中人现任京官的，不论爵位大小，俱写个眷门生的贴儿拜谒，请求荐扬看觑，希冀廷试拔在前列。从来人心不同，有等怪人奔竞，又有等爱人奉承。吾爱陶广种薄收，少不得种着几个要爱名誉收门生的相知，互相推引。廷试果然高等，得授江浙儒学训导。做了年余，适值开科取士，吾爱陶遂应善治财赋公私俱便科中式。改官荆湖路条列司监税提举，前去赴任，一面迎取家小。原来他的正室无出，有个通房，生育儿女两人。儿子取名吾省，年已十岁，女儿才只八岁。这提举衙门，驻扎荆州城外，吾爱陶三朝行香后，便自己起草，写下一通告示，张挂衙门前。其示云：

本司生长西郿，偶因承乏分榷重地。虻负之耻，固切于心，但职司国课，其所以不遗尺寸者，亦将以尽瘁济其成法，不得不与商民更新之。况律之所在，既设大意，不论人情；货之所在，既核寻丈，安弃锱铢。除不由官路私自偷关者，将一半入官外，其余凡属船载步担，大小等货，尽行报官，从十抽一。如有不奉明示者，列单议罚。特示。

出了这张告示，又唤各铺家分付道："自来关津弊窦最多，本司尽皆晓得。你们各要小心奉公，不许与客商通同隐匿，以多报少，欺罔官府。若察访出来，定当尽法处治。"那铺家见了这张告示，又听了这番说话，知道是个苛刻生事的官府，果然不敢作弊。凡客商投单，从实看报，还要复看查点。若遇大货商人，吹毛求疵，寻出事端，额外加罚。纳下税银，每日送入私衙，逐封亲自验拆，丝毫没得零落。旧例吏书门皂，都有赏赐，一概革除，连工食也不肯给发。又想各处河港空船，多从此转关，必有遗漏。乃将河港口桥梁，尽行塞断，皆要打从关前经过。

一日早堂放关，见几只小猪船，随着众货船过去，吾爱陶喝道："这是漏税的，拿过来！"铺家禀说："贩小猪的，原不起税。"吾爱陶道："胡说！若俱如此不起税，国课何来？"贩猪的再三禀称："此是旧例蠲免，衙前立碑可据，请老爷查看，便知明白。"吾爱陶道："我今新例，倒不作准，看甚么旧碑？"分付每猪十口，抽一口送入公衙，恃顽者倍罚。贩猪的无可奈何，忍气吞声，照数输纳。刚刚放过小猪船，背后一只小船摇将过来，吾爱陶叫闸官看是何船。闸官看了一看，禀复是本地民船，船中只有两个妇女，几盒礼物，并无别货。吾爱陶道："妇女便与货物相同，如何不投税？"铺家禀道："自来人载船，没有此例。"吾爱陶道："小猪船也抽分了，如何人载船不纳税，难道人到不如畜生么？况且四处掠贩人口的甚多，本司势不能细细觉察，自今人载船，不论男女，每人要纳银五分。十五岁以下，小厮丫头，止纳三分，若近地乡农，装载谷米豆麦，不论还租完粮，尽要报税。共余贩卖鸡鸭、鱼鲜、果品、小菜，并山柴稻草之类，俱十抽其一。市中肩担步荷，诸色食物牲畜者，悉如此例。过往人有行李的，除夹带货物，不行报税，搜出一半入官外，余无货者，每人亦纳银五分。衙役铺家，或有容隐，访出重责三十，枷号一月，仍倍罚抵补。"

这主意一出，远近喧传，无不骇异。做买卖的，那一个不叫苦连天。有几位老

乡绅，见其行事可笑，一齐来教训他几句，说："抽分自有旧制，不宜率意增改。倘商民传之四方，有骇观听，这还犹可，若闻之京师，恐在老先生亦有妨碍。"吾爱陶听罢，打一躬道："承教了，领命。"及至送别后，却笑道："一个做官，一个立法，论甚么旧制新制？况乡绅也管不得地方官之事。"故愈加苛刻，弗论乡宦举监生员船只过往，除却当今要紧之人，余外都一例施行。任你送名贴讨关，全然不睬。亲自请见也不相接，便是骂他几句，也只当不听见。气得乡绅们奈何他不得，只把肚子揉一揉罢了。

一日正出衙门放关，见乡里人挑着一担水草，叫皂隶唤过来问道："这水草一担，有多少斤数，可曾投税？"乡里人禀说："水草是猪料，自来无税。"吾爱陶道："同是物料，怎地无税？"即唤铺家将秤来，每一百斤抽十斤，送入衙中喂猪。一日坐在堂上，望见一人背着木桶过去，只道是挑绸帛箱子的。急叫拿进来，看时，乃时讨斋饭的道人，背着一只斋饭桶。也叫十碗中抽一碗，送私衙与小厮门做点心。便是打渔的网船经过，少不得也要抽些虾鱼鳅鳝来嘎饭咽酒。只有乞丐讨来的浑酒浑浆，残羹剩饭，不好抽分来受用。真个算及秋毫，点水不漏。外边商民，水陆两道，已算无遗利。那时却算到本衙门铺家及书役人等，积年盘踞，俱做下上万家事。思量此皆侵蚀国课，落得取些收用。先从吏书，搜索过失，杖责监禁，或拶夹枷号。这班人平昔锦衣玉食，娇养得嫩森森的皮肉，如何吃得恁般痛苦？晓得本官专为孔方兄上起见，急送金银买命。若不满意，也还不饶。不但在监税衙门讨衣饭的不能脱白，便是附近居民，在本司稍有干涉的，也都不免。为此地方上将吾爱陶改做吾爱钱，又唤做吾剥皮。

又有好事的投下匿名贴，要聚集商民，放火驱逐。吾爱陶知得，心中有几分害怕，一面察访倡首之人，一面招募几十名士兵防护，每名日与工食五分。这工食原不出自己财，凡商人投税验放，少不得给单执照，吾爱陶将这单发与士兵，看单上货之多寡，要发单钱若干，以抵工食。那班人执了这个把柄，勒诈商人，满意方休。合分司的役从，只有这士兵沾其恩惠，做了吾爱陶的心腹耳目，在地方上生事害民。没造化的，撞着吾爱陶，胜遭瘟遭劫。那怨声载道，传遍四方。江湖上客商，赌誓发愿便说："若有欺心，必定遭遇吾剥皮。"发这个誓愿，分明比说天雷殛[5]死、翻江落海一般重大，好不怕人。不但路当冲要，货物出入川海的，定由此经过，没处躲闪，只得要受他荼毒。诗云：

竭泽焚山刮地搜，丧心蒙面不知羞。
肥家利己销元气，流毒苍生是此俦。

却说有个徽州姓汪的富商，在苏杭收买了几千金绫罗绸缎，前往川中去发卖。来到荆州，如例纳税。那班民壮，见货物盛多，要注商发单银十两。从来做客的，一个钱也要算计，只有钞税，是朝廷设立，没奈何忍痛输纳；听说要甚发单银十两，分明是要他性命，如何肯出。说道："莫说我做客老了，便是近日从北新浒墅各税司经过，也从无此例。"众民壮道："这是我家老爷的新例，除非不过关便罢，要是过关，少

一毫也不放。”旁边一个客人道：“若说浒墅新任提举，比着此处，真个天差地远。前日有个客人一只小船，装了些布匹，一时贪小，不去投税，径从张家桥转关。被这班吃白食的光棍，上船搜出，一窝蜂赶上来，打的打，抢的抢，顷刻搬个罄空。连身上衣服，也剥干净。那客人情急叫苦叫冤，要死要活。何期提举在郡中拜客回来，座船正打从桥边经过，听见叫冤，差人拿进衙门审问道：‘小船偷过港门，虽所载有限，但漏税也该责罚。’将客人打了十五个板子。向众光棍说：‘即然捉获有据，如何不禀官惩治？私自打抢，其罪甚于漏税。一概五十个大毛板，大枷枷号三月。’又对众人说：‘做客商的，怎不知法度，自取罪戾。姑念货物不多，既已受责，尽行追还，此后再不可如此行险侥幸了。’这样好话，分明父母教训子孙，何等仁慈！为此客商们那一个不称倾他廉明。倘若在此处犯出，少不得要打个臭死，剩还你性命，便是造化了。”旁边客商们听见，齐道：“果然，果然，正是若无高山，怎显平地。”那班士兵，睁起眼向说的道：“据你恁般比方，我家爷是不好的了。”那客人自悔失言，也不答应，转身急走，脱了是非。

汪商合该晦气，接口道：“常言钟在寺里，声在外边。又道路上行人口是碑，好歹少不得有人传说，如何禁得人口嘴呢。”这话一发激恼了士兵，劈脸就打骂道：“贼蛮，发单钱又不兑出来，放甚么冷屁！”汪商是大本钱的富翁，从不曾受这般羞辱，一时怒起，也骂道：“砍头的奴才！我正项税银已完，如何又勒住照单，索诈钱财，反又打人？有这样没天理的事！罢罢，我拼这几两本钱，与你做一场。”回身便走，欲待奔回船去。那士兵揪转来，又是两拳，骂道：“蛮囚，你骂那个，且见我们爷去。”汪商叫喊地方救命，众人见是士兵行凶，谁敢近前。被这班人拖入衙门，吾爱陶方出堂放关，众人跪倒禀说：“汪商船中货物甚多，所报尚有隐匿，且又指称老爷新例苛刻，百般詈骂。”吾爱陶闻言，拍案大怒道：“有这等事，快发他货物起来查验。”汪商再三禀说勒索打骂情由，谁来听你。须臾之间，货物尽都抬到堂上，逐一验看，不道果然少报了两箱，吾爱陶喝道：“拿下打了五十毛板，连原报铺家，也打二十板罢。”吾爱陶又道：“漏税，例该一半入官，教左右取出剪子来分取。”从来入官货物，每十件官取五件，这叫做一半入官。吾爱陶新例，不论绫罗绸缎布匹绒褐，每匹平分，半匹入官，半匹归商，可惜几千金货物，尽都剪破，虽然织锦回文，也只当做半片残霞。

汪商扶痛而出，始初恨，后来付之一笑，叹口气道：“罢罢，天成天败，时也，运也，命也。数也！”遂将此一半残缎破绸，堆在衙门前，买几担稻草，周回围住，放了一把火。烧得烟尘飞起，火焰冲天。此时吾爱陶已是退堂。只道衙门前失火，急忙升堂，知得是汪商将残货烧毁，气得怒发冲冠 ，说道：“这厮故意羞辱咱家么?”即差士兵，快些拿来。一面分付地方扑灭了火，烧不尽的绸缎，任凭取去。众人贪着小利，顷刻间大桶小杓，担着水，泼得烟销火熄。吾爱陶又唤地方，分付众人不许乱取，可送入堂上，亲自分给。这句话传出来时，那烬余之物，已抢干净。及去擒拿汪商，那知他放了火，即便登舟，复回旧路，顺风扬帆，向着下流直溜，也不知去多少路了。差人禀复，吾爱陶反觉没趣，恨恨而退。当时汪商若肯吃亏这十两银子，何至

断送了万金货物,岂非为小失大?所以说:

吃一分亏无量福,失便宜处是便宜。

其时有个王大郎,所居与税课衙门只隔一垣,以杀猪造酒为业,家事富饶,生有二子。长子招儿,年十七岁,次子留儿,十三岁,家人伴当三四人,一家安居乐业。只是王大郎秉性粗直刚暴,出言无忌。地方乡里亲戚间,怪他的多,喜他的少。当日看见汪商之事,怀抱不平,趁口说道:"我若遇此屈事,那里忍得过,只消一把快刀,搠他几个窟窿。"这话不期又被士兵们听闻。也是合当有事,王大郎适与儿子定亲,请着亲戚们吃喜酒,夜深未散。不想有个摸黑的小人,闪入屋里,却下不得手。便从空处,打个壁洞,钻过分司衙门,撬开门户,直入卧室。吾爱陶朦胧中,听得开箱笼之声,一时惊觉,叫声:"不好了!有贼在此。"其时只为钱财,那顾性命,精赤的跳下床捉贼。夫人在后房也惊醒了,呼叫家人起来。吾爱陶追贼出房,见门户尽开,口中大叫小厮快来拿贼。这贼被赶得急,掣转身挺刀就刺。吾爱陶命不当死,恰像看见的,将身望后一仰,那刀尖已斗着额角,削去了一片皮肉,便不敢近前。一时家人们点起灯烛火把,齐到四面追寻。原来从间壁打洞过来的,急出堂,问了王大郎姓名,差士兵到其家拿贼。

这王大郎合家刚刚睡卧,虽闻分司喊叫捉贼,却不知在自家屋里过去的,为此不管他闲账。直到士兵敲门,方才起身开门。前前后后搜寻,并不见贼的影子。士兵回报说:"王大郎家门户不开贼却不见。"吾爱陶道:"门户既闭,贼却从那里去?"便疑心即是此人。就教唤王大郎来见,在烛光下仔细一认,仿佛与适来贼人相似。问道:"你家门户未开,如何贼却不见了,这是怎么说?"王大郎禀道:"今日小人家里有些事体,夜深方睡。及至老爷差人来寻贼,才知从小人家里掘入衙中,贼之去来,却不晓得。"吾爱陶道:"贼从你家来去,门户不开,怎说不晓得?所偷东西,还是小事。但持刀搠伤本司,其意不良,所关非小,这贼须要在你身上捕还。"王大郎道:"小人那里去追寻,还是老爷着捕人捕缉。"吾爱陶道:"胡说!出入由你家中,尚推不知,教捕人何处捕缉?"分付士兵押着,在他身儿上要人来。原来那贼当时心慌意急,错走入后园,见一株大银杏树,绿阴稠密,狠命爬上去,直到树顶,缩做一堆,分明像个鹊巢。家人执火,到处搜寻,但只照下,却不照上,为此寻他不着。等到两边搜索已过,然后下树,仍钻到王家。其时王大郎已被拿去,前后门户洞开,悄悄的溜出大门,所以不知贼的来踪去迹,反害了王大郎一家性命。正是:

柙龟烹不烂,贻祸到枯桑。

吾爱陶查点了所失银物,写下一单,清晨出衙,唤地方人问王大郎有甚家事,平日所为若何,家中还有何人。地方人回说:"有千金家私,做人虽则强梗,原守本分。有二子年纪尚小,家人倒有三四个。"吾爱陶闻说家事富饶,就动了贪心,乃道:"看他不是个良善之人,大有可疑。"随唤士兵问:"可曾获贼?"那知这班士兵,晓得王大郎是个小财主,要赚他钱钞,王大郎从来臭硬,只自道于心无愧,一文钱,一滴酒,也不肯破悭。众人心中怀恨,想起前日为汪商的事,他曾说"只消一把快刀搠几个窟窿"的话，如今本官被伤额上，正与其言相合，不是他做贼是谁？为此竟带入衙内，将前情禀知。王大郎这两句话，众耳共闻，却赖不得，虽然有口难辨。吾爱陶听了，正是火上添油，更无疑惑，大叫道："我道门又不开，贼从何处去？自然就是他了！且问你，我在此又不曾难为地方百姓，有甚冤仇，你却来行刺？"王大郎高声称冤诉辨，那里作准？只叫做贼、行刺两款，但凭认那一件罪，喝教夹起来。皂役一声答应，向前拖翻，套上夹棍，两边尽力一收，五大郎便昏了去。皂隶一把头发揪起，渐渐醒转。吾爱陶道"赃物藏在何处，快些招来！"王大郎睁圆双眼，叫道："你诬陷平人做贼，招甚么？"吾爱陶怒骂道："贼奴这般狠，我便饶你不成。"喝叫敲一百棒头。皂隶一五一十打罢，又问："如今可招？"王大郎嚷道："就夹死也决不屈招。"吾爱陶道："你这贼子熬得刑起，不肯招么？"教且放了夹棍，唤士兵分付道："我想赃物，必还在家，可押他去眼同搜捕。"又回顾吏书，讨过一册白簿，十数张封皮，交与士兵说："他家中所有，不论粗重什物，钱财细软，一一明白登记封好，虽一丝一粟，不许擅动。并带他妻儿家人来见。"王大郎两脚已是夹伤，身不由主，士兵扶将出去。妻子家人，都在衙前接着，背至家里，合门叫冤叫屈。士兵将前后门锁起，从内至外，掀天揭地，倒箱翻笼的搜寻。便是老鼠洞、粪坑中、猪圈里，没一处不到，并无赃物。只把他家中所有，尽行点验登簿。封锁停当，一条索子，将王大郎妻子杨氏，长子招儿，并三个家人，一个大酒工，一个帮做生意姓王的伙计，尽都缚去。只空了一个丫头，两个家人妇。次子留儿，因去寻亲戚商议，先不在家，亦得脱免。

此时天已抵暮，吾爱陶晚衙未退，堂上堂下，灯烛火把，照耀如同白日。士兵带一干人进见，回覆说赃物搜寻不出，将簿子呈上。吾爱陶揭开一看，所载财帛衣饰，器皿酒米之类甚多，说道："他不过是个屠户，怎有许多东西？必是大盗窝家。"将簿子阁过，唤杨氏等问道："你丈夫盗我的银物，藏在何处？快些招了，免受刑苦。"杨氏等齐声俱称："并不曾做贼，那得有赃？"吾爱陶道："如此说来，到是图赖你了！"喝叫将杨氏拶起。王大郎父子家人等，一齐尽上夹棍，夹的夹，拶的拶，号冤痛楚之声，震彻内外，好不凄惨。招儿和家人们都苦痛不过，随口乱指，寄在邻家的，藏在亲戚家的，说着那处，便押去起赃。可怜将几家良善平民，都搜干净，那里有甚赃物？严刑拷问了几日，终无着落。王大郎已知不免一死，大声喊叫道："吾爱陶！你在此虐害商民，也无数了，今日又诬陷我一家。我生前决争你不过，少不得到阴司里，和你辨论是非！"吾爱陶大怒，拍案道："贼子！你窃入公堂，盗了东西，反刺了我一刀，又说诬陷，要到阴司对证！难道阴司例律，许容你做贼杀人的么？你且在阳间里招了赃物，然后送你到阴司诉冤。"唤士兵分付道："我晓得贼骨头不怕夹拶，你明日到府中，唤几名积年老捕盗来，他们自有猴狲献果、驴儿拔橛许多吊法，务要究出真赃，好定他的罪名。"这才是：

前生结下此生冤，今世追偿前世债。

这捕人乃森罗殿前的追命鬼，心肠比钢铁还硬。奉了这个差使，将八个人带到空闲公所，分做四处吊拷，看所招相似的，便是实情。王大郎夫妻在一处，招儿王伙

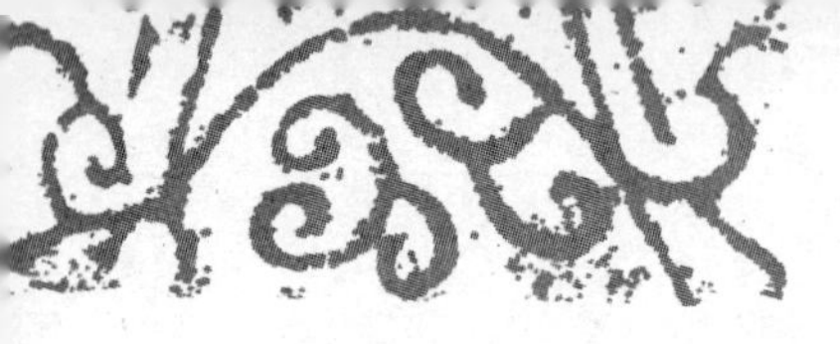

计在一处，三个家人和酒大工，又分做两处。大凡捕人绷吊盗贼，初上吊即招，倒还落得便宜。若不招时，从上至下，扁身这一顿棍棒，打得好不苦怜。任你铜筋铁骨的汉子，到此也打做一个糍粑。所以无辜冤屈的人，不肯招承，往往送了性命。当下招儿连日已被夹伤，怎还经得起这般毒打，一口气收不来，却便寂然无声。捕人连忙放下，叫唤不醒了。飞至衙门，传梆报知，吾爱陶发出一幅朱单道：

王招儿虽死，众犯还着严拷，毋得借此玩法取罪。特谕。

捕人接这单看了，将各般吊法，逐件施行。王大郎任凭吊打，只是叫着吾爱陶名字，骂不绝口，捕人虽明白是冤枉，怎奈官府主意，不得不如此。惟念杨氏是女人，略略用情，其余一毫不肯放松。到第二日夜间，三个家人并王伙计、酒大工，五命齐休。这些事不待捕人去禀，自有士兵察听传报。吾爱陶晓得王大郎詈骂，一发切齿痛恨。第三日出堂，唤捕人分付道："可晓得么？王大郎今日已不在阳世了，你们好与我用情。"捕人答应晓得，来对王大郎道："大郎你须紧记着，明年今日今时，是你的死忌，此乃上命差遣，莫怨我们。"王大郎道："咳！我自去寻吾爱陶，怎怨着列位。总是要死的了，劳你们快些罢。"又叫声道："娘子，我今去了，你须挣扎着。"杨氏听见，放声号哭说："大郎，此乃前世冤孽，我少不得即刻也来了。"王大郎又叫道："招儿，招儿！不能见你一面，未知可留得性命？只怕在黄泉相会是大分了。"想到此不觉落下几点眼泪。捕人道："大郎，好教你知道，令郎前晚已在前路相候，尊使五个人，昨夜也赶上去了。你只管放心，和他们作伴同行。"王大郎听得儿子和众人俱先死了，一时眼内血泪泉涌，咽喉气塞，强要吐半个字也不能。众人急忙下手，将绳子套在颈项，紧紧扣住，须臾了账。可怜三日之间，无辜七命，死得不如狗彘：

曾闻暴政同于虎，不道严刑却为钱。
三日无辜伤七命，游魂何处诉奇冤。

当下捕人即去禀说，王大郎已死。吾爱陶道："果然死了？"捕人道："实是死了。"吾爱陶唤过士兵道："可将这贼埋于关南，他儿子埋于关北，使他在阴司也父南子北。这五个尸首，总埋在五里之外，也教他不相望见。"士兵禀说："王大郎自有家财，可要买具棺木？"吾爱陶道："此等凶贼，不把他喂猪狗足矣，那许他棺木！"又向捕人道："那婆娘还要用心拷打，必要赃物着落。"捕人道："这妇人还宜从容缓处。"吾爱陶道："盗情如何缓得？"捕人道："他一家男子，三日俱死。若再严追，这妇人倘亦有不测，上司闻知，恐或不便。"吾爱陶道："他来盗窃国课，行刺职官，难道不要究治的？就上司知得何妨！"捕人道："老爷自然无妨，只是小人们有甚缘故，这却当不起。"吾爱陶怒道："我晓得捕人都与盗贼相通，今不肯追问这妇人，必定知情，所以推托！"喝教将捕人羁禁，带杨氏审问，待究出真情，一并治罪。把杨氏重又拶起，击过千余，手指尽断，只是不招。吾爱陶又唤过士兵道："我料这赃物还藏在家，只是你们不肯用心，待我亲自去搜，必有分晓。"即出衙门，到王大郎家来。

此时两个家人妇和丫头看守家里，闻知丈夫已死，正当啼啼哭哭。忽听见官府亲来起赃，吓得后门逃避。吾爱陶带了士兵，唤起地方人同入其家，又复前前后后搜寻。寻至一间屋中，见停着七口棺木，便叫士兵打开来。士兵禀说：这棺木久了，前已验过，不消开看。吾爱陶道："你们那里晓得，从来盗贼，把东西藏棺木中，使人不疑。他家本是大盗窝主，历年打劫的财物，必藏在内。不然，岂有好人家停下许多棺木？"地方人禀说："这棺木乃是王大郎的父祖伯叔两代，并结发妻子，所以共有七口。因他平日悭吝，不舍得银钱殡葬，以致久停在家。人所共知，其中决无赃物。"吾爱陶不信，必要开看。地方邻里苦苦哀求，方才止了。搜索一番，依然无迹。吾爱陶立在堂中说道："这贼子，你便善藏，我今也有善处。"分付士兵把封下的箱笼点验明白，尽发去附库。又唤各铺家，将酒米牲畜家伙之类，分领前去变卖。限三日内，易银上库登册，待等追出杨氏真赃，然后一并给还。又道："这房了逼近私衙，藏奸聚盗，日后尚有可虞。着地方将棺木即刻发去荒郊野地，此屋改为营房，与士兵居住，防护衙门。"处置停当，仍带杨氏去研审。又问他次子潜躲何处，要去拘拿，此是他斩草除根之计。

可怜王大郎好端端一个家业，遇着官府作对，几日间弄得瓦解冰消，全家破灭，岂不是宿世冤仇！商民闻见者，个个愤恨。一时远近传播，乡绅尽皆不平，向府县上司，为之称枉。有置制使行文与吾爱陶说："罪人不孥，一家既死七人，已尽厥辜[⑥]，其妻理宜释放。"吾爱陶察听得公论风声不好，只得将杨氏并捕人，俱责令招保。杨氏寻见了小儿子，亲戚们商量说："如今上司尽知冤枉，何不去告理报仇？"即刻便起冤揭遍送，向各衙门投词伸冤。适值新巡按铁御史案临，察访得吾爱陶在任贪酷无比，杀王大郎一家七命，委实冤枉，乃上疏奏闻朝廷，其疏云：

臣闻理财之任，上不病国，下不病商，斯为称职。乃有吾爱陶者，典榷上游，分司重地，不思体恤黎元，培养国脉；擅敢变乱旧章，税及行人。专为刑虐，惟务贪婪。是以商民交怨，男妇兴嗟 。吸髓之谣，久著于汉江；剥皮之号，已闻诸辇毂。昔刘晏[⑦]桑弘羊[⑧]，利尽锱铢，而未尝病国病民，后世犹说其聚敛。今爱陶兴商民作仇，为国家敛怨，其罪当如何哉！尤可异者，诬良民为盗，捏乌有为赃，不逾三日，立杀七人，掷遗骸于水滨，弃停榇于郊野；夺其室以居爪牙，攫其资以归囊橐[⑨]。冤鬼昼号，幽魂夜泣，行路伤心，神人共愤。夫官守各有职责，不容紊乱。商税榷曹之任，狱讼有司之事，即使盗情果确，亦当归之执法，而乃酷刑肆虐，致使阖门殒毙，天理何在，国法奚存！臣衔命巡方，职在祛除残暴，申理枉屈。目击奇冤，宁能忍默？谨据实奏闻，伏乞将吾爱陶下诸法司，案其秽滥之迹，究其虐杀之状，正以三尺，肆诸两观。庶国法申而民冤亦申，刑狱平而王道亦平矣。

圣旨批下所司，着确查究治。吾爱陶闻知这个消息，好生着忙。自料立脚不住，先差人回家，葺理房屋；一面也修个辨疏上奏，多赍金银到京，托相知官员，寻门户挽回。其疏云：

臣谬以樗材，滥司榷务；固知蚊负难胜，奚敢餍饮自饱。莅任以来，矢心矢日，冰蘗宁甘，虽尺寸未尝少逾。以故商旅称为平衡，地方亦不以为不肖。而忌者反指臣为贪酷，捏以吸髓之谣，加以剥皮之号。无风而波，同于梦呓，岂不冤乎？犹未已也，若乃借盗窃之事，砌情胪列，中以危法，是何心哉？当盗入臣署攫金，觉而逐之，遂投刃以刺，幸中臣额，乃得不死。及追贼踪，潜穴署左，执付捕役，惧罪自尽。穷究党羽，法所宜然。此而不治，是谓失刑。而忌者乃指臣为酷刑肆虐，不亦谬乎？岂必欲盗杀臣，而尽劫国课，始以为快欤？夫地方有盗，而有司不能问，反责臣执盗而不与，抑何倒行逆施之若是也。虽然，臣不敢言也，不敢辨也。何则？诚不敢撄忌者之怒也。惟皇上悯臣孤危孑立，早赐罢黜，以塞忌者之口，使全首领于牖下，是则臣之幸也。

自来巧言乱听，吾爱陶上这辨疏，朝廷看到被贼刺伤，及有司不能清盗，反责其执盗不与，这段颇是有理。亦批下所司，看明具覆。其时乃中书门下侍郎蔡确当国，大权尽在其手，吾爱陶的相知打着这个关节。蔡确授意所司，所司碍着他面皮，乃覆奏道：

看得吾爱陶贪秽之迹，彰彰耳目。虽强词涂饰，公论难掩。此不可一日仍居地方者矣。惟王大郎 一案，窃帑伤官，事必有因，死不为枉。有司弭盗无方，相应罚俸。未敢擅便，伏惟圣裁。

奏上，圣旨依拟将吾爱陶削职为民，速令去任，有司罚俸三月。他的打干家人得了此信，星夜兼程，赶回报知。吾爱陶急打发家小起身，分一半士兵护送。王大郎箱笼，尚在库上，欲待取去，踌躇未妥，只得割舍下来。

数日之后，邸报已到，铁御史行牌，将附库资财，尽给还杨氏，一面拿几个首恶士兵到官，刑责问遣。那时杨氏领着儿子，和两个家人妇，到衙门上与丈夫索命。哭的哭，骂的骂，不容他转身。吾爱陶诚恐打将入去，分付把仪门头门紧拴牢闭了。地方人见他惧怕，向日曾受害的，齐来叫骂。便是没干涉的，也乘着兴喧喧嚷嚷，声言要放火焚烧，乱了六七日。吾爱陶正无可奈何，恰好署摄税务的官员来到。从来说官官相护，见百姓拥在衙门，体面不好看，再三善言劝谕，方才散解。放吾爱陶出衙下船，分付即便开去。岸上人预先聚下砖瓦土石，乱掷下去，叫道："吾剥皮，你各色俱不放空，难道这砖瓦不装一船，回去造房子！"有的叫道："吾剥皮，我们还送你些土仪回家，好做人事！"拾起大泥块，又打上去。这一阵砖瓦土石，分明下了一天冰雹。吾爱陶躲在舱中，只叫快些起篷。那知关下拥塞的货船又多，急切不能快行。商船上又拍手高叫道："吾剥皮，小猪船，人载船在此，何不来抽税？"又叫道："吾剥皮，岸上有好些背包裹的过去了，也该差人拿住。"叫一阵笑一阵，又打一阵痞痞。吾爱陶听了，又恼又羞，又出不得声答他们一句，此时好生难过。正是：

饶君掬尽三江水，难洗今朝一面羞。

后来新提举到任，访得王大郎果然冤死。怜其无辜，乃收他的空房入衙，改为书斋，给银五百两与杨氏，以作房价。叫他买棺盛殓这七个尸骸，安葬弃下的这七口停[illegible]。商民见造此阴德之事，无不称念，比着吾剥皮，岂非天渊之隔。这也不在话下。

再说吾爱陶离了荆州，由建阳荆门州一路水程前去。他的家小船，原期停于襄

阳，等候同行。吾爱陶赶来会着，方待开船，只见向日差回去的家人来到，报说："家里去不得了。"吾爱陶惊问："为何？"家中人道："村人道老爷向日做秀才，尚然百般诈害，如今做官，赚过大钱，村中人些小产业，尽都取了，只怕也还嫌少。为此鸣锣聚众，一把火将我家房屋烧做白地。等候老爷到时，便要抢劫。"吾爱陶听罢，吓得面如土色说："如此却怎么好？"他的奶奶，颇是贤明，日常劝丈夫做些好事，积此阴德，吾爱陶那里肯听。此时闻得此信，叹口气道："别人做官任满，乡绅送锦屏奉贺，地方官设席饯行，百姓攀辕卧辙，执香脱靴，建生祠，立下去思碑，何等光采！及至衣锦还乡，亲戚远迎，官府恭贺，祭一祭祖宗，会一会乡党，何等荣耀！偏有你做官离任时，被人登门辱骂，不容转身。及至登舟，又受纳了若干断砖破瓦，碎石残泥。忙忙如丧家狗，汲汲如漏网鱼，亡命奔逃，如遭兵燹。及问家乡，却又聚党呼号，焚庐荡舍，摈弃不容，祖宗茔墓，不能再见。你若信吾言，何至有家难奔，有国难投？这样做官结果，千古来只好你一人而已。如今进退两难，怎生是好？"

吾爱陶心里正是烦恼，又被妻子这场数落，愈加没趣，乃强笑道："大丈夫四海为家，何必故土？况吾乡远在西鄙，地土瘠薄，人又粗鄙，有甚好处。久闻金陵建康，乃六朝建都之地，衣冠文物，十分蕃盛。从不曾到，如今竟往此处寓居。若土俗相宜，便入籍在彼，亦无不可。"定了主意，回船出江，直至建康。先讨个寓所安下，将士兵从役船只打发回去，从容寻觅住居。因见四方商贾丛集，恐怕有人闻得姓名，前来物色戏侮，将吾下口字除去，改姓为五，号湖泉，即是爱陶的意思。又想从来没有姓五的，又添上个人字傍为伍。分付家人只称员外，再莫提起吾字。自此人都叫他是伍员外。买了一所大房屋住下，整顿得十分次第。不想这奶奶因前一气成疾，不久身亡。吾爱陶舍不得钱财，衣衾棺椁，都从减省。不过几时，那生儿女的通房也患病而死。吾爱陶买起坟地，一齐葬讫。

那吾爱陶做秀才时，寻趁闲事，常有活钱到手。及至做官，大锭小锞，只搬进来，不搬出去，好不快活，到今日日摸出囊中物使费，如同割肉，想道："常言家有千贯，不如日进分文。我今虽有些资橐，若不寻个活计，生些利息，到底是坐吃山空。但做买卖从来未谙，托家人恐有走失。置田产，我是罢闲官，且又移名易姓，改头换面，免不得点役当差，却做甚的好？"忽地想着一件道路，自己得意，不觉拍手欢喜。你道是甚道路？原来他想着，如今优游无事，正好寻声色之乐。但当年结发，自甘淡泊，不过裙布荆钗，虽说做了奶奶，也不曾奢华富丽。今若娶讨姬妾，先要去一大注身价。讨来时，教他穿粗布衣裳，便不成模样，吃这口粗茶淡饭，也不成体面。若还日逐锦衣玉食，必要大费钱财，又非算计。不如拚几千金，娶几个上好妓女，开设一院，做门户生涯，自己乘间便可取乐，捉空就教陪睡。日常吃的美酒佳肴，是子弟东道；穿的锦乡绫罗，少不得也有子弟相赠。衣食两项，已不费己财。且又本钱不动，夜夜生利，日日见钱，落得风流快活。便是陶朱公，也算不到这项经营，况他只有一个西子，还吃死饭，我今多讨几妓，又赚活钱，看来还胜他一筹。

思想着古时姑臧太守张宪，有美妓六人：奏书者号传芳妓，酌酒者号龙津女，传食者号仙盘使，代书札者号墨娥，按香者号麝姬，掌诗稿者号双清子。我今照依他，也讨六妓。张老止为自家独乐，所以费衣费食。我却要生利生财，不妨与众共乐。自此遂讨了极美的粉头六个，另寻一所园亭安顿在内。分立六个房户，称为六院。也仿张太守所取名号：第一院名芳姬，第二院名龙姬，第三院名仙姬，第四院名墨姬，第五院名香姬，第六院名双姬。每一院各有使唤丫环四人，又讨一个老成妓女，管束这六院姊妹。此妓姓李名小涛，出身钱塘，转到此地，年纪虽有二十七八，风韵犹佳，技艺精妙。又会凑合趣奉承，因此甚得吾爱陶的欢心，托他做个烟花寨主。这六个姊妹，人品又美又雅，房帏铺设又精，因此，伍家六院之名，远近著名，吾爱陶大得风流利息。

一日，有个富翁，到院中来买笑追欢。这富翁是谁？便是当年被吾爱陶责罚烧毁残货的汪商。他原曾读诗书，颇通文理。为受了这场荼毒，遂誓不为商，竟到京师纳个上舍，也要弄个官职，到关西地面，寻吾爱陶报雪这口怨气。因逢不着机会，未能到手，仍又出京。因有两个伙计，领他本钱，在金陵开了个典当，前来盘账。闻说伍家六院姊妹出色，客中寂寞，闻知有此乐地，即来访寻。也不用帮闲子弟，只带着一个小厮。问至伍家院中，正遇着李小涛。原来却是杭州旧表子，向前相见，他乡故知，分外亲热，彼此叙些间阔的闲话。茶毕，就教小涛引去，会一会六院姊妹，果然人物美艳，铺设富丽。汪商看了暗暗喝采，因问小涛："伍家乐户，是何处人，有此大本钱，觅得这几个丽人，聚在一处？"小涛说："这乐户不比寻常，原是有名目的人。即使京师六院教坊会着，也须让他坐个首席。"汪商笑道："不信有这个大来头的龟子。"小涛附耳低言道："这六院主人，名虽姓伍，本实姓吾。三年前曾在荆州做监税提举，因贪酷削职，故乡人又不容归去，为此改姓名为伍湖泉，侨居金陵。拿出大本钱，买此六个佳人，做这门户生涯。又娶我来，指教管束。家中尽称员外，所以人只晓得是伍家六院。这话是他家人私对我说的，切莫泄漏。"汪商听了，不胜欢喜道："原来却是吾剥皮在此开门头赚钱，好，好，好。这小闸上钱财，一发趁得稳。但不知偷关过的，可要抽一半入官？罢罢他已一日不如一日，前恨一笔勾销。倒再上些料银与他，待我把这六院姐妹，软玉窝中滋味尝遍了，也胜似斩这眼圈金线、衣织回文、藏头缩尾、遗臭万年的东西一刀。"

小涛见他絮絮叨叨说这许多话，不知为甚，忙问何故。汪商但笑不答，就封白金十两，烦小涛送到第一院去嫖芳姬。欢乐一宵，题诗一绝于壁云：

昔日传芳事已奇，今朝名号好相齐。
若还不遇东风便，安得官家老奏书。

又封白金十两，送到第二院去嫖了龙姬。也题诗一绝于壁云：

酌酒从来金叵罗，龙津女子夜如何？
如今识破吾堪伍，渗齿清甜快乐多。

又封白金十两，送到第三院去嫖了仙姬。也题诗一绝于壁云：

百味何如此味膻，腰间仗剑斩奇男。
和盘托出随君饱，善饭先生第几餐。

又封白金十两，送到第四院去嫖了墨姬。也题诗一绝于壁云：

相思两字写来真，墨饱诗枯半夜情。
传说九家村里汉，阿翁原是点筹人。

又封白金十两，送到第五院去嫖了香姬。也题诗一绝于壁云：

爱尔芳香出肚脐，满身柔滑胜凝脂。
朝来好热湖泉水，洗去人间老面皮。

又封白金十两，送到第六院去嫖了双姬。也题诗一绝于壁云：

不会题诗强再三，杨妃捧砚指尖尖。
莫羞五十黄荆杖，买得风流六院传 。

汪商撒漫六十金，将伍家院子六个粉头尽都睡到。至第七日，心中暗想，仇不可深，乐不可极。此番报复，已堪雪恨，我该去矣。另取五两银子，送与小涛。方待相辞，忽然传说员外来了。只见吾爱陶摇摆进来，小涛和六院姊妹，齐向前迎接。原来吾爱陶定下规矩，院中嫖账，逐日李小涛掌记。每十日亲来对账，算收夜钱。即到各院，点简一遭，看见各房壁中，俱题一诗，寻思其意，大有关心，及走到外堂，却见汪商与六院姊妹作别。汪商见了爱陶，以真为假。爱陶见了汪商，认假非真，举手问："尊客何来?"汪商道："小子是徽商水客，向在荆州。遇了吾剥皮，断送了我万金货物。因没了本钱，跟着云游道人，学得些剑术，要图报仇。那知他为贪酷坏官，乡里又不容归去。闻说躲在金陵，特寻至此。却听得伍家六院，姊妹风流标致，身边还存下几两余资，譬如当日一并被吾剥皮取去，将来送与众姊妹，尽兴快活了六夜。如今别去，还要寻吾剥皮算账，可晓得他住在那里么?"这几句诨话，惊得吾爱陶将手乱摇道："不晓得，不晓得。"即回过身叫道："丫头们快把茶来吃。"口内便叫，两只脚急忙忙的走入里面去了。汪商看了说道："若吾剥皮也是这样缩入洞里，便没处寻了。"大笑出门。又在院门上，题诗一首而去，诗云：

冠盖今何用，风流尚昔人。
五湖追故迹，六院步芳尘。
笑骂甘承受，贪污自率真。
因忘一字耻，遗臭万年新。

他人便这般嘲笑，那知吾爱陶得趣其中，全不以为异。分别是粪缸里的蛆虫，竟不觉有臭秽。看看一日又一日，一年又一年，吾爱陶儿女渐渐长成，未免央媒寻觅亲事。人虽晓得他家富饶，一来是外方人，二来有伍家六院之名，那个肯把儿女与他为婚。其子原名吾省，因托子姓伍，将姓名倒将来，叫做伍省吾。爱陶平日虽教他读书，常对儿子说："我侨居于此，并没田产，全亏这六院生长利息。这是个摇钱树，一摇一斗，十摇成石，其实胜置南庄田、北庄地。你后日若得上进，不消说起。如无出身日子，只守着这项生涯，一生吃着不尽了。"每到院中，算收夜钱，常带着儿子同走。他家里动用极是淡薄，院中尽有酒肴，每至必醉饱而归。这吾省生来嗜酒贪嘴，得了这甜头，不时私地前去。便遇着嫖客吃剩下的东西，也就啖些方才转身。

更有一件，却又好赌。摸着了爱陶藏下的钱财，背着他眼，不论家人小厮、乞丐花子，随地跌钱，掷骰打牌，件件皆来，赢了不歇，输着便走。吾爱陶除却去点简六院姊妹，终日督率家人，种竹养鱼，栽葱种菜，挑灰担粪喂猪，做那陶朱公事业。照管儿子读书，到还是末务，所以吾省乐得逍遥。

一日吾爱陶正往院中去，出门行不多几步，忽然望空作揖，连叫："大郎大郎，是我不是了，饶了我罢！"跟随的家人到吃了一惊，叫道："员外，怎的如此？"连忙用手扶时，已跌倒在地。发起谵语道："吾剥皮，你无端诬陷，杀了我一家七命，却躲在此快乐受用，教我们那一处不寻到。今日才得遇着，快还我们命来！"家人听了，晓得便是向年王大郎来索命，吓得冷汗淋身，奔到家中，唤起众仆抬归，放在床上。寻问小官人时，又不知那里赌钱去了，只有女儿在旁看觑。吾爱陶口中乱语道："你前日将我们夹拶吊打，诸般毒刑拷逼，如今一件件也要偿还，先把他夹起来。"才说出这话，口中便叫疼叫痛，百般哀求，苦苦讨饶。喊了一回，又说："一发把拶子上起。"两支手就合着叫痛。一回儿，又说："且吊打一番。"话声未了，手足即翻过背后，攒做一簇，头颈也仰转，紧靠在手足上。这哀号痛楚，惨不可言。一会儿又说："夹起来！"夹过又拶，拶过又吊，如此三日，遍身紫黑，都是绳索棍棒捶击之痕。十指两足，一齐堕落。家人们备下三牲祭礼，摆在床前，拜求宽恕。他却哈哈冷笑，末后又说："当时我们只不曾上脑箍，今把他来尝一尝，算做利钱。"顷刻涨得头大如斗，两眼突出，从额上回转一条肉痕直嵌入去。一会儿又说："且取他心肝肠子来看，是怎样生的这般狠毒！"须臾间，心胸直至小腹下，尽皆溃烂，五脏六腑，显出在外，方才气断身绝。正是：

劝人休作恶，作恶必有报。
一朝毒发时，苦恼无从告。

爱陶既死，少不得衣棺盛殓。但是皮肉臭腐，难以举动，只得将衣服覆在身上，连衾褥卷入棺中，停丧在家。此时吾省身松快活，不在院中吃酒食，定去寻人赌博。地方光棍又多，见他有钱，闻香嗅气的，挨身为伴，取他的钱财。又哄他院中姊妹年长色衰，把来脱去，另讨了六个年纪小的。一入一出，于中打骗手，倒去了一半。那家人们见小主人不是成家之子，都起异心，陆续各偷了些东西，向他方去过活。不匀几时，走得一个也无，单单只剩一个妹子，此时也有十四五岁，守这一所大房，岂不害怕。吾省计算，院中房屋尽多，竟搬入去住下，收夜钱又便。大房空下，货卖与人，把父亲棺木，抬在其母坟上。这房子才脱，房价便已赌完。两年之间，将吾爱陶这些囊橐家私，弄个罄尽。院中粉头，也有赎身的，也有随着孤老逃的，倒去了四个。那妹子年长知味，又不能婚配，又在院中看这些好样，俏地也接个嫖客。初时怕羞，还瞒着了哥子。渐渐熟落，便明明的迎张送李，吾省也恬不为怪，到喜补了一房空缺。

再过几时，就连这两个粉头也都走了，单单只剩一个妹子答应门头。一个人的夜合钱，如何供得吾省所需？只得把这院子卖去，燥皮几日，另租两间小房来住。

居室既卑，妹子的夜钱也减，越觉急促。看看衣服不时，好客便没得上门。妹子想起哥哥这样赌法，贴他不富，连我也穷，不如自寻去路，为此跟着一个相识孤老，一溜烟也是逃之夭夭。吾省这番，一发是花子走了猴猻，没甚弄了。口内没得吃，手内没得用，无可奈何，便去撬墙掘壁，掏摸过日。做个几遍，被捕人缉访着了，拿去一吊，锦绣包裹起来的肢骨，如何受得这般苦痛？才上吊，就一一招承。送到当官，一顿板子，问成徒罪，刺了金印，发去摆站，遂死于路途。吾爱陶那口棺木，在坟不能入土，竟风化了。这便是贪酷的下梢结果。有古语为证：

行藏虚实自家知，祸福因由更问谁。
善恶到头终有报，只争来早与来迟。

【注释】

①罗隐秀才：本名横，字昭谏，唐末诗人，有《罗昭谏集》。罗隐在唐代屡试不第，故这里以“秀才”称之。

②范史云：范冉，字史云，东汉外黄人。桓帝时授莱芜令，以母忧不赴。后卖卜于梁沛间，结草而居，有时绝粮，闾里歌曰：“甑中生尘范史云，釜中生鱼范莱芜。”

③任彦升：名昉，南朝梁人。曾为义兴、新安太守，有政声而家贫。

④开山：指开创学派或创建寺院。这里是第一个的意思。

⑤殛（音 jí）：诛戮。

⑥厥辜：公文用语，其罪的意思。

⑦刘晏：名士安，唐代曹州人。累官至吏部尚书兼平章事，以善于理财著称。

⑧桑弘羊：汉代汉阳人，武帝时为大农丞，管天下之盐铁。

⑨囊橐：口袋。

侯官县烈女歼仇

梁山感杞妻[①]，痛哭为之倾。
金石忽堑开，都繇激深情。
东海有勇妇，何惭苏子卿[②]。
学剑越处子，超然若流星。
捐躯报夫仇，万死不顾生。
白刃耀素雪，苍天感精诚。
十步两躩跃，三呼一交兵。
斩首掉国门，蹴踏五藏行。
害此伉俪愤，灿然大义明。
北海李使君[③]，飞章奏天庭。
舍罪警风俗，流芳播沧瀛。
名在列女籍，竹帛已光荣。
淳于[④]免诏狱，汉王为缇萦。

津妾[5]一棹歌，脱父于严刑。
十子若不肖，不如一女英。
豫让[6]斩空衣，有心竟无成。
要离杀庆忌，壮夫所素轻。
妻子亦何辜，焚之买虚声。
岂如东海妇，事立独扬名。

这首诗，乃李太白学士因当时东海有妇人，为夫报仇，白昼杀人都市，羡其勇烈而作。其间引着缇萦、豫让等几个古人的事迹，分明说男子不如妇女的意思。此言虽非定论，然形容此妇，十步两躩跃，三呼一交兵之句，无异楚霸王喑哑叱咤，千人自废的景状，令人毛骨竦然。比着斩空衣的豫让，真不可同日而语。但称东海有勇妇，又说学剑越处子，可见此妇素有勇力，又会武艺，故敢与男子格斗。大凡人有了勇力武艺，胆气先壮，若又逞着忿怒，这杀人的事，常要做出来，所以还未足为奇。如今在下说一个娇娇怯怯香闺弱质，平日只会读书写字，刺绣描花，手无缚鸡之力，一般也与丈夫报仇，连杀十数余人。比东海勇妇，岂不更胜一筹？这桩故事说出来时，真教：

贞娘添正气，淫汉退邪心。

话说宋朝靖康年间，威武军侯官县有个士人，姓董名昌，表字文枢，生得风姿美好，才学超群，早年丧母，其父董梁秀才，复娶继母徐氏。董昌到十四岁上，父亲又一病去世。本来没甚大家事，薄薄有几亩田产，止堪供饘粥膏火。争奈徐氏贪食性懒，不肯勤苦作家，因此董昌外貌虽以继母看待，心中却不和睦。徐氏只倚着晚娘名分，作出许多恶状。董昌无可奈何，远而敬之，一味苦功读书。却好服满，遇着岁考，去应童子试，便得领案入泮。那时豪家富室，争来要他为婿。董昌自想是个穷儒，继母又不贤慧，富家女子，习成骄傲，倘或两不相下，争论是非，反为不美，为此都不肯就。只情愿觅诗礼人家为婚，方是门当户对。这也不在话下。

大凡初进学的秀才，广文先生每月要月考，课其文艺，申报宗师，这也是个旧例。其时侯官教谕姓彭名祖寿，号古朋，乃是仙游人，虽则贡士出身，为人却是大雅。新生贽仪，听其厚薄，不肯分别超超上上等户，如钱粮一般征索，因此人人敬爱。其年彭教谕六十八岁，众新生道已近古稀，各凑小分奉贺。彭教谕乘着月考之期，治具一酌，答其雅情。到晚文完，方要入席，恰好有个故人来相访。此人是谁？复(覆)姓申屠，名虔，别号退翁，长乐人氏。原是个有意思的秀才，指望上进，因累试不第，又见六贼[7]乱政，百姓受苦，四方盗贼丛生，干戈侵扰，无有虚日，知得时事不可为，遂绝意取进，寄情山水，做个散人。与彭教谕通家相好，特来访问。相见已毕，就请登筵。申屠虔年纪又长，且是远客，遂坐了首席。佳宾贤主，杯觥酬酢，十分欢洽。

饮酒中间，申屠虔偏将少年秀才来看，看到董昌一貌非凡，便向鼓教谕取他月考文字来看。你道他为何要看董昌文字？原来申屠虔当年结发生下一儿一女，儿

名希尹，女名希光。中年妻丧，也不续娶，自己抚育这两个子女。此时女儿年已一十六岁，天生得柳叶眉，樱桃口，粉捏就两颊桃花，云结成半湾新月；缕金裙下，步步生莲，红罗袖中，丝丝带藕。且自幼聪明伶俐，真正学富五年[8]，才通二酉[9]。若是应试文场，对策便殿，稳稳的一举登科，状元及第。只可惜戴不得巾帻，穿不得道袍，埋没在粉黛丛中，胭脂队里。希尹一般也有才学，只是颖悟反不及妹子。这希光名字，本取希孟光之意。然孟光虽有德行，却生得又黑又肥，怎比得此女才色兼全，世上无双，人间绝少。申屠虔酷爱女儿才学，所以亲朋中来求婚的，一概不许，直要亲眼选个好对头，方许议婚。不道来访彭教谕，凑巧遇着款待众秀才，从中看中了董昌，为此讨他文字来看。他本来原是高才，眼中识宝，看见董昌才称其貌，欲将希光许嫁与他。当晚剪烛再酌，忽然明伦堂上一声鹊噪，又一声鸦鸣。鼓教谕道："黄昏时候，那有鸦鸣鹊噪之事？甚是可怪！"申屠虔笑道："从来鹊噪非喜，鸦鸣不凶，凶吉事大，这禽鸟声音，何足计较。不揣口吟一对联，若这新秀才中，接口对出者，决定他年连中三元。"彭教谕点头应道："如此极妙。"申屠虔即出一联道：

鹊噪鸦鸣，凶非凶，吉非吉。总不若岐山威凤，凤舞鸾翔。众秀才一个也对不出，独有董昌对道：

牛神蛇鬼，瑞不瑞，妖不妖。却何如洛水灵龟，龟登龙扰。

众秀才一齐称快，彭教谕也道他才调高捷，他人莫及。申屠虔虽则称赏，细味其中意思，言神言鬼，其实不祥。龟至于登，龙至于扰，俱不是佳兆。但喜此子有才有貌，与希光果是一对，不信阴阳，不取谶语，便也不妨。若错过此姻缘，总然门当户对，龟鹤夫妻，决非双璧。便于席上倩教谕作伐，成就两家之好。董昌听见教谕称其女才貌兼全，又是诗礼之家，满口应允。申屠虔性子古怪，但要得个好婿，并不要纳聘下礼，只教选定吉日良时，竟来迎娶便了。董秀才一钱不费，白白里就定了一房亲事，这场喜事，岂非从天降下。正是：

只凭一对作良媒，不用千金为厚聘。

当夜宴席散了，明早申屠虔即归长乐，整备嫁女妆奁。那知儿子希尹，年纪才得二十来岁，志念比乃翁更是古怪恬淡。他料天下必要大乱，不思读书求进，情愿出居海上，捕鱼活计，做个烟波主人。申屠虔正要了却向平之愿，自去郊司马遨游，为此一凭儿子做主，毫不阻当。希尹置办了渔家器具船只，择日迁移。希光乃作一诗与哥哥送行，诗云：

生计持竿二十年，茫茫此去水连天。
往来潇洒临江庙，昼夜灯明过海船。
雾里鸣螺分港钓，浪中抛缆枕霜眠。
莫辞一棹风波险，平地风波更可怜。

希尹看了赞道："好诗，好诗！但我已弃去笔砚，不敢奉和了。"他也不管妹子嫁与不嫁，竟携妻子迁居海上去了。看看希光佳期已近，申屠虔有个侄女，年纪止长希光两岁，嫁与古田医士刘成为继室，平日与希光两相亲爱，胜如同胞，闻知出嫁，

特来相送。至期董秀才准备花花轿子，高灯鼓吹，唤起江船，至长乐迎娶。他家原临江而居，舟船直至河下。那申屠虔家传有口宝剑，挂在床头，希光平日时时把玩拂拭。及至娶亲人已到，尚是取来观看，恋恋不舍。申屠虔见女儿心爱，即解来与他佩在腰间，说道："你从来未出闺门，此去有百里之遥，可佩此压邪。"希光喜之不胜，即拜别登轿下舟，申屠虔亲自送女上门。希光下了船，作留别诗一首云：

女伴门前望，风帆不可留。
岸鸣楸叶雨，江醉蓼花秋。
百岁身为累，孤云世共浮。
泪随流水去，一夜到闽州。

虽吟了此诗，舟中却无纸笔，不曾写出。到了郡中，离舟登轿，一路鼓乐喧天，迎至董家。教谕彭先生是大媒，纱帽圆领，来赴喜筵。新人进门，迎龙接宝，交拜天地祖宗，三党诸亲，一一见礼。独有继母徐氏，是个孤身，不好出来受礼。董秀才理合先行道达一声，因怀了个次日少不得拜见的见识，竟不去致意，自成礼数。徐氏心中大是不悦，也不管外边事体，闭着房门，先自睡了。堂中大吹大擂，直饮至夜阑方散。申屠虔又入内房，与女儿说道："今晚我借宿彭广文斋中，明日即归，收拾行装，去游天台雁宕，有兴时，直到泰山而返。或遇可止之处，便留在彼，也未可知。为妇之道，你自晓得，谅不消我分付，但须劝官人读书为上。"希光见父亲说要弃家远去，不觉愀然说道："他乡虽好，终不如故里，爹爹还宜早回。"申屠虔笑道："此非你儿女子所知。"道罢相别。董昌送客之后进入洞房，一个女貌兼了才郎，一个才郎又兼女貌。董官人弱冠之年，初晓得撩云拨雨，申屠姐及笄之后，还未谙蝶浪蜂狂，这起头一宵之乐，真正：

占尽天下风流，抹倒人间夫妇。

到次早请徐氏拜见，便托身子有病，不肯出来。大抵嫡亲父母，自无嫌鄙。徐氏既系晚娘，心性多刻，虽则托病，也该再三去请。那董昌是个落拓人，说了有病，便就罢了，却像全然不作准他一般。徐氏心中一发痛恨，自此日逐寻事聒噪，捉鸡骂狗。申屠娘子一来是新媳妇，二来是知书达礼的人，随他乱闹，只是和颜悦色，好言劝解，不与他一般见识。这徐氏初年原不甚老成，结拜几个十姊妹，花朝月夕，女伴们一般也开筵设席。遇着三月上巳，四月初八浴佛，七夕穿针，重九登高，妆饰打扮，到处去摇摆。当日董梁在日，诸事凭他，手中活动，所以行人情，赶分子，及时及景的寻快活。轮到董昌当了家，件件自己主张，银钱不经他手，便没得使费，只得省缩。十姊妹中，请了几遍不去，他又做不起主人，日远日疏，渐渐冷淡。过了几年，却不相往来，间或有个把极相厚的，隔几时走来望望 。及至董昌毕婚之后，看见他夫妻有商有量，他却单单独自没瞅没睬，想着昔年热闹光景，便号天号地的大哭一场。董昌颇是厌恶，只不好说得。

时光迅速，董昌成亲早又年余，申屠娘子已是身怀六甲。到得十月满足，产下一儿。少年夫妇，头胎便生个儿子，爱如珍宝，惟徐氏转加不喜。一日清早，便寻事

与董昌嚷闹，董昌避了出去。没对头相骂，气忿忿坐在房中。只见一个女人走将入来，举眼看时，不是别个，乃是结拜姐姐姚二妈。尝言恩人相见，分外眼青，徐氏一见知心人，回嗔作喜，起身迎迓道："姐姐，亏你撇得下，足足里两个年头不来看我了，今日甚么好风吹得到此。"姚二妈道："你还不知道，我好苦哩。害脚痛了年余，才医得好。因勉强走动了，还常常发作。近时方始全愈，为此不能够来看你，莫怪，莫怪！"徐氏道："原来如此，这却错怪你了。"取过杌儿请他坐下。

姚二妈袖中摸出两个饼饵递与道："昨日我孙儿周岁，特地送拿鸡团与你尝尝。"徐氏接来放过，说道："好造化，又有孙儿周岁了。"又叹口气道："你与我差不多年纪，却是儿孙满堂，夫妻安乐。像我这鳏寡孤独，冰清水冷，真是天悬地隔。"说还未了，两泪双垂。姚二妈道："阿呀！我闻得董官人已娶了娘子，你现成做婆，正好自在受用。巴得董官人一朝发达，怕继母不封赠做老夫人，老奶奶？还有甚不足意，自讨烦恼。"徐氏道："不说不知，当初我进董家门来，昌官还只得三四岁，也亏我抚养成人。如今成人长大，不看我在眼里。就是做亲大礼，也不请我拜见。每日间夫妻打伙作乐，丢我在半边，全然不睬。不要说别样，就是饮食小事，他夫妻两口，大鱼大肉，我做娘的，只是一碗苋菜汤，勉强下饭。间或事忙，连这粗茶淡饭，常至缺少。真个是前人田地，后生世界，孤孀寡妇，好不苦恼！"言罢拍台拍凳，放声大哭。惊得申屠娘子走将出来劝解，却也不知缘故。见姚二妈在坐，又偷忙叙话，问姓张姓李，与董官人家何亲何眷。姚二妈一头答应，两眼私瞧，骨碌碌看上看下。私忖道："世间怎有这般女子，若非天仙织女转世，定是月里嫦娥降生。不知董秀才前世里怎生样修得到，今世受用如此绝色，只怕他没福消受，到要折了寿算。"

这婆子方在惊讶，那知冤家凑巧，适当董昌从外直走进来。见姚二妈与徐氏及申屠娘子三人搅作一堆，哭的哭，笑的笑，因早间这场闷气在肚，正没处消豁，又见如此模样，不觉大怒，骂道："好人好家，三婆不入门。你是何人，在我家说长道短，惹得不和睦？可知有你这歪老货搬弄，致使我家娘一向使心彆气，如今一发啼啼哭哭的，成甚么规矩！"姚二妈也变色说道："你做秀才的好不达道理，凡事也须要问个来历，却如何便破口骂人？我好意来此望望他，因平日受苦不过，故此啼哭，与我甚么相干！你不说自己轻慢晚娘，反说别人搬弄不睦！"董秀才听了，激得怒从心上起，骂道："老贱人！这个话难道不是挑斗我家不和？"劈脸两个漏风巴掌。徐氏连忙来劝，董昌失手一推，跌倒在地。申屠娘子急向前扶起徐氏，劝解姚二妈出门，又劝解丈夫在徐氏面前陪个不是，方得息了一场闹吵。这一番口舌，不打紧，正是：

饱学书生垂命日，红颜侠女断头时。

这姚二妈原是走千门踏万户，惯做宝山[10]的喜虫儿。乘便卖些花朵，兑些金珠首饰，忙里偷闲，又挨身与人做马泊六，是个极不端正的老泼贼。被董秀才打了两个巴掌，一来疼痛，二来没趣，心中恼道："无端受这酸丁一场打骂，须寻个花头[11]摆布他，方销得此恨。"一头走，一头想，正行之间，远远望见一个熟人走来。这婆子心里忽然拨动一个恶念，说："若把那人奉承了这人，定然与我出这一口气。"打定主

意，走上一步，去迎这人。你道此人是何等样人物？原来此人唤做方六一，家私巨万，谋干如神，专一交结上下衙门人役，线索相通。又纠连闽浙两广亡命及海洋大盗，出没彭湖，杀人劫财，不知坏了多少人的性命。却又贩卖违禁货物，泛海通番，凡犯法事体，无一不为。更兼还有一桩可恨之处，若见了一个美貌妇女，不论高门富室，千方百计，去谋来奸宿。至于小家小户，略施微计，便占夺来家，奸淫得厌烦了，双卖与他人，也不知破坏了多少良人妻女的行止。因是爪牙四布，一呼百应，远近闻名，人人畏惧，是一个公行大盗，通天神棍。姚二妈平日常在他家走动，也曾做过几遍牵头，赚了好些钱财，把他奉做家堂香火。这时受了董秀才的气，正想要寻事害他，不期恰遇了方六一这个杀星，可不是董昌的晦气到了？

当下方六一见了姚二妈满面撮起笑来，问道："二妈，何故两日不到我家来走走？今日为何红了半边面皮，气忿忿，骨笃了嘴，不言不语，莫非与那个合口嘴么？"这婆子正要与他计较，却好被他道着经脉，便扯到一个僻静处，把适来董秀才殴辱缘故，细细告诉一遍。方六一带着笑道："如此说来，你却吃了亏哩。"姚二妈道："便是无端受了这酸丁一场呕气，又还幸得他娘子极力解劝，不曾十分吃亏。"方六一道："这样不通道理的秀才，却有恁般贤慧老婆。"姚二妈道："贤慧还是小事，只这标致人物，却是天下少的。"方六一惊问道："你且说他是如何模样？"姚二妈道："那颜色美丽，令人一见销魂，自不消说。只这一种娉婷风韵，教我也形容他不出。六一官，你虽在风月场中走动，只怕眼睛里从不曾见这样绝色的少年妇人。"方六一道："不道我侯官县有恁般绝色，可惜埋没在酸丁手里。二妈可有甚法儿，教我见他一面，也叫作眼见希奇物，寿年一千岁。"姚二妈笑道："见他也没用，空自动了虚火。你若有本事弄倒了这酸丁，收拾这娘子供养在家，亲亲热热的受用，这便才是好汉。"方六一听罢，合掌念一声阿弥陀佛："谋人性命，夺人妻子，岂是我良善人做的。你也不消气得，且到我家吃杯红酒。散一散怀抱罢。"姚二妈道："原来六一官如今吃斋念佛了，老身却失言也。"六一笑道："你这婆子，也忒性急，大凡作事，自有次序，又要秘密，怎便恁般乱叫。况他又是个秀才须寻个大题目，方能扳得他倒。"遂附耳低言道；"这桩事，除非先如此如此，种下根基，等待他落了我套中，再与你商量后事，做得成时，不要说出了你的气，少不得我还要重重相酬。"这婆子听了，连声喝采道："如此妙计，管情一箭上垛。"方六一道："我今要去完一小事，归时即便布置起来，明日你早到我家来，再细细商议。"姚二妈应诺，各自分手。正是：

继母生猜恨礼疏，虔婆怀怨构风波。

阴谋欲攘红颜妇，断送书生入网罗。

且说董秀才，一日方要出门到学中会文，只见一人捧着拜匣走入来，取出两个柬贴递上。董昌看时，却是一个拜贴，一个礼贴，中写道："通家眷弟方春顿首拜。"礼贴开具四羹四果，绉纱二端，白金五两，金扇四柄，玉章二方，松萝茶二瓶，金华酒四坛。董昌不认得这个名字，只道是送错了，方以为讶，外面三四个人，担礼捧盒，一齐送入。随后一人头顶万字头巾，身穿宽袖道袍，干鞋净袜，扩而充之，踱将进

来。董昌不免降阶相迎，施礼看坐。这人不是别人，便是方六一这厮。可知六一原是排行，他平生欣羡睦州豪杰方腊以妖术诱众，反于帮源洞，僭号建元。既与同姓，妄意认为一宗，取名方春，见腊后逢春之意，欲待相时行事，大有不轨之念 。当下坐定，董昌开言道："小弟从不曾与台丈有交亲？为其将此厚礼见赐，莫非有误？"方六一道："春虽不才，同与先生土著三山城中，何谓不是交亲。弟此来一为敬仰高才绝学，庠序闻名，定然高攀仙桂，联捷龙门，自今相拜以后，即为故交，日后便好提拔。二则前日姚二妈闹宅，唐突先生，实为有罪。姚二妈乃不肖姨娘，瓜葛相联，方春代为负荆，敢具此薄礼请罪，万祈海涵。"说未了跪将下去。董昌慌忙扶起道："一时小言，何足介意，这厚礼断不敢受。"方六一道："先生不受，是见弃小弟了。"董昌推让再四，方六一坚意不肯收回，叫小厮连盒放下，起身作辞竟去。董昌年少智浅，见他这般殷勤，只道是好意。更兼寒儒家，绝少盘盒进门，见此羹果银纱等物，件件适用，想来受之亦无害于理。即唤转使人，也写个通家眷弟的谢贴，打发去了。

申屠娘子问道："适来何人，是何相知，却送如此厚礼？"董昌将名贴送与观看，说道："此人从无一面，据他说，姚二妈是其姨娘，因前日费口一番，特来代他请罪，二则慕我文才，要结识做个相知，为此送这些儿礼物。"申屠娘子听了，摇首道："此事来得蹊跷，不可不察。"董昌道："娘子何以见知？"申屠娘子道："当今世情，何人不趋炎附势，见兔放鹰，谁肯结交穷秀才？且又素不识面，骤致厚礼，可疑者一；前日姚二妈不过小言，又无深怨，此人即系两姨之子，也何消他来代为请罪，可疑者二。况君子不饮盗泉之水，岂可轻易受人之物？"董昌笑道："娘子忒过虑了，自来有意思的人，尝物色英雄于尘埃中，岂可以世情起见，一概抹杀好人？我看此人情辞诚笃，料无他意，不必疑心。"申屠娘子道："我虽过虑，官人也休过信。"董昌道："这个我自理会得。"到次日，也备几件礼物去答拜。秀才人情，少不得是书文手卷诗扇之类。方六一尽都收了，留住便饭，董昌力辞，那里肯放，只得领情。名虽便饭，实则酒筵，方六殷勤相劝，尽醉方散。至明日，姚二妈又到董家陪小心，称不是，一笑释然。

自来读书人最好奉承，董昌见方六一恁般小心克己，认定是个好人，并无猜虑，日亲日近，竟为莫逆之交。方六一不时馈礼请酒，自己也常来寻问董昌。他的念头，希冀撞见申屠娘子一面，看其姿色果是如何，那知这娘子无事不出中堂，再无由遇见。那姚二妈既挨身入门，也不时来攀谈闲话，卖些花朵，趋奉申屠娘子，博他欢喜。及至背后向着徐氏，却又冷言冷语的挑唆，徐氏一发痛恨儿子，巴不得即刻死了，方才快活。

方六一与董秀才往还数月，却没个机会下手害他。一日闻得泉州获了大伙海盗，那为头的浑名扳倒天，与方六一原是一党。六一知得这个消息，带了若干银子，星夜赶到泉州，寻相知衙役，到监门上用了些钱钞，进去探问。那班强盗见方六一来看觑，喜出意外，求他挽回搭救。六一道："我专为此而来，但不知招稿可曾定否？"众盗道："初解到时，太爷因事忙，即下了狱，随后又为有病，至今不出堂，所以尚未审问。"六一道："如此就有生路了。"向扳倒天附耳低言道："侯官学中有个董秀

才，久有异志，也结交四方豪杰。乘时欲图大事，官府渐渐也多晓得了。到审问时，众口一辞，竟招称董昌是谋主，纠结闽浙两广亡命，阴谋不轨。我等皆其庄佃，因威逼为非。拼些银两，买上告下，求当案孔目将董昌装了头，众兄弟只做胁从。招中字眼放活了，待我再到京师，营谋个恤刑御史前来，开招释放，可不好么?”扳倒天道：“若得如此，便是再生父母了。”方六一又留银两与他们使费，急回威武来布置。扳倒天把这话通知众盗，及至审问，一口咬定董昌主某，阴图叛逆。

泉州府大尹是明察，思想做秀才的，决无此事，定是仇口陷害。但既系众盗招扳，须拿来面质，才见真伪。又恐差捕役前去，必先破家，乃行文至威武州关提，州中转行侯官县拘解。这知县是蔡京门下人，又贪又酷又昏，耳又是棉花做的。方六一自泉州归时，先使人吹风到大尹耳内，说道董秀才素行不端，结纳匪人。又假捏地方邻里人，具个公呈，说董昌日与异言异服外方人往来，行踪诡秘，举动叵测。大尹见此呈与前言暗合，大是惊骇。方待拘问，恰好州中帖文又下，三处相符，更无疑惑，即差人密拿董昌。不道这差役正是方六一的心腹，飞来报知，六一分付：“连妇女都要到官，待我来解劝，方才释放。”差人受了嘱托，竟奔董昌家来，分一半人将前后把住，其余尽赶入去，将夫妻子母，并两个童仆，俱是一条索子扣住。这场大祸，分明青天打下一个霹雳，不知从何而起。问着差人所犯何事，却又不肯说，只言到县便知。扯扯拽拽，拥出门去。申屠娘子虽有智识，一时迅雷不及掩耳，也生不出甚计较。无可奈何，抱着儿子，只得随行。徐氏大哭大骂道：“这个逆贼，平日不把做娘的看在眼里，如今不知做下甚么犯法事体，连累我出乖露丑!”引动邻里间都来观看。

差人方待带着董昌等要行，只见远远一个人走来，董昌望去，认得是方六一。即高叫道：“六一兄，快来救我!”方六一赶近前看了，假意失惊道：“为甚事体，恁般模样?”董昌道：“连我也不知是什么缘故，叩问公差又不肯说。”方六一道：“是甚事如此秘密，真奇怪。”董昌道：“六一兄，你怎地救得我，决不忘恩。”六一道：“莫忙，待我作了揖，从容商议。”遂向徐氏、申屠娘子深深施礼，偷眼觑看，果然天姿国色。暗想便拼用几万两银子，与他同睡一宿，就死也甘心。礼罢，对差人道：“列位差公，且入家里来，在下有一言相恳。”差人嚷道：“去罢了，有甚话说。”方六一道：“列位何消性急。我若说得有理，你便听了，说得没理，去也未迟。”众人依言，复带入家中。方六一道：‘董相公是读书人，纵有词讼，不过是户婚田土，料必不是甚么谋叛大逆，连家属都要到官。待我送个薄东，与列位买杯酒吃，求做个方便，且慢带家属同去，全了斯文体面。遂向袖中摸出一锭银子，约有三四两重，差人俱乱嚷道：“这使不得，知县相公分付来的，我们难道到担个得钱卖放的罪名？况且事体重大，你若从中打干，恐怕也不得干净。”方六一又道：“谁无患难，谁无朋友？便累及我，也说不得了。”又向袖中将出二两多银子，并作一包，送与说：“我晓得东道少，所以列位不肯。但我身边只有这些，胡乱收了，后日再补。”差人还假意不肯，方六一道：“我有个道理在此，如今先带董相公去见，若不提起要家属，大家混过。如或必要，再来带去，

也未为迟。"众人方才做好做歹，将他姑媳家人放了，只牵着董昌到县里去。看官，你道方六一为甚教差人又做出这番局面？他因不曾看见申屠娘子果是怎样姿色，乘着这个机会，逼迫来相见一面。二则假意于中出力周全，显见他好处，使人不疑以为后日图妻地步，此乃最深最险的奸计。在方六一自道神机妙算，鬼神莫测，正不知上面这空空洞洞不言不语的却满不过。所以俗语说：

湛湛青天不可欺，未曾举意早先知。

善恶到头终有报，只争来早与来迟。

当下差人解至当堂，县尹说道："好秀才！不去读书，却想做恁般大事！"董昌道："生员从来自爱，并不曾做甚为非之事。"县尹道："你的所行所为，谁不知道，还要抵赖！我也不与你计较，且暂到狱中坐坐，备文申解。"董昌闻说下监，不服道："生员得何罪，却要下狱？老父母莫误信风闻之言，妄害无辜。"秀才家不会说话，只这一言，触恼了县尹性子，大怒道："自己做下大逆之事，反说我妄害无辜？这样可恶，拿下去打！"董昌乱嚷道："秀才无罪，如何打得！"县尹愈怒道："你道是秀才打不得，我偏要打！"喝教："还不拿下。"众皂隶如狼虎般赶近前拖翻在地，三十个大毛板，打得皮开肉绽，鲜血迸流。县尹尚兀是气忿忿的，教发下去监禁，许多差役簇拥做一堆，推入牢中，董昌家人那里能够近身，急忙归报。把申屠娘子惊呆半晌，自想这桩事没头没脑，若不得个真实缘由，也无处寻觅对头，出词辨雪。一面教家人央挽亲族中人去查问，一面又教到狱中看觑丈夫。惟有徐氏合掌向天道："阿弥陀佛，这逆贼今日天报了。"心中大是欢喜。这也不在话下。

且说董昌本是个文弱书生，如何经得这般捶扑？入到牢中，晕去几遍。睁眼见方六一在旁，两泪交垂，一句话也说不出。方六一将好言安慰，监中使费饮食之类，都一力担承。暗地却叮咛禁子，莫放董昌家人出入，通递消息。又使差人执假票，扬言访缉董昌党羽，吓得亲族中个个潜踪匿影，两个仆人也惊走了一个。方六一托着董昌名头，传言送语，假效殷勤。姚二妈又不进来偎伴，说话中便称方六一家资巨富，做人仁厚，又有义气，欲待打动申屠娘子。怎知申屠娘子一心只想要救丈夫，这样话分明似飘风过耳，那在他心上？但也不猜料六一下这个毒计。

申屠娘子想起董门宗族，已没个着力人肯出来打听谋干；自己父亲又远游他处，哥哥避居海上，急切不能通他知道。且自来不历世故，总然知得，也没相干，自己却又不好出头露面。左思右想，猛然想着古田刘家姐夫，素闻他任侠好义，胸中极有谋略。我今写书一封寄与，教刘姐夫打探谁人陷害，何人主谋，也好寻个机会辨头，或者再生有路，也不可知。又想向年留别诗尚未写出，一并也录示姐姐，遂取讨纸笔写书云：

忆出阁判袂，忽焉两易风霜。老父阿兄，远游渔海，鳞鸿杳绝。吾姊复限此襟带，不得一叙道以申间阔，积怀徒劳梦寐耳。良人佳士，韫椟未售，满图奋翮秋风，问月中仙索桂子，何期恶海风波，陡从天降。陷身坑阱，肢体摧伤，死生未保，九阍远隔，天日无光。岂曾参果杀人耶？董门宗族寥落，更鲜血气人，无敢向圜扉[12]通

问者。想风鹤魂惊，皆鼠潜龟伏矣。熟知姊婿热肠侠骨，有古烈士风，敢乞奋被发缨冠之谊，飞舸入郡，密察谁氏张罗，所坐何辜。倘神力可挽，使覆盆回昭，死灰更燃，从此再生之年，皆贤夫妇所赐也。颙望旌悬 ，好音祈慰。外有出阁别言，久未请政，并录呈览。

书罢，又录了留别诗，后书“难妇女弟希光裣衽拜寄”。封缄固密，差了仆人星夜前往古田。不道那仆人途中遇了个亲戚，问起董家事体，说道：“一个秀才，官府就用刑监禁，又要访拿党羽，必然做下没天理的事情，你是他家人，恐怕也不能脱白。”那仆人害怕，也不往古田，复身转来，一溜烟竟是逃了。申屠娘子眼巴巴望着回音，那里见个踪影？正是：

时来风送滕王阁，运退雷轰荐福碑。

话分两头。却说彭教谕因有公事他出，归来闻得董昌被责下狱，吃了一惊，却不知为甚事故。即来见县尹，询问详细，力言董生少年新进，文弱书生，必无此事。这县尹那里肯听，反将他奚落了几句，气得彭教谕拂衣而出，遂挂冠归去。同袍中出来具公呈，与他辨白，县尹说：“上司已知董生党众为逆，尚要连治，诸兄若有此呈，倘究诘起来，恐也要涉在其中。”众秀才被这话一吓，唯唯而退，谁个再敢出头？方六一见学官秀才都出来分辨，怕有变故，又向当案处用了钱钞，急急申解本州，转送泉州。文中备言邻里先行举首，把造谋之事证实。方六一布置停当，然后来通知申屠娘子，安慰道：“董官人之事，已探访的实，是被泉州一伙强盗招扳在案，行文在本县辑获，即今解往彼处审问。闻得泉州太爷极是廉明，定然审豁我。亲自陪他同去，一应盘费使用，俱已准备，不必挂念。”早屠娘子一时被惑，也甚感其情意。

不想董昌命数合休，解到泉州时，府尹已丁母忧。署印判官看来文，与众盗所扳暗合，也信以为实，乃吊出扳倒天一干人犯，当堂面质。董昌极口称冤说：“生平读书知礼，与众人从不曾识面，不知何人仇恨，指使劈空扳害。”再三苦苦析辨，怎当得众盗一口咬定，不肯放松，判官听了一面之词，喝教夹起来。这一个瘦怯书生，嫩森森的皮肉，如何经得这般刑罚，只得屈招。又是一顿板子，送下死囚牢里。方六一随入看视，假意呼天叫屈，董昌奄奄一息，向六一呜呜的哭道：“我家世代习儒，从不曾作一恶事。就是我少年落拓，也未尝交一匪人，不知得罪那个，下此毒手，陷我于死地。这是前生冤孽，自不消说起，但承吾兄患难相扶，始终周旋，此恩此德，何时能报！”方六一道：“怎说这话，你我虽非同气，实则异姓骨肉，恨不能以身相代，区区微劳，何足言德。”董昌又哭道：“我的性命断然不保。但我死后，妻少子幼，家私贫薄，恐不能存活，望乞吾兄照拂一二。”六一道：“吉人自有天相，谅不至于丧身。万一有甚不测，后事俱在我身上，决不有负所托。”董昌道：“若得如此，来世定当作犬马相报。”道罢，又借过纸笔，挣起来写书，与申屠娘子诀别。怎奈头晕手颤，一笔也画不动，只得把笔撇下，叮嘱方六一寄语，说：“今生夫妻，料不能聚首了，须是好好抚育儿子，倘得长大成立，也接绍了董氏宗祀。”一头说，一头哭 ，好生凄惨。方六一又假意宽慰一番，相别出狱，又回威武。临行又至当案孔目处，嘱付早早申文

定案。当案孔目已受了六一大注钱财，一一如其所嘱，以董昌为首谋，众盗胁从，叠成文卷，申报上司，转详刑部。这判官道是谋逆大事，又教行文到侯官县拘禁其妻孥亲属，俟旨定夺。这件事，岂非乌天黑地的冤狱！正是：

鬼蜮弥天障网罗，书生薄命足风波。

可怜负屈无门控，千古令人恨不磨。

再说方六一归家后，即来回覆申屠娘子，单言被强盗咬实，已问成罪名的话，其余董昌叮咛之言，一字不题。申屠娘子初时还想有昭雪之日，闻知此信，已是绝望。思量也顾不得甚么体面，须亲自见丈夫一面，讨个真实缘由。但从未出门，不识道路怎生是好？方在踌躇，那知泉州拘禁家属的文书已到，侯官县差人拘拿。方六一晓得风声，恐怕难为了申屠娘子，央人与知县相公说方便，免其到官，止责令地邻具结看守。那时前后门都有人守定，分明似软监一般，如何肯容申屠娘子出外。方六一叫姚二妈不时来走动，自不消说。六一一面向各上司衙门打点，勿行驳勘；一面又差人到京师重贿刑部司房，求速速转详，约于秋决期中结案。果然钱可通神，无不效验。刑部据了招文，遂上札子，奏闻朝廷。其略云：

董昌以少年文学，妄结匪人，潜有异图。虽反形未显，而盗证可征。况今海内多事，圣帝蒙尘，乱世法应从重，爰服上刑，用警反侧。妻孥族属，从坐为苛，相应矜宥。群盗劫杀拒捕，历有确据，岂得借口胁从，宽其文法，流配曷尽所辜，骈斩庶当其罪。未敢擅便，伏候圣裁。

奏上，奉圣旨，定董昌等秋后处决，族属免坐。刑部详转，泉州府移文侯官县，释放董昌妻孥归家，地邻方才脱了干系。这一宗招详才下，恰已时迫冬至，决囚御史案临威武各郡县，应决罪犯，一齐解至。方六一又广用钱财，将董昌一案也列在应决数内。申屠娘子知得这个消息，将衣饰变卖，要买归尸首埋葬。正无人可托，凑巧古田刘家姐姐，闻知董郎吃了屈官司，夫妇同来探问。申屠娘子就留住在家，央刘姐夫备办衣棺，预先买嘱刽子人等。徐氏听说儿子受刑，也不觉惨然。到冬至前二日，处决众囚，将一个无辜的董秀才也断送于刀下，其时乃靖康二年十一月初三日也。正是：

可怜廊庙经纶手，化作飞磷草木冤。

董昌被刑之后，申屠娘子买得尸首，亲自设祭盛殓，却没有一滴眼泪，但祝道："董郎，董郎！如此黑冤，不知何时何日，方能报雪！"正当祭殓之际，只见方六一使人赍纸钱来吊慰。刘成暗自惊讶道："方六一是此中神棍大盗，如何却与他交往？"欲待问其来历，又想或者也是亲戚，遂撇过不题。殓毕，将灵柩送到乌泽山祖茔坟堂中停置，择日筑圹埋葬。安厝之后，刘成夫妇辞归，申屠娘子留下姐姐，暂住为伴。

此时姚二妈妈往来愈勤，一日，姊妹正在房说起父兄远游僻处，音信不通的话，只见姚二妈走将入来。申屠娘子请他坐下，那婆子笑嘻嘻的道："老身有一句不知进退的话相劝，大娘子休要见怪。"申屠娘子道："妈妈有甚话，但说无妨，怎好怪

你。”姚二妈道：“董官人无端遭此横祸，撇下你孤儿寡妇，上边还有婆婆，家事又淡薄，如何过活？”申屠娘子道：“多谢你老人家记念，只是教我也无可奈何。”姚二妈道：“我到与大娘子蹰蹰个道理在此。”申屠娘子道：“妈妈若有甚道理教我，可知好么。”那婆子道：“目今有个财主，要娶继室，娘子若肯依着老身，趁此青春年少，不如转嫁此人，管教丰衣足食，受用一世。”申屠娘子闻言，心中大怒，暗道：“这老乞婆，不知把我当做甚样人，敢来胡言乱语！”便要抢白几声，又想：“这婆子日常颇是小心，今忽发此议论，莫非婆婆有甚异念，故意教他奚落我么？且莫与他计较，看还有甚话。”遂按住忿气，说道：“妈妈所见甚好，但官人方才去世，即便嫁人，心里觉得不安，须过一二年才好。”那婆子道：“阿呀！一年二年，日子好不长远哩。这冰清水冷的苦楚，如何挨得过？况且错过这好头脑，后日那能勾如此凑巧？”申屠娘子道：‘你且说那个财主，要娶继室？’婆子笑道：“不瞒娘子说，这财主不是别个，便是我外甥方六一官。他的结发身故，要觅一个才貌兼全的娘子掌家，托老身寻觅，急切里没个像得他意的，因此蹉跎过两年了。我想娘子这个美貌，又值寡居，可不是天假良缘？今日是结姻上吉日，所以特来说合。”

申屠娘子听了，猛然打上心来道：“原来就是方六一！他一向与我家殷勤效力，今官人死后，便来说亲，此事大有可疑。莫非倒是他设计谋害我官人么？且探他口气，便知端的。”乃道：“方六一官是大财主，怕没有名门闺女为配，却要取我这二婚人？”也是天理合该发现，这婆子说出两句真话道：“热油苦菜，各随心爱。我外甥想慕花容月貌多时了，若得娘子共枕同衾，心满意足，怎说二婚的话？”申屠娘子细味其言，多分是其奸谋。暗道：“方六 一，我一向只道你是好人，原来是兽心人面！我只叫你阖门受戮，方伸得我官人这口怨气！”心中定了主意，笑道：“我是穷秀才妻子，有甚好处，却劳他恁般错爱？虽然，我不好自家主张，须请问我婆婆才是。”婆子道：“你婆婆已先说知了。”

言还未毕，布帘起处，徐氏早步入房，说道：“娘子，二妈与我说过几遍了，一来不知你心里若何，二则我是个晚婆，怕得多嘴取厌，为此教二妈与你面讲。论起来，你年纪又小，又没甚大家事，其实难守。这方六一官，做人又好，一向在我家面上大有恩惠。莫说别的，只当日差人要你我到官，若不是他将出银两，买求解脱，还不知怎地出乖露丑。这一件上，我至今时刻感念。你嫁了他，连我日后也有些靠傍。”姚二妈道：“我外甥已曾说来，成了这亲，便有晚儿子之分，定来看顾。”徐氏又道：“还有一件，我的孙儿，须要带去抚养的。”姚二妈道：“这个何消说得。况他至亲止有一子，今方八岁，娘子过去，天大家资，都是他掌管。家中偏房婢仆，那个不听使唤。哥儿带去，怕没有人服事？”申屠娘子又道：“果然我家道穷乏，难过日子，便重新嫁人，也说不得了，只是要依我三件事。”姚二妈道：‘莫说三件，就是三十件，也当得奉命。’申屠娘子道：“第一件，要与我官人筑砌坟圹，待安葬后，方才过门；第二件，房户要铺设整齐洁净，止用使女二人，守管房门；三来家人老小房户，各要远隔，不许逼近上房。依得这三件，也不消行财下聘，我便嫁他。”姚二妈笑道：“这三件都是小

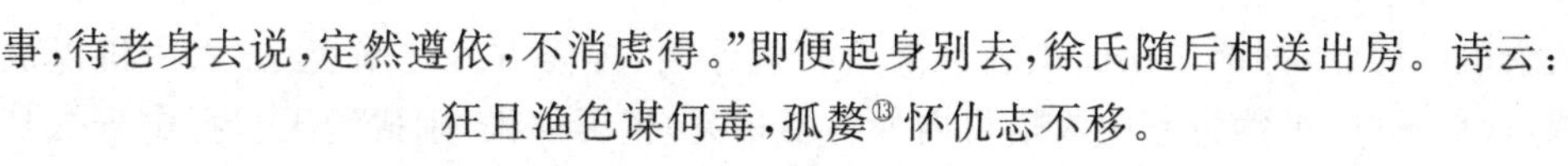

事，待老身去说，定然遵依，不消虑得。”即便起身别去，徐氏随后相送出房。诗云：

狂且渔色谋何毒，孤嫠[13]怀仇志不移。
奋勇捐躯伸大义，刚肠端的胜男儿。

不题姚二妈去覆方六一。且说刘家姐姐，当下见妹子慨然愿嫁方六一，暗自惊讶道：'妹子自来读书知礼，素负志节，不道一旦改变至此。”心下大是不乐。姚婆去后，即就作辞，要归古田。申屠娘子已解其意，笑道：“为何这般忙迫，向日妹子出嫁董门，姐姐特来送我出阁，如今妹子再嫁方家，也该在此送我上轿。”刘氏姐听了，忍耐不住，说道：“妹子，你说的是甚么话？常言一夜夫妻百夜恩，董郎与你相处二年，谅来恩情也不薄。今不幸受此惨祸，只宜苦守这点嫡血成人，与董郎争气，才是正理。今骨肉未寒，一旦为邪言所惑，顿欲改适，莫说被外人谈议，只自己肉心上也过不去哩。”申屠娘子听了，也不答言，揭起房帘，向外一望，见徐氏不在，方低低说道：“姐姐，你道妹子果然为此狗彘之行么？我为董郎受冤，日夜痛心，无处寻觅冤家债主。今日天教这老虔婆一口供出，为此将机就机，前去报仇雪怨，岂是真心改嫁耶？”刘氏姐姐骇异道：“他讲的是甚么话？我却不省得。”申屠娘子道：“姐姐你不听见说，慕娘子花容月貌，若得同衾共枕，便心满意足，这话便是供状。”刘氏姐道：“不可造次，常言媒婆口，没量斗，他只要说合亲事，随口胡言，何足为据。”申屠娘子见此话说得有理，心中复又踌躇。

只听耳根边豁剌剌一声响，分明似裂帛之声。姐妹急回头观看，并无别物，其声却从床头所挂宝剑鞘中而出。刘氏姐大惊，连称奇怪。申屠娘子道：“宝剑长啸，欲报不平耳。此事更无疑惑矣。”即向前将剑拔出，敲作两段，下半截连靶，只好一尺五寸。刘氏姐道：'可惜好宝剑，如何将来坏了？'申屠娘子道：“姐姐有所不知，大凡刀长便于远砍，刀短便于近刺，且有力，又便于收藏，我今去杀方六一，只消此下半截足矣。”刘氏姐道：“杀人非女子家事，贤妹还宜三思，勿可逞一时之忿。”申屠娘子道：“吾志已决，姐姐不须相劝。”随取水石，磨得这剑锋利如雪，光芒射人，紧藏在身畔。又写下一书，和这上半截断剑，交付姐姐说：“待父亲归时，为我致与他。”又道：“妹子已拚此躯，下报董郎，遗下孤儿，望乞姐夫姐姐替我抚育。倘得长大，可名嗣兴，以延董门一脉。我夫妇来世定当衔结相报。”正言之际，刘成自古田来到，妻子把这些缘故，道与他知。刘成道：“方六一是当今大盗，奸诡百出，造恶万端，董姨丈被他谋害，确然无疑。但小姨要去报仇，恐力气怯弱，不能了事，反成话柄。”申屠娘子笑道：“我视杀此贼子，有如几上肉耳，不消虑得。”

不题申屠姐妹筹画。且说姚二妈回覆了方六一，次日即来传话，说娘子所言之事，一一如命。明日就教工匠到坟上，开金井砌圹，听凭娘子选日安葬，葬后，即来迎娶。申屠娘子道：“入土为安，但圹完即葬，不必选日。”方六一做亲性急，多唤匠人，并力趱工。那消数日，俱已完备。申屠娘子姑媳姊妹并刘成，俱到坟头，送董昌入土。方六一又备下祭筵，到坟前展拜。葬毕回家，申屠娘子往还路径，一一牢记在心。又博访了方六一住居前后巷陌街道之路，将所有衣饰，尽付刘成，抚养儿子。

其余田产房业，都留与徐氏供膳。诸事料理停当，等候方六一来娶，方六一机谋成就，欢喜不胜，果然将家中收拾得内外各不相关，银屏锦帐，别成洞天。择定十二月廿四，灶神归天之日，娶个灶王娘子。免不得花花轿子，乐人鼓手，高灯火把，流星爆杖，到董家娶亲。姚二妈本是大媒，又做伴娘，一刻不离。当夜迎亲，乐人在门吹打几通，掌礼邀请三遍。申屠娘子抱着孩子，请刘家姐夫、姐姐及徐氏晚婆告别，对姐姐道："我指望同你原归长乐，只是终身不了。今到方家，是重婚再嫁的人了，此后也无颜再与姐姐相见，只索从今相别。"随将孩子递与道："可怜这无爹娘的孩子，烦姐姐好好看管，待三朝后，即便来取。"又对徐氏道："不道婆婆命犯孤辰寡宿，一个晚儿子也招不起，媳妇总之外人，今又别嫁，一发没帐了，你须索自家保重。"徐氏听了这话，想起日后无倚靠的苦楚，不觉放声大恸。刘氏姐已知此番是永别了，也不由不伤心痛哭。更兼这个孩子，要娘怀抱，死命的啼号，这凄惨光景，便是铁石心肠也要下泪。惟有申屠娘子，并无一点眼油，毅然上轿，略不回顾。

一路笙箫鼓乐，迎到方家，依样拜堂行礼。方六一张眼再看，魂飞天外，只道是到口馒头，谁知是冲天霹雳。拜堂已毕，方六一唤过八岁的儿子，拜见晚娘。又唤家中上下，俱来磕头。申屠娘子说："且待明日见罢。"方六一得了此话，分明是奉着圣旨，即便止住，鼓乐前导，引入洞房。花烛已毕，摆筵席款待新人。原来方六一生性贪淫，不论宗族亲眷妇女，略有几分颜色，便要图谋奸宿。因此人人切齿，俱不相往来，所以今日喜筵，并无一个女亲，单单只有姚二妈相陪。堂中自有一班狐朋狗党，叫喜称贺。方六一分付姚婆好生陪侍，自己向外边饮酒去了。申屠娘子且不入席，携着姚二妈，将房中前后左右，细细一看，笑道："果然铺设得齐整，比读书人家，大是不同。"又叫丫环执烛，向房外四面观看。见傍边有一小房，开门入看，中间箱笼什物甚多，侧边一张床榻，帐帏被褥，色色完备。问说："此是何人卧所？"丫环答言："是小官人睡处。"姚二妈便道："六一官教我今晚就相伴小官人睡在这里。"申屠娘子道："这也甚好。"遂走出门，仍复闭上。

回至房中，与姚婆饮酒。三杯已过，申屠娘子道："多谢妈妈作成这头好亲事，日后定当厚报，如今先奉一杯，权表微意。"将过一只大茶瓯，斟得满满的，亲自送到面前。婆子道："承娘子美意，只是量窄，饮不得这一大瓯。"申屠娘子道："天气寒冷，吃一杯也无妨。"婆子不好推托，只得接来饮了。申屠娘子，又斟过一瓯道："妈妈再请一杯。"婆子道："这却来不得。"申屠娘子笑道："妈妈你做媒的，岂不晓得喜筵是不饮单杯的，须要成双才好。"婆子又只得饮了。申屠娘子又笑道："妈妈，常言三杯和万事，再奉一瓯。"婆子道："奶奶饶了我罢。"申屠娘子道："你若不吃，我就恼杀你。"婆子没奈何，攒眉皱脸，一口气吸下。他的酒量原不济，三瓯落肚，渐觉头重脚轻，天旋地转，存坐不住。申屠娘子又道："妈妈还吃个四方平稳。"那婆子听说，起身要躲，两脚写字，只管望后要倒。申屠娘子笑道："不像做大媒的，三四杯酒，就是这个模样。"教丫环扶到小房睡卧。分付收过酒席，只留两个丫环伺侯，其余女使都教出去。然后自己上床先睡。

时及三鼓，堂中客散。方六一打发了各色人等，诸事停当，将儿子送入小房中，同姚婆睡。一走进房来，先叫两个丫环先睡，须要小心火烛。口中便说，走至床前，揭开红绫帐子，低低调戏两声。将手一摸，见申屠娘子衣裳未脱，笑道："不是头缸汤，只要添把火，待我热烘烘的打个筋斗儿。"申屠娘了道："便是二缸汤，难道你不赤膊，好打筋斗么？"方六一忙解衣裳，挺身扑上来。申屠娘子右手把紧剑靶，正对小腹上直搠，六一大痛难忍，只叫得一声"不好了"，身子一闪，向着外床跌翻。申屠娘子随势用力，向上一透，直至心窝，须臾五脏崩流，血污枕席。两个丫环初听见主人忽地大叫，不知何故，侧耳再听，分明气喘一般。心中疑惑，急忙近前看去。申屠娘子已抽身坐起，在帐中望见丫头走来，怕走漏了消息，便叫道："这样酒徒，呕得脏巴巴的，还不快来收拾。"丫头不知是计，一个趱上一步，方才揭开帐子，申屠娘子道："没用的东西，火也不将些来照看。"口内便说，探在手一把揪住，挺剑向咽喉就搠，即时了帐。那一个丫头只道真个要火，方转身去携灯，申屠娘子跳出帐来，从背后劈头揪翻，按到在地，那丫头口中才叫"阿呀"，刃已到喉下，眼见也不能够活了。申屠娘子即点灯去杀姚婆，那房门紧紧拴住，急切推摇不动。方六一儿子还未睡着，听见门上声响，问道："那个？"申屠娘子应道："你爹要一件东西，可起来开门。"这小厮那知就里，披衣而起。门开处，申屠娘子劈面便搠，这小厮应手而倒，再复一下，送归泉下。跨过尸首，挺身竟奔床前，那婆子烂醉如泥，打齁如雷，一发不知甚么好歹，一连搠下数十个透明血孔，末后向咽下一勒，直挺挺的浸在血泊里了。申屠娘子本意欲屠戮他一门，一来连杀了五人，气力用尽，气喘吁吁；二来忽转一念，想此事大半衅由姚婆，毒谋出于方贼，今已父子并诛，斩草除根，大仇已报，余人无罪，不可妄及。遂复身回房，将门闭上，枭了方六一首级，盛在囊中。收了短剑，秉烛而坐，等候人静方行。这一场报仇，分明是：

狭巷短兵相接处，杀人如草不闻声。

看官，你想世上三绺梳头，两截穿衣，叫院君称娘子的也不计其数，谁似申屠娘子，与夫报仇，立杀五命，如同摧枯拉朽？便是须眉男子也没如此刚勇，直乃世间罕有。当下静听樵楼鼓打四更，料得合家奴婢皆睡熟，乘着天色未明，背了方六一的首级，点灯寻着后门出去。这路径久已访问在心，更兼杀神正旺，勇往直前，若有神助。挨出城门，径奔到乌泽山祖坟下，将方六一首级摆在董昌墓前，叫声："董郎，董郎！亏你阴灵扶助，报你深仇，保我节操。从来不曾下泪，今日万事俱完，正好为君一哭！"于是放声一号，泪如泉涌，万木铮铮，众山环响。哭罢，解下红罗，即悬挂于坟前大荣木之上。待得三魂既去，七魄无依，腰间短剑一声吼响，如虎啸龙吟，飞入空中，不知其所向。

方家婢仆次日起身，只见后门洞开，满地血污，都是女人脚迹，合家惊骇，声张起来。寻看血迹，直到上房。方知家主父子，并姚婆等俱被新人杀死，砍下首级，不知去向。唤起地方邻里，呈报到官，县尹亲自相验，差人捕申屠氏。其时刘成放心不下，清早便在方六一门首打听，得了这个消息，飞忙报知妻子。徐氏听见媳妇杀

了许多人，只怕祸事连及，吓得一交跌去，即便气绝。刘成夫妇正当忙乱，乌泽山坟丁来报，申屠娘子缢死在荣木之上，墓前有人头一颗。刘成叫坟丁呈报县中，大尹以地方人命重情，一面申报上司，一面拘申屠氏家属，审问情由。那衙门人役，并方六一党羽，晓得从前谋害董昌这些缘由的，互相传说开去。郡中衿绅、耆老、邻里公书公呈，一齐并进，公道大明。各上司以申屠氏杀仇报夫，文武全才，智勇盖世，命侯官县备衣棺葬于董昌墓下，具奏朝廷，封为侠烈夫人，立庙祭享。方六一、姚婆等，责令家属收殓。刘成夫妻殡葬了徐氏，将房产托付董氏族人，等待遗孤长大交还。料理停妥，引着此子，自回古田。

又过半年，申屠虔方从天台山采药归来，闻知女婿家遭许多变故，到古田来问侄女。申屠氏将董方两家生死，希光杀人报仇始末，朝廷封赠，从头至尾说了一遍。又将希光封固书笺，及半截宝剑递与。申屠虔将剑在手，展书细看，其书云：

不孝女希光，裣衽百拜父亲大人尊前：儿嫁董郎，忽遭飞祸。夫禁囹圄，女锢私室。九阍谁控，五辟奚宽？冤哉董郎，奄逝刀锯！东海三年之旱，应当后威武矣。未亡人蜉蝣余息，去鬼无几，所以不即死者，仇人未获，大冤未白耳。何意图耦奸谋，一朝显露，始悟此日乞婚之方六一，即当时造计之区贼 。彼以委禽相诱，女以完璧自坚。再嫁之时，即是断头之夕。幸昆吾剑气有灵，谅幺魔残魄，无能潜匿。于此下报董郎，庶亦无愧。董郎龟登龙扰，雅称鹊噪鸦鸣，兆见于前，事亦非偶。所余残剑半截，留报父恩。父守其头，儿守其尾。申屠家之古玩，头尾有光；延平津之卧龙，雌雄绝望。生平不解愁眉，今始为之泣血。

申屠虔看罢，大笑道："非申屠虔不能生此女，非申屠虔不能生此女！"说犹未罢，只听豁剌一声，手中半截断剑飞入云霄，那申屠娘子下半截剑从南飞来，合而为一，蜿蜒成龙，渐渐而去，见者皆以为奇，刘成夫妇抚养董嗣兴到十八岁上，登了进士，官至侍郎，封赠父母，接了一脉书香。后人有诗云：

从来间气有奇人，洛浦珠还更陆沉。
片玉董昌埋碧草，阖门方六断残魂。

【注释】

①杞妻：《列女传》载：春秋时齐国杞梁殖死于齐莒之战，其妻在城下哭夫十日，城为之塌，又曹植《精微篇》："杞妻哭死夫，梁山为之倾。"李白诗取的是后一种说法。

②苏子卿：即苏来卿，其事迹今无考。曹植《精微篇》："关东有贤女，自字苏来卿，壮年报父仇，身没垂功名。"

③李使君：唐北海太守李邕，以书法名于后世。

④淳于：汉文帝时的太仓令淳于意。《列女传》载：淳于意犯罪，其女缇萦上书为父辩言，求为官婢以赎父罪。文帝受到感动，因免淳于意之罪。

⑤津妾：《列女传》载：春秋时晋国赵简子将兵攻楚，令京津小吏备船渡河。军至，津吏因醉不能引渡，简子欲杀之。津吏之女陈述父醉的缘由，请求代父受死。渡河缺船工，其女又为摆渡，并以歌陈情。赵简子受到感动，乃免其父之罪。

⑥豫让：春秋战国时人。《史记·刺客列传》载：豫让要刺杀赵襄子为晋国智伯报仇，但谋刺

未成，反为赵襄子捕获。豫让求得赵襄子衣服，拔剑击之后自杀。

⑦六贼：北宋徽宗年间的六个权臣蔡京、童贯、王黼、梁师成、李彦、朱勔。因其误国殃民，太学生陈东上书请诛，称为“六贼”。

⑧学富五车：形容读书多，学识渊博。《庄子·天下》：“惠施多方，其书五车。”

⑨才通二酉：形容读书多，学识渊博。二酉，指大酉山、小酉山。《元和郡县志》：“大酉山有洞名大酉洞，小酉山在酉溪口，山下有石穴，中有书千卷。”

⑩宝山：即保山，指媒人。

⑪花头：花样。

⑫圜扉：牢狱的大门。

⑬孤嫠（音 lí）：寡妇。

醉醒石

（清）东鲁古狂生编著

此书系清代初年编刊的话本小说集，题“东鲁古狂生编辑”，作者的真实姓名今无考。小说共十五回，分别演十五个短篇故事。

相传唐代宰相李德裕的平泉庄别业有醉醒石，“醉甚而依其上，其醉态立失”（《序》），“醉醒石”之书名即本于此，明显地寓有觉世醒世的训诫之意。鲁迅先生评论此书说：“文笔颇刻露，然以过于简练，故平话习气，时复逼人；至于垂教诫，好评议，则尤甚于《西湖二集》。”（《中国小说史略》）

失燕翼作法于贪　堕箕裘不肖惟后

贪淫作法已先凉，燕翼何堪鲜义方[①]。
狗狗贪名惟好径，蝇蝇学谄只循墙。
从来悖入终须出，自古荒淫必惹亡。
道是像贤还得笑，羡他五桂日芬芳。

《左传》云：“爱子教以义方，弗纳于邪。”教子是第一件事，盖子孙之贤否，不惟关自一生之休戚，还关祖宗之荣辱。这所系甚重，可以不用心教诲么？俗语道：“爱在心里，狠在面皮。”除了虎狼，那得无父子之情？但一味爱惜，与他吃，与他穿，养得肥头胖脸，著锦穿绫，且是好看，却是一个行尸坐肉。愚蠢受人轻玩，软弱受人欺凌，已是为祖宗之玷。还有强暴的刚狠惹祸，狂荡的放纵破家。只是为父母没见识，没教养。愚蠢的，不能开发他，使他明白；软弱的，不能振作他，使他决断；强暴的，不能裁抑他，使他宽和；狂荡的，不能节制他，使他谨饬[②]。这叫随材器使，因病与药，纵不能化庸碌为贤哲，还可进驽下[③]为中材。但这教法，在古人有胎教，这理极是，却难行，独是父严母慈，还责在父亲身上。

家有严君，斯多贤子。
肯构肯堂[④]，流誉奕世。

父之教子，有身教。身教是把身子作个榜样，与儿子看。自己事父母孝，承颜养志，没个不尽心竭力；待弟兄友，同心急难，没人不笃爱致敬；夫妻和，相敬如宾，

绝无反目；朋友信，切磋砥砺，久要不忘。至于一做臣子，便忘身殉国，不顾身家。至做人正直，却不是傲狠；做人谦厚，却不是卑谄；处家节俭，不是鄙啬；处家备整，不是奢侈。大智若愚，大巧若拙，也不为世所轻，也不为世所忌。子孙肯像贤者，做去自没有过差。还有言教。言教是把言语去化诲他，指引他。道理不明白的，为他剖发；世故不通晓的，为他指点；有好事好人，教他学样；有不好事不好人，叫他鉴戒。不惮再三，勤勤勉勉。

以身作典型，训诲复不惜。

贤愚转移间，木借绳而直。

若是自己既不肯作好人，说好话，那子弟中能不假教诲，盖愆干蛊[5]的，有几个来？这也只落得家破名灭，为人所笑。

明日，中州有个缙绅，姓吕。自己是个孝廉[6]，做人待胜我的极是小心，待以下的极其倨傲。要人钱不顾体面，至钻营也肯用几分。因两句书，得一举人。做举人便把书撇脑后，只是吃酒好色。人有好田地，百计图谋他的来。人有好妇女，用心要令他到手。百姓怕他如蛇，连上官怕他如蝎。

至四十余岁，料道登不第来，就去谋选。还用了千金，讨得一个仪真知县。一到任，乡绅举监生员来见，满面春风，送礼只回盘盒。征钱粮，兑头火耗，准准只加一五。问词讼，原被干证，个个一两三。买食用，一两也给三四钱，还要领他一载。给钱粮，十两定除一二两，何妨预借一年。拿著强盗，是他生意到了。今日扳一个，明日扳一个，得钱就松。遇访土豪，是他诈钱桩儿，这边拿一个，那边拿一个，有物便歇。奉承乡绅，听他说人情，替他追债负，不顾百姓遭殃。搪抹生儒，要他颂德政，要他留朝觐，总只黎民出血。待衙官，非重礼不与差委，非重赎不与批词，个个都为挣子。待吏胥，曾打合便多承行，善缉访即多差使，人人尽是用神。上司贪的与钱，不贪的便寻分上。考语上常是以瑕作瑜，考察混得便朦胧，难混便极钻营，每次捉生替死。

共叹天无眼，群惊地少皮。

狼贪兼虎暴，全邑受灾危。

至于考较生儒，是件正务。一等头，乡绅子弟；一等尾，自己钱神。这些吃荤饭送节礼的，布在又一等，把些孤寒有才的都剩下。到童生案首决进的，又得个名，决要三百。三十名内，可望府取，定要三十两。禀进学，禀科举，都是得钱。真是乡绅口是心非，士民积怨深怒。八差地方，似这样做官，是一日安不得身的。但奈他钻刺不过，凭著这说不省道不省毒心，更有那打不怕骂不怕皮脸，三七分钱，三分结识人，七分收入己。上台礼仪不缺，京中书帕[1]不少。混了五年，也在科道中寻个送他千两作靠山，又去吏部中用他几百两，寻头分上，也得个部属。

金多誉重，财旺升官。排门入阔，只是能钻。

在部冷坐了几时，用了个分上，谋得个九江抽分。关门上，已养了许多包揽的光棍，又有这些白役巡拦，已是够了，他又差出家人缉访。长江大船，重载报税，他

都要起货盘验，刁难他，掯他倍税，若到搜出夹带，好歹十倍，还要问罪。把货白送与他，还不勾。弄得大商个个称冤，小贾人人叫屈。

牟利及锥刀，搜求不惜劳。
谁怜负贩者，辛苦涉惊涛。

长江风水大，他要留难诈钱。把这大船千百炼住，阻在关口。每遇风狂，彼此相撞。曾一日淹住客船，忽然大风锚缆都管不住，至于相撞碎船，死者数百余，只为他贪利诈钱。至于客商，不惟不能图利，抑且身命不保，他也全不在心。但人都道他不祸于身，必祸于子孙。一年任满，也得银十余万。自倚著肯奉承人，有钱舍得钱，再挨两年，可以挨个知府，是黄盖了。不期公道难昧，离任时，也毕竟寻几个游花百姓，脱靴挽留。那无辜受害的，自嫉之如仇。离任时，也毕竟寻几个歪老秀才，立碑建祠。那高才受抑的，自恨之刺骨。乡绅说分上，与他八刀，一时也像相厚。到后来事过人去，也就不肯奉承，以非作是。

弥缝有时露，秽迹无不彰。
名实每相副，贪人誉怎长。

所以士绅把他秽状做笑柄，以资笑谈；小民把他恶迹编歌谣，彼此传唱。不免传入人耳朵里。

下次大计，他到八九月，也差人送礼与守巡抚按、本府刑厅，要他盖护。只本县下首知县，恨他工食得头除，预放两年；钱粮要火耗，预征几限，远年已征未解，尽行抓去；各项预备无碍，尽行拿回。还又将库中要解钱粮拿了，把些纸赎抵补，还补不来。竟是与他白做半年，还撘不彀，所以恼了。他送礼，也收他的，有书求照管，也应他。却将他用事书吏，时时送访，也揭出他平日赃私。临大计也从公出个事实。升任的人不在面前，终久情面少。他平日夹人、打人、监人，诈钱贪酷，是并行的。如今只用一个贪字，也是上台人情了。大察照例，也得个为民。

家资共山高，民怨似山积。
一黜谢苍生，犹恨不诛殛。

闻报时，恰又谋得个好差。也说没我前任，不没我见任。但这话是说得行不得的，只得收拾回家。可恨是带不得这顶乌纱，穿不得这领圆领，称京官、见上司、吃乡饮，只好家中纳闷。后房妾多，生下五个儿子，道是五凤，大的叫做凤咮，二的叫做凤翼，三的叫做凤趾，四的叫做凤翎，五的叫做凤毛。他又自已解嘲道："我有这五个儿子，做乌龟忘八的也有，做官做吏的也有。我如今一人分与他二三万两，使他各人造所大房子，前园后池。我老人家带了些歌童清客，五日一转，轮流供给，尽可以乐余生，做个陆贾了。"有那相爱的亲友道："你是该快乐的了。但之五个贤郎，该请名师良友，叫他潜心读书，以取上第。"群妾们也有劝的。

堂上虽朱紫⑦，膝前犹布衣。
好因焚刺力⑧，万里试鹏飞。

他仰天大笑道："读甚么书，读甚么书！只要有银子，凭着我的银子，三百两就

买个秀才，四百是个监生，三千是个举人，一万是个进士。如今那一个考官不卖秀才，不听分上？监生是直头输钱的了，乡试大主考要卖，房考用作内帘是巡按，这分上也要五百。定入内外帘[9]是方伯，无耻的也索千金。明把卖举人做公道事。到后边外面流言得凶，御史将房官更调，他两下又自行打换，再没个不卖的，只要有钱，起初用了三千，又是一万得了出身。拚得个软膝盖谄人跪人，装了硬脸皮打人骂人，便就抓得钱来。上边手松些，分些与上司，自然不管我。下边手松些，留些与下役，自然寻来与我。

打开幸路，跳入名场。当今之时，只有孔方。

到那时，一本十来倍利。拿到家中，买田置产畜妾，乐他半生，这便是肖子，读甚么书！若要造这两句书，这枝笔，包你老死头白。你看从来有才的毕竟奇穷，清官定是无后。读甚么书，做甚清官！”

家中还沽名，一个经学，一个乡学。经学先生在馆里，学生在嫖场赌场里。乡学生在馆里，学生在奶娘房里。大的次的年纪大些，趁着自己做京官，一半银子，一半分上，也进了个学。到科举时，正考有优劣的，不敢惹他，遗才出去不取得。直到大收，一人用了八十金，去钻房考买题目关节。晓得儿子来不得，寻拟题，要先生改，要儿子记，图个撞著。

那大儿子知机，晓得记也不曾记得，撞也料撞不著。自用了六七两银子，自向供给所去进场，点进头门，自有人招接。进去高卧一日，两个半夜。也有粥饭粉汤，还有题目纸，馒头果饼。监军相随，三场喜得完名全节。

二郎不识嗅，进了三门，落了号。记出文字来等题目，不期不对。他道题目差，文章是，也写了两篇。到后来记的忘了，没得写，只得歇手，弄个墙上先揭晓。害这房考在里面寻个头昏，还去别房搜不得。

鸿飞正冥冥，弋人何所觅。

到场后，买主赖他关节不灵。卖主说他误事，没科举哄我。一个查不出朱墨卷，一个明是贴出，难说个不误事。虽赖得些，也费了四五千金。

敲剥聚脂膏，浪把科名觊。

原从空中来，自向巧中去。

到底大郎识嗅，道：“父亲原不叫我读书。道三千举人，一万进士。如今做不来，只拣省些的做做，一千七百，弄个中书罢。”吕主事道：“这是没择钱的生意。还是举人，本钱多些，后来弄个知县通判，所得还大。”大郎道：“这使不得，要到下科，不宁挨个岁考。你又费钱，我又吃力，若说中书费重，便四百两纳个儒士，弄个简较，就是有司。有钱的只是中书，还有体面。你若不依我，定要买举人，你买成了，到临时只不进去考，你自折银子。”拗不过，只得纳中书。喜得改换头角，在缙绅中走了。

第二个仍前干科举。怕他来不得，用了二百两，买编号书吏，联号，七个同号。每篇百金，中出再谢。还又用钱与誊录书手，加意誊，用钱派在关节房官房内。不

知遇了个撞太岁，拿个假关节来，竟撮了几十两去。场中不中，早已破费千金。吕主事气得紧，将来把做废物。他也巴不得丢手，且喜书上笨，盘算上清，且自去放债经营去了。

封候自有骨，田舍人可为。
何若事毛锥，尝添沦落悲。

喜得第三个儿子是他爱妾所生，小时极聪明，生得秀雅。他自不肯把书去苦他。倒是其妾上紧要他读书，厚供先生叫作文字。到十四五岁，也写得两句出，先生盛称是个奇才大物。涂得篇文字，凑了个铜钱，也早早进了学。他就恃才傲物，见刻文不直便义，见先辈便道腐物滞物。季考堂考，他拿定魁解这才，自然前列，不须人力。那父亲母亲放不心下，暗里为他请托。取得个前列，就认做自己的，越发夸大。从此不从先生了，只是结社。这社中夙弊，只是互相标榜。有那深心的，明怪他狂，却肥拱景他。他又认真刊了两篇胡说文字作贽，厚礼去求某老先生某老名公作序。每日披巾玉结，大轿高盖，毡包俊仆，跟拥拜客，送礼请酒，结交名士，都是厚往薄来，勉强亲热。

结交须黄金，金尽名乃起。
还愁轻薄儿，以我作玩具。

家中见他交游多，又大言不惭，认做有才。有时不来衬副，自然失利。他却大骂瞎眼主司，全不自愧。家里要替他买廪，他道："就中了，要廪做甚么！以我之材，决不至打破鼓田地。"父亲不相信，用了百金，弄个科举第二，他道这我分所当得，还暗里埋怨父亲错使了银子。

一片狂奴态，其中未必有。
大言不惧人，颜甲十重厚。

到将进场，他道两个哥哥每次折银数千，我不要你买举人，只拿几千与我供出场嫖资。父亲也与他千金，还自己随他到省。道官办圆领不经穿，自己的他不屑穿，在家寻了一套京屯，一套怀素备用。又带了许多尺头、犀玉杯、银器玩物，备送座师外，几百银子听用。到省头场出来，对父亲道："稳稳还你一个解元[10]。"三场喜得苟完，就带了清客陪堂寻些娈童美妓，自去顽耍去了。

揭晓这夜，吕主事与几个陪堂痛饮彻夜，开门待报。他也在妓家吃通宵待报。家里有人知他家是历科弄手脚的，都先来报。有恨他家的，故意以报为名，将他窗户什物打碎。及榜挂出，并没下名。

富贵虽有命，功名也仗才。
君家固谫劣，岂易上金台。

在妓家，把主试大骂。父亲邀他回去不去，道："无颜归故国，只有银子可留几千，我暂在外边解闷。"吕主事只得将原带银两尽行与他。他却在外边求名妓，落赌场。银两用尽，便写票转借。九折五分钱都不论，借来随手用完。吕主事与其妾计议，急与他成亲，要收拢他。不知习与性成，竟收不住了。

第四个儿子，是吕主事做官时生的。看见银子容易，看惯骄侈，读书不曾有成，单学得些摇摆。每日饮食，只图个丰盛，也不论钱。穿衣服只要新，也不论价。父亲见前边三个儿子都不能成功，意思要他读书。他道："三个哥哥都不读书，偏要我读书!"特为他请先生，供给先生，落得读书，他只不去，还要捉先生陪游山吃酒。那先生也是有人心的，觉得虚糜他馆谷，心甚不安。请他来讲书作文，他便发话道："吃我家饭，收我家束修罢了，苦苦来逼人做甚?"父亲来查功课，先生遮掩不来，也只说令郎是个堂堂乎张也，只习外貌，不甚留心书上。他知道了，竟绝了先生供给，饿了两日。先生也竟就辞了馆去。

醴酒已不设，穆生安可留。

所惜不学儿，襟裾而马牛。

他的癖是在房屋衣饰上，他每日兴工动作，起厅造楼，开池筑山。弄了几时，高台小榭，曲径幽蹊，也齐整了。一个不合意，从新又拆又造，没个宁日。况有了厅楼，就要厅楼的妆点；书房，书房的妆点；园亭，园亭的妆点。桌椅屏风，大小高低，各处成样。金漆黑漆，湘竹大理，各自成色。还有字画玩器、花觚鼎炉、盆景花竹，都任人脱骗，要妆个风流文雅公子。起初吕主事也要把园亭池沼，怡悦老景，也来指点帮衬他。到见用银子，也觉心疼。要他收手，已收不住了。

原是好嚼的，喜得不自吃，好请客。却也不是正客，是些狎客之流，却也每日烹宰。还又征歌选伎，做起梨园服色来。在席看了也眼热，思量下场。奈是人儿矬小，面孔挡搜。妆旦丑，妆生不风月，妆外不冠冕，妆净不魁伟，只有丑相宜些。况且从来丑没甚大曲子，他这喉咙还可挜去。他就硬记五七日，也记有一二出。弋阳腔"驻云飞"极是好唱好听，他就做个招商店酒保，众陪堂帮衬。喜得这副面皮，不扮也就是，拜跪也活脱，这段是他一生长技了。家中每做戏，这一出他定是要做的。一日正在那厢妆这丑态，不期父亲到来，远远见了，甚是大恼，到场上大骂。他不慌不忙，呆看这花面道："老爷讲的，拼得个软膝盖跪人谄人，今日试演一试演，想你们这些做官的，在堂上面孔还花似我，门背后膝盖软似我。逢场作戏，当甚么真?"吕主事作色要打，他竟是一溜风走了。

顽妻劣子，无法可治。悔是从前，训诲欠是。

这个光景，已如斯了。

那第五个贤郎，自小生来痴懵，除了觅梨讨枣，也自聪明。只读《百家姓》，一句读了一日。到大来真叫其笨如驴，一毫世故不晓。在人前，一句话说不出。见人行礼，定要家人指拨。与人吃酒行令，只是认罚而已。偏娶得一个极风流标致娘子，会识会算，能写能诗。撞著这拨不动泥块头，甚是懊恼。况且蠢俗逼人，开口惹厌，动口惹恼。枕席之间，也没一毫情趣，所以起初昏昏闷闷，也只是怨。到后面见这呆物可以欺瞒，可以钳制。这呆物好酒，尝要他吃个酩酊，人事不知。也好色，偷丫头，缠小厮，故意丢两个丫头小厮与他，自己另寻风月。家主既蠢，家事自不能料理，全靠内人。内人既自己有隐病，威令难行。田产租息，付之奴仆，也只有日

损了。

贪婪得长享，世无此天理。

不教有贤子，世无此人理。

不到五七年，这做中书的，在京中遵父亲的教，只是奉承人，拿钱去结识人，在本府做个敛分子的头，在里边忙忙的出知单、管置酒、管做轴、送下程、送贺礼赆礼。自己分子，那里躲得一分？只落得日日在缙绅中吃酒作揖，还又去营钻史馆办事，实录纂修，都是银子做来，家私也费去一半。因要借钦差阔一阔，讨一江西差，行至九江，风狂舟坏，死于水中。

风急长江白昼昏，波狂无复布帆存。

骑鲸一往悲难返，下报当年久滞魂。

第二个儿子，听了父亲这句话，只要有钱，不舍吃，不舍穿，不舍用。把家人逼去做田庄，凡是少租欠债，一忽不饶。又用了几个不好家人，在庄子上收留些无籍之徒，做些没本钱生意。二公子也贪小便宜，收他些月钱管他。到事发，这家人怕搜出来，都寄顿在主家。那二公子还只道这为民的主事还有声势，可以遮盖得事来，竟收了。想道："这干脱不命出，这孔藏归我。"不期到官一打一招，供在他家。知县就是仪真科举不取的秀才，他只按法，做了窝囤，二公子已不得出监门了。

为盗托冠裳，满橐可无患。

为盗恃攫夺，罪戾何可免。

吕主事虽说是个乡绅，为民的不便见官。拿钱央人，当不得县尊作主，这个儿子虽生犹死了。

第三个著了迷，在嫖赌中走不出。嫖还犹可，一日不过去两数，就打差也还有限。到那赌，刘毅一掷百万，是顷刻间可以破家的。他赌到高兴，没钱他把田产来出注。一注几亩，一注几间，可也输个尽绝。还又因在这里用了功夫，书不曾读，到岁考竟奉还了。吕主事不好读书，所以连读书子弟也不读书。

朱弦久不操，手涩若在棘。

为学不日新，何以免一黜。

第四公子，园池亭榭，已整齐了，只是箱笼日空了。古玩器物日增了，手底极干了。学成这副奴颜婢膝，不做官也没处用。喜得门前这些清客，没光景也不上门，拆拽的人少。却也有个看房子吃不得，有古玩看不得光景。

谁云灾土木，还作一身灾。

容膝亦已足，高巍何为哉。

到第五个公子，痴蠢不晓读书，不晓营家。又不晓谈琴著棋，游山玩水，以消白昼。娘子自要活动，放他一路。酒不离口，色不离身。人是金石形骸，也要消坏，竟成弱症身亡，年少无子。

持螯暗藏身，倚翠乐年光。

血肉能几何，日经双斧戕。

当日吕主事倚着挖得这许多百姓商贾的脑髓，家下有五个儿子，真叫无官一身轻，有子万事足。只为自己贪财克剥，寡廉鲜耻，做个好样子，又不肯教他读书习上。黄山谷[11]道："士人三日不读书，则面目可憎，语言无味。"盖人家子弟，读得两句书，便明道理知应对，在人前也不俗。就是少年，把书拘束他。收拾他身心，不至胡思妄作，入非礼之场。所以人家教子第一件，教子令他读书是第一件。不叫他读书，只替他钻营，增他怠惰之心，惹出身家之祸，尤是不可。吕主事自己既无好样子，儿子又不叫读书，所以当日倚著有钱有子，要似陆贾遨游五子之间，不料这五子，或是身亡，或是家破。到处只见凄凉，那得快活，未尝不怨天不肯佑他光景，不知都是自己不是。

既鲜积德，又无远谋。人之不臧[12]，天乎何尤。

所以古人道："黄金满籯，不如教子一经。"贫穷无以自立，只有读书守分，可以立身。富厚子弟，习于骄奢，易至愚荡。只有读书循理，可以保家。得来钱财有道，能教子孙，是个顺取顺守，可以久长；得来钱财无道，能教子孙，是个逆取顺守，还可不失。若只逞一已贪婪暴戾，又有不肖子孙相继，未有不败者也。

【注释】

①义方：做人应该遵守的道理。

②谨饬：谨慎。指能检点自己的言行。

③驽下：比喻才能低下。驽，劣马。

④肯构肯堂：以盖房子比喻子能继承父业。语出《尚书·大诰》。堂，立房基。构，盖房子。

⑤盖愆干蛊：儿子能承担父亲所不能承担的事业，因而掩盖了父亲的过错。愆，过失。

⑥孝廉：明清时代对举人的称呼。

⑦朱紫：古代官员的服色以朱、紫为贵，因以指品位高的官职。

⑧焚刺刀：比喻刻苦攻读。

⑨内外帘：科举时代举行乡试时由州县官调充的职务。科场中分内外帘，外帘官负责具体事务，内帘官负责阅卷。

⑩解元：明清时各省乡试的第一名。

⑪黄山谷：黄庭坚，字鲁直，号山谷道人，为宋代著名文学家、书法家。

⑫臧（zāng）：善。

惟内惟货两存私　削禄削年双结证

紫标黄榜便如何，富贵奚如德积多。
衫袖几看成粉蝶，朱门每见篆旋蜗。
一棺以外原无我，半世之间为甚他。
笑杀守财贪不了，锱铢手底几回磨。

人最打不破是贪利。一贪利，便只顾自己手底肥，囊中饱，便不顾体面，不顾亲知，不顾羞耻，因而不顾王法，不顾天理。在仕宦为尤甚。总是为农为商的，克剥贪

求，是有限量的。到了仕宦，打骂得人，驱使得人，势做得开，露了一点贪心，便有一干来承迎勾诱，不可底止。借名巧剥，加耗[①]增征，削高堆，重纸赎[②]。明里鞭敲得来固恶，暗中高下染指最凶。节礼、生辰礼、犀杯金爵、彩轴锦屏、古画古瓶、名贴名玩，他岂甘心馈遗，毕竟明送暗取。

馈赆朝朝进，鞭笞日日闻。
坐交间阎下，十室九如焚。

这却也出乎不得已。一戴纱帽，坐一日堂，便坐派一日银子。捐俸积谷，助饷助工，买马进家资，一献两献。我看一个穷书生，家徒四壁，叫他何处将来？如今人才离有司，便奏疏骂不肖有司剥民贿赂，送程送赆，买荐买升。我请问他，平日真断绝往来，考满考选，不去求同乡，求治下，送书帕么？但只是与其得罪士庶，无宁得罪要津。与其抱歉衾影，无宁抱歉礼节。赠送不妨稍薄，若污我名节，去博人好，著甚来由！兄说及肥家，这天公最巧。如《唐书》所纪，阴间有掠剩使，夺人余财。丞相李峤贫，张说富。僧人道："张相公是无厌鬼王，冥府有十大铁炉，铸他横财。"这都阴有主持。

贫富皆悬造物，谁去拙窘巧盈。
智者会须任运，从他坎止流行。

明朝曾有一御史，对门生道："银财有分限，不可妄得。我曾出巡云南，夜在官署，觉神思不宁，寝不成寐。我祝道：'此地莫非有冤欲告乎？'恍惚有一金甲神人在前，说：'公有银千两在此，特来相告。'我道：'何处？'答云：'在公座边砖下。'我去了公座发砖，果有银二十锭，计千金。我道：'如何得家去？'神人曰：'但写乡贯姓名及所住地方，当为致之。'我依言书毕，置银上，覆以砖。后巡历将完，一丁忧同年来见，为一知县求荐，四百金，各得二百。我坚辞不受。同年道：'你不收，怕你忘却。必须你收，我始放心。'我勉强收了。任满到家，偶思及此。分咐家人，备了三牲，暗暗祷祝。忽神人复见，道：'银在书房条桌下。'我次日令家人发条，果得前银，但数止八百。我道原银一千，今仅八百，这二百却落何处？晚间神人复现，云：'某同年二百是也。'惊得我汗流洽背。可见凡人举动，神鬼皆知，此赢彼诎，数有一定。"即此观之，可强求么？

货殖非关亿，绳枢命本穷。
贪夫空役役，人巧困天工。

我闻得广东有个魏进士。做秀才时，其家极穷，身衣口食，俱难支值。

无灯常借月，有户不留风。
甑里尘时起，囊中钱每空。

他只一味读书不甚料理家务。亏得妻家稍裕，其妻稍勤，苦捱朝暮。共妻每怨恨读书费他妆奁，至于穷困。魏进士勉强支对道："不要怨，倘得中丁，包你思衣得衣，思食得食。十倍还你妆奁也不打紧。"不期果然中了举人，又联捷中了进士，殿了三甲。该选推官，先观政都察院。一时便有长班、雇马、交际之费。观政毕，选期

尚远。但路遥，往来不便，只得在京守候。

一住半年，租房火食，庆吊公份，及至选官，备送上司礼，又借了若干债。双月二十五日选，掣签，掣得个湖广江陵府。这掣签也是名色。凡遇好府，毕竟有几个京官，或是同年，或是座主来拜，要借重，图他到任后照顾，好说分上。就为他见选君讨缺，缺十个九个是坐定的。大凡掣签，或分南北中，或分上中下。如魏进士广东人，筒中故意放江陵广东二签。掣着广东，是本省，不当选，则自然是江陵了。或是以一湖广人陪掣，湖广人不当得江陵，这缺又该魏进士了。

吏弊如重云，能使月鉴暗。

迂拙成积薪，冯唐[3]有深叹。

魏进士得了地方，雇了乘人轿。至徐，由水路过淮过江，由浙江江西至广。祭了祖，与亲族作别，与奶奶一同上任。但这奶奶耳朵内，一向听得说做官好，不知仔么搬金采宝，银海钱山。及到任，在路夫马人役迎接，体面甚是威势。进衙门，各府县乡绅送礼，也甚热闹。只魏推官新到，自然立些崖岸，推却不过，勉强收一二色，也还好。在后衙门虽然日日有事，却不过是抚按藩臬守巡批行，府堂牒送。终日费自已精神，替他人挣纸赎而已。

年余，代巡委一次查盘。府县折程折席，也有百金。平日只靠端阳、年节二次，全省县官来送节礼，约莫一人四两之数。还有地远县小，躲过不送的。奶奶道："好，好。做了教官了，一节才有些活动。他还多些拜见，进一番学，有一番束修。"这闲常散言絮语，最是恼人移人的。凡遇送礼，俱是夫人收。他要打首饰，做衣服，魏推官因穷时用费了些，又是好要撒娇做痴人，再不肯，使性哭泣。魏推官也只得勉强依他。正是：

有心立名行，无计拒贪痴。

又且买办珠翠绸绫，给发工价，不惟短他价值，还要刻他银水等头，便已作承魏推官一个克剥要便宜名头。

猛虎有神威，苦为妖狐夺。

借光唬百兽，大权叹旁落。

厅中有一个吏，叫单规。他是个滑吏。他轮长接，在广东接官。奶奶与管家，暗中俱有礼，得他欢心。将他内外心性行藏，都已打听，到此又看破奶奶是要钱，做得主的。

其时，本府有个大户，姓陈名篪，家极豪富，却极好作歹事。家中养几十个家丁，专在大江做私商勾当，并打劫近村人家。一日劫了一只官船，是兵巡道同年。巡道追捉甚紧，府县三日一限比，巡道半月一解，捕人正在根寻。

巧是陈家家人打劫，每有金珠绸缎货物拿回，陈篪都量给自己银钱，货物差人隔省发卖。所以家人身边并无赃物被人看破。这次打劫得多，各人见每次陈篪与钱，不上半价，故此各人也留些在身边。有了物，就思出脱，有去卖的，都不知价数，早已为明眼公人看破。又在娼妇周英家嫖，他家有雪儿楚云几姊妹，都生得标致，

是一干极会起钱猱儿。各贼钱来得易，在他家甚是挥洒，把金珠作赏赐，被应捕踹了，做了一索，供系陈篪家人，还有十余党与，都在陈家拿出。陈篪买了捕人捕官，竟卸在龟子身上，通呈上司。陈篪是极刁顽，有事极肯使分滥许，事后便也倒赃短欠。衙门人晓得，故意留他个酒碗儿。把捕衙初供"系不到官陈篪义男"一句，不去。及至巡道发刑厅覆审，魏推官也是个留心政事的，将招由细看。想道："江洋臣盗，必有大窝。娼家是其花销处，利其财，不行举首有之。若说主窝，断难舍数年畜养之家主，无数日淹留之龟子道理。"便出牌提陈篪。

剖柱追元恶，埋轮翦大奸。

棱棱施铁面，行旅或安然。

正拘提间，忽代巡委查盘武昌，魏推官只得收拾起行。

先时，魏推官到任时，首参谒抚按司道，因遇逆风，泊船小港 ，独坐无聊。在船中眺望，见远远一林松竹，中间隐隐露出殿阁。间又逆风中，送上几声铃铎。问梢子，答应是圣寿禅寺。魏推官道："是隔属，不妨打轿去一随喜[④]。"不多带人役，不开道，竟到林子里来。却见：

竹欹如延客，松乔似引人。

江村人迹少，一径绣苔茵。

转过林子，听得钟声断续，笙管悠扬。是几个行童将着乐器，十许个僧人执着香，迎来。到山门，又是一个老僧，鬓余残雪，面有月光，躬身相迓。入大殿，参了诸佛。转到方丈，却是纸窗竹屋，风致悠然。小草名花，幽妍可憩。器具修洁，微尘不生。满壁斗方诗画，都是赞主僧道寂的。有道：

百年老树知僧腊，一片明蟾映古心。

有道：

廿载远城市，一心横古今。

有道：

解到风幡[⑤]缘著想，悟来明镜本无台。

有道：

慧从定里出，觉作世之先。

魏推官看了道："这老僧想是寂和尚了。方外高人，可以宾主礼见。"老僧谦让许久，侧坐了。须臾茶至，排列些果品点心，极精洁。相与谈些口头禅，彼此推重。总之做官的谈禅，见解已超俗人。和尚们也假借他，故此说得。坐久进斋，尽有远方之物，似出宿备。魏推官道："上人禅林名宿，正宜脱去俗情。适才烦僧行远迎，如此厚款，太厚了么。"侧边立著一个会捣鬼快嘴小和尚，答应道："师祖平日不轻见人，礼数脱略。三日前，定中知大贵人将到，特差小僧前往城市，预备蔬菜。早间分付僧行，门外迎接，故此如此。"魏推官道："寂上人，果然能前知么？"寂和尚道："不敢。是小僧浪言。"魏推官也笑是鬼话。当晚就宿寺中，与寂和尚做个知己。

寺中也就立个大檀越老爷魏大红纸疏头。魏推官虽道他是鬼话，故意试他，回

日与每次过往俱去探他，那迎款宛同一日。这次魏推官也去访他。

到府，不过照例到府县衙门，查一查仓库，点一点人役，把罪囚过一过堂。凭吏书简几个矜疑的，听代巡开释，向府县正官讨一讨佐二杂职贤否，并不好书吏应戒饬的，造册以候代巡奖戒。其时值张太岳母丧回籍，两院三司，都到江陵赴吊，魏推官也且回任。

葫芦依样画，书吏枉奔波。

谁是急公者，虚心为勘磨。

回衙，不免理论日前未完事件。陈篪前已寻着单规，央他寻大分上。单外郎主张，千金过龙，可以无事。陈篪道："魏四府闻得他不曾破手。若造次进去，一变脸，这番事体，越不好了。若没有贴体乡亲，不若寻张阁老公子。"单外郎笑道："我做得与你做，是便宜你。张公子怕三千金不开眼哩！"陈篪见他说得是，就听他，将千金交与单外郎。单外郎乘官不在，先与管家讲起。管家道："奶奶要得紧。奶奶应了，不怕老爷不依。"单外郎故意激他，道："我见老爷甚是执法，怕奶奶也做不来。若做得时，万金也可得。管家小小也得个千金。"官家道："缚牛自有缚牛法，都在奶奶身上。"管家去与奶奶说，果然一力应承。单规却将六百两送进与奶奶，管家加一[⑥]六十两，说事的后手三十两。其余单外郎落簏。

千金买出狮吼，三面好纵鸱鸮。

魏推官到了衙中，傍晚两人吃了些酒。收拾方罢，那奶奶笑吟吟道："做了年余官，今日才得一宗大财。"魏推官道："你说我查盘回，带得这些折席程仪么？"奶奶道："这样叫做大财？"就在袖中拿出陈篪一纸诉词，道："这人拿银子六百两，我收了，你可圆活他。"魏推官道："这人饶他不得，我正要拿倒他，立个名。"奶奶道："图名不如图利。你今日说做官好，明日说做官好，如今弄得还京债尚不够。有这一主银子，还了他不成？"魏推官道："官久自富，奶奶不要如此。"奶奶道："官久自富！已两年进士，一年推官，只得这样。见钱不抢，到老不长，任你仔么，我只要这宗银子。"魏推官道："这是谁拿进来的？"奶奶道："天送来的，不要这等痴。你不要钱，你升官时，那男盗女娼的，却要你的。只问你，如今不捉几两银子还人，后边谁人借你？况且这事，别人已问明白了，你生事害人做甚么？"愤愤的只待要闹。

虎心原自猛，豺性更能贪。

那解名和义，唯知利是耽。

魏奶奶也不拿出银子来看，竟自睡去了。魏推官叫过管家来，假狠道："你这干奴侪，做得好事！是那人做下的？"都得了钱，只彼此相看，绝不做声。查那管门的要打，奶奶又跳起来，道："你打我不得，借他打我么？"嚷起来，魏推官便不敢做声。要考问把私衙皂隶，又怕声张，只寻他空隙，道他不常川守衙，打了二十五一个，消气，闷闷的阁了几日。上司来催，没奈何，也只得照前问拟。那单外郎要发卖手段，还要奶奶逼勒魏推官，把陈篪做个干净，龟子做个煞。自此陈篪高枕无忧，龟子延颈受戮。

初无杀人意，奈擢杀人钱。

落笔如矛戟，冤魂泣九泉。

魏推官也因这节，怕奶奶又做出来。私衙关防甚严，酒也不甚出去吃，未几按院发牌按临武昌府，魏推官先期到府，将衙门封固，转头[7]都塞了。叫本府知照二员，轮放水菜。又对奶奶说："只可一不可二了。"奶奶道："真穷鬼，真穷鬼。且看。"出门，将门上著实分付一番方去。

只因魏推官原是本分要好的人，因这事觉得违心，又怕人知道，心中抑郁。将近圣寿寺，巴不得一步跨上岸，与寂和尚一谈。不期转过林子，并不见钟响鼓乐响。到了寺门前，亏得一个小沙弥看见，忙去叫时，走得几个来接。也有只带搭子，没有僧帽；也有著得短衫，不穿偏衫。赶上来，香棒儿也拿不及一根。到方丈，桌上灰尘堆满，椅子东一张，西一张。寂和尚摸了半晌才走出，连道失迎。草草吃了些茶，到晚吃斋，也只些常品。恰好服事的，仍旧是那捣鬼快嘴和尚。魏推官对他道："你师祖怎不前知了？"这和尚道："委是师祖不曾分付，有慢老爷。"寂和尚也急请罪，道："委是有个缘故，老僧也不解说。"魏推官道："有甚缘故，上人不妨说来。"寂和尚道："这事说来近诞。敝寺伽蓝，最是灵显。凡遇贵人过往，三日前托梦报知，先前张阁老乡试时，避风来敝寺，伽蓝都来说。所以张阁老大贵了，舍田十亩供常住，还留一个神灵显赫匾额，在伽蓝殿中。今老公祖累次来都报，只今次误了。也不知伽蓝他出，也不知有他故，躲懒不报。"魏推官道："果有此事！"寂和尚道："老僧不敢谎说。"魏推官道："我去武昌，往回不过十余日。上人可为我一问，是甚缘故。"

这一问，魏推官还在疑信之间。不料这老僧果向伽蓝前鬼混，道："你是一寺之主，寺之兴废，全靠于你。你怎失报了贵人，以致触误魏推官？他若发恼，便为阖寺之害。如今要你还不报之故，你快快报来。"说了又说，念了又念，就像泥神道有耳朵的。只为：

胸中利害纷纭扰，出口言词不厌频。

祝罢，这神人果然有灵，夜中托一梦，将所以然之故，说一个分明。老僧甚是惊骇。

莫言天厅高，神目无不照。

相隔半月，魏推官又来，仍不是前番远迎光景。魏推官看了，又笑道："伽蓝想仍不灵。"只见这老僧口中趑趄，道："灵是灵的。"魏推官道："既灵，怎又不报？且我前日，央你问得何如？"寂和尚欲言不言，又停了半日，魏推官大笑："伽蓝之说，还是支我。"寂和尚又沉吟久许，欲言怕激恼推官，不言只道他平昔都是诳言，真是出纳两难。才道得个"不好说"，魏推官道："我与和尚方外知己，有话但说。"和尚道："伽蓝是这样说，和尚也不敢信。"把椅移一移，移近魏推官，悄悄道："伽蓝说，老公祖异日该抚全楚，位至冢宰[8]，此地属其辖下。"魏推官笑道："怕没这事。"和尚道："平日通报，以此之故。"魏推官又道："今日不报，想我不能抚楚了。"和尚道："真难说。"推官又催他。和尚道："神人说，近日老公祖得了一人六百金，捉生替死，枉断一人。

天符已下，不得抚楚，故此不报。”这几句，吓得魏推官：

似立华山顶，似落沧海滨。
汗透重裘湿，身无欲主神。

强打著面皮道：“下官素颇自砺，一时不明，枉人有之。得财骫法，实是没有。”坐不定身子，起身上船。寂和尚陪上许久殷勤，请罪，留他不住，只得于寺门相送。魏推官执著手道：“适才之言，不可轻泄。”和尚连声不敢。

这魏推官归途好生悒快，待要使人叫龟子出状，自己央同人翻招，怕陈篪知道，倒赃。况这宗案，又经达部了。若是抹杀，怎真窝家漏网，假窝家典刑，都为我得钱之故。笑是：

因贫成乳虎，从悔作藩羊。

到得府，传梆开门，竟入书房闷坐。这奶奶又揽得几件公事，巴不得推官回。听得竟入书房，道：“这甚作怪。”也走入书房。只听得魏推官在房内，将靴脚跌上两跌，道：“一个八座，轻轻丢去了。”魏奶奶带著笑，走进相见，道：“甚么八座丢去了？若是好的，还叫人寻将来。”魏推官道：“只为你六百两银子，卖去了我一个吏部尚书。”奶奶道：“若买卖得个吏部尚书，还是银子好。”魏推官把从前一段事，细细说与，道：“暗有鬼神，驷马莫及。”叹息悲伤，几于泪下。

漫喜筐篚盈积，谁知天道彰明。
聚尽魏州城铁，铸他错字不成。

奶奶见他怨怅，道：“你是怕我又做甚事，说这鬼话。想还是秀才时，穷鬼附你体说的。”奶奶见是说不入头，洋洋去了。未几，是张江陵新例：南边江洋与北地响马，审实俱决不待时。旨下，部文到，这龟子与众强人，俱各押赴市曹斩首。可怜：

正是烟花主帅，何关斩揭渠魁。
萧艾尽归删刈，彩笔织就风雷。

魏推官闻之，越发杌陧。不及考满，病弱，只得告假回籍，不数年身故。可见不当而得，明有人非，暗有鬼责。丈夫心地光明，一介不取；便没有鬼神，也不可苟且，况是图财害人。至于浅见，最是妇人，如何可令做主？这病源，先在未读书做官时，便畜了富贵利达之心。一到得官，大家放肆，未有不害事的。我请问众守财虏，贪财是要顾妻子，要营官职？若并一身不能保，应得禄位，俱为削去，不可警省么！

幽冥之事，不可全信，也不可不信。枉法攫钱，敲剥百姓，更是不可。若到听分上，虽云他人得财，罪过终是我作。作聪明任性，虽云此中无染，终是明而不明，有负“洗冤雪枉”四字。近来又见党护书役，听其脱罪，真逼死人的，反作原告，无辜的破家杀身。草刈无罪，芥视青衿。催牌如火，批驳如云，必欲锻炼成狱。盖批驳假手书役，宜乎任其穿鼻。但一人之冤不伸，反又杀人身破人家，悍然不顾。只怕人怨天怒，恐亦有所不免也。故古断狱所戒，曰：惟官、惟反、惟内、惟货、惟来，其罪惟均。官是官宦势力，反是报复恩仇，惟内是妻子或私人请托，货是贿赂，来是干谒书札。总之枉法杀人一也，按狱者慎之懔之。

【注释】

①加耗:封建时代官员于正税之外加收的火耗。耗,即火耗,名义上是零银铸整时的损耗,实际上是官吏征收附加税自肥的借口。

②纸赎:封建时代地方官断案往往让人犯纳纸赎罪,实际上是让人犯折银缴纳,以中饱私囊。

③冯唐:汉文帝时人,曾进言法律严苛,不能用将等时弊。至年老,仍不被进用,居郎官小职。

④随喜:佛教语,指欢喜之意随瞻拜佛像而生。因用以指游谒寺院。

⑤风幡:《景德传灯录》载:夜中风飏刹幡,惠能听到二僧议论,一说风动,一说幡动。惠能说:“风幡非动,动自心耳。”幡,刹幡。

⑥加一:一成的意思。

⑦转头:又叫“传桶”。为传递信息,在内外衙之间的墙上开凿的洞孔。

⑧冢宰:周代官名,为六卿之首。封建时代的吏部掌官吏的选授、封勋、考课等事,其职权较户、礼、兵、刑、工五部为重,故吏部尚书称冢宰。

十二楼

（清）李渔著

清人李渔（1610～1680）撰写的话本小说集，包括《合影楼》、《夺锦楼》、《三与楼》、《夏宜楼》、《归正楼》、《萃雅楼》、《拂云楼》、《十卺楼》、《鹤归楼》、《奉先楼》、《生我楼》、《闻过楼》十二篇。因为每篇故事都以一座楼作为关目，故十二个故事均以楼名。

李渔是清初著名的戏曲作家、戏曲理论家。他有自己的家庭戏班，不仅以戏曲创作名擅当世，而且有着丰富的舞台导演经验。他将自己最初创作的小说称为“无声戏”，而《十二楼》与《无声戏》虽为小说，就其情节的安排、场面的设置来看，同样可以视之为不唱的戏曲，这可以说是李渔小说最突出的特点。《十二楼》在艺术上颇具特色，至今已先后被译为英、法、德、俄文在世界各地出版。

《生我楼》写的是宋朝末年湖广郧阳府富翁尹小楼一家在乱离中团圆的故事。其事虽属巧合，且托言宋末，但作者所曲折反映的则是他所经历的明末清初国破家亡、民生涂炭的社会现实。由故事的布局、情节、波澜、悬念等的安排设置，也可以了解李渔小说创作的基本特点。

生我楼

破常戒造屋生儿　插奇标卖身作父

词云：

千年劫，偏自我生逢。国破家亡身又辱，不教一事不成空。极狠是天公！　差一念，悔杀也无功。青冢魂多难觅取，黄泉路窄易相逢。难禁面皮红！

——右调《望江南》

此词乃闯贼[①]南来之际，有人在大路之旁拾得漳烟少许，此词录于片纸，即闯贼包烟之物也。拾得之人不解文义，仅谓残编断幅而已。再传而至文人之手，始知为才妇被掳，自悔失身，欲求一死，又虑有觍面目，难见地下之人，进退两难，存亡交阻，故有此悲愤流连之作。玩第二句，有“国破家亡”一语，不仅是庶民之妻、公卿士大夫之妾，所谓“黄泉路窄易相逢”者，定是个有家有国的人主。彼时京师未破，料不是先帝所幸之人，非藩王之妃即宗室之妇也。贵胄若此，其他可知。能诗善赋、通文达理者若此，其他又可知。所以论人于丧乱之世，要与寻常的论法不同，略其迹而原其心，苟有寸长可取，留心世教者就不忍一概置之。古语云：“立法不可不严，行法不可不恕。”古人既有诛心之法，今人就该有原心之条。迹似忠良而心同奸佞，既蒙贬斥于《春秋》；身居异地而心系所天，宜见褒扬于末世。诚以古人所重，在此不在彼也。此妇既遭污辱，宜乎背义忘恩，置既死之人于不问矣；犹能慷慨悲歌，形于笔墨，亦当在可原可赦之条，不得与寻常失节之妇同日而语也。

此段议论，与后面所说之事不甚相关，为甚么叙作引子？只因前后二楼[②]都是说被掳之事，要使观者稍抑其心，勿施责备之论耳。从来鼎革之世，有一番乱离，就有一番会合。乱离是桩苦事，反有因此得福，不是逢所未逢，就是遇所欲遇者。造物之巧于作缘，往往如此。

却说宋朝末年，湖广郧阳府竹山县有个乡间财主，姓尹名厚。他家屡代务农，力崇俭朴，家资满万，都是气力上挣出来的、口舌上省下来的。娶妻庞氏，亦系庄家之女，缟衣布裙，躬亲杵臼。这一对勤俭夫妻，虽然不务奢华，不喜炫耀，究竟他过的日子比别家不同，到底是丰衣足食。莫说别样，就是所住的房产，也另是一种气概。《四书》上有两句云：

富润屋，德润身。

这个“润”字，从来读书之人都不得其解。不必定是起楼造屋，使他焕然一新，方才叫做润泽；就是荒园一所，茅屋几间，但使富人住了，就有一种旺气。此乃时运使然，有莫之为而为者。若说润屋的的“润”字是兴工动作粉饰出来的，则是润身的“润”字也要改头换面，另造一付形骸，方才叫做润身，把正心诚意的工夫反认做穿眼凿眉的学问了，如何使得！

尹厚做了一世财主，不曾兴工动作。只因婚娶以后再不宜男，知道是阳宅不利，就于祖屋之外另起一座小楼。同乡之人都当面笑他，道：“盈千满万的财主，不起大门大面，蓄了几年的精力，只造得小楼三间，该替你上个徽号，叫做‘尹小楼’才是。”尹厚闻之甚喜，就拿来做了表德[③]。

自从起楼之后，夫妻两口搬进去做了卧房，就忽然怀起孕来。等到十月满足，恰好生出个孩子，取名叫做楼生。相貌魁然，易长易大，只可惜肾囊里面止得一个肾子。小楼闻得人说，独卵的男人不会生育，将来未必有孙，且保了一代再处。不想到三四岁上，随着几个孩童出去嬉耍，晚上回来不见了一个，恰好是这位财主公郎。彼时正有虎灾，人口猪羊时常有失脱，寻了几日不见，知道落于虎口，夫妻两个几不欲生。起先只愁第二代，谁想命轻福薄，一代也不能保全。劝他的道：“少年的妇人只愁不破腹，生过一胎就是熟肚了，那怕不会再生？”小楼夫妇道：“也说得是。”从此以后，就愈敦夫妇之好，终日养锐蓄精，只以造人为事。谁想从三十岁造起，造

到五十之外，行了三百余次的月经，倒下了三千多次的人种，粒粒都下在空处，不曾有半点收成。

小楼又是惜福的人，但有人劝他娶妾，就高声念起佛来，说："这句话头，只消口讲一讲就要折了冥福，何况认真去做，有个不伤阴德之理？"所以到了半百之年，依旧是夫妻两口，并无后代。亲戚朋友，个个劝他立嗣。尹小楼道："立后承先，不是一桩小事，全要付得其人。我看眼睛面前没有这个有福的孩子。况且平空白地把万全的产业送他，也要在平日之间有些情意到我，我心上爱他不过，只当酬恩报德一般，明日死在九泉之下，也不懊悔。若还不论有情没情，可托不可托，见了孩子就想立嗣，在生的时节，他要得我家产，自然假意奉承，亲爷亲娘叫不住口；一到死后，我自我，他自他，那有甚么关涉？还有继父未亡，嗣子已立，'一朝权在手，便把令来行'，倒要胁制爷娘，欺他没儿没女，又摇动我不得，要迫他早死一日，早做一日家主公的，这也是立嗣之家常有的事。我这份家私是血汗上挣来的，不肯白白送与人。要等个有情有义的儿子，未曾立嗣之先到要受他些恩义，使我心安意肯，然后把恩惠加他。别个将本求利，我要人将利来换本，做桩不折便宜的事与列位看一看，何如？"众人不解其故，都说他是迂谈。

一日，与庞氏商议道："同乡之人知道我家私富厚，那一个不想立嗣？见我发了这段议论，少不得有垂钩下饵的人，把假情假意来骗我。不如离了故乡，走去周游列国。要在萍水相逢之际，试人的情意出来。万一遇着个有福之人，肯把真心向我，我就领他回来，立为后嗣，何等不好？"庞氏道："极讲得是。"就收拾了行李，打发丈夫起身。

小楼出门之后，另是一种打扮：换了破衣旧帽，穿着苎袜芒鞋。使人看了，竟像个卑田院[4]的老子、养济院[5]的后生，只少得一根拐杖，也是将来必有的家私。这也罢了，又在帽檐之上，插着一根草标，装做个卖身的模样。人问他道："我有了这一把年纪，也是大半截下土的人了，还有甚么用处，思想要卖身？看你这个光景，又不像以下之人，他买你回去，还是为奴作仆的好，还是为师作傅的好？"小楼道："我的年纪果然老了，原没有一毫用处，又是做大惯了的人，为奴做仆又不屑，为师作傅又无能。要寻一位没爷没娘的财主，卖与他做个继父，拼得费些心力，替他管管家私，图一个养老送终，这才是我的心事。"问的人听了，都说是油嘴话，没有一个理他。他见口里说来没人肯信，就买一张棉纸，地裱做三四层，写上几行大字，做个卖身为父的招牌。其字云：

年老无儿，自卖与人作父，止取身价十两。愿者即日成交，并无后悔。

每到一处，就捏在手中，在街上走来走去。有时走得脚酸，就盘膝坐下，把招牌挂在胸前，与和尚募缘的相似。众人见了，笑个不住，骂个不了，都说是丧心病狂的人。

小楼随人笑骂，再不改常，终日穿州撞府，涉水登山，定要寻着个买者才住。

要问他寻到几时方才遇着买主，只在下回开卷就见。

十两奉严亲本钱有限　万金酬孝子利息无穷

尹小楼捏了那张招贴，走过无数地方，不知笑歪了几千几万张嘴。忽然遇着个奇人，竟在众人笑骂之时成了这宗交易。俗语四句道得好：

弯刀撞着瓢切菜，夜壶合着油瓶盖。
世间弃物不嫌多，酸酒也堪充醋卖。

一日，走到松江府华亭县。正在街头打坐，就有许多无知恶少走来愚弄他，不是说“孤老院[⑥]中少了个叫化头目，要买你去顶补”，就是说“乌龟行里缺了个乐户头儿，要聘你去当官”。也有在头上敲一下的，也有在腿上踢一脚的，弄得小楼当真不是，当假不是。

正在难处的时节，只见人丛里面挤出一个后生来，面白身长，是好一个相貌，止住众人，叫他不要啰唣，说：“鳏寡孤独之辈，乃穷民之无告者，皇帝也要怜悯他，官府也要周恤他，我辈后生只该崇以礼貌，岂有擅加侮慢之理？”众人道：“这等说起来，你是个怜孤恤寡的人了。何不兑出十两银子买他回去做爷？”那后生道：“也不是甚么奇事。看他这个相貌，不是没有结果的人，只怕他卖身之后，又有亲人来认了去，不肯随我终身。若肯随我终身，我原是没爷没娘的人，就拼了十两银子买他做个养父，也使百年以后传一个怜孤恤寡之名，有甚么不好！”小楼道：“我止得一身，并无亲属，招牌上写得分明，后来并无翻悔。你若果有此心，快兑银子出来，我就跟你回去。”众人道：“既然卖了身，就是他供养你了，还要银子何用？”小楼道：“不瞒列位讲，我这张痨嘴，原是馋不过的，茶饭酒肉之外，还要吃些野食。只为一生好嚼，所以做不起人家。难道一进了门，就好问他取长取短？也要吃上一两个月，等到情意浃洽了，然后去需索他，才是为父的道理。”

众人听了，都替这买主害怕，料他闻得此言，必定中止。谁想这个买主不但不怕，倒连声赞美，说他：“未曾做爷，先是这般体谅，将来爱子之心一定是无所不至的了。”就请到酒店之中，摆了一桌嗄饭[⑦]，暖上一壶好酒，与他一面说话，一面成交。

起先那些恶少都随进店中，也以吃酒为名，看他是真是假。只见卖主上坐，买主旁坐，斟酒之时必恭必敬，俨然是个为子之容。吃完之后，就向兜肚里面摸出几包银子，并拢来一称，共有十六两，就双手递过去道：“除身价之外，还多六两，就烦爹爹代收。从今以后，银包都是你管，孩儿并不稽查，要吃只管吃，要用只管用。只要孩儿趁得来，就吃到一百岁也无怨。”小楼居然受之，并无惭色，就除下那面招牌递与他道：“这件东西，就当了我的卖契。你藏在那边，做个凭据就是了。”后生接过招牌，深深作了一揖，方才藏入袖中。小楼竟以家长自居，就打开银包，称些银子替他会了酒钞，一齐出门去了。旁边那些恶少看得目瞪口呆，都说：“这一对奇人，不是神仙，就是鬼魅，决没有好好两个人，做出这般怪事之理！”

却说小楼的身子虽然卖了，还不知这个买主姓张姓李、家事如何、有媳妇没有

媳妇，只等跟到家中察其动静。只见他领到一处，走进大门，就扯一把交椅摆在堂前，请小楼坐下，自己志志诚诚拜了四拜。拜完之后，先问小楼的姓名，原籍何处。小楼恐怕露出形藏，不好试人的情意，就捏个假名假姓，糊涂答应他，连所居之地也不肯直说，只在邻州外县随口说一个地方。说出之后，随即问他姓甚名谁，可曾婚娶。那后生道："孩儿姓姚名继，乃湖广汉阳府汉口镇人，幼年丧亲，并无依倚。十六岁上，跟了个同乡之人叫做曹玉宇，到松江来贩布，每年得他几两工钱，又当糊口，又当学本事。做到后来人头熟了，又积得几两本钱，就离了主人，自己做些生意，依旧不离本行。这姓人家就是布行经纪，每年来收布，都寓在他家。今年二十二岁，还不曾娶有媳妇。照爹爹说起来，虽不同府同县，却同是湖广一省。古语道得好：'亲不亲，故乡人。'今日相逢，也是前生的缘法。孩儿看见同辈之人个个都有父母，偏我没福，只觉得孤苦伶仃。要投在人家做儿子，又怕人不相谅，说我贪谋他的家产，是个好吃懒做的人。殊不知有我这个身子，那一处趁不得钱来？七八岁上失了父母，也还活到如今不曾饿死，岂肯借出继为名，贪图别个的财利？如今遇着爹爹，恰好是没家没产的人，这句话头料想没人说得，所以一见倾心，成了这桩好事。孩儿自幼丧亲，不曾有人教诲，全望爹爹耳提面命，教导孩儿做个好人，也不枉半路相逢，结了这场大义。如今既做父子，就要改姓更名，没有父子二人各为一姓之理。求把爹爹的尊姓赐与孩儿，再取一个名字，以后才好称呼。"

小楼听到此处，知道是个成家之子，心上十分得意。还怕他有始无终，过到后来渐有厌倦之意，还要留心试验他。因以前所说的不是真话，没有自己捏造姓名又替他捏造之理，只得权词以应，说："我出银子买你，就该姓我之姓；如今是你出银子买我，如何不从主便，倒叫你改名易姓起来？你既姓姚，我就姓你之姓，叫做'姚小楼'就是了。"姚继虽然得了父亲，也不忍自负其本，就引一句古语做个话头，叫做"恭敬不如从命"。

自此以后，父子二人亲爱不过，随小楼喜吃之物，没有一件不买来供奉他。小楼又故意作娇，好的只说不好，要他买上几次，换上几遭，方才肯吃。姚继随他拿捏，并不厌烦。过上半月有余，小楼还要装起病来，看他怎生服事，直到万无一失的时候，方才吐露真情。

谁想变出非常，额然得了乱信，说元兵攻进燕关，势如破竹，不日就抵金陵。又闻得三楚两粤盗贼蜂起，没有一处的人民不遭劫掠。小楼听得此信，魂不附体，这场假病那里还装得出来？只得把姚继唤到面前，问他："收布的资本共有几何？放在人头上的可还取讨得起？"姚继道："本钱共有三百余金，收起之货不及一半，其余都放在庄头。如今有了乱信，那里还收得起？只好把现在的货物装载还乡，过了这番大乱，到太平之世再来取讨。只是还乡的路费也缺得许多。如今措置不出，却怎么好？"小楼道："盘费尽有，不消你虑得。只是这样乱世，空身行走还怕遇了乱兵，如何带得货物？不如把收起的布也交与行家，叫他写个收票，等太平之后一总来取。我和你轻身逃难，奔回故乡，才是个万全之策。"姚继道："爹爹是卖身的人，那

里还有银子？就有，料想不多。孩儿起先还是孤身，不论有钱没钱，都可以度日；如今有了爹爹，父子两人过活，就是一分人家了，捏了空拳回去，叫把甚么营生？难道孩儿熬饿，也叫爹爹熬饿不成？”

小楼听到此处，不觉泪下起来。伸出一个手掌，在他肩上拍几拍，道：“我的孝顺儿呵！不知你前世与我有甚么缘法，就发出这片真情？老实对你讲罢，我不是真正穷汉，也不是真个卖身。只因年老无儿，要立个有情有义的后代，所以装成这个圈套，要讨人情义出来的。不想天缘凑巧，果然遇着你这个好人。我如今死心塌地，把终身之事付托与你了。不是爹爹夸口说，我这份家私也还勾你受用。你买我的身价只去得十两，如今还你一本千利，从今以后，你是个万金的财主了。这三百两客本[8]，就丢了不取，也只算得毡上之毫。快些收拾起身，好跟我回去做财主。”姚继听到此处，也不觉泪下起来。当晚就查点货物，交付行家。次日起身，包了一舱大船，溯流而上。

看官们看了，只说父子两个同到家中就完了这桩故事，那里知道一天诧异才做动头，半路之中又有悲欢离合？不是一口气说得来的，暂结此回，下文另讲。

为购红颜来白发　因留慈母得娇妻

尹小楼下船之后，问姚继道：“你既然会趁银子，为甚么许大年纪并不娶房妻小，还是孤身一个？此番回去，第一桩急务就要替你定亲，要迟也迟不去了。”姚继道：“孩儿的亲事原有一头，只是不曾下聘。此女也是汉口人。如今回去，少不得从汉口经过，屈爹爹住在舟中权等一两日，待孩儿走上岸去，探个消息下来。若还嫁了就罢，万一不曾嫁人，待孩儿与他父母定下一个婚期，到家之后，就来迎娶。不知爹爹意下如何？”

小楼道：“是个甚么人家？既有成议在先，无论下聘不下聘，就是你的人了，为甚么要探起消息来？”姚继道：“不瞒爹爹说，就是孩儿的旧主人，叫做曹玉宇。他有一个爱女，小孩儿五六岁，生得美貌异常。孩儿向有求婚之意，此女亦有愿嫁之心，只是他父母口中还有些不伶不俐，想是见孩儿本钱短少，将来做不起人家，所以如此。此番上去，说出这段遭际来，他是个势利之人，必然肯许。”小楼道：“既然如此，你就上去看一看。”

及至到了汉口，姚继分付船家，说自己上岸，叫他略等一等。不想满船客人都一齐哗噪起来，说：“此等时势，各人都有家小，都不知生死存亡，恨不得飞到家中讨个下落，还有工夫等你？”小楼无可奈何，只得在个破布袱中摸出两封银子，约有百金，交与姚继道：“既然如此，我只得预先回去，你随后赶来。这些银子带在身边，随你做聘金也得，做盘费也得。只是探过消息之后即便抽身，不可耽迟了日子，使我悬望。”姚继拜别父亲，也要叮咛几句，叫他路上小心，保重身子，不想被满船客人催促上岸，一刻不许停留，姚继只得慌慌张张跳上岸去。

船家见他去后，就拽起风帆，不上半个时辰，行了二三十里。只见船舱之中有人高声喊叫，说："一句要紧的话不曾分付得，却怎么处！"说了这一句，就捶胸顿足起来。你说是那一个？原来就是尹小楼。起先在姚继面前把一应真情都已说破，只是自己的真名真姓与实在所住的地方并不曾谈及；只说与他一齐到家，自然晓得，说也可，不说也可，那里知道仓卒之间把他驱逐上岸，第一个要紧关节倒不曾提起，直到分别之后才记上心来。如今欲待转去寻他，料想满船的人不肯耽搁；欲待不去，叫他赶到之日，向何处找寻？所以千难万难，惟有个抢地呼天、捶胸顿足而已。急了一会，只得想个主意出来，要在一路之上写几个招子，凡他经过之处都贴一贴，等他看见自然会寻了来。

话分两头。且说姚继上岸之后，竟奔曹玉宇家，只以相探为名，好看他女儿的动静。不想进门一看，时事大非，只有男子之形，不见女人之面。原来乱信一到楚中，就有许多土贼假冒元兵分头劫掠，凡是女子，不论老幼，都掳入舟中。此女亦在其内，不知生死若何，即使尚在，也不知载往何方去了。姚继得了此信，甚觉伤心，暗暗的哭了一场，就别过主人，依旧搭了便船，竟奔郧阳而去。

路不一日，到了个马头去处，地名叫做仙桃镇，又叫做鲜鱼口。有无数的乱兵把船泊在此处，开了个极大的人行[9]，在那边出脱妇女。姚继是个有心人，见他所爱的女子掳在乱兵之中，正要访他的下落，得了这个机会，岂肯惧乱而不前？又闻得乱兵要招买主，独独除了这一处不行抢掠。姚继又去得放心，就带了几两银子，竟赴人行来做交易。指望借此为名，立在卖人的去处，把各路抢来的女子都识认一番，遇着心上之人，方才下手。不想那些乱兵又奸巧不过，恐怕露出面孔，人要拣精择肥，把像样的妇人都买了去，留下那些"拣落货"卖与谁人？所以创立新规，另做一种卖法：把这些妇女当做腌鱼臭鲞一般，打在包捆之中随人提取，不知那一包是腌鱼，那一包是臭鲞，各人自撞造化。那些妇人都盛在布袋里面，止论斤两，不论好歉，同是一般价钱。造化高的得了西子王嫱，造化低的轮着东施嫫姆，倒是从古及今第一桩公平交易？

姚继见事不谐，欲待抽身转去，不想有一张晓谕贴在路旁，道：

卖人场上不许闲杂人等往来窥视。如有不买空回者，即以打探虚实论，立行枭斩，决不姑贷。特谕。

姚继见了，不得不害怕起来，知道只有错来，并无错去，身边这几两银子定是要出脱得了，就去撞一撞造化，或者姻缘凑巧，恰好买着心上的人也未见得。就使不能相遇，另买着一位女子，只要生得齐整，像一个财主婆，就把他充了曹氏，带回家中，谁人知道来历？算计定了，走到那叉口[10]堆中，随手指定一只说："这个女子是我要买的。"那些乱兵拿来秤准数目，喝定价钱，就架起天平来兑银子。还喜得斤两不多，价钱也容易出手。姚继兑足之后，等不得抬到舟中，就在卖主面前要见个明白。及至解开袋结，还不曾张口，就有一阵雪白的光彩透出在叉口之外。姚继思量道："面白如此，则其少艾可知。这几两银子被我用着了。"连忙揭开叉口把那妇人仔细一看，就不觉高兴大扫，连声叫起屈来，原来那雪白的光彩不是面容，倒是头发。此女霜鬓皤然，面上縠纹森起，是个五十向外六十向内的老妇。乱兵见他叫屈，就高声呵叱起来，说："你自家时运不济，拣着老的，就叫屈也无用，还不领了快走！"说过这一句，又拔出刀来赶他上路。

姚继无可奈何，只得抱出妇人离了布袋，领他同走到舟中。又把浑身上下仔细一看，只见他年纪虽老，相貌尽有可观，不是个低微下贱之辈，不觉把一团欲火变作满肚的慈心，不但不懊悔，倒有些得意起来，说："我前日去十两银子买着一个父亲，得了许多好处；今日又去几两银子买着这件宝货，焉知不在此人身上又有些好处出来的？况且既已恤孤，自当怜寡。我们这两男一女都是无告的穷民，索性把鳏寡孤独之人合来聚在一处，有甚么不好？况且我此番去见父亲，正没有一件出手货，何不就将此妇当了人事送他，充做一房老妾，也未尝不可。虽有母亲在堂，料想高年之人无醋可吃，再添几个也无妨。"

立定主意，就对那老妇道："我此番买人，原要买个妻子，不想得了你来。看你这样年纪，尽可以生得我出。我原是个无母之人，如今的竟要把你认做母亲，不知你肯不肯？"老妇听了这句话，就吃惊打怪起来，连忙回复道："我见官人这样少年，买着我这个怪物，又老又丑，还只愁你懊悔不过，要推我下江，正在这边害怕。怎么没缘故说起这样话来？岂不把人折死！"姚继见他心肯，倒头就拜。拜了起来，随即安排饭食与他充饥。又怕身上寒冷，把自己的衣服脱与他穿着。

那女人感激不过，竟号啕痛哭起来。哭了一会，又对他道："我受你如此大恩，虽然必有后报，只是眼前等不得。如今现有一桩好事，劝你去做来。我们同伴之中，有许多少年女子都要变卖，内中更有一个可称绝世佳人，德性既好，又是旧家，正好与你作对。那些乱兵要把丑的老的都卖尽了，方才卖到这些人。今日脚货[11]已完，明日就轮到此辈了，你快快办些银子，去买了来。"姚继道："如此极好。只是一件：那最好的一个混在众人之中，又有布袋盛了，我如何认得出？"老妇道："不妨。我有个法子教你：他袖子里面藏着一件东西，约有一尺长、半寸阔，不知是件甚么器皿，时刻藏在身边，不肯丢弃。你走到的时节，隔着叉口把各人的袖子都捏一捏，但有这件东西的即是此人，你只管买就是了。"

姚继听了这句话甚是动心，当夜等到天明，不曾合眼。第二日起来，带了银包，又往人行去贸易。依着老妇的话，果然去摸袖子，又果然摸着一个有件硬物横在袖中，就指定叉口，说定价钱，交易了这宗奇货。买成之后，恐怕当面开出来有人要抢夺，竟把他连人连袋抱到舟中，又叫驾掌开了船，直放到没人之处方才解看。

你道此女是谁？原来不姓张，不姓李，恰好姓曹，就是他旧日东君[12]之女，向来心上之人。两下原有私情，要约为夫妇，袖中的硬物乃玉尺一根，是姚继一向量布之物，送与他做表记[13]的。虽然遇了大难，尚且一刻不离，那段生死不忘的情分就不问可知了。这一对情人忽然会于此地，你说他喜也不喜，乐也不乐？此女与老妇原是同难之人，如今又做了婆媳，分外觉得有情，就是嫡亲的儿女也不过如此。

姚继恤孤的利钱虽有了指望，还不曾到手，反是怜寡的利息随放随收，不曾迟了一日。可见做好事的再不折本。奉劝世人虽不可以姚继为法，个个买人做爷娘，亦不可以姚继为戒，置鳏寡孤独之人于不问也。

验子有奇方一枚独卵　认家无别号半座危楼

却说尹小楼自从离了姚继，终日担忧，凡是经过之处，都贴一张招子[14]，说："我旧日所言并非实话，你若寻来，只到某处地方来问某人就是。"贴便贴了，当不得姚继心上并没有半点狐疑，见了招子，那有眼睛去看？竟往所说之处认真去寻访。那地方上面都说："此处并无此人，你想是被人骗了。"姚继说真不是，说假不是，弄得进退无门。

老妇见他没有投奔，就说："我的住处离此不远。家中现有老夫，并无子息。你若不弃，把我送到家中一同居住就是了。"姚继寻人不着，无可奈何，只得依他送去。只见到了一个地方，早有个至亲之人在路边等候，望见来船，就高声问道："那是姚继儿子的船么？"姚继听见，吃了一惊，说："叫唤之人分明是父亲的口气，为甚么彼处寻不着，倒来在这边？"老妇听了也吃一惊，说："那叫唤之人分明是我丈夫的口气，为甚么丢我不唤，倒唤起他来？"及至把船拢了岸，此老跳入舟中，与老妇一见，就抱头痛哭起来。

原来老妇不是别人，就是尹小楼的妻子，因丈夫去后，也为乱兵所掠。那两队乱兵原是一个头目所管，一队从上面掳下去，一队从下面掳上来，原约在彼处取齐，把妇女都卖做银子，等元兵一到就去投降，好拿来做使费的。恰好这一老一幼并在一舱，预先打了照面。若还先卖幼女，后卖老妇，尹小楼这一对夫妻就不能勾完聚了；就是先卖老妇，后卖幼女，姚继买了别个老妇，这个老妇又卖与别个后生，姚继这一对夫妻也不能勾完聚了。谁想造物之巧，百倍于人，竟像有心串合起来等人好做戏文小说的一般，把两对夫妻合了又分，分了又合，不知费他多少心思！这桩事情也可谓奇到极处、巧到至处了，谁想还有极奇之情、极巧之事，做便做出来了，还不曾觉察得尽。

小楼夫妇把这一儿一媳领到中堂，行了家庭之礼，就分付他道："那几间小楼，是极有利市在所在。当初造完之日，我们搬进去做房，就生出一个儿子，可惜落于虎口，若在这边，也与你们一般大了。如今把这间卧楼让与你们居住，少不得也似前人，进去之后就会生儿育女。"说了这几句，就把他夫妻二口领到小楼之上，叫他自去打扫。

姚继一上小楼，把门窗户扇与床幔椅桌之类仔细一看，就大惊小怪起来，对着小楼夫妇道："这几间卧楼，分明是我做孩子的住处，我在睡梦之中时常看见的。为甚么我家倒没有，却来在这边？"小楼夫妇道："怎见得如此？"姚继道："孩儿自幼至今，但凡睡了去，就梦见一个所在，门窗也是这样门窗，户扇也是这样户扇，床幔椅

桌也是这样床幔椅桌，件件不差。又有一夜，竟在梦中说起梦来，道：'我一生做梦，再不到别处去，只在这边，是甚么原故？'就有一人对我道：'这是你生身的去处，那只箱子里面是你做孩儿时节顽耍的东西。你若不信，却取出来看。'孩儿把箱子一开，看见许多戏具，无非是泥人土马棒槌旗帜之属。孩儿看了，竟像见故人旧物一般。及至醒转来，把所居的楼层与梦中一对，又绝不相同，所以甚是疑惑。方才走进楼来，看见这些光景，俨然是梦中的境界。难道青天白日，又在这边做梦不成？"

小楼夫妇听了，惊诧不已，又对他道："我这床帐之后果然有一只箱子，都是亡儿的戏物。我因儿子没了，不忍见他，并作一箱，丢在床后，与你所说的话又一毫不差。怎么有这等奇事？终不然我的儿子不曾被虎驼去，或者遇了拐子拐去卖与人家，今日是皇天后土怜我夫妻积德，特地并在一处，使我骨肉团圆不成？"姚继道："我生长二十余年，并不曾听见人说道我另有爷娘，不是姚家所出。"他妻子曹氏听见这句说话，就大笑起来，道："这等说，你还在睡里梦里！我们那一方，谁人不知你的来历？只不好当面说你。你求亲的时节，我的父母见你为人极好，原要招做女婿。只因外面的人道你不是姚家骨血，乃别处贩来的野种，所以不肯许亲。你这等聪明，难道自己的出处还不知道？"

姚继听到此处，就不觉口呆目定，半晌不言。小楼想了一会，就大悟转来，道："你们不要猜疑，我有个试验之法。"就把姚继扯过一边，叫他解开裤子，把肾囊一捏，就叫起来，道："我的亲儿，如今试出来了！别样的事或者是偶尔相同，这肾囊里面只有一个卵子，岂是同得来的？不消说得，是天赐奇缘，使我骨肉团圆的了！可见陌路相逢，肯把异姓之人呼为父母，又有许多真情实意，都是天性使然，非无因而至也。"说了这几句父子婆媳四人一齐跪倒，拜谢天地，磕了无数的头。

一面宰猪杀羊，酬神了愿，兼请同乡之人，使他知道这番情节。又怕众人不信，叫儿子当场脱裤，请验那枚独卵。他儿子就以此得名，人都称为"尹独肾。"

后来父子相继积德，这个独卵之人一般也会生儿子，倒传出许多后代，又都是独肾之人。世世有田有地，直富到明朝弘治年间才止。又替他起个族号，都唤做"独肾尹家"。有诗为证：

综纹入口作公卿，独肾生儿理愈明。
相好不如心地好，麻衣术法总难凭。

【注释】

①闯贼：明末与清代对李自成起义军的诬蔑性称呼。

②前后二楼：指《十二楼》的第十篇《奉先楼》与本篇《生我楼》。《奉先楼》所记，为明末战乱时池州东流县舒秀才与妻子乱离又团圆之事。

③表德：指人的表字或别号。

④卑田院："悲田院"的语讹。原指佛寺救济贫民的所在，后来泛指收容乞丐的地方。

⑤养济院：官府设立的收养鳏寡孤独的穷人的场所。

⑥孤老院：收容贫苦孤独的老年人的处所。

⑦厦饭：就是“嗄饭”，下酒下饭的菜肴。

⑧客本：出外经商的本钱。

⑨人行：买卖人口的市场。

⑩叉口：即叉袋，袋口成叉角的布袋。

⑪脚货：下等货。

⑫东君：对主人的尊称，等于说东家。

⑬表记：信物。

⑭招子：告示。

照世杯

(清)酌元亭主人编著

《照世杯》凡四卷,题"酌元亭主人编次"。原书有吴山谐野道人所作的《序》,据其中所言酌元主人曾与紫阳道人(丁耀亢,约1607～1678)、睡乡祭酒(杜浚,1611～1687)交往等事,可知编著者生活的时代大约在明万历至清康熙年间,此书编成的时间大约在清顺治末到康熙初年。

《照世杯》在日本存传抄本。后陈乃乾先生据日本传抄本排印,此书遂得以在国内流传。

明人朱国桢在《涌幢小品》中说:"撒马儿罕国有照世杯,光明洞达,照之可知世事。"此书的书名即本于这一传说,寓有通过书中描述的故事使人洞鉴世态人情,借以儆俗醒世之意。全书四卷四篇,每篇叙一个故事。《七松园弄假成真》叙苏州才子阮江兰在青楼中得遇知己;《百和坊将无作有》写无赖儒生欧滁山骗人反被人骗;《掘新坑悭鬼成财主》言土财主穆太公靠厕所发财,讥讽了财主贪婪的丑态;今选的《走安南玉马换猩绒》写的是商人杜景山受安抚迫害,去安南国收购猩绒,终于因祸得福,幸免于难的事。《照世杯》描摹世态人情颇为真实生动,又寓有暴露、讽刺之意,因而被认为是后来出现的谴责小说的先声。

走安南玉马换猩绒

百年古墓已为田,人世悲欢只眼前。
日暮子规啼更切,闲修野史续残编。

话说广西地方,与安南[①]交界,中国客商,要收买丹砂、苏合香、沉香,却不到安南去,都在广西收集。不知道这些东西尽是安南的土产,广西不过是一个聚处。安南一般也有客人到广西来货卖。那广西牙行经纪,皆有论万家私,堆积货物。但逢着三七,才是交易的日子。这一日叫做开市。开市的时候,两头齐列着官兵,放炮呐喊,直到天明,才许买卖。这也是近着海滨,恐怕有奸细生事的意思。市上又有个评价官,这评价官是安抚[②]衙门里差出来的。若市上有私买私卖,缉访出来,货物入官,连经纪客商都要问罪。自从做下这个官例,那个还敢胡行?所以,评价官

是极有权要的。名色虽是评价，实在却是抽税。这一主无碍的钱粮，都归在安抚。

曾有个安抚姓胡，他生性贪酷，自到广西做官，不指望为百姓兴一毫利，除一毫害，每日只想剥尽地皮自肥。总为天高听远，分明是半壁天子一般。这胡安抚没有儿子，就将妻侄承继在身边做公子。这公子有二十余岁，生平毛病是见不得女色的，不论精粗美恶，但是落在眼里就不肯放过。只为安抚把他关禁在书房里，又请一位先生陪他读书，你想旷野里的猢狲，可是一条索子锁得住的？况且要他读书，真如生生的逼那猢狲妆扮李三娘[3]挑水，鲍老[4]送婴孩的戏文了。眼见得读书不成，反要生起病来。安抚的夫人又爱惜如宝，这公子倚娇倚痴，要出衙门去玩耍。夫人道："只怕你父亲不许。待我替你讲。"

早晨安抚退堂，走进内衙来。夫人指着公子道："你看他面黄肌瘦，茶饭也不多吃，皆因在书房内用功过度。若再关禁几时，连性命都有些难保了。"安抚道："他既然有病，待我传官医进来，吃一两剂药，自然就好的。你着急则甚？"公子怕露出马脚来，忙答应道："那样苦水，我吃他做甚么？"安抚道："既不吃药，怎得病好哩？"夫人道："孩子家心性原坐不定的。除非是放他出衙门外，任他在有山水的所在，或者好寺院里闲散一番，自然病就好了。"安抚道："你讲的好没道理。我在这地方上，现任做官，怎好纵放儿子出去玩耍？"夫人道："你也忒[5]糊涂，难道儿子面孔上贴着安抚公子的几个字么？便出去玩耍，有那个认得，有那个议论？况他又不是生事的。你不要弄得他病久了，当真三长两短，我是养不出儿子的哩。"安抚也是溺爱，一边况且夫人发怒，只得改口道："你不要着急，我自有个道理。明朝是开市的日期，分付评价官领他到市上，顽一会就回。除非是打扮着，要改换了服式，才好掩人耳目。"夫人道："这个容易。"公子在旁边听得眉花眼笑，扑手跌脚的，外边喜欢去了。正是：

意马心猿拴不住，郎君年少总情迷。

世间溺爱皆如此，不独偏心是老妻。

话说次日五更，评价官奉了安抚之命，领着公子出辕门来，每人都骑着高头大马。到得市上，那市上原来评价官也有个衙门。公子下了马，评价官就领他到后衙里坐着，说道："小衙内，你且宽坐片时，待小官出去点过了兵，放炮之后，再来领衙内出外观看。"

只见评价官出去坐堂，公了那里耐烦死等？也便随后走了出来。此时天尚未亮，满堂灯炬照得如同白日，看那四围都是带大帽，持枪棍的，委实好看。公子打人丛里挤出来，直到市上，早见人烟凑集，家家都挂着灯笼。公子信步走去，猛抬头看见楼上一个标致妇人，凭着楼窗往下面看，他便立住脚，目不转睛的瞧个饱满。你想，看人家妇女，那有看得饱的时节？总是美人立在眼前，心头千思万想，要他笑一笑，留些情意，好从中下手。却不知枉用心肠，像饿鬼一般，腹中越发空虚了。这叫做眼饱肚中饥。公子也是这样呆想，那知楼上的妇人，他却贪看市上来来往往的，可有半些眼角梢儿留在公子身上么？又见楼下一个后生，对着那楼上妇人说道：

"东方发白了,可将那几盏灯挑下来吹息了。"妇人道:"烛也剩不多,等他点完了罢。"

公子乘他们说话,就在袖里取出汗巾来。那汗巾头上系着一个玉马,他便将汗巾裹一裹,掷向楼上去。偏偏打着妇人的面孔,妇人一片声喊起来。那楼下后生也看见一件东西在眼中幌一幌,又听得楼上喊声,只道那个拾砖头打他。忙四下一看,只见那公了嘻着一张嘴,拍着手大笑道:"你不要错看了,那汗巾里面裹着有玉马哩!"这后生怒从心上起,恶向胆边生,忙去揪着公子头发,要打一顿。不提防用得力猛,却揪着个帽子,被公子在人丛里一溜烟跑开了。后生道:"便宜这个小畜生!不然,打他一个半死,才显我的手段。"拿帽在手,一径跑到楼上去。

妇人接着笑道:"方才不知那个涎脸,将汗巾裹着玉马掷上来。你看这玉马,倒还有趣哩。"后生拿过来看一看。道:"这是一个旧物件。"那妇人也向后生手里取过帽子来看,道:"你是那里得来的?上面好一颗明珠!"后生看了,惊讶道:"果然好一颗明珠!是了,是了!方才那小畜生不知是那个官长家的哩!"妇人道:"你说甚么?"后生道:"我在楼下见一个人瞧你,又听得你喊起来,我便赶上去打那一个人。不期揪着帽子,被他脱身走去。"妇人道:"你也不问个皂白,轻易便打人。不要打出祸根来。他便白瞧得奴家一眼,可有本事吃下肚去么?"后生道:"他现在将物件掷上来,分明是调戏你。"妇人道:"你好呆,这也是他落便宜,白送一个玉马。奴家还不认得他是长是短,你不要多心。"正说话间,听得市上放炮响,后生道:"我去做生意了。"正是:

玉马无端送,明珠暗里投。

你道这后生姓甚么?原来叫做杜景山。他父亲是杜望山,出名的至诚经纪,四方客商都肯来投依,自去世之后,便遗下这挣钱的行户与儿子。杜景山也做人乖巧,倒百能百干,会招揽四方客商,算得一个克家的肖子了。我说那楼上的妇人,就是他结发妻子。这妻子娘家姓白,乳名叫做凤姑,人材又生得柔媚,支持家务件件妥贴,两口儿极是恩爱不过的。他临街是客楼,一向堆着货物。这日出空了,凤姑偶然上楼去,观望街上,不期撞着胡衙内这个祸根。你说,惹了别个还可,胡衙内是个活太岁,在他头上动了土,重则断根绝命,轻则也要荡产倾家。若是当下评价官晓得了,将杜景山责罚几板,也就消了忿恨。偏那衙内怀揣着鬼胎,却不敢打市上走,没命的往僻巷里躲了去。走得气喘,只得立在房檐下歇一歇。万不晓得对门一个妇人蓬着头,敞着胸,手内提了马桶,将水荡一荡,朝着侧边泼下。那知道黑影内有一个人立着,刚刚泼在衙内衣服上。衙内叫了一声:"嗳哟!"妇人丢下马桶,就往家里飞跑。

我道妇人家荡马桶,也有个时节,为何侵晨扒起来就荡?只因小户人家,又住在窄巷里,恐怕黄昏时候街上有人走动,故此趁那五更天,巷内都关门闭户,他便冠冠冕冕,好出来洗荡。也是衙内晦气,蒙了一身的粪渣香。自家闻不得,也要掩着鼻子。心下又气又恼,只得脱下那件外套来,露出里面是金黄短夹袄。

衙内恐怕有人看见，观瞻不雅，就走出巷门。看那巷外却是一带空地，但闻马嘶的声气。走得几步，果见一匹马拴在大树底下，鞍辔都是备端正的，衙内便去解下缰绳，才跨上去，脚蹬还不曾踏稳，那马飞跑去了。又见草窝里跳出一个汉子，喊道："拿这偷马贼！拿这偷马贼！"随后如飞的赶将来。衙内又不知这马的缰口，要带又带不住，那马又不打空地上走，竟转一个大弯，冲到市上来。防守市上的官兵，见这骑马汉子在人丛里放辔，又见后面汉子追他，喊是"偷马贼"，一齐喊起来道："拿奸细！"吓得那些做生意买卖的，也有挤落了鞋子，也有失落了银包，也有不见了货物，也有踏在泥沟里，也有跌在店门前，纷纷沓沓，像有千军万马的光景。

评价官听得有了奸细，忙披上马，当头迎着，却认得是衙内。只见衙内头发也披散了，满面流的是汗，那脸色就如黄腊一般。喜得这时马也跑不动了。早有一个胡髯碧眼的汉子喝道："快下马来，俺安南国的马，可是你蛮子偷来骑得的么?"那评价官止住道："这是我们衙内，不是罗唣。"连忙叫人抱下马来。那安南国的汉子把马也牵去了。那官兵见是衙内，各各害怕道："早是不曾伤着那里哩！"评价官见市上无数人拥挤在一团，来看衙内，只得差官兵赶散了。从容问道："衙内出去，说也不说一声，唬得小官魂都没了。分头寻找，却不知衙内在何处游戏。为何衣帽都不见了？是甚么缘故?"衙内隔了半晌，才说话道："你莫管我闲事，快备马送我回去。"评价官只得自家衙里取了巾服，替衙内穿戴起来，还捏了两把汗，恐怕安抚难为他，再三哀告衙内，要他包涵。衙内道："不干你事，你莫要害怕。"

众人遂扶衙内上马，进了辕门，后堂传梆，道是："衙内回来了。"夫人看见便问道："我儿，外面光景好看么?"衙内全不答应，红了眼眶，扑簌簌吊下泪来。夫人道："儿为着何事?"忙把衣袖替他揩泪。衙内越发哭得高兴。夫人仔细将衙内看一看，道："你的衣帽那里去了？怎么换这个巾服?"衙内哭着说道："儿往市上观看，被一个店口的强汉，见儿帽上的明珠，起了不良之念，便来抢去，又剥下儿的外套衣服。"夫人掩住他的口道："不要提起罢！你爹原不肯放你出去，是我变嘴变脸的说了，他才依我。如今若晓得这事，可不连我也埋怨起来?"正是：

不到江心，不肯收舵。若无绝路，哪肯回兵？

话说安抚见公子回来，忙送他到馆内读书。不期次日众官员都来候问衙内的安。安抚想道："我的儿子又没有大病，又不曾叫官医进来用药，他们怎么问安?"忙传进中军来，叫他致意众官员，回说衙内没有大病，不消问候得。中军传着安抚之命，不一时又进来禀道："众官员说，晓得衙内原没有病，因是衙内昨日跑马着惊，特来问候的意思。"安抚气恼道："我的儿子才出衙门游得一次，众官就晓得，想是他必定生事了。"遂叫中军谢声众官员。他便走到夫人房里来，发作道："我原说在此现任，儿子外面去不得的。夫人偏是护短，却任他生出事来，弄得众官员都到衙门里问安，成甚么体统?"夫人道："他顽不上半日，那里生出甚么事来?"安抚焦燥道："你还要为他遮瞒?"夫人道："可怜他小小年纪，又没有气力，从那里生事起？是有个缘故，我恐怕相公着恼，不曾说得。"安抚道："你便遮瞒不说，怎遮瞒得外边耳目?"夫

人道："前日相公分付，说要儿子改换妆饰，我便取了相公烟墩帽上面钉的一颗明珠，把他带上，不意撞着不良的人，欺心想着这明珠，连帽子都抢了去。就是这个缘故了。"安抚道："岂有此理！难道没人跟随着他，任凭别人抢去？这里面还有个隐情，连你也被儿子瞒过。"夫人道："我又不曾到外面去，那里晓得这些事情？相公叫他当面来一问，就知道详细了，何苦埋怨老身？"说罢便走开了。

安抚便着丫环，向书馆里请出衙内来。衙内心中着惊，走到安抚面前，深深作一个揖。安抚问道："你怎么昨日去跑马闯事？"衙内道："是爹爹许我出去，又不是儿子自家私出去顽要的。"安抚道："你反说得干净！我许你出去散闷，那个许你出去招惹是非？"衙内道："那个自家去招惹是非？别人抢我的帽子、衣服，孩儿倒不曾同他争斗，反回避了他，难道还是孩儿的不是？"安抚道："你好端端市上观看，又有人跟随着，那个大胆敢来抢你的？"

衙内回答不出，早听得房后夫人大骂起来，道："胡家后代，止得这一点骨血，便将就些也罢！别人家儿女还要大赌大嫖，败坏家私。他又不是那种不学好的，就是出去顽要，又不曾为非做歹，玷辱你做官的名声。好休便休！只管唠唠叨叨，你要逼死他才住么？"安抚听得这一席话，连身子也麻木了半边，不住打寒噤，忙去赔小心道："夫人，你不要气坏了。你疼孩儿，难道我不疼孩儿么？我恐孩儿在外面吃了亏，问一个来历，好处治那抢帽子的人。"夫人道："这才是。"叫着衙内道："我儿，你若记得那抢帽子的人，就说出来，做爹的好替你出气。"衙内道："我还记得那个人家灯笼上明明写着'杜景山行'四个字。"夫人欢喜，忙走出来，抚着衙内的背道："好乖儿子，这样聪明，字都认识得深了。上后再没人敢来欺负你。"又指着安抚道："你胡家门里，我也不曾看见一个走得出，会识字像他的哩！"安抚口中只管把"杜景山"三个字一路念着，踱了出来。又想道："我如今遽然将杜景山拿来，痛打一阵，百姓便叫我报复私仇。这名色也不好听。我有个道理了，平昔闻得行家尽是财主富户，自到这里做官，除了常例之外，再不曾取扰分文。不若借这个事端难为他一难为。我又得了实惠，他又不致受苦。我儿子的私愤又偿了。极妙！极妙！"即刻遂传书吏写一张取大红猩猩小姑绒的票子，拿朱笔写道："仰杜景山速办三十丈交纳，着领官价，如违拿究，即日缴。"那差官接了这个票子，何敢怠慢？急急到杜家行里来。

杜景山定道是来取平常供应的东西。只等差官拿出票子来看了，才吓得面如土色，舌头伸了出来，半日还缩不进去。差官道："你火速交纳，不要迟误。票上原说即日缴的，你可曾看见么？"杜景山道："爷们且进里面坐了。"忙叫妻子治酒肴款待。差官道："你有得交纳，没得交纳，也该作速计较。"杜景山道："爷请吃酒，待在下说出道理来。"差官道："你怎么讲？"杜景山道："爷晓得这猩猩绒是禁物，安南客人不敢私自拿来贩卖。要一两丈，或者还有人家藏着的，只怕人家也不肯拿出来。如今要三十丈，分明是个难题目了。莫讲猩猩绒不容易有，就是急切要三十丈小姑绒也没处去寻。平时安抚老爷取长取短，还分派众行家身上，谓之众轻易举。况且还是眼面前的物件，就着一家支办，力量上也担承得来。如今这个难题目，单看上

了区区一个，便将我遍身上下的血割了也染不得这许多。在下通常计较，有些微薄礼，取来孝顺，烦在安抚老爷面前回这样一声。若回得脱，便是我行家的造化，情愿将百金奉酬。就回不脱，也要宽了限期，慢慢商量，少不得奉酬。就是这百金，若爷不放心，在下便先取出来，等爷袖了去何如？"差官想道："回得脱，回不脱，只要我口内禀一声，就有百金上腰，拼着去禀一禀，决不到生出事来。"便应承道："这个使得，银子也不消取出来。我一向晓得你做人是极忠厚老成的。你也要写一张呈子，同着我去。济与不济[6]，看你的造化了。"杜景山立刻写了呈子，一齐到安抚衙门前来。

此时安抚还不曾退堂，差官跪上去禀道："行家杜景山带在老爷台下。"安抚道："票子上的物件交纳完全么？"差官道："杜景山也有个下情。"便将呈子递上去。安抚看也不看，喝道："差你去取猩猩绒，谁教你带了行家来？你替他递呈子，敢是得了他钱财？"忙丢下签去，要捆打四十。杜景山着了急，顾不得性命，跪上去禀道："行家磕老爷头。老爷要责差官，不如责了小人。这与差官没相干。况且老爷取猩猩绒，又给官价，难道小人藏在家里，不肯承应？有这样大胆的子民么？只是这猩猩绒，久系禁物，老爷现大张着告示在外面，行家奉老爷法度，那个敢私买这禁物？"安抚见他说得在理，反讨个没趣，只得免了差官的打。倒心平气和对杜景山道："这不是我老爷自取，因朝廷不日差中贵[7]来，取上京去，只得要预先备下。我老爷这边宽你的限期，毋得别项推托。"忙叫库吏，先取三十两银子给与他。杜景山道："这银子小人决不敢领。"安抚怒道："你不要银子，明明说老爷白取你的了。可恶！可恶！"差官倒上去替他领了下来。杜景山见势头不好，晓得这件事万难推诿，只得上去哀告道："老爷宽小人三个月限，往安南国收买了，回来交纳。"安抚便叫差官拿上票子去换，朱笔批道："限三个月交纳。如过限，拿家属比较。"杜景山只得磕了头同着差官出来。正是：

不怕官来只怕管，上天入地随地遣。
官若说差许重说，你若说差就打板。

话说杜景山回到家中，闷闷不乐。凤姑捧饭与他吃，他也只做不看见。凤姑问道："你为着甚么这样愁眉不开？"杜景山道："说来也好笑，我不知那些儿得罪了胡安抚，要在我身上交纳三十丈猩猩小姑绒。限我三个月，到安南去收买回来。你想众行家安安稳稳在家里趁银子，偏我这等晦气。天若保佑我，到安南去容容易易就能买了来，还扯一个直。收买不来时，还要带累你哩！"说罢，不觉泪如雨下。凤姑听得，也惨然哭起来。杜景山道："撞着这个恶官，分明是我前世的冤家了。只是我去之后，你在家小心谨慎，切不可立在店门前，惹人轻薄。你平昔原有志气，不消我分付得。"凤姑道："但愿得你早去早回，免我在家盼望。至若家中的事体，只管放心。但不知你几时动身？好收拾下行李。"杜景山道："他的限期紧迫，只明日便要起身。须收拾得千金去才好。还有那玉马，你也替我放在拜匣里，好凑礼物送安南客人的。"凤姑道："我替你将这玉马系在衣带旁边，时常看看，只当是奴家同行一般。"两个这一夜凄凄切切，讲说不了，少不得要被窝里送行，加意亲热。总是杜景

山自做亲之后，一刻不离，这一次出门，就像千山万水，要去一年两载的光景。正是：

阳台今夜鸾胶梦，边草明朝雁迹愁。

话说杜景山别过凤姑，取路到安南去，饥餐渴饮，晓行暮宿，不几时望见安南国城池，心中欢喜不尽。进得城门，又验了路引，搜一搜行囊，晓得是广西客人，指引他道："你往朵落馆安歇，那里尽是你们广西客人。"杜景山遂一路问那馆地，果然有一个大馆，门前三个番字，却一个字也不认得。进了馆门，听见里面客人皆广西声气。走出一两个来，通了名姓，真是同乡遇同乡，说在一堆，笑在一处。安下行李，就有个值馆的通事官[⑧]，引他在一间客房里安歇。杜景山便与一个老成同乡客商议买猩猩绒。那老成客叫做朱春辉，听说要买猩猩绒，不觉骇然道："杜客，你怎么做这犯禁的生意？"杜景山道："这不是在下要买，因为赍了安抚之命，不得不来。"随即往行李内取出官票与朱春辉看。朱春辉看了道："你这个差不是好差。当时为何不辞脱？"杜景山道："在下当时也再三推辞，怎当安抚就是蛮牛，一毫不通人性的，索性倒不求他了。"朱春辉道："我的熟经纪姓黎，他是黎季犁丞相之后，是个大姓，做老了经纪的。我和你到他家去商量。"杜景山道："怎又费老客这一片盛心？"朱春辉道："尽在异乡就是至亲骨肉，说那里话？"

两个出了朵落馆，看那国中行走的，都是椎髻剪发，全没有中华体统。到得黎家店口，只见店内走出一个连腮卷毛白胡子老者，见了朱客人，手也不拱，笑嬉嬉的，说得不明不白，扯着朱客人，往内里便走。杜景山随后跟进来，要和他施礼，那老儿居然立着不动。朱春辉道："他们这国里，是不拘礼数的。你坐着罢。这就是黎师长了。"黎老儿又指着杜景山问道："这是那个？"朱春辉道："这是敝乡的杜客人。"黎老者道："原来是远客。待俺取出茶来。"只见那老者进去一会，手中捧着矮漆螺顶盘子，盘内盛着些果品。杜景山不敢吃，朱春辉道："这叫做香盖，吃了满口冰凉，几日口中还是香的哩！"黎老者道："俺们国中叫做阉罗果，因尊客身边都带着槟榔，不敢取奉，特将这果子当茶。"杜景山吃了几个，果然香味不同。朱春辉道："敝乡杜景山到贵国来取猩猩绒。为初次到这边，找不着地头[⑨]。烦师长指引一指引。"黎老者笑道："怎么这位客官要做这件稀罕生意？你们中国，道是猩猩出在俺安南地方，不知俺安南要诱到一个猩猩，好烦难哩！"杜景山听得，早是唬呆了，问道："店官，怎么烦难？"只见黎老者作色道："这位客长，好不中相与[⑩]，口角这样轻薄。"杜景山不解其意，朱春辉赔不是道："老师长不须见怪，敝同乡极长厚的，他不是轻薄，因不知贵国的称呼。"黎老者道："不知者不坐罪。罢了！罢了！"杜景山才晓得自家失口叫了他"店官"。黎老者道："你们不晓得那猩猩的形状，他的面是人面，身子却像猪，又有些像猿。出来必同三四个做伴。敝国这边张那猩猩的叫做捕傩。这捕傩大有手段，他晓得猩猩的来路，就在黑蛮峪口一路，设着浓酒，旁边又张了高木屐，猩猩初见那酒，也不肯就饮。骂道：'奴辈设计张我，要害我性命。我辈偏不吃这酒，看他甚法儿奈何我？'遂相引而去。迟了一会，又来骂一阵。骂上几

遍，当不得在那酒边走来走去，香味直钻进鼻头里，口内唾吐直流出来，对着同伴道：'我们略尝一尝酒的滋味，不要吃醉了。'大家齐来尝酒。那知酒落了肚，喉咙越发痒起来，任你有主意，也拿花不定，顺着口儿只管吃下去，吃得酩酊大醉，见了高木屐，各各欢喜，着在脚下，还一面骂道：'奴辈要害我，将酒灌醉我们。我们却留量，不肯吃醉了。看他甚法儿奈何我？'众捕傩见他醉醺醺，东倒西歪的，大笑道：'着手了！着手了！'猛力上前一赶，那猩猩是醉后，且又着了木屐，走不上几步，尽皆跌倒。众捕傩上前擒住，却不敢私自取血，报过国王，道是张着几个猩猩了，众捕傩才敢取血。那取血也不容易，跪在猩猩面前哀求道：'捕奴怎敢相犯？因奉国王之命，不得已要借重玉体上猩红，求分付见惠多少，倘若不肯，你又枉送性命，捕奴又白折辛苦。不如分付多惠数瓢，后来染成货物，为你表扬名声，我们还感激你大德，这便死得有名了。'那晓得猩猩也是极喜花盆，极好名的，遂开口许捕傩们几瓢。取血之时，真一点不多，一点不少。倘遇着一个慳鬼猩猩，他便一滴也舍不得许人，后来果然一滴也取不出。这猩猩倒是言语相符，最有信行的。只是献些与国王，献些与丞相，以下便不能勾得。捕傩落下的，或染西毡，或染大绒，客人买下，往中国去换货。近来因你广西禁过，便没有客人去卖，捕傩取了，也只是送与本国的官长人家。杜客长，你若要收买，除非预先到捕傩人家去定了。这也要等得轮年经载，才收得起来。若性子急的，便不能勾如命。"

杜景山听到此处，浑身流出无数冷汗，叹口气道："穷性命要葬送在这安南国了。"黎老者道："杜客长差了，你做这件生意不着，换了做别的有利息生意也没人拦阻你，因何便要葬送性命？"朱春辉道："老师长，你不晓得我这敝同乡的苦恼哩！"黎老者道："俺又不是他肚肠里蛔虫，那个晓得他苦恼？"杜景山还要央求他，只听得外面一派的哨声，金鼓旗号，动天震地。黎老者立起身道："俺要迎活佛去哩。"便走进里面，双手执着一枝烧热了四五尺长的沉香，恭恭敬敬，一直跑到街上。

杜景山道："他们迎甚么活沸？"朱春辉道："我昨日听得三佛齐国来了一个圣僧，国王要拜他做国师。今日想是迎他到宫里去。"两个便离了店口，劈面正撞着迎圣僧的銮驾，只见前头四面金刚旗，中间几百黑脸蓬头赤足的小鬼，抬着十数颗枯树，树梢上烧得半天通红。杜景山问道："这是甚么故事？"朱春辉道："是他们国里的乡风。你看那活鬼模样的都是獠民，抬着的大树，或是沉香，或是檀香。他都将猪油和松香熬起来，浇在树上点着了，便叫敬佛。"杜景山道："可知鼻头边又香又臭哩！我却从不曾看见檀香、沉香有这般大树。"朱春辉道："你看这起椎髻妇女手内捧着珊瑚的，都是国内宦家大族的夫人、小姐。"杜景山道："好大珊瑚，真宝贝了。我看这些蛮娘妆束虽奇怪，面孔还是本色。但夫人、小姐怎么杂在男獠队里？"朱春辉道："他国中从来是不知礼义的。"看到后边，只见一乘龙辇，辇上是檀香雕成、四面嵌着珍珠宝石的玲珑龛子，龛子内坐着一个圣僧。那圣僧怎生打扮？只见：

身披着七宝袈裟，手执着九环锡杖。袈裟耀日，金光吸尽海门霞；锡杖腾云，法力卷开尘世雾。六根俱净，露出心田；五蕴皆空，展施杯渡。佛国已曾通佛性，安南

今又振南宗。

话说杜景山看罢了圣僧，同着朱春辉回到朵落馆来，就垂头要睡。朱春辉道："事到这个地位[11]，你不必着恼。急出些病痛来，在异乡有那个照管你？快起来，锁上房门，在我那边去吃酒。"杜景山想一想，见说得有理，便支持爬起来，走过朱春辉那边去。朱春辉便在坛子里取起一壶酒，斟了一杯，奉与杜景山。杜景山道："我从来怕吃冷酒，还去热一热。"朱春辉道："这酒 原不消热，你吃了看，比不得我们广西酒。他这酒是波罗蜜的汁酿成的。"杜景山道："甚么叫做波罗蜜？"朱春辉道："你初到安南国，不曾吃过这一种美味。波罗蜜大如西瓜，有软刺。五六月里才结熟。取他的汁来酿酒，其味香甜，可止渴病。若烫热了，反不见他的好处。"杜景山吃下十数盅，觉得可口。朱春辉又取一壶来，吃完了，大家才别过了睡觉。

杜景山却不晓得这酒的身分，贪饮了几盅。睡到半夜，酒性发作，不觉头晕恶心起来，吐了许多香水，才觉得平复。掀开帐子，拥着被窝坐一会。那桌上的灯还半明不灭，只见地下横着雪白如炼[12]的一条物件。杜景山打了一个寒噤道："莫非白蛇么？"揉一揉双眼，探头出去仔细一望，认得是自家盛银子的搭包，惊起来道："不好了，被贼偷去了。"忙披衣下床，拾起搭包来，只落得空空如也。四下望一望，房门又是关的，周围尽是高墙，想那贼从何处来？抬头一看，上面又是仰尘板，跌脚道："这贼想是会飞的么？怎么门不开，户不动，将我的银子盗了去？我便收买不出猩猩绒，留得银子在，还好设法。如今空着两只拳头，叫我那里去运动？这番性命合葬送了。只是我拚着一死也罢，那安抚决不肯干休，少不得累及我那年幼的妻子出乖露丑了。"想到伤心处，呜呜咽咽哭个不住。

原来朱春辉就在他间壁，睡过一觉，忽听得杜景山的哭声，他恐怕杜景山寻死，急忙穿了衣服，走过来敲门，道："杜兄为何事这般痛哭？"杜景山开出门来道："小弟被盗，千金都失去，只是门户依然闭着，不知贼从何来？"朱春辉道："原来如此，不必心焦，包你明日贼来送还你的原物。"杜景山道："老客说的话太悬虚了些，贼若明日送还我，今夜又何苦来偷去？"朱春辉道："这有个缘故，你不晓得。安南国的人虽不晓得礼义，却从来没有贼盗。总为地方富庶，他不屑做这件勾当。"杜景山道："既如此说，难道我的银子不是本地人盗去的么？"朱春辉道："其实是本地人盗去的。"杜景山道："我又有些不解了。"朱春辉道："你听我讲来：小弟当初第一次在这里做客，载了三千金的绸缎货物来，也是夜静更深，门不开，户不动，绸缎货物尽数失去。后来情急了，要禀知国王，反是值馆的通事官来向我说道，他们这边有一座泥驼山，山上有个神通师长。许多弟子学他的法术，他要试验与众弟子看，又要令中国人替他传名。凡遇着初到的客人，他就弄这一个搬运的神通，恐吓人一场。人若晓得了，去持香求告他，他便依旧将原物搬运还人。我第二日果然去求他。他道，你回去时，绸缎货物，已到家矣！我那时还半疑半信，那晓得回来一开进房门，当真原物一件不少。你道好不作怪么？"杜景山道："作怪便作怪，那里有这等强盗法师？"朱春辉道："他的耳目长，你切莫毁笑他。"杜景山点一点头，道："我晓得，巴不能一时就

天亮了，好到那泥驼山去。”正是：

玉漏声残夜，鸡人报晓筹。
披衣名利客，都奔大刀头。

话说杜景山等不得洗面漱口，问了地名，便走出馆去。此时星残月昏，路径还不甚黑，迤逦行了一程，早望见了一座山。不知打那里上去，团团在山脚下找得不耐烦，又没个人儿问路。看那山嘴上，有一块油光水滑的石头，他道：“我且在这里睡一睡，待天亮时好去问路。”正曲臂作枕，伸了一个懒腰，恐怕露水落下来，忙把衣袖盖了头。

忽闻得一阵腥风，刮得渐渐逼近，又听得像有人立在跟前大笑，那一笑连山都振得响动。杜景山道：“这也作怪，待我且看一看。”只见星月之下，立着一个披发的怪物，长臂黑身，开着血盆大的口，把面孔都遮住了，离着杜景山只好七八尺远。杜景山唬得魂落胆寒，肢轻体颤，两三滚，滚下山去。又觉得那怪物像要赶来，他便不顾山下高低，在那沙石荆棘之中，没命的乱跑。早被一条溪河隔断。杜景山道：“我的性命则索休了。”又想着：“宁可死在水里留得全尸，不要被这怪物吃了去。”扑通的跳在溪河里，喜得水还浅，又有些温暖气儿。要渡过对岸，恐怕那岸上又撞着别的怪物，只得沿着岸，轻轻的在水里走去。不上半里，听得笑语喧哗。杜景山道：“造化！造化！有人烟的所在了，且走上前要紧。”

又走几步，定睛一看，见成群的妇女，在溪河里洗浴，还有岸上脱得赤条条才下水的。杜景山道：“这五更天，怎么有妇女在溪河里洗浴？分明是些花月的女妖。我杜景山怎么这等命苦？才脱了阎王，又撞着小鬼。叫我也没奈何了！”又想道：“撞着这些女妖，被他迷死了，也落得受用些儿。若是送与那怪物嘴里，真无名无实，白白龌龊了身体。”倒放泼了胆子，着实用工窥望一番。正是：

洛女波中现，湘娥水上行。
杨妃初浴罢，不敌此轻盈。

你道这洗浴的，还是妖女不是妖女？原来安南国中不论男女，从七八岁上就去弄水。这个溪河，叫做浴兰溪，四时水都是温和的，不择寒暑昼夜，只是好浴，他们性情再忍耐不住。比不得我们中国妇人，爱惜廉耻，要洗一个浴，将房门关得密不通风，还要差丫头立在窗子下，惟恐有人窥看。我道妇人这些假惺惺的规模，只叫做妆幌子。就如我们吴越的妇女，终日游山玩水，入寺拜僧，倚门立户，看戏赴社，把一个花容粉面，任你千人看，万人瞧，他还要批评男人的长短，谈笑过路的美丑，再不晓得爱惜自家头脸。若是被风刮起裙子，现出小腿来；抱娃子喂奶，露出胸脯来；上马桶小解，掀出那话儿来，便百般遮遮掩掩，做尽丑态。不晓得头脸与身体总是一般，既要爱惜身体，便该爱惜头脸，既要遮藏身体，便该遮藏头脸。古云说得好：“篱牢犬不人。”若外人不曾看见你的头脸，怎就想着亲切你的身体？便是杜景山受这些苦恼，担这些惊险，也只是种祸在妻子凭着楼窗，被胡衙内看见，才生出这许多风波来。我劝大众要清净闺阃，须严禁妻女姊妹，不要出门是第一着。若果然

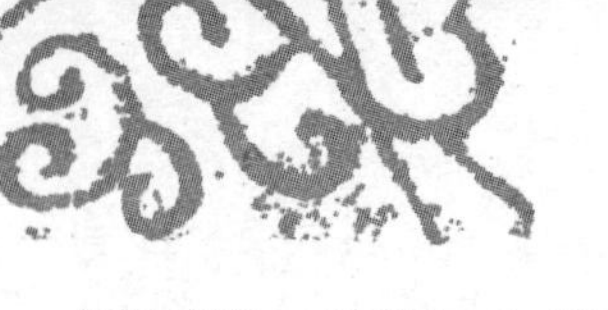

丧尽廉耻，不顾头面，倒索性像安南国，男女混杂，赤身露体，还有这个风俗。

我且说那杜景山，立在水中，恣意饱看，见那些妇女浮着水面上，映得那水光都像桃红颜色。一时在水里也有厮打的，也有调笑的，也有互相擦背的，也有搂做一团抱着，像男女交媾的，也有唱蛮歌儿的。洗完了，个个都精赤在岸上洒水，不用巾布揩拭的。那些腰间短阔狭，高低肥瘦，黑白毛净，种种妙处，被杜景山看得眼内尽爆出火来。恨不得生出两只长臂膊、长手，去抚摩揉弄一遍。那晓得看出了神，脚下踏的个块石头踏滑了，翻身跌在水里，把水面打一个大窟洞。众蛮妇此时齐着完衣服了，听得水声，大家都跑到岸边道："想是大鱼跳的响，待我们脱了衣服，重下水去捉起来。"杜景山着了急，忙回道："不是鱼，是人。"众妇人看一看道："果然是一个人，听他言语又是外路声口。"一个老妇道："是那里来这怪声的蛮子，窥着俺们？可叫他起来。"杜景山道："我若不上岸去，就要下水来捉我。"只得走上岸跪着通诚，道："在下是广西客人，要到泥驼山访神通师长，不期遇着怪物张大口要吃我，只得跑在这溪里躲避，实在非有心窥看。"那些妇女笑道："你这呆蛮子，往泥驼山去，想是走错路，在枕石山遇着狒狒了。可怜你受了惊吓，随着俺们来，与你些酒吃压惊。"杜景山立起了身，自家看看上半截，好像雨淋鸡；看看下半截，为方才跪在地上沾了许多沙土，像个灰里猢狲。

走到一个大宅门，只见众妇人都进去，叫杜景山也进来。杜景山看见大厅上排列着金瓜钺斧，晓得不是平等人家，就在阶下立着。只见那些妇女依旧走到厅上，一个婆子捧了衣服，要他脱下湿的来。杜景山为那玉马在衣带上，浸湿了线结，再解不开，只得用力去扯断，提在手中。厅上一个带耳环的孩子，慌忙跑下阶来，劈手夺将去，就如拾着宝贝的一般欢喜。杜景山看见他夺去，脸都失了色，连湿衣服也不肯换，要讨这玉马。厅上的老妇人见他来讨，对着垂环孩子说道："你戏一戏，把与这客长罢。"那孩子道："这个马儿，同俺家的马儿一样，俺要他成双做对哩！"竟笑嘻嘻跑到厅后去了。

杜景山喉急道："这是我的浑家，这是我的活宝，怎不还我？"老妇人道："你不消发急，且把干袍子换了，待俺讨来还你。"老妇人便进去，杜景山又见斟上一大瓢橘酒在面前。老妇人出来道："你这客长，为何酒也不吃，干衣服也不换么？"杜景山骨都着一张嘴道："我的活宝也去了，我的浑家也不见面了，还有甚心肠吃酒、换衣服？"老妇人从从容容在左手衣袖里提出一个玉马来，道："这可是你的么？"杜景山又认一认道："是我的。"老妇人又在右手衣袖里提出一个玉马来道："这可是你的么？"杜景山认一认道："是我的。"老妇人提着两个玉马在手里，道："这两个都是你的么？"杜景山再仔细认一认，急忙里辨不出那一个是自家的。又见那垂环的孩子哭出来道："怎么把两个都拿出来？若不一齐与俺，俺就去对国王说！"老妇人见他眼也哭肿了，忙把两个玉马递在他手里道："你不要哭坏了。"那孩子依旧笑嘻嘻进厅后去。杜景山哭道："没有玉马，我回家去怎么见浑家的面？"老妇人道："一个玉马打甚要紧？就哭下来。"杜景山又哭道："看见了玉马，就如见我的浑家，拆散了玉

马，就如拆散我的浑家，怎叫人不伤心？”老妇人那里解会他心中的事？只管强逼着：“你卖与俺家罢了。”杜景山道：“我不卖，我不卖！要卖除非与我三十丈猩猩绒。”老妇人听他说得糊涂，又问道：“你明讲上来。”杜景山道：“要卖除非与我三十丈猩猩绒。”老妇人道：“俺只道你要甚么世间难得的宝贝，要三十丈猩猩绒，也容易处，何不早说？”杜景山听得许他三十丈猩猩绒，便眉花眼笑，就像死囚遇着恩赦的诏，彩楼底下，绣球打着光头，扛他做女婿的，也没有这样快活。正是：

有心求不至，无意反能来。

造物自前定，何用苦安排。

话说老妇人叫侍婢取出猩猩绒来，对杜景山道：“客长，你且收下，这绒有四十多丈，一并送了你。只是我有句话动问，你这玉马是那里得来的？”杜景山胡乱应道：“这是在下传家之宝。”老妇人道：“客长你也不晓得来历，待俺说与你听。俺家是术术丞相，为权臣黎季犁所害，遗下这一个小孩儿。新国主登极，追念故旧老臣，就将小孩儿荫袭。小孩儿进朝谢恩，国主见了异常珍爱，就赐这玉马与他，叫他仔细珍藏，说是库中活宝。当初曾有一对，将一个答了广西安抚的回礼，单剩下这一个。客长你还不晓得玉马的奇怪哩。每到清晨，他身上就是透湿的，像是一条龙驹，夜间有神人骑他。你原没福分承受，还归到俺家来做一对。俺们明日就要修表称贺国主了。你若常到俺国里来做生意，务必到俺家来探望一探望。你去罢。”

杜景山作谢了，就走出来。他只要有了这猩猩绒，不管甚么活宝死宝，就是一千个去了，也不在心上。一步一步的问了路，到朵落馆来。朱春辉接着问道：“你手里拿的是猩猩绒，怎么一时就收买这许多？敢是神通师长还你银子了？”杜景山道：“我并不曾见甚么神通师长，遇着术术丞相家，要买我的宝贝玉马，将猩猩绒交换了去。还是他多占些便宜。”朱春辉惊讶道：“可是你常系在身边的马么？那不过是玉器镇纸，怎算得宝贝？”杜景山道：“若不是宝贝，他那肯出猩猩绒与我交易？”朱春辉道：“恭喜！恭喜！也是你造化好。”

杜景山一面去开房门道：“造化便好，只是回家盘缠一毫没有，怎么处？”猛抬头往房里一看，只见搭包饱饱满满的挂在床棱上，忙解开来，见银子原封不动。谢了天地一番，又把猩猩绒将单被裹好。朱春辉听得他在房里诧异，赶来问道：“银子来家了么？”杜景山笑道：“我倒不知银子是有脚的。果然回来了。”朱春辉道：“银子若没有脚，为何人若身边没得他，一步也行不动么？”杜景山不觉大笑起来。朱春辉道：“吾兄既到安南来一遭，何不顺便置买货物回去，也好起些利息。”杜景山道：“我归家心切，那里耐烦坐在这边收货物？况在下原不是为生意而来。”朱春辉道：“吾兄既不耐烦坐等，小弟倒收过千金的香料，你先交易了去何如？”杜景山道：“既承盛意，肯与在下交易，是极好的了。只是吾兄任劳，小弟任逸，心上过不去。”朱春辉道：“小弟原是来做生意，便多住几月也不妨。吾兄官事在身，怎么并论得？”两个当下便估了物价，兑足银两，杜景山只拿出勾用的盘费来。别过朱春辉，又谢了值馆通事，装载货物，不消几日，已到家下。还不满两个月。

凤姑见丈夫回家，喜动颜色，如十余载不曾相见，忽然跑家来的模样。只是杜景山不及同凤姑叙衷肠，话离别，先立在门前，看那些脚夫挑进香料来，逐担查过数目，打发脚钱了毕，才进房门。只见凤姑预备下酒饭，同丈夫对面儿坐地。杜景山吃完了，道："娘子，你将那猩猩绒留下十丈，待我且拿去交纳了，也好放下这片心肠，回来和你一堆儿[13]说话。"凤姑便量了尺寸，剪下十丈来，藏在皮箱里。杜景山取那三十丈，一直到安抚衙门前，寻着那原旧差官。差官道："恭喜回来得早，连日本官为衙内病重，不曾坐堂。你在这衙门前略候一候，我传进猩猩绒去。缴了票子出来。"杜景山候到将夜，见差官出来道："你真是天大福分，不知老爷为何切骨恨你，见了猩猩绒，冷笑一笑道：'是便宜那个狗头！'就拿出一封银子来，说是给与你的官价。"杜景山道："我安南回来，没有土仪相送，这权当土仪罢。"差官道："我晓得你这件官差，赔过千金，不带累我吃苦，就是万幸。怎敢当这盛意？"假推了一会，也就收下。

杜景山扯着差官到酒店里去，差官道："借花献佛，少不得是我做东。"坐下，杜景山问道："你方才消票子，安抚怎说便宜了我，难道还有甚事放我不过么？"差官道："本官因家务事，心上不快活，想是随口的话，未必有成见。"杜景山道："家务事断不得，还在此做官？"差官道："你听我说出来，还要笑倒人哩！"杜景山道："内衙的事体，外人那得知道？"差官道："可知好事不出门，恶事传千里。我们本官的衙内，看上夫人房中两个丫环，要去偷香窃玉。你想，偷情的事，须要两下讲得明白，约定日期，才好下手。衙内却不探个营寨虚实，也不问里面可有内应，单枪独马，悄悄躲在夫人床脚下安营。到夜静更深，竟摸到丫环被窝里去，被丫环喊起'有贼！'，衙内怕夫人晓得，忙收兵转来，要开房门出去。那知才开得门，外面婆娘、丫头齐来捉贼，执着门闩、棍棒，照衙内身上乱打。衙内忍着疼痛，不敢声唤。及至取灯来看，才晓得是衙内。已是打得头破血流，浑身青肿。这一阵比割须弃袍还败得该事哩。夫人后来知道打的不是贼，是衙内，心中懊恨不过，就拿那两个丫环出气，活活将他皆吊起来打死。衙内如今闭上眼去，便见那丫环来索命，服药祷神，病再不脱。想是这一员小将，不久要阵亡了。"

杜景山听说衙内这个行径，想起那楼下抛玉马的必定是他了。况安南国术术丞相的夫人，曾说他国王将一个玉马送与广西安抚。想那安抚逼取猩猩绒，分明是为儿子报仇，却不知不曾破我一毫家产，不过拿他的玉马，换一换物，倒掇承我做一场生意，还落一颗明珠到手哩！回家把这些话都对凤姑说明，凤姑才晓得是这个缘故，后来也再不上那楼去。

杜景山因买着香料，得了时价，倒成就个个富家。可见妇女再不可出闺门。招是惹非，俱由于被外人窥见姿色，致启邪心。"容是诲淫之端。"此语真可以为鉴。

【注释】

①安南：越南的旧称。

②安抚：即安抚使，明清时期的土官，设于少数民族聚

③李三娘：戏曲《白兔记》中的人物。
④鲍老：古代戏曲中的滑稽角色。
⑤忒：方言，太的意思。
⑥济与不济：顶用还是不顶用。
⑦中贵：宫中的太监。
⑧通事官：从事翻译工作的吏员。
⑨地头：方言，地方。
⑩不中相与：方言，不易友好相处。
⑪地位：地步的意思。
⑫炼：当是“练”字的误写。练，白绢。
⑬一堆儿：方言，一块儿。